Die unsichtbare Pyramide

Ralf Isau

DIE UNSICHTBARE PYRAMIDE

Thienemann

Es war die Art zu allen Zeiten,
Durch Drei und Eins und Eins und Drei
Irrtum statt Wahrheit zu verbreiten.
JOHANN WOLFGANG VON GOETHE, *Faust*

ERSTE WELLE

1
San Francisco im Schnee
Erde

Eine solche Kälte hatte es in La Rábida seit Menschengedenken nicht gegeben. Während Pedro benommen durch den matschigen Neuschnee stolperte, klapperten seine Zähne wie sonst nur die Perlen des Rosenkranzes, den er als Gebetshilfe zu benutzen pflegte. Der finstere Park um das Kloster wollte kein Ende nehmen. Jedenfalls kam es dem Mönch so vor. Seine Gedanken klebten wie festgefroren an den dramatischen Ereignissen der letzten Stunden. Den Blick hatte er starr auf den Pfad gerichtet, den er unter der weißen Decke bestenfalls erahnen konnte. Deshalb bemerkte er auch nicht das blaue Glühen, das die Baumkronen ein Stück voraus in dunkle Scherenschnitte verwandelte. Nicht ahnend, was ihn dort erwartete, bewegte er sich direkt darauf zu. Pedro war zu sehr damit beschäftigt, einen klaren Kopf zu bekommen.

Je mehr er zitterte, desto schwerer fiel ihm dies. Anstatt sich auf das Wesentliche zu konzentrieren, gab er sich absurden Überlegungen hin. Er stellte sich vor, ein Benediktiner zu sein – nur für diese eine Nacht! Dann hätte er wenigstens einen warmen Mantel. Im Gegensatz zum heiligen Benedikt hatte Franz von Assisi dem »Orden der Minderen Brüder« ja unbedingt Armut auferlegen müssen – zitternde Glieder inbegriffen. Der Vorsteher des Franziskanerklosters zog seinen braunen Umhang enger um den hageren Leib. »Warst wieder einmal strenger mit dir, als die Ordensregeln es verlangen«, haderte er mit sich selbst. Pedros Mund entwichen kleine Wölkchen, die fahl im Mondlicht schimmerten. »Ein leuchtendes Vorbild willst du den jungen Novizen sein; sie sollen zu dir aufschauen. Ha, du alter

Narr! Wenn du erfroren bist, werden sie zu dir *herab*sehen – ins Grab. ›Dreißig Jahre Armutsgelübde‹, werden sie bewundernd murmeln und dann hinter vorgehaltener Hand flüstern: ›Anscheinend ist ihm während seines Juniorats nicht in den Sinn gekommen, dass es in Südspanien jemals Frost geben könnte. Wie heißt es doch so schön? *Errare humanum est* – ›Irren ist menschlich.‹« Er kicherte unvermittelt und schüttelte den Kopf. »Hat ja auch niemand ahnen können: Schnee in Andalusien. Und das an einem 20. November!«

Endlich hatte Pedro die äußeren Gartenanlagen des Klosters erreicht. Als er in den Hauptweg einbog, fiel ein blaues Licht auf seine durchweichten Schuhe. Der Mönch verharrte mitten im Schritt. Höchstens zwanzig Meter von ihm entfernt lag etwas im Schnee. Es strahlte, wie er noch nie ein Ding hatte strahlen sehen. Pedro bekreuzigte sich. Was war das? Er lauschte, aber was immer er zu hören hoffte – das verräterische Brummen eines Transformators vielleicht oder ein Zischen, wie es beim Verbrennen eines bengalischen Feuers entsteht –, es war nicht da. Völlige Stille lag über der schneebedeckten Wiese.

Pedro fasste sich ein Herz und lief vorsichtig auf das Gleißen zu. Dabei fragte er sich, ob das wieder eine dieser Überraschungen des Provinzialen war? Für die »Modernisierungsmaßnahmen« seines Oberen hatte Pedro nicht viel übrig und ein Strom fressender Hochleistungsstrahler zur Illuminierung des Klosters wäre das Letzte …

Der Mönch zuckte zusammen. Das Strahlen war plötzlich in sich zusammengefallen. Schnell lief er auf das rasch schwächer werdende blaue Licht zu. Unwillkürlich wanderte sein Blick zum Himmel empor, als erwarte er dort einen verfärbten Mond zu sehen. Die Wolken waren in den letzten Minuten zwar immer mehr aufgerissen, aber die fast runde Scheibe sah aus wie immer. Pedro schüttelte den Kopf. Nein, nicht wie immer: Vor zwei Nächten erst hatte es eine totale Mondfinsternis gegeben und die Silberscheibe sich blutrot verfärbt. In alter Zeit pflegten die

Menschen solche Himmelsphänomene als Zeichen der Götter zu deuten. Tatsächlich war der zurückliegende Tag vom Tod dreier Menschen überschattet worden, die sein, Pedros, Leben maßgeblich beeinflusst hatten: Zuerst war der Caudillo gestorben, der Spanien fast fünfunddreißig Jahre lang mit fester – nicht wenige behaupteten, mit *zu* fester – Hand regiert hatte, und dann mussten auch noch ... Der Mönch biss sich auf die Unterlippe.

Der Schmerz tat gut! Er vertrieb das innere Brennen und die quälenden Schuldgefühle. Pedro wandte seine Aufmerksamkeit wieder der versiegenden Lichtquelle zu. Sogleich wurden seine Schritte langsamer, bis er schließlich ganz stehen blieb.

»Nein!«, hauchte er bestürzt und bekreuzigte sich ein zweites Mal. Alle abergläubischen Gedanken an übernatürliche Zeichen waren in einem einzigen Augenblick weggewischt. Was Pedro auf der Wiese sah, widersprach so sehr allen seinen Erwartungen, dass er darüber sogar das Frieren vergaß.

Vor ihm lag ein Kind, winzig wie ein Neugeborenes, umwabert von den schwachen Resten des blauen Lichts.

Das Kleine war in helle Tücher gewickelt. Wie ein Schmetterling, der gerade seinem Kokon entschlüpfte, ragten daraus ein dicht behaartes Köpfchen und zwei kleine nackte Ärmchen hervor. Das Kind musste am Erfrieren sein.

»Welcher Unmensch hat dich ...?« Pedro verstummte, weil das Glühen erneut zunahm, jetzt sogar *ihn* wie ein bläulich strahlender Nebel umfing. Die winterliche Landschaft verwandelte sich unter seinen Augen in eine sonnige Herbstwiese, auf der bunt gefärbte Blätter im Wind tanzten; sogar die Luft wurde wärmer. Das Kind lag noch immer an derselben Stelle, aber über seinem Haupt befand sich eine Quelle, aus der – *rotes* Wasser sprudelte. Erschrocken riss Pedro den Kopf hoch, aber der Mond war nicht in Blut getaucht wie vor zwei Tagen noch. Als der Mönch den Blick wieder sinken ließ, zuckte er abermals zusammen. Die blumenübersäte Wiese war verschwunden.

Nicht aber das Kind. Pedro sah es nun in einer Kammer. Boden, Wände und Decke bestanden aus Holz. An einem Balken hingen geräucherte Speckseiten. Überall standen riesige Tongefäße sowie eine größere Anzahl Säcke von grobem braunem Stoff. Direkt vor Pedros Füßen lag der Säugling in einem Bett aus gedroschenem Korn, dem Inhalt eines offenen, fast leeren Sacks. Drei kleine Flammen züngelten unruhig auf den Bohlen, ein Dreieck aus Licht, wie zum Schutz des Kindes um sein Lager herum aufgestellt.

»Der Laderaum eines Segelschiffes!«, sprach Pedro leise aus, was ihm durch den Kopf ging. Er fühlte sich selbst in diese fremde Umgebung versetzt. Die Luft war schwül geworden. Schon begann er zu schwitzen. Unbehaglich blickte er sich um. Hinter ihm lag der weiß verhüllte Klostergarten von La Rábida im Mondlicht.

Unvermittelt spürte der Mönch einen eisigen Windhauch und wandte sich wieder dem Kind zu. Diesmal zuckte er nur ein wenig zusammen. Der Säugling war noch da. Vom Schiff fehlte indes jede Spur. Auch das blaue Licht musste sich jeden Moment endgültig verflüchtigen, so schwach war es geworden. Dennoch bot der Winzling alles andere als einen normalen Anblick, so wie er dort lag, in einem Dreieck aus frischem, grünen Gras …

»Heilige Mutter Gottes!«, stieß Pedro hervor, stolperte einige Schritte zurück und schlug zur Abwehr etwaiger böser Mächte ein drittes Kreuz.

Schnell beruhigte er sich wieder. Nicht doch! Dies war kein Werk des Teufels, hier, direkt vor den Toren des Klosters. Vorsichtig schlich der Mönch wieder an das Kind heran. War der schneefreie Fleck vorher auch schon da gewesen? Das gleißende Licht mochte ihn überstrahlt haben, redete Pedro sich ein. Aber dann schüttelte er den Kopf. Nein, er war soeben Zeuge eines Wunders geworden. »Der Himmel hat uns ein Kind geschenkt«, flüsterte der Mönch ergriffen. Tränen rollten ihm über die

Wangen, als er vor dem Bündel aus Tüchern langsam auf die Knie sank und ein stilles Gebet sprach.

Der Kopf des Säuglings lag genau unter der Spitze des gleichschenkligen Dreiecks, auf dessen Basis ruhten die fest eingebundenen Füßchen. Was hatte den Schnee ausgerechnet in dieser Form schmelzen und was das Gras darunter vorzeitig grünen lassen? Pedro beugte sich über das Kind, wagte vor lauter Ehrfurcht aber nicht, es zu berühren. Da tropfte eine seiner Tränen auf das winzige Gesicht. Der Mönch hielt den Atem an.

Das Kind stieß einen quietschenden Laut aus und lächelte. Pedro stutzte. Sind Neugeborene zu solchen Reaktionen überhaupt fähig? »Fast so, als hättest du mich erkannt«, murmelte er und sprach, ohne sich dessen bewusst zu sein, den Namen des Ordensgründers in seiner spanischen Form aus, »San Francisco.«

War etwa Franz von Assisi – immerhin *die* Symbolfigur des Friedens – vom Himmel herabgestiegen, weil die Menschen so einen wie ihn …? Pedro schüttelte einmal mehr den Kopf. Was für ein absurder Gedanke für einen Katholiken! Die Reinkarnation gehörte zu den Domänen der Hindus und Buddhisten. Und außerdem: Was, wenn es ein Mädchen war?

Das Kind unterbrach seinen inneren Disput durch ein zartes Quäken. Erst jetzt wurde dem Mönch bewusst, in welcher Gefahr es schweben musste. Erschrocken packte er das Bündel, riss es vom Boden hoch und hielt es mit ausgestreckten Armen vor sich. Dabei fielen einige Krümel ins Gras, Weizenkörner, wie Pedro im letzten Aufglimmen des blauen Lichts gerade noch erkennen konnte. Dann erlosch die Aura des Kindes ganz.

Jetzt, da es sich kaum mehr von einem ganz normalen hilflosen Neugeborenen unterschied, wagte der Mönch endlich, das zitternde Bündel an seine Brust zu drücken. Ungeschickt legte er seinen braunen Umhang darum, damit es der Kälte wenigstens nicht völlig schutzlos ausgesetzt war. Ihm fehlte es an Erfahrung im Umgang mit so kleinen Menschen. Doch er gab sein Bestes. Mit sanfter Stimme sprach er auf das Findelkind ein.

»Deine Ärmchen sind ja gar nicht kalt«, wunderte er sich. »Du hast bestimmt Hunger, was? Gleich sind wir im Kloster. Gleich bekommst du etwas Warmes zu essen, mein kleiner Francisco ...« Pedro stockte. »Oder bist du eine Francisca?«

In der Beherbergung außergewöhnlicher Gäste blickte das Monasterio de la Rábida auf eine lange Tradition zurück. Einst hatte Christoph Kolumbus hier Unterschlupf gefunden, der Entdecker der Neuen Welt. Und nun scharten sich die Franziskanermönche um den neuesten Besucher: ein zehn Pfund schweres Bündel Mensch, dessen Herkunft ein großes Rätsel war.

Schon beim Durchschreiten der Klosterpforte hatte sich der Säugling durch ein dünnes Krähen bemerkbar gemacht. Die Nachricht von dem Findelkind verbreitete sich wie ein Lauffeuer. Im Nu war Pedro umringt von seinen Mitbrüdern. Während er durch den Kreuzgang zur Krankenstation eilte, gesellten sich immer weitere Mönche hinzu. Und dann präsentierte er auf einer Untersuchungsliege sein »Mitbringsel« der versammelten Bruderschaft.

»Es ist ein Kind!«, staunte Gaspar, ein junger Mann, der sich noch in seiner Ausbildungszeit, dem Juniorat, befand.

Pedro bedachte den zukünftigen Mönch zu seiner Linken mit einem strengen Blick. »Was für eine tief schürfende Feststellung, mein Lieber!«

»Wir müssen unbedingt herausfinden, ob es ein Junge ist!«, drängte eine Stimme aus dem Hintergrund.

»Warum hast du es so eilig, Fra José?«, fragte Pedro zurück, obwohl er genau wusste, was den eifernden Mönch zu seiner Äußerung veranlasst hatte.

»Wir sind eine *Bruder*schaft, kein Klarissenkloster. Wenn das Kleine ein *Mädchen* ist, dann ...«

»Dann wird unsere kleine Welt hier zusammenbrechen, willst du sagen?« Pedro lächelte traurig und schüttelte den Kopf. Seit acht Jahren diente er seinen Brüdern nun schon als Guardian, als ihr »Wächter«. Genauso lang predigte er ihnen Großmut, Barmherzigkeit und Ausgeglichenheit. Aber es war nicht leicht, in einer Kirche, die das starre Festhalten an Dogmen und Regeln zum Maßstab »echten Christentums« erhoben hatte, den Blick für das Wesentliche im Glaubensleben zu schärfen: die Liebe zu Gott und zum Nächsten. »Wir sind dabei, einem Neugeborenen das Leben zu retten, José. Wenn unsere Keuschheit durch ein so winziges Geschöpf ins Wanken gerät, dann steht es schlecht um sie. Und nun lass uns der Raterei ein Ende machen und das Kleine von seinen Tüchern befreien. An die Arbeit, Gaspar!« Die Aufforderung galt dem angehenden Mönch zu seiner Linken.

»Warum ich?«, fragte der junge Mann erschrocken.

»Weil du noch nicht unter dem Zölibat stehst.«

Gaspar starrte seinen Guardian unsicher an. Pedros graue Augen verrieten keine Regung. Aber dann konnte er nicht länger ernst bleiben. Ein verschmitzter Ausdruck stahl sich auf sein Gesicht.

»Das war ein Scherz, mein Lieber. Habe ich dich nicht gelehrt, dass alle Geschöpfe Spiegelbilder Gottes sind? Lass sie durchsichtig werden, bis sie des Allmächtigen Antlitz offenbaren – lauteten so nicht meine Worte?«

Gaspar nickte scheu.

»Und jetzt beantworte mir eine Frage: Sind auch Frauen Gottes Geschöpfe?«

»Ja!«, antwortete Gaspar mit Nachdruck.

Pedro deutete mit offener Hand auf den Säugling. »Dann solltest du dir die Chance nicht entgehen lassen, in das Angesicht unseres Herrn zu blicken.«

Gaspar war der Zweitälteste aus einer Familie von acht Kindern aus dem nahe gelegenen Niebia. Er ließ wesentlich mehr Geschick im Umgang mit dem unruhigen Bündel erkennen als zuvor Pedro. Behutsam öffnete er das über der Brust des Säuglings eingeschlagene Tuch. Es bestand aus feinem, weißen Leinen. Einige Weizenkörner rieselten auf den grauen Kunstlederbezug der Untersuchungsliege. Pedro hob eine der Samenkapseln auf und drehte sie nachdenklich zwischen Daumen und Zeigefinger. Vor seinem inneren Auge erschien für Sekunden der von drei Öllampen schwach erleuchtete Laderaum eines Segelschiffes …

»Heilige Maria!«, stieß Gaspar unvermittelt hervor. Er hatte das Kind beim Abwickeln der Tücher auf die Seite gedreht und dabei am linken Schulterblatt des Winzlings eine überraschende Entdeckung gemacht.

»Heb es bitte hoch, damit ich mir die Sache genauer ansehen kann«, forderte Pedro den jungen Mann auf und zauberte unter seiner Kutte eine Lesebrille hervor. Gaspar schob behutsam seine Linke unter den Kopf des Kindes, das ihn dabei aufmerksam zu beobachten schien. Sodann hob er es mit beiden Händen hoch und lehnte es an seine Brust. Pedro beugte sich vor, um den Rücken des Säuglings im Bereich der linken Schulter eingehend zu untersuchen.

»Ist es eine Verletzung?«, fragte Gaspar besorgt.

Pedro schüttelte den Kopf, sagte jedoch nichts. Seine Fingerkuppen strichen sanft über das Mal. Es hob sich fühlbar von der bronzefarbenen Haut des Säuglings ab.

»Aber es ist feuerrot!«, sagte Gaspar, als fürchte er um das Leben ihres kleinen Schützlings.

»Nur keine Sorge«, beruhigte ihn Pedro. »Es ist ein Muttermal. Ein Blutschwamm, würde ich sagen. Allerdings ein höchst merkwürdiger.« Nie hatte der Wächter von La Rábida dergleichen gesehen. Am ehesten ließ sich das dunkelrote Feuermal mit einem Stoffband vergleichen, dessen Enden miteinander verbunden worden waren, nachdem man eine Seite halb verdreht hatte. Das Band bildete jedoch keinen Ring, sondern es war dreifach umgeschlagen, wodurch in seinem Innern die

Umrisse einer Pyramide entstanden. *Oder eines Dreiecks im Schnee!*

»Dann ist es also nicht gefährlich?«, drängte sich Gaspars Stimme in Pedros Bewusstsein.

»Was …?« Der Guardian blinzelte hinter seiner Brille. Er maß Gaspars Frage erheblich mehr Gewicht zu, als der junge Mann ahnte. Kann ein so kleines, so hilfloses Geschöpf überhaupt Gefahr bedeuten? Pedro rang sich ein Lächeln ab. »Wir werden unseren Findling noch heute Nacht einem Arzt zeigen, aber ich denke, es gibt keinen Grund zur Sorge.«

»Das ist noch nicht sicher«, meldete sich Josés Stimme von hinten.

Pedro seufzte. »Ich hätte besser ein Drachenei finden sollen und nicht dieses Kind, das womöglich ein Mädchen ist. Schnell, lüfte den Schleier, Gaspar! Das geistige Heil unserer Brüder steht auf dem Spiel.«

Der angehende Mönch machte sich wieder an die Arbeit und löste die letzten, kunstvollen Verschlingungen des erstaunlich langen Leinentuchs. »Gleich hab ich's!«, murmelte er.

Alle Umstehenden, der Guardian eingeschlossen, merkten auf. Über den Schultern der vorn Stehenden erschienen neugierige Gesichter. Einmütig fixierten die Mönche jene Körperregion des Säuglings, die Aufschluss über sein Geschlecht geben sollte.

Gaspar legte die Nabelschnur frei, die sorgfältig mit einem indigofarbenen Faden abgebunden worden war. Sämtliche Kuttenträger hielten den Atem an. Und dann enthüllte Gaspar feierlich die Lenden des Kindes.

Stille umfing die Bruderschaft. Ergriffenes Staunen. Einige aufgeregte Herzschläge später verschaffte sich Erleichterung Gehör. Hier wurde geseufzt, dort aufgeatmet. Für die weiter hinten Stehenden versuchte Gaspar die Entdeckung in Worte zu fassen.

»Es hat ein … ein …«

»Wir alle wissen, was das ist, mein Lieber«, unterbrach ihn Pedro und verkündete der Bruderschaft: »Es ist ein Junge!«

Nun brach Jubel los. Mönche fielen sich um den Hals. Schultern wurden geklopft, als habe man gemeinsam eine schwere Geburt vollbracht. Gaspar erhielt Glückwünsche wie ein junger Vater.

Nur Pedro blieb seltsam still. »Wir werden dich *Francisco* nennen, nach unserem Ordensgründer. Besser noch Francisco *Serafín,* weil du wie ein Engel strahlst«, sagte er leise. Niemand hörte ihn. Natürlich würde er die Polizei benachrichtigen müssen. Aber wenn das Kind ein Waise war oder sich keine Verwandten finden würden, dann sollte es hier aufwachsen, im Kloster. Der kleine Francisco war etwas Besonderes – das zu spüren bedurfte es keiner seherischen Gabe. Vielleicht sogar der wiedergeborene heilige Franz von Assisi? Wie auch immer. Er, Pedro, würde den Knaben aufziehen wie einen leiblichen Sohn.

Der Wächter von La Rábida nahm seine Lesebrille ab und blickte verstohlen in die Runde seiner frohlockenden Brüder. Du liebst sie mit all ihren Schwächen, gestand er sich ein. Aber ihr Glaube ist manchmal so verletzbar. Womöglich würde er ins Wanken kommen, wenn er sein Wissen mit ihnen teilte? Nein, beschloss Pedro in Gedanken, es wird besser sein, ihnen nichts von dem blauen Licht und den seltsamen Trugbildern zu erzählen. Und das grüne Dreieck hatte er ja gründlich mit Schnee zugedeckt.

2
Das Geschenk der Feen
Trimundus

Sie werden uns nichts tun, Tolo«, murmelte Beorn. Auf ihrem Weg durch den Wald wiederholte er ständig diese Worte, fast wie eine Beschwörungsformel. Der Böttcher von Annwn war ein abergläubischer Mann. Seine Hand umklammerte die Zügel eines Pferdes, das nicht im Geringsten beunruhigt wirkte. Nach Beorns Dafürhalten war der alte Tolo ein ausgesprochen dickfelliger Gaul. Das Tier schleifte ein fast leeres Gestell durch den Wald, das zum Transport von Holz vorgesehen war. Übers Jahr gerechnet wagte sich Beorn drei- oder viermal so nahe an die Blutquelle heran, auf keinen Fall öfter. Am liebsten hätte er diesen magischen Ort ganz gemieden, wie es die anderen Dorfbewohner taten, aber hier wuchsen nun mal die besten Eichen für seine Fässer. Oberhalb der Quelle besaß er einen versteckten Unterstand zum Trocknen des Holzes und dorthin führte er sein Pferd.

Der Böttcher betrachtete sorgenvoll die roten und gelben Herbstblätter, die im Sonnenlicht prachtvoll glühten. Ihre Schönheit war für ihn ein Vorbote des nahen Winters. Er, Beorn, würde seinen gesamten Holzvorrat plündern, zu Gefäßen verarbeiten und auf den Markt tragen müssen, um sich selbst, Idana und das Vieh vor dem Hungertod zu bewahren. Hoffentlich fanden sich genügend Käufer für seine Bottiche, Kübel und Tröge. In diesen Zeiten ständiger Bedrohung durch die Kriegslords hielten die Menschen ihre Ersparnisse eisern zusammen. Wer kauft heute schon ein neues Gurkenfass, wenn er morgen vielleicht um sein Leben laufen muss?, fragte sich der Handwerker und seufzte laut: »Wie tief ist Trimundus gesunken!«

Er drehte sich zu Tolo um, als erwarte er von dem Hengst eine Bestätigung, aber der behäbige Braune glotzte seinen Herrn nur aus großen dunklen Augen an. »Keine Sorge, mein Alter, sie tun uns nichts«, erneuerte Beorn sein Versprechen. Der Gaul schnaubte – fast hörte es sich wie ein abfälliges Lachen an. Der Böttcher sah sich aus den Augenwinkeln um. Ohne es zu merken, umklammerte er den Griff der Axt noch fester. Seine Sorge galt nicht so sehr den Wegelagerern – selbst die hielten sich von diesem Gehölz fern –, sondern den uralten Herrinnen des Waldes. Man erzählte sich, unter der Oberfläche des roten Wassers liege der Eingang zu jenem Feenreich, dem das nahe gelegene Dorf seinen Namen verdankte. Andere Zeitgenossen sagten dagegen, das Tor zu Annwn befinde sich in der benachbarten »Weißen Quelle« oder auf dem Hügel, der über beiden aufrage. Ebenso gingen die Meinungen in Bezug auf die Gutmütigkeit der geisterhaften Wesen auseinander. Zwar hielten die Dorfbewohner sie im Allgemeinen für gütig und hilfsbereit, aber einige auch für launisch und – hatte man so eine Fee erst auf dem linken Fuß erwischt – überaus gefährlich. Sie konnten Menschen in Bäume, Steine oder Krähen verwandeln, hieß es. Wie auch immer, Beorn würde es niemals wagen, eine Eiche im Wald der Feen zu fällen, ohne ihnen zuvor ein Opfer dargebracht zu haben.

»Du willst ihnen ja nichts stehlen. Ganz bestimmt lassen sie dich in Frieden!«, beteuerte er seine Unschuld, versuchte ein Lied zu pfeifen, aber es kam kein rechter Ton heraus. Beorn hatte immer mit Respekt von den Feen gesprochen und in ihrem Wald nie eine Schlinge gelegt oder sonst wie ein Tier erjagt. Er vergewisserte sich, ob das Mehl noch auf Tolos Schlitten lag, und atmete erleichtert auf, als er das kleine Bündel sah. Das Opfer war nicht gerade üppig, aber für ihn und seine Frau alles, was sie erübrigen konnten. »Die Feen werden es verstehen«, flüsterte Beorn und blieb plötzlich wie versteinert stehen.

Es war kein kraftvoller Fluch der ansässigen Waldgeister, der ihn hatte erstarren lassen, sondern ein eher schwaches Niesen. Beorn drehte sich zu Tolo um. »Warst du das?«

Das Pferd glotzte nur stur seinen Herren an und sah dabei aus, als könne es kein Wässerchen trüben.

Der Böttcher schüttelte den Kopf. »Nein, du Fleischberg wärst gar nicht imstande, derart zarte Laute von dir zu geben ... Warte hier, ich bin gleich zurück.«

Beorn ließ das Pferd samt Transportgestell stehen und schlug sich in die Büsche. Wenn ihn nicht alles täuschte, war das Geräusch aus Richtung der Blutquelle gekommen. Behutsam bewegte er sich durch das Unterholz. Er achtete streng darauf, keine trockenen Zweige zu zertreten oder andere verräterische Laute zu verursachen. Während er so vorrückte, durchkämmte er seine Erinnerungen nach Geschichten von erkälteten Feen. Ihm fiel keine ein. Aber wer hatte dann dieses dünne, winzige Niesen ausgestoßen? Vielleicht ein Tier, viel kleiner als der dicke Tolo?

Endlich hatte der Böttcher freie Sicht auf die ihm nur allzu bekannte Lichtung, die an diesem milden Herbstnachmittag besonders verschwenderisch von der Sonne verwöhnt wurde. Ab und zu wirbelte der laue Wind einige bunte Blätter auf. Ein gleißendes Bündel gelber Strahlen fiel auf die Quelle und die sie umgebende, fast noch frühlingshaft grüne Wiese – und auf das Kind, das neben dem blutroten Wasser lag.

Beorn staunte, wie er selten zuvor in seinem Leben über etwas gestaunt hatte. Sein Mund stand weit offen, die Augen glotzten, als habe er sie von Tolo ausgeborgt – diese Entdeckung erschien ihm wie ein unwirklicher Traum. Es musste ein Neugeborenes sein, so klein wie es war. Wer hatte es in seine weißen Tücher gewickelt und dort hingelegt? Eine verzweifelte Mutter vielleicht, die sich außerstande sah, ihr Kind aufzuziehen? Sie musste doch damit rechnen, dass es hier, in diesem verwunschenen Wald, verhungern oder von Wölfen zerrissen werden würde. Oder hatte sie geglaubt, die Feen würden es zu sich holen? Gerade wollte Beorn ins Freie treten, als ihm noch eine weitere Möglichkeit in den Sinn kam.

Was, wenn es eine Falle war? Womöglich wollten die Feen ja *ihn* in ihr unterirdisches Reich locken. Gewiss wussten sie, dass er und Idana kinderlos waren. Seine Frau hatte längst das Alter überschritten, in dem sie auf Nachwuchs hoffen konnte. Das Herz verkrampfte sich in Beorns Brust. Was würde er dafür geben, so ein zartes Niesen in seiner Hütte zu hören!

Wie auf Stichwort ließ das Bündel bei der Quelle ein weiteres *Hatschi!* ertönen.

»Ach, was soll's!«, polterte der stämmige Böttcher und trat unter den Bäumen hervor. Unbeirrt lief er nun auf den Säugling zu. Dabei sah er sich wachsam um, aber nirgends ließ sich eine Fee blicken. Im Gras gab es nicht einmal Fußspuren! Zwei-, dreimal kam es Beorn so vor, als triebe die Sonne ein seltsames Spiel mit ihm. Er glaubte eine Art Wetterleuchten zu sehen, das innerhalb des gelben Lichtdoms grünlich erstrahlte, jenseits seiner Ränder jedoch blau. In diesen merkwürdigen Schleiern aus Licht sah er einen Raum, dessen glatte Wände mit fremdartigen Bildern bemalt waren: Menschen, Tiere und Furcht erregende Ungeheuer, alle im Profil dargestellt. Einen Herzschlag lang erblickte er sogar die sich bewegenden Schemen zweier Frauen, die sich über das Neugeborene beugten.

»Ein Feenkind!«, hauchte Beorn ergriffen. »Sie sind gekommen, um sich von ihm zu verabschieden.« Der Böttcher hatte sich nie für einen besonders mutigen Mann gehalten und in diesem Moment wäre er am liebsten davongelaufen. Aber was, wenn dieses Bündel Mensch ein Geschenk der Feen war? Er und Idana hatten oft um einen Sohn oder eine Tochter gebetet. Nein, er durfte jetzt nicht zaudern. Beherzt legte er die verbliebene Strecke zu dem im Gras liegenden Säugling zurück und kniete sich davor nieder.

Das Kind sah völlig normal aus. Es hatte weder spitze Ohren noch violettfarbene Augen oder goldene Locken – nichts, was auch nur andeutungsweise auf eine feenhafte Abstammung schließen ließ. Einzig seine Haut wirkte für den hiesigen Menschenschlag ein wenig zu dunkel. Aus erstaunlich wachen, dunkelblauen Augen blickte es den Böttcher an und verzog sein Mündchen zu einem Lächeln.

Damit verflüchtigten sich auch Beorns letzte Bedenken. »Du scheinst mir ein aufgewecktes Kerlchen zu sein«, sagte er leise und mit sanfter Stimme. »Oder haben wir es bei dir mit einer kleinen Prinzessin zu tun? Lass doch mal sehen.«

Beorn war ein sehr praktischer Mann, der seine kräftigen Hände erstaunlich behutsam einsetzen konnte. Geschickt befreite er das Kind aus seinen Tüchern. Über sein Gesicht breitete sich ein strahlendes Lächeln aus. »Idana wird Freudensprünge machen: Die Feen haben uns einen Jungen geschenkt! So klein du auch bist, so wach und stark scheinst du mir zu sein – als wohnte die Kraft *dreier* Knaben in dir. Wir werden dich *Trevir* nennen. Was hältst du davon?«

Das Kind gab einen unverständlichen Laut von sich, den Beorn als Zustimmung deutete. Plötzlich ertönte in seinem Rücken ein lautes Rascheln. Erschrocken fuhr er herum.

Zwischen den golden schimmernden Blättern einer Buche glotzten ihm Tolos braune Augen entgegen.

»Deine Neugier ist fast noch schlimmer als deine Gefräßigkeit«, lachte Beorn erleichtert auf – er hatte sich schon von Feenkriegerinnen umstellt gesehen. »Bleib brav da stehen, mein Alter, sonst zerreißt du noch das Schleppgestell.«

Weil das Pferd jetzt eine gute Sicht auf die Lichtung hatte und nicht befürchten musste, etwas Wichtiges zu versäumen, gehorchte es dem Befehl seines Herrn.

Beorn kniete sich neben die Blutquelle und hielt den Säugling wie sonst seine Getreideopfer mit ausgestreckten Händen über das unergründlich rote Wasser. Mit weihevoller Stimme sagte er: »Ich danke dir, Marynnwar, du Königin aller Feen, für deine großzügige Gabe und weihe dir das Leben dieses Knaben. Er soll dem Frieden dienen, nicht zwischen den Menschen von Trimundus allein – obwohl wir der Eintracht wahrlich bedürfen! –, sondern darüber hinaus zwischen meiner Welt und jener, von der ihr ihn zu uns gesandt habt. Sein Name sei Trevir, damit er mit der ›Kraft der Drei‹ die Harmonie unserer Völker zurückbringe.«

Mit diesen feierlichen Worten ließ Beorn das Kind ins Wasser gleiten.

Der Junge versank in dem blutroten Nass. Schnell verlor ihn der Böttcher aus den Augen.

Beorns Herz begann heftig zu schlagen. Hatte er einen Fehler begangen? Mündliche Überlieferungen waren naturgemäß ebenso lückenhaft wie das Gebiss einer alten Kräuterfrau. Was, wenn sich irgendein verrückter Druide das zeremonielle Untertauchen in heiligem Wasser nur ausgedacht hatte, um sich wichtig zu machen? Dann wäre er, Beorn, die längste Zeit der brave Böttcher von Annwn gewesen. Seine Leichtgläubigkeit hätte ihn zum Mörder gemacht. Wer einen Menschen umbringt, muss selbst getötet werden – so lautete das Gesetz von Annwn.

In diesem Moment sah Beorn einen hellen Schemen aus dem trüben Wasser aufsteigen. Einen Wimpernschlag lang zögerte er noch. Vielleicht hatten die Feen ja auch seine rituelle Handlung missverstanden und forderten nun das Kind zurück …?

»Nein!«, schrie Beorn. »Geschenkt ist geschenkt. Er gehört Idana und mir.« Damit langte er in das Wasser und holte den jetzt dicht unter der Oberfläche schwebenden Knaben ans Sonnenlicht zurück.

Trevir schrie. Seltsamerweise hustete er nicht. Vielleicht hatten die Feen ihm Mund und Nase zugehalten. Beorn wusste nicht, was er glauben sollte. Er drückte sich das Kind an die Brust, raffte die Leinentücher von der Wiese auf und rannte zu dem wartenden Pferd. Noch ehe er es erreicht hatte, rief er: »Lass uns hier verschwinden, Tolo. Wer weiß, ob die Herrinnen des Waldes es sich nicht doch noch anders überlegen.«

Je näher Beorn dem Waldrand kam, desto mehr hellte sich seine Laune auf. Gleich hatte er es geschafft. Die Feen würden ihn ungeschoren ziehen lassen.

Unvermittelt brachte er sein Pferd zum Stehen. Aber was war mit den Leuten im Dorf? Seine Nachbarn ahnten längst, woher er sein makelloses Eichenholz bezog, und machten sich ihre eigenen Gedanken dazu: Einige hielten ihn für verschroben, andere für lebensmüde. Doch was würden sie denken, wenn er jetzt mit einem Neugeborenen aufkreuzte anstatt mit einer Fuhre Holz?

Tolo schnaubte nervös.

»Was ist, mein Alter?«, fragte Beorn das Pferd. Die beiden kannten diesen Weg seit einem Dutzend Jahren. Wenn Tolo unruhig wurde, dann nicht ohne Grund. Das Kind auf dem Schleppgestell verhielt sich ruhig. Beorn hatte den Knaben wieder in die Tücher gewickelt, allerdings weniger kunstvoll und fest als zuvor. Trevirs Ärmchen waren frei und bewegten sich ohne Unterlass. Besonderen Gefallen schien er an seinen Händen gefunden zu haben.

»Wir müssen dich verstecken. Irgendetwas ist in der Nähe, das Tolo beunruhigt«, erklärte Beorn dem Findelkind. Trevir gab einen quäkenden Laut von sich und widmete sich wieder der Betrachtung seiner zehn beweglichen Fingerchen.

Unglücklich sah sich der Böttcher um. Er hätte wenigstens ein paar Eichenstämme aus dem Unterstand holen und daraus auf dem Schlitten ein Versteck bauen sollen. Ärgerlich schüttelte er den Kopf. Nein, womöglich hätte er damit das Kind erschlagen. Er musste sich etwas anderes einfallen lassen, und zwar schnell. Irgendjemand streifte da herum und – egal ob es ein Nachbar oder ein Fremder war – dieser Jemand sollte den Knaben besser nicht zu Gesicht bekommen. Als Beorns Blick eine grasbewachsene Lichtung streifte, hatte er eine Idee …

Die Sonne neigte sich bereits dem Horizont zu. Während Beorn sein ärmliches Gespann aus dem Feenwald herausführte, schien sein Schatten sich nicht von den Bäumen lösen zu wollen – immer länger wurde er. In der Nähe führte ein Lehmpfad vorbei. Weder dort noch auf den umliegenden Schafweiden war eine Menschenseele zu sehen. Aber Tolo hatte schon mehrmals unwillig geschnaubt. Der Böttcher war angespannt wie selten. Fahrig rückte er die Axt auf seiner Schulter zurecht. Bald erreichte er den gelbbraunen Pfad und folgte ihm Richtung Annwn. Nur einen Bogenschuss vom Waldsaum entfernt, musste er einen gebogenen Hohlweg durchqueren.

Und dort traf er auf den dunklen Reiter.

Der große Hengst stand quer zum Weg. In seinem Sattel saß ein wild aussehender Bursche, der sich lässig auf eine Lanze aus Ebenholz stützte. Das stumpfe Ende des langen Schafts hatte er in den Lehmboden gerammt, die Spitze funkelte silbrig neben seinem Ohr. Hinter der Schulter des Fremden ragte ein Schwertgriff hervor. Selbst im Sitzen konnte man ahnen, wie groß und ungemein kraftvoll dieser Mann war. Er trug schwarze Kleidung, sogar sein langes, strubbelig herabhängendes Haar und der wie von Motten zerfressene Vollbart waren von dieser Farbe. Einzig die rechteckigen Metallplatten auf seinem Wams gaben ihm etwas Glanz.

Als er keine Anstalten machte, den Weg freizugeben, zügelte Beorn sein Pferd. Tolo schnaubte abermals und verlangsamte nur allmählich das Tempo. Er glotzte den nachtschwarzen Artgenossen und dessen Reiter an, als hätte er große Lust, die beiden über den Haufen zu rennen. »Ho!«, rief der Böttcher streng und riss heftig am Zaumzeug. Endlich bequemte sich Tolo stehen zu bleiben. Beorn bangte um das Kind auf dem Schleppgestell. Der Fremde durfte es auf keinen Fall sehen. War er ein Wegelagerer? Vermutlich. Warum sonst sollte er sich hier so aufbauen, dass man ihn erst im letzten Moment sah und dann unmöglich an ihm vorbeikommen konnte? Angriff ist die beste

Verteidigung, dachte sich der Böttcher, und erhob selbstbewusst die Stimme.

»Könnt Ihr Euch keinen anderen Platz zum Rasten aussuchen, Herr? Mein Hengst ist halb blind und neigt dazu, allzu plötzlich auftauchende Hindernisse in den Boden zu treten.«

»Ihr habt gut daran getan, Euren wandelnden Fleischkloß rechtzeitig zu bändigen«, erwiderte der Mann auf dem Rappen kühl. Zur Unterstreichung seiner Worte senkte er die Lanzenspitze, bis sie genau auf Beorns Kopf zielte.

»Habt Ihr Euch verirrt? Kann ich Euch helfen?«, schlug der einen etwas gemäßigteren Ton an. Zugleich wanderte seine Hand langsam den Axtstiel hinab, eine deutliche Warnung an sein Gegenüber.

»Verirrt? Wohl kaum. Was die andere Sache betrifft – möglicherweise«, erwiderte der Fremde ruhig. Er schien nicht unbedingt auf einen Waffengang mit dem bulligen Dorfbewohner erpicht zu sein. Mit gerecktem Hals spähte er über Tolos breite Kruppe. »Was habt Ihr da auf Eurem Gestell? Man könnte glauben, das seien Grassoden.«

»Warum fragt Ihr, wenn Ihr es doch seht?«

»Ich kenne Leute, die im Wald Fasanen jagen, um ihren Bauch zu füllen. Andere sammeln Holz, weil sie Brot backen oder sich im Winter einfach nur ein warmes Feuerchen anzünden wollen. Aber weshalb sollte jemand *Gras* einsammeln?«

»Ich wüsste nicht, was Euch das angeht«, antwortete Beorn verwegen und hatte gleich darauf das Gefühl, von zwei dunklen Augen regelrecht durchbohrt zu werden.

Doch nach einer Weile lächelte der Reiter dünn, hob seine Lanze und gab den Weg frei. »Geht! Ihr scheint mir ein braver Mann zu sein und tapfer noch dazu: Wagt Euch allein mit Eurem Pferd in den Zauberwald und trotzt einem Krieger, der Euch weit überlegen ist.«

»Manchmal trügt der Schein«, gab Beorn äußerlich ruhig zurück und setzte sich mit seinem Gespann in Bewegung. Als Tolo an dem Rappen vorbeitrottete, glotzte er seinen Artgenossen grimmig an.

Schon hatten der Böttcher und sein Gaul den dunklen Reiter so gut wie passiert, als Letzterer plötzlich »Halt!« rief.

Beorn erschauerte und zügelte abermals sein Pferd. Mit bangem Blick wandte er sich um.

Der Krieger hatte sich im Sattel vorgebeugt und blickte neugierig auf die Grasmatten herab, die auf dem Schleppgestell einen kleinen Haufen bildeten. Der Fremde lächelte entschuldigend. »Vergebt einem neugierigen Mann, aber ich wüsste doch zu gerne, warum Ihr den Feen *Gras* stehlt, anstatt etwas Nützliches mitgehen zu lassen.«

Der Böttcher starrte den Fragesteller nur an, brachte jedoch kein Wort hervor. Was hätte er auch antworten sollen?

Plötzlich drehte der Reiter seine Lanze um und bohrte sie in die Soden.

Beorn zuckte sichtlich zusammen und rief entsetzt: »Hört sofort auf damit! Wenn Ihr es unbedingt wissen wollt, dann gut. Aber Ihr dürft es niemandem verraten.«

Der dunkle Reiter grinste. »Ich kann es kaum erwarten, Euer Geheimnis mit Euch zu teilen.«

Der Böttcher senkte den Blick. »Meine Frau ist unfruchtbar. Wir haben keine Kinder, obwohl wir uns sehnlich welche wünschen.« Beorn schaute dem Reiter unvermittelt ins Gesicht. »Ihr selbst sagt, das Gehölz da drüben sei ein Zauberwald. Könnt Ihr da nicht verstehen, wenn wir es wenigstens *versuchen* wollen?«

»Was versuchen?«

»Nun, wenn wir unser Lager mit diesen Soden auspolstern und uns darauf ...« Beorn sah wieder zu Boden und schwieg.

Der Fremde brach in schallendes Gelächter aus. »Ihr wollt Euch mit Eurem Weib auf dem Feengras lieben, damit es Euch ein Balg schenkt?« Er schüttelte ungläubig den Kopf, fügte aber hinzu: »Die Idee ist gar nicht so schlecht! Muss ich mir merken.«

»Lasst Ihr mich jetzt gehen?«, fragte Beorn leise.

Der dunkle Reiter wedelte mit der freien Hand. »Nur zu! Eilt Euch, damit das Gras nicht welk wird. Ihr solltet ohnehin im Dorf sein, wenn die Nacht hereinbricht. Wir leben in unsicheren Zeiten.«

Die Hütte des Böttchers von Annwn lag in einer Mulde am Dorfrand, gleich hinter dem Wehrzaun aus angespitzten Pfählen. Abgesehen von Helm, dem Schmied, der ihm von weitem zuwinkte, bemerkte niemand sein Kommen.

Seit dem Verlassen des Hohlweges hatte Beorn immer wieder besorgte Blicke auf seine Grassoden geworfen, weil aus dem Haufen ein seltsames blaues Licht drang, nicht ständig, aber doch beunruhigend oft. Hoffentlich hatte der dunkle Reiter es nicht bemerkt.

Beorn führte sein Pferd hinter die Hütte, wo das Dach von einer ausladenden Linde überragt wurde. Dort glaubte er sich unbeobachtet. Schnell nahm er die erste Grasmatte von dem Gestell. Ein grelles blaues Licht schlug ihm entgegen.

»Was hast du da?«

Die strenge Stimme ließ Beorn zusammenfahren. Verschämt drehte er sich um. Hinter ihm stand Idana, die Fäuste in die Seiten gestemmt, argwöhnisch den leuchtenden Grashaufen beäugend. Des Böttchers Frau besaß eine zierliche Statur. Als Tochter des Schultheiß von Annwn hatte sie jedoch von jeher über genügend Selbstbewusstsein verfügt, um größer zu erscheinen, als sie in Wirklichkeit war.

»Eine Überraschung«, erwiderte Beorn schließlich und grinste bis über beide Ohren.

»Das sehe ich. Du ziehst aus, um Holz zu holen, und kommst mit Grassoden zurück. Was soll das? Und warum hast du ein Feuer darunter angezündet?«

»Mit dem Leuchten habe ich nichts zu tun, mein Herz. Und das Gras dient allein der Tarnung.«

Idana trat näher heran und wirkte mit einem Mal gar nicht mehr so selbstsicher. Halb versteckte sie sich hinter ihrem Mann, während sie an dessen Schulter vorbei die Ladung des Schleppgestells betrachtete. »Aber woher kommt das Licht, wenn da kein Feuer brennt?«

»Warte nur! Gleich wirst du es sehen.«

Schnell legte Beorn die im Wald ausgestochenen Soden zur Seite. Mit biegsamen Zweigen hatte er eine Art Dach gebaut, um seine kostbare Fracht vor neugierigen Blicken zu verbergen. Als Idana das Kind erblickte, riss sie Augen und Mund auf.

»Jetzt staunst du, nicht wahr?«, freute sich Beorn.

»Das ist ein …« Sie schüttelte ungläubig den Kopf.

»Man nennt so etwas ›Kind‹. Genauer gesagt ›Knabe‹. Ich habe mich schon vergewissert: Alles ist vorhanden.«

»Aber …« Idana wusste nicht, ob sie ihren Mann oder das lebende Bündel mehr bestaunen sollte. »Woher hast du ihn? Und warum glüht er wie ein Stern am Nachthimmel?«

Der Säugling gab einen unwilligen Laut von sich.

»Bestimmt hat er Hunger«, sagte Beorn. »Nimm ihn ruhig auf den Arm und wiege ihn ein wenig. Er ist jetzt unser Sohn. Ich finde, er sollte Trevir heißen. Er wird die Kraft von dreien brauchen, um in unserer Welt bestehen zu können und – wer weiß – vielleicht besitzt er sie ja sogar: Die Feen haben ihn uns nämlich geschenkt.«

Schon hatte Idana den Jungen von dem Gestell aufgehoben, verharrte nun jedoch mitten in der Bewegung. »Was?«

In knappen Worten erklärte der Böttcher die Umstände seines erstaunlichen Funds. Dabei genoss er den glücklichen Ausdruck auf dem Gesicht seiner Frau, die das Kind an ihre Brust drückte, als wolle sie es nie mehr loslassen. Nichts sollte diesen wunderbaren Moment stören – schon gar nicht diese kleine Absonderlichkeit, die Beorn erst jetzt auf dem linken Schulterblatt des Säuglings entdeckte: ein rotes Feuermal, das wie ein verschlungenes Band aussah und in der Mitte ein vollkommenes Dreieck bildete.

Die blaue Aura des Knaben spiegelte sich in Idanas feuchten Augen wider. Sie war seit dreißig Jahren mit Beorn verheiratet. Genauso lange wünschte sie sich schon ein Kind. Zuletzt hatte sie jede Hoffnung aufgegeben. Und nun wurde ihr größter Traum doch noch erfüllt. Eine ihrer Tränen tropfte dem Kind auf die Wange. Sein unruhiges Zappeln hörte sogleich auf und es betrachtete wie gebannt die Frau, die es in den Armen hielt.

»Ich habe noch nie ein Neugeborenes mit so wachem Blick gesehen«, sagte Idana hingerissen.

Beorn streichelte lächelnd ihre Wange. »Die Feen schenken uns Menschen ja auch nicht jeden Tag ein Kind.«

»Du und deine Feen!« Idana lachte. »Was werden die Nachbarn dazu sagen, wenn wir plötzlich mit einem Sohn durchs Dorf spazieren?«

»Sie brauchen nicht zu wissen, wo ich ihn entdeckt habe. Wir sagen ihnen nur, Trevir sei ein Findelkind. Davon gibt es in diesen Zeiten genug.«

Idana nickte. »Es ist vielleicht besser, wenn du die Grassoden unauffällig verschwinden lässt.«

Beorn kratzte sich am Kopf. »Du hast Recht. Darüber habe ich noch gar nicht nachgedacht. Wo ...?«

»Schichte sie einfach in dem hohlen Baum auf. Den wolltest du sowieso fällen, bevor der Schnee ihn über unserem Haus zusammenbrechen lässt. Wenn du die Wurzeln ausgräbst, lässt du die Soden einfach in der Erde verschwinden.«

Der Böttcher küsste seine Frau auf die Stirn. »Du warst schon immer ein kluges Mädchen. Geh nur schon ins Haus und kümmere dich um unseren Sohn. Ich werde inzwischen die Spuren verwischen.«

Beorn und Idana umarmten sich. Trevir steckte zwischen ihnen und gab keinen Mucks von sich, fast so, als genieße er diesen Moment familiärer Geborgenheit. Dann löste sich Idana von ihrem Mann und schlich mit dem Kind ins Haus.

Beorn machte sich mit einer Heugabel an die Arbeit. Das Baumloch lag auf der von der Hütte abgewandten Seite, wo ein natürlicher Erdbuckel das kleine Reich des Böttchers vor den neugierigen Blicken der Nachbarn schützte – ein ideales Versteck. Bald waren alle Grassoden im hohlen Stamm der alten Linde verborgen. Die Sonne hatte sich gerade hinter den Horizont geschlichen und ließ zum Abschied den Himmel in der Farbe des Blutes erglühen.

Die Alarmglocke versetzte die Bewohner des Dorfes in Angst und Schrecken. Innerhalb kurzer Zeit war ganz Annwn auf den Beinen. Auch Beorn stürzte mit seiner Axt ins Freie, nachdem er Idana angewiesen hatte, beim Kind in der Hütte zu bleiben.

Überall brannten Fackeln. Bewaffnete Männer und Frauen liefen zu ihren Posten beim Wehrzaun. Vor der Tür traf Beorn auf seinen Freund Helm, in dessen Faust ein schartiges Breitschwert lag. »Was ist los? Wieder so eine Räuberbande, die unsere Hühner stehlen will?«, fragte der Böttcher den Schmied.

»Ich fürchte, diesmal sieht es schlimmer aus. Es ist Mologs Horde!«

Beorn riss die Augen auf. Molog war der mächtigste, grausamste und gefürchtetste aller Kriegslords. »Bist du sicher? Zennor Quoit liegt sieben Tagesreisen von hier.«

»Kürzlich hörte ich von einem Wanderer, Molog sei ein unruhiger Geist, den es nie lange in seiner Festung hält. Machen wir uns nichts vor, Beorn: Zennor Quoit ist nur das schwarze Herz einer Bestie, die in letzter Zeit immer schneller wächst. Bald wird ihr stinkender Leib das ganze Land in Schatten tauchen.«

Der Böttcher ließ seinen Freund stehen und rannte zur Palisade. Als er durch eine Schießscharte auf das freie Weideland vor dem Dorf hinausblickte, lief es ihm eiskalt den Rücken hinunter. So weit sein Auge reichte, erblickte er schwarze Krieger. Ganz Annwn war offenbar von diesen wilden Gesellen umzingelt, die … Beorn erstarrte.

»Der dunkle Reiter!«, hauchte er. Der hünenhafte Krieger mit dem großen Ebenholzspeer war unverwechselbar. Es musste ein Kundschafter gewesen sein.

»Was suchst du mit deiner Axt bei der Schießscharte, Beorn?« Helms Stimme drang wie durch einen dicken Vorhang in das Bewusstsein des Böttchers vor, der sich wie benommen zu seinem Freund umwandte. »Jetzt geh schon zum Tor! Sie werden versuchen an der schwächsten Stelle durchzubrechen.«

Beorn taumelte davon. Seinen Platz nahm ein Bogenschütze ein. Nach wenigen Schritten blieb der Böttcher stehen. »Trevir!«, flüsterte er und rannte in die entgegengesetzte Richtung fort.

»Sie kommen wegen des Kindes. Wir müssen es verstecken!« Mit diesen Worten stürzte er in sein eigenes Haus.

Idana war schreckensbleich. »Was ist da draußen los?«

Beorn fasste Helms Lagebeurteilung und seine eigenen Beobachtungen zusammen. Dann sprach er seine Ahnungen aus. »Frag mich nicht warum, aber sie wollen Trevir haben. Ich bin mir ganz sicher. Der dunkle Reiter heute Nachmittag – das war keine zufällige Begegnung. Er hat in voller Absicht beim Feenwald Posten bezogen. Er wusste von Anfang an über das Kind Bescheid. Und ich Narr glaubte, ihn getäuscht zu haben.«

Idana schüttelte den Kopf. Tränen rannen über ihre Wangen. »Du bildest dir das alles bestimmt nur ein, Beorn. Es ist irgendein Kriegslord, der uns plündern will. Annwn ist ein wehrhaftes Dorf und diese Lumpen sind zu ungeduldig, um sich auf eine längere Belagerung einzulassen. Wir haben Bedrohungen wie diese schon oft durchgestanden. Du wirst sehen …«

»Idana!«, unterbrach Beorn seine Frau. Obwohl er kaum die Stimme erhob, war doch das Grauen zu hören, das ihm in den Knochen saß. »Es ist das *Schwarze Heer!* Ich habe sie gesehen. Mologs Horde wird uns – insofern gebe ich dir Recht – nicht einen einzigen Tag belagern. Wenn wir ihnen nicht das Kind aushändigen, wird das Schwarze Heer uns einfach niederwalzen.«

»Du willst doch nicht …«

»Nein, Idana. Selbst wenn ich mit meinem Leben dafür bezahlen muss, werden sie Trevir nicht bekommen.«

»Dann müssen wir ihn verstecken, bis der Sturm auf Annwn vorüber ist.«

»Du hast schon wieder Recht.«

»Lass uns das Kind in den Baum legen. Abgesehen von ein paar Spinnen wird es dort niemand finden.«

»Wenn ich dich nicht hätte, Idana! So machen wir's.«

Gemeinsam lief das Paar mit dem Kind hinaus, um die Hütte herum und zu der alten Linde.

»Als hättest du's geahnt, mein Herz«, sagte Beorn, als er mit einem Talglicht in den hohlen Baum leuchtete. »Trevir wird auf seinem Lager aus grünem Gras die größte Schlacht in der Geschichte Annwns glatt verschlafen.«

»Vielleicht kommt es gar nicht zum Kampf«, redete sich Idana ein.

Ein lautes Krachen ganz in der Nähe machte ihrer Hoffnung auf einen glimpflichen Verlauf der Belagerung ein jähes Ende. Mit angstvollen Blicken wandte sich das Paar dem Schutzzaun zu, über den gerade ein Schwarm brennender Pfeile hinwegfegte. »Doch – er hat bereits begonnen«, murmelte Beorn.

Idana kam schneller wieder zur Besinnung als ihr Mann. Rasch schob sie das Kind durch die Öffnung in den hohlen Baum und ließ es an einem Zipfel seines Leinentuches auf das Bett aus Gras hinab. Als ihr Kopf wieder zum Vorschein kam, war da einmal mehr dieses zuversichtliche Lächeln der selbstbewussten Schultheißtochter.

»Jetzt lass uns das Dorf retten«, verkündete sie mit fester Stimme.

Beorn umarmte seine Frau. Er drückte sie fester an sich, als ihr zarter Körperbau es als klug erscheinen ließ. Noch einmal küsste er ihren weichen Mund, aus dem er so viele liebe Worte vernommen hatte. »Eher sterbe ich, als dass ich euch schutzlos diesen Mordbrennern überlasse.«

Gemeinsam liefen sie zum Tor hinüber. Beorn besaß weder Schwert noch Speer, nur seine Axt. Idana schwang drohend die Heugabel.

Annwns Verteidigungsheer war ein Gegner wie alle anderen: schlecht ausgerüstet und wenig erfahren im Kampf. Nur die Moral eines um sein Leben kämpfenden Dorfes durfte nicht unterschätzt werden. Trotz seiner Jugend war sich Molog der damit verbundenen Risiken durchaus bewusst. Andererseits konnte er sich in diesem besonderen Fall kein langes Zaudern erlauben. Seine Strategie war ein Notbehelf. Am Ende würde das Dorf ihm gehören. Nur der Preis stand noch nicht fest.

Die Schlacht um Annwn begann mit einem Paukenschlag. Den »Schlägel« bildete in diesem Fall ein mächtiger Rammbock, dessen Stoßfläche einem Widderkopf nachempfunden war. Die durchtrainierte Truppe gedrungener, ausgesprochen kräftiger Männer, die das ganze Gewicht des eisenbewehrten Baumstammes mit Anlauf gegen das Tor des Dorfes krachen ließ, wurde von hoch gewachsenen Kämpfern flankiert, die ihre Kameraden mit großen Schilden vor gegnerischen Geschossen schützten.

Zugleich deckte Molog das Dorf mit einem Hagel aus brennenden Pfeilen ein. Er war geradezu vernarrt in diese Waffe. Feuer konnte so viel Verwirrung stiften! Es schüchterte den Gegner ein, machte ihn kopflos. Die zerstörerische Kraft von Flammen war absolut.

»Sie kämpfen tapfer«, mischte sich eine Stimme in Mologs Betrachtungen. Sie stammte von seinem Waffenmeister, der neben ihm auf einem großen Rappen saß. Cord von Lizard verfolgte das Kampfgeschehen auf seine schwarze Lanze gestützt.

Niemand außer vielleicht Molog selbst konnte sich an Kraft und Geschicklichkeit mit diesem Mann messen. Nur Cord besaß einen Speer aus Ebenholz, das zwar hart, aber auch außergewöhnlich schwer war. Das Breitschwert auf seinem Rücken hätten die meisten Kämpfer kaum mit zwei Händen führen können, der dunkle Reiter benötigte dafür nur eine.

»Sie kämpfen immer tapfer, doch …« Molog wog noch einmal ruhig ihre Chancen ab; für einen Mann von Anfang zwanzig besaß er eine erstaunliche Gelassenheit. Er schätzte zwar das Urteil seines älteren Ratgebers, aber selbst der unbezwingbare Cord von Lizard durchschaute nicht die ganze Tragweite der jüngsten Ereignisse, wusste nicht, was für eine Schlacht hier geschlagen wurde. Es ging dabei um weit mehr als nur um einen kleinen Gebietsgewinn. Ganz Trimundus konnte einen Erfolg in dieser Nacht nicht aufwiegen. Er, Molog, hatte sein Schicksal nicht allein mit *dieser* Welt verbunden. Und deshalb fiel seine Antwort auch anders aus, als Cord es erwartete. »Doch jetzt ist nicht die Zeit, uns zu schonen. Befiehl den Männern das Dorf zu stürmen.«

»Aber, Herr! Wenn wir den Gegner noch eine halbe Stunde lang zermürben, dann …«

»Dann könnte es zu spät sein, Cord. Sobald wir den Durchbruch geschafft haben, reitest du in die Siedlung und widmest dich dem *einen* Ziel. Du weißt, wovon ich rede.«

Der Waffenmeister nickte. Im Widerschein des brennenden Dorfes wirkte sein ausdrucksloses Gesicht wie eine Maske. »Wenn das, was Ihr zu finden hofft, in Annwn ist, werde ich es aufspüren.«

Mit einer fließenden Bewegung, an der nichts die in ihr liegende Kraft erahnen ließ, zog Cord das mächtige Schwert aus der Scheide auf seinem Rücken. Als er es zum verabredeten Zeichen in die Höhe reckte, ertönten rings um Annwn die Schlachthörner.

Der Sturm auf das Dorf glich einem jener zerstörerischen

Naturereignisse, die ohne Ansehen der Person jeden und alles vernichteten. Obwohl die Männer, Frauen, ja sogar die Kinder Annwns hinter dem Schutzzaun erbittert kämpften, konnten sie der Kriegsmaschinerie Mologs doch nicht lange standhalten. Bald brach das Tor unter den gewaltigen Hieben des Widderkopfes. Gleichzeitig drangen immer mehr Krieger über Sturmleitern in das Dorf ein. Innerhalb kurzer Zeit tobte die Schlacht zwischen den brennenden Häusern. Das Schwarze Heer verschonte weder Mensch noch Tier. Die Schreie verletzter und sterbender Kreaturen hallten durch die Nacht.

Mittendrin bewegte sich Cord von Lizard wie ein Sturmvogel auf windgepeitschter See. Ab und zu wich er einem Geschoss aus oder streckte mit seiner Lanze einen angreifenden Dorfbewohner nieder. Nur gelegentlich setzte er sein mächtiges Breitschwert ein – die Kämpfe waren alle erschreckend kurz – und nicht selten erlag sein Gegner einem einzigen Hieb. Plötzlich richtete sich der Waffenmeister Mologs im Sattel auf. Er hatte jemanden entdeckt, der gerade aus einer brennenden Hütte gelaufen kam und sich gehetzt umblickte. Nur durch einen kurzen Zuruf brachte Cord sein riesiges Pferd auf Kurs.

Der Rappe galoppierte geradewegs auf den Böttcher von Annwn zu.

Zweifellos hätte das Tier ihn in den Staub getreten – diese Art von Schlachtrössern wurden ihres natürlichen Instinkts, einem Menschen auszuweichen, auf brutale Weise beraubt –, doch der dunkle Reiter tötete nie vorschnell, nie ohne Bedacht. Er zügelte sein Pferd, das kurz vor Beorn zum Stillstand kam.

Der Böttcher schwenkte seine blutige Axt. »Ich hätte mir gleich denken können, dass ein Mann wie Ihr nur Unheil bedeuten kann«, keuchte er.

»Und ich sagte bereits, dass Ihr ein tapferer Geselle seid. Wie viele von meinen Kriegern habt Ihr mit diesem Spielzeug da schon umgebracht?«

»Gleich noch einen mehr«, antwortete Beorn drohend, dann

erst wurde er sich der Wortwahl seines Gegenspielers bewusst. »Sagtet Ihr, *Euren* Kriegern? Dann seid Ihr also Molog von Zennor Quoit! Schert Euch zurück auf Eure sturmumtoste Burg und nehmt Euer Gesindel gleich mit.« Wieder fuchtelte Beorn mit der Axt herum, obgleich er sich der weitaus größeren Reichweite des schwarzen Speers vollauf bewusst war.

Den dunklen Reiter schien die gegnerische Waffe wenig zu beeindrucken, fast hätte man ihn für ein Standbild halten können. »Ich muss Euch enttäuschen«, antwortete er seelenruhig. »Mein Name ist Cord von Lizard. Ich bin Mologs Waffenmeister und mache Euch ein Angebot, mit dem Ihr dieses Gemetzel hier auf der Stelle beenden könnt.«

»Warum kommt Ihr damit zu mir, zu Beorn, dem Böttcher von Annwn? Verhandelt mit Redbeard, dem Schultheiß – sofern er noch lebt.«

Es war ein aberwitziges Bild: Ringsherum versank das Dorf in Feuer und Blut und da palaverten ein Böttcher und ein schwarzer Reiter, als ginge es lediglich darum, den Preis für ein Fass auszumachen. »Ihr habt mich missverstanden, Böttcher Beorn«, erklärte Cord geduldig. »Ich sage Euch lediglich, wie Ihr Euren Hals retten könnt und den Eurer Leute obendrein. Ihr *allein* könnt dieses Angebot annehmen oder es ablehnen.«

Beorn schluckte. »Ich habe nichts, das für Euch irgendwie von Wert sein könnte.«

»Das sieht mein Herr anders: Er will das Kind – auf der Stelle!«

»Welches …?«

»Hört auf, es zu leugnen«, schnitt Cord ihm das Wort ab. »Jede Eurer Widerreden kostet einigen Eurer Nachbarn das Leben. Ihr Blut klebt an Euren Händen.«

Einen Moment lang raubte diese Vorstellung Beorn schier den Atem. Aber dann erwiderte er: »Nicht ich spalte die Schädel meiner Freunde oder schneide ihnen die Kehle durch. Das seid Ihr und Eure Männer. Im Übrigen habe ich keine Ahnung, von was für einem Kind Ihr überhaupt sprecht.«

»Ich meine den Säugling, den Ihr im Feenwald gefunden habt.«

Fast wäre Beorn die Axt aus der Hand gerutscht. »Ihr habt das Licht ...!« Er biss sich auf die Zunge.

Aber Cord hatte ihn genau verstanden und hakte sofort nach. »Ein Licht? Ein *blaues* Licht? Nein, ich habe es nicht gesehen. Mir ist nur aufgefallen, wie Ihr zusammenzucktet und wie blass Ihr geworden seid, als ich heute in dem Hohlweg meine Lanze in Euren grünen Liebeshaufen spießte. Da war mir klar, dass Ihr unter dem Gras etwas vor mir versteckt habt. Doch jetzt, wo Ihr selbst das Licht erwähnt, bin ich mir meiner Vermutung umso sicherer. Wo versteckt Ihr das Kind?«

Beorn konnte vor Kummer und Scham kaum noch auf den Beinen stehen. Er hatte Trevir verraten. Und seine Nachbarn ebenso. Sie wussten nicht einmal, wofür sie starben. Für einen Wunschtraum – ein Kind! – opferte er ein ganzes Dorf. Ging er damit nicht zu weit?

Seine Augen füllten sich mit Tränen. Verzweifelt schüttelte er den Kopf. Als er langsam den Mund öffnete, bebten seine Lippen. Er wünschte, Idana wäre jetzt an seiner Seite. Sie wusste immer, was zu tun war. Aber er hatte sie in dem Kampfgetümmel aus den Augen verloren. In der Hütte war sie jedenfalls nicht. Ob sie überhaupt noch lebte?

»Böttcher Beorn!«, schrie der dunkle Reiter. »Sprecht! Wo ist das Balg?«

»Das Kind ...«, stammelte Beorn. Seine Stimme versagte. Wie ein gehetztes Tier blickte er sich zu seiner lichterloh brennenden Hütte um.

»Ist es in dem Haus?«, drängte der Waffenmeister.

Beorn schluckte und setzte erneut an. »Es ...«

Ein fauchendes Geräusch ließ ihn abermals stocken. Cord riss entsetzt den Kopf herum. Er verfügte über die Instinkte eines Wolfes. Zweifellos hätte er dem brennenden Pfeil ausweichen können – wenn dieser für ihn bestimmt gewesen wäre. Aber das Geschoss raste auf den Böttcher zu.

»Duckt Euch!«, schrie der Waffenmeister und schleuderte zugleich sein Breitschwert in die Flugbahn. Wie durch ein Wunder trafen sich die schwere Klinge und der Pfeil. Aber das Geschoss wurde nur ein wenig abgelenkt. Vielleicht hätte es nur Beorns Arm getroffen, so aber bohrte es sich mitten in seine Brust.

Der Böttcher sah Cord verwundert an. Seine Augen waren geweitet. »Das Kind …«, begann er ein drittes Mal, aber seine Stimme war nur noch ein Krächzen. Schwer sackte er auf die Knie, fiel vornüber und blieb reglos liegen.

Cord von Lizard schüttelte wütend sein zottiges Haupt. »Ihr hättet nicht sterben müssen, Böttcher Beorn«, knurrte er und wandte sich dem brennenden Haus zu. Dort, nur einen Speerwurf weit entfernt, entdeckte er eine Frau. Ihre Augen waren aufgerissen, die Hände vor dem Mund ineinander verkrallt. Entsetzt schüttelte sie den Kopf.

Der Waffenmeister schnalzte mit der Zunge und sein Rappe lief sogleich los. Die Frau hatte die Blüte ihrer Jahre bereits überschritten. Silberne Strähnen durchzogen ihr glattes langes, im Feuerschein rot schimmerndes Haar. Ihre Reaktion auf den Tod des Böttchers ließ für Cord nur einen Schluss zu: Sie war Beorns Eheweib. »He!«, rief er laut.

Anstatt vor Angst zu erstarren, lief die Frau in das brennende Haus hinein.

Der dunkle Reiter spornte sein Pferd an. Unmittelbar vor dem Gebäude riss er an den Zügeln und sprang aus dem Sattel. Mit Lanze und Schwert bewaffnet rannte er in die Hütte.

Drinnen herrschte ein infernalisches Durcheinander. Die Hitze und der beißende Qualm raubten Cord schier den Atem. Tränen schossen ihm in die Augen und lösten sich sofort wieder auf. Plötzlich hörte er über sich ein beängstigendes Krachen. Er reagierte wie in einem Zweikampf. Mit dem Schwert parierte er den »Hieb« des auf ihn niederfahrenden Balkens. Dabei bemerkte er aus den Augenwinkeln einen Schemen. Mit vorgereckter Lanze fuhr er herum. Aber die Gestalt – so es denn überhaupt eine gewesen war – hatte sich schon wieder zurückgezogen. Abermals hörte der Waffenmeister über sich ein bedrohliches Knirschen. Fieberhaft blickte er sich um. Da brannten eine Schlafstatt, eine Truhe und andere Möbelstücke. Lodernde Dachbalken lagen herum. Überall waren Gegenstände über den Boden verstreut. Aber von dem Kind und der Frau fehlte jede Spur.

Cord stieß einen Fluch aus und sprang mit zwei langen Sätzen zum Ausgang hin. Keinen Moment zu spät. Hinter ihm stürzte nun endgültig die Hütte des Böttchers ein. Über den Trümmern erhob sich eine gewaltige Lohe und setzte die alte Linde neben dem Haus in Brand. Funken stoben wie ein glühender Wespenschwarm durcheinander. Der Krieger musste mit dem Unterarm sein Gesicht beschirmen, um die Hitze abzuhalten. Es hatte keinen Zweck. Wenn sich noch irgendjemand in dem Haus befunden hatte, dann kam für ihn jede Rettung zu spät.

Grimmig wandte sich Cord von dem Trümmerhaufen und dem lodernden Baum ab. Sein Herr würde nicht erfreut sein, von diesem Ausgang der Schlacht zu hören.

Das warme Strahlen der morgendlichen Herbstsonne erschien Aluuin wie blanker Hohn. Fassungslos schritt er durch die rauchenden Überreste des Dorfes. Er hatte in seinem langen Leben schon viel Leid gesehen, aber das hier … Dutzende von Leichen und Tierkadavern. Der Alte schüttelte angewidert den Kopf. Die zahlreichen Kriegslords unternahmen tagtäglich Überfälle. Sie mochten das Land knechten und beuteln, aber bei aller Mordlust wussten sie dennoch, dass man Tote nur einmal fleddern kann. Zugegeben, hin und wieder gab es auch blutige Strafaktionen, aber solche Maßnahmen dienten gewöhnlich dem Zweck, von den Überlebenden einen umso höheren Tribut zu erpressen. Hier jedoch steckte eine andere Absicht dahinter.

Das Oberhaupt des Dreierbunds nickte verstehend. Nachdenklich und sehr leise sagte Aluuin: »Deine Handschrift ist unverwechselbar, alter Weggefährte. Bist du mir zuvorgekommen?« Er drehte sich um seine eigene Achse und hielt dabei Ausschau nach irgendeiner Auffälligkeit. »Gebt mir ein Zeichen!«, flüsterte er.

War bei diesem Gemetzel denn niemand verschont worden? Überall lagen die toten Körper von Männern, Frauen und sogar Kindern. Es waren ausnahmslos Dorfbewohner. Er würde nachher die Bürger von Wells bitten müssen, ihre Nachbarn zu begraben. Nirgends war die Leiche eines der Angreifer zu entdecken. Aber auch das gehörte zur »Handschrift« des gefürchteten Herrn von Zennor Quoit: Er pflegte die Legende von dem unverwundbaren Schwarzen Heer. Aluuin glaubte nicht an diesen Humbug, schon allein deshalb, weil er Molog kannte. Seine Krieger waren ebenso Menschen aus Fleisch und Blut wie ihre Opfer.

»Wie wäre es mit einem blauen Licht?«, schlug der grauhaarige Hüter des Gleichgewichts vor. Er wusste meist selbst nicht, zu wem er sprach, aber so tat er es ziemlich oft. Das von ihm verlangte Strahlen blieb aus. Hatte er sich etwa getäuscht? War Molog womöglich doch schneller gewesen? Oder gab es in seinen Berechnungen von der nächsten großen Welle einen Fehler? Vielleicht stimmte der Zeitpunkt nicht. Oder der Ort? »Nein!«, widersprach Aluuin den eigenen Zweifeln und zitierte die prophetischen Anweisungen Abacucks des Weisen: »Wenn die erste große Welle gekommen ist, suche am Eingang des Feenreiches nach einem Kind, das weder Vater noch Mutter hat. Findest du es, so kannst du dich glücklich schätzen, denn ihm wird es beschieden sein, Entzweites zu vereinen und Verborgenes zu enthüllen, um die Wunden der Welt zu heilen.« Aluuin holte tief Luft und rief sich den unangenehmen Nachsatz des gelehrten Ordensgründers in den Sinn: »›Das Kind könnte aber auch an einem der anderen Angelpunkte des Triversums erscheinen.‹ – Warum muss er sich nur immer so *unklar* ausdrücken?«, zischte er. Obwohl es in Abacucks Angaben also durchaus Spielraum für unterschiedliche Deutungen gab, war Aluuin überzeugt, den richtigen Ort für seine Suche gewählt zu haben. Auch Molog hatte dem Kind hier nachgespürt, nicht einmal im Feenwald, was viel aussichtsreicher gewesen wäre, sondern – unübersehbar – im Dorf.

Wieder ließ Aluuin seine Augen über das Trümmerfeld schweifen. Angesichts der Tragödie fiel es ihm schwer, nicht ganz in Selbstvorwürfen zu versinken. Wäre er nur etwas früher nach Annwn aufgebrochen! *Einen einzigen Tag …!*

Der Alte horchte auf. Hatte er da eben ein Schnauben gehört, wie von einem Pferd? Als sein Blick dem Geräusch nachging, entdeckte er bei einem rauchenden Schutthaufen, der gestern noch ein Haus gewesen sein musste, ein Pferd. Der Braune war nicht besonders groß, aber ungemein kräftig. Wie hatte das wahrhaft schwer zu übersehende Tier das Gemetzel überleben können?

Nun, da Aluuins Aufmerksamkeit in eine bestimmte Richtung gelenkt worden war, machte er schon bald eine weitere Entdeckung. Über den armseligen Resten des Hauses, in dem ein schreckliches Feuer gewütet haben musste, schwebte gleichsam eine schwarze Kralle.

»Was ist das?«, murmelte der Greis und sah genauer hin. Seine Hand griff unbewusst in den langen, grauen Vollbart und begann darin herumzuwühlen. Aluuin verwunderte weniger der Baum an sich, dem das Feuer schwer zugesetzt hatte – nur einige dickere Äste überragten noch wie verkohlte Gliedmaßen den Trümmerhaufen des Hauses –, sondern vielmehr die Art und Weise, wie diese alte Linde dem Angriff getrotzt hatte.

Neue Zuversicht strömte in die klammen Glieder des Mannes in der grauen Kutte. Gestützt auf seinen knorrigen langen Stab, eilte er auf Pferd und Baum zu. Während er die rauchenden Trümmer der Hütte umrundete, schnaubte der massige Gaul erneut. Obwohl der Fremde dem Tier Angst einzuflößen schien, blieb es doch in der Nähe des Stammes, der seltsam im Sonnenlicht schimmerte. Mehrmals durchlief ein heftiges Zittern die Flanken des Pferdes und es starrte Aluuin durchdringend an. Jeden Moment schien es wie ein wütender Stier auf ihn losstürmen zu wollen.

»Du möchtest etwas beschützen, nicht wahr?«, fragte er freundlich. Das Pferd glotzte ihn nur aus großen braunen Augen an und schnaubte abermals. Der Hüter legte, jede hastige Bewegung meidend, seinen Stab auf den Boden und näherte sich behutsam dem Bewacher der Linde. Dabei sprach er unablässig beruhigende Worte: »Du bist aber ein strammer Bursche. Wie ist dein Name? ›Lindenwächter‹ würde gut zu dir passen. Was bindet dich an diesen Baum?« So erreichte er schließlich das nervöse Ross, ohne es zu verscheuchen. Eine Weile lang tätschelte er ihm Hals und Kruppe.

»Ich würde mir jetzt gerne deinen Schützling ansehen, Lindenwächter. Darf ich?«

Die großen Augen des Hengstes blinzelten einmal.

»War das ein Ja? Ich nehme es einfach mal an«, sagte Aluuin und wandte sich dem Baum zu. Im nächsten Moment verfiel er in ungläubiges Staunen.

Was er aus der Ferne noch für eine Täuschung von Licht und Schatten gehalten hatte, entpuppte sich nun als wundersame Wirklichkeit: Nur jener Teil der Linde, der die Trümmer des Hauses überragte, war verkohlt. Irgendetwas hatte das Feuer schlagartig gelöscht, ehe es den ganzen Baum erfassen konnte. Und jetzt, aus nächster Nähe, erkannte Aluuin auch, was es gewesen war.

Eis.

»Unfassbar!«, hauchte er, obwohl er die dünne Schicht gefrorenen Wassers doch mit eigenen Augen sehen konnte. Zögernd näherte er sich einem tief hängenden Ast, berührte ihn, spürte die Kälte und fragte sich: Was um alles in der Welt konnte an einem warmen Herbsttag einen Baum in diesen frostigen Panzer eingeschlossen haben?

Wie zur Antwort drang ein zarter Laut, der eindeutig nicht von dem Pferd kam, an Aluuins Ohr. Seine buschigen grauen Augenbrauen sprangen förmlich in die Höhe. Er lauschte. Alles war still … Nein, gerade hatte der Wind wieder einen Fetzen des leisen Geräuschs vorbeigetragen.

Mit einem Mal war das ehrwürdige Oberhaupt des Dreierbunds aufgeregt wie ein kleiner Junge. Schnell lief der Alte um den Baum herum und suchte ihn zugleich mit den Augen ab. In den Vertiefungen zwischen den Wurzeln lag *Schnee*! Alle diese Wunder mussten etwas zu bedeuten haben, dessen war sich Aluuin ganz sicher. Und dann entdeckte er das bläulich schimmernde Loch im Stamm.

Es bereitete dem sehnigen, mehr als sechs Fuß großen Oberhaupt der Bruderschaft von Sceilg Danaan keine Schwierigkeiten, den Kopf in den ovalen Spalt zu stecken. Er musste sich dazu nicht einmal auf die Zehenspitzen stellen. Ganz wohl war ihm dabei trotzdem nicht, denn das unruhige Licht, das aus dem Baum drang, konnte alle möglichen Ursachen haben – gute und weniger gute. Vielleicht war es gefährlich, mitten in dieses Strahlen hineinzublicken.

Aluuin entschied sich für eine erste Erkundung mit geschlossenen Lidern. Wenn er eine zu starke Hitze oder eine übermäßige Helligkeit wahrnahm, würde er sich schnell wieder zurückziehen. Vorsichtig steckte er den Kopf durch die Öffnung und hörte plötzlich ein … *Lachen*? Jede Vorsicht fahren lassend, riss er die Augen auf.

Unter ihm lag – umgeben von einer blauen Aura und gebettet auf grünem Gras – ein putzmunteres Kind. Es lächelte zu ihm herauf.

Der Hüter des Gleichgewichts drohte sein eigenes zu verlieren. Ungläubig starrte er auf den wie in großer Eile in weißes Leinen gewickelten Winzling hinab. Ja, dieser Säugling hatte tatsächlich gelacht und damit jede Furcht aus Aluuins Herzen verbannt. Rasch schob der Hüter seinen rechten Arm durch die Öffnung und packte das Kind bei den Zipfeln seines Wickeltuches. Langsam hob er es in die Höhe, bis er auch mit der linken Hand zulangen und es behutsam aus seinem Versteck herausbugsieren konnte.

Durch das entlaubte Geäst der Linde fiel ein Sonnenstrahl mitten auf das Gesicht des Kindes. Es nieste.

»Möge der König der Himmel dich segnen!«, sagte Aluuin und staunte.

Plötzlich rempelte ihn von hinten jemand an.

Molog!, war Aluuins erster Gedanke. Ihm stockte der Atem. Mit steifem Nacken drehte er sich um – und blickte in zwei große braune, glotzende Augen. »Du bist es nur, Lindenwächter!«, stieß er erleichtert hervor. »Hast wohl auf das Kleine hier aufgepasst, wie? Ich kann mir gut vorstellen, dass dein Herr und du es bei der Blutquelle gefunden haben, dort wo sich die Wellen des Triversums treffen.«

Den Hengst, dessen Name gestern noch Tolo gewesen war, schien diese Erklärung nicht zu beeindrucken. Er hatte nur Augen für das unruhig zappelnde Bündel.

»Ich begreife es ja selbst kaum«, tröstete ihn Aluuin und widmete seine Aufmerksamkeit nun ebenfalls wieder dem Kind. Als er in das freundliche Gesichtchen sah, musste er unweigerlich lächeln. »Was strahlst du mich so an, kleiner Bursche? Oder … bist du gar eine kleine Maid?« Er räusperte sich und versuchte streng auszusehen. »Kraft meines Amtes muss ich da einer Sache auf den Grund gehen. Es ist nur eine Kleinigkeit, eine Formsache sozusagen. Du bist mir hoffentlich nicht böse, wenn ich …« Aluuins Finger der rechten Hand gruben sich durch die Falten des Leinentuches. »Ah, da ist's ja schon!«

Der Hüter des Gleichgewichts lachte das glotzende Ross an. »Wir haben Glück, Lindenwächter! Die Bruderschaft bekommt seit langem endlich wieder Zuwachs. Was hältst du davon, mich nach Sceilg Danaan zu begleiten, um den Getreuen die gute Nachricht zu überbringen?«

Das Pferd blinzelte.

»Abgemacht«, freute sich Aluuin und streichelte sanft die Wange des Jungen. »In Gesellschaft zu reisen ist sowieso viel angenehmer, was Kleiner …? Halt mal! Dir müssen wir ja auch noch einen Namen geben. Warte … Ja, ich hab's! Wir nennen dich *Trevir,* denn du strahlst wie das ganze Triversum. Ich müsste mich schon sehr täuschen, wenn nicht auch seine Kräfte in dir wohnen.«

3
Der Fluch des Pharaos

ANX

Der Schrei hallte vielfach von den Wänden des Gewölbes wider. Die Frau musste furchtbare Schmerzen leiden.

Im unterirdischen Gang vor der Kammer des Wissens riss ein kleiner dicklicher Mann mit kahl geschorenem Kopf und silbrig glänzendem Halsring entsetzt die Augen auf. »Bei allen Göttern Baqats, wird sie überleben?«, fragte der Koch den riesigen schwarzen Sklaven an seiner Seite.

»Natürlich!«, donnerte Hobnaj, dass dem Fettwanst die Ohren dröhnten. »Gisa hat breite Hüften und ist jung. Sie wird noch vielen Kindern das Leben schenken.«

»Der Pharao wird sich hüten, sie ein weiteres Mal zu schwängern … *Urgh!*«

Der feiste Diener gab ein unartikuliertes Gurgeln von sich, weil der hünenhafte Nubier ihn am Kragen gepackt und wie eine Stoffpuppe emporgehoben hatte. Jetzt befanden sich ihre Gesichter auf gleicher Höhe. »Hör mir gut zu, Adit«, zischte Hobnaj. »Gisa wird heiraten und glücklich werden. Ihre Leibesfrucht soll über die Bastarde des Pharaos triumphieren. Dafür werde ich sorgen, so wahr ich Hobnaj von Meroe bin. Sie ist die längste Zeit Isfets Konkubine gewesen. Dieser arrogante ›Herrscher der Welt‹ ist ihrer nicht würdig. Hast du das verstanden?«

Der baumelnde Mann nickte eifrig.

»Gut«, sagte Hobnaj und ließ den Diener fallen. Nachdem der im jahrtausendealten Staub des Tunnels gelandet war, gereute den Nubier seine Grobheit und er fügte entschuldigend hinzu: »Nichts für ungut, Adit, aber ich habe Gisas Vater einmal geschworen, sie zu beschützen, und die Edlen von Meroe pflegen ihr Wort zu halten.« Er schnaubte verächtlich. »Außerdem hat sie einen besseren Mann verdient als Pharao Isfet.«

Der Dickbauch am Boden konnte schon wieder kichern. »Hört, hört! Hast dich wohl in die ›Blume vom Nil‹ verguckt, was? Schlag dir das aus dem Kopf, Hobnaj! Greif dir doch mal selbst an den Hals, damit du den Sklavenring dort spürst. Du bist kein Fürst mehr, sondern bestenfalls ein luxuriöses Einrichtungsstück. Selbst wenn Isfet seine Konkubine freigibt, ist die Tochter eines der höchsten Hofbeamten des Reiches eine Nummer zu groß für dich. Such dir ein fruchtbares Ebenholzmädchen und mach ihr ein Dutzend ... *Urrrgh!*« Die Beine des Dieners zappelten erneut in der Luft.

»Wenn du nicht gleich dein Schandmaul hältst, dann wirst du nie wieder einen Kochlöffel in die Hand nehmen können. Was hältst du davon?«

»Deine Herrin würde unweigerlich verhungern«, krächzte der Diener.

»Ich kann auch ganz gut kochen«, entgegnete Hobnaj. Ein weiterer Schrei Gisas ließ sein schweres Haupt zur Kammer des Wissens herumfahren. Er ließ den Koch achtlos fallen.

»*Jetzt!*«, rief drinnen Wira mit derber Stimme. »Presse, was das Zeug hält, Mädchen. Und vergiss nicht zu atmen.«

Nichts tat Gisa lieber, als auf ihre Hebamme zu hören. Sie hatte schon geglaubt, die Wehen würden ihren Leib auf Erbsengröße zusammenschrumpfen lassen. Das Schnaufen und Entspannen hing ihr sattsam zum Halse heraus. Endlich durfte sie pressen. Und sie tat es. Mit aller Kraft. Die farbigen Hieroglyphen an den Wänden der Kammer des Wissens verschwammen vor ihren Augen.

Das Kind hatte lange genug herumgetrödelt. Es war bereits zwei Wochen über der Zeit. Wäre es nach Isfet gegangen, dann hätten seine Leibärzte die Geburt längst auf künstlichem Wege eingeleitet, aber Gisa war dagegen gewesen. Schon die Fruchtwasseruntersuchung hatte sie nur mit Widerwillen über sich ergehen lassen. Seitdem wusste sie, dass sie einen Jungen unter dem Herzen trug und damit auch einen möglichen Thronfolger. Es war gefährlich für eine Konkubine des Pharaos, mit einem Knaben niederzukommen. Deshalb traute Gisa den Medizinern nicht. Die waren auch nur Hofbeamte, also bestechlich, und Ibah-Ahiti konnte sich so viele Staatsdiener kaufen, wie sie wollte – die Gemahlin des Pharaos besaß Geld wie Wüstensand und dazu eine beispiellose Niedertracht. Ausgerechnet jetzt, wo die erste Frau im Staat selbst kurz vor der Niederkunft stand, brachte auch ihre Rivalin einen Knaben zur Welt. Gisa konnte sich lebhaft vorstellen, wie es um seine Überlebenschancen stand. Deshalb hatte sie auch auf die Segnungen der modernen Medizin verzichtet und Hobnaj nach altem Brauch ein geheimes *mammisi* suchen lassen, einen sicheren Platz für die Geburt. Die Kammer des Wissens war dazu wie geschaffen. Diesen heiligen und gut verborgenen Ort durfte bei Todesstrafe niemand betreten außer dem Hohepriester. Zum Glück war der auch nur ein Beamter mit aufwändigem Lebensstil.

»Komm, Mädchen!«, feuerte Wira ihre Herrin an. »Wir wollen doch nicht, dass der Kleine auf dem Weg nach draußen einschläft. Gib dir ein wenig mehr Mühe. Der hübsche Kopf liegt schon in meinen Händen.«

Gisa presste abermals. Zugleich stieß sie einen weiteren Schrei aus. Der Schmerz und ihr Unterleib waren eins. Sie fühlte sich, als würde sie drei Knaben auf einmal zur Welt bringen.

Die Kammer des Wissens befand sich am nördlichen Stadtrand von Memphis, was nicht bedeutete, dass sie in der Nähe des Herrschersitzes lag. Die beiden Orte waren gut zwölf Meilen voneinander entfernt. Die Hauptstadt von Baqat hatte sich aus kleinen Anfängen im Laufe der Jahrtausende zur mit Abstand größten Metropole der Welt entwickelt. Obwohl es noch einige unabhängige Staaten gab, die der gewaltigen Militärmacht des Pharaos trotzten, kannte Anx im Wesentlichen doch nur *eine*

Kultur, nämlich die von Baqat. Die Weltwirtschaft wurde von *einem* Land kontrolliert: von Baqat. Und so gut wie *alle* Religionen leiteten sich – verfolgte man die Gottheiten und Kulte nur lange genug zurück – von Baqats Pantheon und seinen Riten ab. Jede Freiheit auf Anx, selbst die der Rebellenstaaten, beruhte auf einer raffinierten Illusion. Baqat war allgegenwärtig. Und manche behaupteten, sein Herrscher sei der einzig freie Bewohner von Anx – weil er allmächtig war.

Ibah-Ahiti kannte ihren Gemahl besser als alle anderen. Vor allem seine »kleinen Laster« waren ihr nur allzu gut vertraut. Der Pharao hatte viele Gespielinnen. Für die Konkubinen war sogar ein eigener Bezirk im Millionenjahrhaus, dem weitläufigen Palastareal, reserviert. Als Isfets Hauptfrau hatte sich Ibah-Ahiti bisher für unantastbar gehalten. Doch ihr äußerlicher Gleichmut war nur gute Miene zu bösem Spiel. Am liebsten hätte sie längst die gesamte Buhlenschar und ihre Bastarde in den Nil getrieben. Vor allem Gisa, »die schönste Blume in Pharaos Garten«, wie das Volk sie mal spöttisch, mal voller Bewunderung nannte, war ihr ein Dorn im Auge. Die Schlampe würde bald niederkommen. Einem kleinen Thronräuber wollte sie das Leben schenken. Ausgerechnet jetzt, wo sie, Ibah-Ahiti, selbst in den Wehen lag.

»Habt Ihr Gisa endlich gefunden?« Vor Schmerzen brachte Ibah-Ahiti die Worte nur stöhnend hervor. Die Kaiserin ruhte, von blauen Tüchern fast vollständig verhüllt, auf einem speziellen Gebärstuhl, bei dem ihre gespreizten Beine fast wie im Sitzen angewinkelt waren, wobei sie auf dem Rücken lag. Während das medizinische Personal ihre wie auch die Lebensfunktionen des ungeborenen Kindes überwachte, studierte sie die ernste Miene des Mannes am Kopfende ihres Foltergeräts – in Chirurgenkleidung und Kopfhaube war Pharao Isfets erster Leibwächter kaum wiederzuerkennen. Das Unbehagen auf dem Gesicht des Soldaten gefiel Ibah-Ahiti nicht. Sie hielt ihm zugute, dass wohl nur wenige Männer freudig an das Bett einer

Gebärenden traten. Dieses »Geschäft« überließen sie ganz gerne den Frauen.

Waris war ein hoch gewachsener Baqater mit bronzefarbener Haut und einem schmalen Gesicht. Seine Hakennase und die eng beieinander stehenden stechenden schwarzen Augen verliehen ihm ein verschlagenes Aussehen. Er befehligte nun schon länger als alle seine Vorgänger die Leibwache des Pharaos – ein wahrer Überlebenskünstler und tüchtig noch dazu! Seine Ergebenheit gegenüber Ibah-Ahiti war jedoch aus mancherlei Gründen noch bedingungsloser. »Wir haben eine Spur, Herrin. Bald werden wir die Konkubine ergreifen«, antwortete er auf die Frage.

Ibah-Ahiti erwiderte gereizt: »Wozu hängt man den Leibeigenen die Halsbänder um, wenn sie nicht funktionieren?«

Die meisten Gespielinnen des Pharaos standen im komplizierten Klassensystem der baqatischen Gesellschaft zwar einige Stufen über den Sklaven, aber dennoch gehörten sie mit Haut und Haaren ihrem Gebieter. Äußeres Merkmal dafür war besagtes Halsband, das in der Behördensprache schlicht der »Bund« genannt wurde. Ein gewöhnlicher *Bund* bestand aus Edelstahl und konnte im Aussehen stark variieren: Manche hatten eine runde, andere eine ovale, wenige sogar eine eckige Form; oft war die Außenhülle glatt, sogar auf Hochglanz poliert, gelegentlich aber auch mattiert, graviert oder reich verziert. Die höfische Version ließ sich an dem dreieckigen Emblem des »Großen Hauses«, also des Pharaos, sowie an ihrer edlen Ausgestaltung erkennen. Bei ihr handelte es sich schon solange es die *Bünde* gab – seit immerhin fast zwei Dutzend Jahren – um einen Torques, das heißt, der Reif war vorne offen, ungefähr so dick wie der Finger einer zierlichen Frau und glich zwei umeinander geschlungenen Seilen aus poliertem Gold. Was da in der edelsten Variante sogar als Schmuckstück Bewunderung hervorrufen konnte, diente indes aufgrund seines ausgeklügelten Innenlebens alles andere als dekorativen Zwecken. Entfernte sich der

Träger eines Sklavenrings ohne Genehmigung seines Gebieters, konnte er mithilfe eines weltweiten Satellitennetzes theoretisch an jedem Ort von Anx aufgespürt und im Bedarfsfall »ausgeschaltet« werden. Letzteres geschah durch einen im Halsband befindlichen Sprengsatz.

»Alle Welt glaubt, sie seien perfekt, weil – niemand weiß das besser als Ihr, Herrin – die Propaganda Eures Gemahls nicht müde wird, die Zuverlässigkeit der Bünde zu preisen. In der Praxis machen sie aber immer mal wieder Schwierigkeiten. Gelegentlich reißen sie ihrem Träger unkontrolliert den Kopf ab. Oder sie verschwinden von den Schirmen der Überwachungszentrale.«

»Das …« Ibah-Ahiti stockte, weil ein starkes Ziehen im Unterleib ihr schier den Atem raubte. Als der Schmerz nachließ, setzte sie erneut an. »So etwas kann passieren?«

»Wenn der *Bund*-Träger sich tief unter der Erde befindet oder in einem mit Blei ausgekleideten Raum, wird er für das Kontrollamt unsichtbar.«

»Vielleicht hat sich Gisa den Sklavenring abnehmen lassen.«

»Eher unwahrscheinlich. Der Versuch würde ihr und ihrem Helfer das Leben kosten.«

»Dann sucht sie meinetwegen in Luftschutzkellern, Höhlen und Tiefgaragen. Irgendwo muss sie doch sein! Ihr selbst habt mir zugetragen, dass bei Gisa die Wehen schon drei Stunden früher eingesetzt haben als bei mir. Sie könnte das Rennen um das Erstgeburtsrecht gewinnen, zumindest wenn der Pharao ihr Balg als legitimen Nachkommen anerkennen würde. Ich will meinem Sohn jedes Gerangel um die Erbfolge ersparen. Niemand – hörst du, Waris? –, *niemand* wird ihm den Thron von Baqat streitig machen!«

»Ihr habt das Recht auf Eurer Seite, Herrin. Gisas Sohn ist ein Bastard und der Eure Isfets einzig rechtmäßiger Erbe.«

»Wie könnt Ihr Euch da so sicher sein, mein Lieber?«

Die Ärzte und Geburtshelferinnen hatten sich während des

Gesprächs unbeteiligt gegeben; jetzt verharrten sie mitten in ihren unterschiedlichen Verrichtungen. Waris wurde ausgesprochen blass. Er fragte sich, wie eine Frau, die in den Wehen lag, derart lüsterne Blicke verschießen konnte. Genauso hatte sie ihn schon einmal angesehen, in jener Nacht vor neun Monaten … Ibah-Ahitis keuchende Stimme riss ihn aus seinen zwiespältigen Erinnerungen.

»Ich will damit sagen: Das Kaiserhaus muss sich tagtäglich gegen alle möglichen Gerüchte wehren. Jahrelang munkelte man dies und das: Ich könne keine Kinder bekommen, die Götter hätten uns mit einem Fluch belegt, neuerdings soll der Pharao unfruchtbar sein – Ihr kennt dieses ganze Gerede. Und nun schenke ich ihm plötzlich einen Sohn. Selbst der Amjib kann nicht alle böse Zungen abschneiden.«

»Die Geheimpolizei?«, schnaubte Waris verächtlich. »Gebt ihnen einen Vorschlaghammer und sie hauen Euch einen prächtigen Quader aus dem Fels, aber beauftragt sie nie mit einer komplizierten Aufgabe wie dieser. Zum Glück habe ich einen eigenen Ring von Vertrauten, die mir im Reich als Ohren und Augen dienen. Ich hege da so einen Verdacht, was Gisas Versteck betrifft. Meine Leute sind schon unterwegs zum Hohepriester. Mir scheint, er kann uns in dieser Angelegenheit behilflich sein. Wohin soll ich die Konkubine und ihr Kind bringen lassen?«

»Sucht ihr ein warmes Plätzchen, wo sie in Ruhe vermodern kann.«

»Und … das Neugeborene?«

»Sollte es die Anstrengungen der Geburt nicht überleben, würde ich kaum vor Trauer zerfließen.«

»Gebt Ihr mir etwa den Befehl, das Kind …?«

»Ihr habt genau verstanden, was ich gesagt habe, Waris.«

»Aber der Pharao …!«

»Isfet wird mir keinen Wunsch abschlagen, wenn er sich erst als stolzer Vater sieht und seinen Thronfolger in den Armen hält.

Und jetzt lasst Euch von mir in Eurer Pflichterfüllung nicht länger aufhalten, General. Geht! Ich werde mir inzwischen die Zeit vertreiben und einem Pharao das Leben schenken.«

Die Hand des Leibgardisten wollte zu Ibah-Ahitis Wange wandern, aber er besann sich schnell der vielen verstohlenen Blicke, die auf ihm lagen. Mit tiefer und fester Stimme entgegnete er: »Möge die Heilige Triade über Euch und dieses Mammisi wachen, Herrin.«

»Das wird sie, mein lieber Waris. Ich harre Eures Berichts.«

Der Oberste der Leibwache verließ den Kreißsaal. Als die Tür hinter ihm wieder in Ruheposition gependelt war, wandte sich die Kaiserin dem Chefarzt der Entbindungsstation zu. »Wir haben lange genug mit den Wehen herumgetrödelt, Doktor Schepseskaf. Holt meinen Sohn!«

»Aber Majestät!«, stammelte der Arzt. »Eure Chancen stehen gut, das Kind ganz normal zur Welt ...«

»Keine Widerrede, Doktor«, unterbrach ihn Ibah-Ahiti. »Ich habe Euch von Anfang an auf den zeitlichen Aspekt dieser Geburt hingewiesen. Wir können nicht länger warten. Macht endlich den Pharaonenschnitt.«

Nach alter Tradition war das *mammisi* der Geburtsort eines Gottes oder Königs. In neuerer Zeit verstanden die meisten Baqater darunter schlicht den Kreißsaal des Millionenjahrhauses. Schon Minuten nachdem Ibah-Ahiti ihren Befehl erteilt hatte, erlebte sie dort die Entbindung von ihrem Sohn. Sie hatte darauf bestanden, bei vollem Bewusstsein zu bleiben, nur ihr Unterleib wurde betäubt. Die baqatische Medizin war die fortschrittlichste von ganz Anx. Das Lichtskalpell des Operateurs arbeitete schnell und effizient. Niemand im Raum rechnete mit Komplikationen, nicht einmal eine Narbe würde den von Schönheitschirurgen perfekt modellierten Körper der Kaiserin verunstalten. Doch das Unvorhergesehene lauerte überall.

Plötzlich schrie eine der Geburtshelferinnen auf.

»Was ist los?«, fragte der im chirurgisch geöffneten Unterleib seiner Patientin hantierende Schepseskaf, sichtlich verärgert über den, wie er fand, schmählich unprofessionellen Auftritt des Personals. Aber dann sah der Arzt es selbst: Aus den Apparaten schlugen blaue Blitze. »Ein Kurzschluss! Sofort alles abschalten!«, brüllte er.

Die Anweisung wurde umgehend befolgt, doch einen Moment lang schien die Technik sich zu sträuben, tauchte alles im Umkreis des Gebärstuhls in ein unwirkliches Licht. Sogar die Menschen glühten, als strömte eine Million Volt durch ihre Körper. Dabei spürte niemand Schmerz oder auch nur das geringste Kribbeln, sondern bestenfalls einen leichten Anstieg der Raumtemperatur. Als das seltsame Phänomen schließlich abgeklungen war, hörte man im Saal allseits erleichtertes Aufatmen. Die Kaiserin hob mithilfe einer Krankenschwester den Kopf, konnte jedoch vor lauter blauen Tüchern, Klemmen und blutigen Tupfern nicht viel erkennen.

»Was ist mit dem Kind?«, fragte sie besorgt.

»Das kann ich im Moment noch nicht sagen«, antwortete der Arzt. »Mir wäre es offen gestanden lieber, wir würden den Ersatzsaal nehmen.«

»Entscheidet, was immer Ihr zum Wohle des Kindes für notwendig erachtet – aber tut es *jetzt*! Holt den Prinzen endlich heraus!«, zischte Ibah-Ahiti und ließ sich erschöpft zurücksinken.

Doktor Schepseskaf erteilte den Befehl, die Kaiserin in den Nebenraum zu verlegen. In Windeseile wurden Kabel abgestöpselt, der inzwischen zur Liege umfunktionierte Gebärstuhl verwandelte sich in einen fahrbaren Untersatz. Der ganze Umzug dauerte nicht einmal fünf Minuten. Die Technik funktionierte wieder einwandfrei, die Anspannung ließ nach, die Entbindung konnte fortgesetzt werden.

Wenig später war im Ersatz-Mammisi der heisere Laut eines neuen Lebens zu hören.

»Holt den Vater des Kindes!«, befahl Ibah-Ahiti, noch ehe ihre Gebärmutter wieder zugenäht und die Haut darüber verschweißt war.

Doktor Schepseskaf, der sich über das vorangegangene Gespräch mit General Waris seine eigenen Gedanken gemacht hatte, zögerte.

Die Kaiserin reagierte ungehalten. »Hört Ihr nicht? Ich möchte dem Pharao seinen Thronfolger vorstellen. Richtet ihm das aus. Sofort!«

Der Arzt gab die Anweisung an eine der Geburtshelferinnen weiter. Anschließend widmeten er und seine Assistenten sich wieder ihren Aufgaben.

Die erschöpfte, aber zufriedene Mutter lag noch im Kreißsaal, das mittlerweile gewaschene und angezogene Kind an ihrer Brust, als Pharao Isfet erschien. Selbst der mächtigste Mann von Anx unterschied sich an einem Ort wie diesem nicht von seinen Untertanen: Er steckte – ein höchst ungewöhnlicher Anblick – in der blauen Ärzteeinheitsmontur. Gleiches war von den sechs Leibwächtern zu vermelden, die draußen auf dem Gang warteten. Das medizinische Personal musste den Raum verlassen. Nur zwei Männer durften an der Seite ihres Monarchen bleiben: General Waris und der »Griffelhalter des Großen Hauses«.

Dieses Amt bekleidete derzeit ein blasser, schmächtiger, kahlköpfiger Mann namens Nefermaat. Er war der höchste Schriftführer des Reiches: Alles, was Isfet von sich gab, wurde von Nefermaat digital aufgezeichnet und zusätzlich mitstenografiert. Das war nötig, weil jeder Beschluss des Pharaos Gesetzeskraft hatte. Nicht einmal die Juristen von Baqat durchschauten die im Verlaufe vieler Dynastien aufgehäuften kaiserlichen Erlasse, wenngleich sie von dem Gesetzeswirrwarr nicht schlecht lebten.

Während der Griffelhalter ein erstaunliches Geschick darin besaß, sich unsichtbar zu machen, bestanden Waris' Qualitäten gerade im Gegenteil – ein Leibwächter musste Attentäter abschrecken, was er am besten tun konnte, wenn er gesehen wurde. Diesem Grundsatz folgend pflegte der General sich zwar aus dem Blickfeld seines Monarchen herauszuhalten, den Abstand zu ihm jedoch stets auf ein Minimum zu beschränken. So auch jetzt, als sich Isfet erhobenen Hauptes seiner Frau näherte.

Eine Weile ließ der Pharao das Bild von Mutter und Kind auf sich wirken. Dann erst fragte er: »Wie geht es dir?«

Ibah-Ahiti hielt ihm das in einem Strampelanzug steckende Kind entgegen und antwortete: »Hier ist dein Sohn, geboren zur rechten Stunde. Berühre ihn. Wiege ihn im Arm. Rieche ihn. Und sieh ihn dir genau an. Dann weißt du, was ich fühle: Die Dynastie ist gesichert.« Sie hätte kaum deutlicher verraten können, worum sich ihre Gedanken drehten.

Isfet nahm das schlafende Neugeborene wie ein äußerst zerbrechliches Gut entgegen. Er schien zu wissen, dass man besonders Obacht auf das Köpfchen geben musste, und ging damit dementsprechend ungeschickt um. Nach einer Weile stand er über das Bett gebeugt wie ein Mann, der ein Dutzend roher Eier gleichzeitig in den Händen balanciert, und fing an zu grinsen.

»Wie gefällt er dir, der kleine Prinz?«, fragte Ibah-Ahiti stolz.

»Sieht ein wenig aus wie eine getrocknete Dattel.«

Die Kaiserin wollte empört Einspruch erheben, überlegte es sich jedoch anders. Sie kannte den bisweilen skurrilen Humor ihres Mannes nur zu genau. Scheinbar ungerührt entgegnete sie: »Das gibt sich. Findest du nicht, er ist dir wie aus dem Gesicht geschnitten? Abgesehen von den Runzeln natürlich.«

General Waris erlitt einen Hustenanfall.

Isfet drehte sich unwillig zu ihm um. »Seid Ihr etwa erkältet, General, hier, im Mammisi?«

Der Gefragte zog sich ein paar Schritte zurück, schüttelte den Kopf und hob die Hand. »Ich habe mich nur am eigenen Speichel verschluckt, Majestät. Ist gleich wieder in Ordnung.«

Der Pharao widmete sich erneut seiner müden, doch zufrieden wirkenden Frau. »Die leitende Geburtshelferin berichtete mir, sämtliche Sterne der Nacht seien im Kreißsaal erstrahlt, als unser Sohn den Mutterschoß verließ. Ich finde, besser kann man es kaum ausdrücken.« Das Kind ein wenig vorstreckend fügte er hinzu: »Dafür wirst du in den Stand einer Göttin erhoben werden, meine Geliebte.«

»Für die Mutter eines Gottes erscheint mir das nur angemessen.«

»Manchmal frage ich mich, was du mehr liebst, Ibah-Ahiti: deinen Gemahl oder die Macht, die du durch ihn gewinnst.«

Die Augen der Kaiserin sprangen für einen Moment zu dem Obersten der Leibwache, der versetzt hinter seinem Monarchen stand. Ibah-Ahiti brachte ein gequältes Lächeln zuwege, das keinen der beiden Männer ausschloss, und erwiderte an ihren Mann gewandt: »Ich liebe beide, mein Gebieter. Übrigens macht mich das ›Gesetz zur Bewahrung der Dynastie‹ im Falle deines Hinscheidens zur Regentin, solange kein volljähriger Thronfolger die Krone Baqats übernehmen kann. Mit der Geburt unseres Sohnes *gewinne* ich also nicht an Macht, sondern ich verzichte auf sie.«

Das Gesicht des Pharaos wirkte für einen Moment wie eine Maske. Dann entspannte er sich und lächelte. »Immer wieder staune ich, wie ähnlich wir uns beide sind, meine Geliebte. Hast du dir noch einmal Gedanken über den Namen für unseren Sohn gemacht?«

»Ja. Ich bleibe dabei. Er soll *Aabuwa* heißen.«

Waris sog hörbar die Luft ein. Davon hatte er noch nicht gewusst.

Der Pharao drehte sich zu ihm um und hob eine Augenbraue. »Ihr seid schockiert, mein Treuer?« Er lachte. »Mir ging es genauso, als ich zum ersten Mal ihren Vorschlag hörte. Aber Ibah-Ahiti ist keine gewöhnliche Frau und Mutter. Bei genauerer Betrachtung ist der Name ›Unterdrücker‹ – zumal im Majestätsplural, wie meine Gefährtin ihn gewählt hat – für einen Alleinherrscher durchaus angebracht: Der Pharao unterdrückt Gesetzlosigkeit, Sittenlosigkeit, Verleumdungen im Hinblick auf das Große Haus, aufrührerische Strömungen in der Gesellschaft …«

»Aber Majestät!« Waris schnappte nach Luft. Selbst für ihn bedeutete es ein Wagnis, dem Pharao ins Wort zu fallen. »Aabuwa – ›die Unterdrücker‹ –, so werden seit alters ganz und gar unfreundliche Götter der Unterwelt genannt. Mal davon abgesehen, was das Volk über diese Wahl denken mag – findet Ihr nicht, der Name könnte ein böses Omen für das Neugeborene sein?«

Es war Ibah-Ahiti, die dem General anstelle ihres Mannes antwortete. »Wir legen unserem Sohn mit dem Namen das in die Wiege, was er am dringendsten brauchen wird: Fülle an Macht über alle seine Widersacher.«

Isfet ergriff ihre feingliedrige Hand. »Deine Wahl ist weise, meine Geliebte, und ich will deinem Wunsch entsprechen. Du hast die Spötter zum Schweigen gebracht, die dir Unfruchtbarkeit unterstellten und nach einer neuen Kaiserin verlangten. Von diesem Tage an wird niemand mehr deine Stellung an meiner Seite infrage stellen. Mit Aabuwa, unserem Sohn, werden wir eine Dreiheit von Göttern bilden wie die Heilige Triade aus Osiris, Isis und dem Horus-Kind.«

»Sofern sich nicht andere zwischen uns drängen«, erwiderte Ibah-Ahiti nach einer wohlbemessenen Pause.

»Was willst du damit andeuten?«

»Mir brauchst du nichts vorzumachen, Isfet. Deine Lieblingsbuhle wird in dieser Nacht niederkommen. Ich kenne die Ergebnisse ihrer Fruchtwasseruntersuchung: Auch sie bringt einen Sohn zur Welt. Was, wenn dir das Blag besser gefällt als Aabuwa?«

»Was redest du da!«, gab Isfet entrüstet zurück. »Gisa ist eine Konkubine. Kein illegitimer Sohn hat je den Thron von Baqat bestiegen.«

»Das stimmt nicht ganz. Pharao Rahotep wurde von einer Wäscherin geboren, die sein Vater schwängerte. Und weil der – wie übrigens auch du, mein Gebieter – bisher nur Mädchen gezeugt hatte, erhob er den Knaben in den Stand eines legitimen Sohnes. Kannst du es wirklich nicht nachvollziehen, dass ich in Gisas Kind einen gefährlichen Rivalen für mein eigen Fleisch und Blut sehe?«

Isfet stand da, als habe er einen Türpfosten verschluckt. »Was meine Töchter anbelangt, warst du es doch wohl, die dafür sorgte, dass bisher keine meiner Konkubinen einen Sohn zur Welt bringen konnte. Das musste ein Ende haben, schon weil im Volk das Wort vom Kindermörder die Runde machte …«

»Als wenn du dich je um solche Gerüchte geschert hättest!«

»Heute sollte dein glücklichster Tag sein, Ibah-Ahiti – du hast Baqat einen Thronfolger geschenkt. Niemand ist dir dafür dankbarer als ich.«

»Dann beweise es.«

»Wie …?«

»Erfülle mir einen Wunsch.«

»Was immer du willst, meine Geliebte. Bis zur Hälfte meines Reiches werde ich dir …«

»Behalte das Reich. Stattdessen bringe mir Gisas Kind auf einem silbernen Tablett – du weißt, was ich meine.«

»Ich soll …« Isfet besaß fürwahr den Ruf, alles andere als zimperlich zu sein. Doch jetzt stockte selbst ihm der Atem.

»Also meinetwegen«, lenkte Ibah-Ahiti scheinbar ein, »die Servierplatte kannst du weglassen.«

Im Kreißsaal herrschte Eiseskälte, jedenfalls kam es dem Pharao und seinem General so vor. Isfets Kiefer mahlten. Er pflegte seine Entscheidungen stets mit Bedacht zu treffen, weil jedes seiner Worte umgehend zum Gesetz wurde. Wie würde das Volk reagieren, wenn er einen solchen Befehl gab? Schließlich erwiderte er: »Tu in der Sache so, wie du es vor deinem Gewissen verantworten kannst.«

Damit reichte er Waris das Kind und stapfte aus dem Kreißsaal. Nefermaat drückte die Stopptaste an seinem Digitalrekorder, warf noch einen raschen Blick auf sein Stenogramm und nickte zufrieden. Sodann eilte er seinem Gesetzesgeber hinterher. Zurück blieben der Oberste der Leibwache und die Gemahlin des Pharaos.

Der Soldat trat an das Bett der Kaiserin. An seinem Gesicht war nicht abzulesen, was er empfand, als er den schlafenden Jungen seiner Mutter an die Brust legte und die Wange des Knaben streichelte. Nur Waris' feuchte Augen glänzten auffällig im kalten Licht des Operationssaales.

Ein triumphierendes Lächeln schlich sich auf Ibah-Ahitis erschöpftes Gesicht. »Als ich dir vorhin den Befehl erteilte, dich um Gisa und ihr Kind zu kümmern, hast du das für Hochverrat gehalten, nicht wahr, mein stolzer General? Jetzt habe ich, wie versprochen, das Wort des Pharaos. Ich kann mit allen Aufrührern nach eigenem Ermessen verfahren.«

»Ihr solltet mich besser nicht in diesem vertrauten Ton ansprechen, Herrin. Es könnte zu Missverständnissen führen«, flüsterte Waris.

Ibah-Ahiti nickte und ließ ihre Augen zur Decke wandern. Über dem Gebärstuhl hing eine außen verspiegelte gläserne Halbkugel. Darunter befand sich, wie jeder hier wusste, eine Kamera. Offiziell wurden damit Aufzeichnungen für Medizinstudenten angefertigt. »Er würde es nicht wagen«, murmelte sie, verfiel dann aber doch in die offizielle Anredeform für höhere Hofbeamte. »Was konnten Eure Leute in der Zwischenzeit herausfinden, General Waris?«

»Wir glauben, Gisas Versteck zu kennen. Jeden Augenblick werden es meine Elitesoldaten stürmen.«

»Gut. Sehr gut.«

»Was die Verfahrensweise mit den Entflohenen betrifft …«

»Darüber haben wir bereits gesprochen. Ihr kennt das Strafmaß für Verschwörung gegen das Große Haus. Schickt sie ins Totenreich. Desgleichen die Kinder der anderen Konkubinen. Sie verhöhnen meine Leibesfrucht.«

»Wie bitte? Aber davon war nie die Rede!«

»Habt Ihr nicht zugehört, General? In dem Gespräch mit meinem Gemahl ging es um die Sicherung der Dynastie. Die Zeiten ändern sich. Wenn man früher einen Bastard legitimieren konnte, wird man morgen womöglich schon das Gör einer Buhle auf den Thron heben. Ich werde das nicht zulassen.«

»Das Volk wird uns dafür hassen.«

»Es hasst die Pharaonen schon seit tausenden von Jahren. Und gleichzeitig liebt es sie, solange es nur satt ist und sich vergnügen darf. Gisa wagt es, einem Knaben das Leben zu schenken. Das ist Hochverrat. Sie hat Helfer. Und viele Sympathisanten! Wir dürfen diese Erhebung gegen das Große Haus nicht dulden. Glaubt mir, General Waris, bald wird die Niederschlagung dieser Rebellion nur noch eine Fußnote im Buch der Geschichte sein – es hat schon viele und weitaus blutigere Gemetzel gegeben. Geht jetzt und erteilt Eure Befehle.«

Waris zögerte.

»Gibt es noch etwas?«

»Auch wenn Ihr es nicht gerne hört, meine teure Herrin: Das Volk liebt Gisa. Ihre Schönheit wird in vielen Liedern besungen. Sollen wir wirklich auch ihr Kind …?«

»Versteht Ihr denn nicht, Waris! Gerade *dieses* Kind muss vor das Angesicht des großen Osiris treten – er wird ihm in seinem Totenreich einen angemessenen Platz zuweisen. Was allerdings die ›Blume vom Nil‹ anbelangt … Du magst Recht haben, was die Gefühle des Volkes betrifft. Gisa soll meine Gnade zu spüren bekommen. Lasst sie am Leben.«

»Wohin soll ich sie bringen?«

»Das Millionenjahrhaus hat viele verschwiegene Winkel. Ich überlasse es Euch, einen sicheren Platz für Gisa zu finden. Hauptsache, sie kann den Pharao nie wieder betören.« Ibah-Ahiti lächelte wie eine Hyäne. »Ich dagegen werde mir hin und wieder die kleine Freude gönnen, ihr dabei zuzusehen, wie sie in einem dunklen Kerker langsam verwelkt.«

Gisa fühlte sich unendlich müde. Die Entbindung hatte sie sehr geschwächt. Dreimal schon war Hobnaj in die Kammer des Wissens gekommen und hatte zum Aufbruch gedrängt, aber Wira, die Hebamme, stellte sich dem Riesen jedes Mal in den Weg. Ihre Argumente klangen immer sehr ähnlich.

»Du behauptest, Gisas Leibwächter zu sein. Warum bist du dann so erpicht darauf, sie umzubringen? Das könnte nämlich leicht passieren, wenn sie sich jetzt überanstrengt.«

»Also gut, noch eine halbe Stunde«, brummte der Nubier, nachdem ihm Wira zum vierten Mal eine Abfuhr erteilt hatte. Mürrisch ging er wieder auf den Gang hinaus, wo der spöttische Koch auf ihn wartete.

Wira kehrte zu ihrer Schutzbefohlenen zurück. Dazu musste sie ihr weites, fast bis zum Boden reichendes Gewand hochnehmen und mit nackten Beinen ein Wasserbecken durchwaten. Mitten in diesem Bassin befand sich eine quadratische Insel mit einem schwarzen Sarkophag aus Basalt. Darin beigesetzt sei der Überlieferung nach die Mumie Imhoteps, eines Universalgenies, das vor etwa viertausendsechshundert Jahren gelebt hatte und von den Baqatern als »Gott der Schreiber« verehrt wurde. Die Hebamme war allerdings nicht aus mystischen, sondern eher aus praktischen Erwägungen darauf gekommen, den Steinsarg mit Decken und sauberen Leinentüchern in ein Behelfsbett zu verwandeln. Außerdem hielt sie es für würdelos, ein Kind auf nacktem Boden zu gebären, desto mehr es sich dabei um den Sohn des Pharaos handelte.

»Wie geht es euch zwei?«, fragte sie und streichelte dem Knaben, der an Gisas Brust friedlich schlummerte, liebevoll den Kopf.

»Dem Jungen scheint nichts zu fehlen, aber ich könnte noch tausend Jahre hier so liegen.«

Die Hebamme nickte verständnisvoll. »Du hattest eine schwere Geburt. In der Klinik ist man für alle möglichen Komplikationen bestens ausgestattet, aber hier …«

»Du hast dein Bestes für uns getan, Wira«, unterbrach Gisa die um mindestens zehn Jahre ältere Frau. »Und das war mehr als genug. Nur wenige Hebammen wissen heute noch, wie man eine Frau durch eine natürliche Geburt, ganz ohne Apparate, begleitet. Allein wie du meinen Sohn in das große Leinentuch eingewickelt hast – er ist ein richtiges kleines Kunstwerk! Außerdem, wer kann schon wissen, ob er überhaupt noch leben würde, wenn er im Millionenjahrhaus zur Welt gekommen wäre.«

Wira nickte. Auch sie war sich der Gefährlichkeit ihrer Situation bewusst. Aber sie kannte Gisa schon lange und hatte sie nicht im Stich lassen wollen. »Die Nacht neigt sich dem Ende zu. Ich glaube, wir müssen bald aufbrechen. Hobnaj drängelt schon seit Stunden.«

»Der gute Hobnaj. Wenn ich ihn nicht hätte! In all den Jahren ist er mir …« Gisa stockte, weil sich unvermittelt alles um sie herum blau färbte. »Was passiert da, Wira?«

»Es kommt von dem Kind«, antwortete die Hebamme ergriffen. »Schon vorhin, als mir der Kleine seinen Kopf entgegenstreckte, sah ich dieses blaue Strahlen. Ich wollte dich damit nicht beunruhigen, fasste mir ein Herz und machte einfach weiter.«

Gisa drückte das Kinn auf die Brust, um ihren Sohn zu betrachten. »Aber warum sehe *ich* dann alles blau?«

»Weil sein Glanz jetzt euch beide erfasst hat. Könntest du euch mit meinen Augen sehen …« Wira rang die Hände vor der Brust und schüttelte vor Verzückung den Kopf. »Es ist einfach unglaublich! Ihr seid von einer blauen Aura umgeben, als wäret ihr Geschöpfe des Himmels.«

»Ich spüre eine angenehme Wärme, aber das ist auch schon alles.«

»Mein Lebtag habe ich nicht an die launischen Götter und die Magie der Priester von Baqat glauben mögen, aber vielleicht ist doch etwas dran an dem Gerede von heiligen Orten.«

»Du meinst, weil unter mir ein Toter liegt? Hör schon auf, Wira! Das ist doch alles abergläubisches Geschwätz.«

»Ja, bestimmt wird es das sein. Selbst wenn Imhotep tatsächlich in diesem Sarkophag ruht – er war ja immerhin Hohepriester des Re –, kann er uns nicht mehr nützen oder schaden als ein Häuflein Staub. Aber dieser Ort, die Kammer des Wissens meine ich – warum haben die Erbauer sie gerade hierhin gesetzt? Gibt es nicht überall auf der Welt Plätze, an denen die Menschen immer wieder ihre Heiligtümer errichten? Manchmal fügt jedes Zeitalter eine weitere imagisierte Schicht hinzu ...«

»Imagi– *was*?«

Wira deutete auf die Hieroglyphen und Zeichnungen, die ringsum die Wände zierten; alle waren in gedeckten Erdtönen gehalten, in Harmonie mit den Elementen von Anx. »Imagisieren, Gisa. Menschen laden bestimmte Orte mit einer Bedeutung auf, die ihren religiösen Empfindungen entspringt: durch magische Bildzeichen, bestimmte Formen oder Bauwerke. Sieh dich um, dann verstehst du, was ich meine.«

Die junge Mutter ließ ihren Blick durch die Kammer schweifen und begann dann zu nicken. »Du hast Recht. Vielleicht sind diese Sprüche oder Formeln da nur der Ausdruck von Bewunderung und Staunen über Naturwunder, die man sich nicht erklären konnte.«

»Oder der Versuch, das Wissen von diesen Dingen für die Nachwelt zu erhalten.«

»Ich kenne niemanden, der diese Schriftzeichen heute noch lesen könnte.«

»Was keineswegs bedeuten muss, dass es nicht doch jemanden gibt. Vielleicht ist auch die Zeit dafür noch nicht reif ...«

»Da kommt jemand! Bleibt in der Kammer und verhaltet euch still.« Hobnajs Warnung beendete jäh die Betrachtungen der beiden Frauen. Der Kopf des Nubiers verschwand ebenso schnell aus dem Eingang, wie er erschienen war.

Gisa und Wira wechselten besorgte Blicke. »Vielleicht will uns nur der Hohepriester zum Aufbruch drängen«, sagte die Hebamme ohne rechte Überzeugung.

Gisa lauschte. Noch konnte sie keine verdächtigen Geräusche hören. Auf sich und ihr Kind deutend, fragte sie: »Glaubst du, dieser … *Glanz* wird wieder verschwinden, Wira? Ich meine, es wäre ziemlich schwierig, aus Memphis zu fliehen, wenn man strahlt wie eine Leuchtreklame.«

Während die Hebamme ihrer Freundin auf die Beine half, trottete Hobnaj mit dem Plan des Hohepriesters in der einen und einer Taschenlampe in der anderen Hand durch das Gängelabyrinth auf den Ausgang zu. Wenn tatsächlich die Geheimpolizisten des Amjib oder gar Pharao Isfets gefürchtete Leibgardisten hier eingedrungen waren, dann wollte er, Hobnaj, den Ort der Begegnung wählen. Je weiter dieser von Gisa entfernt lag, desto besser. Adit hatte er am Einlass zur Kammer zurückgelassen, als »letzte Bastion gegen den Feind« – jedenfalls hatte Hobnaj das dem ängstlichen Koch gesagt.

Als Sklave am Hof des Pharaos trug der Nubier die traditionelle baqatische Tracht: Sandalen und einen Wickelrock. Letzterer bestand aus hellblauem, an den Rändern mit goldenen Tressen versehenem Plisseestoff. Hobnajs Beine und sein ebenholzschwarzer Oberkörper waren nackt. Wie die Kleidung hätte auch sein mächtiger, enorm breiter Krummsäbel und der zweischneidige Dolch, der in seiner Bauchbinde steckte, aus dem Museum stammen können. Der Besitz von Lichtkanonen jedweder Größe, ja selbst veraltete Feuerwaffen waren allen Unfreien verboten. Hobnaj besaß, abgesehen von seinem Verstand, nur ein wirksames Mittel zur Verteidigung und er würde nicht zögern, es für Gisa und ihr Kind einzusetzen.

Gerade strebte er auf einen weiteren, im rechten Winkel verlaufenden Quergang zu, als aus diesem ein ganzes Bündel sich unruhig bewegender Lichtkegel fiel. Hobnaj lauschte. Seine empfindlichen Ohren nahmen den Laut zahlreicher Füße wahr. Nein, das war nicht der Hohepriester. Da bewegte sich jemand anderer mit großer Zielstrebigkeit durch die Tunnel. Direkt auf ihn zu.

Die Jagd hatte begonnen.

Sofort schaltete der Nubier seine eigene Lampe aus. Von nun an würden ihm seine Gegner den Weg weisen. Sie müssen sich sehr überlegen fühlen, dachte er. Dringen mit voller Festbeleuchtung hier ein, anstatt die Nachtsichtvisiere in ihren Helmen zu aktivieren. Soll mir recht sein.

Hobnaj huschte zu dem Abzweig, erschien für einen Augenblick im Scheinwerferkegel der Eindringlinge und war auch schon wieder verschwunden. Hinter sich hörte er aufgeregtes Geflüster – die Bluthunde hatten die Witterung aufgenommen.

An einer Gabelung ging er kurz in die Hocke, schnitt mit dem Dolch ein Stück Stoff aus seinem Rock und bedeckte damit den Reflektor seiner Taschenlampe. Jetzt hatte er wenigstens ein bisschen Licht, ohne sich gleich zu verraten. Schon war er wieder auf den Beinen. Für einen Sekundenbruchteil zeigte er sich erneut seinen Gegnern. Kaum hatte er den Kopf zurückgezogen, da fauchten auch schon blaue Laserstrahlen durch den Schacht und hinterließen in der Plattenverkleidung der gegenüberliegenden Gangwand dunkle Brandflecken. Hobnaj setzte die Flucht fort.

So lockte er die Männer geschickt hinter sich her und damit immer weiter von der Kammer des Wissens fort. Er achtete darauf, den Abstand gering zu halten, denn andernfalls könnten seine Verfolger in die Versuchung geraten, den Bund an seinem Hals vorzeitig zu sprengen. Hobnaj hatte inzwischen ihre Uniformen erkannt. Niemand Geringerer als Isfets Leibgardisten, die besten Elitekämpfer Baqats, waren ihm auf den Fersen. Ohne

Frage hatte General Waris Zugriff auf die Zündcodes der Sklavenringe. Und seine Männer würden sie auch benutzen.

Wieder blieb Hobnaj an einem Abzweig stehen und orientierte sich kurz anhand des Tunnelplans. »Ja!«, flüsterte er. Das war die Stelle, die er gesucht hatte. Hier konnte er seine Verfolger mit etwas Glück in die Irre führen, um selbst zur Kammer des Wissens zurückzukehren.

Einmal mehr streckte Gisas Leibwächter den Kopf in den Seitengang und grinste den Gegnern entgegen. Ein Lichtspeer schoss ihm entgegen und verfehlte nur knapp sein Gesicht. Die Treffsicherheit des Elitekorps war legendär, aber nicht unfehlbar. Beim nächsten Quertunnel nahm er seinen Dolch und warf ihn mit wohl bemessenem Schwung hinein. Die Klinge aus damasziertem Stahl klimperte einige Schrittweit über den Boden und blieb – gut sichtbar – liegen. Hobnaj selbst ließ den Schacht links liegen und eilte zur nächsten Gabelung, wo er sich versteckte. Keinen Moment zu früh, denn schon rückten die Elitekämpfer vor.

In geduckter Haltung sicherten sie sich gegenseitig nach allen Seiten ab, selbst nach solchen, aus denen angesichts der beengten Verhältnisse eigentlich keine Gefahr drohen dürfte. Sie taten eben, was der Drill sie gelehrt hatte.

»Da ist was!«, sagte erwartungsgemäß ein Leibgardist.

»Zeig her!«, erwiderte ein anderer, offenbar der Truppführer.

Hobnaj hörte leise Stimmen. Sie berieten sich. Nach wenigen Sekunden entfernte sich das Getrappel der Soldatenstiefel und der Widerschein der Lampen erlosch.

Zur Sicherheit schob der Nubier die Spitze seines Prunksäbels dicht über dem Boden in den Nachbartunnel. In dem blank polierten Metall gab es nicht die kleinste Reflexion. Wie ein Schatten huschte Hobnaj aus der Deckung. Als er den Quergang erreichte und um die Ecke spähte, konnte er weit vor sich die Scheinwerfer der Leibgardisten sehen. Laut Plan würden die Soldaten bald nach rechts abbiegen müssen, einen

Steinwurf weiter dann nach links und hierauf würden sie einen langen Tunnel betreten, der zur Großen Sphinx, sehr weit weg, führte. Hobnaj schätzte die Entfernung zum ersten Abzweig. Hab noch ein wenig Geduld, ermahnte er sich selbst. Sie könnten sich fürchten, weil du zu nah bist ... Fünf Herzschläge noch ... Drei ...

»Jetzt!«

Mit wenigen Sprüngen stand Hobnaj im Quergang, auf seinem Weg ließ er die stumpfe Seite des Säbels über die vergipste Schachtwand scharren. Das Geräusch war laut genug, um die Nachhut der Leibgardisten zu alarmieren.

»Der Nubier!«, hallte eine Stimme zu ihm herauf. Gleich danach bohrten Laserstrahlen Löcher in das Dunkel. Aber Hobnaj hatte sich schon zu Boden fallen lassen und rollte zum Haupttunnel zurück. Die Lichtspeere der Gegner kamen ihm immer näher. Gleich würde er erfahren, was er schon lange hatte wissen wollen.

Oberst Siptah war ein misstrauischer Mann. Als er seine Männer in das dunkle Labyrinth tief unter der mächtigsten Pyramide von Anx führte, arbeitete sein Verstand auf Hochtouren. Das Bauwerk über ihnen war noch in der »Vorzeit« erbaut worden, in jener Epoche also, bevor die Welt ihren Namen erhalten hatte. Die Mumie von Pharao Cheops, der angeblich hier irgendwo begraben lag, war allerdings nie gefunden worden.

»Kein Wunder«, murmelte Siptah, während er immer tiefer in das dunkle Herz der vorzeitlichen Totenstadt eindrang. Gisa und ihre Sklaven hätten sich kaum ein besseres Versteck suchen können.

»Was haben Sie gesagt?«, raunte der Soldat zu Siptahs Rechten.

Der Oberst schüttelte den Kopf und flüsterte: »Nichts. Nur laut gedacht. Bis eben noch hingen wir wie die Kletten an dem Nubier und jetzt ist er wie vom Boden verschluckt.«

»Aber der Dolch ...«

»Könnte eine Finte gewesen sein. Unterschätzen Sie Hobnaj von Meroe nicht. Es heißt, man habe dreihundert unserer besten Männer verschlissen, bevor er gefangen genommen werden konnte. Und damals war er noch ein Halbwüchsiger! Der Bursche ist nicht nur stark wie ein Nilpferd, sondern auch listig wie eine Kobra. Vielleicht *wollte* er ja in unserer Nähe bleiben.«

»Damit Sie ihm nicht seinen schwarzen Schädel wegsprengen?«

»Glauben Sie mir, Schütze Hyn, ich täte nichts lieber als das. Aber der Kerl bringt es fertig und hängt direkt an der Decke über uns, wenn ich den Auslöser an meinem Handgelenk drücke.«

Hyn richtete verstört seine Helmlampe nach oben. Sein Gesicht entspannte sich. »Also, im Moment ...«

»Der Nubier!«, rief ein Soldat von hinten.

Oberst Siptah fuhr herum. Am Ende des geraden Gangstückes flammte kurz der Strahl einer Taschenlampe auf. Die Silhouette des unverkennbaren Krummsäbels war zu sehen.

»Feuer!«, schrie der Truppführer.

Gleißende Lichtstrahlen zuckten durch den Schacht, aber sie verfehlten ihr Ziel. »Dauerfeuer auf den Boden und dann langsam die Lichtkanonen heben«, befahl der Oberst.

Seine Männer reagierten sofort, aber es war trotzdem zu spät.

»Der Kerl ist uns wieder entwischt.« Siptah fluchte. »Er mag ja stark und schwer wie ein Flusspferd sein, aber er bewegt sich wie ein Leopard. Hinterher, Leute!«

Der etwa zehn Mann starke Trupp setzte sich wieder in Bewegung.

»Warum drücken Sie nicht einfach den Knopf, Oberst?«, fragte Hyn im Laufen.

»Hat Ihnen schon mal jemand gesagt, dass Sie ziemlich geschwätzig sind, Schütze?«, erwiderte Siptah.

»Bei allem Respekt, Herr Oberst, aber so eine Chance bekommen wir kein zweites Mal: Der Nubier ist weit genug weg und außerdem nach *links* verschwunden, also fort von der

Kammer des Wissens – selbst wenn über ihm der Tunnel einstürzt, kann er uns nicht den Rückweg versperren.«

»Halt!«, schrie Siptah und riss gleichzeitig die Hand hoch. Fast wäre er von den nachfolgenden Männern über den Haufen gerannt worden. Zwei oder drei Sekunden lang bohrte sich sein Blick in das Gesicht des selbst ernannten Ratgebers. Dann sagte er: »Guter Vorschlag, Hyn.«

Der Truppführer hob den linken Arm mit der Kontroll- und Kommunikationseinheit an den Mund und sprach: »Bund-Code: Null-sieben-zwo-fünef-drei.« Eine kleine Taste leuchtete rot auf. Oberst Siptah drückte den Knopf. Das Lämpchen fing an zu blinken, erst langsam, dann immer schneller. Zuletzt erklangen drei lange Pieptöne – die letzte Möglichkeit, die Selbstzerstörung des Sklavenrings aufzuhalten.

Dann erscholl eine seltsam trocken klingende Explosion.

Gisa und Wira standen neben dem Sarkophag auf der Insel und hielten sich gegenseitig fest. Zwischen ihnen klemmte ein von Leben erfülltes Leinenbündel, das die verängstigten Frauen in blaues Licht tauchte.

Die Geräusche aus dem Gang vor der Kammer des Wissens wurden immer bedrohlicher. Zuerst hatten sie eine ferne Explosion gehört. Und jetzt zerriss ein Todesschrei ihre letzte Hoffnung auf Rettung.

»Adit!«, keuchte Gisa und klammerte sich noch fester an die Hebamme. Der zaghafte kleine Koch – Hobnajs »letzte Bastion gegen den Feind« – war über sich selbst hinausgewachsen und hatte sein Leben für Herrin und Kind geopfert. Dann muss auch mein treuer Freund tot sein, dachte Gisa von ihrem Leibwächter und schauderte. Schon erschienen die ersten schwarzen Mündungen von Lichtkanonen am Eingang der Kammer. Ihnen folgten Köpfe, die unter sandfarbenen Helmen und hinter scheinbar undurchsichtigen Visieren steckten.

»Vergesst nicht: Ihr betretet ein Nationalheiligtum! Es darf nur im Notfall geschossen werden«, schnarrte eine Stimme, deren Besitzer vorerst unsichtbar blieb.

Geradezu gespenstisch leise huschten die Elitekämpfer in den Raum. Die beiden Frauen konnten nichts weiter tun, als den Leibgardisten dabei zuzusehen, wie sie ringsherum Stellung bezogen. Das Einsatzgebiet wurde über Funk als »gesichert« gemeldet. Helmlampen flammten auf. Dann verfielen die Kämpfer in eine bedrohlich wirkende Reglosigkeit.

Nun trat der Kommandeur auf den Plan, ein stiernackiger Kämpfer ohne Nachtsichtvisier, aber mit schweißnassem Gesicht. Er stolzierte bis zum Rand des Beckens und bellte: »Kommandant Monotep von der Leibgarde des Großen Hauses. Und Ihr dürftet die ›Blume vom Nil‹ und ihr Blag sein – genau, wie uns angekündigt wurde. Wer ist die andere Frau? Eine Eurer Dienerinnen?«

Gisa ahnte, worauf diese Frage hinauslief, und erwiderte rasch: »Nein, sie gehört zum Hofstaat und genießt die Protektion des Pharaos.«

»Wenn sie Euch begleitet, ist sie eine Verräterin.«

»Ihr seid nicht ermächtigt, darüber zu entscheiden. Wenn Ihr sie tötet, könnte es Euch den Kopf kosten, Kommandant.«

Das stimmte. Monotep gab seinen Männern einen Wink. »Rüber mit euch. Die Frauen festnehmen, das Kind auf den Basalttisch legen!«

In die statuenhaften Gestalten kehrte Leben zurück. Stiefel tauchten in das Wasserbassin. Derweil bellte der Kommandant den Frauen einen weiteren Befehl zu. »Schaltet endlich dieses lächerliche blaue Licht ab!«

»Das kann ich nicht«, erwiderte Gisa.

»Was soll das heißen?«, knurrte Monotep.

Sie löste sich von ihrer Hebamme und legte schützend die linke Hand um den Kopf des Kindes an ihrer Brust. »Der Glanz geht von dem Knaben aus. Ihr müsst meinen Sohn schon selbst bitten, seine Aura abzulegen.«

Die hartgesottenen Elitekämpfer verharrten mitten im Schritt. Auf ihren Gesichtern lag Entsetzen.

»Isis und der Horus-Knabe!«, hauchte jemand, der hinter Gisa stand. Tatsächlich ähnelte der Anblick der Mutter mit dem an ihrer Brust liegenden Kind auf erstaunliche Weise den vielen Heiligenbildern, die in ganz Baqat verehrt wurden. Hinzu kam der übernatürlich anmutende Schein.

»D-das ... das ist irgendein Trick, nicht wahr?«, stotterte Monotep.

»Habt Ihr je, außer vielleicht im Lichtspielhaus, eine solche Illusion gesehen?«, entgegnete Gisa. »Ihr seid hier Zeuge von etwas Einzigartigem, etwas Heiligem und tut gut daran, die in dem Knaben wohnenden Kräfte nicht herauszufordern. Lasst uns in Frieden ziehen, Kommandant, und es wird Euch nichts geschehen.«

Monotep war sekundenlang sprachlos. Sein Gesicht wirkte wie eine Maske – sah man einmal von dem Schweißtropfen ab, der sich von seinem Kinn löste und ins Bassin fiel, wo er kleine Wellenringe verursachte. Schon glaubte Gisa, einen Sieg errungen zu haben, als der Wankelmut des Militärs doch zur verkehrten Seite kippte.

»Ihr kennt die Befehle, Männer. Führt sie endlich aus!«, donnerte er.

Zögernd rückten die Leibgardisten weiter auf die Insel vor.

Wira stand einfach reglos da. Sie hatte sich wohl schon in ihr Schicksal ergeben. Aber Gisa wollte es nicht, konnte es nicht, durfte es nicht. Auch sie hatte den Befehl gehört: *Das Kind auf den Basalttisch legen!* Das klang nach einer Hinrichtung. Es spielte kaum eine Rolle, ob sie ihn gleich ermorden oder hier verhungern lassen würden – offiziell durfte die Kammer des Wissens nur einmal im Jahr vom Hohepriester betreten werden, und dieser Festtag lag erst wenige Wochen zurück. Diese Mordbande war auf Geheiß von Ibah-Ahiti ausgerückt, so viel stand für Gisa fest. Und die Kaltblütigkeit, mit der Monotep dieses

Todesurteil an einem unschuldigen Kind zu vollstrecken beabsichtigte, erfüllte sie mit einer brennenden Wut.

Gerade wollte der erste Leibgardist seinen Fuß auf die Insel setzen, als sich Gisas ganzer Zorn entlud. Sie stieß ihre abwehrend geöffnete Linke in die Höhe und rief: »Halt!«

Die Stimme klang so gebieterisch, dass die Soldaten prompt innehielten.

»Hört nicht auf sie und schnappt sie euch!«, schrie der Kommandant.

»Du!«, brodelte es wie glühende Magma aus Gisas Kehle hervor, während sie ihren ausgestreckten Zeigefinger auf ihn herabsinken ließ. »Du, Monotep, sollst verflucht sein für diesen Frevel! Du und deine Söhne bis in die dritte Generation! Und ihr alle ebenso, wenn ihr dieses Verbrechen zulasst.« Mit diesen Worten vollzog sie eine Drehung um ihre eigene Achse.

Tatsächlich überlegten in diesem Moment etliche Soldaten, ob Gisa nicht doch die Fleisch gewordene Isis war und ihr nur als Leinenbündel erkennbares Kind der falkenköpfige Horus. Der Kommandant wollte derlei Spekulationen gerade mit einem weiteren Befehl wegwischen, als etwas Überraschendes geschah. Die blaue Wolke verwandelte sich in ein blendendes Licht. Gleichzeitig dehnte es sich aus. Während Gisa sich noch drehte, wurden die Leibgardisten wie Strohpuppen gegen die Wände der Kammer geschleudert.

Kurz darauf kehrte Ruhe ein. Abgesehen von der Mutter, stand in der Kammer allein Wira noch auf ihren Füßen. Jetzt fiel sie jedoch freiwillig auf die Knie und legte die Handflächen aneinander. »Heilige Isis!«, stieß sie hervor. »Ich habe Euch nicht erkannt. Bitte verzeiht ... «

»Hörst du gefälligst auf!«, fuhr Gisa empört dazwischen. Sie schwankte vor Erschöpfung und musste sich gegen den Sarkophag stützen. »Ich bin ein Mensch wie du, Wira. Was da eben geschehen ist – ich kann es mir auch nicht erklären. Allein mein Zorn scheint diese Männer weggefegt zu haben.« Ihr Blick wanderte zu dem Kind herab, das sich in ihrem Arm regte. »Oder bist du das gewesen?« Der Knabe sah sie aus überraschend klaren, blauen Augen an, was ihr wie eine Antwort erschien. Sie hauchte: »Ja, so muss es sein! Auch das Licht …«

»Da kommt jemand!«, unterbrach Wira.

Gisa hielt den Atem an. »O nein! Ich bin zu schwach, um noch so eine Situation durchzustehen.«

Beide starrten auf den Eingang, in dem jetzt – Hobnaj erschien. Der Nubier stürmte wie ein wilder Stier in die Kammer des Wissens. Er sah nicht mehr schwarz, sondern eher grau aus: über und über mit Staub bedeckt. Außerdem blutete er aus mehreren kleinen Wunden.

»Herrin, Ihr lebt!«, keuchte er.

Gisa gab einen freudigen Laut von sich. »Nein, *du* lebst, mein treuer Hobnaj! Ich hatte schon alle Hoffnung verloren.«

Der Hüne ließ staunend seinen Blick über die reglosen Kämpfer in der Kammer schweifen. »Habt Ihr das getan? Sind sie alle tot?«

»Hoffentlich nicht. Zwar habe ich es mir eben noch gewünscht, aber jetzt … Ich glaube, der Knabe hat das bewirkt. Oder die Kraft, die von seinem blauen Licht ausgeht. Ich kann es mir selbst nicht erklären.«

Hobnaj sprang ins Wasser und durchwatete das nur knietiefe Bassin. Entgegen seiner sonstigen Zurückhaltung schloss er Gisa und das Kind in die Arme und drückte dann auch Wiras Hand. »Als ich vor der Kammer Adits toten Körper sah, wäre ich selbst am liebsten gestorben. Und nun finde ich euch drei lebend vor. Der Schöpfer sei gepriesen!«

Gisa zeigte ihm stolz das Neugeborene. Der von Wira gewickelte »Kokon« besaß an der Vorderseite eine Öffnung, aus der Kopf, Schultern und Ärmchen des schlafenden Winzlings herausragten. Hobnaj kürte ihn spontan zum »schönsten Jungen von Anx«.

Während der Nubier noch das Kind bewunderte und Wira bereits mit der Säuberung seiner Wunden beschäftigt war, strich Gisa sanft über seine staubige Schulter. Sie schüttelte ungläubig den Kopf. »Wie konntest du allein mit Schwert und Dolch gegen die Leibgardisten bestehen?«

Hobnaj grinste. »Fällt Euch an mir nichts auf?«

Gisa betrachtete ihn genauer. »Das Halsband! Der Bund ist weg.«

»Ich habe ihn abgerissen und in einen Tunnel geworfen. Die Überlebenden dort dürften immer noch im Schutt wühlen.«

»Etwa einfach aufgebogen?« Gisas Hand legte sich auf den eigenen goldenen Reif. »Aber ich dachte, die Bünde explodieren, wenn man sie gewaltsam entfernt.«

Der Nubier zuckte die Achseln. »Normalerweise tun sie das auch. Ich hab wohl Glück gehabt.«

Seine Herrin sah ihn schräg von unten an. »Nur Glück? Kann es sein, dass dein Bund manipuliert worden ist?«

»Ihr kennt doch die offiziellen Regierungsnoten dazu, Herrin. Das ist unmöglich. Lasst uns jetzt über Wichtigeres reden: Ihr müsst fort von hier.«

»Natürlich.«

»Nein, Ihr versteht mich nicht. Ich meine, Ihr müsst aus Memphis fliehen. Ihr seid hier nicht mehr sicher.«

»Pharao Isfet liebt mich. Er würde nicht zulassen, dass …«

»Er hat *das* hier zugelassen, Herrin«, unterbrach Hobnaj sie entgegen seiner sonstigen Gepflogenheit. »Eine solche Aktion setzt das Einverständnis des Monarchen voraus – und wenn es nur eine stillschweigende Duldung ist.«

»Ibah-Ahiti steckt dahinter.«

»Das denke ich auch. Am besten, Ihr verlasst Baqat.«

»Ich soll in einen der Rebellenstaaten fliehen, wo das Erbe, das meinem Sohn zusteht, doch *hier* ist?«

Hobnajs Augenbrauen zogen sich zusammen. »Wollt Ihr für ihn etwa Anspruch auf den Thron erheben?«

»Der ist mir einerlei, das darfst du mir glauben. Doch ich sehe nicht ein, dass ich mein Kind verstecken soll, obwohl es doch ebenso von edler Abstammung ist wie Ibah-Ahitis Sohn.«

»Die Kaiserin dürfte das anders sehen.«

»Und deshalb muss ich hier bleiben und für das Recht meines Sohnes kämpfen. Die Konkubinen und ihre Kinder sollten nicht länger Menschen zweiter Klasse sein. Ich kann Isfet umstimmen, wenn er mich nur anhört.«

»Gisa! Ibah-Ahiti ist eine gewissenlose Frau.«

»Hobnaj hat Recht«, stimmte Wira dem Nubier zu. »Du bist in großer Gefahr, wenn du …!«

»Bestimmt weiß Isfet nichts von den Intrigen der Kaiserin. Wenn ich ihm davon erzähle, wird er mich vor ihr schützen. So, und jetzt Schluss, ihr beide! Meine Entscheidung steht fest. Du wirst für Wira ein Versteck suchen, Hobnaj, notfalls im Ausland. Vermutlich kann sie bald nach Memphis zurückkehren. Aber ich bleibe hier.«

»Dann müsst Ihr Euch von Eurem Sohn trennen«, sagte der Nubier.

»Kommt nicht infrage.«

»Doch, Gisa!«, beharrte Hobnaj und klang dabei wie ein strenger Vater. »Ibah-Ahiti wird niemals zulassen, dass ein Rivale ihres Sohnes unter ihren Augen aufwächst. Euer Kind würde nicht einmal das Licht des kommenden Tages erblicken, wenn Ihr es mir nicht gebt.«

»Dir geben? Und was geschieht dann?«

»Ich sorge dafür, dass es sicher außer Landes kommt. Es soll unter guten Leuten aufwachsen, als ein Junge wie jeder andere. Nur so könnt Ihr sein Leben retten und vielleicht wird er dann eines Tages das Erbe antreten, das Ihr ihm zugedacht habt.«

»Könnte nicht ich den Jungen zu mir nehmen?«, fragte die Hebamme.

Hobnaj schüttelte traurig den Kopf. »Weder du noch ich, zumindest in naher Zukunft nicht. Wenn es irgendwie ginge, würde ich mich selbst um den Jungen kümmern, so als wäre er mein eigener Sohn, aber die Geheimpolizei wird uns jagen, Wira. Nichts darf auf eine Verbindung zwischen dem Kind und uns hindeuten.«

Gisas Herz verkrampfte sich. Sie wusste, dass Hobnaj die Wahrheit redete. Der Befehl des Truppführers war da unmissverständlich: *Das Kind auf den Basalttisch legen!* Ibah-Ahiti würde nicht eher ruhen, als bis der Sohn ihrer Rivalin tot war.

»Also gut«, sagte Gisa. »Ich schätze deinen Rat und deine Weitsicht, Hobnaj; du hast meiner Familie immer treu gedient. Nimm Topra, finde für ihn jemanden, der ihn beschützen und für ihn sorgen kann.«

»Topra?«

»So soll der Name meines Sohnes lauten.«

»›Die Basis des Dreiecks‹?«, murmelte Hobnaj die Bedeutung des uralten Wortes. »Das ist nicht zufällig eine Anspielung auf den Schattenriss der Pyramide, das Emblem des Großen Hauses von Baqat?«

Gisa schob das Leinentuch vom Rücken des Kindes. »Siehst du das Feuermal an seinem linken Schulterblatt?«

»Eine Pyramide!«

»Deshalb nenne ich ihn Topra. Auch wegen dieses Ortes hier, an dem er geboren wurde. Und vor allem weil dieser Name für meinen Sohn eines Tages der Schlüssel sein mag, der ihm das Tor zu seiner wahren Bestimmung öffnet. Wer immer sich seiner annimmt, muss daher wissen, wie das Kind heißt. Dies soll mein letzter Befehl an dich sein, Hobnaj, denn ab heute bist du ein freier Mann.«

»Was? Aber Herrin …!«

»Es ist gut, Hobnaj. Sollte ich nicht mehr dazu kommen, deinen neuen Stand beurkunden zu lassen, dann wird Wira meinen Entschluss bezeugen. Da du keinen Bund mehr trägst, wird man nicht umhinkommen euch zu glauben – zumindest, sobald ein wenig Wüstensand über die Ereignisse dieser Nacht geweht ist.«

»Ihr werdet immer meine Herrin sein, Gisa. Ich danke Euch für Euer Vertrauen.«

»Dir allein gebührt der Dank für alles, was du für meine Familie und für mich getan hast und noch auf dich nehmen willst – ich weiß, du wirst Topra zu guten Menschen geben.«

Hobnaj nickte ernst. »Dafür stehe ich mit meinem Leben.«

Der Nubier blieb etwa zwanzig Schritte vor dem Ausgang stehen, der sich als nachtblaues, mit Sternen gesprenkeltes Rechteck vom Dunkel des breiten Haupttunnels abhob. Die Kammer des Wissens lag im Felsgestein tief unter der Cheopspyramide und an deren Basis befand sich auch der Einstieg.

»Seid ihr bereit?«, flüsterte Gisa. Sie war dem Ausgang am nächsten. In ihrem Arm hielt sie das Kind.

»Mir ist nicht wohl bei dieser Sache«, brummte Hobnaj.

»Es geht nicht anders. Wir müssen da draußen mit weiteren Leibgardisten rechnen. Vermutlich haben sie Nachtsichtgeräte. Nur wenn ich sie ablenke, haben du, mein Sohn und Wira eine Chance zu entkommen.«

»Aber Ihr könntet getötet werden, Herrin!«

»Wenn das in ihrer Absicht läge, dann hätten sie es längst getan. Ibah-Ahiti braucht mich lebend, um sich an meinen Qualen weiden zu können. Ihre Grausamkeit wird das Leben meines Sohnes retten und mir hoffentlich die Möglichkeit geben, Pharao Isfet günstig zu stimmen.«

»Ich habe wenig Vertrauen in die Großmut unseres Monarchen, doch will ich mich Eurem Befehl fügen, Herrin.«

»Hör endlich auf mit diesem ehrerbietigen Gerede, Hobnaj! Du bist ein freier Mann und ich bin nicht mehr deine Herrin. Mit dem Geld, das ich dir und Wira gegeben habe, müsstet ihr ein neues Leben beginnen können. Sorge dafür, dass auch Topras Pflegeeltern ihren Anteil bekommen. Und jetzt lass uns Abschied nehmen.«

Die Mutter bewunderte noch einmal ihren Sohn. Ja, er war

wirklich, wie Hobnaj es gesagt hatte, das schönste Kind der ganzen Welt. Ein schwacher blauer Schimmer lag auf seiner Haut. Das Licht wurde zusehends schwächer. Gisa wischte sich mit dem Handrücken die Tränen aus den Augen, küsste Topra auf die Stirn, flüsterte ihm leise Abschiedsworte ins Ohr und wiegte ihn noch einmal im Arm. Dann reichte sie das Bündel Hobnaj und nahm gleich darauf ein anderes von Wira entgegen.

»Wenn die Leibgardisten eine Frau mit einem Kind im Arm sehen, werden sie dich vielleicht eher verschonen«, sagte die Hebamme.

»Ich danke dir, Wira.«

»Pass auf dich auf, Mädchen. Du bist noch sehr schwach.«

Die beiden Frauen umarmten sich.

»Hoffentlich fängt Topra nicht wieder an zu leuchten«, sagte Hobnaj.

»Beschirme ihn so gut es geht mit deinem Körper und mit den Tüchern«, empfahl Gisa. Dann verabschiedete sie sich auch von dem Nubier mit einem Kuss, wandte sich um und lief zum Ausgang.

»Skarabäus, bitte kommen!« Der Funker hatte seinen Ruf schon mindestens zwei Dutzend Mal abgesetzt, aber bisher keine Antwort erhalten. Besorgt blickte er in das Gesicht seines Einsatzleiters.

Colonel Hemiunum war ein hagerer Mann mit dem spitzen Gesicht eines Wüstenfuchses. Er hatte schon vor Jahren damit aufgehört, seine gefährlichen Spezialeinsätze zu zählen. Stattdessen erledigte er sie. Einen nach dem anderen. Er bekam nur die schwierigsten Aufträge, wenngleich dieser hier ihm überhaupt nicht schmeckte. Aber das durften seine Männer nicht spüren. Als General Waris' »Geheimwaffe« musste er in jeder Lage Ruhe bewahren. Hemiunums Antwort klang dementsprechend abgeklärt.

»Ich habe mit einem Abreißen des Funkkontaktes gerechnet. Die Tunnel unter der großen Pyramide sind tief und weit verzweigt. Machen Sie weiter, Kaltep!«

Der Nachrichtenoffizier wiederholte seinen Ruf.

»Hier Skorpion. Da bewegt sich was! Ende.« Die Meldung erreichte den Einsatzleiter über das funkgestützte Kommandosystem der Einheit.

»Hier Adler: Es könnte jemand von uns sein. Erst schießen, wenn ich es befehle!«, wiederholte Hemiunum die Tagesorder. Im nächsten Moment hörte er im Ohrhörer schon die nächste Meldung.

»Skorpion hier. Negativ, Adler. Der Gestalt nach ist es eine Frau. Sieht aus, als trüge sie einen Säugling im Arm. Sie läuft schnell in Richtung Norden. Ende.«

»Sie darf uns nicht entwischen! Handelt es sich um die Konkubine? Ende.«

»Dem Anschein nach, ja. Aber ich kann's nicht hundertprozentig bestätigen, Adler. Ende.«

»*Anschein?* Können Sie keine präzisen Angaben machen, Mann? Wenn es die ›Blume vom Nil‹ ist, dann schnappt sie euch gefälligst. Ihr kennt den Einsatzplan, Leute: Lockt sie in einen Hinterhalt, notfalls setzt Gas ein. Wie ihr sie einfangt, ist mir egal – aber lasst sie am Leben! Unser Auftraggeber möchte sich mit der Dame noch ein wenig beschäftigen. Ende.«

»Zu Befehl, Colonel. Wir rücken vor.«

Hemiunum wandte sich seinem Funker zu. »Schon Nachricht von Monotep?«

Kaltep schüttelte den Kopf. »Die Konkubine versucht zu fliehen und unsere Einheit meldet sich nicht – wenn Sie mich fragen, Colonel, dann stinkt die Sache wie 'n verfaulter Fisch.«

Das Gefühl hatte Hemiunum schon längst. Er sprach wieder in sein Helmmikrofon. »Hier Adler. Wie viel Mann sind noch beim Ausgang? Ende.«

Keine Antwort kam.

Hemiunum fluchte. »Verdammt noch mal, wer bewacht den Ausgang? Ende.«

»Hier Skorpion. Ich fürchte, niemand, Colonel. Ende.«

Der Einsatzleiter hob das Fernglas mit dem Restlichtaufheller vor das Helmvisir und spähte zum Fuß der Pyramide hin. Die ganze Szenerie war in ein geisterhaftes grünes Licht getaucht. Hatte er da eben einen Schemen gesehen? »Sofort fünf Mann zurück zum Ausgang!«, brüllte er.

Der Funker unterbrach seinen Ruf. Nie zuvor hatte er Hemiunum so wütend erlebt.

Nachdem der Befehl bestätigt worden war, schloss der Einsatzleiter die Augen und schüttelte den Kopf. Seine Männer waren es gewohnt, ihr Leben für den Pharao aufs Spiel zu setzen. Die Kaiserin hätte nicht mit Exekutionen im Falle eines Versagens drohen sollen.

General Waris' Gesicht wirkte wie versteinert. Alles in ihm sträubte sich dagegen, die von der Niederkunft geschwächte Kaiserin um diese Uhrzeit zu wecken. Die für sie bestimmte Mitteilung gefiel ihm auch nicht besonders. Und die Vorstellung, wie sie darauf reagieren würde, erfüllte ihn mit dem größten Unbehagen.

Er traf auf eine Nachtschwester, die vor seinem Rang wenig Respekt zeigte. »Um keinen Preis auf der Welt« wollte sie den Obersten der Leibwache an das Wochenbett Ihrer Majestät lassen. Letztlich musste die resolute Pflegerin aber doch vor Waris' Unerbittlichkeit kapitulieren und ihn in das Gemach der Kaiserin vorlassen.

Allein betrat er den Raum. Die Anzeigen einiger medizinischer Überwachungsgeräte sorgten für ein dämmriges Licht. Neben dem Lager der Mutter stand ein Kinderbett. Prinz Aabuwa schlief. Über seinem Kopf hing eine kleine bunte Plüschfigur des grimmigen Bes, Schutzdämon der Kinder- und Schlafzimmer. Auch Ibah-Ahiti atmete ruhig und gleichmäßig. Einen Moment lang stand der General nur da und betrachtete die beiden mit verklärter Miene. Dann berührte er sanft die Schulter der Kaiserin.

Ibah-Ahiti schlug sofort die Augen auf. »Waris?«

»Ich bringe Euch Nachricht, Herrin, wie Ihr befohlen habt.«

»Dein Gesicht ist so ernst, mein Lieber. Ist Gisa euch etwa entwischt?«

»Majestät! Die Nachtschwester …!«

»Ist ja schon gut, General. Was also könnt Ihr mir über die Konkubine berichten?«

»Wir haben sie.«

»Und? Ist sie …?«

»Gisa lebt.«

»Na also! Warum dann diese Leichengräbermiene?«

»Das Kind ist entkommen.«

»Wie bitte?« Ibah-Ahiti versuchte aus dem Bett hochzufahren, doch die Narkose ihres Unterleibs hatte bereits nachgelassen, weshalb sie dieses Vorhaben mit schmerzverzerrtem Gesicht sogleich wieder aufgab. Dafür klang ihre Stimme umso schriller. »Warst du nicht gestern Abend noch der Befehlshaber der meistgefürchteten Eliteeinheit Baqats? Wie kann einer solchen Truppe ein Neugeborenes entwischen?«

»Majestät, bitte beruhigt Euch – und achtet auf Euren *Ton!* Jemand von Gisas Dienerschaft muss den Säugling fortgeschafft haben, während sie – ich gebe das nur ungern zu – meine Männer mit einer in Leinen eingewickelten Decke genarrt hat.«

»Ha!«, lachte Ibah-Ahiti auf, ohne im Geringsten erheitert zu wirken. »Diese Sumpfdotterblume hat Eure Wunderkämpfer mit einem Stoffbündel getäuscht! Dafür werden Köpfe rollen.«

»Davon rate ich dringend ab, Majestät. Meine Gardisten haben schon oft ihren Hals für Euch und Euren Gemahl riskiert. Niemand ist Euch so nahe wie Eure Leibwache. Solche Männer sollte man sich nicht zum Feind machen.«

»Willst du mir drohen, Waris?«

»Das liegt mir fern, Herrin. Ich spreche nur offen, was am Hof leider viel zu selten geschieht. Im Übrigen habe ich schon alles Nötige im Hinblick auf den Knaben veranlasst.«

»Knaben? Dann hat Gisa also tatsächlich einen Jungen geboren? Na, wenigstens auf unsere Ärzte und ihre pränatale Diagnostik ist Verlass. Weiß man schon, wer mit dem Blag geflohen ist?«

»Wir vermuten Hobnaj, der …«

»… nubische Leibwächter Gisas. Ich kenne ihn. Der Mann ist ein Tier.«

»Hobnaj von Meroe ist ein Fürst und ein mächtiger Krieger. Es wäre unklug, diesen Mann zu unterschätzen.«

»Gewesen, Waris. Er ist ein Provinzherrscher *gewesen.* Jetzt trägt er einen Sklavenring. Sprengt das Halsband!«

»Das haben wir schon versucht, aber sein Bund lässt sich weder orten noch gibt er eine Rückmeldung.«

»Willst du damit andeuten …?«

»Es könnte sich um technisches Versagen handeln. Oder der schwarze Bursche ist noch gerissener, als wir ohnehin schon annehmen mussten.«

»Und was gedenkst du nun zu tun?«

»Das komplette Repertoire: Straßensperren, Kontrolle der Flug- und Nilhäfen, die Bilder sämtlicher Überwachungskameras werden von Computern mit den Gesichtsmustern von Gisas Vertrauten abgeglichen, wir durchsuchen die ganze Stadt und ihre Umgebung.«

»Hast du auch daran gedacht, die Telefon- und Datennetze anzuzapfen?«

»Die werden ohnehin ständig überwacht. Der Nubier sitzt in der Falle.«

Ibah-Ahitis Gesicht entspannte sich. Sie lächelte nun sogar. Aus der Kumpanin wurde wieder die unnahbare Kaiserin. »Gut. Das ist sogar sehr gut, General. Wird Gisa von Euch verhört?«

»Wir haben gerade damit begonnen.«

»Gut, gut. Setzt alle Mittel ein, die Euch zur Verfügung stehen, mein Lieber. Bringt mir ihren Sohn. Besser noch, Ihr tötet den kleinen Bastard auf der Stelle, aber nie, hört Ihr, *niemals* dürft Ihr ihn entkommen lassen!«

Seit alters her gehörte die Zeit vor Sonnenaufgang dem lichtscheuen Gesindel der Stadt. Memphis war zwar ein riesiger Moloch, in dessen Adern zu jeder Tages- und Nachtzeit der Verkehr wie zähflüssiges Blut pulsierte, aber der gigantische Organismus bestand nur zum Teil aus den riesigen illuminierten »Schlagadern«, in denen es auch nachts niemals dunkel wurde. Abseits der Hauptverkehrsstraßen gab es ein Labyrinth von engen Gassen, die keiner erkennbaren Ordnung folgten. Absolut willkürlich verzweigten und kreuzten sie sich, öffneten sich mal unerwartet zu kleinen Plätzen, endeten dann wieder jäh in Sackgassen, vor verfallenen Lehmhäusern oder Palästen, wurden mal breiter und nur wenig später wieder so eng, dass nicht einmal ein bepackter Esel sie durchqueren konnte. Die Stadt war ebenso unübersichtlich wie die in ihr lebenden Menschen verschieden waren. Eine kleine Minderheit gehörte der Oberschicht an und genoss die Vorzüge klimatisierter Prunkvillen, wasserstoffbetriebener Automobile und bis an die Zähne bewaffneter Leibwachen. Kaum größer war die Mittelschicht aus Beamten, Bankangestellten und Facharbeitern. Die überwältigende Mehrheit der Bevölkerung lebte fast noch genauso wie zur Zeit des Alten Reiches. So konnte man auf den Straßen Baqats Kamele ebenso wie chromglänzende Limousinen sehen, Bettler neben steinreichen Händlern oder Adligen, ekstatisch tanzende Mönche und abgeklärt disputierende Wissenschaftler. Die Luft wurde ebenso von düsenbetriebenen Jets wie von den Pfeilen jagender Wüstennomaden durchschnitten und die Meere durchpflügt von den Atom-U-Booten des Pharaos, aber auch von den ehrwürdigen Segelschiffen privater Handelskapitäne.

Nachdem Hobnaj den Leibgardisten entkommen war, machte

er sich auf den Weg zum Hafenbezirk. Er würde so lange wie möglich den Fluss und dann hauptsächlich die Pfade des vorzeitlichen Memphis benutzen. Während anderswo funktionierende Überwachungskameras die Regel waren, bildeten sie hier eher die Ausnahme. Auch das Netz der Regierungsspitzel war in den Altstadtvierteln nicht so engmaschig, weil immer wieder welche mit durchschnittener Kehle aufgefunden wurden. Wie in einem Löwenrudel gab es in diesem Irrgarten aus Gassen und Plätzchen eine Beißordnung, die selbst der Pharao nicht infrage stellte. Zwischen ihm und den Anführern der rivalisierenden Banden bestand so etwas wie eine friedliche Koexistenz auf der Grundlage gegenseitiger Interessen: Man bezahlte sich, respektierte sich, hasste sich.

Doch nicht nur Banditen lebten in der Unterstadt, sondern Menschen mit allen möglichen Berufen und Berufungen, von denen einige dem Amjib, des Pharaos berüchtigtem Inlandsgeheimdienst, mehr Sorgen bereiteten als die Diebe und Halsabschneider. »Unliebsame Zeitgenossen« nannte die vom Hof zensierte Presse diese Querulanten. Hobnaj hatte einige Freunde unter ihnen.

Einer besaß einen Kahn und wohnte unweit der großen Pyramiden. Der Fischer war zwar nicht begeistert, als er mitten in der Nacht geweckt wurde, aber er fühlte sich seinem Freund verpflichtet und ließ sich nach kurzem Widerspruch dazu überreden, den Nubier und das Kind zur Unterstadt zu fahren. Hier hoffte Hobnaj ein geeignetes Versteck zu finden. Möglicherweise konnte das Kind ja doch in Memphis aufwachsen und regelmäßig seine richtige Mutter sehen.

Er kannte einen älteren Kupferschmied und seine Frau, aufrichtige Leute, die kinderlos waren. Bei ihnen würde Gisas Kind in guten Händen sein. Als er das namenlose Gässchen betrat, in dem die beiden wohnten, musste er eine Besorgnis erregende Entdeckung machen: Vor dem Haus stand ein schwarzer Mannschaftswagen. Der Amjib hatte eine Schwäche für diese vielseitig verwendbaren Fahrzeuge, wie Hobnaj sehr wohl wusste. Er schmiegte sich in einen dunklen Winkel und behielt das Haus des Kupferschmieds im Auge. Nur wenige Minuten später führten vier Männer in Zivil das Ehepaar auf die Straße hinaus, öffneten die hinteren Türen des Kastenwagens und stießen ihre Gefangenen hinein. Die Räder wirbelten noch kurz den Staub der unbefestigten Gasse auf, dann waren die Geheimpolizisten mit den Festgenommenen verschwunden. Niemand schien etwas von der Entführung bemerkt zu haben – oder keiner *wollte* sie zur Kenntnis nehmen. Hobnaj kannte derlei Willkürakte nur zu gut. Sie waren in Baqat an der Tagesordnung.

Leise wie ein Schatten verschwand er aus der totenstillen Gasse.

Es hatte keinen Sinn, in Memphis weiter nach einem Schlupfwinkel für das Kind zu suchen. Wenn Pharao Isfet sogar die unsichtbaren Reviergrenzen der Unterstadt nicht mehr respektierte, dann gab es nur einen Weg, um Topras Leben zu retten: Der Junge musste die Stadt und das Land auf dem schnellsten Wege verlassen.

Hobnaj achtete die Blume vom Nil wie keine andere Frau und vielleicht besser als er selbst hatte der arme Adit erkannt, welche Gefühle der Leibwächter für seine Herrin tatsächlich empfand. Sie schien davon nichts zu ahnen, ihn eher wie einen väterlichen Freund zu sehen, und aufgrund seines Alters durfte er dies auch sein. Doch er wäre gerne mehr gewesen. Wenn er sich wenigstens ihres Kindes hätte annehmen können! Aber das war unmöglich. Sein Foto, Irismuster und DNA-Fingerabdruck standen zweifellos schon auf der Fahndungsliste.

Zum Glück hatte Hobnaj in der Unterstadt noch mehr Verbündete, manche schuldeten ihm einen Gefallen, andere waren langjährige Freunde. So fuhr er bald auf einem Eselskarren, unter Lumpen versteckt, zum Fluss hinab. Vor einer Straßensperre glitt er samt Kind in eine Nebengasse, durchquerte hierauf ein Privathaus, dann einen geheimen Tunnel, ließ sich sodann in einer Gruppe mehr oder weniger Betrunkener Richtung Hafen treiben und schlüpfte zuletzt in ein schwarzes Mönchsgewand, dessen weite Falten nicht nur ihm, sondern auch seinem kleinen Schutzbefohlenen Bedeckung und Tarnung boten.

Endlich erreichte Hobnaj das alte Hafenbecken, wo die Segelschiffe der privaten Kauffahrer vertäut lagen. Er vermutete, dass die Überwachung der Geheimpolizei in diesem von unzähligen Kanälen durchzogenen Bezirk noch lückenhaft war. Hier müsste ein hochseetüchtiges Schiff zu finden sein.

Eine Weile streifte Hobnaj durch die Gassen, die zu den Kais führten. Je länger er die Schiffe musterte, sie für ungeeignet befand, sich wieder in die Schatten zurückzog und nach weiteren Seglern Ausschau hielt, desto ungeduldiger wurde er. Einmal wäre er beinahe der Polizei in die Arme gelaufen und kurz danach den Beamten der Hafenbehörde, die selbst hier bereits Häuser und Schiffe durchsuchten. Schon setzte die Dämmerung ein. Es würde bald aussichtslos sein, sich unbemerkt auf ein Schiff zu schleichen.

Unvermittelt hörte Hobnaj aufgeregte Stimmen. Irgendjemand polterte da mit derben Worten, wie es nur Seeleute zu tun vermochten. Vorsichtig schlich er die Gasse hinab, aus der ihm der Lärm entgegenkam; sie stieß im rechten Winkel auf den großen Hauptkai. Dort beschwerte sich ein vollbärtiger blonder Seebär im trüben Licht einer einsamen Laterne lautstark bei drei Offiziellen über die soeben abgeschlossene Durchsuchung seines Schiffes. Es handelte sich um eine Dhau von mächtigen Ausmaßen. Normalerweise besaßen diese wendigen Schiffe mit dem typischen großen Dreieckssegel nur zwei Masten, dieses hier hatte jedoch drei. Hobnaj kannte nicht viele Dhauen dieses Typs, genau genommen nur eine. Seine Augen wurden zu zwei schmalen Schlitzen, als er den Namen des Dreimasters entzifferte.

Tanhir!

»Der Falke«, flüsterte er staunend die Bedeutung des Wortes, das aus grauer Vorzeit stammte. In den Hafenspelunken kursierten unzählige Geschichten von diesem Schiff und seinem einstigen Kapitän. Es hieß, Samra sei ein Draufgänger gewesen, der es mit Witz und Wagemut jahrzehntelang geschafft hatte, dem Beamtenapparat des Pharaos kleine Nadelstiche zuzufügen. Trotzdem konnte man ihm nie ein Vergehen nachweisen, was ihn letztlich zu einer Art Volksheld machte. Eines Morgens hatte man ihn tot im Hafen von Memphis aufgefunden. Es konnte nie geklärt werden, ob Samras Ende Gegenstand eines jener »Geschäfte« war, die Isfets Geheimpolizei mit den Verbrechersyndikaten der Unterstadt auszuhandeln pflegte.

Jedenfalls wurde erzählt, die *Tanhir* stehe nun unter dem Kommando von Samras Spross, Jobax. Vater und Sohn gehörten, wie gemunkelt wurde, dem alten Geschlecht der Tamehu an, einem abenteuerlustigen Seefahrervolk, das sich durch großen Wuchs, blonde Haare, blaue Augen und lange Schädel auszeichnete. Diese Beschreibung passte hervorragend auf den streitbaren Seemann. Er habe eine weite Reise vor sich und hätte längst auslaufen sollen, die Hafenbehörde müsse ihm den Schaden ersetzen, wetterte er.

Hobnaj zog sich wieder in die Schatten zurück. Die Beamten hatten den Kapitän gerade in ihr Büro gebeten, damit man sein Anliegen ins amtliche Beschwerdeformular aufnehmen könne. Das war die Gelegenheit, auf die Hobnaj gewartet hatte!

Der Nubier drehte den Säugling so, dass er ihm ins Gesicht sehen konnte. Eine sanfte Aura blauen Lichts umhüllte das Kind. Es war wach. Und es lächelte den schwarzen Mann freundlich an.

»Bitte fang nicht gerade jetzt an zu strahlen«, flehte Hobnaj leise. »Es tut mir ja Leid, kleiner Topra, wenn ich auf die Schnelle keine besseren ›Eltern‹ für dich finden kann als diesen rauen Burschen da drüben und seine Besatzung. Aber ich glaube, der Kapitän hat das Herz seines Vaters geerbt. Er ist auf einem Segler groß geworden. Vielleicht entsinnt sich Jobax seiner eigenen Kindheit auf der *Tanhir* und behält dich, um aus dir einen ebenso aufrechten Mann zu machen, wie er selbst einer sein soll. Und falls nicht, wird er dich in gute Hände geben. Mehr kann ich im Moment nicht für dich …«

Hobnaj verstummte, weil das blaue Glühen immer heller wurde. »O nein!«, jammerte er leise. »Tu mir das nicht an, Topra. Ausgerechnet jetzt!« Plötzlich hörte er hinter sich Stimmen.

»Hast du das gesehen?«, fragte einer.

»Keinen Schimmer, wovon du redest«, antwortete der andere.

»Na eben davon: Dieser blaue *Schimmer* da in der Quergasse.«

»Ich sehe nichts.«

»Jetzt ist er ja auch weg. Aber der Hauptmann hat gesagt, die Konkubine soll so ne seltsame blaue Lampe gehabt haben. Schnell, lass uns nachsehen! Vielleicht schnappen wir ja den Nubier und kriegen die Belohnung.«

Hobnaj hatte den Säugling rasch unter der Mönchskutte verborgen. Jetzt glänzte der ganze Mann, wenn auch lange nicht so intensiv wie zuvor das Kind. Schon hörte er Schritte, die sich ihm rasch näherten. Was sollte er tun? Die Polizisten hatten bestimmt Lichtkanonen, er nur einen Säbel. Und auf dem Kai diskutierten immer noch der Kapitän und die Beamten der Hafenbehörde.

»Wir stecken in der Falle«, flüsterte Hobnaj, als könnte das Kind ihn verstehen. »Wie wär's mit einem kleinen Wunder, Topra, so wie vorhin in der Kammer des Wissens? Muss ja nichts Großes sein. Mach uns unsichtbar. Oder bring uns in ein Versteck. Ja! Am besten in dieses Schiff da …«

Der Nubier spürte ein jähes Ziehen, das durch seinen ganzen Körper lief. Gleichzeitig blendete ihn ein greller blauer Blitz. Als Hobnajs Augen wieder sehen konnten, traute er ihnen nicht. Er befand sich in einem Raum, der ganz aus Holz bestand. In der Nähe flackerte eine elektrische Lampe. Die Decke war so niedrig, dass er nur geduckt stehen konnte. Kein Zweifel, dies musste Kapitän Jobax' Dhau sein. Durch eine offene Luke in der Schiffswand konnte man ihn im Gespräch mit den Beamten hören.

Und Topra weinte.

»Pscht!«, machte Hobnaj, um das Kind zu beruhigen. Vermutlich hatte es denselben Schmerz gespürt wie er, als diese ganz und gar unglaubliche Sache passiert war. Doch was nützte ihm der mysteriöse »Sprung« über die Kaistraße, wenn er sich jetzt durch Topras Plärren verriet? Mit weiteren Wundern war wohl vorerst nicht zu rechnen, denn das Kind strahlte nicht mehr. Es schimmerte nicht einmal.

»Haben Sie eben das Licht gesehen?«, fragte draußen eine Stimme, die der Nubier wiedererkannte. Sie gehörte einem der mutmaßlichen Geheimpolizisten, die Topras Glühen zuerst entdeckt und inzwischen den Kai erreicht hatten.

»Wir sind ja nicht blind«, antwortete Kapitän Jobax.

»Und wo kam es her? Etwa von Ihnen?«

»O ja! Ich habe mich gerade mächtig über die Dreistigkeit Ihrer Kollegen erregt. Da schlage ich manchmal Blitze.«

»Er lügt«, sagte einer der Männer vom Hafenbüro.

»Dann haben Sie also keine Ahnung, woher dieses Licht gekommen ist, noch konnten Sie irgendjemanden herumschleichen sehen?«

»Meint ihr, wir von der Hafenmeisterei sind alle verkalkt? Wir suchen genauso nach dem nubischen Riesen wie ihr und wir haben ihn *nicht* gesehen – weder hier auf der Mole noch auf dem Schiff dort. Seid ihr jetzt zufrieden?«

»Nun reg dich nicht auf, Kollege. Wir tun alle nur unsere Pflicht. Sollte euch doch noch etwas auffallen, gebt uns Bescheid.«

»Ja, ja, ist schon klar.«

Die um ihre Belohnung geprellten Polizisten zogen ab und wenig später entfernte sich auch Jobax mit den Beamten in Richtung Hafenbüro.

»Das war knapp, kleiner Topra«, erklärte Hobnaj raunend dem Knaben. Das Kind konnte schon wieder lächeln.

Auf dem Deck über sich vernahm der Nubier Schritte. Er hatte Jobax sagen hören, die *Tanhir* werde im Morgengrauen auslaufen; die Reise gehe nach Tarschisch, tausende Seemeilen weiter nordwestlich. Vermutlich hatte der Kapitän seine Männer angewiesen, das Schiff schon einmal klarzumachen, während er das Büro der Hafenmeisterei aufsuchte. Das waren die günstigen Umstände, auf die Hobnaj gehofft hatte. Er legte das Kind vor sich auf die Planken, zog die Kutte aus, unter der er zuletzt mächtig ins Schwitzen gekommen war, ließ sie achtlos fallen und sah sich im Laderaum der Dhau um. Rundbalken verbanden alle acht oder zehn Fuß den Boden mit der Decke. Dazwischen stapelten sich Säcke, Getreide, wie Hobnaj an der Aufschrift erkannte.

Sollte er Topra gleich hier neben, nein, besser *auf* der Mönchskutte liegen lassen? Wie lange würde es dauern, bis man ihn fände? Vielleicht wäre ein anderer, von den Seeleuten häufiger besuchter Platz besser geeignet. Mit Sicherheit gab es noch weitere Stauräume auf dem Schiff, denn dieser hier war nur etwa vierzig Fuß, also höchstens ein Drittel so lang wie die ganze Dhau. Doch wie dorthin kommen? Bei dem Betrieb, der an Deck herrschte, war ein langes Herumsuchen unmöglich. Aber was, wenn der Säugling hier zwischen der Ladung zu spät entdeckt wurde? Der Nubier ließ den Atem geräuschvoll ausströmen und hob das Leinenbündel wieder vom Boden auf. Während er das Kind im Arm schaukelte, schritt er die Reihen der fast bis zur Decke reichenden Stapel ab. So entfernte er sich immer weiter von dem flackernden Licht. Um überhaupt noch etwas erkennen zu können, zog er seine kleine Taschenlampe aus dem Gürtel, die ihm in dieser Nacht schon so wertvolle Dienste geleistet hatte. Am Kopfende des Laderaumes entdeckte er einen Niedergang. Wenn jemand hier nach dem Rechten schaute, dann musste er dort herunterkommen. Schnell schritt Hobnaj die letzten Sackreihen ab. Mit einem Mal weiteten sich seine Augen.

»Das ist es, Topra!«, flüsterte er.

Ein schmaler Streifen des Laderaums, nicht breiter als der Platz zwischen zwei Reihen von Stützbalken, diente hier einem besonderen Zweck. Da hingen geräucherte Speckseiten, lagen Holzfässer, standen große Amphoren aus Steingut und Säcke aus brauner Jute. Alle Gefäße waren ordentlich verschlossen, damit keine Ratten hineinfallen oder sich am Inhalt gütlich tun konnten – bis auf eine Ausnahme. Ein Sack, bestenfalls noch zu einem Viertel gefüllt mit gedroschenem Weizen, stand weit offen am Boden. Vermutlich hatte der Schiffskoch sich erst vor kurzem daraus bedient und würde es bald noch einmal tun.

»Was hältst du von einem Nickerchen auf einem weichen Bett aus Korn?«, fragte Hobnaj das Kind.

Topras winziger Mund verzog sich im Licht der Taschenlampe zu einem Lächeln. Er gab einen freudigen Laut von sich, den man mit einiger Phantasie als Zustimmung deuten konnte.

Hobnaj seufzte. »Also gut, mein Kleiner. Dann ist jetzt die Stunde des Abschieds gekommen.« Er legte den Jungen in den offenen Kornsack, ordnete noch einmal das von Wira so kunstvoll gewickelte Leinentuch und deponierte das zusammengerollte Bündel Geldscheine, das Gisa ihm gegeben hatte, davor auf dem Boden. Obwohl das Getrappel an Deck immer heftiger wurde und er jeden Moment mit einer Entdeckung rechnen musste, nahm er sich Zeit, um sein Arrangement einer kritischen Prüfung zu unterziehen. Er richtete sich, so weit es die niedrige Decke erlaubte, auf, ließ das Bild auf sich wirken und versetzte sich dabei in die Lage eines unbedarften Matrosen.

Nein, dachte Hobnaj schon nach kurzem Grübeln. Wie ein unzufriedener Künstler schüttelte er den Kopf. Wenn die Seeleute den Säugling so vorfinden, dann ist er für sie nur ein x-beliebiges Kind. Man wird nichts Eiligeres zu tun haben, als es so schnell wie möglich wieder loszuwerden.

Irgendwo in Hobnajs Bewusstsein regte sich Widerspruch: Aber da ist der stattliche Geldbetrag!

Sofort konterte es aus einer anderen Ecke seines Geistes: Den könnte der glückliche Finder unbemerkt einstecken.

Der Optimist in ihm hielt dagegen: Na, wenn schon! Man wird trotzdem das ungewöhnliche Muttermal entdecken und vielleicht …

»Genau so!«, raunte der Nubier.

Noch einmal sah er sich um. Hatte er nicht …? Ja! Auf dem Deckel eines Kruges in der Nähe lagen eine Hand voll Kerzen und sogar ein Feuerzeug. Schnell nahm Hobnaj drei der Lichter, zündete sie an und gruppierte sie so um das Kind herum, dass sie ein gleichschenkliges Dreieck bildeten: das Herrschaftssymbol des Pharaos. Mehr als andere Menschen waren Seeleute Zeichen und Wundern gegenüber aufgeschlossen, weil ihr Leben von der täglichen Erneuerung des Paktes mit den Naturgewalten abhing. Das flammende Dreieck und dazu das Feuermal auf der Haut des Knaben – diese Zeichen würden ihnen Respekt einflößen und nebenbei auch die Ratten fern halten.

Wieder musterte Hobnaj sein Werk. Zufrieden nickte er. Jetzt galt es nur noch, unbemerkt vom Schiff zu kommen. Er beugte sich zum Kind herab, küsste es auf die Wange, sagte leise Lebewohl und wandte sich dem Niedergang zu – wo er jäh verharrte.

Wer immer sich seiner annimmt, muss wissen, wie das Kind heißt.

Siedend heiß fiel ihm der letzte Befehl Gisas sein. Fast hätte er ihn vergessen. Hobnaj wandte sich noch einmal um. Von draußen drang der Freudenruf eines Seemannes herein.

»Kapitän! Wir dachten schon, die hätten Sie verhaftet.«

»Verhaften? Mich?« Ein Lachen ertönte. »So schnell lässt sich Jobax nicht einsperren. Ist unser Falke bereit zum Abheben?«

»So gut wie.«

Hobnaj sah sich gehetzt um. Jetzt galt es, schnell zu handeln. Mit zwei Schritten war er wieder beim Jutesack. Er langte neben dem Leinenbündel ins Getreide und holte rasch eine Hand voll

Körner heraus. Dabei rieselten einige zwischen Topras Leinentücher, eines fiel ihm sogar mitten auf die Nase. Der Winzling nieste.

»Entschuldige«, sagte Hobnaj und fischte mit seinen großen Fingern das Samenkorn aus dem Gesichtchen. Sodann kniete er sich zu Füßen des Kindes und schrieb mit einer Spur aus Weizenkörnern den Namen TOPRA auf den Dielenboden.

»›Die Basis des Dreiecks‹ – das passt«, murmelte er zufrieden, weil die Schriftzeichen nun genau das Fundament der Kerzenpyramide bildeten. »Das muss genügen.« Ein letztes Mal streichelte er Topras Wange und schlich sich zum Niedergang zurück.

Die steile Stiege mündete unter einer verschlossenen Luke. Der Nubier hob den Deckel behutsam an und erschauderte. An Deck herrschte rege Betriebsamkeit. Wie sollte er nur vom Schiff kommen, ohne entdeckt zu werden?

Noch war die Sonne nicht aufgegangen und die elektrische Beleuchtung des Decks eher dürftig. Das war ein Vorteil, den er für sich nutzen konnte. Einige bange Atemzüge lang wartete Hobnaj auf eine günstige Gelegenheit. Als er die Luke unbeobachtet wähnte, schlüpfte er an Deck. Der Ausstieg befand sich ein Stück hinter dem Großmast. Am Bug sah er mehrere Männer mit Tauwerk hantieren. Also nach achtern!

Wie ein Schatten huschte der Nubier über die Planken. Fast hatte er die Heckaufbauten der Dhau erreicht, als ein Alarmruf erscholl.

»Kapitän, ein Dieb!«, rief jemand, den Hobnaj nicht sehen konnte. Sofort duckte er sich.

Jobax erreichte gerade über die Gangway das Deck. Seine Augen folgten dem aufgeregten Deuten der Männer. Für einen Moment glaubte Hobnaj, der Blick des Kapitäns würde ihn ans Achterhaus nageln. Hatte er ihn erkannt? Dann fiel der erste Schuss.

»Sofort Feuer einstellen!«, rief Jobax, als er das scharfe *Peng!* der Pistole hörte. Er konnte sehen, wie die Kugel neben dem Hals des riesenhaften Mannes ins Holz einschlug; um ein Haar hätte sie ihn getötet. Das musste der Nubier sein, auf dessen Kopf die Belohnung ausgesetzt war.

Das Hauptdeck der *Tanhir* bot ein heilloses Durcheinander. Jeder schrie irgendetwas. Männer sprangen aus den Wanten. Es sah nicht so aus, als hätten sie den Befehl des Kapitäns überhaupt gehört. Der Nubier floh mit langen Sprüngen um das Achterhaus herum zum ansteigenden Heck des Schiffes.

»Ich will ihn lebend. Fangt ihn ein!«, rief Jobax. Doch da peitschte schon ein weiterer Schuss über das Deck, ein dunkler Schatten fiel über die Reling, ein lautes Platschen ertönte – dann herrschte betroffene Stille.

»Hast du nicht meinen Befehl gehört?«, herrschte Jobax den Seemann an, dessen rauchende Pistole ihn als den Schützen entlarvte. Anstatt eine Antwort abzuwarten, eilte der Kapitän nach achtern. Er beugte sich über die Reling und blickte ins Wasser. Von dem Nubier war nicht die geringste Spur zu sehen.

Jobax schüttelte verzweifelt den Kopf. Manchmal waren seine Männer einfach zu impulsiv. Sicher, sie hatten einen vermeintlichen Dieb dingfest machen, vermutlich sogar das Kopfgeld einstreichen wollen, aber mussten sie ihn deshalb gleich abknallen wie einen …?

»Da treffe ich den Halunken und er säuft mir einfach ab. Die Belohnung dürfte futsch sein«, jammerte der Schütze. Die finstere Miene des Kapitäns ließ ihn schnell verstummen.

Jobax löste sich von der Reling, betrachtete einen Moment lang die feuchte Innenfläche seiner Hand und streckte sie dann dem Seemann entgegen.

Sie war rot. Voller Blut.

ZWEITE WELLE

4
Die Insel der Stürme
Trimundus

Wie war das dumme Schaf nur auf die Klippe gekommen? Und vor allem: Wie hatte er selbst hierher gelangen können? Trevir vermochte sich weder das eine noch das andere zu erklären. Verstört blickte er an der grauen Felswand hinab. Tief unten brandete der Ozean.

»Komm, kleine Dwina, koooomm«, lockte Trevir einmal mehr den kleinen Ausreißer, der da verängstigt auf einem Vorsprung stand und nicht vor noch zurück konnte. Der Junge besaß mehr Erfahrung im Finden und Zurückbringen von verirrten Schafen als jeder andere unter seinen Brüdern, aber etwas Derartiges war ihm noch nie passiert. Auf allen vieren kroch er näher an das Lamm heran und reckte ihm die Hand entgegen.

Dwina blökte sich vor Angst die Seele aus dem Leib und dachte gar nicht daran, auch nur einen Schritt näher zu kommen.

Heftige Böen zerrten an Trevirs grauer Kutte. Unter ihm rannten die Wellen wie wütende Widder gegen die Klippen an. Das Geräusch vermochte selbst einen gestandenen Seemann das Fürchten zu lehren, aber Trevir war gerade erst vierzehn Jahre alt. Obwohl schwindelfrei, empfand er seine Lage als ausgesprochen beunruhigend.

»Du bist das ungezogenste Lamm, das ich je gehütet habe«, schalt er das Tier.

Dwina drückte sich noch dichter an den Fels und blökte abermals.

»Wenn Meister Aluuin davon erfährt, wird er dich zu meinem Initiationsfest braten.«

Das Schaf schwieg.

»Ich soll nicht fluchen, hat der Meister gesagt, aber gleich tu ich's, wenn du nicht *sofort* kommst«, drohte Trevir. Um seiner Warnung Nachdruck zu verleihen, hob er die Faust. Als er dabei sein Körpergewicht auf die linke Hand verlagerte, brach unter dieser der weiche Sandstein weg und Trevir rutschte ab.

Im nächsten Moment hing er an einer Hand über dem Abgrund. Die andere suchte, fand aber keinen Halt. Auch seine Füße stocherten nutzlos im Nichts herum, weil der Vorsprung einen Überhang bildete und die Felswand darunter für den Jungen unerreichbar war. Wie eine nach ihm schnappende Bestie fauchte unter ihm das aufgewühlte Meer. Sein Herz schlug ihm bis zum Hals. Ein schrecklicher Gedanke bemächtigte sich seiner: *Das ist das Ende!*

Allmählich rutschten Trevirs Finger ab. Ihm fehlte einfach die Kraft, sich einhändig nach oben zu ziehen. Über ihm erschien das weiße Köpfchen Dwinas. Das Lamm blökte. *Hol mich noch einmal zu dir,* dachte er verzweifelt. *Du dummes kleines Schaf. Eben hast du es doch auch gekonnt …*

Dann stürzte er.

Erschreckend schnell entfloh der Vorsprung mit dem Lämmchen in den Himmel. Trevir begann sich zu drehen und verlor die Orientierung. Flüchtig sah er die schäumene Gischt mit den kahlen nassen Felsen auf sich zurasen und schloss entsetzt die Augen. *Du dummes Schaf! Ich wollte dich doch nur von der Klippe retten …*

Was er als furchtbar schmerzhaften Aufprall erwartete, entpuppte sich als eine überraschend sanfte Berührung an seinem Ohr. Es kitzelte ein wenig. Gleich darauf gellte an derselben Stelle ein meckernder Laut.

Dwina hatte geblökt.

Überrascht riss Trevir die Augen auf. Er lag wieder auf dem schmalen Vorsprung. Das Lamm stand über sein Gesicht gebeugt, scheinbar entzückt von der Wiederkehr seines Hirten. Widerstandslos ließ es sich von ihm an die Brust drücken. Vorsichtig setzte er sich auf. »Was ist da eben passiert?«, fragte er das Schaf.

Dwinas Antwort bestand in einem kleinen »*Mäh!*«.

»Du bist mir heute keine große Hilfe.« Unbehaglich blickte er auf die See hinaus und murmelte leise: »Was geschieht mit mir?«

Als er sich auf die Suche nach dem verirrten Tier begeben und es schließlich in den Klippen entdeckt hatte, war er noch ein normaler Junge gewesen, ein angehendes Mitglied der Bruderschaft, ein Hirte, der jedes seiner Schäflein liebte. Wie schon früher wurden seine Augen von dem Lamm regelrecht angezogen und bald entdeckte er es, obwohl es überhaupt keine direkte Sichtlinie zu dem kleinen Ausreißer gab. Trevir hatte hierauf an der steilen Felswand nach einem Weg gesucht, irgendeinen schmalen Grat, über den er zu Dwina gelangen konnte. Aber dann, als eine Rettung aussichtslos erschien und er vor Verzweiflung und hilflosem Zorn zu weinen begonnen hatte, fühlte er plötzlich dieses Ziehen. Vor Schmerz kniff er die Augen zusammen und als er sie kurz darauf wieder öffnete, befand er sich auf dem Vorsprung.

Vielleicht ging es ja auch umgekehrt. Einen Versuch war es jedenfalls wert. Der Junge rückte noch einmal seinen Schützling in den Armen zurecht, schloss erneut die Augen und wünschte sich zur Herde zurück. Dann wartete er einen Moment.

Sein Gefühl sagte ihm, dass er irgendetwas falsch gemacht hatte. Vorsichtig hob er ein Augenlid. Nein, es hatte sich nichts verändert.

»Warum ging's vorhin und nicht jetzt?«, murmelte er. Das ständige Selbstgespräch gehörte zum normalen Verhalten unter der kleinen Bruderschaft von Sceilg Danaan. Tagsüber gingen die Mitglieder des Ordens oft allein ihren Verrichtungen nach. Wer einem Gedanken Gehör verschaffen wollte, musste entweder bis zum Abend warten oder ihn sich selbst mitteilen.

»Du hast diese Unruhe gespürt«, rief sich Trevir seine Stimmung der letzten ein oder zwei Wochen ins Gedächtnis. Es war ihm so vorgekommen, als schwele ein Feuer in ihm, das unbedingt herauswollte, es aber nicht konnte. Er hatte dieses Gefühl auf die Ungeduld geschoben, weil sein großer Tag immer näher kam. Heute sollte er als Erwachsener in den Dreierbund aufgenommen werden. Wie hatte er sich darauf gefreut! Und jetzt saß er hier in den Klippen fest.

»Du bist ein Empfänger.« Auch diese Worte, von dem Jungen leise ausgesprochen, kamen aus seiner Erinnerung. Sie stammten nicht von ihm. Er hörte sie zwar regelmäßig, wenn er mit Bruder Qennouindagnas, einem ehemaligen Seemann, aufs Meer hinausfuhr und das Segelboot wieder einmal mit traumwandlerischer Sicherheit zum nächsten Fischschwarm lotste, aber zum allerersten Mal hatte ihn schon vor vielen Jahren Meister Aluuin einen »Empfänger« genannt. Trevir war zuvor ein erstaunliches Kunststück gelungen. Das Oberhaupt des Dreierbunds hatte seinen Lieblingsstab verlegt, ein knorriges langes Ding, auf das er sich mit Vorliebe zu stützen pflegte, wenn er seinen Mitbrüdern alt und weise erscheinen wollte. Der Meister hatte weder das eine noch das andere nötig: Er war erstaunlich rüstig und klüger als jeder andere Mensch, den Trevir kannte. In alltäglichen Dingen jedoch ließ Aluuins Gedächtnis bisweilen zu wünschen übrig.

Auf alle Fälle war der Stab verschwunden. Alte wie junge Brüder durchsuchten aufgelöst sämtliche *clochans,* die wie große Bienenkörbe an den Klippen klebenden Steinhütten des Ordens. Um Aluuins Laune stand es nicht zum Besten. Da kam der fünfjährige Trevir – damals noch in Begleitung eines älteren Mitbruders – von der Weide. Weil er mit dem Oberhaupt der Einsiedelei in derselben Hütte wohnte, platzte er unbekümmert hinein und wunderte sich über die steile Falte auf der Stirn seines Lehrers.

»Bist du traurig, Meister Aluuin?«, fragte der Junge.

»Nein, wütend«, brummte der Alte.

»Über wen?«

»Über mich.«

»Warum?«

»Weil ich schon wieder meinen Stab suchen muss.«

»Welchen?«

»Na welchen schon!«

»Den verhutzelten.«

»Ja. Wobei das Wort verhutzelt nicht ganz zutreffend ist. Verhutzelt sein kann das Gesicht einer Greisin oder ein altes Männlein oder …«

»Du auch, Meister?«

»Ich bin *niemals* verhutzelt.«

»Schick doch jemanden zum Brunnen.«

»Ich habe keinen Durst.«

»Ich auch nicht.«

Aluuin blickte sich grimmig in seiner runden Stube um. Sie war etwas größer als die anderen, aber mit den beiden Betten, einer Truhe, einem Tisch und zwei Stühlen immer noch sehr übersichtlich. Neben der Tür standen fünf oder sechs Stäbe, aber der knorrige fehlte. Mit einem Mal runzelte der Alte die Stirn und wandte sich wieder seinem Schüler zu.

»*Weshalb* soll ich jemanden zum Brunnen schicken, mein Junge?«

»Na, um deinen Stab wiederzubekommen, Meister.«

Das Oberhaupt des Dreierbunds war hierauf zur Tür geeilt, hatte sich einen Ersatzstab gegriffen und sich zum Brunnen aufgemacht. Trevir heftete sich an seine Fersen.

Der Brunnen war nicht sehr tief, eigentlich nur ein Schacht, der zu einer unterirdischen Quelle führte. So hatte Bruder Taarndol – er war klapperdürr – mit Leichtigkeit an einem Seil bis auf den Grund hinabsteigen können, um den Stab zu bergen. Anschließend zog Lindenwächter beide im Nu wieder nach oben. Das mächtige Pferd fühlte sich damit etwas unterfordert und Taarndol schoss geradezu aus dem Brunnen hervor. Meister Aluuin war überglücklich, was aber nur seine funkelnden grünen Augen verrieten. Sein Gesicht blieb streng, als er sich an Trevir wandte.

»Hast du den Stab da runterfallen lassen, mein Junge?«

»Nein, Meister.«

»Dann konntest du aber bestimmt sehen, wie ihn jemand hineingeworfen hat?«

Trevir schüttelte ernst den Kopf. »Nein, Meister.«

»Ist er etwa … *mir* aus der Armbeuge gerutscht, als ich heute früh Wasser holte?«

»Weiß ich nicht.«

»Aber wie konntest du dir dann so sicher sein, dass er dort unten ist?«

»Ich hab mich umgeschaut.«

Nach dieser Äußerung war der Meister ein wenig unruhig geworden, gemessen an seiner sonstigen Gelassenheit vielleicht sogar mehr als nur ein wenig. Er zog Trevir in sein Clochan, schloss die Tür und ließ sich das »Umschauen« nun ganz genau erklären.

Solange Trevir denken konnte, hatte er auf Sceilg Danaan gelebt. Fast alles, was er über die karge, sturmumtoste Insel wusste, stammte von Aluuin. In der Zeit vor der Zeit war sie der großen Göttin Dana gewidmet gewesen, deren Thron man hier vermutete und die ihr den ersten Namen gab – viele sollten noch folgen. Lange hatte Sceilg Danaan den Druiden gehört, die hier den Lauf der Gestirne beobachteten. Später kamen Männer, die anderen Göttern huldigten. Sie waren die Erfinder der Clochans und Gründer eines Klosters gewesen, das sie St. Fionán nannten – es existierte nur noch in Aluuins Gedächtnis.

Etwa zehn Meilen weiter westlich begann das Festland, von dem der Alte behauptete, es sei selbst nur eine große Insel. Die dort Lebenden hielten Sceilg Danaans Bewohner für Zauberer. Wenn Aluuin mitleidvoll vom Aberglauben der einfachen Leute sprach, sagte er Dinge wie: »Sie wissen so gut wie nichts vom Gleichgewicht, und das wenige, was ihnen bekannt ist, haben

Mystiker und andere Verführer entstellt. Wie können sie da seine Kräfte verstehen?«

Wenn es auch noch lange dauern sollte, bis sich derlei Äußerungen Trevir völlig erschlossen, hatte der Alte seinem Schüler damit doch schon früh ein weit gefasstes Verständnis vom Möglichen und Unmöglichen vermittelt. Daher redete der Junge bei der unter vier Augen stattfindenden »Anhörung« sehr unbekümmert über seinen merkwürdig weitschweifenden Blick.

»Erzähle niemandem davon. Hörst du, mein Junge? Niemandem!«, mahnte der Meister, nachdem er sich die wundersame Entdeckung des knorrigen Stabes hatte erklären lassen.

»Warum?«, fragte Trevir.

»Die einen könnten zu viel verstehen und die anderen zu wenig.«

»Ist das schlimm, Meister?«

»Schrecklich wäre das, mein Junge. Am meisten musst du dich vor denen in Acht nehmen, die dich nicht verstehen können und sich auch keine Mühe geben, es je zu tun. Sie sind es, die uns für eine geheimnisvolle Bruderschaft von Druidenmagiern halten. Deshalb fürchten sie uns. Aber solcherlei Angst ist ein schlechter Berater. Die Menschen neigen schnell dazu, zu zerstören, was ihnen fremd erscheint. Du hast gesagt, der Stab war in dem Brunnen für dich deutlich zu sehen?«

Trevir nickte.

»Obwohl die Wand des Clochans und das felsige Erdreich dazwischen lagen?«

»Ja.«

»Hast du dich schon des Öfteren auf diese Weise ... *umgeschaut?*«

»Weiß nicht. Ich hab nie darauf geachtet.«

»Tust du mir einen Gefallen, Trevir?«

»Ja, Meister.«

»Wenn du das nächste Mal etwas siehst, das hinter einer Wand, einem Felsen oder irgendwo sonst liegt, wo du es mit einem Pfeil unmöglich treffen könntest, dann kommst du und erzählst es mir. Einverstanden?«

»Ist gut. – Meister?«

»Ja, mein Junge?«

»Bin ich krank?«

Aluuin erschrak. Rasch nahm er seinen Schüler in den Arm – was eher selten geschah – und drückte ihn fest an sich. »Nein, mein Sohn. Was du hast, ist keine Krankheit. Man nennt es eine Gabe. Du bist ein *Empfänger.*«

»Warum?«

Der Alte hörte die Stimme des Kindes dumpf aus den Falten seiner Kutte dringen und gab Trevir etwas mehr Raum zum Atmen, bevor er antwortete: »Weil du Dinge *empfängst,* die niemand sonst erhält. Du siehst, wo selbst deine Brüder nur vermuten können. Und möglicherweise wirst du noch mehr an dir entdecken, das anderen fremd erscheint. Deshalb möchte ich, dass du alles – was immer dir Überraschendes passieren mag – zuerst *mir* erzählst.«

Trevir nickte. »Und warum?«

Aluuin legte seine Hände auf die Schultern des Jungen, sah ihm fest in die Augen und antwortete: »Weil dir die Kräfte des Triversums anvertraut worden sind. Du wirst sie einmal lenken können, so wie du heute Lindenwächter am Zügel dorthin führst, wo du es willst. Das macht dich zu einem wahrhaft mächtigen Empfänger. Kannst du mir folgen?«

»Nein, Meister.«

Aluuin strich ihm über das schwarze Haar. »Es wird der Tag kommen, da du mich verstehst. Fürs Erste musst du dir nur Folgendes merken: Auf Trimundus gibt es nicht nur gute Menschen, die das Gleichgewicht bewahren möchten, sondern leider auch böse, die es aus eigennützigem Sinnen stören wollen. Aber das wäre aller Menschen Untergang. Wir sollten das verhindern, denkst du nicht auch?«

Trevir nickte ernst.

»Natürlich wirst du deine Gaben auf Dauer nicht geheim halten können, weil sie für dich selbstverständlich sind.«

Der weise Aluuin sollte Recht behalten. Bald war auch anderen aufgefallen, mit welcher Leichtigkeit Trevir Verlorenes wiederfinden oder absichtlich Verborgenes ans Licht bringen konnte. Nicht immer erntete er dafür Beifall, denn auch in einer Bruderschaft wie der vom Dreierbund wollte und durfte man gewisse Dinge ganz für sich behalten. Inzwischen war Trevir ein nachdenklicher und eher verschwiegener Junge geworden, der mit großer Wissbegier alles Neue in sich aufsog und die Zeit, die er beim Schafehüten verbrachte, zum Nachdenken und für seine Selbstgespräche nutzte. Im Moment redete er allerdings mit einem kleinen Schaf.

»Irgendwie musst du doch hier heruntergeklettert sein, Dwina. Wie wär's mit einem kleinen Hinweis?«

Das Lamm blökte.

»Hab ich mir fast gedacht.«

Trevirs Augen verfolgten einen Tölpel, der vom Meer her direkt auf die Felswand zuflog und über seinem Kopf verschwand. Sie nisteten jedes Jahr zu tausenden in den Klippen. Wo war der Vogel gelandet? Der Blick des Jungen wurde starr. Über ihm und leicht zur Seite versetzt ragte eine Klippe weit heraus. Ihre Oberseite war flach wie eine Treppenstufe. Und dort stand der Tölpel. Trevir kniff die Augen zusammen, weil er den Vogel nur verschwommen wahrnehmen konnte – das hatte er schon oft erlebt, wenn er »um die Ecke« spähte. Vorsichtig richtete er sich mit dem Lamm im Arm auf.

Der unerklärliche »Sprung« in die Steilwand hatte ihn dort auf allen vieren »landen« lassen, es folgten der grauenhafte Sturz und hiernach das Liegen auf dem Rücken. Als er sich jetzt hinstellte, veränderte sich seine Perspektive dramatisch (mit seinen fünf Fuß und neun Zoll überragte Trevir bereits manchen seiner Brüder). Sich mit dem Rücken an die Wand drückend, ging er auf die Zehenspitzen und konnte den Absatz nun sogar direkt, anstatt nur mit den inneren Augen des »Empfängers«, sehen. »Das ist ein riesiger Sprung für ein so kleines Lamm«, murmelte er bange.

Er fasste sich ein Herz und stemmte Dwina in die Höhe. Unter ihm toste der Ozean. »Rauf da mit dir!«, befahl Trevir und schob das Lamm gleichzeitig auf den Absatz. Im nächsten Moment war es verschwunden.

»Was einem Schaf gelingt, das kannst du auch«, machte er sich Mut. Noch einmal holte er tief Atem, ging in die Hocke und sprang.

Das Gefühl, innerhalb so kurzer Zeit ein zweites Mal über dem Abgrund zu hängen, hatte etwas Albtraumhaftes. »Nur nach oben sehen«, keuchte Trevir, »nie nach unten.« Er lag mit der Brust auf dem flachen, fast waagerechten Sims und seine Hände suchten im Vogelkot nach einer Spalte oder einer Felsnase. Der Rest seines Körpers baumelte herab.

Trevir hatte sich die Klippenwand vor dem Sprung genau angesehen. Da gab es Risse und vorstehende Felsen. Bald wurde sein rechter Fuß fündig, stützte sich in einer Ritze ab. Dadurch konnte er sich ein Stückchen weiter hochdrücken und mit der Hand eine Bruchkante erreichen. Gleichzeitig ziehend und mit dem Bein schiebend gelangte er so eine Stufe höher. Von da ab ging alles ganz einfach. Sonne und salzige Gischt, Wind und Wetter, Sommerhitze und Winterkälte hatten hier einen Pfad geschaffen, der für einen achtsamen Hirtenjungen fast ebenso leicht zu bewältigen war wie für ein neugieriges Lamm. Oben auf den Klippen wurde Trevir von Dwina empfangen.

Sie blökte.

»Du hättest dir den Hals brechen können.« Aluuin sah alles andere als erleichtert aus. Das Wort »zornig« beschrieb viel zutreffender den Ausdruck in seinem Gesicht.

Trevir schien ganz in das Studium der eigenen Hände vertieft. Er hielt sie vor der Brust und pulte unter den Fingernägeln.

Schüler und Meister standen inmitten einer Herde von etwa vier Dutzend Schafen. Das Oberhaupt des Dreierbunds hatte sich höchstpersönlich auf die Suche nach seinem überfälligen Zögling begeben und ihn schließlich auf der Klippe gefunden. Bei Sonnenuntergang sollte das Initiationsfest beginnen und bis dahin gab es noch einiges zu besprechen.

»Hörst du mir überhaupt zu?«, fragte der Alte.

»Ich habe mir diesen … *Sprung* nicht ausgesucht«, sagte Trevir mit kläglicher Stimme.

Aluuin stieß einen tiefen Seufzer aus, legte den Arm um die Schulter des Jungen und nickte. »Ich weiß. Du hast wieder etwas empfangen, nicht wahr?«

Von seinem Meister geschoben setzte sich der Junge in Bewegung. Er antwortete mit einem Nicken.

»Erzähle mir von dem, was du einen ›Sprung‹ nennst.«

Trevir fasste die Geschehnisse auf der Klippe zusammen.

»Die nächste Welle erreicht ihren Höhepunkt«, sagte Aluuin darauf leise.

»Was bedeutet das, Meister?«

Die beiden wanderten gerade an einer Mulde entlang, in der sich Regenwasser gesammelt hatte. Aluuin blieb unverwandt stehen und bückte sich, gestützt auf seinen abgegriffenen Lieblingsstab, nach drei kleinen Kieseln. »Was geschieht, wenn ich den ins Wasser werfe?«, fragte er und zeigte seinem Schüler einen Stein.

»Er geht unter«, antwortete Trevir.

»Na gut. Und was passiert noch?«

Der Junge dachte kurz nach, zuckte die Achseln und riet: »Er zieht Ringe.«

»Hervorragend!«, freute sich Aluuin und nickte. »Er zieht Ringe. Kleine Wellen breiten sich kreisförmig aus. Nun sage mir, was passieren wird, wenn ich die drei Steinchen, die du hier in meiner Hand siehst, gleichzeitig in die Pfütze werfe.«

»Dann gehen alle drei unter.«

Der Alte schloss die Augen, als müsse er sich erst sammeln. Als er sie wieder öffnete, blickten sie streng in Trevirs Unschuldsmiene. »Und?«

»Jeder treibt Ringe aus.«

»Schon besser ...«

»Die sich irgendwann überschneiden.«

»Sehr gut! Beeinflussen sie sich gegenseitig?«

So tief hatte Trevir noch nie über das Wesen von ins Wasser fallenden Steinen nachgedacht. Er schob die Unterlippe vor. »Ich glaube schon.«

»Das tun sie, Junge«, sagte das ehrwürdige Oberhaupt vergnügt und schleuderte wie ein kleiner Junge die Kiesel ins Wasser. »Beobachte genau, was geschieht.«

Trevir ging in die Hocke und betrachtete angestrengt die Wellenringe. »Sie verändern sich, sobald sie aufeinander prallen«, sagte er nach einer Weile.

»Behalten die Wellen ihre Höhe bei?«, half Aluuin nach.

»Schwer zu sagen, Meister. Ich würde meinen: Da, wo zwei Wellenberge zusammenstoßen, vereinigen sie ihre Kraft – sie werden höher.«

»Und wenn ein Wellental auf einen -berg trifft, schwächen sie sich gegenseitig ab; manchmal verschwinden sogar beide. Jetzt hast du das Wesen der Wellen begriffen!« Aluuin stützte sich mit beiden Händen auf den Stab und strahlte.

Eine längere Pause trat ein.

»Meister?«, brach schließlich Trevir das Schweigen.

»Was ist, mein Junge?«

»Was haben die Steine mit meinem Sprung auf die Klippen zu tun?«

Der Alte ließ den Kopf nach hinten kippen und verdrehte die Augen zum Himmel. Gleich darauf lächelte er jedoch schon wieder. »Vielleicht bin ich einfach zu ungeduldig. Das passiert oft mit Leuten, die sich ein Leben lang mit nur einer Sache beschäftigen und plötzlich auf einen Ahnungslosen treffen. Also, pass auf.«

Die beiden setzten sich wieder in Bewegung und Aluuin begann mit einer neuen Lektion – er liebte es, unter freiem Himmel zu lehren. Vor vielen Jahren, erinnerte er sich, habe er ihm, Trevir, gesagt, dass er die Kräfte des Triversums zu lenken vermöge. Nun sei, wie Trevir sehr wohl wisse, der Dreierbund zu einem einzigen Zweck gegründet worden: die drei Welten im Gleichgewicht zu halten. Grundsätzlich könne sich das Triversum ganz gut um sich selber kümmern. Nicht von ungefähr habe es vor Urzeiten, als das Universum infolge eines unsäglichen Frevels an der Natur wie ein Tonkrug zu zerbersten drohte, von selbst diese verhältnismäßig stabile Lage gefunden. Sie ließe sich gut mit einem dreibeinigen Hocker vergleichen, der auch nicht wackeln könne, solange niemand auf die Idee käme, die drei Beine zu einem Bündel zusammenzuschnüren. Das Sitzen auf so einem Schemel wäre nämlich so gut wie unmöglich – fast zwangsläufig würde man darauf das Gleichgewicht verlieren.

»Und dasselbe könnte mit dem Triversum geschehen?«, unterbrach Trevir ungläubig seinen Meister.

»Ja, wenn jemand, der sein Wesen kennt, den richtigen Augenblick abpasst. Trimundus und seine zwei Schwestern sind unablässig in Bewegung. Sie schwingen mit unterschiedlicher Geschwindigkeit. Manchmal treffen ihre Wellenberge zur gleichen Zeit zusammen. In diesem Moment wirken gewaltige Kräfte an ihrer Nahtstelle und das Gleichgewicht wird instabil. Es würde trotzdem nicht ins Wanken geraten, wenn man die Schöpfung sich selbst überließe. Aber, falls jemand in einem solchen heiklen Augenblick gewissermaßen einen Stoß ausübt, dann könnte sich eine Katastrophe unvorstellbaren Ausmaßes ereignen. Schon einmal, vor vielen Generationen, wäre das beinahe geschehen. Die Menschen hatten alle Warnzeichen übersehen und damit Trimundus fast dem Untergang geweiht. Noch heute leidet unsere Welt unter den Folgen dieses Unglücks. Niemals wieder darf so etwas geschehen. Abacuck hatte das gewusst und deshalb den Dreierbund als Bewahrer des Gleichgewichts gegründet.«

»Aber unsere Gemeinschaft ist so klein. Wie sollen wir eine ganze Welt in der Waage halten?«

»Es bedarf nur eines winzigen Angelpunktes, um einen riesigen Körper in der Balance zu halten, Trevir. Warte ...!«

Aluuin ging zu einem hüfthohen Felsen in der Nähe und kletterte überraschend flink hinauf. Oben angekommen, beugte er sich vor und stieß seinen Stab ein oder zwei Zoll tief in den Boden. Und dann tat er etwas Erstaunliches: Beide Hände auf den großen, knorrigen Knauf gestützt, beugte er sich langsam vor, drehte dann seinen Unterleib und saß plötzlich auf dem Stab. Zuletzt verschränkte er noch die Beine zum Schneidersitz.

Trevir traute seinen Augen nicht. Es sah aus, als wüchse dem Alten ein Ast aus dem Hintern. Abgesehen von seinem etwas verbissenen Gesicht schien er damit wenig Probleme zu haben – er schwankte kein bisschen. »Wie ist das möglich, Meister!?«

»Nur durch die Bereitschaft, sich auch unbequemen Erfahrungen zu stellen«, erwiderte Aluuin mit zusammengebissenen Zähnen. »Man sitzt nämlich nicht sehr gut.«

Staunend wanderte Trevir, so weit es der Felsen zuließ, um Aluuin herum. »Das hast du mir noch nie gezeigt.«

»Vermutlich weil ich die nächsten drei Tage nur noch auf weichen Kissen sitzen kann.« Unvermittelt kippte der Stab nach vorn und Aluuin landete sicher auf seinen Beinen. Sich das Gesäß unter der dicken grauen Kutte reibend, setzte er seinen Marsch zu den Clochans fort. Nach einigen Schritten erklärte er: »Das kleine Kunststück sollte nur der Veranschaulichung dienen; verglichen mit den Fähigkeiten, die du in Bälde an dir entdecken wirst, ist es nur eine billige Gaukelei. Du bist ein Empfänger, Trevir. Damit dürfte von Geburt an in dir schlummern, was unsereins kaum durch jahrelanges beharrliches Üben zu erlernen vermag.«

»Warum sucht sich der Dreierbund dann nicht Seiltänzer als Novizen?«

»Du wirst lachen, aber einige deiner Brüder waren das früher gewesen. Um Großes zu vollbringen, bedarf es zunächst eines Verständnisses der kleinen ›Fingerfertigkeiten‹. Jeder Körper, auch jede Gruppe von untereinander verbundenen Körpern, hat einen Schwerpunkt. In diesem winzig kleinen Fleck vereinen sich alle Massen, so, als existierten die Körper oder die Gruppe nur dort. Jede Kraft, ob sie nun von innen oder außen darauf einwirkt, greift genau am Schwerpunkt an. Bewegst du ihn, verändert sich auch das ganze Drumherum, steht er still, ruht auch der Rest. Dank Abacuck und der jahrhundertelangen Vervollkommnung unseres Wissens haben wir ein sehr empfindliches Gespür für den Schwerpunkt von Körpern jeder Art entwickelt. Wir können ihn ab und zu sogar verändern, was manchen wie Zauberei erscheint.«

»Und ich werde das auch lernen?«

»Wie ich bereits sagte, Trevir: Dir wohnt diese Kraft inne; du musst nur lernen sie zu beherrschen, um das Gleichgewicht des Triversums zu schützen. Nie darfst du dich in die Gewalt von jemandem begeben, der das von dir Empfangene zu missbrauchen sucht. Es wäre womöglich das Ende nicht nur unserer Welt.«

»Ich habe in den letzten Tagen eine seltsame Unruhe gespürt, Meister. Kann das … Ist es möglich, dass ich die Bewegungen der Welten irgendwie fühle?«

»Da bin ich mir sogar ziemlich sicher. Jeder andere Punkt und damit auch jedes Geschöpf im Triversum bewegt sich in den Wellen gleichsam auf und ab. Es bemerkt davon nichts, weil auch darum herum alles dieselbe Bewegung vollzieht. Aber bei dir ist das anders. Du nimmst das Wogen wahr. Wie die Ringe der drei ins Wasser geworfenen Steine beeinflussen sich Trimundus und ihre beiden Geschwister gegenseitig: mal schwächer, wenn zwei Wellentäler aufeinander treffen, mal ausgesprochen stark, wenn die Wellenberge sich zu ›großen Wellen‹ vereinen. Dabei werden Kräfte frei, die einem Empfänger wie dir nicht entgehen können. Nicht von ungefähr bist du in einer solchen Zeit – als die drei Welten einander fast berührten – geboren worden.«

Dem Jungen wurde heiß. Er kannte die Geschichte vom Dorf Annwn, von Mologs Überfall und von dem hohlen Baum. »Taarndol hat einmal gesagt, die Bewohner von Annwn glaubten, ihr Dorf stehe am Eingang zum Feenreich.«

»Was Menschen sehen, ist das, was sie zu sehen glauben, und was sie glauben, ist das, was sie sehen.«

Trevir schritt eine Weile stumm neben seinem Meister her. Aluuin konfrontierte ihn oft mit solchen Äußerungen, die zu verstehen es nicht selten mehr als nur einen Tag Schafe hüten bedurfte. Schließlich befreite der Lehrer seinen Schüler aus dem Netz der Verwirrung.

»Ich weiß nicht, wo du geboren wurdest, mein Junge.« Die Stimme des Alten klang nun leise und voller Bedauern. »Glaube mir, ich würde es dir gerne sagen. Aber ich vermute stark, dass es nicht hier, nicht auf Trimundus war. Irgendwo in einer der beiden anderen Welten trauert vermutlich eine Mutter um ihr verschwundenes Kind.«

Hätte Aluuins Arm nicht immer noch auf Trevirs Schulter gelegen, wäre er jetzt vermutlich ins Wanken geraten. Alles um ihn herum schien sich zu drehen. Er spürte, wie ihm der Schweiß ausbrach. »Ich verstehe das nicht«, war schließlich alles, was er sagen konnte.

»Da gibt es einige Dinge, die ich dir noch nicht erzählt habe, mein Junge«, erwiderte Aluuin sanft und verschaffte seinem Schüler nun einige neue Einblicke in unterschiedlichste Ereignisse, angefangen bei dem sonnigen milden Herbsttag, als er das blau strahlende Findelkind in einer halb verkohlten und von Eis überzogenen Linde gefunden hatte, bis hin zu diesem Morgen, an dem Trevir zum Empfänger einer weiteren Gabe geworden war. Zum ersten Mal erwähnte Aluuin die wundersamen Begleitumstände dieser Rettung und gab Einblick in seine innersten Überlegungen, die er während all der Jahre angestellt hatte, in denen Trevir Dinge anstellte, die niemand sonst zu tun vermochte. Zuletzt schloss der Alte mit den Worten: »Und deshalb ist es dir beschieden, der Hüter des Gleichgewichts zu sein.«

Trevir stolperte, eine Folge seiner Fassungslosigkeit und der weichen Knie. Dadurch rutschte er aus Aluuins Arm. Verwirrt schüttelte er den Kopf. »Aber ich kann nicht der Hüter sein, Meister. Das bist doch du.«

Der Alte lächelte milde. »Ich mag vielleicht der Verwalter dieses Amtes sein, aber seit Abacuck hat es keinen *richtigen* Hüter mehr gegeben.«

»Du meinst, der Gründer unseres Ordens war wie ich?« Trevir schwirrte der Kopf.

»Niemand weiß das so genau, mein Sohn. Zumindest hatte Abacuck ein bis heute nie mehr erreichtes Wissen und damit auch eine besondere Macht über das Gleichgewicht. Er soll über dessen Gesetze ein epochales Werk verfasst haben – das leider verschollen ist.«

Der Junge spürte, wie bewegt sein Meister war. Nur in solchen besonderen Momenten nannte er ihn seinen Sohn. Beinahe flüsternd sagte Trevir: »Ich habe das Wesen des Gleichgewichts nicht mal im Ansatz verstanden.«

»Das ist auch nicht beabsichtigt gewesen.«

»Was …?«

Aluuin lächelte nachsichtig. »Vor vielen Jahren – du hattest damals noch nicht das Licht unserer Welt erblickt – lebte auf Sceilg Danaan ein Novize, der das Zeug dazu hatte, mein Nachfolger zu werden. Doch sein Herz wandte sich der Finsternis zu. Kurz nachdem er die Weihe empfangen hatte, missbrauchte er sein Wissen über das Gleichgewicht, um sich etwas zu nehmen, das ihm nicht gehörte. Der Rat des Dreierbunds verbannte ihn daraufhin von der Insel der Stürme. Seitdem habe ich ein Auge auf ihn, damit er sein Wissen nicht zum Schaden des Gleichgewichts einsetzt.«

»Kannst du denn auch Verborgenes sehen? Du verlässt doch fast nie die Insel.«

Aluuin kraulte sich den langen weißen Bart und grinste. »Wo denkst du hin! Aber es gibt Menschen, die uns wohlgesonnen sind.«

»Spitzel?«

»Das ist ein hässliches Wort, Trevir. Hier geht es nicht darum, einen Verrat zu begehen, sondern ebensolchen zu verhindern. Der Dieb, von dem ich dir erzählt habe, bedroht das Gleichgewicht. Nachdem er uns verlassen hatte, beschloss unser Rat, nie wieder einen Bruder in den inneren Kreis des Wissens aufzunehmen, bevor sein Herz nicht geläutert worden ist.«

»Dachtest du, Meister, *ich* könnte dich und die Brüder verraten?«

Aluuin sah den Jungen traurig an, legte ihm wieder den Arm um die Schulter und antwortete: »Komm, lass uns weitergehen. Was deine Frage betrifft: Nein, das habe ich nie geglaubt. Du weißt, was am Tag der Initiation mit einem Schüler geschieht, der als Novize in die Bruderschaft aufgenommen wird?«

Trevir nickte. »Auf seine Schulter wird ein Dreieck tätowiert.«

»Bist du bereit, diese schmerzhafte Handlung an dir vollziehen zu lassen?«

»Ja, Meister!«

»Und doch wird es nicht geschehen. Weißt du, warum?«

Trevir stieß einen Stein mit dem Fuß davon und brummte: »Wegen dem Feuermal.«

»So ist es, mein Sohn. Du bist anders als deine Brüder, mich inbegriffen. Ich kann verstehen, dass du deshalb verwirrt bist. Du kennst die vollständige Tätowierung von deinen Mitbrüdern: ein zum Dreieck gelegtes Band, dessen eines Ende mit einer halben Drehung verschränkt und erst dann mit dem anderen zusammengefügt ist – dadurch entsteht eine einzige unendliche Oberfläche, das Sinnbild für die Einheit der drei Welten des Triversums. Mit der Initiation bekommt der angehende Novize das innere Dreieck der Figur in die Haut geritzt, am Tag seiner Weihe den äußeren Umriss des Bandes, aber erst, wenn er sich als bewährt erwiesen hat, werden die Linien mit Farbe ausgefüllt. Unsere Schriften sagen, dieses Symbol wurde einst von der Unsichtbaren Pyramide geschaffen, der Gemeinschaft der Hüter des Gleichgewichts.«

»Aber es gibt doch nur *einen* Hüter, Meister.«

»Auf Trimundus trifft das zu. Aber auch auf den anderen beiden Welten leben seit Anbeginn des Triversums solche Wissenden. Allein so bleibt das Gleichgewicht gewahrt. Nur wenn sie in der Not zusammenfinden und zusammen wirken, können sie ihre Aufgabe erfüllen. Jeder von ihnen hat seine Gehilfen, die ihn dabei unterstützen. Manchmal, wenn die Welten sich sehr nahe kommen, findet ein Austausch zwischen den Hütern statt. Wäre es anders, könnte ich dir ja nichts über sie berichten. Vielleicht wärst auch du heute nicht hier, obwohl ...« Aluuin verstummte.

»Woran denkst du, Meister?«

»An das blaue Licht, das dich als Neugeborenen umgeben hatte, an das Muttermal, an die von dir empfangenen Gaben – das alles deutet noch auf etwas anders hin.«

Trevir schluckte. Er ahnte, dass die beunruhigenden Offenbarungen seines Meisters nur ein Vorgeplänkel von etwas noch viel Größerem gewesen waren. »Heute soll ich ein Mann werden. Ich möchte wissen, was mit mir los ist. Warum soll ausgerechnet ich das Auf und Ab des Triversums wahrnehmen?«

Aluuin seufzte. »Um es kurz zu machen: Ich bin davon überzeugt, dass du sein Angelpunkt bist.«

»Was ...?« Trevir verstand kein Wort, aber die Erklärung hörte sich für ihn trotzdem bedrohlich an.

»Abacuck hat darüber einmal eine Abhandlung verfasst; sie

muss irgendwo in unserer Bibliothek liegen. Er glaubte, es könne, wenn drei Wellenberge zusammentreffen und dadurch eine ›große Welle‹ bilden, zu starken Verwirbelungen in der Zeit und im Raum kommen: Zwei Ereignisse, die sich eigentlich gleichzeitig zutragen, könnten sogar ›hin und her gerissen werden‹, als würde das eine vor und trotzdem auch nach dem anderen geschehen. Über diesen chaotischen Augenblick schrieb unser Ordensgründer: ›Wenn dort, wo sich die drei Welten am nächsten kommen, ein Kind geboren wird, dann muss es sich zwangsläufig in drei Wesenheiten aufspalten, sobald das Triversum wieder auseinander strebt.‹«

»Du meinst, ich lebe nicht nur hier auf Trimundus, sondern gleichzeitig auch in zwei anderen Welten?« Trevir fasste sich an die Stirn und schüttelte den Kopf.

»So in etwa. Leider sind Abacucks Ausführungen zu diesem Thema recht verschwommen. Er meinte, ein solches Kind könne die Kräfte des Triversums lenken, weil es selbst den Schwerpunkt der drei Welten bilde. Was deine Mitbrüder und ich nur lernen und mehr oder weniger stümperhaft anwenden können, das besitzt du seiner Anschauung nach von Geburt an. Deshalb macht es auch keinen Sinn, dir das Symbol auf die Schulter zu tätowieren. Du hast es ja bereits. Von Anfang an warst du dazu bestimmt, das Oberhaupt des Dreierbunds und einer der drei Hüter der Unsichtbaren Pyramide zu werden.«

Trevir blickte stumpf vor sich hin. Diese Schwerpunktsache gefiel ihm nicht. »Mir wäre es lieber, wenn ich ewig Schafe hüten könnte.«

»Manchmal wünscht man sich Dinge, die man gar nicht will, in der trügerischen Annahme, damit das kleinere Übel zu wählen. Lass dein Herz nicht schwer werden, Trevir, weil diese Neuigkeiten dich zu überwältigen scheinen. Du hast allen Grund, dich zu freuen. Denke immer an das Sprichwort: Wer in Hoffnung lebt, der tanzt ohne Musik.«

»Hoffen? Worauf soll ich denn hoffen, Meister?«

»Einmal der Trevir zu werden, der du wirklich bist, anstatt der, vor dem du gerade davonzulaufen versuchst.«

Der Junge nickte. Er würde gerne ein weiser Mann wie Aluuin sein. Jemand, der anderen mit Rat und Tat zur Seite steht. Die Würde und Bürde eines »Hüters des Gleichgewichts« erschien ihm dagegen wenig verlockend. Und was die ihm zugedachte Rolle als Angelpunkt des Triversums anbelangte – die hatte ihn gehörig in Schrecken versetzt.

Trevir und Aluuin standen sich auf der Klippe gegenüber. Unter ihnen erstreckte sich das Meer bis zum Horizont. Die Sonne war gerade erst untergegangen. Sie tauchte die Wolken im Westen in rotes Licht. Ringsum brannten Feuer. Hinter dem Jungen beobachteten fünfunddreißig Mitbrüder den Ablauf der Initiation – dem Orden hatten zu allen Zeiten nie mehr und selten weniger als drei mal zwölf Mitglieder angehört. Mit diesem Tag begann Trevirs Noviziat. Es würde frühestens enden, wenn ein anderer die Bruderschaft verließ. Bis zum Morgen hatte der Junge geglaubt, allein der Tod könne einen solchen Wechsel herbeiführen, doch offenbar gab es auch Ausnahmen. Wer mochte derjenige gewesen sein, dessen Name in den Clochans nie ausgesprochen wurde? Welchen Vergehens hatte er sich schuldig gemacht?

»Mit dem heutigen Tag wirst du, Trevir von Annwn, nicht mehr länger ein Knabe sein«, sprach das Oberhaupt des Dreierbunds die feierlichen Worte.

»So sei es!«, bekräftigten laut die Anwesenden wie aus einem Mund.

»Willst du von nun an die Zeit der Probe durchschreiten, damit du und wir Gewissheit über deine Bestimmung erlangen?«

»Ich will«, antwortete Trevir.

»So sei es!«, bestätigte der Chor.

»Willst du die Regeln des Bundes achten, sein Wissen vor

Feinden behüten und deinen Brüdern Gehorsam erweisen, so wie sie dir in Demut dienen?«

»Ich will.«

»So sei es!«

»Gelobst du das Gleichgewicht zu achten, es zu bewahren und es niemals zu stören?«

»Ich gelobe.«

»So sei es!«

»Dreimal hast du dich unterworfen, nun sollst du erhöht werden. Empfange jetzt das Zeichen des Dreiecks, mit dem du Zutritt zum äußeren Kreis des Wissens erlangst.«

Der Chor hob zu einem dreistimmigen Gesang an, der wie die Insel der Stürme war: voller Kraft und Melancholie. Nach wenigen Takten trat aus ihren Reihen Bruder Qennouindagnas heraus. Auf seinen abgewinkelten Armen trug er eine Schafshaut, darauf lagen ein Tintenfass, ein sauberes Wolltuch und ein Tätowierstichel. Der Gehilfe blieb neben dem Ordensoberhaupt und dem Jungen stehen.

Trevirs Oberkörper war entblößt. Die aus schwerer Wolle gefertigte Kutte hing, von einem breiten Ledergürtel gehalten, an seinen Lenden herab. Aluuin nahm von einem Mitbruder den Tätowierstichel entgegen und vollzog symbolisch auf dem Schulterblatt das »Ritual der ersten Zeichnung«: Er deutete die Umrisse der Pyramide an, tupfte Farbe darauf und wischte sie mit einem Lappen wieder fort. Während der ganzen Zeit sangen die Brüder das schwermütige Lied. Als Aluuin sein Werk beendet hatte, hob er die Hände – in der einen den Stichel, in der anderen den fleckigen Lappen – und verkündete freudig: »Dieses war der erste Schritt. Möge ihm der zweite und diesem der dritte folgen. Sei uns willkommen, Bruder Trevir.«

»So sei es!«, besiegelte der Chor das Ende der Initiation.

Dann brach Jubel aus. Im Nu sah sich der Mann, der eben noch ein Knabe gewesen war, umringt von seinen Mitbrüdern. Trevir wurde umarmt, geküsst und mit Segenswünschen überhäuft. Die Gefährten liebten ihn. Sie waren seine Familie. Für kurze Zeit vergaß er sogar Aluuins Offenbarung, die ihn, wie er glaubte, zum einzigen Menschen seiner Welt machte, der nie Vater oder Mutter gehabt hatte.

Wenig später erscholl wieder der Gesang vieler Stimmen über den Klippen, doch jetzt waren es überwiegend fröhliche Lieder. Es wurde gegessen und getrunken. Trevir durfte zum ersten Mal vergorene Schafsmilch kosten. Das alkoholische Getränk schmeckte ihm besser, als es für ihn zuträglich war. Bald saßen alle um ein großes Feuer herum und das Oberhaupt des Dreierbundes erhob die Stimme zu einer kleinen Rede. Der frisch gebackene Novize fühlte sich mittlerweile, als säße er in einem schwankenden Schiff.

Vor langer Zeit, berichtete Aluuin, habe es die Menschheit in ihrer Unersättlichkeit beinahe geschafft, das Triversum aus den Angeln zu heben. In der Stadt, die man die Verbotene nennt, hatte das Unheil begonnen, sich aber schnell wie ein Lauffeuer über ganz Trimundus ausgebreitet. Damals sei die Welt und alles Leben darauf fast untergegangen. In jenen dunklen Tagen gründete der weise Abacuck die Bruderschaft des Dreierbunds. Nie mehr sollten Unkenntnis und Ignoranz das Gleichgewicht des Lebens gefährden. Hierzu sammelte er altes Wissen und studierte selbst den Rhythmus des Triversums. Ohne ihn hätte Trevir vermutlich unbemerkt die Welt betreten und wäre womöglich irgendwann ebenso sang- und klanglos wieder von ihr verschwunden. So aber habe er, Aluuin, vor vierzehn Jahren, als die Welten sich sehr nahe waren, ein Neugeborenes nach Sceilg Danaan gebracht. Heute, bei der nächsten großen Welle, sei Trevir ein Mann geworden. Mit seiner enormen Auffassungsgabe könne er in dreieinhalb Jahren, wenn sich die Gewalt der wogenden Welten erneut vereinige, schon in den zweiten Kreis des Wissens eintreten. Dreimal werden die Kräfte des Triversums danach noch verschmelzen: nach dreihundertzwanzig, achtzig und zuletzt nach nur zwanzig Tagen. Sodann berühren sie sich für einen langen Moment, um hiernach bis zu einer fernen Zukunft wieder ihrer eigenen Wege zu gehen.

Aluuin drehte sich, gestützt auf den knorrigen Stab, langsam um die eigene Achse und wirkte dabei wie ein Greis. Nachdem er dieses Bild hinlänglich auf seine Zuhörer hatte wirken lassen, sagte er: »Ein Leben voller Aufopferung im Dienste des Dreierbunds – und das in einer Welt, die im Chaos zu versinken droht – kann einen Mann ziemlich erschöpfen. Daher beabsichtige ich, in nicht allzu langer Zeit mein Amt an Trevir abzutreten.«

Ein Raunen ging durch die Gruppe. Wohl hatten fast alle damit gerechnet, aber Aluuins Eile überraschte sie dann doch.

»Bevor ihr darüber disputiert, lasst mich zuerst aussprechen«, bat er mit beschwichtigender Geste und fuhr, nachdem wieder Ruhe eingekehrt war, fort: »Anfangs wollte ich euch vor den Gefahren schützen, die mit dem Wissen um die Gaben unseres jüngsten Bruders verbunden sind. Natürlich war das sehr einfältig von mir. Er lebte ja mitten unter uns. Ihr kennt seine Fähigkeiten so gut wie ich und wisst auch seit langem von dem Muttermal. Niemand von uns – und ich schließe mich da nicht aus – kann sich mit ihm vergleichen. Deshalb soll Trevir von Annwn, wie es ihm von Geburt an bestimmt ist, schon bald der Hüter des Gleichgewichts sein. Als günstigsten Zeitpunkt für diesen Wechsel habe ich die sechste und letzte Welle in Trevirs Leben bestimmt. Danach wird das Gleichgewicht für viele Generationen gefestigt bleiben. Ich hoffe und wünsche, dass in Trevirs Amtszeit eine bessere Epoche für die Menschheit anbricht, eine, in der man sich noch lange und voller Achtung des ersten Hüters dieses neuen Zeitalters entsinnen wird.«

Aluuin nahm Platz und hüllte sich in Schweigen. Alle starrten ihn an. Mit einem Mal lächelte er, breitete die Arme aus und sagte: »Jetzt seid ihr dran.«

Ringsum wurde applaudiert. Jemand stimmte eine fröhliche Melodie auf der Laute an. Bald war der Platz zwischen den Clochans erneut von Gesang erfüllt.

Trevir blieb stumm. Einerseits ging ihm das alles viel zu schnell und andererseits war er zum ersten Mal in seinem Leben beschwipst. Eine Zeit lang lauschte er den Stimmen, von denen die meisten schön klangen, manche aber auch so rau wie ein über die Insel ziehender Sturm. Er nahm Glücks- und Segenswünsche entgegen, knabberte, eher lustlos, auf einem Stück gebratenem Schafsfleisch herum, hievte sich schließlich auf die Beine und schwankte auf die Klippe hinaus. Einen Fußbreit vor dem Abgrund blieb er stehen.

Der Mond warf ein silbernes Band auf das Meer. Es glich einer Straße, die man nur zu betreten brauchte, um in ein wunderbares Reich zu gelangen.

Was würde geschehen, fragte sich Trevir, wenn du jetzt diesen Schritt wagtest? Was, wenn du dein Gleichgewicht verlierst und einfach nach vorne kippst, hinunter in die aufgewühlte See? Aluuins schöne Pläne wären im Nu dahin. Doch er kippte nicht. Nie zuvor war er sich seines ruhenden Schwerpunktes so sicher gewesen.

»Du solltest besser zwei oder drei Schritte zurücktreten, Junge! Die Klippe ist ziemlich hoch.«

Es war die besorgte Stimme seines Meisters, die da in Trevirs Rücken erklang. Der Novize drehte sich um. »Ich glaube, ich habe zu viel Schafsmilch getrunken.«

»Das kommt mir allerdings auch so vor.« Aluuin streckte ihm die Hand entgegen und zog ihn, nachdem sein Schüler sie dankbar ergriffen hatte, von dem Abgrund weg. Erst danach fragte er: »Gibt es noch etwas anderes, das dich bedrückt?«

Trevir ließ den Kopf hängen. »Bis heute früh war ich noch ein normaler Knabe, aber jetzt soll ich einer sein, der die Welt aus den Angeln heben kann.«

»Das wollen doch alle jungen Leute, aber außer dir können es nur wenige. Gerade deshalb musst du lernen deine Gaben im Zaum zu halten.«

»Ja doch! Du weißt genau, wie ich das gemeint habe, Meister.«

Aluuin lächelte säuerlich und nahm Trevir in den Arm. »Sicher, ich weiß es, mein Sohn. Wenn ich eines im Leben gelernt habe, dann dies: Sorge dich nicht um das Übermorgen, der nächste Tag hat an seinem Übel genug.«

»Der nächste Tag …? Was ist morgen?«

»Da wirst du einen gehörigen Kater haben.«

Trevir blickte einen Moment lang auf das silbrig glitzernde Meer hinaus. Dann wandte er sich wieder dem Alten zu. »Meister?«

»Ja.«

»Was ist die Verbotene Stadt?«

Das Gesicht des Alten verdüsterte sich. »Hatte ich das nicht gesagt? Dort war der Anfang vom Ende dessen, was heute nur noch in den Legenden existiert; von diesem Ort ging das Unheil aus, das Trimundus beinahe zerstörte. Wie fast alles aus alter Zeit ist er bei den meisten in Vergessenheit versunken. Seine Ruinen liegen inmitten eines riesigen Waldes. Niemand weiß genau, wo. Viele Geschichten ranken sich um die Stadt, die man die Verbotene nennt. Es wird erzählt, ein Fluch liege auf ihren verfallenen Gemäuern. Deshalb haben sich die Menschen vor vielen Generationen das Verbot auferlegt, nie wieder dorthin zu gehen.«

»Warum hat die Unsichtbare Pyramide das Unglück nicht verhindern können?«

»Weil sich wiederholt hat, was schon einmal am Anfang der Zeit geschehen ist: Die Menschen hatten eine Ahnung von ihrer Welt erlangt, ohne sie wirklich zu verstehen. In ihrem Hochmut hielten sie sich für allwissend. So suchten sie nach Gewinn, wo sie unweigerlich verlieren mussten. Niemand konnte sie mehr aufhalten, auch die Hüter nicht. Nun, das ist lange her und ich bin zum Glück nie in die Verlegenheit gekommen, das Tor zu den anderen beiden Welten zu öffnen, um die Gemeinschaft der Unsichtbaren Pyramide zusammenzurufen. Und ehrlich gesagt zweifle ich daran, ob ich es überhaupt könnte.«

Trevir blinzelte benommen. Mochte sein Geist sonst eine noch so klare Quelle sein, jetzt war er ein trüber Tümpel. »Das kann ich mir nicht vorstellen«, erwiderte er mit schwerer Zunge.

Aluuin klopfte ihm auf die Schulter. »Ist im Moment vielleicht auch ein zu schwieriges Thema für dich, mein Sohn. Es war ein anstrengender Tag. Morgen früh beginnt deine richtige Ausbildung. Lass uns bei passender Gelegenheit noch einmal darüber reden. Soll ich dich zu Bett bringen?«

»Ich bin kein kleiner Junge mehr, Meister!«

Das Mondlicht spiegelte sich in Aluuins Augen. Ein Ausdruck der Wehmut lag auf dem faltigen Gesicht. »Nein, mein Sohn, aber du stehst auch erst an der Schwelle der Mannbarkeit.«

»Lass mich noch ein wenig aufs Meer hinausschauen und nachdenken.«

Aluuin nickte. »Wenn du mir versprichst, dich vom Abgrund fern zu halten.«

Die vergorene Schafsmilch hatte ihn buchstäblich umgehauen. Er musste im Sitzen eingeschlafen und dann umgesunken sein. Zumindest taten Trevir jetzt, als er sich stöhnend von dem kalten Felsen erhob, sämtliche Glieder weh und sein Kopf dröhnte. Der Mond war inzwischen weitergewandert, die Sterne hatten sich um das Nordlicht gedreht, aber von den Clochans wehte immer noch Festlärm herüber …

Trevir verharrte mitten in der Bewegung und lauschte. Ein eisiger Schauer lief ihm den Rücken herab. Nein, das waren keine Freudenlaute, die er da hörte, sondern der nackte Schrecken. *Feuer!*, fuhr es ihm durch den Kopf. Nur ein Brand konnte so viel Aufruhr verursachen. So schnell er konnte, lief er den schmalen Pfad zu den Hütten entlang.

Schon im Näherkommen sah er die Flammen. Obwohl die

kegelförmigen Clochans aus Stein bestanden, brannten sie lichterloh. *Als hätte jemand Öl darüber gegossen.* Der Gedanke erschreckte Trevir und zugleich spornte er ihn zu größerer Eile an.

Die Wege auf Sceilg Danaan schmiegten sich eng an den wie eine spitze Mütze aussehenden Berg, der die ganze Insel bildete. Für einige Zeit verlor Trevir das Feuer aus den Augen. Als er wieder hinter einem Vorsprung hervorkam, wurde er von dem Geschehen förmlich übermannt.

Graue Kuttenträger fochten vor den Hütten gegen eisenstarrende Männer einen ungleichen Kampf. Mit Stöcken, Mistgabeln, oft nur mit bloßen Händen wehrten sich Trevirs Brüder gegen Schwerter und Speere. Die Fremden Krieger sahen aus wie Geschöpfe der Nacht. *Das Schwarze Heer!* Der Gedanke zuckte wie ein Blitz durch Trevirs Hirn. Selbst in der Einöde von Sceilg Danaan kannte man Molog, den furchtbarsten aller Kriegslords, und seine Schreckensarmee. Jetzt begriff der Novize, warum sie diesen Ruf besaß: Überall lagen reglose Männer in ihrem Blut, teilweise furchtbar zugerichtet; hohe Flammen schlugen aus den Hütten, die zumeist nur Tür-, aber keine Fensteröffnungen hatten. Wo war Meister Aluuin? Von dem unbändigen Drang erfüllt, seinen Gefährten zu helfen, nahm Trevir einen faustgroßen Stein, rannte ein paar Schritte auf das Getümmel zu und schleuderte sein Geschoss dem nächstbesten Kämpfer an den Kopf.

Unglücklicherweise hatte der Mann einen Helm auf. Er schwankte zwar, als ihn der schwere Brocken traf, aber dann wandte er sich um und entdeckte seinen jungen Gegner. Möglicherweise wäre in diesem Moment eine Flucht noch möglich gewesen. Trevir war schließlich auf dieser Insel zu Hause und konnte sich selbst im Mondlicht auf den steilen Pfaden sicher bewegen. Doch sein Zorn ließ das nicht zu. Die hinterhältige Niedertracht dieser Fremden durfte nicht siegen. Vielleicht konnte er wenigstens einige seiner Brüder retten.

Er bückte sich nach einem neuen Stein und erschrak. Die Hand, ja, sein ganzer Arm schimmerte in einem blauen Licht. Trevir sah an sich herab. Auch der Rest des Körpers schien von diesem eigenartigen Glanz befallen. Über seine Entdeckung hatte er ganz den Feind vergessen, aber auch der war viel zu überrascht, um seinen Angriff einfach fortzusetzen. Einen Moment lang standen sich die beiden nur staunend gegenüber.

Und sie erwachten wieder zur selben Zeit.

Der Novize schleuderte den zweiten Stein. Aber der Gegner war ein geschickter Kämpfer und wich dem Wurfgeschoss mühelos aus. Mit zwei schnellen Schritten war er auf Schlagdistanz und holte mit seiner mächtigen Klinge aus. Mit tödlicher Genauigkeit sauste sie auf den Hals zu, den zu durchtrennen sie keine Mühe kosten würde.

Trevir hatte nie zuvor gegen einen Menschen gekämpft. Dennoch waren seine Reflexe die eines wilden Tieres, vom harten Leben auf der Insel der Stürme geübt. Während das riesige, nur mit zwei Händen zu führende Schwert in einem weiten Bogen auf ihn zusauste, neigte er sich rasch nach hinten. Ja er verbog sich so weit, als hingen seine Schultern an unsichtbaren Fäden. Eigentlich hätte er dabei das Gleichgewicht verlieren müssen, doch er blieb wie fest verwurzelt stehen.

Trotz dieser – selbst für Trevir unerklärlichen – Ausweichbewegung konnte er der enormen Reichweite des Schwertes nicht ganz entkommen. Die Spitze der Klinge schlitzte seine Wange auf.

Der Novize spürte nur einen dumpfen Schlag und taumelte mehrere Schritte zurück. Sofort setzte sein Gegner nach. Trevir spürte keinen Schmerz, aber als er mit der Hand seinen rechten Wangenknochen betastete, fühlte er etwas Nasses. Er blickte kurz auf seine blau leuchtenden Finger hinab. Sie waren voller Blut. Anstatt nun vielleicht in Panik zu geraten, bäumte sich sein Überlebenswille regelrecht auf. Er stieß einen wütenden Schrei aus. Auch der Krieger brüllte, wenn auch mehr aus Enttäuschung. Wieder holte er mit dem Zweihänder aus. Doch nun geschah etwas Überraschendes.

Der Wind trug den Laut engelsgleicher Stimmen herbei. Unwillkürlich sahen die beiden Kontrahenten nach oben, als erwarteten sie auf einer über ihnen liegenden Klippe einen Chor zu erblicken. Doch der sonderbare Gesang kam weder von der Spitze des Inselberges noch aus dem Himmel. Er war überall. Wie die Luft. Wie die Nacht.

Trevir erkannte das zuerst. Mit dem Lied schien eine unbändige Kraft in ihn zu strömen, deren Wesen ihm fremd war und zugleich wie ein nach Jahren zurückgekehrter Freund vertraut. Mit einem Ruck hob er den Arm und streckte dem Angreifer die offene Hand entgegen. Er stellte sich vor, die Waffe läge auf einer schiefen Ebene und ihr Schwerpunkt würde unerbittlich nach unten gezogen. Die Augen des Kriegers wollten ihm schier aus den Höhlen quellen, als plötzlich etwas Unsichtbares an seinem Schwert zu zerren begann.

Im nächsten Moment war er entwaffnet.

Der große Zweihänder schien gleichsam wie auf Schienen durch die Luft zu gleiten. Geschickt fing ihn Trevir am Griff auf. Erneut schrien beide, der Novize triumphierend, sein Widerpart entsetzt.

Im nächsten Augenblick zerfiel das Schwert in Trevirs Händen zu Staub.

Starr vor Schreck glotzte der schwarze Krieger den dünnen Kuttenträger an. Trevir erholte sich dagegen erstaunlich schnell von der enttäuschenden Verwandlung des Schwertes und schleuderte dessen staubige Überreste dem Kämpfer kurzerhand ins Gesicht.

Der Gepanzerte brüllte abermals. Mit den Händen rieb er sich die Augen. Trevir wog rasch seine Lage ab. Hinter dem geblendeten Krieger herrschte das reinste Chaos. Einige Clochans waren eingestürzt, aus anderen loderten immer noch Flammen. Überall lagen die Leichen seiner niedergemetzelten Mitbrüder.

Er konnte keinen einzigen Überlebenden sehen. Voller Grauen hob er die Hand vor den Mund. Und dann entdeckte er den leblosen Körper Aluuins. »Meister!«, stöhnte er. Alle Kraft schien aus ihm zu weichen. Sein Blick verschleierte sich unter Tränen. Undeutlich nahm er eine Gruppe waffenstarrender Krieger wahr, die gegen ihn vorrückte. Voller Bitterkeit musste sich Trevir eingestehen, dass es keinen Sinn hatte, ihnen entgegenzutreten. An diesem Ort gab es niemanden außer ihm selbst, den er noch retten konnte.

Er wandte sich um und floh in die Dunkelheit.

Grabesstille lag über den Clochans, die einst, steinernen Bienenkörben gleich, so voller Leben gewesen waren. Trevir saß mit tränenüberströmtem Gesicht mitten unter den reglosen Körpern seiner Mitbrüder, im Schoß den Kopf des toten Aluuin.

»Warum?«, wimmerte er. Seine Lippen bebten.

Die Zeit schien für ihn nurmehr ein undurchdringlicher Nebel zu sein, in dem es weder vorne noch hinten gab, weder Entfernungen noch irgendeine Orientierung. Trevir kam sich vor wie ein Verräter. Warum hatte ausgerechnet er, der Jüngste und Unerfahrenste, überlebt? Er wünschte sich, hier an der Seite seiner Brüder zu liegen. Hätte nicht wenigstens der Meister verschont bleiben können? Aluuins Herz war von einem einzigen Stich durchbohrt worden.

Irgendwann war Trevir dann doch aufgestanden. Er schleppte die Leichname seiner Brüder in den Versammlungsbau, der den Flammen getrotzt hatte. Das tote Oberhaupt des Dreierbunds setzte er aufrecht in die Mitte des Raumes, die Übrigen darum herum. Zu Lebzeiten hatten Aluuins Gefährten ihn unzählige Male so umringt, ihn befragt, ihm gelauscht. Er sollte nicht allein im Haus des Todes wohnen.

Als der Schüler seinem Meister den knorrigen Stab in die Arme legen wollte, hielt er unversehens inne. Er musste unwillkürlich lächeln, als vor seinen Augen das Bild des langbärtigen Alten erschien, der mit untergeschlagenen Beinen auf diesem Stecken gesessen hatte. Für ihn war sein Schüler der Angelpunkt des Triversums gewesen. In weniger als vier Jahren hätte er Trevir zum Hüter des Gleichgewichts ernannt. Und nun?

Das Geschehen der letzten Nacht hatte fast alles verändert, aber eines nicht: Schon der Gedanke, Oberhaupt des Dreierbundes zu sein, erschien Trevir anmaßend, im Grunde unvorstellbar, wie ein dummer Scherz. Von Anfang an sei er dazu bestimmt gewesen, diese Verantwortung zu übernehmen, ja sogar der Hüter der Unsichtbaren Pyramide zu werden – auch das hatte sein Meister gesagt. Aber jetzt war Aluuin tot. Bewies das nicht, dass auch er sich irren konnte?

»Vielleicht musst du es herausfinden«, flüsterte Trevir zu sich selbst.

Liebevoll ordnete er noch einmal Aluuins Haar und schob den langen weißen Bart etwas mehr zur Seite, damit er die Einstichstelle über dem Herzen verdeckte. Er lief hinaus, suchte und fand bald einen von Aluuins Ersatzstäben, den legte er dem Toten in den Arm. Dann verließ Trevir endgültig das Versammlungshaus und machte sich daran, den Eingang und das einzige Fenster zu verschließen. Trümmer gab es ja genug. Stein auf Stein legte er in die rechteckigen Öffnungen, bis die Hütte zuletzt wie ein großer Sarkophag aussah.

Hiernach suchte sich Trevir etwas Proviant zusammen – die abseits gelegene Speisekammer hatte das Schwarze Heer unversehrt gelassen, vielleicht weil es dort niemanden zu ermorden gab. Er verschnürte Brot, Käse, einen kleinen verstöpselten Krug mit Milch, etwas Gemüse und ein paar Kräuter in einem großen Tuch. Dieses befestigte er am Knauf von Aluuins Lieblingsstab und legte ihn sich über die Schulter. Er warf einen letzten Blick auf die zerstörte Anlage, die ihm sein Leben lang als Zuhause gedient hatte. Dann lief er zu der Grotte, wo das Boot versteckt lag. Auf dem Weg dorthin verabschiedete er sich von den

Schafen. Dwina nahm er noch einmal auf den Arm und drückte ihren wolligen Leib an seine Wange.

»Mach's gut, kleine Ausreißerin. Ab heute muss deine Mutter auf dich aufpassen.«

Der Dreierbund war eine Gemeinschaft gewesen, die immer viel Wert auf ihre Abgeschiedenheit vom Rest der Welt gelegt hatte. Gleichwohl gehörte es zu den Pflichten ihres Oberhauptes, ab und zu hinauszufahren, um einen neuen Schüler auszuwählen, damit die Gesamtzahl von drei mal zwölf Brüdern gesichert blieb. Zu diesem Zweck – und weil Qennouindagnas gelegentlich zum Fischen auf den Ozean hinausgefahren war – gab es auf Sceilg Danaan zwei Boote unterschiedlicher Größe. Weil Trevir den Seemann der Bruderschaft hin und wieder begleitet und von ihm so manches gelernt hatte, wusste er leidlich mit den Seglern umzugehen. Er wählte den kleineren, den er leichter zu beherrschen hoffte. Als die Herbstsonne längst ihren Zenit überschritten hatte, verließ er die Insel der Stürme. Erschreckend rasch schrumpften die Klippen von Sceilg Danaan am Horizont. Trevir wandte den Blick nach vorn. Hinter ihm lagen nur Tod, Verwüstung und einige beunruhigende Erfahrungen, vor ihm dagegen eine ungewisse Zukunft.

Die erste eigene Reise mit einem Segelboot gestaltete sich dann doch schwieriger als erwartet. Obwohl die stürmischen Winde nachgelassen hatten, war die See noch immer rau. Für einen Tölpel betrug die Strecke über das Meer nur etwa zehn Meilen, aber für den »Schiffsjungen« Trevir erheblich mehr. Kreuz und quer schlingerte sein Boot über die Wellen und mehr als einmal wäre er vom Großbaum fast ins Wasser gefegt worden. Es dämmerte schon, als er schließlich nass, aber ansonsten unbeschadet an der Küste jenes grünen Landes, das er nur aus den Erzählungen seiner Brüder kannte, den kleinen Anker auswarf.

Es sei auch nur eine Insel, hatten sie gesagt. Dahinter liege ein größeres Land, das ebenfalls ganz vom Meer umschlossen sei, und dort gebe es eine Gegend, die man »das Ende der Welt«

nannte. Aus diesem Irgendwo rage Zennor Quoit, Mologs Festung, wie eine dunkle Bedrohung für jeden, der sich ihr zu nähern wagte. Trevir war entschlossen, diesen Ort zu finden. Vielleicht würde seine Suche viele Jahre dauern, denn als letzter Überlebender des Gemetzels von Sceilg Danaan musste er sehr vorsichtig sein. Womöglich waren die Abgesandten des Schwarzen Heeres ja wegen ihm gekommen – Aluuin hatte diesbezüglich düstere Warnungen ausgesprochen.

Doch davon wollte sich Trevir nicht schrecken lassen. Der Herr des Schwarzen Heeres war ihm eine Erklärung schuldig.

5
Unter den Augen des »Ziegenbocks«

ANX

Die Warterei hing Topra zum Halse heraus. Jobax schien jetzt schon eine geschlagene Stunde mit dem Trockenobstverkäufer zu verhandeln. Normalerweise machte ihm das Schachern der Händler nichts aus, ja, er beteiligte sich sogar selbst gerne am Feilschen, aber seit einigen Tagen spürte er in sich eine Unrast, die sein sonst eher heiteres Gemüt wie Gewitterwolken überschattete. Zeitweise war es ihm so vorgekommen, als hätte er einen ganzen Ameisenhügel verspeist und die fleißigen Tierchen bauten nun in seinen Eingeweiden weiter. Er konnte nicht ruhig sitzen, nicht still stehen, sich auf kein Buch konzentrieren …

Erst am Morgen hatte sein Vater ihn zum Bug der *Tanhir* gewunken, wo sie ungestört waren, und erklärt: »Das ist normal in deinem Alter. Dein Körper verändert sich. Da wachsen mit einem Mal Haare, wo vorher keine waren; du spürst Regungen, von denen du bisher keine Ahnung hattest; vielleicht erwachst du mitten in der Nacht aus einem aufregenden Traum und deine Hose ist feucht und klebrig – glaube mir, mein Sohn, das alles habe ich auch durchgemacht. Es gehört zum Erwachsenwerden. Äußerlich bist du fast schon ein Mann, doch in deinem Innern fühlst du dich noch wie ein Kind. Deshalb bist du angespannt. Aber das geht vorüber.« Jobax hatte sich schon immer große Mühe gegeben, seinem Ziehsohn ein guter Vater zu sein, wenngleich er dabei manchmal etwas unbeholfen wirkte. Topra war durchaus dankbar, nicht nur für die Liebe des Kapitäns im Allgemeinen, sondern auch im Besonderen für die Erklärungen einiger kürzlich gemachter, ziemlich überraschender Beobachtungen. In Bezug auf seine aktuelle Verfassung fühlte er sich allerdings unverstanden. Vielleicht suchte er aus diesem Grund ein Ventil, um die fiebrige Gereiztheit endlich loszuwerden.

Lamu war eine alte Stadt im Land Hima, einer baqatischen Kolonie an der Ostküste des Schwarzen Kontinents. Auf den ersten Blick wirkte das geschäftige Treiben am Hafen unüberschaubar. Doch dies war nicht Topras erster Landgang hier und er besaß Übung darin, im scheinbar Unentwirrbaren Einzelheiten zu erfassen. Bisher hatte er das Gewusel auf Lamus buntem Markt, die Streifzüge durch die engen, gewundenen Gassen und die Begegnungen mit den offenherzigen schwarzen Menschen immer genossen. An diesem Tag nahm er seine Umgebung jedoch eher aus der Fernrohrperspektive wahr.

Von den Ständen der Straßenhändler aus konnte man die im Hafen liegenden Schiffe sehen. Dort entdeckte Topra eine Gruppe Gleichaltriger, die am Kai standen und offenbar über die *Tanhir* sprachen. Die Halbwüchsigen trugen ausnahmslos landestypische Tracht: knöchellange, farbenfroh gestreifte Hemden aus baqatischem Leinen, die in ihrer Sprache *khanzu* hießen, und dazu Hüte, die mit einer Quaste geschmückt waren und ein wenig an Kochtöpfe erinnerten. Topra wurde von den »Langhemden« wie von einem Magnet angezogen. Scheinbar unbeteiligt näherte er sich ihnen, bis er ihr Gespräch belauschen konnte.

»Na, auf alle Fälle habe ich noch nie eine so hässliche Dhau gesehen. Sieht aus wie eine gestrandete Walkuh«, befand gerade einer, der unüberhörbar im Stimmbruch war.

»Und du wie ein gestreifter Esel«, mischte sich Topra in die Diskussion ein.

Die Gruppe drehte sich geschlossen um. Der selbst ernannte Schiffsexperte war ungefähr einen Kopf größer als Topra und schien sich über die Herausforderung zu freuen. »Sieh an, ein gebleichter Neunmalklug! Dürfte nicht schwer sein zu erraten, aus welchem Loch du gekrochen bist. Du kommst von der Dhau, stimmt's?«

Topras Antwort klang wie das Grollen eines Löwen. »Das ist die *Tanhir,* falls du lesen kannst, eines der berühmtesten Schiffe von Anx. Normale Dhauen haben ein oder zwei Masten, diese da hat drei. Sie ist eine *Ghanjah,* die Königin unter den Dreiecksseglern.«

»Ohooo! Dann bist du also aus einer schwangeren Königin geschlüpft. Aber hübscher wird sie dadurch trotzdem nicht. Oder kannst du mir *irgendetwas* an dieser trächtigen Seegurke zeigen, das nicht abstoßend ist?«

»Ja, das hier.« Topras Faust landete mit Wucht auf der Nase des Langhemds. Die fing zwar an zu bluten, aber das warf den großen Burschen nicht um. Sofort ging er zum Gegenangriff über.

Es dauerte nicht lange und die beiden wälzten sich im Staub. Die Sympathien des an Zahl schnell zunehmenden Publikums lagen eindeutig aufseiten des Langhemds. Mit Anfeuerungsrufen wurde an das Durchhaltevermögen der Heißsporne appelliert. Die kreischten und fauchten wie zwei miteinander kämpfende Karakals. Nun waren es aber keine Wüstenluchse mit dickem Fell, sondern nur vergleichsweise dünnhäutige Jungen. Als daher die Fäuste flogen, Füße traten und Haare ausgerissen wurden, geriet die Streitlust der beiden zu einer unerwartet schmerzhaften Angelegenheit. Selbst die Kleidung der Kämpfer musste leiden. Plötzlich machte es *ratsch!* und Topra stand mit nacktem Oberkörper da.

Es war, als hätte der schwarze Junge mit der Tunika seines Gegners auch die turbulente Stimmung zerrissen. Schlagartig wurde es still. Selbst die beiden Streithähne hielten inne. Aus der Zuschauerschaft drang leises Flüstern. Unter der Armbeuge des Kontrahenten hervor sah Topra, wie mehrere Finger auf ihn zeigten – genau genommen galt das aufgeregte Deuten seinem linken Schulterblatt. Für die Dauer eines Wimpernschlags kreuzten sich die Blicke des Jungen mit denen eines hellhäutigen Mannes, dessen Gesicht an einen Ziegenbock erinnerte. Der Unbekannte stand reglos da und starrte mit versteinerter Miene auf Topras Rücken. Als er sich der Aufmerksamkeit des Halbwüchsigen bewusst wurde, verschwand er in der Menge.

Im nächsten Moment spürte Topra einen zangenartigen Griff im Nacken. Der Schiffsjunge und das Langhemd wurden auf die Füße gezerrt. Die so kräftig zupackenden Hände gehörten, wie sich schnell herausstellte, Jobax.

»Bedecke dich! Schnell!«, zischte der Kapitän seinen Ziehsohn an.

Der gehorchte umgehend, wenn auch mürrisch. Während er sich die Reste seiner zerrissenen Tunika über die Schultern legte, stellte sich schon Reue ein. Für seine Streitlust gab es keine Entschuldigung, das war niemandem klarer als ihm selbst (von den neun Matrosen an Bord der *Tanhir* wurde Topra eher wegen seines sanftmütigen Wesens geschätzt). Was war nur in ihn gefahren? Und wieso machte sich Jobax solche Gedanken um die Blöße seines Sohnes, anstatt ihn wegen der Rauferei zu tadeln?

Sein Vater entschuldigte sich derweil bei dem anderen Jungen. Er bot ihm sogar eine Wiedergutmachung an, aber das Langhemd behauptete mit spöttischem Grinsen, ihm sei die Abreibung, die er dem Schiffsjungen habe verpassen dürfen, Entschädigung genug.

»Von wegen Abreibung«, brummte Topra, nachdem die Gegenpartei abgezogen war und die Menschentraube sich aufgelöst hatte. »Hast du seine Nase gesehen, Vater?«

»Ließ sich kaum vermeiden«, erwiderte Jobax. Seine Mundwinkel zuckten, als amüsiere ihn die Vorstellung daran, aber seine folgenden Worte klangen streng. »Du hast keinen Grund, auch noch stolz zu sein, Topra. Ein Mann muss sich zu beherrschen wissen.«

»Aber er hat die *Tanhir* eine gestrandete Walkuh genannt.«

»Was? Das ist ja …!«

»Und eine trächtige Seegurke.«

»Hast du die Nase des Jungen eigentlich gebrochen oder nur platt gehauen?«

»Kann ich nicht genau sagen.«

»Es ist immer von Vorteil, die Verfassung seines Gegners zu kennen.«

»Ich werd es mir merken, Vater.«

»Gut. Da gibt es noch ein paar andere Dinge, die du lernen musst. Aber das können wir unterwegs besprechen.«

Topra stöhnte. »Hast du immer noch nicht genug eingekauft?«

»Keine Sorge, damit sind wir durch. Ich muss noch einen Geschäftsmann treffen, der uns hin und wieder eine Ladung verschafft. Sein Kontor ist nicht weit von hier. Außerdem brauchst du etwas Neues zum Anziehen. Du siehst aus wie durchgekaut und ausgespuckt.«

Topra betastete vorsichtig sein linkes Auge, ließ vor Schmerz aber schnell wieder davon ab. Mit einem säuerlichen Lächeln erwiderte er: »Na dann kann's ja nicht so schlimm sein. Fühlen tu ich mich nämlich wie ausgespuckt und noch mal durchgekaut.«

Jobax warf den Kopf in den Nacken und lachte schallend. »Das geschieht dir recht, mein Lieber! Manchmal ist Fühlen eben doch besser als Hören. Lass dir das eine Lehre sein.« Plötzlich verdüsterte sich seine Miene und er fügte beschwörend hinzu: »Tu mir einen Gefallen und bedecke in Zukunft immer deine Schultern, hörst du?«

Die beiden machten sich an die Durchquerung des Marktes.

Eine Weile sann der Schiffsjunge über die ungewohnte Schamhaftigkeit des Kapitäns nach. Auf See schien es Jobax nicht zu stören, ob sein Zögling mit freiem Oberkörper über das Deck turnte. Aber hier … Topra holte tief Luft. »Was ist so schlimm daran, wenn ich mal nur in der Hose herumlaufe, Vater? Andere tun das doch auch.«

Jobax beugte sich zum Ohr seines Zöglings herab, um nicht so laut sprechen zu müssen. »Wie oft muss ich dich daran noch erinnern? Jeder konnte dein Muttermal sehen.«

»Das habe ich ganz vergessen!«, entfuhr es dem Jungen.

»Na ja, ist vielleicht nicht verwunderlich. Auf der *Tanhir* bist du der Einzige, der es fast nie zu Gesicht bekommt. Aber trotzdem musst du in Zukunft mehr darauf Acht geben, hörst du?«

Topra nickte ernst, obwohl ihm Jobax' Ängstlichkeit wegen des Muttermals immer noch übertrieben erschien. Erneut versank er in tiefes Grübeln.

Unterdessen ließen die beiden den Markt hinter sich und betraten eine schmale Gasse. Der Boden und auch viele der Häuser hier bestanden aus steinhartem Lehm. Die Wände mancher Gebäude erzählten aber auch von der Nachbarschaft des Meers. Korallen, Schnecken und Muscheln verschafften ihnen nicht nur Stabilität, sondern auch eine ganz eigene Schönheit. Topra fühlte sich jedes Mal, wenn er diese Gassen durchschritt, in die Märchenstadt Molluskandra versetzt, die sich in einer Luftblase tief unter dem Meer befand. Im Augenblick war dieser Eindruck aber nicht mehr als ein schwacher Widerschein früherer Empfindungen. Zu sehr beschäftigte ihn das leidige Muttermal. Natürlich kannte jeder Mensch auf der Welt das Emblem des Großen Hauses. Das Symbol des Pharaos ohne amtliche Genehmigung zu tragen oder sonst wie zu verwenden, galt als schwerer Gesetzesverstoß. Zuwiderhandlungen wurden manchmal sogar mit dem Tod bestraft. War das der Grund für Jobax' vorgeschützte Schamhaftigkeit?

»Vater?«

»Ja, Topra?«

»Wer sind meine richtigen Eltern?«

Der Kapitän blieb wie vom Donner gerührt stehen. »Wie kommst du jetzt darauf?«

»Du hast mir vor einigen Jahren schon gesagt, dass du nicht mein richtiger Vater bist, aber nicht, wie und warum ich auf die *Tanhir* gekommen bin. Heute werde ich vierzehn. Ich finde, ich habe ein Recht, zu erfahren, woher ich stamme.«

»Aber … Bin ich dir nicht immer ein guter Vater gewesen?«

»Doch. Wer immer mein Erzeuger sein mag, du bist mein *Wunsch*vater; ich möchte keinen anderen haben.«

»Fühlst du dich nicht mehr wohl bei mir auf dem Schiff?«

»Ich möchte nirgendwo anders sein, Vater. Darum geht es auch gar nicht. Ich spüre aber, dass mit mir etwas nicht stimmt. Das Feuermal auf meiner Schulter – es macht dir Sorgen und ich möchte wissen, warum.«

Der Kapitän holte tief Luft und nickte. »Womöglich hast du Recht. Ich wollte dich all die Jahre nur beschützen. Irgendwann musst du es ja doch erfahren. Aber nicht hier, Topra. Lass uns zuerst wieder in See stechen. Dann haben wir Zeit und ich werde dir alles erklären.«

Am liebsten hätte Topra sofort eine offene Aussprache verlangt, aber er respektierte seinen Ziehvater viel zu sehr, als dass er sich über dessen Willen erhoben hätte. Er setzte sich wieder in Bewegung. Wenige Schritte später spürte er die Hand des Kapitäns auf seiner Schulter. Schweigend liefen sie nebeneinander her.

Immer tiefer drangen sie in das Gewirr von Gassen und Sträßchen ein. Ab und zu machten sie einem schwer beladenen Esel Platz. Ansonsten begegneten ihnen nur Fußgänger. Hier, an der Peripherie von Baqats riesigem Reich, fuhren keine Wasserstoffmobile, ja nicht einmal Ochsenkarren. Lamus Wege waren einfach zu schmal dafür, die ganze Stadt schien in der Zeit stehen geblieben zu sein.

Jobax nutzte den Marsch, um seinem Zögling etwas über Selbstbeherrschung und gesittete Umgangsformen beizubringen. Gewöhnlich kleidete der Kapitän seine Lektionen in das Gewand kleiner Geschichten. Der Junge wusste oft nicht einmal, ob eine Erzählung seines Ziehvaters nur der Unterhaltung oder darüber hinaus auch der Unterweisung diente. So war es auch mit jener uralten Überlieferung, die Topra von jeher am meisten gefesselt hatte. Sie stammte von den Tamehu, einem vorzeitlichen Seefahrervolk, dem auch Jobax' Ahnen angehörten.

Als wäre es nicht nur ein Märchen wie das von der Luftblasenstadt Molluskandra, sondern geheimnisvolle Wirklichkeit, hatte der Kapitän über einen weisen Mann berichtet, der seinem eigenen Hochmut anheim gefallen war. Er wollte die Kräfte des Universums in seiner Hand vereinen, so wie ein Krieger ein Bündel Pfeile mit seiner Faust umschließt. Doch der hochfahrende Plan scheiterte und die Welt brach in drei Teile entzwei. Seit jenen Tagen gab es die Unsichtbare Pyramide, einen Bund Auserwählter und ihrer Getreuen, die in den drei Welten leben, von denen Anx nur eine sei. Hin und wieder öffneten sich Fenster und man könne in eine der anderen Welten hinübersehen. Wie gerne hätte Topra selbst einmal durch ein solches Fenster geblickt!

Die auf ihrem Weg durch Lamus Gassen von Jobax erzählte Geschichte war weniger monumental. Sie handelte von einem Fischer, der allein auf einer einsamen Insel wohnte und mit einem Wal befreundet war. Regelmäßig trafen sich die beiden zum Gedankenaustausch. Der Mann saß dann auf einer Klippe über dem Bootssteg und das Tier räkelte sich unten im Wasser. Ein halbes Leben lang leisteten sich die beiden auf diese Weise Gesellschaft. Der Wal war jedoch nicht sehr pünktlich, was den Fischer immer häufiger zur Weißglut brachte. Ob das Tier nun gerade der Harpune eines Walfängers entkommen oder von einer geschlossenen Eisdecke zu einem Umweg gezwungen worden war, interessierte ihn nicht. Er beschimpfte seinen Freund von Mal zu Mal wüster. Eines Tages – der Fischer war schon seit dem Morgen besonders gereizt und der Wal ließ sich wieder einmal ausnehmend viel Zeit – platzte dem Mann der Kragen. Er wollte nichts hören von dem verzweifelten Kampf seines Gefährten mit einem Riesenkraken, sondern den unpünktlichen Fisch nur spüren lassen, was es hieß, einen Freund zu versetzen. So stemmte der Fischer einen riesigen Stein in die Höhe, um ihn dem Wal auf den Kopf zu werfen. Aber der Brocken war viel zu schwer für einen solchen Wurf. Er fiel senkrecht die Klippe hinab und zerstörte des Fischers einziges Boot. Da es auf der kleinen Insel kein Holz für eine Reparatur gab, war der jähzornige Mann auf einen Schlag von der Welt abgeschnitten. Und so verhungerte er. Den Wal hatte er nach seinem Zornausbruch nie wieder gesehen.

Topra stapfte eine Weile schweigend neben seinem Ziehvater her, sehr wohl ahnend, was die Moral von der Geschichte war. Er hatte jedoch keine Lust, seinem Ausrutscher weitere hinzuzufügen, und sagte stattdessen: »Wale sind doch Säugetiere und keine Fische.«

»Da siehst du mal«, erwiderte Jobax.

»Was soll ich sehen?«

»Der Fischer hat das Wesen seines Gefährten verkannt. Daran ist ihre Freundschaft auch zerbrochen. Er wollte sich – kannst du dir das vorstellen? – den Wal auf Menschenmaß zurechtstutzen, anstatt ihn so zu nehmen, wie er war: als kluges Säugetier, das in seinem harten Überlebenskampf trotzdem noch genügend Zeit aufbringt, um einem Mann über die Einsamkeit hinwegzuhelfen. Der Jähzorn war dann das Henkersbeil, mit dem der Fischer das Band ihrer Freundschaft und sein eigenes Leben zerstörte.«

»Willst du mir damit sagen, ich sei zu aufbrausend gewesen, Vater?«

»Ich möchte dich nur davor bewahren, eines Tages vor lauter Hitzköpfigkeit einen Stein in dein eigenes Boot zu werfen. Ein gutes Mittel dagegen ist der Respekt vor dem Mitmenschen: Was du nicht willst, das dir man tu, das füg auch keinem andern zu.«

»Nicht mal einem Langhemd?«

»Du sagst es. Wenn schon ein Wal als Mitgeschöpf deine Achtung verdient, wie viel mehr dann ein Mensch? Egal wie er aussieht oder woher er kommt.« Jobax deutete zu einer Quergasse. »Das Kontor ist übrigens nicht mehr weit. Da vorne müssen wir rechts abbiegen und kurz darauf noch einmal links.«

Sie nahmen den Abzweig, bis zum nächsten waren es nur ungefähr einhundert Schritte. Zwischen den ersten Häusern hätte der Junge die braunen Lehmwände zu beiden Seiten mit ausgestreckten Armen berühren können, aber nach etwa halber Strecke wurde die Gasse breiter. Topra bewunderte ein großes, zweiflügliges, reich verziertes Holztor, das wohl oft von Reitern auf ihren Rössern durchquert wurde – der Boden davor war von zahlreichen Hufspuren zu feinem Staub zermahlen und es lagen einige frische Pferdeäpfel herum. Das Portal besaß zudem einen kleineren Durchlass, an dem Topra einen schweren messingfarbenen Türklopfer in Gestalt eines Nashornkopfes bemerkte. Auch die prachtvoll geschnitzten Fensterläden des Hauses zeugten vom Wohlstand seiner Bewohner. Während der Junge noch darüber nachsann, wer in diesem kleinen Palast wohnen mochte, bemerkte er aus den Augenwinkeln eine rasche Bewegung. Sein Kopf fuhr herum.

Zwei finstere Gestalten waren aus einer Pforte im Nachbarhaus getreten und pflanzten sich mitten in den Weg. Zu seinem Entsetzen bemerkte Topra die großen Runddolche in ihren Händen. Er und der Kapitän dagegen waren völlig unbewaffnet.

»Das hat nichts Gutes zu bedeuten. Lass uns hier verschwinden!«, raunte ihm Jobax zu und drehte sich um.

Topra folgte seinem Beispiel und erschrak. Auch der Rückzug war versperrt, ebenfalls von zwei Männern mit Furcht einflößenden Messern. Einer hatte ein schmales Gesicht, dessen Spitzheit von einem Ziegenbart besonders betont wurde. Es war derselbe Unbekannte, der Topra schon am Kai mit versteinerter Miene angestarrt hatte.

»Die Grimasse kenne ich«, murmelte er.

»Was?«, stieß Jobax hervor.

Topra zeigte auf den Mann. »Der Kerl da, der aussieht wie ein Ziegenbock, hat mich schon bei der Rauferei so komisch angesehen.«

Der Kapitän zischte etwas Unverständliches, dann überraschte er Freund und Feind durch eine unerhörte Tat: Mit wenigen langen Sätzen war er bei dem großen Holztor, packte den schweren Türklopfer und riss ihn scheinbar mühelos aus der Verankerung. Den Kopf des Nashorns unter den Arm geklemmt, stürmte er auf die beiden zuerst erschienenen Gegner zu. Topra drückte sich verängstigt an die Mauer und starrte mit großen Augen auf seinen Vater. Fast gleichzeitig sausten ein Dolch und ein Rhinozeros durch die Luft. Jobax duckte sich unter der Klinge hinweg und seine Behelfsstreitkeule traf den Kontrahenten in die Rippen. Ein widerwärtiges Knacken ertönte. Der Mann keuchte, wurde puterrot und sackte bewusstlos zusammen.

Sein Kumpan preschte derweil blindlings weiter voran. Er schien ganz von dem Gedanken beseelt, den Kapitän aufzuschlitzen, bevor es die anderen – fast schon eingetroffenen – Mitstreiter tun konnten. Dabei war dem Angreifer offenbar entgangen, dass Jobax sich beim Wegtauchen unter der Klinge des Kameraden eine weitere »Waffe« beschafft hatte. Während sich der Messerschwinger mit Gebrüll auf den Gegner stürzte, traf ihn eine Ladung Pferdemist mitten ins Gesicht. Die biologische Gegenattacke sorgte bei ihm für ein gewisses Maß an Überraschung und Ekel, wodurch er praktisch widerstandslos in Jobax' »Rhinozeroshammer« rannte.

Der Feind hatte damit die Hälfte seiner Schlagkraft eingebüßt.

Fast zu spät bemerkte Topra, dass er und sein Vater nun von der anderen Seite in Bedrängnis gerieten. Der Ziegenbock und sein Begleiter waren an Ort und Stelle. Jobax hatte sie noch nicht gesehen. »Achtung!«, rief Topra, um seinen Vater zu warnen, und warf sich zugleich dem Spitzbart in den Weg. Der Jüngste in der Arena hatte nicht wirklich die Absicht, gegen einen bewaffneten Gegner anzutreten, nur ein wenig aufhalten wollte er den Mann.

Der hagere und nicht sehr große Unbekannte war jedoch äußerst beweglich. Die Klinge sauste durch die Luft. Topra beugte sich nach hinten, um ihr auszuweichen, doch ehe er sich's versah, hatte der Ziegenbock ihm mit dem Fuß die Beine weggeschlagen. Der Junge fiel rücklings zu Boden, spürte einen dumpfen Schlag am Hinterkopf und blieb benommen liegen. Während er gegen Übelkeit und Ohnmacht ankämpfte, hörte er plötzlich einen paradiesischen Gesang. Fühlte es sich so an, wenn man das Bewusstsein verlor?

Der Himmelschor schien direkt über der Gasse zu schweben. Unwillkürlich blickte Topra nach oben, konnte jedoch keine Engelsscharen, sondern nur das hässliche Gesicht des Ziegenbocks sehen. Der Mann hatte ihm wohl gerade die Kehle durchschneiden wollen, war aber aufgrund des himmlischen Interludiums ins Zaudern geraten. Dem Jungen fiel in diesem Moment höchster Not nichts Besseres ein, als dem Beispiel seines Vaters zu folgen. In Ermangelung eines Pferdeapfels schlossen sich Topras Finger um eine Hand voll Straßenstaub, den er seinem Widersacher in die Augen schleuderte.

Ein wütender Aufschrei mischte sich in den überirdischen Gesang. Der unten Liegende nutzte den Moment der Verwirrung und trat dem Ziegenbock ans Kinn. Damit landete er einen Glückstreffer, denn der Dolchmann kippte um wie ein nasser Sack und blieb reglos liegen.

Jetzt gab es nur noch einen Angreifer. Aber was für einen! Gerade bedrängte er den Kapitän. Der Mann war groß, kräftig gebaut und bewegte sich trotzdem so geschmeidig wie ein Leopard. Die sphärischen Gesänge aus dem Irgendwo schienen ihn nicht im Geringsten zu verunsichern. Seine Klinge glich einer Kobra, die angespannt lauerte und dann vorschnellte, wartete und zuschlug, sich drohend erhob und niederfuhr. Noch konnte ihr Jobax ausweichen, obschon er gezwungen war, sich immer weiter zurückzuziehen. Wenn er den Nashornkopf schwang, musste er seinen Arm in die Reichweite des Dolches bringen, und mit Entsetzen sah Topra, wie sein Vater gerade mit knapper Not einer Riposte des Kraftprotzes entkam. Kaltblütig trieb der Kerl den Kapitän in die Enge eines Mauerwinkels. Jeden

Moment würde Jobax mit dem Rücken an der Wand stehen. Und dann …?

»Tu was!«, befahl Topra sich selbst. Vor seinen Augen begann alles zu verschwimmen. Eine Folge des Sturzes auf den Kopf? Oder seiner Verzweiflung? Die bedrohliche Szene wirkte seltsam blass und farblos. Nein, sie war … *blaustichig?* Er wischte sich mit der Hand über die Augen. Wie nur sollte er den unerbittlichen Kämpfer beeindrucken? Dem am Boden liegenden Bockgesicht den Dolch zu entwinden, traute er sich nicht – der finstere Geselle könnte ja erwachen. Aber vielleicht …!

Schnell bückte sich Topra, streckte die Hand zum Boden aus, um eine weitere Ladung Staub zusammenzuscharren – und erschrak. Bis zu den Fingerspitzen herab leuchtete sein ganzer Arm in einem blauen Licht. Erst der Gesang und jetzt dieser Glanz – was hatte das zu bedeuten?

Ein Schrei ließ Topra vom Boden hochfahren. Mit Schrecken entdeckte er einen blutigen Strich am rechten Unterarm seines Vaters. Seine schlimmsten Befürchtungen wurden allmählich zur Gewissheit. Zwar hatte auch der Kapitän seinen Gegner getroffen, ihm sogar das Horn des Rhinozeros in den Oberschenkel gebohrt, war dabei jedoch entwaffnet worden. Das Muskelpaket schrie vor Wut auf und schwankte. Aber es wich nicht zurück. Gleich, wenn es den Schmerz überwunden hatte, würde es zum letzten und tödlichen Angriff übergehen.

»Scher dich weg, sonst bekommst du's mit mir zu tun!«, brüllte der Junge und rannte wie ein wütender Stier auf den Gegner zu. Ebenso bedrohlich wie Topras Entschlossenheit wirkte auf den Schurken der blaue Glanz des heranstürmenden Angreifers. Für einen Moment erstarrte er.

Topra wollte nicht die Dummheit begehen und geradewegs in das offene Messer laufen, weshalb er, wie er meinte, in sicherer Entfernung zur Klinge abbremste. Er stemmte seine Füße gegen den Lauf, hatte aber nicht mit dem an dieser Stelle rutschigen Boden gerechnet. So schlitterte er geradewegs auf den Dolchmann zu. Der Junge wusste sich nicht anders zu helfen, als mit der Hand auszuholen, um wieder Staub einzusetzen. Topra wünschte sich verzweifelt eine wenigstens *etwas* beeindruckendere Waffe herbei …

Und sein Begehren wurde erfüllt.

Der Schurke starrte den Jungen aus angstvollen Augen an. Kapitän Jobax stieß einen Laut der Verwunderung aus. Und Topra wäre beinahe nach hinten übergekippt. Schnell packte seine Linke nach dem Schwertgriff, den die Rechte allein kaum zu halten vermochte. Der Staub hatte sich auf wundersame Weise in einen mächtigen Zweihänder verwandelt.

Ein Blick über die Schulter genügte, um Topra neue Zuversicht einzuflößen. Er stieß einen triumphierenden Schlachtruf aus.

Auch der Kraftprotz brüllte, wenn es auch mehr ein Laut des Entsetzens war. Niemand hatte ihm gesagt, dass er gegen einen Zauberer antreten sollte. Entgeistert ließ er seinen Dolch fallen und rannte schreiend davon.

Erst die Stimme seines Ziehvaters brachte den Jungen dazu, sich vom Anblick des flüchtenden Schurken zu lösen. »Lass mich deine Verletzung ansehen, Topra.«

Der wandte sich Jobax zu. »Was?«

Der Kapitän berührte mit der Hand die eigene Wange und deutete hierauf auf Topras Gesicht. »Du blutest.«

Endlich ließ der Junge die Spitze seines Schwertes zu Boden sinken, ließ den Griff fallen und fasste sich an die rechte Wange. Als er seine Fingerspitzen betrachtete, waren sie blutrot. »Das muss der Spitzbart gewesen sein.«

Jobax untersuchte kurz die Wunde. »Sie ist nicht sehr tief. Drück ein Stück Stoff drauf, bis wir auf der *Tanhir* sind. Dort flicken wir dich wieder zusammen. Und jetzt sollten wir verschwinden, bevor die anderen Halunken wieder zu sich kommen oder der Geflohene Verstärkung holt.«

Der Junge hob das mächtige Schwert vom Boden auf, legte es

sich über die Schulter und eilte seinem Vater hinterher, der schon losgelaufen war. Als er ihn eingeholt hatte, fragte Jobax: »Kannst du nicht das alberne Licht abstellen? Es macht mich nervös und obendrein sind wir damit in etwa so unauffällig wie eine Leuchtreklame.«

Topra bewegte vor seinem Gesicht die unter einer schimmernden Aura liegende Hand und maulte: »Ich bin doch keine Glühlampe. Außerdem ist mir selbst schleierhaft, woher dieser Glanz kommt.«

Jobax brummte etwas, das der Junge nicht verstand, fügte dann aber deutlicher hinzu: »Na ja, es scheint ja schon ein bisschen schwächer zu werden. Vielleicht hilft's, wenn du einfach nicht daran denkst.«

»Dein blutender Arm ist auch nicht gerade unauffällig.«

»Und erst dein Schwert! Wie hast du das Ding so schnell aus dem Ärmel gezaubert?«

Topra zuckte die Achseln. »Das Ding war mit einem Mal da, einfach so.«

»Solche Sachen passieren nicht einfach so. Es gibt immer eine Ursache.«

Topra war viel zu verwirrt von den Ereignissen der letzten Minuten, um sich den Kopf über irgendwelche schwertbildenden Naturphänomene zu zerbrechen. Besorgt fragte er: »Hat dich der Riese schlimm verletzt?«

Jobax schüttelte den Kopf. »Nur ein Kratzer. Wir haben beide Glück gehabt!«

»Glück?« Topras Stimme überschlug sich. »Sei mir bitte nicht böse, Vater, aber ich fühle mich so, wie du aussiehst. Die Räuber hätten uns fast umgebracht und das für die paar Münzen, die der Trockenobsthändler dir noch gelassen hat.«

»Die Halunken sind nicht hinter unserem Geld her gewesen, Topra.«

Etwas an der ernsten Stimme seines Vaters ließ den Jungen aufhorchen. »Aber was wollten sie dann?«

»Dich.«

»Mich?«

Der Kapitän nickte. Seine Miene war so finster wie die Nacht. »Seit dem Tag, als ich dich im Laderaum der *Tanhir* gefunden habe, sind sie schon hinter dir her.«

Der Junge war perplex. Es dauerte einige Schritte, bis er sein Unverständnis in Worte zu kleiden vermochte. »Ich dachte bis heute, irgendwelche armen Leute hätten mich dir anvertraut.«

»In gewisser Hinsicht mag das auch stimmen. Zumindest habe ich dich in diesem Glauben belassen, zu deinem eigenen Besten. Diese Mär stammt übrigens nicht von mir – Karim hat sie sich ausgedacht.«

»Unser Schiffskoch?«

»Kennst du einen anderen mit diesem Namen, der geschwätzig wie ein Waschweib ist?«

»Wer hat mich im Laderaum zurückgelassen?«

»Du lagst in einem offenen Getreidesack. Unweit davon fanden wir eine fadenscheinige Mönchskutte.«

»Ein heiliger Mann hat mich …?«

»Ich denke eher, dass es jemand vom Hof war.«

Topras Augen wurden immer größer. »Du meinst …?«

Jobax nickte gewichtig. »Ja, ich meine das Millionenjahrhaus. Der Geheimdienst fahndete damals nach Hobnaj von Meroe, einem Nubier. Er diente der Lieblingskonkubine des Pharaos als Leibwächter. Sicher erinnerst du dich an die Lieder, in denen die Schönheit Gisas, der Blume vom Nil, besungen wird. An Bord haben wir sie oft angestimmt, damit du zumindest ein wenig von ihr erfährst.«

»Du meinst …?«

Im Voranschreiten warf Jobax einen strengen Seitenblick auf seinen Zögling. »Wir müssen unbedingt an deiner Artikulation arbeiten. Ich halte überhaupt nichts davon, dass die heutige Jugend keine ganzen Sätze mehr sprechen kann.«

»Aber Vater! Du erzählst mir, ich sei der Sohn von Pharao Isfets Konkubine. Das hieße ja …!«

»Dass du ein Abkomme der ältesten Dynastie von Baqat bist? Topra, das hat überhaupt nichts zu sagen. *Ich* stamme von einem noch viel älteren Geschlecht ab und bin trotzdem nur ein einfacher Seefahrer. Außerdem gehen mir deine Überlegungen zu weit. In den letzten vierzehn Jahren habe ich nie erfahren, ob du wirklich Gisas Sohn bist, geschweige denn der des Pharaos. Allein danach zu fragen, kann tödlich sein. Den Beweis dafür wirst du vermutlich dein Leben lang als Narbe im Gesicht tragen.«

Benommen trottete Topra neben seinem Vater dahin. Gerade hatten sie den Marktplatz erreicht. Der Junge verstand die Welt nicht mehr. Schon vor dem Zwischenfall hatte er nach seinen Eltern gefragt und von dem Kapitän eine hinhaltende Antwort bekommen. Ob Jobax darauf jedes Mal so mürrisch reagiert hatte, weil er fürchtete, ihn, seinen Ziehsohn, zu verlieren? Das war absurd. Topra liebte den Kapitän. Ja, er bewunderte ihn. Aber beim Abschreiten der Marktstände wuchs in ihm auch das unbändige Verlangen, mehr über seine Herkunft zu erfahren. Sein wirklicher Vater – wer war er? Und die Mutter – warum hatte sie ihren Sohn verlassen? Lebte sie noch? Wenn ja, wo? Welche Bewandtnis hatte es mit dem auffälligen Feuermal? Deutlicher denn je wurde sich der Junge in diesem Moment der Bedeutung seines Namens bewusst: Topra, die Basis des Dreiecks. War das ein Zufall? Oder ein versteckter Hinweis, der ihm für einen Augenblick der Erkenntnis, für einen Tag wie diesem angeheftet worden war? Diese Fragen schienen Topra wie ein Spinnennetz zu umfangen, doch als vor ihm der Kapitän die Gangway zur *Tanhir* hinauflief, befreite er sich daraus mit lauter Stimme.

»Was ist aus Hobnaj von Meroe geworden, Vater? Er müsste doch wissen, wer ich wirklich bin. Oder war er etwa nicht der als Mönch Verkleidete, der mich auf die Tanhir brachte?«

Jobax drehte sich auf dem schmalen Balken um. Ein Ausdruck des Schmerzes lag auf seinem Gesicht. »Doch. Jedenfalls vermute ich es. Leider konnte ich den Nubier, den wir damals an Deck bemerkt haben, nie danach fragen. Jemand hat auf ihn geschossen. Der Getroffene fiel ins Hafenbecken und wurde nie mehr gesehen.«

»Dann könnte er noch leben!«

Der Kapitän schüttelte langsam den Kopf. »Ich habe damals all meine Beziehungen spielen lassen und du weißt, was das bedeutet. Hobnaj von Meroe war eine Legende. Sein Name stand für Mut und Kraft, für Geschicklichkeit und Scharfsinn. Aber alles, was man mir über ihn berichtete, stammte aus der Vergangenheit. Die Spur des Nubiers verliert sich an jenem Tag, als du bei uns aufgetaucht bist.«

Topras Augen verfolgten eine Flasche, die zwischen der Kaimauer und dem Schiffsrumpf in den leichten Wellen auf und ab tanzte. Seine Gedanken dümpelten indes ganz woanders. Unvermittelt hob er den Kopf und verkündete mit fester Stimme: »Ich liebe und achte dich, Vater. Nie wird es anders sein. Aber trotzdem muss ich mich auf den Weg machen und nach Hobnaj von Meroe suchen. Sollte ich ihn nicht finden, dann wird mir ein anderer sagen müssen, ob Gisa meine Mutter ist. Stell dir vor, sie lebte noch und ich würde nicht nach ihr suchen!«

6
Elysische Gesänge
Erde

Francisco machte sich keine Illusionen – Mädchen waren auch nur Menschen. Aber was für welche! Bruder Pedro hatte ihn gelehrt, alle Geschöpfe seien Spiegelbilder Gottes; man müsse sie nur durchsichtig werden lassen, um das Angesicht des Herrn zu erblicken. Wenn das stimmte, und daran hegte der Junge keine Zweifel, dann mussten Mädchen der Widerschein von Gottes Augen sein. Sie waren wunderbar!

Da Francisco nicht in klösterlicher Abgeschlossenheit lebte, durfte er seine Ordensbrüder ins benachbarte Huelva begleiten, wenn irgendwelche Erledigungen anstanden. Zweimal war er sogar schon in Sevilla gewesen, wo sich Bruder Pedro in seiner Eigenschaft als Guardian von La Rábida mit dem Provinzialminister des Ordens getroffen hatte. Mädchen, diese wunderbaren Wesen, die sich so graziös bewegten, deren Haar so herrlich im Wind wallte, ja, die der Schöpfer aus Adams Rippe so vollkommen modelliert hatte, gab es in der bunten Welt draußen zuhauf und eines war bezaubernder als das andere. Die weit verbreitete Annahme, derart himmlische Anblicke seien in einem Mönchskloster so gut wie ausgeschlossen, traf allerdings auf La Rábida ohnehin nicht zu. Weil die Franziskaner hier vor einem halben Jahrtausend einem von der portugiesischen Krone verfolgten »Hochverräter« Unterschlupf gewährt hatten, kamen tagtäglich weibliche Wesen in das Kloster. Nicht wenige hielten Fotoapparate in Händen. Vermutlich wäre das Monasterio den Touristen kaum eine Überquerung des Río Tinto wert gewesen, wenn Portugal nicht ausgerechnet Christoph Kolumbus zum Asylanten abgestempelt hätte. Francisco empfand sehr viel Sympathie für den Entdecker der Neuen Welt.

Dem Jungen war durchaus bewusst, wie sein neuestes Interessengebiet von Pedro, dem »Wächter« des Klosters, eingeschätzt wurde. Diesen Eindruck hatte auch Gaspar mehrmals bestätigt – er war inzwischen Postulatsleiter in La Rábida und zudem für Francisco wie ein leiblicher großer Bruder. Pedro glaubte offenbar, für seinen Zögling einen erbitterten »Kampf gegen die Begierden des Fleisches« führen zu müssen, damit sich dessen Wissbegier nicht allzu sehr auf das andere Geschlecht fixierte. Der Guardian des Klosters liebte den Jungen wie einen Sohn und deshalb förderte er dessen moralische und intellektuelle Bildung mit unermüdlicher Hingabe.

Äußerlich eher ein schlaksiges Fliegengewicht, war Francisco im Geiste ein Schwerathlet. Schon sehr früh hatte er sich als ein ungewöhnlich lernbegieriges und erstaunlich begabtes Kind entpuppt. Vom Eifer ihres Guardian angesteckt, sahen es die Mönche von La Rábida als ihre gemeinschaftliche Aufgabe an, den jungen Geist, der alles wie ein Schwamm aufsaugte, mit Wissen zu füllen. Inzwischen lebte Francisco auf den Tag genau vierzehn Jahre im Kloster und überflügelte fast alle, wenn auch noch nicht an Weisheit, so doch an Gelehrsamkeit. Er beherrschte neben dem Spanischen auch Latein, Griechisch, Koptisch, Französisch sowie Englisch in Schrift und Sprache.

Letzteres hatte er sich in den Grundzügen aus alten Fibeln selbst beigebracht und seinen Wortschatz anhand diverser Jahrgänge von *Time* erweitert. Irgendein Mönch musste das amerikanische Magazin in den Dreißigern abonniert und nach der Lektüre im Archiv des Monasterio eingelagert haben. So wie andere Jungen Rockmusiker à la David Bowie anhimmelten, schwärmte der Klosterschüler für David Pratt, einen der Reporter des Nachrichtenmagazins, dessen geradlinige Artikel es Francisco besonders angetan hatten, den außer ihm aber wohl noch nie jemand bemerkt hatte, weil er seine Beiträge hinter einer ganzen Reihe von Pseudonymen versteckte – damit mochte er andere täuschen, aber nicht jenen spanischen Jungen, dem die Natur neben einer Reihe anderer nützlicher Eigenschaften ein so außerordentliches Gespür für Sprache in die Wiege gelegt hatte.

Die *Time*-Hefte bildeten indes nur einen verschwindend geringen Teil der Klosterbibliothek und Francisco hatte im Laufe der Jahre fast alles verschlungen. Dabei entdeckte er – niemand konnte sich erklären, warum – eine Liebe für das alte Ägypten. Mehr noch als die gewieften *Time*-Reporter verehrte er Jean François Champollion wegen seiner Entzifferung der ägyptischen Hieroglyphen. Die Bewunderung für den Franzosen ging so weit, dass Francisco sogar die Sprache der Pyramidenerbauer und ihre Bilderschrift gelernt hatte.

Pedro betrachtete das Interesse seines Schützlings für die heidnische Kultur am Nil mit ähnlich gemischten Gefühlen wie dessen neuestes Forschungsgebiet, das andere Geschlecht. Der »Wächter« von La Rábida war vielleicht weltoffener, als man es von seinesgleichen erwarten mochte, aber trotzdem blieb er ein frommer Katholik. Ihm schwebte für Francisco eine kuriale Karriere vor: Kardinal, Sekretär des Heiligen Vaters, Präfekt der Glaubenskongregation – Papst? Irgendetwas in der Art. Der Junge hatte das Zeug dafür.

Nur ließ sich dergleichen kaum verwirklichen, wenn man ein gestörtes Verhältnis zum Zölibat hatte. Die Pflicht zur Ehelosigkeit war nun einmal elementarer Bestandteil des Ersten Ordens, den Pedro für seinen Schützling als Sprungbrett zu höheren Weihen auserkoren hatte. Ein verheirateter Mann konnte bestenfalls eine Laufbahn bei den franziskanischen Laien anstreben, auch Tertiare genannt. Was, fragte sich der Guardian, hatte Francisco in diesem »Dritten Orden« verloren? Nein, der Junge musste lernen – um mit den Worten des heiligen Paulus zu sprechen –, seinen Leib zu zerschlagen und ihn sich zum Sklaven zu machen. Nicht so wie jene Geistlichen, die den Zölibat als Rechtfertigung für ihre sexuellen »Befreiungsschläge« gebrauchten – so manche Entgleisung auf diesem Gebiet war nie an die Öffentlichkeit gedrungen, wenngleich darüber gemunkelt wurde. Bruder Pedro konnte erschreckend aufbrausend werden, wenn er von solcher Zügellosigkeit hörte. Er verabscheute jede Form von Heuchelei und Unmoral. Franciscos Keuschheit und Seelenfrieden waren ihm so heilig wie die Hostie beim Abendmahl. Ebenso wie der Ordensgründer gleichen Namens sollte der Junge eines Tages für alle Gläubigen ein leuchtendes Vorbild werden, ohne Falschheit, aber auch frei von der Pein eines ewig wunden Herzens. Nicht von ungefähr gestattete Pedro ihm daher die Liebe zur Ägyptologie – sie erschien ihm als das kleinere zweier Übel weitaus ungefährlicher als die Leidenschaft der Geschlechter.

Irgendwie musste der Guardian jedoch übersehen haben, dass auch Klarissen Frauen waren.

An diesem Morgen – es war der 20. November 1989 – sollte in der Kirche des Klosters ein prachtvoller Gottesdienst stattfinden und dazu war auch ein Klarissenchor eingeladen. Die Nonnen verdankten ihren Namen Klara von Assisi, der engen Weggefährtin des heiligen Franz. Pedro hatte die Sängerinnen für zehn Uhr einbestellt. Bis dahin war Francisco nur noch ein Nervenbündel.

In dem Bemühen, seinen desolaten Zustand zu verstehen, fand er sogar – abgesehen von den Mädchen – eine Reihe gewichtiger Gründe. Da war zunächst der Termin. Der Junge wusste sehr genau, dass sein Mentor den Gottesdienst nicht von ungefähr auf diesen Montag festgelegt hatte. Es war das Datum von Franciscos Eintritt ins Postulat, der ersten Ausbildungsstufe auf dem Weg zum Franziskaner. In dieser Zeit der Probe konnte der Postulant seine Beweggründe auf die innere Waagschale legen, um herauszufinden, ob er sich zum Ordensleben berufen fühlte. Pedro hätte seinen Schützling am liebsten gleich auf die nächste Stufe, das Noviziat, gehoben, aber der Provinzialminister des Ordens hatte da nicht mit sich reden lassen: Der Knabe sei mit dem Postulat ohnedies sehr früh dran und müsse – in mancher Beziehung – erst noch wachsen.

Die von oben verordnete ruhigere Gangart kam Francisco durchaus gelegen. Er sah sie als eine Art Galgenfrist, denn er fühlte sich keineswegs schon ausreichend gefestigt, um die Weichen für seine Zukunft zu stellen, eher im Gegenteil. So manches in seiner Kirche bereitete ihm Kopfzerbrechen. Da gab es Dogmen, die er trotz größter Anstrengungen nicht in Deckung mit dem Wort Gottes zu bringen vermochte. Wie etwa konnte Maria leibhaftig in den Himmel aufgefahren sein, wenn der Apostel Paulus doch schrieb, dass »Fleisch und Blut das Reich Gottes nicht besitzen können«? Selbst der Herr Jesus war, den Worten Pauli gemäß, »lebendig gemacht dem Geiste nach«. Wie ließen sich solche dogmatisierten Ungereimtheiten mit dem Anspruch vereinbaren, den einzig wahren Glauben zu lehren?

Fast mehr noch irritierten Francisco allerdings die Widersprüche zwischen der Bibel und dem *Handeln* der heiligen Mutter Kirche. Ein Ordensgrundsatz der Franziskaner lautete: »Suche deine Rolle und bringe dich selbst in das Spiel des Lebens mit ein.« Francisco tat sich ungemein schwer mit der Art und Weise, wie der Klerus dieses »Spiel« betrieb. Als General Franco sich im Spanischen Bürgerkrieg von 1936 bis 1939 an die Macht gekämpft hatte, waren an die achthunderttausend Menschen ums Leben gekommen. Wie hatte der Bischof von Cartagena da sagen können: »Gesegnet sind die Kanonen, wenn das Evangelium in den Breschen blüht, die sie schießen«? Vor allem im Baskenland hatten aufseiten der Republikaner auch viele aufrichtige Katholiken gekämpft. Da war dann der eine Glaubensbruder mit dem Bajonett auf den anderen losgegangen und Kardinal Gomá hatte das Ganze einen Kampf derer, die ohne Gott sind, gegen das wahre Spanien und die katholische Religion genannt. Rund vierunddreißig Jahre lang war der Diktator hiernach an der Macht gewesen – mit willfähriger Unterstützung des Klerus.

Bruder Pedro hatte seinen Schüler zwar dazu ermuntert, »die Bibel als das Drehbuch der Geschichte Gottes mit uns Menschen zu betrachten«, aber Francisco wollte es trotz größter Anstrengungen nicht gelingen, darin eine Regieanweisung zum Töten von Mitgläubigen oder zur Kumpanei mit Diktatoren zu entdecken. Dagegen standen in der Heiligen Schrift unmissverständliche Mahnungen wie: »Du sollst deinen Nächsten lieben wie dich selbst.« Oder: »Wer sich mit der Welt befreunden will, verfeindet sich mit Gott.« So verwundert es nicht, wenn der Junge keine Entscheidung treffen wollte, die ihn am Ende in Gegnerschaft mit Gott bringen könnte. Er brauchte die Schonfrist, um alles noch einmal gründlich zu überdenken.

Nun war es nicht sehr hilfreich, dass beim Nachsinnen über derart wichtige Fragen vor seinem geistigen Auge immer wieder bildhübsche Klarissen auftauchten. Sein seelisches Gleichgewicht, ohnehin schon in Schieflage, drohte darüber vollends zu kippen. Für die Außenwelt wurde das durch eine Reihe von Vorfällen bemerkbar. Francisco hatte Gläser umgeworfen, war über Türschwellen gestolpert und hatte Bruder Bartoleme – zugegeben, ein schmächtiges Mönchlein – über den Haufen gerannt. Sogar für die Beschäftigung mit den ägyptischen Hieroglypen aus El-Karnak, die ihm bis vor kurzem vergnügliche Entspannung geboten hatten, fehlte ihm die rechte Muße. Man sollte glauben, die züchtige Ordenstracht von Klarissen wirke a priori eher dämpfend auf die sinnliche Phantasie eines jungen Mannes, aber bei Francisco war das anders. Etwa zwei Dutzend himmlische Wesen würden ihre glockenreinen Stimmen ganz allein für ihn erheben. Da durfte man schon etwas zerstreut sein.

Als nun die Pforten der Klosterkirche endlich vor ihm geöffnet wurden, dröhnte zunächst einmal das Geläut aus dem Turm auf Francisco herab. Verglichen mit der riesigen, prachtvollen Kathedrale von Sevilla, in der er während seiner beiden Besuche der Stadt hatte beten dürfen, war das Gotteshaus hier geradezu winzig und bescheiden. Es besaß jedoch eine bewegte Geschichte, die Francisco, wann immer er in ihm verweilte, zu spüren glaubte. Hinzu kam an diesem Tag der außergewöhnliche Anlass für den Gottesdienst. Seine Knie waren wachsweich, als er das ehrwürdige Gebäude betrat und sich über die großen Steinplatten zum Altar schleppte. Bruder Gaspar klebte wie ein Schatten an ihm; vermutlich fühlte er die Unsicherheit seines Freundes. Dahinter folgte in Zweierreihen eine Prozession von vierzehn Mönchen, alle in braunem Habit. Da Francisco noch nicht offiziell dem Orden angehörte, trug er normale Kleidung oder vielmehr das, was Bruder Pedro für einen solchen Anlass als normal ansah: schwarzer Anzug, weißes Hemd, schwarze Krawatte.

Francisco empfand den Hemdkragen als Zumutung. Er bekam kaum Luft. Um nicht die Besinnung zu verlieren und weil er sich nur ungern durch allzu flammende Blicke auf die bereits im Chorgestühl wartenden Klarissen blamieren wollte, hielt er seine Augen starr auf das fünfhundert Jahre alte Kruzifix über dem Altar gerichtet. Dort wartete bereits Pedro in prächtigem Ornat. Er würde den Gottesdienst leiten.

Als der Junge zwischen den dicht besetzten Bänken hindurchstolperte, kam er sich vor wie ein Delinquent auf dem Weg zur Hinrichtung. Im Mittelpunkt der allgemeinen Aufmerksamkeit zu stehen behagte ihm nicht. Zu seinem Leidwesen besaß er, seit Pedro ihn als Findelkind aus dem Schnee gerettet hatte, eine gewisse Bekanntheit in den angrenzenden Gemeinden. Als seinerzeit nämlich die weiße Pracht, so schnell wie sie gekommen, wieder geschmolzen war, hatte jeder das grüne Dreieck im Garten vor dem Kloster sehen können. Zwar verblich der Fleck von Jahr zu Jahr mehr, aber immer noch hob er sich deutlich genug von seiner Umgebung ab, um jeden Eingeweihten an den 20. November 1975 zu erinnern – und derer gab es, wie die vollen Kirchenbänke zeigten, nicht wenige. Für Spanien besaß dieses Datum zudem historische Bedeutung, weil an ihm der Diktator General Franco hingeschieden war.

Mit weichen Knien passierte Francisco die Celda de las Conferencias, die »Zelle der Gespräche«, in der Kolumbus einst mit den Mönchen von großen Entdeckungsfahrten geträumt hatte. Den Blick fest auf das Kruzifix geheftet, versuchte er die Klarissen am Rande des Gesichtsfeldes auszumachen. Je näher er ihnen kam, desto besser gelang ihm das. Sie trugen das für die franziskanische Bewegung typische Kastanienbraun und als Gürtel einen weißen Strick. Bei den meisten ließ der Habit nur die Hände und die Gesichter frei – manche waren faltig und alt, andere weiß und frisch wie der erste Schnee. Die Frauen und Mädchen hatten ausnahmslos weiße Schleier, was sie als Novizinnen auswies. Auch zwei oder drei Schwestern vom Dritten Orden waren zu sehen, die nicht unbedingt in klösterlicher Gemeinschaft leben mussten; die Professen des Zweiten Ordens hätte wohl selbst der »Wächter« von La Rábida nicht aus ihrer Klausur gelockt.

Endlich erreichte Francisco seinen Platz in der vordersten Bank. Bruder Gaspar schob ihn in die richtige Position. Der Junge sackte auf seinen Sitz. Das letzte *Gong!* der bronzenen Glocke verhallte. Der Chor erhob sich zum Gesang.

Und dann schwebte ein Engel durch den Raum.

Nicht anders wirkte auf Francisco die reine, zarte, betörend helle und dabei doch ein wenig schwermütige Stimme der Vorsängerin, die sich aus dem gespannten Schweigen der Gemeinde erhob; sie konnte höchstens so alt wie er sein und musste, ihrem weniger strengen Habit nach zu urteilen, eine Kandidatin der Schwestern des Dritten Ordens sein. Ihre Augen strahlten wie blaue Sterne und mehrere dunkelbraune Strähnen ihres glatten feinen Haars lugten vorwitzig unter der Kopfbedeckung hervor. Franciscos Herz machte einen Sprung. Am liebsten hätte er in diesem Augenblick dem liebreizenden jungen Gesicht, das da mit entrücktem Blick unter dem lockeren weißen Schleier hervorschaute, die Sterne vom Himmel geholt.

Nach kurzer Zeit schlossen sich der Schönen die Gefährtinnen an. Der *cantus choralis* bedurfte keiner Orgelbegleitung, um die versammelte Zuhörerschaft in sprachloses Entzücken zu versetzen. Die Eingangshymne war dem Kirchenlehrer Bonaventura gewidmet, möglicherweise ein von Bruder Pedro inszenierter Wink mit dem Zaunpfahl im Hinblick auf die Karriere seines Zöglings, denn der gerade besungene Heilige war einst Generalminister des Ordens gewesen. Francisco kannte das Lied – er pflegte selbst regelmäßig mit seinen Brüdern in diesem geschichtsträchtigen Bau zu singen –, aber er war im Moment für jegliche Hintergründigkeiten unempfänglich. Er konnte nur dem Gesang der Klarissen lauschen, den er wie süßen Honig schmeckte und darüber alles vergaß. Ihre elysischen Stimmen erfüllten das Kirchenschiff in vollkommener Harmonie, beinahe so, als sänge da nur ein einziges überirdisches Wesen. Und das alles nur für ihn! Unwillkürlich bekam er eine Gänsehaut.

Die meisten Silben des Textes bestanden aus einer ganzen Folge von Tönen, die ruhig an dem Jungen vorüberzogen wie einzelne Wolken an einem strahlenden Sommertag. Und ebenso versunken, wie er manchmal im Kreuzgang des Klosters saß, und den immer wieder neuen »Wattefiguren« am Himmel nachschaute, starrte er jetzt die schöne Vorsängerin an. Zunächst schien sie seine Blicke nicht einmal zu bemerken, aber dann sah sie doch zu ihm herüber und Franciscos Herz hüpfte ein weiteres Mal.

Die Reaktion aufseiten der Schönen war hingegen anders als erwartet. Ihre Augen wuchsen mit einem Mal zu beträchtlicher Größe und plötzlich – gerade intonierte sie einen komplizierten Lauf – versagte ihre Stimme.

Francisco fühlte sich schuldig. Sein unverwandter Blick musste sie aus dem Konzept gebracht haben. Am liebsten wäre er im Boden versunken. Das Blut schoss ihm in den Kopf. Oder hatte dieses engelsgleiche Geschöpf etwa wie er empfunden, in ihm ein Spiegelbild des Herrn gesehen? War das Mädchen deshalb ins Stocken geraten? Jedenfalls wurde ihm schwindelig. Die

Schwestern im Chorgestühl wirkten für ihn schlagartig wie eine ausgebleichte Fotografie, in der nur noch die Farbe blau übrig geblieben war. Aber es sollte noch schlimmer kommen.

Jetzt deutete das Mädchen auch noch auf ihn.

Mit ausgestrecktem Arm stand sie da und während ihr Zeigefinger unverwandt auf Franciscos Gesicht zielte, rief sie mit ihrer glockenhellen Stimme: »Er hat das Stigma des Herrn!«

Das war zu viel für den Jungen. Schamrot schlug er die Augen nieder und wünschte sich, unsichtbar zu werden. Genau das Gegenteil passierte. Während er noch den Blick starr auf die ineinander verkrampften Hände hielt, wurde ihm bewusst, dass diese leuchteten. Ja, sie strahlten zunehmend heller in einem blauen Licht, das direkt von jenen Sternen zu stammen schien, die er doch eigentlich der Vorsängerin hatte verehren wollen. O wie er diesen Wunsch nun bereute!

Auch in der unmittelbaren Umgebung hatte sich inzwischen einiges abgespielt. Gaspar war neben ihm aufgesprungen, um Abstand von dem möglicherweise nicht ganz ungefährlichen Nachbarn zu nehmen. Die geschlossene Formation der rechts und links vor dem Altar stehenden Klarissen löste sich rapide auf. Einige Schwestern rannten ängstlich in möglichst weit entfernte Winkel. Andere näherten sich sogar in ehrfurchtsvollem Staunen. Auch Guardian Pedro rückte langsam vor. Auf seinem Gesicht lag ein Ausdruck besorgter Verzücktheit. Hinter sich vernahm Francisco ebenfalls aufgeregte Stimmen sowie das Knarren von Kirchenbänken.

Noch immer blickte er starr nach unten und nun sah er den ersten Blutstropfen.

Prall und schwer fiel er von irgendwo aus dem Gesicht des Jungen genau auf das schmale Stück des weißen Ärmels, das unter dem schwarzen Jackett hervorragte. Gleich darauf traf ein zweiter Tropfen Blut Franciscos Hand. Obwohl oder vielleicht gerade weil er nicht den geringsten Schmerz empfand, fuhr er entsetzt von der Bank auf; zugleich hob er den Kopf. Als die

Klarissen nun direkt in sein Antlitz sahen, schreckten sie wie vor dem Leibhaftigen zurück. Die Schöne stand noch an ihrem Platz, den Handrücken an die Lippen gepresst, die Augen weit aufgerissen. Francisco konnte nicht verstehen, was da mit ihm geschah. Schwankend wandte er sich um.

Die Reaktion der nicht klerikalen Kirchenbesucher war noch niederschmetternder für ihn. Einige schrien vor Schreck. Andere schauderten zurück und rissen dabei Bänke um. Es gab aber auch etliche, die der Neugier erlagen und sich von ihm angezogen fühlten. Die einfachen Leute hatten mit dem Ausruf der Schwester zunächst nicht viel anfangen können. »Stigma? Was soll das heißen?«, raunten denn auch viele. Wer unter ihnen konnte schon Latein oder Griechisch und wusste, dass der Begriff nichts anderes als »Stich« bedeutete? Natürlich kannte man die Berichte von Menschen, die plötzlich die Wundmale Christi zeigten: blutige Spuren der Nägel an Händen und Füßen oder auch jene der Dornenkrone auf der Stirn. Aber hatte der Heiland auch eine Verletzung am rechten Wangenknochen gehabt?

Nachdem zumindest für die Schöne das blutige Zeichen des Jungen Beweis genug war, ihn als Empfänger eines himmlischen Zeichens zu identifizieren, schlossen sich auch zahlreiche andere Wundergläubige an. In dem Maße wie Franciscos blaue Aura verblasste, rückten seine Bewunderer näher. Bald war er von allen Seiten umringt. Hände wurden nach ihm ausgestreckt. Sie hielten Taschentücher, um wenigstens einen Blutstropfen aufzufangen, oder betasteten ihn, damit etwas von seiner Kraft auf sie übergehe. Manch weiter hinten Stehender bediente sich ruppiger Methoden, um auch zu seinem Recht zu kommen. Irgendjemand schrie: »Er ist ein Knecht des Beelzebub!« Was andere zu der Erwiderung veranlasste: »Du Hornochse, meinst du, der Teufel wagt sich an diesen geweihten Ort?« Die Begeisterung für den Wunderknaben überwog und sie drohte zunehmend in einen Tumult umzuschlagen.

Francisco, dem die mysteriösen Erfahrungen am eigenen Leib

schon genügend Anlass zur Besorgnis gaben, bekam es nun richtig mit der Angst zu tun. Die Augen weit aufgerissen, suchte er nach einem Fluchtweg, den es aber nicht gab. Kurz sah er das Antlitz der Schönen in der wogenden Menge aufblitzen; sie hatte Augen so blau wie das Herz des Ozeans. Ihre Hand, zart und weiß wie ein wunderschöner Schmetterling, war nach ihm ausgestreckt, näherte sich seinem Gesicht. Ganz sacht berührte sie ihn, als hätte jener weiße Falter seine Wange geküsst. Dann drängten die anderen sie grob zurück und die Schöne verschwand, als hätte sie das aufgewühlte Meer verschlungen. Zwei blutrote Fingerkuppen waren das Letzte, was er von ihr sah.

Hierauf spürte er einen harten Schlag am Hinterkopf und verlor die Besinnung.

Francisco erwachte. Um ihn herum war es wunderbar still. Der Tumult schien nurmehr ein böser Traum zu sein. Sein Körper lag eindeutig nicht auf dem kalten Steinboden der Kirche, sondern auf einer Matratze. Der Junge schlug die Augen auf.

Bruder Pedro, über ihn gebeugt, hatte seinen Schützling eben noch sorgenvoll gemustert, doch jetzt begann sein Gesicht vor Glück zu strahlen. »Gelobt sei der Herr, du bist wieder unter uns!«

»Wo war ich denn?«, krächzte Francisco. Als er sich umsah, erblickte er die vertraute Schlichtheit seiner Zelle.

Der Guardian reichte ihm von einem Tischchen neben dem Bett ein Glas Wasser. »Das kannst nur *du* wissen, mein Sohn. Hier, trink einen Schluck.«

Francisco gehorchte. Als er den Kopf hob, durchfuhr ihn ein grauenvoller Schmerz und er stöhnte.

»Was ist?«, fragte Pedro besorgt.

»Ich habe das Gefühl, mein Kopf ist eine Glocke und irgendjemand schlägt andauernd mit einem Klöppel dagegen. Was ist mit mir passiert?«

»Jemand wollte dir den Teufel austreiben. Er meinte, mit einer dicken Altarkerze müsste es gehen. Zum Glück hat er nicht richtig getroffen. Du hast nur eine Gehirnerschütterung, sagt der Arzt.«

Francisco schloss für einen Moment die Augen, wartete, bis der Schmerz nachließ, und versuchte sich zugleich das Durcheinander vorzustellen, das nach Einsetzen seiner Ohnmacht in der Kirche geherrscht haben musste. »Die Leute werden mich in Zukunft noch mehr anstarren«, murmelte er bitter und hob erst dann die Lider.

»Damit wirst du leben müssen. Es stehen immer noch viele Kirchenbesucher vor der Klosterpforte und beten für deine baldige Wiederherstellung. Stündlich kommen neue hinzu. Ich fürchte, mein Sohn, das ›Wunder von La Rábida‹ wird bald ganze Scharen von Pilgern anlocken. Immerhin halten dich nur wenige für einen Besessenen. Die überwältigende Mehrheit teilt mit mir die Ansicht, dass du ein vom Herrn Gesegneter bist.«

»War es der himmlische Vater, der seinem Sohn die Wundmale beigebracht hat?«

»Wie kannst du so etwas sagen, Francisco!«

»Dann verstehe ich nicht, warum Gott mir die Wange aufschlitzt. Schreibt nicht Jakobus, der Bruder unseres Heilands: ›Lauter gute Gaben, nur vollkommene Gaben kommen von oben, von dem Schöpfer der Gestirne‹? Ich kann an einer aufgeschlitzten Wange nichts Gutes finden.«

»Jakobus hat aber auch – übrigens im selben Kapitel seines Briefes – geschrieben, wer zweifelt, gleiche einer Meereswoge, die vom Wind gepeitscht und hin und her getrieben werde. Solche Menschen könnten nicht erwarten, dass sie vom Herrn etwas empfangen; sie seien in sich gespalten.«

»Dann bin ich eben gespalten.«

Der Guardian schnappte nach Luft. Solche Widerworte war er nicht gewohnt. Aber dann besann er sich der besonderen Umstände – des Schlags auf den Kopf – und lächelte nachsichtig. »In deinem Alter ist es normal, sich innerlich zerrissen zu fühlen,

Francisco. Versuche, etwas mehr Vertrauen in die Ratschlüsse unseres Herrn zu gewinnen, auch wenn seine Wege dir manchmal unergründlich erscheinen.«

»Sind sie das für dich etwa nicht, Bruder Pedro? Was ist *wirklich* mit mir passiert? Ich meine nicht die Gehirnerschütterung, sondern dieses Licht. Und dann das Blut in meinem Gesicht.« Francisco tastete nach seiner rechten Wange und spürte ein mit Verbandsmaterial unterfüttertes Pflaster.

»Du hast einen sauberen Schnitt über dem rechten Jochbein, nicht sehr tief, wie Doktor Rocho meinte. Er hat die Wunde gereinigt und geklammert.«

»Das ist mir im Moment ziemlich egal. Ich möchte wissen, was das zu bedeuten hat.«

»Eigentlich hoffte ich, du könntest diese Frage *mir* beantworten, Francisco?«

»Ich? Nein. Da war mit einem Mal dieses Leuchten auf meinen Händen, dann das Blut und …« Der Junge wollte den Kopf schütteln, scheiterte jedoch schon im Ansatz – der Schmerz war einfach zu stark.

»Was ist mit dem Staub?«

»Welcher …?«

»Fein zerriebener Lehm. Dein Anzug war ganz voll davon. Bruder Christiano meinte, den hätten wir nirgendwo im Klostergarten.«

Franciscos Mund stand zwar offen, aber es kam kein Ton heraus. Anstatt zu begreifen, war er nun noch verwirrter.

Die Augen des Guardians wurden glasig, als er nachdenklich die Wand über dem Bett ansah. Nach einer Weile schüttelte er den Kopf und wandte sich wieder seinem Zögling zu: »Hat es sich denn nicht irgendwie angekündigt?«

»Ich weiß nicht. Wie meldet sich ein Wunder an? Es ist das erste Mal, dass ich so etwas erlebe.«

Pedros Miene wurde sehr ernst. »Das stimmt nicht.«

»Natürlich. Ich müsste doch wissen, wenn …« Der Junge verstummte, weil ihn der bohrende Blick seines Mentors ahnen ließ, dass es da etwas gab, das er noch nicht wusste. Franciscos Stimme war sehr leise, als er schließlich fragte: »Damals, als du mich draußen im Garten gefunden hast – was ist da wirklich geschehen?«

Der Guardian antwortete nicht sogleich. Er schien einen inneren Kampf mit sich auszufechten, was einige Zeit in Anspruch nahm. Schließlich seufzte er und erzählte die ganze sonderbare Geschichte von dem blau leuchtenden Findelkind, das er Francisco genannt und im Kloster aufgenommen hatte. Als er es taufte, gab er ihm – in Anlehnung an die Lichtengel des Alten Testaments – den Familiennamen Serafín. In all den Jahren, gestand Pedro, habe er aufmerksamer über seinen Zögling gewacht als über das restliche Kloster. Nicht nur die erstaunliche Auffassungsgabe Franciscos sei ihm dabei aufgefallen, sondern auch dessen unglaubliches Geschick, Verlorenes wiederzufinden. So ein Kind müsse eine Geschenk Gottes sein und heute habe er den Beweis dafür gesehen, schloss Pedro seinen Bericht.

Francisco ließ den Kopf ins Kissen sinken und starrte an die Decke. Unvermittelt sagte er: »Ich war so zappelig in letzter Zeit.«

»Zappelig ist gar kein Ausdruck! Du hast Bruder Bartoleme in Grund und Boden gerannt.«

»Irgendwie habe ich ihn übersehen.«

»Das ist bei Bruder Bartoleme nicht schwer. Deine Gedanken waren bei den Klarissen, vermute ich.«

Francisco schwieg.

»Kennst du ein Mädchen namens Clara? Sie lässt dich grüßen und erkundigt sich nach deinem Wohlergehen.«

Dem Jungen wurde plötzlich heiß. »Clara? So hieß die treue Gefährtin des heiligen Franz.«

»Willst du dich über mich lustig machen, Francisco? Das Mädchen, von dem ich rede, ist knapp so alt wie du und besitzt eine wunderbare Stimme. Deswegen durfte sie beim Gottesdienst den Chor der Klarissen als Präzentorin anführen, obwohl sie selbst keinem regulierten Orden angehört –, wie sie mir versicherte, will sie sich außerhalb der klösterlichen Gemeinschaft dem Dienst am Menschen widmen.«

»Die Vorsängerin …?« *Die Schöne!,* fügte Francisco im Geist hinzu und beteuerte in aller Aufrichtigkeit: »Ich habe sie heute zum ersten Mal gesehen.«

»Nun, jedenfalls scheinst du Eindruck auf sie gemacht zu haben und das nicht nur, weil dir dieses Mal gegeben wurde.« Pedro deutete auf des Jungen Wange. »Wenn ihr euch allerdings nicht kanntet, dann erscheint mir deine Nervosität im Vorfeld des heutigen Gottesdienstes mehr als nur die Ungeduld eines pubertierenden Knaben gewesen zu sein. Könnte sie noch eine andere oder sagen wir besser *zusätzliche* Ursache gehabt haben?«

»Möglich.« Francisco wollte das Gespräch nur ungern von dem engelsgleichen Wesen fortdriften lassen.

»Und welche?«

»Ich weiß nicht.« Vielleicht sollte er die rätselhafte Unruhe erwähnen, für die er sich in Ermangelung besserer Erklärungen allerlei Ersatzgründe zurechtgelegt hatte. Über seine Glaubenskrise zu reden, fühlte er sich im derzeitigen Zustand ohnehin nicht in der Lage.

Sein Mentor blieb unerbittlich. »Denk darüber nach, Francisco!«

»Wie soll ich das erklären? Mir war so … kribbelig. So ein Gefühl kenne ich nur, wenn bald etwas ganz Großes passiert. Ich habe mich so sehr darauf gefreut, dass die Klarissen heute nur für mich singen würden!«

Pedro nickte bedeutungsschwer. »Ich bin überzeugt, deine Unrast rührt nicht allein von der Erwartung her, dass ein paar Evastöchter für dich singen werden. Du spürst, wenn es sich nähert.«

»Es? Was ist dieses *Es,* Bruder Pedro?«

Der Mönch legte sacht seine Hand auf Franciscos gezeichnete Wange. »Ich weiß es selbst nicht, mein Sohn. Aber wenn es irgendetwas gibt, das wir ergründen müssen, dann das. Niemand, und das kannst du mir glauben, wirklich *niemand* bekommt solche Gaben in den Schoß gelegt ohne einen Zweck.«

DRITTE WELLE

7
Die Treibjagd
ANX

Im Prinzip konnte ein Schiff wie die *Tanhir* nicht einfach verschwinden. Anders als ein Gebäude verfügte es jedoch über einen entscheidenden Vorteil: Es war beweglich. Kapitän Jobax wusste diesen Umstand auf meisterliche Weise für sich zu nutzen. Nicht von ungefähr stand er in dem Ruf, jeden Schachzug seiner Gegner vorauszuahnen. Baqats Beobachtungssatelliten tasteten zwar regelmäßig die Oberfläche von Anx ab, aber selbst wenn sie den Dreimaster entdecken sollten, würden sie ihn bei der nächsten Umrundung des Planeten vermutlich schon wieder verloren haben.

Topra hatte keine Ahnung, wie sein Ziehvater an die Informationen über Umlaufzeiten und Suchfenster der Himmelsspione gekommen war, aber er hatte es ohnehin längst aufgegeben, sich über Jobax' weit reichende »Geschäftsbeziehungen« den Kopf zu zerbrechen. In den letzten zweiundvierzig Monaten war die Besatzung der *Tanhir* mehrmals in bedrohliche Situationen geraten, aber die Listigkeit des Kapitäns hatte sie bisher immer gerettet.

Die Jagd auf das Segelschiff war bereits kurz nach dem Überfall in Lamu eröffnet worden. Im Nachhinein hatte sich Topra oft über die eigene Hitzköpfigkeit an diesem Tag geärgert. Der Spion mit dem Ziegenbockgesicht war Zeuge der törichten Rauferei in der himanischen Hafenstadt gewesen. Es dürfte ihn wenig Mühe gekostet haben, die einheimischen Jungen wiederzufinden und auszuhorchen. Selbst wenn Topra seine Zugehörigkeit zur Besatzung der *Tanhir* gegenüber den Langhemden nicht hundertprozentig zugegeben hatte, war doch sein

Verhalten kaum anders zu deuten gewesen. Wohlweislich hatte Jobax südlichen Kurs genommen, weg vom Herzland seines Gegners und näher heran an die unabhängige Rebellenrepublik im Süden des Schwarzen Kontinents. Nach kaum einer Woche war dann ein baqatisches Kriegsschiff am Horizont aufgetaucht.

Für den Kapitän der stählernen Korvette hatte es nach einer leichten Übung ausgesehen. Nach allen Regeln der Seekriegskunst war ihm der antiquierte Dreimaster hoffnungslos unterlegen. Während wolkenbruchartige Schauer gerade den Beginn der Regenzeit einläuteten, kreuzte die *Tanhir* bei stürmischem Wind und hoher See im Gebiet einer tropischen Inselgruppe. Jobax dachte allerdings nicht daran, die Segel zu streichen, sondern machte sich die vermeintlich widrigen Umstände zu Verbündeten.

Obwohl die Sicht infolge des strömenden Regens gegen null tendierte, steuerte er sein Schiff mit schlafwandlerischer Sicherheit durch die küstennahen Gewässer. Die *Tanhir* konnte nämlich, so altertümlich sie auch anmutete, mit einigen hochmodernen »Überraschungen« aufwarten. Diese wurden von einem zentralen Kommandostand an der Vorderfront des Achterhauses aus kontrolliert, der allerdings mehr einer verglasten Veranda als der Brücke eines modernen Handelsschiffes glich. Von derart rührenden Versatzstücken überkommener Zeiten durfte man sich jedoch nicht täuschen lassen. Das Herz des »Falken« war ein ungemein starker Wasserstoffmotor der neuesten Bauart. Die Maschine machte das rasche Manövrieren in den Untiefen vor den Inseln überhaupt erst möglich. Der Korvettenkapitän schien sich in dem Gebiet weit weniger gut auszukennen und so geschah, was Jobax erhofft hatte: Der Verfolger blieb an einer Sandbank hängen, während die *Tanhir* mit Volldampf entkam.

Seitdem hatte Topras Ziehvater die von Baqat kontrollierten Gewässer weitgehend gemieden. Im Land Karroo, an der Südspitze des Schwarzen Kontinents, genoss die Supermacht keinen so glänzenden Ruf, wie es die Propaganda des Pharaos gerne behauptete. Baqatische Exilanten waren, wenn sie der Wirtschaft Karroos nützten, im Land jedoch gerne gesehen. Jobax unterstützte den küstennahen Handel, was ihm und seiner Besatzung mehr als drei Jahre lang ein gutes Auskommen sicherte.

Dann begann sich Unmut zu regen. Fünf seiner neun Matrosen hatten Familie und sosehr die Männer ihren Schiffsjungen auch liebten, drängte es sie doch nach Hause. Hinzu kam Topras wachsendes Verlangen, endlich mit der Suche nach Hobnaj und Gisa zu beginnen. In den letzten Wochen war er immer unruhiger geworden. Er wolle endlich zurück nach Memphis, denn nur dort, im Zentrum der Macht, werde er eine Antwort auf seine Fragen finden. Mit dieser Erklärung, fast täglich wiederholt, hatte er Jobax schließlich mürbe gemacht. Doch der Kapitän wollte die riskante Reise in den Norden nicht ohne ein paar zusätzliche Vorsichtsmaßnahmen antreten. Mit verschmitztem Grinsen hatte er verkündet: »Wir werden die gute alte *Tanhir* ein wenig liften.«

Am Fuße des Drachenberges, westlich der Stadt Umtata, war die Dhau kurz darauf einer »kosmetischen Operation« unterzogen worden. Jobax ließ überall auf dem Schiff Halterungen anbringen, in die man lange Bambusrohre stecken konnte. Innerhalb von Minuten entstand so ein Gerüst, das als »Stützkorsett« für einen Überzug aus schwarzem Segeltuch diente. Weil Jobax sein Schiff zudem neu »schminkte« – er ließ den Rumpf und sämtliche Aufbauten pechschwarz streichen, die Segel dagegen blaugrün einfärben –, bekam die *Tanhir* ein völlig neues Gesicht. Zumindest aus größerer Distanz, also für Satelliten oder in großer Höhe darüber hinwegziehende Aufklärungsflugzeuge, war ihre veränderte Silhouette damit nicht mehr wiederzuerkennen. Zur Krönung der Camouflage gab er seiner Dhau einen Decknamen. Ab sofort sollte sie nicht mehr als »Falke«, sondern als »Gepard« über das Meer rauschen – das alte baqatische Wort für die leichtfüßige Großkatze lautete *Abjamah.*

So gerüstet hatte die Reise vor einer Woche begonnen. Die als *Abjamah* getarnte *Tanhir* lief einen stetigen Nordnordostkurs. Weil die Winde günstig waren, konnte Jobax den Motor ruhen lassen. Dadurch sparte er nicht nur Treibstoff, sondern blieb auch für die nach Wärmequellen Ausschau haltenden Infrarotkameras der Himmelsspione unsichtbar.

Seit etwa drei Tagen durchquerte der »Gepard« nun schon die Meeresstraße zwischen dem Schwarzen Kontinent und der Insel Lemur. Obgleich Topra sich über den Heimatkurs freute, war er reizbar und angespannt. Zuletzt hatte er eine solche Rastlosigkeit vor dreieinhalb Jahren gespürt. Er schob das beunruhigende Gefühl auf die allgemeine Stimmung an Bord, die sich wohl erst bessern würde, wenn die *Tanhir* wieder das offene Meer erreichte. Bei den Matrosen gab es ein geflügeltes Wort: »Das Unglück ist eine Viper und baut sich sein Nest am liebsten in enger See. Dort, wo niemand ihm entkommen kann, schlägt es wie die Giftschlange plötzlich aus dem Hinterhalt zu.«

Schon glaubte Jobax, der tückischen Meerenge entkommen zu sein, als plötzlich die Schiffsglocke ertönte. Es war später Nachmittag und Topra hatte mit seinem Ziehvater gerade auf dem Dach des Achterhauses gesessen, um zu reden und die Sonne in die Nacht zu verabschieden. Sie stand bereits dicht über dem Horizont im Osten. Von dort näherte sich auch der Gegner. Er hatte den Zeitpunkt schlau gewählt, weil er im Gegenlicht mit bloßem Auge kaum auszumachen war.

Jobax beugte sich weit über die Dachkante herab und rief: »Was gibt es?«

»Da is' 'n dickes Walross auf Kollisionskurs. Scheint uns breit machen zu wollen.« Die Lagebeurteilung kam von Sabri, dem Steuermann, dessen haarloser Kopf aus dem Fenster der Brücke ragte, von wo aus er zu seinem Kapitän nach oben schielte. An Bord der *Tanhir* musste der Rudergänger zugleich den Radarschirm im Auge behalten.

Topras Blick folgte dem ausgestreckten Arm des stämmigen

Matrosen. »Die Sonne blendet zu sehr. Ich kann nichts erkennen«, sagte er.

»Ist es ein Kriegsschiff?«, fragte der Kapitän.

»Wenn 'n dicker Pott wie der so viel Fahrt aufnimmt, dann kann's nur 'n baqatischer Zerstörer sein.«

Jobax sprang vom Achterhaus aufs Deck, als wäre er der Gepard, dem das Schiff seinen Namen verdankte. »Werf die Maschine an und lass uns hier verschwinden. Wie weit ist es bis zur lemurischen Küste?«

»Etwa sechs Seemeilen.« Sabri grinste. »Aber die Untiefen fangen schon nach ungefähr drei an.«

»Dann nichts wie los!« Jobax wandte sich Topra zu, der wie sein Vater längst aufs Hauptdeck gesprungen war. »Du legst auf der Brücke inzwischen die Karten von der Nordwestküste Lemurs bereit. Ich muss noch ein paar Anweisungen geben und komme gleich nach.«

Der Schiffsjunge nickte und verschwand.

Jobax erteilte den Befehl zum Einholen der Segel. Bei dem strikten Westkurs, den die *Tanhir* nun lief, wären sie nur hinderlich. Das Gleiche traf auf die Camouflage zu. Der Kapitän ließ von seinen Männern kurzerhand das Bambusgestänge mit Entermessern dicht über den Halterungen kappen, worauf die kunstvolle Maske aus Bambus und schwarzem Segeltuch ins Wasser glitt.

Als Topra auf die Brücke stürmte, hatte der Steuermann gerade den Startknopf an seinem hölzernen Kontrollpult gedrückt. Das Wasserstoffaggregat im Maschinenraum sprang augenblicklich an. Es klang eher nach einer Turbine denn nach einem großvolumigen Motor. Die Schiffsschraube setzte sich in Bewegung. Wenig später beschleunigte die Dhau fast wie ein richtiger Gepard. Das Rennen hatte begonnen.

Auf offener See konnte die *Tanhir* trotz aller versteckter Finessen gegen einen baqatischen Zerstörer wenig ausrichten. Doch in küstennahen Gewässern besaß sie einen wesentlichen

Vorteil: Dhauen hatten einen geringen Tiefgang. Sogar auf die hochseetüchtige *Tanhir* traf das noch zu, obwohl sie natürlich mehr Wasser verdrängte als ihre leichteren Schwestern, die ausschließlich auf Süßwasserseen oder dem Nil verkehrten. Mehr als einmal hatte Jobax diesen Vorzug für sich nutzen können. Warum sollte es nicht wieder gelingen?

»Das Walross holt schnell auf«, meldete Sabri wenig später.

»Ich sehe es«, brummte Jobax, der inzwischen neben dem Steuermann stand.

»Kann ich irgendwas helfen?«, fragte Topra aus dem Hintergrund.

»Ja, fang schon mal an für uns zu beten.«

»Sieht es so schlimm aus?«

»Schlimm genug.« Jobax drehte sich zum Tisch um, beugte sich darüber und zeigte Topra einen unübersichtlichen Küstenstrich. »Da gibt es einige nette Untiefen. Wir könnten den Zerstörer vielleicht abhängen und uns zwischen den Inselchen hier verstecken.«

»Wird uns das gelingen?«

Der Kapitän richtete sich wieder auf. »Dir wohnt eine Kraft inne, die dich schon oft aus höchster Gefahr gerettet hat. Das wäre jetzt ein guter Zeitpunkt, in dich hineinzuhorchen, um dort die Antwort auf deine Frage zu finden.«

Der Rat war ernst gemeint, Topra spürte das. Ein offener Appell an sein Verantwortungsgefühl hätte kaum deutlicher ausfallen können. Das verwirrte ihn. Die Männer der *Tanhir* hatten ihm zwar nie einen Vorwurf gemacht, aber trug er nicht tatsächlich die Schuld an den Jahren ihrer Verbannung von den heimatlichen Gestaden? Und nun geriet seinetwegen sogar ihr Leben in Gefahr.

Während der Kapitän sich wieder neben den Steuermann stellte, starrte der Schiffsjunge benommen auf die Seekarte; von den Buchten und Inseln auf dem Papier nahm er nichts wahr. Was sollte er nur tun? Ihm war kein Startknopf gegeben, mit dem er diesen blauen Glanz wiedererwecken konnte, der ihn und seinen Vater vor genau dreieinhalb Jahren gerettet hatte. Verzweifelt schloss Topra die Augen und wünschte sich einen Maschinenschaden an Bord des Zerstörers. Der anschließende Blick auf den Radarschirm und die Kontrollanzeigen verriet ihm, dass es diesmal nicht klappte. Das Kriegsschiff holte weiter auf.

Mit einem Mal hatte Topra eine Idee. In Windeseile verließ er die Brücke, lief zum Niedergang und verschwand unter Deck. Kurz darauf kehrte er wieder zurück, mit einem großen Schwert auf dem Rücken. Es steckte in einer Scheide aus gepunztem Leder – ein Geschenk seines Vaters aus Karroo.

»Was willst du denn *damit?*«, rief Jobax durch das Fenster der Brücke.

Topra hob die Schultern. »Ich weiß nicht. In Lamu hat es uns doch auch gerettet.«

Kurz blieb die Miene des Kapitäns unbewegt, aber dann lächelte er und nickte.

»Land in Sicht!«, rief Sabri gleich darauf und deutete nach vorne.

Topra fuhr herum und spähte über den Bug des Schiffes. Endlich! Die *Tanhir* lief direkt auf eine Insel zu. Er beugte sich backbords über die Reling und blickte nach achtern. Der Zerstörer hob sich als dunkler Schattenriss vor der blutroten Sonne ab. »Wir können es schaffen!«, machte er sich selbst Mut. Er fürchtete, jeden Moment vor Aufregung zu platzen.

Bald wurden weitere Inseln sichtbar. Auf der Brücke begann nun eine oft durchexerzierte Routine: Jobax las die Tiefenangaben von der Karte ab, verglich sie mit den Anzeigen des Echolots und deutete das Ganze für Sabri in Kurskorrekturen um. Auf diese Weise hatten sie schon gefährliche Riffe durchquert.

Die Entfernung zum Land schrumpfte erfreulich schnell und im gleichen Maß wuchs an Bord der *Tanhir* die Zuversicht. Kaum einer ließ sich von den über Funk vom Zerstörer abgesetzten Aufforderungen zum Beidrehen einschüchtern, obwohl sie inzwischen zunehmend wie Drohungen klangen – weil der Empfänger lauter als nötig eingestellt war, konnte man die Durchsagen sogar noch an Deck verstehen. Die Besatzung der *Tanhir* blieb erstaunlich ruhig. Jeder Mann stand auf seinem Posten. Und sämtliche Augen waren auf Topra gerichtet.

»Es klappt!«, ertönte von der Brücke Sabris erregte Stimme.

»Wenn wir die Untiefe da vorne passiert haben, dann können sie uns nicht mehr folgen«, gab ihm Jobax Recht. Er war immer noch die Ruhe selbst.

Auch Topra schöpfte neue Hoffnung.

Plötzlich hörte er einen Donnerschlag. Entsetzt wirbelte er herum. Von einem Geschützrohr des Zerstörers stieg grauer Qualm auf, ein Furcht erregendes Jaulen zog über ihn hinweg, im nächsten Moment schlug höchstens hundert Faden vor der *Tanhir* eine Granate ins Wasser und explodierte. Eine Fontäne spritzte nach oben. Topra starrte entsetzt auf die toten Fische, die vom Himmel regneten. Kurz danach spürte er einen feinen Regen auf seiner Haut. Schossen sich die baqatischen Kanoniere etwa schon auf sie ein?

»Wir können's noch schaffen!«, brüllte Sabri.

»Ja!«, hauchte Topra flehentlich. »Wir müssen ihnen entkommen.«

Jobax sagte nichts. Er blickte nur mit versteinerter Miene aus dem Fenster und schien ihre Chancen gegen das Risiko abzuschätzen, elf Menschenleben zu verlieren.

Unvermittelt tauchte ein grauer Schatten hinter der nächstliegenden Insel auf.

»Verdammt! Ein Torpedoboot«, schrie Sabri erbost.

Jobax' Urteil fiel sachlicher aus. »Sie haben uns eine Falle gestellt und ich Rhinozeros bin mitten reingetappt.« Er griff zum Mikrofon und gleich darauf hallte seine Stimme laut über das Deck. »Männer! Wir können wegen der Untiefen weder nach backbord noch nach steuerbord ausweichen. Die baqatischen

Hunde werden versuchen, uns zwischen ihren Schiffen zu zermalmen oder uns mit ihren Kanonen und Torpedos zu pulverisieren. Uns auf einen Kampf einzulassen wäre glatter Selbstmord. Ihr habt mit dieser Sache nichts zu tun und sollt nicht wegen mir und Topra sterben. Um ihn allein geht es Isfets Häschern – sie wollen *meinen* Sohn! Deshalb stelle ich euch vor die Wahl: Entweder wir drehen bei und ergeben uns oder wir lassen die *Tanhir* auflaufen und versuchen uns an Land zu retten. Im letzten Fall wird man auf uns schießen und möglicherweise einige töten. Vielleicht finden wir auf der Insel auch kein Versteck und werden alle gefasst. Welche der zwei Möglichkeiten wollt ihr wählen?«

Es dauerte nicht lang, bis die Antwort kam.

»Wenn wir Isfets Marine erlauben uns zu entern, dann werden wir am nächsten Ast aufgeknüpft. Wir ergeben uns nicht!«, rief Karim.

»Kommt gar nicht infrage. Topra ist genauso auch unser Junge«, pflichtete Sabri dem Schiffskoch bei.

Die anderen Männer riefen Ähnliches, stießen die Fäuste in die Luft und brüllen in wilder Entschlossenheit.

Topra dagegen blieb still. In sich gekehrt stand er an der Reling und versuchte die ganze Tragweite seiner Lage zu begreifen, nicht nur für sich allein, sondern auch für seinen Vater und die rauen Burschen, die seine Freunde waren. In den letzten Monaten hatte er mehr und mehr Mühe gehabt, sich nicht schuldig zu fühlen. Die Irrfahrt der *Tanhir* ging schließlich auf sein Konto. Und nun sollten die Gefährten auch noch um seinetwillen sterben? Das durfte er nicht zulassen. Er musste irgendetwas tun, um wenigstens *ihr* Leben zu retten. Aber was?

Jobax hatte inzwischen den Motor drosseln lassen. Er stellte das Schiff gegen den Seeschlag und damit quer zum Feind – ein unmissverständliches Zeichen der Kapitulation. So würden die Kriegsschiffe keine weiteren Granaten oder gar Torpedos abschießen. Die Entfernung bis zum Land betrug noch etwa eine

Seemeile. Einige Matrosen würden den Strand schon unter normalen Bedingungen nur mit Mühe schwimmend erreichen können. Wie erst standen ihre Chancen, wenn man auf sie schoss?

Jobax sagte zu Sabri: »Achte auf mein Zeichen. Es bedeutet: Volle Kraft voraus! Dann hältst du genau auf den Strand zu. Alles klar?«

Der Steuermann nickte.

Hierauf wandte sich der Kapitän an seine Mannschaft. »Sobald die *Tanhir* wieder Fahrt aufnimmt, wird man das Feuer auf uns eröffnen. Deshalb müsst ihr *unbedingt* Deckung suchen! Sobald unser Schiff aufgelaufen ist, springt ihr mit den Füßen voran über Bord, versucht die Insel zu erreichen und euch in die Büsche zu schlagen. Möge der Segen des großen Schöpfers mit euch sein, Freunde.«

Die Männer hoben wie zum Gruß die Hand und wünschten sich gegenseitig Glück.

Topra stand an der Reling, die Hände fest um das Geländer geklammert, und starrte ins Meer. Die Sonne war untergegangen. Der Himmel schien feuerrot zu brennen. Schnell schwand das Tageslicht. Das Wasser sah nicht mehr grünlich aus wie eben noch, sondern wurde zunehmend grau.

Der baqatische Zerstörer drosselte nun ebenfalls seine Fahrt. Er war zu groß, um in der schmalen Fahrrinne längsseits zu gehen. Aber auf der Steuerbordseite tuckerte das wendigere Torpedoboot heran. Von dort tönten nun auch erste Anweisungen über ein Megafon herüber.

»Kapitän der *Abjamah,* befehlen Sie Ihren Männern, keinen Widerstand zu leisten, dann geschieht Ihnen nichts. Wir gehen jetzt längsseits und werden ein Enterkommando zu Ihnen an Bord schicken.«

Topras Blick sprang zwischen den beiden Kriegsschiffen hin und her. Hier wie da herrschte eine bedrohliche Betriebsamkeit. Männer in den Uniformen der baqatischen Seestreitkräfte starrten durch Ferngläser, andere hantierten mit Lichtkanonen, an Bord des Torpedobootes machte sich eine schwer bewaffnete Einheit zum Entern bereit.

»Nein! Hier werden alle sterben. Du darfst das nicht zulassen«, flüsterte Topra und schüttelte verbittert den Kopf. Das Denken fiel ihm unendlich schwer. Er sah nur einen Ausweg, um seinen Vater und die Gefährten zu retten, und sosehr er sich auch anstrengte, wollte ihm doch keine Alternative zu dem verzweifelten Plan einfallen. Allein die Vorstellung daran schien seine Beine in Blei zu verwandeln, aber das würde die Sache am Ende nur leichter machen.

Als Topra sich erneut umsah, bemerkte er viele aufgerissene Augen. Finger deuteten auf ihn, doch er beachtete sie nicht. Männer riefen Warnungen, aber er hörte es nicht. Stattdessen setzte er seinen Fuß auf die Reling. Erst jetzt fiel ihm das sonderbare Glühen seiner Arme und Beine auf. Aha! Da war er also wieder, der Glanz.

»Leider zu spät!«, flüsterte Topra und schwang sich über das Geländer.

Ein kollektiver Aufschrei hallte über das Deck. Auf den Kriegsschiffen hatte man ebenfalls die verzweifelte Tat des jungen Mannes verfolgt, ja sogar mit Videokameras aufgenommen.

Topra ging sofort unter. Er hatte nicht mehr an das Schwert gedacht. Es zog ihn mit Gewalt in die Tiefe. Früher als erwartet erreichte er den Meeresgrund – sein Vater hatte nicht von ungefähr diese Fahrrinne gewählt. Der Schiffsjunge blickte sich um. Nahe seiner blau strahlenden Hand machte sich gerade ein Seestern aus dem Staub. Dann sah Topra nach oben, wo fahl das Abendlicht auf dem unruhigen Wasser lag. Helle weißgelbe Lichter huschten darüber hinweg, vermutlich Suchscheinwerfer. Topra musste an seinen Vater denken.

Bald spürte er einen unangenehmen Druck in der Brust, der sich schnell in den Kopf fortpflanzte. Noch hatte er den Mund nicht geöffnet, um den Tod hereinzulassen. Er war auch nicht unbedingt erpicht darauf. Eigentlich hatte er den Häschern des Pharaos nur nicht als Rechtfertigung für ein Blutbad dienen mögen. Aber was, wenn sie in ihrer Enttäuschung die *Tanhir* trotzdem mit Mann und Maus versenkten?

Mit einem Mal bäumte sich der Überlebenswille des Jungen auf. Nein, er wollte noch nicht sterben. Was für einen Sinn sollte sein Tod auch haben, wenn sich dadurch nichts veränderte? Er stieß sich vom Meeresgrund ab und begann zu strampeln.

Wieder hatte er das Schwert vergessen, das ihm sein Vorhaben bald zur Qual machte. Trotzdem kämpfte er sich Faden für Faden an die Oberfläche zurück. Als sein Kopf aus dem Wasser schnellte, sog er keuchend die Luft ein. Dabei verschluckte er sich und begann zu husten. Wenigstens lebte er noch.

Erst nach einer Weile wurde er sich der Scheinwerfer bewusst. Von allen drei Schiffen waren sie jetzt auf ihn gerichtet. Neben ihm platschte ein Rettungsring ins Wasser, auf dem der Schriftzug *Tanhir* stand – ein verzeihliches Versäumnis des Kapitäns.

Doch Topra zögerte. Obwohl es ihn ungeheure Anstrengung kostete, sich und das Schwert über Wasser zu halten, griff er nicht zu.

»Nun pack ihn schon!«, rief Jobax vom Schiff und die anderen Männer feuerten Topra zusätzlich an.

»Lass dich endlich bergen, Junge!«, ertönte eine blecherne Stimme vom Torpedoboot.

Topra nahm einen tiefen Atemzug und begann zu kraulen. Sein Ziel war das kleinere Kriegsschiff. Er würde sich Pharao Isfets Schergen ausliefern, denn ihn allein wollten sie haben. Weil er in der Vergangenheit des Öfteren sowohl über als auch unter Wasser Reparaturen am Rumpf der *Tanhir* ausgeführt hatte und mit Jobax bisweilen auch einfach nur aus Spaß in den Korallenriffen rund um den Schwarzen Kontinent getaucht war, bewegte er sich im nassen Element fast so geschickt wie ein Fisch. Die Strecke zum Torpedoboot bewältigte er mit Leichtigkeit. Eine Anzahl Gesichter ragten über dem Schanzkleid hervor. Wieder warf jemand einen Rettungsring ins Wasser, den der junge Mann diesmal dankbar ergriff.

»Ich bin bereit, zu Ihnen an Bord zu kommen«, rief er nach oben.

»Als Kapitän dieses Schiffes befehle ich dir das sogar«, antwortete von dort ein rundes Gesicht.

»Wie ist Ihr Name?«

»Djedefre.«

»Und ich heiße Topra. Es geht Ihnen doch um mich, Kapitän Djedefre. Deshalb fordere ich, dass Sie die *Abjamah* und ihre Besatzung ziehen lassen. Eher komme ich nicht an Bord.«

»Du hast gar nichts zu fordern, Topra.«

»Wenn Sie meinen.« Der Schiffsjunge schob den Rettungsring von sich und machte Anstalten erneut unterzugehen.

Kapitän Djedefre mochte möglicherweise eine größere Belohnung erwarten, wenn er den Gesuchten lebend auslieferte, jedenfalls schrie er bestürzt: »Halt! Bleib da!«

Topra trat wieder Wasser. »Schwören Sie, meinem Schiff freies Geleit zu geben.«

»Das muss ich erst mit dem Oberkommandierenden des Verbands abklären.«

»Tun Sie es. Aber schnell! Das Ding auf meinem Rücken wird allmählich schwer.« Das war nicht gelogen. Topra konnte sich kaum noch über Wasser halten.

Da ein Offizier den Verlauf des Gespräches über Funk an den Zerstörer weitergemeldet hatte, ließ sich der strittige Punkt schnell klären. Kapitän Djedefre rief: »Wir sind einverstanden.«

»Dann schwören Sie, meine Leute ziehen zu lassen?«, beharrte Topra.

»Ich gebe mein Ehrenwort.«

Der junge Mann schwamm zum Rettungsring und klammerte sich daran fest. Er fühlte sich völlig ausgelaugt. »Ich warte, bis das Segelschiff Sie passiert hat.«

Zerknirscht gab der Schiffsführer entsprechende Anweisungen über das Megafon weiter. Topra konnte erregte Stimmen von der *Tanhir* hören: Man wollte ihn nicht im Stich lassen. Schließlich setzte sich Jobax durch. Sosehr er seinen Ziehsohn auch liebte, wollte er in dieser aussichtslosen Situation nicht noch das Leben seiner Männer opfern. Und wie Topra seinen Vater kannte, gab er die Hoffnung sowieso nicht auf – ein Kerker öffnete sich allemal leichter als die Pforten des Totenreichs.

Mit langsamer Fahrt tuckerte die *Tanhir* an dem Kriegsschiff vorbei. Jobax stand an der Backbordreling und blickte mit schmerzvoller Miene zu seinem Sohn ins Wasser. Dann verschwand das schwarze Segelschiff hinter dem Rumpf des Torpedobootes. Topra atmete auf. Ein paar Minuten würde er noch warten, um Jobax Gelegenheit zu geben, zwischen den Inseln zu verschwinden. Danach konnten die Häscher des Pharaos mit ihm anstellen, was sie wollten.

Die Minuten rannen zäh dahin. Djedefre versuchte den Schiffsjungen unterdessen mit freundlichen Worten zu ködern. Er fragte, was denn das für eine merkwürdige Lampe sei, die Topra wie ein Glühwürmchen blau erstrahlen lasse, bekam aber keine Antwort. Darauf verlegte sich der Kapitän auf einen rüderen Ton und drängte den Schwimmer zum Aufgeben, einmal, zweimal und als der Seemann es jetzt zum dritten Mal tat, klang er ziemlich erzürnt.

»Was denkst du Grünschnabel dir eigentlich, wer wir sind? Wenn du dir nicht sofort an Bord helfen lässt, werde ich dir eine Harpune in den Leib jagen und dich daran herausziehen lassen.«

Die Drohung in Verbindung mit dem harschen Ton blieb nicht ohne Wirkung. Einen Moment starrte Topra nur auf das vor Zorn glühende Vollmondgesicht über dem Schanzkleid und achtete nicht auf seine Umgebung. Plötzlich nahm er in der Nähe eine Bewegung wahr. Seine Augen sprangen nach links. Kurz konnte er noch einen dunklen Schemen sehen, der beim Bug des Torpedobootes im Wasser verschwand. *Taucher!*, schoss es Topra durch den Kopf. Warum hatte er daran nicht gedacht? Gleich mussten sie bei ihm sein. Obwohl ihn diese Erkenntnis – jetzt, wo er sich ohnehin ergeben wollte – eher beruhigen sollte, versetzte sie ihn in Panik. Er entledigte sich des Schwertes, stieß den Rettungsring von sich und begann wie wild zu kraulen – nicht etwa auf das Torpedoboot zu, sondern von ihm weg.

»Bleib da, du Narr, wir wollen dir doch nur helfen!«, schrie der Kapitän durchs Megafon.

Topra hörte nicht auf ihn und pflügte so schnell er konnte durchs Wasser. Doch selbst die Erregung konnte seinem Körper nur noch wenige Reserven entlocken und bald erlahmten seine Kräfte ganz. Dann fuhr ihm auch noch ein Krampf ins Bein. Hinter sich hörte er das erregte Rufen des Kapitäns.

»Da kommt etwas durchs Wasser! Bei allen Göttern! Ein riesiges Ungetüm! Kehrt zurück, Männer!«

»Aber der Junge!«, widersprach eine andere Stimme dicht hinter Topra.

»Lasst ihn. Das Monstrum soll ihn sich holen. Unser Auftrag ist trotzdem erfüllt. Aber jetzt *kommt* endlich, sonst …«

Mehr hörte Topra nicht, weil die Wellen über seinem Kopf zusammenschlugen. Der Schmerz im Bein war unerträglich, aber trotzdem kämpfte er weiter. Obwohl er dicht unter der von Scheinwerfern erhellten Wasseroberfläche schwebte, wollte ihm die Rückkehr dorthin nicht mehr gelingen. Seine Bewegungen wurden immer lahmer. Plötzlich sah er einen gewaltigen Schatten, der förmlich auf ihn zuflog. *Ein riesiges Ungetüm!* Kapitän Djedefres Schreckensruf vom Monstrum echote noch einmal durch Topras Hirn.

Das unförmige dunkle Etwas zog einen weiten Bogen. Dabei wurden seine Umrisse schnell deutlicher. Es war ein kolossaler Fisch! Seine Unterseite schimmerte einheitlich hell, indes konnte Topra auf dem dunkleren Rücken des Tieres weiße Tupfen und senkrechte Linien erkennen. Die Rückenflosse sah aus wie die eines Haies, aber der gewaltige Leib hatte die Größe eines Wals.

Nun kam dieser Gigant des Meeres direkt auf das hilflos strampelnde Menschlein zu. Einen Moment glaubte Topra ein riesiges Zyklopenauge zu erblicken, aber dann wurde ihm bewusst, dass es sich um ein ovales schwarzes Maul von solcher Größe handelte, wie er es nie zuvor gesehen hatte. Das Letzte, was ihm an dem Monstrum auffiel, waren seine richtigen Augen; winzig klein bewachten sie den pechschwarzen Rachen und schienen den zappelnden Happen im Wasser interessiert zu mustern.

Dann hatte der Fisch Topra verschluckt.

8
Der gefallene Engel
Erde

Es war kaum noch auszuhalten. Francisco unternahm keine Führungen für die Touristen mehr und zeigte sich auch nur noch selten außerhalb der Klostermauern. Lediglich ab und zu ließ er sich von Pedro vorführen. Das bedeutete dann, den Kopf durch das Fenster über der Klosterpforte zu stecken und sich mit den Huldigungen der verzückten Gläubigen überschütten zu lassen. Jemand, der am Pranger stand, konnte sich nicht elender fühlen, als Francisco es in solchen Augenblicken tat.

Abgesehen von den wenigen, die ihn immer noch für einen Komplizen des Teufels hielten, stand er mit dieser Einstellung jedoch ziemlich allein auf weiter Flur. Zwar pflegte die katholische Kirche Heilige erst nach ihrem Tod zu solchen zu ernennen, aber die Pilger hatten für den Wunderknaben von La Rábida eine Ausnahme gemacht. Sie kamen von überall, reisten sogar in großer Zahl aus Südamerika an. Erst vor gut einer Woche war eine Delegation aus Japan zu Gast gewesen. Und in fünf Tagen sollte die nächste Fleischbeschau stattfinden. Pedro hatte Francisco in sein Büro gebeten, weil er ihm eine wichtige Mitteilung machen wollte, und der Heilige wider Willen nutzte die Gelegenheit, um seiner Empörung Luft zu machen.

»Ich komme mir vor wie ein Tiger im Käfig.« Tatsächlich lief er wie eine Großkatze vor dem Schreibtisch des Guardians hin und her. Inzwischen war er – obwohl erst siebzehneinhalb und demnach noch nicht volljährig – Novize und trug das franziskanische Habit.

»Eher wie ein Braunbär«, erwiderte Pedro gelassen.

Francisco blieb verdutzt stehen. »Warum?«

»Tiger sind gestreift. Sieh dich an. Du bist braun.«

»Du nimmst mich nicht ernst, Bruder Pedro.« Franz von Assisi hatte seine Nachfolger angehalten sich als eine Gemeinschaft von Brüdern zu sehen, weshalb selbst der Guardian des Klosters nicht als Vater, Abt oder Prior angeredet wurde.

Pedro schloss die Augen, legte ein nachsichtiges Lächeln auf und sah seinen Schüler wieder an. »Müssen wir das wirklich jede Woche von neuem erörtern, Francisco? Das Wunder von La Rábida hat die Menschen tief bewegt. Jeden Tag stehen Wallfahrer vor der Tür, um einen Blick auf dich zu erhaschen. Trotzdem sehen die meisten kaum mehr als einen mit Blut und Staub bedeckten Anzug und ein paar Fotos in einer gläsernen Vitrine. Aber die heilige Mutter Kirche ist auch verpflichtet, auf die Gefühle der Menschen Rücksicht zu nehmen.«

»Habe ich etwa keine Gefühle? Bin ich etwa kein Mensch?«

»Doch, mein Sohn. Deshalb schone ich dich, wo irgend möglich.«

»Die Glaubenskongregation betrachtet Wunder mit großer Skepsis.«

»Und lässt gleichzeitig hunderttausende nach Lourdes pilgern. Es ist ein ständiges Abwägen.«

»Ich würde eher meinen, ein ausgemachter Widerspruch.«

»Francisco!«

Der junge Mann senkte den Blick. »Entschuldige. Aber ich möchte doch nur ein normaler Mensch sein, Bruder Pedro, und kein wandelndes Idol. Mir ist einfach unbegreiflich, wie oder was da überhaupt ›abgewogen‹ wird, wie du es genannt hast. Erklärt man einfach alles zum Wunder, das eine ausreichend große Zahl von Wallfahrern mobilisiert? Warum macht sich keiner die Mühe, die Person hinter dem Wunder kennen zu lernen?«

»Tue ich das etwa nicht?«

Francisco sah wieder auf und lächelte schief. »Ausnahmen bestätigen die Regel.«

»Hört, hört! Du sprichst in der Mehrzahl? Wen gibt es denn da noch, der sich für dich interessiert?«

Der Novize war plötzlich sehr intensiv in das Studium seiner Hände vertieft.

»Das Mädchen schwirrt dir nach wie vor im Kopf herum, habe ich Recht?«

Natürlich hatte Pedro das. Die Vorsängerin des Klarissenchors beanspruchte seit dreieinhalb Jahren ein nicht unbeträchtliches, wenn auch ziemlich zerklüftetes Gebiet in Franciscos Gedankenlandschaft. Nachdem er von einem »Teufelsaustreiber« niedergeschlagen worden war, hatte die Schöne sich nach ihm erkundigt, ihm später sogar einen Besuch abgestattet und sich als Clara Moguer vorgestellt. Einige Monate später war es zu einem zweiten Treffen der jungen Leute gekommen. Sie wolle dem Dritten Orden beitreten und ihr Leben in den Dienst am Menschen stellen, hatte die zauberhafte Clara ihm erzählt. In ihren blauen Augen lag ein für den Jungen ausgesprochen verwirrendes Funkeln, als sie scheinbar beiläufig hinzufügte: »Die Mitglieder der Franziskanischen Gemeinschaft dürfen übrigens heiraten.«

Wohlgemerkt, damals waren die beiden vierzehn. Nach etwa einem Jahr begegneten sie sich erneut. Wieder hatte Clara mit ihrer engelsgleichen Stimme einen Chor Klarissen angeführt. Danach begann für Francisco eine Zeit der Dunkelheit: Pedro hatte jeden weiteren Kontakt zu dem Mädchen unterbunden und seinen Schüler an die Wallfahrer ausgeliefert. So jedenfalls empfand es Francisco. Aus diesem Grund fiel seine Antwort einigermaßen kurz aus.

»Und wenn schon!«

Der Guardian erhob sich von seinem Stuhl, kam um den Schreibtisch herum und legte seine Hände auf Franciscos Schultern. Um ihm in die Augen zu sehen, musste er den Kopf zurücklegen. Seine Stimme klang sehr ruhig, verständnisvoll, aber auch ein wenig traurig. »Francisco. Mir sind Vaterfreuden nie vergönnt gewesen, weil mein Gelübde dazwischenstand. Aber du darfst mir glauben: Ich liebe dich genauso, als wärst du mein eigen Fleisch und Blut. Denkst du wirklich, ich würde irgendetwas tun oder von dir verlangen, was dir schaden könnte?«

Francisco ließ den Kopf hängen und brummte kleinlaut: »Nein. Aber ich verstehe trotzdem nicht, warum ich Clara nicht einmal mehr singen hören darf.«

Pedro seufzte. »Ich muss dir etwas beichten.«

Der junge Mann sah verwundert auf. »Du …?«

»Lass mich erzählen, bevor mich der Mut verlässt, denn ich habe länger nicht mehr darüber gesprochen, als du alt bist. Bei diesem … Geständnis geht es ebenfalls um ein Mädchen, das in meinen Augen genauso hübsch war wie deine Clara. Ich hatte mein Herz an sie verloren.«

»*Du* warst einmal verliebt?«

Pedro warf den Kopf zurück und lachte kurz auf. »Na, was denkst denn du! Ich bin doch nicht immer so ein vertrockneter knorriger Wurzelwicht gewesen wie jetzt. Das Mädchen hieß Estefanía. Sie war fast noch ein Kind, ich erst ein Milchbart, als wir uns kennen lernten. Wir hatten uns schnell ineinander verliebt und glaubten füreinander geschaffen zu sein. In meiner Brust schlugen jedoch zwei Herzen, eines gehörte dem Herrn. Fünf Jahre strichen ins Land und ich durchlief bei den Franziskanern alle Probe- und Ausbildungszeiten vom Postulat über das Noviziat bis zum Juniorat. Mein innerer Konflikt war wie ein Feuer in meinen Gebeinen und nun musste ich mich entscheiden: Ehe oder Zölibat. Ich wählte den Weg Gottes und trat in den Ersten Orden ein. Nach dem Tag meiner Ewigen Profess, kam ein Gefühl der Reue auf, das mich zu zerreißen drohte. Hätte ich das Gelübde besser nicht ablegen sollen? Ich liebte Estefanía immer noch und war sicher, ihr könne es nicht anders gehen. Wir trafen uns weiterhin – in aller Keuschheit, versteht sich –, aber damit machte ich mir meinen Weg nicht leichter. Im

Grunde leide ich heute noch unter dem, was ich ›die Pein eines ewig wunden Herzens‹ nenne. Deshalb wollte ich nicht, dass du Clara weiterhin siehst. Ich möchte dir diese lebenslange Qual ersparen.«

Francisco fühlte sich elend, weil er – zumindest indirekt – die Beweggründe seines Mentors infrage gestellt und ihn dadurch zu dieser »Beichte« genötigt hatte. Andererseits …

»Warum hast du nicht mir diese Entscheidung überlassen, Bruder Pedro?«

Wieder seufzte der Guardian. »Du bist noch so jung, mein Sohn! In deinem Alter neigt man zu dem Trugschluss, großes Wissen bedeute auch große Weisheit. Aber glaube mir, die größten Torheiten der Menschheit wurden von den gescheitesten Köpfen ausgebrütet. Wem verdanken wir denn in erster Linie die furchtbaren Kriege? Den Staatsführern, hohen Militärs, Wissenschaftlern und – ich sage das nicht gerne – führenden Geistlichen, also in Mehrheit den studierten Leuten.«

»Hier geht es nicht um Krieg, Bruder Pedro, sondern um mich.«

»Ebendeshalb, mein Sohn. Es geht um deinen Seelenfrieden.«

Francisco wollte erneut zum Widerspruch anheben, atmete stattdessen aber wieder aus. Was für einen Sinn machte es, darüber zu streiten? Ohne Frage wollte Pedro nur sein Bestes. »Was ist aus dir und Estefanía geworden? Seht ihr euch noch ab und zu?«

»Nein, denn sie lebt nicht mehr. Eine Zeit lang hatte sie sich von einem anderen trösten lassen, ohne ihn je zu heiraten.«

Francisco hörte die Bitterkeit in Pedros Stimme und schwieg. Wer war diese Estefanía? Woher stammte sie? Und warum war sie so früh gestorben?

Der Novize traute sich nicht, dieses für seinen Lehrmeister so schmerzvolle Thema weiter fortzuführen, obwohl er fast körperlich spürte, dass es da noch etwas anderes gab, das Pedro ihm vorenthielt.

Am Tag nach der »Beichte« des Guardians saß Francisco allein im Refektorium und grübelte. Die Mönche hatten ihr Mittagsmahl bereits beendet und gingen wieder ihren unterschiedlichen Pflichten nach. Pedro war nach der Sext, dem Zwölfuhrgebet, überraschend nach Huelva aufgebrochen, aber sein Schüler hatte sich ihm, aus bekannten Gründen, nicht anschließen wollen. Er fühle sich nicht wohl, lautete die nicht einmal gelogene Begründung – er war beunruhigt, weil er sich so unruhig fühlte.

Francisco saß vor einem halb leeren Teller, den Kopf hielt er auf die linke Hand gestützt. Verdrießlich schob er das inzwischen kalte Essen auf die Seite. »Ich habe schon seit gestern keinen Appetit mehr«, brummte er – der Novize neigte zu Selbstgesprächen. Langsam tauchte er den rechten Zeigefinger ins Trinkglas und malte eine feuchte Figur auf die hölzerne Tischplatte. Ein Dreieck.

Plötzlich klimperte, genau vor seiner Nase, eine Münze auf den Tisch. Francisco erschrak, ließ es sich aber nicht anmerken. Gewiss ging der Streich auf das Konto von Urbano, der in dieser Woche für den Tischdienst eingeteilt war – wegen seines ungeschlachten Wesens nannten die Mitbrüder ihn liebevoll »Poltergeist«. Eine Zeit lang rotierte das Geldstück neben dem nassen Dreieck, begann zu eiern, wurde dabei immer schneller, bis es nur noch hektisch zitterte und schließlich liegen blieb. Francisco verfolgte den Vorgang – scheinbar teilnahmslos – aus dem Augenwinkel. Er sah eine Hand nach der Münze greifen, hörte ein Schnipsen, anschließend das helle Klingen des durch die Luft wirbelnden Metalls, gleich darauf wurde es wieder aufgefangen und das silbrige Ding begann seine Pirouetten von vorn.

»Was du da eben gesehen hast, wird dein Leben verändern«, sagte eine Stimme, die Francisco nun doch zusammenfahren ließ, weil sie ihm gänzlich unvertraut war; immerhin hatte sie freundlich geklungen. Er schaute von dem rotierenden Geldstück auf, mitten in die wissend funkelnden, graublauen Augen eines gut aussehenden Fremden. Der Mann war etwa Mitte dreißig, einen Meter achtzig groß, hatte üppiges aschblondes Haar, ein kantiges, aber freundlich lächelndes Gesicht und einen schweren Knochenbau, ohne dabei dick zu wirken. Er trug weder Habit noch Priestergewand, sondern blaue Jeans und ein rotes Poloshirt. Der Besucher streckte Francisco eine kräftige Hand entgegen und sagte: »Guten Tag, ich bin Vicente.«

»Die nächste Heiligenvorführung ist erst am Samstag«, erwiderte Francisco kühl.

»Ich bin mit dem Einverständnis des Guardians hier.«

»Tatsächlich? Haben Sie ihm das da als Bezahlung angeboten, um mich mal ungestört aus nächster Nähe anschauen zu können?« Francisco deutete auf die Silbermünze, die gerade erneut zum Stillstand gekommen war. Erst jetzt fiel ihm auf, dass es sich um ein ziemlich abgegriffenes Geldstück handelte. Es musste sehr alt sein, der Prägung nach zwar spanisch, aber da hatte jemand tiefe Abdrücke in das Metall gestempelt, die ein bisschen wie die Fußabdrücke einer Krähe aussahen oder wie chinesische Schriftzeichen. Franciscos Forschergeist erwachte. Er nahm die Münze in die Hand. »Wo kommt die her?«

Vicente grinste, als habe er einen kleinen Sieg errungen, und erwiderte: »Aus drei verschiedenen Welten.«

Francisco sah genauer hin. Die Vorderseite der Münze zeigte das Profil eines Mannes, umkränzt von dem Schriftzug:

CAROLINUS IIII • DEI GRATIA • 1808

»Die wussten ja nicht mal, wie man römische Zahlen schreibt«, murmelte der Novize, schüttelte den Kopf und wandte sich wieder seinem Besucher zu. »Ein Acht-Real-Stück, aus echtem Silber, nehme ich an. Der Aufschrift nach stellt das Porträt Karl IV. dar. Das Ding wurde 1808 von der spanischen Münze geprägt. Von wegen drei Welten!«

Vicentes Gutelaunegesicht strahlte noch ein bisschen heller. »Aha!«, machte er und dehnte dieses Wort zu einem ausgesprochen langen Laut. »Wir haben es hier mit einem analytischen Geist zu tun! Ganz in der Tradition so bedeutender franziskanischer Gelehrter wie Wilhelm von Ockham oder dem guten Roger Bacon, nicht wahr? Leider ist die Schlussfolgerung nur halb richtig, eigentlich sogar nur zu einem Drittel. Das gute Stück kommt aus Potosi, einer der berühmtesten spanischen Münzstätten *Südamerikas.* Seine Formgebung stammte zwar aus der Alten Welt, aber in der Neuen nahm sie Gestalt an.«

»Wie sinnig! Sagten Sie nicht, das Ding komme aus *drei* verschiedenen Welten?«

»Und ob! Sind dir die Gegenstempel nicht aufgefallen?« Vicente zeigte auf eine Ansammlung der von Francisco schon zuvor bemerkten sonderbaren Vertiefungen.

»Sie meinen die Krähenfußabdrücke?«

»Das sind chinesische Schriftzeichen.«

»Na, so was!«

»Hm, hm. Irgendein Provinzherr im Reich der Mitte hat das spanische Geldstück aus Südamerika durch diese ›Fußabdrücke‹ zum gültigen Zahlungsmittel für sein Territorium erklärt. Der Yüan ist nichts anderes als die chinesische Variante des spanischen Peso. Du siehst also: eine Münze, drei Welten.«

Francisco empfand es als äußerst angenehm, von dem fremden jungen Mann noch nicht berührt worden zu sein. War Vicente etwa gar nicht gekommen, um sich die Heilung von einer tödlichen Krankheit, Erfolg im Geschäftsleben oder das baldige Ableben eines Feindes zu erbitten? »Was wollen Sie eigentlich, Vicente?«

»Bitte sage du zu mir.«

»Aus welchem Grund?«

»Ich möchte dein Leben verändern. Habe ich das nicht schon erwähnt?«

»Ich bin zufrieden, so wie es ist.«

»Tatsächlich?«

»Im Großen und Ganzen schon.«

»Ahaaaa! Höre ich da eine kleine Einschränkung? Das ewige Bewundertwerden hängt dir wohl schon zum Halse raus.«

Francisco zuckte die Achseln.

»Wenn einer weder weiß, woher er kommt, noch wohin er gehen soll, dann fühlt er sich manchmal zerrissen und einsam – habe ich Recht?«

Der Novize runzelte die Stirn. Woher wusste dieser Vicente, was in ihm vorging? Allmählich wurde ihm der Fremde unheimlich.

»Können wir irgendwo unter vier Augen reden?«, fragte der Besucher, weil es seinem Gegenüber augenscheinlich die Sprache verschlagen hatte.

»Meinetwegen«, willigte Francisco nach einem tiefen Atemzug ein. Er reichte dem Gast die Silbermünze und fügte hinzu: »Aber die römische Vier ist trotzdem falsch.«

»Ja«, pflichtete ihm Vicente grinsend bei. »Die Römer müssen einen guten Grund gehabt haben, warum sie die Ziffer eins nur dreimal aneinander fügten. Ich schenke dir die Münze, damit du nie vergisst, wie man sich irren kann.«

Vicente kam – nachdem sich das Gespräch in Franciscos Zelle noch kurz um das einhundertfünfundachtzig Jahre alte Geldstück gedreht hatte – schnell auf den Punkt.

»Hast du je erfahren, wer deine Eltern sind?«

Francisco erstarrte. Seine Antwort kam zögerlich. »Warum?«

Vicente nickte wissend. »Also nicht. Hätte mich auch gewundert. Möchtest du es erfahren?«

Jetzt glaubte der Novize von einem Stromschlag geschüttelt zu werden. »Was?«

»Ob du die Namen deiner Eltern erfahren möchtest?«

Francisco war nicht in der Lage, etwas zu erwidern.

»Also, deine Mutter« – Vicente hielt kurz inne, sah den Novizen forschend an und fuhr, als er mit keinem Widerspruch mehr rechnete, fort – »stammte aus Sevilla. Zuletzt lebte sie in Huelva. In ihren Adern floss blaues Blut. Sie hieß Estefanía Morales.«

»*Este–?*« Der Name blieb Francisco im Halse stecken. War es ein Zufall, dass seine angebliche Mutter genauso hieß wie Pedros unglückliche Liebe?

»Und dein Vater« – Vicente zögerte abermals, wiewohl sein Gesichtsausdruck nun weniger fragend als eher verschwörerisch wirkte – »war ein hoher kirchlicher Würdenträger.«

»Nein!«, stieß Francisco hervor, seine Hand fuhr zum Mund. War das möglich? Hatte Bruder Pedro ihn etwa angelogen? Konnte *er* sein leiblicher Vater sein? Oder stand der Mann, mit dem sich Estefanía getröstet hatte, in der kirchlichen Hierarchie noch höher?

Der Besucher nickte, als habe er die Gedanken des Novizen erraten. »Er war kein Geringerer als ein Amtsvorgänger des jetzigen Provinzialministers der Franziskaner.«

Bis jetzt hatte Francisco gestanden, aber nun gaben seine Knie nach; zum Glück stand er vor seinem Bett, das ihn auffing. Im Sitzen stotterte er: »Er … Er hieß … *Pedro Alvarez;* sein Ordensname war derselbe wie der unseres Guardians. Wieso … Ich meine, warum kommt das erst jetzt heraus? Woher wissen Sie davon? Wer sind Sie überhaupt?«

Vicente zögerte. Aber dann antwortete er: »Ich bin dein Bruder.«

Franciscos Mund stand offen, brachte aber keinen Laut hervor. Er starrte sein Gegenüber nur aus glasigen Augen an. Obwohl die vier Worte kaum misszuverstehen waren, schien sich ihr Sinn dem Novizen nicht zu erschließen. Er schüttelte den Kopf, erst langsam, dann nachdrücklich.

»Ich kann verstehen, dass dich die Nachricht umhaut«, sagte Vicente mitfühlend.

»Du … siehst mir überhaupt nicht ähnlich«, stammelte Francisco.

»Das liegt daran, dass wir zwar denselben Vater, aber unterschiedliche Mütter haben. Estefanía Morales hat mich als Säugling zu sich genommen und wie ihren eigenen Sohn aufgezogen. Du dagegen bist ihr leibliches Kind.«

»Aber der Provinziale steht doch unter Zölibat! Wie kann er von verschiedenen Frauen …?«

»Bist du wirklich so naiv, Francisco? Das Gelübde der Ehelosigkeit hat den Klerus noch nie davon abgehalten, Kinder in die Welt zu setzen. Wir beide sind das beste Beispiel dafür.«

Francisco kam nicht umhin, an die »Beichte« seines Mentors zu denken. Der in der Ordenshierarchie höher rangierende Pedro war also der Rivale des niedriger stehenden gewesen. Als Mann, der sich selbst an sein Keuschheitsgelübde hielt, musste Bruder Pedro seinen Provinzialminister verachtet haben. Ob Estefanía ihr Kind deshalb vor den Pforten La Rábidas …? Francisco erhob sich vom Bett und taumelte auf den kleinen Tisch zu, wo eine Karaffe mit Wasser stand. Er schenkte sich ein Glas ein und trank es in einem Zug aus. Erst dann wandte er sich wieder seinem Bruder zu und fragte: »Hat meine Mutter mich vor dem Kloster in den Schnee gelegt, weil sie die Schande nicht ertragen konnte, einen … ›Bastard‹ aufzuziehen?«

Vicentes Gesicht wirkte hart wie Granit. »Ich war es, der dich hierher brachte.«

»*Du?* Aber warum …?«

»Damals war ich ein Halbwüchsiger von siebzehn Jahren. Als ich meinen Vater und Estefanía tot in unserem Haus in Huelva fand …«

»*Was!?*« Dem Novizen knickten abermals die Beine weg, doch Vicente rettete ihn geistesgegenwärtig mit einem Stuhl vor Schlimmerem.

»Francisco!«, sagte er streng. »Wenn du nicht zuhörst, wirst du nie die ganze Wahrheit erfahren.«

»Entschuldige. Das ist alles ein bisschen viel für mich.«

»Schon gut. Wo war ich stehen geblieben? Ah ja! Es war der

Tag, als ein Mann von der Erde abtrat, den die katholische Kirche einst *El Generalissimo Cristianissimo de la Santa Cruzada* nannte. Als Spross der Kirche dürftest du mit den ›Ruhmestaten‹ dieses ›allerchristlichsten Oberbefehlshabers vom heiligen Kreuzzug‹ vertraut sein – Francos Nationalisten haben im Bürgerkrieg zigtausende Anhänger der Volksfront ermordet.«

»Welche sich ihrerseits aber nicht davor scheuten, achttausend Mönche, Priester, Nonnen und Novizen umzubringen.«

»Du hast Recht, der Krieg kennt keine Sieger, nur Opfer. Doch darauf komme ich noch zurück. Zumindest dürfte klar sein, dass ein Mann, der so viel Blutvergießen verursacht und das Land fünfunddreißig Jahre lang mit eiserner Faust regiert hat, nicht ohne Feinde war. Der Hass seiner Gegner galt nicht nur dem Diktator, sondern auch seinen Unterstützern. Nun gründete Franco seine Macht auf zwei Hauptsäulen: den faschistischen Movimiento Nacional und der katholischen Kirche. Unser Vater, Pedro Alvarez, war ein persönlicher Freund des Generals. Als *El Caudillo* – der angeblich von allen geliebte ›Anführer‹ des Landes – starb, kam die Stunde der Abrechnung. Nach Einbruch der Dunkelheit drangen vermummte Männer in das Haus unserer Mutter ein. Sie müssen gewusst haben, dass Vater gerade bei ihr war, um ihr am Tag deiner Geburt Beistand zu leisten. Uns beide – dich und mich – fanden sie jedoch nicht, weil ich mich mit dir versteckt hatte. Als unsere Eltern nicht mehr lebten und es im Haus wieder still geworden war, schlich ich mich hinaus. Ich musste annehmen, dass sie auch uns töten wollten. Deshalb wollte ich mich nach England durchschlagen, wo entfernte Verwandte unserer Mutter lebten. Fast schon ein Mann, so überlegte ich mir, würde ich das schaffen können, aber mit einem Neugeborenen im Gepäck wäre der Plan von vornherein zum Scheitern verurteilt. Also überquerte ich mit dir den Río Tinto, wartete vor dem Kloster, bis ich einen Mönch kommen sah, und legte dich in den Schnee. Wie die Geschichte weiterging, ist dir ja bekannt.«

Francisco war zu benommen, um Vicentes Bericht in Gänze zu erfassen. Nur einzelne Wörter waren wie Leuchtfeuer in seinem Bewusstsein emporgelodert: Vater, Mutter, Abrechnung, Mord, Schnee … »Das grüne Dreieck!«, flüsterte er.

»Wie bitte?«

»Bruder Pedro erzählte mir, er habe mich in einem Dreieck aus frischem Gras gefunden, mitten in einem Schneefeld.«

Vicentes Miene schien zu gefrieren. Seine Erwiderung klang seltsam tonlos. »Dann ist das also tatsächlich mehr als nur so eine Geschichte, eine Legende wie … «

»Das Blutmal in meinem Gesicht?«

»Ich habe die Narbe gesehen.«

»Wenn du willst, kann ich dir im Garten vor dem Kloster auch das Dreieck zeigen. Der dunkle Grasfleck ist zwar kaum noch zu erkennen, aber immer noch da. Wie erklärst du dir das?«

Mittlerweile war Vicentes Gesicht völlig erstarrt. Mit tiefer, fast beschwörender Stimme entgegnete er: »Mit den drei Welten.«

»Wie bitte?«

»Weißt du nicht mehr? Die Silbermünze. *Ein* Geldstück, das aus *drei* verschiedenen Welten kommt. Ich dachte, du würdest mich verstehen.«

»Ich verstehe nur Bahnhof, sonst nichts.«

»Schade. Aber das kann sich ja noch ändern. Ich bin da nämlich einer unglaublichen Geschichte auf der Spur. Unser Vater, der fromme Mann, hat sich mit Forschungen beschäftigt, die vielleicht nicht ganz im Sinne der Kirche gewesen sind. Schon als ich ein kleiner Junge war, hatte er mir unter dem Siegel der Verschwiegenheit von der Unsichtbaren Pyramide erzählt.«

Francisco spürte ein Kribbeln im Nacken, das sich auf seinem Schulterblatt – dort, wo das Feuermal verborgen war – zu einem Brennen entwickelte. »Eine *unsichtbare* Pyramide?«

»Der Name steht für eine Art Orden mit drei Prioren und ihren Gefährten. Die Oberhäupter der geheimen Bruderschaft bilden gewissermaßen die Eckpunkte eines Dreiangels, der aus unserer und zwei weiteren Welten besteht.«

Francisco bekreuzigte sich. »Was ist das für ein gottloses Gerede! Der Herr hat nur *eine* Erde erschaffen, nicht drei.«

»Das will ich auch nicht in Abrede stellen, Bruderherz. Das Universum wurde zerrissen, lange nachdem es gebildet worden war.«

»Und solchen Humbug glaubst du, nur weil unser Vater es einem kleinen Jungen ins Ohr geflüstert hat? Vermutlich war in den Geschichten auch von Einhörnern und Gnomen die Rede.«

»Woher weißt du das?« Vicente lächelte. »War nur ein Scherz. Nein, ich nehme diese Überlieferungen sehr ernst, weil ich mich mein halbes Leben lang intensiv mit ihnen beschäftigt habe. Eigentlich, seit ich kurz nach meiner Rückkehr aus England auf einige erstaunliche Dokumente gestoßen war. Das Klima in Spanien wurde unter König Juan Carlos mit jedem Tag freier. Deshalb wagte ich endlich Anspruch auf das Erbe meiner Mutter zu erheben. Zu meinem Leidwesen musste ich erfahren, dass sie vor ihrem Tod hoch verschuldet gewesen war und ihr Haus längst der Kirche gehörte. Unser feiner Vater hatte Estefanía mit einem Darlehen ausgeholfen und den Franziskanerorden dafür in die Hypothek eintragen lassen – so viel zu eurem Armutsgelübde.«

»Gemeinschaftlicher Besitz ist uns erlaubt«, konterte Francisco schnippisch.

Vicente schmunzelte und ließ seinen Blick durch die weiß getünchte Zelle schweifen, die nach Ordensmaßstäben geradezu luxuriös ausgestattet war – sie verfügte neben Bett, Kleiderstange, Tisch und Stuhl auch über ein beachtlich prall gefülltes Bücherregal. »Vermutlich gehören die Wälzer da nicht dir allein, sondern der ganzen Bruderschaft.«

»Allerdings.«

»Schon enorm, dass sich fromme Kirchenmänner für ägyptische Hieroglyphen interessieren.«

»Bist du hergekommen, um dich über mich lustig zu machen?«

»Nein, um dir die Augen zu öffnen. Und was die Schliche unseres Vaters betrifft – ich habe ihm verziehen. Im Nachhinein hat er das allein Richtige getan. Die persönliche Habe meiner Mutter wurde nämlich nicht von gierigen Erben zu Geld gemacht und in alle Winde zerstreut, sondern von der Provinzialverwaltung eingelagert. Niemand schien die Kisten und Bündel genau untersucht zu haben. Deshalb bemerkte man auch nicht, welche Schätze sich darin verbargen – unser Vater besaß offenbar einige Dinge, die er nur ungern dem Konvent übereignen wollte. Dazu gehörte ein nicht unerhebliches Vermögen, das er zum Teil geerbt, aber auch durch wenig fromme Machenschaften vergrößert hatte. Mir ermöglichte es meine Ausbildung und die finanzielle Unabhängigkeit. Wichtiger war allerdings das geistige Erbe: alte Schriftrollen, Pergamente und Kodizes mit den Aufzeichnungen der Hüter des Gleichgewichts.«

»Der … *was*?«

»Ganz schön viel auf einmal, was ich dir da zumute, nicht wahr? Um es kurz zu machen: Das ist nur ein anderer Name für die Prioren der Unsichtbaren Pyramide. Unser Vater war der Letzte in einer langen Reihe von Hütern und offenbar wollte er mich zu seinem Nachfolger machen – daher die frühen Unterweisungen.«

»Herzlichen Glückwunsch!« Francisco wusste noch immer nicht, was er von all dem halten sollte.

»Dir erscheint das Ganze wie ein fauler Zauber, stimmt's?«

»Wie bist du nur darauf gekommen?«

Vicente stützte seine Hände auf die Tischplatte und brachte sein Gesicht nahe vor das des Novizen. »Francisco, überleg doch mal! Die Drei ist mehr als eine normale Zahl. Denke nur an die Heilige Dreifaltigkeit. Wenn du dich etwas in der Bibel auskennst, wirst du mir zustimmen, dass dieses Wort nirgends darin vorkommt. Auch von einer ›Dreieinigkeit‹ ist da an keiner Stelle die Rede, obwohl die Lehre davon doch eine zentrale Rolle in der Kirche spielt. Christus selbst sagte im Hinblick auf das Jüngste Gericht: ›Jenen Tag aber oder die Stunde kennt niemand, auch nicht die Engel im Himmel, *nicht einmal der Sohn,* sondern nur der Vater.‹ Wie konnte Jesus so etwas behaupten? Als Teil einer dreieinigen Gottheit hätte er doch dasselbe Wissen gehabt wie sein Vater, oder? Warum wagte Satan den Sohn Gottes dreimal zu versuchen, wenn dieser der Allmächtige selbst war, gegen den er nicht die geringste Chance haben konnte? Weshalb betete Jesus bei seiner Hinrichtung: ›Mein Gott, mein Gott, warum hast du mich verlassen?‹? Wie hätte sich Gott selbst verlassen können? Auf welche Weise konnte er sich nach drei Tagen wieder auferwecken, da er doch tot war? Warum …«

»Hör auf!«, schrie Francisco und hielt sich die Ohren zu. Sein Herz klopfte wie ein Hammerwerk. Er war nicht so sehr deshalb erregt, weil Vicente an seinem Glaubensfundament rüttelte, sondern vielmehr, weil er selbst schon diese Überlegungen angestellt hatte, obwohl die Trinität doch ein heiliges Geheimnis war, das zu hinterfragen an sich schon als Sünde galt. Nichts deutete darauf hin, dass irgendeiner der Bibelschreiber eine Dreiheit in Gott auch nur vermutet hätte, und trotzdem wurde sie von der Kirche als Dogma gelehrt. Diese Unstimmigkeit hatte ihm schlaflose Nächte bereitet. Und so wiederholte er jetzt auch nur lahm die ihm von Bruder Pedro vorgeschlagene Formel. »Die Dreifaltigkeit ist ein heiliges Geheimnis.«

In Vicentes Augen lag ein triumphierendes Glitzern. »Ein Geheimnis ist sie den meisten Menschen wohl – aber heilig? Ich würde die Lehre von der Dreifaltigkeit eher als spirituelle Verbrämung der stofflichen Wirklichkeit ansehen, als eine der Religion dienlich gemachte Umschreibung für das dreigeteilte Universum.«

»Worauf willst du hinaus?«

»Ganz einfach: Als die Welt in drei Teile zerfallen und dabei fast untergegangen war, wussten die Überlebenden sehr genau, welcher Frevel an der Natur dahinter stand. Um eine möglicherweise noch schlimmere Wiederholung des Unglücks zu verhindern, hatte die Unsichtbare Pyramide eine geschickte Legende gesponnen – die Bruderschaft konnte die Wahrheit zwar nicht völlig unterdrücken, sie aber sehr raffiniert ›verkleiden‹. Schau dich einmal um in den Religionen der Welt. Überall findest du Göttertriaden: Horus, Osiris und Isis im alten Ägypten; Ischtar, Sin und Schamasch in Babylon; die Palmyra-Triade; die hinduistischen und buddhistischen Dreiheiten im fernen Indien …«

»Ich habe davon gelesen«, unterbrach Francisco seinen Bruder. In seinem Kopf drehte sich alles.

»Und es hat dich nie nachdenklich gestimmt?«

»Doch«, knurrte Francisco.

»Das tröstet mich. Ich will dir nicht deinen Glauben nehmen, Bruder. Aber noch einmal: Vielleicht kann ich dir die Augen öffnen. Überlege doch: Die Zahl Drei durchzieht unser ganzes Leben, wie schon unser vorheriges Gespräch über die Acht-Real-Münze gezeigt haben dürfte. Oder nimm nur die Tiara. Du weißt besser als ich, dass sich der Heilige Vater bis vor kurzem noch mit dieser dreifachen Krone geschmückt hat, angeblich ein Symbol seiner Macht über Himmel, Erde und Hölle. Aber dieses Insigne ist älter als die katholische Kirche. Schon die heidnischen Könige Assyriens und Persiens trugen Tiaren. Warum wohl? Könnten sie nicht auch kaschierte Relikte des Anspruches auf die Herrschaft über das dreigeteilte Multiversum sein?«

»Du bist auf dem besten Wege, dich zum Narren zu machen.«

»So? Und du kannst nicht alles ins Lächerliche ziehen, Francisco. Da in deinem Regal steht ein Buch über Hieroglyphen. Ich bin zwar Altertumsforscher, aber die ägyptische Schrift ist mir nur bruchstückhaft vertraut. Soviel ich weiß, besitzt sie keine Vokale, weshalb man von vielen Worten heute nicht mehr ihre ursprüngliche Aussprache kennt. Ein Begriff ist mir trotzdem haften geblieben: *xmt.* Wer kann schon sagen, welche Selbstlaute die alten Ägypter ihm gaben? Xamt? Xomot? Xumat? Ist auch egal. Wirklich beeindruckt haben mich die unterschiedlichen Bedeutungen dieses Wortes, das für die Zahl Drei steht.«

Francisco lief ein kalter Schauer über den Rücken. Er kannte den Sinn des Begriffes sehr genau, wagte aber nicht ihn auszusprechen.

Vicente nahm darauf keine Rücksicht. »Das Wort kann auch ›Empfänger‹ bedeuten oder ›Demiurg‹. Du weißt, was ein Demiurg ist?«

»Ein Weltenschöpfer«, hauchte Francisco.

»Du sagst es. Ein Weltenbaumeister, der die chaotische Materie zum geordneten Kosmos formt. Findest du es nicht höchst merkwürdig, dass die Ägypter ausgerechnet der Zahl Drei diese tiefere Bedeutung gegeben haben?«

Francisco drückte sich um eine direkte Antwort. »Warum bist du zu mir gekommen, Vicente?«

Der Angesprochene breitete die Arme aus. »Weil ich endlich mein Bruderherz wiedersehen wollte.«

»Das ist dir ziemlich spät eingefallen.«

»Na gut, ich gebe zu, dass mir lange Zeit anderes wichtiger war. Ich hatte ja nie ein richtiges Verhältnis zu dir aufbauen können, weil wir uns am Tag deiner Geburt schon wieder trennen mussten. Außerdem darfst du nicht vergessen, welche Todesangst ich hatte, nachdem ich quasi Zeuge des Mords an unseren Eltern geworden war. Erst kam die Flucht zu den Verwandten ins Ausland – glücklicherweise haben sie mich aufgenommen –, dann die Schule, später die Universität. Du warst für mich nur noch eine ferne Erinnerung. Aber dann fiel es mir wie Schuppen von den Augen. Mir wurden während meiner archäologischen Studien plötzlich Zusammenhänge klar, die nur zu verstehen sind, wenn man die Schriften aus Vaters Nachlass kennt. Auf der ganzen Welt gibt es Pyramiden, riesige ›magische Dreiecke‹. Einige Wissenschaftler sehen in dieser Form nur den in Stein gebannten Lauf der Sonne am Himmel – erst geht sie auf, dann wieder unter. An ihrem höchsten Punkt befand sich der Thron Gottes.«

»Du solltest einen Götzen nicht mit dem himmlischen Vater verwechseln!«

»Um die Pyramiden zu verstehen, musst du dich in die Gedankenwelt ihrer Erbauer versetzen, Francisco. Nimm nur die Ruinenstadt am Euphrat, über der einst der wohl berühmteste aller Türme aufragte. Babylons Name bedeutet in Sumerisch und Akkadisch ›Gottespforte‹ oder ›Tor Gottes‹. Von Herodot wissen wir, dass dort eine gewaltige Zikkurat stand, also eine Stufenpyramide. Ihre Verwandten findest du in Süd-, Mittel- und sogar Nordamerika, auf unseren Kanarischen Inseln, in der französischen Bretagne, im englischen Glastonbury, am Indus, ja sogar vor der Küste Japans soll es im Meer Pyramiden geben, von Ägypten ganz zu schweigen. Könnte diese globale Übereinstimmung nicht einem gemeinsamen Zweck dienen?, fragte ich mich irgendwann. Aus den Unterlagen unseres Vaters erfuhr ich viel über heilige Stätten oder das, was frühe Kulturen dafür hielten. Nicht selten haben die Menschen an solchen Orten Pyramiden errichtet, weil dort ihrer Vorstellung nach besondere Kräfte wirkten. Ich teile diese Ansicht, obwohl ich noch nicht herausgefunden habe, wo und wie das Multiversum verankert ist.«

»Was meinst du eigentlich mit ›Multiversum‹?«

»Die Gesamtheit aller Universen. Du kennst bestimmt den Physiker Richard Feynman.«

»Nie gehört.«

»Er war ein Genie mit vielseitigen Interessen – unter anderem hat er Maya-Schriftzeichen entziffert. Berühmt wurde er durch seine so genannten ›Feynman-Geschichten‹. Er geht davon aus, dass es nicht nur ein, sondern eine Vielzahl von Universen gibt. Anders ausgedrückt: Unsere Welt hat nicht nur eine Geschichte, sondern jede mögliche.«

»Das spricht gegen jede Vernunft!«

»Offenbar nicht deutlich genug, um einen Streit unter Physikern zu verhindern – gewöhnlich sind das sogar ausgesprochen rationale Leute. Feynman schlug vor, dass nicht jede Geschichte des Universums eine Überlebenschance hätte. Sie muss sich mit dem *anthropischen Prinzip* vereinbaren lassen.«

»So?«

»Ja. Das anthropische Prinzip besagt, das Universum müsse mehr oder weniger so sein, wie wir es sehen, denn wäre es anders, gäbe es niemanden, der es beobachten könnte. Klar?«

»Physik ist nicht eben meine Stärke. Was hat dieser Feynman mit dem Vermächtnis unseres Vaters zu tun?«

»Nun, ich glaube, die Unsichtbare Pyramide war dem genialen Physiker um eine Nasenlänge voraus.«

»Ach!«

»Gewiss doch! Die Bruderschaft hat nämlich herausgefunden, dass genau *drei* Geschichten des Universums das Zeug dazu hatten, zu überleben. Genau genommen ist das *Multi*versum daher nur ein *Tri*versum.«

Francisco schwirrte der Kopf. »Scheinbar hast du dir fest vorgenommen, mich zu verwirren.«

»Das kommt dir nur so vor, Bruderherz. Bald wirst du erkennen, welche Rolle dir in dieser multiversellen Konstellation zugedacht ist. Du bist nämlich der Schlüssel zum Ganzen. Als ich all diese Dinge begriff und mich wieder an die Legende vom grünen Dreieck erinnerte, in dem man dich gefunden haben soll, ahnte ich, dass der Zeitpunkt deiner Geburt möglicherweise kein Zufall war. Vater hatte sogar eine Hebamme gedungen, die deiner Mutter ein Mittel zur Stimulierung der Wehen verabreichte. Er wollte, dass du genau am 20. November 1975 zur Welt kommst.«

»Und wieso?«

»Weil an diesem Tag die drei Welten einander sehr nahe waren und damit Kräfte entfesselt wurden, die unsere Vorstellungskraft übersteigen. In den Aufzeichnungen der Unsichtbaren Pyramide heißt es, ein zur rechten Zeit, am rechten Ort geborenes Kind könne die entzweiten Welten wieder einigen. Stell dir das nur vor, Francisco! Alles Leid der Welt beruht doch auf ihrer Zerrissenheit. Wenn man die drei Universen zu einem harmonischen Ganzen sozusagen *zusammenfügen* könnte, dann würden dadurch Energien frei, mit denen man aller Not ein Ende bereiten könnte. Und der Schlüssel dafür liegt in deiner Hand.«

Francisco fühlte sich ausgesprochen unbehaglich. Sollte er Vicente von dem blauen Licht und den aufflackernden Bildern erzählen, die Pedro in jener schneereichen Nacht gesehen hatte, als er das Findelkind im Garten entdeckte? Aus irgendeinem Grund wollte er dieses Wissen vorerst für sich behalten. Skeptisch fragte er: »Wie soll das gehen, dieses ›Zusammenfügen‹?«

»So leicht, wie man aus drei Ecken den Schattenriss einer Pyramide zeichnet.«

»Leicht? Nach allem, was du mir bisher erklärt hast, kann ich das kaum glauben.«

»Gib mir bitte noch einmal die Silbermünze.«

Francisco tat es.

Sein Bruder ließ sie auf dem Studiertisch abermals rotieren und erklärte dazu: »Stell dir vor, wir hätten den Rand der Münze mit Farbe bestrichen und würden jetzt, während ihr Eiertanz immer flacher wird, an dieser Kante ein Papierband entlangwandern lassen. Was würdest du später auf dem Streifen sehen?«

Der Novize brachte seine Augen dicht über die Tischplatte und beobachtete die Münze. »Ein Wellenmuster.«

»Wie sähe das aus?«

»Anfangs wären die Ausschläge weit und hoch, zum Schluss werden sie dann immer kürzer und flacher.«

Die Münze beendete ihren Tanz.

Vicente klatschte Beifall. »Und du willst nichts von Physik verstehen? Das war eine sehr exakte Beschreibung, von dem, was die drei Welten unseres Multiversums tun: Sie schwingen unablässig, erst langsam und weit, dann immer schneller. Dabei sind sie in einer Dimension jenseits von Zeit und Raum erst weit voneinander entfernt, kommen sich dann näher, gehen wieder auf Distanz, rücken einander noch näher, schwingen abermals auseinander, bis es schließlich in der größtmöglichen Annäherung zu einem Moment der Berührung kommt. Anschließend wird die Münze erneut geworfen, die Welten pendeln weit auseinander und das Spiel beginnt von vorn. Um das Multiversum wieder dauerhaft zu vereinen – es ›zusammenzufügen‹ –, muss man diesen besonderen Zeitpunkt der Konjugation abpassen und das am richtigen Ort. Verstehst du?«

»Nein.«

Vicente stöhnte. »Lass uns ein andermal darüber reden. Im Augenblick ist viel wichtiger, ob du mich unterstützt.«

»Wobei?«

»Na, beim Zusammenfügen.«

»Abgesehen davon, dass ich deine blühende Phantasie bewunderungswürdig und auch ein bisschen beängstigend finde, kann ich dir nicht sagen, wann diese Konjugation stattfindet. Darauf willst du doch hinaus, oder?«

»Am 15. Juli 1994.«

»Ach, und um wie viel Uhr?«

»Du darfst mir ruhig glauben, Francisco. Ausgehend vom Datum deiner Geburt müsste die nächste Annäherung bereits in drei Tagen eintreten. Dann folgen noch weitere drei in immer kürzeren Abständen. Die letzte findet, von heute an gerechnet, in vierhundertdreiundzwanzig Tagen statt, also am 15. Juli 1994.«

»Wenn du das alles schon so genau weißt, wozu brauchst du dann noch mich?«

»Nenne es Familienzusammenführung.«

Francisco zog eine Grimasse. »So ganz uneigennützig ist dein Aufkreuzen hier wohl nicht. Oder hattest du nicht gerade erst einen ›Schlüssel‹ erwähnt, der in meiner Hand liege? Worum handelt es sich dabei genau?«

»Also gut, ich will nicht länger um den heißen Brei herumreden. Du bist ein Fährtensucher, den die Kräfte des Multiversums auserkoren haben, um seine Wiedervereinigung zu ermöglichen. So ließe sich auch das Phänomen des frischen Grases erklären, das dich vor siebzehneinhalb Jahren vom Schnee fern hielt. Die nächste Annäherung der drei Welten fand vierzehn Jahre danach statt, genau an dem Tag, als das angebliche Stigma auf deiner Wange erschien. Ich bin fest davon überzeugt, dass du wie eine Kompassnadel von den Angelpunkten angezogen wirst, wo das Multiversum am Tag der größten Annäherung zusammengefügt werden kann.«

»Wie soll das funktionieren?«

»Das würde jetzt zu weit führen und ich habe dich ohnehin schon genug verwirrt. Sage mir einfach, ob du mit mir gehst?«

Francisco verschluckte sich am eigenen Speichel und erlitt einen Hustenanfall. Diesen zog er dann gleich noch etwas in die Länge, um das Angebot erst einmal zu verdauen. Er hatte, von einigen Ausflügen abgesehen, sein ganzes Leben innerhalb des Klosters verbracht. Hier war er aufgezogen und zu einer Art Engel in Menschengestalt geformt worden, damit er bis zum Tod dem Allmächtigen diene. Die schützenden Mauern von La Rábida zu verlassen, erschien ihm wie der schlimmste Verrat – an Bruder Pedro, an seinen Mitbrüdern, an der Kirche, an Gott.

»Ich kann nicht!«, keuchte er.

»Und wieso?«

»Weil alles, was ich bin, hier verwurzelt ist.«

»Und die Bücher da?« Vicente deutete mit dem Daumen zum Regal.

»Was soll damit sein?«

»Sie enthalten die Gedanken von Männern und Frauen, die nie dieses Kloster betreten haben. Dein Geist hat La Rábida längst den Rücken gekehrt. Lass deine Füße folgen! Du musst dir nur ein Herz fassen.«

Francisco vermochte sich der betörenden Logik dieser Argumente nicht ganz zu entziehen. Jetzt, wo endlich Licht in das geheimnisvolle Dunkel seiner Herkunft kam, beschäftigte ihn umso mehr das Rätsel der vermeintlichen »Wunder«. Mit Vicente an seiner Seite würde er es möglicherweise lösen können. Aber stärker noch als seine Wissbegier war die Loyalität gegenüber Pedro.

»Ich kann nicht.«

Vicente reagierte erstaunt. Er hatte wohl damit gerechnet, seinen Bruder endlich überzeugt zu haben. Beschwichtigend sagte er: »Deine Antwort kommt mir etwas zu schnell, Francisco. Lass mich dich in zwei Tagen noch einmal besuchen. Bis dahin kannst du über alles nachdenken und mir dann deine Entscheidung mitteilen. An Geld wird es uns übrigens nicht mangeln. Das Erbe unseres Vaters ist bedeutend und es gehört ebenso dir wie mir.«

Francisco war zu erschöpft, um noch weiter nach Argumenten zu suchen. Deshalb antwortete er nur. »Von mir aus. Dann sehen wir uns übermorgen.«

Die nächsten beiden Tage waren für Francisco das, was er sich unter der Hölle vorstellte. Ihn plagte ein schlechtes Gewissen, weil er sich Bruder Pedro gegenüber nicht zu offenbaren wagte. Zwar hatte er ihn in einem Moment der Kühnheit gefragt, was er davon halten würde, wenn sein Schüler eines Tages La Rábida verließe, wenn er womöglich sogar den Franziskanern den Rücken kehrte. Die Reaktion des »Wächters« war Entsetzen. Das könne ihm Francisco unmöglich antun, stieß Pedro hervor und blickte dabei so leidvoll wie Christus an einem Kruzifix. Der Novize hätte sich am liebsten in Luft aufgelöst. Von Vicente und dessen Vorschlag erwähnte er nichts.

Als der junge Archäologe dann am Donnerstag wieder auftauchte, empfing ihn Francisco ausgewählt kühl. Um sich nicht erneut in die Enge treiben zu lassen, erwartete er seinen Halbbruder im Kreuzgang. In früheren Zeiten war dieser ein zentraler Punkt der Begegnung und Besinnung gewesen. Jetzt verkehrten neben Mönchen allzu oft auch Touristen in dem Geviert. Den mit einem sternförmigen Fußbodenmosaik verzierten, zum Himmel offenen Innenhof säumte ebenerdig ein Bogengang aus rotem Backstein. Das weiß verputzte Obergeschoss besaß eine Galerie mit Flachbogenfenstern. Auf den Simsen der Öffnungen standen Blumentöpfe. Hier, wo man nie ganz allein, nie völlig ungesehen war, fühlte sich Francisco im Vorteil.

»Ich gehe nicht mit, Vicente«, verkündete er fest.

Das Gesicht seines Bruders verfinsterte sich. In einem Ton, der sowohl Warnung als auch Drohung sein konnte, erwiderte er: »Du begehst einen Fehler, der sehr bitter für dich enden könnte.«

»Weiche dem Schmerz des Lebens nicht aus. Dein Kreuz kann dich reifer machen und gibt dir die Chance, mitzutragen am Kreuz Christi«, rezitierte Francisco einen der »Bausteine« des Ordenslebens.

Vicente ignorierte die Äußerung und fragte stattdessen: »Warum nimmst du mich nicht ernst?«

Francisco stöhnte leise. »Vicente! Du verlangst da eine Sache von mir, die alles auf den Kopf stellt, was Pedro mir beigebracht hat. Es ist mir einfach …« Er hielt inne, weil gerade Bruder Urbano mit einem Stapel leerer Kochtöpfe vorbeipolterte, wartete und flüsterte dann: »Einfach zu … *mystisch*.«

»Ha! Das musst ausgerechnet du sagen, ein Franziskaner. Ich finde deine Haltung ziemlich heuchlerisch.«

»Was soll *das* nun wieder heißen?«

»Erzähl mir jetzt nicht, du hättest noch nie von *Doctor seraphicus* gehört. Er war ein Gelehrter, den die großen, über das sinnlich Erfassbare hinausgehenden Geheimnisse faszinierten und beschäftigten. Seinen Titel verdankt er den mystischen

Schriften, die er verfasste. Zweifellos kennst du sein Werk *Reise des Geistes zu Gott.* Du weißt, von wem ich rede?«

»Vom heiligen Bonaventura«, brummte Francisco.

»Dem einstigen Oberhaupt und Erneuerer deines Ordens«, fügte Vicente nickend hinzu. »Kannst du mit Sicherheit leugnen, ob der ›brennende‹ Doktor in seinen Abhandlungen nicht von der Wanderung zwischen den Welten des Multiversums sprach? Wenn schon einer eurer Generalminister – ein geistliches Oberhaupt der Franziskaner! – ein Mystiker war, wie kannst du da deinem eigenen Bruder vorwerfen, er wolle dich zu mystischen Handlungen verleiten? *Ich* bin kein Anhänger der Mystik, sondern Archäologe. Wissenschaftler! Wenn nicht ich mit beiden Beinen auf dem Boden der Tatsachen stehe, wer dann?«

Wieder hatte Vicente seine Argumente geschickt gewählt. Sie wirkten bei dem Novizen ungefähr so wie ein Faustschlag in die Magengrube. Es war schwer, sich von einem Mann zu distanzieren, den der Papst zum Kirchenlehrer erklärt hatte und dessen lateinischer Ehrentitel sich auch noch von demselben hebräischen Wort ableitete wie Franciscos Zuname Serafín. Mit zusammengepressten Zähnen erwiderte der angehende Mönch: »Mir ist egal, wie du das siehst. Ich bleibe hier.«

Sekundenlang beherrschte Strenge das Gesicht des Archäologen, wich dann aber einem versöhnlichen Ausdruck. »Also gut. Ich merke schon, dass wir im Augenblick nicht weiterkommen. Lass mich dir einen Vorschlag machen: Es gibt da eine Sache, die mich zwingt nach Madrid zu reisen. Wenn ich in ungefähr zwei Wochen wieder zurück bin, werde ich noch ein drittes und, ich verspreche dir, letztes Mal fragen. – Hier!« Er griff in die Brusttasche seiner Jacke und holte ein zusammengerolltes Bündel Peseten hervor. »Da ist etwas Geld. Solltest du es dir in der Zwischenzeit anders überlegen, steigst du einfach in den Zug und kommst in die Hauptstadt. Ich warte jeden Mittag im Retiropark auf dich, unter der Bronzestatue von Ricardo Bellver.«

Francisco hörte gar nicht richtig zu, sonst hätte er vielleicht gefragt, wer dieser Bellver war und was für eine Figur das sein sollte. Trotzig erwiderte er: »Ich will dein Geld nicht.«

»Etwa wegen eures Armutsgelübdes? Sei nicht so zimperlich, Francisco. Erstens liegt deine Ewige Profess noch vor dir und zweitens gehört dir dieses Geld sowieso. Es stammt von deinem Vater – einem Provinzialminister der Franziskaner, der sich nie geziert hat, seinen kirchlichen Einfluss Gewinn bringend umzumünzen! Ich lege die Peseten jetzt hier auf diese Mauer. Was du damit anfängst, überlasse ich dir. Bis bald.«

Genauso tat Vicente es. Nachdem er das Geldbündel auf den Sims unter dem Rundbogen deponiert hatte, verließ er ohne ein weiteres Abschiedswort das Kloster.

Francisco starrte die Banknoten böse an. In ihm tobte ein Sturm. Selbst wenn die Turbulenzen sich bald legen sollten, war nicht klar, ob irgendetwas wieder so sein würde wie zuvor. Unvermittelt hörte er ein lautes Rumoren. Es war Urbano, der etwas durch den Kreuzgang schleppte und dabei einen Höllenlärm veranstaltete.

Francisco schnappte sich das Geld und verschwand leise in seine Zelle.

Die Nacht war eine Tortur, und das jetzt schon zum dritten Mal. Francisco hatte kaum Schlaf gefunden, sondern sich auf seinem Bett nur grübelnd hin und her geworfen. Als er kurz nach sieben Uhr zur Laudes, dem Morgengebet, in die Kirche schlurfte, fühlte er sich wie gerädert. Es fiel ihm schwer, seinen Geist für das Gespräch mit Gott freizumachen. Wie in seinem Kopf eingesperrte Wiesel rasten seine Gedanken ruhelos umher und wollten ihm keinen Moment der Besinnung gönnen. Jahrelang hatte er etwas über seine Herkunft erfahren wollen und jetzt war er unzufrieden mit dem, was sein Bruder ihm erzählt hatte. War er ein Verfluchter, weil seine Eltern gleich mehrere Gebote Gottes missachtet hatten, um ihrer Sinnenlust zu frönen? Hatten die »Wunder«, denen er so viel leidige Verehrung verdankte, am

Ende doch einen ganz anderen Ursprung als den des Heiligen Geistes? Wenn Bruder Pedro von allem wüsste … Oder tat er das sogar? War jene blutjunge Estefanía, die Pedro geliebt hatte, vielleicht tatsächlich dieselbe Frau, die Jahre später einem blau strahlenden Wunderknaben das Leben schenken sollte? Die hektisch rotierenden Gedanken des Novizen schraubten sich in immer phantastischere Höhen empor. Pedro hatte mehr oder weniger deutlich zugegeben, Estefanía immer noch zu lieben. Hatte er in einer schwachen Stunde etwa doch der Versuchung nachgegeben, sein Keuschheitsgelübde vergessen und mit seiner großen Liebe ein Kind gezeugt? War er, Francisco, in Wirklichkeit der Sohn des Guardians von La Rábida?

Sobald diese Überlegung im Kopf des Novizen Gestalt angenommen hatte, ließ sie sich von da nicht mehr vertreiben. Um sich endlich Klarheit zu verschaffen, beschloss Francisco seinem Mentor einen Besuch abzustatten. Bruder Pedro pflegte schon vor der Laudes zu frühstücken, weshalb sich der junge Mann vom Refektorium aus direkt zum Arbeitszimmer seines Lehrmeisters begab. Dort klopfte Francisco an die Tür. Von drinnen ertönte ein gedämpftes »Herein!«.

Der Novize öffnete die Tür und betrat die nicht sehr große Kammer. Auch hier waren die Wände weiß und die Einrichtung spartanisch. Immerhin verfügte der hiesige Wächter der Minderen Brüder über einen großen Eichenholzschreibtisch, zwei Schränke, drei Stühle und mehrere Regale. Durch das schmale Fenster ergoss sich Sonnenlicht in den Raum.

Etwas auf Franciscos Gesicht weckte sofort die Aufmerksamkeit des Guardians. Pedro legte einen Füllfederhalter zur Seite und sah seinen Schüler erwartungsvoll an.

Der Novize kam schnell zur Sache. Er berichtete von den beiden Besuchen Vicentes. Pedro war nicht überrascht. Er habe ihm, Francisco, den Gast bereits am Montag ankündigen wollen, aber der Verlauf ihrer Unterhaltung hatte dann eine Wendung genommen, die das verhinderte. Unbeirrt fuhr der angehende

Mönch fort, berichtete von dem Provinzialen wie auch von Estefanía Morales und schloss seine Vorrede schließlich mit der Frage: »Bist du mein leiblicher Vater, Bruder Pedro?«

Dem Guardian wich schlagartig alle Farbe aus dem Gesicht. Obwohl seine Keuschheit gerade von einem Novizen infrage gestellt worden war, sah er nur betroffen aus, aber nicht erzürnt. Er schüttelte den Kopf, erst langsam, dann immer schneller. »Nein. *Nein!* Was du dir da zusammengereimt hast ...«

»Sind deine große Liebe und meine Mutter ein und dieselbe Person, Bruder Pedro?«, hakte Francisco unerbittlich nach.

»Estefanía Morales?«, hauchte der Guardian. Seine Augen schienen durch Francisco hindurchzublicken und dabei einen Schmerz widerzuspiegeln, für den es keine Linderung gab. Wieder schüttelte er den Kopf, doch nicht, um die Frage zu verneinen. »Ja«, flüsterte er. »Es gibt nur eine Estefanía. Weil ich Vicente Alvarez nur am Telefon gesprochen hatte, kam mir allerdings nicht in den Sinn, dass es sich dabei um ihren Sohn, den Vater von Clara Moguer, handelte. Vielleicht kannst du jetzt besser verstehen, warum ich jeden weiteren Kontakt mit dem Mädchen unterbinden ...«

»*Was* hast du da gesagt?«, stieß der Novize mit schriller Stimme hervor. Er hatte Pedros Worte erst nach einer langen Schrecksekunde ganz erfasst.

»Sag bloß, der Kerl hat dir nichts davon erzählt.«

»Clara ist Vicentes Tochter?« Francisco schüttelte ungläubig den Kopf. »Das bedeutet ja ...«

»Wenn du tatsächlich Vicentes Bruder bist, dann ist sie deine Nichte.«

Francisco musste sich an der Lehne des Besucherstuhles festhalten, um wenigstens äußerlich das Gleichgewicht zu bewahren. Endlich hatte er sich so weit gefasst, um zu fragen: »Du sprichst nicht gerade respektvoll von Vicente, obwohl er doch Estefanías Sohn ist. Was weißt du über ihn?«

Der Guardian holte tief Atem, als wolle er zu einer umfangreicheren Erklärung anheben, doch in diesem Moment klopfte es hinter Francisco an der Tür.

»Ja?«, rief Pedro. Seine Stimme bebte.

Die Tür öffnete sich und Bruder Gaspar trat ein.

»Da ist jemand, der dich sprechen will, Bruder Pedro«, sagte der Mönch, dem die Betreuung von Kandidaten für das Postulat anvertraut war. Er warf einen unbehaglichen Blick auf Francisco.

»Wie du sicher bemerkt haben wirst, führe ich gerade ein Gespräch mit unserem Novizen«, sagte der Guardian zwar nicht unfreundlich, aber gleichwohl streng.

»Ich glaube nicht, dass die Herren warten wollen. Sie sind sozusagen in offizieller Mission gekommen«, erklärte Gaspar eigenartig verklausuliert.

»Warum sagst du nicht einfach, wer da ist und was sie wollen?«

Der Postulatsleiter ließ die Augen kurz zu dem Novizen springen und machte ein noch unglücklicheres Gesicht.

»Francisco genießt mein volles Vertrauen. Also, raus mit der Sprache, Bruder Gaspar. Was wollen die Leute?«

Der Mönch schien die Botschaft förmlich hervorzuwürgen, als er endlich damit herausrückte. »Es sind Polizisten. Ich glaube, sie wollen dich verhaften, Bruder Pedro.«

Francisco kam sich vor wie ein Komet, der seine Sonne verloren hatte und nun haltlos durch die Leere taumelte. Die Polizisten hatten den Kirchenfrieden nicht zu stören und zur Ausübung ihrer Pflicht nicht in das Kloster einzudringen gewagt, deshalb war Bruder Pedro arglos zu ihnen nach draußen gegangen. Francisco hatte ihn begleitet. Es war ein groteskes Bild. Da standen schon die ersten Wallfahrer auf dem kiesbestreuten Vorplatz und jubelten dem berühmten Wundernovizen zu. Gleichzeitig stotterte der Polizeioffizier an der Pforte einige Sätze aus dem Haftbefehl – der Guardian hatte darauf bestanden, erst den Grund für »diesen Mummenschanz« zu erfahren, bevor er sich abführen lasse.

»Ihnen, Javier Seda, bekannt unter dem Ordensnamen Pedro«, sagte der Polizist mit gequälter Stimme, »wird zur Last gelegt, am 20. November 1975 Pedro Alvarez, Provinzialminister der Franziskaner unter gleichem Ordensnamen, sowie Señora Estefanía Morales ermordet zu haben …«

Sehr viel mehr hatte Francisco nicht mitbekommen, weil ihm schwindlig und speiübel geworden war. Gaspar hatte ihn gestützt und zu einem Stuhl geführt, wo sich der Novize dann übergab. Als es ihm endlich wieder besser ging, war Bruder Pedro nicht mehr da. Er hatte sich wie ein Lamm zur Schlachtbank abführen lassen, ohne Abschied, ohne sich auch nur ein einziges Mal umzuwenden. Rechnete er, sich seiner Unschuld sicher, mit einer baldigen Rückkehr? Oder bedeutete sein sang- und klangloses Verschwinden schon so etwas wie ein Geständnis?

Inzwischen waren etwa sechs Stunden vergangen und das Kloster noch immer ohne »Wächter«. Fast genauso lange saß Francisco nun schon in seiner Zelle auf dem Bett und starrte die gegenüberliegende Wand an. Gaspar hatte ihn zum Essen abholen wollen. Ohne Erfolg. Selbst den Teller duftender Bohnensuppe, mit dem Urbano kurz darauf in seine Kammer gestolpert war, hatte Francisco nicht angerührt. Er befand sich in einem Zustand, in dem Hunger und Durst ohne Bedeutung waren. Immer wieder musste er an die Szene in Bruder Pedros Arbeitszimmer denken, an das blasse, erschrockene Gesicht, als der Guardian von seinem Schüler zur Rede gestellt worden war. »Er hat meine Mutter und ihren Liebhaber umgebracht«, flüsterte Francisco schließlich. »Eifersucht ist der älteste Grund für Mord. Sie hat schon Kain die Hand gegen seinen Bruder Abel erheben lassen.«

Allmählich kam Leben in die steifen Glieder des jungen Mannes. Er hatte einen Entschluss gefasst. La Rábida ist nur eine Zwischenstation, machte er sich klar. Auch Christoph Kolumbus hat hier auf Zeit Zuflucht gefunden, sich aber schließlich auf die Suche nach der Neuen Welt begeben.

In seinem tiefsten Innern weigerte sich Francisco, Pedros Schuld anzuerkennen. Aber allein der Gedanke daran, hier tage-, wochen-, vermutlich sogar monatelang zu warten, um am Ende vielleicht doch eine abscheuliche Wahrheit erfahren zu müssen, erschien ihm wie ein Gang durchs Fegefeuer. Dazu war er nicht bereit. Zu viele Zweifel hatten sein seelisches Gleichgewicht in Unruhe versetzt. Er musste erst die ganze Wahrheit über sich selbst erfahren, bevor er sich den unangenehmen Wirklichkeiten des Lebens stellen konnte. Deshalb beschloss Francisco davonzulaufen.

Niemand bemerkte den lautlosen Schemen. Die Komplet, das letzte Stundengebet des Tages, war längst vorbei. Die meisten Mönche schliefen schon. Francisco schlich sich aus seiner Zelle, huschte durch die Galerie des Kreuzgangs, über die Treppe hinab ins Erdgeschoss und begab sich von dort in die Klosterkirche. Hier sprach er unter dem alten Kruzifix ein stilles Gebet. Anschließend stahl er sich durch eine Seitenpforte aus dem Gotteshaus.

Es war eine mondlose Nacht. Er durchquerte den dunklen Garten außerhalb der Mauern von La Rábida und die sich anschließenden Parkanlagen. Unterhalb des Klosters befand sich ein Museum zu Ehren von Cristóbal Colón – Kolumbus – und seiner ersten großen Entdeckungsfahrt nach Amerika. In dem Gebäude waren längst alle Lichter erloschen. Aber davor gab es ein öffentliches Telefon. Francisco sammelte aus seinem Gesparten einige Münzen zusammen und bestellte ein Taxi.

Ungefähr zwanzig Minuten vergingen und der flüchtige Novize fürchtete schon, einem Suchtrupp aus dem Kloster in die Hände zu fallen, aber es blieb ruhig. Endlich tauchten die gelben Lichter eines Wagens auf. Es war ein kantiger Seat und sein Fahrer ein respektloser Bursche mit einem qualmenden Zigarettenstummel im Mundwinkel, der den jungen Mann in der Kutte erst von oben bis unten musterte, bevor er frech grinste und mit unüberhörbar spöttischem Unterton fragte: »Na, Bruder, so spät noch unterwegs?«

Seit dem Ende der Ära Franco hatte die Kirche in Spanien einen beträchtlichen Teil ihres Ansehens eingebüßt. In diesem Bewusstsein schluckte der Novize eine scharfe Erwiderung hinunter und erwiderte freundlich: »Können Sie mich nach Huelva fahren?«

»Klar doch! Wenn dein Taschengeld reicht.«

»Da können Sie beruhigt sein.«

»Na fein! Wo soll's denn hingehen? Ich kenne da ein paar nette Bars ...«

»Bringen Sie mich bitte in die Avenida de Alemania.«

»Unter einer Bedingung.«

Francisco stutzte.

Der Taxifahrer grinste. »Du musst erst einsteigen, Bruder.«

Francisco nahm auf der Rückbank Platz und das Taxi röhrte davon – der Wagen hatte seine goldenen Jahre längst hinter sich. Das Gespräch während der Fahrt wurde hauptsächlich vom unentwegt paffenden Chauffeur bestritten. Er legte einen besonderen Ehrgeiz an den Tag, den geistlichen Bruder durch allerlei anzügliche Witze aus der Fassung zu bringen.

Francisco konterte mit eisigem Schweigen. Ihm stand ohnehin nicht der Sinn nach leichter Konversation. Er kam sich immer mehr vor wie ein Abtrünniger, wie ein gefallener Engel, der sich von seinem gütigen Vater abgewandt hatte. Hinzu kamen dunkle Ahnungen. Allmählich dräute ihm nämlich, worauf er sich da eingelassen hatte. Zunächst musst du irgendwie die Nacht überstehen, machte er sich klar. Den nächsten Zug nach Madrid bekommst du nicht vor morgen früh. Bange blickte er durch das Seitenfenster auf jene Straßen, die ihm eigentlich vertraut sein müssten. Bei Nacht sah alles fremd und bedrohlich aus. Das altersschwache Taxi hatte mittlerweile den Río Tinto überquert und Huelvas Stadtgrenze passiert. Es klapperte an einer monumentalen Granitstatue vorbei, die Christoph Kolumbus darstellte: sechsunddreißig Meter hoch und effektvoll angestrahlt.

»He! Was soll das?« Die ruppige Frage des Wagenlenkers galt dem Fahrgast, der seine Augen nur schwer vom Fenster lösen konnte.

»Was?«

»Deine Lampe spiegelt sich in der Scheibe. Mach sie sofort aus!«

Francisco stutzte. Dann fiel sein Blick auf die Hände im Schoß und er erschrak. Sie glühten in einem blauen Licht, das ihm nur allzu vertraut war. Zuletzt hatte es ihn vor dreieinhalb Jahren genarrt. »Das ist … nichts«, stotterte er, zog sich schnell die Kapuze über den Kopf und hielt die Augen starr nach unten gerichtet; die Hände hatte er rasch in den Ärmeln vergraben.

»Schon besser«, sagte der Fahrer und ließ seine Zigarette orangerot aufglühen.

Der Novize spürte, wie etwas in ihm hochzukriechen begann. Die letzten drei Tage hatte er wahrlich genug Anlass gehabt, fahrig und nervös zu sein. All das erschien ihm dagegen jetzt nur noch wie eine Ablenkung von der wahren Ursache seiner Fahrigkeit. Kurz bevor er durch das »Wunder von La Rábida« zu zweifelhafter Berühmtheit gelangt war, hatte ihn dieselbe Unruhe erfasst. Wenig später war er blutend aus der Kirche getragen worden.

»Lassen Sie mich gleich hier aussteigen«, stieß er hervor.

»Wir sind sowieso gleich da«, widersprach der Fahrer.

»*Bitte!*«

Die Bremsen quietschten und der Wagen kam abrupt zum Stillstand. »Der Kunde ist König«, frotzelte der Kettenraucher und schickte eine Wolke blauen Qualms in Richtung Fond.

»Was macht das?«

Der Chauffeur nannte den Preis.

Francisco holte seine zusammengerollten Geldscheine hervor und begann daran herumzunesteln. Er sah nicht, wie zuerst die

Augen des Fahrers groß wurden und dessen Hand anschließend nach einer Pistole unter dem Sitz tastete. Selbst als die Mündung der Waffe bereits auf seine Brust zielte, kämpfte er noch mit den Banknoten. Aber dann hörte er eine Stimme, die ihm das Blut in den Adern gefrieren ließ.

»Hab mir gleich gedacht, dass du unmöglich ein Bettelmönch sein kannst. Kein Franziskaner schleppt so viele Moneten mit sich herum. Vermutlich geklaut, was, Bruder? Gib her, den Zaster. Ich sorge dafür, dass er in die richtigen Hände kommt. Und schalt *verdammt noch mal* dieses dämliche Licht aus!«

Francisco wagte kaum sich zu rühren. Noch immer kauerte er mit gesenktem Haupt auf dem Rücksitz und beobachtete, wie sich jetzt die Hand des Taxifahrers heranpirschte, um nach der Beute zu greifen. Unwillkürlich wanderten die Augen des Novizen am Arm des Mannes empor, erreichten die Schulter und dann trafen sich ihre Blicke.

Das Gesicht des Fahrers warf den blauen Glanz zurück, in dem das Antlitz seines Passagiers erstrahlte. Die Kinnlade des raffgierigen Kerls klappte herab, die brennende Zigarette landete in seinem Schoß. Wie diese fiel auch alle Verschlagenheit von ihm ab. Seine Miene verriet nur noch Entsetzen. Er begann zu zittern und schrie: »Hab Erbarmen und weiche von mir!«

Francisco erschloss sich nicht sofort der ganze Sinn dieser Aufforderung und immerhin war da ja noch die Pistole, auch wenn sie nun nicht mehr direkt auf ihn zielte, sondern dazu benutzt wurde, ihm den Weg nach draußen zu zeigen.

»Ich gelobe, von nun an ehrlich zu sein. Nie wieder werde ich meine Frau schlagen, meine Fahrgäste übervorteilen oder Geld aus dem Klingelbeutel stehlen«, beteuerte der Fahrer, während seine Hose allmählich zu rauchen anfing. »Ich will noch nicht in die Hölle! Bitte weiche von mir, du Engel der Finsternis ...!«

Endlich begriff Francisco, was in den Gehirnwindungen des Fahrers vor sich ging. Er hielt diesem die abgezählten Geldscheine hin – schließlich war er ein ehrlicher Mensch –, verursachte dadurch aber nur noch größeres Durcheinander. Der Fahrer erschrak gleich zweifach: zum einen, weil die ihm auf den Pelz rückende Hand ebenfalls ganz außerordentlich leuchtete, und zum anderen, weil die Zigarette gerade seinen Oberschenkel ansengte. Er schrie und die Waffe rutschte ihm aus der Hand. Sie flog haarscharf an Franciscos Kopf vorbei. Ein Schuss löste sich. Die hintere Scheibe wurde von der Kugel durchlöchert. Doch es sollte noch schlimmer kommen.

Plötzlich wurde Franciscos Kutte feucht. Dieser Vorgang vollzog sich nicht etwa dort, wo man es in Momenten großer Furcht noch billigen mochte, sondern überall gleichzeitig. Nun fing auch der Novize an zu schreien. *Blut!*, war sein erster Gedanke, denn allzu lebendig erinnerte er sich des letzten »Wunders«. Auch der Taxifahrer brüllte wie am Spieß und zappelte dabei, als hätte er Hemd und Hose voller Zitteraale. Francisco begann sich zu wundern. Die Nässe war kälter, als man es von Blut erwarten durfte, und außerdem lief die Flüssigkeit jetzt in Strömen aus seiner Kutte heraus. Er brauchte nur die Zunge auszustrecken, um das salzige Nass zu kosten. Es war Wasser. *Meerwasser?*

Im Nu füllte sich das Taxi mit dem gurgelnden Nass. Wegen des vergleichsweise kühlen Maiabends waren alle Fenster geschlossen. Nur aus dem Loch in der Heckscheibe schoss ein dünner Wasserstrahl.

Francisco kämpfte gegen die Panik an und versuchte sich zu orientieren. Eine Zigarettenschachtel schwebte vor seinen Augen vorbei, umkreist von einem verspielten kleinen Fisch. Endlich erlangte der Novize seine Fassung zurück. Wenn er nicht schnell reagierte, würde er in dem Taxi ertrinken. Hektisch tastete er nach dem Türgriff. Die Luft in seinen Lungen wurde immer knapper. Sein Brustkorb schien sich regelrecht aufzublähen und drohte – wie sein Kopf – jeden Moment zu zerplatzen. Endlich fand er den Hebel und riss daran. Der Druck des Wassers reichte vollauf, um die Tür aufzusprengen. Francisco wurde auf die Straße geschwemmt und mit ihm eine Anzahl größerer und kleinerer Meeresbewohner. Hustend und prustend kam er auf die Beine. Hinter sich hörte er das Wimmern des Fahrers; er schien den Verstand verloren zu haben.

In der näheren Umgebung zappelten Fische im Todeskampf. Ein Krebs versuchte sich davonzustehlen. In respektvollem Abstand standen mehrere Fahrzeuge, deren Lenker von dem Schuss, vielleicht auch vom Anblick der sprudelnden Heckscheibe des Taxis, aufmerksam geworden waren und wissen wollten, was da vor sich ging. Aus der Ferne ertönte eine Polizeisirene. Francisco wusste, dass er sich schleunigst davonmachen musste, sonst wäre seine Flucht aus dem Kloster schon zu Ende, bevor sie richtig begonnen hatte.

Das Haus von Claras Mutter stand in der Nähe der großen Markthalle von Huelva, in einer schmalen Gasse, die Francisco nicht kannte. Aber er ließ sich von seinem Gedächtnis führen, konnte er sich doch noch an jedes Wort erinnern, das die Vorsängerin des Klarissenchors zu ihm gesprochen hatte. Sie habe ihren Vater seit Jahren nicht mehr gesehen. Der bittere Klang ihrer Stimme bei dem letzten Treffen der beiden war Francisco noch gut in Erinnerung. Er hatte nicht gewagt ihrer deutlichen Erregung durch unbequeme Fragen auf den Grund zu gehen. Wie er sich nach der Unwissenheit jener Zeit sehnte! Damals war Clara für ihn die Schöne gewesen, ein engelsgleiches Wesen, das er unentwegt anschauen und bewundern und in das er, zumindest heimlich, verliebt sein durfte. Jetzt hatte sich alles geändert: Sie war seine Nichte – ein grotesker Gedanke, der ihm wie ein rostiger Nagel im Bewusstsein steckte. Obwohl in Franciscos Herzen das Unterste zuoberst gekehrt war, wusste er sich nicht anders zu helfen, als das Mädchen um Hilfe zu bitten.

Die Flucht vom überfluteten Taxi war einigermaßen hektisch verlaufen. Er hatte eine nasse Spur hinter sich hergezogen, hin und wieder auch einen Meeresbewohner zurückgelassen, der in den Falten seiner Kutte hängen geblieben war. Zugleich umgab ihn ein penetranter Fischgestank, vor dem selbst die Straßenköter jaulend das Weite suchten; Franciscos Nase war bald wie betäubt. Wenigstens hatte das blaue Strahlen rasch nachgelassen. Obwohl ihm somit jeder Verfolger blind hätte folgen können, holten ihn weder Polizisten noch irgendwelche Passanten ein. Vielleicht stillten ja der durchgedrehte Taxichauffeur und sein fahrbares Aquarium die Neugier des Publikums.

Mit immer noch leicht tropfender Kutte erreichte Francisco das schmale Haus. Im Licht der Straßenlaterne sah er gelbe, abblätternde Farbe, Balkone aus geschwungenen Eisengittern und ein paar Blumentöpfe. Zwei Reihen von Fensterpaaren befanden sich über der Eingangstür. Ganz oben rechts brannte noch Licht. Es war Claras Zimmer.

Francisco wusste, dass sie eine seiner Leidenschaften teilte: Sie las gerne und viel. Er hob einen kleinen Kiesel auf, warf ihn zum Fenster empor – und verfehlte das Ziel. Unglücklich starrte er auf den feuchten Streifen, den er mit tausenden von Tröpfchen aus seinem nassen Ärmel an die Hauswand gemalt hatte. Francisco wagte einen zweiten Versuch und diesmal traf er. Das Klacken der Scheibe ließ ihn zusammenfahren. Er rechnete damit, binnen Sekunden in sämtlichen Fenstern der Straße hundert Köpfe erscheinen zu sehen, aber kein einziger schaute heraus. Nicht einmal Clara. Francisco suchte sich einen dritten Stein. Diesen wählte er etwas kleiner, zielte gut und warf. *Klack!* Wieder getroffen!

Er wartete. Und wartete.

Mit einem Mal bewegte sich ein Schatten an der Decke des Zimmers entlang. Gleich darauf wurde einer der beiden hohen Fensterflügel geöffnet und Clara erschien. Franciscos Herz machte einen Satz. Sie trug ein weißes Nachthemd, unter dem sich schwach ihre schlanke Gestalt abhob. Als sie nach unten blickte, rutschte ihr volles Haar über die Schulter nach vorn. Sie musste es erst mit der Hand aus dem Gesicht streichen, um den nächtlichen Steinewerfer zu betrachten.

»Francisco?«

»J-« Ihm versagte die Stimme. Nie hatte er sie *so* gesehen. Er räusperte sich und raunte: »Ja, ich bin's.«

»Du musst von Sinnen sein, mitten in der Nacht hier aufzukreuzen! Und wieso stehst du in einer Pfütze?«

»Weil ich pitschnass bin. Hast du ein paar trockene Sachen für mich?«

»Warte!«, flüsterte sie und verschwand.

Wenig später wurde die Tür geöffnet. Aus dem Haus drang ein lautes Schnarchen. Jetzt trug Clara Bluejeans und eine weiße Bluse. Sie musterte ihn von oben bis unten, rümpfte die Nase und hauchte: »Was ist mit dir passiert?«

»Könnte ich zuerst von der Straße runter? Ich möchte nicht gerne gesehen werden.«

»Meine Mutter wird dich riechen. Sie schläft direkt über uns.«

»Man hört es. Weißt du ein Versteck für mich?«

»Das Haus hat einen Patio. Aber wir müssen leise sein, damit die Nachbarn nicht aufwachen.«

Clara hielt sich die Nase zu und deutete mit der anderen Hand in einen dunklen Flur.

Francisco huschte an dem Mädchen vorbei, durch den Gang und von diesem in einen kleinen Innenhof, der von einer Lampe schwach beleuchtet wurde. Blumentöpfe mit Palmen und anderen Pflanzen sowie ein Tischchen mit zwei Korbsesseln waren zu sehen.

»Buh, warum stinkst du nur so nach Fisch?«, fragte Clara lauter als beabsichtigt.

»Das kann ich mir auch nicht erklären. Er war ganz frisch.«

»Und das da?« Sie tippte an Franciscos Ärmel. Als sie ihren Zeigefinger wieder löste, klebte daran ein Schleimfaden, den sie zu enormer Länge dehnte. »Was hast du angestellt?«

»Nichts.«

»Ach! Und warum siehst du dann aus wie durchgekaut und ausgespuckt?«

»Ich erzähle dir alles, wenn ich nur erst aus den Sachen herauskomme. Kannst du mir helfen?«

Claras blaue Augen funkelten. Mit einem Mal lächelte sie. »Fonso, mein Cousin, hat ungefähr deine Größe. Er ist ein Träumer und lässt ständig irgendwo irgendwas liegen. Da müssten noch ein paar Sachen von ihm sein, die er bei seinem letzten Ferienbesuch vergessen hat. Ich werde mal nachsehen. Bleib so lange hier, mach keinen Lärm und gib dir ein bisschen Mühe, nicht so zu stinken.«

Francisco schaute Clara nach, die im Haus verschwand. Das Herz klopfte ihm in der Brust. Mehr als zwei Jahre lang hatte er sie nicht gesehen, jedenfalls nicht mit seinen tatsächlichen Augen – in seiner Erinnerung und seinen Träumen war ihm ihr Bild immer lebendig geblieben. Es war so schön, ihr wieder ganz nahe zu sein! Doch seine Freude hatte einen Makel: Er war nur zu ihr gekommen, um ihr Lebewohl zu sagen. Bei ihr zu bleiben erschien ihm unmöglich. Das Kloster würde Anspruch auf seinen berühmten Novizen erheben. Und da gab es diese ungeklärten Fragen, die mit seinen seltsamen, gerade erst auf höchst unangenehme Weise wieder ins Bewusstsein gerufenen Gaben zusammenhingen. Vielleicht war es kein Abschied für immer, aber wer konnte schon wissen, an welche Orte Vicente ihn führen und wie viel Zeit darüber ins Land gehen würde? Am liebsten hätte er seinen Plan fahren lassen, nur, um bei Clara bleiben zu können. »Aber wozu?«, flüsterte er. »Sie ist deine Blutsverwandte. Eine Verbindung zwischen uns würde nicht nur Gott erzürnen, sondern auch den Staatsanwalt gegen uns aufbringen. Es hilft alles nichts: Du musst fort von hier.«

Mit dieser unbequemen Einsicht harrte er der Rückkehr seiner Schönen. Bald erschien sie mit einer ausgewaschenen Jeans, einem Paar schwarzer Stoffturnschuhe und einem blau-weiß karierten Hemd. Außerdem hielt sie den Henkel eines Zinkeimers in der Hand.

»Da ist Wasser und ein Schwamm. Seife und ein Handtuch

findest du hier bei den Sachen. Ich würde dir raten, dich erst zu waschen, bevor du in Fonsos Sachen schlüpfst.«

»Ist gut«, antwortete Francisco und zögerte.

»Was ist?«

»Um mich zu waschen, müsste ich meine Kutte ausziehen.«

»Oh!« Clara zog den Kopf zwischen die Schultern und griente. »Ich setze mich hier in den Korbsessel. Dann kannst du mir in der Zwischenzeit erzählen, was mit dir passiert ist.«

Francisco schluckte. Er drehte das Sitzmöbel so, dass Clara darin Platz nehmen, ihn aber nicht sehen konnte; als provisorischer Paravent diente die hohe, runde Lehne. Das musste genügen. Das Mädchen war mit den Schwestern des Dritten Ordens verbunden und würde wohl wissen, was sich gehörte.

Er zog sich bis auf die Unterhose aus und wusch sich den Schleim von der Haut. Dabei raffte er in wenigen Sätzen die Zeit zusammen, die seit ihrem letzten Treffen vergangen war und berichtete anschließend von den Ereignissen der Woche. Als Vicentes Name fiel, fuhr Claras Kopf herum.

Innerhalb von Sekundenbruchteilen nahm der Novize – weil sich der Schwamm nur ungenügend für eine hinreichende Bedeckung intimer Körperzonen eignete – die Pose eines Flamingos ein: Er stand auf einem Bein, das andere seltsam angewinkelt.

»Dein Bruder heißt *Vicente?«*, fragte Clara mit bebender Stimme.

»Ja, genauso wie dein Vater.«

»Ich habe dir seinen Namen nie verraten.«

»Stimmt. Weil du ihn verachtest. Und weil er deine Mutter verlassen hat, noch bevor du geboren wurdest. Aber Bruder Pedro hat mir verraten, wer dein Vater ist. Könntest du dich jetzt *bitte* wieder umwenden?«

Ihre Augen blinzelten hinter der Lehne. Erst jetzt wurde ihr wohl die verfängliche Situation bewusst und sie drehte sich abrupt um. Mit zitternder Stimme fragte sie: »Was hat das zu bedeuten, Francisco?«

»Um es kurz zu machen: Ich bin dein Onkel, Clara.«

Francisco sah, wie sich ihre Hände um die Armlehne des Sessels klammerten. »Das kann nicht sein.«

»Ich fürchte, es ist trotzdem so.«

»Aber …!« Sie schüttelte den Kopf. Francisco hörte ein Schluchzen. Hastig zog er sich Fonsos Hose an, schlüpfte in die Turnschuhe und streifte sich das Hemd über. Doch ehe er es zugeknöpft hatte, stemmte Clara sich aus dem Sessel hoch und sagte, ohne ihn dabei anzusehen: »Meine Mutter kann jeden Moment aufwachen; ich muss jetzt ins Haus zurück. Würdest du bitte gehen?«

»Aber Clara …!«

»Geh bitte, Francisco! Und richte meinem Vater aus, er hat uns schon genug Schmerzen zugefügt. Er soll ein für alle Mal aus unserem Leben verschwinden!«

Francisco lief mit hängendem Kopf zum Hauseingang, durch den Flur und auf die Straße hinaus. Als er sich dort umdrehte, schloss Clara schon die Tür.

»Warte!«, bat er.

Ihr Gesicht erschien im Spalt. Es sah aus wie eine Maske von Trauer, Enttäuschung und Schmerz. Tränen hatten zwei feuchte Spuren auf ihren Wangen hinterlassen.

»Hast du ein Bild von deinem Großvater?«

»Was?«

»Von Vicentes Vater.«

Als Antwort krachte die Tür ins Schloss.

Die Reise nach Madrid erschien Francisco im Nachhinein wie eine Fahrt durch einen langen Tunnel. Er konnte sich an nichts erinnern, das außerhalb des Zuges war. Claras von Enttäuschung gezeichnetes Gesicht schien die ganze Reise hindurch vor ihm zu schweben und ihn vorwurfsvoll anzublicken. »Wie kannst du nur der Bruder dieses gewissenlosen Mannes sein?«, schien es zu fragen. Und: »Wie konntest du in meinem Herzen diese Hoffnung wecken, die nur in Blutschande enden kann?«

Bis der Zug in der Estación de Atocha, dem Madrider Südbahnhof, einlief, hatte Francisco sich eine Reihe von Regeln zurechtgelegt, nach denen er sein künftiges Leben ausrichten wollte: Du musst alles hinter dir lassen. Dreh dich nicht um, wie Lots Frau es getan hatte und zu einer Salzsäule erstarrt war. Vergiss diese jugendliche Verliebtheit; sie kann nie zu einer erfüllten Liebe werden. Blicke nach vorne. Suche dort die Antworten, um dein wahres Ich zu ergründen.

Er fand eine preiswerte Pension in der Calle de Villanueva, unweit des Triumphbogens Puerta de Alcalá. Am nächsten Morgen stand er schon zeitig auf, frühstückte hastig und verließ das Haus. Eine Weile schlenderte er ziellos durch die Straßen, bewunderte die prachtvollen Herrschaftshäuser im Stadtteil Salamanca und staunte über den sich rasch beschleunigenden Pulsschlag der Metropole. Er kannte Madrid nur aus Büchern und dem Fernsehen. Irgendwann nahte die Mittagszeit und er musste sich mit einem Mal sogar beeilen, um rechtzeitig den Parque del Retiro zu erreichen.

Es war Sonntag. Die ausgedehnten Grünanlagen wurden von zahllosen Menschen heimgesucht wie ein frisch gesätes Feld von einem Vogelschwarm. Paare küssten sich im Gras oder schlenderten Hand in Hand über die Wege. Väter schoben Kinderwagen. Mütter beruhigten schreiende Sprösslinge. Amateurruderer schwitzten in strahlend weißen Booten auf dem Estanque, einem künstlichen See. Francisco nahm die Freizeitidylle nur am Rande wahr. Er musste an Vicentes Instruktionen denken: Ich warte jeden Mittag im Retiropark auf dich, unter der Bronzestatue von Ricardo Bellver. Wo, um des Allmächtigen willen, befand sich in diesem riesigen Park das Standbild?

Atemlos fragte er einige Spaziergänger. Niemand konnte ihm eine Antwort geben. Er hetzte den Paseo de Cuba hinauf und schalt sich im Stillen einen Esel, weil er zuvor die Zeit unnütz vertrödelt hatte, anstatt sich in diesem Labyrinth aus Promenaden, Wegen und Pfaden zu orientieren. Aber wie hätte er auch ahnen sollen, dass es in Madrid Parks von der Größe andalusischer Dörfer gab? Zu beiden Seiten zogen mächtige alte Bäume an ihm vorüber, deren Kronen sich bisweilen über ihm berührten, obwohl die schnurgerade Kuba-Promenade breiter als manche Straße der Stadt war. Dadurch bekam er den Brunnen und das daraus aufragende Denkmal erst spät zu Gesicht.

Aber dann stand Francisco vor der Statue.

Ihr Anblick weckte in ihm Bewunderung, aber auch Beklemmung. Auf einem weißen Steinsockel zeigte sie einen nackten Mann mit vollendeten Proportionen, strubbeligem Haar und weiten Schwingen. *Ein Engel!*, begriff Francisco. Er kannte aus Büchern die Skulptur des Laokoon. Wie der trojanische Priester, so kämpfte auch dieser grimmig dreinblickende Cherub mit Schlangen – sie wanden sich um sein Bein und das rechte Handgelenk. Halb lehnte er noch auf einem Felsen, halb war er schon gestürzt. Ein Schauer lief Francisco über den Rücken, als ihm ein Straßenschild am Rand der asphaltierten Plaza den Namen der Bronzeplastik verriet:

PLATZ DES GEFALLENEN ENGELS

Erst jetzt begriff der Novize, wen er da vor sich hatte. »Satan!«, hauchte er verblüfft. Das war ihm neu: Die Stadt Madrid hatte dem Herrscher der Dämonen ein Denkmal gesetzt. Es zeigte den Teufel nicht etwa als einen abstoßenden Gehörnten in Tiergestalt, sondern als schönen, jedoch korrupten Engel. Unwillkürlich kamen Francisco die Worte aus dem Buch Hesekiel in den Sinn: »Du warst die Vollkommenheit selbst, voll Weisheit und erlesener Schönheit. In Eden, dem Gottesgarten, lebtest du. Vollkommen hattest ich dich geschaffen und du bliebst es, bis du in Sünde fielst. Deine Schönheit hatte dich überheblich gemacht; aus lauter Eitelkeit hattest du deine Weisheit preisgegeben und warst zum Narren geworden. Ein Bild des Schreckens bist du geworden, für alle Zeiten ist es um dich geschehen …«

»Na, das nenne ich eine Überraschung!«

Francisco zuckte heftig zusammen und fuhr herum. »Vicente, hast du mich erschreckt!«

»Entschuldige, Bruderherz. Lass dich drücken.« Der Forscher breitete die Arme aus, aber Francisco wich zurück. »Was ist?«, fragte Vicente. »Bist du sauer, weil ich mich ausgerechnet unter diesem Standbild mit dir verabredet habe?«

»Ein anderer Treffpunkt wäre mir tatsächlich lieber gewesen. Was hast du dir dabei gedacht?«

Vicente grinste von einem Ohrläppchen zum anderen und zuckte die Achseln. »Nichts Besonderes. Ich mag diese Bronzestatue. Sie erinnert mich an *Das verlorene Paradies* von John Milton – vielleicht hast du das Buch gelesen. Darin wird beschrieben, wie der Teufel wegen seines Stolzes und seiner Rebellion aus dem Himmel hinausgeworfen wurde. Findest du nicht, Ricardo Bellver hat den Augenblick seines Falls trefflich in Szene gesetzt?«

»Mich schaudert, wenn ich das Ding ansehe.«

»Nicht wahr? Man gewinnt eine Ahnung von der Zerbrechlichkeit des Universums: Nichts ist, wie es scheint; nichts bleibt, wie es ist. Alles ändert sich.«

»Möchtest du mir etwa ein Geständnis machen?«

Vicente krauste die Stirn. »Ich? Inwiefern?«

»Ich finde, du hast mir etwas Wichtiges verschwiegen.«

»Was … willst du damit andeuten?«, fragte der Archäologe zögernd.

»Clara Alvarez y Moguer – sagt dir der Name irgendetwas?«

Vicente wirkte nun selbst wie eine Bronzestatue. Es dauerte lang, bis sich ein bekümmerter Ausdruck auf sein Gesicht legte und er leise sagte: »Ich hätte dir schon noch davon erzählt. Wie konnte ich denn ahnen, dass du meine Tochter kennst?«

»Was hast du ihr angetan?«

»Nichts, das unser Verhältnis als Brüder betrifft.«

»Clara sagte, du hättest ihr und ihrer Mutter Schmerzen zugefügt.«

Vicente warf die Arme in die Luft. »Herrgott, ich war jung! Mit sechzehn lernte ich Maria Moguer kennen und verliebte mich sofort Hals über Kopf in sie. Wir sprachen schon von Heirat. Dann überwältigte uns die Leidenschaft. Nachher brach sie in Tränen aus und ich – du kannst das jetzt vermutlich nicht verstehen – fing an sie zu verachten. Andererseits fühlte ich mich aber auch schuldig. Schließlich kam jener furchtbare 20. November des Jahres 1975. Du und ich waren nur knapp einer mörderischen Verschwörung entkommen, die unsere Eltern das Leben kostete. Ich hatte Todesangst! So stahl ich mich klammheimlich davon. Das ist mein ganzes Vergehen. Als ich später von Claras Geburt erfuhr, fühlte ich mich elend, das kannst du mir glauben. Nachdem ich mein Erbe angetreten hatte, schickte ich Maria Geld, mehr als in solchen Fällen üblich ist, und …«

»Geld!«, fiel Francisco seinem Bruder ins Wort. »Meinst du, man kann mit Geld wieder gutmachen, was du dieser Frau und ihrem Kind angetan hast? Clara hätte einen Vater gebraucht und nicht ein Bankkonto …«

»Francisco, bitte beruhige dich! Du hast ja Recht, aber glaube mir, ich wäre diesem Kind kein guter Vater gewesen. Versetze dich doch mal in meine Lage. Ich war damals jünger, als du heute bist. Da ist man einfach noch nicht reif für eine solche Verantwortung.«

Vicentes bußfertige Offenheit war nur schlecht dazu geeignet, Franciscos Zorn am Kochen zu halten. Im Kloster lernte man, dass Gott selbst schwere Sünden vergibt. Konnte er seinen Bruder da für eine Tat verteufeln, die er vor fast achtzehn Jahren begangen und längst bereut hatte? Sein nächster Tadel klang schon deutlich versöhnlicher. »Das ist dir reichlich spät eingefallen.«

»Du magst Clara, nicht wahr?«, fragte Vicente. Bedauern schwang in seiner Stimme.

Francisco musste einen dicken Kloß hinunterschlucken, bevor er nicken konnte.

»Ich bin dein Halbbruder. Das bedeutet, sie ist deine ...«

»Ich weiß, was das bedeutet«, stieß Francisco hervor. »Wir werden nie ein Paar werden können. Ich wünschte, ich hätte früher auf Bruder Pedros feurige Appelle für den Zölibat gehört.«

Vicente legte seine Hand auf Franciscos Schulter. »Komm. Auch wenn du es jetzt noch nicht glauben kannst, aber eines Tages hast du Clara vergessen. Begleite mich und du wirst Dinge sehen, bei denen dir die Augen übergehen.«

Francisco ließ sich widerstandslos aus dem Park führen. Nur einmal noch drehte er sich um und warf einen letzten Blick auf den gefallenen Engel.

9
Der Gefangene von Zennor Quoit
Trimundus

Die Festungsanlage erinnerte Trevir an den kegelförmigen Sandsteinfelsen der Sturminsel. Es waren mitnichten heimatliche Gefühle, die sich da in dem versteckten Späher rührten, sondern die Erinnerung an Stürme, peitschende Gischt und eisige Kälte. Auch hier hörte man tief unten das gegen die Klippen brandende Meer. Mologs Burg ragte wie ein graues Ungetüm der Unterwelt in den wolkenverhangenen Himmel von Zennor Quoit. Anstelle von Hornplatten besaß sie ein schwer überschaubares Sammelsurium verschiedenster Türme und Erker, anstatt Schuppen verwitterte Steine und schmutzig grüne Fensterläden. Zur Mitte hin wurden die Gebäude immer höher. Das Zentrum der Anlage bildete ein kolossaler Bergfried.

Vom Waldrand her beobachtete Trevir das Gemäuer jetzt schon einen halben Tag lang. Er hatte zwei Wachwechsel gesehen. Einmal waren acht oder zehn schwarze Reiter über die Zugbrücke geprescht, welche erst im letzten Moment herunterrasselte und hinter den geharnischten Männern wie ein riesiges Maul fast ebenso schnell wieder zuklappte. Ansonsten ließen sich auffallend wenige Krieger blicken. Ob Molog zu Hause war?

»Wir werden es feststellen, nicht wahr, Trevir?« Sein Hang zu Selbstgesprächen hatte sich in den dreieinhalb Jahren der Wanderschaft zu einer chronischen Marotte entwickelt. »Bald wird es dunkel. Dann komme ich, Eure Majestät, König der Kriegslords.« Vorsichtig zog Trevir sich ein Stück in den Wald zurück.

Am Morgen hatte er einen Fasan gefangen, dessen Reste er jetzt verspeiste, um sich – wofür auch immer – zu stärken. Die Jagd war ein Teil seines unsteten Lebens geworden. Ihm fiel es nicht schwer, das Versteck eines Tieres zu finden, und mittlerweile wusste er auch, wie man es erlegte und zubereitete.

Nachdem er Sceilg Danaan verlassen hatte, war er zunächst einige Monate durch Eire gestreift. Auf der grünen Insel, die häufig von kurzen, aber heftigen Regenschauern heimgesucht wurde, lebte er von der Hand in den Mund. Er half hier bei der Ernte, dort beim Gerben von Fellen, dann wieder beim Flicken von Fischernetzen. Meist blieb er nicht lang.

Wenn die Leute ihn nach dem Grund für seine Unrast fragten, gab er sich als Pilger aus, was er nicht einmal als Lüge empfand. Der »heilige Ort«, den er suchte, mochte zwar auf keiner Landkarte zu finden sein, aber die Gerechtigkeit war allemal ein lohnendes Ziel. Der Weg dorthin erwies sich für Trevir als genauso verschlungen und unbestimmt wie Mologs Spuren, denen er nachspürte. Der mächtigste der Kriegslords war wie ein Phantom: Niemand wollte auch nur die geringste Ahnung haben, woher er kam und wohin er ging. Molog schlage zu wie das Schicksal, lautete ein geflügeltes Wort: Man wisse nicht, wann, man wisse nicht, wo, man könne nur hoffen, von ihm verschont zu werden.

Fast ebenso gefürchtet wie er war sein Waffenmeister, Cord von Lizard. Diesem wurde nachgesagt, er habe mit seiner Listigkeit mehr Städte eingenommen als Molog mit Feuer. Gleichwohl verstehe die rechte Hand des Kriegslords mit Schwert und Speer umzugehen wie kaum ein anderer. Und dann war da noch von einem Dritten die Rede, der an Molog wie ein Schatten klebte, ein scheinbar namenloser junger Recke, dessen Pfeile nie ihr Ziel verfehlten. Schon der Gedanke, dem Herrn des Schwarzen Heeres und seinen als unbezwingbar geltenden Beschützern einen Besuch abzustatten, galt als so aberwitzig, dass Trevir für seine Frage nach Zennor Quoit schon zweimal wie ein Aussätziger aus einem Dorf gejagt worden war.

Ein knappes Jahr hatte der Junge in Gesellschaft eines zerzausten Gesellen namens Clutarigas verbracht. Der Alte verkaufte sich als Bader, war jedoch ein Überlebenskünstler mit vielerlei Begabungen. Er zog den Leuten Zähne, amputierte Finger, verordnete Tinkturen gegen Haarausfall, Krätze, Warzen und Blähungen, schrieb Briefe, gab gute Ratschläge – recht häufig auch ungefragt – oder er unterhielt seine Klientel mit Zauberkunststücken. Nachdem er Trevirs erstaunliche Fähigkeit, Verlorenes wiederzufinden, bemerkt hatte, witterte er ein großes Geschäft. Fortan durfte das Publikum Gegenstände verstecken und der Junge musste sie dann wiederfinden. Eher spielerisch lernte Trevir dabei, seine Gaben geschickter zu gebrauchen. Im letzten Frühling hatte er Clutarigas verlassen, sich klammheimlich davongestohlen, weil sein Partner den »Goldesel« Trevir nie hätte freiwillig ziehen lassen.

Der allmählich zum Mann heranreifende Hüter des Gleichgewichts und letzte Überlebende der Bruderschaft vom Dreierbund war bald darauf erneut in ein Boot gestiegen. Diesmal überquerte er die See von Eire und gelangte so nach Valisia, dem Land seiner Wurzeln – zumindest hier auf Trimundus. Der im Angesicht des toten Aluuin gefasste Vorsatz war nicht vergessen: Trevir wollte Zennor Quoit finden und von Molog Rechenschaft für das Massaker auf der Insel der Stürme fordern.

Jetzt stand der junge Pilger vor seinem Ziel.

Er hatte sich dazu entschlossen, die »Eroberung« der Burg kurz vor dem nächsten Wachwechsel von der Seeseite aus in Angriff zu nehmen. Die Posten dort mochten nach feindlichen Schiffen Ausschau halten, aber sie würden wohl kaum, noch dazu in der Abenddämmerung, damit rechnen, dass einer verrückt genug sein könnte, über die steilen Klippen zur Zinne emporzusteigen. Trevir verfügte in derlei halsbrecherischer Akrobatik über einschlägige Erfahrungen, weil er auf der Insel der Stürme oft über schroffe Felsen geklettert war, um blökende Ausreißer einzufangen.

Leider hatte er seit dem Verlassen von Sceilg Danaan nie

wieder einen so erstaunlichen »Sprung« zustande gebracht wie am Tag seiner Initiation, als er Dwina nachgejagt war. Erst in letzter Zeit glaubte er in sich wieder das Erwachen einer Kraft zu spüren, die er noch nicht richtig einordnen, geschweige denn lenken konnte. Gerade hatte er noch einmal im Wald versucht, von einem Fleck zum anderen zu »springen«, ohne dabei seine Beine zu bewegen. Erfolglos. Er würde wohl oder übel zu Molog hinaufklettern müssen.

Als die Sonne dicht über dem Horizont stand, stieß er entschlossen Aluuins Stab in den weichen Waldboden. Der hölzerne Begleiter würde hier auf seinen jungen Herrn warten müssen, da er ihm beim Klettern nur hinderlich wäre. Zuletzt hängte Trevir die Scheide seines Messers an den knorrigen Knauf. Gegen Mologs Krieger konnte er mit einem Dolch ohnehin nichts ausrichten, weshalb er es für klüger hielt, sich möglichst harmlos zu geben. Seine wirksamsten Waffen waren sowieso von ganz anderer Art und nur für Eingeweihte als solche zu erkennen.

Außer Sichtweite der Burg bahnte er sich einen Weg zu den Klippen. Dort stieg er fast bis zum Wasser hinab. Nun wurde es schon schwieriger. Um sich der Burg zu nähern, musste er sich einen Pfad suchen, wo es keinen gab. Mal stieg Trevir wieder ein Stück nach oben, dann wieder hinab. Für eine Strecke von knapp einer Meile brauchte er fast eine Stunde. Die Sonne war bereits untergegangen, als er die Steilwand unterhalb der finster aufragenden Festung in Angriff nahm. Sollte er auch jetzt langsamer als erwartet vorankommen, würde die Dunkelheit ihn mitten in den Klippen erwischen. Dann wäre er unweigerlich verloren, denn in der Wand gab es keine sichtbaren Nischen oder Absätze, in denen man sich ausruhen und schon gar nicht schlafen konnte.

Unverzüglich machte sich Trevir an den Aufstieg. Seine Kleidung – ein Geschenk des Baders – war für solche Zwecke besser geeignet als das Habit des Dreierbunds. Er trug eine weite

Hose aus ungefärbtem Hirschleder und darüber eine kurze Tunika aus, ebenfalls brauner, Wolle. Nur die dazu passenden weichen Stiefel hätten etwas mehr Halt geben können. Sie waren zu groß, weshalb Trevir ihre Schäfte mit einem um die Waden gewickelten Band am Bein fixiert hatte. Er ließ sich von derlei Erschwernissen aber nicht entmutigen, sondern erklomm geschickt den unteren Abschnitt der Felswand.

Die Dämmerung tauchte die nach Osten ausgerichtete Klippe rasch in tiefe Schatten, was dem Kletterer zunehmend Sorge bereitete. Ein paarmal musste er mulmige Momente meistern, wenn er seine Stiefelspitzen in eine Spalte steckte, ohne seine Zehen hineinzubekommen. Doch seine Entschlossenheit wurde belohnt und endlich erreichte er den Fuß der Befestigung.

Das Baumaterial der Mauer stammte offenbar aus der nahen Umgebung. Bevor die Steine aufeinander gefügt worden waren, hatte man ihnen wenig Sorgfalt angedeihen lassen: Sie waren voller Risse, Nasen und Vertiefungen, mithin ein ideales Terrain für einen erfahrenen Kletterer. Trevir fand im schwindenden Licht des Tages genügend Griffe und Tritte, um sich weiter nach oben zu arbeiten. Immer wieder blickte er nun zur Zinne hinauf. Ab und zu glaubte er dort Bewegungen auszumachen, aber die ihm zum Schutz gereichende Dunkelheit verbarg auch seine Gegner. Als er schon dicht unter der Zinne war, hörte er plötzlich eine aufgeregte Stimme, die ihn erstarren ließ.

»Was war das, Acwulf?«

»Keine Ahnung, wovon du sprichst, Kamerad«, antwortete ein ungewöhnlich raues Organ.

»Schläfst du etwa schon? Du hättest es doch bemerken müssen.«

»Heahfrith! Wenn du was zu melden hast, dann spuck es aus«, knurrte das Reibeisen.

»Aber du hast doch in dieselbe Richtung geschaut wie ich. Das Licht, Mann! Ist es dir tatsächlich nicht aufgefallen?«

Die Augen des an der Mauer klebenden Lauschers sprangen

hektisch hin und her. Sie suchten am Rest des Körpers nach verräterisch blau schimmernden Flecken, entdeckten aber zu seiner großen Erleichterung nichts dergleichen.

»Gleich ist Wachwechsel, Heahfrith. Ich bin müde und hungrig. Wenn du nicht auf der Stelle damit rausrückst, was du für ein Licht gesehen hast, dann werde ich dir mit meiner Streitaxt heimleuchten. Haben wir uns verstanden?«

»Jetzt reg dich ab, Acwulf. So 'n blaues Fünkchen ist doch was Schönes. Wünsch dir was.«

»*Was für ein blaues Fünkchen!*«, brüllte der hungrige Müde mit Donnerstimme.

»Na, die Sternschnuppe. Ich kann mir was wünschen. Hast du sie wirklich nicht gesehen?«

Ein schepperndes Geräusch ließ Trevir zusammenfahren. Sein Fuß rutschte ab. Einige bange Augenblicke lang kämpfte er um Halt. Währenddessen erklang von oben eine nörgelnde Stimme.

»Du hast mir den Helm verbeult, Acwulf.«

»Wünsch dir doch einen neuen, du Schnuppengucker.«

Eine Glocke ertönte, das Zeichen für den Wachwechsel. Trevir hing inzwischen wieder sicher an der Mauer. Er hörte Schritte, die sich entfernten. Das war genau der Moment, den er hatte abpassen wollen. Schnell erklomm er die Zinne und schwang sich auf den Wehrgang. In geduckter Haltung sah er sich um. Nirgends waren Posten zu sehen. *Sehr gut! Jetzt müssen wir nur noch Mologs Gemach finden.* Seine Lippen formten lautlos die Worte.

Von Norden her näherte sich die neue Wache, zunächst nur am Geräusch ihrer Stiefel auszumachen. Also lief er auf der Mauer nach Süden. Bald erreichte er eine Treppe. Kurz lauschte er. Von unten waren keine verdächtigen Geräusche zu hören. Er huschte die Stufen hinab. Dann stand er im Hof. Wohin jetzt?

Der Turm! Der mächtige Bergfried im Zentrum der Anlage war der sicherste Ort im Falle einer Belagerung. Vermutlich hatte der Herr von Zennor Quoit sich dort eingenistet. Ein beunruhigend großes und nicht die geringste Deckung bietendes Stück des Innenhofs trennte Trevir von dem kreisrunden Bauwerk. Zu allem Übel brannte neben der erhöhten Pforte eine Fackel. Er holte tief Luft und wappnete sich innerlich für einen Spurt. Da hörte er Stimmen.

Jemand lachte. Trevir drückte sich schnell in einen dunklen Winkel am Fuß der Treppe, gerade rechtzeitig, um nicht zwei schwarzen Kriegern in die Arme zu laufen.

»Er hat dir die Beule tatsächlich mit der bloßen Faust verpasst? Wieso denn, Heahfrith?«, fragte eine hagere Gestalt voller Unglauben; sie gab beim Gehen merkwürdig klappernde Geräusche von sich.

»Na, warum schon, Mann? Er war sauer, weil er die Sternschnuppe nicht selbst entdeckt hat. O du ahnst ja nicht, wie mein Schädel brummt!«

»Komm. Lass uns ein oder zwei Krüge Bier hineinkippen. Das hilft!«

Die Feierabendlaune trug die Wachen rasch fort.

Als die Stimmen der beiden Posten zwischen den Gebäuden des großen Innenhofs verhallt waren, wartete Trevir noch zehn tiefe Atemzüge lang. Dann rannte er, so schnell er konnte, über den Innenhof, direkt in die Schatten der Treppe, die zur Pforte hinaufführte. Keuchend presste sich Trevir mit dem Rücken an das Gemäuer und blickte sich um. Von irgendwo hörte er Gelächter. Auf den Wehrgängen sah er patrouillierende Wachen. Aber die widmeten ihre ganze Aufmerksamkeit dem Gebiet *vor* der Mauer. Niemand schien zu ahnen, dass der Feind bereits *in* der Burg war.

Nach einer kurzen Verschnaufpause überwand Trevir die Holztreppe. Oben angekommen machte er sich unter der Fackel so klein wie möglich. An der schweren, eisenbeschlagenen Holztür befand sich ein Metallring. Trevir zog daran – nichts geschah –, er schob – die Tür rührte sich nicht –, dann drehte er den Ring und hörte ein metallisches Kratzen. Gleich darauf sprang die Pforte eine Handbreit auf. Vorsichtig drückte Trevir sie weiter nach innen, was ihm einen Schauer bescherte, weil die Tür ein kreischendes Geräusch von sich gab. Sein Kopf fuhr herum.

Die Wachen auf dem Wehrgang hielten ihre Blicke weiter nach draußen gerichtet. Das Scharnier hatte wohl doch nicht so laut protestiert. Wie ein Schatten huschte Trevir in den Turm.

Auch drinnen brannten Fackeln. Eine grob gezimmerte Holztreppe führte nach oben. Solche Stiegen konnten im Notfall schnell abgebaut werden, um einem Feind die Erstürmung zu erschweren. Vorausgesetzt, man wusste, dass ein solcher nahte. Trevir grinste.

Auf Zehenspitzen machte er sich an den Aufstieg. Die Stufen knarzten, dass es ihm eine Gänsehaut bescherte, aber er ging weiter. Trevir hatte, da sein Dolch im Wald geblieben war, keine Waffe im üblichen Sinne, um sich notfalls gegen einen Angreifer zu wehren. Doch am Gürtel unter seiner Tunika befanden sich drei kleine Lederbeutel mit raffinierten Pülverchen, jedes auf seine Weise wirksamer als blanker Stahl. Als gelehriger Schüler hatte er bei Clutarigas, dem Bader, schnell gelernt, wie man nicht nur wohltuende Arzneien, sondern auch Mittel der eher unangenehmen Art mischte. Vom Niespulver bis zum schnell wirkenden Gift beherrschte er die ganze Palette. Doch Trevir war kein hinterlistiger Meuchler. Deshalb hatte er für diese Gelegenheit etwas ganz Besonderes zusammengeschüttet: ein staubfeines Pulver, das einen Menschen für begrenzte Zeit lähmen konnte, ein zweites, ganz ähnliches, das wie eine Fessel wirkte – man konnte mit dem Betäubten noch reden –, sowie ein drittes, das, in die Augen gestreut, vorübergehend für Blindheit sorgte.

Trevir überwand auf seinem Weg nach oben mehrere von Fackeln erhellte Stockwerke: eine Wachstube, die glücklicherweise unbesetzt war, eine Art Besprechungs- und Speiseraum mit einer großen runden Tafel und mit einer Kochstelle, ein

Schlafgemach sowie ein mit kostbaren Hölzern ausgestattetes Arbeitszimmer, höchstwahrscheinlich die Brutstätte für etliche von Mologs Eroberungsfeldzügen. In der Kammer standen ein Tisch, ein Sessel, mehrere Stühle und Truhen, Regale voller Pergamente, aber mit nur wenigen Büchern, sowie eine Ritterrüstung. An den Wänden hingen allerlei Waffen, die Trevirs Phantasie überforderten. Er konnte sich weder ausmalen, wie man diese Werkzeuge des Krieges »richtig« einsetzte, noch wollte er es.

Vom Turmzimmer führte eine Leiter zu einer Deckenluke; ein schwerer Eisenriegel hielt sie verschlossen. Das bedeutete: Von oben drohte keine Gefahr. Und das hieß außerdem: Molog war nicht zu Hause. »Wäre ja auch zu leicht gewesen«, brummte Trevir. Was nun? Sollte er hier warten? Das war vermutlich keine gute Idee, denn wenn der Herr des Schwarzen Heeres auf einem neuen Eroberungsfeldzug war, dann konnte es Wochen, vielleicht Monate dauern, bis er nach Zennor Quoit zurückkehrte. In diesem Fall wäre es besser, sich wieder aus der Burg zu stehlen und zum rechten Zeitpunkt wiederzukommen.

»Ob Ihr mir wohl eine Nachricht hinterlassen habt, hoher Herr?«, flüsterte Trevir und schielte zum Tisch hinüber. Darauf stapelten sich eine Unmenge von Papieren. Immerhin war es beachtlich, dass der Burgherr offenbar lesen und – ein Tintenfass mit einer Feder legte diese Vermutung nahe – schreiben konnte. Während seiner Wanderschaft hatte der Pilger von Sceilg Dana-an erfahren, wie wenig verbreitet jene Fertigkeiten waren, die unter der Bruderschaft vom Dreierbund zur Grundausbildung gehörten. Selbst hohe Herren und Kriegslords bedienten sich lieber der Dienste von Schreibern und Vorlesern, als selbst den Kampf mit den Buchstaben aufzunehmen. Führte Molog über seine Feldzüge Buch oder plante er sie im Voraus? Hielt er schriftlichen Kontakt zu Verbündeten, die er für die Einnahme einer befestigten Stadt dingte? Es hieß, Molog sei kein Freund langer Belagerungen.

Wie auch immer, dachte Trevir, du darfst, nachdem du so weit vorgedrungen bist, nicht einfach wieder verschwinden, ohne wenigstens *irgendetwas* erreicht zu haben. Also machte er sich auf den Weg zum Tisch.

Ein vom Kopf gegebener Befehl ist, sobald die Füße sich ihm unterworfen haben, so schnell nicht wieder rückgängig zu machen. Zu dieser Einsicht gelangte Trevir erst zwei Schritte nachdem ihm aufgegangen war, dass mit dem Turmzimmer etwas nicht stimmte. Viel zu spät blieb er – auf den Zehenspitzen balancierend – stehen.

Der Fußboden zwitscherte!

Trevirs Nackenhaare standen ihm zu Berge. So etwas hatte er noch nie erlebt. Vorsichtig kippelte er mit dem linken Fuß. Ja, die Dielen waren beweglich aufgehängt, sodass sie schon unter geringster Belastung ein lautes, helles Quietschen von sich gaben. Zweifellos handelte es ich bei dem zwitschernden Fußboden um eine raffinierte Alarmvorrichtung und er hatte das Signal ausgelöst. Wie viele Schritte war er gegangen? Drei? Hatte man ihn gehört?

»Probier es besser nicht aus!«, mahnte er sich, kaum hörbar, selbst und wollte gerade auf dem Absatz herumfahren, als sein Blick wie magisch zum Tisch hingezogen wurde. Dem »Empfänger«, wie Aluuin ihn einst genannt hatte, war dieses Gefühl zwar vertraut, aber bisher hatte es ihn nur geleitet, wenn er *bewusst* nach etwas suchte. Seine Augen wanderten über das Durcheinander auf der großen Arbeitsplatte und blieben plötzlich an einem glitzernden Kettchen hängen, das zu einem offenbar silbernen Zylinder führte, vom Durchmesser her kaum dicker als ein Besenstiel. Das unten verschlossene Rohr war in mehrere Segmente zergliedert, jedes etwa so lang wie Trevirs Zeigefinger, von seinem Nachbar durch einen erhabenen silbernen Ring abgegrenzt und mit dunkelbraunem, halb durchsichtigen Glanzlack ausgemalt, aus dem sich ovale Schmuckelemente metallisch schimmernd erhoben. Wie viele solcher Abschnitte letztlich die ganze Silberröhre bildeten, ließ sich nur erahnen, weil sie unter einem Berg von Pergamenten hervorragte. Solche Zylinder wurden gelegentlich zur Aufbewahrung, hauptsächlich jedoch zum schonenden Transport wichtiger Schriftstücke benutzt, weshalb man sie auch als Dokumentenhalter bezeichnete; dieser hier zeigte deutliche Spuren langen Gebrauchs. Aber Trevirs Aufmerksamkeit war nicht von dem Gegenstand als Ganzes gebannt worden, sondern von dem kleinen roten Symbol auf der Seite des Deckels, zu dem ihn die Kette geführt hatte: Es handelte sich um ein verschlungenes Band, das in der offenen Mitte ein Dreieck erkennen ließ, das Zeichen des Dreierbunds, ein Ebenbild des Feuermals auf dem Schulterblatt seines jüngsten Hüters …

Ein Krachen vom Fuß des Turmes ließ Trevirs Kopf herumfahren. Er lauschte. Jemand hatte die störrische Tür aufgestoßen. Und jetzt trampelten zahlreiche Füße die Stufen herauf!

Hektisch blickte sich Trevir um. Im Turmgemach gab es keine brauchbaren Verstecke. Seine Augen blieben an der Deckenluke hängen. Vielleicht konnte er von der Zinne an der Außenseite des Turmes hinabklettern.

Mit zwei schnellen Sprüngen war er beim Tisch, riss den Dokumentenhalter unter den Pergamenten hervor und überquerte den zwitschernden Boden in Richtung Leiter. Rasch erklomm er diese und zog den Riegel der Luke zurück. Dann war er auf dem flachen Dach. Der Deckel flog wieder zu. Leider gab es auf dieser Seite keine Vorrichtung zum Verschließen desselben. Trevir rannte zur Brüstung und blickte nach unten. Im Burghof sammelten sich schwarze Krieger. Überall brannten Fackeln. Plötzlich hörte er ein helles Sirren und zog reflexhaft den Kopf ein, gerade rechtzeitig, denn ein Pfeil schwirrte nur zwei oder drei Fingerbreit an ihm vorbei.

Trevir ließ sich flach auf den Boden fallen. So war er vor den Scharfschützen einstweilen sicher, da die Zinne des Burgfrieds hoch über den Wehrgängen lag. Aber dieser Vorteil bedeutete nicht mehr als einen Aufschub. Trevirs Blick sprang zum Verschluss der silbernen Röhre, die unter seinem Arm klemmte. Es war zu dunkel, um das rote Band zu erkennen. Er hätte ihren Inhalt zu gerne untersucht, aber diese Gelegenheit war wohl verpasst. Gleich würde man ihm seine Beute abnehmen. Es sei denn …

Er spähte zwischen den Zinnen des Turmes zur Mauerkrone hinab, wo Bogenschützen aufgereiht standen, die nur auf ein Ziel warteten. Er kroch auf allen vieren zur gegenüberliegenden Brüstung. Dort sah er das schräge Dach eines Hauses, zu weit weg, auch viel zu tief, um hinüberzuspringen. Aber vielleicht nicht zu fern für einen geschickten Wurf.

Wie von einer Feder getrieben schnellte Trevir nach oben, holte weit aus, schleuderte den Dokumentenhalter in Richtung Dach und ließ sich wieder fallen. Er hörte ein hartes Klappern, gefolgt von einem polternden Geräusch. Schnell blickte er durch den gezahnten Mauerabschluss und sah gerade noch, wie die Röhre über die Dachkante rollte, herabfiel und in den Schatten eines stillen Winkels verschwand. Wenn er Glück hatte und ihm die Flucht gelang, dann würde er den Dokumentenhalter dort vielleicht wiederfinden.

Trevirs Hand umfasste den Beutel mit dem Blendpulver. Er zögerte. Was konnten seine Mittel bewirken? Er würde ein paar Männer außer Gefecht setzen, womöglich sogar aus dem Turm fliehen können, aber dann stünde er ohne Deckung im Innenhof. Die Bogenschützen würden ein Fest veranstalten, bei dem ihm die Rolle des Spickbratens zufiel.

Die Klappe der Deckenluke flog auf. Ein gewaltiger Helm tauchte daraus auf, dann eine Hand mit einer Fackel und eine zweite mit einer Streitaxt. Der Krieger hatte sein Visier hochgeklappt und betrachtete argwöhnisch den jungen Mann, der mit dem Rücken an der Mauerbrüstung lehnte, ihm entgegenlächelte und jetzt sogar das Wort an ihn richtete.

»Schönen guten Abend, werter Herr. Ihr habt eine ganz prachtvolle Aussicht hier oben. Aber jetzt würde ich doch gerne Euren Herrn sprechen.«

Das Verlies war der trostloseste Ort, den er je gesehen hatte. Zumindest lebte Trevir noch. Sein Begehr, den Herrn dieser finsteren Burg zu sprechen, hatte ihm vermutlich das Leben gerettet. Als gewöhnlicher Dieb oder Spion hätte ihn der Hüne, bei dem es sich übrigens um keinen Geringeren als den Helmzerbeuler Acwulf handelte, vermutlich mit Wonne zerstückelt.

Der Kerker lag tief unter der Festung. Feuchtes, halb verfaultes Stroh auf dem Boden verbreitete einen modrigen Geruch. Im flackernden Licht einer Kerze sah Trevir Wände aus massivem Fels. Zwar hatte der fette Wärter Trevirs Handgelenke nicht in die Ketten gelegt, die dort herabhingen, aber das hob die Stimmung des Gefangenen nur wenig. Missmutig starrte er auf die schwere Holztür. Dahinter rumorte ein Kerkermeister, der nicht allein ob der ihm fehlenden rechten Ohrmuschel einen wenig verständnisvollen Eindruck gemacht hatte. Sein ganzes Benehmen während der Einquartierung des neuen Gastes legte eher die Vermutung nahe, dass er zu jenen Zeitgenossen gehörte, die sich die Arbeit mit dem Quälen von Kellerasseln, Ratten und Gefängnisinsassen versüßten.

Seit Trevirs Festnahme mochten vielleicht drei Stunden vergangen sein – in dem lichtlosen Verlies wurde die Zeit zu einem Nebel, ohne bestimmbares Maß. Der Gefangene hatte ein kurzes Verhör über sich ergehen lassen müssen, in dem es wohl hauptsächlich darum ging, ob man ihm Schmerzen zufügen durfte oder ob er doch den Respekt eines vom Hausherrn geachteten Gastes verdiente. Als Kompromiss entschied man sich für den stinkenden Kerker.

»Wenn du nicht bald hier rauskommst, wirst du wie das Stroh verfaulen«, murmelte Trevir. Hinter sich hörte er ein Geräusch. In der Tür befand sich eine Öffnung, durch die ihn, nicht zum ersten Mal, ein wässriges Augenpaar boshaft anstierte. Er war viel zu aufgeregt, um darauf zu achten. Wie ein wildes Tier lief er in der geräumigen Zelle hin und her. In seinem Gedankenozean dümpelte der Dokumentenhalter wie ein Stück Treibholz: Mal verschwand er unter der Sorge, hier verrotten zu müssen, dann tauchte er wieder auf.

Woher kannte Molog das Symbol des Dreierbunds? War die Röhre ein Beutestück vom Überfall auf Sceilg Danaan? »Nein«, flüsterte Trevir. Als Schüler Aluuins hätte er solche Silberbehälter dort wenigstens schon einmal gesehen haben müssen. Aber die Brüder benutzten schlichte, mit Wachs versiegelte Tonbehälter für die Lagerung wertvoller Dokumente, nicht solche kostbaren Zylinder. Das von Trevir gestohlene Stück hatte ausgesehen, als wäre es schon ein, zwei oder mehr Jahrzehnte in ständigem Gebrauch gewesen.

»Wenn ich nur drankäme!«, flüsterte er. Von einer starken Unruhe getrieben, wandte er den Kopf nach oben, genau in Richtung jenes abgelegenen Winkels, in dem der Dokumentenhalter nach seinem Sturz vom Dach liegen geblieben war. Niemand hatte ihn bisher gefunden. Trevir wusste es.

Und plötzlich konnte er die Röhre sogar sehen.

Noch nie hatte der Empfänger einen fernen Gegenstand so deutlich erblickt. Nur dünne Nebelschleier schienen das Bild schwach zu trüben. Als er die Augen schloss, wurde die Vision sogar noch klarer. Ja, jetzt glaubte Trevir sogar sehr leise Stimmen zu vernehmen. Ihm war im Verlauf der letzten dreieinhalb Jahre zwar aufgefallen, dass die Kraft des Triversums nicht immer gleich in ihm wirkte – erst nahm sie ab, dann wieder zu –, aber so machtvoll wie jetzt hatte er sie noch nie erlebt. Der Fels und das Mauerwerk der Festung schienen gleichsam aus Glas zu bestehen.

Als der Gefangene die Augen wieder öffnete, stutzte er. Etwas hatte sich verändert. Die halblebige Flamme des fast schon heruntergebrannten Kerzenstummels hatte von irgendwoher

Verstärkung bekommen. Der ganze Raum erstrahlte in einem blauen Licht. Trevir erschauderte. Sein Herz begann zu rasen. Entgeistert betrachtete er seine leuchtenden Hände. Zum Glück hatte sich das wässrige Augenpaar gerade zurückgezogen. Er begann zu schwitzen, obwohl es in dem Kerker eher kühl war. Zuletzt hatte ihm dieses Glühen eine Hand voll Sand eingebracht. Welche Überraschung erwartete ihn wohl jetzt?

Trevir blickte wieder nach oben, wo der Dokumentenhalter im Burghof lag. Wenn er doch nur genauso dorthin springen könnte wie damals zu Dwina auf die Klippe! Plötzlich spürte er einen ziehenden Schmerz. Sein Körper fühlte sich an, als bestünde er aus Wasser. Seine Umgebung schien sich aufzulösen. Unwillkürlich machte er einen Schritt nach vorn. Ein lautes Platschen war das Letzte, was er innerhalb der Zelle wahrnahm.

Im nächsten Moment stand er pitschnass im Innenhof der Burg.

Hungrold, der einohrige Kerkermeister von Zennor Quoit, klagte nie über das Leben in seinem unterirdischen Reich. Früher hatte er im Schwarzen Heer gedient, war aber wegen seiner ausgefallenen Gewohnheiten unangenehm aufgefallen. Selbst die hartgesottensten Recken mochten es nicht besonders, wenn jemand in ihrer Mitte Ratten, Katzen und anderes Getier zu Tode quälte, um sie nachher in rohem Zustand zu verspeisen. Wer sich nicht eingliedern konnte, wurde von Molog aus dem Kampfverband ausgegliedert – üblicherweise durch Enthauptung. Der Kriegslord hatte sich jedoch die sadistischen Neigungen des massigen Soldaten zunutze gemacht und ihm kurzerhand die Aufsicht über seinen Kerker und die Folterkammer anvertraut. Hier war Hungrold in seinem Element.

Als er aus dem Verlies des neuen Gefangenen ein lautes Plätschern hörte, mochte er nur widerwillig den Verzehr seiner Beute, einer ausgesprochen fetten Ratte, unterbrechen. Hungrold grunzte. Seine Faust donnerte auf den Tisch. Erst hatte er den angeblichen Besucher des Herrn Molog belauschen müssen und kein einziges Wort von seinem unverständlichen Gemurmel verstanden und nun das! Was stellte die Braunhaut jetzt wieder an? Dem Geräusch nach hatte er einen Zuber mit Wasser ausgeschüttet. Hungrold stutzte. In dem Kerkerloch gab es, abgesehen vom Exkrementeneimer, überhaupt keinen Bottich, dessen Inhalt genug hergab, um solchen Lärm zu verursachen. Hungrold stöhnte.

Mürrisch ließ er die Reste der Ratte über dem Tisch fallen und stemmte sich vom Stuhl hoch. Seine Körperfülle wirkte auf die meisten Gefangenen hinreichend erschreckend, um ihnen den Trotz auszutreiben. Möglicherweise waren zu diesem Zweck bei dem Neuzugang noch ein paar unterstützende Maßnahmen vonnöten. Hungrold kam in Fahrt.

Mit Mühe brachte er seine Massen vor der Kerkertür zum Stehen und öffnete die kleine Klappe, die ihm schon viele vergnügliche Einblicke verschafft hatte. Seine Schweinsäuglein stierten durch das Loch. Hungrold erschrak.

Hastig nestelte er an seinem großen Eisenring den passenden Schlüssel hervor, bohrte ihn ins Schloss und öffnete mit einem Ruck die Tür. Ungläubig starrte der Fettwanst in das kahle, seltsam fischig riechende Verlies. Ein kleines Rinnsal floss, einige Strohhalme mit sich tragend, um seine Füße herum. Vom Gefangenen fehlte jede Spur. Dafür zappelte am Zellenboden ein großer, mit einer Schwertnase ausgestatteter Fisch.

Hungrold schrie.

Als Trevir in dem Schatten zwischen Burgfried und Haus erschien, war er buchstäblich wie aus dem Wasser gezogen. Zu seinen Füßen schimmerte die Dokumentenröhre. Er bückte sich, hob sie vom Boden auf und klemmte sie am Gürtel unter seiner Tunika fest. Kauernd reckte er den Hals und spähte um die Hausecke in den Innenhof, der im Licht vieler Fackeln lag. Zu seinem Leidwesen leuchtete auch er, Trevir, noch wie ein glühendes Stück Eisen – nur eben blau. Er musste so schnell wie möglich fort von hier. Ob ihm so ein Sprung gleich noch einmal glücken würde? Der entflohene Häftling wandte sich zum Haus um – in dieser Richtung vermutete er den Wald – und konzentrierte sich auf Aluuins Stab.

Bald schien sich das Mauerwerk in eine Wolke zu verwandeln. Trevir vermochte zunächst jedoch nichts anderes als wirbelnde Schwaden zu erkennen. Er schloss die Augen. Allmählich tauchten aus dem grauen Brodem Stämme auf. Bäume! Während seine Füße sich keinen Fingerbreit vom Fleck bewegten, tastete sich sein Geist vorwärts. Als säße er auf dem Rücken eines Vogels, schien er in den Wald hineinzufliegen. Die stillen Riesen rasten an ihm vorbei. Plötzlich endete der Gedankenflug – direkt über dem Stab.

Trevir versuchte sich an seine bisherigen »Hüpfer« zu erinnern. Was hatte er getan? Doch eigentlich nicht mehr, als sich an den anderen Ort zu wünschen und den ersten Schritt zu wagen. Innerlich wappnete er sich gegen die unangenehmen Nebenwirkungen, holte tief Luft, setzte – nur mental, versteht sich – zum Sprung an, bewegte seinen linken Fuß nach vorn und …

Diesmal hatte das Ziehen in den Muskeln nicht mehr so wehgetan. War der Versuch etwa gescheitert? Sicherheitshalber öffnete Trevir zunächst nur ein Auge. Erleichtert atmete er auf. Über ihm ragten in zwar sternenklarer, aber wegen des Neumonds gleichwohl finsteren Nacht dunkle Stämme auf. Er war tatsächlich im Wald gelandet.

Da Trevir davon ausgehen musste, verfolgt zu werden, bahnte er sich mehr schlecht als recht einen Weg durch den düsteren Forst. Erst als die Sonne aufging, legte er eine Rast ein. Zum Anzünden eines Feuers hatte er sich nicht durchringen können, aber jetzt vermochte er seine Neugier nicht länger zu zügeln. Er wollte endlich den Inhalt des silbernen Behälters erforschen.

Fast ehrfürchtig schraubte er den mit dem roten Band des Dreierbunds verzierten Deckel von der Röhre, drehte sie um und ließ den Inhalt in seine linke Hand gleiten. Es handelte sich um zwei Pergamente, mit bräunlich schwarzer Tinte dicht beschrieben. Als Trevir den Inhalt der Schriften überflog, wurden seine Augen immer größer.

Das Gesetz der Triversalen Wellen, lautete der Titel der ersten Abhandlung, in der die Periodendauer und Schwingungsweite der Wellenbewegungen des Triversums erörtert wurde. Die dargelegten Fakten waren Trevir im Grundsatz bekannt. Aluuin hatte kurz vor seinem Tod über die zeitliche Abfolge zukünftiger Annäherungen der drei Welten gesprochen. Trevirs Hände zitterten, als ihm bewusst wurde, dass in der vergangenen Nacht die dritte Welle seines Lebens ihren Höhepunkt erreicht hatte. Nun erst wurde ihm klar, warum er die Kräfte des Triversums nicht immer genauso stark spüren und mit der gleichen Leichtigkeit lenken konnte.

Die zweite Schrift brachte sein Blut noch mehr in Wallung. Derselbe Autor – beide Manuskripte waren mit den Initialen »A. S.« versehen – hatte ihr den etwas sperrigen Titel *Immo- und automobile Schwingungsknoten des Triversums* gegeben. Bei dem, was jener A. S. da als »Schwingungsknoten« bezeichnete, handelte es sich im Wesentlichen um das Gleiche wie die von Aluuin beschriebenen Schwerpunkte der drei Welten. Der Verfasser des Aufsatzes plädierte für die Existenz von Örtlichkeiten, die im Wellengang des Triversums stillständen – so bezeichnete er die »immobilen Schwingungsknoten«, für die er auch gleich einige Beispiele anführte. Bei den »automobilen«, also selbstbeweglichen, handele es sich um Geschöpfe – vorzugsweise Menschen –, die zum Zeitpunkt einer großen Annäherung der drei Welten an einem immobilen Schwingungsknoten geboren würden. »Meiner unbewiesenen Meinung nach«, resümierte A. S., »müsste solchen Wesen der Schwerpunkt des Triversums innewohnen, was ihnen allerlei Beeinflussungen desselben ermöglicht, bis hin zu dessen Zerstörung ...«

Trevir erstarrte. Das Blatt fiel zu Boden. Um wen handelte es sich bei diesem A. S.? Wer konnte solche tief gehenden Kenntnisse über die Natur des Triversums erworben haben? Doch nur ein Hüter des Gleichgewichts, oder etwa nicht?

»Abacuck«, flüsterte der junge Mann und sah mit glasigem Blick auf das am Waldboden liegende Pergament herab. Rasch hob er es wieder auf und betrachtete es mit großer Ehrfurcht. Die beiden Aufsätze bestätigten auf beklemmende Weise Aluuins Warnungen an seinen Schüler: *Nie darfst du dich in die Gewalt von jemandem begeben, der das von dir Empfangene zu missbrauchen sucht. Es wäre womöglich das Ende nicht nur unserer Welt.*

Wie war Molog an diese Manuskripte gelangt? Wenn sie tatsächlich von Abacuck stammten, dann mussten sie sich einmal im Besitz der von ihm gegründeten Bruderschaft befunden haben. Eine beunruhigende Ahnung bemächtigte sich des Pilgers von Sceilg Danaan. Noch einmal las er die Liste jener Orte, die der Verfasser der Aufsätze im Wortschatz des Gelehrten als »immobile Schwingungsknoten des Triversums« bezeichnet hatte. Die meisten Namen sagten ihm nichts. Aber die beiden Angaben gleich zu Beginn der Aufzählung brannten sich förmlich in sein Bewusstsein ein.

Unter der großen Kuppel in der Verbotenen Stadt, an der Blutquelle von Annwn, ...

In Annwn, wo sich dem Volksglauben nach das Tor zum Feenreich befand, war einst von Aluuin ein Findelkind entdeckt worden, das er hierauf zu seinem Nachfolger ausgebildet hatte. Und in der Verbotenen Stadt ...? Wie hatte das Oberhaupt des Dreierbunds doch kurz vor seinem Tod gesagt? *In der Stadt, die man die Verbotene nennt, hatte das Unheil begonnen.*

»Ich muss dorthin!«, flüsterte Trevir. Es hatte keinen Zweck, hier zu bleiben und auf Molog zu warten. Der Herr von Zennor Quoit war gewiss längst aufgebrochen, um die Verbotene Stadt zu finden. Alles sprach dafür: die vergleichsweise geringe Truppenstärke der Burg; Mologs Kenntnisse der Gesetze des Triversums; das Massaker an den Mitwissern auf der Insel der Stürme, sein seit Jahren unbestrittener Eroberungswahn. Wo anders würde dieser brutale Mensch seinen Durst nach Macht besser stillen können als an einer Quelle, aus der die Kräfte des Triversums sprudelten?

Mit einem Mal erschien ihm alles klar. Seine Pilgerfahrt war noch lange nicht zu Ende, sie hatte gerade erst begonnen.

Trevir rollte die Pergamente zusammen und verstaute sie wieder in dem Dokumentenhalter. Dann zog er Aluuins Stab aus der Erde und sagte: »Warte nur, Molog, warte, Verbotene Stadt – ich komme, wo auch immer ihr euch befinden mögt.«

Die Schenke *Zum lockeren Mundwerk* gehörte nicht eben zu jenen Gasthäusern, in denen Trevir von dem Wunsch übermannt wurde, sesshaft zu werden. Das alte Fachwerkhaus erinnerte an einen tatterigen Greis, der sich nur noch mithilfe eines Stocks auf den Beinen halten konnte – die zum Innenhof weisende Nordwand des Gebäudes sah beängstigend schief aus und musste mit einem dicken Stützbalken am Einsturz gehindert werden. Wenigstens war der aus festgestampftem Erdreich bestehende Boden des Gastraumes mit frischem Stroh bestreut und der Wirt hatte noch fast alle Zähne sowie nur wenige Flecken auf seinem fadenscheinigen Wams. Aus der Küche drang zudem ein verführerischer Geruch. Eine Nacht im *Lockeren Mundwerk* konnte wohl nicht schaden, dachte Trevir. Nach seiner Flucht aus Zennor Quoit war er vier Tage lang nach Nordosten marschiert. Jetzt verspürte er das dringende Bedürfnis, ein Bad zu nehmen und endlich einmal wieder etwas zu essen, das er nicht selbst erlegt und zubereitet hatte.

Noch konnte er sich den Luxus einer solchen Unterkunft leisten. Während seiner Zeit beim Bader Clutarigas hatte er wenig Geld ausgegeben, aber ein hübsches Sümmchen sparen können. Trevir verzichtete auf eine Übernachtung im Gemeinschaftsschlafraum und gönnte sich ein eigenes Zimmer. Das Bad in einem großen Zuber fand dagegen unter freiem Himmel im Hof des *Lockeren Mundwerks* statt. Erfrischt begab er sich anschließend in die Schankstube und suchte sich eine Bank am Rande des Raumes.

»Wie lebt man so in einem Ort, der nur wenige Tagereisen von Zennor Quoit entfernt liegt?«, fragte er den Wirt, als dieser ihm einen dampfenden Eintopf in einer Holzschale servierte.

Das Gesicht des nicht sehr großen Mannes nahm einen besorgten Ausdruck an. »Prächtig«, antwortete er.

»Ihr könnt mir ruhig die Wahrheit sagen, guter Mann. Ich bin keiner von Mologs Spionen.« Trevir lächelte gewinnend.

Der Wirt schien zu spüren, dass sein Gast nichts Böses im Schilde führte, und fasste Zutrauen. Mit einem Achselzucken bemerkte er: »Man schlägt sich eben so durch. Unser Dorf gehörte zu den ersten, die Molog unterworfen hat. Wir haben gelernt, ihm pünktlich unseren Tribut zu zahlen, und er lässt uns dafür in Ruhe. Ihr seid nicht aus der näheren Umgebung, junger Herr?«

Trevir schüttelte den Kopf. »Ich bin aus Eire rübergekommen.«

»Es heißt, Molog überfällt die Dörfer dort nur selten. Was führt euch nach Valisia?«

»Wie Ihr sagtet: Ich bin jung. Ein Pilger auf der Suche nach dem heiligen Ort der Wahrheit«, erwiderte Trevir ausweichend.

Der Wirt lachte. »Wohl eher ein Abenteurer! Na, dann seht zu, dass Mologs Schergen Euch nicht erwischen. Die suchen ständig Frischfleisch für das Schwarze Heer.«

Der Löffel in der Hand des Pilgers verharrte mitten auf dem Weg zum Mund. »Ich bin nicht sicher, ob ich Euch richtig verstanden habe.«

»Soldaten. Molog hat ständig Bedarf an Kriegern. Ein Teil unseres Tributs besteht aus unseren Söhnen, die wir ihm für sein Heer ›leihen‹ müssen – bis heute hat er noch keinen zurückgegeben. Seine Rekrutenfänger schnappen sich jeden kampftüchtigen Mann, den sie erwischen können. Ich wette, in Eire habt Ihr davon noch nichts bemerkt, oder?«

Trevir schlürfte seinen Holzlöffel leer und schüttelte abermals den Kopf. »Dann wäre es wohl besser, ich gehe dem Schwarzen Heer aus dem Weg. In welcher Gegend überfällt es denn derzeit die Dörfer?«

»Das weiß niemand.«

»Wie meint Ihr das?«

»In einem Gasthaus hört man so einiges, aber seit kurzem sind die Nachrichten von unserem Lehnsherrn so gut wie abgeschnitten. Anscheinend hat er seinen Spaß an neuen Eroberungen verloren.«

»Oder sein Augenmerk auf ein lohnenderes Ziel gerichtet«, murmelte Trevir. Er musste an *Das Gesetz der Triversalen Wellen* denken, das Manuskript in dem Dokumentenhalter, der mit Aluuins Stab auf der Bank hinter ihm lag. In weniger als vierzehn Monaten würden sich die drei Welten berühren.

Der Wirt konnte mit der Äußerung des jungen Hüters nicht viel anfangen und weil ihm das Thema ohnehin unbehaglich war, wünschte er seinem Gast einen guten Appetit und zog sich rasch zurück.

Im Laufe des Abends füllte sich die große Schankstube mit allerlei Gästen. Bald herrschte im Raum eine stickige Enge. Auch an Trevirs Tisch gab es keinen freien Platz mehr. Die Leute bestellten einen Krug Bier und tauschten Neuigkeiten aus. Eine Weile lauschte der Pilger von Sceilg Danaan hier und da in ein Gespräch hinein, aber abgesehen von den alltäglichen Sorgen der Menschen erfuhr er wenig. Zu fortgeschrittener Stunde stand er auf, schob sich den Dokumentenhalter unter den Gürtel, nahm Aluuins Stab zur Hand und strebte auf die Tür zu, die ihn auf den Hof hinausführte; die Gästezimmer befanden sich in einem Nebengebäude über den Ställen. Noch ehe er den Hinterausgang erreicht hatte, wurde es plötzlich unangenehm still.

Trevir spähte zum Eingang, wo sich gerade fünf schwarz gekleidete Krieger aufbauten und finster in die Schankstube blickten. Unwillkürlich zog er den Kopf ein. Das Gespräch über die Rekrutenfänger war ihm noch lebhaft in Erinnerung.

Der Wirt schob sich durch die eng stehenden Gäste hindurch zu Mologs Männern vor und fragte nach ihrem Begehr.

»Ist hier in letzter Zeit ein Fremder durchgekommen?«, erkundigte sich der Anführer, ein mittelgroßes Schwergewicht mit Halbglatze und einer eingedellten Stirn – vermutlich eine alte Kriegsverletzung. Trevir machte sich noch kleiner und strebte so unauffällig wie möglich weiter auf den Hinterausgang zu.

»Das *Lockere Mundwerk* ist ein Gasthaus, Herr. Da kehren ständig Fremde ein.«

»Wir suchen nach einem jungen Mann: höchstens zwanzig, schwarzes Haar, dunkle Augen, bronzefarbene Haut.«

Trevir glaubte zu sehen, wie im Kopf des Wirts ein Räderwerk zu arbeiten begann. Vermutlich ahnte er längst, wer da gesucht wurde, und hatte riesige Angst. Nach allem, was man von Molog und seinen Schergen hörte, konnten sie nur mit begeisterten Anhängern gesittet umgehen. Dagegen reagierten sie irritiert, wenn sie auf Zauderer, Bedenkenträger oder sogar Gegner stießen – als Krieger pflegten sie ihre Verunsicherung hinter Schwert- oder Axthieben zu verbergen. So gesehen war das Zögern des Wirtes schon eine mutige Tat. Anstatt die Gelegenheit zu nutzen und sich einen Vorsprung zu verschaffen, stand Trevir wie angewurzelt am Hinterausgang und beobachtete, wie der Hausherr jetzt mit den Augen die Schankstube absuchte. Nach einer halben Drehung verharrte er.

Die Blicke des unglücklichen Wirtes und seines jungen Gastes kreuzten sich. Erschrocken sah Trevir zu dem Dellenkopf. Der

Anführer des Suchtrupps hatte ihn entdeckt und rief: »Da ist er. Schnappt ihn euch!«

Endlich erwachte Trevir aus seiner Starre. Er riss die Tür auf, stürmte auf den Hof hinaus und blieb schlitternd stehen. Das große, von Fackeln notdürftig erhellte Rechteck war nur durch ein Tor zugänglich, welches sich unter einem Überbau neben dem windschiefen Haupthaus befand. Dort hinauszustürmen konnte gefährlich sein. Zu Trevirs Linken befand sich der Stall, rechts davon eine Scheune. Dazwischen versperrte eine hohe moosbedeckte Mauer die Flucht. Oder vielleicht doch nicht? Ein Stapel entrindeter Baumstämme zog Trevirs Aufmerksamkeit auf sich. Er rannte weiter.

Im Lauf bereitete er sich schon auf den Absprung vor. Von den obersten Stämmen müsste es gelingen, die Mauerkrone mit den Händen zu erreichen und sich dann hochzuziehen. Mit einem weiten Satz gelangte er bis zur Mitte des Stapels. Um seinem nächsten Sprung nach oben mehr Kraft zu verleihen, benutzte er Aluuins Stab als drittes Bein – und strauchelte.

Instinktiv riss Trevir die Hände nach vorn, um sich abzufangen. Der knorrige Stock war von den runden Stämmen abgerutscht und dazwischen stecken geblieben; fast hätte es Trevir den Arm ausgerissen. Während der Gestürzte noch gegen den Schmerz ankämpfte, sah er, wie der Stab hin und her zitterte, dabei immer kürzer zu werden schien, bis er schließlich ganz verschwand. Trevir erstarrte. Sein Blick sprang zur Tür – jeden Moment mussten dort die Verfolger erscheinen –, dann wieder zu der Lücke zwischen den Stämmen. Der Stab war sein kostbarster Besitz, sein einziges Andenken an Aluuin.

Trevir drehte sich um und kletterte wieder halb nach unten. Ein Blick zwischen die Baumstämme ließ ihn aufstöhnen. Er sah nur einen dunklen Spalt, aber keinen Stab. Verzweifelt ließ er sich auf den Bauch nieder und stocherte mit der Hand in dem Hohlraum herum, ohne dadurch mehr zu erreichen, als sich ein paar weitere Splitter einzureißen. Möglicherweise hatten sich seine Augen an die Dunkelheit gewöhnt, denn plötzlich entdeckte er das Objekt seiner Begierde. Es lag als fahler Schemen unter ihm – mindestens zwei Armlängen entfernt.

Ein Krachen ließ Trevirs Kopf hochfahren. Die Tür des Schankraumes war aufgeflogen und die schwarzen Krieger stürmten heraus. Hinter ihnen quollen massenhaft Gäste in den Hof; offenbar hatten sie Mologs Männer allein durch ihre große Zahl aufgehalten.

»Ich lass dich nicht hier!«, keuchte Trevir gegen alle Vernunft. Obwohl der Stecken unerreichbar fern war, kniff er die Augen zusammen und stellte sich vor, seinen Arm ausfahren zu können wie eine Schnecke ihre Fühler. Und plötzlich lag der Stab in seiner Hand.

Vor Überraschung stieß Trevir einen hellen Schrei aus. Er drehte den Kopf seinen Verfolgern zu. Die fünf hatten sich zu einem Halbkreis aufgefächert und kamen ohne große Eile näher. Anscheinend waren sie sich ihrer Jagdbeute sicher – kein Wunder, wo der Gesuchte ein so seltsames Verhalten an den Tag legte. Sein Freudenruf irritierte allerdings den einen oder anderen Schergen.

Im Nu war Trevir wieder auf den Beinen und rannte mit seiner Beute die Stämme empor. Hinter ihm erschollen aufgeregte Stimmen. Aluuins Stab fest umklammert riss er die Arme hoch und sprang. Noch während er sich abdrückte, fühlte er, wie der Untergrund nachgab. Mit lautem Poltern geriet der Stapel in Bewegung. Die schweren Stämme rollten auf die Krieger zu. Der bullige Anführer mit der Delle im Kopf reagierte zu spät und wurde umgerissen.

Trevir hing mit einer Hand an der Mauerkrone. Die zweite hielt den Stab. Er sah, wie die Krieger vor den Stämmen flüchteten. Einer kam jedoch schon wieder von der Seite heran. Trevir holte tief Atem und schleuderte den Stecken über die Mauer. Damit war seine zweite Hand frei und konnte sich ebenfalls an der rauen Kante festhalten. Die schwarze Gestalt zückte ein Schwert und beschleunigte ihr Tempo. Trevir nahm alle Kraft zusammen und zog sich zur Mauerkrone empor. Als er sein linkes Bein darüber schwang, hörte er ein klirrendes Geräusch – einen Wimpernschlag später und das Schwert hätte ihm den Fuß abgetrennt. Ehe es die verpasste Chance beim zweiten Bein wettmachen konnte, hatte Trevir auch dieses in Sicherheit gebracht. Vom oberen Ende der Mauer grinste er den Krieger grimmig an.

»Ich würde ja gerne im Schwarzen Heer Eures Herrn dienen, aber leider habe ich schon etwas anderes vor.«

Der Soldat brüllte und holte mit dem Schwert aus, vielleicht um es nach dem frechen Heißsporn zu werfen. Trevir lag wenig daran, die Absichten des Wüterichs zu ergründen. Rasch sprang er auf der anderen Seite der Mauer hinab und verschwand in die Schatten der Nacht.

Der Splitter saß tief. Fünf kleinere hatte Trevir schon aus seinen Händen herausgezogen – für jeden schwarzen Krieger einen, dachte er befriedigt –, aber dieser hier quälte ihn, als wäre es Molog höchst persönlich. Der Span steckte wie mit Widerhaken tief im linken Zeigefinger.

Stöhnend ließ Trevir das Messer sinken, mit dem er sich durch die Haut gearbeitet hatte. Er musste einen Moment verschnaufen, bis der Schmerz nachließ.

Der junge Hüter des Gleichgewichts hatte den größten Teil des Tages in einer Höhle am Strand verbracht, auf die er durch Zufall gestoßen war, nachdem er sich fast die ganze Nacht auf der Flucht vor Mologs Kriegern befunden hatte. Er beabsichtigte mindestens eine weitere Nacht hier zu bleiben, um wieder zu Kräften zu kommen und gleichzeitig den Feind ins Leere laufen zu lassen. In der Sonne am Höhleneingang pulte er jetzt schon seit mehr als einer Stunde an seinen Händen herum.

Nachdenklich betrachtete Trevir Aluuins Stab, der vor ihm im Sand steckte. Wie hatte er seinen schon verloren geglaubten

Schatz im Hof der Schenke wieder in die Hand bekommen können? Etwa mit der gleichen Kraft, die ihn, den Empfänger, aus Mologs Kerker und später in den Wald hatte »springen« lassen?

Trevir ging zwei Schritte rückwärts und streckte den Arm nach dem Stab aus. »Komm!«, sagte er im gleichen Ton, wie er früher seine Schafe gelockt hatte.

Der Stab wollte sich jedoch nicht ködern lassen.

»Irgendwie musst du mir letzte Nacht doch entgegengeflogen sein«, erklärte Trevir seinem hölzernen Begleiter und rief: »Tu's noch einmal! Komm schon!«

Der Stecken blieb standhaft.

Trevir versuchte sich zu erinnern, was er auf dem Holzstapel getan hatte. Nun, er war verzweifelt gewesen. Meistens, wenn seine merkwürdigen Gaben sich geäußert hatten, war er zuvor von starken Gefühlen bewegt worden. Womöglich hatten diese Gemütszustände Reserven in ihm mobilisiert, die ihm bis dahin verborgen geblieben waren. Noch einmal konzentrierte sich der Hüter bei geschlossenen Augen auf den Stab.

Mit einem Mal konnte er einen fahlen, knorrigen Schemen durch die Lider hindurch wahrnehmen. Trevir hielt den Atem an, befahl im Geiste: *Komm!*

Und spürte plötzlich das Holz in seiner Hand.

Überrascht riss er die Augen auf. Tatsächlich hatte der Stab ihm gehorcht. Aber wie? Trevir versuchte es gleich ein zweites Mal. Er bohrte den Stecken wieder in den Sand, lief diesmal sogar zehn Schritte weit und wiederholte sein stilles Rufen, aber jetzt behielt er ihn im Blick. Dadurch sah er zum ersten Mal, was er von diesem Tage an als »Versetzen« bezeichnen würde.

Der Stab verschwand vom Strand und tauchte im selben Moment in seiner Hand wieder auf.

»Das gibt's ja nicht!« Das Herz des Hüters pochte heftig. Er konnte also nicht nur sich selbst versetzen, sondern vermutlich jeden beliebigen Gegenstand und … Trevir lief zu den vom Wasser umspülten Felsen. Hastig suchte er sie mit den Augen ab.

Bald hatte er ein lohnendes Versuchsobjekt entdeckt. Wieder konzentrierte er sich.

Und schrie.

Eine Krabbe hing an seinem Finger. Blitzschnell hatte sie mit ihrer Zange zugepackt, nachdem sie aus dem Wasser versetzt worden war. Trevir schleuderte sie gegen einen Stein, dass der Panzer knackte. Damit war der erste Gang für sein Nachtmahl gesichert.

Nun experimentierte er eine Weile wild herum, förderte ein paar Muscheln, weitere Krabben und sogar einen kleinen Fisch an den Strand. Das Versetzen glückte nur, wenn er mit dem betreffenden Objekt im Geiste Kontakt aufnahm. Er konnte Dinge auch »fortschicken«, wenn er sie zuvor berührte, wobei der Körperteil keine Rolle spielte – der Zeigefinger funktionierte ebenso gut wie der große Zeh oder die Nasenspitze. Sogar ein indirekter Kontakt reichte aus, wie Trevir atemlos feststellte, als er eine tote Möwe mit seinem Stab antippte und sie damit auf eine nahe Klippe beförderte. Die Zielgenauigkeit ließ noch zu wünschen übrig, aber mit ein bisschen Übung konnte er sich darin bestimmt noch verbessern. Große Gegenstände waren übrigens schwerer zu versetzen als kleine. Immerhin schaffte er es, einen Stein vom Gewicht seines eigenen Körpers über eine große Distanz zu bewegen. Sich selbst zu versetzen, wollte ihm dagegen nicht wieder gelingen, sooft er es auch versuchte. Dann hatte er eine Idee.

Er richtete seinen Geist auf den Holzsplitter im linken Zeigefinger. Kurz darauf lag das garstige Ding auf seinem rechten Handteller.

Zwei Tage später befand sich seine Laune auf einem neuen Tiefpunkt. Er wurde immer noch gesucht. Einmal war Trevir den Verfolgern nur durch einen beherzten Sprung in einen reißenden Fluss entkommen. Vier Dörfer hatte er durchquert und überall waren die schwarzen Reiter schon gewesen. Jede

Frau und jeder Mann, die er ansprach, konnten Verräter sein. Wie sollte er auf diese Weise Mologs Schwarzes Heer oder die Verbotene Stadt finden?

Während er an diesem Morgen, gestützt auf seinen Stab, ständig nach Reitern Ausschau haltend, über eine Landstraße wanderte, entdeckte er vor sich eine Turmspitze. Bald wuchsen die Silhouetten weiterer großer Bauwerke aus dem Horizont, untrügliche Vorboten einer Stadt. Trevir blieb stehen. Konnte er es wagen, sich dort blicken zu lassen? Auf seiner Reise nach Zennor Quoit, hatte er eine andere Route genommen; er kannte diesen Ort daher nicht. In einer Hinsicht waren jedoch alle Ansiedlungen gleich: je mehr Häuser, desto größer das Gewirr an Straßen und Gassen, in denen man sich unauffällig bewegen konnte. Er entschied sich, das Risiko einzugehen.

Kurz vor Mittag erreichte er die Stadt. Sie hieß Bodmin und lag am Rande eines Moores. Im Notfall konnte er sich dorthin flüchten, dachte Trevir, während er das Tor passierte und sich alle Mühe gab, ein unverdächtiges Gesicht zu machen. Er wollte den Marktplatz aufsuchen, weil sich Leute nirgends so unauffällig beobachten und über Neuigkeiten befragen ließen. Vielleicht konnte er dort in Erfahrung bringen, wo Molog gerade sein Unwesen trieb.

Mühelos fand Trevir den Weg zum Zentrum. Viele Leute strömten dahin und bald stellte sich auch heraus, warum. Eine Gauklertruppe war zu Besuch. Mitten auf dem Platz hatte man aus Kisten ein Rondell errichtet, in dem lustig maskierte oder geschminkte Akrobaten, Mimen, Tierbändiger und Zwerge ihre Künste zum Besten gaben. Trevir begegnete dem fahrenden Volk nicht zum ersten Mal, wenngleich diese Truppe hier größer war als alle, die er bisher gesehen hatte.

Da er sich – als Geselle des Baders – dem schaustellenden Gewerbe durchaus verbunden fühlte, bahnte er sich neugierig einen Weg durch die Menge, bis er ganz nah an der Kistenarena stand. Gerade verließ ein Bärendompteur die Manege und machte dem Großen Styfic Platz. Diesen Namen verkörperte eine enorm hoch gewachsene, aber ziemlich hagere Gestalt, die dem Gewerbe nach Magier war. Der Große Styfic trug einen weiten rot glänzenden Umhang mit schwarzem Innenfutter und einen hohen, spitzen Hut. Sein Gesicht hatte zufolge einer dicken Schicht Schminke die Farbe von Weißkäse und wurde von einer gewaltigen Adlernase beherrscht. Auch die Haare und der Mund waren bleich gefärbt. Er benahm sich berufsbedingt geheimnisvoll, was nicht übertrieben anmutete, da er tatsächlich über ein reiches Repertoire an erstaunlichen Tricks verfügte – Clutarigas hätte noch eine Menge von ihm lernen können. Das Publikum war entzückt, wenn der Große Styfic Tauben verschwinden oder einen Schwan wie aus dem Nichts erscheinen ließ, seine Gehilfin mit Schwertern aufspießte und sie hiernach zersägte, ohne dass es ihrer guten Laune im Geringsten schadete.

Eine Zeit lang verfolgte Trevir die Vorführung voller Bewunderung, aber dann schweiften seine Gedanken ab. Als Mitglied einer solchen Truppe könnte man vermutlich unbehelligt von Mologs Häschern kreuz und quer durchs Land reisen, überlegte er. Lächelnd schüttelte er den Kopf. Unsinn! Besser, er machte sich aus dem Staub, bevor ihn jemand entdeckte.

»Ihr da, junger Mann«, hörte er plötzlich jemanden rufen. Es war der fahle Magier. Trevir hoffte noch, jemand anderer könne gemeint sein, drehte sich suchend um, aber das Publikum lächelte nur ihm zu – mehr oder weniger schadenfroh; einige Zuschauer feuerten ihn durch Beifall an.

»Kommt!«, lud der Große Styfic sein Opfer ein, während er sich bereits anpirschte. »Ihr werdet mir als Gehilfe für mein nächstes Kunststück dienen.«

»Aber ich will nicht«, widersprach Trevir. So ganz ohne Maske wollte er sich dann doch nicht der Öffentlichkeit präsentieren.

»Das macht überhaupt nichts«, versicherte der Zauberer, packte Trevir am Handgelenk und zog ihn unter dem Applaus der Menge in die Manege. Dort begann Styfic den jungen Mann sogleich zu befingern. Jeder Unbedarfte mochte sich durch dieses vertrauliche Tatschen, Auf-die-Schulter-Klopfen und Herumdrehen ablenken lassen, aber Trevir hatte bei Clutarigas gelernt, dass man auf diese Weise jemandem unbemerkt die Taschen leeren oder ihm auch etwas zustecken konnte. Er beschloss zunächst einmal abzuwarten und gab sich ahnungslos.

»Was für einen trefflichen Zauberstab Ihr da habt!«, lobte Styfic seinen neuen Gehilfen. »Wir haben es doch nicht etwa mit einem Zunftgenossen zu tun?«

Das Publikum lachte. Trevir schenkte dem strahlenden Käsegesicht einen vernichtenden Blick.

»Huuuh!«, machte der Große Styfic und zitterte übertrieben. »Wenn Ihr mich so zornig anseht, fürchte ich noch, von Euch in ein Huhn verwandelt zu werden.«

Die Zuschauer grölten.

»Oder in ein Schwein«, fügte der Zauberer bibbernd hinzu.

Die Besucher bogen sich vor Lachen.

»Ich denke gerade ernsthaft darüber nach«, erwiderte Trevir mit versteinerter Miene.

Das Magierlächeln gefror. Jedoch nur kurz. »Nun gut. Jetzt wollen wir beide unser Publikum zum Staunen bringen. Habt Ihr irgendwelche Wertsachen dabei?«

»Wenn, dann würde ich es Euch bestimmt nicht sagen.«

Wieder lachten die Zuschauer.

»Eure Schlagfertigkeit gefällt mir«, applaudierte der Große Styfic und förderte aus den Falten seines Umhanges ein Messer zutage. »Aber wie steht es mit diesem prächtigen Dolch hier?«

»Das ist meiner«, sagte Trevir gelangweilt, ließ sich den Dolch geben und verstaute ihn wieder in der Scheide unter seiner Tunika.

Die Menge johlte vor Vergnügen und pfiff.

»Oder dieses Beutelchen!«, fuhr der Magier fort. »Ist das vielleicht auch Eures? Was wohl da drin sein mag? Tee?« Während die Leute klatschten und jubelten, machte Styfic Anstalten, den kleinen Ledersack zu öffnen, um seine lange Hakennase hineinzustecken.

»Wenn Euch Euer Augenlicht teuer ist, würde ich das lieber bleiben lassen«, knurrte Trevir leise. Sofort hatte er seinen Beutel zurück.

»Und jetzt kommt der Höhepunkt«, posaunte der Zauberer, legte zur Steigerung der Spannung eine wohl bemessene Pause ein und zog den Dokumentenhalter hervor.

Trevir fasste sich erschrocken an den Rücken, wo sein »Andenken« aus Zennor Quoit eben noch im Gürtel steckend unter der Tunika verborgen war. Er hatte weder bemerkt noch vermutet, dass dieser so genannte Magier ein so tüchtiger Taschendieb war.

»Wollen doch mal sehen, welche Briefe ihm seine holde Maid geschrieben hat«, säuselte Styfic und schickte sich an, den Deckel mit dem roten Symbol des Dreierbunds vor aller Augen zu öffnen.

»Halt!«, rief Trevir. Er konnte nicht abschätzen, ob der Zauberer wirklich so weit gehen wollte, aber schon allein das Herumzeigen des Behälters bescherte ihm eine Gänsehaut. Ängstlich blickte er in die Menge. Die Gesichter dort waren gespannt auf ihn gerichtet. Wer konnte schon sagen, ob darunter nicht auch das eines Spiones war? Er musste dieser absurden Vorstellung schnell ein Ende machen.

»Ja?«, fragte der Magier. Für seine geckenhafte Miene erntete er einen kollektiven Lacher.

Mit lauter Stimme übertönte Trevir den Lärm des Publikums. »Ihr solltet zunächst zeigen, was Ihr den anderen Zuschauern aus den Taschen gezogen habt. Sonst könnten sie am Ende glauben, Ihr wolltet sie bestehlen.«

»Was?«, stieß der Große Styfic hervor.

Trevir entdeckte einen feisten, kahlhäuptigen, sich in der Nase bohrenden Mann mit einem goldenen Siegelring. Sich dem Magier zuwendend antwortete er: »Nun, wollt Ihr etwa diesen güldenen Fingerreif für Euch behalten?« Er konzentrierte sich, langte mit der Hand unter Styfics Umhang und brachte sie mit dem glänzenden Schmuckstück des Glatzkopfes wieder hervor. Den Arm hoch erhoben zeigte er es zunächst der Menge und hielt es sodann mit strahlender Miene dem Besitzer entgegen.

Dieser erstarrte mitten in einer Tiefenbohrung. Der Rest des Publikums verfiel in Gelächter oder erging sich in frenetischen Beifallsrufen. Der Große Styfic indessen schien noch blasser zu werden, obwohl das ob der Schminke eigentlich gar nicht möglich war.

»Und dann wäre da noch das silberne Halsband einer anmutigen Dame«, fuhr Trevir fort, nachdem er sein nächstes »Opfer« ausgespäht hatte: eine dralle Matrone mit roten Pausbacken und einer weißen Kopfhaube. Wieder langte er unter den Mantel des Zauberers und versetzte im selben Moment die Kette in seine Hand. Mit der anderen entzog er Styfic den Dokumentenhalter. »Hier ist das prachtvolle Geschmeide«, verkündete Trevir großspurig und präsentierte sein zweites Beutestück.

Nachdem die Matrone ihre Kette zurückerhalten und das Publikum applaudiert hatte, lieh sich Trevir noch das Holzbein eines auf dem Brunnenrand sitzenden Krüppels aus. Jetzt geriet die Menge ganz aus dem Häuschen. Trevir ließ das Bein von Hand zu Hand zu dem Versehrten zurückwandern und verlangte für ihn einen Extraapplaus. Sodann deutete er mit ausgebreiteten Händen auf den Magier und rief: »Der Große Styfic!«

Damit glaubte er sich elegant aus der Affäre gezogen zu haben, doch als er sich davonstehlen wollte, hielt ihn Styfic am Ärmel fest.

»Wie habt Ihr das gemacht, Bursche?«

Trevir grinste. »Berufsgeheimnis.«

Die dunklen, eben noch argwöhnisch schmalen Augen in dem

käseweißen Gesicht wurden auf eine verstehende Weise rund. »Seid Ihr zurzeit gebunden?«

»Wie bitte?«

»Ob Ihr bei jemandem unter Vertrag steht?«

»Nein.«

Die Miene des Großen Styfic zerfloss förmlich in einem großen Lächeln. »Ab jetzt seid Ihr es: bei mir!«

VIERTE WELLE

10
Der junge Wolf
Trimundus

Auf ihrem Weg sah die Truppe des Großen Styfic nicht nur bunte Marktplätze, sondern allzu oft auch Not und Elend. In Trimundus herrschte seit Generationen das Recht des Stärkeren und solche scherten sich kaum um das Wohl der Schwachen. Am grausamsten von allen war Molog, der seine Gegner einen nach dem anderen niedergeworfen hatte. Wer sich ihm nicht anschloss, den tötete er. So wurde er zum ungekrönten König der Kriegslords. Aber seit einiger Zeit war es still um ihn geworden.

Trevir hatte in der Gauklertruppe Schutz vor den Häschern aus Zennor Quoit gefunden und das blieb eine ganze Weile so. Dem Frühling folgte der Sommer, darauf kam ein regnerischer Herbst und ein kurzer, aber kalter Winter. Nach ungefähr neun Monaten, als die Natur Valisia erneut mit milderen Temperaturen und bunten Farben verwöhnte, war der junge Hüter des Gleichgewichts einigermaßen ratlos. Zwar hatte er einige Gerüchte vernommen, das Schwarze Heer sei nach Osten gezogen, aber es fehlten weiterhin jegliche Berichte über Eroberungen oder Gemetzel, weshalb er diese Nachrichten mit Skepsis betrachtete. Lag dort, im dünn besiedelten Südosten, vielleicht die Verbotene Stadt, von der Aluuin gesprochen hatte? Wenn er wenigstens ungefähr wüsste, wo sich der von seinem Meister erwähnte große Wald befand!

Styfics bizarre Schar von Sonderlingen war für Trevir schnell zu einer Art Familie geworden. In dieser nahm der Zauberkünstler höchstselbst die Rolle des Vaters ein. Als Kopf und Anführer der bunten Truppe mochte er dabei auch geschäftliche

Interessen verfolgen, aber unverkennbar hatte Styfic an dem jungen Mann einen Narren gefressen. Bei aller Dankbarkeit war Trevir in einem Punkt jedoch fest geblieben: Er würde wann und wo immer es ihm gefiel wieder seiner eigenen Wege gehen.

Allein die Befürchtung, den talentierten Nachwuchsillusionisten verlieren zu können, machte Styfic sehr zugänglich für Trevirs Ansinnen. Nun war das junge Oberhaupt des Dreierbunds ohnehin ausgesprochen selbstgenügsam. Es wollte lediglich unerkannt bleiben und ersuchte vereinzelt um eine Korrektur der Reiseroute. Solch bescheidenen Wünschen pflegte Styfic generös nachzugeben und was er beschloss, galt ebenso für die ganze Truppe, die aus knapp vierzig Personen bestand, Bären, Tauben, Schlangen, Frettchen und den Schwan nicht eingerechnet.

Trevirs Nummer war schon bald zur Hauptattraktion geworden. Unter Styfics Anleitung hatte der junge Künstler seine anfängliche Improvisation zu einer verblüffenden Perfektion weiterentwickelt. Mit Trevirs Treffsicherheit klappte es nach einiger Übung nun viel besser. Sein vielleicht beeindruckendster Trick begann damit, dass aus dem Publikum ein Freiwilliger ausgewählt wurde, der einen Siegelring besaß – daran mangelte es praktisch nie. Sodann wurde vor aller Augen eine kleine Glasflasche mit einem Korken und flüssigem Wachs verschlossen. Bevor die heiße Masse erstarrte, drückte der Freiwillige sein Siegel hinein. Styfic stellte die leere Flasche nun auf ein Tischchen und deckte sie mit einem schwarzen Tuch zu. Sein junger Partner begleitete den Zuschauer derweil zum Platz zurück und schüttelte ihm dankend die Hand. Mit dieser Berührung versetzte Trevir den Siegelring in die Flasche. Die Verblüffung des Publikums war stets riesengroß, wenn Styfic den Schleier lüftete und ebenjener Ring, dessen Siegel *auf* dem Verschluss der Flasche prangte, *in* derselben zu sehen war.

Die Gauklerkarriere des jüngsten Mitgliedes der Truppe hatte indes mit einer peinlichen Panne begonnen. Der Ring war nicht in der Flasche gelandet, sondern spurlos verschwunden. Nur durch seine ungewöhnliche Findigkeit hatte Trevir das Schmuckstück aus einem Pferdeapfel schälen und es seinem Besitzer zurückgeben können, ehe die Bürgerwehr anzurücken und das Ensemble wegen Diebstahls festzunehmen vermochte. Dem nie um eine elegante Ausrede verlegenen Styfic war es dann noch gelungen, dem Publikum das Missgeschick seines jungen Partners als komödiantische Einlage zu verkaufen.

Trevir lächelte still in sich hinein, als er sich an diesem Nachmittag seines Patzers entsann. Die Sonne lachte am Himmel und er ertappte sich bei dem Wunsch, ewig so mit den Gauklern durch die Lande reisen zu können und nicht weiter als bis zur nächsten Vorstellung denken zu müssen. Er saß neben Styfic auf dem Kutschbock von dessen knallrot angestrichenem Wagen. Unvermittelt meldete sich die Stimme des Obergauklers und ließ Trevirs Träume von einem sorglosen Leben wie eine Seifenblase zerplatzen.

»Morgen kommen wir durch Annwn.«

Ein Ruck ging durch den Körper des jungen Hüters. »Annwn?«

»Bist du schon einmal dort gewesen?«

»Ja. Vor langer Zeit. Ich dachte, diesen Ort gäbe es nicht mehr.«

»Du spielst auf Mologs Überfall an? Das ist … achtzehn oder mehr Jahre her. Was weißt du davon?«

»Fast nichts«, erwiderte Trevir und verfiel in düsteres Schweigen.

Annwn war nahezu wieder so groß wie vor dem Überfall des Schwarzen Heeres. Nur die Leute, die dort lebten, hatten andere Namen. Trevir wollte sich trotzdem auf die Suche nach jemandem begeben, der Mologs Blutbad überlebt hatte. Gleich bei der Ankunft fragte er den Schultheiß und dieser verwies ihn an die Kräuterfrau, »eine Schrulle, die am Dorfrand in einer Kate wohnt«. Die kleine Hütte sei unschwer zu finden, erklärte der Dorfvorsteher, der kaum älter als Trevir war. Sie werde von einer ehrwürdigen Linde überragt, die zur Hälfte abgestorben sei, halb dagegen neues Grün austreibe.

Trevir fühlte sich, als habe er einen Zitteraal am Schwanz gepackt. Aluuin hatte ihn einst in diesem Baum gefunden! Unter den erstaunten Blicken Styfics und des Schultheißen sprang er in den roten Wagen, wo er von seinen Beobachtern unbemerkt den Dokumentenhalter unter seiner Tunika versteckte, hüpfte wieder heraus und rannte in die ihm bezeigte Richtung. Bald tauchte vor seinen Augen jener Baum auf, dem ein mächtiges Ross seinen Namen verdankte – der treue, zuletzt fast blinde Lindenwächter war zwei Jahre vor dem Überfall auf Sceilg Danaan gestorben. Die Aufregung des jungen Hüters machte sich in einem Kribbeln bemerkbar, das irgendwo hinter seinen Ohren entsprang und den ganzen Rücken herabrann. Er lief noch schneller und blieb schließlich atemlos vor der erwähnten Kate stehen. Die aus dem Boden ragenden Überreste einer Mauer ließen erkennen, dass hier vor vielen Jahren ein etwa doppelt so großes Haus gestanden hatte. Kahle Zweige beschirmten, absonderlichen Krallen gleich, die Hütte. Staunend folgten seine Augen dem grauen Astwerk bis zum Stamm. Auf der dem Haus abgewandten Seite waren frische Triebe zu sehen.

Ehe er sich auf die Suche nach der vom Schultheiß erwähnten Frau machte, wollte er etwas längst Überfälliges für seine Sicherheit tun. Die Idee dazu war ihm gekommen, nachdem Styfic den baldigen Besuch Annwns angekündigt hatte. Trevir lief zu dem Baum, umrundete ihn und blieb schließlich vor der Öffnung stehen, die Aluuin einmal bildhaft umschrieben hatte als »Muttermund, der dich in unsere Welt brachte«. Feierlich streifte der Hüter seine Tunika bis über den Gürtel nach oben, zog den Dokumentenhalter heraus und trat an den Stamm heran. Viel zu lange schon schleppte er diese gefährlichen Schriften aus Mologs Burg mit sich herum. Da er ihren Inhalt längst auswendig kannte, wurde es Zeit, sie sicher zu deponieren. Welcher Platz war dazu besser geeignet als »seine« Linde? In dieser festen Überzeugung reckte er sich, die silberne Röhre in der rechten Hand, vor dem Loch nach oben. Als sein Arm bereits weit in die Öffnung eingetaucht war, hörte er plötzlich eine strenge Stimme.

»Was soll das werden, Fremder?«

Trevir erschrak, seine Hand öffnete sich und der Dokumentenhalter rutschte heraus. Langsam drehte er sich um und erblickte eine gebeugte Greisin, die vor der Kate stand, die Rechte auf eine Krücke gestützt, und ihn misstrauisch anfunkelte. Er lächelte verlegen. »Ich wollte Euch nichts stehlen, gute Frau.«

»Da gibt es auch nichts zu holen. Was also wolltet Ihr dann?«, fragte die Alte barsch und stieß gleichzeitig ihren Stock energisch in die Erde. Es musste die vom Schultheiß erwähnte Kräuterfrau sein. Sie war schmächtig, hatte ein faltiges Gesicht mit lebendigen grünblauen Augen und langes, schneeweißes, struppiges Haar. Ihr fadenscheiniges Kleid aus grauer Wolle sah sauber aus. Furchtlos wackelte sie auf den Fremden zu.

Dieser kam ihr ein Stück entgegen, breitete die Hände aus und erwiderte freundlich: »Lebt Ihr schon länger in Annwn, gute Frau?«

»Ich wüsste nicht, was Euch das angeht. Sagt mir endlich, wer Ihr seid.«

Trevir entschied sich zur Offenheit. »Ich bin ein Pilger von Sceilg Danaan. Mein Ziehvater gehörte zur Bruderschaft vom Dreierbund. Er gab mir den Namen Trevir von Annwn, weil er … Fühlt Ihr Euch nicht wohl?« Er trat schnell an die Alte heran, weil sie zu schwanken begonnen hatte und ihn wie einen Geist anstarrte.

»Sagtet Ihr Trevir? Das sei Euer Name?«, fragte sie ungläubig.

»Ja. Etwas ungewöhnlich, ich weiß.«

»Das will ich wohl meinen! Es ist …«, sie schüttelte fassungslos den Kopf, »… unmöglich!«

Jetzt war es an Trevir, verständnislos zu sein. »Was versetzt Euch so in Unruhe, gute Frau?«

»Idana.«

»Was?«

»Mein Name lautet Idana.« Sie reckte den Hals und starrte Trevir mitten ins Gesicht. Dann schüttelte sie abermals den Kopf und murmelte: »Diese Augen! Sind fast schwarz geworden. Aber so wach wie eh und je.«

Trevirs Zunge klebte ihm am Gaumen. Nur mühsam brachte er die Frage hervor: »Kennt Ihr mich?«

»Ich wohne seit meiner Geburt in Annwn.«

»Bedeutet das ja oder nein?«

»Du besitzt nicht zufällig ein außergewöhnliches Muttermal auf deinem linken Schulterblatt, Junge?«

Trevir starrte die Alte mit offenem Mund an.

»Also ja«, sagte sie, auf einmal überraschend sanft, und deutete mit ihrer Krückenhand zur Hütte. »Komm mit in mein Haus, Trevir. Ich glaube, wir haben einiges zu besprechen.«

Die plötzliche Zugänglichkeit der Kräuterfrau verwirrte Trevir fast noch mehr als ihr anfängliches Misstrauen. Benommen folgte er ihr in die Kate.

In dem winzigen Haus standen ein Bett, eine Kleidertruhe, ein Tisch und ein Stuhl. Weiße Teller reihten sich in einem Wandregal aneinander. Ihre feine Machart bot einen merkwürdigen Kontrast zu der eher ärmlichen Einrichtung. Von der Decke hingen Unmengen von Sträußen aus getrockneten Kräutern und verbreiteten einen aromatischen Duft. Zwischen den grünen, braunen, roten und blauen Blättern baumelten zudem unterschiedlich große Töpfe. Ein vergleichsweise riesiger Kamin – anscheinend ein Überbleibsel des ursprünglichen Hauses – diente als Kochstelle und offenbar auch zum Brauen von Heiltränken; gerade blubberte ein Kessel über einer Flamme.

Trevir hob einen kleinen Zweig auf, der bei der Feuerstelle zu Boden gefallen war, drehte ihn vor seiner Nase zwischen den Fingern und roch daran. »Ein Zypressengewächs«, sagte er. »Nadel-, nein, schuppenförmige Blätter, blaugrüne Beeren:

Sadebaum! Habt Ihr eine Schwangere im Dorf, deren Kind etwas zu stürmisch ans Licht der Welt drängt?«

Idana hob die Augenbrauen. »Du kennst dich mit Heilpflanzen aus?«

Er lächelte. Obwohl ihm die vertraute Ansprache der Alten nicht entgangen war, wahrte er respektvoll die Form. »Mit Euch kann ich mich gewiss nicht messen. Ein Bader hatte mich einige Monate lang unter seine Fittiche genommen. Auf seine Weise war er ein sehr kluger Mann.«

»Und du scheinst mir ein wacher Bursche geworden zu sein, Trevir. Der Sadebaum hat übrigens noch eine andere Wirkung: Er hilft dem starken Geschlecht seine Triebe im Zaum zu halten. Der Trunk, den ich da mische, ist für Sana. Sie macht sich Sorgen um ihren heißblütigen Gemahl, weil er ständig den hübschen Mädchen nachschaut und dabei seine Pflichten vernachlässigt.« Idana schmunzelte.

»Als Ehemann?«

»Als Schultheiß von Annwn.«

»Ah! Ich habe ihn bereits kennen gelernt.«

»Du wirst die Sache für dich behalten, Junge!«

»Natürlich.«

»Setz dich auf den Stuhl, Trevir.«

Er gehorchte. Die Kräuterfrau ließ sich auf ihrem Bett nieder.

»Woher kennt Ihr mich, Idana?«, wagte Trevir nun erneut zu fragen.

In ihren Augen lag mit einem Mal großer Schmerz. »Du warst einmal mein Sohn – für eine Stunde.«

Hätte Trevir nicht gesessen, wäre er jetzt vermutlich umgekippt. »Für …?«

Idana lächelte traurig. »Nun, vielleicht waren es auch zwei Stunden.« Und dann erzählte sie von jenem Tag, als ihr Mann, der Böttcher von Annwn, mit einem Findelkind aus dem Feenwald heimgekehrt war. Wundersamerweise habe Beorn ihm denselben Namen gegeben wie später Trevirs Ziehvater vom

Dreierbund. Das könne kein Zufall sein, da müsse einem doch schwindelig werden, rechtfertigte sich die nun überhaupt nicht mehr gebrechlich wirkende Alte. Hiernach berichtete sie von Mologs grausamem Überfall, vom Tod ihres geliebten Gatten und aller ihrer Freunde im Dorf sowie von ihrer Flucht. Es sei ihr Einfall gewesen, den kleinen Trevir in der Linde zu verstecken, gestand sie fast schüchtern, und nun empfinde sie es als das größte Glück, den Jungen wohlbehalten wiederzusehen. Zwei kleine Tränenbäche rannen ihr über die zerfurchten Wangen.

Auch Trevir weinte. Er setzte sich neben die alte Frau und schloss sie in die Arme. So hielten sie einander lange fest und teilten das unbeschreibliche Gefühl, einen verloren geglaubten Teil von sich selbst wiedergefunden zu haben. »Seit Aluuin tot ist, dachte ich, allein zu sein«, schluchzte er schließlich. »Und nun habe ich plötzlich eine Mutter.«

»Eigentlich bin ich es ja nie richtig gewesen«, widersprach Idana schwach, tätschelte aber gleichzeitig seinen Rücken wie den eines traurigen Kindes.

»Hast du je erfahren, wer meine richtigen Eltern sind?«

»Nein. Beorn war überzeugt, dass du ein Geschenk der Feen gewesen bist, weil er dich unmittelbar neben der Blutquelle gefunden hat. Ich ließ ihn in diesem Glauben, obwohl ich anderer Ansicht war.«

Überrascht schob Trevir sie ein Stück von sich, um ihr in die Augen sehen zu können. In der Schrift von den *Immo- und automobilen Schwingungsknoten des Triversums* hatte er den Namen der Blutquelle gelesen. »Dann ist also alles wahr«, hauchte er.

»Was?«

»Aluuin, mein Lehrmeister, war der Ansicht, dass ich aus einer anderen Welt stamme. Du musst wissen, es gibt nicht nur unsere, nicht nur Trimundus, sondern …«

»Noch zwei andere«, unterbrach Idana ihn und lächelte wissend. »Zusammen bilden sie das Triversum.«

Trevir machte große Augen. »Woher kennst du diese Geheimnisse?«

»Wir leben hier in der Nachbarschaft eines Ortes, der seit Menschengedenken als heilig gilt, weil dort außergewöhnliche Kräfte wirken. Wundert es dich da, wenn wir in Annwn – das ja dem Feenreich seinen Namen verdankt – auch entsprechende Überlieferungen haben? Ich stamme aus einem angesehenen Geschlecht; mein Vater war kein Geringerer als Redbeard, ein bis heute in dieser Gegend hoch geachteter Schultheiß. Unsere Familie hat es seit vielen Generationen als vornehme Pflicht angesehen, die alten Geschichten und Legenden zu bewahren.«

»Hast du schon einmal von einer Stadt gehört, die man die Verbotene nennt?«

Idana sah Trevir forschend in die Augen. »Du bist schon weit vorgedrungen.«

»Auch der Dreierbund, von dem allein ich noch übrig bin, hütete viele Menschenalter lang das Wissen um die Natur des Triversums. Leider wurde meine Ausbildung, ehe sie richtig begann, durch eine furchtbare Bluttat beendet. Deshalb weiß ich nur wenig über das große Unglück, das fast zum Untergang von Trimundus geführt hat. Aluuin sagte, die Verbotene Stadt liege in einem riesigen Wald verborgen.«

Idana nickte. »Im Kentish Weald.«

»Du kennst ihn!?«

»Ich war nie dort. Er liegt weit im Südosten Valisias. Die Leute sagen, der Kentish Weald sei verzaubert. Wer sich dort hineinwage, müsse entweder lebensmüde oder ein Dummkopf sein – möglichenfalls auch ein Held, was so ziemlich aufs Gleiche rauskommt.«

»Das Schwarze Heer Mologs scheint wie vom Boden verschluckt zu sein«, wechselte Trevir scheinbar das Thema.

Es sprach für Idanas Klugheit, dass sie seinem Gedankengang mühelos folgte. »Du glaubst, er sucht im Kentish Weald nach der

Verbotenen Stadt? Das wäre eine Erklärung für sein Verschwinden. Aber warum sollte er das tun?«

»Weil es dort einen Ort gibt, an dem die Kräfte des Triversums vermutlich noch stärker sind als hier bei der Blutquelle. Von dort dürfte vor langer Zeit die Katastrophe ausgegangen sein, die Trimundus fast zerstörte.«

»Molog giert nach Macht. Warum sollte er alles aufs Spiel setzen, was er sich ein halbes Leben lang erkämpft hat?«

»Glaubst du, ein Mann wie er begnügt sich damit, nur über ein paar Inseln auf Trimundus zu herrschen, wenn er auf einen Schlag *alles* und noch mehr bekommen kann?«

»Hilf einer alten Frau auf die Sprünge, Junge. Was meinst du mit ›noch mehr‹?«

»Vielleicht will er auch die zweite und die dritte Welt beherrschen.«

»Könnte er das denn?«

Der Hüter des Gleichgewichts seufzte. »Ich hege da einen Verdacht ...« Er schüttelte den Kopf. »Fest steht, dass Molog über Kenntnisse verfügt, in deren Besitz er niemals hätte gelangen dürfen.«

»Hat dieses Wissen etwas mit dem Ding zu tun, das du in meine Linde hinter dem Haus gestopft hast?«

Trevir erschrak. »Ich dachte ...«

»Du meinst wohl, ich kann nicht mehr zwischen einem Stockschwämmchen und einem Gifthäubling unterscheiden, nicht wahr? Oh, ich sehe noch sehr gut, mein Lieber. Das Rohr, was war da drin?«

Trevir erzählte von seinem Besuch auf Mologs Burg. Und als Idana weiter nachhakte, ging er in der Zeit zurück bis in jene Tage, als er Aluuins Stab im Brunnen gefunden hatte. Schließlich nickte sie verstehend und sagte etwas Merkwürdiges.

»Viel ist nicht genug.«

Ihr Einstundensohn runzelte die Stirn. »Ich fürchte, jetzt kann ich dir nicht folgen.«

»Du sagtest vorhin, Molog will nicht nur Trimundus, sondern auch die zweite und die dritte Welt beherrschen. Und ich sage dazu: Viel ist nicht genug. Es gehört zu den bedauerlichen Lastern der Menschen, immer noch mehr zu wollen, anstatt sich mit dem bereits Gewonnenen zu bescheiden.«

»Ich habe mir schon gedacht, dass es kein Zurück mehr gibt«, sagte Trevir mit hängendem Kopf.

Idanas faltiges Gesicht sah besorgt aus. »Was hast du vor, Trevir?«

Er blickte sie geradeheraus an. »Ich muss Molog finden und ihn aufhalten.«

Der Abschied am nächsten Morgen fiel Trevir nicht leicht. »Ich will meinen Jungen noch einmal an meine Brust drücken«, erklärte Idana, bevor selbiger zu Styfic auf den roten Wagen kletterte. Obwohl sie für Trevir nie wirklich eine Mutter hatte werden können, empfand er starke Gefühle für sie. Er versprach nach Annwn zurückzukehren, wenn er »diese Sache« überlebe.

Worum es sich dabei handelte, verriet er dem Anführer der Gauklertruppe nicht, obwohl dieser nach Verlassen des Dorfes mehr als einmal danach fragte. Trevir sagte nur: »Kommt mit mir oder nehmt einen anderen Weg, aber ich muss nach Osten.«

Vorerst hatte sich der Große Styfic fürs Mitkommen entschieden.

Einige Tage lang schien alles wieder seinen gewohnten Gang zu nehmen. Die Wagenkolonne hielt in einer Stadt oder in einem Dorf, gab ein paar Vorstellungen und zog weiter. Trevirs Kunststücke bescherten den Gauklern Beifall und volle Börsen. Je näher sie dem Südosten Valisias kamen, desto dünner wurde die Besiedelung. Bald fanden sie nur noch ärmliche Gehöfte oder vereinzelte Felder, aber schließlich hörte auch das auf. Der Tross zog tagelang durch die verwilderte Landschaft, ohne einem einzigen Menschen zu begegnen. Allmählich glaubte Trevir zu verstehen, wie ein ganzes Heer unsichtbar werden konnte. Eines Abends kam es zu einer ernsthaften Aussprache zwischen dem Großen Styfic und seinem Gehilfen.

»Das Land ist verflucht, Trevir. Die Wege sind von Dornen überwuchert und in den Wäldern ist mit unseren Wagen kaum mehr ein Durchkommen möglich. Wenn wir noch weiter nach Osten ziehen, werden wir verhungern.«

Der junge Hüter erwiderte gelassen: »Du hast eine Kiste voller Goldstücke in deinem Wagen, Styfic, und das meiste davon verdankst du mir. So schnell verhungern wir nicht.«

»Gold macht nicht satt. Es nützt uns wenig, wenn wir keinen Markt finden, wo wir damit etwas kaufen können.«

»Ich kann uns ja ein paar Hasen fangen.«

»Natürlich kannst du das.« Styfic machte eine kreisende Handbewegung. »Mit deinen Versatzstücken.«

»Es heißt *Versetzen,* meinetwegen auch ›Kunststück‹, aber nicht Versatzstück – wie oft soll ich dir das noch sagen?«

»Du bist ja so gebildet! Dann wirst du bestimmt auch wissen, wo die nächste Stadt liegt, in der wir ein paar nette Vorstellungen geben können.«

»Ich will nicht in die Stadt, sondern in den Wald.«

»Wie bitte? Bis jetzt hast du nur vom Osten geredet.«

»Der Kentish Weald liegt im Osten.«

»Schlag dir das aus dem Kopf. Im Wald gibt es kein Publikum.«

Trevir ahnte, dass die Stunde des Abschieds gekommen war. Um von Styfic entlassen zu werden, musste er ihn ein wenig einschüchtern. »Wie wäre es mit dem Schwarzen Heer?«

Der Magier wurde so bleich, wie er es sonst nur mit Schminke schaffte. Betont langsam fragte er: »Was willst du damit andeuten?«

»Ich suche Molog.«

»Der Wahnsinn hat von dir Besitz ergriffen! Du bist verrückt! O Unglück …!«

»Styfic!«, unterbrach Trevir den theatralischen Vortrag. »Ich weiß, dass du nur ungern den Verlust an Einnahmen hinnehmen möchtest, den mein Weggang von der Truppe für dich bedeuten würde, aber mein Entschluss steht fest: *Ich muss Molog finden.*«

»Du willst ihm doch nicht etwa als Kampfgenosse dienen?«

»Traust du mir das ehrlich zu?«

»Nein.«

»Ich habe keine andere Antwort von dir erwartet, denn sonst hätte ich dir meine Pläne nicht verraten. Styfic, ich mag dich. Aber es ist das Beste für uns, wenn wir uns trennen. Morgen früh verlasse ich euch.«

Der Große Styfic seufzte tief und schüttelte voll Seelennot den Kopf. »Was für ein Jammer!«

Seit Trevir die Gauklertruppe verlassen hatte, kam er wesentlich schneller voran. Die Vorstellung, bald dem furchtbarsten Kriegslord von Trimundus gegenüberzustehen, versetzte ihn in eine seltsam bleierne Erregung. Erst allmählich wurde ihm klar, dass dieses Gefühl jener Unruhe glich, die er vor dem Überfall auf die Einsiedelei des Dreierbunds und auch vor etwa zehn Monaten in Mologs Verlies gefühlt hatte. Er lernte also dazu. Früher war er eher zufällig auf seine Gaben gestoßen, jetzt setzte er sie immer geschickter ein. Fast wie eine winzige Spinne, die ihr weitflächiges Netz überwacht und bei seiner geringsten Erschütterung reagiert, begann er die Kräfte des Triversums zu erfühlen und sie sich zunutze zu machen. Nun war diese Methode jedoch ungleich anstrengender als das Spähen mit den Augen oder das Lauschen mit den Ohren, weshalb er nur in größeren Abständen seinen Spürsinn voraussandte. Diesem Umstand verdankte er eine unangenehme Überraschung.

Kurz zuvor hatte er von einem Hügel aus einen Wald entdeckt, der sich wie ein dunkler Fladen in ein lang gezogenes Tal schmiegte. Die umliegenden grünen Hügelkuppen waren baumlos, es konnte sich also noch nicht um den riesigen Kentish Weald handeln. Etwa zwei Stunden später wanderte der Hüter unter hohen Tannen über einen schmalen, gewundenen Waldpfad, vermutlich ein Wildwechsel, als er unvermittelt das dumpfe Trappeln von Pferdehufen vernahm. Ehe er sich in die Büsche schlagen konnte, sah er schon zwei Reiter herangaloppieren. Sie trugen die für Mologs Krieger typischen Helme und schwarzen Panzerungen. Einer der beiden Männer deutete in Richtung des Wanderers und schrie: »Da!«

Mit einem weiten Satz sprang Trevir ins Gesträuch und begann so schnell zu laufen, wie es ihm das unwegsame Gelände erlaubte. Hinter sich hörte er dumpfes Donnern und lautes Knacken, je nachdem, ob die Pferdehufe gerade Farne oder trockene Äste niedertrampelten. Er jagte wie ein Kaninchen im Zickzacklauf durch den Wald. Hier gab es keine Mauern, über die er sich schwingen, keine Flüsse, in die er springen und sich von der Strömung davontragen lassen konnte, nicht einmal ein ordentliches Dickicht. Er drehte sich im Laufen um. Obwohl auch die Reiter auf die Tücken des Unterholzes Acht geben mussten, kamen sie doch rasch näher. Als er wieder nach vorne sah, bemerkte er zu seinem Schrecken einen umgestürzten Baum, der halb aus den Büschen und Farnen herausschaute. Trevir setzte zum Sprung an – und blieb mit dem linken Fuß an einem Ast hängen.

Der Flug über dem Waldboden kam ihm erstaunlich lang vor, die Landung dagegen unerwartet hart. Beim Aufprall war ihm sein hölzerner Begleiter entglitten. Während Trevir noch nach Luft rang, versetzte er Aluuins Stab zurück in seine Hand. Stöhnend kämpfte er sich wieder auf die Beine. Doch ehe er wieder laufen konnte, hörte er eine amüsiert klingende Stimme.

»Ei, wen haben wir denn da?«

Trevir drehte sich um und sah auf dem Rücken ihrer Pferde zwei gut gelaunte Krieger. Dem heiteren Wortführer ragten lange blonde Zotteln unter dem Helm hervor. Er hatte einen erschreckend hohen Wuchs, beeindruckend breite Schultern und lange Stoppeln im Gesicht. Seine blauen Augen glänzten fiebrig.

»Könnte ein Waldschrat sein«, meinte der andere, ein grobschlächtiger Kerl von gedrungenem Wuchs mit einem lückenhaften, stetig mahlenden Gebiss, in dem die Reste von etwas Schwarzem klebten. Im gedämpften Licht des Waldes wirkten seine Augen, der Vollbart und das schulterlange Haupthaar dunkel wie die Nacht.

»Geister sind gegen Stahl gefeit, Featherbeard. Soll ich es mal ausprobieren?«, schlug der große Blonde vor und zog sein Schwert.

»Nö, wenn der Herr das spitzkriegt, lässt er uns vierteilen«, brummte der andere. Er schien von den beiden der ältere und besonnenere zu sein. Trevir schätzte ihn auf fünfunddreißig, höchstens vierzig.

»Ei, so ein kleines Kerlchen wird ihm nicht auffallen, wenn es fein genug zerhackt ist.«

»Lass das lieber bleiben, Deonorth, sonst findest du am Ende dich in Stücken wieder. Du weißt so gut wie ich, dass Molog jeden hinrichten lässt, der sich seinem Befehl widersetzt.«

»Aber …«

»Entschuldigt, meine Herren«, unterbrach Trevir den Meinungsaustausch. Die beiden schienen ihm nicht sonderlich hell zu sein und so hatte er beschlossen, dass Angriff die beste Verteidigung wäre. Die zwei Streithammel wandten sich ihm erstaunt zu. Er lächelte gewinnend. »Ich dachte schon, ich würde das Schwarze Heer niemals finden und jetzt lauft ihr mir mitten in die Arme.« Er breitete dieselben aus.

Featherbeard – der Dunkle – schnaubte. »Von wegen! Du hast das Hasenpanier ergriffen.«

Deonorth – der Blonde – nickte bestätigend.

»Ich konnte ja nicht ahnen, dass Ihr zu den Guten gehört«, gab Trevir zu bedenken.

»Da ist was Wahres dran«, sagte Featherbeard, das Schwarzhaupt.

»Seht Ihr! Aber jetzt weiß ich, dass ich meinen zukünftigen Kameraden begegnet bin. Es wäre nett, wenn Ihr mich zu Eurem Herrn bringen könntet.«

Featherbeard neigte sich zur Seite und brummte. »Das klingt vernünftig. Was meinst du, Deonorth?«

Das Schwarze Heer lagerte jenseits des Hügelkamms, den Trevir am Vormittag erblickt hattc. Featherbeard und Deonorth waren nur zwei von jenen Spähern gewesen, die unablässig die Gegend erkundeten. Gewöhnlich wurden die Truppen feindlicher Kriegslords, wie sie ihm freimütig erklärten, eingekreist und bis auf den letzten Mann niedergemacht. Einzelne Wanderer oder kleinere Gruppen von Reisenden nahm man dagegen zunächst fest. Sie durften sich für den Dienst in Mologs Armee oder für den Tod entscheiden – die meisten wählten Option Nummer eins.

Trevir machte da keine Ausnahme, wenngleich hierfür weniger sein Lebenserhaltungstrieb den Ausschlag gab. Zunächst musste er herausfinden, was Molog plante, und wenn dieser Punkt geklärt war, sollte er sich für das Massaker auf der Sturminsel verantworten.

Die Rekrutierung war ein vergleichsweise einfaches Verfahren. Der Bewerber wurde vor einen Hauptmann geführt, der die einfache Frage stellte: »Schwörst du, Molog, deinem Herrn, fortan mit deinem Schwert, deinem Blut und deinem Leben zu dienen?«

Trevir warf einen Blick auf Deonorth, der mit dem Breitschwert neben ihm stand, grinsend und zum tödlichen Streich bereit. Hierauf wandte er sich wieder dem Hauptmann zu und antwortete: »Sieht aus, als hätte ich gar keine andere Wahl.«

Der Hauptmann blinzelte irritiert. »Heißt das nun ja?«

»Das habe ich doch gesagt.«

»Also gut. Wir wollen mal nicht so sein. Herzlich willkommen in der schrecklichsten Armee von Trimundus.«

»Ich finde, er hat nicht richtig geschworen«, protestierte Deonorth.

»Halt die Klappe!«, bellte der Hauptmann. Weil er dem

Blonden anscheinend nicht traute, befahl er Featherbeard: »Zeige unserem neuen Kameraden einen Platz in der Mitte des Lagers, wie es sich für Neuerwerbungen gehört.« Grinsend fügte er an Trevir gewandt hinzu: »Wir wollen doch nicht, dass du dich im Dunkeln verläufst.«

»Wann bekomme ich mein eigenes Schwert?«, fragte der Rekrut selbstbewusst.

»Das hat noch Zeit. Vorerst kannst du den Feind ja mit deinem Stecken verjagen. Wenn du dich bewährst, steht dir eine ruhmvolle Laufbahn offen. Nimm dir ein Beispiel an dem Herrn Cord von Lizard. Der hat auch wie du ganz klein angefangen und heute ist er Mologs rechte Hand.«

Trevir hatte von dem engen Vertrauten des Kriegslords gehört, der nicht allein wegen seiner überragenden Kampfkunst gefürchtet war, sondern fast noch mehr wegen seines Scharfsinns. Um sich keine Blöße zu geben, blieb der junge Rekrut hartnäckig. »Dann will ich wenigstens mein Messer zurückhaben.«

Der Hauptmann bedeutete Featherbeard durch einen Wink mit dem Kopf den Dolch zurückzugeben.

Der Dunkle gehorchte.

»Und was ist mit dem Geld, das mir Eure Männer abgenommen haben?«

Mit finsterem Blick streckte der Hauptmann die Hand aus. »Wer hat seinen Beutel? Her damit!«

Deonorth gab einen enttäuschten Laut von sich und förderte die Börse zutage. Der Hauptmann öffnete das Ledersäckchen, warf einen Blick hinein und nahm drei Münzen hinaus. Diese reichte er dem Rekruten. »Du darfst nicht denken, wir wären hier ohne Recht. Jeder Krieger Mologs darf Beute machen, so viel er will, und ein Zehntel davon behalten.«

»Und der Rest?«

»Ist für den Aufbau von Mologs großem Reich.«

Trevir nickte. »Schon verstanden.«

Nachdem Featherbeard zu seinem »Waffenpaten« erklärt und beide vom Hauptmann entlassen worden waren, führte der schwarzköpfige Recke den Rekruten durch das gewaltige Heerlager. Die einfachen Soldaten schliefen unter freiem Himmel, Mologs Truppenführer in Zelten. Der bärtige Krieger, dem die Einweisung des Neulings befohlen worden war, gab sich alle Mühe, freundlich zu sein. Er hieb seine Pranke auf Trevirs Schulter, dass diesem fast die Luft wegblieb, und brüllte: »Mein Platz ist da vorne. Am besten, du bleibst in meiner Nähe, bis Deonorth seine Enttäuschung überwunden hat.«

»Gerne«, antwortete Trevir und das war nicht einmal gelogen. »Werde ich Molog bald sehen?«

»Das kann man nie wissen, Junge! Manchmal heißt er die neuen Krieger persönlich willkommen, andere bekommen ihn wochenlang nicht zu sehen.«

»Wie ist das möglich?«

Der Krieger lachte schallend. »Molog reitet an der Spitze des Heerzugs, die Neuen marschieren meist hinten beim Vieh.«

Das klang nicht unbedingt nach einem schnellen Durchmarsch zum König der Kriegslords. Trevir kratzte sich am Kopf. Nun, wenn er sich über vier Jahre lang in Geduld gefasst hatte, dann würden ein paar zusätzliche Tage auch nicht mehr weiter ins Gewicht fallen. Er musste zwar damit rechnen, während der nächsten großen Welle, wenn die drei Welten sich ganz nahe kamen, wieder wie ein blauer Stern aufzuglühen, aber bis dahin waren es noch etwa zwei Wochen. Er räusperte sich.

»Featherbeard?«

»Ja, Junge?«

»Warum ist das Schwarze Heer nicht nach Norden gezogen, wo es immer noch ein paar unabhängige Kriegslords gibt? Hier im Osten ist doch nichts los.«

Der bärtige Recke hob seine massigen Schultern. »Was weiß ich! Molog sucht hier irgendetwas. Er weiht so gut wie niemanden in seine Pläne ein.«

»Mit Ausnahme Cord von Lizards, meint Ihr?«

»Hm, hm. Und dem jungen Wulfweardsweorth.«

»Ist das auch ein Truppenführer?«

»Wulf? Ha! Nein. Molog hat ihn an Sohnes statt angenommen. Leider ist der Bengel verzogen und nimmt sich uns einfachen Soldaten gegenüber ziemlich viel heraus. Oder hat schon manchem Neuen den Garaus gemacht. Am besten, du gehst ihm aus dem Weg. Wulf ist gefährlich. Er kämpft fast so gut wie Cord.«

Trevir nickte. »Werd ich mir merken. Danke, Featherbeard.«

»Nichts für ungut, Junge.«

Bevor das letzte Licht des Tages verblich, begann das Nachtmahl. Featherbeard hatte am Nachmittag erzählt, dass die Krieger gewöhnlich selbst für ihre Verpflegung sorgten. Seit Molog sich jedoch auf dieser geheimnisvollen Suche befand, achte er streng darauf, das Lager zusammenzuhalten. Auf dem Weg nach Osten habe er zu diesem Zweck Vorräte in großen Mengen beschlagnahmt, außerdem ganze Viehherden, welche nun am Rande des Lagers grasten. Auf dem Speisezettel stand zudem regelmäßig Wild, das von kleinen Jagdtrupps in der Nähe erbeutet wurde. Die Tagesrationen wurden an unzähligen Feuern zubereitet, die zwischen den Zelten brannten. An diesem Abend gab es Hammel.

Trevir spießte mit mehreren hungrigen Männern gleichzeitig seinen Dolch in den dampfenden Topf. Ganz offensichtlich war in dieser rauen Gesellschaft ein beherztes Zustechen vonnöten, um nicht zu verhungern. Ein Mann schrie auf, als ihm eine Messerspitze die Hand verletzte. Mit einem eher kleinen Beutestück verzog sich Trevir an den Rand der kauenden Meute. Wachsam blickte er sich nach Neidern um. Plötzlich hörte er ein sirrendes Geräusch, spürte einen Ruck in der Hand und blickte verblüfft auf seine leere Messerspitze.

Brüllendes Gelächter brach aus. So viel Dreistigkeit im Kampf um einen einzigen Happen hätte Trevir seinen neuen Kameraden nun doch nicht zugetraut. Verärgert suchte er zuerst den Pfeil, der ihm das Hammelfleisch entführt hatte – er lag nahebei im Dreck –, dann den Schützen. Ebender kam soeben grinsend auf den hungrigen Rekruten zu.

Es handelte sich um einen jungen Krieger in Trevirs Alter, dessen ganze Haltung von Überheblichkeit und Selbstzufriedenheit zeugte. Sein muskulöser Oberkörper schimmerte unter einem dünnen, naturfarbenen Hemd hervor, wie es die Soldaten unter ihren mit Metallplatten besetzten Wämsern zu tragen pflegten. Das hauchfeine Kleidungsstück war, wie auch die dunkle Hose, weniger schmutzig als bei den Kämpfern allgemein üblich. Zudem hatte der gewöhnliche Krieger bisweilen nur Lumpen an den Füßen, dieser hier jedoch weiche, halbhohe Lederstiefel. Sein Haar war feuerrot und die Augen grün. Von der Statur her erreichte er nicht ganz Trevirs Größe, war ihm an Kraft aber offenbar deutlich überlegen.

Der um sein Fleisch Beraubte achtete kaum auf solche Äußerlichkeiten, sondern sprang wütend auf die Beine. »Gib Acht!«, hörte er Featherbeard zischen, aber bevor der Bärtige seine Warnung präzisieren konnte, ergriff schon der Bogenschütze das Wort.

»Du musst der Neue sein.«

»Wie hast du das erraten?«, knurrte Trevir.

»Ich kenne jeden der dreitausendzweihundertvierundfünfzig Männer in diesem Heer mit Namen. Habe ich Recht, Featherbeard?« Der junge Schütze blickte mit leicht geneigtem Kopf in Richtung des Bärtigen.

»Ihr seid blitzgescheit, Herr«, räumte der ein.

Der Schütze grinste nun wieder den Rekruten an, dem nichts Besseres einfiel, als Featherbeards Einschätzung infrage zu stellen.

»Ich halte Euch für ziemlich dumm.«

Das Grinsen im Gesicht des Schützen erstarrte. »Was …?«

»Ihr beschmutzt die Würde Eurer Kameraden und ihr Essen gleich dazu. Wenn sie Euch hassen und dazu auch nichts zu beißen haben, werdet Ihr Euch im nächsten Kampf nicht auf sie verlassen können. Das nenne ich dumm.«

»Weißt du überhaupt, mit wem du dich da anlegst, Trevir?«

»Vielleicht nicht mit wem, aber wenigstens mit was für einem.«

So viel Unerschrockenheit war dem Schützen fremd. Er ließ seinen Bogen zu Boden gleiten und sagte drohend: »Scheinbar hat dir noch niemand gesagt, was es bedeutet, Wulf herauszufordern. Der Name bedeutet übrigens *Wolf.*« Der Schütze fletschte wie ein solcher die Zähne, zog einen Dolch aus der Scheide an seinem Gürtel und fügte knurrend hinzu: »Lass mich dir eine kleine Lektion erteilen.«

Trevir blieb fast das Herz stehen. Durch seinen Geist purzelten Erinnerungen, die allesamt nichts Gutes verhießen, und da war Featherbeards eindringliche Warnungen vor dem gefährlichen Ziehsohn des Kriegslords. Warum fiel ihm, Trevir, das erst jetzt ein? Er, der im Messerkampf nicht die geringste Erfahrung besaß, hätte sich doch denken können, dass dieser Bursche kein normaler Soldat war.

Schon schnellte Wulfs Hand vor. Trevir duckte sich zur Seite, konnte dem Angriff aber nicht ganz entkommen. Die Schneide schlitzte seine Tunika an der linken Schulter auf. Erschrocken ließ er sein Messer fallen.

»Lasst ihn doch in Ruhe, Wulf«, flehte Featherbeard.

Der Schütze grinste wölfisch. »Er wird gleich mehr Ruhe haben, als ihm lieb ist.« Wieder zuckte sein Dolch heran.

Diesmal hatte sich Trevir besser gewappnet. Er drehte sich um Wulfs vorgestreckten Arm, packte das Handgelenk und warf sich mit seinem ganzen Gewicht gegen den Angreifer. Die Aktion war auch als Ablenkung gedacht, denn während die beiden um ihr Gleichgewicht kämpften, versetzte er den Dolch des Gegners in die eigene Hand. Er spürte, wie die überraschende Entwaffnung Wulfs Kampfeslust schlagartig lähmte. Heftig stieß Trevir den

Kontrahenten von sich, zeigte ihm die Klinge und sagte: »Lasst es gut sein, Wulf. Ich bin zwar hier, um zu kämpfen, aber Ihr seid nicht mein Feind.« Damit schleuderte er den Dolch mit der Schneide voran in den Boden und drehte sich demonstrativ um. Gemessenen Schrittes näherte er sich dem Pfeil, um sich das Fleisch zurückzuholen.

Der Entwaffnete wollte sich indessen mit dem für ihn wenig ehrenvollen Kampfverlauf noch nicht zufrieden geben. Brüllend rannte er auf Trevir zu und warf sich aus vollem Lauf auf ihn. Letzterer hatte sich nur noch halb umdrehen können, bevor er zu Boden gerissen wurde. Er hörte ein lautes Ratschen und sein linker Ärmel war an der blutigen Schnittstelle komplett abgerissen.

Obwohl weniger kräftig gebaut als sein Widersacher, war Trevir doch ungemein zäh. Wulf gab sich alle Mühe, den Gegner zu würgen, aber es wollte ihm einfach nicht gelingen. Trevir wand sich mehrmals wie ein Aal aus der Umklammerung des anderen. Und jetzt schaffte er es zur Verblüffung des Publikums sogar, sich rittlings auf Wulfs Rücken zu setzen und *ihm* die Luft abzuschnüren. Der junge Recke machte eine überraschende Drehung, wieder ratschte es und nun stand er mit freiem Oberkörper in der Arena aus schwarzen Kriegern.

Verblüfft starrte der Hüter des Gleichgewichts auf die entblößte Brust seines Gegners. Dort prangte, genau über dem Herzen, ein rotes Muttermal – ein vollkommener Zwilling ebenjener »Pyramide«, die auch Trevirs Schulterblatt zierte. Während er noch dastand und staunte, wurden seine Betrachtungen fürs Erste durch einen Faustschlag beendet.

Als er das Bewusstsein zurückerlangte, lag er unter einer wärmenden Decke in einem Zelt. Eine Öllampe warf ihr unruhiges Licht an die schwarz-grau gestreiften Stoffwände. Vor diese schob sich jetzt ein Gesicht. Trevir erschrak.

»*Schsch!*«, machte das Mädchen und legte ihm ihren Zeigefinger auf die Lippen. Sie war etwa so alt wie Trevir, hatte blondes Haar, wasserblaue Augen, eine Stupsnase und volle rote Lippen, die freundlich lächelten.

Der soeben Erwachte glaubte noch zu träumen – es war ein wunderschöner Traum. An seiner linken Schulter spürte er den leichten Druck eines Verbands. *Hat sie ihn etwa angelegt?* Erst jetzt wurde ihm bewusst, dass sein Oberkörper unbekleidet war. Die Frauen in Styfics Gauklertruppe hatten ihn schon oft so gesehen, etwa wenn er zu einem Fluss ging, um sich zu waschen, aber die gehörten ja auch zur Familie – gewissermaßen. Dieses bezaubernde Mädchen dagegen … Rasch zog er die Decke bis zum Kinn. Er versuchte den Kopf zu heben, überlegte es sich aber sofort anders, weil ein stechender Schmerz durch seinen Schädel raste. »Wer bist du?«, ächzte er.

»Dwina.«

»Das ist nicht dein Ernst!«

»Warum?«

»Ich hatte ein Schaf, ein kleines Lämmchen, das so hieß.«

»Du bist Hirte?«

»Ich bin vieles.«

»Das stimmt. Im Moment bist du mein Patient.«

»Mir ist noch gar nicht aufgefallen, dass es im Heerlager auch Mädchen gibt.«

»Auf seinen Raubzügen lässt der Herr Molog alles Mögliche mitgehen.«

»Du bist eine Gefangene?«

»Aus freien Stücken wäre ich gewiss nicht hier.«

»Und kümmerst dich um die Verletzten?«

»Um dies und das. Cord von Lizard hat mich rufen lassen, um dich zu versorgen.«

»Die rechte Hand des Kriegslords?«

»Dieselbe, die dich ins Reich der Träume geschickt hat.«

»Cord war das?«

»Ja«, meldete sich plötzlich jemand, den Trevir nicht sehen

konnte. Er versuchte den Kopf zu drehen und scheiterte abermals am Schmerz. Alsbald erschien über ihm ein hoch gewachsener, breitschultriger Krieger, der forschend auf ihn herabsah. Dem Gesicht nach, dessen Haut ledrig und voller Narben war, mochte er um die fünfzig Jahre alt sein, aber seine aufrechte Haltung und der wache Blick seiner tiefbraunen Augen straften diesen Eindruck Lügen. Hinter dem rechten Ohr des bärtigen, dunkelhaarigen Mannes ragte ein Schwertgriff hervor. Nachdem er Dwina fortgeschickt hatte, stellte er sich vor.

»Mein Name ist Cord von Lizard. Wie geht es dir?«

Trevir holte tief Luft. Also das war Mologs berühmter Waffenmeister! »Bescheiden, Herr. Wie ich hörte, habe ich das Euch zu verdanken.«

»Es war die einzige Möglichkeit, dein Leben zu retten, Trevir.«

»Dann muss ich mich für den Hieb wohl bei Euch bedanken.«

Cord nickte mit seltsam verschleierter Miene. »Ich bin sehr beeindruckt von der Leichtigkeit, mit der du Wulf den Dolch abgenommen hast.«

Trevirs Nackenhaare sträubten sich. *Hat er es gesehen?* »Das war Glück.«

»Ah! So nennt man das also.« Nun wirkte Cord amüsiert. »Du hast einen seltenen Namen, Junge.«

Trevir zögerte. Sollte das ein Verhör werden? »Für mich ist es der einzige, den ich je hatte.«

»Featherbeard sagte mir schon, dass du ein kluger Kopf bist. Wenn ich dich reden höre, muss ich ihm Recht geben. Hast du eine geistige Erziehung genossen?«

Trevir biss sich auf die Unterlippe.

Wieder nickte Cord, aber diesmal auf eine tiefgründig wissende Art. Bevor er seine nächste Frage stellte, wanderte sein Blick zu einem Punkt, der sich aus der Perspektive des Patienten über dessen Scheitel befand. »Hast du je etwas von einem Mann namens Aluuin gehört?«

Kalter Schweiß trat auf Trevirs Stirn. *Und ob das ein Verhör ist!*

War dieser Cord von Lizard etwa bei der Mordbande gewesen, die seine Brüder abgeschlachtet hatte? Er musste auf der Hut bleiben. »Ich komme aus Eire. Da ist dieser Name keine Seltenheit.«

»Was du nicht sagst!« Cord lächelte und gab sich nicht die geringste Mühe, überzeugt zu wirken.

»Warum fragt Ihr mich nach … Wie hieß der Mann doch gleich?«

»Aluuin. Er war das Oberhaupt einer Bruderschaft, die sich der Dreierbund nennt.«

»Ach! Soweit ich weiß, gibt es den nicht mehr. Man erzählt sich, Mologs Gefolgsleute hätten die Einsiedler von Sceilg Danaan umgebracht.«

»So, so. Das erzählt man also. Ich frage mich, woher *man* das weiß?«

Trevir stockte. Dieser Fuchs hatte eine gefährliche Zunge. Sein Blick wanderte zu dem Griff, der hinter Cords Ohr hervorlugte. »Nun … Man hat ein riesiges Schwert gefunden, wie es nur die Krieger des Schwarzen Heeres benutzen.«

Zum ersten Mal wurde die Gelassenheit des Waffenmeisters durchscheinend und ließ Überraschung erkennen. »Bei dem Unternehmen ist tatsächlich ein Schwert verloren gegangen. Ich selbst war damals nicht dabei, aber man hat es mir berichtet, weil es eine der wichtigsten Regeln bei uns ist, weder Männer noch Ausrüstung zurückzulassen. Wer hat dir von dem Fund erzählt?«

Trevir tat eine Weile so, als dächte er angestrengt nach. Schließlich zuckte er die Achseln, verzog vor Schmerz das Gesicht und sagte: »Ich war Geselle bei einem fahrenden Bader. Da trifft man jeden Tag andere Leute.«

»Was macht deine Schulter?«

Siedend heiß fiel Trevir das Feuermal ein. Das Mädchen Dwina musste es gesehen haben, als sie ihn verband. Ob auch Wulf oder Cord …? »Ich … Eigentlich … Gut!«, war alles, was er als Antwort hervorbrachte.

Cord schwieg. Seine tiefbraunen Augen funkelten wie magische Steine, vor denen nichts verborgen blieb. Der junge Hüter fühlte sich auf unangenehme Weise nackt. Schließlich gab ihn der Blick des schwarzen Kriegers frei und wanderte noch einmal zu jenem rätselhaften Punkt oberhalb von Trevirs Gesichtsfeld. Ohne davon abzulassen, sagte Cord: »Genieße diese Nacht im Zelt. Ab morgen wirst du bei den Männern unter freiem Himmel schlafen.« Der Waffenmeister wandte sich um und ging hinaus.

Trevir wartete, bis er allein war. Dann stemmte er sich – ungeachtet der Schmerzen – auf den rechten Ellbogen und legte den Kopf in den Nacken, um endlich hinter sich zu blicken. Was hatte Cord von Lizard dort so interessiert? An der Zeltwand war nichts Ungewöhnliches zu sehen. Im Boden steckte nur Aluuins Stab.

Im Morgengrauen wurden die Zelte abgebrochen und das Schwarze Heer zog in lockerer Formation nach Osten. Es bestand aus einer etwa tausend Mann starken Reiterschaft, der Rest war Fußvolk. Trevir marschierte wie von Featherbeard angekündigt im hinteren Abschnitt, unmittelbar vor dem Vieh. Molog, der die Armee anführte, hatte er nur einmal kurz von weitem gesehen.

Das Wetter zeigte sich so launisch, wie man es von der Jahreszeit erwartete: Mal schien die Sonne, im nächsten Augenblick durchnässte ein Regenschauer die Marschierenden, dann kehrte das wärmende Licht des Frühlings zurück. Der Tross durchquerte einen Flickenteppich aus Wäldern und Grasland. Jedes Mal wenn Trevir einen Hügelkamm überschritt, hielt er nach dem riesigen Kentish Weald Ausschau, doch die grüne Quiltdecke erstreckte sich in alle vier Himmelsrichtungen, so weit das Auge reichte. Zwischendurch verfiel er immer wieder in tiefes Grübeln und nahm seine Umgebung nur am Rande wahr.

Die Ereignisse des letzten Tages wollten ihm nicht aus dem

Kopf gehen. Hatte Cord von Lizard ihn durchschaut? Kannte Mologs Waffenmeister das Geheimnis des Feuermals? Wie kam es, dass Wulf genau das gleiche Zeichen am Körper trug wie der letzte Überlebende des Dreierbunds? Brüder im Geiste – wie Aluuin, Taarndol oder Qennouindagnas – konnten sie nicht sein, aber waren sie womöglich blutsverwandt? Abgesehen von dem Mal hatten sie herzlich wenig Ähnlichkeit miteinander. Oder war auch Wulfweardsweorth ein Findelkind, das die Turbulenzen des Triversums nach Trimundus gewirbelt hatten? Besaß er dieselben Fähigkeiten wie Trevir? Oder verfügte er über andere besondere Gaben? War auch er ein Empfänger? Konnte es sein …?

»Wie finster der junge Krieger dreinschaut.« Die weiche, leicht rauchige, aber unüberhörbar spöttische Stimme, die Trevir aus den Gedanken gerissen hatte, kam ihm bekannt vor. Er wandte sich nach links.

»Dwina!«

»Das Lämmchen.« Sie schmunzelte auf eine durchaus entzückende Weise. Zum ersten Mal konnte Trevir sie vollständig betrachten und ohne das betäubende Schädelbrummen der letzten Nacht. Dwina trug ein langärmeliges, enges, braunrotes Oberteil, das über der Brust von unzähligen Knöpfen zusammengehalten wurde, und einen glockenförmigen Rock aus dem gleichen Stoff. Ihr blondes Haar wallte bis weit über ihre Schultern hinab. Auf ihrem Kopf saß ein Leinenhäubchen wie ein kleiner weißer Vogel. Das Mädchen erwiderte offen seinen überraschten Blick und fügte hinzu: »Wie geht es deinem Arm?«

»Gut. Vielen Dank noch einmal. Du hast ihn bestens versorgt.«

»War mir eine Ehre, großer Krieger.«

»Mein Name ist Trevir und ich bin genauso unfreiwillig zu diesem Heer gekommen wie du – fast jedenfalls.«

»Wie kannst du das behaupten?«, erwiderte Dwina überraschend schroff.

»Entschuldige, falls ich etwas Falsches gesagt habe.«

Dwinas Anflug von Ärger wich einem spitzen: »Immerhin brauchst du keine Ziegen zu hüten und Wunden zu nähen.«

Trevir registrierte erleichtert ein amüsiertes Funkeln in ihren großen Augen. Er drehte sich demonstrativ um. »Ich sehe keine Ziegen.«

»Sie sind ganz hinten. Ich habe mir nur kurz freigenommen, um nach dir zu sehen ... Nach deiner Schulter, meine ich.«

»Das ist lieb von dir. Wer hat dir beigebracht, wie man aufgeschlitzte Burschen zusammenflickt?«

»Mein Vater. Er war Medicus in Ilfracombe.«

»War?«

Erneut überschatteten dunkle Wolken Dwinas Gesicht. »Molog hat ihn umgebracht.«

»Das tut mir Leid. Zwei von meinen Vätern ging es genauso.«

»*Zwei?* Soll das heißen, du hast noch mehr als nur die beiden?«

Trevir seufzte. »Wenn ich das wüsste!«

»Ich glaube, du leidest unter den Nachwirkungen des Schlags, den dir der Herr Cord verpasst hat.«

»Ich würde mich gerne noch einmal von ihm schlagen oder von Wulf verletzen lassen, wenn du mich wieder pflegst.« Trevir hatte sich über die Jahre der Wanderschaft hinweg eine erstaunliche Arglosigkeit bewahrt. Er musste noch vieles über das andere Geschlecht im Allgemeinen und im Besonderen über Dwina lernen, die im Lager ständig von irgendwelchen Gesellen lüsterne Blicke zugeworfen bekam. Zumindest überraschte ihn ihre heftige Reaktion.

»Du bist unverschämt, Trevir!«, zischte sie und ihre meerblauen Augen blitzten bedrohlich. Ihr langer Rock blähte sich auf, als sie herumwirbelte und davonstob.

»Ich habe doch nur gesagt, was ich fühle«, rief er ihr noch hinterher. Aber sie war schon zwischen Kühen und Wagen verschwunden.

Knapp eine Woche war vergangen, in der Trevir das heilkundige Mädchen nur aus der Ferne gesehen hatte. Er vermisste sie. Was hätte er dafür gegeben, sich noch einmal mit ihr zu unterhalten! Einige Zeit überlegte er ernsthaft, sich eine Verletzung beizubringen, irgendetwas, das hinreichend blutete, um sich von ihr verbinden zu lassen. Manchmal erzählte ihm Featherbeard beim Marschieren stundenlang irgendwelche Soldatengeschichten und er bekam nicht das Geringste mit. Selbst wenn Trevir sich nachts erschöpft unter seiner Decke zusammenrollte und mit dem Schlaf rang, musste er an sie denken. Natürlich träumte er auch von Dwina. Fühlte es sich so an, wenn man verliebt war?

Leider schien sie seine Gefühle nicht zu teilen, denn sie ging ihm aus dem Weg. Ab und zu hatten sich zwar ihre Blicke gekreuzt, aber mehr ließ sie nicht zu.

Trevir marschierte an diesem Morgen im vorderen Drittel des Heerzugs neben Featherbeards Pferd dahin, die Augen starr auf den matschigen Weg gerichtet; es hatte in der Nacht geregnet. Seit dem Frühstück erklärte sein Waffenpate ihm nun schon Tricks, »um im Schlachtgetümmel nicht den Kopf zu verlieren« – der Recke war sichtlich stolz auf dieses Wortspiel.

»Hast du je um dein Leben kämpfen müssen?«, fragte er unvermittelt.

Trevir unterdrückte einen Schauer, als die Bilder der schrecklichen Nacht auf Sceilg Danaan in ihm aufstiegen. Ausweichend erwiderte er: »Eigentlich bin ich ein Pilger.«

»Und schließt dich dem Schwarzen Heer an? Das soll wohl ein Witz sein!«

»Meine Pilgerschaft ist eher von metaphorischem Gepräge.«

Der Krieger stutzte. Erwartungsgemäß konnte er mit dieser Antwort nicht viel anfangen, obwohl er angestrengt darüber nachdachte.

Trevir nutzte den Moment der Verwirrung für einen raschen Themenwechsel. »Warum bist *du* Krieger im Schwarzen Heer und nicht Bauer oder Schmied, Featherbeard?«

Das Gesicht des Recken verdüsterte sich. »Mein Vater war Bauer.«

»Na also!«

»Molog hat ihn getötet.«

»Oh! Entschuldige, ich wollte dich nicht ...«

»Du konntest es nicht wissen.«

»Ehrlich gesagt, verstehe ich jetzt noch viel weniger, warum ...«

»Warum ich zu Mologs Kundschaftern gehöre?« Featherbeard lachte rau. »Ich war ungefähr in deinem Alter, als das Schwarze Heer in unser Dorf einfiel und mich einfach mitnahm. Der Kriegslord behandelte mich streng, aber gerecht. Wie ein Vater. In gewisser Hinsicht ist er das für alle seine Männer.«

»Man könnte glauben, du hast ihn richtig lieb.«

Featherbeard besaß kein besonders feines Gespür für Ironie. Seine schwarzen Augenbrauen zogen sich zusammen, während er angestrengt über den Sinn von Trevirs Worten nachsann. Schließlich entgegnete er: »Molog sagte mir, der Tod meines Vaters sei ein Unfall gewesen und es tue ihm Leid. Ich respektiere den Herrn. Anstatt mich zu töten, hat er mir etwas zu essen und einen Platz unter seinen Kriegern gegeben. Ohne ihn wäre ich ein hungernder Niemand.«

»Aber frei. Durch ihn bist du ein satter Leibeigener. Es fällt mir schwer, deinen Standpunkt nachzuvollziehen, Featherbeard. Ich würde den Mörder meines Vaters jagen und alles daransetzen, das Blut von seiner Hand zu fordern.« Trevir biss sich auf die Unterlippe. Derartige Reden konnten ihm Kopf und Kragen kosten. Seine Gefühle waren mit ihm durchgegangen, weil Featherbeards Geschichte ihn an die eigene erinnert hatte. Und an Aluuin.

Das Gesicht des Recken blieb ausdruckslos, als er leise erwiderte: »Kann sein, dass mein Respekt gegenüber Molog hauptsächlich aus Angst besteht. Manchmal habe ich daran gedacht, ihm mein Schwert in den Leib zu rammen oder ihm einen Pfeil ins Herz zu schießen. Aber dazu hätte ich Cord von Lizard überwinden müssen, was einem Selbstmord gleichgekommen wäre, jedenfalls für einen Bauernjungen wie mich. Inzwischen lässt sich Molog von seinem Ziehsohn beschützen, von dem die Männer sagen, er besitze Zauberkräfte.«

Trevir horchte auf. »Inwiefern?«

»Er soll einen Pfeil mit dem Arm weiter und treffsicherer schleudern können, als ein Bogenschütze ihn zu schießen vermag.«

»Hast du das je mit eigenen Augen gesehen?«

»Nein.«

»Die Menschen neigen dazu, Unerklärliches vorschnell mit Zauberei zu erklären. Könnte es sein, dass Wulf einfach nur ein paar verblüffende Tricks beherrscht, die das Begriffsvermögen der einfachen Soldaten übersteigen?«

»Davon ist mir nichts bekannt. Ich kann nur sagen, dass niemand diesen Jungen bisher besiegt hat. Selbst Cord von Lizard geht ihm aus dem Weg. Molog scheint sich in Wulfs Nähe für unangreifbar zu halten.«

»Wie kommst du darauf?«

»Vor ungefähr drei Jahren sagte Molog zu mir: ›Da ist so ein Funkeln in deinen Augen, Featherbeard. Hasst du mich?‹ Ich antwortete: ›Alles verdanke ich Euch, Herr. Wie könnte ich etwas anderes tun, als Euch zu lieben?‹ Weißt du, wie Molog da reagiert hat?«

Trevir zuckte die Achseln.

»Erst hat er schallend gelacht und dann sagte er: ›Ich weiß, dass du mich hasst. Die meisten meiner Männer tun das. Sie sind jedoch schlau genug, sich nicht gegen mich zu erheben. Mein kleiner Wolf würde ihnen die Kehle herausreißen. Mit ihrem Hass kann ich leben. Er ist mir sogar nützlich, wenn er durch ihre Angst in die richtige Bahn gelenkt wird. So macht er meine Männer zu jenen unerbittlichen Kriegern, die man überall fürchtet.‹«

»Unser Herr Molog scheint ein rechter Zyniker zu sein«, brummte Trevir.

Ehe Featherbeard nachfragen konnte, was dieses Wort bedeutete, wurde die Aufmerksamkeit der beiden von einer Unruhe abgelenkt, die sich schnell unter den Soldaten ausbreitete. Wie viele andere reckte auch Trevir den Hals und spähte nach vorn.

Zwei Kundschafter kamen in gestrecktem Galopp auf das Schwarze Heer zu.

Wenig später verbreitete sich ein Gerücht in der Truppe, die ihren Weg nach Osten unbeirrt fortgesetzt hatte.

»Vor uns liegt ein großer Wald!« Featherbeard konnte es kaum erwarten, seinem Schützling die Neuigkeit mitzuteilen. Um sie mit einer Aura des Geheimnisvollen zu umgeben, war er sogar von seinem Ross gestiegen und hatte auch weniger gebrüllt als sonst.

Trevir spitzte die Ohren, gab sich äußerlich aber uninteressiert. »Seit ich mit dir marschiere, haben wir schon viele Wälder durchquert.«

»Dieser ist aber anders«, sagte Featherbeard verschwörerisch. Sein Gesicht glühte – soweit die schwarzen Haare und der Schmutz dies erkennen ließen – feuerrot. »Er muss riesig sein!«

»Ist Mologs Heer etwa monatelang durch die Landschaft marschiert, um einen großen Wald zu finden? Was soll das, Featherbeard? Will unser Herr ihn etwa abholzen und eine Flotte bauen, um die Welt jenseits von Valisia zu erobern?«

»Die Idee ist nicht schlecht, Junge, aber wenn man glauben kann, was gemunkelt wird, dann ist der Wald nicht das eigentliche Ziel.«

»Sondern?«

»Keine Ahnung. Irgendetwas soll darin versteckt sein. Etwas Gewaltiges!«

»Ha! Du prahlst doch nur, Featherbeard. Woher willst du *das* denn wissen?«

»Ich gehöre jetzt schon mein halbes Leben lang zu Mologs Heer; da kriegt man einiges mit.«

»Du weichst mir aus, Kamerad.«

»Tu ich gar nicht.«

»Tust du doch.«

»Wenn ich's verrate, schlägt der Herr mir den Kopf ab.«

»Nur, wenn ein Außenstehender etwas davon erfährt. Bin ich das etwa für dich?«

»Du bist in Ordnung, Junge.«

Trevir schluckte. Er fühlte sich nicht wohl bei diesem Spiel. Trotzdem quengelte er: »Jetzt sag mir doch endlich, was wir hier suchen, Featherbeard.«

»Ich weiß es nicht.«

»Aber du hast doch …!«

Die Stimme des bulligen Kriegers wurde nun tatsächlich leise. »Alles, was ich dir verraten kann, ist, dass unser Herr einen mordsmäßigen Wutanfall bekommen hat.«

»Wieso?«

»Ist schon einige Monate her. Wir waren von Zennor Quoit aufgebrochen und hatten uns, anders als sonst, weit im Süden an der Küste entlangbewegt, immer auf der Hut, von niemandem entdeckt zu werden. Plötzlich bekommt der Herr Molog einen Tobsuchtsanfall. Uns Kundschaftern vertraut er, deshalb dürfen wir uns oft in seiner Nähe aufhalten. So war's auch an diesem Tag. Ich hab mitbekommen, wie er schrie: ›Der Zylinder, der Zylinder. Alle Schriften sind da, aber ausgerechnet dieser Zylinder nicht. Ihr Dummköpfe habt vergessen, ihn in die Kiste zu packen.‹«

Trevir schauderte. So gleichmütig wie möglich fragte er: »Eine Kiste?«

»Ja. Ein mit Eisen beschlagenes Ding, das beim Transport immer unter einem Tuch mit seinem Wappen verborgen ist.«

»Ist mir noch gar nicht aufgefallen. Was geschah dann?«

»Nichts. Er hat seinen Adjutanten enthaupten lassen.«

Trevir reckte unbehaglich das Kinn vor. »Vermutlich hat er anschließend einen Boten nach Zennor Quoit zurückgeschickt.«

Featherbeard machte ein erstauntes Gesicht. »Woher weißt du das?«

»Ich selbst hätte an Mologs Stelle nicht anders gehandelt – abgesehen von der Enthauptung natürlich.«

Der Krieger schob die Unterlippe vor und nickte bewundernd. »Aber was aus dem Boten geworden ist, weißt du nicht. Er kam nie zurück.«

»Was du nicht sagst! Warum?«

»Lange wussten wir es nicht. Molog hat noch zwei weitere geschickt und der letzte wäre wohl auch nie wiedergekommen, wenn unser Herr ihm nicht bei seiner Mutter versprochen hätte, ihm den Kopf auf den Schultern zu lassen. Danach war alles klar. Stell dir vor! Irgendjemand hatte es doch tatsächlich gewagt, in die Festung einzudringen und die fehlenden Manuskripte zu stehlen. Soweit ich weiß, sind sie nie wieder aufgetaucht.«

»Ist nicht möglich!«

»Doch.«

»Das muss für Molog allerdings eine ärgerliche Nachricht gewesen sein.«

»Ja. Er hat den Boten noch am selben Tag aufgehängt.«

»Und nun?«

»Was nun?«

Trevir stöhnte. Featherbeard war auf seine Art ein gar nicht so übler Kerl, aber sein Hirn konnte bestenfalls die Größe einer Walnuss haben. Betont langsam fragte er: »Wie findet Molog dieses gewaltige Etwas im Wald, wenn ihm die Schatzkarte fehlt?«

Featherbeard machte ein verdutztes Gesicht. »Sie fehlt ihm doch gar nicht. Alles, was er vermisst, ist so eine Art Zeittafel. Niemand darf sie sehen. Deshalb ist er so wütend über ihr Verschwinden. Er selbst braucht sie gar nicht, weil er alles im Kopf hat; unser Herr Molog ist nämlich blitzgescheit!«

»Dann können wir uns ja bald auf eine Überraschung freuen.«

»Wieso denn das?«

Trevirs Verstand arbeitete jetzt auf Hochtouren. Er musste seine Worte sorgsam wählen. Lächelnd erwiderte er: »Na, weil wir das ›gewaltige Etwas‹ nun nicht mehr verpassen können. Die Schatzkarte ist noch da, in der Kiste, die du erwähnt hast, in Mologs Zelt – stimmt doch, oder?« Gespannt schielte er zu dem Krieger an seiner Seite.

Featherbeard nickte. »Stimmt.«

Als das Schwarze Heer zwei Tagesmärsche tief in den Kentish Weald eingedrungen war, ließ Molog auf einer großen Lichtung ein befestigtes Lager errichten. Zwar hatten sich noch keine Feen oder Trolle blicken lassen, aber unter den Soldaten kursierte das hartnäckige Gerücht, eine solche Begegnung stehe unmittelbar bevor, weil man in einem Zauberwald eben mit allem rechnen müsse. Ein Zaun aus Spitzpfählen sorgte unter den Kriegern für eine fast schon wieder normale Stimmung. Das änderte sich, als Cord von Lizard zahlreiche Erkundungstrupps zusammenstellte, die den Kentish Weald systematisch durchsuchen sollten. Bei einigen Kundschaftern lockerte die Angst vor dem Riesenwald die Zunge und bald wusste jeder im Lager, worum es bei diesem Unternehmen ging.

»Sie suchen eine Stadt«, flüsterte Featherbeard aufgeregt. Er und Trevir waren zum Schutz der Palisadenfestung abkommandiert.

Trevir gab sich überrascht. »Hier? Mitten im größten Wald von Valisia?«

»Ja, stell dir vor!«

Das tat Trevir. Eine schlimme Vermutung nach der anderen war bis zu diesem Zeitpunkt eingetroffen.

Was würde Molog unternehmen, wenn er die Verbotene Stadt erst gefunden hätte? Der Hüter des Gleichgewichts fasste einen Entschluss.

Nachdem Dunkelheit sich über das Lager gelegt hatte und ringsum ein vielstimmiges Schnarchen erscholl, rollte Trevir sich aus seiner Schlafdecke und schlich in den Schatten des nächstgelegenen Zeltes. Schweren Herzens hatte er Aluuins Stab zurückgelassen; er würde ihn später holen. Im Lager glosten überall die Reste von Lagerfeuern. Es roch nach verbranntem Holz, ungewaschenen Leibern, eingefettetem Stahl, Wald und feuchtem Gras.

Trevir sah sich aus seinem dunklen Versteck nach allen Seiten um. Vor allem die Wachen auf dem Wehrgang der Palisade bereiteten ihm Sorge. Ihre Aufmerksamkeit richtete sich zwar auf den Wald jenseits des Zaunes, aber verlassen konnte man sich darauf nicht. Es würde schwierig werden, unbemerkt bis zu Mologs Zelt vorzudringen.

Der Hüter des Gleichgewichts war nervös. Er wusste aus dem in Mologs Burg entwendeten Dokument, dass die drei Welten sich in wenigen Tagen sehr nahe kommen würden. Zwar sollte das blaue Glühen ihn noch nicht in dieser Nacht ereilen – eine schauderhafte Vorstellung, bei dem, was er gerade tat! –, aber bis dahin durfte er auch nicht warten. Sein Plan war einigermaßen kühn. Er wollte in Mologs Zelt vordringen und die Kiste mit den Dokumenten stehlen. Weil ihm die Fußangeln in diesem Vorhaben durchaus bewusst waren, hatte er sich ein paar kleine Kunstgriffe zurechtgelegt.

Fast lautlos drang er ins Zentrum des nächtlichen Lagers vor. Mologs schwarz-grau gestreiftes Zelt befand sich mitten in einem quadratischen Platz, der aus Lagerfeuern und Wachen gebildet wurde; Letztere standen an den Eckpunkten des Gevierts. Links und rechts davon gab es zwei kleinere Unterkünfte – eine für Cord von Lizard, in der anderen hauste Wulfweardsweorth, der Wolf.

Aus tiefen Schatten heraus sondierte Trevir das Terrain. Die Posten waren alle mit Schwertern und Speeren bewaffnet. Sie machten einen wachen Eindruck, unmöglich, sich ihnen unbemerkt zu nähern. Kostbare Zeit verstrich. Wenn in diesem Moment jemand in der Nähe vorbeilief, musste er den heimlichen Beobachter unwillkürlich sehen. Dann geschah etwas, das Trevir ein Lächeln entlockte.

Einer der Posten stützte sich schwer auf seine Lanze.

Wie der Schatten eines vorbeifliegenden Vogels huschte Trevir zu einem anderen Zelt, um sich in eine günstigere Ausgangsposition zu bringen. Auf der Blicklinie zu dem Zielobjekt befanden sich nun ein weiterer Posten sowie ein Lagerfeuer, dann erst kam der Soldat, der augenscheinlich Erleichterung für seine schmerzenden Füße suchte. Trevir konzentrierte sich kurz auf Schwert und Speer des Mannes – im nächsten Augenblick hielt er die Waffen in den Händen.

Überraschend seiner Stütze beraubt, fiel der Posten um.

Dieser Vorgang wurde von einem kleinen Aufschrei begleitet; es war dem Mann anzusehen, wie er sich flugs zügelte, weil er seinen Herrn im Zelt nicht wecken wollte. Dennoch reichte der Laut aus, um die anderen drei Wachen auf den Plan zu rufen. Trevir beobachtete zufrieden, wie die Kameraden dem Entwaffneten zu Hilfe eilten und ihn sogleich in eine aufgeregte Diskussion verwickelten. Mit Sicherheit versuchte er ihnen klar zu machen, dass sich seine Lanze in Luft aufgelöst habe, woraufhin die anderen ihn vermutlich für verrückt erklären würden. Die entführte Waffe steckte außer Sicht im Boden.

Lautlos glitt Trevir aus der Deckung und lief zum Zelt Mologs, der unüberhörbar schlief – Featherbeard hatte behauptet, selbst ein Gewitter könne den Kriegslord nicht aufwecken, weil er kein Gewissen habe, das ihn des Nachts plage.

Alsbald vernahmen die sich leise beratenden Posten ein Geräusch, das sich deutlich vom Schnarchen ihres Herrn abhob. Gleichzeitig fuhren sie herum und sahen das vermisste Schwert mit der Spitze voran im Boden stecken. Es wippte leicht. Zwei der Wachen kamen vorsichtig näher. Ehe sie die Waffe ganz erreicht hatten, verschwand sie vor ihren Augen. Verwundert eilten alle vier Posten zu dem verbliebenen Loch im Boden und fingen wieder an zu diskutieren.

Plötzlich vernahmen sie einen neuen verdächtigen Laut und wieder sahen sie an einer anderen Ecke des Gevierts das närrische Schwert im Boden schwingen. Jetzt rannten alle zugleich. Als sie die Ecke des Zeltes erreichten, an der die Waffe auf sie wartete, rieselte unvermittelt eine feine Wolke auf sie herab. Erst merkten sie nichts davon, begrüßten nur das zurückgewonnene Schwert, aber dann wurde es plötzlich dunkel vor ihren Augen, ihre Glieder schienen zu gefrieren, einer nach dem anderen kippte um und blieb wie gelähmt liegen.

»Danke, Clutarigas«, hauchte Trevir, während er hinter dem Zelt hervortrat und die bewegungslosen Posten traurig musterte. Sie würden frühestens in zwei Stunden Alarm schlagen können. Nachdem er sich noch einmal umgesehen hatte – das Lager war ein einziges friedliches Schnarchen – schlüpfte er in Mologs Zelt.

Das Licht der vier Wachfeuer drang gedämpft durch die Stoffwände herein. Die Unterkunft des Heerführers bot ein paar Annehmlichkeiten, die Trevir sonst noch nirgends im Lager gesehen hatte: Teppiche auf dem Boden, eine auf einem Tisch bereitstehende silberne Platte mit allerlei Delikatessen zur Stärkung im Falle nächtlicher Schlaflosigkeit sowie ein ziemlich großes Feldbett.

Darin schlummerte der Kriegslord tief und fest. Einige Augenblicke lang stand Trevir über ihm und blickte voll widersprüchlicher Gefühle auf Molog herab. Es wäre ein Leichtes gewesen, ihn mit dem Schwert der Wache niederzustrecken. Trevir kämpfte gegen die Versuchung an. Aluuin hatte ihn gelehrt, dass kein Mensch zur Gewalt greifen könne, ohne dadurch selbst Schaden zu erleiden. Was er den Wachen hatte antun müssen, belastete den jungen Hüter schon genug.

Der Herr des Schwarzen Heeres hatte einen wilden, dunklen Lockenschopf und ein breites, bartloses Gesicht. Sein Körper lag unter einer dünnen Decke. Sie konnte kaum verbergen, wie auffallend groß und von kräftiger Statur dieser Mensch war, der selbst im Schlaf noch eine brutale Autorität ausstrahlte. Trevir riss sich von dem Anblick des Schläfers los und ließ seine Augen durch das Zelt wandern. Er wurde schnell fündig.

Die Kiste stand am Fußende des Feldbettes.

Trevir kniete davor nieder und ließ seine Hände über das schwarze Behältnis gleiten. Es fühlte sich kalt an. Der Deckel war oben leicht nach außen gewölbt. Drei breite Eisenbänder verstärkten die Kiste zusätzlich, jedes gesichert durch ein mächtiges Vorhängeschloss.

Trevir stieß die Luft durch die Nase aus. Jetzt kam der vielleicht schwierigste Teil. Der Kasten musste mindestens so schwer sein wie er selbst. Das bedeutete, er konnte ihn immer nur über eine kurze Strecke versetzen: raus aus dem Zelt, von dort bestenfalls einen Speerwurf weiter und irgendwann durch den Wehrzaun hinaus in den Wald. Die leichtere Alternative wäre, nur den Inhalt mitzunehmen. Aber dazu war es erforderlich, ihn zu sehen – so funktionierte nun einmal das Versetzen.

Der Hüter des Gleichgewichts schloss die Augen. In den letzten Monaten hatte er immer wieder versucht, das Kunststück von Zennor Quoit zu wiederholen, durch Wände hindurchzusehen. Mit mäßigem Erfolg. So klar wie in der Nacht der dritten Welle, war es ihm nie wieder geglückt.

Auch jetzt sah Trevir nur verschwommene Umrisse. Offenbar lagerte in der Kiste ein ganzes Bündel von Röhren, anscheinend ähnlich beschaffen wie der von ihm in Zennor Quoit erbeutete Dokumentenhalter. Er kniff die Augen noch fester zusammen, strengte sich noch mehr an, um den Sinn des Empfängers durch nichts stören zu lassen. Und tatsächlich wurde der Nebel lichter. Die Zylinder waren nun mehr als eine Ahnung, sie bekamen Konturen. Trevir konzentrierte sich auf ein einzelnes Stück, öffnete die Hände – und schloss sie um den Dokumentenhalter.

Er lächelte. *Nummer eins!* Seine Lippen formten zwar die

Worte, aber er wagte nicht sie auszusprechen. Gleich nahm er die zweite Silberröhre ins Visier. Auch diese ruhte bald in seiner Hand. So ging es weiter: Nummer drei, vier, fünf, sechs … Nach kurzer Zeit lag ein ganzer Stapel neben ihm und der Hüter machte sich allmählich Sorgen, wie er seine Beute abtransportieren sollte. Nur ein letzter Dokumentenhalter fehlte noch. Trevir lauschte auf Mologs Schnarchen. Es klang so gleichmäßig und durchdringend wie zuvor. Noch einmal konzentrierte er sich – und wurde unvermittelt von einer ziemlich gehässigen Stimme aufgeschreckt.

»Ich habe mir gedacht, dass du es bist.«

Der Ertappte fuhr hoch. Mologs Schnarchen erstarb. Am Zelteingang stand ein Schemen. Er hielt ein Schwert in der Hand. Allein der Umriss verriet, um wen es sich da handelte. »Wulf!«, keuchte Trevir.

Molog regte sich unruhig auf dem Lager.

Sein Zögling trat gelassen in das Zelt. Er klang amüsiert, als er fragte: »Du wusstest nicht, dass unsereiner es spüren kann, wenn die Kräfte des Triversums gelenkt werden, nicht wahr?«

»Was …? Ich habe nie …«

»Nie gefühlt, dass ich auch ein Empfänger bin? Mir ging es bis vor kurzem ebenso. Ich betrachte das übrigens als Kompliment. Mein Vater hat mich immer streng gemaßregelt, wenn ich mit meinen Gaben nur zum Vergnügen herumspielte; deshalb war ich gezwungen, den Gebrauch von Waffen zu erlernen. Während wir neulich miteinander gekämpft haben, konntest du also nichts bemerken, weil ich mein wahres Wesen vor dir verbarg. *Mir* hingegen wurde zum ersten Mal etwas bewusst, das ich anfangs nicht richtig einordnen konnte – ein Gefühl, als würde mir jemand einen Dorn unter der Haut hervorziehen. So plötzlich diese Wahrnehmung kam, so schnell war sie auch wieder verschwunden. Erst später wurde mir klar, dass unserem Kampf ein Hüter beigewohnt haben musste, jemand, der sich zwischen meinen Vater und mich drängen will. Ich bin nicht sofort auf dich gekommen, sondern hatte zunächst Cord von Lizard im Verdacht. Ha! Diesen alten Recken. Ist das nicht komisch?«

Wulf badete regelrecht im Gefühl der Überlegenheit. Trevirs sprachlose Überraschung genoss er wie süßen Met, was wohl auch seine prahlerische Gesprächigkeit erklärte. Mit seinem arroganten Lachen hatte er Molog vollends aus dem Schlaf gerissen. Der Herr des Schwarzen Heeres fuhr mit einem Ruck vom Feldbett hoch. Dabei ging er seiner wärmenden Decke verlustig und stand nun im Nachthemd vor den beiden Störenfrieden.

»Was ist hier los?«, donnerte er mit Furcht erregendem Bass.

»Ich habe einen Spion auf frischer Tat ertappt, Vater. Sieh selbst, die Dokumentenhalter. Er wollte sie dir stehlen. Was soll ich mit ihm anfangen?«

»Wirf seinen Kopf den Krähen zum Fraß vor«, lautete Mologs erster spontaner Einfall. Er war vom Schlaf noch sichtlich benommen und blickte verwirrt auf den Stapel Röhren, dann wieder auf den vermeintlichen Spion.

Trevirs Augen und Mund standen weit offen. Warum hatte Wulf kein Sterbenswörtchen über ihre Wesensgleichheit verloren? Fürchtete er seinen Gefangenen etwa ernsthaft als Rivalen?

Der Rekrut holte Atem. »Aber …!« Der Einspruch blieb ihm buchstäblich im Halse stecken – Wulf hatte ihm die Schwertspitze an die Kehle gesetzt.

»Nicht hier!«, sagte Molog rasch. »Willst du mir die Teppiche verderben? Erledige das draußen.«

»Du hast gehört, was dein Herr und Gebieter befiehlt«, sagte Wulf und gab ein wenig mehr Druck auf das Schwert an Trevirs Hals.

Der junge Hüter stolperte lahm einen Schritt zurück, dann wandte er sich um und ließ sich widerstandslos zum Ausgang führen. In seinem Kopf rasten die Gedanken dafür umso wilder durcheinander. Was sollte er tun? An seinem Gürtel war noch ein Beutel mit Blendpulver, aber er würde wohl kaum unbemerkt die Tunika heben und das Mittel zum Einsatz bringen können. Sollte er Wulf das Schwert entreißen? Unwillkürlich tastete sein Geist nach der Klinge, die er im Rücken spürte.

»Lass das!«, herrschte ihn Wulf an.

Trevirs Beine wurden weich. Seine Verzweiflung drohte ihn zu übermannen. Gerade hatte er den Zeltausgang erreicht, konnte am Boden zu seiner Rechten schon die gelähmten Wachen erblicken, sah sich schon ebenso da liegen – nur ohne Kopf –, als plötzlich hinter ihm Mologs Stimme erscholl.

»Wartet!«

Trevir spürte eine Hand, die ihn am Kragen packte, hörte zugleich Wulfweardsweorths Stimme, die ihm Halt gebot und hiernach fragte: »Was ist, Vater?«

»Bring den Jungen noch einmal her.«

Eine ganze Steinlawine löste sich von Trevirs Herz und legte neue Hoffnung frei. Nur allzu gern ließ er sich wieder in das Zelt schubsen.

»Wie lautet dein Name?«, erkundigte sich Molog streng.

Der Gefragte hielt den Kopf gesenkt, um sein Gegenüber nicht unnötig zu provozieren. »Trevir.«

»Er nennt sich Pilger«, warf Wulf ein.

Das Blut schoss Trevir in den Kopf und spülte einen Herzschlag lang beunruhigende Gedanken herein. Der erste galt Featherbeard. *Du Verräter!* Die nächsten brachten die Einsicht, dass Wulf den Beinamen auch von anderen erfahren haben konnte, von jemandem, der die Unterhaltung mit seinem Waffenpaten belauscht hatte, oder vom Wirt der Schenke *Zum lockeren Mundwerk …* Wie lange würde es im letzten Fall noch dauern, bis der Kriegslord eins und eins zusammenzählte und den Dieb von Zennor Quoit sowie den hier auf frischer Tat Ertappten als ein und denselben entlarvte?

Molog hatte seinen Ziehsohn für den Zwischenruf mit einem eisigen Blick bedacht, der Wulfs Mitteilungsbedürfnis vorübergehend dämpfte. Jetzt richtete der Kriegslord das Wort wieder an den vermeintlichen Spion. »Was ist das Ziel deiner Pilgerfahrt, Trevir?«

Nur allzu deutlich erinnerte sich der Gefragte an Aluuins Warnung – *Nie darfst du dich in die Gewalt von jemandem begeben, der das von dir Empfangene zu missbrauchen sucht; es wäre womöglich das Ende nicht nur unserer Welt* – und erwiderte ausweichend: »Ich suche die Vollkommenheit.«

»Das ist ein großes Vorhaben für einen so jungen Mann. Warum bist du dann in mein Heer gekommen?«

»Ich wurde eingefangen und hatte keine andere Wahl.«

»Das ist richtig«, meldete sich überraschend eine volle Stimme zu Wort. Alle blickten zum Zelteingang. Cord von Lizard trat ein, in der Hand eine Fackel, und bedeutete seinem Gefolge aus Soldaten draußen zu warten. Er verbeugte sich vor seinem Herrn. »Ich hörte Eure Stimme.«

»Wäre dieser Bursche da ein Meuchler, hättet Ihr sie wohl nie wieder vernommen«, erwiderte Molog. Sein Vorwurf klang nicht allzu streng.

»Ich kenne diesen Jungen. Er hat sich vor einigen Tagen von Wulf provozieren lassen.«

Mologs dunkle buschige Augenbrauen hoben sich. »Und dann lebt er noch?«

»Ich konnte die beiden auseinander bringen, bevor Schlimmeres geschah.«

Der Kriegslord wandte sich wieder Trevir zu. Er nickte anerkennend. »Vielleicht sollte ich dich für einen Schafskopf halten, weil du dich mit einem Heißsporn wie Wulf angelegt hast, aber deine Offenheit eben zeigt mir, dass auch Mut in dir steckt. Das gefällt mir.«

»Er versucht sich doch nur einzuschmeicheln, Vater«, protestierte Wulfweardsweorth. »Lass mich ihn endlich nach draußen bringen, damit ich ihm den Kopf …«

Molog hatte sich seinem Ziehsohn zugewandt, sah ihn erneut

drohend an und sagte: »Noch ein Wort …!« Das genügte, um den vorlauten Wolf wieder für eine Weile am Bellen zu hindern.

»Trevir«, wandte sich Molog abermals an den Gefangenen, »wo wurdest du geboren?«

»Ich weiß es nicht.«

»Heißt das, du bist ein Findelkind?«

»Ja, Herr.«

»Wer waren deine Pflegeeltern?«

Trevirs Blick sprang zwischen Molog und Cord hin und her. Das Gesicht des Waffenmeisters blieb ausdruckslos.

»Dein Überleben hängt von dieser Antwort ab«, sagte Molog.

»Ein Böttcher und sein Weib«, antwortete der Gefragte endlich.

»Wo?«

»In Valisia.«

»Willst du mich zum Narren halten? – Wulf!«

Der junge Krieger hob das Schwert.

»In Annwn!«, fügte Trevir schnell hinzu.

Mit einer beschwichtigenden Geste bedeutete Molog seinem Ziehsohn, die Waffe wieder zu senken. Er nickte eine Weile bedächtig und murmelte sodann: »Also hatte ich mich nicht geirrt.«

»Vater! Er ist ein Betrüger, ein Nichts. Du hast *mich* ausgebildet. Er vermag das Triversum niemals zusammenzuketten …«

Wulfs Stimme erstarb, weil sie von Molog im wahrsten Sinne des Wortes abgewürgt worden war: Die mächtige Pranke des Kriegslords hatte sich mit erstaunlicher Geschwindigkeit zum Hals des jungen Kriegers bewegt und war über dessen Kehle wie ein Schlageisen zusammengeklappt. Das Schwert glitt dem Zappelnden aus der Hand. »Du hältst dich ja für *so* gescheit«, knurrte der Ältere, während sein Antlitz sich nahe vor das des Jüngeren schob, »und dabei redest du dich um Kopf und Kragen. Wer versucht, mich hinters Licht zu führen, muss dafür teuer bezahlen; das solltest du eigentlich wissen.«

»Aber«, gurgelte Wulf, nachdem Molog ihm etwas mehr Luft gelassen hatte, »was habe ich denn getan?«

»Du hast mir eine winzige, aber sehr wichtige Kleinigkeit verschwiegen. Dieser Junge da macht dir Angst.«

»Das ist doch lächerlich!«

»So? Und wie nennst du dann das da?« Molog deutete auf die Eisentruhe und den davor liegenden Stapel Röhren.

Cords dunkle Augen blitzten auf. Er schien sogleich erfasst zu haben, was sein Herr meinte.

Wulf dagegen stellte sich ahnungslos. »Diebesgut?«

Molog hob seinen Ziehsohn am Hals in die Höhe und schleuderte ihn quer durchs Zelt. »Geh mir aus den Augen, Sohn, bevor ich mich vergesse.«

Der junge Krieger rappelte sich auf und verschwand nach draußen.

»Lege diesen jungen Mann in Ketten«, befahl Molog seinem Waffenmeister. »Halte ihn von den anderen fern und wähle eine verschwiegene Person aus, die für sein leibliches Wohl sorgt; unser Pilger soll weder hungern noch dürsten. – Hörst du mir eigentlich zu, Cord?«

Der Gefragte riss sich vom Anblick der Eisenkiste los und blinzelte seinen Befehlshaber an. »Ja, Herr! Ketten und persönliche Betreuung. Es gibt da jemanden, dem ich diese Aufgabe schon einmal übertragen habe, weil unser Gefangener hier bei der Rangelei mit Wulf nicht ganz unbeschadet geblieben ist.«

»Hätte mich auch gewundert, wenn's anders wäre.« Molog bemerkte, wie Cords Augen wieder zu der Kiste wanderten, und fügte lächelnd hinzu: »Schon seltsam, wie all diese Dokumentenhalter aus einer Kiste herausgekommen sind, die allein *das* hier öffnen kann.« Er zog einen an einer Halskette hängenden Schlüssel unter dem Nachthemd hervor. »Kein Mensch kann so etwas tun, es sei denn, er verfügt über ähnliche Begabungen wie Wulf. Ich wette, mein heißblütiger Herr Sohn weiß mehr darüber, als er zugeben will.«

»Wieso sollte er etwas vor Euch verschweigen?«

»Aus Eifersucht natürlich! Um einen Rivalen aus dem Weg zu räumen. Der Junge muss mich für völlig vergreist halten.«

»Das geht vielen Vätern so, Herr.« Cord bückte sich nach dem herrenlosen Schwert und hob es vom Boden auf.

Molog nickte grimmig. »Obwohl es dumm ist, und das ärgert mich – als wir seinerzeit nach Annwn zogen, war ich nur fünf oder sechs Jahre älter als Wulf. Wie unser nächtlicher Besucher hier beweist, lag ich mit meinen Vermutungen goldrichtig.«

»Und trotzdem hätte Aluuin Eure Pläne mit diesem Jungen fast durchkreuzt.« Cord deutete auf Trevir, der die geradezu zwanglose Plauderei der beiden Krieger mit wachsendem Unbehagen verfolgte. Er musste an die Worte seines Lehrmeisters denken, als er von einem fähigen Novizen gesprochen hatte, der vor vielen Jahren auf Sceilg Danaan gelebt habe und von ihm, dem Oberhaupt des Dreierbunds, zum Nachfolger auserkoren worden sei. *Doch sein Herz wandte sich der Finsternis zu.* In diesem Moment glaubte Trevir zu wissen, wer dieser Abtrünnige war.

Molog grinste. »Knapp daneben ist auch vorbei, mein Guter. Dabei dachte ich, mir diesen mächtigen Gegner längst vom Hals geschafft zu haben.«

»Wen? Das Oberhaupt des Dreierbunds oder unseren Rekruten hier?«

Mologs Gesicht blieb unergründlich, als er antwortete: »Offen gestanden, weiß ich das selbst noch nicht.«

Ketten waren unversehens zu einem elementaren Bestandteil von Trevirs Leben geworden. Dafür gab es zwei Gründe: Erstens lag er in solchen und zweitens hatte Wulf in seiner überschäumenden Eifersucht vom Zusammenketten des Triversums gesprochen. Der Gefangene ahnte, worum es dem König der Kriegslords ging. Er wollte die drei von Menschen bewohnten Sphären zum Zeitpunkt ihrer größten Annäherung aneinander binden, das Spiel der kosmischen Wellen anhalten, um seine Macht über die Grenzen Trimundus' hinaus auszudehnen, auf die zweite und auf die dritte Welt.

Zu diesem Zweck hatte er sich Wulf herangezogen, dessen Herkunft im Dunkeln lag, aber der wie alle Neugeborenen einmal unschuldig und ohne Niedertracht gewesen sein musste. Aber was hatte Aluuin einst gesagt? Auch Empfänger seien verletzlich und verführbar wie jeder andere Mensch. Sie könnten sich zum Guten oder zum Bösen wenden. Letzteres wäre allerdings ein großes Unglück. In Wulfs Fall schien sich das Unglück bereits abzuzeichnen. Er hatte sich zu einem eitlen Jüngling entwickelt, der schon genauso verdorben war wie sein grausamer Ziehvater.

Und jetzt hatte Molog sich eine zusätzliche Sicherheit verschafft: Trevir.

Als wäre allein der Anblick seines Schattens an der durchscheinenden Wand oder der Klang seiner Stimme eine geheime Information, versteckte man den Gefangenen in einem Zelt mit einer dicken Plane aus schwarzem Öltuch. Nur Dwina und Cord von Lizard durften ihn besuchen, Erstere, um ihn zu versorgen, und Letzterer, um ihn zu verhören. Obwohl der Waffenmeister die Würde des Arrestanten achtete, ja sich ihm gegenüber geradezu freundlich verhielt, blieb Trevir auf der Hut. Er wollte sich durch Ritterlichkeit nicht blenden lassen.

Gerade hatte ihn Mologs engster Berater erneut besucht, mit Engelszungen um sein Vertrauen geworben, ihn wie selbstverständlich nach seinem Leben auf Sceilg Danaan gefragt und sich schließlich nach einem für ihn rundweg unbefriedigenden Monolog wieder verabschiedet.

Der Gefangene brütete auf seinem Lehnstuhl mit finsterer Miene vor sich hin. Aluuins eindringliche Warnung an seinen Schüler, sich nicht in die Gewalt von jemandem zu begeben, der die besondere Natur eines Hüters des Gleichgewichts missbrauchen wollte, hatte sich in einen Fluch verwandelt. Trevir fragte sich, was er jetzt tun sollte. Die Ketten an seinen Hand- und Fußgelenken scheuerten zwar, aber sie waren seine geringste Sorge – jederzeit konnte er sich von ihnen befreien, indem er sie einfach versetzte. Vor dem Zelt fingen die Schwierigkeiten erst richtig an. Da standen drei gestaffelte Reihen von Wachen. Den äußeren Ring bildeten Bogenschützen. Diese Phalanx zu durchbrechen war unmöglich, solange er sich nicht selbst an einen anderen Ort versetzen konnte. Mehrmals hatte er es ausprobiert. Ohne Erfolg.

»Trevir?«

Er drehte den Kopf und sein Gesicht begann zu strahlen. »Dwina!«

Cord hatte die hübsche Heilerin dazu ausersehen, sich um das Wohlergehen des Gefangenen zu kümmern. Diesem glücklichen Umstand verdankten sie ihre Versöhnung. Seitdem waren zwei Tage vergangen. »Ich bringe etwas Suppe«, erklärte sie laut den Grund ihres Kommens. Als sie an seiner Seite niederkniete, fügte sie leise hinzu: »Es gibt Neuigkeiten.«

»Was?«, flüsterte Trevir.

»Heute früh sind Kundschafter eingetroffen. Sie haben im Wald etwas entdeckt. Morgen wird das Schwarze Heer das Lager abbrechen und weiterziehen.«

»Zur Verbotenen Stadt?«

»Davon habe ich nichts gehört. Ist das Mologs Plan? Will er den letzten Ort erobern, der sich ihm nicht freiwillig ergibt?«

»Ich fürchte, er hat Schlimmeres vor, Dwina.« Er konnte die Empfindungen auf ihrem Gesicht ebenso deutlich erkennen, wie man auf einem stillen See das Spiegelbild dunkler Wolken erblickt.

»Wenn ich dir nur helfen könnte!«

Trevir streichelte lächelnd ihre Wange. »Aber das tust du doch, Dwina!«

»Es war dumm von mir, dir unredliche Beweggründe zu unterstellen.«

»Schon in Ordnung. Ein hübsches Mädchen wie du muss ab und zu seine Krallen zeigen, um allzu aufdringliche Verehrer abzuwehren.«

»Findest du mich wirklich hübsch?«

»Nein.«

»Du …!«

»Ich finde dich wunderschön.«

Dwina seufzte. »Ich mag dich, Trevir. Molog darf dir nichts tun.«

»So bald wird er das auch nicht.«

»Wie kannst du dir da so sicher sein?«

»Denk daran, wie schnell er sonst dabei ist, jemandem den Kopf abzuschlagen. Ich habe meinen noch und werde sogar gut versorgt. Das bedeutet, er hat noch irgendetwas mit mir vor.«

Seit vier Tagen zog das Schwarze Heer nun schon durch den Kentish Weald. Wie ein riesiger Lindwurm schlängelte sich der Tross über die Pfade wilder Tiere, die klug genug waren, sich den Menschen nicht zu zeigen. Trevir genoss den Vorzug, ein eigenes Pferd reiten zu dürfen. Seine Hände blieben angekettet, die Füße dagegen wurden erst nach dem Aufsteigen unter dem Bauch des Tieres mit einem Strick zusammen- und bei jeder Rast wieder auseinander gebunden. Fast hieß er diese Verfahrensweise willkommen, weil er vor lauter innerer Anspannung am liebsten pausenlos gezappelt hätte. Der Scheitelpunkt seiner vierten Lebenswelle stand unmittelbar bevor.

Am Nachmittag traten die Bäume vor den Reitern unvermittelt auseinander und Trevir erblickte ein Meer aus Stein. Es war unglaublich! Nie zuvor hatte er so etwas gesehen.

»Die Stadt, die man die Verbotene nennt«, flüsterte er.

Der Tross war auf Mologs Befehl hin zum Stehen gekommen. Sie befanden sich auf einer kleinen Anhöhe, von der aus man tief in die Verbotene Stadt schauen konnte. Ihre Grenzen ließen sich weder im Osten, im Norden, noch im Süden erkennen: Wie ein gigantisches Gräberfeld erstreckten sich ihre Ruinen bis an den Horizont. Trostloser konnte man sich einen Ort kaum vorstellen. In der Ferne waren höhere Gebäude auszumachen: Türme, Paläste und eine gewaltige Kuppel, die, selbst auf diese Entfernung deutlich zu sehen, teilweise eingestürzt war.

Die Aufzählung von A. S. – Abacuck? – in seiner Schrift von den *Immo- und automobilen Schwingungsknoten des Triversums* ging Trevir durch den Sinn. Auch da war von einer »großen Kuppel« die Rede gewesen. »Dort wird es sich entscheiden«, murmelte er.

Molog gab Befehl, ein neues befestigtes Lager zu errichten. Offenbar rechnete er mit einem längeren Aufenthalt, denn diesmal ließ er für sich sogar ein Haus aus Baumstämmen errichten, sein kostbarer Gefangener bekam erneut die Fußeisen angelegt und wurde wieder in dem schwarzen Zelt versteckt. Nach Einbruch der Dunkelheit brachte ihm Dwina etwas Käse und Brot, dazu eine Schale mit Wasser.

»Wie geht es dir?«, fragte sie besorgt.

»Nicht gut.«

»Warum?«

»Ich glaube, mit mir wird bald etwas geschehen.«

»Und was?«

»Keine Ahnung. Es ist jedes Mal anders. Zuletzt war ich pitschnass.«

Dwina sah ihn mit gerunzelter Stirn an.

»Nicht, was du denkst«, sagte Trevir rasch. »Ich war wie frisch aus dem Meer gezogen, überall salziges Wasser.«

»Ach, du redest von Schweiß.«

»Nein. Es war … Ach, ich weiß selbst nicht was.«

»Kann ich dir irgendwie helfen?«

»Ja, bring mich hier raus.«

»Ich fürchte, das übersteigt meine Möglichkeiten.«

»Irgendwas wird mir schon einfallen.«

»Was treibst du so lange da drin, Mädchen?«, rief der Wachtposten vor dem Zelt. Offenbar hatten die Aufpasser strengere Anweisungen erhalten.

»Ich komme schon!«, antwortete Dwina und gab Trevir einen flüchtigen Kuss auf die Wange. »Wenn ich kann, schaue ich noch einmal vorbei.«

Nachdem sie das Zelt verlassen hatte, widmete sich Trevir seinem Nachtmahl und verfiel darüber erneut ins Grübeln. Er glaubte nicht, dass seine Widersacher ihn freilassen wollten. Fast noch mehr als um sich selbst sorgte er sich allerdings um Dwina. Der Kriegslord musste damit rechnen, dass sie das Geheimnis des Gefangenen kannte. Damit war auch ihr Leben in Gefahr. Missmutig knüllte Trevir das Leinentuch zusammen, in dem Dwina sein Essen eingewickelt hatte, und schleuderte es von sich. Er hob vorsichtig die breite Holzschale hoch, die wohl eher für Suppe gedacht war, und nahm einen Schluck Wasser. Grimmig betrachtete er sein eigenes Spiegelbild in dem Trinkgefäß. Wenn er wenigstens wüsste, welche Rolle Wulf in diesem unheiligen Spiel zugedacht war! Wie sollte er Molog beim Zusammenketten des Triversums helfen? Was der verzogene Liebling des Kriegslords konnte, das würde auch er, Trevir, notfalls zuwege bringen. Oder es vereiteln können.

Die Energien des Triversums waren stark an diesem Ort und in dieser Nacht. Ob er versuchen sollte, seinen Rivalen auszuspionieren? Wenn Wulf das Wirken eines Empfängers spüren konnte, musste eine Verbindung zwischen ihnen doch auch in umgekehrter Richtung herzustellen sein. Ihn über eine große Distanz hinweg zu sehen dürfte trotz mancherlei Hindernisse nicht das Problem sein, dachte Trevir, aber vielleicht konnte er ihn ja sogar belauschen, wenn er sich nur genügend darauf konzentrierte – im Verlies von Mologs Festung hatte er schon einmal das Empfinden gehabt, ferne Geräusche wahrzunehmen. Diesem erregenden Gedanken standen Trevirs mangelnde praktische Erfahrungen auf dem Gebiet der »Fernwahrnehmung« entgegen. Wie sollte er den Kontakt zu Wulf herstellen, ohne sich gleichzeitig zu verraten? Andererseits – was hatte er jetzt noch zu verlieren?

Trevir schloss die Augen. Er versuchte im Geist die Gestalt eines jungen Mannes zu erschaffen. Zunächst konzentrierte er sich ausschließlich auf das Wesen seiner Zielperson. Weil Wulfs Innenleben für ihn nach wie vor ein Buch mit sieben Siegeln war, orientierte er sich dabei an sich selbst – beide waren sie ja Empfänger. In seiner Vorstellungskraft erschien eine gesichtslose Puppe. Gut! Aber nicht gut genug. Ein wenig mehr Kontur musste er seinem Bewusstseinszwilling schon geben. Der Bruder war im gleichen Alter und hatte ein auffälliges Muttermal. Wie auf einer Töpferscheibe rotierte das Bild in Trevirs Phantasie. Er zögerte. Ihn beschlich das Gefühl, sich zu verraten, wenn er die Einzelheiten seines Ebenbildes zu sehr herausarbeitete. Nein, er musste noch weiter in sein Inneres vordringen, wie eine feine Pulverwolke, die unbemerkt eingeatmet wird.

Mit einem Mal überkam Trevir ein verwirrendes Gefühl. Es glich jenem Ziehen, das er beim »Sprung« aus dem Verlies bemerkt hatte, war aber doch irgendwie anders, weniger unangenehm, sondern eher von einer warmen prickelnden Intensität. Überrascht öffnete er die Augen.

Aus der Schale, die er immer noch in den Händen hielt, blickte ihm ein Gesicht entgegen, das eindeutig nicht Wulf gehörte. Trevir schauderte, weil ihm sogleich auffiel, dass mit diesem Spiegelbild etwas nicht stimmte. Das im Wasser liegende Antlitz war völlig ruhig, obwohl sich die Flüssigkeit leicht bewegte. Es glich dem seinen nur äußerlich. Der verstörte Ausdruck, den es erkennen ließ, gehörte einem anderen.

Vor Schreck hätte Trevir die Schale beinahe fallen lassen. Er entsann sich Aluuins Lektion über die Gesetze zum Zeitpunkt einer so genannten großen Welle. »Wenn dort, wo sich die drei Welten am nächsten kommen, ein Kind geboren wird«, hatte der Gründer des Dreierbunds gesagt, »dann muss es sich zwangsläufig in *drei* Wesenheiten aufspalten, sobald das Triversum wieder auseinander strebt.« Der Hüter des Gleichgewichts begann zu ahnen, was da gerade geschah.

»Ich heiße Trevir«, stellte er sich vor. Er musste sich räuspern, um seiner brüchigen Stimme einen resoluten Klang zu geben. »Und wer bist du?«

»Fr- … Francisco«, stammelte das Gesicht aus der Schale.

Unvermittelt begann das Wasser zu leuchten, als bestehe es aus flüssigem blauen Licht. Das Antlitz des jungen Mannes verblasste. »Nimm dich vor den Feinden in Acht, die das Gleichgewicht stören wollen! Und halte dich bereit bis zur nächsten Welle!«, rief der Hüter atemlos dem anderen zu, der im nächsten Augenblick verschwunden war.

Keuchend warf Trevir den Oberkörper zurück, so heftig, dass dabei fast sein Stuhl umgefallen wäre. Die Wasserschale rutschte ihm aus den Händen und hinterließ auf seiner Hose einen großen Fleck. Sein Herz raste, gleichzeitig fühlte er sich ausgelaugt wie nach einem ganztägigen Gewaltmarsch. »Warum habe ich ihn nicht nach der Unsichtbaren Pyramide gefragt?«, warf er sich selbst vor. Alles ging so furchtbar schnell. Die Erregung ließ Trevir vom Sitz hochfahren, obwohl seine Beine ihn kaum zu tragen vermochten.

In diesem Moment platzte einer der Posten ins schwarze Zelt. Hatte er den blauen Schimmer bemerkt? Der Mann sah Trevir von oben bis unten an. Erst bemerkte er das Schwanken, dann das blasse, schweißglänzende, entsetzte Gesicht und zuletzt den feuchten Fleck im Schritt. Er zog eine angewiderte Miene. »Das ist ja ekelhaft. Hättest du nicht in den Eimer pinkeln können?«

»Ich … « Trevir schüttelte den Kopf. Er war viel zu benommen, um einen sinnvollen Satz hervorzubringen.

»Geht es dir nicht gut?«

»Nein«, sagte der Gefangene aus tiefstem Herzen.

»Ich rufe deine Dienerin.« Der Soldat verschwand.

Schwer sank Trevir in den Stuhl zurück. Das Pochen in seiner Brust wollte sich nicht beruhigen. Als ihm auch noch der Kopf nach unten sank, erstarrte er. Seine Hände glühten. »Es fängt wieder an!«, hauchte er.

Binnen kurzem schwoll das blaue Strahlen zu einem sonnenhellen Glanz an, der nun selbst den dichten schwarzen Überwurf des Zeltes durchdrang. Am Eingang, wo sich die Stoffbahnen überlappten, schossen blaue Lichtspeere in die Nacht. Ein Wachmann stürzte herein. Als er die gleißende Gestalt im Stuhl sitzen sah, schrie er entsetzt auf, riss den Arm vor die Augen und taumelte zurück.

Aufgeregte Stimmen drangen zu Trevir ins Zelt. Du musst fliehen!, machte er sich klar. Er versuchte sich zu konzentrieren. *Zuerst die Fesseln.* Nur mit Mühe gelang es ihm, die Ketten zu versetzen – eben noch waren sie an seinen Hand- und Fußgelenken, jetzt baumelten sie von seiner Armbeuge herab. Trevir ließ sie zu Boden fallen. *Und jetzt über den Wehrzaun!* Wieder konzentrierte er sich. Vor seinen Augen begann alles zu verschwimmen. Aber die Nebelwolken wollten sich nicht lichten. Schmerzlich wurde ihm bewusst, dass er zu erschöpft war. Das Öffnen des Fensters in die Welt dieses Franciscos musste ihn fast alle Kraft gekostet haben. Sein Kinn sank auf die Brust. Er spürte, wie die Verzweiflung ihn zu übermannen drohte.

»Trevir!« Es war Dwinas Stimme, die seinen Kopf wieder hochfahren ließ. Merkwürdigerweise fühlte er sich durch den eigenen Glanz weit weniger als andere geblendet. Im Gegenteil, alles wirkte auf eine beunruhigende Weise durchscheinend für ihn. So auch das Mädchen, das sich zum Schutz ihrer Augen ein Tuch über den Kopf gelegt hatte. Trevir konnte nicht nur die Umrisse ihres Körpers erkennen, sondern sogar die Knochen unter ihrer Haut. Ebenso bei dem Mann an ihrer Seite. Es war Cord von Lizard. Der Waffenmeister benutzte seinen Umhang, um das Gesicht zu beschirmen. In der Linken hielt er den großen Ebenholzspeer zusammen mit Aluuins knorrigem Stab.

»Was geschieht da mit dir?«, fragte Dwina atemlos, nachdem sie sich ihm furchtlos genähert hatte.

»Die Kräfte des Triversums strömen durch ihn hindurch«, antwortete der Waffenmeister an Trevirs statt.

Dwina sah erst Cord, dann wieder den Hüter des Gleichgewichts an, der voll Bitterkeit hinzufügte: »Und Ihr lechzt danach, sie Euch zunutze zu machen.«

Die Stimme des Waffenmeisters klang überraschend sanft – und traurig? –, als er entgegnete: »Du irrst dich in mir, Pilger Trevir. Ich bin auf deiner Seite. Warum, meinst du, habe ich dir deinen Stab gebracht?«

»Um mich vielleicht zu täuschen? Ich falle auf Eure Schliche nicht herein, Herr Cord von Lizard!«

»Muss ich dich erst mit Gewalt dazu zwingen, aus dem Lager zu fliehen?«

»Wie meint Ihr das?«

»Nur du kannst verhindern, was Molog plant. Er will das Triversum zusammenketten. Wie das genau geschehen soll, kann ich nicht sagen – die Dokumente in seiner Eisenkiste hält er selbst vor mir verborgen. Aber Aluuin hat mich gewarnt, dass ein solches Vorhaben das Ende nicht nur unserer Welt wäre.«

Trevir riss die Augen auf. »Aluuin? Ihr habt mit Ihm gesprochen? Mein Meister erzählte mir von einem Abtrünnigen, den er im Auge behalte, damit er sein Wissen nicht zum Schaden des Gleichgewichts einsetzt.«

»Unser gemeinsamer Freund sprach von Molog, der wie du auf der Sturminsel erzogen worden ist. Aber sein Herz hat sich dem Bösen zugewandt. Als Novize stahl er einige wertvolle Handschriften Abacucks aus dem Skriptorium von Sceilg Danaan und begann mit Experimenten, um sich die Käfte des Triversums zu unterwerfen. Als ihm Aluuin auf die Schliche kam, wurde der Novize aus der Bruderschaft ausgestoßen. Die Dokumente blieben jedoch verschwunden. Ich erfuhr erst Jahre später davon, als ich längst Mologs Waffenmeister war. Aluuin öffnete mir die Augen und machte mich zu seinem Verbündeten.«

Trevir hatte das Gefühl, sein Stuhl stünde auf einem schwankenden Schiff. Bis eben noch war die Erinnerung an eine leichthin fallen gelassene Äußerung seines Lehrmeisters verschüttet gewesen – er sprach seinerzeit von »Menschen, die uns immer noch wohlgesonnen sind«, keine Verräter, wie Aluuin ausdrücklich betont hatte, sondern um Personen, die der Bruderschaft im Kampf gegen eine Bedrohung des Gleichgewichts Beistand leisteten. Vermutlich war Cord von Lizard schon damals auf der Seite der Bruderschaft. Trevir wandte sich verwirrt Dwina zu.

»Bist du auch …?«

»Das hat Zeit bis später«, fiel ihm der Waffenmeister ins Wort. »Wir müssen dich erst in Sicherheit bringen, bevor die Soldaten zurückkehren.«

Der Krieger und das Mädchen halfen Trevir auf die Beine. Sein Glanz wurde allmählich schwächer. »Wo sind die Wachen geblieben?«

»Was weiß ich! Das Licht hat sie vertrieben. Zwei musste ich fortschicken. Sie holen Verstärkung, die bald hier sein wird. Und jetzt komm!«

Trevir ließ sich, gestützt auf seine zwei Helfer, wie ein alter Mann vor das Zelt führen.

»Dort entlang«, sagte Cord leise und deutete im Gehen zum Rand des Lagers. »Ich habe unter dem Vorwand, uns gegen eine Belagerung zu wappnen, in der Palisade einen geheimen Durchschlupf einbauen lassen. Er ist da vorne, wo im Zaun die hellen Stämme schimmern, höchstens einen halben Bogenschuss weit. Schaffst du das, Pilger Trevir?«

»Ja, langsam kommt wieder Leben in meine lahmen Knochen. Ich danke Euch, Cord. Bitte verzeiht mir, wenn ich Euch falsch eingeschätzt …«

»Lass uns nicht mehr darüber reden, Junge. Hier, nimm den Stab deines Meisters. Als Oberhaupt des Dreierbunds gehört er jetzt dir.«

Bisher hatte Trevir in Aluuins Stecken nur ein Andenken

gesehen, doch jetzt empfing er ihn ehrfürchtig aus der Hand des Waffenmeisters, als handele es sich um das Zepter eines Königs. Voll Bedauern sagte er: »Ich wünschte, Ihr hättet Euch mir früher offenbart.«

»Leider musste ich mich verstellen, damit Molog nichts bemerkt. Es hängt einfach zu viel davon ab …«

»Bleibt stehen!« Der Ausruf ließ die drei Fliehenden erschauern. Es war niemand Geringerer als der Herr des Schwarzen Heeres, der ihnen Einhalt gebot. Neben ihm stand sein Ziehsohn.

»Achtet nicht auf ihn, sondern geht weiter zu der Stelle, die ich euch beschrieben habe«, zischte Cord zu Trevir und Dwina, dann fuhr er herum.

Wulfs vor Selbstgefälligkeit triefende Stimme rief: »Habe ich dir nicht gesagt, Vater, dass dieser Bursche wieder mit seinen Gaben herumspielt? Hab ich's nicht gesagt?«

»Ja«, knurrte Molog. »Ich hätte auch auf dich hören sollen, als du Cord verdächtigt hast.« An seinen Waffenmeister gewandt brüllte er: »Für deinen Verrat wirst du teuer bezahlen.«

Dwina schmiegte sich eng an Trevir. Er konnte spüren, wie sie vor Angst am ganzen Leib zitterte. Auch er war außer sich vor Erregung. Natürlich hatte er nicht auf den Waffenmeister gehört, sondern sich ebenfalls umgedreht, was ihm einen neuerlichen Schrecken bescherte: Wulf war von einer blauen Aura umgeben, die zwar nur schwach leuchtete, aber dennoch unübersehbar von seiner Natur zeugte. Der Kriegslord hielt ein Schwert und sein Zögling einen Pfeil in der Hand – den Bogen schien er vergessen zu haben. Sie standen höchstens zwanzig Schritte entfernt und hinter den beiden schwärmten Soldaten aus, um die Flüchtenden in einer Zangenbewegung einzukreisen.

»Kommt mit uns!«, beschwor Trevir den Waffenmeister. »Es ist Nacht. Wir können es noch schaffen.«

»Nein. Flieht! *Sofort!*«, befahl Cord und zog sein Schwert.

»Komm!«, flehte Dwina und zog Trevir mit sich.

Endlich gab er seinen Widerstand auf und lief an ihrer Hand, gestützt auf Aluuins Stab, so schnell ihn seine wackeligen Beine trugen. In seinem Rücken setzte der Lärm eines wütenden Schlachtgetümmels ein. Nach vielleicht fünfzig Schritten drehte sich Trevir um und sah Cord umringt von schwarzen Kriegern. Obwohl älter als die meisten seiner Gegner focht der Waffenmeister wie ein Fleisch gewordener Blitz. Das mächtige Schwert in seiner Rechten fraß sich durch die Reihen der Krieger und der schwere Ebenholzspeer durchbohrte selbst Brustschilde.

»Du kannst nichts mehr für ihn tun«, schrie Dwina. Trevirs Kopf ruckte zu ihr herum. Das Gesicht des Mädchens war tränenüberströmt und er wusste, dass seines nicht anders aussah. Sie rannten weiter.

Endlich hatten sie den Zaun erreicht. Trevir suchte mit den Augen fieberhaft die aneinander gebundenen Stämme ab. Er konnte keine Pforte entdecken. Verzweifelt stemmte er sich gegen die Wand. Nichts. Er versuchte es erneut ein paar Schritte weiter rechts. Und siehe da! Vier der Pfähle gaben nach – oben waren sie zwar mit Tauen verbunden, aber diese funktionierten wie ein Scharnier, weil die Pfosten nicht ins Erdreich getrieben, sondern nur lose aufgehängt waren.

Anstatt sofort durch die Öffnung zu fliehen, konnte Trevir dem Zwang nicht widerstehen, noch einmal zurückzublicken. Mehrere Krieger hatten sich aus dem Verband gelöst, um die Verfolgung der Flüchtenden aufzunehmen. Cord von Lizard kämpfte immer noch. Und dann geschah das Unglaubliche. Mit einem dröhnenden Schlachtruf wirbelte er herum. Sein Schwert schleuderte vier oder fünf Gegner zu Boden. Obwohl das kaum möglich war, glaubte Trevir, die dunklen Augen des Waffenmeisters aufblitzen zu sehen. »Lauf, mein Freund!«, schrie der aus vielen Wunden blutende Recke. »Tu es für Aluuin, für Trimundus und den allmächtigen Herrn des Triversums!«

Dann fuhr er herum und holte mit seinem mächtigen Speer

aus. Cord zielte unverkennbar auf Molog. Dessen Augen weiteten sich. Zur gleichen Zeit beschrieb Wulfs ausgestreckter Arm einen weiten, schwungvollen Bogen. Als seine Faust auf den Waffenmeister zeigte, öffnete sie sich. Heraus schoss ein blau glimmender Pfeil. Ehe der für seine fast unfehlbare Treffsicherheit bekannte Cord seine Lanze schleudern konnte, traf ihn Wulfs sirrendes Geschoss direkt über dem Brustpanzer, durchbohrte Hals und Wirbelsäule und zischte erst ein ganzes Stück hinter ihm in den Boden.

Cord von Lizard sackte auf die Knie, kippte zur Seite und rührte sich nicht mehr.

Dwina schrie entsetzt auf. Trevir spürte, wie ihre Beine nachgaben, und plötzlich war er es, der *sie* stützen musste.

»Nein!«, brüllte auch er an ihrer Seite, sein langer Klageruf wollte kein Ende nehmen. Anstatt zu fliehen, blickte er trotzig den heranstürmenden Wachen entgegen. Sieben oder acht von ihnen würden jeden Moment den Zaun erreichen. »Mörder!«, schrie der Hüter des Gleichgewichts wiederholt seinen ganzen Schmerz über den Tod des Freundes heraus, den er viel zu spät als solchen erkannt hatte. Jedes Entkommen schien jetzt ohnehin aussichtslos. In einer verzweifelten Geste riss er den Stab hoch und deutete mit dem knorrigen Knauf, als könne er damit Blitze schleudern, auf die herannahenden Krieger. »Ihr habt euren eigenen Anführer getötet. Verflucht sollt ihr sein für diesen Verrat. *Verflucht*!«

Während seine Stimme noch durch das Lager hallte, wurden die Verfolger, als hätte sie eine riesige Faust getroffen, zwanzig oder mehr Schritte zurückgeschleudert. Dort blieben sie wie vom Sturm ausgerissene Vogelscheuchen liegen. Unter den Übrigen verbreitete sich Panik. Keiner wollte diesem zweibeinigen Fluch, der immer noch bedrohlich gloste, und seiner Dienerin zu nahe kommen.

Mit Ausnahme von Wulf.

Zu seinem Entsetzen bemerkte Trevir erst jetzt, wie der junge

Krieger einen neuen Pfeil aus dem Köcher auf seinem Rücken zog.

»Schnell, Dwina, schlüpf durch die Pforte!«, stieß der Hüter hervor.

Die Furcht einflößende Abwehr der Verfolger musste das Mädchen irgendwie aufgerüttelt haben. Willig gehorchte sie seiner Weisung.

In diesem Moment sah er ein blaues Strahlen an Mologs Seite: Der Pfeil hatte sich aus Wulfs Hand gelöst. Instinktiv ließ Trevir den Stab los, riss noch einmal den Arm hoch und was er nicht einmal zu hoffen gewagt hatte, geschah. Das glühende Geschoss wurde rasch langsamer, als sei es unvermittelt in zähflüssiges Harz eingedrungen, begann dabei noch heller zu strahlen und blieb endlich, unmittelbar vor Trevirs offener Hand, in der Luft stehen. Mensch und Pfeilspitze schienen für einen Augenblick ihre Kräfte zu messen, dann fiel das hölzerne Geschoss zu Boden und erlosch wie ein verglimmender Kerzendocht.

Schon entnahm Mologs Zögling seinem Köcher einen weiteren Pfeil. Trevir klaubte schnell wieder den Stab auf, fuhr herum und schlüpfte durch die Pforte, die von Dwina offen gehalten wurde. Als das Mädchen die vier miteinander verbundenen Pfähle in ihre senkrechte Position zurückschwingen ließ, ertönte ein helles Klacken.

»Was war das?«, fragte Dwina.

»Wulfs dritter Pfeil«, antwortete Trevir bitter. Ohne weitere Erklärung nahm er ihre Hand und zog das Mädchen mit sich in den Wald.

Es war ein merkwürdiges Gefühl, fast so, als hätte er glühende Kohlen in seiner Brust zusammengescharrt. Doch das Brennen ließ schnell nach. Nicht ohne Genugtuung registrierte Trevir, dass er genauso wie Wulf den blauen Glanz beherrschen konnte – wenn man wusste wie, dann war es gar nicht so schwer. Und so, als würde das zurückgehaltene Licht in ihm selbst gespeichert, fühlte er die Kraft des Triversums stärker in sich als je zuvor.

Hauptsache, er leuchte nicht mehr, hatte Dwina erleichtert angemerkt. Bald waren hinter ihnen nämlich die unruhigen Lichter von Fackeln erschienen. Molog hatte seine verschreckte Kriegerschaft erstaunlich schnell neu formiert. Die Verfolger machten allerdings einen enormen Lärm. Während sie von Licht umgeben waren, jagten sie nach einem »Wild«, das leise durch die Dunkelheit schlich.

»Sie sind ziemlich dumm«, brummte Trevir, während er Dwina immer tiefer in den Wald hineinführte. Seine Augen hatten sonderbarerweise kaum Mühe, sich in dem Unterholz zurechtzufinden.

Das Mädchen war immer noch sehr verstört. »Glaubst du wirklich, wir können ihnen entkommen?«

»Ich bin nicht das erste Mal in einer solchen Lage. Vertrau mir.«

»Ach!«, stieß Dwina gereizt hervor. »Dann gehört es für dich also schon zur Gewohnheit, Freunde sterben zu sehen?«

Trevir biss sich auf die Unterlippe. »Nein«, erwiderte er leise. Eine Weile liefen sie weiter schweigend durch den Wald. Dann fragte er: »Cord von Lizard war dein Freund?« Er spürte, wie Dwinas Hand in der seinen zuckte.

»Ich bin nicht seine Mätresse gewesen, falls es das ist, was du denkst. Als mein Vater von Mologs Kriegern ermordet wurde, wollten sie mich an Ort und Stelle schänden. Zufällig kam Cord von Lizard hinzu und erhob Anspruch auf mich. Ich hatte große Angst. Ein Erzlump hatte meine Jungfräulichkeit einem Galgenstrick abgejagt – so glaubte ich und sah mich schon im Bett des Waffenmeisters liegen. Aber das war ein Irrtum. Cord von Lizard ließ mich für sich arbeiten, aber nur, weil er mir dadurch seine Protektion angedeihen lassen konnte. Selbst der Herr Molog mag anderes von ihm gedacht haben, aber sein Waffenmeister hat mich nie angerührt.«

Trevir machte Dwina auf einen Ast aufmerksam, der unter

ihrem Fuß geräuschvoll zerbrochen wäre. »Cord muss schon vor vielen Jahren die Seiten gewechselt haben. Hast du davon gewusst?«

»Er hat es nie offen zugegeben. Aber ich bin mehr als drei Jahre lang immer wieder in seiner Nähe gewesen, auch in Situationen, in denen er sich unbeobachtet fühlte. Da macht man sich so seine eigenen Gedanken. Was ich nur nicht verstehe ... « Dwinas ohnehin schon leise Stimme erstarb ganz.

»Warum er Molog nicht schon längst getötet hat?«, erriet Trevir ihre Gedanken. »Ich vermute, weil er zuerst den Plan des Kriegslords herausfinden wollte. Vielleicht auch, weil er Wulfs Gaben nicht richtig einschätzen konnte. Beides mochte ihn zum Abwarten und Beobachten bewegt haben. In diesem tödlichen Spiel geht es immerhin um das Gleichgewicht des Triversums. Hätte Cord seinen Herrn vorschnell getötet, wäre womöglich ein anderer da gewesen, der still und heimlich zu Ende bringt, was Molog begonnen hatte.«

Es folgte eine weitere Pause. Dwina achtete genau auf jeden Schritt ihres Führers, um seine fast geräuschlose Fortbewegung nachzuahmen. Schließlich fragte sie: »Was ist ein Triversum, Trevir?«

»Stimmt, das kannst du ja gar nicht wissen«, antwortete der Gefragte und musste an eine Schale Wasser denken, die ihm in dieser Nacht eine neue Sicht seiner eigenen Wirklichkeit verschafft hatte. »Wie soll ich das erklären? – Vielleicht so: Das Triversum ist wie ein Spiegel unserer Welt, in dem du nicht nur *ein* Abbild erblickst, sondern zwei, die einander ähneln, aber trotzdem nicht gleich sind.«

»Das heißt, auch dort könnte jemand stehen und in den geteilten Spiegel sehen und dich wie auch deinen Zwilling betrachten und dabei meinen, er allein sei wirklich und die anderen beiden nur seine verzerrten Abbilder?«

»Ja, Dwina, ich glaube, du bist der Wahrheit näher, als ich es selbst vor kurzem noch für möglich gehalten habe.«

Während sie sich immer weiter von ihren Verfolgern entfernten, erzählte Trevir dem Mädchen seine Geschichte, angefangen bei der Blutquelle von Annwn bis zu dieser Nacht.

Als der Morgen graute, liefen sie immer noch. Wie sich nun zeigte, waren sie fast parallel zur Grenze der Verbotenen Stadt entlangmarschiert. Trevir blieb an einem schwarzen Pfad stehen, dessen Beschaffenheit ihn an Pech erinnerte, obgleich er körnig und sehr viel härter war. Der Weg führte mitten in den Wald. Sommer und Winter, Hitze und Kälte, vor allem aber auch die Wurzeln der Bäume hatten ihn an unzähligen Stellen aufgesprengt. Überall quoll frisches Grün hervor. Seit vielen Generationen schien niemand mehr, außer vielleicht ein paar Füchsen, Hasen und Rehen, diese Straße benutzt zu haben. Die Augen des Hüters folgten ihr in Richtung Osten. Über den Ruinen konnte er undeutlich die zerstörte Kuppel sehen, die ihm schon bei ihrer Ankunft aufgefallen war. Er fällte einen Entschluss.

»Ich muss dorthin.«

»Etwa in die Verbotene Stadt?«, fragte Dwina bang.

»Da können wir uns besser verstecken.« Das musste als Grund genügen. Trevir wollte sie mit seinen Ahnungen, die Kuppel betreffend, nicht noch zusätzlich beunruhigen.

»Wieso?«

»In einer Steinwüste hinterlässt man weniger Spuren als in einem Wald. Außerdem ist Molog nicht sogleich in sie eingedrungen. Es mag Gründe geben, die Stadt zu meiden.«

»Gelten die dann nicht genauso für uns? Ich habe gehört, die Stadt soll verzaubert sein.«

»Das wird vom Kentish Weald auch behauptet. Komm, lass uns nachsehen, wo dieser Pfad hinführt.«

Mit einem Ruck wurde Dwina aus ihren Bedenken gerissen – Trevir hatte sie wieder an der Hand genommen und mit sich gezogen.

Nach kurzer Zeit näherten sie sich den ersten Gebäuden. Sie

bestanden aus gebrannten Backsteinen, ein Baumaterial, das Trevir bisher nur von den prachtvollen Palästen reicher Leute kannte. Aber diese Häuser hier waren nicht sehr groß und bildeten, eines an das andere gefügt, zu beiden Seiten der Straße eine lange Gasse. Jedes glich seinen Nachbarn wie ein Ei dem anderen. Ihre Fensteröffnungen blickten leer auf den rissigen Straßenbelag. Hier und da entdeckte Trevir in ihnen trübe Reste von Glas, auch das ein sehr kostspieliges Material, das sich selbst Burgherren nur selten leisteten, und schon gar nicht in der enormen Größe, welche die Scheiben hier besessen haben mussten. Nun waren sie fast ausnahmslos zerstört. Auch keines der Dächer hatte die an der Verbotenen Stadt vorbeigezogenen Jahrhunderte unbeschadet überstanden.

Vor dem ersten Gebäude ragte am Straßenrand eine hohe Steintafel auf, die vor langer Zeit die Reisenden willkommen geheißen hatte. Trevir fühlte sich unvermittelt in alte Legenden versetzt, als er dort von einem längst untergegangen Reich las: »Hauptstadt von Britannien, autonome Provinz des Römischen Imperiums«, verkündete stolz das Schild unter dem in großen Lettern eingemeißelten Namen:

LONDON

11
An der Pforte von Avalon
Erde

Hätte es nicht dieses sonderbare Erlebnis gegeben, wäre der Besuch Irlands eine Enttäuschung gewesen. Vielleicht war dieser Eindruck ja auch eine Folge von Franciscos beginnender Pyramidenmüdigkeit. Anfangs hatte er sich noch überraschen lassen, weil Vicente ihm ständig neue Variationen dieses Baustils zeigte. Bis dahin war für den franziskanischen Schüler eine Pyramide gleichzusetzen mit den monumentalen Bauwerken am Nil und Euphrat sowie in Mittel- oder auch Südamerika. Aber es gab die Bauwerke mit der dreieckigen Silhouette auch anderswo, etwa in Europa – auf den Kanarischen Inseln hatte Francisco sie selbst bestiegen – oder im Norden des amerikanischen Kontinents.

Hierhin führte Vicentes schier unerschöpflicher Geldvorrat sie, nachdem sie einige uralte Kultstätten auf Malta ergebnislos sondiert hatten. In den Vereinigten Staaten von Amerika waren die besuchten Monumente aus unvorstellbaren Mengen Erde aufgeschüttet und wurden Mounds genannt. Vor den Toren von St. Louis, in Missouri, hatte Francisco die Überreste von Cahokia bestaunt, der »Sonnenstadt«, die in ihrer Blüte von etwa 1000 bis 1150 nach Christus größer als das damalige London oder Rom war. Ursprünglich gab es hier einhundertzwanzig Mounds. Francisco hatte von den noch etwa achtzig verbliebenen Erdhügeln einige bestiegen, darunter auch den riesigen Monks' Mound. Dieser »Mound der Mönche« sah wie eine stufige Pyramide aus und umfasste an der Basis sechzigtausend Quadratmeter, war damit also größer als jede Pyramide Ägyptens oder Mexikos.

Vicente hatte seinen »Kompass« – Francisco – aus verschiedenen Gründen auf diese Stätte angesetzt: Zum einen gab es in Cahokia eine Tafel, auf der ein Vogelmensch abgebildet war – nach Ansicht des Archäologen ein möglicher Hinweis auf einen Austausch zwischen den Welten des Multiversums –, und zum anderen, weil die Wissenschaft immer noch rätselte, wer die Bewohner der Sonnenstadt zu ihrer kulturellen Blüte und später wieder in den Untergang geführt hatte. Fast schien es so, als sei die ganze Zivilisation der Stadt am Zusammenfluss von Mississippi, Missouri und Illinois aus einer anderen Welt zu Besuch gekommen, um nach fünfhundert Jahren – vor Ankunft der weißen Eroberer aus Europa – wieder abzureisen. Um es kurz zu machen: Francisco hatte auch hier nichts gespürt.

Ähnlich erging es ihm in Mittel- und Südamerika. Auf der mexikanischen Halbinsel Yucatán hatte ihm sein Bruder die große Kukulcan-Pyramide von Chichen Itza gezeigt. Unter ihrer Außenfläche war noch eine weitere, verborgene, eine innere Pyramide versteckt. »Man könnte sie auch als ›unsichtbare Pyramide‹ bezeichnen. Na, klingelt's bei dir?«, hatte Vicente in fast beschwörendem Ton nachgehakt. Francisco lauschte in sich hinein, aber er hörte nicht den leisesten Laut, geschweige denn irgendein Bimmeln.

Und so ging es weiter. Von Lima in Peru flogen sie nach Paris und fuhren mit einem Mietwagen in die Bretagne. Dort musste Francisco die große Keltenpyramide von Barnenez »beschnuppern« – die Bretonen nannten ihre monolithischen Steingräber »Cairn«. Anschließend folgte Carnac, wo dreitausend Menhire – aufrecht stehende Steinblöcke – die Landschaft verzauberten. Danach kam der Tumulus St. Michael an die Reihe, Europas größter Grabhügel, nur unzulänglich seine wahre Gestalt verbarg – es handelte sich um eine wohlgeformte und sorgsam konstruierte Stufenpyramide. Aber auch hier wollte sich bei Francisco nicht jenes Gefühl einstellen, das sein Bruder einerseits als »unbeschreiblich«, andererseits jedoch als »unverwechselbar« bezeichnete. Zum x-ten Mal wiederholte er: »Eine Kompassnadel weiß auch nicht, warum sie sich nach Norden orientiert, aber sie tut es trotzdem. Du wirst genauso selbstverständlich reagieren, wenn wir erst einen der Angelpunkte gefunden haben, an denen das Multiversum zum richtigen Zeitpunkt zusammengebunden werden kann.«

Mit solchen vagen Versprechungen im Gepäck waren sie schließlich nach Irland gereist und Francisco fragte sich allmählich, ob ihre Suche überhaupt noch einen Sinn machte. Ohnehin hatte ihn die haarsträubende Theorie von dem schwingenden Multiversum nie richtig überzeugt. Aber Vicente war sein großer Bruder und gab sich alle Mühe, dieser Rolle gerecht zu werden. Außer ihm und Clara hatte Francisco keine Verwandten – im Gegensatz zum Vater schien die Tochter ihn jedoch zu ignorieren. Er hatte ihr aus aller Herren Länder Briefe geschickt und nie eine Antwort bekommen. Manchmal verkniff er sich sogar die persönlichen Fragen nach ihrer brüsken Ablehnung in jener salzig-feuchten Nacht von Huelva und flehte sie einfach nur um Hilfe an, weil ihm Pedros Schicksal keine Ruhe ließ. Als Vicentes Tochter mochte sie ja etwas über jene Nacht herausfinden können, in der das Oberhaupt des Klosters von La Rábida angeblich den Provinzialminister und seine Geliebte ermordet haben sollte. Aber auch darauf ging Clara nicht ein.

Francisco gab sich der Illusion hin, eine Verbindungsleine zu seiner Halbnichte in der Hand zu halten, solange er mit Vicente durch die Welt reiste. Deshalb brachte er es nicht übers Herz, diese – zugegeben – sehr dünne Schnur fallen zu lassen. Fast widerspruchslos ließ er sich von seinem Bruder weiter zu Pyramiden oder anderen Kultstätten führen, lauschte willig auf innere Stimmen – die jedoch beharrlich schwiegen – und genoss das Gefühl, gebraucht zu werden.

Die Grab- und Tempelanlage von Newgrange sandte ihm auch keine Signale. Vicente hatte sie auf das Besuchsprogramm gesetzt, weil sich auf dem großen, quer liegenden Bann- oder

Schwellenstein vor dem Eingang des Rundbaus eine *Dreifachspirale* befand. Er deutete die bemerkenswerte Gravur als Symbol der drei umeinander wirbelnden Welten des Multiversums. Francisco zeigte sich beeindruckt und meinte, dieser »multiversale Angelpunkt« sei vermutlich vor fünftausendvierhundert Jahren außer Dienst gestellt worden – auf dieses Alter datierten Archäologen die monumentale Kultstätte aus weißen Quarzsteinen.

Vom Boyne Valley in der irischen Grafschaft Meath fuhren sie in den Südwesten der Insel, wo Vicente seinem Bruder noch einige weniger spektakuläre Orte zeigen wollte. Und dabei machte Francisco jene sonderbare Erfahrung, die seine Vorbehalte gegen die Idee des Multiversums zutiefst erschütterte.

Sie fuhren über den so genannten Ring of Kerry. Am Morgen hatte es geregnet, aber zur Mittagszeit strahlte wieder die Sonne am blauen Himmel. Die Brüder ließen gerade Portmagee hinter sich, wo sie *fish and chips* gegessen hatten, als sie einen Aussichtspunkt erreichten, der diesen Namen wahrhaft verdiente.

»Halt bitte an!«, stieß Francisco hervor.

»Warum? Ist dir von der Kurverei schlecht geworden?«

»Ich weiß nicht.«

Vicente stoppte den Wagen am linken Straßenrand. Francisco stieß die Tür auf, sprang hinaus und stolperte ein Stück die Straße hinab, während er gleichzeitig, seine Augen mit der rechten Hand beschirmend, angestrengt nach Südwesten spähte. Aus dem Atlantik ragten drei Inseln, eine ganz nahe und zwei in größerer Entfernung. Die Umrisse der am weitesten entfernten erinnerten an eine Pyramide. Ihr Anblick raubte Francisco buchstäblich den Atem. Erst als Vicente neben ihm zu sprechen begann, holte er wieder Luft.

»Das da vorne ist Puffin Island und die beiden Inseln weiter draußen sind die Skelligs. Hätte mir denken können, dass sie dich interessieren. Bei der klaren Sicht heute möchte man kaum glauben, dass sie nicht weniger als zwölf Kilometer vor der Küste liegen, stimmt's?«

Francisco konnte sich nur schwer von der dreieckigen Silhouette im Meer lösen. »Was weißt du über diese Skellig-Inseln?«

Vicente zuckte die Schultern. »Hab mich zwar mal mit ihnen beschäftigt, es aber bald wieder aufgegeben – es gibt keine Pyramiden dort.«

»Sondern?«

»Basstölpel.«

»Wie bitte?«

»Vögel. Mehr als zwanzigtausend Paare sollen da drüben nisten. Haben sich ein ziemlich stürmisches Plätzchen ausgewählt, die Tölpel. Die meisten von ihnen bevölkern die kleine Skellig Beag, da im Vordergrund. Die größere Insel dahinter hieß in megalithischer Zeit Sceilg Danaan; man hielt sie für den Sitz der Göttin Dana. Die keltischen Druidenpriester haben dort die Gestirne beobachtet. Ihren heutigen Namen – Skellig Michael – verdankt sie dem Erzengel Michael, dem Drachentöter. Wenn ich mich noch richtig erinnere, war es im Jahr 588 nach Christus, als St. Finnian dort ein Kloster gründete. Die irischen Mönche richteten sich in seltsamen Behausungen ein, die sie *clochans* nannten – erinnern ein bisschen an Bienenstöcke. Immerhin haben sie in den Dingern sechshundert Jahre lang ausgeharrt. Geht's dir wirklich gut, Bruderherz?«

Francisco war blass geworden, starrte nur wie hypnotisiert über das Meer. Er hatte den graugrünen Felsen, der da wie eine Pyramide aus dem Wasser ragte, schon einmal gesehen. Aber er wusste nicht wann oder wo. Hätte ihm irgendjemand noch vor einer Stunde von seinem Déjà-vu-Erlebnis erzählt, wäre Francisco skeptisch gewesen, möglicherweise sogar zornig geworden. Obwohl von Franziskanern erzogen, war für ihn schon die Hölle kein realer Ort – ein liebender Gott quälte seine Geschöpfe nicht – und die Reinkarnation hielt er für genauso grausam. Wer wollte schon als Wurm wiedergeboren werden oder als Gänseblümchen? Schlimmster Aberglaube! Doch wenn es kein Déjà-vu war, woher um Himmels willen kannte er dann Skellig Michael, diese stürmische Insel des Drachentöters? Was er in diesem Moment empfand, war mehr als ein Wiedererkennen von etwas, das man schon einmal im Fernsehen oder in einem Reiseprospekt bestaunt hatte. Es war wie eine Heimkehr, wie das Zurückfinden einer verloren gegangenen Erinnerung in das Bewusstsein.

»Du hast doch was, Francisco. Was ist mit dir?« Die Stimme Vicentes wurde drängender.

Der Gefragte blinzelte. *Du phantasierst!,* schrie in ihm jener Teil seines Wesens, dem schon in frühesten Tagen die Unmöglichkeit solcher Erlebnisse eingeschärft worden war. Er schüttelte den Kopf. »Nichts.«

»Komm schon, Francisco! Du bist kreidebleich. Spürst du endlich etwas?«

»Mir kam die Insel da drüben bekannt vor. Das ist alles.«

»Würde mich nicht wundern. Sicher hast du mal Fotos von ihr gesehen.«

»Du hast Recht.«

»Und warum bist du dann so blass?«

»Muss wohl doch die Fahrt gewesen sein.«

»Bist du dir ganz sicher? Man kann die Insel besuchen. Sollen wir rüberfahren?«

Wozu? Um einem Déjà-vu nachzujagen? Albern! Francisco schüttelte den Kopf und lief zum Wagen zurück. Seine Antwort wurde fast vom Wind weggeweht.

»Nein. Lass uns keine Zeit verlieren.«

Selbst Stonehenge war eine Enttäuschung. Als Francisco vor dem mächtigen Steinkreis stand, glaubte er zwar ein leichtes Schwindelgefühl zu verspüren, schob dieses jedoch auf eine Unterzuckerung seines Körpers – er hatte seit dem Frühstück nichts mehr gegessen und schon den ganzen Vormittag über vor

Nervosität kaum ruhig sitzen können. Sie waren erst am vergangenen Abend von Dublin aus mit dem Flugzeug nach London gereist und gleich am nächsten Morgen mit einem Mietwagen in Richtung Westen weitergefahren. Er wandte sich von den Sandsteinblöcken ab und lief zum Parkplatz zurück. Vicente hatte Mühe, ihn einzuholen.

Um seinen Bruder zu trösten, sagte er: »Ich habe mir von Stonehenge sowieso nicht allzu viel erhofft.«

Franciscos Hände waren in den Hosentaschen vergraben. »Etwa weil's keine Pyramide ist?«

»Indirekt hat der Tempel hier sehr wohl etwas mit Pyramiden zu tun.«

»Das ist mir gar nicht aufgefallen.«

»Du erinnerst dich an den Komplex von Barnenez in der Bretagne, den wir im letzten Jahr besucht haben? Er ist genau auf diesen Ort hier ausgerichtet.«

»Was du nicht sagst!«

»Bist du sauer, Bruderherz?«

Francisco blieb stehen und bedachte Vicente mit einem finsteren Blick. »Was wir hier tun, führt doch zu nichts. Ich meine, es ist ja ganz nett, durch die Welt zu reisen und sich die Zeugnisse alter Kulturen anzusehen, aber das kann ja wohl kaum der Sinn des Lebens sein.«

»O, o! Jetzt wird's philosophisch.«

»Mach dich nicht über mich lustig, Vicente. Ich meine es ernst: Wir sollten diese alberne Suche abbrechen.«

»Anscheinend hast du noch nicht begriffen, was wir hier tun, Francisco. Überleg doch mal: Die Pyramiden sind über den ganzen Erdball verstreut. Ihre Ähnlichkeit kann kein Zufall sein. Sie müssen einem gemeinsamen Zweck dienen. Selbst die moderne Quantenphysik legt nahe, dass es Paralleluniversen oder Spiegelwelten gibt.«

»*Spiegelwelten!* So ein Quatsch!«

»Es ist alles andere als Humbug, Brüderchen. Robert Foot, ein australischer Physiker, hat die Mathematik der so genannten ›Supersymmetrie‹ zu ebenjener ›Theorie der Spiegelwelten‹ ausgebaut, in der sich Geist in Materie und Materie in Geist verwandelt.«

»Mystischer Schwachsinn!« Francisco stapfte weiter.

Vicente setzte nach. »Muss ich dich etwa wieder an *Doctor seraphicus* erinnern, den großen Mystiker und Generalminister der Franziskaner?«

»Nein, musst du nicht. Aber ich sehe keinen Grund, warum es solche Spiegelwelten geben sollte.«

»Ganz einfach: um die Welt stabil zu machen«, erwiderte Vicente.

»Sehr witzig!«

»Das ist kein Scherz. Anfang unseres Jahrhunderts ist der britische Pysiker Paul A. M. Dirac auf ein merkwürdiges Dilemma gestoßen. Du weißt vermutlich, dass Atome nicht die kleinsten Bausteine der Materie sind. Sie setzen sich aus etlichen Elementarteilchen zusammen.«

»Du meinst, Elektronen, Protonen und Neutronen?«

»Nun ja, inzwischen ist die Physik weiter und kennt mehrere hundert, weitaus winzigere Materiebausteine. Worauf ich aber hinauswill, ist Folgendes: Diese vielen kleinen Teilchen, die zusammen, sagen wir, einen Goldbarren bilden, sind in ständiger Bewegung. Oder wissenschaftlich ausgedrückt: Sie besitzen eine bestimmte Menge kinetischer Energie. Klar?«

»Hab schon mal davon gehört.«

»Gut. Unser Verstand sagt uns zudem, dass der Barren ein Gewicht hat, das der Summe des Gewichts seiner subatomaren Teilchen entspricht. Richtig?«

»Und eine Tüte Apfelsinen wiegt so viel wie das Papier und die Früchte zusammen. Ich glaube, ich werde Physiker.«

»Warte ab, bis du gehört hast, zu welchem Schluss unser Nobelpreisträger in Cambridge gelangt ist. Er behauptete, es müsse Teilchen mit *negativer* kinetischer Energie geben, mit anderen Worten, sie bewegen sich weniger als gar nicht und sind auch leichter als das Nichts.«

»Unmöglich!«

»Jetzt denkst du wie Dirac. Er hat sich zwei Jahre lang über das Paradoxon den Kopf zerbrochen und schließlich eine Lösung gefunden.«

»Spiegelwelten?«

»Antimaterie.«

»Was sonst!«

»Das hat nichts mehr mit Mystik zu tun, Francisco. Mittlerweile zweifelt kaum noch ein Physiker daran, dass jedes Teilchen unserer Welt ein Spiegelteilchen mit gleicher, aber negativer Masse hat.«

»Aber es *hat* immerhin Masse. Ha!« Francisco lachte triumphierend auf. »Jetzt bist du über deine eigenen verknoteten Gedanken gestolpert. Vorhin sagtest du, Geist würde sich in Materie und Materie in Geist verwandeln.«

»Das ist kein Widerspruch, sondern eine Folge aus Paul Diracs Überlegungen. Die Wissenschaft ist ja bis heute nicht stehen geblieben. Albert Einstein ging noch von einer vierdimensionalen Raum-Zeit aus, andere Physiker sind mittlerweile bei sechsundzwanzig Dimensionen angelangt.«

»Warum nicht zweihundertsechzig?«, fragte Francisco spöttisch. Sie hatten ihren Ford Escort erreicht und er wartete darauf, einsteigen zu können.

Vicente öffnete den Wagen und entriegelte von innen die Beifahrertür. Als sein Bruder neben ihm Platz genommen hatte, antwortete er: »Weil es dafür keine mathematischen Modelle gibt.«

»Du baust dir da etwas aus Versatzstücken der Wissenschaft zusammen, Vicente, weil sie deine aberwitzigen Vorstellungen von einem Multiversum zu stützen scheinen, aber wirklich erklären und für mich fassbar machen kannst du deine Theorien nicht. Diese Geist-Materie-Geschichte – wie soll das funktionieren?«

»Das ist ein ziemlich komplexer Vorgang. Einfach ausgedrückt, gibt es keine Fermionen ohne Bosonen – Erstere sind Materieteilchen wie die Elektronen und Letztere ihre ganz aus Energie bestehenden Zwillinge. Es ist, als blickten beide in einen Spiegel: hier die Materie, dort die Energie. Sie können sogar die Seiten wechseln.«

»Du meinst in der Art, wie sich das Plutonium einer Atombombe in einen Lichtblitz verwandelt?«

Vicente startete den Motor. »Vom Prinzip her schon.«

Francisco schüttelte den Kopf. »Die Sache ist mir zu explosiv.«

»Ich kann dir ein populärwissenschaftliches Magazin borgen, das die Zusammenhänge auf einfache Weise erklärt. Es liegt hinten in meinem Gepäck.«

»Wohl in dem ominösen Alukoffer, um dessen Inhalt du immer so eine Geheimnistuerei machst.«

»Jeder braucht seine Privatsphäre, Francisco.«

»Vielleicht schau ich's mir bei Gelegenheit an. Wohin geht die Reise jetzt?«

Vicente lenkte den Wagen auf die A 303 nach Westen. »Glastonbury Hill.«

»Ein Hügel? Was hat der mit Pyramiden zu tun?«

»Einige Kollegen vertreten die Ansicht, bei der terrassenförmigen Erhebung handele es sich um eine Pyramide, die aus einem künstlich umgeformten Erdrücken entstand.«

»Der Name Glastonbury kommt mir irgendwie bekannt vor.«

»Hätte mich auch gewundert, wenn's anders wäre. Artus soll dort bestattet worden sein.«

»Etwa *König* Artus? Der mit der Tafelrunde?«

»Man hat bei Ausgrabungen angeblich die Gebeine eines Zwei-Meter-vierzig-Hünen gefunden. Seine blonde Gemahlin Guinevere soll auch dort begraben liegen. Es gibt allerdings auch andere Orte, von denen das behauptet wird.«

»War auf dem Hügel nicht ein Kloster errichtet worden?«

»Ja. Wir werden an der Stelle aber nur noch *Tor* sehen, einen seltsamen Turm. Viele bezeichnen auch die gesamte Anhöhe so, weil *Tor* nichts anderes als das keltische Wort für Hügel ist. Die Mönche erbauten dort im Mittelalter übrigens eine Kirche, die sie dem Erzengel Michael weihten, demselben ›Drachentöter‹, dem die große Skellig-Insel ihren Namen verdankt.«

Ein Schauer lief über Franciscos Rücken. »Hat Glastonbury Hill auch eine vorchristliche Geschichte?«

»Und ob! *Tor* soll der Eingang zu Annwn gewesen sein, dem unterirdischen Reich der Feen. Das Schloss ihres Königs Gwyn ap Nudd thronte auf dem Hügel und manche sagen, er regiere sein Reich noch immer von dort.«

»Eine Pforte in eine andere Welt«, murmelte Francisco. »Allmählich wird mir klar, warum wir nach Glastonbury fahren.«

»Klingt viel versprechend, nicht wahr? Seitdem ein Erdbeben das Kloster zerstört hat, sprudelt unterhalb des Hügels übrigens die eisenoxydhaltige ›Blutquelle‹. Der Legende nach ist der Heilige Gral darin versteckt.«

Francisco war ganz mulmig zumute, aber er konnte sich nicht erklären warum. Er hörte kaum zu, als Vicente noch weiter in der Geschichte von Glastonbury Hill zurückging.

»In megalithischer Zeit soll der Hügel *Ynis Witrin* geheißen haben, die ›Gläserne Insel‹. Neuere wissenschaftliche Untersuchungen stützen die Existenz einer weitläufigen Wasserfläche in der Gegend. Ynis Witrin besitzt übrigens noch einen bekannteren Namen, den du bestimmt schon einmal gehört hast.«

Francisco wandte sich mit fragendem Blick seinem Bruder zu.

Vicente lächelte. »Unser nächstes Ziel hieß früher Avalon.«

Mrs Hazelwood's B&B war ein hübsch anzusehendes hellblaues Haus im viktorianischen Stil, dessen Inneres nicht hielt, was sein Äußeres versprach. Es gab dort ein Bett und ein Frühstück, sonst nichts. Die Leute kämen ohnehin nicht nach Glastonbury, um sich in luxuriöser Atmosphäre verwöhnen zu lassen, erklärte Mrs Hazelwood, die weißhaarige Besitzerin der Pension, und fügte augenzwinkernd hinzu: »Alle wollen nur auf den Spuren des christlichen Königs Artus und seiner heidnischen Schwester Morgaine wandeln, um vom mystischen Hügel vielleicht doch noch einen Blick auf das versunkene Avalon zu erhaschen. Na, mir soll's recht sein. Des einen Neugier ist des anderen fetter Ranzen.« Sie tätschelte liebevoll ihren auffallend runden Bauch – wäre sie nicht schon mindestens siebzig gewesen, hätte Francisco sie für schwanger gehalten.

Als er gegen Abend das Haus verließ, verfolgte er keinerlei touristische Interessen. Seine innere Unruhe trieb ihn hinaus. Vicente lag bäuchlings auf dem Bett und brachte, wie meistens vor dem Abendessen, sein Reisetagebuch auf den neuesten Stand. Er nickte nur, als sein Bruder sich »auf einen kleinen Spaziergang« verabschiedete.

Das Bed and Breakfast der Mrs Hazelwood lag am Ostrand des Ortszentrums. Francisco wanderte eine Weile ziellos durch die Straßen. Im Laufe der Fahrt nach Glastonbury war ihm die Ursache seiner Unrast klar geworden. Vicente hatte ja oft genug über die »Mechanik des Multiversums« doziert. Die drei Welten waren sich wieder nahe. Francisco konnte es spüren.

Der Gedanke, erneut von diesem blauen Glühen heimgesucht zu werden, erschreckte ihn. Oder war es Scham, die er empfand? Jedenfalls sollte ihm niemand zusehen, falls er wieder wie eine Wunderkerze zu strahlen begann. Das Beste würde sein, sich ein Taxi zu nehmen und die Stadt zu verlassen. Francisco marschierte zügig durch eine schmale Gasse. Ein Stückchen voraus sah er eine stark befahrene Querstraße. Dort müsste sich ein Transportmittel finden lassen.

Sein umherschweifender Blick wanderte durch eine offene Toreinfahrt. Hinter der Mauer sah er einen gepflasterten Platz, einen roten Rover vor einem netten Häuschen aus Feldsteinen.

Und außerdem einen Baum.

Von einem eisigen Schauer geschüttelt blieb Francisco stehen.

Es war genauso wie auf dem Ring of Kerry, als er die Insel Skellig Michael gesehen hatte. Mit steifen Gliedern taumelte er durch die Einfahrt, um den Baum genauer zu betrachten. Es handelte sich um eine Linde, die uralt sein musste. In ihrem Stamm klaffte ein großes Loch. Überdies war sie zur Hälfte abgestorben.

»Kann ich Ihnen helfen, junger Mann?«

Francisco schreckte hoch. Er hatte gar nicht bemerkt, wie die rot lackierte Haustür geöffnet worden war. Aus einem beleuchteten Flur lächelte ihm eine alte Frau entgegen, klein, gebeugt, mit langem grauem Haar und auf einen Stock gestützt. Er hatte Mühe, seine Benommenheit abzuschütteln und das Lächeln zu erwidern. Auf den Baum deutend, fragte er in flüssigem Englisch: »Ich bin gerade hier vorbeispaziert und habe Ihre Linde gesehen. Was ist mit ihr passiert? Es war doch kein Blitz, oder?«

Die Alte schüttelte den Kopf. »Nein, ein Unwetter hat sie nicht so zugerichtet. Ihre eine Hälfte verdorrte ganz von allein.«

»Wie lange ist das her?«

»Über achtzehn Jahre.« Die Alte lächelte vergnügt. »Sie werden sich jetzt bestimmt wundern, woher ich das so genau weiß, aber ich kann mich noch genau daran erinnern, weil in jener Nacht der spanische General gestorben ist. Sie wissen schon …«

»Franco?«

»Genau der. Am nächsten Morgen fehlten auf der linken Seite meiner Linde sämtliche Blätter. Zuerst habe ich mir gesagt: Nun, es ist Herbst, Mathilda, da verlieren die Bäume eben ihre Blätter. Aber als er im nächsten Frühling rechts auszuschlagen begann, aber links so kahl blieb, wie Sie ihn da vor sich sehen, kam mir die Sache doch merkwürdig vor.«

»Das ist sie allerdings«, entgegnete Francisco. Sein Rachen war wie ausgetrocknet. Er starrte wieder zu dem Baum hinauf.

Aus dem Haus ertönte die Stimme einer jüngeren Frau. »Großmutter, wer ist denn da?«

»Nur ein Tourist, der die Linde bestaunt«, rief sie zurück.

»Dein Kräutertee wird kalt.«

»Ich komme schon!« Sich wieder ihrem Besucher zuwendend, sagte die Alte: »Hier in Glastonbury leben die Leute seit Jahrhunderten mit solchen Wundern. Kann ich Ihnen sonst noch irgendwie behilflich sein, junger Mann?«

Francisco schüttelte verstört den Kopf. »Danke, nein. Grüßen Sie Ihre Enkelin von mir. Auf Wiedersehen.« Er stolperte schon zur Toreinfahrt zurück, als er hinter sich noch einmal die Stimme der Alten vernahm.

»Wie haben Sie herausgefunden, dass Celine meine Enkelin ist?«

Ohne sich umzuwenden, rief er zurück: »Sie hat Großmutter zu Ihnen gesagt.« Und flüsternd fügte er hinzu: »Außerdem *finde* ich ständig Dinge und weiß nicht warum.« Damit war er vom Hof verschwunden.

Kopfschüttelnd eilte er zum Ende der Gasse und murmelte dabei unablässig vor sich hin. »Das gibt es nicht. Ich war noch nie in dieser Stadt. Diese Linde … Muss ein Zufall sein …«

Als er auf der breiten Hauptstraße ein freies Taxi entdeckte, riss er den Arm hoch. Der dunkelrote Wagen hielt. Er sah aus wie ein rollender Schuhkarton. Francisco stieg ein.

»Bringen Sie mich bitte zum Glastonbury Hill und wenn es geht, schnell«, bat er den Fahrer.

Der stiernackige Mann drehte sich um, blickte mit einem wissenden Lächeln durch die gläserne Trennscheibe und erwiderte: »Die Sonne geht gleich unter, Sir. Dieser Wagen kann nur bei Tage nach Avalon fahren.«

Verständnislos starrte Francisco den bulligen Chauffeur an. War er zu einem Verrückten ins Auto gestiegen?

Der Taxifahrer grinste. »War nur ein Scherz. Wollte damit sagen, dass die Besichtigung bei Dunkelheit nicht viel Sinn macht. Wenn Sie trotzdem zum *Tor* wollen – bitte schön. Nur in eine andere Welt kutschieren kann ich sie nicht.«

Francisco ließ sich schwer in den Sitz zurückfallen und schloss die Augen. »Ich schätze, das kommt ganz auf den Fahrgast an. Sie würden nicht glauben, was ich in Taxis schon alles erlebt habe!«

Die Bezeichnung *Tor Hill* sei ebenso eine Tautologie wie eine tote Leiche, erklärte der Taxifahrer gut gelaunt, während er sein Fahrzeug zur östlichen Stadtgrenze lenkte. *Tor* sei nämlich Keltisch und bedeute »Hügel«. Der massige Mann malmte unablässig auf einem Kaugummi und wiederholte mechanisch die touristischen Standardfloskeln, die hier offenbar zur Dienstpflicht aller Personenbeförderer gehörten.

Francisco tat so, als achte er nicht auf ihn. In Wirklichkeit hörte er sehr genau, was das Plappermaul hervorsprudelte. Am Fuß des Glastonbury Hill – oder *Tor* – bezahlte er wortlos den Fahrpreis, gab noch ein Trinkgeld dazu und schlüpfte schnell nach draußen. Erst als die Rücklichter des Wagens verschwunden waren, atmete er auf. Der Glanz konnte kommen.

Die kleine Straße mit dem Namen Wallhouse lag verlassen vor ihm. Er blickte zum *Tor* hinauf. Der runde Hügel erhob sich etwa einhundertfünfzig Meter hoch in den Abendhimmel. Er war ganz mit Gras bewachsen. Nur auf der Spitze thronte, seiner Umgebung seltsam entrückt, ein viereckiger Turm wie ein Burgfried, dem seine Festung abhanden gekommen war. Francisco musste an Gwyn ap Nudd denken, den Feenkönig, dessen Schloss für Menschen unsichtbar dort oben stand. Der Weg zum Turm führte spiralförmig über mehrere Terrassen. Spontan drängte sich dem Betrachter der Eindruck einer oben abgerundeten Stufenpyramide auf, die unter dem Gras versteckt lag.

»Eine unsichtbare Pyramide«, murmelte Francisco. Er entschloss sich, die Besteigung des *Tor* auf den nächsten Tag zu verschieben. Andernfalls würde er das trutzige Gemäuer, wenn ihn der Glanz ausgerechnet auf dem Gipfel ereilte, in einen Leuchtturm verwandeln. Er entdeckte einen dreiteiligen Wegweiser. Auf den zwei nach rechts deutenden Pfeilen standen die Namen

»Glastonbury Tor« und »White Spring«. Der Taxifahrer hatte behauptet, durch die Weiße Quelle gelange man ins Reich der Feen. Aber auch in die Unterwelt. Von dieser wollte Francisco lieber Abstand halten und folgte daher dem dritten, nach links weisenden Schild. Es bezeichnete den Weg nach »Chalice Well«, dem Ort der so genannten Blutquelle.

Die Hände auf dem Rücken verschränkt spazierte er durch eine liebevoll gestaltete Parkanlage, in der es eine Menge Bäume gab – ideal für einen, der mal richtig strahlen wollte. Im Moment brütete Francisco aber bestenfalls vor sich hin. Die Erläuterungen des Taxifahrers beschäftigten ihn immer noch. Sie wollten nicht recht zu den Erklärungen seines Bruders passen. Von Letzterem wusste er um die alten Kulte, die dem Drachen oder der Schlange – Sinnbild der Energien von Himmel und Erde – gehuldigt hatten. Oft dienten ihnen Höhen als heilige Stätten, die sie mit ähnlichen Spiralmustern schmückten, wie er sie in Newgrange gesehen hatte und wie sie auch hier am *Tor* in labyrinthischer Verschlingung zu sehen sein sollten. Kaum verwunderlich, dass die Christenheit dieser heidnischen Verkörperung des Bösen ihren Erzengel Michael entgegengestellt hatte, welcher nach der Offenbarung des Johannes »den großen Drachen – die Urschlange –, der Teufel und Satan genannt wird«, bezwang.

Vicente hatte während der Fahrt nach Glastonbury über Ynis Witrin doziert, die »Gläserne Insel«, die offenbar mit Avalon identisch war. Die Kelten glaubten, hier »den Ort zu wissen, an dem sie zu einer anderen Ebene der Existenz« hinüberwechseln konnten. Ob das nicht eine fast perfekte Beschreibung für einen Angelpunkt des Multiversums sei, hatte der Archäologe daraufhin seinen Bruder gefragt. Francisco konnte sich noch gut an das fiebrige Funkeln in Vicentes Augen erinnern.

Sonderbarerweise hatte der so vielseitig beschlagene Wissenschaftler kein Wort darüber verloren, woher der Name Avalon stammte. Erst dem redseligen Taxifahrer verdankte

Francisco diese Information: *Avalloc* oder *Avallach* sei bei den Kelten ein Halbgott gewesen, der die Unterwelt beherrsche. Dieser Hügel habe in grauer Vorzeit mit *Caer Sidi* in Verbindung gestanden, dem »Gläsernen Berg« oder »Spiralschloss« der Feen, wo die Kräfte der Erde sich mit der übernatürlichen Macht des Jenseits trafen.

Der von Vicente erwähnte Übertritt zur anderen Existenz war also nichts anderes als der Tod.

»Wie man die Fakten nur so verdrehen kann!«, schnaubte Francisco. Er beschloss in Zukunft die vermeintlich schlüssigen Beweisführungen seines großen Bruders einer noch strengeren Prüfung zu unterziehen. In diesem Moment erreichte er eine Steintreppe, die zur Blutquelle hinabführte. Sein Herz begann heftig zu schlagen, ohne dass er wusste warum. Langsam, fast ehrfürchtig, stieg er zu dem viereckigen Platz hinab, der mit Steinplatten ausgelegt war, die im schwindenden Licht des Tages fahl schimmerten. Eine mannshohe Mauer stützte das höher liegende, mit Gras und Büschen bepflanzte Erdreich ab. Neben der Treppe befand sich, nach vorne spitz zulaufend, eine Art Rampe, über die sich das Wasser in ein Steinbecken ergoss. Was immer das sprudelnde Nass benetzte, war rostrot gefärbt. Das Bassin besaß die Form von zwei ineinander verschlungenen Kreisen – unwillkürlich fiel Francisco wieder die haarsträubende Idee von den Spiegelwelten ein.

»Aber ein Spiegel zeigt nur *ein* Ebenbild«, machte er sich mit seiner eben erst bekräftigten Skepsis klar. Er trat einen Schritt näher an das Becken heran, um sich auch gleich den Beweis zu liefern. Die Abenddämmerung erlaubte ihm gerade noch sein Gesicht zu erkennen. Es waberte in den Wellenringen des herabrieselnden Quellwassers. »Wenn es anders ist, dann zeig es mir«, fügte er noch fordernd hinzu, nur so zum Scherz.

Umso mehr erschrak er, als sein Konterfei plötzlich zu leuchten begann. »Es geht wieder los«, keuchte er, den Blick gebannt auf das tanzende Spiegelbild gerichtet.

Das Licht breitete sich aus und wurde rasch heller, fast so, als sei es in den zwei Steinringen verflüssigt worden. Und dann geschah etwas Merkwürdiges. Obwohl Francisco zu seiner Rechten weiter das Rauschen hörte und die Wasseroberfläche immer noch mit den Wellen tanzte, wurde sein Spiegelbild ganz ruhig. Langsam schien es auf den Grund des flachen Beckens zu sinken und verlor dabei seine Flachheit. Er schauderte. Das Gesicht im Bassin sah auf eine unheimliche Weise real aus. Es spiegelte perfekt Franciscos Staunen wider, wenngleich ihn der üppige Haarwuchs des reflektierten Hauptes etwas irritierte. Und dann begann die Erscheinung auch noch zu sprechen.

»Dieser Traum muss einen Grund haben, Topra.«

Francisco blinzelte überrascht, das Spiegelbild tat es nicht. Seine Kinnlade klappte hinab, dem Ebenbild kam derlei nicht in den Sinn. Vor Überraschung brachte er kein Wort hervor.

»Vielleicht hängt es mit der Unsichtbaren Pyramide zusammen«, grübelte das Gesicht im Wasser. Dem Klang seiner Stimme nach handelte es sich um ein Selbstgespräch in – Francisco traute seinen Ohren nicht – *Altägyptisch*! Er holte tief Luft, aber ehe er etwas sagen konnte, riss der andere die Augen auf, als habe er den Beobachter über der Blutquelle erst jetzt bemerkt, und sogleich verblasste das flüssige Licht. Francisco sah wieder sein eigenes waberndes Spiegelbild. Fassungslos riss er den Kopf zurück.

»Das gibt's doch nicht! Was war das? Oder *wer* war das?« Das Gesicht in dem Becken war ihm so ähnlich gewesen wie das eines Zwillings. Aber warum hatte es ihn Topra genannt? *Halt!*, korrigierte er sich. Wenn der wässrige Bruder tatsächlich ebenso zu Selbstgesprächen neigte wie sein Alter Ego in der Wirklichkeit, dann hatte er nicht ihn, Francisco, sondern sich, *Topra,* gemeint. Das würde bedeuten, machte sich Francisco klar, er kannte den Namen des anderen. Ob es ihm gelingen würde, ihn noch einmal zu sehen?

Zaghaft trat er wieder an den flachen Beckenrand und blickte verstohlen ins Wasser. Der bange Blick, der ihm von dort entgegenkam, gehörte ihm selbst. Eher beiläufig registrierte er, dass er immer noch wie eine blaue Glühlampe leuchtete.

»Topra?«

Sein Ruf klang mehr als kläglich. Er musste an Bruder Pedros Ermahnungen denken: Die Wunderheilungen des Herrn empfingen nur jene, die unerschütterlich an ihn glaubten. Francisco räusperte sich, kniff die Augen zusammen, holte noch einmal tief Atem und blickte wieder in das Becken.

»Topra, wenn du mich hören kannst, dann antworte mir!«

Einige pochende Herzschläge lang geschah nichts. Aber dann verwandelte sich das Wasser wieder in flüssiges Licht. Francisco musste all seinen Mut zusammennehmen, um nicht vor der Erscheinung zu fliehen. Wieder veränderte sich sein Spiegelbild, erneut sank es auf den Grund des Bassins. Es sah irgendwie anders aus als beim ersten Mal, nicht ganz so wild. Auch die Frisur hatte sich wieder verändert. Doch erneut glich dieses Antlitz seinem eigenen, wie sich wohl nur Zwillinge ähneln können. Oder Drillinge?

»Ich heiße Trevir«, sagte in einem seltsamen englischen Dialekt das Gesicht, dem sogar die Narbe an der Wange nicht fehlte. Es gab sich alle Mühe, forsch zu klingen, aber trotzdem drohte ihm die Stimme zu versagen. Nach kurzem Räuspern hörte sie sich schon fester an. »Und wer bist du?«

Der Gefragte wollte die Gelegenheit nicht wieder sprachlos vorübergehen lassen, fasste sich ein Herz und stotterte: »Fr-… Francisco.«

Anders als zuvor begann das Wasser plötzlich zu gleißen, dass er kaum noch hinsehen konnte. Das Gesicht wurde von dem Licht regelrecht aufgesogen. Bevor es ganz überstrahlt werden konnte, rief es noch: »Nimm dich vor den Feinden in Acht, die das Gleichgewicht stören wollen. Und halte dich bereit bis zur nächsten Welle!« Dann war es verschwunden.

Wieder taumelte Francisco zurück. Es dauerte eine Weile, bis die tanzenden Sterne vor seinen Augen verschwanden. Als er seine Hände betrachtete, wurde ihm klar, wer ihn da geblendet hatte: Er selbst war es gewesen. Schnell ließ er die Arme sinken. Den Widerschein des eigenen Glanzes auf den Bodenplatten, an der Umfriedung sowie auf den Bäumen und Büschen konnte er mühelos ertragen.

Dafür hörte er wieder Stimmen.

Diesmal kamen sie eindeutig nicht aus dem plätschernden Wasser. »Da hat jemand deine Festbeleuchtung bemerkt«, flüsterte er und sah sich hektisch um.

Der aus dem umliegenden Terrain wie ausgestanzte Platz entpuppte sich unversehens als Falle: ringsum Mauern. Der einzige Fluchtweg war die Treppe, und daher lief Francisco so schnell er konnte hinauf. Oben angekommen wollte er sich gerade in die Büsche schlagen, als ihn eine nur allzu bekannte Stimme zurückhielt.

»Francisco! Warte! Ich bin's.«

Er blickte den Weg entlang und konnte, vom eigenen Glanz illuminiert, seinen Bruder sehen. »Vicente! Ich dachte schon ... «

»Ein anderer sei dir auf die Schliche gekommen? Noch nicht, aber auf der Straße draußen stehen Leute und reden aufgeregt miteinander. Sie haben die Feuerwehr gerufen, weil sie in den Bäumen ein ›blaues Flackern‹ gesehen haben wollen.« Der Archäologe war nun bei ihm und betrachtete seinen Bruder mit einer Mischung aus Vorsicht und Begeisterung.

»Woher wusstest du, wo du mich finden kannst?«

»Ich habe eins und eins zusammengezählt. Heute ist deine vierte Lebenswelle. Eigentlich dachte ich, wir könnten ihren Höhepunkt gemeinsam erleben.« Vicente machte Anstalten, Francisco zu berühren.

»Nicht!«, warnte der.

»Wieso? Ist das Strahlen denn gefährlich?«

»Manchmal schon.« Er deutete auf die Narbe über seinem Jochbein.

Vicente trat einen Schritt zurück und nickte. »Wie lange dauern diese, äh, Anfälle?«

Francisco runzelte die Stirn. »Ich leide doch nicht an Epilepsie. Bis jetzt ist der Glanz immer nach kurzer Zeit verschwunden.«

»Das beruhigt mich, denn …« Das Signal einer Feuerwehrsirene ließ Vicente innehalten. Er lauschte kurz und sagte dann: »Sie müssen gleich hier sein. Komm, lass uns verschwinden! Sollte dich, abgesehen von mir, irgendjemand erblicken, könnte sich in der Gegend am Ende das Gerücht verbreiten, der Feenkönig Gwyn ap Nudd sei auf Staatsbesuch nach Glastonbury gekommen.«

12
Der Auserwählte
ANX

Der Walhai konnte den Tauchern mühelos entkommen. In seinem riesigen Maul hätte er bequem noch einen weiteren Mann unterbringen können. Er war gigantisch, so lang wie drei ausgewachsene Elefanten, die – Rüssel an Schwanz – durch den Busch trotteten. Dennoch bewegte er sich in seinem nassen Element weitaus majestätischer als jeder Dickhäuter an Land. Niemand wagte es, sich dem Walhai zu nahen. Abgesehen davon hätte es selbst das modernste U-Boot von Anx nicht vermocht, weil es ihm an Wendigkeit bei weitem unterlegen war.

Darin lag zugleich Topras Glück und Unglück. Auf einer schleimigen Rutschbahn wurde er wie von einem Staubsauger in den Schlund des großen Fisches gesogen. Dort angekommen, erwartete der Verschluckte seinen baldigen Erstickungstod.

Topra kämpfte gegen Panik und Übelkeit an. Um seinem Wirt den Appetit zu verderben und ihn zum Würgen zu bewegen, zappelte er hin und her, schlug unentwegt gegen die glibberigen Magenwände. Bald erlahmten seine Kräfte, wenngleich das nicht so sehr am Luftmangel lag. Auch Haie brauchen Sauerstoff, deshalb atmen sie ja durch Kiemen. In ihrem Körper herrscht ein zwar unwirtliches, aber nicht unmittelbar lebensbedrohliches Milieu. Natürlich war der Gestank unakzeptabel, ja geradezu bestialisch. Nachdem die akute Todesangst abgeklungen war, musste sich Topra übergeben. Dunkelheit und Enge wirkten zusätzlich bedrückend auf ihn. Aus dem Rachen des Fisches quoll ständig Nachschub herein, eine breiige Masse aus Kleinstlebewesen. Entgegen seiner anfänglichen Befürchtung erwies sich diese scheinbare Gier für Topra durchaus als ein glücklicher Umstand.

Menschen sind für Walhaie weitgehend ungenießbar. Deshalb versucht der größte aller Fische sie wieder loszuwerden. Hierbei kommt ihm sein erstaunlicher Verdauungsapparat zugute. Obwohl Topras Zeitgefühl im Innern des Tieres leicht irritiert war, glaubte er doch, noch nicht allzu lange im Schleim gebadet zu haben, als ihn plötzlich etwas in Richtung Maul drückte, das sich wie eine riesige Faust anfühlte. Der Walhai tat nichts anderes als ein Bewohner von Memphis, wenn er den Müll vor die Tür bringt: Er entleerte seinen Magengrund, indem er dessen Inneres langsam nach außen kehrte. Der zweibeinige Fremdkörper glitt auf einem schleimbedeckten Teppich nach oben.

Mit einem Mal kam Topra salziges Meerwasser entgegen, eine wahre Sturmflut; fast hätte er vergessen Luft zu holen. So gut er konnte, unterstützte er das Würgen seines Transporttieres. Er stemmte die Füße auseinander und stieß sich ab, versuchte mit den Händen irgendwo Halt zu finden, um sich schneller nach oben zu arbeiten. Freilich machte der glibbernde Rachenbelag die meisten seiner Bemühungen gleich wieder zunichte. Ständig glitt er aus. Allmählich wurde ihm der Atem knapp. Da – endlich! – drückte ihn der Hai aus dem Maul.

Während der Wirt sich wie angewidert von dem Ausgespuckten abwandte und weiter seiner Wege zog, kämpfte der Verschmähte um sein Überleben. Einen Moment lang war Topra orientierungslos. Über dem Meer musste noch immer die Nacht herrschen, denn Dunkelheit war allgegenwärtig. Hinzu kam der immer stärker werdende Druck in den Lungen. Am liebsten hätte Topra den Mund aufgerissen und es dem Hai gleichgetan, einfach das Wasser in sich hineingesogen. Aber dann entdeckte er einen schwachen Schimmer. Wie ein fahles Band zog er über ihm hinweg. Die Milchstraße!

Der Walhai hatte seinen Magen nicht in großer Tiefe umgestülpt, sondern dicht unter der Wasseroberfläche. Topra begann mit den Füßen zu strampeln und sich mit weiten Armzügen in seine Welt zurückzukämpfen. Sie war überraschend nahe. Fast wie ein richtiger Wal ließ er seinen Oberkörper aus dem Meer schießen, und er sog gierig die frische Luft ein.

Nachdem er einen Hustenanfall überstanden hatte, machte sich Topra mit seiner Umgebung vertraut. Das baqatische Kriegsschiff war ebenso wenig zu sehen wie die *Tanhir*. Erneut wollte Mutlosigkeit ihn übermannen, als er vor sich plötzlich ein Licht ausmachte. Während er selbst sich im leichten Wellengang auf und ab bewegte, blieb dieses gelbe Flackern immer auf gleicher Höhe. *Land!* Der Gedanke erfüllte ihn mit neuer Kraft. Vermutlich war er vom Riesenfisch vor einer der Inseln ausgespuckt worden, die Jobax und seinem Schiff als Versteck hatten dienen sollen. Jedenfalls brannte dort ein Lagerfeuer. Topra begann zu kraulen.

Die Entfernung zum Ufer war weiter, als er zunächst angenommen hatte. Wäre er nicht ein so guter Schwimmer gewesen, hätte er es kaum geschafft. Völlig erschöpft kroch er in der flachen Brandung dem Strand entgegen. Er hatte zwar sechs oder mehr Gestalten am Lagerfeuer gesehen, aber nicht die Kraft gehabt, sie um Hilfe anzurufen. Noch halb besinnungslos spürte er, wie ihn kräftige Hände aus dem Wasser zogen, über den Strand schleppten und wenig später am Feuer niederlegten. Er sah alles verschwommen. Sein erster Versuch zu sprechen scheiterte in einem kläglichen Lallen. Obwohl er sich so lange im nassen Element aufgehalten hatte, empfand er einen riesigen Durst. Seine Retter schienen ihm das anzumerken, denn jemand hielt ihm einen Flaschenkürbis an die Lippen. Wie ein trockener Schwamm saugte Topra die Flüssigkeit in sich auf. Um sich herum sah er undeutlich vier oder fünf Gesichter.

»Nicht so gierig, junger Freund«, mahnte ihn eine raue, gleichwohl freundliche Stimme. Sie musste dem Mann gehören, dessen Arm ihn beim Aufrichten des Oberkörpers stützte. Topra wischte sich mit dem Unterarm über die Augen und konnte nun etwas klarer sehen. Sein Retter trug einen weißen Turban, hatte ein schmales Gesicht, olivfarbene Haut, Augen wie Kohlen, einen schwarzen Stoppelbart und einen ungewöhnlich großen Mund, in dem ein Schneidezahn fehlte. Dennoch brachte er damit ein recht passables Lächeln zustande.

»Wer sind Sie?«, fragte Topra. Seine Stimme klang wie ein Reibeisen.

»Mein Name ist Dalabad.«

Topra nahm noch einen Schluck Wasser, bevor er fragte: »Fischer?«

Dalabad grinste. »Nein, Pirat.«

Die Strandpiraten der Muschelinsel waren außerhalb ihrer Arbeitszeit keine besonders blutrünstige Gesellschaft. Sie verdienten ihren Lebensunterhalt damit, Schiffe auf die nahen Korallenriffe zu locken und sie auszurauben, während die Mannschaft um ihr Leben ruderte. Nur hin und wieder, räumte Dalabad ein, sei es nötig, einen besonders ehrversessenen Kapitän ins Rettungsboot oder auf eine Planke zu setzen und ihn der Strömung anzuempfehlen. Er persönlich habe noch nie jemanden abgestochen oder ersäuft noch den Befehl dazu gegeben. Im Übrigen teile man sich die Beute mit den Einwohnern der Muschelinsel. Das Ganze sei so eine Art Zweckgemeinschaft: Die einen stellten ihren ruhigen Schlupfwinkel zur Verfügung und die anderen einen Teil ihrer Beute.

Als Topra berichtete, dass er vor einem baqatischen Kriegsschiff geflohen sei, stieg er im Ansehen der Freibeuter sogleich um mehrere Stufen. Und dann erzählte er die Geschichte von dem Fisch. Die Augen der Piraten wurden immer größer.

»Ich habe das bisher nur für Seemannsgarn gehalten. Könnte ein Walhai gewesen sein«, sagte Dalabad, der Anführer.

Ein anderer Pirat, der aussah wie ein Kugelfisch und sich zuvor als Eitan vorgestellt hatte, verkündete: »Der Junge ist ein Auserwählter!«

Mehrere Männer pflichteten ihm bei.

Auf Dalabads Vorschlag hin zog Topra sich die Tunika über

den Kopf, um sie am Feuer zu trocknen. Als sie bereits auf einem Ast hing, wurde ihm siedend heiß bewusst, dass sein Feuermal für jedermann sichtbar war. Während er noch nach einer Möglichkeit suchte, das Zeichen zu verstecken, hörte er hinter sich die erstaunte Stimme eines der Männer.

»Er hat das Symbol des Großen Hauses auf dem Rücken!«

Im Nu herrschte helle Aufregung am Feuer. Topra wurde unsanft herumgeschoben, hin und her gedreht, jeder wollte sein Schulterblatt sehen.

»Er muss ein Spion sein, wenn er diese Tätowierung trägt«, sagte der Entdecker des Mals. Der Pirat war fast so winzig, dass er eine Granate aus einem Kanonenrohr hätte stehlen können.

»Ist das wahr?«, fragte Dalabad streng.

Topra antwortete: »Nein. Ich habe diesen Fleck von Geburt an. Ihr könnt ihn betasten, wenn Ihr wollt. Da ist keine Farbe unter der Haut, sondern es hebt sich im Gegenteil von ihr ab. Man nennt so etwas ein Feuermal.«

Der Anführer untersuchte die Schulter des jungen Mannes genauer und murmelte: »Eine Narbenwulst ist es nicht. Ich habe selbst ein paar davon und weiß, wie die aussehen. Aber wie kommt diese merkwürdige Form zustande?«

»Der Junge ist ein Auserwählter!«, erinnerte der runde Eitan die Mithalunken an seine erste Einschätzung.

»Was hast du zu deiner Verteidigung zu sagen?«, fragte Dalabad wie ein Richter den Angeklagten.

Topra breitete die Hände aus. »Ich weiß nur, dass Pharao Isfet mich seit vielen Jahren jagt. Er schickt Spione und Kriegsschiffe aus, um meiner habhaft zu werden.«

»Weil er den Jungen fürchtet«, brummte Eitan. »Er ist ein Auserwählter.«

Die anderen murmelten zustimmend.

Dalabad nickte. »Die Vorsehung könnte dich dazu bestimmt haben, der Willkürherrschaft Isfets ein Ende zu machen. Das wäre ein Segen, nicht nur für Baqat, sondern für ganz Anx. Die meisten von uns hier sind früher Küstenfischer gewesen und haben durch Isfet ihren Broterwerb verloren. Baqats riesige Fischereiflotte macht selbst bei uns auf Lemur die Preise kaputt und seine Industrie liefert billiger, als es irgendein kleiner Händler auf unserer Heimatinsel oder dem Schwarzen Kontinent jemals könnte. Deshalb sind wir hierher gekommen und haben den einzigen Ausweg gewählt, der uns noch blieb.«

»Die Seeräuberei«, sagte Topra und nickte verstehend. Schiffe auf Riffe zu locken und sie dann auszurauben, kam ihm, dem Zögling eines Handelskapitäns, höchst unmoralisch vor. Dennoch fiel es ihm schwer, die Piraten zu verurteilen.

»Was ist dein Weg?«, erkundigte sich Dalabad nun.

Topras Augenbrauen zogen sich zusammen. »Ich fürchte, ich verstehe nicht ...«

»Oh, entschuldige. Das ist eine Redensart hier bei uns. Ich möchte von dir wissen, wie du dir dein weiteres Leben vorstellst.«

Der Gefragte zuckte die Achseln. »Ich will nach Memphis zurück. Dort wurde ich geboren.« Und nach kurzem Zögern fügte er hinzu: »Ich bin überzeugt, dass Gisa meine Mutter ist, aber ich muss es beweisen.«

»Die Blume vom Nil?«, sagte überrascht ein Pirat, dessen breites Gesicht so flach wie ein Brett war.

»Du kennst sie?«, staunte Topra.

»Unsere Frauen besingen ihre Schönheit in ihren Liedern.«

Dalabad versuchte die Bewunderungslaute seiner Kumpanen einzudämmen, indem er mit fester Stimme fragte: »Angenommen, du findest sie und sie ist tatsächlich deine Mutter – was dann?«

»Ich werde sie nach dem Geheimnis meines Feuermals fragen.«

»Gisa muss es nicht unbedingt kennen. Würdest du dich damit abfinden können?«

»Nein. Dann werde ich selbst herausfinden, was es damit auf sich hat.« *Und weshalb ich immer wieder aufglühe wie ein Me-*

teorit beim Eintritt in die Atmosphäre, fügte Topra in Gedanken hinzu.

Dalabad nickte zufrieden. »Ich bin kein Prophet, aber, bei allen Fischen des Meeres, ich verheiße dir, dein Weg wird dich zum Millionenjahrhaus führen. Das ist deine Bestimmung. Nicht ohne Grund wird man mit so einem Muttermal geboren.«

»Sag ich doch«, posaunte Eitan und klatschte sich auf den fetten Schenkel. »Der Junge ist ein Auserwählter!«

Es seien keine Umstände, hatte Dalabad beharrt. Ohnehin führen sie regelmäßig zum Festland hinüber. Topra hatte sich nicht besonders lange gewehrt, als ihm eine Passage zum Schwarzen Kontinent angeboten worden war. Nach nur zwei Tagen Aufenthalt hatte er die Muschelinsel wieder verlassen.

Die Schebeke der Piraten – ein Dreimaster mit geringem Tiefgang, der sich besonders gut für das Manövrieren in küstennahen Gewässern eignete – setzte ihn in der Nähe eines Dorfes ab. Dalabad und seine Leute statteten den »Auserwählten« sogar mit einem kleineren Geldbetrag aus, damit er nicht verhungere, bevor er die Suche nach seiner wahren Bestimmung überhaupt richtig begonnen habe. Der Abschied von den rauen, aber herzlichen Gesellen fiel Topra nicht leicht. Er spürte sehr genau, welche Hoffnungen sie in ihn setzten.

In dem Dorf mit dem zungenbrecherischen Namen Hosomogolobol befand sich eine Karawanenstation. Schon am Morgen nach seiner Ankunft hatte er Glück: Er durfte sich einer Reisegesellschaft anschließen, die nicht weniger als sechsunddreißig Köpfe zählte – zweiundzwanzig davon gehörten Kamelen. Mit dem Versprechen, sich um den Durst der Tiere zu kümmern, hatte sich Topra allerdings keinen Dienst erwiesen. Wenn die Handelskarawane an einem Brunnen Halt machte, war er oft stundenlang damit beschäftigt, Wasser heraufzuziehen. Sein eigenes »Wüstenschiff« – es hieß Golo – sah zwar aus wie ein mottenzerfressener Teppich mit Glupschaugen auf einem vierbeinigen Gestänge, aber wenn es tankte, verhielt es sich wie ein bodenloses Loch. Zum Glück kreuzten sie hin und wieder auch einen Fluss oder kamen an einen Weiher, an denen die Tiere ohne seine Hilfe saufen konnten.

Annähernd zwei Wochen lang zogen sie ohne nennenswerte Zwischenfälle nach Norden, zuletzt durch eine ziemlich unwirtliche Wüstengegend. Der erfahrene Karawanenführer ließ jede Nacht Wachen aufstellen, weil sich angeblich Teguar in der Gegend herumtrieben. Die Teguar seien ein nomadisierendes Wüstenvolk, erklärte er dem jüngsten Mitglied der Reisegesellschaft, wild und in letzter Zeit geradezu versessen darauf, Karawanen zu überfallen.

Unter den Reisenden breitete sich Jubel aus, als am Horizont eine kleine Oase auftauchte. Es war ein fast schon paradiesisch grüner Flecken inmitten von all dem glutheißen Sand und den schroffen Steinen. In ausgelassener Stimmung wurde ein Nachtlager aufgeschlagen. Aber das friedliche Bild trog. Kurz vor Tagesanbruch schreckte Topra schreiend aus dem Schlaf hoch und blickte sich ängstlich um. Plötzlich erstarrte er. Wie eine Fata Morgana stieg vor seinen Augen das Bild einer wilden Reiterhorde auf. Sie jagte in gestrecktem Galopp auf die große Sanddüne zu, welche sich vor der Oase auftürmte.

»Was ist mit dir?«, fragte gähnend der Mann, der neben Topra geschlummert hatte. Ringsum regten sich noch andere, die von dem hektischen jungen Reisegefährten geweckt worden waren. Die Wache, ein hinkender Mann mit Turban und Flinte, eilte herbei.

»Da kommen Reiter. Ich fürchte, sie führen nichts Gutes im Schilde«, antwortete Topra.

»Das hätte mir auffallen müssen«, argwöhnte der Posten.

Topras Nachbar schüttelte den Kopf. »Du hast geträumt, Junge. Leg dich wieder hin. Bald geht die Sonne auf.« Der Zweifler ließ sich auf das Lager zurücksinken und zog sich die Decke bis zum Kinn.

Plötzlich begann der Boden zu dröhnen.

Die Bedenken im Umkreis zerstoben in einem Augenblick, der Schreckensruf des Flintenmannes weckte nun auch die letzten Schläfer auf. »Teguaaaar!«

Zunächst war nicht festzustellen, aus welcher Richtung das dumpfe Donnern kam. Für Topra gab es da ohnehin keine Zweifel. Sich langsam erhebend, blickte er zum Kamm der Sanddüne hinauf.

Dann erschienen sie als dunkle Schatten vor dem fast vollen Mond. Wie aus einem Albtraum entflohen, jagten sie über den Dünenkamm in die Oase herab. Der Posten brachte sein Gewehr in Anschlag, aber der Karawanenführer gebot ihm Einhalt.

»Nicht, Ahmet. Sie würden uns nur abschlachten. So können wir vielleicht als Sklaven überleben.« Und sich an Topra wendend, fragte er in drohendem Ton: »Woher wusstest du von den Teguar?«

»Ich habe sie gesehen.«

»Als du mit ihnen diesen Hinterhalt ausgeheckt hast?«

»Nein. Im Traum.«

Die Hand des Karawanenführers legte sich auf den Griff des Runddolches, der in seiner Bauchbinde steckte. »Ich hätte große Lust, dir für deinen Verrat die Kehle durchzuschneiden.«

Dazu kam es nicht, denn in diesem Moment erreichten die Teguar das Lager. Im Mondlicht sah Topra nicht viel mehr als nervöse Pferde, vermummte Reiter und lange Flinten. Ein schwarzes Ross galoppierte direkt auf ihn und den Karawanenführer zu. Topra glaubte schon in Grund und Boden gestampft zu werden, aber der Reiter brachte sein Tier im letzten Moment zum Stehen.

»Wenn ihr euch fügt, lassen wir euch am Leben«, erklärte der Mann auf dem Pferd in flüssigem Baqatisch. Sein Kopf war, bis auf einen breiten Schlitz über den Augen, ganz mit dunklem Tuch verhüllt. Offenbar stand die wilde Meute, die gerade einen Kreis um die Reisegesellschaft bildete, unter seinem Befehl.

»Das habe ich mir schon gedacht«, erwiderte der Karawanenführer mit einer Mischung aus Wut, Angst und Trotz. »Ihr seid Sklavenjäger, nicht wahr?«

»Ich bin Fürst Asfahan und meine Männer sind Teguar, sonst nichts.«

Topra bemerkte, wie sich der Mann an seiner Seite versteifte. Anscheinend kannte und fürchtete er Asfahans Namen. Gleichwohl versuchte er Haltung zu bewahren und sagte, während er auf Topra deutete: »Schickt endlich euren Spion hier fort, bevor ich mich vergesse.«

Der fälschlich Bezichtigte glaubte die Glut von Asfahans Blick auf seinem Gesicht zu spüren. Doch ehe er für seine Unschuld sprechen konnte, ergriff wieder der Fürst das Wort.

»Ich kenne diesen Jungen nicht. Aber er wird gewiss einen höheren Preis einbringen als du, alter Kamelmann.«

Asfahan ließ seinen Gefangenen die gleiche Aufmerksamkeit angedeihen wie einer leicht verderblichen Ware. Er kam mindestens einmal täglich auf seinem Rappen zum Lager herübergeritten und überzeugte sich von ihrem marktgerechten Zustand. Dabei achtete er sorgfältig auf Qualitätsmängel: Gewichtsverlust, Verletzungen, Anzeichen beginnenden Wahn- oder auch Starrsinns. Aufkeimender Widerstand wurde geradezu verschwenderisch bekämpft – im Falle des irrenden Karawanenführers mit vierzig Stockhieben. Ansonsten beschränkte sich die Gastfreundschaft des stolzen Fürsten auf das Nötigste: Wasser, Fladenbrot, ab und zu etwas Kamelfleisch. Das erste Lasttier der entführten Karawane war bereits kurz nach der Ankunft im Zeltlager des Nomadenvolkes geschlachtet worden – die Teguar hatten keine sehr hohe Meinung von den glotzenden »Wüstenschiffen«.

Überhaupt waren die unter kargen Verhältnissen lebenden Sippen in ihren Zelten, die sich wie flache, große, unregelmäßig geformte Pilze in die hügelige Landschaft schmiegten, ein sehr stolzes Völkchen. Gegenüber Fremden zeigten sie sich ausschließlich mit ihren dunkelblauen Kopfbedeckungen, die zugleich als wirksamer Schutz gegen die Wüstensonne dienten. Die Männer schienen sich hoch zu Ross am wohlsten zu fühlen. Täglich maßen sie sich am Rand des Lagers in Reiterspielen. Besonders beliebt war das »Schockreiten«. Der Krieger stob im Sattel auf ein Hindernis zu – vorzugsweise einen der Gefangenen – und brachte sein Pferd erst kurz davor zum Stehen; der Mann am Boden erlitt dabei gewöhnlich einen Schock. Auch der »Wer-zuerst-blinzelt-hat-verloren-Ritt« erfreute sich großer Beliebtheit. Bei dieser Disziplin nahmen sich die Teguar selbst aufs Korn: Sie jagten im Galopp aufeinander zu und wer sein Ross zuerst ausweichen ließ, war der Verlierer – manchmal verloren auch beide ...

Das Lager der Gefangenen befand sich in unmittelbarer Nachbarschaft zu den Zelten der Entführer. Für die zukünftigen Sklaven gab es nur große Tücher, die, über Zeltstangen gespannt, wenigstens Schutz vor der Sonne boten. Den allgegenwärtigen Sand hielten sie jedoch nicht zurück. Topra hatte ständig das Gefühl, ein in Teig gewälzter Bratfisch zu sein.

Seit fünf Tagen beobachtete er nun schon das Geschehen im Lager und in seiner näheren Umgebung. Zweimal brachten die Teguar neue Gefangene. Offensichtlich sammelten sie zunächst ihre lebende Beute, bevor sie dann zum Sklavenmarkt aufbrachen. Hauptabnehmer der Ware Mensch war, wie allgemein bekannt, Baqat. Die Industrie der Supermacht lebte von der Ausbeutung. Gerechtfertigt wurde dieses jedem menschlichen Sittlichkeitsempfinden hohnsprechende Verhalten mit Floskeln wie »im freien Wettbewerb überlebt nur der Stärkste« oder »die Götter stehen auf unserer Seite; was wir tun, geschicht allein von ihren Gnaden und zu ihrem Ruhm«.

Während Topra an diesem Morgen unter dem Sonnendach auf einer Kiste saß und über den schwankenden Kurs ethischer Werte nachsann, entstand plötzlich Unruhe im Nomadenlager.

In dessen Zentrum stand ein besonders großes Zelt – es erfüllte die Funktion eines Palastes. Aus diesem kam eine Zeter und Mordio schreiende Gruppe, die im Kern aus verschleierten Frauen und an ihrer Peripherie aus Kindern bestand. Es sah so aus, als beklage man ein großes Unglück. Die Nachricht von selbigem wurde zum zweitgrößten Zelt getragen und dort lautstark aufgenommen. In gewachsener Stärke machte sich die lärmende Gemeinschaft dann zum nächstkleineren Zelt auf und infizierte auch dieses mit dem Jammern. So ging es weiter, bis das ganze Lager angesteckt war.

Zuletzt bekamen die stolzen Reiter von der Sache Wind; sie waren gerade schwer beschäftigt mit einem Wer-zuerst-blinzelt-hat-verloren-Wettbewerb. Topra konnte sehen, wie Asfahan hoch zu Ross inmitten der schreienden Menge hier- und dorthin zeigte, woraufhin seine berittenen Untertanen ausschwärmten. Nach etwa einer Stunde hatte sich die Situation im Lager noch nicht nennenswert entspannt. Aus dem Schreien war nun zwar ein Greinen und Wimmern geworden, aber das hatte wohl eher mit Erschöpfung zu tun. Topra beobachtete, wie der Fürst vor sein Palastzelt trat, sich auf seinen Rappen schwang und zum Gefangenenlager herübergaloppiert kam. Vor dem Sonnendach, unter dem Topra das ganze Geschehen verfolgt hatte, stieg er vom Pferd. Das verdiente insofern Beachtung, als er seine Inspektionen üblicherweise vom Sattel aus durchführte. Ein Paar dunkle Augen suchten die Schatten unter der Zeltplane ab, bis es schließlich den Wasserträger der Karawane entdeckte.

»Du da!«, rief Fürst Asfahan.

Topra tippte sich auf die Brust. »Wer? Ich?«

»Ja, komm bitte zu mir.«

Aus dem Mund des Fürsten Worte wie »bitte« oder »danke« zu vernehmen war keineswegs ungewöhnlich – er behandelte seine Gefangenen stets mit einer distanzierten Höflichkeit –, aber der Ton seiner Stimme verwunderte den Angesprochenen dann doch. Da war nichts mehr von dem fordernden Stolz früherer Besuche, fast klang es wie Flehen.

Topra schwang sich von der Kiste, lief zum Rand des Sonnendaches und deutete eine Verneigung an. »Fürst?«

»Würdest du mich in mein Zelt begleiten?«

Topra glaubte sich verhört zu haben. Weil er Asfahan nur mit offenem Mund anstarrte, fügte der hinzu: »Als wir deine Karawane eroberten, sollst du unsere Ankunft im Traum vorhergesehen haben. So wurde mir jedenfalls von eurem Führer berichtet. Ist das wahr?«

»Ob es *im* Traum oder *trotz* seiner war, kann ich nicht sagen, aber es stimmt, Fürst Asfahan. Ich habe Euch und Eure Männer gesehen, bevor Ihr noch die Düne überquert hattet.«

»Also bist du ein Seher.«

Topra hielt diese Äußerung für eine Frage, aber er war sich nicht sicher, ob er sie richtig verstand. Der Fürst verlangte jedoch keine Antwort, sondern drängte ihn zum Mitkommen. Der Gefangene willigte notgedrungen ein.

Der Teguar sprang mit der Geschmeidigkeit eines Löwen in den Sattel seines Rappen und lenkte ihn in Richtung Nomadenlager. Topra trottete nebenher.

Das Zelt des Fürsten hatte fürwahr die Ausmaße eines Palastes. Es verfügte über mehrere untereinander durch bunte Stoffwände abgegrenzte Bereiche. Leise Stimmen erfüllten den vom Wind durchfächerten Traum aus Tuch, ihre Besitzer waren aber nicht zu sehen. Den Boden bedeckten mehrere Lagen Teppiche. Hier und dort standen duftende Wasserschalen, in denen Rosenblätter schwammen. Asfahan lud Topra ein, sich in einer Kissenlandschaft niederzulassen. Er klatschte in die Hände und eine verschleierte Frau erschien.

»Darf ich dir Tee anbieten?«, fragte der Fürst.

»Nur einen Schluck Wasser, bitte.«

Die Frau verschwand und kehrte nach erstaunlich kurzer Zeit mit einem messingfarbenen runden Tablett zurück, auf dem zwei Kristallgläser und eine Karaffe mit Wasser standen. Nachdem Topra sein Glas in einem Zug ausgetrunken hatte, kam Asfahan zur Sache.

»Jemina ist verschwunden.« Die schwarzen Augen des Fürsten verrieten tiefste Verzweiflung. Als trügen sie am Anblick des jungen Mannes zu schwer, sanken sie auf die Kissen nieder.

Topra räusperte sich. »Verzeiht die Frage, Fürst Asfahan, aber wer ist Jemina?«

Der Teguar sah wieder auf. »Ich dachte, du bist ein Seher.«

Topra nahm schnell einen Schluck Wasser aus dem inzwischen wieder aufgefüllten Glas. In der Nacht, als ihn der Walhai verschluckt hatte, schien in ihm eine Macht erwacht zu sein, die ihn zunehmend beunruhigte. Während der Reise mit der Karawane waren unerklärliche Dinge geschehen. Einmal hatte er ein Antilopenskelett am Wegrand entdeckt und während er noch darüber nachdachte, woran das Tier gestorben sein könnte, schien es aus dem Todesschlaf wiederzuerwachen: Fleisch, Sehnen und Fell umschlossen das ausgebleichte Gebein und plötzlich stürmte es in panischer Angst davon, verfolgt von einem Löwen, der es, nachdem es einige Haken geschlagen hatte, mit einem Prankenhieb niederwarf und ihm das Genick brach.

Topra hatte das Gesehene zunächst für die Folge eines Sonnenstichs gehalten. Aber er trug wie jeder in der Karawane einen Turban und es ging ihm körperlich – abgesehen von ein paar Blasen an den Händen – hervorragend. Auch die Annahme, es handele sich um Fata Morganen, konnte bestenfalls einen Teil der Visionen erklären, derer es viele gab. Meist tauchten die im Strom der Zeit davongetriebenen Wirklichkeiten völlig überraschend vor seinen Augen auf. Sogar Ereignisse, die in ferner Vergangenheit lagen, wurden ihm auf diese Weise sichtbar; einmal hatte er für Sekunden ein verfallenes Haus wieder in seiner ursprünglichen Pracht und voller Leben gesehen. Zeit und Raum erschienen Topra wie ein in Falten vor ihm hingeworfenes Tuch, das er mit seinen Blicken wie mit einer Nadel nach allen

Seiten zu durchstoßen vermochte. Fürst Asfahans Vermutung lag also näher an der Wahrheit, als dem jungen »Seher« lieb war.

»Ihr überschätzt meine Fähigkeiten, Fürst«, wiegelte Topra ab.

»Dann ist alle Hoffnung verloren. Wir haben das ganze Lager abgesucht. Auch in der Umgebung konnten meine Krieger nichts entdecken. Es ist, als hätte der Erdboden sie verschluckt.«

»Ist Jemina Eure Tochter?«

Die Augen im Ausschnitt des blauen Kopftuches bekamen wieder Glanz. »Ja! Meine Jüngste! Sie ist erst drei Jahre alt, aber alle lieben sie.«

»Das habe ich bemerkt.«

»Wie meinst du das?«

»Die Trauer über ihr Verschwinden hat das ganze Lager ergriffen.«

Asfahan nickte betrübt.

»Ich …« Topra schlürfte nervös an seinem Glas. Er wusste nicht, ob er überhaupt davon sprechen sollte.

»Ja?«

»Einen Versuch könnte ich ja wagen. Manchmal habe ich beim Wiederfinden von Gegenständen tatsächlich schon großes Glück gehabt.«

»Das würdest du wirklich für mich tun?«

Topra verstand, worauf der Fürst anspielte, und erwiderte ernst: »Der Vater trägt die Schuld, nicht das Kind.«

Anstatt den Gefangenen für seine Dreistigkeit an die zügelnde Wirkung von Stockhieben zu erinnern, begann Asfahan plötzlich damit, sein Kopftuch abzuwickeln. Es war erstaunlich lang und lag bald als großer Stoffhaufen vor dem Fürsten. Zum ersten Mal sah Topra das unverhüllte Gesicht eines Teguar. Die hohen Wangenknochen, die hellbraune Haut, die schmalen Züge, die weit auseinander liegenden Augen mit den vollen, schwarzen Brauen, das dichte, an erstarrte Lava erinnernde Haar – nicht anders hätte sich Topra einen Aristokraten der Wüste vorgestellt.

»Was siehst du?«, fragte Asfahan.

»Einen stolzen Mann«, erwiderte Topra, ohne lang nachzudenken.

»Die Teguar sind ein stolzes Volk. Da, wo kein Fremder Pfade sieht, folgen sie seit Jahrhunderten ihren Lebenslinien. Die Wüste ist ihre Heimat. Hier wandern sie, jagen und hüten ihr Vieh. Niemand wagte es, sie daran zu hindern, so wie sich keiner einen Löwen aufzustören getraut. Aber nun breitet sich in unserem Reich eine Krankheit aus wie Gangrän. Sie frisst unseren Lebensraum auf. Ihr Name ist *Baqat.* Das Land am Nil hält seine Kultur für die einzig wahre, alle anderen sind nichts wert, müssen unterworfen werden oder taugen bestenfalls dazu, nach der Pfeife des großen Pharao zu tanzen. Wir Teguar haben unsere Freiheit damit erkauft, dass wir ihm Sklaven liefern. Aber was ist das für eine Freiheit, junger Seher? Der große Beschwörer in Memphis sollte sich in Acht nehmen, weil sich die Kobra nicht immer von seiner Flöte narren lassen mag. Vielleicht wachsen ihre Giftzähne ja nach und plötzlich schlägt sie damit zu.«

Der Fürst hatte seinen Vortrag durch eine schnappende Geste mit der Hand untermalt, was Topra zusammenzucken ließ. »Ist das Euer wahres Gesicht?«

Asfahans Miene blieb unergründlich. »Vertrauen gewinnt man nicht durch Heuchelei. Ich brauche deine Hilfe.«

Topra erwiderte fest den Blick des Fürsten. Nach einer Weile nickte er. »Führt mich bitte zu ihrem Bett.«

»Jemina schläft bei ihrer Mutter und kein Mann außer mir darf in den Bezirk der Frauen eindringen, wenn er seinen Kopf behalten will.«

»Fürst, ich kann etwas, das ich nicht kenne, nur sehr schwer finden.«

Asfahan zögerte kurz, dann willigte er ein. Topra wurde von zwei verschleierten Frauen zu einer Wand aus blauem Tuch geleitet, hinter der sich ein Stoffflur verbarg, der zu einer weiteren Kissen- und Teppichlandschaft führte. Hier zeigte man ihm das Lager des Mädchens, ein Diwan aus grüner Seide in winzigen Maßen. Der Seher kniete davor nieder und hob eine kleine Stoffpuppe auf.

»Die gehört unserem kleinen Sonnenschein«, erklärte eine Frau.

»Und wer bist du?«, fragte Topra, den die Größe des Harems ein wenig irritierte.

»Mein Name ist Mesilla. Ich bin Jeminas Mutter.«

Topra nickte ihr freundlich zu, hob die Puppe an sein Gesicht, als könne er dadurch die Witterung aufnehmen, und schloss die Augen. Was ist passiert?, fragte er sich. Er spürte ein warmes Wogen, das aus den Tiefen seines Unterbewusstseins aufstieg. Hinter seinen Lidern entstand plötzlich ein Bild: ein Mädchen, das auf dem Diwan schlief.

»Sie hat einen Albtraum«, murmelte er, als geschehe es in diesem Moment. Das aufgeregte Tuscheln um ihn herum nahm er nur am Rande wahr.

»Er fällt in Trance«, flüsterte eine von Asfahans Frauen.

»Nein, er hat eine Vision«, widersprach eine andere.

Für Topra war es nur ein neuerliches »Durchstechen« des Faltentuches aus Zeit und Raum, ein Blick in die Vergangenheit. »Jemina erhebt sich von ihrem Lager«, berichtete er, was er sah. »Sie lässt ihre Puppe fallen und geht hinaus. Ich glaube, sie ist gar nicht richtig aufgewacht.« Er öffnete die Augen und deutete zu einer Öffnung in der Stoffwand. »Da entlang!«

Topra setzte sich in Bewegung und der Harem folgte ihm. Er durchquerte den Zeltpalast, als sei er selbst das schlafwandelnde Kind. Fürst Asfahan – sein Kopf war wieder von blauem Tuch verhüllt – blieb an seiner Seite, die Mutter folgte dichtauf, dann kamen die übrigen Frauen und zuletzt die Kinderschar. Als Topra ins Freie trat, erwartete ihn dort eine große Menge besorgter Angehöriger und Freunde, eigentlich das ganze Lager.

Der Seher ging zielstrebig nach Südwesten. Er folgte einer lang gezogenen Mulde, die vor Urzeiten ein Flussbett gewesen sein mochte. Bald blieben die Zelte zurück. Immer weiter ging er und einige Männer haderten schon mit sich, weil sie ohne ihre Pferde aufgebrochen waren, als er unvermittelt stehen blieb.

»Hier ist es passiert.«

Asfahans Augen wurden groß. Mutig stellte er die Frage, die allen Umstehenden im Kopf schwebte. »Du meinst, ihr ist ein Unglück geschehen?«

»Eine Löwin ...« Seine Stimme ging in zahlreichen Klagerufen unter. Er musste ins Ohr des sichtlich erschütterten Fürsten schreien, um das Gesehene vollends zu beschreiben. »Eine Löwin hat sie ganz vorsichtig gepackt. Jeminas Körper ist wie gelähmt. Sie lässt sich ohne Gegenwehr davontragen.«

»Willst du damit andeuten, sie könnte noch leben?«, fragte Asfahan hoffnungsfroh.

»Die Löwin hat sie nicht verletzt. Mehr kann ich nicht sagen. Sie ist dort entlanggelaufen.« Topra deutete die Senke hinab.

»Kannst du abschätzen, wie weit?«

»Etwa eine Meile.«

»Dann nehmen wir die Pferde.«

Asfahan gab Befehle aus. Seine Männer liefen zum Lager zurück. Kurze Zeit später galoppierte ein Tross aus etwa einem Dutzend Reitern nach Süden. Topra hatte Mühe, nicht von seinem Schimmel zu fallen. Noch schwerer war es allerdings, die wild entschlossenen Teguar zurückzuhalten, als sie die Löwin fast erreicht hatten. Nur weil Asfahan sich regelmäßig nach seinem Seher umschaute, fiel ihm dessen aufgeregtes Winken auf.

»Sie lebt!«, verkündete Topra, nachdem der Fürst seinen Rappen vor ihm zum Stillstand gebracht hatte. Und auf einen Hügel deutend, fügte er hinzu: »Hinter dieser Kuppe da steht eine Tamariske. Die Löwin liegt im Schatten des Baumes ...«

»Was ist mit Jemina?«

»Sie spielt mit der Katze.«

Asfahans Augen strahlten. »Ich habe zwar schon von Löwinnen gehört, die ihren Wurf verloren und sich anderweitig Ersatz besorgt haben, aber das …« Er schüttelte den Kopf.

»Ich schlage vor, Ihr lenkt die Löwin mit euren Männern ab. Sie wird versuchen, ihr adoptiertes Kind zu beschützen. Wenn sie sich weit genug von dem Baum entfernt hat, schnappe ich mir Jemina und gebe meinem Schimmel die Sporen.«

»Wirst du das schaffen?«

»Der Löwin ihr Kind zu entreißen?«

»Nein, auf einem galoppierenden Pferd sitzen zu bleiben und gleichzeitig meine Tochter festzuhalten. Ich habe gesehen, wie du … reitest.«

»Macht Euch keine Sorgen, Fürst. Meine Instinkte haben mich schon aus manch bedrohlicher Lage gerettet.«

»Also gut. So machen wir's.«

Wieder gab Asfahan Befehle. Die Männer schwärmten aus.

Topra pirschte sich – gegen den Wind, damit die Löwin ihn nicht witterte – an die Tamariske heran. Sein Pferd hatte er in sicherer Entfernung zurückgelassen. Endlich konnte er die Löwin mit eigenen Augen sehen. Sie lagerte hechelnd unter dem Baum. Jemina turnte, vor Vergnügen quietschend, auf ihr herum. Plötzlich blickte die Löwin auf. Sie hatte einen von Asfahans Männern bemerkt. Topra hielt den Atem an.

Die Löwin erhob sich, nahm Jeminas Ärmchen in ihr Maul und zog das Mädchen in einen Busch, der unweit des Baumes stand. Dann trottete das Tier mutig der Gefahr entgegen. Die Teguar waren erfahrene Jäger. Sie machten ihre Sache gut. Während die Großkatze drohend grollte, schlich sich Topra zu dem Busch. Dort kauerte das Mädchen brav, als hätte seine richtige Mutter es zum Ausharren in dem Versteck ermahnt. Jemina war ein zierliches, hübsches Kind mit einem schwarzen Lockenkopf und riesigen dunklen Augen – kein Wunder, dass alle in sie vernarrt waren.

»Keine Angst!«, flüsterte Topra und streckte die Hände aus. »Komm, deine Mutter und dein Vater schicken mich.«

Das Mädchen lächelte und ließ sich auf den Arm nehmen.

Topra spähte noch einmal zur Löwin hinüber und erschrak. Sie hatte ihr mächtiges Haupt gewendet und sah in diesem Moment die Bedrohung für ihr »Junges«. Fauchend begann sie loszuspurten.

Auch Topra rannte, so schnell er konnte, den Hügel hinauf. Er hörte die knallenden Schüsse der langen Teguarflinten. Als er sich umdrehte, war die Löwin immer noch da. Sie kam mit Riesensätzen näher. Endlich erreichte er die Kuppe. Sein Schimmel stand etwa dreißig Schritte unter ihm. Er drückte das Kind an seine Brust und lief noch schneller. Hier, außerhalb der Schusslinie seiner Verbündeten, war er ganz auf sich allein gestellt. Wieder wandte er sich um. Die Löwin stürmte gerade über die Kuppe. Topra blieb stehen. Es war unmöglich, das Pferd noch rechtzeitig zu erreichen, es zu besteigen und mit dem Kind zu fliehen. Wenn er Jemina auf dem Arm hielt, würde die Löwin ihm vielleicht nichts tun.

Das stellte sich als Irrtum heraus. Die große Katze verlangsamte zwar ihr Tempo, aber nur, um sich dem Gegner zu stellen. Sie fauchte und schlug mit den Pranken, zunächst nur in die Luft. Jemina begann zu weinen und auch Topra hatte Todesangst. Wenn er sich wenigstens wehren könnte! Als Gefangener besaß er nicht einmal ein Messer. Er sah sich um. Hier gab es nur ein paar Steine und viel Sand. In den Gassen von Lamu hatte er daraus ein Schwert erschaffen, aber hier …?

»Geh, ehe ich mich vergesse!«, drohte er der Löwin. Sein verzweifelter Ausruf war von einer wischenden Geste begleitet, die ungeahnte Folgen hatte. Der staubige Grund geriet unversehens ins Rutschen. Wie eine Lawine raste er auf das Tier zu und trug dabei Steine und sogar große Felsen mit. Das Merkwürdige war nur, dass diese Bewegung *hangaufwärts* erfolgte.

Die Löwin wurde von einem schweren Brocken an der Schulter getroffen und stieß einen schrillen Schmerzenslaut aus. Die Lawine rollte immer noch. In gewisser Hinsicht stand die

Großkatze für Topra *unter* ihm – er hatte im Geist die schiefe Ebene einfach zum Kippen gebracht. Weitere Steine trafen den Körper des Tieres. Die Löwin fauchte und schrie, schlug mit den Pranken um sich und versuchte dem unsichtbaren Gegner auszuweichen. Schließlich gab sie auf und machte sich im wahrsten Sinne des Wortes aus dem Staub.

Schwer atmend ließ Topra das Mädchen auf den Boden herab. Sein Pferd war davongelaufen. Er versuchte zu begreifen, was da eben geschehen war. Hatte tatsächlich *er* diesen Erdrutsch ausgelöst, der allen Naturgesetzen hohnzusprechen schien? Von der Hügelkuppe kamen ihm mehrere Reiter entgegen, allen voran der Nomadenfürst.

»Es geht ihr gut!«, rief Topra, noch ehe Asfahan bei ihm war.

Der Teguar sprang von seinem Ross, hob seine Tochter vom Boden auf und drückte sie an sich. Seine Augen glänzten vor Glück, wenngleich er sich keine Tränen zugestand. Endlich wandte er sich Topra zu.

»Du hast das Leben meines Kindes gerettet, jetzt gehört das meine dir.«

»Mir wäre lieber, du würdest mir meines zurückgeben.«

»Ich stehe tief in deiner Schuld. Was immer du wünschst, werde ich dir erfüllen – vorausgesetzt, es steht in meiner Macht.«

»Gib deinen Gefangenen die Freiheit zurück. Sie sind deine Leidensgenossen, was die Knechtschaft unter Baqats Knute anbelangt, und sie könnten deine Verbündeten sein.«

»Ich schwöre beim Leben meiner Tochter, dass ich deinen Wunsch erfüllen werde, Seher Takuba.«

»Takuba?«

»Das ist Teguar und bedeutet ›Schwert‹. Unter diesem Ehrennamen werden dich noch unsere Kindeskinder besingen, denn dein Geist hat sich als schärfer erwiesen als jede unserer zweischneidigen Klingen.«

Der so Ausgezeichnete erwiderte fest Asfahans Blick. Dort konnte er die Aufrichtigkeit des stolzen Fürsten sehen – er würde seinen Schwur halten. Topras eben noch streng fordernde Miene wurde unversehens weich. Liebevoll streichelte er Jeminas Rücken und sagte zu ihr: »Ich bin froh, dass es uns beiden gut geht. Du auch?«

Das Mädchen nickte mit großen Augen und breitete mit einem Mal ihre Ärmchen nach ihrem Retter aus. »Nur zu!«, ermunterte ihn der Vater.

Topra nahm ihm Jemina ab. Die Kleine küsste ihn auf die Wange und sagte: »Danke, Takuba.«

Asfahan beugte sich zum Retter seiner Tochter vor und flüsterte verschwörerisch: »Und wenn wir heute gemeinsam zu Abend essen, verrätst du mir, wie du das mit dem Geröllsturm angestellt hast.«

Die Dankbarkeit des Nomadenfürsten war überströmend. Gleich nach der Rückkehr ins Lager hatte er die Gefangenen freigelassen, obwohl er unter seinen Leuten dafür nicht nur Zustimmung erntete. Immerhin war der Sklavenhandel für die Teguar mehr als nur einträglich, er bildete ihre Lebensgrundlage. Bei dem Festmahl, das Asfahan am Abend zum Anlass der Rettung seiner Tochter gab, erkundigte er sich bei Topra nach seinen weiteren Plänen. Der Gefragte ging kurz in sich und antwortete dann genauso offen, wie er es gut drei Wochen zuvor auf der Pirateninsel getan hatte. Selbst aus seinem Gefühl der Unsicherheit, die eigenen rätselhaften Gaben betreffend, machte er keinen Hehl.

Der Fürst dachte eine Weile über Topras Worte nach und sagte dann: »Isfets Verliese sind tief und er hat schon so manchen spurlos darin verschwinden lassen. Es wird nicht leicht sein, das Schicksal der Blume vom Nil zu klären. Bei uns Teguar gibt es ein Sprichwort: Wenn die Hyänen ein Opfer reißen, lassen sie eine Herde entkommen.«

Topra würgte einen Bissen Kamelfleisch hinunter. »Und was bedeutet das?«

»Deine Mutter – vorausgesetzt, du bist Gisas Sohn – muss Vertraute gehabt haben. Der Amjib ist zwar der gründlichste Geheimdienst, den ich kenne, aber selbst Isfets Hyänen können nicht jeden erwischen. Kennst du Namen, irgendjemanden, der etwas über die geheimen Machenschaften im Millionenjahrhaus wissen könnte?«

Topra zögerte.

»Du fragst dich, ob du einem Mann vertrauen kannst, der mit Baqat Geschäfte macht, nicht wahr? Ich würde dem Pharao lieber heute als morgen den Rücken kehren, das kannst du mir glauben, Takuba.«

»Warum hast du es dann noch nicht getan?«

»Um mein Volk vor dem Verhungern zu retten. Und weil eine entflohene Kobra immer damit rechnen muss, wieder eingefangen zu werden und schlimmstenfalls im Kochtopf des Beschwörers zu landen. Solange sie aber in seinem Korb sitzt, kann sie auf eine günstige Gelegenheit zum Zuschlagen hoffen. Ich verdanke dir das Leben meines kleinen Juwels. Eher würde ich sterben, als dich zu verraten.«

Topra atmete tief. »Es gibt da einen Mann, einen Nubier. Hobnaj …« Er hielt inne, weil sich Asfahans Augen plötzlich verengt hatten. »Mir scheint, Ihr hört seinen Namen nicht zum ersten Mal.«

»Wer kennt den Fürsten von Meroe nicht? Das Schicksal ist hart zu ihm gewesen, weitaus unbarmherziger als zu uns Teguar.«

»Was Ihr Barmherzigkeit nennt, könnte seine freie Wahl gewesen sein. Manch einer wählt lieber das Los des frei denkenden Sklaven als das eines geknebelten und geknechteten Verbündeten.«

Asfahans Gesicht wirkte mit einem Mal wie in der Sonne verdorrt. »Vor vierundzwanzig Stunden hätte ich dir für diese Äußerung hundert Stockhiebe geben lassen«, sagte er bitter und fügte versöhnlicher hinzu: »Aber jetzt bin ich geneigt, dir Recht zu geben. Willst du diese Sache wirklich zu Ende führen, selbst wenn du damit das Große Haus herausforderst?«

»Das ist längst geschehen und ich wurde nicht danach gefragt.«

Der Fürst nickte. »Dann soll es so sein. Mir scheint, das Schicksal hat auch uns zusammengebracht, Seher Takuba, denn ich kann dich zu einem Ort führen, an dem schon viele Rätsel gelöst wurden, auf die sonst niemand eine Antwort kannte. Wenn es jemanden gibt, der das Geheimnis deiner Gaben zu lüften vermag, dann dort. Und auch für deine Suche nach Hobnaj von Meroe könnte dir das Orakel von Nutzen sein.«

»Ein Orakel? Nichts für ungut, Fürst, aber von derlei Dingen halte ich nicht viel.«

Asfahan lächelte wissend. »Manches ist nur der Widerschein von Wirklichkeiten, die man nicht sieht. Du musst lernen, hinter die Maske zu schauen, junger Freund.«

»Wie finde ich diesen Ort?«

»Das zu versuchen dürfte für jemanden, der die unsichtbaren Pfade der Wüste nicht kennt, aussichtslos sein. Siwa ist ein Ort, den man immer wieder vergisst.«

»Das verstehe ich nicht.«

»Über Jahrtausende hinweg haben ihn Könige und Feldherren aufgesucht, um einen Blick in ihre Zukunft zu erhaschen, manchen, so heißt es, wurde er gewährt. Aber dazwischen gab es mehr als einmal Zeiten, in denen niemand wusste, wo sich das Wüstenorakel befindet.«

»Selbst die Teguar nicht?«

»Wenn ich niemand sage, dann meine ich niemand.«

»Und heute? Kennt Ihr den Weg zu diesem Ort?«

Asfahan nickte. »Er liegt tief in der Wüste, weit im Norden, im Herzland von Baqat. Du würdest ihn nicht finden, aber ich werde dich zu ihm führen.«

Topra schüttelte den Kopf. »Das kann ich nicht von Euch verlangen, Fürst …«

Der Teguar hob gebieterisch die Hand. »Kein Wort mehr, junger Freund! Es ist beschlossene Sache. Schon morgen brechen wir auf zum Wüstenorakel Siwa.«

Der einzige nennenswerte Unterschied zwischen Topra und einem Teguar war Golo. Das grauweiße Kamel, dessen Fell fast ebenso viele kahle wie behaarte Stellen aufwies, war den Kochtöpfen der Nomaden entkommen, vermutlich weil schon sein Anblick ihnen die Zähne hatte ausfallen lassen. Der Hengst war tatsächlich zäh, aber im besten Sinne des Wortes. Abgesehen von seinem schon irgendwie magisch anmutenden Durst stand er den Pferden an Ausdauer und Zähigkeit in nichts nach. Topra war gekleidet wie ein Teguar, ernährte sich wie ein Teguar, trug einen Teguarnamen, sprach sogar schon fast wie ein Teguar, aber sein »Wüstenschiff« gab er nicht auf. Das Hin- und Herschwanken auf Golos Rücken, für die Nomaden ein Graus, machte ihm, dem Seemann, nichts aus.

Dreizehn Teguar – einer davon nicht echt – waren zur Durchquerung von fast drei Vierteln des Schwarzen Kontinents nach Norden aufgebrochen. Einen Gefährten hatten sie bei Verwandten zurücklassen müssen, weil ihn das Fieber schüttelte, ihn dann verließ und nach kurzer Besserung erneut niederwarf. Den Rest seiner wackeren Schar hatte Fürst Asfahan trotz allerlei Abenteuern sicher über die etwa dreitausendachthundert Meilen weite, oft unwegsame Strecke geführt. Als Stammesoberhaupt gehörte es zu seinen täglichen Pflichten, die Verantwortung für viele Menschenleben zu tragen, aber den Jungen, dem er den Namen »Schwert« gegeben hatte, hütete, unterwies und umsorgte er bald wie einen leiblichen Sohn.

Während sie durch fruchtbare Gegenden, Sumpfgebiete, dichte Wälder und Wüsten zogen, ging Topra nicht nur in der Kultur seiner neuen Gefährten auf, er reifte auch im Hinblick auf seine besonderen Gaben. Die Begegnung mit der Löwin hatte in ihm den ohnehin schon wachen Forscherdrang noch zusätzlich belebt. Wie war es möglich, Steine und Geröll einen Hügel *hinauf*rutschen zu lassen?, fragte er sich. Über viele Wochen kam er dem Geheimnis näher, ohne es jedoch völlig zu ergründen. Er besaß für die Masse und den Schwerpunkt jeglicher Körper ein gewisses Gespür, das keine Berührung derselben erforderte, so viel hatte er schon früh herausgefunden, als er mit Hirsebrei zu experimentieren begann. Er konnte den zähen Schleim an der Wand einer Holzschale hinauffließen lassen, ja sogar das Gefäß auf den Kopf stellen, ohne den Inhalt zu verschütten.

Einmal rastete die Gruppe in einem verlassenen Wüstenfort, das teilweise zerfallen war. Topra schlich eine Weile in der Ruine herum, bis er in einem leeren Zimmer mit kahlen Lehmwänden – möglicherweise die ehemalige Wachstube – einen ganz besonderen Versuch wagte. Er setzte den Fuß gegen eine senkrechte Wand und ließ den ganzen Raum in seiner Vorstellung wie einen Würfel um neunzig Grad kippen. Es dauerte eine Weile, bis er ein Gefühl dafür bekam, wie er aus dem bloßen Gedanken eine echte Handlung machen konnte, aber allmählich spürte er, wie die Schwerkraft sich verlagerte, fast so, als krieche sie vom Fußboden zur Mauer empor.

Plötzlich stand er an der Wand.

Jetzt wurde er übermütig. Die Decke war nicht sehr hoch. Warum nicht dort oben spazieren gehen? Schon ließ er die Kräfte, die auf seinen Körper einwirkten, weiterwandern. Wenig später hing er kopfunter in dem niedrigen Zimmer. Abgesehen von der neuen, etwas ungewohnten Perspektive hatte er jedoch keineswegs das Gefühl, etwas sei verkehrt. Sein Blut schoss ihm nicht in den Kopf, die Haare strebten nicht zum Boden, er konnte sogar springen und landete wieder normal an der Decke. Erst als er eine Münze aus der Gürteltasche nahm, sie sich auf die Handfläche legte und ihr die Kraft seiner Konzentration entzog, riss die Anxanziehung das Geldstück an sich und es fiel herab.

»Darf ich erfahren, was du da tust, Seher Takuba?«, fragte unvermittelt eine Stimme aus der Nähe.

Vor Schreck entglitt die Schwerkraft Topras angespanntem Geist und er folgte mit einem Aufschrei der Münze. Zum Glück war er geschickt genug, um den Sturz abzufangen. Ächzend kämpfte er sich wieder auf die Beine, klopfte sich den Staub aus den Kleidern und beklagte sich beim Störenfried.

»Mir ist fast das Herz stehen geblieben, Asfahan!«

Der Fürst grinste. (Topra hatte inzwischen gelernt, die Mimik der Teguar allein an der unverhüllten Augenregion abzulesen.) »Entschuldige, war nicht meine Absicht. Trotzdem würde mich interessieren, wie du das machst.«

»Frag mich was Leichteres! Ich versuch's ja selbst gerade herauszufinden. Es scheint, als könnte ich die auf irgendeinen Körper einwirkende Anziehungskraft von Anx ergreifen und in jede beliebige Richtung bewegen.«

»Dann bist du nicht nur ein Seher, sondern auch ein Lenker.«

Topra zog die Stirn kraus. Nach einer Weile zuckte er die Achseln. »Was soll's. Ich kann auch nicht genau erklären, wie meine Muskeln funktionieren und trotzdem bin ich dankbar sie zu haben.«

Die beiden lachten und verließen gemeinsam den Raum. Draußen blieb Asfahan unvermittelt stehen. »Warte bitte!« Er legte die Hand auf das unter Tüchern verborgene Kinn und betrachtete ein halb zerfallenes Gemäuer.

»Woran denkst du?«, fragte Topra.

»Ich würde gerne wissen, ob diese Kraft, über die du verfügst, nur die Anziehung umleiten oder sie auch *verstärken* kann.«

»Wie meinst du das?«

»Als ich einmal in Memphis war, um eine Charge Sklaven für das Millionenjahrhaus auszuliefern, traf ich einen Sternkundler. Von ihm weiß ich, dass es Himmelskörper gibt, auf denen die Schwerkraft um ein Vielfaches stärker ist als hier auf Anx.«

»Das stimmt. Auf dem Amon – das ist der größte Planet unseres Sonnensystems – würden wir förmlich zerquetscht werden.«

Asfahan nickte. »Na also, dann probier es mal aus.«

»Was?«

Der Fürst zeigte auf das Gebäude. »Siehst du das Haus da drüben, das keine Fenster hat?«

»Könnte eine Waffen- oder Proviantkammer gewesen sein.«

»Bring das Ding zum Einsturz.«

Skeptisch betrachtete Topra den Bau. »Ich schätze, es genügt, mit dem Finger dagegen zu tippen.«

»Täusch dich nicht. Lehmhäuser sind ziemlich stabil, besonders in den Mauerwinkeln. Benutze alle Macht, die du mobilisieren kannst, aber pass auf, dass du niemanden verletzt.«

Topra seufzte. Wie sollte er das anstellen? Bis jetzt hatte er sich einfach nur eine Verdrehung der senkrechten sowie der beiden waagerechten Raumachsen vorstellen müssen, um die Schwerkraft zu beeinflussen. Nach einigem Grübeln glaubte er einen Weg gefunden zu haben. Er stellte sich einfach vor, eine Wand des besagten Gebäudes klebe an einem Gummituch. Diese elastische Unterlage zog er nun in Gedanken von dem Haus weg, während er das Gemäuer wie einen Lehmklumpen in einer Zwille festhielt. Als seine imaginäre Hausschleuder weit genug gespannt war, ließ er das Geschoss los. Die Wirkung war verblüffend. Das Gebäude wurde förmlich vom Fleck gerissen und zerbarst dabei in Myriaden von Einzelteilen, die alle in dieselbe Richtung rasten. Einen Bogenschuss weiter prasselten sie in den Wüstensand.

»Das ist ...!« Asfahan schüttelte fassungslos den Kopf.

Topra meinte dagegen allmählich zu begreifen. Leise sagte er: »Wenn ich mich nicht irre, nennt man so etwas ›Krümmung des Raumes‹.«

Nach etwa neun Monaten tauchte die Oase Siwa am nördlichen Horizont auf. Topra glaubte zunächst an eine dieser Erscheinungen, die sich nach der Rettung Jeminas rar gemacht hatten, in letzter Zeit aber wieder häufiger auftraten. Das Ziel der anstrengenden Reise sah aus der Entfernung nur wie ein brauner Hügel aus, der von einem Palmenhain umgeben war. Erst beim Näherkommen löste sich die Erhebung in einzelne Häuser auf, viele davon nur noch Ruinen. Das Zentrum von Siwa überragte die Gegend gleich in doppelter Hinsicht: Weil es zum einen tatsächlich auf einer Anhöhe lag und zum anderen hier die größten Gebäude standen, mehrstöckig ragten sie in den wolkenlosen Himmel empor. Ein Gefühl der Wehmut beschlich Topra, da er die Stunde des Abschieds von seinen Freunden nahen sah.

Als die Reiter auf ihren elf Pferden und dem scheckigen Kamel in der Oase eintrafen, sorgten sie zunächst für helle Aufregung. Asfahan hatte die Eskorte für seinen Freund bewusst klein gehalten, um sich nicht dem Verdacht kriegerischer Absichten auszusetzen, aber nun kam es doch dazu. Das Gesetz der Gastfreundschaft verbot es zwar, die Teguar kurzerhand wieder in die Wüste zu schicken, aber bis zum endgültigen Nachweis ihrer Friedfertigkeit mussten sie am Rande der Oase kampieren.

Unter einem sternenklaren Himmel fiel Topra in den Schlaf.

Er hatte einen beunruhigenden Traum: Ein Mann in langem weißen Ornat – anscheinend ein Priester – vollzog in einer fensterlosen, kubischen Kammer ein seltsames Ritual. Vor ihm lag auf einer Steinplatte ein gefesselter junger Mann, fast noch ein Knabe. Der Priester schickte sich an, den Gebundenen mit einem blauen Kristalldolch zu opfern. In einem archaischen, kaum verständlichen Singsang beschwor er die Heilige Triade. »Was hier unten ist, ist gleich dem, was oben ist«, hörte Topra heraus. Und: »Gebt Euren Segen, damit die Kräfte von Himmel und Erde vereint werden. Nehmt das Blut dieses Opfers und verwandelt es in reine Macht …« Urplötzlich wurde das unheimliche Treiben gestört. Ein gewaltiger Blitz ließ das Gewölbe erstrahlen und verzehrte alle Konturen. Die Welt schien mitten entzweigerissen zu werden. Dann kehrte Ruhe ein. Das Gleißen erlosch. Der junge Mann war allein. Er erhob sich von dem Opfertisch – seine Fesseln waren von ihm abgefallen –, und verließ den schaurigen Ort. Die Gefahr schien abgewendet. Im letzten Moment.

Topra erwachte.

Die Sterne zogen auf ihrer Bahn über ihn hinweg. *Was hier unten ist, ist gleich dem, was oben ist.* Die Worte des Priesters hallten in seinem Bewusstsein wider. Auch hatte der kahlköpfige Mann die Kräfte von Himmel und *Erde* erwähnt. Was bedeutete »Erde«? Hatte er von einem längst vergessenen Gott gesprochen? Topra fühlte sich in höchstem Maße beunruhigt. Es war einer jener Träume gewesen, die man nicht gleich wieder vergaß. »Es ist wirklich passiert«, murmelte er mit einem Mal. Er glaubte sich dessen ganz sicher und schüttelte fassungslos den Kopf. »Und es wird wieder geschehen.«

»Ich war heute in aller Frühe bei den Ältesten und konnte sie von unseren friedlichen Absichten überzeugen. Nun, eigentlich bin nicht ich das gewesen, sondern der Mann, den ich dir mitgebracht habe.« Fürst Asfahan lächelte auf eine wissende Weise.

Topra frühstückte gerade mit seinen Gefährten unter einem zeltähnlichen Sonnendach. Er konnte nicht genau erkennen, wer da draußen, halb verdeckt von einem Palmenstamm, wartete. »Du machst es aber spannend, Asfahan. Kann uns dein Fürsprecher etwas über Hobnaj sagen?«

Der Fürst grinste. »Das dürfte ihm nicht schwer fallen. Er ist es selbst.«

Topra ließ vor Schreck seine Reisschale fallen. Mit einem seltsam zähen Gefühl in den Gliedern erhob er sich und schleppte sich ins Freie. Asfahan blieb dicht hinter ihm, weil er ernsthaft fürchtete, der junge Seher Takuba könne zusammenbrechen.

Sprachlos blieb Topra vor dem Fremden stehen. Der war ziemlich groß, nein, ein schwarzer Riese! Nie hatte der weit gereiste Sohn von Jobax einen solchen Hünen gesehen. Der gewaltige Körper des Nubiers steckte in einer ärmellosen Weste und hellblauen Pumphosen. An den Füßen trug er Sandalen, auf dem Kopf eine schwarze Kappe, um die sich ein weißes Turbantuch schlang. Er hatte das Gesicht eines Weisen, nicht in dem Sinne, dass es besonders runzlig gewesen wäre – nur auf der Stirn und in den Augenwinkeln konnte Topra eine kleinere Anzahl Falten entdeckten. Aber Hobnajs Augen zeugten von Erfahrungen, die nur wenige Menschen in einem Lebensalter sammeln konnten. Unterstrichen wurde dieses Bild von dem kurz geschnittenen Vollbart und dem ebenfalls sauber gestutzten, krausen Haupthaar, das von zahlreichen grauen Strähnen durchzogen war. Obwohl der Nubier die Lebensmitte schon vor Jahren überschritten haben musste, war er alles andere als ein Greis. Weder die straffe Haut über seinen gewaltigen Muskeln noch die Haltung ließen auf jemanden schließen, der sich zur Ruhe gesetzt hatte.

»Bist du krank?«, eröffnete der Hüne das Gespräch.

Topra erwachte aus seiner Benommenheit und straffte die Schultern. »N- … Nein. Ich kann nur noch nicht fassen, Euch zu sehen, Fürst …«

»Sag Hobnaj zu mir. Wenn du der bist, für den Fürst Asfahan dich ausgibt, dann war ich der Sklave deiner Mutter, und die tragen keine Titel.«

»Und wenn du derselbe bist, der mich an Bord von Kapitän Jobax' Dhau, der *Tanhir,* versteckt und mir damit das Leben gerettet hat, dann verdienst du alle Ehre, die ich dir geben kann.« Topra hatte seinen Mut zurückgewonnen.

Die Augen des Nubiers erstrahlten. »Topra! Du bist es wirklich! Darf ich … Nur damit kein Missverständnis …«

»Das Muttermal sehen?«, erriet Topra. Er machte Anstalten, sich aus dem weiten Teguargewand zu pellen, aber Hobnaj hielt ihn zurück.

»Nicht hier! Lasst uns ein Stück in die Wüste gehen.«

Asfahan war in die Geheimnisse seines jungen Freundes eingeweiht, weshalb Topra das Verhalten des Nubiers ein wenig merkwürdig fand. Als man die drei von der Oase aus nicht mehr sehen konnte, wickelte sich Topra aus dem blauschwarzen Teguartuch und zeigte dem Nubier das Feuermal.

Es war rührend mit anzusehen, wie dem Riesen die Knie weich wurden. Seine Lippen bebten und als seine Augen zu glänzen begannen, schloss er Topra in seine gewaltigen Arme. »Ich wusste, dass du mich eines Tages finden würdest«, schluchzte er. »Du warst schon als Neugeborenes ein Kind, wie es kein zweites gibt.«

»Sprichst du auf das blaue Glühen an?«, drang Topras Stimme aus der schraubstockartigen Umklammerung hervor. Hobnaj gab ihn erschrocken frei.

»Dann ist es wieder geschehen?«

»Seit ich mich erinnern kann, zwei Mal, zuletzt vor ungefähr zehn Monaten.«

»Er ist ein Seher und kann Steine den Berg hinaufrollen lassen«, fügte Asfahan hinzu.

»Du bist hergekommen, weil du deine Mutter suchst?«, fragte der Nubier.

Topra nickte. »Außerdem muss ich die Natur meines Wesens ergründen. Warum bin ich so anders als gewöhnliche Männer in meinem Alter, Hobnaj?«

»Eins nach dem anderen, Junge. Was deine Mutter anbelangt, habe ich eine gute und eine schlechte Nachricht für dich.«

Topra hielt den Atem an.

»Die gute ist«, fuhr der Nubier fort, »dass sie lebt. Jedenfalls tat sie das, als ich zuletzt von ihr Nachricht erhielt ...«

»Ihr seid miteinander in Kontakt?«, entfuhr es Topra.

»Ja, aber dieser Briefverkehr ist sehr gefährlich. Gisa sitzt im Millionenjahrhaus in einem Kerker, und das seit nun schon über achtzehn Jahren. Mit ihrer Gesundheit ...« Hobnajs Stimme brach. Er schüttelte verzweifelt den Kopf und hatte sichtlich Mühe, seine Tränen zurückzuhalten.

Topra legte ihm die Hand auf den Arm und sagte bewegt: »Du bist ihr all die Jahre treu geblieben, obwohl sie deine Herrin war.«

»Ich habe mich nie als ihr Sklave gefühlt und in der Nacht deiner Geburt schenkte sie mir die Freiheit. Sie selbst aber …« Wieder versagte dem Nubier die Stimme. Er blinzelte, um seinen tränenverhangenen Blick zu klären, und schüttelte, darüber verärgert, den Kopf.

Mit einem Mal wurde Topra klar, was wirklich in dem Mann vorging, und auch ihm wurde das Herz schwer. Leise sagte er: »Du bist in sie verliebt, nicht wahr?«

Hobnaj nickte mit hängendem Haupt. »Es war von Anfang an eine unerfüllbare Liebe. Ich hätte ihr Vater sein können!«

»Oder der meine«, flüsterte Topra. »Ich wäre stolz darauf.«

Hobnaj wischte sich mit dem Handrücken die Tränen aus den Augen und blickte den jungen Mann nun offen an. »Du magst mich verspotten, aber in der Nacht, als ich dich vor den Häschern Isfets rettete, warst du mein Sohn. Ich hätte mein Leben für dich gegeben.«

»Der ›Vater meines Herzens‹ – manchmal nenne ich den Kapitän der *Tanhir* so, weil es meine Gefühle für ihn ausdrückt und weil er besser für mich gesorgt hat als mein richtiger Erzeuger –, jedenfalls hat Jobax gesehen, wie du von einer Kugel getroffen ins Hafenbecken von Memphis gefallen bist. Er fürchtete tatsächlich, du könntest den unbedachten Schuss seines Matrosen nicht überlebt haben.«

»Es war nicht so schlimm, wie es ausgesehen haben mag. Ich bin zu einem anderen Schiff getaucht und habe mich heimlich ans Ufer geschlichen. In der Altstadt von Memphis gibt es ein paar Menschen, die ohne zu zögern einem vom Pharao Gejagten helfen. Nachdem meine Wunden verbunden waren und ich einige Angelegenheiten geregelt hatte, bin ich aus der Hauptstadt geflohen. Im Ausland verschaffte ich mir eine neue Identität und kehrte dann nach Baqat zurück. Die meiste Zeit verstecke ich mich hier in Siwa.«

»Warum ausgerechnet im Wüstenorakel?«

»Weil hier die Menschen seit Anbeginn der Zeit nach Antworten suchen, nicht zuletzt auch nach solchen, denen du nachjagst. Ich habe alle meine Hoffnungen darauf gesetzt, dich irgendwann hier zu treffen.«

Topra schüttelte den Kopf. »Das Ganze klingt wie ein Märchen.«

Hobnaj zeigte sein lückenloses weißes Gebiss. »Ha! Es ist alles andere als das. Ich würde sagen, es hat eher etwas mit Wahrscheinlichkeitsrechnung zu tun. Lass dich von dem altertümlichen Äußeren dieser Siedlung nicht täuschen, mein Junge. Ich unterhalte hier ein sehr fortschrittliches Kommunikationsnetz. Mit jedem Willkürmord, den die Folterknechte des Pharaos begehen, macht er sich eine ganze Sippe zu Feinden. Im Geheimen wächst so eine Opposition heran, die nur auf eine Gelegenheit wartet, der Supermacht den Dolch in den Rücken zu stoßen.«

»Und in dieser Opposition spielst du eine Rolle?«

»Sie hat viele Unterstützer. Fürst Asfahan hier ist einer von ihnen. Ich bin froh und fühle mich geehrt, ihn endlich persönlich kennen zu lernen.«

»Ich empfinde das Gleiche für Euch«, versicherte der Teguar mit einer leichten Verbeugung.

»Ich kenne sogar Piraten, die euch gerne helfen würden«, erinnerte sich Topra.

Der Nubier hob interessiert die Augenbrauen. »Du musst mir bei Gelegenheit sagen, wo ich sie finden kann.«

Der junge Seher nickte geistesabwesend.

»Woran denkst du?«, fragte ihn Asfahan.

»An meine Mutter. Ich muss zu ihr. Vielleicht kann ich sie befreien.«

»Schlag dir das aus dem Kopf«, sagte Hobnaj. »Glaubst du, ich hätte es nicht längst getan, wenn es irgendeine Möglichkeit gäbe?«

»Dann will ich sie wenigstens sehen«, beharrte Topra. »Du musst mir helfen, Hobnaj. Bitte! Wenn deine Freunde wirklich so zahlreich sind, dann muss es doch irgendjemanden geben, der mir Zugang zum Palast verschaffen kann.«

»Selbst wenn es ginge – und ich habe nicht gesagt, dass ich es möglich machen kann – ist das, was du da verlangst, lebensgefährlich.«

»War das dein Posten als Gisas Leibwächter nicht ebenso?«

»Darum geht es nicht, Topra. Sofern du es willst, werde ich über dein Leben wachen wie ehemals über das deiner Mutter. Ich fürchte weder Tod noch Folter, wenn ich damit einer guten Sache dienen kann. Leider bin ich in etwa so unauffällig wie ein Elefant im Porzellanladen. Schon bei dem Versuch, in das Millionenjahrhaus einzudringen, wäre ich ein toter Mann. Und das ist nun wirklich sinnlos.« Der Nubier schüttelte verärgert sein schwarzes Haupt und fügte leise hinzu: »Aber dir könnte es vielleicht gelingen.«

Zwei Teguar waren bei den Tieren geblieben. Die übrigen, Topra inbegriffen, folgten dem Nubier auf den Hügel, ins Zentrum der Oase. Dort bewohnte Hobnaj ein großzügiges Anwesen, das wie die meisten Häuser in Siwa ganz aus Lehm bestand. Es sei schon viele hundert Jahre alt, erzählte er, und für einen Einzelnen viel zu groß. Deshalb habe er die ebenerdigen Räume im Ostflügel »einer Freundin« überlassen.

Topra wunderte sich zunächst von der Mitbewohnerin zu erfahren. Er hatte spüren können, wie tief verwurzelt die Liebe des Nubiers zu Gisa war. Solange sie lebte, würde sich daran wohl nichts ändern. Als Hobnaj seine zehn Gäste in das Haus führte und ihnen Fatima vorstellte, sahen alle zunächst eine mittelgroße, schlanke Frau Anfang fünfzig, die eine auffallend friedliche Ausstrahlung hatte. Ihr mildes Wesen sei ansteckend, erklärte der Nubier: Niemand könnte in ihrer Gegenwart streiten. Sie lächelte dankbar und beide versicherten einander, wie sehr sie sich schätzten. Ob es da noch tiefer gehende Gefühle gab, konnte Topra nicht erkennen. Dafür fiel ihm etwas anderes auf, als sie ihre Hände nach dem Freund ausstreckte, um dessen Pranken liebevoll zu drücken.

Fatima war blind.

Als Hobnaj die Blicke seiner Gäste bemerkte, sagte er mit wissendem Lächeln: »Ja, ihr Augenlicht hat sie vor ungefähr zwei Jahrzehnten verlassen, aber sie sieht mehr als jeder andere von uns.«

Dafür lieferte sie auch gleich einen Beweis. Als Topra zur Begrüßung Fatimas Hände an seine Stirn legte, reagierte sie anders als bei den übrigen Männern: Sie betastete sein Gesicht. Dann begann sie zu lächeln.

»Wie lautet dein Name, hübscher Junge?«

Der Gefragte zögerte. Konnte er der Fremden trauen? Ausweichend antwortete er: »Takuba.«

»So nennen die Teguar ihre geraden, zweischneidigen Schwerter, nicht wahr?«

Zu Topras Verwunderung erklärte Asfahan freimütig: »Topras Wille ist wie das Blatt eines *takuba:* Er hat damit Vorhänge durchtrennt, die unser aller Blicke verschleierten, und sogar einen Löwen bezwungen.«

Fatima nickte, als hätte sie genau so eine Antwort erwartet. Sich wieder an Topra wendend, sagte sie: »Ich würde mich freuen, wenn du mir in den nächsten Tagen etwas Gesellschaft leistest, Topra.«

»Gerne, Herrin«, antwortete der junge Seher und verbeugte sich noch einmal, obwohl Hobnajs Mitbewohnerin es nicht sehen konnte.

Die ehrfürchtige Stimmung verflog ebenso schnell, wie sie entstanden war, als Fatima wie ein junges Mädchen lachte. »Jetzt muss ich mich aber wirklich um euer leibliches Wohl kümmern. Bitte entschuldigt mich. Ich will Getränke und etwas Obst für euch herrichten.« Damit wandte sie sich um und lief – erstaunlich sicher – hinaus.

Hobnaj führte die von dieser Begegnung sichtlich beeindruckten Männer in einen Raum, dessen Fensterläden zwar nur wenig Tageslicht hereinließen, der dafür aber einigermaßen erträgliche Temperaturen hatte. Der Landessitte entsprechend nahm man auf dem Boden Platz, wo Teppiche und zahlreiche Kissen für Bequemlichkeit sorgten.

»Dies ist ein Haus des freien Gedankenaustauschs«, eröffnete der Nubier die Beratung. »Ich muss zugeben, die meisten, denen ich hier Gastfreundschaft gewähre, sind auf das derzeitige Herrscherhaus Baqats nicht besonders gut zu sprechen, und manches, das in diesem Zimmer ausgeheckt wurde, erfüllt nach geltender Rechtslage den Tatbestand des Hochverrats. So muss man wohl auch einstufen, was wir jetzt vorhaben. Wenn es sich also irgendjemand noch anders überlegen will, dann sollte er jetzt reden.« Er ließ seinen Blick in die Runde schweifen. Zu Topras Verwunderung erhob Asfahan das Wort, jedoch nicht, um einen Rückzieher zu machen.

»Wir Teguar werden unseren Seher nach Memphis begleiten.«

Bei den Wüstenvölkern gehörte es zum guten Ton, stundenlang zu debattieren. Sämtliche Aspekte einer Angelegenheit mussten erwähnt werden – und zwar von *jedem* der Anwesenden. Es dauerte daher eine Weile, bis außer Frage stand, dass Asfahan und seine Männer an ihrer Loyalität gegenüber Topra festhalten würden, egal was sie in der Residenzstadt des Pharaos erwartete. Ein Teguar werde in Gefahr geboren, er lebe mit ihr und die meisten starben auch durch sie, erklärte der stolze Fürst.

Nachdem das geklärt war, veranschlagte Hobnaj zur Vorbereitung des waghalsigen Unternehmens vier Tage. In seinem Kopf hatte sich bereits ein Plan entwickelt. »Wir machen aus der Not eine Tugend«, schlug er vor, was darauf hinauslief, dass Topra und fünf der Teguar zu Sklaven erklärt wurden. Unter diesem Vorwand sollte Asfahan ihn in die Hauptstadt hineinschmuggeln. Um die Tarnung glaubhaft erscheinen zu lassen, mussten die Teguar über Land ostwärts bis zur Nilmetropole ziehen. Hobnaj wollte sich indessen auf kürzestem Weg an die Küste begeben, von wo aus er ihnen mit einem Schiff vorauseilen und ihre Ankunft vorbereiten würde. Obwohl Topra sich noch eine Zeit lang dagegen sträubte, weil er sich zu Recht um seinen neuen Leibwächter und die anderen Gefährten sorgte, stimmte er der Operation schließlich zu.

Am späten Nachmittag verabschiedeten sich die Teguar. Jetzt, nachdem ihnen niemand mehr den Zutritt zur Oase verwehrte, hatten sie beschlossen weiter bei ihren Pferden zu lagern, ein für das stolze Nomadenvolk typisches Verhalten. Nur Takuba, ihr Seher – den Beinamen war er seit dem Tag von Jeminas Rettung nicht mehr losgeworden –, gab dem Drängen Hobnajs nach und blieb. Fatima zeigte ihm sein Zimmer. Sie hatte es schon für ihn bereitgemacht. Obwohl der weiß getünchte Raum mit Teppichen und bunten Stoffen freundlich hergerichtet sowie mit Möbeln aus rotem Holz und einem gemütlichen Diwan ausgestattet war, fand Topra darin in den kommenden zwei Nächten wenig Schlaf. Unruhig warf er sich auf seinem Bett hin und her. Wenn man ein Dreivierteljahr in Zelten oder unter freiem Himmel gelebt hatte, dann musste man wohl feste Mauern als Bedrohung empfinden, redete er sich ein. Tagsüber streifte er mit Hobnaj durch die Oase, um die Teguar zu besuchen oder Besorgungen für die bevorstehende Reise zu machen, aber auch dabei entspannte er sich nicht.

Als sich am Abend vor der Abreise die Sonne dem Horizont näherte, klopfte es an Topras Tür. Er zuckte zusammen, so schreckhaft war er inzwischen geworden.

»Ja?«

Die Antwort drang dumpf von draußen herein. »Ich bin es, Fatima.«

Er öffnete ihr. Sie lächelte ihn an. Fast kam es ihm so vor, als könne sie ihn sehen. Hobnajs Mitbewohnerin war eine schöne Frau. Sie hatte eine schmale Nase, breite Wangenknochen und ein spitzes Kinn. In ihren langen schwarzen Haaren glitzerten einige Silberfäden. Die Vorhut des Alters ging gnädig mit ihr um.

»Ist es schon Zeit zum Abendessen?«, fragte Topra.

Die Frage amüsierte sie. »Ihr jungen Burschen seid immer nur hungrig. Zu essen gibt es erst später. Wir hatten noch gar keine Gelegenheit, richtig miteinander zu plaudern. Hobnaj und ich sind uns darin einig, dass du das Orakel sehen solltest. Wenn er es schafft, kommt er später nach.«

»Aber …« Topra betrachtete irritiert die blinde Frau. »Ich kenne nicht den Weg dorthin.« In Gedanken fügte er hinzu: *Und kann dich nicht führen.*

»Nach drei Tagen denkst du immer noch, weil ich nicht sehen kann, müsse ich hilflos umhertappen?« Fatima lachte. »Keine Sorge, Topra. *Ich* führe *dich.*« Sie streckte ihm ihre Hand entgegen.

Es war ein seltsames Gefühl, als Sehender von einer Blinden geleitet zu werden. Fatima bewegte sich mit einer fließenden Anmut, die keinerlei Unsicherheit erkennen ließ. Sie lief mit Topra aus dem Haus und von dort durch die engen Gassen von Siwa. Ihr Weg führte zunächst nach unten und halb um den zentralen Hügel herum. An dessen westlichem Rand gab es einen steilen Abhang, der fast senkrecht abfiel. Die Wand war schwarz.

Fatima musste wohl Topras Erstaunen gefühlt haben – seine Hand lag ja noch immer in der ihren –, denn sie lächelte einmal mehr, streifte sich eine dunkle Strähne aus dem Gesicht und erklärte: »Die Anhöhe, auf der Siwa wiedererbaut wurde, besteht aus Blut.«

»Wie bitte?«

»Keines, das ein Mensch oder ein Tier vergossen hätte, Topra. Es ist das Blut von Anx.«

»Du meinst erstarrte Lava.«

»Lass mich dir erst das Orakel zeigen, damit du mich besser verstehst.«

In der dunklen Wand befanden sich sieben Öffnungen: eine Tür und darüber sechs viereckige Fenster, jedes nicht größer als eine Elle im Quadrat. Vor dem Eingang standen zwei braunhäutige Wächter. Sie trugen eine Art Wickelrock aus einem weißen, in Fältchen gelegten Gewebe sowie ein weites Kopftuch, ihre Oberkörper waren unbedeckt. In der Hand hielten sie Speere. Als sie Fatima näher kommen sahen, verneigten sie sich und öffneten ihr das kupferbeschlagene Tor zum Wüstenorakel Siwa.

An Fatimas Hand stolperte Topra in einen dämmerigen Tunnel.

»Das Orakel ist schon seit einigen Generationen nicht mehr in Gebrauch, aber die Menschen hier betrachten es nach wie vor als einen heiligen Ort. Daher hält man auch das Amt der Wächterin bis heute in Ehren.«

»Der Wächterin des Orakels …?« Mit einem Mal war alles klar. »Das seid Ihr, Fatima!«

»O Junge! Jetzt fange nicht an, förmlich zu werden. Wenn es jemanden gäbe, dem der Respekt gebührt, dann bist du das.«

»Ich? Aber …«

»Still! Sag jetzt nichts. Wir müssen uns beeilen. Die Sonne wird bald untergehen.«

Topra konnte da zwar keinen Zusammenhang erkennen, aber er fügte sich gehorsam der Wächterin des Orakels. Am Ende des Tunnels traten sie in einen Raum, der ihm den Atem verschlug.

Die Kammer glich dem Innenraum eines großen Würfels. Ihre schwarzen, spiegelglatt polierten Wände reflektierten das Licht eines sechsarmigen Leuchters. Dadurch wurden auch die bildhaften Schriftzeichen erkennbar, die an der gesamten Innenfläche des Kubus eingraviert waren. Im Zentrum der Kammer stand ein Sockel aus Basalt, etwa zwei Schritt lang, einen breit und einen hoch. Seine Kanten waren wie die des Raumes völlig gerade, seine Flächen makellos glatt. Obenauf befanden sich besagter Leuchter und ein Schiffsmodell. Es ähnelte den alten baqatischen Totenbarken, die bei den Pharaonengräbern im Erdreich verborgen lagen. Sie sollten dem Hingeschiedenen bei der Durchquerung des nächtlichen Firmaments als Fahrzeug dienen, damit er sicher ans Tageslicht des ewigen Lebens gelangte. Die Barke im Orakel war etwa anderthalb Armspannen lang, für solche Zwecke also viel zu klein. Sie hatte auf jeder Seite zehn lange Ruder und in der Mitte ein Häuschen. Bug und Steven waren elegant aufwärts geschwungen, was ihr nicht zufällig die Anmutung einer Mondsichel verlieh.

Wieder schien Fatima genau zu wissen, worauf Topras Augen gerichtet waren, denn sie erklärte: »Das Orakel von Siwa wurde nicht gesprochen, sondern von der Barke angezeigt. Vier Priester trugen das Boot, zwei vorn und zwei hinten. Sie führten damit bestimmte Bewegungen aus, die für ein Ja oder Nein standen – die Fragen mussten natürlich entsprechend darauf abgestimmt sein. Wenn die vorderen Träger etwa auf das Zeichen der Orakelwächterin in die Knie gingen, wurde damit ein Nicken der Barke angedeutet – es stand für ein Ja.«

Topra konnte sich das Ritual der Befragung lebhaft vorstellen. Einen Moment lang verschwamm die Umgebung vor seinen Augen, die Wände bleichten aus und die Hieroglyphen daran wichen bunten Symbolen. Priester in langen weißen Gewändern mit kahl geschorenem Haupt hielten das Schiff auf ihren Händen. Aber ... Er schüttelte den Kopf, um das Trugbild wieder loszuwerden.

»Es hat auch männliche Wächter gegeben, Fatima.«

Ihr Gesicht, eben noch der Barke zugewandt, ruckte herum. »Was sagst du da?«

»Früher einmal war dieser Raum hell und mit Wandbemalungen ausgeschmückt – vielleicht handelte es sich auch um eine ähnliche Kammer an selber Stelle. Jedenfalls wurden die Zeichen für die Bewegungen der Barke von einem Mann gegeben.«

Fatimas Antlitz begann zu erstrahlen und das lag nicht allein an dem Ausdruck des Erkennens, der sich darin widerspiegelte. Zugleich erglühte es nämlich im Licht der untergehenden Sonne. Topras Augen folgten dem gleißenden Strahlenbündel bis zur Westwand des hohlen Würfels. Dort entdeckte er die Ausgänge jener sechs quadratischen Lichtschächte, die draußen an der Felswand ihren Ursprung nahmen; der fünfte von rechts leuchtete feuerrot. Wie hatten die Erbauer des Orakels diese Röhren vor Jahrhunderten bis hierhin schnurgerade durch das Lavagestein treiben können? Topra schüttelte fasziniert den Kopf.

»Es ist so weit, Hüter des Gleichgewichts«, verkündete Fatima, trat aus dem Lichtkegel, wandte sich um und deutete zur gegenüberliegenden Wand. »Sieh genau hin. Was zeigt dir die entschwindende Sonne, bevor die Nacht heraufzieht?«

Topra trat näher an die Wand heran. Mit den Hieroglyphen dort konnte er nichts anfangen, das Wissen um ihre Bedeutung war in der Vergessenheit versunken. Aber der Lichtspeer der Abendsonne zielte genau auf ein einzelnes Symbol, das ihm sehr vertraut war.

»Das Pyramidenband!«, hauchte er.

Fatima nickte zufrieden. »Du kennst also das Zeichen der Unsichtbaren Pyramide.«

»Ich habe …«

»Du trägst es als Muttermal auf der Schulter, ich weiß, Topra. Hobnaj hat mir davon erzählt.«

»Dieser Name, den du da eben benutzt hast – ›Unsichtbare Pyramide‹ –, ich kenne ihn! Mein Vater hatte mir von einem Bund Auserwählter und ihrer Getreuen erzählt, die in drei Welten lebten, von denen Anx nur eine sei.«

»Die Hüter des Gleichgewichts«, stimmte Fatima ihm zu.

»Moment mal! Hast du nicht eben *mich* als Hüter bezeichnet?«

»Weil du es bist, Topra, und nicht Pharao Isfet, der sogar gemordet hat und es immer wieder tun würde, um diesen Titel für sich zu beanspruchen. Nimm dich in Acht vor ihm! Aber jetzt lass mich bitte dein Muttermal betasten.«

Er zögerte.

Fatima lächelte mild. »Nur keine falsche Scham, mein Junge. Ich verspreche dir, nicht zu erröten, und solltest *du* es tun, werde ich es nicht bemerken.«

Topra öffnete sein Teguargewand, das er wie selbstverständlich immer noch trug, und ließ Fatima sein Feuermal betasten.

»Ja!«, sagte sie erst leise und dann noch einmal triumphierend laut. »Ja! Ich kann es sogar fühlen, dass du der rechtmäßige Hüter des Gleichgewichts bist.« Unvermittelt sah sich Topra von der Wächterin des Orakels umarmt. »Ich kann mein Glück kaum fassen! Du bist der Auserwählte.«

»Das hat Eitan auch immer gesagt.«

Sie gab ihn wieder frei. »Eitan?«

»Ein Pirat.«

»Nun, ich glaube, das gehört jetzt nicht hierher. Du hast das Licht gesehen und das Symbol des unendlichen Bandes, das die Drei-Welten-Pyramide umschließt. Die Sonne scheint an sechs bestimmten Tagen im Jahr durch jeweils eine der Lichtöffnungen in diesem Raum. Aber nur wenn zum gleichen Zeitpunkt eine der großen Wellen die drei Welten des Drillingsuniversums zusammenrückt, kann man das Symbol der Unsichtbaren Pyramide sehen.«

Topra stutzte. Er ging noch einmal zu der Wand, die jetzt wieder im Zwielicht des Leuchters lag, aber sosehr er sich auch anstrengte, er konnte das Zeichen nicht mehr wiederfinden. Verzweifelt blickte er zu dem verblassenden Schachtausgang empor. Er wollte das Pyramidenband noch einmal sehen. Der Wunsch war in ihm so stark, dass er unbewusst nach der Sonne griff.

Später, im Gespräch mit seinen Gefährten, fand er eine schlüssigere Erklärung für das, was nun geschah. Wie in dem Wüstenfort, als er ein Haus durch die Landschaft katapultiert hatte, krümmte er auch hier den Raum. Das Licht der Abendsonne folgte dieser unsichtbaren Kurve als wäre es Wasser, das durch eine gebogene Röhre fließt, und erschien abermals in der Öffnung unter der Decke.

Topra fühlte einen Schauder, als das Symbol der Unsichtbaren Pyramide von neuem vor seinen Augen auftauchte.

»Warum bist du so still?«, fragte die Orakelhüterin plötzlich.

Er zuckte zusammen und schlagartig verdunkelte sich der Raum. Die Sonnenstrahlen waren in ihre ursprüngliche Bahn zurückgeschnellt. »Es ist verschwunden!«, keuchte er. Einen Moment tanzten nur helle und dunkle Flecken vor seinen Augen.

»Nicht wirklich«, widersprach Fatima. »Wenn du nur gründlich genug hinschaust, wirst du irgendwo einen Teil des Symbols finden.«

Nachdem er sich wieder an das vom sechsarmigen Leuchter erschaffene Zwielicht gewöhnt hatte, entdeckte er tatsächlich den äußeren Umriss des Bandes. Er schüttelte ungläubig den Kopf. »Und wohin ist der Rest gegangen?«

»Gegangen?« Fatima musste erneut lachen. »Die beiden übrigen Teile des Symbols sind da, wo sie von Anbeginn waren. Der eine befindet sich auf der zweiten und ein anderer auf der dritten Welt. Nur wenn alle zusammenspielen, ergibt sich die vollkommene Harmonie.«

»Was Jobax mir so oft erzählt hat – das war gar kein Märchen!«, murmelte Topra und biss sich auf die Unterlippe. Dann hatte er eben also nicht allein Lichtstrahlen verbogen, sondern das ganze Drillingsuniversum? Der Gedanke war einigermaßen beunruhigend für ihn.

Fatima ahnte nichts von seinen Besorgnissen und antwortete: »Nennen wir es einfach eine wahre Geschichte.«

»Welche Rolle ist mir in diesem … harmonischen Ganzen zugedacht?«

Fatima bemerkte die sorgenvolle Unruhe in Topras Stimme. »Komm her, mein Junge! Ich möchte dich spüren, wenn ich dir deine Bestimmung offenbare«, sagte sie sanft.

Er trat von der Wand zurück, ging zu ihr und erfasste ihre beiden Hände. Ihre Stimme war voller Wärme, als sie ihm nun die wahre Geschichte der Drei-Welten-Pyramide erzählte, die sie auch »Drillingsuniversum« nannte.

»Alles begann vor etwa viertausendsechshundert Jahren. Der

Überlieferung nach hatte unsere Welt damals noch einen anderen Namen. In Baqat – oder wie immer das Land zu dieser Zeit hieß – lebte ein weiser Mann, der leider seinem Ehrgeiz erlag. Er nannte sich Imhotep und wird immer noch als Gott verehrt. Ihm schreibt man den Entwurf der Kammer des Wissens zu, über die nicht nur Isfets heilige Männer wachen, sondern spätestens seit deiner Geburt auch die Armee des Pharaos. Die Hieroglyphen hier an den Wänden sind aus dem Gedächtnis von Priestern entstanden, die einst in der Totenstadt am Rande von Memphis dienten. Insofern ist dieser schwarze Raum also ein Schattenbild der Kammer des Wissens. Meine Fingerkuppen kennen alle seine Bilder, aber nicht ihre Bedeutung.«

Topra spürte ein Frösteln. Der unheimliche Traum vor drei Nächten geisterte ihm durch den Sinn. »Was genau hat dieser Imhotep getan?«

»Etwas Furchtbares. Etwas, das nie wieder geschehen darf. Etwas, das auf der Waage der Schrecklichkeit von keinem noch so großen Opfer aufgewogen werden kann. Es darf nie wieder geschehen!«

»Ich verstehe nicht …« Topra schüttelte den Kopf.

»Was so abscheulich sein kann? Imhotep muss ein Ritual geplant haben. Genaueres kann niemand sagen, weil weder er noch seine Helfer je wieder gesehen wurden. Einige der Männer, die später diese Schattenkammer erschaffen haben, erwähnten etwas von einer grauenvollen Freveltat, einem blutigen Opfer. Fast wäre unsere Welt darüber völlig zerstört worden. Doch aus irgendeinem Grund zerbrach sie in drei Teile.«

»Dabei hätte aber doch der ganze Planet zerstört werden müssen.«

»Nun, die Aufspaltung der alten Welt geschah anders, als wenn man einen Apfel zerteilt. Zwar quoll aus ihrem Herzen flüssiges Magma wie Blut hervor und das alte Siwa ist von ihrem Angesicht verschwunden, aber das bedeutete nicht ihr Ende. Nur ihr Wesen änderte sich. Stell dir vor – um bei dem Apfel zu bleiben –, du würdest seine Schale mit einem Messer spiralförmig ablösen, dann hättest du ein langes Band. Wenn du nun das Ende dieses gewundenen Streifens um eine halbe Drehung wendest und es anschließend mit dem Anfang zusammenfügst – was hast du dann?«

»Eine verdrehte Apfelschalenspirale?«

»Vergiss den Apfel und die Spirale. Du könntest genauso auch einen Sattelgurt oder irgendeinen Riemen nehmen und halb verschränkt zusammenfügen. Was dann?«

Topra kam sich wegen seines Mangels an spiritueller Phantasie wie ein Dummkopf vor. Er zuckte die Achseln. »Entschuldige, aber ich fürchte, du musst es mir erklären.«

Fatima stöhnte. »Schon gut. Du solltest es bei Gelegenheit ausprobieren, denn dein Muttermal ist nichts weiter als die idealisierte Form dieses Bandes. In simplen Worten ausgedrückt: Es hat nur *eine* Seite. Könntest du dich wie eine Ameise darauf entlangbewegen, dann würdest du glauben bald vorne zu krabbeln und bald hinten, aber es gibt trotzdem immer nur die eine Seite. Ähnlich musst du dir die Drei-Welten-Pyramide vorstellen, die in dem Band abgebildet wird: So weit ihre Ecken auch voneinander entfernt scheinen, bilden sie doch immer ein Ganzes mit einem gemeinsamen Schwerpunkt.«

»Und der liegt hier, in der Oase Siwa?«

Fatima schüttelte den Kopf. »Nein, Topra, er befindet sich in *dir.*«

Hobnajs zweistöckiges Lehmhaus war wie eine Festung um einen Innenhof herumgebaut, den üppig wuchernde Pflanzen und ein quadratisches Wasserbecken wie ein verkleinertes Modell des Garten Eden erscheinen ließen. Während der Nubier und der Teguarfürst immer noch mit letzten Vorbereitungen für die Abreise am nächsten Tag beschäftigt waren, nutzte Topra die angenehmen Temperaturen nach Sonnenuntergang und entspannte seine strapazierten Nerven, so gut es ging, in dem Privatparadies seines Gastgebers.

Der Seher saß auf der steinernen Umfriedung des Beckens. Seine Hand baumelte im Wasser. In Gedanken beschäftigte er sich mit Fatimas beunruhigenden Offenbarungen aus der Schattenkammer des Orakels. Schon das *Drillingsuniversum* – sie hatte dieses Wort gleichbedeutend neben dem Begriff »Drei-Welten-Pyramide« benutzt – war ein schwer zu verdauender Brocken. Was aus dem Mund seines Ziehvaters noch spannend geklungen hatte, war für ihn jetzt nur noch beklemmend. Dieser Stimmungswandel hing vor allem mit dem zusammen, was sie ihm über die Hüter des Gleichgewichts erzählt hatte. Ungeheuerlich! Er, ein Angelpunkt der drei Universen – das überstieg sein Begriffsvermögen. Allzu gerne hätte er Fatimas Erklärungen ins Reich der Legenden abgeschoben, doch der beunruhigende Traum vor drei Nächten hielt ihn davon ab. Er hatte im Schlaf nicht nur Dinge gesehen, die sich genau mit den Beschreibungen der Orakelwächterin deckten, sondern sogar noch mehr! *Was hier unten ist, ist gleich dem, was oben ist.* Der Priester mit dem Opfermesser hatte Himmel und Erde erwähnt. War »Erde« ein anderes Wort für Anx? Oder …? Topra hielt den Atem an. Die blinde Wächterin des Orakels hatte, eher beiläufig, von einem »anderen Namen« gesprochen, den Anx in der Vorzeit besaß. Hieß »Erde« womöglich der Stamm, aus dem die drei Zweige des Drillingsuniversums hervorgegangen waren?

Topra beugte sich über das Wasser und murmelte zu seinem eigenen Spiegelbild. »Kannst du mir verraten, was Erde ist?«

Er hatte nicht wirklich mit einer Reaktion gerechnet, aber sie kam dennoch. Das Wasser begann plötzlich blau zu leuchten. Topras Augen weiteten sich vor Erstaunen, während mit dem reflektierten Antlitz irgendetwas geschah. Zunächst fühlte er die Veränderung mehr, als dass er sie erkennen konnte, aber dann wurde sein Ebenbild mit einem Mal plastisch und schwebte ruhig in dem vom Abendwind leicht bewegten Wasser. War das die Antwort, die er so sehr herbeigesehnt hatte?

Weil er noch immer davon überzeugt war, in dem Becken nur sein eigenes Gesicht zu sehen, reagierte er auf gewohnte Weise und sagte zu sich selbst: »Dieser Traum muss einen Grund haben, Topra.«

Plötzlich blinzelte das Spiegelbild, obwohl er es nicht getan hatte. Wie es ihn da mit offenem Mund angaffte, sah es ziemlich überrascht aus, wohingegen Topra es noch immer für eine jener seltsamen Erscheinungen hielt, an die er sich fast schon gewöhnt hatte. »Vielleicht hängt es mit der Unsichtbaren Pyramide zusammen«, murmelte er.

Das Gesicht schnappte nach Luft, schien etwas sagen zu wollen, doch ehe ihm dies gelang, wurde es von dem blauen Licht im Wasser überstrahlt und verschwand. Allmählich wich das Leuchten *aus* dem Wasser, aber es wurde immer noch *von* ihm reflektiert. Nun erst wurde sich Topra seines eigenen Glanzes bewusst. Während er über seine leuchtenden Hände staunte, bemerkte er nicht einmal Hobnaj und Asfahan, die, von dem Licht angezogen, hinter ihm den Hof betraten.

FÜNFTE WELLE

13
Das Wolkenheimkloster
Erde

Oder war es ein Wurmloch? Das wissenschaftliche Magazin rutschte von Franciscos Schoß, er lehnte sich im Sessel zurück und schloss die Augen. Irgendetwas in der Klimaanlage des Hotelzimmers schnarrte. Rasch versank er in Gedanken, die zu dicht waren, um die Störungen länger ins Bewusstsein durchdringen zu lassen. Seit zwei Monaten versuchte er nun schon die Erlebnisse von Glastonbury in sein Weltbild zu pressen, aber es wollte ihm einfach nicht gelingen. Um seinem Verstand das eigentlich Unverständliche begreiflich zu machen, studierte er sogar wie eben die von Vicente gesammelten naturwissenschaftlichen und archäologischen Aufsätze. In der Zeitschrift, die er gerade gelesen hatte, war eine Theorie erläutert worden, der zufolge es Abkürzungen in der fast flachen Raumzeit geben könnte, die weit entfernte Regionen des Universums miteinander verbanden. Ein Raumschiff könnte bequem zwischen ihnen hin- und herpendeln, wenn es eine dieser schmalen Röhren benutzte, die man auch Einstein-Rosen-Brücken nannte. Oder eben Wurmlöcher.

»Ob es auch welche gibt, die in andere Welten hinüberführen?«, murmelte Francisco. Niemand hörte ihn, denn er war allein im Zimmer. Sein Bruder hatte das *Washington Hotel* gleich nach dem Einchecken wieder verlassen, weil er sich in Naha noch einmal mit Professor Masaaki treffen wollte. Sie waren erst am Mittag hierher, in die größte Stadt der japanischen Insel Okinawa, zurückgekehrt, um sich von den Strapazen der vergangenen Tage auszuruhen und ihr weiteres Vorgehen zu planen.

Franciscos Blick wanderte wieder zu dem Magazin. Verfügten die Menschen im Altertum über ein verloren gegangenes Wissen, das ihnen half, solche Nahtstellen im Multiversum zu finden? Vicente führte zur Stützung seiner Theorie gerne die über den ganzen Globus verstreuten Pyramiden an.

»Sobald ein Teilchen mit seinem Antiteilchen zusammentrifft, zerstrahlt es in einem Lichtblitz«, wiederholte Francisco leise einen der Kernsätze des eben gelesenen Artikels. Müsste dann nicht unweigerlich, wenn die Welten des Multiversums sich ganz nahe kämen, ein helles Strahlen entstehen? Um die Welt stabil zu machen, hatte der Physiker Paul Dirac gesagt, müsse es zu jedem Teilchen dieser Welt ein Spiegelteilchen geben, mit gleicher, aber negativer Masse. Angenommen, dieser Topra mit der unübersehbaren Narbe im Gesicht war so etwas wie ein »Spiegelbruder«, woher kam dann der energische andere, der sich Trevir genannt hatte? Francisco stieß die Zeitschrift mit dem Fuß zur Seite und schüttelte unwillig den Kopf.

»So kommen wir nicht weiter.«

Vicente träumte immer noch davon, eines dieser Wurmlöcher, oder was immer die Welten miteinander verband, auf Dauer zu öffnen und so ein neues Zeitalter für die Menschheit einzuläuten. Francisco hingegen erschien dieses Vorhaben so absurd wie zu Beginn ihrer monatelangen Reise.

»Das stimmt nicht ganz«, widersprach der Advocatus Diaboli seines Bewusstseins, der sich immer dann einbrachte, wenn er sich auf dem vermeintlich festen Boden des von der Kirche abgesegneten Weltbilds sicher wähnte. Es musste einen plausiblen Grund für jene seltsamen Empfindungen geben, die er nahe der Insel Skellig Michael und auch beim Anblick der halb verdorrten Linde in Glastonbury gespürt hatte. Ein Déjà-vu-Erlebnis, das auf Seelenwanderung beruhte, schied für Francisco nach wie vor als Erklärung aus. Aber was war es dann? Litt er womöglich unter Schizophrenie oder einer anderen psychischen Störung?

Er hatte – nach Vicentes Theorie von den schwingenden

Welten – am 6. April 1994 den höchsten Punkt seiner vierten Lebenswelle durchschritten. An diesem Tag seien die Kräfte des Multiversums in ihm besonders stark gewesen. Deshalb habe er im Wasser der Blutquelle auch die Gesichter seiner beiden Drillingsbrüder erblickt. Während Vicente von einem »viel versprechenden Fortschritt« gesprochen hatte, wuchs in Francisco die Angst vor jenem unbekannten Teil seines Ichs, der da allmählich zum Vorschein kam.

Schon am Morgen nach dem Erlebnis bei der Blutquelle hatte sich der Fortgang dieser Entwicklung abgezeichnet. Francisco war wie geplant mit seinem Bruder zum *Tor* hinaufgestiegen. Unterwegs wurde ihm schwindlig. Es kam ihm so vor, als spaziere er am Rand eines gähnenden Abgrundes entlang, obwohl da nur die sanften Stufen des grasbewachsenen Hügels waren. Ja, du kannst die Nahtstelle des Multiversums spüren, sagte ihm sein Gefühl, aber Franciscos Verstand sträubte sich dagegen. Unbewusst versuchte er, den Hang in seiner Vorstellung horizontal auszurichten. Plötzlich kamen ihm von unten kleine Steine und lose Grasstücke entgegen: *bergauf!*

Vicente, ganz von dem Turm am Gipfel des *Tor* gebannt, hatte von alldem nichts bemerkt, denn das Rutschen und Kullern dauerte nur wenige Sekunden. Wie von einem unsichtbaren Bannkreis gebremst, hörte es dicht unter der Hügelkuppe von alleine wieder auf. Francisco marschierte schweigend weiter, so als wäre nichts geschehen. Verstört suchte er nach einer Erklärung. Vicente wagte er sich nicht anzuvertrauen, weder an diesem Morgen noch später. Sein Zaudern hing mit Trevirs Warnung zusammen: *Nimm dich vor den Feinden in Acht, die das Gleichgewicht stören wollen!* Nicht dass er Vicente böse Absichten unterstellte, nur dessen Euphorie erschien ihm ziemlich kontraproduktiv. Francisco verstand genug von der wissenschaftlichen Methodik, um sich der Gefahren übersteigerter Erwartungen bewusst zu sein. Wenn man die Fakten nur lange genug ignorierte oder nach eigenen Vorstellungen umdeutete, würde man immer finden, wonach man suchte. Irgendwie war jeder in seiner Haut gefangen und betrachtete die Welt nur durch zwei winzige Löcher – als Klosterschüler konnte er ein Liedchen davon singen. Die eigene Unvoreingenommenheit zu bewahren, gehört für einen Menschen wohl zu den größten Herausforderungen. In diesem Bewusstsein wollte Francisco das Erlebte von jeder möglichen Seite betrachten, bevor er sich darüber ein Urteil bildete.

Dem redseligen Taxifahrer auf der Fahrt zum Glastonbury Hill verdankte er eine dieser neuen Perspektiven. Da war der Name Avalon gefallen. Vicente hatte den keltischen Herrn der Unterwelt mit keinem Wort erwähnt, vermutlich weil er seinen Bruder nicht beunruhigen wollte. Dieses Versäumnis bestärkte Francisco nur in seinem Schweigen. Nein, er würde niemals die Pforte zu einer anderen Dimension aufstoßen, ohne zu wissen, was ihn dort erwartete oder welches empfindliche Gleichgewicht er dadurch störte. Aus dieser Sorge heraus hatte er sich in Glastonbury blind und taub gestellt.

Vicentes Optimismus war jedoch unverwüstlich. Nach dem »viel versprechenden Fortschritt« unter dem Thron des Feenkönigs Gwyn ap Nudd hatte er seinen Bruder mit einer Reise auf die andere Seite des Globus überrascht. Im Denkschema des Archäologen ergab sich die Begründung wie von selbst: Sogar England und Irland könnten sich, was die Vielzahl heiliger Stätten betraf, nicht mit Japan messen. Immerhin gestand er die Schwierigkeit ein, bei der Größe des Angebots die Spreu vom Weizen zu trennen. Im Land des Lächelns herrschte zurzeit ein wahres Pyramidenfieber. Jeder wollte welche kennen. So mancher Berg wurde von Pseudohistorikern kurzerhand für künstlich erklärt und in die Kategorie »Pyramide« einsortiert. Francisco begegnete derlei Entdeckungen nicht zuletzt deshalb mit großer Skepsis, weil in der Umgebung solcher Orte – angeblich – auch häufiger UFOs gesichtet wurden.

Ein anderer Grund für Vicentes besonderes Interesse an

Nippons Kulturerbe waren die hier in verklärter Form lebendig gebliebenen Legenden vom verlorenen Kontinent Mu, den manche leichtfertig mit dem versunkenen Lemuria gleichsetzten. Glaubte man dem Briten James Churchyard, der Anfang des zwanzigsten Jahrhunderts Texttafeln aus einem indischen Kloster ins Englische übersetzt haben wollte, dann waren die Bewohner von Mu groß, schön und stark. Schon vor fünfzigtausend Jahren verfügten sie über Fluggeräte wie auch abgasfreie Energiegewinnung und wohnten in Häusern mit durchsichtigen Dächern, durch die immer die Sonne schien. Außerdem stritten sie sich nie, sondern lebten in Frieden miteinander. Ja, die Leute von Mu waren der Ursprung der menschlichen Rasse. Hier, behauptete Vicente, sei der Zustand jener vereinten Welt beschrieben, die er mithilfe seines Bruders wiederherstellen wolle.

Francisco hatte sich an seinen in England gefassten Vorsatz gehalten und ein wenig weiter nachgeforscht. Einige Quellen behaupteten, die gängigen Vorstellungen von Mu gingen auf die Theosophen zurück, vornehmlich auf eine gewisse Helena Petrowna Blavatsky, die sich im späten neunzehnten Jahrhundert diese idealisierte Welt nur ausgedacht habe. Nun waren die Theosophen im Allgemeinen und Mme. Blavatsky im Besonderen für ihre Affinität zur Geisterwelt bekannt, was einmal mehr Franciscos Argwohn weckte. Entsprechend skeptisch betrachtete er daher auch die Schilderungen von Takamagahara.

Unter diesem Namen hatte sich in die japanischen Mythen die Idee von einer Wohngemeinschaft für Götter eingebrannt, die am ehesten mit dem griechischen Olymp zu vergleichen war. Vicente hielt den sagenhaften Berg für nichts anderes als eine Pyramide, die zu einer fremden Welt hinüberführte. Dabei stützte er sich auf die Ansichten einiger Historiker, die in der südlich von Nara gelegenen Halbinsel Kii das wahre Takamagahara sahen. Interessanterweise trug dort ein Fluss den Namen Amano-gawa: »Milchweg«. Der Überlieferung nach war Kii in alter Zeit mit dem Kosmos verbunden. Handelte es sich bei dem

»Milchweg« um denselben galaktischen Sternenpfad, der im Englischen *milky way* hieß, also um die Milchstraße?

Nein, er könne kein Klingeln vernehmen, hatte Francisco seinem Bruder beim Besuch der Halbinsel Kii versichert. Auch die anderen Stationen ihrer Reise durch Nippons Inselwelt lieferten unbefriedigende Ergebnisse. Zuletzt waren sie weit in den Süden nach Okinawa geflogen. Rund um die Ryukyuinseln lagen zwischen zwanzig und dreißig Meter unter der Meeresoberfläche acht Felsstrukturen, die manche Wissenschaftler für acht- oder sogar zwölftausend Jahre alte Überreste menschlicher Bautätigkeit hielten. Zumindest in einem Fall sollte es sich dabei um eine Stufenpyramide handeln. Zu den Verfechtern dieser Theorie gehörte Professor Masaaki Kimura, ein Meeresgeologe der Universität der Ryukyus in Okinawa. Vicente hatte schon von England aus mit ihm Kontakt aufgenommen.

Bis zur Ankunft in Naha, dem Dreh- und Angelpunkt der subtropischen Insel, hatte Francisco nicht geahnt, was ihn dort erwartete. Nachdem er und sein Bruder im *Okinawa Washington Hotel* Quartier genommen hatten, eröffnete ihm Vicente: »Ich spendiere dir einen Crashkurs im Tauchen.«

»Du meinst doch nicht etwa diese Sache, wo man an Schläuche angeschlossen mit zentnerschwerem Gerät beladen im Meer versenkt wird, um die Aufmerksamkeit von Haien zu erregen?« Allein die Vorstellung bescherte Francisco eine Gänsehaut und – was er sich nicht erklären konnte – ein Gefühl des Ekels.

»Am Anfang denken viele so«, wiegelte Vicente ab. »Du wirst sehen, es macht dir noch einen Riesenspaß.«

Darin hatte er geirrt. Francisco war unter Wasser mehr damit beschäftigt, am Leben zu bleiben, als seine Umgebung wahrzunehmen. Nachdem ihm ein kleiner drahtiger Tauchlehrer namens Kihachiro Aratake endlich die nötigen Grundkenntnisse vermittelt hatte, begann unweit von Naha das unterseeische Besuchsprogramm. In Begleitung des Lehrers, Professor Kimuras sowie Vicentes sank Francisco zu einem steinernen Wall hinab, der an eine imposante Festungsmauer erinnerte.

Die tauchende »Kompassnadel« schlug weder hier noch bei den anderen sechs Stationen aus.

Inzwischen hatte sich der Tauchschüler schlau gemacht und eine Reihe kritischer Aufsätze über die angeblichen Unterwassermonumente gelesen. Er neigte eher zu der Ansicht jener Wissenschaftler, die als Baumeisterin der auffällig glatten Felsformationen natürliche Erosion ins Feld führten. Allerdings konnte er nicht ganz ausschließen, dass sie zumindest *terraformed* waren, also natürliche Strukturen, denen Menschen ihre endgültige Gestalt gegeben hatten.

Als Francisco seine Zweifel gegenüber Aratake-*san* erwähnte, lächelte der Tauchführer wissend und sagte: »Warten Sie, bis ich Ihnen Iseki gezeigt habe. Als ich es 1985 vor Yonaguni entdeckte, fühlte ich mich in eine fremde Welt versetzt.«

Yonaguni lag im Ostchinesischen Meer und gehörte zu den südlichsten Inseln Japans. Ein kleines Propellerflugzeug brachte die vier Männer zunächst nach Ishigaki-Shima, von wo aus sie die letzten siebzig Seemeilen mit einem Fischerboot zurücklegten. Iseki – der »Ruinenplatz« – lag in unmittelbarer Nähe des winzigen Eilands.

Tatsächlich erschien Francisco der ungefähr sechzehn Meter tiefe Abstieg zu dem beeindruckenden Plateau wie ein Tauchgang in eine andere Welt. Iseki ragte knapp dreißig Meter aus dem Meeresgrund empor und das auf einer Länge von nicht weniger als einhundertachtzig Metern. Die geometrisch angeordneten Stufen und Terrassen des gewaltigen Felsens machten es ihm schwer, allein an das Wirken natürlicher Kräfte zu glauben.

Vicente erschien hinter dem Glas von Franciscos Taucherbrille und wackelte mit der Hand neben seinem Ohr. Das Zeichen war eindeutig: »Klingelt's?«

Francisco bedeutete ihm mit einer Geste, dass er nichts spürte.

Diesmal war er sogar ehrlich. Hier gab es keinen Abgrund zur Unterwelt oder wohin auch immer, wie er ihn am Tor Hill in Glastonbury wahrgenommen hatte. Vicente wirkte enttäuscht. Er winkte seinen Bruder hinter sich her und tauchte noch einmal über die zwei riesigen Monolithe hinweg, die einen engen Hohlweg abschlossen, als wären sie mit Absicht dort postiert worden. An einer Stelle tauchten eine Reihe Löcher auf, in denen einst hölzerne Pfosten gesteckt haben mochten. Vicente deutete auf die runden Vertiefungen und wiederholte sein Klingel-Zeichen.

Francisco schüttelte nur verärgert den Kopf, was in etwa so viel bedeutete wie: *Nein, um Himmels willen! Ich spüre nichts. Und nun lass mich endlich wieder unkomprimierte Luft atmen.*

Sein Bruder paddelte mit gesteigertem Flossenschlag zu dem Unterwasserweg, der sich wie eine Ringstraße um den Block zog. Plötzlich erschien vor den Tauchern ein Hai.

Obwohl das Tier nicht länger als anderthalb Meter war, geriet Francisco in Panik. Jeder Flossenschlag, der es ihm näher brachte, ließ es auf absurde Weise wachsen. Und in gleichem Maß nahm Franciscos Beklemmung zu. Er fürchtete ernsthaft, von dem Hai verschluckt zu werden, dessen Maul ihm wie eine schwarze Leere erschien, deren Anblick ihm den Atem raubte. Er riss sich das Mundstück heraus und rang nach Luft. Stattdessen schluckte er Salzwasser.

Zum Glück war Kihachiro Aratake sofort zur Stelle. Er drückte ihm das Mundstück wieder zwischen die Zähne und gab Zeichen, einfach hineinzuhusten. Anschließend ließ er, während er Francisco festhielt, etwas Luft in sein Jackett strömen. Dadurch begannen beide aufzutauchen.

Seitdem hatte sich Francisco nicht mehr unter Wasser gewagt. Die Sinnestäuschung und die Angstattacke, die ihm fast zum Verhängnis geworden waren, konnte er sich noch immer nicht erklären.

Jetzt, nach der Rückkehr ins *Okinawa Washington Hotel,*

spielte er ernsthaft mit dem Gedanken davonzulaufen. Darin besaß er ja schon Übung. Er konnte nicht begreifen, wie sich sein Bruder so schnell von dem neuerlichen Rückschlag hatte erholen und eine Fortsetzung der Suche ankündigen können. In diesem Augenblick diskutierte Vicente vermutlich schon mit Professor Kimura seine weiteren Pläne. Der Meeresgeologe hatte sich vom Enthusiasmus des Archäologen anstecken lassen und sogar seine Absicht kundgetan, sich zukünftig intensiver der Erforschung des Iseki zu widmen.

Francisco erhob ich aus dem Sessel und ging zum Fenster. Vom Hotelzimmer aus konnte er das Ostchinesische Meer sehen. Er seufzte. Sollte er wirklich wieder fortlaufen? War er es seinem Bruder nicht schuldig, ihn zu unterstützen, selbst wenn dabei nicht viel herauskam? Vicente glaubte so fest an die Überlieferungen der Unsichtbaren Pyramide. Erst am Morgen hatte er händeringend gefleht: »Gib noch nicht auf, Francisco! Es existieren so viele Indizien, die mir sagen, dass wir auf dem richtigen Weg sind. Professor Kimura erzählte mir neulich von einer wichtigen Shinto-Zeremonie, bei der die Wiederkehr des Lichts nach einer Zeit der Dunkelheit gefeiert wird. Du müsstest doch am ehesten spüren, dass solche Legenden ihren Ursprung in wahren Ereignissen haben. In Glastonbury habe ich dieses Licht gesehen. Du bist sein Hüter.«

»Ja«, murmelte Francisco und wandte sich wieder vom Fenster ab, »den Glanz kann ich kaum abstreiten. Auch die anderen merkwürdigen Phänomene nicht. Aber der Rest …?«

Um sich abzulenken, nahm er am Schreibtisch Platz und angelte ein Blatt Papier aus der Schublade. Er würde ein paar Zeilen an Clara schreiben. Obwohl bisher weder sie noch die Klosterbrüder aus La Rábida auf seine Briefe reagiert hatten, wollte Francisco es noch ein letztes Mal versuchen. Gedankenvoll sah er auf den leeren Bogen mit dem Hotellogo, einem umkränzten W in gebrochener, altenglischer Schrift. Wie sollte er beginnen? Sein Blick schweifte zu dem Kugelschreiber, der oberhalb des Briefpapiers lag. Der Stift setzte sich unvermittelt in Bewegung und rollte auf die Tischkante zu. Bevor er zu Boden fallen konnte, fing Francisco ihn auf und lächelte. Wie leicht es ihm doch inzwischen fiel, die Schwerpunkte von Gegenständen zu verschieben! Er setzte die Spitze der Mine aufs Papier.

Liebe Clara!

Ich habe längst aufgehört, meine Briefe an dich zu zählen. Bis heute hegte ich immer noch Hoffnung, dass du mir eines Tages antworten wirst. Doch ich fürchte, der letzte Rest davon geht nun in diesen Zeilen auf. Ich liebe dich nach wie vor. Selbst wenn ich meine Gefühle auf die eines Onkels zu seiner Nichte beschränken muss, schmerzt mich doch dein beharrliches Schweigen. Bitte verstehe das nicht als Vorwurf, ich möchte nur offen zu dir sein. Vicente ist mir in den vergangenen Monaten ein teurer Bruder geworden, obwohl er manche Marotte hat, die mich auf eine harte Probe stellt. Doch ich will nicht zwischen dir und deinem Vater stehen. Sein Verhalten euch gegenüber verurteile ich so wie du – nur vielleicht nicht mit derselben Unbarmherzigkeit. Liebe Clara, können wir nicht einfach Freunde sein? Ich vermisse so sehr dein aufmerksames Zuhören, dein unbeschwertes Reden, dein fröhliches Lachen und dein engelsgleiches Gesicht.

Noch einmal möchte ich dich auch bitten, mir etwas über Pedro zu berichten. Es war wohl verletzter Stolz, der mich lange davon abgehalten hat, ihm zu schreiben. Als ich es dann tat, erhielt ich keine Antwort. Was ist mit ihm geschehen? Sitzt er immer noch im Gefängnis? Ich kann nicht glauben, dass er an einem Mordkomplott gegen meine Eltern beteiligt gewesen sein soll, zumal mir erst im Nachhinein etwas Merkwürdiges aufgegangen ist: Die Polizei hatte bei seiner Festnahme nichts von einer Verschwörung erwähnt. Gibt es im Besitz deiner Mutter irgendetwas (Fotos, persönliche Aufzeichnungen, Dokumente), das Licht in diese fragwürdige Angelegenheit bringen könnte? Bitte antworte mir doch, Clara, und wenn es nur um unseres gemeinsamen Freundes Pedro willen ist!

Dein dich liebender Francisco

PS: Sobald ich weiß, wohin Vicente mich als Nächstes entführt, teile ich dir die Adresse mit.

Entschlossen faltete Francisco das Blatt zusammen und steckte es in einen Umschlag. Nachdem er diesen beschriftet hatte, verließ er das Zimmer und fuhr mit dem Fahrstuhl zur Rezeption hinab. Dort fragte er eine uniformierte Hotelangestellte, ob es möglich sei, den Brief per Luftpost nach Spanien zu schicken. Sie antwortete mit einem schwer verständlichen japanischen Akzent, jedoch mit vollendeter Höflichkeit.

»Selbstverständlich erledigen wir das gerne für Sie, Mr Serafín. Sollen wir das Briefporto auf die Hotelrechnung setzen oder möchten Sie es gleich bezahlen?«

»Tun Sie es ...« Ein vages Gefühl ließ Francisco verstummen. »Nein, ich bezahle doch lieber gleich.«

Die Rezeptionsdame lächelte. Nachdem sie von dem Gast einhundertundzehn Yen kassiert hatte, kontrollierte sie noch einmal den Zimmerstatus auf ihrem Computermonitor und frischte ihr Lächeln auf. »Ich sehe gerade, da ist eine Sendung für Mr Alvarez eingetroffen. Möchten Sie die Post gleich mitnehmen?«

Nicht immer bewohnten die Brüder ein gemeinsames Hotelzimmer, aber bei den exorbitanten Preisen in Japan hatte man sich im gegenseitigen Einvernehmen zu dieser Kostendämpfungsmaßnahme entschlossen. Francisco streckte die Hand aus und nickte. »Kein Problem.«

Die freundliche Dame reichte einen großen, erstaunlich dicken Umschlag über den Tresen. Unter Einsatz zahlreicher Verbeugungen entschuldigte sie sich für den arg ramponierten Zustand des Kuverts. An einer der beiden Querseiten war das braune Papier fast vollständig aufgerissen. Die Sendung sei von der Post schon so angeliefert worden, beteuerte die Angestellte. Francisco gewährte ihr Absolution.

Auf dem Weg zurück zum Fahrstuhl studierte er den Absender. Der schwere Brief kam aus Amsterdam. Gab es etwa auch in den Niederlanden Pyramiden? Vicente hatte nie dergleichen erwähnt. Wieder im Hotelzimmer warf Francisco die Post aufs Bett seines Bruders. Dabei riss das Kuvert vollends auf und der Inhalt rutschte heraus.

Zunächst zögerte Francisco. Vicente machte normalerweise keinen großen Hehl aus seinen Privatangelegenheiten. Nur seinen kleinen Aluminiumkoffer, in dem er verschiedene Dokumente und wohl auch ein paar persönliche Dinge aufbewahrte, hütete er wie einen Schatz. Ob er den Stapel Papier, der da auf der Tagesdecke lag, auch in dem silbernen »Intimsphärentresor« einschließen würde?

»Es könnte ja etwas Dringendes sein«, entschuldigte sich Francisco für die eigene Neugier, hob die Dokumente auf, drehte sie um – und ließ sie gleich wieder fallen.

Die Knie wurden ihm weich und er sank neben dem Papierstapel aufs Bett. Fassungslos starrte er auf den obersten Bogen. Es handelte sich um die Kopie des Titelblattes eines sehr alten Buches. Sein geheimnisvoll klingender Name war Francisco nicht fremd.

CORPUS HERMETICUM

Er hatte von dem Werk gehört und einiges darüber gelesen. Es nun vor sich liegen zu sehen, rief ihm eisige Schauer über den Rücken. Obwohl von dieser »Sammlung der Hermetik« etliche Übersetzungen existierten, hatte sich Vicente den griechischen

Urtext zuschicken lassen. Anscheinend handelte es sich um eine der ersten gedruckten Ausgaben der insgesamt fünfzehn Traktate, die angeblich auf die Offenbarungen des Hermes Trismegistos zurückgingen, des Vaters der Geheimlehren, eines Mannes, der nie gelebt hatte. Der Name des Verfassers deutete auf den ägyptischen Gott der Weisheit hin, denn er bedeutete so viel wie »Dreimalgrößter Hermes«.

»Wieder die Zahl Drei«, flüsterte Francisco, während er mit spitzen Fingern in den kopierten Seiten blätterte. Die Traktate enthielten Dialoge, die Hermes mit seinem Schüler Asklepios geführt haben soll. Wie sich aus einer beigefügten Inhaltsaufstellung ergab, enthielt die vorliegende Fassung nicht nur die fünfzehn Büchlein, die sich mit der Zauberei beschäftigten, sondern insgesamt zweiundvierzig Abhandlungen, in denen es außerdem um Musik, Medizin, Mathematik und anderes Wissen ging. Dieser Umstand konnte Francisco jedoch kaum besänftigen. Er betrachtete die Schriften mit äußerstem Argwohn. Jetzt zahlte sich seine Sprachbegabtheit aus, und wenn sie nur dem Zweck diente, sich von diesem teuflischen Werk zu distanzieren. Er ahnte nur zu gut, weshalb sein Bruder sich das Buch besorgt hatte. Angeblich lag im *Corpus Hermeticum* der universelle Code verborgen, mit dem die Rätsel der Welt gelöst werden konnten. Vicente dürfte sich um diese frühe Ausgabe bemüht haben, weil er befürchtete, spätere Übersetzungen könnten unvollständig oder fehlerhaft sein.

Die Offenbarungen des Hermes Trismegistos galten als wegweisend für die ganze Hermetik, einer antiken religiösen Richtung, in der Magie, Astrologie und Alchemie eine wichtige Rolle spielten. In Ägypten kursierten die ersten hermetischen Schriften bereits um das Jahr 300 vor Christus. Später wurde die Hermetik durch neuplatonisches, christliches und jüdisches Gedankengut beeinflusst. Man bemühte sich, sie mit den Vorstellungen des Gnostizismus in Einklang zu bringen, denen zufolge Mensch und Kosmos Teile einer jenseitigen – guten –

Lichtwelt enthielten, die aus der gottfeindlichen – bösen – Materie erlöst werden müssten. Für dieses Rettungswerk seien die Gesandten des Lichts zuständig.

Geist und Materie, Licht und Finsternis – das alles waren Begriffe, die Vicente in den vergangenen Wochen und Monaten häufig benutzt hatte. Zufall? Francisco betrachtete voll Abscheu das Geheimbuch. Er mochte jenen Zeitgenossen nicht vertrauen, die im *Corpus Hermeticum* eine Abkehr von den magischen Wurzeln erkennen wollten, war es doch bis in die Gegenwart ausgerechnet für Esoteriker ein Quell der Inspiration.

»Wie kann er sich nur mit denen auf eine Stufe stellen?«, murmelte er kopfschüttelnd. Bei seinen Anhängern galt Hermes als menschliche Inkarnation des altägyptischen Thot, des Gottes nicht nur der Schreibkunst, sondern auch der Wissenschaft und Magie. Angeblich hatte Hermes in Gestalt eines Raben in Noahs Arche Unterschlupf gefunden und so das alte Wissen über die Sintflut gerettet. Skulpturen des Thot zeigten ihn als Pavian oder als Ibis – heilige Tiere im antiken Ägypten, wie Francisco aus seinen einschlägigen Studien wusste.

»Das *pneuma*«, übersetzte er leise eine Passage aus dem zehnten Traktat, »durchdringt das Blut und die Venen und Arterien und bewegt so das Lebewesen.« Er kannte dieses griechische Wort aus seinem Studium der Bibel. Dort wurde *pneuma* – wörtlich mit »Geist«, »Atem« oder »Hauch« wiederzugeben – unter anderem auf den Heiligen Geist Gottes angewandt, aber auch auf die Dämonen. Hermes Trismegistos ging, wie die zufällig aufgeschlagene Passage des *Corpus Hermeticum* zeigte, jedoch weiter. Er sah in diesem Geist eine beseelende Kraft, die selbst tote Materie zum Leben erwecken konnte. Was hatte Vicente auf dem Parkplatz von Stonehenge über die Supersymmetrie des Physikers Robert Foot erzählt? Die Spiegelwelten entstünden aus der Verwandlung von Geist in Materie und Materie in Geist? Hatte die Wissenschaft nur neue

Namen für die alten Künste der Magie erfunden oder stand sie kurz davor, seit langem vergessene Weisheiten wiederzuentdecken?

»Wir neigen dazu, die einfachen Erklärungen in Bausch und Bogen zu verwerfen und fühlen uns vom undurchschaubaren Irrtum angezogen.« Mit diesen Worten pflegte Bruder Pedro seinen Schülern die Demut im Denken nahe zu legen. Jetzt halfen sie Francisco einen Entschluss zu fassen. Er schob die kopierten Seiten des magischen Buches zu einem sauberen Stapel zusammen, stopfte sie entschieden in den Umschlag zurück – der dabei noch ein wenig weiter zerriss – und versteckte ihn unter Vicentes Bett. Bestimmt würden sie schon morgen abreisen und die japanische Putzfrau die griechische »Sammlung der Hermetik« für einen belanglosen Papierstapel halten, den man nur noch im Müllsack entsorgen konnte.

»Dort gehört er auch hin«, sagte Francisco, kniete sich vor sein Bett und flehte zu Gott: »O hilf mir, Herr, das Richtige zu tun. Bewahre mich vor den Fallstricken teuflischer Irreführungen und Magie. Lass mich doch bitte deinen Weg erkennen, damit ich darauf wandeln kann. Wozu hast du mir diese Gaben geschenkt, die mich …?«

»Was soll das denn werden, wenn es fertig ist?«

Francisco zuckte zusammen. Langsam drehte er sich um. Vicente stand in der Tür, seinen Aluminiumkoffer in der Hand, und grinste.

»Hast du noch nie jemanden beten gesehen?« Das Gefühl des Ertapptseins hallte deutlich im unwirschen Ton von Franciscos Antwort wider.

»Doch, habe ich: unseren Vater. Er verhalf mir zu der Einsicht, dass die Kurie ein Kuriosum ist. Dieser fromme Geistliche hat zwar meinen Glauben in die göttliche Gerechtigkeit nicht gefestigt, aber immerhin verdanke ich ihm eine Vision von multiversellen Ausmaßen. Sie ist greifbar nahe! In wenigen Tagen reitest du auf der fünften Welle deines Lebens.«

»Und was stimmt dich so zuversichtlich?«, erwiderte Francisco.

»Das Gespräch mit Professor Kimura. Er hält mich für spleenig, aber trotzdem hat er mir den ganz heißen Tipp gegeben.«

»Ich ahne Schlimmes. Geht's als Nächstes zum Ayers Rock nach Australien?«

»Nein, wir fliegen auf die Bahamas.«

»Doch bestimmt nicht, um uns an einem karibischen Sandstrand zu entspannen.«

»Nein. Der Zeitplan ist dafür zu eng. Kimura erzählte mir von einer aufregenden Entdeckung in der See vor den Bari Islands. Liegt schon fast zwanzig Jahre zurück. Damals ist irgendein Arzt oder Naturheilpraktiker zweiundzwanzig Faden unter der Meeresoberfläche auf eine Kristallpyramide gestoßen. Sie soll neunzig Fuß weit aus dem Grund ragen, aber insgesamt so um die einhundertzwanzig hoch sein.«

Francisco überschlug die Maße im Kopf. »Eine *sechsunddreißig* Meter hohe Kristallpyramide? Bei den Bahamas? Mitten im Ozean? Bist du jetzt völlig übergeschnappt?«

»Heute Mittag habe ich mich das tatsächlich gefragt. Aber anscheinend wurde das Monument inzwischen von zahlreichen Menschen besucht. Ein bisschen soll es an einen riesigen Lapislazuli erinnern. Weißt du, welche Farbe dieser Stein hat?«

»Blau«, knurrte Francisco.

»Interessant, nicht wahr? Aber es kommt noch besser. Dr. Ray Brown – so hieß der Entdecker der Pyramide – ist in das Ding reingetaucht. Darin befand sich ein rechteckiger Raum mit pyramidenförmiger Decke, der völlig frei von Algen oder Korallenbewuchs war. Als er den Raum wieder verließ, hat er, was immer das heißen mag, eine ›Präsenz‹ gespürt. Außerdem hörte er eine Stimme, die ihn warnte, nicht mehr an diesen Ort zurückzukehren. Nun, er war wie gesagt nicht der Letzte, der die blaue Sphäre besuchte und ihre geheimnisvollen Kräfte spürte. Andere wollen tief in dem Kristallkörper die Abbilder dreier

Pyramiden gesehen haben, eine vor der anderen in abnehmender Größe ...«

»*Drei* Pyramiden?«

Vicentes Augen strahlten. Er nickte. »Ist das nicht aufregend! Manche behaupten, in einem meditativen Zustand sogar eine vierte Pyramide erblickt zu haben.«

»Das passt jetzt aber nicht.«

»Und ob das passt! Eine gewisse Elizabeth Bacon will in Trance eine Botschaft empfangen haben, derzufolge das Objekt ursprünglich dem ägyptischen Gott Thot gewidmet war ...«

»Hast du *Thot* gesagt? Sprichst du von demselben, dessen Verkörperung die Griechen Hermes Trismegistos nannten?«

»Ja«, betonte Vicente, der sich kurz über Franciscos Einwurf wunderte, dann aber aufgeregt fortfuhr: »Die besagte New-Yorkerin sprach von einem ›geheimen Gewölbe des Wissens‹, das nahe den großen Monumenten von Giseh versteckt sein soll. Sie ist überzeugt, die Positionen der drei Pyramidenbilder in dem Kristall enthalten einen Schlüssel, um eine vierte, bisher unentdeckte, zu finden ...«

»Eine unsichtbare Pyramide«, flüsterte Francisco.

»Sie soll unter der Erde verborgen liegen und nichts anderes als die legendäre *Kammer des Wissens* sein. Ich brauche dir wohl nicht zu erklären, was das bedeutet; du hast ja selbst genug Bücher über Ägypten gelesen.«

Francisco nickte mit glasigem Blick. »Es heißt, dort sei das Wissen aus der Zeit vor unserer Zeit verborgen, die Weisheit einer anderen Welt.«

»Wir müssen unbedingt in die Karibik. Ich habe das Gefühl, diese Kristallpyramide wartet nur darauf, dass wir kommen und sie befragen ...«

»*Nein!* Ich werde mich mit keinem Gebäude unterhalten, schon gar nicht, wenn es sich unter Wasser befindet.«

Vicentes Stirn legte sich in Falten. »Was soll das heißen? Die Pyramide ist *die* Chance, die wir seit Monaten suchen. Ihr Entdecker, dieser Dr. Brown, glaubt, sie würde kosmische Kräfte anziehen, sammeln oder erzeugen. Wie Professor Kimura mir sagte, hätten einige Besucher in ihrer Nähe verschiedene paranormale Wahrnehmungen gehabt. Manche spürten einen ›ionischen Wind‹, andere hörten Stimmen …«

»Stimmen?!«, platzte Francisco heraus. Seine Augen sprühten Funken des Zorns. Er warf die Hände in die Luft. »Herrgott, weißt du überhaupt, was du da redest, Vicente? Ich will nicht das Geringste mit Geistern zu tun haben, geschweige denn mich mit ihnen unterhalten. Ich bin *Christ,* kein ägyptischer Heidenpriester. Moses hat vor der Magie gewarnt und Jesus die Dämonen gescholten. Mein Gott heißt nicht Thot und meine heilige Schrift ist die Bibel, nicht das *Corpus Hermeticum* …« Francisco zog den Kopf ein und riss erschrocken die Augen auf. Doch es war zu spät. Vicente hatte den Braten gerochen.

»Erst erwähnst du Hermes Trismegistos und jetzt sein *Corpus Hermeticum.* Hast du etwa …?« Argwöhnisch sah er zu seinem Aluminiumkoffer, der vor dem Bett stand.

»Etwa was?«, fragte Francisco scheinheilig.

»In meinen Sachen herumgestöbert?«

»Wie soll das gehen? Du lässt den Koffer doch keinen Moment aus den Augen und abgeschlossen ist er außerdem.«

Mit einem Mal klang Vicentes Stimme hart wie ein Kiesel. »Hast du Post für mich in Empfang genommen?«

Francisco schwieg. Was hätte er antworten sollen? Er war ein schlechter Lügner. Nein, er war überhaupt kein Lügner.

»Also ja«, folgerte Vicente. »Wo ist sie?«

Es dauerte eine Weile, bis Francisco seine Sprache wiederfand. Er deutete nach unten. »Da, unter deinem Bett.«

Vicente beugte sich, mit der Rechten auf die Matratze gestützt, nach unten und barg das Kuvert aus dem Versteck. Als er den erbarmungswürdigen Zustand des Umschlags sah, warf er Francisco einen eisigen Blick zu.

»Ich habe es nicht geöffnet. Du kannst die Frau an der Rezeption fragen …«

»Hast du es gelesen?«

»Nur darin herumgeblättert.«

»Und?«

»Es ist Teufelszeug. Ich will nichts damit zu tun haben.«

»Das hier ist eine Ausgabe, die bisher unveröffentlichte Teile des *Corpus Hermeticum* enthält. Sie könnten der Schlüssel zum Multiversum sein.«

Trotzig schob Francisco das Kinn vor. »Etwa so, wie diese Kristallpyramide im Meer? In beiden Fällen taucht der Name des ägyptischen Mondgottes Thot auf. Allmählich fange ich an zu verstehen, was in deinem Kopf herumspukt, Vicente. Du redest dir ein, alles streng wissenschaftlich zu sehen: Die Übereinstimmungen müssen auf einen gemeinsamen Ursprung hindeuten – das denkst du doch, oder?»

»Ja, das vermute ich, Bruderherz, und bei allem Respekt für deinen Glauben, solltest du dich nicht so töricht anstellen und deine Augen vor der Realität verschließen. Ich habe in einer englischen Übersetzung des *Corpus Hermeticum* eine bedeutsame Äußerung gelesen: ›Was hier unten ist, ist gleich dem, was oben ist‹, hat Hermes zu seinem Schüler gesagt. Über die Bedeutung dieser Worte haben Generationen von Denkern gerätselt, aber *wir* beide können sie zum ersten Mal erschließen. Hermes sagte: ›Wusstest du nicht, Asklepios, dass in Ägypten alles dem Himmel nachgebildet ist?‹ Siehst du nicht, was hinter diesen Worten steckt, Francisco? Hermes Trismegistos muss von den Parallelwelten des Multiversums gewusst haben. Vielleicht stammte er sogar aus einer von ihnen. Es heißt, er habe nie existiert. Trifft diese Beschreibung nicht auch auf einen zu, der in unserer Welt weder Anfang noch Ende hatte?«

Francisco schüttelte ärgerlich den Kopf. »Du kannst gut mit Worten umgehen, Vicente, aber niemals lasse ich mir von dir Schwarz für Weiß verkaufen. Wenn du dich nicht von diesen magischen Künsten lossagst, dann trennen sich unserer Wege, und zwar hier und heute.«

»Heißt das, du willst nicht mit mir auf die Bahamas fliegen?«

»*Nein!*«, schrie Francisco und deutete zitternd auf den Umschlag in Vicentes Händen. »Und wenn du dieses teuflische Machwerk da nicht aus unserem Zimmer entfernst, dann ziehe ich sofort aus.«

Eine kleine Stille trat ein. Vicente schien aufzugehen, dass seine Überredungskunst hier an unüberwindbare Grenzen stieß. Zuletzt seufzte er: »Also gut. Dann gehen wir zu Plan B über.«

Francisco runzelte die Stirn. Was für eine Scharlatanerie hatte sich sein Bruder jetzt wieder ausgedacht? »Plan B?«

»Würdest du mit mir ein Kloster besuchen?«

Die düsteren Wolken über Franciscos Miene verzogen sich. »Behaupte jetzt nicht, ich hätte den verlorenen Sohn in den Schoß der Mutter Kirche zurückgebracht.«

»Keine Sorge, ich bin und bleibe ein verkappter Agnostiker: Mag sein, dass dein Gott wirklich existiert, vielleicht aber auch nicht – es ist mir egal. Dennoch bewundere ich die Akribie, mit der manche Mönche ihren Aufgaben nachgehen. Professor Kimura empfahl mir heute, wir sollten diese alberne Suche nach magischen Orten aufgeben und uns lieber auf die tatsächlich erhaltenen Dokumente alten Wissens stürzen.«

»Du meinst Bücher wie den *Corpus Hermeticum?*«

»Jetzt vergiss einmal dieses Sammlung. Nein, der Professor erzählte mir von einem ›Ort wie aus einer anderen Welt‹. Nicht Pyramiden seien dort zu finden, sondern eine Bibliothek, die das Wissen der Menschheit vor mehr als tausend Jahren enthalte. Er sprach von *Yunjusi*, dem Wolkenheimkloster.«

»Nie gehört.«

»Es liegt ungefähr achtzig Kilometer von Peking entfernt.«

»In China?« Francisco spürte Erleichterung, weil das Gespräch sich von der metaphysischen Ebene weg zu handfesteren Vorschlägen verlagerte. Er grinste. »Verglichen mit dem Pensum, das schon hinter uns liegt, ist Peking ja gleich um die Ecke. Entschuldige, wenn ich eben so eklig zu dir war.«

»Schon gut. Ich vergesse immer, dass dein Weltbild und das meine einander so ähnlich sind wie eine weiße Dogge und ein kleiner schwarzer Pudel.«

»Was macht die Bibliothek des Wolkenheimklosters denn zu so etwas Besonderem?«

»Sie besteht aus nicht weniger als *fünfzehntausend* Steintafeln, die größtenteils in der Erde verborgen liegen.«

»In der Erde?«, wiederholte Francisco skeptisch. »Müssen wir die etwa ausgraben?«

»Das wird nicht nötig sein. Nach ihrer Entdeckung hat man von den Tafeln Abklatsche auf Papier hergestellt. Sie werden im Pekinger Kloster der Gesetzesquelle aufbewahrt.«

»Sind sie dort auch für die Allgemeinheit zugänglich?«

Vicente lächelte. »Wir sind nicht die Öffentlichkeit, Brüderchen, sondern zwei Kulturreisende mit einem großen Herz für unterbezahlte Beamte.«

Nach der Ankunft in Peking dauerte es lediglich zwei Tage, bis Vicentes Bestechungsgeschenke die richtigen Türen geöffnet hatten. Dabei half ihm ein dickes Bündel Ein-Dollar-Scheine, das er in kleinere Portionen auf- und diese dann geschickt verteilte – chinesische Beamte waren selbstgenügsam. Vicente betrieb dieses Spiel mit hämischer Freude, nicht allein deshalb, weil der Dollar, das grüne Monument des Kapitalismus, in einem kommunistischen Land per se als Zahlungsmittel des Teufels gelten musste. Mehr noch amüsierte ihn die abgefeimte Bildersprache jener Banknoten, deren Rückseite eine Pyramide mit einem Auge in der Spitze zeigte. Für den Archäologen war diese angeblich aus Freimaurerkreisen bekannte Symbolik nur ein weiterer Hinweis auf die Unsichtbare Pyramide. Das allsehende Auge Gottes – sehr häufig in einem *Dreieck* dargestellt –

gehe in Wahrheit auf das Emblem des ägyptischen Gottes Horus zurück. Je mehr dieser Zusammenhänge Francisco bekannt wurden, desto befremdlicher kam ihm die Durchdringung der Christenheit mit all diesem heidnischen Brimborium vor. Hatte Gott sein Volk Israel nicht aufgefordert, alle »mistigen Götzen« aus dem Land fortzuschaffen? Lautete nicht das erste der Zehn Gebote: »Du sollst neben mir keine anderen Götter haben«?

Vicente ließ sich von derartigen Erwägungen nicht irritieren. Er verwies süffisant auf die Rückseite seiner Dollarnoten, wo sich um die Basis der Pyramide der Schriftzug *Novus Ordo Seclorum* wölbte, also eine »neue Ordnung der Zeitalter« beschwor. Ja, eine Neuordnung der Welt werde es geben, wenn sie erst ihr Ziel erreicht hätten, prophezeite er.

Zunächst stand indes der Besuch von *Fayuansi*, dem Kloster der Gesetzesquelle, auf dem Programm. Dieser buddhistische Tempel hatte so manchen politischen Sturm überdauert und hütete im Zentrum des modernen Peking jenen unvergleichbaren Schatz, der den beiden spanischen Besuchern die Pforte zu einer neuen Welt aufstoßen sollte. Weil die Mönche nur des Chinesischen mächtig waren, hatte Vicente einen Teil seiner Pyramidenscheinchen zur Beschaffung eines Dolmetschers aufwenden müssen. In Gestalt von Professor Yuan Xi ließ sich ein solcher schnell gewinnen. Xi war ein bebrillter, vollbärtiger, gemütlicher kleiner Mann Ende vierzig, dessen rundliche Körperformen eindrucksvoll belegten, dass für die akademische Oberschicht die schweißtreibenden Arbeitseinsätze in landwirtschaftlichen Produktionsgenossenschaften nicht mehr zum Pflichtprogramm zählten. Das Land hinter der chinesischen Mauer öffnete sich der Welt, will heißen, dem Dollar.

Professor Xi holte seine Gäste kurz nach acht aus dem *Beijing Hotel* ab. Mit dem Taxi fuhren sie gemeinsam zum Fayuansi-Tempel. Im Buddhismus wird der Begriff Tempel, entgegen westlichen Vorstellungen von Gotteshäusern, nicht nur auf ein einzelnes Bauwerk angewandt, sondern auf eine ganze Anlage, die der religiösen Verehrung dient. Die Gebäude des »Tempels der Quelle des Dharma« erschlugen die beiden europäischen Besucher nicht gerade mit jener vor Gold nur so strotzenden Pracht, die sie von den einschlägigen Postkarten kannten. Das rote Portal wurde von zwei steinernen Löwen bewacht – es mochten auch Höllenhunde sein, Francisco war sich über die Natur der Tiere nicht ganz schlüssig. Das geschwungene Dach des Tores bestand aus verwitterten grauen Steinziegeln. Gleich hinter dem Eingang wurden die Brüder von einem Mönch empfangen, der ein braunes, fast bis zum Boden wallendes Habit trug, das dem franziskanischen Klosterschüler sogleich Vertrauen einflößte. In gemächlichem Tempo bewegte sich die Gruppe durch eine mit Bäumen, Büschen und Moos begrünte Anlage, in der sich auf einer Achse insgesamt sechs große Hallen reihten. Vor einem der Gebäude sah bereits der etwa sechzigjährige Abt mit erwartungsfrohem Lächeln seinen Gästen entgegen. Offenbar hatte Vicentes pyramidale Spende ein äußerst günstiges Milieu geschaffen.

Auch Li Yi, der Vorsteher des Tempels der Gesetzesquelle, entsprach nicht dem europäischen Klischee vom kleinen, drahtigen Chinesen. Er war im Gegenteil sogar größer als der kantige Vicente, hatte ein breites, gutmütiges Gesicht und ein Haupt, das sich im fortgeschrittenen Stadium der Enthaarung befand. Seine Frisur erinnerte stark an ein unrasiertes Kinn. Der Professor und der Abt begrüßten sich wie alte Freunde – vermutlich standen sich Xi und Yi nicht nur alphabetisch nahe. Das Willkommen für Vicente und Francisco war deutlich respektvoller, wenn auch nicht weniger herzlich.

Yi – der Abt – führte die Besucher in die Bibliothek und zeigte ihnen die großen Regale, in denen sich die Abklatsche der Steintafeln aus dem Wolkenheimkloster, katalogisiert, zusammengerollt und in Papierhüllen gesteckt, stapelten. Nicht ohne Stolz erklärte er während seiner Führung, dass Fayuansi der älteste buddhistische Tempel in Peking sei und einige alte Figuren beherberge, die man vor der Zerstörungswut der kommunistischen Kulturrevolution hatte bewahren können. Ganz besonders lobte er die große Skulptur der Vairocana-Halle: Wie bei einem stilisierten Lotos fächerten sich in ihr Blätter auf, die alle aus Buddha-Darstellungen bestünden. Zu Häupten des Betrachters thronten sie als Symbol für Norden, Süden, Osten und Westen. Doch über ihnen stehe ein weiterer transzendenter Buddha, der die fünfte Himmelsrichtung repräsentiere: die Mitte.

An dieser Stelle horchte Vicente auf. Francisco hörte seinen Bruder murmeln: »Das Tor zum Ursprung des Multiversums!«

»Was haben Sie gesagt?«, erkundigte sich Professor Xi.

Vicente lächelte. »Entschuldigen Sie. Habe nur laut nachgedacht. Ich interessiere mich brennend für die steinerne Bibliothek aus dem Wolkenheimkloster. Können Sie mir in kurzen Worten sagen, welches Wissen darin verzeichnet ist?«

Yi warf seinen breiten Schädel zurück, lachte und erläuterte sodann in einer Art feierlichem Sprechgesang den Grund seiner Heiterkeit. Xi fasste die etwa zweiminütige Erklärung in der Äußerung zusammen: »Die Bibliothek ist sehr umfangreich, Mr Alvarez.«

»Wie umfangreich?«, hakte Vicente nach.

Yi antwortete über Xi: »Wie Sie wohl wissen, basiert die chinesische Schrift auf Bildzeichen. Meist genügt ein einziges Symbol, um einen Begriff wiederzugeben. Auf den tausenden von Steintafeln, die man bei der Südpagode des Yunjusi entdeckte, befinden sich ungefähr dreißig Millionen dieser Ideogramme.«

»*Dreißig- …?*« Francisco verschlug es beinah die Sprache. »Aber Sie haben sich doch bestimmt mit dem Inhalt der Steintafeln beschäftigt. Ist er samt und sonders religiöser Natur oder …« Vicente machte mit den Händen eine vage Geste.

»Das ist richtig«, erwiderte Yi mittels Xi. »Einen wichtigen Bestandteil der Aufzeichnungen stellen die Sutren des Buddha und

Gebote für die Gläubigen dar. Aber damit allein könnte man nicht hunderte von Mönchen mehr als ein halbes Jahrtausend lang beschäftigen. Die Tafeln enthalten auch Rat, etwa für das richtige Pflanzen von Bäumen, ja ganz allgemein für den weisen Umgang mit der Natur wie auch für das Vermeiden von Hungersnöten und Seuchen. Mitunter werden präzise Lebensregeln aufgeführt: kein Duftöl nach dem Baden benutzen, am Nachmittag und Abend nichts mehr essen, alle zwei Wochen einen Tag fasten.« Der Mönch reckte den Zeigefinger nach oben. »Vor allem: Enthalte dich des Fleisches! Das ist sehr wichtig.«

»Hm«, machte Vicente. Ihm war anzusehen, dass er sich mehr von den Schriften erhofft hatte, die den Worten Professor Kimuras gemäß von einem »Ort wie aus einer anderen Welt« stammten.

Yi musste das wohl spüren, denn er fügte lächelnd hinzu: »Eigentlich finden Sie auf unseren Abklatschen alles, was eine alte Kultur an Wissen über Menschen, Moral und Medizin gesammelt hat. Sie müssten mir schon etwas genauer sagen, wofür Sie sich interessieren.«

Francisco konnte ein kleines Schmunzeln nicht unterdrücken. Er sah, wie sein Bruder sich das Kinn rieb, und war gespannt, auf welche Weise Vicente die erhofften Antworten aus dem Mönch herauskitzeln wollte, ohne allzu viel von seinen eigenen Zielen preiszugeben.

»Wie alt, sagten Sie, ist die steinerne Bibliothek vom Yunjusi?«, fragte der Archäologe in nachdenklichem Ton.

Yi schmunzelte. »Ich habe es nicht gesagt. Das Alter variiert, weil die Mönche ungefähr sechshundert Jahre benötigten, um das Wissen ihrer Zeit in den Stein zu ritzen. Die ältesten Tafeln stammen aus der Tang-Dynastie, Anfang des siebten Jahrhunderts Ihrer Zeitrechnung.«

»Dann sind sie also mehr als eintausenddreihundert Jahre alt.«

Yi nickte.

»Ich habe mich gerade gefragt, warum die Mönche ihr Wissen

in Stein gegraben haben, wenn in China doch längst Druck und Papier erfunden waren.«

»Das ist relativ einfach zu beantworten. Bei der ersten Tafel, die auf das Jahr 628 Ihrer Zeitrechnung datiert wird, handelt es sich um eine düstere Prophezeiung vom nahen Ende der Menschheit und der bevorstehenden Finsternis der Welt.«

Vicente blühte nun regelrecht auf. Aufgeregt fragte er: »Äußern sich die Texte auch über die Ursachen des Untergangs?«

»In den fast fünfzehntausend Papierbahnen, die wir hier aufbewahren, ist nichts dergleichen zu finden.«

»Sind Sie sich ganz sicher?«

»Junger Mann, ich habe fast mein ganzes Leben mit dem Studium der steinernen Bibliothek verbracht. Sie finden auf mindestens dreißig Tafeln allerlei Überlebensregeln für die wenigen Auserwählten, die in einem fernen Weltalter dem Untergang entkommen sollen, weil sie sich auf Berge wie auch in Höhlen flüchten und die Gebote Buddhas beachten. Selbst über die Begleitumstände der Katastrophe wird einiges gesagt, über das schonungslose Abbrennen von Wäldern, die von Fluten verursachten Verwüstungen, die unbekannten Krankheiten und Seuchen, denen die Geschwächten zum Opfer fallen, wie auch über die Naturkatastrophen, durch die unsere Erde am Ende unbewohnbar wird. Aber über den eigentlichen Auslöser des Unglücks schweigen sich die Tafeln aus.«

»Man könnte fast glauben, die Prophezeiungen sprächen über unsere Zeit«, sagte Francisco fröstelnd.

»Oder über Ereignisse, die sehr weit in der Vergangenheit liegen«, entgegnete Vicente, um sich sogleich wieder an den Abt zu wenden. »Wenn ich Sie richtig verstehe, dann wurde die steinerne Bibliothek geschaffen, um das Wissen der Menschheit durch die Apokalypse … Oh! Verzeihen Sie diesen christlichen Terminus. Über den Weltuntergang hinweg zu bewahren.«

»Das ist ebenfalls richtig. Auch am chinesischen Kaiserhof erwartete man ein solches Ereignis. Sollten Sie je Gelegenheit haben, Yunjusi zu besuchen, werden sie oberhalb der Donnerklanghöhle – sie befindet sich in unmittelbarer Nähe des Klosters – die Pagode der Prinzessin Goldfee sehen. Mit ihrer Errichtung wollte die kaiserliche Familie für die Endzeit Vorsorge treffen. Goldfee, die Enkelin der berühmt-berüchtigten Kaiserin Wu, vermachte den Mönchen von Yunjusi umfangreichen Landbesitz, damit sie für ihr Seelenheil beteten und ihr Meißeln der steinernen Bibliothek fortsetzen konnten.«

»Die Höhle, die Sie eben erwähnten …«

»Die Donnerklanghöhle?«

»Ja, welche Bewandtnis hat es damit?«

»Sie ist einer von insgesamt neun künstlichen Felsenräumen, die sich an dem Bergkamm hinter dem Kloster Yunjusi befinden, und geht auf Jingwan zurück, einen jungen Mönch, der ein Gelübde ablegte: Er wollte das Wissen der Welt bewahren. So nahm die steinerne Bibliothek ihren Anfang. Jingwan schlug die Kammer aus dem Fels und verkleidete sie mit einhundertsiebenundvierzig Schrifttafeln, die ersten jener fünfzehntausend, deren Papierabzüge wir hier aufbewahren. Wie in einer Zeitkapsel sollten sie in den Höhlen überdauern. Später hob man allerdings im Kloster eine große Grube aus und bettete zehntausend Tafeln dort hinein. Damit sie nicht aneinander schabten, füllten die Mönche weiche Lösserde in die Zwischenräume …«

»Moment«, unterbrach Vicente die Übersetzung von Professor Xi, »sagten Sie nicht gerade, es gebe hier fünfzehntausend Abklatsche? Wenn nur zehntausend Tafeln vergraben wurden, wo befinden sich dann die restlichen fünftausend?«

»In den neun Höhlen«, antwortete Yi über Xi. »Bis auf die Donnerklanghöhle sind die anderen wieder versiegelt worden.«

»Wurden *sämtliche* Tafeln kopiert?«

»Nein. Die Mönche hatten ihr Werk anscheinend abbrechen müssen. Es gibt einige hundert unbeschriftete Platten und ein paar Dutzend, die noch nicht ausgearbeitet sind.«

»Was meinen Sie damit?«

»Bevor die Schriftzeichen mit einem Stichel in den Stein gegraben werden, muss man sie erst mit Tinte vorzeichnen. Etliche solcher ›Rohlinge‹ sind in den verschiedenen Höhlen verteilt.«

»Und man kann die Schrift noch lesen?«

»Erstaunlicherweise ja. Nur konnten wir sie nicht mit dem üblichen Verfahren kopieren. Wir tragen schwarze Tusche auf die Tafeln auf, klopfen sie dann in eine feuchte Papierbahn ein, die wir über den Stein legen, und ziehen den fertigen Abklatsch wieder ...«

»Kann man die unfertigen Schrifttafeln ansehen?«, unterbrach Vicente aufgeregt den Dolmetscher.

Der Ausdruck in Professor Xis Gesicht verriet, dass er solcherlei Unhöflichkeiten nicht gewohnt war. Schließlich übersetzte er aber doch zunächst die Frage und anschließend die Antwort des Abtes Yi.

»Nein.«

»Aber Sie haben sie doch auch ...« Vicente hielt inne, sah erst den Abt, darauf den Professor an und lächelte dann. »Angenommen, ich würde meine Spenden zur Förderung der Wissenschaft und für den Erhalt des Klosters der Gesetzesquelle aufstocken, könnten Sie dann für mich ein gutes Wort einlegen?«

»Ich glaube nicht, dass man Ihnen oder sonst irgendjemandem erlaubt, in den Höhlen herumzustöbern«, erklärte der Abt bestimmt.

Vicente erweckte den Eindruck, als habe jemand einen Stöpsel aus ihm herausgezogen – er schrumpfte sichtlich zusammen.

Francisco verstand zwar nicht, warum sein Bruder sich plötzlich so brennend für Endzeitszenarien interessierte, wo sie doch ausgezogen waren, um die Welt zu *heilen,* aber er vermutete, dass es da einen Zusammenhang gab, vielleicht ein umkehrbares Gesetz, das sich sowohl auf die eine als auch auf die andere Weise anwenden ließ. Zaghaft ergriff er das Wort und bediente sich dabei unbewusst einer ähnlichen Formulierung, wie sie auf den Ein-Dollar-Noten nachzulesen war.

»Angenommen, wir wüssten genau, *wo* wir das Geheimnis einer Neuordnung der Zeitalter finden könnten; wenn wir die Mönche bäten, uns nur *eine* der neuen Höhlen zu öffnen – würden sie es tun?«

»Was soll das, Francisco? Willst du etwa raten?«, stieß Vicente verärgert hervor.

Der Gefragte schüttelte den Kopf. »Hatte ich dir nicht von meiner Begabung im Finden verlorener Dinge erzählt?«

Vicentes Augen wurden groß. »Willst du damit andeuten, du bist nicht einfach nur begabt, sondern – du weißt schon, was ich meine – *begabt?*«

Obwohl dieser Wortwechsel aus Gründen der Höflichkeit in Englisch geführt wurde, wollte sich sein Sinn dem chinesischen Dolmetscher nicht erschließen. Auf eine Frage von Li Yi reagierte Yuan Xi nur mit Achselzucken.

Francisco wandte sich dem Abt zu und wiederholte sein Ansinnen. »Mein Bruder wird auch das Wolkenheimkloster mit einer großzügigen Spende bedenken, wenn man uns die unfertigen Tafeln sehen lässt. Könnten Sie bei den zuständigen Stellen ein gutes Wort für uns einlegen, wenn wir versprechen unsere Neugier nur auf eine einzige Höhle zu beschränken?«

Der Abt musterte die beiden Europäer argwöhnisch. »Die Höhlen sind nicht ohne Grund versiegelt. Schwere, schlosslose Steintüren versperren ihre Eingänge«, begann er endlich und Francisco sank schon der Mut, aber dann fügte Yi vermittels Xi hinzu: »Allerdings wüsste ich einen Weg, wie Sie dennoch einen Blick in eine der Höhlen werfen könnten.«

Die Strecke von Peking zum Wolkenheimkloster betrug zwar nur etwa achtzig Kilometer, aber der VW Passat, den Professor Xi für die Tour organisiert hatte, benötigte dafür geschlagene drei Stunden. Zu allen Zeiten hätten Klostergründer, egal welcher Glaubensrichtung, ein Faible für unzugängliche Orte gehabt, begründete er die nicht eben komfortable Verkehrsanbindung der Einsiedelei. Er nutzte die Fahrtzeit für einen geschichtlichen Überblick. Yunjusis Gründung gehe auf das sechste Jahrhundert christlicher Zeitrechnung zurück, erklärte er. Im Zweiten Weltkrieg hätten es die Japaner bombardiert, aber von den Zerstörungen sei nichts mehr zu sehen, die Ruinen inzwischen wieder aufgebaut, abgesehen von der Südpagode. Deren mächtige Schwester im Norden des Klosterbezirks sei während der Luftangriffe wie durch ein Wunder unbeschädigt geblieben. Die Entdeckung der steinernen Bibliothek gehe auf einen Fund aus dem Jahr 1956 zurück. Damals hatte man in einer benachbarten Dorfschule eine Stele entdeckt, die einen bemerkenswerten Satz enthielt: »Vor dieser Pagode, einen Schritt entfernt, gibt es in einer unterirdischen Krypta Sutrensteine, und zwar viertausendfünfhundert Stück.«

Obwohl Schnelligkeit nicht unbedingt zu den Tugenden des sozialistischen Behördenapparats gehöre, hätten sich bereits kurz darauf Pekinger Forscher nach Yunjusi aufgemacht, erklärte Xi und gestattete sich ob seines kleinen Seitenhiebs gegen das herrschende System, dem er selbst angehörte, ein breites Grinsen. Bald sei man vor der Südpagode auf einen sensationellen Fund gestoßen. Niemand habe sich beschwert, als am Ende zehn- und nicht nur viereinhalbtausend Tafeln geborgen worden waren.

Francisco hörte vom Rücksitz her nur mit einem Ohr zu. Er war ausgesprochen nervös an diesem Tag und er wusste auch warum: Welle Nummer fünf näherte sich ihrem Höhepunkt. Es war Vicente, der ihn darauf hingewiesen hatte. Dank der genauen Protokollierung der bisherigen Wellen konnte der Archäologe inzwischen die Intervalle genau vorausberechnen. Inzwischen vermochte auch Francisco dieses Auf und Ab ganz gut abzuschätzen, weil es einen direkten Zusammenhang zur Intensität seiner besonderen Fähigkeiten gab. Momentan fühlte er sich in der Lage, einen ganzen Berg aus dem Gleichgewicht zu bringen, was ihn jedoch nur umso mehr beunruhigte. Noch immer verspürte er eine unerklärliche Scheu gegenüber den eigenen Gaben, ein regelrechtes Schamgefühl. Nicht einmal mit seinem Bruder hatte er darüber gesprochen, abgesehen von dem Hinweis auf seine erstaunliche Findergabe. Diese würde bestimmt von dem Hoch, das er augenblicklich durchwanderte, profitieren. So jedenfalls hoffte Francisco, denn es wäre ihm peinlich gewesen, sich vor den Mönchen zu blamieren.

Das Wolkenheimkloster lag an einem kleinen Fluss unterhalb einer Bergkette. Es war ein Ort der Stille, mitten in der Natur, der für ein besinnliches Klosterleben wie geschaffen schien. Kaum vorstellbar, dass hier einmal hunderte von Mönchen mit eisernen Werkzeugen Tafeln aus dem Fels geschlagen und sie mit Millionen von Schriftzeichen bedeckt hatten. Die jetzigen Bewohner des Klosters waren in zweifarbige lange Gewänder aus hell- und dunkelbraunem Stoff gekleidet. Den europäischen Besuchern begegneten sie mit Scheu, aber Professor Yuan Xi schien auch hier kein Fremder zu sein. Er hatte innerhalb von fünf Tagen alle behördlichen Genehmigungen besorgt und über den Bürgermeister des Nachbardorfes schon Instruktionen über die Absichten der beiden »spanischen Forscher« vorausgeschickt. Vicente war seinerseits auch nicht untätig geblieben. Aus Japan hatte er – den modernen Kurierdiensten, die inzwischen auch das Reich der Mitte belieferten, sei es gedankt – einige elektronische Ausrüstungsgegenstände besorgt.

Der kahlköpfige Abt des Wolkensteinklosters hieß Wu Mengfu. Er war hochbetagt, wobei sich sein tatsächliches Alter schwer schätzen ließ – irgendetwas zwischen siebzig und achtzig. Mit seiner fast schon beängstigend schmächtigen Gestalt entsprach er schon eher den überkommenen Klischees, denen zufolge ein asketischer Chinese ungefähr das Gleiche sein musste wie ein geiziger Schotte. Nach einer kleinen Klosterführung, um die ihn niemand gebeten hatte, geleitete der Abt die Gäste zu den Höhlen hinauf. Es war inzwischen früher Nachmittag.

Wu Mengfu zeigte den Besuchern zunächst die Donnerklanghöhle. Eine schwere, rot lackierte Holztür versperrte den Zugang. Rechts daneben war eine Inschrift in den Fels gemeißelt, die dem Klostervorsteher zufolge aus dem Jahr 628 nach Christus stammte. Sie warnte in unheilschwangeren Worten vor jenem »nahen Ende der Menschheit und der bevorstehenden Finsternis der Welt«, die zuvor schon Li Yi in Peking angesprochen hatte.

»Darf ich zuerst die anderen Höhlen sehen?«, bat Francisco, als der Mönch das Portal zur Donnerklanghöhle öffnen wollte.

»Die sind versiegelt«, sagte der Abt. Trotz der Instruktionen des Bürgermeisters hatte er offenbar immer noch nicht verstanden, was die Fremden wollten.

»Das ist mir bekannt«, erwiderte Francisco.

Der Mönch seufzte und deutete den Berg hinauf.

»Ich will nicht indiskret sein«, sagte Professor Xi, während er, die Hände auf dem Rücken verschränkt, neben Vicente dahinschritt, »aber Ihr Bruder sagte neulich etwas von einer ›Neuordnung der Zeitalter‹. Was meinte er damit?«

Francisco spitzte die Ohren.

Vicente zögerte. »Im Grunde etwas, das fast so alt wie die Menschheit selbst ist«, antwortete er zunächst sehr bedächtig, um dann aber schnell in Fahrt zu kommen. »Seit jeher gibt es in allen möglichen Kulturen Prophezeiungen und andere Überlieferungen von einer solchen Neuordnung. Denken Sie nur an die Sintflutlegenden, die sich bei den Völkern rund um den Globus finden lassen. Mit den Weltuntergangsmythen ist es ähnlich. So glaubten die Indianer an bestimmte Zyklen, in denen sich eine völlige Veränderung der Welt vollziehe – möglicherweise sogar ihr Untergang. Den Legenden der mesoamerikanischen Urbevölkerung zufolge haben schon vier große Katastrophen die Menschheit heimgesucht. Die fünfte, eine

Erschütterung der Erde von unvorstellbarem Ausmaß, steht noch aus.«

»Dann sammeln Sie also Endzeitberichte?«

»Das ist eher ein Randgebiet meiner Forschungen. Ein Mediziner versucht auch zu erfahren, wie der Körper von einem gefährlichen Erreger zerstört wird, um selbigen dann wirkungsvoll zu bekämpfen. Auf meinem Gebiet ist es ähnlich: Wenn man genau weiß, wie sich die ganze Menschheit in die Finsternis stürzen lässt, erkennt man vielleicht auch den Weg zum Licht.«

»Ein anerkennenswertes Ziel«, lobte Xi mit einem wohlwollenden Lächeln. »Haben Sie es schon mit Kommunismus probiert?«

Inzwischen hatte die vierköpfige Prozession die zweite Höhle erreicht. Den Zugang in ihr Inneres versperrte ein wuchtiges Steintor; weder Schloss noch Riegel ließen sich entdecken. Wie der Abt erklärte, verhielt es sich bei den übrigen sieben Kammern ebenso. Welches Wissen auch immer sie bargen, es sollte bis zu jenem fernen Tag bewahrt werden, da die Welt aus der angekündigten Finsternis neu erstanden war.

Francisco stellte sich vor das Portal. Die Versiegelung war keineswegs perfekt. An den Rändern der dicken Verschlussplatte entdeckte er etliche Spalten, die zumindest Käfern und anderem Kleingetier freien Zugang zum Klosterschatz gewährten. Ob auch er sich auf seine Weise Zugang verschaffen konnte? Er schloss die Augen.

Vicente beobachtete ihn gespannt. Professor Xi, mit Leib und Seele Wissenschaftler, runzelte argwöhnisch die Stirn. Der buddhistische Abt deutete das Verhalten des Gastes als meditative Versenkung zum Zwecke der Aktivierung kosmischer Energien und somit als eine alltägliche Verrichtung. Das dreifache Beobachtetsein machte Francisco noch nervöser. Er konnte weder sagen, ob sich hinter der steinernen Tür der Schlüssel zur Neuordnung der Zeitalter befand, noch vermochte er es auszuschließen.

»Klingelt's?«, fragte Vicente, weil ihm das Zögern seines Bruders unerträglich wurde.

»Ich kann mich nicht konzentrieren«, antwortete Francisco.

»Vielleicht gibt es ja nichts in dieser Höhle, das deine Kompassnadel zum Ausschlagen bringt. Lass uns zur nächsten Kammer weitergehen und es dort versuchen.«

Um es kurz zu machen: Auch die folgende Höhle gab sich nicht durch Visionen oder Eingebungen zu erkennen, geschweige denn durch ein Klingeln. Bei den restlichen sechs verhielt es sich nicht anders.

Xi grinste, weil er seine Skepsis bestätigt fand, Vicentes Miene tendierte zu tiefstem Schwarz, weil seine Hoffnung enttäuscht worden war, und Francisco hätte sich am liebsten in ein Schneckenhaus verkrochen, weil er sich wie befürchtet bis aufs Hemd blamiert hatte. Nur Wu Mengfu, der Abt, lächelte, als gelte es, einem schwächelnden Novizen Nachsicht zu zeigen, und sagte: »Wollen Sie nicht heute Nacht unsere Gäste sein und es morgen noch einmal probieren?«

»Was soll das bringen?«, fragte Xi.

»Das ist sehr freundlich …«, zauderte Vicente.

»Ja, gerne!«, antwortete Francisco.

Kurz vor Mitternacht hielt er es nicht mehr aus. Er hatte sich mindestens zwei Stunden lang auf seiner Matte hin und her geworfen, ohne auch nur eine Minute Schlaf zu finden. Jetzt stand er leise auf und schlüpfte in seine Kleider. Mit Vicente teilte er sich ein kleines Zimmer, das ihnen Wu Mengfu zugewiesen hatte. Professor Xi musste im großen Dormitorium mit den anderen Mönchen schlafen. Obwohl Yunjusi keines jener buddhistischen Klöster war, dic mit der Beherbergung von Gästen ihre Einkünfte aufbesserten, hatte man sich für die Unterbringung der Besucher doch bestens gerüstet gezeigt. Es war sogar – entgegen dem Rat der vergrabenen Steintafeln – ein Nachtmahl gereicht worden.

Gerade wollte Francisco die Schiebetür öffnen, um sich nach draußen zu stehlen, als sich Vicente rührte.

»Wo gehst du hin?«

»Ich muss an die frische Luft.«

»So wie letztens?«

»Ich weiß nicht, wovon du sprichst.«

»Von Glastonbury selbstverständlich. Deine fünfte Welle kommt. Diesmal will ich dabei sein.« Vicente befreite sich aus seiner Decke.

»Kommt nicht infrage«, zischte Francisco.

»Sei kein Spielverderber.«

»Nein.«

»Doch.«

»Ich habe *Nein* gesagt.«

»Ich bin dein Bruder, Francisco. Du brauchst dich nicht zu zieren.«

»Wer sagt denn, dass ich mich …?«

»So, ich bin fertig.« Vicente war schon angezogen. Er hatte dazu weniger als sechzig Sekunden gebraucht. »Soll ich die Ausrüstung mitnehmen?«

»Ist mir doch egal.« Francisco glitt aus dem Raum in einen fensterlosen, von einer Petroleumlampe schwach erleuchteten Flur. Vorbei an bemalten Wänden und Schiebetüren schlich er zum Ausgang. Hier wurde er von Vicente eingeholt, der nun doch seine Apparatetasche schleppte.

Am Nachmittag hatten sie das Klosterareal durch eine Nebenpforte verlassen, um zur Donnerklanghöhle hinaufzugehen. Auch jetzt war die schmale Tür in der Mauer unverschlossen. Mit langen Schritten gingen die Brüder hangaufwärts, die silberne Scheibe des Mondes wies ihnen den Weg. Jedenfalls zu Beginn des Marsches. Als das Kloster etwa einen Steinwurf hinter ihnen lag, meldete sich Vicente zu Wort.

»Ich glaube, es geht los.«

Francisco hatte die schwache blaue Aura noch gar nicht

bemerkt, aber das war normal, wie er längst wusste. Er hielt sich die Finger der rechten Hand vors Gesicht. »Du hast Recht.«

»Sag, was du fühlst.«

»Unruhe.«

»Komm schon, Bruderherz! Da muss doch noch mehr sein. Was passiert gerade mit dir?«

Mit grimmiger Miene stapfte Francisco bergan. Er hatte die Arme eng um den Leib geschlungen, als friere er. Seine Augen waren wieder auf den Weg gerichtet. Bei seinem letzten Aufglühen hatte ihn niemand angestarrt wie ein radioaktiv markiertes Wechseltierchen unter dem Mikroskop. Vielleicht brauchte er das Alleinsein, um wieder mit Topra oder Trevir in Kontakt treten zu können. Letzterer hatte ihm aus der Blutquelle zugerufen, er solle sich bis zur nächsten Welle bereithalten. Jetzt war es so weit. Am liebsten hätte sich Francisco an einen anderen Ort versetzt, um allein zu sein. Er schüttelte den Kopf. Kindischer Gedanke!

»Francisco, sprich mit mir!« Vicentes eindringliche Ermahnung riss dessen Bruder in die Wirklichkeit zurück.

»Was?«

»Du strahlst wie der Lichtbogen einer Hochspannungsanlage.« Vicente hatte sein T-Shirt am Bund hochgenommen und sich über den Kopf gezogen, weil er die Helligkeit nicht ertrug.

Endlich gab Francisco dem Drängen seines Bruders nach. »Ich komme mir vor wie im Auge eines Zyklons: Um mich herum tobt der Wirbelsturm, aber in mir ist es ganz still.«

»Was ist mit der Unruhe?«

»Weg. Na ja, nicht ganz. In meinem Kopf wirbelt's noch, aber das hat andere Gründe. Ich kann nicht verstehen, was mit mir passiert. Da ist so ein Gefühl … als würden mir die Arme ausgerissen, wenn ich sie ausbreite.«

»Das ist die Kraft des Multiversums. Sie strömt durch dich hindurch. Daher auch das Licht«, erklärte Vicente begeistert.

Irgendwie wirkte die ganze Situation bizarr: Er klang, als rede er von der Entdeckung der Kernspaltung, sah mit seinem nackten Bauch und dem umgestülpten T-Shirt über dem Kopf aber aus wie ein kleines Kind, das nicht gesehen werden wollte.

»Du meinst, wie wenn ein Teilchen mit seinem Antiteilchen zusammentrifft?«, fragte Francisco.

»Endlich hast du's kapiert, Bruderherz! Was ist mit den gesuchten Schrifttafeln? Wenn du wirklich Dinge finden kannst, die anderen verborgen sind, dann müsste die Gabe in dir jetzt regelrecht explodieren.«

Die Suche nach den alten Texten war einer der Gründe, weshalb es Francisco hinausgetrieben hatte. Er schloss die Augen. Um die Fragen aus seinem Geist zu verscheuchen, stellte er sich eine der beschrifteten Steinplatten vor, von denen ihnen Professor Xi ein Foto gezeigt hatte. »*Novus Ordo Seclorum*«, flüsterte er, einmal, zweimal, immer wieder. Die Neuordnung der Zeitalter, wo war sie beschrieben? Hatten die Mönche des Wolkenheimklosters überhaupt etwas darüber gewusst? Es wollte sich kein Bild in Franciscos Kopf einstellen. Seine »Kompassnadel« rührte sich nicht. Er formulierte die Frage anders: Hatten die Verfasser der steinernen Bibliothek gewusst, *wo* dieses Wissen zu finden war …?

Der Gedanke hatte sich noch nicht ganz in Franciscos Kopf ausgeformt, als er jäh ein vertrautes Gefühl verspürte. Jemand, der einen verlegten Gegenstand sucht und sich plötzlich wieder erinnern kann, wo er ihn abgelegt hat, empfindet ungefähr das Gleiche. Francisco öffnete die Augen und deutete den Berg hinauf. »Da entlang!« Schon lief er los.

Vicente stolperte mit seiner Kunststofftasche hinterher. »Sag bloß, du spürst was?«

»Ich weiß jetzt, wo die Tafel ist: in der letzten Höhle.«

»Das gibt's nicht.«

»Wenn du mir nicht glaubst, können wir ja wieder schlafen gehen.«

»Bist du von Sinnen! Ich schleppe die Kamera, den Laptop und das ganze Zeug doch nicht umsonst durch die Gegend.«

Kurze Zeit später hatten sie die neunte Kammer erreicht. Vicente brauchte nicht einmal seine Halogenlampe zu bemühen, um einen Spalt in der Steintür zu finden, der groß genug war, um seine Fingerkamera einzuführen. Darin nämlich bestand der Kompromiss, den der Abt Yi sowie Professor Xi mit Wu Mengfu und den Regierungsstellen ausgehandelt hatten: Ein kleines Objektiv auf einem dünnen biegsamen Hals, wie man sie auch in der medizinischen Stethoskopie für Magen- oder Blasenspiegelungen verwendete, durfte durch eine schmale Öffnung ins Innere einer der Höhlen geschoben werden. Die Bilder dieser Kamera wurden direkt in einen tragbaren Computer eingespeist, um auf dessen Bildschirm angezeigt und auf der Festplatte abgelegt zu werden.

Vicente zog sich das T-Shirt vom Gesicht und wandte seinem Bruder den Rücken zu, um den Monitor mit dem Körper zu beschatten. Kurz darauf pfiff er durch die Zähne. »Wahnsinn! Dein Glanz schießt richtige Lichtpfeile in die Höhle. Wir können fast auf die Lampe verzichten.«

Als Francisco über die Schulter seines Bruders schielte, überstrahlte sein Glanz das Bild im Deckel des Laptopcomputers. »Ich kann nichts erkennen.«

»Ich jetzt auch nicht mehr. Geh bitte wieder zur Tür und such dir einen zweiten Spalt, um die Leuchte hineinzuschieben, damit wir den Innenraum gleichmäßiger ausleuchten können.«

Auch das Hilfslicht saß auf einem Schwanenhals aus beweglichen Gliedern, der sich verbiegen ließ. Nachdem Francisco eine Lücke in der Tür gefunden und die Lampe eingeführt hatte, gewann das Bild auf dem Monitor deutlich an Brillanz.

»Ich fass es nicht!«, staunte Vicente erneut. »Die Zeichen auf den Tafeln sind ganz deutlich zu erkennen. Wenn ich sie nahe genug heranzoome, kann ich sie auf der Festplatte speichern und morgen früh Professor Xi zeigen.«

»Es sind zu viele Dokumente. Xi würde Wochen oder gar Monate brauchen, sie alle zu übersetzen.«

»Wie kannst du das wissen? Du hast das Kamerabild doch gar nicht gesehen.«

»Genügt es dir nicht, wenn ich durch das Steintor schaue?«

Vicente blickte staunend über die Schulter zu seinem Bruder. »Das ist unvorstellbar. Du kannst wirklich …?«

»Ja. Ich kann«, antwortete Francisco verdrießlich. Seine rechte Hand hielt jetzt wieder die Fingerkamera. Der Spalt, in dem sie steckte, lag etwa einen halben Meter über dem Boden. »Lass mich mal versuchen, das Objektiv ganz nach links zu schwenken. Da müsstest du acht ungravierte Tafeln sehen, auf denen sich die aufgemalten Buchstaben schwach abzeichnen.«

Vicente gab Anweisungen. »Rück es noch ein bisschen weiter rum … Nein, zur anderen Seite! … Schon besser. … Noch ein Stück. … *Stop!* Jetzt habe ich die Tafeln deutlich auf dem Schirm. Soll ich sie alle in Bilddateien umwandeln?«

»Nicht nötig«, antwortete Francisco selbstbewusst. Er hatte die Augen geschlossen. Fast stieß er mit der Nase gegen das steinerne Portal. »Es genügt völlig, wenn du die sechste von links – also die zweite von rechts – aufnimmst. Gehe so nah wie möglich ran. Die Buchstaben sind ziemlich verblichen.«

Vicente schüttelte ungläubig den Kopf, aber er richtete sich nach Franciscos verblüffend genauen Angaben. Sie veränderten ein paarmal die Beleuchtung und machten mehrere Aufnahmen.

»Ich hoffe, jetzt bist du zufrieden«, sagte Francisco schließlich. Sein Glanz nahm allmählich ab.

»Sehr!«, freute sich Vicente. »Am liebsten würde ich Xi gleich jetzt aufwecken, damit er uns den Text übersetzt.«

»Wozu die Eile? Wenn deine Berechnungen stimmen, dann haben wir noch zwanzig Tage bis zur großen Konjugation. Würdest du mir jetzt einen Gefallen tun, Vicente?«

»Jeden, Bruderherz.«

»Lass mich allein.«

Um Franciscos Laune stand es am Morgen nach dem Besuch der neunten Kammer nicht zum Besten. Trevir und Topra waren ihm nicht erschienen. Hatte er seine Chance verpasst? Vielleicht war die Gegenwart Vicentes am Fernbleiben der beiden Drillingsbrüder schuld gewesen.

Der Archäologe ahnte nicht, was seinen Bruder beschäftigte, und im Moment interessierte ihn nur die unvollendete Steintafel. Die ganze Nacht hatte er am Computer gesessen und mit Bildverarbeitungsprogrammen die Qualität der Fotos verbessert. Jetzt, noch vor dem Frühstück mit den Mönchen, präsentierte er Yuan Xi am Boden ihres engen Schlafgemachs das Ergebnis.

Der Professor war beeindruckt. Schon die ersten Spalten der Inschrift sprachen für die Zielsicherheit von Franciscos Spürsinn.

»Da ist wieder von dem Weltuntergang die Rede«, sagte der Chinese und deutete auf die erste Spalte am rechten Rand der Tafel. »Dort steht geschrieben: ›Wenn menschlicher Hochmut den Rhythmus der tausendmal gesegneten Harmonie stört, werden die Wohnstätten der Erdbewohner in Trümmern versinken und Dunkelheit breitet sich über das Leben aus.‹«

Francisco fühlte sich wie ausgedörrt. »Von welcher Harmonie spricht der Verfasser dieser Weissagung?«

Xi blickte von der Tafel auf. »Ich nehme an, die Harmonie der Naturkräfte.«

»Davon haben wir im Kloster der Gesetzesquelle ja schon genug gehört«, unterbrach Vicente die beiden ungeduldig. »Was steht noch da, Professor? Bitte übersetzen Sie weiter!«

Der Chinese schüttelte grinsend den Kopf. »Das hat Zeit bis nach dem Frühstück.«

Wie sich herausstellte, war das gemeinsame Morgenmahl der Mönche schon vorüber. Die Gäste bekamen jeder eine Schale Reis mit etwas Tofu und dazu so viel Wasser, wie sie trinken konnten. Außer Xi hatte ohnehin keiner Appetit.

Wu Mengfu wirkte nicht sonderlich überrascht, als er von

Franciscos nächtlichem Ausflug zu den Höhlen erfuhr, wenngleich er noch einmal ernsthaft darum bat, die Heiligtümer des Wolkenheimklosters zu respektieren und sich an die Vereinbarungen zu halten. Anschließend war er aber genauso an der Übersetzung der alten Inschrift interessiert wie seine europäischen Besucher. Im großen Skriptorium, das jahrelang als Werkstatt zum Kopieren der Tafeln gedient hatte, machte er sich zusammen mit Xi an die Entzifferung der stark verblichenen und teilweise sogar ganz verschwundenen Tuschezeichen. Die Deutung einiger Passagen beschwor überraschend heftige Auseinandersetzungen zwischen den beiden Männern hervor. Doch allmählich entstand ein ins Englische übersetzter Text, der alle Erwartungen Vicentes und Franciscos übertraf. Vor allem der dem Weltuntergangsszenario folgende Teil hatte es in sich.

> Das Schreckliche wird kommen. Vereiteln können wir es nicht. Nur uns schützen und um die Gnade der Götter beten. Imhotep vom Land der künstlichen Berge allein weiß um den Zauber, der die drei Säulen unseres Seins vor dem Zusammenbruch bewahren kann. Doch als er die Barke bestieg, nahm er das Geheimnis über den Ort der Entscheidung mit sich ins Totenreich. Nun kennt niemand mehr das *Buch der Weisheiten* noch den Ort, wo es verborgen liegt.

»Die Kammer des Wissens!«, hauchte Vicente unvermittelt, nachdem er mehrmals die handschriftliche Übertragung des Professors gelesen hatte. Die Luft war plötzlich wie elektrisch geladen.

Drei Augenpaare wandten sich ihm zu.

»Von einem solchen Zimmer wird auf der Tafel nichts erwähnt«, sagte Xi und übersetzte die Bemerkung des Archäologen für den Abt. Wu Mengfu schüttelte ebenfalls den Kopf.

»Sie wird auch manchmal die ›Halle der Aufzeichnungen‹ genannt«, knurrte Francisco. »Der Name geht auf einen Mann zurück, der nie existiert haben soll. In seinem mystischen Werk behauptet er, dieser Raum berge alles Wissen über Astronomie, Mathematik, Medizin, Alchemie und Magie.«

»Ich kenne mich in der Ägyptologie nicht aus. Wer ist dieser geheimnisvolle Fremde?«, fragte Xi.

»Man nennt ihn Hermes Trismegistos.« Francisco warf seinem Bruder einen finsteren Blick zu.

Vicente bemerkte davon nichts. Er war von der Entdeckung noch ganz benommen. »Ich hätte nie vermutet, in einem chinesischen Kloster etwas über Imhotep zu lesen, Professor. Das ›Land der künstlichen Berge‹ – damit können nur die ägyptischen Pyramiden gemeint sein. Der Name Imhotep bedeutet ›gekommen in Frieden‹. Er war Hohepriester des Sonnengottes Re und ein ungemein vielseitiger Gelehrter, den man wohl auf eine Stufe mit Leonardo da Vinci stellen kann. In Heliopolis bekleidete er die Ämter des Vorlesepriesters und des Vorstehers der Ibis-Priesterschaft. Nach ägyptischer Vorstellung war es der Ibis, der den Menschen die Schrift brachte.«

»Dieser Vogel, der mit seinem Schnabel in den Sand schreiben konnte, steht für den Gott der Wissenschaft und Magie, für Thot, dessen menschliche Inkarnation Hermes war«, ergänzte Francisco in fast drohendem Ton. Seine zunehmende Aggressivität blieb weder dem Professor noch dem Abt verborgen. Beide musterten ihn verwundert.

Vicente wollte sich die gute Laune nicht verderben lassen und merkte lächelnd an: »Jedenfalls beinhaltete das Amt des Vorlesepriesters einen seltsamen, im mystischen Dunkel liegenden Kult. Er las der Bevölkerung an jedem einundzwanzigsten Tag des zweiten Monats der Winterjahreszeit – also am 21. Dezember, dem Tag der Sonnenwende – aus dem *Buch der Weisheiten* vor. Der Legende nach empfing Imhotep dieses Werk auf übernatürliche Weise vom Himmel, während er in der Wüste weilte. Das Buch enthielt unter anderem genaue Konstruktionspläne ebenjener ersten echten ägyptischen Pyramide, als deren Erbauer Imhotep gilt.«

Xi kraulte sich den Bart. »Sie sagten gestern, Ihnen ginge es um den Weg des Lichts, der die Menschheit zur ›Neuordnung der Zeitalter‹ führen könnte. Was hat dieses Pyramidenbuch damit zu tun?«

»Oh, das *Buch der Weisheiten* behandelt weit mehr als nur dieses Thema. Es soll ein Schatz großen Wissens sein. Manche halten es für ein Weisheits- und Einweihungsbuch, das Erinnerungen an die Zeit vor der Sintflut und die wahre Herkunft der Pharaonen enthielt. Das würde auch zu jenem sagenhaften Gemach passen, in dem es angeblich aufbewahrt wird. Diese ›Kammer des Wissens‹ war wohl so etwas wie eine zentrale Datenbank, in der die alten Ägypter die gesamten Kenntnisse ihrer Zeit aufbewahrten.«

»Und darin hoffen Sie das Rezept zur Rettung der Welt zu finden«, kombinierte Xi. Seine Skepsis war unüberhörbar. Dennoch nickte er. »Jetzt leuchtet mir zumindest ein, warum Sie so aufgeregt sind.«

Vicentes Gesicht glühte förmlich. Mit großen Augen bestaunte er noch einmal das Bild des jahrhundertealten Steindokuments auf dem Monitor des Laptops. »Ja«, flüsterte er. »Jetzt brauchen wir unsere Suche nicht mehr dem Zufall zu überlassen. Wir werden unverzüglich nach Ägypten aufbrechen.«

Die Ausreiseformalitäten in Peking riefen den beiden Weltenbummlern in Erinnerung, dass China immer noch ein Land war, in dem das Recht auf freie Entfaltung erst noch entdeckt werden musste. Die sozialistische Wartegemeinschaft in der Abfertigungshalle des Flughafens harrte auf etwa vierzig Metern Länge der strengen Kontrolle durch eine mehrköpfige Kommission.

»O Gott, lauter Frauen!«, stieß Vicente hervor, nachdem er sich zur Seite gebeugt und zu den uniformierten Grenz- und Zollbeamtinnen am Kopf der Schlange gespäht hatte.

»Ich wusste gar nicht, dass du so ein Macho bist«, spöttelte Francisco.

»Bin ich auch nicht. Ich hasse nur unnötige Komplikationen, und Frauen in der Uniform von Grenzbeamten sind die unbarmherzigsten Wesen, die ich kenne.«

»Hast du denn etwas zu verbergen?«

»Red keinen Unsinn! Ich will nur nicht die Maschine nach Paris verpassen.« Auf die Schnelle hatten sie keinen Direktflug von Peking nach Kairo bekommen können.

»Du hast mir immer noch nicht verraten, was dich plötzlich so zuversichtlich macht, die Kammer des Wissens zu finden. Ich habe einiges über sie gelesen. Schon viele haben die Suche nach ihr mit großen Erwartungen begonnen und sind am Ende kläglich gescheitert.«

Vicente grinste schief. »O ja! Ich gehöre auch dazu. Mit meinen seismischen Messungen konnte ich eine Reihe von Hohlräumen unter der Großen Sphinx von Giseh nachweisen. Aber leider hat eine amerikanische Expedition vor etwa zwanzig Jahren dort mit gewaltigen Bohrmaschinen ziemlich gewütet und die ägyptische Regierung verbot hierauf jegliche Sprengungen und Bohrungen, um das Denkmal nicht zu zerstören. Danach haben die Franzosen versucht, die Lage der Kammer mit Dichtigkeitsmessgeräten zu ermitteln, die Deutschen fahndeten mit Minirobotern in der benachbarten Cheopspyramide und andere rückten dem Erdreich unter den Monumenten mit Ultraschall zu Leibe …«

»Und warum erkühnt sich ein eigenbrötlerischer Archäologe namens Vicente Alvarez ausgerechnet jetzt, die Halle der Aufzeichnungen zu entdecken? Wir haben doch nicht mehr als ein weiteres Artefakt, das von Imhotep, dem *Buch der Weisheiten* und vom Land der künstlichen Berge spricht.«

»Ich kann dir sagen, warum ich mit einem Mal so optimistisch bin, Bruderherz. Weil ich *dich* bei mir habe. Wie du die Schrifttafel in der Höhle gefunden hast …« Vicente schüttelte den Kopf. »Das war im wahrsten Sinne des Wortes phänomenal.«

»Vielleicht gibt es ja gar keine Kammer des Wissens.«

»Das sagst du nur, weil du nicht willst, dass es sie gibt. Mir wurde in Berlin eine Sammlung von Dokumenten aus dem Mittleren Reich gezeigt, zu der ein bemerkenswerter Papyrus zählt. Er berichtet davon, dass bereits Cheops nach dem sagenhaften Hort des Wissens suchte. Der Pharao befragte einen Zauberer nach dem Schlüssel zum Heiligtum des Thot. In der Schrift wird von einer geheimnisvollen Kammer erzählt ...«

»Und diverse Sargtexte behaupten, Ptah habe die Welt erschaffen, indem er seine Gedanken in Worte kleidete«, unterbrach Francisco barsch seinen Bruder. »Nimmst du etwa alles für bare Münze, was die Hieroglyphen erzählen?«

»Vielleicht kam die Welt, wie wir sie heute kennen, tatsächlich so ins Dasein.«

»Ich weigere mich zu glauben, was du da sagst.«

»Weil du verbohrt bist, Francisco. Dabei heißt es doch sogar im Johannesevangelium: ›Im Anfang war das Wort.‹ Und: ›Alles wurde *durch* das Wort erschaffen; und ohne das Wort ist nichts entstanden.‹ Ich kann da keinen großen Unterschied zu den Schöpfungsmythen der Ägypter erkennen.«

»Ja, weil *du* der Trotzkopf bist und dir die Fakten so hindrehst, wie du sie gerade brauchst. Im Hebräerbrief des Paulus steht, Moses sei ›in aller Weisheit der Ägypter unterwiesen‹ worden. Hätte er dann nicht in der Genesis schreiben müssen, der Sonnengott Re habe den Menschen aus seinen Tränen gebildet? Stattdessen notiert Moses schlicht, Adam sei ›aus Staub vom Erdboden‹ gemacht. Heute wissen wir, dass die in unserem Körper vorkommenden Elemente und chemischen Verbindungen in der Erdkruste zu finden sind. Nun sage mir, du neunmalkluger Gelehrter, woher, wenn nicht von Gott, bezog Moses seine Einsichten, die sich – anders als die Mythen der Ägypter – so genau mit den modernen wissenschaftlichen Erkenntnissen decken?«

Vicente grinste frech. »Vielleicht aus der Kammer des Wissens?«

Francisco schnaubte etwas Unverständliches und wandte sich demonstrativ von seinem Bruder ab. Stärker denn je neigte er dazu, ihre Partnerschaft bei nächster Gelegenheit zu beenden. Er könnte die Zwischenlandung in Paris nutzen, um sich von Vicente zu trennen.

Bis die Brüder den Schalter der Grenzkontrolle erreichten, wechselten sie kein Wort mehr miteinander. Obwohl sie nicht gerade wie zwei chinesische Emigranten aussahen, die ohne Ausreisegenehmigung ihre Heimat zu verlassen gedachten, wurden ihre Visa und sonstigen Papiere akribisch geprüft. Anschließend kam ihr Gepäck an die Reihe. Es konnte ja sein, dass die Ausländer einige der letzten alten Kunstschätze des Landes entführen wollten. Gewohnheitsmäßig schob Vicente seinen Bruder vor – er hatte einmal behauptet, Franciscos Gesicht sehe dermaßen ehrlich aus, dass die Zöllner sogar noch die nächsten drei oder vier Reisenden unkontrolliert passieren ließen. Die chinesische Beamtin schien diesen Trick jedoch schon zu kennen. Misstrauisch musterte sie Vicentes »tragbare Privatsphäre«: den Aluminiumkoffer.

»Was da drin ist?«, fragte sie in schauderhaftem Englisch.

»Wissenschaftliche Dokumente.«

»Bitte machen Sie den Koffer öffnen.«

Vicente wedelte mit der Hand in Franciscos Richtung. »Geh ruhig schon vor, Bruderherz. Das hier kann dauern. Wir treffen uns nachher im Warteraum.«

Normalerweise pflegte Francisco auf solche Ratschläge zu hören. Doch jetzt zögerte er.

»Bitte machen Sie den Koffer öffnen!«, wiederholte die Chinesin nachdrücklich.

Vicente legte den Koffer auf die dafür vorgesehene Ablage, stellte die Kombination der beiden Zahlenschlösser ein, drehte ihn zur Beamtin herum und klappte den Deckel hoch. Tatsächlich war der Koffer voller Dokumente.

Obenauf lag das *Corpus Hermeticum*, wie Francisco voller

Unbehagen sah. Vicente hatte das Buch also nicht wie versprochen in Japan entsorgt. Offenbar war ihm der unwirsche Blick seines jüngeren Bruders aufgefallen, denn er drehte den Koffer noch ein Stück weiter herum, wodurch Francisco nur noch den hochgeklappten Deckel sehen konnte.

»Was das ist?«, fragte die Beamtin, nachdem sie eine Weile mit beiden Händen in den Papieren gewühlt hatte.

»Ein altes Erbstück«, antwortete Vicente.

Francisco reckte den Hals, konnte aber nicht erkennen, wovon die Rede war.

»Gemacht von Jade?«, hakte die Zöllnerin nach.

»Nein, aus Saphir.« Vicente zog ein Schriftstück aus der Innentasche des Kofferdeckels. »Hier ist ein Dokument, das mich als Eigentümer des Artefakts ausweist und dahinter hängt die beglaubigte englische Übersetzung der Urkunde.«

Die Chinesin ließ sich viel Zeit, um beide Papiere zu studieren. Francisco machte einen Schritt auf den Koffer zu. Dann noch einen. Gerade sah er darin etwas Blaues aufblitzen, als die Beamtin sagte: »In Ordnung. Beim nächsten Mal Sie melden ihr ›Erbstück‹ *vor* Einreise an. Dann Sie die Leute nicht halten auf. Gute Reise.«

Vicente klappte rasch den Deckel zu und hob den schweren Koffer auf, ohne die Schlösser einschnappen zu lassen. Mit dem Gepäckstück unterm Arm suchte er schnellstens das Weite. Sein Gesicht war hochrot vor Zorn. Als sich die Brüder außer Hörweite des Schalters befanden, zischte er: »Hast du das gehört? So eine Frechheit! Die tut ja gerade so, als wäre *ich* für die kilometerlange Schlange verantwortlich.«

Francisco lugte zu dem silbernen Behältnis hin. »Worum ging's da eigentlich? Du hast mir dieses … *Erbstück* nie gezeigt.«

»Ist auch nicht der Rede wert.« Vicente versuchte das Schloss einschnappen zu lassen, aber dabei rutschte ihm plötzlich der ganze papierüberfrachtete Koffer aus den Händen und fiel laut krachend zu Boden.

Dutzende Zettel, geheftete Stapel, Magazine und Umschläge ergossen sich über den glatten Linoleumbelag. Vicente fluchte, ging in die Knie und begann seine Unterlagen hektisch zusammenzusammeln. Währenddessen konnte Francisco einen Blick auf das Erbstück im Koffer werfen, das nicht hinausgeschleudert worden war.

»Ein Dolch?«, fragte er verwundert, denn genau das lag da auf dem grauen Innenfutter: Ein blaues, etwa fünfundzwanzig Zentimeter langes, durchscheinendes Stilett, das dem Aussehen nach ganz und gar aus Saphir bestand. Es hatte einen runden Griff, aber der Querschnitt seiner nadelspitzen Klinge war unübersehbar dreieckig. Das Stück musste sehr wertvoll sein.

»Unser Vater hat ihn mir vermacht. Ich benutze ihn manchmal als Brieföffner.«

»Ist die Klinge dafür nicht ein bisschen zu dick?«

Schon hatte Vicente den Dolch unter einem Stapel Dokumente begraben. Bissig erwiderte er: »Ich habe ihn mir ja nicht extra dazu anfertigen lassen.«

»Dachtest du, ich würde Ansprüche darauf erheben, wenn ich ihn sehe?«, fragte Francisco belustigt.

»Kann schon sein.« Vicente kniete auf dem Fußboden und raffte fahrig seine restlichen Papiere zusammen.

»Keine Sorge. Ich will mich nicht an den Beutestücken jenes feinen Provinzialministers bereichern, der zufällig unser Vater war. Wegen mir kannst du …« Francisco stockte. Gerade hatte Vicente einen Stapel kleinerer Umschläge zusammengeschoben, die auf dem Boden wie ein Kartenspiel auseinander gerutscht waren. »Was sind das für Briefe?«

»Briefe halt«, erwiderte Vicente und versuchte selbige vor den Augen seines Bruders zu verbergen.

Francisco packte Vicentes Handgelenk. »Sie sind aber an *mich* adressiert und der Absender … Da steht C. Alvarez y Moguer. Die sind von *Clara!*«

»Und wenn schon«, knurrte Vicente. Er riss sich aus dem nicht sehr festen Griff seines Bruders los, warf den Stapel Umschläge in den Koffer und ließ ihn zufallen.

Francisco ballte die Fäuste. Am liebsten wäre er über seinen Bruder hergefallen wie Kain über Abel. Tränen der Wut standen ihm in den Augen. »Warum, Vicente!«, schrie er anklagend. Einige Fluggäste sahen sich entrüstet nach ihnen um. »Warum hast du mir Claras Briefe vorenthalten?«

14
Abschied und Begegnung
ANX

Im Nachhinein kamen Topra die Worte des Teguarfürsten wie eine Weissagung vor. Während des Festes aus Anlass der Rettung seiner Tochter hatte Asfahan dem Seher verheißen: »Wenn es jemanden gibt, der das Geheimnis deiner Gaben zu lüften vermag, dann dort. Und auch für deine Suche nach Hobnaj von Meroe könnte dir das Orakel von Nutzen sein.« Beides hatte sich erfüllt. Leider wollte sich das Oberhaupt des stolzen Nomadenstammes nicht in Bezug auf die Erfolgsaussichten der Suche nach Gisa festlegen.

In der Wüste begann gerade die heißeste Jahreszeit. Golo, das »trinkfreudige« Kamel, zeigte sich davon weitgehend unbeeindruckt. Die Pferde der Teguar dagegen benötigten in kürzeren Abständen Wasser. Einmal mehr bewunderte Topra die auf Erfahrung und Überlieferungen beruhende Fähigkeit der Nomaden, Wasserlöcher ausfindig zu machen. Nach einigen Tagen mussten Topra und fünf Leidensgenossen ihr Teguarhabit ablegen, sich in zerlumpte Kleidung stecken und Fesseln anlegen lassen. Von nun an reisten sie als Sklaven.

Je näher sie dem Nil kamen, desto häufiger durchquerten sie kleinere Ortschaften. Im Allgemeinen interessierte sich die baqatische Polizei nicht sonderlich für die vermeintlichen Treiber und ihre menschliche Ware. Einmal sah sich Asfahan jedoch gezwungen einen hartnäckigen Reviervorsteher abzuwimmeln, der sich in Topra verguckt hatte. Er wollte »den wohlgestalten Jüngling unbedingt kaufen« und drohte sogar mit seiner »amtlichen Autorität«. Erst als der Fürst die – von Hobnajs Freunden erstklassig gefälschten – Lieferpapiere vorzeigte und der Polizeioffizier darin die Anschrift »Millionenjahrhaus« las, gab er frustriert auf.

Wohlbehalten erreichte der Tross Memphis.

Der Nubier befand sich schon seit knapp einer Woche in der Hauptstadt. Zu seinen Freunden gehörten auch eine Reihe von Schiffseignern. Versteckt in einer verborgenen Kajüte hatte er den Hafen erreicht, der vor vielen Jahren Ausgangspunkt von Topras Odyssee geworden war. Unweit der Kaianlagen fanden die Freunde auch Quartier. Weil die Unterbringung von dreizehn Männern in einem Haus zu auffällig gewesen wäre, hatte Hobnaj die Gefährten auf insgesamt sechs Unterkünfte verteilt. Er, Topra und Asfahan zogen in ein halb verfallenes Gebäude, das zwischen zwei engen Gassen lag, ideal, wenn man sich in einem brenzligen Moment davonstehlen musste. Die Gegend genoss nicht gerade den besten Ruf, was den Beamten im Amjib und dem Einwohnermeldeamt sicher mehr Kopfzerbrechen bereitete als den heimlichen Besuchern.

Über eine Kette von Mittelsmännern trat Hobnaj mit der Kontaktperson am Hof des Pharaos in Verbindung. Die Antwort kam schnell.

»Übermorgen wirst du deine Mutter sehen«, berichtete der Nubier.

Topras Herz machte einen Sprung. »Ich kann es noch gar nicht fassen. Das war bestimmt teuer.«

Hobnaj grinste. »Es hält sich in Grenzen. Isfets ganzer Beamtenapparat ist korrupt – großes Angebot, niedrige Preise.«

»Ich werde dir alles erstatten.«

»Das ist nicht nötig, mein Junge, denn ich werde dir sowieso nie alles zurückzahlen können, was deine Mutter mir gegeben hat.«

Die zwei Tage bis zum Gefängnisbesuch schienen nicht vergehen zu wollen. Doch selbst eine Schnecke kommt – solange sie kein hungriger Räuber erwischt – schließlich ans Ziel. Das Versteck im Hafenviertel war gut gewählt und der Amjib ahnte nicht, wer sich da anschickte, die Höhle des Löwen aufzusuchen.

Das Millionenjahrhaus umfasste ein Areal von vier mal sechs Meilen. Seine Ursprünge reichten mehr als viereinhalbtausend Jahre zurück, was es so gut wie unmöglich machte, seine über- und unterirdische Vielfalt zu überblicken. Im Zentrum des Bezirks lag der prachtvolle Monumentalpalast, umgeben von ausgedehnten Parkanlagen mit einer Anzahl Seen, einem künstlichen Fluss und ungefähr einem Dutzend Tempeln, die den wichtigeren Göttern Baqats gewidmet waren. Wie ein steinerner Schutzwall reihten sich an der Peripherie verschiedene Ministerien, darunter das des »Großen Hauses«, die Geheimpolizei und die oberste Militärführung sowie andere für einen funktionierenden Hofstaat unabdingbare Einrichtungen, etwa das bereits erwähnte Krankenhaus, die Kasernen der Leibwache und das Gefängnis. Vor ebenjenem hielt kurz vor neun Uhr morgens Topras Taxi.

Er holte tief Luft und stieg aus dem Wagen. Fast unhörbar rollte der wasserstoffbetriebene Wagen davon. Der Besucher ging die Ehrfurcht gebietende Treppe hinauf. Der Eingang des Sandsteingebäudes war eingefasst von hohen Säulen, an denen uniformierte Posten mit Lichtkanonen standen. Topra machte sich noch einmal klar, dass die Besuchsgenehmigung in seiner Hand nicht gefälscht war. Es stand zwar nicht Gisas Name darauf – diese Gefangene existierte offiziell nicht –, aber das Papier würde ihn zu einer Vollzugsbeamtin bringen, die wisse, wie es dann weiterginge. So lauteten Hobnajs Instruktionen.

»Ich habe da einen Besuchsschein. Wo muss ich mich damit melden?«, fragte Topra den Posten auf der rechten Seite des Eingangs. Der blickte so bewegungslos geradeaus, als wäre er schon mindestens seit tausend Jahren mit der benachbarten Säule verwachsen. Auch eine Wiederholung des Anliegens konnte ihn nicht aus seiner Starre erwecken. Topra versuchte es bei dem linken Wachmann, der offensichtlich ebenfalls zu Stein geworden war. Enttäuscht öffnete er die Tür und betrat das Gebäude.

Mit einem symbolisch sehr bedeutsamen Knall fiel die Tür hinter ihm ins Schloss. Das Entree des stattlichen Baus hätte einem Gerichtsgebäude gut zu Gesicht gestanden, aber für eine Justizvollzugsanstalt wirkte es entschieden zu pompös. Topra legte den Kopf in den Nacken und versuchte im Halbschatten die Decke zu sehen. Mit Mühe gelang es ihm. Eine strenge Stimme bahnte sich den Weg zu seinem Bewusstsein.

»Sie wünschen bitte?«

Er wandte sich dem energischen Frager zu, einem wohlgenährten Beamten, dessen taubenblaue Uniform vor zehn Jahren noch gepasst haben mochte. Sein Formular wie einen Schutzschild vor sich haltend, wagte er eine vorsichtige Annäherung und sagte: »Ich habe eine Besuchsgenehmigung.«

»Für wen?«, fragte der Beamte barsch.

»Steht alles drauf.«

Der runde Mann entriss dem Besucher das Formblatt und vertiefte sich darin. Seine unwillige Miene ließ erkennen, dass er nach Ablehnungsgründen suchte, aber sämtliche Felder waren akkurat ausgefüllt. Er seufzte. »Nichts zu machen.«

»Wie bitte?«

»Ich wollte sagen, da ist nichts zu beanstanden.«

»Das tut mir Leid.«

»Schon gut. Sie ahnen ja nicht, wie eintönig dieser Dienst ist! Setzen Sie sich da auf die Bank. Sie werden gleich abgeholt.«

Nach etwa einer Stunde hörte Topra das aus den Tiefen des Gebäudes hallende Knallen von Absätzen. Die Schritte näherten sich. Bald tauchte am Ende eines langen Ganges eine kleine dralle Gestalt auf. Sie trug eine Uniform, bestehend aus einer engen Jacke mit Schulterstücken und Brusttaschen – was bei Männern noch angehen mochte, aber bei der Beamtin ziemlich aufgesetzt wirkte. Zur Rettung der weiblichen Note war ein wadenlanger Rock vorgesehen, dessen auffallende Weite sich im

Kampfeinsatz gegen rebellierende Gefängnisinsassen bewährt haben mochte, von modischen Gesichtspunkten her jedoch eher dreizehnte Dynastie war. Ein Schild, das die linke Brust der Beamtin noch etwas stärker betonte, wies sie als »Frau Hobnuth« aus. Selbige streckte dem Besucher die Hand entgegen, aber als er ihr die seine zum Gruße reichen wollte, zog Hobnuth verärgert den Arm zurück.

»Den Schein!«, blaffte sie Topra an. Vermutlich gehörte die Unhöflichkeit zu ihrer Tarnung. Er reichte ihr das Formular. Sie studierte es mit derselben Gründlichkeit, die zuvor schon der Portier an den Tag gelegt hatte, und sagte dann: »Folgen Sie mir!«

Wie sich bald herausstellte, verdankte das Gebäude seine imposante Außenansicht hauptsächlich der Tatsache, dass oberirdisch nur Büros untergebracht waren. So konnte man die Fenster gitterlos halten, während sich die ganze Hässlichkeit des Kerkers in den Kellergeschossen entfaltete. Davon gab es, wie Topra noch feststellen sollte, etliche.

Hobnuth lotste den Besucher in einen reichlich antiquiert wirkenden Fahrstuhl, dessen letzte Generalüberholung sich auf den Einbau der Überwachungskamera unter der Decke beschränkt haben dürfte. Die Vollzugsbeamtin schloss die zur Sicherung der Fahrgäste vorgesehene Scherengittertür und drückte eine Taste mit der Aufschrift »–8«. Nachdem sich der Aufzug in Bewegung gesetzt hatte, lichtete sich Hobnuths düstere Reserviertheit für einen winzigen Moment. Ohne die Zähne auseinander zu bringen zischte sie: »Sie hätten keinen Moment später kommen dürfen.« Nach dieser für Topra alles andere als beruhigenden Feststellung würdigte sie ihn keines weiteren Blickes mehr.

Das Atmen wurde ihm zur Qual, während der Lift sich ächzend in die Tiefe quälte. Die feuchtwarme Luft roch nach menschlichen Ausscheidungen. Hinter dem Eisengitter zog eine öde Folge aus verschmutztem Mauerwerk und erleuchteten

Gängen vorüber: Mauer und Gang, Mauer und Gang … Je weiter es abwärts ging, desto heruntergekommener sahen die Flure aus. Bald ähnelten sie nur noch Bergwerksstollen. Abgesehen von der trostlosen Aussicht litt Topra vor allem unter den Geräuschen. Sie wirkten auf ihn, einen jungen Menschen, der fast sein ganzes Leben in freier Natur verbracht hatte, wie Messerattacken. Mehrmals zuckte er zusammen, wenn das Knarren oder metallische Knirschen des engen Blechkastens besonders aufdringlich klang. Einmal hörte er Schreie aus einem Stockwerk, das hinter dem Eisengitter vorüberglitt; als der Aufzug endlich ruckend zum Stillstand kam, hatte er immer noch eine Gänsehaut.

»Da lang!«, erläuterte Hobnuth ihre weiteren Pläne und deutete auf einen langen Tunnel, der direkt aus dem Fels gehauen war. Unter der bogenförmigen Decke hingen Lampen wie schwach glimmende Skarabäen; die leuchtenden »Käfer« starrten vor Dreck und einige waren ganz erloschen. Topra hielt sich dicht hinter Hobnuth. Zu beiden Seiten des Ganges erblickte er rostige Stahltüren mit kleinen Klappen, die sich auf Augenhöhe befanden. Eine Zelle stand offen. Als er durch den Türspalt lugte, sah er die reglosen Beine einer Frau. Er schauderte. Das war doch nicht etwa …?

Hobnuth ging weiter bis zum Ende des Ganges, wo sie vor einer Wand stehen blieb. Ratlos betrachtete Topra die massive Mauer aus Sandstein. Die Beamtin nahm einen kleinen schwarzen Kasten aus der Tasche, der über eine numerische Tastatur und einen Fingerabdruckscanner verfügte. Sie presste ihren Daumen auf das druckempfindliche Prüffeld, tippte zusätzlich eine Ziffernfolge ein und drückte einen kleinen grünen Knopf. Ein zischendes Geräusch erklang und die Felswand schob sich langsam zur Seite. Hobnuth wandte sich ihrem Begleiter zu.

»Sie betreten jetzt einen Teil des Gefängnisses, den es offiziell gar nicht gibt. Er stammt aus der dritten Dynastie und ist das älteste Verlies des Millionenjahrhauses. Pharao Djoser und seine Nachfolger haben hier einige ihrer ganz speziellen ›Freunde‹ aufbewahrt. Der Trakt war vier Jahrtausende lang versiegelt. Ibah-Ahiti ließ ihn öffnen, um ihn wieder seiner alten Verwendung zuzuführen.«

Topra grauste schon bei der Vorstellung von den Zuständen, die in diesem Verlies herrschen mussten. »Warum erzählen Sie mir das?«

»Weil wir beide sterben werden, wenn irgendjemand von Ihrem Besuch erfährt.«

»Ich habe überall Kameras gesehen. Wird man uns nicht entdecken?«

Zum ersten Mal zeigte Hobnuths Gesicht so etwas wie eine menschliche Regung, einen Ausdruck, der am ehesten mit einem Lächeln vergleichbar war. »Die Kaiserin hat keine Kosten gescheut, in dem Geheimtrakt hochmoderne Überwachungstechnik einbauen zu lassen, aber die zum Kontrollraum führenden Datenkabel sind alt, die elektrischen Versorgungsleitungen teilweise sogar mehr als hundert Jahre. Kurz nachdem Sie sich vorhin angemeldet haben, ist die Überwachung bedauerlicherweise ausgefallen. Solche Pannen nimmt man hier sehr gelassen. Da ist noch eine andere Besucherin bei der namenlosen Gefangenen …«

»Was? Aber das war nicht abgemacht …«

»Machen Sie sich darüber keine Sorgen. Sie werden es verstehen, wenn Sie erst dort sind. Ansonsten gibt es in dem Verlies nur eine Wachperson. Sie wird Sie nicht sehen und es wäre gut, wenn Sie es umgekehrt genauso halten. Wichtig ist, dass Sie in einer Stunde wieder hier bei dieser Tür sind, wo ich Sie abholen werde. Haben Sie mich verstanden? *Eine Stunde!*«

Topra nickte.

»Besitzen Sie eine Uhr?«

»Nein.«

Hobnuth stöhnte und löste ihre Armbanduhr vom Handgelenk. »Hier, nehmen Sie meine. Und jetzt gehen Sie. Im Sammelraum hinter dem Durchgang biegen Sie nach links ab. Dann laufen Sie direkt auf die Zelle zu.«

Topras Blick lag auf dem Gesicht der Vollzugsbeamtin. Sie verzog keine Miene. Nach einem Danke betrat er das geheime Verlies.

Pharao Djosers Kerker war mit überraschender Sorgfalt aus dem Fels getrieben worden. Boden, Wände und Decke, allesamt auffallend glatt, fügten sich in perfekten rechten Winkeln aneinander. Topra entdeckte über seinem Kopf Kabelschächte und andere technische Einrichtungen, die nicht älter als zwanzig Jahre sein konnten. Die Luft war weniger stickig als in dem Tunnel vor der Geheimtür.

Nachdem er etwa zehn Schritte weit gegangen war, trat er in einen hell erleuchteten rechteckigen Raum, von dem mehrere dunkle Gänge abzweigten. Hier schmückten eingravierte Hieroglyphen und Bilder die Wände. Vermutlich hatten sie Djosers »Gäste« daran erinnert, wem sie ihre Unterbringung verdankten. Eine Darstellung zeigte den Pharao, wie er seinen Fuß in den Nacken eines unterworfenen Feindes stellte. Linker Hand zweigten drei Gänge ab, jedoch nur in einem konnte der Besucher ein fernes Licht erkennen. Auf dieses ging er zu.

Die Zellen auf der rechten Seite des Flures standen alle offen; ihre Türen existierten nicht mehr. Weitere dreißig oder vierzig Schritte später passierte Topra einen Wachraum, dessen offen stehende Tür die einzige Lichtquelle des Flurs darstellte. Er entsann sich Hobnuths strenger Anweisung und richtete den Blick starr geradeaus. Nur aus den Augenwinkeln nahm er die taubenblaue Gestalt in der Stube wahr; eine Zeitung verdeckte ihr Gesicht.

Endlich kam er zum Ende des Ganges. Die Tür dort war nur angelehnt. Aus irgendeinem Grunde rechnete wohl niemand mit einem Fluchtversuch der Gefangenen. Zaghaft öffnete Topra die Tür.

Aus der Zelle blickten ihm zwei Frauen unterschiedlichen Alters entgegen. Die jüngere lag auf einer Pritsche, die ältere saß davor auf einem Schemel und war gerade dabei, einen Lappen in eine weiße Emailleschüssel zu tauchen, die sie auf dem Schoß hielt. Die Szene war unverkennbar: Hier wurde ein kranker Mensch gepflegt. *Sie hätten keinen Moment später kommen dürfen.* Die Worte der Beamtin Hobnuth bekamen plötzlich eine beängstigende Dimension. Topras Knie wurden weich. Unzählige Male hatte er sich diesen Moment in Gedanken ausgemalt, aber die Wirklichkeit war ganz anders.

»Mutter?« Seine Beine klebten am Boden fest. Er konnte kaum mehr als die Lippen bewegen.

»Topra!«, hauchte die Frau auf der hölzernen Liegestatt. Gisa war nach Hobnajs Angaben einundvierzig Jahre alt, aber sie wirkte hinfällig wie eine Greisin. Ihre ehemalige Schönheit konnte man bestenfalls noch erahnen. Das dunkle Haar war fast so kurz wie bei einem Mann, das Gesicht eingefallen, die schwarzen Augen stumpf.

»Jetzt komm endlich und begrüße deine Mutter. Sie hat bis jetzt durchgehalten, weil sie dich erwartete, aber allmählich läuft ihre Zeit ab«, sagte die Frau auf dem Schemel. Sie hatte eine tiefe, ziemlich energische Stimme.

Topra konnte seine Beine dazu bewegen, sich wieder in Gang zu setzen. Taumelnd näherte er sich dem Bett.

Die Frau mit der Wasserschüssel erhob sich und deutete auf den Schemel. »Setz dich zu deiner Mutter, Junge, sonst kippst du mir noch aus den Latschen. Und glotz mich nicht so an, als wäre ich eine gestrandete Walkuh. Du fragst dich, wer ich bin, nicht wahr?«

Topra nahm auf dem dreibeinigen Hocker Platz. »Ich dachte, eine Pflegerin, aber …«

»Dafür bin ich zu vorlaut, was? Vielleicht hat Hobnaj dir von mir erzählt. Mein Name ist Wira.«

Er fühlte, wie seine Hand von knöchernen Fingern umschlossen wurde und eine sanfte, sehr leise Stimme sagte: »Sie hat dich zur Welt gebracht, Topra.«

Sein Kopf wandte sich Gisa zu. »Entschuldige, aber das ist alles ein bisschen viel für mich. Wie kann deine Hebamme hier sein, im Millionenjahrhaus? Ist sie eine Mitgefangene, die man dazu verdonnert hat …?«

»Niemand sperrt mich in einen Kerker ein«, widersprach Wira, noch ehe Topra seine Gedanken vollständig ausgesprochen hatte. Sie mochte Mitte fünfzig sein und ging ihm nur bis zur Schulter, gehörte jedoch zu jenem resoluten Typ Frau, mit dem man sich am besten gut stellte, um sich keine blutige Nase zu holen. Nicht ohne Wehmut erklärte sie: »Hobnaj hat sich nach deiner Geburt um mich gekümmert. Der Ebenholzklotz hat mehr Einfluss, als man ihm zutraut. Nach ein paar Jahren im Ausland sorgte er für meine Rückkehr an den Hof. Seitdem bin ich ihm und seiner Bewegung in mancher Hinsicht nützlich gewesen. Aber verplempern wir die Zeit nicht mit mir. Deiner Mutter geht es nicht gut.«

Topra betrachtete sorgenvoll Gisas verhärmtes Gesicht. Sie hielt noch immer seine Rechte umklammert und drückte sie an ihre Brust. Hobnuths beunruhigende Äußerung aus dem Fahrstuhl war nur allzu frisch in seinem Gedächtnis. Er ahnte das Schlimmste, fragte aber trotzdem: »Was ist mit dir, Mutter?«

Gisa lächelte schwach. »Ich sterbe.«

»Nein …!«

»*Pscht!* Lass uns nicht darüber streiten, Topra. Im Vergleich zu dem, was ich in den letzten achtzehn Jahren in diesem Kerker durchgemacht habe, ist der Tod ein willkommener Freund. Und nun, da ich dich noch einmal wiedersehen durfte, werde ich ihn mit einem Lächeln begrüßen. Der gute Hobnaj hat dich uns in seinem letzten Kassiber angekündigt und schon ein paar Dinge über dich berichtet. Das hat mir Kraft gegeben, bis heute durchzuhalten. Aber nun erzähle bitte selbst. Wie ist es dir ergangen in all den Jahren?«

Es fiel Topra nicht leicht, am Sterbebett der eigenen Mutter über sein Leben zu plaudern. Doch gerade dadurch glimmte das ihre noch einmal auf wie ein bereits erloschener Kerzendocht, den der Atem eines Menschen trifft. Er streifte nur die Meilensteine auf der achtzehnjährigen Etappe, die im Hafen von Memphis begonnen hatte und in derselben Residenzstadt endete.

Als seine Stimme verstummte, weil er gegen die Tränen ankämpfen musste, war es wieder Gisa, die ihren Sohn tröstete. Sie zog ihn zu sich heran und während sie einander umarmten, flüsterte sie in sein Ohr: »Meine Liebe war stärker als Ibah-Ahitis Bosheit. Die Kaiserin mag mich besiegt haben, doch sie konnte nicht die Frucht dieser Liebe zerstören: *dich,* Topra! Du bist Pharao Isfets Sohn und ich verrate dir ein Geheimnis: Aabuwa, der vermeintliche Erstgeborene des mächtigen Herrschers von Baqat, ist der wirkliche Bastard. Tatsächlich ist General Waris sein Vater, der Oberste der Leibgarde.«

Hobnaj hatte den illegitimen Spross des Pharaos zwar schon über seine Familienverhältnisse aufgeklärt, aber dabei war Topra nie der Gedanke gekommen, sich als Thronerben zu sehen. Fassungslos blickte er in Gisas graues Gesicht. »Warum sagst du das, Mutter? Isfet hat viele Söhne und ich bin nicht daran interessiert, seine Nachfolge anzutreten.«

Gisas Kopf wackelte auf dem Kissen hin und her. »Nein. Ibah-Ahiti hat vor deiner Geburt immer dafür gesorgt, dass sämtliche Konkubinen nur Mädchen zur Welt brachten. Weil ich Isfets Favoritin war, konnte ich mich jedoch um diese ›Sonderbehandlung‹ im Mammisi drücken. Dadurch wurde *mir* der Erstgeborene des Pharaos geboren und nicht der ehebrecherischen Kaiserin.«

»Aber die Kinder der Nebenfrauen sind von der Thronfolge ausgeschlossen.«

»Es hat schon früher so genannte Bastarde gegeben, die rechtlich anerkannt wurden.«

»Mir liegt nichts am Titel des Pharaos.«

Wieder schüttelte Gisa den Kopf. Ihre Bewegungen wurden immer schwächer. Sie musste erst bei geschlossenen Augen Kraft sammeln, um ihre starre Haltung zu erklären. »Dein Glück ist mir heilig, Topra. Ein zufriedenes Dasein auf einem Schiff wie der *Tanhir* ist nicht weniger ehrenvoll als das eines Fürsten oder des Pharaos. Für den kleinen und den großen Mann beginnt das wirkliche Leben aber erst da, wo er es für andere lebt. Der Fischer sollte Fische fangen, damit seine Mitmenschen satt werden, und ein Herrscher regieren, damit seine Untertanen in Gerechtigkeit, Glück und Frieden leben können. Und genau darin haben Isfet und die meisten seiner Vorgänger versagt. Stattdessen brachten sie aus Eigennutz Willkür, unsäglichen Schmerz und Krieg über die Menschheit.«

Ausgehend von diesem vernichtenden Urteil berichtete Gisa nun von ihren langen Jahren der Gefangenschaft. Anfangs hatte sie noch geglaubt, Isfet müsse nur erfahren, was für ein Spiel seine teure Gemahlin mit seiner Lieblingskonkubine trieb. Aber ihre Illusionen zerstoben, als Hobnaj seine erste Nachricht in den Kerker schmuggelte. Daraus erfuhr sie, dass der Pharao alles billigte, was Ibah-Ahiti ihrer persönlichen Gefangenen antat, und das war mehr, als mancher Mensch hätte ertragen können. Was die Kaiserin als kurzweiliges Amüsement ansah, bedeutete für Gisa grausame Folter. Hin und wieder ließ Isfet ihr zwar Vergünstigungen zukommen – einen Tisch, den Schemel, Bücher –, doch Ibah-Ahiti verwandelte sogar die dadurch aufkeimende Hoffnung noch in eine glühende Torturnadel, indem sie jegliche Zuversicht gleich wieder durch noch unmenschlichere Behandlung zerstörte. Immerhin zeigte sich in den Jahren der Haft, dass die Blume vom Nil noch Freunde und Bewunderer hatte, wodurch sie mitunter Erleichterung und auch manches Geheimnis erfuhr, aber ihre Freiheit konnte ihr niemand wiedergeben. Obwohl ihr Wille ungebrochen war, versagte zuletzt ihr gepeinigter Körper den Dienst.

Gisa hatte den Bericht mehrmals unterbrechen müssen, weil

das Sprechen sie zunehmend schwächte. Wira wischte ihr den kalten Schweiß von der Stirn, half ihr in eine bequemere Lage oder gab ihr einen Schluck Wasser. Zweimal bat Topra seine Mutter zu schweigen und sich auszuruhen, aber sie weigerte sich, wohlwissend, dass ihre Zeit ablief.

»Es ist ein zum Himmel schreiendes Unrecht!«, schnaubte er, als sie zum Ende gekommen war.

»Die Kaiserin hat deine Mutter hier still und heimlich verdorren lassen, ohne ihr je ein Gerichtsverfahren zuzugestehen«, kommentierte Wira bitter das Lebenstelegramm der einst schönsten Frau von Baqat.

Noch einmal mobilisierte Gisa ihre letzten Kraftreserven und bewegte die Lippen. Topra musste sein Ohr ganz nah an ihren Mund bringen, um sie zu verstehen. »Nimm meinen Segen und fasse Mut, Topra! Das Licht, das uns nach deiner Geburt umfangen und unsere Feinde zu Boden geschmettert hat, machte dich zu einem Auserwählten. Nutze deine Gaben zum Guten und tue, was getan werden muss. Mein Blut klebt an Ibah-Ahitis Händen und es kommt der Tag, da du es von ihr zurückfordern wirst. Doch … wenn sie auch die personifizierte Niedertracht sein mag, geht die eigentliche Gefahr doch von Isfet aus. Lass diesen so genannten Herrscher der Welt nicht ungeschoren davonkommen. Es geht … geht nicht allein um Rache … nicht um mein Leben, das er mir gestohlen hat, sondern um Baqat – vielleicht sogar um das Schicksal der ganzen Menschheit. Isfets Machtgier kennt … kennt keine Grenzen. Ich weiß … Du hast mir von deinen Visionen erzählt und von den Worten der Orakelwächterin. Das alles … Dein Vater hat freien Zugang zur Kammer des Wissens, die dein Mammisi war. Auch er kennt viele der alten Geheimnisse. Nimm dich in Acht, Topra, aber lasse ihn und Ibah-Ahitis Bastard nicht gewähren. Es wäre euer aller … *Ende.*«

Gisas Kopf sank zur Seite.

»Mutter!«, schrie Topra, nahm ihr Gesicht zwischen die Hände und küsste es zwei-, dreimal. »Mutter, du darfst noch nicht gehen! Wir haben uns doch gerade erst …«

Zu Topras Erstaunen öffnete die Sterbende noch einmal die Augen und hob sogar den Kopf. Ihr Blick schien durch den über sie gebeugten Sohn hindurchzugehen, als sie wie im Fieber hervorstieß: »Gehe zu ihm … zu Ptah. *Heth-ka-Ptah!* Ergreife seine Zepter …«

Gisas Haupt fiel ins Kissen zurück, ihre Augen starrten gebrochen nach oben. Topra spürte Wiras Hand auf der Schulter, hörte sie sagen: »Ihr Leiden ist jetzt zu Ende.« Aber sein Herz sträubte sich noch gegen die Wahrheit, die sein Verstand längst begriffen hatte: Seine Mutter lebte nicht mehr. Isfet und Ibah-Ahiti hatten sie in diesem jahrtausendealten Kerker zu Tode gequält. Topras Körper bebte. Er warf den Kopf in den Nacken und schrie den Schmerz hinaus. »Mutter, bitte, bitte bleib! Warum verlässt du mich!? Ich brauche dich! Mutter …«

Ein Weinkrampf erstickte das verzweifelte Stammeln. Kraftlos fiel sein Kinn auf die Brust. Minutenlang spürte er nicht einmal Wiras streichelnde Hand auf dem Rücken und ihre tröstenden Worte blieben ungehört. Erst allmählich, wie aus weiter Ferne, drang sie wieder zu ihm durch.

»… bist schon seit ungefähr einer Stunde hier. Wie lange hat man dir Zeit gegeben, Topra?«

Er wandte der Hebamme das tränenfeuchte Gesicht zu. »Was?«

Sie deutete mit dem Finger zu einer Kamera, die unter der Decke hing. »Wenn du nicht rechtzeitig gehst, werden sie dich entdecken. Wann hat die Wächterin dich zur Geheimtür bestellt?«

»Um … fünfzehn Minuten nach elf.«

Wira blickte auf ihre Armbanduhr. »Dann wird's höchste Zeit. Du musst gehen, Junge. Ich weiß aus eigener Erfahrung, wie weh so etwas tut, aber du kannst den letzten Willen deiner Mutter nicht erfüllen, wenn du noch *eine* Minute länger an ihrem Bett weinst.«

»Sollen sie mich doch fangen. Dann kann ich ihr ins Haus der Toten folgen.«

»Red keinen Unsinn!«, herrschte Wira den benommenen Jüngling an. »Du darfst ihr Andenken und alles, woran sie je geglaubt hat, nicht zerstören, indem du dich jetzt aufgibst.«

Die strengen Worte der Hebamme zeigten Wirkung. Topra nickte müde, schloss die starr nach oben gerichteten Augen seiner Mutter, nahm noch einmal ihr Gesicht zwischen die Hände und küsste ihre Stirn. Leise flüsterte er ihr ins Ohr: »Wohin immer du gehst, ich behalte dich im Herzen.«

Hiernach erhob er sich und ergriff Wiras Hände. »Danke für alles, was du für sie getan hast.«

»Ist schon gut, Junge. Ich habe sie auch geliebt. Mach dir um ihre sterblichen Überreste keine Sorgen. Ich werde mich um sie kümmern und ich verspreche dir, wir sehen uns wieder. Dann erzähle ich dir mehr über die Blume vom Nil.«

Obwohl Hobnaj geahnt hatte, wie es um Gisas Gesundheit stand, erschütterte ihn die Nachricht von ihrem Tod doch bis ins Mark. Spätestens jetzt, wo er voll ohnmächtiger Wut die Fäuste ballte und vergeblich gegen die Tränen ankämpfte, wurde sichtbar, wie groß noch immer seine Liebe zu Topras Mutter war.

Nachdem die Vollzugsbeamtin Hobnuth ihren säumigen Besucher mit einem zornigen Glühen in den Augen verabschiedet hatte, war der – den Anweisungen seines Leibwächters folgend – über diverse Umwege ins Hafenviertel zurückgekehrt. Hier hatte er seinen gespannt wartenden Gefährten Bericht erstattet, seinem Groll gegen den Pharao und dessen Gemahlin Luft gemacht sowie seinem Durst nach Rache Ausdruck verliehen. Anschließend war er so erschöpft, dass er lange nichts mehr sagen konnte.

»Wenn ich nur wüsste, wie sie das gemeint hat«, knirschte er nach einer längeren Stille. Er saß an einem wackeligen Holztisch, die vor Trauer schwere Stirn auf die Hand gestützt, und schüttelte unablässig den Kopf.

Hobnaj wischte sich mit dem Ärmel über die feuchten Augen. »Woran denkst du?«

»An die letzten Worte meiner Mutter. Es kam mir so vor, als sei sie nicht mehr bei Verstand. Sie stammelte etwas vom Totengott Ptah. Fast klang es so, als solle ich ihr ins Jenseits folgen. Ich verstehe es nicht.«

»Was genau hat sie gesagt? Kannst du dich daran erinnern?«

Topra schüttelte wieder den Kopf, aber es war mehr eine Geste der Verzweiflung. »Alles klang so wirr. ›Gehe zu ihm!‹, befahl sie mir, aber dann versagte ihr die Stimme und erst nachdem sie geschluckt hatte, fügte sie noch an: ›Zu Ptah.‹«

»Ist das alles?«

»Nein. Sie nannte ein Wort oder einen Namen, Hetta-Ptah oder so ähnlich.«

»Möglicherweise *Heth-ka-Ptah?*«

»Ja, genau das hat sie gesagt. Was bedeutet das?«

Hobnaj ging zu seinem Seesack, der in der Ecke des Zimmers lag, kramte kurz darin herum und förderte schließlich eine zusammengefaltete Karte zutage. Mit dieser kehrte er zum Tisch zurück, breitete sie dort aus und erklärte, während er auf sie deutete: »Das Ding hier bekommst du in jedem Informationsbüro der Kaiserlichen Tourismusbehörde.«

»Ein Plan des Millionenjahrhauses«, murmelte Topra.

»Ja, wobei er ebenso wenig alle Gebäude zeigt wie die hübschen Bildbände von dem Palastbezirk, die du in den Buchhandlungen kaufen kannst. Aber das spielt im Moment auch keine Rolle. Hier.« Der Nubier tippte mit dem Zeigefinger auf ein gelb eingezeichnetes Gebäude inmitten von Parkanlagen. »Das ist Heth-ka-Ptah, ein Tempel. Sein Name ist altbaqatisch und bedeutet ›Haus des Ka und Gottes Ptah‹. Er liegt etwa eine Drittelmeile vom Hauptpalast entfernt. Deine Mutter wollte dich nicht auffordern ins Totenreich zu gehen, sondern in dieses Haus. Oder …«

»Oder?«

»Hat sie noch etwas gesagt?«

»Sie erwähnte Zepter, die ich ergreifen soll.«

Hobnaj hieb sich mit der Faust in die offene Hand. »Das ist es! Lass mich raten, Topra. Unmittelbar bevor sie diese letzten Worte an dich richtete, hat sie von Pharao Isfet geredet.«

»Kannst du neuerdings Gedanken lesen? Sie sprach tatsächlich davon, dass mein Vater viele alte Geheimnisse kennt, die in den Hieroglyphen der Kammer des Wissens verschlüsselt sind. Auch flehte sie mich förmlich an, Isfet und ›Ibah-Ahitis Bastard nicht gewähren‹ zu lassen.«

»Dann ist alles klar.«

»Hobnaj«, stöhnte Topra, »in meinem Kopf gibt es keinen einzigen klaren Gedanken mehr. Wenn du weißt, wie ich meine Mutter rächen kann, dann sag es mir.«

»Rache ist ein schlechter Berater, Junge, sie trübt das Denkvermögen. Doch wenn am Pharao Gerechtigkeit geübt werden kann, dann bin ich auf deiner Seite. Ptah war, lange bevor er durch die Verbindung mit Sokar, dem Totengott von Memphis, seine dunkle Seite erhielt, der Schöpfergott. Wann immer seine Gedanken etwas aussprachen, entstand Neues. Du siehst, es kann trügerisch sein, auf den ersten Schein einer Sache zu vertrauen.«

»Ich achte dich, Hobnaj, aber wenn du mir nicht gleich sagst …«

»Schon gut, Junge. Manchmal ist eine kleine Vorrede nötig, damit man das ganze Bild erkennt. Kurzum, ich glaube, Gisa hat einen Weg in Isfets Gemächer gekannt. Immerhin musste sie sich jahrelang gegen Ibah-Ahitis Eifersucht behaupten.«

»Aber sie wohnte doch im Palast der Konkubinen und war eine anerkannte Nebenfrau.«

Der Nubier nickte wissend. »Das musst du mir nicht erklären, ich war ihr Leibwächter. Anscheinend ist dir aber nicht bekannt, dass am Hof über alles Buch geführt wird. Der Griffelhalter des Großen Hauses soll sogar eine Liste haben, in der Isfets Liebesleben protokolliert wird – ob das stimmt, vermag ich nicht zu sagen. Jedenfalls war Isfet in deine Mutter vernarrt und sie hat ihn wohl auch geliebt. Es erscheint mir durchaus plausibel, dass er ihr einen Geheimgang zeigte, der sie ganz diskret zu ihm brachte. Überleg doch, Topra: Sie warnt dich vor der Gefahr durch Isfet und Aabuwa, anschließend stößt sie hervor: ›Gehe zu ihm!‹ Was bedeutet das?«

»Ich soll sie erwürgen.« Topra sprach nur aus, was er in diesem Moment fühlte.

»Vergiss das, Junge. Wenn wir etwas gegen Isfet und den Kronprinzen unternehmen wollen, dann muss das gründlich geplant werden. Alles andere wäre Selbstmord. Du kannst nicht in den Palast des Pharaos spazieren, erst den Pharao umbringen und dann seinen Sohn. Außerdem – ich weiß, wovon ich rede – traue ich es dir nicht zu, einen Menschen kaltblütig zu er…«

»Mein Blut ist alles andere als kalt, Hobnaj, es *kocht*!«, fiel Topra dem Nubier wutschnaubend ins Wort. »Ich habe mich jahrelang danach gesehnt, meine Eltern zu finden, und jetzt, wo ich meine Mutter endlich in die Arme schließen konnte, war es nur, um von ihr für immer Abschied zu nehmen. Du hast doch gehört, was sie mir über Ibah-Ahitis Grausamkeit erzählt hat. Und alles geschah mit der Billigung meines Vaters. Ich verabscheue beide, Hobnaj, aber mehr noch als sein sadistisches Weib *hasse* ich meinen Vater, den Mann, den ein Sohn eigentlich lieben sollte. Er verdient den *Tod*!«

Topra wischte die Touristenkarte vom Tisch und stürzte aus dem Raum. Er war außer sich und verspürte nicht die geringste Neigung, vernünftig zu sein. Sollten die anderen doch ihre Verschwörungspläne gegen das Große Haus aushecken. Er wünschte nur, dem Menschen ins Angesicht sehen zu können, der den langsamen, qualvollen Tod seiner Mutter zu verantworten hatte, und ihm … Ach, er wusste es selbst nicht!

Die Nacht hatte sich bereits vor mehr als drei Stunden über das Millionenjahrhaus gesenkt, aber es war so gut wie unmöglich, unter seinem Schutzwall aus Mauern, Ministerien und Militäreinrichtungen einen stillen dunklen Winkel zu finden. Schließlich gelang es Topra aber doch. Von der ausgewählten Stelle lief er etwa eine halbe Meile weiter nach Norden. Der ganze Bebauungsabschnitt stammte noch aus einer sehr frühen Periode der Residenzstadt. Von einer Seitengasse aus spähte Topra zu der alten Grenzmauer hinüber. Sie war aus großen Sandsteinquadern errichtet. Die Straße davor wurde von Scheinwerfern angestrahlt. Genau der richtige Ort für ein Ablenkungsmanöver.

Topra schloss die Augen. Seine Gefühle waren immer noch aufgewühlt und es fiel ihm nicht leicht, sich zu konzentrieren. Vor seinem inneren Auge erschien eine schon Monate zurückliegende Szene: der Abhang eines Hügels, Sand, Geröll, ein ängstliches kleines Mädchen, eine Löwin … Irgendwie hatte er damals das Tier mit Staub und Steinen fortgejagt. Die schräge Ebene vor seinen Füßen war in seiner Vorstellung umgekippt und alles geriet ins Rutschen. Obwohl er die Augen weiterhin geschlossen hielt, erschien hinter seinen Lidern wie auf einer Filmleinwand der steinerne Schutzwall des Millionenjahrhauses. Topra ließ den Grund unter der Mauer kippen. Als würde ein riesiges Ungetüm darunter auftauchen, wölbte sich der Boden immer weiter nach oben. Das Bild in seinem Bewusstsein zeigte alles ganz klar.

Plötzlich erklang ein lautes Krachen. Topra riss die Augen auf. Eine riesige Staubwolke schob sich ihm entgegen. Die Mauer war vom eigenen Gewicht umgeworfen worden, obwohl die Straße davor nicht die geringste Verformung erkennen ließ. Fatima hatte also Recht gehabt: Er konnte die Kräfte des Drillingsuniversums lenken. Topra drehte sich um und verschwand in der Gasse.

Alarmsirenen erschollen. Die Leibgarde des Pharaos rückte an. Sogar ihr Chef, General Waris, eilte zum Ort des Anschlags.

Man sicherte die Bresche ab, obwohl die Kameras keine Eindringlinge gezeigt hatten. Auch war keine Explosion zu hören gewesen. Was hatte die Mauer zum Einsturz gebracht?

Während sich die Palastwache noch der Einsicht näherte, dass wieder einmal der beklagenswerte Zustand einer jahrtausendealten Bausubstanz an dem Zusammenbruch schuld sein müsse, entstand an einer anderen Stelle, ungefähr eine halbe Meile weiter südlich, ein zweites Loch. Hier wurden nur die untersten zwei Lagen der Mauer, direkt über dem Boden, herausgerissen. Als rutschten die Quader eine Böschung herab, rasten sie quer über die Straße und durchschlugen die Wand eines Lagerhauses, in dem sie schließlich liegen blieben. Nur wenige Augenblicke davor hatte sich bereits die Überwachungskamera auf der Mauerkrone in ihrem Gelenk zur Seite und leicht nach oben geneigt, was den Blickwinkel ihres Objektivs geringfügig veränderte.

Topra huschte im blinden Fleck des gläsernen Auges durch die Halbschatten am Fuß der Mauer, schlüpfte durch das eben entstandene Loch und sah sich in geduckter Haltung um. Die elektronischen Spione des Palastes hatten einen Schwachpunkt. In ihrem Innern befand sich ein Leuchtelement, vielleicht eine Diode, deren Licht im Dunkeln schwach nach außen drang. Dadurch entdeckte der Eindringling mit dem erstaunlichen »Gleichgewichtssinn« nach kurzer Orientierung eine zweite Kamera, deren Objektiv den Weg unter der Mauer abdeckte. Abgedeckt hatte. Jetzt war es zur Seite verrutscht und lieferte das eintönige Bild aufeinander geschichteter Sandsteinblöcke.

Rasch lief Topra in den Schatten eines nahen Baumes, wo er sich noch einmal den Plan vom Millionenjahrhaus ins Gedächtnis rief. Dann setzte er seinen Weg zum Heth-ka-Ptah fort. Das Haus der Götter Ka und Ptah lag etwa zwei Meilen von seiner gegenwärtigen Position entfernt. Um dorthin zu gelangen, musste er über Wiesen laufen, Wege kreuzen und Haine durchqueren. Er konnte sich längst nicht sicher sein, alle

Überwachungskameras zu entdecken und unbemerkt von den Menschen im Kontrollraum zu verbiegen, aber so weit dachte Topra auch gar nicht. Der Zorn über den Tod seiner Mutter trieb ihn voran. Er war es ihr schuldig, von Isfet Rechenschaft zu fordern. Der Pharao sollte ihm, dem eigenen Sohn, ins Gesicht sagen, warum er Gisa, die von ihm angeblich so geliebte Blume vom Nil und die Mutter seines Erstgeborenen, in einem Verlies hatte zugrunde gehen lassen. »Vielleicht«, flüsterte Topra, während seine Hand nach dem Dolch an seinem Gürtel tastete, »werde ich dir meine Klinge an den Hals setzen, damit du einmal spürst, was richtige Todesangst ist.« Und danach? »Das wird sich zeigen«, zischte er und verstellte eine weitere Kamera.

Auf seinem Weg ins Zentrum des Millionenjahrhauses spielte er mit dem Gedanken, direkt zum Hauptpalast zu laufen, verwarf diese Idee aber schnell wieder. Der Einsturz der Grenzmauer hatte zwar kurzzeitig für Verwirrung gesorgt und die Leibgarde abgelenkt, aber diese Phase dürfte längst vorüber sein. Vermutlich wurde die Bewachung der Gemächer des Pharaos jetzt sogar verstärkt. Nein, er musste den Tempel finden, um von dort aus direkt in Isfets Schlafgemach vorzudringen.

Kapitän Jobax hatte seinem Zögling beigebracht sich anhand von Karten zu orientieren, und so navigierte Topra sicher durch den Park. Es gab nur wenige völlig finstere Stellen, weil einerseits der Vollmond hoch am Himmel stand und andererseits die Wege und Gebäude mit Laternen gesäumt waren. Als Topra eine Baumgruppe umrundete, tauchte vor ihm Heth-ka-Ptah auf, ein prunkvoller Tempelpalast, dessen Wände und Säulen mit vielfarbigen Fayencekacheln geschmückt waren. Die bunte Zinnglasur glitzerte im Licht zahlreicher Scheinwerfer. Topra verschlug es die Sprache. Er war regelrecht geblendet von der Pracht des Heiligtums und zugleich gelähmt von dem Verdacht, in eine wunderbar illuminierte Falle zu laufen. Sorgfältig hielt er nach Kameras oder Bewegungsmeldern Ausschau, aber obwohl

Hobnaj hier das Ende eines Geheimgangs aus dem Hauptpalast vermutet hatte, ließen sich keine entdecken.

»Du Trottel. Gerade *deshalb* gibt es sie hier nicht!« Die Erkenntnis ließ Topra diebisch kichern. Diktatoren waren von Natur aus misstrauisch, Isfet machte da bestimmt keine Ausnahme. Er musste befürchten, dass selbst seine geheimen Besucher im Protokoll des Griffelhalters vermerkt wurden, sobald die Tempelwache sie auf ihren Monitoren sah. Aber was diese nicht zeigten, fand gewissermaßen nicht statt. Fast lautlos stahl sich Topra zum Eingang des Heiligtums. Er war von hohen, mit unzähligen Hieroglyphen geschmückten Säulen in der klassischen Papyrusform eingefasst: Ihre Kapitelle öffneten sich gleich dem Blattschopf des Flussgrases in einer weit geschwungenen Linie. Durch das Säulentor gelangte Topra in einen Vorhof, der zum eigentlichen Tempelbau führte. Das imposante Haus der Götter Ka und Ptah war oben schmaler als an seiner Basis. Um es zu betreten, musste der Besucher ein Ehrfurcht gebietendes Spalier durchschreiten, das zu beiden Seiten mit je einem Obelisken begann, es folgten ein Paar monumentaler Königsstatuen und schließlich zwei Sphinxen die sich mit unergründlichem Lächeln ansahen. Ihre Blicke kreuzen durfte nur, wer rituell rein war.

Oder wer von dem Geheimgang wusste.

Das Tempelportal besaß oben eine gestufte Aussparung, die aber zu hoch war, um durch sie Einblick in das Innere des Gebäudes zu erlangen. Doch zwischen den beiden schwarz lackierten Torflügeln klaffte ein breiter Spalt – ein kleines Kind hätte ihn mit der Schulter voran durchschreiten können, ohne die Türen zu berühren. Die Symbolsprache der Erbauer interessierte den nächtlichen Eindringling jedoch nicht. Er drückte den rechten Flügel nach innen, gerade weit genug, um eintreten zu können.

Vor ihm lag ein rechteckiger Raum. An den beiden Längsseiten standen zwölf große Feuerschalen, so genannte »ewige Lichter«, die unruhig flackerten und die Halle nur dürftig erhellten. Im

Tempel setzte sich der Prunk fort, der schon außen zu sehen war. Farbige Bilder und lange Bänder mit Schriftzeichen zierten die Wände. Am anderen Ende stand auf einem Podest der göttliche Handwerker, der Schöpfer der Welt, der Herrscher des Totenreiches – die Menschen hatten Ptah viele Titel gegeben.

Rasch durchquerte Topra den Raum, überwand die schwarzen Granitstufen des Unterbaus und blieb vor der Statue stehen, die nicht größer als ein normal gewachsener Mann war und auch den schwarzen geflochtenen Bart eines solchen besaß. Sie stand auf einem kleinen Basaltsockel, war augenscheinlich ganz aus Gold gefertigt, sparsam bemalt und von Gestalt einer menschlichen Mumie nachempfunden. Die Umwickelung derselben wie auch alle anderen Konturen hatte der Künstler mit Grabstichel und Ziselierhammer überaus detailreich in das Edelmetall getrieben. Ptahs Arme ragten aus den angedeuteten Mumienbändern hervor. Auf dem Haupt trug er eine blaue Kappe, in den Händen drei Zepter.

Sogleich fielen Topra wieder die Worte seiner Mutter ein. *Ergreife seine Zepter!* Ja, tatsächlich umklammerte der Gott gleich ein ganzes Bündel aus insgesamt *drei* Herrscherstäben. Von Menschenhand erschaffene Bilder hatten dem einstigen Schiffsjungen nie sonderlich Respekt eingeflößt und so trat er kurz entschlossen an die Figur heran, umfasste die Zeptergarbe unter Ptahs Händen und zog daran.

Vielleicht lag es an seiner besonderen Findigkeit oder es war einfach nur Glück, jedenfalls hatte Topra auf Anhieb den Mechanismus der Geheimtür durchschaut. Er hörte ein mahlendes Geräusch und Ptah schwenkte auf seinem schwarzen Sockel zur Seite. Dadurch gab er eine quadratische Öffnung im Boden frei. Topra konnte Stufen sehen. Mit einem mulmigen Gefühl in der Magengrube stieg er hinab.

Nachdem er eine nicht sehr lange Treppe überwunden hatte, entdeckte er zwei beschriftete Schalter, auf einem stand »Licht«, auf dem anderen »Ptah«. Der Tunnel unter dem Tempel mochte ja schon tausende von Jahren alt sein, aber an dieser Stelle hatten offenbar sehr viel jüngere Interessen gewirkt. Während Topra zuerst den Schalter für das Licht sowie anschließend den des Patrons der Arbeiter in Werkstätten und Gräbern betätigte, fragte er sich, wie oft seine Mutter wohl diesen Geheimgang benutzt haben mochte.

Unvermittelt wurden die Bilder der Vergangenheit vor seinen Augen lebendig. Er konnte Gisa sehen. Sie schritt vor ihm in den Gang hinein. Ihr Kopf lag unter einem zarten Schleier und auch ihr zierlicher Körper war von hauchfeinem Tuch umhüllt. Trotz aller Grazie erinnerten ihre Bewegungen an ein scheues Tier, das seiner Umgebung nicht traut.

»Warte, Mutter!«, flüsterte Topra und eilte der Vision hinterher.

Der Tunnel verlief schnurgerade unter dem Palastgarten entlang. Nach etwa einer Drittelmeile endete er wiederum vor Treppenstufen. Topra stieg empor, immer noch dem Trugbild der jungen Frau folgend. Anders als im Ptah-Tempel mündete der Geheimgang hier nicht unter irgendeinem Fußboden in den Gewölben oder im Erdgeschoss des Palastes, sondern in einem langen schmalen Raum.

Durch Betätigen eines Lichtschalters am Tunnelausgang erweckte Topra einige schwache Glühlampen zum Leben. Er brauchte eine Weile, um sich zu orientieren. An mehreren Stellen ragten hölzerne Stiele aus dem unverputzten Mauerwerk. Als er einen der Stopfen herauszog und durch das so entstandene Loch spähte, konnte er den Thronsaal des Pharaos sehen. Die Gegenprobe auf der anderen Seite – hier gewährte der entfernte Pfropf Einblick in ein kostbar ausgeschmücktes Empfangszimmer – brachte dem Eindringling dann die Gewissheit: Er befand sich in einer doppelten Wand, die schon manchem Spion als Horch- und Spähposten gedient haben mochte.

Über diesen Erwägungen hatte Topra das Bild seiner Mutter verloren. Es gelang ihm auch nicht, es wieder herbeizurufen –

vermutlich war er zu nervös. Am Ende der hohlen Wand entdeckte er eine weitere Treppe. Dort stieg er empor und gelangte so ins nächste Stockwerk. Auch hier sah er mehrere runde Stiele aus den Seitenwänden ragen, die Verschlüsse weiterer Guck- und Lauschlöcher. Außerdem gab es insgesamt vier Ausgänge, die – noch ganz altmodisch – mit Hebeln zu öffnen waren.

»Welcher, o erhabener Herrscher der Welt, führt in dein Schlafgemach?«, murmelte Topra zwischen den Zähnen und zog den Dolch aus der Scheide. Seine Hand zitterte. Er kontrollierte einen der Stopfen. Dahinter lag ein breiter, beleuchteter Gang. »Konzentrier dich!«, ermahnte er sich selbst, drehte sich einmal um seine eigene Achse, dann blieb sein Blick an dem hintersten Stiel auf der rechten Seite hängen. Der Finder grinste.

Bei dem Spionierloch angelangt, verschaffte er sich Gewissheit. Sein untrüglicher Sinn hatte ihn auch diesmal nicht enttäuscht. Hinter der gemauerten Wand lag unverkennbar ein Schlafzimmer. Die Türen zum Balkon standen offen, denn er sah sich bauschende Gardinen, in denen sich das Mondlicht fing. Wenn die kühlende Brise der Nacht einmal innehielt, sank das hauchfeine Tuch wie Spinnweben herab und gab den Blick auf ein großes Himmelbett frei. Topras Herz setzte ein oder zwei Schläge aus, als sich in dem Bettzeug jemand regte. Für einen Sekundenbruchteil sah er einen fahlen Arm, der sich hob und gleich wieder aufs Lager zurückfiel. Er glaubte ein leises Stöhnen zu vernehmen.

»Das schlechte Gewissen lässt den Herrscher der Welt wohl nicht gut schlafen«, flüsterte Topra grimmig. Er löste sich von dem Guckloch und studierte den Mechanismus der Geheimtür, die sich zwei Schritte daneben befand. Der Hebel ragte durch den Schlitz einer hölzernen Blende aus der Wand. Er stand nach oben, musste also offensichtlich heruntergedrückt werden. Aber was würde dann geschehen?, fragte sich der in Einbruchsfragen Unerfahrene. Wenn die Geheimtür laut quietschte oder knarzte, würde er sich vorzeitig verraten. Sollte sie sich zu allem Übel auch noch sehr langsam öffnen, dann wären vermutlich die Wachen bereits an Ort und Stelle, ehe er überhaupt ins Schlafzimmer des Pharaos eingedrungen war …

Topra wischte die Bedenken beiseite. Wut und Schmerz hatten sein Urteilsvermögen getrübt, und eine gehörige Portion jugendlicher Leichtsinn ließ ihn an die Wunderkraft des Überraschungsmoments glauben – er musste nur schnell genug sein. Sich innerlich gegen den Lärm des Mechanismus wappnend, den gezückten Dolch mit der Rechten umklammernd, riss Topra den Hebel nach unten.

Die Geheimtür schwang schneller als erwartet und beinahe lautlos nach innen. Irritiert starrte Topra auf die Rückseite eines Wandteppichs, der ihm die Sicht aufs Bett versperrte. Nach einer Schrecksekunde arbeitete er sich hastig zwischen Mauer und Teppich entlang in Richtung Guckloch. Er konnte sein Glück kaum fassen, als er zum Himmelbett des Potentaten spähte. Die Gestalt räkelte sich zwar unruhig unter dem Baldachin, schien aber dem Schlafen immer noch näher als dem Wachen. *Es geht nicht allein um Rache …* Gisas Worte stiegen wie Blasen aus dem Sumpf seiner vergifteten Gefühle empor. Mit acht oder zehn schnellen Sprüngen durchquerte er den dunklen Raum, sprang kurzerhand aufs Bett und ließ sich über dem Schläfer auf die Knie fallen, wodurch er dessen Arme an die Matratze fesselte und zugleich rittlings auf seinem Bauch zu sitzen kam. Anschließend presste er ihm die linke Hand auf die sich gerade zum Hilferuf öffnenden Lippen und hielt ihm das Messer an die Kehle. Jetzt erst brachte er seinen Mund dicht an das Ohr des so fixierten Gegners und zischte: »Bei dem geringsten Versuch, die Wachen zu alarmieren, sterbt Ihr!«

Befriedigt spürte Topra, wie der sich unter ihm aufbäumende Körper kapitulierte. Ein wenig verwirrt war er allerdings von dem angenehmen Duft, der Isfet umgab. Und der mächtigste und gefürchtetste Mann der Welt winselte wie ein verängstigtes kleines Hündchen. Nun, es galt ja als hinlänglich bekannt, dass

Baqats Oberschicht verzärtelt und verweichlicht war. Erstaunlich, *wie* weich sich dieser angeblich so diamantharte Pharao anfühlte! Außerdem war er viel schmächtiger als erwartet. Topra beugte sich zum Aristokratenohr hinab, und sein Speichel spritzte in das zur Seite gewandte Gesicht, als er die ganze in ihm aufgestaute Bitterkeit herauszischte.

»Ich komme, um mit Euch über die Blume vom Nil zu plaudern. Falls Ihr es noch nicht wisst: Sie ist heute Vormittag gestorben. An Eurer *Kaltherzigkeit!*«

Wieder hörte er nur das hündische Fiepen. Jämmerlich!

Allerdings war eine besser artikulierte Erwiderung auch kaum möglich, weil die gehassten Lippen nach wie vor unter seiner Hand lagen. Erst jetzt wagte er sie vorsichtig zu heben, nicht ohne vorher zu warnen: »*Ein* lautes Wort und Ihr könnt Ptah Gesellschaft leisten. Was sagt Ihr zu Eurer Rechtfertigung, Majestät?«

Die Antwort war für Topra in mancher Hinsicht überraschend. Er hatte die Stimme des Pharaos schon oft im Radio und Fernsehen gehört; sie klang definitiv nicht wie die jener jungen Frau, die ihm jetzt klar machte: »Ihr müsst Euch im Bett geirrt haben.«

Topras Körpermuskulatur – eben nur angespannt – wurde steinhart. Mit Mühe schaffte er es, eine Haarsträhne hinter dem Ohr der fixierten Person zu finden und prüfend zwischen seinen Fingern hindurchgleiten zu lassen. Die dunklen, seidigen Fäden wollten kein Ende nehmen. Nein, eine so ausladende Frisur hatte der Herrscher in der letzten Nachrichtensendung von Baqat TV noch nicht gehabt. »Wer seid Ihr?«, fragte Topra erstaunt.

Die rauchige, aber dennoch weiche Stimme aus den Kissen antwortete: »Mein Name ist Inukith. Wäre es zu viel verlangt, wenn Ihr mir auch den Euren verratet?«

Topra war viel zu benommen, um an die Konsequenzen allzu großer Offenheit zu denken. »Ich bin Topra«, antwortete er freiheraus.

»Etwa Gisas Sohn?«

Kraftlos ließ Topra die Hand mit dem Dolch zur Seite gleiten. Er war mehr als nur durcheinander. »Ihr kennt mich? Hat etwa der Pharao von mir gesprochen? Dann müsst Ihr eine seiner Konkubinen sein. Dies ist doch sein Bett, oder etwa nicht?«

»Das hier *war* bis vor kurzem noch sein Schlafgemach, aber er ist unter das Dach des Palastes gezogen, weil er sich angeblich vor Attentätern gefürchtet hat. Könnt Ihr Euch das vorstellen, Topra?«

»Ziemlich gut sogar. Dann kommt er also nur hier herunter, um sich an Eurem Körper zu berauschen?« Ohne es zu merken, hatte Topra mit seiner Äußerung einem Gefühl Ausdruck verliehen, das von dem Duft in Inukiths Haar geweckt worden war. Bis zu dieser Minute hatte er nicht einmal geahnt, dass Frauen so gut riechen konnten. Die Antwort der vermeintlichen Konkubine klang selbstbewusst, aber er entdeckte darin eine Schwermut, die ihn überraschte.

»Ich bin bereit, Euren Wissensdurst zu stillen, Gisas Sohn. Aber würdet Ihr zunächst die Liebenswürdigkeit besitzen und von mir heruntersteigen?«

»Oh!« Topra erschrak. Nicht nur der betörende Duft dieser jungen Frau war für ihn neu, sondern auch das Bewusstsein, einem weiblichen Wesen so nahe zu sein. Fast panisch sprang er von Inukith auf und verfing sich bei dem Versuch, von der Matratze zu flüchten, mit dem rechten Fuß in der Schlafdecke. Mit wild rudernden Armen kippte er über die Bettkante und krachte donnernd auf den Holzfußboden.

Inukith kicherte. »Seid Ihr immer so ungeschickt, Topra?«

»Nur, wenn es um Mädchen geht«, drang die Antwort gequält vom Boden herauf.

»Still!« Inukith lauschte. »Die Wachen haben Euch gehört. Schnell! Versteckt Euch unter dem Bett.«

Topra zögerte. War es nicht besser, der jungen Frau wieder das Messer an die Kehle zu setzen und sich mit ihr als Geisel freies Geleit zu erzwingen?

»Jetzt macht schon, sonst werden sie Euch entdecken!«, raunte Inukith.

Anstatt auf den Verstand zu hören, vertraute Topra seinem Herzen. So wenig er von der zarten Gestalt im Bett auch sehen konnte, so sehr wünschte er, sich auf das verlassen zu können, was er bisher gehört – und auch gefühlt – hatte. Rasch krabbelte er unter das Bett.

Durch die Tür drang eine gedämpfte Stimme. »Herrin, da kam ein Geräusch aus Eurem Zimmer. Seid Ihr wohlauf?«

»Soweit es möglich ist, wenn einer aus dem Bett fällt«, rief Inukith zurück.

»Dürfen wir uns trotzdem davon überzeugen, dass alles in Ordnung ist?«

Inukith zögerte.

»Zeigt den Wachen das Zimmer und dann schickt sie wieder fort«, flüsterte Topra aus seinem Versteck.

Inukith schaltete die auf einem Tischchen neben ihr stehende Lampe an, glitt sodann aus dem Bett und zog die Decke rasch bis auf den Boden. Dann eilte sie zu einem Sessel, auf dessen Lehne ein hauchfeines Negligé lag. Während sie es sich überstreifte, rief sie: »Wartet einen Augenblick. Ich muss mich erst bedecken.«

Zu Topras Entsetzen hatte Inukith nicht darauf geachtet, die Decke weit genug über das Fußende des Bettes zu streifen. Er konnte sie von hinten fast bis zu den Schultern hinauf sehen, was bedeutete, dass auch er leicht zu entdecken war. Als sie den Gürtel des Morgenrocks um die Taille band, entging ihm nicht ihre schlanke Gestalt, die sanft geschwungenen Hüften und die Anmut ihrer Bewegungen. Langes Haar floss wie ein schwarzer Wasserfall über ihren Rücken. Er musste wirklich blind vor Zorn gewesen sein, dieses bestrickende Geschöpf mit dem Pharao zu verwechseln!

Als Inukith die Tür eine Handbreit öffnete, zog er sich so weit wie möglich unter das Kopfende des Bettes zurück. Ihre Stimme klang erstaunlich selbstbewusst.

»Alles in Ordnung, Hauptmann.«

»Darf ich wenigstens einen Blick in Euer Gemach werfen?«

Sie zögerte. Aber dann erwiderte sie seufzend: »Wenn es unbedingt sein muss. Ich hörte vorhin leises Sirenengeheul. Was ist denn los, Hauptmann?«

Topra sah, wie sich ein Paar nackter Füße vor dem Fußende des Bettes aufbauten. Außerdem hörte er schwere Stiefel, die sich langsam über das Parkett bewegten. »Vor kurzem ist die Schutzmauer an zwei Stellen eingebrochen. Obwohl es unwahrscheinlich ist, könnte sich jemand ins Millionenjahrhaus geschlichen haben. Euch ist nichts Verdächtiges aufgefallen?«

»Ihr meint Diebe, die es auf den Kronschatz abgesehen haben, oder Meuchler, die mir an die Gurgel wollen?«

»Etwas in der Art, ja.«

»Nein.«

»Na ja, wäre hier jemand eingedrungen, hätte es uns auch auffallen müssen.«

»Wenn General Waris' Leibgarde nur halb so viel taugt, wie behauptet wird, dann denke ich das auch. Kann ich jetzt wieder zu Bett gehen, Hauptmann?«

»Natürlich. Entschuldigt noch einmal die Störung, Herrin. Gute Nacht.«

»Gute Nacht, Hauptmann.«

Topra hatte den Kontrollgang des Leibgardisten mit gespitzten Ohren verfolgt. Als jetzt die Tür endlich wieder geschlossen war, sank seine schweißnasse Stirn auf den Boden. Erleichtert stieß er die Luft aus. »Das war knapp!«

»Seid Ihr da unten eingeschlafen?«, erkundigte sich Inukith vom Kopfende her.

Topra drehte sich auf den Rücken und schob seinen Oberkörper unter dem Bett hervor. Wie ein Automobilmechaniker zur Kundin sah er zu seiner Retterin empor. Dabei durchfuhr ihn ein sonderbares Kribbeln. Jetzt erst sah er Inukith von vorne. Sie war jünger, als er angenommen hatte, sechzehn vielleicht, höchstens siebzehn. Nun, es war ja bekannt, dass der Pharao sogar vierzehnjährige Mädchen in seinen Harem aufnahm. Dieses zauberhafte Geschöpf hier machte jedoch alles andere als einen kindlichen Eindruck. Wie die Statue einer selbstbewussten jungen Frau stand sie da: die Hände in den Hüften, den rechten Fuß nur auf die Zehen gestützt, das leicht angewinkelte Bein lugte vorwitzig aus dem Aufschlag des langen Morgenrockes hervor und gab den Blick auf ein wohlgerundetes Knie frei. Nun erst schien sie sich ihrer Wirkung auf den zu ihr heraufstarrenden Burschen bewusst zu werden, denn plötzlich zog sie ihren Morgenrock fester um den grazilen Leib und trat einen Schritt zur Seite.

Als die Nachttischlampe nicht mehr durch ihr luftiges Negligé hindurchstrahlte, erwachte Topra aus einer Art Trance. Er schüttelte sich und stand rasch vom Boden auf. Sichtlich verlegen bedankte er sich für Inukiths Lüge.

»Ich habe nicht gelogen«, widersprach sie.

»Aber Ihr sagtet doch …«

»Dass ich weder Juwelendiebe gesehen habe noch Meuchler, die mir an die Gurgel wollen. Das stimmt.«

»Aber ich wollte doch …«

»Isfet umbringen? Schaut mich an. Sehe ich etwa aus wie der Pharao?« Sie spreizte die Arme ab und drehte sich einmal um ihre eigene Achse.

Topras Mund stand offen. Obwohl es ihn schwindeln machte, genoss er durchaus die Einladung, sie ganz offen anstarren zu dürfen. Er vermochte nicht zu sagen, ob diese Benommenheit mit dem sonderbaren Gefühl zusammenhing, diesem Mädchen schon einmal begegnet zu sein, oder mit ihrer unbeschreiblichen Schönheit. Ihr ovales Gesicht raubte ihm schier den Atem. Ihre schmale, gerade Nase war ein gefährlicher Grat, von dem man in die bodenlose Tiefe ihrer meerblau funkelnden Augen stürzen konnte. Und ihr voller, roter Mund schien wie eine verzauberte Frucht zu sein, die zu kosten er zwar begehrte, den Gedanken daran aber gleich wieder verscheuchte – nichts würde danach mehr so sein wie zuvor. »N… Nein«, stotterte er und senkte verlegen den Blick. »Ich kann mir nicht vorstellen, dass der Pharao … so schöne Zehen hat.«

»Ihr seid anders als die meisten Jungen, die ich bisher kennen gelernt habe«, sagte Inukith. In ihrer sanften Stimme schwang eine gewisse Amüsiertheit, aber Topra konnte auch wieder den Klang der Melancholie vernehmen, der ihm schon vorher aufgefallen war. Seine Antwort hörte sich indessen eher wie die eines eifersüchtigen Liebhabers an.

»Ihr habt mit unsereinem also einschlägige Erfahrungen? Ich dachte der große Pharao duldet keine Rivalen.«

Inukith wandte sich mit einem Ruck von ihm ab. »Was wisst denn Ihr!«

Topras Herz verkrampfte sich. Ja, was wusste er schon von diesem anmutigen Mädchen? Selbst wenn er das Empfinden hatte, sie seit langem zu kennen, durfte er sich ihr gegenüber nicht so aufspielen. Seine Augen wanderten über den Boden, erklommen Inukiths Füße, ihre zarten Fesseln, die hauchfeinen Falten ihres Negligés und verharrten schließlich auf ihren bebenden Schultern.

Das Mädchen weinte.

Von dem unbändigen Drang erfüllt, sie zu trösten, trat er von hinten an sie heran, hob die Hand, um ihr Haar zu streicheln, ließ sie dann aber wieder sinken. »Warum seid Ihr so traurig, Inukith?«, fragte er leise.

Sie drehte sich um und sah mit tränenverhangenem Blick zu ihm auf. »Ich bin nicht die Konkubine des Pharaos, sondern die Braut seines Sohnes!«

»Aabuwa ist Euer …?« Topras Mund blieb offen stehen.

»Ich bin ihm zur Ehe versprochen, aber ich hasse ihn und seinen Vater vermutlich genauso wie Ihr. In seinem Jähzorn hat Aabuwa schon viele Menschen getötet, verstümmelt und verletzt. Auch Pamai.«

»Pamai?«

»Mein Verlobter. Ihm gehörte mein Herz. Er war fünf Jahre älter als ich, der Sohn eines angesehenen Hofbeamten. Pamai hatte mir schon Heiratsanträge gemacht, als ich noch ein Kind war, und jetzt ...« Inukith drückte sich einen Zipfel ihres Negligés an den Mund und schluchzte.

»Dann gehört Ihr auch zum Hofstaat?«, versuchte Topra sie abzulenken.

Inukith verstummte jäh und sah ihn erschrocken an. Doch dann – als hätte sie einen stillen Entschluss gefasst – fielen Misstrauen und Anspannung von ihr ab. Wie zu einem Freund sagte sie: »Ich bin nicht mehr und nicht weniger als ein Vogel in einem goldenen Käfig, Topra. Wenn du dich am Hof nach mir erkundigst, werden die Leute sagen, Inukith ist eine Waise, das Mündel von Herzog Apophis, dem Großwesir des Pharaos. Aber das ist nur die halbe Wahrheit. Ich bin zwar als Waisenkind im Millionenjahrhaus aufgewachsen, aber die Frau, die mich erzog, ist meine richtige Mutter. Sie darf sich nicht zu mir bekennen, weil sonst mein Leben gefährdet wäre.«

»Wie kann das sein?«

»Die Sippenhaftung ist ein beliebtes Mittel des Amjib, um jegliches Aufbegehren gegen den ›geliebten Vater der Nation‹ im Keim zu ersticken. Meine Eltern hatten sich im Exil kennen gelernt. Beide wurden vom Geheimdienst des Pharaos gejagt.«

»Und wie kommt es, dass deine Mutter und du jetzt zum Hofstaat gehört?«

»Vermutlich aus denselben Gründen, die dich heute Nacht in dieses Gemach geführt haben.«

»Du willst den Pharao ...?« Topras Erstaunen hatte sich etwas zu laut Gehör verschafft, weshalb Inukith ihm schnell die Hand auf den Mund legte.

»Du musst leise sein«, flüsterte sie. Der Duft ihrer Haut, unmittelbar unter seiner Nase, machte ihn buchstäblich taumeln.

Besorgt gab sie seine Lippen wieder frei. »Bist du wirklich so kurzatmig, Topra?«

»Nein, nein. Wenn ich will, tauche ich sogar mit den Fischen.«

Sie neigte ihren Kopf und sah ihn von unten herauf an. »Dein Humor gefällt mir.«

»Ich finde mich überhaupt nicht komisch. Eins würde mich noch interessieren: Warum hat deine Mutter nichts gegen Aabuwas ›Werben‹ getan? Bist du ein willfähriges Werkzeug irgendwelcher Rebellen, die nur darauf warten, dass du Aabuwa in der Hochzeitsnacht ein Messer ins Herz stößt?«

Eine dunkle Wolke verdüsterte Inukiths schönes Gesicht. Ihre Antwort klang spitz. »So ein Mädchen bin ich nicht.«

»Aber …«

»Hast du mir nicht zugehört? Der höchste Beamte des Reiches ist mein Vormund. Die Krone hat ihn dazu bestellt. Dieser verknöcherte Herzog küsst dem Pharao ständig die Füße. Apophis hat die Eheverhandlungen geführt und mich allzu bereitwillig an Aabuwa verschachert. Ich war nahe daran, meinem Liebsten in den Tod zu folgen, aber mir fehlte der Mut, Hand an mich zu legen. Vielleicht tu ich's ja noch, wenn …«

»Nein!«, stieß Topra hervor und erschrak über seine eigene Leidenschaftlichkeit. »Du darfst nicht einmal daran denken. Es gibt einen anderen Weg. Wir müssen ihn nur finden.«

Inukith sah wieder auf diese Schwindel erregende Weise zu ihm auf und fragte: »Wir?«

Topra spürte, wie ihm das Blut ins Gesicht schoss. Er beeilte sich, auf eine sachliche Ebene zurückzufinden. Tatsächlich waren die Mordgedanken von Inukiths strahlender Aura förmlich aus seinem Hirn gebrannt worden. Eben noch hatte er nach Rache gedürstet, jetzt war es Gerechtigkeit. »Im Grunde genommen verfolgen wir doch ähnliche Interessen. Wir mögen unseren Hass vielleicht unterschiedlich auf die kaiserliche Familie verteilen, aber grundsätzlich empfinden wir das Gleiche.

Isfet und seine Sippe haben genug gefoltert und gemordet. Ihrer Willkür muss ein Ende gemacht werden.«

»Das wirst du aber nie erreichen, indem du in sein Schlafzimmer stürmst und ihm die Kehle durchschneidest. Der Mann mag ein Spross des Übels sein, aber die *Wurzel* reicht tiefer, wenn nicht sogar bis in die Vorzeit zurück.«

Fast kam es Topra so vor, als spräche Inukith von demselben Frevel, den Fatima im Wüstenorakel Siwa angedeutet hatte, aber das war wohl nur eine Täuschung seiner überspannten Nerven. Mutlos ließ er den Kopf hängen. »Ich hätte auf meine Freunde hören sollen. Sie haben mir sowieso nicht zugetraut einen kaltblütigen Mord zu begehen und wollten mich von dieser Dummheit abhalten.«

»Du bist ein Glückspilz, solche Gefährten zu haben. Ich beneide dich darum.«

Topra sah wieder auf und sagte leise: »Vielleicht können wir ja Freunde werden.« Als die Worte heraus waren und ihre Blicke sich trafen, wurde er wieder rot.

Aber Inukith lächelte dankbar. »Darüber würde ich mich sehr freuen. Ehrlich gesagt, hätte ich mir nie erträumt, einmal Gisas Sohn zu begegnen, geschweige denn, von ihm ein solches Angebot zu bekommen.«

»Woher weißt du eigentlich, dass sie meine Mutter ist?«

»Ich möchte nicht darüber sprechen.«

»Vor knapp einem Jahr wäre ich beinahe den Häschern des Pharaos in die Hände gefallen. Hat er oder Aabuwa mich erwähnt?«

»Nein. Von dieser Sache weiß ich nichts. Die Geschichte von Gisa und der wundersamen Geburt ihres Sohnes in der Kammer des Wissens ist mir schon seit vielen Jahren so vertraut wie anderen Kindern die Gutenachtlieder ihrer Mütter. Das muss dir als Antwort genügen.«

Inukith hatte am Hof nur überleben können, indem sie ihre Geheimnisse hütete, dessen war sich Topra bewusst. Er wollte das zarte Pflänzchen ihrer Freundschaft nicht verletzen, indem er allzu heftig an einem Tabu rüttelte. Daher lenkte er das Gespräch auf ein nahe liegendes Thema.

»Es wird Zeit, dass ich gehe.«

Überraschend ergriff Inukith seine Hand. »Wenn du willst, helfe ich dir, dein Ziel zu erreichen.«

Ihre Berührung wirkte auf Topra wie ein mittlerer Stromstoß. Nachdem er das Kribbeln einigermaßen unter Kontrolle gebracht hatte, antwortete er: »Du meinst, *unser* Ziel.«

»Ja«, flüsterte sie.

»Wie willst du das tun?«

»Zunächst musst du diese Nacht überleben. Die Leibgarde im Millionenjahrhaus dürfte in den nächsten Tagen verschärft patrouillieren. Ich schätze, du wirst hier übernachten müssen.«

»*Hier?* In *deinem* Schlafzimmer?«

»Das kannst du dir aus dem Kopf schlagen. Du gehst brav durch deine Geheimtür dort und nächtigst irgendwo in dem Versteck zwischen den Wänden. Ich sorge dafür, dass du auf die Liste für das Lever, die Frühaudienz des Pharaos, gesetzt wirst und dich unauffällig in die Applikanten einreihen kannst. Isfet hält sich für einen guten Menschenkenner und lässt es sich daher nicht nehmen, zweimal wöchentlich etwa zwei Stunden lang höchstpersönlich nach klugen Köpfen für seinen Beamtenapparat Ausschau zu halten. Wenn es dir gelingt, ihn zu überzeugen, wirst du ihm bald näher sein, als du jemals für möglich gehalten hast.«

Inukith hatte Topra noch vor Sonnenaufgang mit frischen Kleidern versorgt, die ihm bei dem Morgenempfang des Pharaos ein standesgemäßes Auftreten ermöglichten. Der so kurzfristig auf die Besucherliste gerutschte Kandidat wurde von verlässlichen Dienern an einem Ausgang der doppelten Wand abgeholt und zu den anderen Bewerbern und Bittstellern gebracht. Isfet verstand die auf acht Uhr anberaumte Audienz als Ausdruck seiner Volksnähe. In Wahrheit diente das Lever jedoch der Pflege eines Mythos, demnach jeder helle Kopf die Chance habe, als Quereinsteiger eine gehobene Karriere bei Hof zu machen. Natürlich waren die wenigen Besucher handverlesen.

Endlich wurde Topra in den riesigen Thronsaal vorgelassen, einer eindrucksvollen Halle mit goldenen Papyrussäulen, prächtigen Wandmalereien, vollendeten Statuen und aufmerksamen Leibwächtern. Er musste ein ganzes Spalier von ihnen durchschreiten. Außerdem standen eine Reihe anderer Höflinge herum, deren Aufgabengebiet nicht ersichtlich war. Vor einem Podium wartete bereits ein kaiserlicher Beamter, ein älterer Glatzkopf mit nacktem Oberkörper, Wickelrock, einem digitalen Tonaufzeichnungsgerät und einem Notizblock. In Baqat kannte ihn jedes Kind. Es war Nefermaat, der Griffelhalter des Großen Hauses. Er deutete neben sich auf den Boden, wo dem Bewerber ein kleiner roter Strich anzeigte, bis wohin er gehen durfte.

Isfet thronte mehrere Podeststufen höher auf einem prachtvollen Sessel aus Gold und Elfenbein. Neben ihm saß auf einem bescheideneren Möbel kein Geringerer als Aabuwa, der Kronprinz. Vater und Sohn trugen die gleichen weißen Uniformen der baqatischen Marine, beim Älteren haftete nur ein wenig mehr Glitter an der Brust. Das mächtigste Staatsoberhaupt der Welt betrachtete interessiert den aufrechten jungen Mann, dessen Haltung von Rückgrat zeugte und in dessen dunklen Augen nicht die Torheit manch anderer junger Heißsporne funkelte, die von einer Karriere bei Hofe träumten.

»Nennt mir Euren Namen«, verlangte der Herrscher unvermittelt. Der Griffelhalter blickte überrascht von seinem Stenoblock auf. Normalerweise führte ein hoher Hofbeamter die Befragungen durch, an diesem Tag war dafür eigentlich der Prinz vorgesehen.

»Mein Name ist Takuba«, antwortete Topra und täuschte den Akzent der Teguar vor.

»Ihr stammt nicht aus dem Herzland?«

»Meine Sippe ist seit vielen Generationen eng mit Baqat verbunden. Die Sklaven der Teguar genießen bei Hof einen guten Ruf.«

»So, so, ein Wüstennomade seid Ihr also. Wo ist Euer Schleier, Takuba?«

»Man sagte mir, vermummte Bewerber stünden bei Hof nicht hoch im Kurs.«

Isfet lachte. »Ihr seid schlagfertig, Takuba. Das gefällt mir. Die Teguar sind für ihren Mut bekannt, aber auch für ihren Stolz. In meiner Leibwache leisten mir einige deiner Stammesbrüder treue Dienste. *Takelot*!« Der Pharao streckte den rechten Arm aus und ein Wächter – ebenfalls mit Plisseerock und nacktem Oberkörper – eilte herbei. Als der athletische Mann vor dem Podest stehen blieb, streifte Topras Blick seinen großen Speer. Einige Schalter deuteten darauf hin, dass es nur dem Anschein nach eine klassische Wurf- und Stoßwaffe war, in Wirklichkeit hielt der Leibgardist eine Lichtkanone in der Hand.

»Sprecht zu ihm«, forderte Isfet den Bewerber auf und deutete damit auf die Wache.

Topra blieb fast das Herz stehen. Er wandte sich dem Speerträger zu und sagte: *»Jamar, Takelot, an achwen tu immu al djefer popot ne samu alachai?«*

»Und?«, erkundigte sich Isfet ungeduldig.

Der Leibwächter wirkte etwas verlegen. Er verbeugte sich in Richtung seines Herrn. »Der junge Mann, dessen Name ›Schwert‹ bedeutet, spricht einen südlichen Dialekt, aber ich konnte ihn trotzdem gut verstehen. Er sagte: ›Sei gegrüßt, Takelot, frierst du dich in dieser Uniform an kalten Tagen nicht zu Tode?«

Pharao Isfet brach in schallendes Gelächter aus. »Der Junge macht mir Spaß! Du kannst zurück auf deinen Posten gehen, Takelot.« Schlagartig wurde das Staatsoberhaupt wieder ernst und richtete sein Wort erneut an den Bewerber. »Wir pflegen am Hof die alten Traditionen, Takuba, denn nur wer sich an die Vergangenheit erinnert, kann die Zukunft gestalten. Wer war so dumm und ließ einen klugen Burschen wie Euch einfach davonlaufen?«

»Ich komme aus dem Zelt des ruhmreichen Fürsten Asfahan, aber ich wäre auch gegen seinen Willen nach Memphis gereist.«

Isfet nickte anerkennend. »Ich habe von Asfahan gehört. Er liefert erstklassige Ware. Wenn ich allerdings an die Qualitäten der Teguar denke …« Der Pharao schüttelte den Kopf. »General Waris hat gerade erst einen Schwung neuer Rekruten für meine Leibgarde angeworben. Könnt Ihr irgendetwas anderes außer reiten, schießen und mit dem Schwert hantieren?«

Über diese Frage hatte sich Topra die halbe Nacht den Kopf zerbrochen. »Ja, Majestät, ich finde Bomben.«

Isfet beugte sich im Thron vor. »*Was* tut Ihr?«

»Unter den Teguar gibt es Menschen, die entdecken fast überall Wasser. Sie werden als heilige Männer und Frauen verehrt, weil ihre Gabe in der Wüste das Überleben des Stammes sichert. Ich war nicht viel wert, weil mir das nie gelang. Alles, was ich fand, waren verloren gegangene Ohrringe, Kinder und …«

»Bomben?«

Topra alias Takuba zuckte die Achseln. »Ich dachte, diese Fähigkeit könnte am Hofe nützlicher sein als in der Wüste.«

Der Pharao stemmte sich gegen die Lehne seines Thrones. »Meine Untertanen lieben mich.«

»Selbstverständlich, Majestät. Es soll aber auch ausländische Spione geben, die Euren Großmut nicht zu schätzen wissen oder Eurem Weg zur Befriedung der Welt nicht folgen wollen.«

»Ein paar Unverbesserliche von der Art, wie Ihr sie beschreibt, gibt es tatsächlich«, knurrte Isfet.

»Unterzieh ihn doch einer Probe«, ergriff unvermittelt Aabuwa das Wort. Im Thronsaal entstand eisige Stille. Offenbar war diese Einmischung in ein Gespräch des Pharaos etwas, das man tunlichst bleiben ließ. Aber der Prinz schien zu wissen, wie weit er gehen durfte. Er beugte sich jetzt sogar nach links und flüsterte Isfet, nachdem dieser ihm auf halbem Wege entgegengekommen war, etwas ins Ohr.

Topras Blick pendelte zwischen Vater und Sohn. Aabuwa hatte ein markantes Gesicht, das ihn älter erscheinen ließ, als er in Wirklichkeit war. In der weißen Uniform machte er eine gute Figur. Es hieß, er sei ein hervorragender Sportler und im baqatischen Ringen ein gefürchteter Gegner. Seine dunklen kurzen Haare wirkten wie eine gegossene Masse, das runde Kinn wie ein Rammbock. Insgesamt vermittelten sein etwas verbissenes Gesicht im Verein mit der gedrungenen athletischen Statur den Eindruck einer natürlichen Aggressivität, die man besser nicht herausforderte. Isfet war da ganz anders. Groß und immer noch schlank, mit pechschwarzem Haar, wirkte er für einen Mann Mitte fünfzig fast noch jugendlich. Seine edlen schmalen Gesichtszüge waren denen Topras sehr ähnlich, aber das fiel im Saal wohl niemandem sonst auf als dem ungeliebten Sohn des Pharaos.

Isfet – nun wieder aufrecht sitzend – begann bedächtig zu nicken. »So werden wir es tun, mein Sohn.« Auf den Bewerber deutend, fragte er: »Wie groß ist Euer Vertrauen in die eigenen Fähigkeiten, Takuba? Seid Ihr mit einer Prüfung einverstanden?«

»Ja«, antwortete Topra selbstbewusst.

»So soll es sein. Dann schicken wir Euch jetzt hinaus und verstecken eine Bombe im Saal. Wenn Ihr sie findet, bekommt Ihr einen Posten in Waris' Garde und werdet fortan für meine Sicherheit sorgen. Andernfalls …« Der Pharao lächelte tiefgründig.

Topra wurde hinausgeführt und musste etwa eine halbe Stunde in ebenjenem Empfangsraum warten, den er bereits nächtens durch das Guckloch in der doppelten Wand gesehen hatte. Er lechzte förmlich danach, einen Blick auf Inukith zu erhaschen, aber sein Wunsch blieb unerfüllt. Als er wieder abgeholt wurde, lief es ihm eiskalt den Rücken hinunter.

Der Leibgardist trug eine Gasmaske.

Auch die – zahlenmäßig stark geschrumpften – Anwesenden im Thronsaal waren mit den gleichen Schutzvorrichtungen ausgestattet.

»So viel zum Thema Vermummung«, erklärte Isfet vergnügt, als der »Bombenfinder« wieder vor seinem Thron stand. Die Stimme des Pharaos drang seltsam schnarrend unter der schwarzen Maske hervor. Mit den großen runden Glasscheiben über den Augen und dem zum Filter führenden Rüssel wirkte das herrschaftliche Gesicht geradezu außerirdisch.

»Hier sind die Regeln deiner Probe«, sagte jetzt Aabuwa. Er hörte sich wie ein Brummkreisel an. »In diesem Saal befindet sich eine Bombe mit Giftgas. Sie wird in etwa fünf Minuten ihren tödlichen Inhalt freisetzen. Wenn Ihr sie findet, seid Ihr in die große Familie des Millionenjahrhauses aufgenommen. Im anderen Fall seid Ihr ein Hochstapler, und wer den Pharao zu betrügen versucht, stirbt.«

Topra registrierte, dass niemand ihn mehr fragte, ob er mit diesen »Spielregeln« einverstanden sei. Er schluckte einen dicken Kloß hinunter.

»Habt Ihr den Prinzen verstanden?«, erkundigte sich der Pharao.

»Ja, Majestät.«

»Warum beginnt Ihr dann nicht mit der Suche?«

»Weil ich auf Euren Befehl warte.«

Das schien dem mächtigsten Mann der Welt zu gefallen. Er machte es sich in seinem Thron bequem und ließ den Prüfling zappeln.

Topra wirkte äußerlich ungerührt. In Wahrheit suchte sein Geist längst nach der Bombe. Hinter den Bullaugen der Gasmaske schienen Isfets Augen zu lächeln. Die seines Sohnes blickten nur starr auf den Bewerber. Allmählich begannen einige der wenigen Höflinge, die der Prüfung beiwohnen durften, unruhig mit den Füßen zu scharren. Die Hand des Griffelhalters zitterte. Niemand schien große Lust zu verspüren, die Dichtigkeit der Gasmasken zu erproben. Topra hätte vor allem gerne gewusst, wie viel Zeit schon verronnen war. Wollte sich der Pharao einen Spaß daraus machen, ihn hier zur Belustigung seiner Höflinge zu vergiften? Durch seinen Geist hallten einzelne Satzfetzen, die er tags zuvor von seiner Mutter und später von Inukith gehört hatte. Sie gaben ihm die Kraft zum Ausharren. Schließlich sagte der Pharao seelenruhig: »Ihr könnt jetzt beginnen.«

Auf dem Absatz drehte sich Topra um fast einhundertachtzig Grad und lief zielstrebig auf eine schwarze Granitstatue zu, die einen menschlichen Körper, aber den Kopf eines Löwen besaß. Der Bildhauer hatte ihr eine Art Trägerrock auf den gertenschlanken Leib gemeißelt. Ihr rechter Fuß war auf dem Sockel leicht vorgeschoben, als beabsichtige sie, jeden Moment zu gehen. Auf ihrem Kopf trug sie eine goldene Sonnenscheibe, in ihrer Linken lag das Ankh, ein Fruchtbarkeit symbolisierendes Henkelkreuz, und in der Rechten ein Stab in Form eines Papyrusstängels. Es handelte sich um die Göttin Sachmet, deren Name »die Mächtige« bedeutete. Sie galt als Unterstützerin des Pharaos im Kampf gegen seine Feinde. Seltsam, dachte Tropa, dass Isfet oder Aabuwa oder beide gerade diese Göttin für einen – wenn auch nur gespielten – Anschlag ausgewählt hatten.

Er blieb vor der Statue stehen. Wollte man ihm eine Falle stellen? War das, was er jetzt tun musste, nicht eine beispiellose Respektlosigkeit gegenüber der weiblichen Wesenheit der memphitischen Triade? Nun, wenn er noch länger darüber nachdachte, würde er sterben. Er bückte sich und griff der Göttin unter den Rock.

Dieser besaß – wie man bestenfalls auf dem Boden liegend hätte sehen können – zwischen den Beinen einen Hohlraum. Darin klebte die apfelsinengroße Bombe. Topra ging zum nächstbesten Leibwächter, packte den Rüssel von dessen Gasmaske und riss ihn nach oben. Darunter kam eine entsetzte

Miene zum Vorschein. Der Leibgardist wagte allerdings nicht, in die Spielregeln des Pharaos einzugreifen und den frechen Bewerber aufzuspießen, sondern starrte die runde Gaskapsel, die Topra ihm vor das Gesicht hielt, nur wie vom Donner gerührt an.

»Ich bin technisch unbegabt. Entschärfe du das!«, sagte der Bombensucher.

Vom Thron her erscholl verhaltener Applaus. Isfet hatte offenbar Gefallen an den Fähigkeiten des Bewerbers gefunden. »Tu, was unser teguarisches ›Schwert‹ dir befohlen hat«, forderte er den Leibwächter auf, der die Bombe sofort an sich riss und ihren Zeitzünder ausschaltete.

»Kommt!«, rief Isfet und winkte Topra zu sich heran.

Während dieser die Halle durchquerte, flüsterte Aabuwa mit seinem Vater. Der Pharao nickte lächelnd. Als der Bewerber erneut neben dem sichtlich erleichterten Griffelhalter Aufstellung nahm, sagte Isfet: »Wie Ihr eindrucksvoll bewiesen habt, stellt Ihr die Loyalität für das Große Haus sogar über Euer eigenes Leben. Das gefällt mir. Ich nehme Euch in meine Dienste auf.«

Topra verneigte sich. »Habt Dank, Majestät.«

»Allerdings«, fügte der Herrscher Baqats hinzu, »möchte ich mich – da Ihr noch kein baqatischer Staatsbürger seid – auch zukünftig Eurer Treue versichern. Seid Ihr damit einverstanden?«

Was meinte er damit? Topra ahnte eine neue Hinterlist des eifrigen Flüsterers an Isfets Seite, aber was konnte er anderes tun, als zu antworten: »Wenn Euch der gerade erbrachte Beweis nicht ausreicht, Majestät, dann bin ich bereit, mich einer weiteren Prüfung zu unterziehen.«

Der Pharao nickte zufrieden. »So soll es denn sein, Takuba. Ab heute werdet Ihr das Zeichen der ausschließlichen Ergebenheit mir gegenüber tragen, einen goldenen Reif um Euren Hals. Ich nehme an, als Sohn eines tüchtigen Sklavenjägers wisst Ihr, was ein *Bund* ist?«

Es kostete Topra einige schlaflose Nächte, bis er sich an den Gedanken gewöhnt hatte, von Isfet per Knopfdruck jederzeit des Kopfes beraubt werden zu können. Die wiederaufladbaren Batterien seines *Bundes* mussten alle zwei Wochen mit neuer Energie befüllt werden, sonst explodierte der hübsche Reif ebenfalls. Und wie würde das hoch sensible Innenleben des Sklavenrings reagieren, wenn sich die Welten des Drillingsuniversums in nicht einmal zwei Monaten erneut ganz nahe kämen und der neue Bombenfinder des Hofes wie ein Komet aufglühte? Darüber mochte Topra vorerst lieber nicht nachdenken.

Immerhin genoss er eine gewisse Sonderstellung, zu deren Vorzügen auch eine angemessene Bekleidung gehörte. Er trug jetzt eine schwarze Uniform mit Barett, unterschied sich also deutlich von den Leibgardisten in der unmittelbaren Umgebung des Pharaos, die ja nicht nur der Sicherheit, sondern auch repräsentativen Zwecken dienten und traditionell spärlich gekleidet waren. Wäre er wie sie zum Dienst mit nacktem Oberkörper eingeteilt worden, dann hätte man ihm vermutlich längst das Haupt von den Schultern gesprengt – sein rotes Feuermal war ja unübersehbar. Da Teguarmänner sich, von wenigen Ausnahmen abgesehen, niemandem ohne angemessene Bekleidung zeigten, hatte er das Pyramidenzeichen bisher hinter einer vorgeschützten Schamhaftigkeit verbergen können, ohne Verdacht zu erregen.

Dank Inukiths Hilfe war er nun im Zentrum der Macht, oder »am Kopf der Schlange«, wie Asfahan zu sagen pflegte. Zu Topras täglichen Pflichten gehörte die Durchsuchung sämtlicher Gemächer des Hauptpalastes nach Explosiv- und Giftstoffen. Wenn Pharao Isfet Termine außer Haus wahrnahm, was ziemlich oft vorkam, dann musste Topra schon Stunden vorher das Terrain sondieren.

Bereits am zweiten Tag hatte er im Großen Konferenzsaal des Kriegsministeriums eine Ladung Plastiksprengstoff entdeckt. Sekundenlang war er von dem Fund regelrecht benommen gewesen und hatte gezögert ihn zu melden. Ja er spielte ernstlich mit dem Gedanken, die Bombe zu »übersehen«. Das von Asfahan so gerne zitierte Teguarsprichwort lautete: »Erwischst du den Kopf einer Kobra, ist der Rest nur noch ein Seil.« Würde auch von Baqats Willkürregime lediglich ein harmloses Tau übrig bleiben, wenn sein Kopf – der Pharao – erst unschädlich gemacht war? Hobnaj hatte das infrage gestellt. Er war sich mit Fatima, der Wächterin des Wüstenorakels Siwa, darin einig gewesen, dass Isfet »etwas Unheilvolles von gewaltiger Dimension« plante. Um seinen Plan ungehindert durchführen zu können, hatte der Pharao wohl auch den alten Hüter des Gleichgewichts umbringen lassen und beanspruchte nun dieses Amt für sich. Sollte er von einer Bombe zerfetzt werden, würden sämtliche Titel an seinen rechtmäßigen Thronfolger fallen, an Aabuwa. Dessen ehrgeizige Mutter würde schon dafür sorgen, dass nichts und niemand ihrem Zögling die Krone streitig machte, denn so konnte auch sie als Kaiserinwitwe weiterhin an der Macht teilhaben. Selbst ein gelungenes Attentat auf Vater *und* Sohn konnte diese Frau nicht von der Spitze des Reiches abschneiden. Ganz im Gegenteil würde in diesem unwahrscheinlichen Fall aufgrund des »Gesetzes zur Bewahrung der Dynastie« nicht etwa dem Sohn einer Konkubine, sondern ihr die uneingeschränkte Macht zufallen, weil sie als Regentin so lange herrschen konnte, bis der nächste legitime männliche Nachkomme des Pharaos die Volljährigkeit erreichte.

Nein, ermahnte sich Topra, blinde Rachgier benebelte nur die Sinne. Den Kopf der Schlange zu packen hieß, Probleme mutig und entschlossen, aber auch besonnen anzugehen. Es würde sich vielleicht nur eine einzige Gelegenheit bieten, gegen den Machthaber und seine Clique loszuschlagen. Topra wollte der Gerechtigkeit zum Triumph verhelfen. Deshalb hielt er seine Gefühle im Zaum und meldete die in einer Säule unter der Büste des Pharaos versteckte Sprengladung.

Im Nachhinein erwies sich dieser Entschluss als weise. Die

Sprengladung war nur zu einem einzigen Zweck in dem Konferenzraum versteckt worden: um seine Zuverlässigkeit zu prüfen. Hätte er versagt, wäre er schon nicht mehr am Leben. So funktionierte Isfets Staatsapparat.

Dank seiner Findigkeit stieg Topra im Ansehen der Vorgesetzten. Zwar war es ihm verboten, ohne Begleitung den Palastbezirk zu verlassen, doch innerhalb des Millionenjahrhauses durfte er sich – mit Ausnahme einiger sensibler Bereiche, für die ihm der passende Sicherheitsausweis fehlte – frei bewegen. Täglich kontrollierte er mit großer Gründlichkeit die Räume der kaiserlichen Familie und ihrer engsten Vertrauten. Zu diesem privilegierten Zirkel gehörte auch die Braut Aabuwas. Nicht ganz zufällig war Inukith fast immer zugegen, wenn der Bombenfinder seine Spürnase in ihre Gemächer steckte. Bei ihr suchte Topra stets besonders gewissenhaft.

Weil seine Gabe ihm in Sekunden verriet, ob ein Zimmer »sauber« war oder nicht, blieb für die jungen Leute gewöhnlich ausreichend Zeit, um sich ungestört zu unterhalten. Topra besaß ein sanftes, verständnisvolles und mitfühlendes Wesen. Inukiths Schicksal berührte ihn zutiefst und oft machte es ihn zornig. Anfangs täuschte er sich über die Gründe dieser Erregtheit mit Gemeinplätzen hinweg: Ihr war Unrecht widerfahren und er verabscheute eben jegliche Tyrannei, Punktum! Sie verdiente Trost, hatte ihm selbst gesagt, dass sie einen Freund brauche. Der wollte er ihr gerne sein.

Und so behandelte Topra sie mit der Achtung eines treuen Dieners, vielleicht nicht sehr viel anders, als Hobnaj einst seiner Mutter begegnet war. Inukith dagegen wurde ihrem neuen Leibwächter gegenüber immer zutraulicher. Oft neckte sie ihn, etwa indem sie süße »Sprengsätze« im Zimmer versteckte: pampelmusengroße Kugeln voller Pralinees oder gerollte Biskuits mit einer Zündschnur aus Persipan und dergleichen mehr. Anfangs entgingen diese Kalorienbomben seinem auf Explosiv- und Giftkörper geeichten Sinn, was Inukith ausreichend Gelegenheit gab, ihn zu schelten. Obgleich er sich bald auf die zuckrigen »Überraschungen« einstellte, ließ er ihr das Vergnügen und tat weiterhin so, als entgingen sie seiner Aufmerksamkeit.

Ihm war durchaus bewusst, dass Inukith mit ihren kleinen Scherzen jene Sorgen verdrängte, die sie mehr als alles sonst bedrückten. Sie sollte einen Mann heiraten, den sie verabscheute, und der Tag ihrer Hochzeit rückte unaufhaltsam näher. Topra gab sich alle Mühe, ihr Hoffnung einzuflößen. Immer häufiger verspürte er das Verlangen, sie in die Arme zu schließen und ihr leise Worte des Trostes ins Ohr zu flüstern, aber er tat es nicht, sondern wahrte Distanz.

Dafür gab es mehrere Gründe. Einerseits respektierte er sie viel zu sehr, um sich ihr gegenüber irgendwelche Freiheiten herauszunehmen, und andererseits konnte jederzeit ein Leibgardist oder gar Aabuwa persönlich ihre Gemächer betreten. Davon abgesehen war Topra ziemlich schüchtern. Inukith hatte das schnell bemerkt. Manchmal erinnerte sie ihren Beschützer daran, wie er nächtens so ungestüm in ihr Bett gesprungen war. Das reichte in der Regel aus, um sein Gesicht rot aufglühen zu lassen.

Ihm wurde immer deutlicher bewusst, wie unsterblich er sich in das Mädchen verliebt hatte. Und wie unerreichbar Inukith für ihn bleiben musste. Sie war dem Kronprinzen zur Ehe versprochen, der schon bewiesen hatte, dass er jeden Nebenbuhler brutal aus dem Weg räumen würde. Das Feuer in Topras Herz brannte lichterloh, als sich der erste Monat seines Dienstes dem Ende näherte. Seit einigen Tagen platzte er fast vor Ungeduld, wenn er die Gemächer des Palastes mit viel Aufhebens lange durchsuchte, nur um später mindestens die gleiche Zeit bei Inukith verbringen zu dürfen. Ihre blauen Augen strahlten jedes Mal, wenn er in ihr Zimmer trat. Offenbar fühlte sie genauso wie er.

Gelegentlich lenkte Topra das Gespräch auf den Pharao, seinen Kronprinzen und dessen Mutter. Inukith verbrachte fast täglich Zeit mit der kaiserlichen Familie. Vor allem die Brautleute hatten allerlei gesellschaftliche Verpflichtungen zu erfüllen. Die Medien feierten sie als das Traumpaar des Jahrhunderts. Topra interessierten vor allem jene leisen, vielleicht nur geflüsterten Äußerungen zwischen Vater und Sohn, die eigentlich nicht für fremde Ohren bestimmt waren. Wenn er Inukith fragte, ob sie rein zufällig etwas aufgeschnappt habe, reagierte sie oft schnippisch, was ihn anfangs stets aus der Fassung brachte. Er liebte sie doch! Und sie kämpften beide gegen die Machenschaften des Pharaos. Inukiths Kopf akzeptierte diese Argumente zwar, aber ihr Herz war voller Sorge, einmal mehr zum Spielball fremder Interessen zu werden. Topra musste erst lernen, sich in die Psyche eines an den Gefühlen verletzten Mädchens zu versetzen, das einfach nur um seiner selbst geliebt werden wollte. Stein für Stein trug er die Mauer von Inukiths unterbewussten Ängsten ab. An diesem Morgen – die vierte Woche seines Dienstes bei der Leibgarde ging gerade zu Ende – überraschte sie ihn während seiner Inspektion mit einer aufregenden Nachricht.

»Bei dem Bankett gestern Abend konnte ich ein leises Gespräch zwischen Isfet und Aabuwa belauschen. Ich weiß nicht genau, ob es wichtig für uns ist.«

Topra würgte ein halb zerkautes Pralinee herunter, das in einer von Inukith liebevoll mit einem altmodischen Wecker als »Zeitzünder« ausgestatteten Schachtel gelegen hatte. »Lass hören. Schnell!«

»Isfet sagte zu seinem Sohn etwas wie: ›Die drei Welten schwingen wieder aufeinander zu. Das vorletzte Mal, ehe deine große Stunde kommt. Spürst du schon etwas?‹«

Topras Kinnlade klappte herab; seine Zähne waren schokoladenbraun. »Du meinst, der Pharao hat seinen Sohn gefragt, ob *er* etwas von dieser Annäherung bemerkt?«

»Wenn ich dir nicht gründlich genug spioniere, dann kannst du dir ja eine andere …«

»Schon gut. Entschuldige bitte, Inukith.« Tropra wischte sich fahrig über die verschmierten Lippen. »Ich bin nur … « Er schlug sich mit dem Handballen gegen die Stirn. »Ein Mondkalb gewesen!«

»Ach, fällt dir das auch schon auf?«

»Jetzt mal im Ernst, Inukith. Was hat Aabuwa auf die Frage geantwortet?«

»Er sagte, er fühle sich unruhiger als sonst. Hat das etwas zu bedeuten?«

Topra ließ sich schwer in einen Sessel sinken. »Und ob! Dass ich nicht früher darauf gekommen bin! Aabuwa wurde in derselben Nacht geboren wie ich, an einem geweihten Ort, der schon früheren Pharaonen als Mammisi gedient hatte. Seine Mutter … Was ist eigentlich mit der Kaiserin? Sie muss doch auch an dem Bankett teilgenommen haben?«

»Ja, aber sie unterhielt sich gerade mit dem Gouverneur von Saba, als Vater und Sohn miteinander tuschelten. Ich hab mitbekommen, wie Isfet in ihre Richtung zeigte und Aabuwa zuraunte: ›Es ist besser, wenn du deiner Mutter nichts von den Komplikationen erzählst. Aus lauter Liebe zu dir könnte sie eifersüchtig auf unseren Kandidaten werden und ihn vor der Zeit töten lassen.‹«

Topra fühlte sich, als habe er ein Nadelkissen verschluckt. »Kandidat? Hat der Pharao sich so ausgedrückt?«

»Ich bin kein wandelndes Diktiergerät, das jedes Wort hundertprozentig richtig … «

»Du hast deine Sache bestens gemacht, Inukith. Wenn die Hexe nicht auch noch in den Plänen der beiden mitmischt, dann ist das nur gut. Ich mache mir nur ein wenig Sorgen, sie könnten mit dem ›Kandidaten‹ *mich* gemeint haben.«

»O weh! Das wäre ja … «

»Mein Todesurteil.«

»Vor der Zeit?«, murmelte Inukith. »Was hat Isfet mit dieser Formulierung gemeint?«

Wie im Schlaf murmelte Topra: »Er hat offenbar einen chronologisch gestaffelten Plan, möglicherweise einen, der in *sechs* Abschnitte untergliedert ist.«

»Wieso gerade sechs?«

»Später, Inukith. Erzähl mir erst, wie Aabuwa auf die Ermahnung seines Vaters reagiert hat.«

»Ich kenne sein Mienenspiel inzwischen ganz gut. Die abwartende Haltung seines Vaters gegenüber diesem geheimnisvollen ›Kandidaten‹ schmeckte ihm nicht, aber nach kurzem Zögern fügte er sich trotzdem.«

»Hast du je gesehen, ob Aabuwa ein Muttermal besitzt, das dem Emblem des Großen Hauses gleicht?«

»Du meinst das unendliche Pyramidenband?«

Topra nickte.

»Nein. Das muss aber nichts heißen. Wäre es nach Aabuwa gegangen, dann hätte er schon längst vor mir seine Hüllen fallen lassen, um mir seine Männlichkeit zu zeigen. Bis jetzt konnte ich ihn davon abhalten.«

Topras Magen verkrampfte sich bei dieser Vorstellung. Trotzdem zwang er sich zu einem Lächeln. »*Ich* habe so ein Muttermal und mir scheint, dass ich es den Umständen meiner Geburt verdanke. Wenn Aabuwa tatsächlich spüren kann, wonach ihn der Pharao gefragt hat, dann sind wir einander sehr ähnlich ...«

»Das ist mir noch nicht aufgefallen. Zum Glück!«

»Hierbei geht es auch nicht um Äußerlichkeiten oder um unseren Charakter. Die Wächterin des Wüstenorakels von Siwa erzählte mir einige sehr beunruhigende Dinge über die Kräfte, die in mir wohnen und mich durchströmen. Sollte Aabuwa diese Gaben ebenfalls besitzen, dann schweben wir womöglich in großer Gefahr.«

»Du meinst, wir beide?«

»Ich fürchte, die Bedrohung ist um einiges größer.«

»Memphis? Glaubst du etwa, das Unheil könnte die ganze Stadt treffen?«

»Viel größer, Inukith.«
»Baqat? Doch nicht das ganze …«
»Noch größer.«
Das Mädchen wurde bleich und hauchte: »Anx?«
Topra schüttelte den Kopf. »Größer.«

Endlich durfte er das Millionenjahrhaus allein verlassen. Annähernd sieben Wochen lang hatte Topra jetzt schon im Palast nach Bomben gesucht und vor zwei Tagen in der Nähe des Haupttors tatsächlich eine gefunden. Diesmal war es keine Übung gewesen. Irgendjemand hatte die Limousine des Pharaos auf dem Weg zu einer Stadioneinweihung in die Luft sprengen wollen und es wäre ihm ohne Topras besondere Findigkeit wohl auch geglückt. General Waris gratulierte seinem »Spürhund« persönlich zur Heldentat und belohnte ihn großzügig mit einem freien Nachmittag.

Der junge Leibgardist verließ den Palastbezirk durch eine Seitenpforte. Zwar trug er dieselben Kleider wie damals, als er einen parallel verlaufenden Weg in umgekehrter Richtung benutzt hatte, aber trotzdem gab es einen entscheidenden Unterschied: den *Bund*.

Es war aus mancherlei Gründen ein unerfreuliches Gefühl, sich mit dem Sklavenring in der Öffentlichkeit zu bewegen. Topra stieg in einen Bus, nahm auf einer hölzernen Bank Platz und versuchte die Leute zu ignorieren, die ihn oder auch nur den goldenen Reif anstarrten, irgendwie lief es aufs selbe hinaus. Ihm gegenüber saß ein kleines Männlein in einem fadenscheinigen Beduinengewand, dessen runzliges, eingefallenes Gesicht unter dem riesig anmutenden weißgelben Turban irgendwie verloren wirkte. Der Greis grinste unablässig, wobei er schamlos ein Gebiss aus fünf bis sieben gelbschwarzen Zähnen zeigte.

Topra studierte scheinbar teilnahmslos seine Fingernägel. Äußerlich mochte er gelassen wirken, aber er war alles andere als das. Wie er deutlich spürte, brauste die nächste große Welle des Drillingsuniversums heran und er hoffte inständig, dass ihn der blaue Glanz nicht unter den Augen so vieler Zeugen ereilte. Im günstigsten Fall würde das Spektakel eine Menge Aufsehen verursachen und im schlimmsten ein Blutbad. Topras Kenntnisse der Physik waren bescheiden, aber er wusste immerhin so viel, dass Licht etwas mit Photonen zu tun hatte und diese wurden auch Energiequanten genannt. Wer konnte schon sagen, wie die sensible Elektronik zur Abwehr von Manipulationen reagieren würde, wenn der *Bund* von gewaltigen Strahlungsimpulsen bombardiert wurde?

Topra schwitzte. Dabei befand er sich allerdings in guter Gesellschaft. Das öffentliche Verkehrsmittel glich einem fahrbaren Backofen. Die dumpfe Luft schien gesättigt zu sein vom Schweißgeruch der Passagiere – ein Fahrgast mehr und es würde in dem Bus zu regnen anfangen. Nach einigen Stationen schloss Topra die Augen und konzentrierte sich. *Werde ich beobachtet?*, lautete die einfache Frage, die er seinem findigen Sinn stellte, wobei er den grinsenden Alten wohlweislich ausklammerte. Die Antwort ließ nicht lange auf sich warten.

Der Spion stand am hinteren Ausgang.

Bei der nächsten Station warf Topra einen unauffälligen Blick zu dem Mann. Er trug ein schwarz-weiß kariertes Hemd und schwarze Baumwollhosen, hatte dunkles, schütteres Haar, eine dicke braune Hornbrille auf der Nase, unzählige Narben im Gesicht, etliche Pfund zu viel auf den Rippen und Schweißflecken unter den Achseln. Vermutlich gehörte er dem Amjib an. Der Agent war eingeklemmt zwischen einer Frau mit einem zappelnden Huhn und einem Geistlichen in schwarzem Kaftan.

Gehörte die Überwachung durch die Geheimpolizei zur Routine bei neuen Rekruten der Leibgarde? Von seinen Kameraden hatte Topra bisher nichts dergleichen gehört. Aber was hieß das schon? Er konnte sich noch gut an die Audienz erinnern, der er seine Stellung bei Hof verdankte, an das Geflüster zwischen Aabuwa und seinem vermeintlichen Vater. Anschließend hatten sie ihm den *Bund* verordnet. Dieses Zeichen der ausschließlichen Ergebenheit gegenüber dem Großen Haus war für Sklaven gesetzlich vorgeschrieben, aber bei Freien eine seltene Ausnahme. Seit er von Aabuwas Wahrnehmungen wusste, fragte sich Topra, ob sie einander irgendwie orten konnten. Ihm war es bisher nicht geglückt, irgendwelche Schwingungen oder was auch immer von dem Prinzen zu empfangen, aber er wusste ja auch nicht, worauf er achten musste. Der Pharao dagegen hatte freien Zugang zur Kammer des Wissens. Seine Priester mochten ihm die alten Geheimnisse offen gelegt haben. Vielleicht hatte er seinem Zögling Aabuwa Fähigkeiten vermittelt, von denen er, Topra, nicht einmal zu träumen wagte. Hatten sie ihn durchschaut?

Während er vergeblich ihre Machenschaften zu ergründen versucht hatte, war ihm die Zeit unter den Fingern zerronnen. *Und übermorgen soll Inukith dieses Ekel heiraten!* Wenn er nur daran dachte, geriet sein Blut in Wallung. Er brauchte die Hilfe seiner Gefährten. Höchstwahrscheinlich hatten sie längst ihre Verstecke im Hafenviertel geräumt und waren irgendwo anders untergeschlüpft. Deshalb befand er sich nun auf dem Weg zum Großen Basar von Memphis. Dort gab es einen Eisenwarenhändler, den ihm Hobnaj als Kontaktperson genannt hatte, falls der Besuch Gisas im Gefängnis in einem Fiasko enden sollte.

Eine eben zugestiegene fettleibige Frau in Schwarz trieb ihre lärmende Kinderschar durch den Gang zu den Stehplätzen im Heck des Busses. Als sie sich an Topra vorbeizwängte, riskierte er über ihren mächtigen Hintern hinweg einen verstohlenen Blick zu dem Spion. Der schwitzende Mann nutzte selbst gerade den Tumult, um nach seiner Zielperson Ausschau zu halten. Nur Topras gesenkte Lider verhinderten einen offenen Augenkontakt. Er musste den Spion schleunigst abhängen, und das auf eine möglichst unverfängliche Weise.

Der Bus bog in die Nilpromenade ein und mit einem Mal kam

Topra die zündende Idee. Bei der Anlegestelle für die Ausflugsdampfer nickte er dem schrumpeligen Zahnlückengesicht zu und verließ die rollende Sauna. *Ja, das passt!*, triumphierte er im Stillen: Der Leibgardist gönnt sich in seiner Freizeit ein paar schöne Stunden auf dem Wasser. Wie erwartet, verließ auch der Spion das Fahrzeug und folgte der Zielperson in sicherem Abstand.

Auf dem Bootssteg drängten sich Reisegruppen und andere Fahrgäste, die den Wasserweg benutzten, um sich die Staus in den verstopften Straßen von Memphis zu ersparen. Topra suchte sich einen vollen Dampfer, dessen stampfende Schiffsmotoren das baldige Ablegen signalisierten. »Moment, ich will noch mit!«, rief er dem Bootsmann zu, der soeben die Gangway einholen wollte.

»Nu aber hurtig, junger Mann!«, spornte ihn der Seemann an.

Sicheren Fußes überquerte Topra die mit Querstreben verbundenen Planken. Während er sich bei dem Matrosen bedankte, hörte er hinter sich schon das Rufen des Spions.

»Halt! Warten Sie!«

Der Bootsmann seufzte, aber das war nur gespielt. In Baqat hielt sich kaum jemand an Fahrpläne oder Termine, schon gar nicht die Staatsbetriebe.

Topra hielt den Atem an. Hoffentlich überschätzte er seine Kräfte nicht. Während das übergewichtige Opfer herangehechelt kam, konzentrierte er sich auf den gewaltigen Schiffskörper. Einen Augenblick später fühlte er den Schwerpunkt des Dampfers, wie man eine Eisenkugel in der Hand wiegt. Und genauso konnte er ihn bewegen.

Als der Spion seinen Fuß auf die Gangway setzte, begann unvermittelt das Heck des Schiffes zur Flussmitte zu driften. Die Laufplanke zitterte. Der Mann kämpfte um die Balance. Das dicke Tau spannte sich und knirschte am Poller. Dann verschlug es dem Bootsmann die Sprache, denn das Kabel riss mit einem Knall entzwei. Der eiserne Schiffsrumpf schwenkte nun wie von einer Feder geschnellt herum. Und der Spion landete im Wasser.

Sofort herrschte helle Aufregung an Bord. Jeder Fahrgast wollte den im Fluss strampelnden und schreienden Mann sehen. Topra lächelte zufrieden. Genau so hatte er sich das vorgestellt.

Unter dem Beifall der Zuschauer wurde der Spion aus dem Nil gerettet. Obwohl er beteuerte, dass es ihm gut ginge, blieben der Skipper und seine Matrosen beharrlich in ihrer Sorge um das Wohlergehen des verunglückten Passagiers. Während sie noch darüber palaverten, ob die Beschaffung trockener Kleidung oder sonstige Hilfsmaßnahmen vonnöten seien, begab sich Topra unauffällig von Bord und suchte sich ein anderes Transportmittel.

Wenn im Sommer die Sonne unbarmherzig vom Himmel brannte, beschirmten den Großen Basar von Memphis bunte Tücher, die das unter ihnen liegende Gewirr aus Gassen und Straßen in ein märchenhaftes, vielfarbiges Licht tauchten. Das jahrtausendealte Händlerviertel in der Nähe des Hafens war ein unüberschaubares Sammelsurium unterschiedlichster Läden und Leute. Grossisten und Gauner gingen hier ihren Geschäften nach. Kostbarer Schmuck, Delikatessen und andere edle Waren ließen sich hier ebenso finden wie billiger Tand, Viehfutter und aller möglicher Ramsch. Egal ob teuer oder preiswert, schon um des Prinzips willen wurde hier um jedes Ding gefeilscht. In dem Gassenlabyrinth hallten sechs Tage die Woche, das ganze Jahr hindurch die Stimmen der Händler und Kunden wider. Der Basar war nichts für schwache Nerven.

Topra irrte eine Weile zwischen den Ständen und Läden umher. Er war in seiner eigenen Geburtsstadt ein Fremder. Bis er sich endlich zu Mustafas Eisenwarengeschäft durchgefragt hatte, verging fast eine Stunde. Zuvor war er von der Anlegestelle auf Umwegen zum Basar gefahren, stets seinen Sinn befragend, ob andere Spione in der Nähe weilten. Dabei machte er eine deprimierende Erfahrung: Der Amjib war allgegenwärtig. Weil die meisten Geheimpolizisten indes nur routinemäßig nach auffälligen oder zur Fahndung ausgeschriebenen Personen Ausschau hielten – will heißen, mit der traditionellen Oberflächlichkeit –, gelang es Topra einigermaßen leicht, ihnen auszuweichen und schließlich sein Ziel zu erreichen.

Mustafa warb auf dem Straßenpflaster mit Aluminiumkochtöpfen, Dattelentkernern, Kneifzangen und Mausefallen für sein vielfältiges Produktangebot. Neben dem Eingang stand ein Regal mit kleinen Automobilen und Flugzeugen, die aus Getränkedosen hergestellt waren. Topra ließ es links liegen und betrat den Laden, der sich, schmal wie ein Schlauch, in unergründlicher Dunkelheit verlor und zunächst nur durch einen höchst eigenwilligen Geruch auffiel – vermutlich hatte hier erst kürzlich jemand Maschinenöl mit baqatischem Honig vermengt. Nach einer gewissen Zeit hatten sich die Augen des Besuchers an das Zwielicht gewöhnt und er bestaunte ausgiebig das ihn umgebende Chaos. Von der Decke baumelten Kochgeschirr und allerlei Werkzeug. An den Wänden bogen sich Regale unter der Last von bisweilen obskuren Gegenständen, deren Zweck Topra nicht einmal erahnte. Alles war von einer mehr oder minder dicken Staubschicht bedeckt. Auf dem Boden stapelten sich Kisten und reihten sich Fässer sowie weitere Regale. Irgendwie hatte ein kleiner schwarzer struppiger Hund in dem Durcheinander noch einen freien Platz gefunden, den er nun laut kläffend verteidigte.

»Halt die Schnauze, Uräus. Friede sei mit Euch!«, rief unvermittelt eine knarrige Stimme aus den Tiefen des dämmrigen Schlauches.

Nur aus dem Zusammenhang konnte Topra schließen, dass die beiden schnell hintereinander herausgeschrienen Botschaften für unterschiedliche Adressaten bestimmt waren. Er reckte den Hals, versuchte das Chaos in übersichtlichere Teilabschnitte zu zerlegen, entdeckte – endlich – hinter einem Stapel grau emaillierter Einmachtöpfe ein rundes Gesicht und erwiderte: »Friede auch Ihnen.« Dann deutete er auf den winzigen Köter, der jetzt nur noch knurrte. »Heißt der Zwerg tatsächlich Uräus?«

Der Ladenbesitzer kicherte. »Ja, ja. Genauso wie die gefürchtete Kobra an der Krone des Pharaos. Mein kleiner Uräus kann auch ganz schön giftig sein.«

Argwöhnisch musterte Topra das knurrende Fellbündel. »Das glaube ich.«

»Was führt einen Höfling in mein bescheidenes Geschäft?«

Topra registrierte in der schnarrenden Stimme des Hundehalters einen spöttischen Ton und griff sich unwillkürlich an den Sklavenring. Wenigstens hatte ihn der Mann nicht eine Hofschranze genannt. Er umrundete die Einmachtöpfe und gelangte so zu einem abgeschabten Holztresen, hinter dem sich der Eisenwarenhändler verschanzt hatte. Dessen Gesicht war freundlich, wenngleich echte Herzlichkeit wohl weniger verkrampft ausgesehen hätte. Während er den Kunden musterte, zuckten hin und wieder seine buschigen Augenbrauen. Ein gewaltiger Schnurrbart verlieh ihm das Aussehen eines Walrosses, obwohl sein roter Hut nicht ganz zu dieser Assoziation passen wollte – wäre er nicht aus Filz gewesen, hätte er gut aus dem Topfsortiment unter der Decke stammen können. Soweit das Zwielicht diesen Schluss zuließ, trug der Ladenbesitzer ein naturfarbenes Hemd aus feinem baqatischem Leinen und darüber eine schwarze Weste.

»Sind Sie Mustafa?«, fragte Topra.

»Das steht auf dem Schild über meinem Laden«, erwiderte der Ladenbesitzer unverbindlich.

»Ich suche einen Freund.«

»Wer tut das nicht in diesen Zeiten? Ist er aus Eisen?«

»Nein.«

»Dann kann ich Euch nicht helfen.«

Topra besann sich auf Hobnajs Anweisungen. Er räusperte sich und sagte gestelzt: »An den Katarakten des Nils sind schon viele Schiffe gescheitert.«

Mustafas Antlitz blieb unbeweglich, aber seine schwarzen Augen blitzten kurz auf. Langsam erwiderte er: »Für manchen sind sie wie die sieben Pforten der Hölle.«

»Wie kann das sein, wenn die Wasser unserer Lebensader doch nur *sechs* Stromschnellen überqueren?«

Nun vollzog sich an dem Eisenwarenhändler eine wundersame Verwandlung. Er sprang von seinem Hocker auf – wodurch er ein Stückchen kleiner wurde –, kam freudestrahlend um den Tresen herumgelaufen und drückte Topra kurzerhand an seine schmale Brust. »Wir hatten schon befürchtet, die Hunde würden Euch gar nicht mehr herauslassen.«

Uräus kam wie auf Befehl herbeigelaufen, blickte zu den beiden Männern hoch und wedelte mit dem Schwanz.

»Hunde?«, fragte Topra.

»General Waris' Rotte.«

»Ihr wisst, was mir widerfahren ist?«

»Ja, natürlich. Und lassen wir doch diese Förmlichkeit. Ich bin Mustafa und du – soll ich dich Takuba nennen?«

Topra schüttelte staunend den Kopf. »Hobnaj scheint seine Männer wirklich überall zu haben.«

Mustafa zwinkerte ihm zu. »Es gibt auch einige Frauen, die auf unserer Seite kämpfen. Komm mit in mein Kabuff. Da können wir auf unseren Ebenholzfreund warten.«

Der Eisenwarenhändler führte Topra um den Verkaufstisch, wo ein großes Plakat, das Pharao Isfets Glorie beschwor, eine verborgene Tür verbarg. Hinter dieser lag ein schmaler, fensterloser Raum, der von einer nackten Glühlampe unter der Decke ausgeleuchtet wurde. An der Trennwand stand ein verschrammter, mit allerlei Papieren überhäufter Schreibtisch und davor ein Drehstuhl. Mustafa nötigte seinen Gast Platz zu nehmen und machte sich auf die Suche nach seinem Telefon, das er bald unter einem Stapel auseinander rutschender Formulare entdeckte. Sein ölverschmierter Finger brachte die Wählscheibe zum Tanzen.

Er lauschte grinsend auf ein Lebenszeichen vom anderen Ende der Strippe und gab sodann folgende Nachricht zum Besten: »Unser Schiff hat vor dem fünften Katarakt das Ufer angesteuert.«

Nachdem er wieder aufgelegt hatte, wandte er sich entschuldigend an seinen Gast. »Die Sprüche sind nicht auf meinem Mist gewachsen. Ich weiß nicht, was Hobnaj sich dabei gedacht hat.«

»Ich schon«, murmelte Topra.

Kaum eine halbe Stunde später – Mustafa hatte in der Zwischenzeit eine Garnitur Zeltpflöcke und eine Spirale zur Bekämpfung verstopfter Abflüsse verkauft – schlug Uräus erneut an. Zwei vermummte Teguar waren in das Geschäft getreten, der eine aufrecht wie ein Fürst, der andere riesig, aber gebeugt, weil er sich gerade den Kopf an einer gusseisernen Pfanne gestoßen hatte, die nun wie eine Glocke tönend an der Decke schaukelte.

Die Trennwand des versteckten Zimmers dämpfte alle Geräusche des Basars. Topra spähte durch ein Guckloch nach vorn.

Als er Hobnaj und Asfahan entdeckte, stieß er einen Jubelschrei aus. Sekunden später lagen sich die Gefährten in den Armen. Der Eisenwarenhändler hatte sich auf die Straße begeben, um einstweilen die Kunden aus dem Geschäft fern zu halten.

»Ich hatte schon das Schlimmste befürchtet«, gestand der Nubier, während er seinen Kopf aus dem blauen Tuch befreite.

»Mustafa erzählte mir, du wüsstest, was mit mir geschehen ist.«

»Ja, und zwei, drei Tage lang haben wir um dich gezittert.«

Topra ergriff Asfahans Unterarm, einfach weil er seine beiden Freunde nicht nur sehen, sondern auch fühlen wollte. »Es tut mir Leid, wenn ich euch Kummer bereitet habe. Nach dem Tod meiner Mutter ist mir …«

»Lass uns nicht mehr drüber reden«, unterbrach ihn Hobnaj.

»Vielleicht stellt sich deine Hitzköpfigkeit für uns ja sogar als Segen heraus. Es ist schon ein tollkühnes Stück, das du dir da erlaubt hast!«

»Anscheinend muss ich dir gar nichts erzählen. Woher weißt du so gut über die Vorgänge bei Hof Bescheid?«

Hobnaj präsentierte sein weißes Gebiss. »Es ist für uns alle besser, wenn die Namen unserer anderen Verbündeten im Millionenjahrhaus vorerst ungenannt bleiben; was keineswegs heißen soll, dass sie dich nicht weiter unterstützen. Ach übrigens, Fatima ist in der Stadt. Sie meinte, ihr Rat könnte vielleicht noch von Nutzen sein.«

Asfahan hieb dem Hünen auf die Schulter und lachte. »Ein Sprichwort der Teguar sagt: ›Steigst du auf einen guten Baum, schiebt dich vielleicht jemand hoch.‹«

Der Nubier runzelte die Stirn.

»Wer einem edlen Zweck dient, findet leichter Unterstützer«, erläuterte der Fürst die Weisheit seines Volkes.

Mit einem Mal riss Topra die Augen auf. »Halt mal! Die Bombe vor dem Portal des Palastbezirks – wart Ihr das?«

»Wie kommst du nur auf so was?«, entrüstete sich der Teguarfürst und kämpfte sichtlich gegen ein Lachen an.

»Das war ziemlich riskant, Freunde. Es hätten Unschuldige zu Schaden kommen können.«

»Anscheinend vertraust du deinen Fähigkeiten weniger, als wir es tun«, brach Hobnaj für den Fürsten eine Lanze. »Wir zweifelten keinen Moment daran, dass du die Sprengladung finden würdest. Wir verfolgten mit der Aktion ein ganz bestimmtes Ziel: deine Vertrauenswürdigkeit zu heben. Ich wusste, nur wenn General Waris dich für absolut loyal hält, würde er dir erlauben, dich nicht nur im Millionenjahrhaus, sondern auch in der Stadt frei zu bewegen.«

»Na ja, ganz so frei war es nicht. Der Amjib hat sich an meine Fersen geheftet.«

»Aber die Beschattung ist buchstäblich ins Wasser gefallen.«

Hobnaj grinste breit. »Wir waren an euch dran und hätten notfalls ein kleines Feuerwerk abgebrannt, um deine Überwacher von dir zu trennen, aber du hast das Problem viel eleganter gelöst. Der Trick mit dem Ausflugsdampfer – alle Achtung!«

Topra seufzte. »Ich wünschte, es wäre genauso leicht, Inukiths Schicksal zum Guten zu wenden. Übermorgen soll sie dieses Scheusal heiraten.«

Hobnaj sah ihn forschend an. »Du liebst Aabuwas Braut, nicht wahr?«

Topra nickte. »Das weißt du also auch schon. Ist etwa sie deine Spionin?«

»Wir haben nicht genug Zeit, um über Namen zu spekulieren«, wich der Nubier seiner Frage aus. »Lasst uns lieber nachdenken, wie wir Isfet aufhalten können. Seit du für den Pharao nach Bomben suchst, habe ich einige beunruhigende Informationen erhalten, die unseren Verdacht bestätigen: Isfet will das Wissen aus der Kammer des Imhotep benutzen, um sich das Drillingsuniversum zu unterwerfen. Irgendwie spielt auch Aabuwa bei seinen Plänen eine Rolle, aber ich weiß nicht, welche.«

»Er ist von gleichem Wesen wie ich«, erklärte Topra. Wenn Hobnaj davon noch nichts wusste, konnte Inukith wohl doch nicht seine Informantin sein.

»Natürlich!« Der Nubier schlug sich vor die Stirn. »Ihr beide seid unter ähnlichen Bedingungen zur Welt gekommen. Es würde mich nicht wundern, wenn Isfet oder Ibah-Ahiti oder sogar beide die Umstände der Geburt ihres Kronprinzen gezielt beeinflusst haben.«

»Und wie steht es mit Gisa? Bin ich auch nur ein Mittel zum Zweck?«

Hobnaj legte Topra die Hand auf die Schulter. »So etwas darfst du nicht denken, Junge. Obwohl mich die Verbindung deiner Mutter mit Isfet schmerzte wie ein giftiger Dorn im Fleisch, hat *sie* doch an die Liebe des Pharaos geglaubt. Du bist zufällig am Tag der großen Welle geboren worden.«

»Oder durch göttliche Vorsehung«, fügte Asfahan hinzu.

Hobnaj präsentierte seine hellen Handflächen. »Wie auch immer. Fatima hat mich eindringlich davor gewarnt, Isfet gewähren zu lassen.«

Topra holte tief Atem. »Ja, ich habe im Wüstenorakel auch mit ihr darüber gesprochen. Was können wir tun?«

Hobnaj nahm den *Bund* seines Gefährten zwischen die Finger und betrachtete ihn missbilligend. »Dazu kommen wir gleich. Zuerst sage mir, warum du dir dieses Ding hast andrehen lassen.«

»Es war die einzige Möglichkeit, in die Dienste des Pharaos zu treten.«

»Stammt die Idee von Isfet persönlich?«

»Eher von Aabuwa. Ich bin mir nicht ganz sicher.«

»Könnte es sein, dass der Prinz dein Geheimnis kennt?«

»Wenn ich das wüsste! Möglich wär's. Immerhin sind wir von gleicher Art.«

»Dann schwebst du in großer Gefahr. Wir dürfen ...« Hobnaj stockte.

»Was ist?«, fragte Topra, obwohl er längst sah, wie die Gesichter seiner Freunde zu glühen begannen.

»Der Glanz kehrt zurück!« Asfahans Stimme war nur ein Flüstern.

Auf Topras Gesicht spiegelte sich Entsetzen. »Ich hatte gehofft, es würde nicht so schnell wiederkehren. Ihr müsst mich sofort allein lassen!«

Der Fürst breitete die Hände aus und hob die Schultern. »Warum, Takuba? Wir kennen dein Leuchten. Weißt du nicht mehr, in Hobnajs Haus, in Siwa ...«

»Topra glaubt, sein Bund könnte explodieren«, sprach der Nubier ruhig aus, was seinen jungen Gefährten bewegte.

Der war nur noch ein Nervenbündel. »Beim Schöpfer des Himmels und Anx'! Lauft, solange ihr es noch könnt!«

»Ich glaube nicht, dass der Sklavenring auf den Glanz reagieren wird.«

»Und wenn du dich irrst? *Bitte,* Hobnaj! Geht nach draußen. Wartet vor dem Laden. Wenn ihr nach einer halben Stunde keine Explosion gehört habt, dann kommt meinetwegen wieder herein.«

»Sollten wir nicht auf den Seher hören?«, fragte Asfahan mit einer gewissen Dringlichkeit. Er hatte inzwischen wie der Nubier seine Augen mit dem blauen Turbantuch beschirmt, um von dem zunehmend greller werdenden Schein nicht geblendet zu werden.

Hobnaj schüttelte den Kopf. »Ich habe ihn als Neugeborenes durch die halbe Stadt getragen und sein Glanz hat mir nicht geschadet. Aber du kannst ja hinausgehen, wenn du willst.«

»Und Takuba im Stich lassen? Kommt nicht infrage!«

»Du stolzer Dickschädel«, schimpfte Topra. »Dann versuche ich, den *Bund* zu entschärfen. Wenn ich meine Gabe auf ihn anwende …«

Hobnaj riss die Hände hoch. »Nein! Tu das nicht! Als du damals mit mir über den Hafendamm ›gesprungen‹ bist und mich mitten in den Laderaum der *Tanhir* versetzt hast, habe ich ein heftiges Ziehen verspürt. Wenn du deine Kräfte auf den Sklavenring lenkst, könnte er tatsächlich explodieren. Lass die Energie einfach durch dich und dieses Teufelsding hindurchströmen.«

Noch immer wurde der Glanz heller. Draußen vor dem Geschäft sah der Eisenwarenhändler mit Schrecken grelle Lichtspeere aus den Ritzen der Trennwand schießen. Mancher Passant mochte sich fragen, warum Mustafa für seine Schneebesen und Mausefallen neuerdings mit einer Lasershow warb.

Sekunden später ratterten die Rollläden herunter. Besser das Geschäft vorzeitig schließen, als die Neugier des Amjib zu erregen, sagte sich Mustafa und harrte unruhig der Dinge, die da möglicherweise noch kommen würden.

Drinnen rechnete Topra mit dem Schlimmsten. Er saß auf

dem Drehstuhl vor dem Tisch und hatte die Augen geschlossen. Zwar bemühte er sich, seine Gedanken um Belanglosigkeiten kreisen zu lassen, damit die Kräfte des Drillingsuniversums ungehindert fließen konnten, aber so ganz wollte ihm das nicht gelingen. Die Sorge um seine beiden Freunde war einfach viel zu groß. Außerdem fühlte er Todesangst. Sollte das goldene »Teufelsding« am Ende doch explodieren, was dann? Vermutlich würde er nicht viel spüren, wenn ihm der *Bund* das Haupt von den Schultern sprengte. So richtig trösten konnte diese Aussicht Topra jedoch nicht.

Die Zeit schleppte sich zäh dahin. Er klammerte sich an der Tischkante fest, um das Zittern seiner Hände zu bändigen. Obwohl seine beiden Freunde nur dastanden, ihn anstarrten und kaum zu atmen wagten, hörte er eine Vielzahl von Geräuschen. Der Lärm aus der Gasse vor dem Laden kam ihm merkwürdig laut vor. Plötzlich knackte es.

Topra zuckte zusammen, kniff die Augen noch fester zu, erwartete die Explosion, doch Asfahan hatte nur sein Gewicht auf dem Dielenboden verlagert. Die Stimme des Nomadenfürsten verschaffte sich erleichtert Gehör.

»Das Licht wird schwächer!«

Topra öffnete das rechte Auge und sah den ganz in Tuch verhüllten Kopf des Nubiers nahe vor seinem Gesicht. Der Vermummte nickte. »Ja, ich denke, wir sind übern Berg.«

Es folgte eine Stille von mehreren Minuten, während der sich die blaue Aura allmählich verflüchtigte. Hobnaj beendete schließlich die gespannte Stille. Unwillig schüttelte er den Kopf.

»Ich hätte mir nie freiwillig so ein Ding umlegen lassen.«

Der Träger des explosiven Schmuckstückes atmete erleichtert auf. »Du hast doch selbst einmal den Sklavenring getragen.«

»Und mich von ihm befreit. Aber das ist fast neunzehn Jahre her. Seitdem hat die Technik enorme Fortschritte gemacht.«

Topra sank das Herz. »Ich hatte gehofft, du würdest eine Möglichkeit kennen, meinen *Bund* unschädlich zu machen.«

»Aabuwa hat dich mit dem neuesten Modell beglückt. So einen Sklavenring kann man nicht lösen, nur sprengen.« Hobnajs Gesicht blieb reglos, aber seine Augen funkelten, als würde er sich über irgendetwas amüsieren. Tonlos fügte er hinzu: »Jedenfalls behauptet das die kaiserliche Propagandamaschinerie.«

Als Topra am Morgen nach dem Basarbesuch Inukiths Gemächer betrat, war er in keiner besonders guten Verfassung. Am liebsten hätte er sie in den Garten geschleppt und den Palast über den Köpfen der kaiserlichen Familie zusammenstürzen lassen. Aber so reizvoll ihm diese Vorstellung auch erschien, war sie doch nichts als Selbstbetrug. Ihm fehlte der Killerinstinkt und Hobnaj wusste das. Deswegen hatte sich der Nubier bei ihrer Beratung auch mit einem anderen Plan durchgesetzt. Notgedrungen würde sich Topra in Geduld üben müssen. Bis nach der Hochzeit.

»Gibt es heute keine süße Überraschung?«, fragte er lahm, nachdem sein Sinn Inukiths Zimmerflucht durchforscht und nicht einmal eine Honigbombe entdeckt hatte.

»Die hatte ich eigentlich von dir erwartet«, entgegnete sie mit bebender Stimme.

Topra nahm ihre Hand. Ihm war egal, in welche Gefahr er sich dadurch begab. »Es tut mir weh, dich so traurig zu sehen.«

Ein Zittern durchlief Inukiths Körper. Topra rechnete mit Tränen, vielleicht auch mit einer zärtlichen Erwiderung, stattdessen reckte sie ihm plötzlich ihr Kinn entgegen und begehrte heftig auf. »Aber warum tust du dann nichts dagegen? Ich hatte dir zu einer Stellung am Hof verholfen, weil ich mir davon …« Sie verstummte und schüttelte nur verzweifelt den Kopf.

»… erhofft habe, dass ich dem Pharao die Kehle durchschneide?«, sprach Topra aus, was er für ihre Gedanken hielt.

»Das ist nicht wahr«, widersprach Inukith und nun begann sie doch zu weinen. »Du solltest diesem Wahnsinn hier nur ein

Ende machen. Hättest du nicht …? Ach, ich weiß ja selbst nicht …« Sie schluchzte laut.

Topra hob ihre Hand an seine Lippen und küsste sie. »Ich verspreche dir, dass Isfet und seine feine Sippe die Menschen nicht mehr lange terrorisieren werden.«

»Ich habe keine Zeit mehr!«

»Versteh doch, mir sind die Hände gebunden. Wir dürfen die Hoffnung nicht aufgeben.«

»Können wir nicht einfach fortgehen, nur du und ich, so wie damals meine Mutter …?«

»Sie ist am Ende trotzdem hierher zurückgekehrt. Glaube mir, wir können nicht vor dem davonlaufen, was Isfet plant.«

»Wer sagt denn das?«, stieß Inukith mit tränenerstickter Stimme hervor. »Wenn wir heute Nacht den Geheimgang benutzen und du noch einmal die Mauer zum Einsturz …«

»Inukith!«, unterbrach Topra sie erneut. Ihm war selbst zum Heulen zumute. Wie selbstverständlich streichelte seine Hand ihr Gesicht. Mit dem Daumen wischte er eine Träne unter ihrem Auge fort. Sein Herz war nahe daran, zu zerspringen. Warum sollte er ihrem Drängen nicht nachgeben? Waren sie nicht füreinander geschaffen? Sie liebten sich doch! Reichte das nicht aus, um glücklich zu sein?

Er begann den Kopf zu schütteln, erst sachte, dann immer heftiger. »Nein, Inukith. So gerne ich mit dir fortgehen würde, aber es wäre nur ein Aufschub. Ich muss hier bleiben und zu Ende bringen, was meine Bestimmung ist.«

Sie riss sich von ihm los. »Deine Bestimmung? Ihr Männer seid doch alle gleich. Immer denkt ihr zuerst an euch und nie an uns, die ihr angeblich liebt. Dir ist es doch völlig egal, wenn Aabuwa morgen zu mir ins Bett steigt …«

»Nein, Inukith! Bitte sage so etwas nicht.«

Auch sie schüttelte den Kopf und taumelte zurück. Abwehrend reckte sie ihm die Hand entgegen. Ihr tränenverhangener, seelenwunder Blick schien ihn kaum mehr wahrzunehmen. Weder auf Topra, noch auf die Leibwächter im Flur, schon gar nicht auf sich selbst Rücksicht nehmend, machte sie ihrer Verzweiflung Luft. »Aber so ist es doch! Ich habe schon einmal meinen Liebsten verloren. Meinst du, ich warte, bis Aabuwa mir auch noch dich wegnimmt? Wenn er deinen *Bund* zündet, würde auch mein Herz zerspringen. Das lasse ich nicht zu, Topra. Nein! – Nein, nein und nochmals nein. Eher kehre ich dir den Rücken und füge mich in mein Schicksal. Geh!«

»Aber … Inukith, ich …« Er wusste nicht, was er noch sagen sollte.

Sie wischte sich mit dem Handrücken die Tränen aus dem Gesicht, straffte ihren Rücken und deutete gebieterisch zur Tür. »Verlasst auf der Stelle meine Gemächer, Takuba!«

Topra ließ den Kopf hängen und schlich aus dem Raum. Auf dem Flur grinste ihm das Gesicht eines Leibgardisten entgegen.

»Na, Kamerad, was war denn los da drinnen?«

»Nichts«, antwortete Topra und lief einfach weiter.

15
Die Badda
Trimundus

Trevir lief um den Schrotthaufen herum und rätselte, was für eine Bewandtnis es damit haben mochte. Das Objekt bestand hauptsächlich aus verrostetem Blech. An den Seiten waren die Überreste von Rädern zu sehen. »Könnte eine Kutsche gewesen sein«, mutmaßte er.

Dwina warf ihr blondes Haar nach hinten über die Schulter und machte ein skeptisches Gesicht. »Ich sehe nirgends eine Vorrichtung zum Anspannen von Pferden.«

Inzwischen hatte Trevir die kutschengroße Kiste ganz umrundet. Auf dem Boden vor ihm lag eine verwitterte runde Plakette. Er drehte sie mit der Spitze von Aluuins Stab um. Auf der Vorderseite des Schilds standen übereinander zwei runenartige Zeichen.

»VW«, flüsterte er. »Was könnte das bedeuten?«

»Ist vielleicht ein Amulett, um die Benutzer der Kutsche vor bösen Geistern zu schützen.«

»Wäre denkbar.« Trevir nickte.

»Ich finde es hier irgendwie unheimlich. Lass uns weitergehen«, bettelte Dwina.

Der Hüter des Gleichgewichts reagierte nicht. Er wühlte gerade in seinem Gedächtnisarchiv nach Abacucks wegweisendem Aufsatz. »Glaubst du, es wäre möglich, eine Kutsche zu bauen, die ihre Pferde in sich trägt? Ein *Automobil*?«

»Unsinn. Wie soll das gehen?« Skeptisch blickte Dwina in das rostige Loch im vorderen Bereich der Kutsche. Sie konnte keine Pferde sehen, nicht einmal deren Skelette. Aber: »Da ist eine kleine Tafel aus silbernem Metall.«

»Und? Was steht drauf?«

»Eine Menge Zahlen und Buchstaben. Keine Ahnung, was die bedeuten … Moment! Da ganz unten steht: ›*Made in Germania*‹.«

Trevir entsann sich des Ortsschildes, das sie an der Stadtgrenze gesehen hatten. »Könnte der Name einer anderen Provinz des römischen Imperiums gewesen sein. Vielleicht wurde das Automobil dort gebaut.«

»Vorausgesetzt du hast mit deiner verrückten Idee Recht. Wenn das jetzt geklärt ist, können wir dann endlich weitergehen?« Allmählich verlor Dwina die Geduld.

»Gleich. Mir ist übrigens auch mulmig zumute, falls dich das tröstet, aber ich muss diese halb eingestürzte Kuppel finden, die vom Stadtrand aus zu sehen war. Vermutlich ist es dieselbe, die der Ordensgründer des Dreierbunds als einen der ›immobilen Schwingungsknoten des Triversums‹ bezeichnet hat.«

Dwina stemmte die Hände in die Seiten. »Und was heißt das?«

»Wahrscheinlich wird Molog die Kuppel aufsuchen, um das zu tun, worüber …« – Trevir schluckte – »Cord von Lizard kurz vor seinem Tod gesprochen hat.«

Der Name des verlorenen Freundes schwemmte Ungeduld und Ängste aus Dwinas Bewusstsein fort. »Der Herr Cord sagte, Molog will das Triversum zusammenketten.«

»Ja, und dies jagt mir eine Riesenangst ein, weil es dadurch außer Balance geraten könnte. Mein Lehrmeister hat mich ausdrücklich davor gewarnt.«

»Du hast zwar heute Nacht versucht, mir diese Sache mit dem Gleichgewicht zu erklären, aber irgendwie übersteigt das meinen Horizont. Wenn die drei Welten sich berühren und dann ›zusammengekettet‹ werden – warum soll sie das zum Wanken bringen?«

»Weißt du, was ein Kreisel ist, Dwina?«

»Natürlich. Ich war schließlich auch mal ein Kind.«

»Hast du je versucht, so einen Tanzknopf auf die Spitze zu stellen, ohne ihn vorher in Drehung zu versetzen?«

»Wozu? Nur, um das Ding gleich wieder umkippen zu sehen? Ist doch zwecklos.«

Trevir lächelte. »Eben.«

Dwina hob die Augenbrauen. »Jetzt verstehe ich! Die Drehung hält den Kreisel in einer stabilen Lage. Nur solange er sich bewegt, bleibt er im Gleichgewicht.«

»Jetzt hast du's begriffen. Schau dich um. Diese Stadt muss einmal ein Wunder gewesen sein, fortschrittlicher, als wir es uns überhaupt vorstellen können. Aber die klügsten Wissenschaftler und die beste Technik schützen nicht vor den Fehlern sittlicher und moralischer Verkommenheit. Ich weiß nicht, ob Machtgier oder Vermessenheit das hier angerichtet haben, aber es war gewiss kein Versehen. Aluuin meinte, die Menschen hätten sich in ihrem Hochmut für allwissend gehalten.«

»Molog ist auch nicht gerade ein Ausbund an Bescheidenheit.«

»Ja, und seine brutale Gewalt lässt mich schaudern. Um sich das Triversum zu unterwerfen, ist ihm jedes Mittel recht. Aber eine hochgeworfene Münze fällt nicht immer mit derselben Seite in die Hand zurück. Ebenso wenig kann die Menschheit allein auf ihr Glück vertrauen. Was einmal abgewendet werden konnte, mag beim nächsten Mal in einer Katastrophe enden. Wir müssen den Mann aufhalten, Dwina. Deshalb will ich genau wissen, was hier passiert ist.«

»Es wird bald dunkel. Was hältst du davon, wenn wir uns ein windgeschütztes Plätzchen suchen und dort weitergrübeln?« Dwinas Stimme klang nun wieder sanft.

Trevir nickte und streckte ihr die Hand entgegen.

Wie schon seit dem Morgen durchquerten sie weiter die Ruinen der Verbotenen Stadt, die ein Schild an ihrer mauerlosen Grenze »London« genannt hatte. Die Trümmer der eingefallenen Häuser waren nie von den Straßen geräumt worden, weshalb die beiden Wanderer sich in einem Zickzackkurs dem Stadtzentrum näherten. Aus der Ferne hatte Trevir gesehen, dass sich der Zerstörungsherd weiter im Nordosten Londons befand.

Nach einer Weile trafen sie auf ein verrostetes Eisenskelett, das einmal ein riesiges Haus gewesen sein musste. Aus den Trümmern am Fuß des Gerüsts ragte ein Schild hervor.

»New Scotland Yard«, las Trevir.

Dwina legte den Kopf in den Nacken und blickte zu dem Gerippe empor. »Sieht mir kaum wie ein schottischer Hof aus. Und neu ist das Gestell schon zweimal nicht.«

»Du tust ja gerade so, als wüsstest du, was ›schottisch‹ ist.«

»Es könnte ein anderes Wort für ›sparsam‹ sein.«

»Wieso denn das?«

»Weil sie alles übereinander gestapelt haben, um weniger Platz zu verbrauchen.«

»Weibliche Logik!«, grunzte Trevir und schüttelte den Kopf. Dwina mit sich ziehend sagte er: »Komm. Es dämmert schon.«

Bald begrub Trevir alle Hoffnungen, noch vor Einbruch der Dunkelheit zur großen Kuppel vorzudringen. Die Umrisse der Ruinen lösten sich bereits im Zwielicht auf. Bald würde es völlig finster sein. Er hielt nach einem geeigneten Unterschlupf für die Nacht Ausschau. Plötzlich fuhr er zusammen, weil Dwina ihr langes Schweigen mit einem überraschend heftigen Ausruf beendete.

»Hast du das eben gesehen?«

Trevir blickte sich um. »Was?«

Dwina deutete mit der rechten Hand zur Seite. »Da hat sich eben etwas bewegt.«

»Bist du dir sicher? Schatten können trügerisch sein.«

»Ich weiß, was ich gesehen habe. In dem leeren Fenster dort hat sich etwas gerührt.«

Trevir spähte angestrengt zu der größtenteils eingefallenen Fassade und schüttelte den Kopf. »Vielleicht war es ein Tier.«

»Abgesehen von ein paar Vögeln am Himmel habe ich hier noch kein lebendes Wesen gesehen.«

»Ach, und was ist mit mir?«

Dwina konnte sich ein Schmunzeln nicht verkneifen. Trevir

von sich schubsend antwortete sie: »Du bist ein Früchtchen. Die zählen nicht.«

Sie setzten ihre Quartiersuche fort und durchquerten eine schmale Straße, an deren Ende eine dunkle Wand aus Bäumen aufragte. Unvermittelt nahm Trevir aus den Augenwinkeln eine Bewegung wahr. Er blieb stehen und fuhr blitzschnell herum. Ein eisiger Schauer lief ihm über den Rücken.

»Du hast Recht gehabt, Dwina«, flüsterte er. Sie folgte seinem Blick und gleich darauf fühlte er, wie sich ihre Hand in der seinen verkrampfte.

Aus einem Fensterausschnitt im untersten Stockwerk, sechs, höchstens acht Schritte entfernt, sah ihnen ein bleiches Gesicht entgegen.

Der Kopf des stillen Beobachters wirkte im Vergleich zu seinem Oberkörper unverhältnismäßig groß. Trevir kam es vor, als wollten riesige Augen ihn bannen, aber das mochte an den trügerischen Lichtverhältnissen liegen. Er spürte, wie Dwina an seiner Hand zog.

»Trevir!«, hauchte sie.

»Ja?«

»Da sind noch mehr.«

Als er sich umsah, standen ihm die Haare zu Berge. Überall huschten jetzt lautlose Schemen durch die Dunkelheit. Schlagartig wurde ihm klar, was das zu bedeuten hatte.

»Das ist eine Falle! Komm!« Er lief los und riss Dwina mit sich.

Hand in Hand rannten sie die Straße hinab.

»Was sind das für Geschöpfe?«, keuchte sie.

»Keine Ahnung. Aber ich glaube, sie möchten uns verraten, warum man diese Stadt auch ›die Verfluchte‹ nennt.«

»Was sollen wir tun?«

»Da vorne ist ein Wald oder Park. Vielleicht wagen sie es nicht, ihre Steinwüste zu verlassen.«

»Und wenn doch?«

Trevir blieb ihr eine Antwort schuldig, denn in diesem

Moment kamen an die zwei Dutzend dieser Geschöpfe der Nacht vom Himmel geflogen. Zumindest erweckte es den Anschein. Als Trevir sich umblickte, sah er, wie die Fassaden ringsum von den Wesen wimmelten. Irgendwie wirkten sie menschlich, aber andererseits auch wieder nicht. Für Ersteres sprach ihre dunkle, eng anliegende Kleidung, die sie in den Schatten fast unsichtbar machte – man konnte glauben, ihr großer Kopf auf dem dünnen Hals, die Hände und ihre nackten Füße schwebten wie losgelöst durch die Finsternis. Aber das sah nur so aus. Ihre Körper waren zwergenhaft klein und ziemlich dürr. Dafür konnten sie klettern wie Eichhörnchen und aus erstaunlicher Höhe auf die Straße herabspringen, ohne den geringsten Schaden zu nehmen – daher der Eindruck, sie wären aus den Wolken gefallen.

Dieser Fähigkeit verdankten die kleinen Gnome ihren strategischen Vorteil: Sie hatten das Paar umzingelt.

»Was jetzt?«, zischte Dwina.

»Wir müssen versuchen auszubrechen. Und zwar dort!« Trevir deutete nach links und zog das Mädchen grob hinter sich her.

Sofort fielen weitere Gnome vom Himmel und machten die vermeintliche Bresche unpassierbar. Ein besonders angriffslustiges Exemplar sprang auf Trevir zu und ergriff seinen Arm.

»Au!«, schrie der, als scharfe Krallen ihm die Haut aufritzten.

»Lässt du ihn wohl in Frieden!«, schalt Dwina den Angreifer und versetzte ihm einen Fußtritt in die Magengrube. Der Zwerg jaulte kurz auf, sackte zusammen und rang röchelnd nach Luft.

»Danke«, sagte Trevir und zog Dwina schnell wieder in die Mitte des Gnomenkreises zurück.

»Keine Ursache«, gab sie grimmig lächelnd zurück.

Schon mussten sie sich wieder auf den rasch enger werdenden Gnomenring konzentrieren. Als einzelne Individuen wären diese Gegner vermutlich leicht zu besiegen gewesen, aber sie jagten im Rudel, und das machte sie zu einer tödlichen Bedrohung, wie Trevir mit wachsendem Zorn begriff. Er war nicht all die Jahre durch die Welt gezogen, hatte nicht so viele Gefahren durchgestanden, um am Ende in einer Ruinenstadt von Zwergen zerfleischt zu werden.

Zu seiner Rechten hörte er ein Zischen. Als er herumfuhr, sah er einen Gnom, der ihn aus nächster Nähe mit Augen so groß wie Aprikosen anglotzte. Erschrocken riss Trevir den Arm hoch und obwohl sein Stab den Gegner nicht einmal berührte, flog dieser in hohem Bogen davon. Auf einem Schutthügel blieb er bewegungslos liegen.

»Es geht also auch ohne Glanz«, murmelte Trevir verwundert. Er hatte nicht geahnt, wie groß seine Macht inzwischen geworden war.

Die Bewohner der Ruinen fassten seine Verteidigung offenbar als Angriff auf, denn mit einem Mal stürmten sie alle gleichzeitig laut kreischend auf das Paar zu.

Trevir handelte instinktiv. Er trat rasch hinter Dwina, umfasste ihren Leib und drückte sie an sich. Während sein linker Arm sie festhielt, streckte er die Rechte nach den Gnomen aus. Dann begann er sich schnell mit seiner Partnerin zu drehen. Ja, genau so mutete es an, wie ein unheimlicher Tanz – in Wahrheit wollte er nur verhindern, dass Dwina nicht versehentlich zwischen den Stab und die Angreifer kam.

Unter Letzteren richtete Trevir ein furchtbares Durcheinander an. Wie von einem riesigen Besen fortgefegt, flogen sie nach allen Seiten fort. Ihr Angriffsgebrüll verwandelte sich schnell in Schmerzensgeschrei. Dem Hüter lag nichts daran, die Gnome zu töten, aber er besaß noch keine Praxis in der Dosierung seiner Macht. Daher zerbrach seine verzweifelte Wut manchen Knochen wie Glas.

Aber die zwergenhaften Gegner waren zäh und unerschrocken. Immer neue Angriffswellen wogten heran, immer näher kamen sie dem sich drehenden Paar. Geschickt wichen sie vor dem zur Streitkeule umfunktionierten Stab zurück und obwohl einige auf unangenehme Weise damit Bekanntschaft machten, rückten die anderen doch gleich wieder vor, sobald der Knauf an ihnen vorübergesaust war.

»Autsch!«, schrie Dwina, als ein Gnom ihr an die Wade grapschte.

Trevirs Faust fuhr samt Stab herab und als sie den kleinen Wicht berührte, verschwand er vor aller Augen.

Der Angreifer hatte sich nicht etwa in Luft aufgelöst, sondern brüllte voller Wut von der Zinne einer hoch aufragenden Fassadenmauer, dem kläglichen Überrest eines einst imposanten Hauses in unmittelbarer Nähe. Die Strafversetzung in schwindelnde Höhen bedeutete für die klettergewandten Wichte ein ungleich milderes Urteil als die Knochenbrecherei, mit der Trevir seine Kampfgenossen zuvor geschunden hatte. Gleichwohl beeindruckte der auf der Mauerkrone kreischende Kamerad die Gnomenschar weitaus mehr als die vor Schmerzen jammernden Artgenossen in den umliegenden Trümmern. Respektvoll zogen sich die Kämpfer zurück.

Unvermittelt erscholl hinter den beiden Menschen eine hohe, aber dennoch würdevolle Stimme, die sich einer fremdartigen Aussprache bediente. »Verzeiht, dass wir Euch nicht gleich erkannt haben, ehrenwerter Empfänger.«

Als sich das Paar umdrehte, erblickte es kaum zehn Schritte entfernt einen etwas größeren Gnom, der einen langen, silbrig glänzenden Umhang trug und sich nun verneigte. Seine breite und hohe Stirn war tief gefurcht und er hatte einen kleinen Buckel.

»Die können sprechen!«, staunte Dwina.

»Zumindest der da. Scheint ihr Anführer zu sein«, gab Trevir ihr Recht und an den Silbermantel gerichtet fragte er: »Wer seid Ihr und warum nennt Ihr mich Empfänger?«

»Verzeiht, ich bin Ceobba, Herzog, Priester und Richter der Badda, die allerdings zu bequem für diese vielen Titel sind und mich meistens nur ›Chef‹ nennen. Was Eure zweite Frage anbelangt: Ich heiße Euch ›Empfänger‹, weil Ihr, wie es die Weissagung verheißt, die Gabe *empfangen* habt.«

»Eine Weissagung? Wollt Ihr damit andeuten, irgendein Prophet hätte mein Kommen angekündigt?« Trevir fühlte sich unwohl in seiner Haut. Auch Aluuin hatte ihn einen Empfänger genannt. Waren diese merkwürdigen Wichte etwa in das alte Wissen eingeweiht? Dieser Ceobba konnte einem Angst einjagen.

Trevir befahl sich Gelassenheit. Ohne die Drohgebärden seiner Artgenossen wirkte der Badda doch gar nicht so gefährlich und abstoßend, sondern eher kauzig. Seine riesigen Augen mussten wie geschaffen sein für ein Leben in der Finsternis. Offenbar verließen er und seine Mitgenossen nur bei Nacht die Ruinen. Fast kam es Trevir so vor, als seien sie geradewegs aus dem Reich der Sagen und Legenden aufgestiegen, wobei nicht ganz schlüssig war, ob sie zu den Zwergen, Gnomen, Trollen oder zu einer anderen, bisher unbekannten Spezies gehörten. Die *Badda* – war das lediglich der Name einer Sippe oder die Bezeichnung einer ganzen Art?

Ceobba verneigte sich erneut, was ihm sichtlich Mühe bereitete. Er schien nicht mehr ganz jung zu sein. »Verzeiht unsere Unhöflichkeit, ehrenwerter Empfänger. Ihr seht müde aus. Lasst uns zunächst etwas für Euer Wohlbefinden tun. Dann werden wir Euch Eure Fragen beantworten.«

Trevir bewegte seinen Mund dicht an Dwinas Ohr und flüsterte: »Das könnte eine Falle sein. Was denkst du?«

»Er ist ganz niedlich.«

Überrascht hob er die Augenbrauen. »Du änderst deine Meinung aber schnell. Ich finde, sie sehen wie ziemlich verunstaltete Menschen aus.«

»Aber niedlich. Vorhin war ich erschrocken. Sie haben uns ihre Klauen gezeigt und die Zähne gefletscht wie hungrige Raubtiere. Schau nur, wie freundlich und neugierig sie uns jetzt mustern. Wenn du mich fragst, ist die Ehrfurcht dieses Ceobba echt. Wir sollten ihm und seinen Leuten die Gelegenheit geben, ihre Aufrichtigkeit zu beweisen.«

Trevir nickte. Aluuin hatte ihn gelehrt, Menschen nicht nach ihrem äußeren Schein zu beurteilen. Für die Badda musste das wohl auch gelten. Der Empfänger gab seinem Gesicht eine freundliche Note, richtete sich zu voller Größe auf und antwortete dem Oberhaupt der Gnome: »Ich danke Euch für Eure Einladung. Wir nehmen sie gerne an.«

Ceobba nickte würdevoll und trat gemessenen Schrittes auf die beiden Menschen zu. Dabei glitzerte und wallte sein Umhang, als bestehe er aus verwobenem Sternenlicht. Dwina drückte sich, wegen der Nähe des Baddachefs nun doch ein wenig bange, noch fester an Trevirs Brust. Ceobba hob den Arm und hielt dem Paar seine langfingrige Rechte entgegen. »Verzeiht, wenn ich Euch damit zu nahe treten sollte, aber Ihr werdet in unserem Teil Londinors gewisse Mühe haben, Eure Schritte sicher zu lenken. Nehmt bitte meine Hand, damit ich Euch führen kann.«

Trevir zögerte. Ceobba verlangte nicht weniger von ihnen als blindes Vertrauen. Aber hatte Aluuin nicht auch gesagt, nur wer im Fremden den Freund zu erkennen vermag, werde durch neue Einsichten bereichert? Trevir holte tief Luft und wollte gerade Dwina freigeben, um dem Baddaführer die Hand zu reichen, als er doch noch einmal innehielt.

»Erlaubt mir bitte, etwas richtig zu stellen.«

»Verzeiht, wenn ich Euch irgendwie gekränkt habe, ehrenwerter Empfänger«, antwortete Ceobba besorgt.

»Nein, das habt Ihr nicht. Es wäre mir nur lieb, wenn Ihr mich bei meinem Namen nennt. Ich heiße Trevir und meine Gefährtin hier ist Dwina.«

»Verzeiht, aber es fällt mir nicht leicht, den so lange verheißenen Empfänger …«

»*Bitte,* Ceobba! Und dann noch etwas: Hört endlich auf, Euch pausenlos bei mir zu entschuldigen.«

Die Badda geleiteten ihre Gäste zum Eingang einer nahen Ruine und von dort eine schmale Treppe hinab in ein unterirdisches Kellergewölbe. Hier klaffte ein großes, unregelmäßig geformtes Loch im Boden, das schräg in die Tiefe führte. Zu Trevirs Überraschung musste er nicht gänzlich blind durch die Dunkelheit tappen, denn von Ceobbas Glitzermantel ging ein schwaches grünliches Licht aus, das in der Dämmerung draußen nicht zu erkennen gewesen war. Auch die übrigen Badda zogen unter ihren engen Anzügen solche hauchfeinen, schimmernden Umhänge hervor, wodurch sich mancher Buckel und Bauch als künstliches Körperteil entpuppte. Für ihre großen, an die Finsternis gewöhnten Augen mochten die Mäntel wie Fackeln strahlen, dem Menschenpaar dagegen halfen sie zumindest dabei, sich nicht allzu oft die Köpfe anzustoßen.

Am Ende des Ganges traf die Gruppe auf einen überraschend großen Tunnel, dessen Wände im trüben Glimmen der Umhänge nicht zu erkennen waren. Trevirs Füße liefen über faustgroße Steine und vermoderte Holzbohlen hinweg. Undeutlich sah er am Boden zur Rechten wie zur Linken zwei parallel verlaufende Stränge. Als er mit seiner Stabspitze gegen einen klopfte, hörte es sich wie Eisen an. Was um alles in der Welt mochte die Badda dazu veranlasst haben, diese Schienen zu verlegen? Oder waren nicht sie, sondern die ursprünglichen Bewohner der Verbotenen Stadt die Schöpfer des seltsamen Weges?

Nachdem die Gruppe etwa eine Meile durch die Dunkelheit marschiert war, öffnete sich der Tunnelweg zu einer Art Graben, der in einen unterirdischen Saal mündete. Hier befanden sich an den Wänden bis zur gewölbten Decke hinauf runde Behausungen, die entfernt an Schwalbennester erinnerten. Oder an kleine Clochans. Trevir musste unweigerlich schmunzeln. Zahlreiche Badda bewegten sich durch das Halbdunkel, das hier dürftig von gelbgrünen Lampen aufgehellt wurde, die aussahen wie große, unten gekappte Eier.

»Ist das euer Reich?«, fragte er.

Ceobba antwortete: »Verzeiht, wenn es hochtrabend klingt, aber es sind nur die äußersten Bezirke. Unsere eigentlichen Wohnstätten liegen tiefer als dieses Gewölbe hier.«

Versonnen las Trevir die Inschrift eines verschmutzten Schildes an der Wand.

PICCADILLY CIRCUS

»Das müsste dir doch eigentlich gefallen«, flüsterte Dwina und riss ihren Begleiter damit aus seinen Gedanken.

»Was?«

»Du hast mir doch vom Großen Styfic und seiner Gauklertruppe erzählt. Anscheinend hat hier früher einer seiner Zunftgenossen mit Namen Piccadilly gewirkt.«

»Möglich. Vielleicht hatten diese Worte früher aber auch eine andere Bedeutung.«

»Mir scheint, die Badda könnten dieses Rätsel lösen. Ich frage mich schon die ganze Zeit, warum ihre Sprache so fremd klingt.«

»Das ist doch wohl klar. Sie leben hier völlig abgeschieden von der Welt draußen.«

»Und doch verstehen sie uns. Möglicherweise liegt in ihrem Wortschatz das Wissen unserer gemeinsamen Vergangenheit verborgen. Ich habe über ihre Anatomie nachgedacht: Ihr zwergenhafter Wuchs, das ungewohnte Ebenmaß ihrer Gliedmaßen, die Kahlheit und ihre großen Augen – sie sind wie Zerrbilder von uns.«

»Verzeiht, wenn ich mich in Euer Gespräch einmische«, sagte Ceobba – er hatte ungeachtet seines Alters offenbar nicht nur sehr sensible Augen, sondern auch ein ebenso feines Gehör. »Aber Eure Begleiterin ist der Wahrheit schon sehr nahe. Geduldet Euch noch ein wenig, dann werde ich Euch Rede und Antwort stehen.«

Trevir sah mindestens vier Tunnel, die von der Piccadilly-Circus-Halle abgingen. Ceobbas Gefolge kreuzte eine steinerne

Plattform und stieg dann in einen weiteren Graben hinab, der die Gruppe wieder aus dem Saal hinausführte. Nach kurzer Zeit stiegen sie durch einen ziemlich schmalen Schacht in noch größere Tiefen hinab. Hier war das Tunnelsystem weniger großzügig dimensioniert. Auf dem Boden gab es keine Eisenstränge, sondern eine Rinne, durch die möglicherweise einmal Wasser geflossen war. Wände und Decke bildeten einen weiten Bogen aus Mauerwerk. Vielleicht stammten diese Gänge aus einer früheren Epoche als die imposanten Hallen und Tunnel weiter oben. Der Tross nahm mehrere Abzweige und Trevir staunte immer mehr, wie weitläufig dieses unterirdische Labyrinth war.

Dann ging es in geduckter Haltung durch eine niedrige Röhre noch einmal tiefer hinab. Anfangs glich der grob behauene Durchbruch dem Gang eines riesigen Maulwurfs, aber dann änderte sich die Umgebung erneut. Zum dritten Mal fühlte sich Trevir wie in eine andere Welt versetzt und er ahnte, dass hier das eigentliche »Herzland« der Badda begann. Boden, Wände und die gewölbte Decke wurden wieder glatt und bald waren in Kopfhöhe Friese aus verwirrend verschlungenen Ornamenten zu sehen. Nach einer Weile trafen sie auf einen größeren Gang, in dem die beiden Menschen aufrecht gehen konnten. Hier sahen sie auch wieder die merkwürdigen Eierlampen.

Das Reich der Badda besaß Gassen und Straßen, Plätze und sogar Kanäle, auf denen kleine Kähne fuhren. Endlich erreichte die Gruppe eine große, kreisrunde Halle, deren wahre Ausmaße sowohl nach oben als auch nach unten sich Trevirs Blicken entzogen. Ihr Durchmesser mochte einhundert Fuß betragen. Zahlreiche Badda bewegten sich auf schmalen Stegen und über Treppen an den Wänden dieses hohlen Zylinders entlang. Die Luft war ein wenig muffig, aber überraschend trocken und warm.

Unweit des Torwegs, durch den Ceobbas Gefolge sich wie ein Hundertfüßler in den Höhlendom schlängelte, hatten die Baumeister einen kleinen Palast in den Fels geschlagen, zumindest deutete die prächtige Fassade darauf hin: Man konnte Giebel, Säulen, Balkone, Fenster und Türen sehen. In den meisten Öffnungen glomm das hier typische gelbgrüne Licht.

»Verzeiht, wenn ich Euch kein luftigeres Plätzchen zum Ausruhen anbieten kann«, entschuldigte sich der Baddachef, »aber wenn Ihr mit meinem bescheidenen Heim vorlieb nehmen könntet, würdet Ihr mich glücklich machen.«

Trevir und Dwina bekamen je eine großzügige Zimmerflucht zugewiesen, an denen höchstens die niedrigen Decken störten – man konnte darin nur mit eingezogenem Kopf stehen. Ansonsten wurde ihnen jeder erdenkliche Luxus geboten. Dazu gehörte auch ein separater Raum, den eine Dienerin »Bad« nannte. Trevir staunte nicht schlecht, als ihm gezeigt wurde, dass man hier kochend heißes und eiskaltes Wasser aus der Wand zapfen konnte, um es zusammen in ein großes Becken fließen zu lassen, in dem sogar er komplett untertauchen konnte. Begeistert wusch er sich den Schmutz und auch einen Großteil seiner bleiernen Müdigkeit vom Leib.

Als er noch dampfend in sein Gemach zurückkehrte, waren, abgesehen von den Stiefeln, seine sämtlichen Kleider verschwunden. Stattdessen fand er eine Art Mantel aus einem weichen, grauschwarzen, angenehm leichten Gewebe. Irgendwie wurde er den Eindruck nicht los, das Material bestehe aus Kohle oder Schiefer, aber das war ja wohl kaum möglich. Es schien von gleicher Beschaffenheit zu sein wie die engen Baddaanzüge. Augenscheinlich hatte sich Ceobbas Volk auf findige Weise Ersatz für Schafwolle und andere, eher oberirdische Garnlieferanten verschafft.

Um den nach baddaischen Verhältnissen riesenhaften Gästen ein bequemes Nachtlager zu bieten, waren kurzerhand Zweitbetten in die Gemächer geschafft und hintereinander aufgestellt worden. Trevir überlegte, wie viel Zeit ihm bis zu der angekündigten Besprechung noch blieb. Bestimmt würde er sich noch ein wenig ausruhen können. Er schlüpfte nackt auf dem segmentierten Lager unter die gesteppte Decke, ruckelte ein wenig hin und her, bis er eine bequeme Lage gefunden hatte, und schlief sofort ein.

»Verzeiht, wenn ich Euch wecken muss.« Die piepsige Stimme neben Trevirs Ohr hätte von einer Maus stammen können. Er öffnete die Lider und blickte in große grüne Augen, die ihn aus einem runden, offenbar noch sehr jungen Gesicht mit unverhohlener Neugier betrachteten. Es handelte sich unverkennbar nicht um einen Nager, sondern um ein Mädchen oder vielmehr eine junge Frau – ihre Brüste wölbten sich deutlich unter einem engen Gewand, das farblich mit ihren bestrickenden Augen harmonierte und wie Sternenstaub glitzerte. Sie war selbst nach den Maßstäben ihres Volk kleinwüchsig. Jetzt lächelte sie und sagte: »Mein Name ist Kitta. Der Chef bittet Euch zum Frühstück.«

Trevir fuhr hoch. »Habe ich so lange geschlafen?«

Kitta kicherte, versicherte ihrem Gast aber rasch: »Verzeiht, ich lache Euch nicht aus, ehrenwerter Empfänger. Bei uns beginnt die geschäftige Zeit, wenn die Sonne sich schlafen legt. Ihr habt, was mir sehr Leid tut, nur kurz ruhen können.«

Trevir stöhnte. »Warum müsst ihr Badda euch nur ständig entschuldigen!«

»Tut Euresgleichen das etwa nicht?«

»Eher selten.«

Kitta neigte den großen Kopf zur Seite und sah Trevir nachdenklich an.

»Was ist?«, fragte er und zog die Steppdecke enger um seinen Leib.

»Verzeiht, wenn ich so offen über meine Gedanken spreche, aber mir kommt es ziemlich rücksichtslos vor, wenn man jemand anderen an seiner freien Entfaltung hindert und sich nicht einmal dafür entschuldigt. Ich selbst möchte doch auch nicht rücksichtslos behandelt werden.«

»Ich stamme aus einer Welt, in der Taktgefühl als Luxus gilt. Nur wenige wollen ihn sich leisten. Jeder kämpft um sein eigenes Überleben.«

Kitta senkte traurig den Blick. »Ihr verdient mein Mitgefühl, ehrenwerter Empfänger.«

Trevir hatte die unbestimmte Ahnung, dass er sich in Widersprüche verheddern würde, wenn er noch länger versuchte, der kleinen Baddafrau die kulturellen Eigenarten seiner Zeitgenossen verständlich zu machen. Freundlich versicherte er: »Ich wollte Eure Sitten nicht kritisieren, bitte vergebt mir meine Neugier, Kitta. Darf ich mich jetzt ankleiden? Es genügt, wenn Ihr Euch umdreht.«

Kitta kam der Bitte nach, nicht ohne sich vorher entschuldigt zu haben.

Er schwang die Beine aus dem Bett, zog sich rasch den Mantel an, schlüpfte in seine Stiefel und erklärte: »Wenn Ihr wollt, können wir gehen. Ich habe nämlich einen Riesenhunger.«

Die Dienerin drehte sich wieder um, kicherte von neuem, ergriff unverzagt Trevirs Hand und zog ihn aus dem Zimmer. Auf dem Gang begegneten sie Dwina, ebenfalls in einem Baddamantel sowie im Schlepptau einer weiteren Baddafrau. Gemeinsam begaben sie sich in den Bankettsaal des Palastes. Dort erwartete sie an einer langen Tafel bereits der Chef und etwa ein Dutzend weiterer Würdenträger, die ihre Namen nannten und sich für allerlei Dinge entschuldigten, deren Erwähnung an dieser Stelle bedeutungslos ist. Trevir und Dwina nahmen umständlich an dem niedrigen Tisch Platz, der ihre Leidensfähigkeit bald auf eine harte Probe stellen sollte, weil ihnen dauernd die Beine einschliefen. Anschließend wurde ein mehrgängiges Menü aufgetragen, für das die Bezeichnung »Frühstück« eine schamlose Untertreibung war.

Ein nicht unerheblicher Teil der Nahrung bestand aus Pilzen, aber es war auch Fleisch darunter, vermutlich von Tieren, die ebenfalls in den Tiefen der Höhlenwelt lebten. Welche Kreaturen

Ceobbas Koch wohl verarbeitet hatte? Trevir widerstand der Versuchung, sich danach zu erkundigen. Das Essen schmeckte vorzüglich und es füllte den Magen.

Das Speisen wurde nur von gelegentlichen Belanglosigkeiten begleitet, die leise und ehrfürchtig die Tafel kreuzten. Der Baddachef und seine Ratsherren schienen es den Gästen nicht zumuten zu wollen, sich auf zwei Dinge gleichzeitig zu konzentrieren. Als sich bei Trevir das erste Sättigungsgefühl einstellte und seine unter dem niedrigen Tisch zusammengefalteten Beine unangenehm zu kribbeln begannen, ergriff er die Initiative.

»Ich hoffe, Ihr betrachtet es nicht als ungehörig, aber ich möchte gerne verstehen, was da heute in der Dämmerung geschehen ist. Zuerst der Angriff auf Dwina und mich, dann Eure plötzlichen Respektsbekundungen, die Äußerungen über den verheißenen Empfänger – das alles hat mich ziemlich verwirrt.«

Alle Badda legten ihr Essbesteck zur Seite und widmeten dem Fragesteller ihre volle Aufmerksamkeit. Ceobba nickte verstehend, was bei den zart gebauten Höhlenbewohnern immer den Eindruck hervorrief, ihr schwerer Kopf würde jeden Moment vom dünnen Hals abbrechen. »Verzeiht, ehrwürdiger Trevir, wenn ich Euch beunruhigt habe. Unsere Feindseligkeit hing mit den jüngsten Beobachtungen zusammen. Vor den Toren der oberirdischen Stadt hat ein großes Heer sein Lager aufgeschlagen. Abgesehen von ein paar einzelnen Abenteurern, die wir jedes Mal schnell wieder vertreiben konnten, haben wir uns noch nie einer so gewaltigen Streitmacht gegenübergesehen. Anfangs hielten wir Euch und Eure Begleiterin Dwina für Kundschafter dieser Armee. Wir fragen uns natürlich, warum sie den Frieden Londinors stören.«

»Ihr sprecht immer von Londinor. Am Eingang der Stadt habe ich ein Schild gesehen, auf dem der Name *London* steht.«

»So hieß einmal die Stadt, von der heute nur noch Ruinen übrig sind, aber mein Volk benutzt diesen alten Namen schon lange nicht mehr. Die von Euch erwähnte Tafel stammt aus der

Zeit vor dem großen Unglück, als Badda und Menschen noch von selber Art waren.«

»Ihr …« Trevirs Mund blieb offen stehen. Seine Augen schritten die großköpfigen Zwerge an der Tafel ab. Alle hatten einen hageren, fast kindlich anmutenden Körper, feingliedrige lange Hände mit scharfen krallenartigen Nägeln, riesige Augen, große Köpfe und eine Glatze. Sie waren anders, aber ja, sie waren unverkennbar Menschen!

»Ich sagte doch, dass ihre Anatomie der unsrigen ähnlich ist«, flüsterte Dwina an seiner Seite.

»Verzeiht, wenn ich Euch so anglotze«, entschuldigte sich Trevir. Er bediente sich, ohne es zu merken, schon eine ganze Weile des respektvollen Tons seiner Gastgeber. »Was hat Euch so …« Fassungslos schüttelte er den Kopf.

»Vergebt uns, wenn wir Euch in Verlegenheit gebracht haben«, ergriff nun ein anderer Badda das Wort, der dem Aussehen nach am Tisch den Altersrekord innehatte. Seine bleiche Haut war von zahlreichen braunen Flecken übersät und schrumplig wie eine Backpflaume. »Ich bin Dambaragh, Erster Parömiograph meines Volkes …«

»Entschuldigung, aber mit diesem Wort kann ich nichts anfangen.«

Es war dem alten Dambaragh anzumerken, dass solche Unterbrechungen ein Verstoß gegen die guten Sitten der Badda bedeuteten, aber er überging den Fauxpas und erwiderte lächelnd: »Ein Parömiograph stellt die Parömien zusammen.«

»Äh …«

»Das sind Sprichwörter.«

»Ah!«

»Eines unserer beliebteren lautet: ›Ein Ausrutscher mit der Zunge ist schlimmer als ein Ausrutscher mit dem Fuß.‹«

»Ich glaube, ich habe diesen Wink verstanden, Dambaragh.«

»Verzeiht, wenn ich mich erdreistet habe, Euch zu belehren, ehrenwerter Empfänger. Worauf ich eigentlich hinauswollte: Als

Parömiograph beschäftige ich mich intensiv mit der Herkunft unserer Sprichwörter. Deshalb darf ich in aller Bescheidenheit sagen, dass mir die Geschichte der Badda nicht ganz fremd ist.«

»Entschuldige, Dambaragh, aber du bist unser angesehenster Historiker«, warf Ceobba belustigt ein.

»Du bist sehr freundlich«, bedankte sich Dambaragh beim Chef und wandte sich wieder den beiden Gästen zu. »Ihr wollt wissen, warum wir so sind, wie wir sind. Nun, manches von dem, was dazu führte, ist in Vergessenheit geraten, aber so viel wurde uns überliefert: Vor einigen hundert Sonnenjahren haben sich die Bewohner Londinors – oder *Londons,* wie Ihr sagen mögt – mit der Natur auf ein Glücksspiel eingelassen und es verloren. Ein Großteil der Stadt wurde in wenigen Augenblicken zerstört. Infolgedessen breitete sich ein schleichender Tod aus, der weit schlimmer war. Die Menschen starben wie die Fliegen, nicht nur in der Stadt, sondern in ganz Britannia und soweit wir das sagen können sogar weltweit. Hier überlebten nur einige wenige, die in die Tunnel tief unter der Stadt geflüchtet waren.«

»Und aus jenen entstanden die Badda«, sagte Trevir, weil Dambaragh ihm und Dwina für diese Erkenntnis eine Pause eingeräumt hatte.

»Aber warum seht ihr so anders aus als wir?«, fragte das Mädchen freiheraus.

»Die meisten unserer Ahnen waren von jeher die Hässlichen, Missgestalteten und Verachteten. Sie litten wie fast alle anderen unter der grausamen Seuche, die das Menschengeschlecht fast völlig ausrottete. Doch am Ende überlebten sie – wenn auch furchtbar entstellt – die Pandemie, als habe ausgerechnet ihre Ungestalt sie gerettet. Was für eine seltsame Ironie des Schicksals, nicht wahr? In den Augen der Welt waren sie die Schwächsten und erwiesen sich nun in den Höhlen als die Stärksten. Hier, in den lichtlosen Tiefen unter den Ruinen, schufen sie unermüdlich ihr eigenes Reich: Unterlondinor, eine neue Stadt an den Wurzeln der alten. Wie Ihr seht, haben wir uns mit der Dunkelheit arrangiert. Sie wurde unser Freund und Verbündeter. Heute können wir das Sonnenlicht des Tages nur kurze Zeit ertragen. Deshalb verlassen wir unsere Höhlen selten und, falls möglich, nur nachts.«

»Vergebt mir, wenn ich Euch mit Fragen löchere, werte Ratsherren«, wandte Trevir sich mit ausgebreiteten Händen sozusagen an alle – es könnte ja als unhöflich aufgefasst werden, Einzelne zu übergehen –, »doch warum nennt Ihr mich ›Empfänger‹?« Er sah nun direkt den Chef an. »Ihr, Ceobba, habt eine Weissagung erwähnt. Von wem stammt sie?«

Ceobba nickte, um sein Verstehen anzuzeigen. »Verzeiht, wenn ich vergaß, das zu erwähnen. Der Prophet hieß Abacuck. Er sah das Unglück voraus, aber nur wenige hörten auf seine Warnungen. Mit dieser kleinen Schar …«

»Habt Ihr *Abacuck* gesagt?«, unterbrach Trevir den Chef. Seine Augen waren weit aufgerissen. Das Erstaunen stand ihm so unübersehbar ins Gesicht geschrieben, dass Ceobba den neuerlichen Verstoß gegen die baddaischen Anstandsregeln großmütig ignorierte. Eine versteckte Rüge erlaubte er sich aber doch.

»Entschuldigt, wenn ich Euch in Erstaunen versetzt habe.«

»Ich kenne diesen Namen!«

»Das habe ich mir beinahe gedacht.«

Trevir fasste in wenigen Worten seine Geschichte zusammen. Dabei betonte er vor allem die Rolle des legendären Abacuck als Ordensgründer des Dreierbunds und verwies auf die von Molog drohende Gefahr. Er schloss mit den Worten: »Vergebt mir, wenn ich Euch so üble Nachrichten überbringen muss.«

Ceobba schüttelte sein rundes Haupt. »Es geschieht alles, wie es in Abacucks Buch geschrieben steht. Aber wir haben Hoffnung, denn er sagte, mit der Gefahr werde auch der Befreier kommen.«

»Ja. Ich vermute, er hat dabei an den Dreierbund gedacht. Leider wurde der ja von Molog ausgerottet.«

»Verzeiht, wenn ich Euch da widerspreche«, meldete sich Dambaraghs helle weiche Stimme erneut zu Wort, »aber das stimmt nicht ganz.«

»Ihr meint, weil *ich* überlebt habe?« Trevir stieß ein bitteres Lachen aus. »Was soll ich schon gegen eine ganze Armee ausrichten?«

»Nun, meine Brüder haben mir berichtet, was Ihr mit unseren Kriegern angestellt habt – verzeiht, aber das soll kein Vorwurf sein. Überdies wird es wohl auch einen Grund geben, warum Ihr nach Londinor gekommen seid.«

»In meiner Welt nennt man so etwas eine Verzweiflungstat.«

»›Wer nicht schläft, hat keine Träume‹, sagt ein anderes unserer Sprichwörter: Man muss die Dinge im Zusammenhang sehen. Ebenso wie ein Sinnspruch einen Anlass braucht, um verstanden zu werden, ist dein Hiersein nicht ohne höheren Grund zu erklären. Verzeiht dies kühne Wort eines alten Mannes, ehrenwerter Trevir, aber Ihr macht Euch selbst etwas vor. Weder Rache wegen des Gemetzels an Euren Mitbrüdern noch Verzweiflung allein haben Eure Schritte nach Londinor gelenkt. Ihr habt Eure Bestimmung im Wellengang des Triversums erkannt und sie demütig angenommen. Abacuck sagte ebendies voraus.«

»Aber wie konnte er das …?« Trevir verstummte, schüttelte nur verständnislos den Kopf. Nach einer Weile sagte er leise zum Chef: »Ihr habt da ein Buch des Propheten erwähnt, Ceobba. Auch mein Lehrmeister erzählte mir von einem verschollenen Werk Abacucks, in denen er die Gesetze des Triversums beschreibt. Existieren diese Aufzeichnungen noch?« Er wagte kaum zu hoffen, ein Ja zu hören.

»Sicher«, erwiderte Ceobba.

Trevir schnappte nach Luft. »Dann gibt es vielleicht wirklich noch Hoffnung! Kann ich es sehen?«

»Ja. Aber es befindet sich nicht in den Höhlen, sondern oben in der Welt des Lichts, in die Abacuck wieder zurückkehrte, nachdem er mit unseren Vorfahren einige Jahre hier unten verbracht hatte.«

»Ist es weit bis zu diesem Ort?«

»Nicht allzu sehr. Das Buch befindet sich in der Rotunde des Wissens.«

»Die …? Ihr meint einen runden Saal?«

Ceobba nickte. »Er gehört zu einem großen Palast, der während der Katastrophe nur wenig beschädigt wurde. Wenn Ihr möchtet, kann ich Euch morgen Nacht dorthin führen.«

»Entschuldigt, falls ich auf Euch ungeduldig oder sogar unhöflich wirke, aber bis morgen haben wir keine Zeit. Ich fürchte nämlich, Molog könnte uns zuvorkommen.«

»Der Kriegslord?«

»Er hat sich durch Lug und Trug sehr viel Wissen über Abacucks Erkenntnisse angeeignet. Vermutlich sucht er schon nach der Rotunde des Wissens.«

Ceobbas Kopf schwankte vor und zurück, denn er hatte verstanden. »Dann müssen wir sehr schnell handeln.«

»Ich finde es trotzdem unvernünftig, dass du mitgekommen bist. *Pass auf!*« Trevir zog den Kopf ein, um einem tief hängenden Felsvorsprung auszuweichen. Dwina folgte seinem Beispiel.

»Du meinst, weil ich ein Mädchen bin?«

»Nein … Das heißt, ja. Eigentlich doch.«

»Ich habe mehr als drei Jahre in Mologs rauem Haufen überlebt.«

»Ja, aber da hat dich Cord von Lizard beschützt.«

»Und jetzt tust du es.«

Trevirs Mund blieb offen stehen, während er neben Dwina durch den Tunnel stapfte. Ceobba, Dambaragh und ein weiterer Ratsbruder liefen voraus, sechs andere Badda hinterher.

»Was ist?«, fragte schmunzelnd das Mädchen. »Findest du es so abwegig, dass ich mich in deiner Gesellschaft sicher fühle?«

Anstatt zu antworten, nahm er wieder ihre Hand, so wie er es fast den ganzen Tag über getan hatte, ohne sich über die Intimität dieser Berührung große Gedanken zu machen – manchmal war er ja auch ziemlich ruppig. Zum ersten Mal spürte er nun bewusst ihre lebendige Wärme, den innigen Druck ihrer Finger und fühlte sich wohl dabei.

Fast scheu drängte sich Ceobbas Stimme zwischen sie. »Verzeiht, wenn ich Euch unterbreche, aber wir sind am Ziel. Über uns liegt die Rotunde des Wissens. Dort müssen wir hinauf.« Er deutete auf einen schmalen Schacht, der steil nach oben führte.

Trevir nickte. »Also dann.«

Für den Aufstieg musste die Gruppe wieder mehrere Stockwerke überwinden. In einem Gestrüpp kehrten sie schließlich unter den Sternenhimmel zurück. Trevir drückte mit seinem Stab die stacheligen Äste zur Seite, damit Dwina nirgendwo hängen blieb. Es war eine sternenklare Nacht. Bald führte Ceobba seine Begleiter über eine weite Treppe zu einer monumentalen Säulenfassade hinauf. Unverkennbar war die Ähnlichkeit mit jener des Baddapalastes von Unterlondinor. Trevirs Blick erklomm die steinernen Pfeiler. Über den Kapitellen ruhte ein schmuckloses Gebälk, aber die Giebelfront bevölkerten zahlreiche Figuren, deren Gestalten im Licht der Mondsichel nur zu erahnen waren.

Ceobba hielt genau auf die Mitte der acht Doppelreihen mächtiger Säulen zu, wo ein massives Holztor den Zugang zum Gebäude versperrte. Vor diesem blieb er stehen, zog unter seinem langen Umhang einen großen klimpernden Bund hervor und begab sich auf die Suche nach dem richtigen Schlüssel. Währenddessen schritt Trevir neugierig auf das Schild zu, das neben dem Eingang an der Wand hing. Es war zu verschmutzt, um es lesen zu können.

Trevir trug noch immer wie eine Toga das Baddatuch am Körper, weil sich seine eigene Kleidung beim überstürzten Aufbruch noch in der Wäsche befunden hatte. Hinzugekommen war einer jener Glitzerumhänge, die den Höhlenbewohnern als Orientierungslichter dienten. Trevir wischte mit einem Zipfel seines Gewandes über die Tafel und hielt dann den schwach schimmernden Mantel davor. Das Schild bestand aus Bronze und der Schriftzug darauf gab Aufschluss über den ursprünglichen Zweck des kolossalen Baus.

Britannic Museum
&
Britannic Library

Trevir deutete mit dem Knauf seines Stabes auf die obere Zeile und flüsterte: »Britannisches Museum? Was soll das sein?«

Dwina hob die Hand und fuhr mit dem Finger die hervorstehenden Buchstaben nach. »Mein Vater erzählte mir mal von einer Zeit, als die Menschen noch Muße hatten und die Sorgen des Lebens sie nicht so sehr bedrückten wie uns heute. Er sagte, sie hätten damals einer Sammelleidenschaft gefrönt, die wir uns kaum vorstellen könnten. Aus allen Himmelsrichtungen trugen sie Kunstwerke, Schätze vergangener Epochen, alles Mögliche zusammen. Sogar Tonscherben und ausgeblichene Knochen! Kannst du dir das vorstellen?«

»Dann war das hier also ein Kuriositätenkabinett.«

»Eher ein Palast. Wahrscheinlich …«

»Warte mal!«, unterbrach Trevir sie. »Da hat jemand das Wort für Bibliothek durchgestrichen. Die Farbe ist kaum noch zu erkennen. Da drüber steht ein … *Name*?« Aufgeregt raffte er noch mehr von dem grünlich schimmernden Tuch zusammen und hielt es neben den verblichenen Schriftzug.

»*Abacucks* Bibliothek!«, las Trevir atemlos. Zum ersten Mal hatte er einen direkten Beweis für die Existenz des Gründers der Bruderschaft von Sceilg Danaan vor Augen.

»Verzeiht, wenn ich Euch störe, aber zur Rotunde des Wissens geht es hier entlang«, sagte Ceobba und deutete durch die offene

Tür, welche die kleinen Badda mit vereinten Kräften aufgestemmt hatten.

Trevir riss sich von dem Schild los, nahm wieder Dwinas Hand und folgte dem Chef.

Hinter dem Eingang lag eine große Halle. Durch die Fenster in der Stirnseite des Gebäudes fiel das Mondlicht herein. Zudem erhellten die Umhänge der elf Besucher die nähere Umgebung. Das wirkliche Ausmaß des Vorraums ließ sich aber nur erahnen. Der Boden war von einer dicken Staubschicht bedeckt, die in Wolken aufstieg, sobald ein Fuß sie aufstörte. Hier und da lagen ein paar kleinere Trümmer herum. Im Großen und Ganzen schien das Gebäude jedoch unversehrt zu sein.

Nachdem Ceobba und seine Gefährten die Tür wieder geschlossen hatten, wandte der Chef sich nach rechts. Die Gruppe folgte einem hohen Durchgang und betrat einen weiteren Saal, dessen Dimensionen noch gewaltiger waren als die des Foyers. Hier reihten sich Regale an den Wänden und auch mitten im Raum. Gläserne Tische bargen, wie sich nach Entfernung des Schmutzes erkennen ließ, außergewöhnliche Bücher und Handschriften. An den Wänden hingen Bilder, deren Motive unter einer dicken Staubschicht verborgen lagen. Ceobba bog nach links ab, lief ein Stück weit durch die große Halle, bis sie in der linken Wand auf eine weitere, nicht sehr große Tür stießen, die unverschlossen war. Als er sie öffnete, strömte mattes Mondlicht in den Saal. Die Gruppe trat in einen weiten Innenhof.

In diesem befand sich die Rotunde des Wissens.

Der Rundbau erhob sich zu gewaltigerer Größe über die winzig erscheinenden Besucher. Er war überdacht von einer runden Kuppel, die in Trevir Zweifel weckte. Von welchem Dom hatte Abacuck in seinem Aufsatz über die *Immo- und automobilen Schwingungsknoten des Triversums* gesprochen? Meinte er diesen hier – die Rotunde des Wissens – oder die halb verfallene, die vom Stadtrand aus zu sehen war? Unschlüssig sah Trevir zu dem Ring aus hohen Doppelbogenfenstern unterhalb des Gebälks hinauf. Keine einzige Glasscheibe war zerstört, ja im Vergleich zu den vielen Ruinen ringsum befand sich das gesamte Gebäude in einem tadellosen Zustand.

»Abacuck hat hier alle Schäden ausbessern lassen«, sagte Ceobba. Er hatte die Gedanken seines staunenden Begleiters erraten.

Trevir quetschte, ohne es zu merken, Dwinas Finger zusammen, bis sie sich von ihm freizumachen versuchte. Vor Aufregung brachte er kaum einen zusammenhängenden Satz hervor. »Aber … Das … Habt Ihr nicht gesagt, der Prophet hätte Euch schon vor Jahrhunderten verlassen?«

»Die Badda sehen es als ihre heilige Pflicht an, diesen Ort zu bewahren. Wir hegen und pflegen ihn, seit Abacuck von uns ging, um ihn bereitzuhalten für den Tag der Wiederkunft. Bitte verzeiht den wenig festlichen Rahmen. Eigentlich wollten wir eine Feier anlässlich Eurer Rückkehr veranstalten, aber – bitte fasst das nicht als Vorwurf auf – Ihr habt ein wenig gedrängelt.«

Trevir sah mit großen Augen mal den Badda, dann wieder die Rotunde des Wissens an. »Warum sprecht Ihr von ›Rückkehr‹, Ceobba? Ich bin heute zum ersten Mal hier.«

»Das Triversum schwingt wie ein großes Pendel hin und her: Was sich entfernt, kommt irgendwann wieder zurück. Du magst anders heißen, anders aussehen und dich selbst für einen anderen halten, aber wir Badda sehen in dir den Hüter des Gleichgewichts, der einst von uns ging, um einen zweiten Hort des Wissens zu gründen, damit auf jeden Fall einer für den Tag der nächsten großen Welle erhalten bleibt.«

»Ich habe dir erzählt, was mit dem Dreierbund geschehen ist. Die Aufzeichnungen der Bruderschaft wurden geplündert und zerstört«, sagte Trevir mit unüberhörbarer Bitternis.

Dwina wandte sich ihm zu und ihre Augen schienen geradewegs auf den Grund seines Herzens zu sehen. Leise erklärte sie: »Deshalb bist du hergekommen, Trevir, weil es nur noch diesen Hort hier gibt. Ich bin überzeugt, du wirst in der

Rotunde finden, was du für die Vereitelung von Mologs Plänen brauchst.«

Einige Atemzüge lang verlor sich Trevir im Funkeln ihres Blicks. Dwinas sanfte Stimme hatte sich wie Balsam auf seine wunde Seele gelegt.

Als der Bann von ihm abfiel, hob er ihre Linke an seine Lippen, küsste sie, lächelte seltsam befreit und sagte dann zum Baddachef: »Bitte führt uns zu Abacucks Buch.«

Ceobba öffnete das Portal und winkte seine Gäste in die Rotunde des Wissens.

Der kreisrunde Raum erinnerte Trevir entfernt an den Höhlendom der Badda, was vermutlich ebenso wenig ein Zufall war wie die Ähnlichkeit der Säulenfassade hier mit jener von Ceobbas »bescheidenem Heim«. Die Kuppeldecke der Rotunde lag im Schatten. Nur das wie eine große Blume anmutende Rosettenfenster und der schwache Widerschein vergoldeter Stuckbänder, die sich bis zum Gebälk herabzogen, war zu sehen. An der runden Wand, unterhalb der Fenster, standen tausende und abertausende von Büchern. Trevir versuchte sich die Pracht dieser herrlichen Halle bei Tageslicht vorzustellen. Sie musste eine Zierde jener Stadt gewesen sein, die einmal London hieß.

Obwohl mehrere Menschenleben nicht ausreichen würden, um all die Werke in den Regalen zu studieren, bargen die Hallen jenseits des Innenhofs doch ungleich größere Bestände. Den Tischen unter der Kuppel nach zu urteilen diente die Rotunde ursprünglich in erster Linie dem Wissens*erwerb* und nicht sosehr seiner Aufbewahrung. Sie war ein Lesesaal.

Ganz in der Nähe entdeckte Trevir einen jener durchsichtigen Tische, die er schon zuvor betrachtet hatte. Er zog Dwina mit sich, wischte hastig die dünne Staubschicht von der Platte und spähte durch die Scheibe. Unter dem Glas lag nicht Abacucks legendäres Buch, sondern zwei unscheinbare, vergilbte Dokumente und daneben ein weißes Schild offenbar neueren Datums.

Die Magna Charta

Zwei der vier noch existierenden Kopien des Dekretes, das im Jahr 3830 A. S. von König Johann erlassen wurde und das seine Abmachung mit den Edelleuten seines Reiches enthält, die einige Tage zuvor auf der Insel Runnymede besiegelt worden war. Die Magna Charta diente als Vorbild für zahlreiche Dokumente zur Beendigung und Einschränkung von Willkürherrschaft, nicht nur im römischen Imperium, sondern auf der ganzen Welt.

»Nicht ganz das, was du gesucht hast, oder?«, fragte Dwina, deren Gesicht sich ganz nahe neben Trevirs und auf Nasenabstand über der Glasscheibe befand.

»Ich wünschte, Molog würde sich an diesem König Johann ein Beispiel nehmen und auch so ein Dokument unterschreiben. Ist dir die Jahreszahl aufgefallen? 3830 A. S. Was mag das bedeuten?«

»Vergebt mir, wenn ich mich in Euer Gespräch einmische«, meldete sich der alte Dambaragh aus dem Hintergrund zu Wort. »Abacuck lehrte uns, das alte Wissen zu bewahren. Londinor gehörte einst zum römischen Imperium. In der Zunge dieser alten Weltmacht stand die Abkürzung A. S. für *anno scissuri,* was in unserer Sprache etwa so viel wie ›im Jahr der Spaltung‹ oder ›Zerreißung‹ bedeutet.«

»Dann haben die Römer ihre Zeitrechnung von der Teilung des Triversums an gerechnet?« Trevir schüttelte den Kopf. Was für ihn bisher kaum mehr als eine Legende gewesen war, schien vor dem Untergang Londons zum Allgemeinwissen gehört zu haben. »Bitte sage mir, Dambaragh, wann genau wurde Londinor zerstört?«

»Unseren Aufzeichnungen zufolge vor dreihundertsechsunddreißig Jahren.«

Trevir ließ Dwinas Hand los, legte den Kopf in den Nacken

und drehte sich langsam um seine eigene Achse. Seit über dreihundert Jahren hüteten die Badda in dieser Rotunde des Wissens also schon das Vermächtnis Abacucks.

»Verzeiht, wenn ich Euer Staunen unterbreche, aber der eigentliche Grund unseres Hierseins befindet sich dort drüben.« Ceobba zeigte zu einem anderen gläsernen Tisch, der nicht etwa im Zentrum des Doms stand, sondern eher unscheinbar am Rand.

Ein Gefühl der Ehrfurcht überkam Trevir und steckte auch seine Begleiterin an. Rasch ergriff er wieder ihre Hand und schritt mit ihr langsam auf die Vitrine zu. Kein Staubkörnchen behinderte hier die Sicht auf das darin liegende Buch. Die neun Badda bildeten um das Paar herum einen Ring, damit ihre Glitzermäntel den beiden Menschenkindern Licht spendeten.

»*Das Buch der Balance*«, las Trevir leise den Titel auf dem braunen Ledereinband, der voller Narben und mit zahlreichen dunklen Flecken übersät war. Das legendäre Werk sah enttäuschend unspektakulär aus. Keine edel glänzenden Buchstaben, kein Goldschnitt, kaum größer als eine Handspanne und etwa so dick wie Dwinas Daumen. Auf den Rändern des Buchblocks konnte Trevir ein merkwürdiges Netzmuster sehen, das wohl auch einem Lurch nicht schlecht gestanden hätte.

Plötzlich scholl ein Geräusch in den Lesesaal, das alle Köpfe hochfahren ließ. Es klang wie ein fernes Krachen, dessen Widerhall sich in den Hallen fast verlor.

»Was war das?«, hauchte Dwina.

»Jemand hat die Tür des Hauptportals aufgebrochen«, sagte Ceobba.

»*Wulf!*«, flüsterte Trevir.

Der Chef erinnerte sich. »Der Ziehsohn des Kriegslords? Verzeiht, wenn meine Worte wie Zweifel klingen, aber woher wollt Ihr wissen …?«

»Ich kann es spüren, Ceobba«, unterbrach Trevir hastig das Oberhaupt der Badda. »Außerdem war nur ein *einziges* Krachen zu hören. Mit Äxten hätten sie die schwere Tür nicht so schnell überwinden können, sondern nur mit der Kraft eines Empfängers. Wir müssen schleunigst hier verschwinden. Wie bekommt man diesen Glastisch auf?« Er rüttelte an dem Deckel, der sich seinem Zerren jedoch widersetzte.

»Verzeiht!«, kreischte Ceobba entsetzt, womit er bei Trevir sofort ein erschrockenes Innehalten erzielte. »Ich muss Euch um Zurückhaltung bitten, sonst zerspringt am Ende das Glas. An meinem Bund habe ich einen Schlüssel ...« Er zog zum dritten Mal seinen klimpernden Ring hervor und beschäftigte sich mit dessen eisernen Anhängern.

»Geht denn das nicht schneller?«, drängte Trevir.

»Nur Geduld, junger Empfänger. Nur Geduld. Wo ist denn unser kleiner Bartträger, na, wo ist er denn ...?«

»Beeilt Euch, Ceobba! Sie sind schon auf dem Weg ...«

»Entschuldigung, aber ich kann mich so nicht konzentrieren!«, beschwerte sich überraschend energisch der Chef und vergaß darüber ganz das Suchen. Seine acht Begleiter sahen ihn überrascht an. Endlich setzte er seine Fahndung nach dem richtigen »Bartträger« fort. Jedoch nur kurz, denn ein ohrenbetäubendes Klirren störte ihn erneut.

»So viel Zeit haben wir nicht mehr«, erläuterte Trevir kurz den Hintergrund dessen, was er da eben mit dem Knauf von Aluuins Stab und der Deckscheibe des Glastisches angestellt hatte. Rasch fischte er *Das Buch der Balance* aus den Scherben und wickelte es in seinen silbergrünen Umhang ein.

Die Badda starrten ihn entsetzt an. Vermutlich hatte er in ihren Augen ein unverzeihliches Sakrileg begangen.

»Wir sollten jetzt wirklich verschwinden«, erinnerte Trevir sie noch einmal an den Grund seiner Hast.

Aus der Halle auf der anderen Seite des Innenhofs erschollen bereits Schritte.

Ceobba und seine Mannen waren zu Stein erstarrt.

Trevir schüttelte ärgerlich den Kopf und neigte sich zum Chef herab. »Bin ich nun der Empfänger oder nicht? Ich habe gerade dieses Buch in *Empfang* genommen. Wenn Ihr in mir den Zurückgekehrten seht, dann gesteht mir auch das Recht zu, damit zu tun, was ich für richtig halte.«

»Vergib mir, wenn ich deiner Entscheidung vorgreifen sollte, Chef, aber was der ehrenwerte Trevir da eben gesagt hat, dürfte auf der Grundlage geltenden Rechts wohl schwer anzufechten sein.«

Ceobba wandte sich seinem Ersten Parömiographen zu. »Entschuldige, Dambaragh, aber deine Ratschläge waren auch schon mal klarer formuliert.« Dann sagte er zu Trevir und Dwina: »Kommt!«

Im Laufen lösten die Badda die Knebel, mit denen ihre Umhänge an der Kleidung befestigt waren, legten sie mit wenigen geschickten Handgriffen zusammen und verstauten sie unter ihrer erstaunlich elastischen schwarzgrauen Kleidung. Dwina und Trevir brauchten etwas länger für die gleiche Übung, wobei ihnen ihre weiten Überwürfe eher hinderlich als nützlich waren. Zumindest ließ sich Abacucks Buch ohne Schwierigkeit in den Falten über Trevirs Brust verstauen.

Als sie gerade die Rotunde verlassen und in den Innenhof laufen wollten, erschienen Fackeln in der offenen Tür der gegenüberliegenden Halle. Trevir entdeckte vor den Lichtern die unverkennbaren Silhouetten zweier Männer. Der eine hielt ein großes Schwert in der Hand und hinter dem Ohr des anderen ragten mehrere gefiederte Pfeilschäfte hervor.

»Molog und Wulf!«, raunte er zur Warnung für Dwina und seine kleinen Gefährten, obwohl das völlig unnötig war.

»Hier kommen wir nicht mehr raus«, jammerte leise das Mädchen an seiner Seite.

Ceobba schüttelte erstaunlich gelassen den Kopf. »Verzeiht, wenn ich widerspreche, aber wir Badda sind hier zu Hause, nicht diese Krieger. Folgt mir.«

Der Chef drehte wieder um und lief in die Rotunde zurück. Trevir hörte ein leises Klimpern.

»Was tut Ihr da, Ceobba?«

»Den Schlüssel für den Geheimausgang suchen.«

»Wo soll der sein?«

»Dort!« Der Badda deutete zu einer Regalwand.

»Ich sehe nur Bücher.«

»Entschuldigt, aber es wäre ja wohl kaum ein *Geheim*ausgang, wenn ihn jeder sähe.«

Trevir verdrehte die Augen. »Habt Ihr den Schlüssel?«

»Gleich.«

»Welches Regal ist es?«

»Das zweite von links da drüben. Aber untersteht Euch …«

Mit lautem Krachen flogen der komplette Türstock, etliche Steine und zahlreiche Bücher in den Innenhof. Eine mächtige Staubwolke breitete sich in der Rotunde aus.

»Tut mir Leid, aber ich brauchte das Gewicht des Mauerwerks, um das Loch zu machen«, entschuldigte sich Trevir. Er ahnte, welche seelischen, vielleicht sogar körperlichen Schmerzen er den Badda mit seinen Grobheiten zufügte.

Der Chef und sein Gefolge taumelten fassungslos durch die Bresche. Plötzlich hallte eine Stimme durch den Saal.

»Trevir!« Es war Wulf. Er musste gespürt haben, wessen Kräfte hier so viel Staub aufgewirbelt hatten.

Der Angerufene blieb in der Öffnung stehen, bedeutete den Gefährten vorauszulaufen und drehte sich um. Die Fackeln der schwarzen Krieger ließen die Staubwolke erglühen, aber man konnte die Rotunde mit Blicken nicht durchmessen. Trevir raffte die Schultern und rief: »Dies ist ein ungünstiger Zeitpunkt, Wulfweardsweorth, doch spätestens wenn die Stunde der Entscheidung gekommen ist, treffen wir uns wieder. Das gelobe ich beim Blute Aluuins.«

Damit wandte er sich um und folgte seinen Gefährten in die Dunkelheit.

Der Boden unter der Verbotenen Stadt glich einem Kaninchenbau: zahllose Gänge und überall Löcher. Ehe Mologs Männer die zehn Flüchtlinge auch nur zu Gesicht bekommen konnten, waren die schon in einem Tunnel verschwunden. Der Eingang dazu lag im Keller eines Gebäudeflügels, der von den Kriegern noch nicht kontrolliert wurde, und war so gut verborgen, dass eine Verfolgung gar nicht erst stattfand. Das Schwarze Heer würde notgedrungen nach anderen Zugängen ins Tunnelreich suchen müssen. Dadurch gewannen die Fliehenden wertvolle Zeit.

Auf dem Rückweg zum unterirdischen Palast wurde nicht viel gesprochen. Auch Trevir grübelte über die jüngsten Ereignisse nach. Er fragte sich, ob es ein Zufall war, dass Wulf ihn in der Rotunde des Wissens aufgestört hatte. In Bezug auf das Lenken der Kräfte des Triversums waren sie einander sehr ähnlich. Ob Mologs Zögling auch die Gabe des Findens besaß? Falls ja, dann hatte er, der Letzte des Dreierbunds, den Kriegslord zur Britannischen Bibliothek geführt. Ein niederschmetternder Gedanke. Wie weit mochte das Gespür des Finders Wulf wohl reichen?

Unbeschadet, doch grenzenlos erschöpft kehrten Trevir und Dwina mit ihren Gefährten zur unterirdischen Residenz des Chefs zurück.

Der Hüter des Gleichgewichts übergab *Das Buch der Balance* der Obhut Ceobbas, was diesem sichtlich Trost spendete. Die Nachricht von den großen und kleinen Zerstörungen in der Rotunde des Wissens verbreitete sich wie ein Lauffeuer unter den Badda. Nach ihrer Tradition brach mit dem Erscheinen des Empfängers ein neues Zeitalter des Lichts an, eine Wiederherstellung des Verlorenen, eine Rückkehr zur Harmonie. Niemand vermochte sich vorzustellen, wie dieser behaarte Hüne namens Trevir dergleichen bewerkstelligen wollte.

Immerhin war Abacucks Vermächtnis an die Menschheit vorerst vor Schlimmerem gerettet. Die beiden Gäste des Chefs verzichteten auf eine sofortige Untersuchung des Werks. Sie waren schlichtweg zu müde. Zwar dauerte es dann doch Stunden, bis sich Trevirs innere Erregtheit gelegt und er ins Reich der Träume gefunden hatte, aber dafür schlief er dann auf seinem Doppelsegmentbett umso fester.

Über den Höhlen stand die Sonne bereits wieder hoch am Himmel, als er endlich erwachte. Bald nahm er zusammen mit Dwina und Ceobba ein Mahl ein und erkundigte sich über den aktuellen Stand der Dinge. Der Chef war auffallend ernst.

»Das Schwarze Heer durchkämmt die Ruinen.«

Trevirs Kauen erstarb. »Ich hätte mir denken müssen, dass sie nach uns suchen. Meint Ihr, sie können die Eingänge zu Eurem Reich entdecken?«

»Verzeiht, aber so dumm sind wir Badda nicht. Früher gab es zahlreiche Treppen, die nach unten führten. Vor der großen Katastrophe sogar etliche, die einen Menschen ganz von selbst in die Tiefe trugen …«

»Ach kommt!«

»Vergebt mir, wenn ich Euer Vorstellungsvermögen überstrapaziere.«

Trevirs Mund blieb offen stehen. Er schüttelte den Kopf. »Nein, ich muss mich entschuldigen, weil ich Euch schon wieder unterbrochen habe.«

»Nicht doch! Ich habe Abbitte zu leisten, weil …«

»Das hält ja kein Mensch aus!«, platzte Dwina dazwischen und warf einen Knochen auf ihren Teller.

Die zwei Entschuldiger starrten sie entgeistert an.

Dwina hob beide Hände. »Gnade, edle Herren, ich habe mich vergessen.«

Trevir musste unwillkürlich grinsen, was mit dem dicken Happen, der in seiner rechten Backentasche steckte, seltsam komisch aussah. Auch Dwina fing an zu schmunzeln. Dann lachten beide, bis ihnen die Tränen in den Augen standen.

Ceobba schüttelte nur den Kopf.

Nachdem sich Trevir für die Unterbrechung entschuldigt

hatte, erörterten sie gemeinsam das weitere Vorgehen. Der Chef erklärte – nun ungestört –, dass nach dem Auftauchen der ersten Abenteurer in Londinors Straßen die ursprünglichen Eingänge verschlossen und unter Schutt begraben worden seien. Jetzt gelangte man nur noch durch gut versteckte und schnell verschließbare Löcher ins unterirdische Londinor. Bisher hatte man die gelegentlichen Besucher auch wirksam davon abhalten können, sich in den Ruinen häuslich einzurichten. Die meisten Neugierigen waren nach kurzer Zeit wieder abgezogen und hatten – wie Trevir ergänzte – »die Mär von der spukenden Geisterstadt verbreitet«. Einige hätten auch in einstürzenden Gebäuden ein jähes Ende gefunden, ergänzte Ceobba. Er ging nicht näher darauf ein, inwieweit die Badda daran beteiligt gewesen waren.

Nun habe sich die Situation allerdings geändert, das Schwarze Heer durchsuche systematisch die Stadt, fasste der Chef noch einmal die Berichte seiner Kundschafter zusammen und fügte mit wissendem Lächeln hinzu: »Oberlondinor ist ziemlich groß. Es kann lange dauern, bis irgendein Krieger zufällig auf einen unserer Eingänge stößt. Vielleicht können wir sie wie die Glücksritter in früheren Zeiten vergraulen.«

»Ihr kennt Molog nicht«, sagte Trevir zweifelnd. »Fahnenflüchtige werden von ihm kurzerhand enthauptet, um die übrigen Soldaten bei der Stange zu halten. Er wird niemals freiwillig abziehen, es sei denn, er hat sein Ziel erreicht.«

»Kann er das, ohne Abacucks Buch?«

»Ich weiß es nicht. Er hat schon viel Wissen über das Triversum erworben. Vielleicht kann ich die Situation besser abschätzen, wenn ich *Das Buch der Balance* gelesen habe.«

Dieser Tätigkeit widmeten sich Trevir und seine Gefährtin in den folgenden Tagen. Dwina war es seit Kindertagen gewohnt, ihre Nase in dicke Wälzer zu stecken. Während sie der Forscherdrang beflügelte, trieb Trevir vor allem das unterschwellige Gefühl nahenden Unheils. Mit Kittas Hilfe und ohne Dwina etwas davon zu verraten, traf er Vorsorge für den Moment, von dem er hoffte, dass er nie eintreffen möge. Er konnte nicht vergessen, wie schnell Wulf ihn in der Britannischen Bibliothek gefunden hatte. Womöglich waren die Badda in großer Gefahr, weil sie dem jungen Oberhaupt des Dreierbunds Unterschlupf gewährten.

Zu dieser Befürchtung gesellte sich die Sorge um Dwina. Wenn Trevir sich mit ihr über die Aufzeichnungen Abacucks beugte, schweifte sein Blick gelegentlich ab. Er betrachtete ihre schmalen Hände, ihr blondes Haar – sie hatte sich ein süßes Zöpflein geflochten, das seitlich vom Kopf herabhing –, er atmete ihren Duft und manchmal, wenn sie eine Passage aus dem Buch vorlas und ihn unvermittelt ansah, dann verstummte sie jäh und er hatte wie kürzlich am Portal der Rotunde das Gefühl, in ihren blauen Augen zu versinken. In solchen Momenten schien sich die Zeit aufzulösen und meist senkten sie gleichzeitig verlegen den Blick, vertieften sich wieder in ihre Lektüre und taten so, als wäre nichts geschehen.

Mit jeder Stunde, die er in Dwinas Gegenwart verbrachte, wuchs Trevirs Sorge um sie und damit festigte sich auch sein Entschluss, sie niemals wieder in Mologs Hände fallen zu lassen. Auch deshalb gönnte er sich und ihr nur selten eine Pause, etwa wenn Kitta ihnen eine Erfrischung oder – wie am zweiten Tag – eigens für die beiden angefertigte Baddagewänder brachte. Überdies speisten sie regelmäßig mit Ceobba und seinen Ratsbrüdern, um ihnen vom Fortschritt der Studien zu berichten.

Man hätte Abacucks Aufzeichnungen sicher auch in kürzerer Zeit durchlesen können, aber der Gründer des Dreierbunds benutzte altertümliche, fast fremd klingende Formulierungen, die schwer zu verstehen waren. Seine winzige Handschrift machte dieses Unterfangen nicht eben leichter – sie erinnerte entfernt an die Fährte eines Insekts, das zuvor in ein Tintenfass gefallen war. Außerdem bediente er sich zahlreicher wissenschaftlicher Ausdrücke, die nicht einmal die kluge Dwina kannte. Den beiden Lesern gelang es nur bruchstückhaft, sich den Inhalt des Buches zu erschließen. In einem umfangreichen Kapitel erging sich der Verfasser in fast epischer Breite über die »Wellenfunktionen des Triversums« und demonstrierte hiernach anhand von Beispielrechnungen, wie sich die Abfolge der Annäherungen vorherbestimmen ließ. Das *Buch der Balance* bestätigte und erweiterte Trevirs Wissen aus den beiden in Zennor Quoit erbeuteten Manuskripten. Nachdem die vierte Welle seines Lebens gerade erst vorüber war, konnte er nun exakt das Kommen der beiden nächsten vorherbestimmen.

Sehr eindringlich beschrieb Abacuck auch die Ereignisse vor, während und nach der großen Katastrophe, die fast zum Untergang von Trimundus geführt hatte. Man habe die Existenz von Paralleluniversen entdeckt und wollte eine technische Möglichkeit schaffen, diese mithilfe eines künstlichen »Wurmloches« zu besuchen. Im ganzen römischen Imperium sowie in einigen verbündeten Staaten rund um den Globus wurden große Energietransformer errichtet und miteinander gekoppelt. Die gewaltigste Anlage stand in London, von wo aus auch die Koordination des Experiments erfolgte. Er, Abacuck, kannte als Hüter des Gleichgewichts besser als jeder andere die alten Überlieferungen, die von der Spaltung der Welt berichteten, aber niemand von Einfluss wollte auf die Warnungen eines einfachen Bibliothekars hören. Dabei kannte doch jedes Kind die Bedeutung der Buchstaben A. S. hinter einer Jahreszahl – Anno Scissuri, im »Jahr der Spaltung«. Die Entstehung des Triversums hatte für die Menschen jedoch längst keine Bedeutung mehr, war nur noch eine Legende.

So kam der Tag X und ganz Trimundus blickte gespannt nach London. Zuletzt wurden die Sekunden rückwärts gezählt. Als sich über dem Energietransformer ein gigantischer blauer Lichtbogen bildete, jubelten die Menschen vor Begeisterung. Doch schnell nahm die Katastrophe ihren Lauf. Am helllichten Tag schien der Himmel plötzlich entzweizureißen und die

Menschen blickten in ein schwarzes Nichts. Dann wurde die Stadt auf eine Weise erschüttert, die schlimmer als jedes Erdbeben war. Die Viertel rings um den Transformer zerfielen zu Staub. Ein Großteil der Bevölkerung starb binnen weniger Augenblicke. In den anderen Metropolen von Trimundus musste Ähnliches passiert sein. Einige Wochen lang herrschte Nacht. Menschen, Tiere und Planzen starben. Jene wenigen, die überlebten, waren nicht unbedingt die Stärksten, eher im Gegenteil. »Wie bei mir«, mutmaßte Abacuck, »muss es wohl eine unerklärliche Laune der Natur gewesen sein, die sie immun gegen das grauenhafte Sterben machte.«

Doch noch etwas anderes erlosch: Das Wissen der Menschheit. Bücher aus Papier hatte man zuletzt als altmodisch abgetan. Gelehrte ebenso wie einfache Leute vertrauten ihre Kenntnisse und Erinnerungen schon seit Generationen erstaunlich leistungsfähigen und wie sich nun zeigte, enorm verletzlichen Maschinen an. Diese so genannten »Computer« wurden durch die von den Transformern entfesselten Energieimpulse gründlich zerstört. Zudem flohen die Überlebenden aus den Städten und schnitten sich dadurch auch von den Bibliotheken ab, die wie große Museen bis zur Katastrophe immer noch existiert hatten. Aus Aberglauben scheuten die Menschen jede Auseinandersetzung mit den alten Wissenschaften, weil diese in einem Rundumschlag für das Unglück verantwortlich gemacht wurden. Innerhalb weniger Generationen werde die alte Welt nur noch Legende sein, prophezeite Abacuck mit krakeliger Schrift. Was für Trimundus als Anbruch in ein Zeitalter des Lichts geplant war, hatte das Weltengefüge bis in seine Grundfesten erschüttert und es begann eine Ära der Finsternis.

Er selbst habe die Katastrophe mit jener kleinen Schar, die sich von ihm warnen ließ, in Höhlen tief unter der Stadt überlebt. Anfangs hatten sie noch Bilder von der Oberfläche empfangen (Trevir und Dwina verstanden nicht, was Abacuck damit meinte), aber bald seien die Leitungen tot gewesen. Dann habe auch das Sterben unter der Erde begonnen. Am Ende überlebten in London nur solche, die bestimmte anatomische Eigentümlichkeiten aufwiesen, zu denen auch die Kleinwüchsigkeit gehörte. Er selbst wurde von der grässlichen Seuche verschont, obwohl er von normalem Wuchs und auch sonst ein eher durchschnittlicher Mensch war. Warum?, fragte Abacuck und gab die Antwort, er wisse es nicht, doch er betrachte seine Rettung als göttliche Fügung und leite davon die Verpflichtung ab, eine Wiederholung des Unglücks für alle Zeit zu verhindern. Deshalb habe er beschlossen, sein *Buch der Balance* der Obhut seiner kleinen glupschäugigen Gefährten zu überlassen, die es mit den anderen Schätzen des Wissens in der Britannischen Bibliothek hüten sollten. Persönlich wolle er sich aufmachen und irgendwo einen zweiten Hort der Weisheit gründen, eine Einsiedelei zur Erforschung des Heilmittels für das geschundene Trimundus. Nicht bevor diese Medizin gefunden sei oder das Gleichgewicht des Triversums erneut in Gefahr gerate, werde er nach London zurückkehren – entweder selbst oder durch einen seiner Nachfolger.

Die letzte Seite des Buches war mit dem Namen Abacuck Smith unterschrieben, womit eindeutig geklärt war, wem die Initialen A. S. gehörten, auf die Trevir in den erbeuteten Dokumenten aus Zennor Quoit gestoßen war. Unter der Signatur befand sich eine Skizze des Symbols der Bruderschaft von Sceilg Danaan, ein zum Dreieck gelegtes Band.

Wenn die historischen Passagen des Werkes noch größtenteils verständlich waren, erschienen Trevir und Dwina andere gänzlich rätselhaft. Abacuck musste sich dieses Umstands bewusst gewesen sein, weil er »für das weiter gehende Studium« auf zahlreiche andere Bücher aus der Rotunde des Wissens verwies. In einem System aus Buchstaben und Ziffern nannte er die genauen Standorte dieser Werke in den Regalen des runden Lesesaales. Bald mussten Trevir und Dwina aber einsehen, dass sie niemals genau verstehen würden, wie es zu der Katastrophe kommen konnte und auf welche Weise eine Wiederholung des Unglücks zu verhindern war, solange sie keinen Zugriff auf diese anderen Quellen hatten.

Während die beiden *Das Buch der Balance* erforschten, durchsuchten Mologs Krieger weiter die Straßen der Verbotenen Stadt. Nachts, wenn das Schwarze Heer Fackeln und Lagerfeuer anzündete, um die Schatten zu vertreiben, wurde es von zahlreichen Augen beobachtet. Auch auf dem Dach der Britannischen Bibliothek kauerten manchmal stundenlang Gestalten, reglos wie Steinfiguren, und blickten auf das Geschehen rings um die Gebäude sowie im Innenhof hinab. So mancher Soldat verspürte einen Schauer, wenn er sich voller Zweifel fragte, ob er auf diesem Vorsprung oder jenem Erker nicht eben noch eine hässliche Skulptur gesehen hatte, die nun verschwunden war.

Ceobbas Kundschafter bestätigten, was Trevir schon befürchtet hatte. Die Britannische Bibliothek befand sich in einer Art Belagerungszustand. Alle Türen und Fenster wurden pausenlos überwacht. Es war unmöglich, sich noch einmal in die Rotunde des Wissens zu schleichen, um die von Abacuck aufgezählten Bücher zu holen.

Gleichzeitig erweiterten die Krieger ihren Suchradius von Tag zu Tag. Offenbar vermutete man Trevirs Unterschlupf in irgendeiner Ruine. Von der Stadt unter der Stadt schien niemand etwas zu ahnen. Mehr als eine Woche lang. An einem frühen Morgen, der für die Stadt droben die Zeit der Abenddämmerung war, hörten Trevir und Dwina den Alarm.

Es klang wie der Laut eines Widderhorns, das jemand in weiter Ferne blies. Kurz darauf stürmte Kitta in das Studierzimmer.

»Verzeiht, wenn ich Euch störe, aber Ceobba bittet Euch in den Ratssaal.«

Trevir blickte dem Baddamädchen fest in die Augen. »Was hat das Blasen des Horns zu bedeuten, Kitta?«

»Bitte entschuldigt, aber ich bin nur eine Dienerin und …«

»Vergib mir, wenn ich so hartnäckig bin, Kitta, aber wir beide haben uns bereits über diesen Moment unterhalten, nicht wahr? Das Schwarze Heer hat die Grenze zu eurem Reich übertreten. Habe ich Recht?«

Erst nickte die Badda, dann schniefte sie leise. »Die Krieger sind ganz in der Nähe eingedrungen, als hätte ihnen jemand verraten, wo der Palast verborgen ist.«

»Sie wissen es, weil *er* mich spüren kann«, flüsterte Trevir mit glasigem Blick.

»Was sagst du?«, fragte Dwina.

Er schüttelte den Kopf. »Dafür haben wir jetzt keine Zeit. Geh du schon voraus zum Ratssaal. Ich muss noch etwas erledigen und komme später nach.«

Ihre Blicke kreuzten sich für einen langen Moment. Trevir entdeckte Furcht in Dwinas Augen, aber auch einen Anflug von Zweifel. »Geh schon! Die Zeit wird knapp«, drängte er.

Sie drückte seine Hand und verließ den Raum.

Er nahm das *Buch der Balance* und wickelte es in seinen extragroßen Glitzerumhang ein. Dann wandte er sich Kitta zu. »Du weißt, worum ich dich bitten muss?«

Die Baddafrau nickte traurig.

Trevir förderte aus der Gesäßtasche seiner grauschwarzen Hose ein zusammengefaltetes Blatt Papier zutage und reichte es Kitta. »Das ist ein Brief. Bitte gib ihn Dwina. Ich hoffe, sie kann mir verzeihen.«

Die Dienerin steckte den Zettel mit ernster Miene ein und ergriff Trevirs Hand.

Ungesehen verließen sie den Palast durch einen Nebentunnel. Kitta führte ihren Schutzbefohlenen über selten benutzte Pfade. Je länger sie durch die Schächte schlichen, desto ferner klang das Blasen des Alarms. Fast die ganze Strecke liefen sie schweigend durch die Dunkelheit. Nur einmal sprach Trevir aus, was ihn bewegte.

»Hoffentlich folgt Wulf meiner Spur. Nur so kann ich ihn von euren Tunneln ablenken. Vielleicht zieht Molog das Schwarze Heer dann aus dem Reich der Badda ab.«

Kitta klang erstaunlich unbesorgt. »Seine Krieger haben bis jetzt nur die äußeren Hallen des Eisenweges gefunden und kämpfen dort gerade gegen Flammen an. Die Wege in die beiden tiefer liegenden Ebenen werden, wie ich hörte, gerade verschlossen. Den Angreifern dürfte es schwer fallen, weiter nach Unterlondinor vorzudringen, wenn ihr zweibeiniger Wolf keiner Witterung mehr folgen kann. Außerdem haben unsere Vorväter einige Schutzvorkehrungen geschaffen, die Mologs Kriegern das Fürchten lehren werden.«

Ein wenig beruhigter folgte Trevir seiner Führerin weiter durch die engen Tunnel unter der Verbotenen Stadt.

Nach mehr als einer Stunde tauchte vor ihnen ein fahles Licht auf. Der Ausgang lag versteckt an einer Uferböschung. Trevir erblickte einen breiten Strom. Kitta deutete zum Wasser.

»Das da ist der Fluss Thames, jedenfalls nannte man ihn früher so. Da unten habe ich einen Kahn versteckt, der Euch stromabwärts tragen wird. Es war nicht ganz leicht, ihn hierher zu schaffen. Verzeiht, dass ich Euch kein größeres Boot anbieten kann, aber unsere unterirdischen Kanäle sind schmal und …«

»Schon gut«, unterbrach Trevir sie und ergriff ihre langen schmalen Hände. »Ich danke Euch, Kitta. Mir ist klar, was für ein Risiko Ihr für mich auf Euch nehmt. Sollte man dahinter kommen, was Ihr getan habt, wird man es nur schwer verstehen. Möglicherweise behaupten sie sogar, Ihr hättet einem Dieb geholfen *Das Buch der Balance* zu stehlen.«

»Ich mache mir mehr Sorgen um Euch als um mich, ehrenwerter Empfänger. Ihr seid von nun an ganz auf Euch selbst gestellt. Außerdem ist Euer Opfer größer als das meine.«

»Wie meint Ihr das?«

»Verzeiht meine Offenheit, aber Eure Gefühle für Dwina sind mir nicht entgangen. Es muss arg für Euch sein, sie so ganz ohne Abschied zurückzulassen.«

Trevir ließ sich auf ein Knie nieder und umarmte Kitta. Er hoffte die Tränen zurückhalten zu können, wenn er nicht in ihre großen grünen Augen blicken musste. Seine Stimme bebte trotzdem, als er sagte: »Ja, du hast Recht. Ich liebe sie. Der Brief, den du ihr geben wirst, vermag nur unvollkommen auszudrücken, was ich für sie empfinde. Ich würde es Dwina nicht einmal übel nehmen, wenn sie von hier weggeht, um mich nie wieder zu sehen. Aber ich verspreche dir, meine treue kleine Kitta, nur der Tod kann mich davon abhalten, zurückzukehren, wenn die Stunde dafür gekommen ist.«

Als Trevir sich flussabwärts treiben ließ, dachte er nicht darüber nach, wie lange er als Eremit im Kentish Weald würde leben müssen. Zunächst wollte er nur unbemerkt aus der Verbotenen Stadt herauskommen. In seinem Schoß lag Abacucks Buch und ein von Kitta zusammengeschnürtes Bündel, dessen Inhalt er noch nicht untersucht hatte. Wenn er das kleine Ruder mal links, mal rechts eintauchte, dann schwankte der winzige Kahn und nahm immer mehr Wasser auf. Es war nur eine Frage der Zeit, bis das für die zwergenhaften Badda entworfene Gefährt untergehen würde. Bald fror Trevir und bibberte am ganzen Leib, weil seine Füße bis über die Knöchel im Wasser standen. Um nicht ganz unterzugehen, musste er den Fluss früher als beabsichtigt verlassen. Anschließend zog er die ganze Nacht hindurch in Richtung Osten, bis Londinor endlich hinter ihm lag. Von dem Schwarzen Heer hatte er nichts mehr gesehen und gehört. Die Reichweite von Wulfs Findigkeit war also begrenzt. Zum Glück!

In den nächsten Wochen und Monaten meisterte das junge Oberhaupt des Dreierbunds das Einsiedlerleben im Wald mit wechselhaftem Erfolg. Dabei leistete ihm Kittas Bündel wertvolle Dienste. Es enthielt nicht nur einen Dolch, sondern auch manch andere nützliche Überlebensutensilien. Nach wenigen Tagen stieß Trevir auf eine Höhle, die er fortan mit einer Schar von Fledermäusen teilte: Er nistete sich nahe dem Ausgang ein, die Flattertiere weiter hinten. Aus seiner Zeit beim Bader Clutarigas kannte er die kleinen Insektenfresser nur als Rohstofflieferanten für allerlei merkwürdige Wundermittel und musste nun staunend feststellen, um was für faszinierende Geschöpfe es sich bei ihnen handelte – wenn man sie am Leben ließ.

Eines Nachts fuhr er von seinem Moosballenlager auf, weil ihn ein Geräusch geweckt hatte. Im Schimmer seines Baddaumhangs fand er einen der großohrigen Flieger am Boden. Der Winzling hatte sich einen Flügel gebrochen und fiepte jämmerlich. Vielleicht hoffte Trevir, etwas von dem wieder gutmachen zu können, was er den Artgenossen des kleinen Verunglückten früher angetan hatte, möglicherweise trieb ihn auch nur das Mitleid mit einer hilflosen Kreatur, zumindest hob er das zitternde und mit nadelfeinen Zähnen nach ihm schnappende Pelzbündelchen auf und nahm sich seiner an. Während er ihm das Knöchelchen schiente, taufte er seinen Patienten auf den Namen Orrik. Ob es sich tatsächlich um ein Männchen handelte, wusste er nicht.

Nachdem Orrik geheilt war, blieb er im vorderen Teil der Höhle. Selbst von Trevirs Lagerfeuer ließ er sich nicht vertreiben – nur wenn der Rauch direkt in seine Richtung zog, wechselte er zu einer anderen Stelle unter der Decke, um sich dort kopfunter aufzuhängen. Ja, er wurde so zutraulich, dass er oft irgendwo auf dem Körper des Menschen landete und sich – scheinbar mit größter Wonne – durch die Gegend tragen ließ. Trevir brachte seinem neuen Freund sogar einige Kunststücke bei. Das wohl erstaunlichste war der »Lotsentrick«: Orrik kauerte sich dicht neben seines Herrn Ohr auf die Schulter und gab leise, aber deutlich unterscheidbare Laute von sich, die es dem Menschen ermöglichten, sich in völliger Dunkelheit zu bewegen. Im Laufe vieler Wochen brachten die beiden es darin zu unglaublicher Perfektion.

Natürlich konnte Orrik die Gesellschaft Dwinas nicht ersetzen. Trevir dachte täglich an das Mädchen und nicht selten träumte er auch von ihr. Zumindest verschaffte es ihm ein wenig Erleichterung, wenn er Orrik von seinem »Lämmchen« erzählte – in Dwinas Gegenwart hatte er nie gewagt, sie so zu nennen. Die Fledermaus lauschte geduldig, wenn ihr von dem blonden langen Haar, den strahlend blauen Augen, den roten Lippen, der samtigen Stimme, dem fröhlichen Lachen, den sanften Händen, dem scharfen Verstand und noch etlichen anderen Vorzügen des Mädchens berichtet wurde.

Obwohl Trevirs Leben schon immer einfach gewesen war, reduzierte er seine Bedürfnisse nun auf ein Minimum. Was er für unnötig erachtete, tat er auch nicht. Dazu gehörte auch das Rasieren. Nach einigen Wochen hatte er einen überraschend dichten, schwarzen Bart. Um die Nahrungsbeschaffung konnte er sich nicht drücken, aber sie bereitete ihm auch keine größeren Probleme. Auf seinen »Pilgerreisen« hatte er sich einschlägige Erfahrungen im Jagen, Fischen und Sammeln angeeignet. Nur der schneereiche Winter, den Orrik größtenteils schlafend verbrachte, war hart. Die Bäume verloren ihre Blätter, was Trevir seiner Deckung beraubte und jeden Aufenthalt im Freien zu einem riskanten Unterfangen machte. Das Eis auf dem Fluss Thames war bald zu dick, um es zum Angeln aufzuhacken. Und die sich ständig erneuernde weiße Decke über dem hart gefrorenen Boden verschluckte nicht nur die Geräusche, sondern auch die Spuren möglicher Beutetiere. Manchmal plünderte Trevir vor Hunger die Vorräte von Eichhörnchen, wozu er seine Findergabe gebrauchte. Danach kam er oft tagelang nicht zur Ruhe, weil er fürchtete von Wulf entdeckt worden zu sein. Aber bis auf zwei Ausnahmen – Kundschaftertrupps des Schwarzen Heeres zogen in Sichtweite seiner Höhle vorüber – blieb es ruhig im Wald östlich der Verbotenen Stadt.

Wenn Trevir nicht gerade jagte, aß, schlief oder Orrik an seinen tief schürfenden Gedanken teilhaben ließ, dann studierte er *Das Buch der Balance.* Irgendwann im Winter kannte er es auswendig. Damit ist nicht gemeint, dass er es auch verstand. Gelegentlich kam er sich zwar so vor, als würde er wie sein neuer Lehrmeister denken, ja sich allmählich gar in Abacuck verwandeln, aber dann wieder fühlte er sich klein und elend, unfähig auch nur zu erahnen, was der Gründer des Dreierbunds in seinen Aufzeichnungen mitteilen wollte. Eines war klar: Molog würde niemals jenes riesige, weltumspannende Netz von Energietransformern schaffen können, um das Triversum zusammenzuketten. Doch da gab es einen Merksatz in Abacucks Buch, der Trevir nicht mehr aus dem Kopf gehen wollte.

> Wer den Schwingungsknoten kontrolliert,
> der beherrscht das ganze System;
> wer ihn auflöst,
> entfesselt es.

Nur allzu gut entsann er sich jenes Gesprächs mit Aluuin, kurz bevor sein Mentor ermordet worden war: *Es bedarf nur eines winzigen Angelpunktes, um einen riesigen Körper in der Balance zu halten, Trevir.* Zwischen den beiden Aussagen des Gründers und des letzten Oberhauptes des Dreierbunds gab es eine Gemeinsamkeit. Oder war es ein Gegensatz? Trevir zerbrach sich den Kopf darüber, aber ohne die zusätzlichen Bücher, die unter tausenden anderer in der Rotunde des Wissens versteckt waren, würde er wohl nie dahinter kommen.

Er musste einen Weg finden, an diese ergänzenden Quellen zu gelangen. Nur welchen? Vermutlich würde Molog selbst nach den Büchern fahnden und ganz sicher stand die Britannische Bibliothek noch immer unter seiner strengen Bewachung. Wie, so fragte sich Trevir, sollte er den Kordon aus schwer bewaffneten Posten durchdringen und auch noch mit nicht weniger als zwei Dutzend Büchern wieder entkommen? Wochenlang grübelte er über das Problem nach. Oft unternahm er auch ausgedehnte Märsche durch den Wald, lief weit nach Osten, um seine Kräfte fern von Wulfs Wahrnehmung zu erproben. Trevir konnte Gegenstände versetzen, Bäume entwurzeln, Verborgenes zum Vorschein bringen, aber was er am dringendsten für seine Aufgabe gebraucht hätte, das gelang ihm nicht.

Es war noch nicht der richtige Zeitpunkt, machte er sich klar, als der Frühling den Schnee zum Schmelzen brachte. Er stand vor seiner Höhle und lauschte der wieder erwachenden Natur, dem Gezwitscher der Vögel, dem Rauschen des Windes in den grünen Trieben der Bäume.

Orrik hatte den Winterschlaf frühzeitig abgebrochen, als wolle er seinem großen Freund zuhören, als dieser mit Entschlossenheit verkündete: »In ein paar Wochen werde ich in die Verbotene Stadt zurückkehren, um die Bücher zu bergen, mein kleiner Freund. Es gibt nur einen Tag, an dem der Plan gelingen kann. Eine zweite Chance haben wir nicht.«

Für die meisten Posten des Schwarzen Heers war das Fiepen zu hoch, um es überhaupt wahrzunehmen, und für die übrigen zu unauffällig. Niemand bemerkte den Schemen, der ganz in der Nähe, fast eins mit der Dunkelheit, an ihnen vorüberhuschte. Von ihren Fackeln und Lagerfeuern hielt er sich fern. Er fand sich mit unglaublicher Sicherheit in der Finsternis zurecht, denn der lautlose Schatten hatte einen Helfer, der ihn sicher führte: eine Fledermaus.

Orriks Zirpen warnte Trevir vor einem herabhängenden Mauervorsprung. Er wandte sich nach links. Ja, sagte das Fiepen seines winzigen Navigators, hier darfst du weitergehen. Die Längsachse der Britannischen Bibliothek und des mit ihr verbundenen Museums verlief von Südosten nach Nordwesten. Trevir hatte sich dem Komplex von Norden genähert. Auf der gegenüberliegenden Seite der Straße befand sich ein grünes Areal, das einmal ein Park gewesen sein mochte, jetzt aber ein quadratischer Urwald von überschaubarer Größe war. Trevir kontrollierte noch einmal seine Hände. Nein, bis jetzt hatte das Glühen nicht eingesetzt. Selbst wenn er die Straße mit seiner Gabe hätte »überspringen« können, wäre es nicht klug gewesen, sich vorschnell zu verraten. Wulf könnte hier sein. Ob Molog überhaupt wusste, dass man Abacucks Vermächtnis nur in Verbindung mit einer Reihe anderer Bücher restlos deuten konnte? Falls ja, dann lauerte sein Wolf irgendwo in der Nähe und lauschte auf das Strömen im Energiefluss des Triversums. Die kleinste Turbulenz würde ihn die Witterung aufnehmen lassen.

»Die Rotunde des Wissens ist eine hübsche Mausefalle. Findest du nicht auch, Orrik?«, flüsterte der Hüter des Gleichgewichts, während er den pelzigen Lotsen, der ihm im Nacken saß, mit dem Zeigefinger kraulte. Der Fledermäuserich enthielt sich jedes Kommentars.

Nachdem Trevir sich lange umgesehen hatte, wagte er die Überquerung der rissigen und von Unkraut übersäten Straße. Sobald er den viereckigen Urwald erreichte, bewegte er sich wieder ganz langsam, um jedes Geräusch zu vermeiden. Auf diese Weise durchquerte er den einstigen Park und blickte nun auf die von Fackeln erleuchtete Hinterfront des Bibliotheks- und Museumsbaus. An dieser Stelle gab es nur einen Nebeneingang, der offenbar erst vor kurzem zugemauert worden war. Trevir lächelte. Das war dicht genug. Jetzt hieß es warten.

Die Verurteilung zur Passivität war eine harte Strafe. Er konnte die Unruhe spüren, die ihn jedes Mal heimsuchte, bevor der blaue Glanz kam. Eigentlich hätte er in dieser Nacht am Ufer des Flusses Thames sitzen und still ins Wasser blicken sollen, um Kontakt mit seinen Drillingsbrüdern aufzunehmen. Vielleicht später noch, redete er sich ein. Das hier hatte Vorrang.

Etwa eine halbe Stunde lang beobachtete er mal die auf und ab gehenden Posten, mal seine Hände. Dann setzte der bläuliche Schimmer ein. Trevir zog sich noch tiefer in das dichte Grün des verwilderten Parks zurück. Wenn er zu früh sprang, konnte er sich verraten, ohne sich vom Fleck bewegt zu haben, wenn er zu lange wartete, dann würde sein Glanz die Wachen alarmieren.

Die Aura wurde heller. Er schloss die Augen, langte mit der rechten Hand in seine Hosentasche und umklammerte mit der linken Aluuins Stab. Sein Geist suchte nach dem Lesesaal. Es war wie ein Tappen durch dichten Nebel. So, als ahne man den richtigen Weg, war sich aber dennoch nicht sicher.

»Schau mal da drüben, in dem Gestrüpp!«, rief plötzlich eine Stimme vom Bibliotheksbau her.

Trevir riss die Augen auf. Sein Glanz war schon verräterisch hell. Durch die Zweige sah er zwei Posten, die ihre Hälse reckten und sich dabei langsam, mit gezückten Schwertern näherten. Erneut schloss er die Lider und beschwor in seinem Geist das Bild im Innern der Rotunde herauf. Viel zu langsam lichtete sich der Nebel.

»Lass uns Verstärkung rufen«, sagte einer der Posten nervös.

»Jetzt ist es weg«, erwiderte der zweite.

Die letzte Äußerung der Wache drang hallend wie in einem langen Tunnel an Trevirs Ohr. Er öffnete die Augen. Unter ihm lag in hellem Licht die Rotunde des Wissens. Er war wunschgemäß auf dem obersten der zwei Laufgänge gelandet, über die man die Regale in dem weiten Rund erreichte. Ehe er sich ganz orientiert hatte, fuhr schon seine Hand aus der Tasche und streute ein feines Pulver aus.

»Hoffentlich wirkt das Gegengift«, murmelte er, obwohl er sich zuvor einem Selbstversuch unterzogen und sich von der Wirksamkeit des Mittels überzeugt hatte.

Erst jetzt entdeckte er unter sich einen Wachposten, der mit weit aufgerissenen Augen zu ihm heraufstarrte. Als Trevir zur Treppe zu laufen und dabei weitere Salven des Mittels zu verstreuen begann, stand der Mann immer noch so da. Dank der hervorragenden Beleuchtung hatte Trevir sich inzwischen einen Überblick verschafft. Sechs Posten waren in dem Raum verteilt.

Vier hatte das Pulver schon erreicht, sie schwankten und fielen mit rasselnden Harnischen um.

Zwei Männer stürmten auf die angelehnte Tür zu, um im Innenhof Alarm zu schlagen. Blitzschnell verwandelte Trevir den glatten Fußboden des Saals in eine schiefe Ebene. Die Männer waren so erschrocken, dass ihr Warnruf ihnen im Halse stecken blieb. Für ihre Augen hatte sich nichts geändert. Trotzdem rutschten sie wie auf einer mit Schmierseife präparierten Rampe vom Eingang weg. Dabei durchquerten sie auch die Wolke aus Lähmungspulver, passierten – einer rechts, der andere links – den zerstörten Glastisch, in dem einst *Das Buch der Balance* aufbewahrt worden war, und knallten schließlich gegen die untere Regalwand, wo sie reglos liegen blieben.

Der Hüter des Gleichgewichts hatte mittlerweile die Treppe erreicht und mit dem Abstieg begonnen. Wie lange würde es dauern, bis Wulf hier wäre? Als Trevir das untere Ende der Stiege erreichte, lief er zuerst zu der nächstgelegenen Wache. Der Mann blickte starr zur Decke. Er würde am nächsten Morgen glauben, schlecht geträumt zu haben. Jetzt gerade erschien vor seinen Augen das blau strahlende Gesicht eines bärtigen, merkwürdig gekleideten Jünglings. Der Fremde beugte sich zu ihm herab, berührte ihn mit dem knorrigen Ende seines Stabes, im nächsten Moment lag der Posten im Gebüsch eines verwilderten Parks, wo er bald von zwei Kameraden gefunden werden sollte, die dort eigentlich etwas ganz anderes gesucht hatten.

In der Rotunde des Wissens wiederholte Trevir nun, was er in Gedanken bestimmt ein paar hundert Mal durchgespielt hatte. Er breitete seinen Baddaumhang am Boden aus, legte Aluuins Stab daneben und ließ seinen Blick in die Runde schweifen. Eher beiläufig registrierte er, dass die von ihm vor Monaten aufgesprengte Geheimtür zugemauert war. Dann machte er sich auf die Suche nach den im *Buch der Balance* genannten Quellen. Die Aufzeichnungen des Dreierbundgründers trug er über dem Herzen unter seinem Baddagewand, aber nachschauen brauchte er kein einziges Mal. Er kannte die Nummer jedes einzelnen Werkes und Abacuck hatte auch ungefähr das Ordnungssystem in dem runden Lesesaal erklärt, aber zugleich beklagt, dass dieses »für die angesehenste Bibliothek von Trimundus mehr einem antiken Chaos als einem modernen Archiv glich«.

Bis Trevir das erste Buch fand, verging eine halbe Ewigkeit. Zumindest war sein Eindringen den Posten im Innenhof bisher nicht aufgefallen, denn sonst hätte es in der Rotunde längst von Soldaten gewimmelt. Buch Nummer zwei stand ganz in der Nähe.

Als er die ersten acht Wälzer in den Armen trug, kehrte er zum Glitzermantel zurück und legte den Stapel dort ab. Einen Moment lang sah er sich um und stöhnte dann. Um die nächste Fuhre Wissen abzuholen, würde er sich wieder auf den Laufring begeben müssen. Er lauschte. Von draußen waren immer noch keine verdächtigen Geräusche zu hören. Rasch lief er zur Treppe.

Nummer neun, zehn und elf standen wieder dicht beieinander. Bis er das erste Dutzend voll machen konnte, verging jedoch abermals eine quälend lange Zeit; Buch zwölf stand im oberen Wandelgang. Damit war die Hälfte seiner im Kopf gespeicherten Liste abgearbeitet.

Mit zehn Wälzern taumelte er zur Basis der Rotunde zurück. Seine Arme waren schon ganz lahm. Sechs Bände fehlten noch. Durch die angelehnte Tür drangen Stimmen und das Klappern von Rüstungen.

»Sie sind zu schnell!«, jammerte Trevir. Er packte seinen Stab und lief zur Tür. Als er durch den Spalt nach draußen spähen wollte, wurde sie plötzlich aufgerissen. Ein grobschlächtiger Krieger in Schwarz stand vor ihm, ein gezücktes Schwert in der Hand und ein Ausdruck der Überraschung im Gesicht. Trevir hieb ihm den Knauf des Stabes über den Kopf. Ein blecherner Ton erscholl – der Krieger trug natürlich einen Helm. Jetzt grinste er und hob sein Schwert. Plötzlich wurde ihm der Boden unter den Füßen weggezogen, er durchquerte rutschend den

Lesesaal und wirbelte dabei erneut das sich gerade am Boden setzende Lähmungspulver auf. Bewegungsunfähig blieb er neben seinen Kameraden hinter dem zersprungenen Glastisch liegen.

Trevir sah, wie von der Halle auf der anderen Seite des Innenhofs ein Trupp Wachen herangestürmt kam. Wulf und Molog konnte er nicht ausmachen. Er atmete tief durch. Vielleicht hatte er doch noch eine Chance. Er zog den außen steckenden Schlüssel aus dem Schloss, warf mit Wucht die Tür zu und verriegelte sie. Dann lief er zu seinem Mantel zurück, raffte die vier Ecken zusammen und schwang das schwere Bücherpaket über seine Schulter. Gestützt auf den Stab wankte er zu der Treppe, kämpfte sich zum ersten Wandelgang hinauf und von da zum zweiten empor. Dort legte er seine Last ab und lief zum Buch Nummer neunzehn.

Vermutlich hatte es irgendjemand vor dreihundertsechsunddreißig oder ein paar mehr Jahren falsch abgestellt. Trevirs Augen rasten über die Buchrücken. Derweil krachten Schwerter gegen die schwere Holztür der Rotunde. Endlich fand Trevir es.

Die Bücher zwanzig bis dreiundzwanzig waren eingeordnet, wie es sich gehörte, und das auch noch im selben Regal. Um das letzte Werk zu holen, musste er auf der anderen Seite der Treppe suchen. Im Vorübergehen lud er seine Last auf dem Mantel ab.

»Phys 1221«, murmelte er das Kürzel des Buches. Unten durchdrang eine Schwertklinge das Holz, aber ohne einen richtigen Rammbock würde die Tür dem Ansturm noch ein paar Augenblicke standhalten können.

»Komm schon!«, spornte Trevir sich an. »Bist wieder falsch einsortiert. Phys 1221 … Phys 1221. Liebes kleines Büchlein. Zeig dich! – *Du blöde Schwarte!*«, schrie er unvermittelt, weil das süße Locken nicht fruchten wollte.

Plötzlich ließ ein lautes Krachen ihn herumfahren. Die Tür des Lesesaals rauschte quer durch den Raum und zerlegte nun restlos den Glastisch von Abacucks *Buch der Balance.* Ein

Scherbenregen prasselte über den drei gelähmten Wachen hernieder. Im Eingang stand Wulf und strahlte wie ein blauer Stern.

»Hast du wirklich gedacht, du könntest dich hier hereinschleichen und uns bestehlen?«, schrie er zu Trevir hinauf und schleuderte den gestreckten Arm nach vorn. Ein Pfeil zischte zum Wandelgang empor, allein gelenkt von Wulfs Kraft.

Für Trevir gab es keinen Grund mehr, seine Kräfte sparsam einzusetzen. Den Angriff hatte er vorausgesehen, als die Tür in die Rotunde flog. Die in den Saal stürmenden Männer schienen sich für ihn seltsam langsam zu bewegen, als sei die Zeit aus dem Tritt geraten. Er hörte einen zirpenden Laut im Ohr, den er gelernt hatte als »links« zu deuten, und warf den Kopf nach rechts. Sein Geist gab dem feindlichen Geschoss nur einen kleinen Schubs und es blieb in einem Buchrücken stecken. »Danke, Orrik«, flüsterte er und sprang mit wenigen Sätzen zu Mantel und Stecken.

Wulf hielt sich nicht lange damit auf, einen neuen Pfeil aus seinem Köcher zu ziehen. Vermutlich hatte er endlich begriffen, dass seinem Gegner mit dieser Waffe nicht beizukommen war. Stattdessen packte er nun wie mit unsichtbaren Klauen das Laufgitter, auf dem Trevir gerade die Ecken des Mantels zusammenraffte. Ein metallisches Ächzen ertönte, der Eisensteg riss einseitig aus seiner Verankerung und kippte auf den darunter liegenden Steg herab. Der Hüter des Gleichgewichts rutschte von der ebenfalls unsichtbaren, wenn auch viel profaneren Schwerkraft gezogen über das Gitter hinab und ehe er den ersten Wandelgang erreichte, wurde auch dieser aus der Wand gerissen. Samt Bücherbündel und Stab rollte Trevir in die Tiefe. Im Drehen stieß er sich irgendwo den Schädel und landete schließlich benommen mit seiner Beute am Boden der Rotunde.

Sofort versuchte er sich wieder hochzustemmen, aber in seinem Kopf drehte sich alles und sein Arm knickte wieder ein. Irgendwie rechnete er damit, von Wulf den Fangschuss zu erhalten, aber es war nur die vor Bosheit triefende Stimme, die ihn malträtierte.

»Ich dachte, ich hätte dir gesagt, dass du gegen mich keine Chance hast.«

»Als wenn es darum ginge«, meldete sich unvermittelt der Herr des Schwarzen Heeres zu Wort. »Unser junger Freund hat uns etwas viel Wichtigeres gezeigt. Jetzt wissen wir, welche Bücher Abacuck besonders am Herzen lagen.«

Trevir fuhr sich mit der Hand über die schmerzende Stirn und gewahrte beiläufig, dass er immer noch glühte. Allmählich wurde das Bild seines Widersachers klarer. Auch Wulf war eingehüllt in gleißendes Blau. Dicht hinter ihm stand Molog, die Augen mit einem dunklen Tuch verhüllt, und lächelte voll stiller Zufriedenheit. In respektvollem Abstand zu den beiden hatten sich schwarze Krieger im Halbkreis aufgebaut und hielten sich alle möglichen Lumpen vor ihre Gesichter. Aber dann stutzte der geschundene Hüter, als sein Blick, eher zufällig, durch Wulfs Beine die Eingangstür der Rotunde streifte. Trevir kniff die Augen zusammen, weil er es für eine Folge des Schlages auf den Kopf hielt, was er da sah. Es war eine kleine, würdevolle Gestalt in enger schwarzgrauer Kleidung mit einem glitzernden Umhang. Weiter im Hintergrund lagen einige reglose Menschen.

Ceobba rief: »Verzeiht, wenn ich Euch stören sollte, Lord Molog, aber Ihr habt da einen Freund von uns in arge Bedrängnis gebracht, und das gefällt uns gar nicht.«

Molog, sein Ziehsohn und ihre Kriegerschar wandten sich überrascht um.

»Was ist das?«, fragte der Kriegslord.

»Ich bin Ceobba. Herzog, Priester und Richter der Badda«, erwiderte ebender, verneigte sich und präsentierte so seinen Buckel.

Mit einem Mal schrie Wulf wütend auf, fuhr herum und schleuderte einen Pfeil in Trevirs Richtung.

Doch zu spät. Der Hüter des Gleichgewichts hatte schon Mantel und Stab gepackt und sich mit einem Sprung durch Wände und massiven Fels nach Unterlondinor versetzt.

SECHSTE WELLE

16
Die Rebellion
ANX

Die Hochzeit war ein Albtraum. Jedenfalls aus Sicht von General Waris' Leibgarde. Wo die kaiserliche Familie sonst mit schärfsten Sicherheitsvorkehrungen von allzu herzlichen Liebesbekundungen der Untertanen abgeschirmt wurde, mussten die Bewacher sich nun dem Diktat der Volksnähe beugen und auf manch lieb gewonnene Gewohnheit verzichten. Mit den Vermählungsfeiern wollte Pharao Isfet sein Bild in der Öffentlichkeit aufpolieren, weshalb es sich nicht völlig vermeiden ließ, selbige an dem Fest teilhaben zu lassen.

Für den Bombenfinder der Leibgarde begann der Dienst an diesem Feiertag um fünf Uhr morgens mit einer letzten Einsatzbesprechung. Alle Mitglieder der Sicherheitstruppe wurden routinemäßig mit unauffälligem Kommunikationsgerät ausgestattet, eine Waffe erhielt er jedoch nicht. Den Ausführungen des Kommandeurs hörte Topra kaum zu. Hinter ihm lag eine schlaflose Nacht. Der Streit mit Inukith schwelte wie Kohlenglut in seiner Seele. Er war zornig, ohne recht zu wissen, auf wen. Bald gab er sich die Schuld, bald Inukith, dann wieder Aabuwa, dem Pharao oder ganz allgemein den Umständen, die zu dem Zerwürfnis geführt hatten. Sogar Hobnaj bekam sein Fett ab. War diese verrückte Sache, die er sich da ausgedacht hatte, nicht viel zu riskant? Warum verlangte er von seinen Freunden solche Opfer?

Erst im Hinterzimmer des Eisenwarenhändlers Mustafa war Topra in die Verschwörung eingeweiht worden, von der Hobnaj schon seit Jahren ein wichtiger Teil war, vielleicht sogar der entscheidende. In der Oase Siwa hatten sich immer wieder die

Führer der verschiedenen oppositionellen Gruppierungen des Landes getroffen und mit großem Geschick war es dem Nubier gelungen, sie unter einem gemeinsamen Ziel zu vereinen: Sie wollten Isfet vom Thron stoßen und mit ihm die ganze »Dynastie der Tyrannei«.

Die allgemeine Ausgelassenheit am Tag der Vermählung war trügerisch. Ein Funke genügte, um das Pulverfass Baqat in die Luft zu sprengen. Wie zum Sprung bereite Raubtiere lauerten die Freischärler in ihren Verstecken. Sie warteten nur auf das Zeichen, um gegen die Regierungstruppen loszuschlagen.

Hobnaj hatte alles minutiös geplant. Nach der Trauungszeremonie würde sich das frisch vermählte Paar zusammen mit Isfet und Ibah-Ahiti in einen der Nebenräume des Tempels zurückziehen, um sich dort umzukleiden. Das war für Hobnaj und seine verwegene Truppe der Moment zum Zuschlagen. Durch einen Geheimgang würden sie in die Privatgemächer eindringen und die kaiserliche Familie entführen, bevor die Leibgardisten in den angrenzenden Zimmern überhaupt etwas davon merkten. Isfet und seine Sippe sollten vor ein Gericht gestellt werden. Jeder müsse sich irgendwann für seine Untaten verantworten, hatte der Nubier gesagt, als er in Mustafas Kabuff die »Operation zur Befreiung Baqats« erläuterte.

Der Träger des *Bundes* war von den Einzelheiten des Unternehmens alles andere als begeistert gewesen, denn es konnte nur gelingen, wenn Inukith den Kronprinzen heiratete – ein für Topra nach wie vor unerträglicher Gedanke. Das Mädchen galt in den Augen des Volkes als unbescholten und wurde schon jetzt als »Königin der Herzen« angehimmelt. Als rechtmäßige Gemahlin des Thronfolgers sollte sie nach dem Putsch vorübergehend die Regierungsgeschäfte übernehmen. Aber was, wenn der Umsturz fehlschlug? Wäre Inukith dann nicht Aabuwas Jähzorn und seiner brutalen Rücksichtslosigkeit ausgeliefert?

Aber da gab es noch etwas anderes, das in Topras Eingeweiden rumorte. Hobnaj hatte Inukith – zu ihrem eigenen, aber auch zum Schutz aller Beteiligten – nichts von ihrer Rolle in seinem großen Planspiel erzählt. Somit legte sie sich aus freien Stücken in das Bett eines Mannes, den sie ebenso wie Topra hasste. Der fühlte sich – umso mehr, da sie sich seit ihrem Streit von ihm fern hielt – verschmäht, verletzt, unverstanden. Und wenn sie ihm tausendmal erklärte, sie wolle ihn durch die Ehe mit Aabuwa vor dem sicheren Tod retten, er konnte ihre Entscheidung trotzdem nicht verwinden.

In den vergangenen Tagen hatte Topra den scheinbar unaufhaltsamen Lauf der Dinge voll Bitternis verfolgt. Mit düsterer Miene tat er seine Pflicht. Auch jetzt, während er den der memphitischen Triade geweihten Tempel durchsuchte, schwamm seine Seele in einem Meer aus Galle. Das monumentale Heiligtum lag am Rand jener Nekropole, die ihren Weltruhm den drei mächtigen Pyramiden verdankte. Schon vor langer Zeit hatte der steinerne Moloch von Memphis sie verschluckt oder vielmehr eingekapselt, denn der heilige Bezirk blieb, von wenigen Ausnahmen abgesehen, für das gemeine Volk unzugänglich. Die eigentliche Trauungszeremonie würde im Großen Säulensaal des Gotteshauses stattfinden, das gewöhnlich der Anbetung von Ptah, Sachmet und Nefertem diente. Schon ohne zusätzliche Dekoration war der gewaltige Hauptraum eine Pracht aus Blattgold, leuchtenden Fayencekacheln und bunten Bemalungen. Jetzt jedoch, wo ihn golddurchwirkte Stoffbahnen in Blau, Weiß und Grün, rote Teppiche, vielfarbige duftende Blumengestecke und edelsteinbesetzte Käfige mit weißen Pfauen und anderen exotischen Tieren schmückten, blendete er die Sinne. Allein die gewaltigen Dimensionen der Halle machten den Besucher taumeln. Zweihundertsechsundsiebzig wuchtige Rundsäulen wuchsen wie gigantische Papyrusstängel in Schwindel erregende Höhen empor. Wohl nicht von ungefähr drängte sich dem Betrachter der Eindruck auf, ihre nach außen geschwungenen Kapitelle trügen den Himmel als Dach.

Schließlich strömten die Medienvertreter und Hochzeitsgäste scharenweise in den Saal. Zahlreiche Adlige, millionenschwere Wirtschaftsbosse, verdiente Hofbeamten, fromme Priester, hohe Militärs, Baqat freundlich gesinnte Botschafter sowie etliche Staatsoberhäupter suchten ihre Plätze. Für die wichtigeren Gäste waren entlang der Mittelachse Stühle mit rotem Samtbezug aufgestellt worden, die übrigen mussten stehen.

Kurz vor elf meldete sich eine Stimme aus Topras Ohrstöpsel, die Wagenkolonne treffe in diesem Moment vor dem Tempel ein. Ab jetzt galt die höchste Sicherheitsstufe. Draußen jubelten die Massen. Er stand nahe dem schwarzen Altarblock an der östlichen Stirnseite der Großen Säulenhalle, wo ein Kolossalbildnis der memphitischen Triade aufragte. Hier, zur Rechten des Priesters und im Rücken des Pharaos, sollte er auch während der Zeremonie nach Sprengsätzen, Giftbomben oder anderen gefährlichen Waffen Ausschau halten.

Fanfaren kündeten den Einzug des Pharaos und seines Gefolges an. Das Herrscherpaar durchquerte einen großen Saal und erschien dann am Westeingang der Säulenhalle. An Isfets Seite schritt Ibah-Ahiti. Topra hatte die Kaiserin – die »Hexe«, wie er Gisas Peinigerin bisweilen nannte – in den letzten Wochen nur selten zu Gesicht bekommen. Ihr makellos schwarzes Haar war auf ihrem Kopf aufgetürmt wie ein Obelisk. Die Coiffeure hatten darin goldene Ketten und glitzernde Juwelen eingeflochten. Auch sonst bewies Ibah-Ahiti wenig Zurückhaltung in der Auswahl ihrer Geschmeide. Sogar ihr schulterfreies langes hellblaues Seidenkleid war verschwenderisch mit Goldborte verbrämt. Um abträglichen Bemerkungen bezüglich ihrer vollendet modellierten Figur vorzubeugen, hatte sie das schimmernde Tuch über ihrer üppigen Brust und der Wespentaille so eng schneidern lassen, dass es wohl nicht nur den männlichen Betrachtern, sondern auch ihr den Atem raubte; von den Hüften an abwärts wogte der kostbare Stoff dafür umso großzügiger. Alles an ihr glänzte und wallte, abgesehen von ihrem Gesicht natürlich, dieses faltenfreie Meisterwerk bester baqatischer Chirurgenkunst. Mit geradezu verbissener Miene ließ die Kaiserin ihren Blick immerfort über die Gesichter der Hochzeitsgesellschaft wandern. Wen sucht sie?, fragte sich Topra und seine Augen wechselten zum Pharao. Isfet trug die dreifache Krone, bestehend aus der weißen *Hedschet* für Oberbaqat, der roten *Deschret* für Unterbaqat und der blauen *Chepresch*, die einst ein Kriegshelm war und ihn zur Unterwerfung aller übrigen Völker von Anx, vielleicht sogar des ganzen Drillingsuniversums legitimierte.

Das Jubeln der Hochzeitsgesellschaft blies Topras kühnen Gedanken förmlich davon. Die Menschen gebärdeten sich, als seien Isfet und Ibah-Ahiti die Brautleute. Gemessenen Schrittes bewegte sich das Kaiserpaar durch ein Spalier von Leibgardisten. Hinter den beiden folgte in Begleitung seiner Gemahlin Großwesir Apophis, der höchste Beamte Baqats und zugleich Inukiths Vormund, weshalb er an diesem Tag in die Rolle des Brautvaters schlüpfen durfte. In gebührendem Abstand folgten weitere Würdenträger.

Ibah-Ahitis umherschweifender Blick erstarrte jäh, als er am Ende des Spaliers auf Topra traf. Aus kalten Augen fixierte sie ihn wie eine Schlange das Kaninchen. Es war ein Moment des Erkennens, der ihn zutiefst erschütterte. Was ging der Kaiserin durch den Kopf? Inukith hatte ihm vor einiger Zeit von einem verstohlenen Gespräch zwischen dem Pharao und seinen Sohn berichtet. Die beiden wollten Ibah-Ahiti nicht mit irgendwelchen Komplikationen beunruhigen, damit sie den »Kandidaten nicht vor der Zeit töten lasse«. Lange hatte Topra gehofft, der Gegenstand ihrer Unterhaltung sei ein anderer gewesen, nicht ausgerechnet er. Aber nun zerstob diese Hoffnung unter den versteinernden Blicken der Kaiserin. Ginge es nach ihr, war seine Schonfrist zu Ende.

Den übrigen Hochzeitsgästen mochte das seltsame Verhalten Ibah-Ahitis wie ein Augenblick der Irritation erscheinen, der schnell wieder vergessen war. Es gab an diesem Morgen Aufregenderes zu sehen als eine schlecht gelaunte Kaiserin.

Vor dem Altar, auf der verlängerten Achse des Mittelgangs, standen zwei Sessel. Isfet und seine Gemahlin erklommen ein hohes, dreistufiges Podest, wo sie, rechts von den Götterfiguren, ihre Throne erwarteten. Ihnen gegenüber, also auf der weniger bevorrechteten linken Seite der Triade – und zwei Ebenen tiefer –, ließen sich der Großwesir und seine Gattin nieder. Das restliche Gefolge des Herrscherpaars verteilte sich auf die reservierten Plätze in den vorderen Sitzreihen.

Das Fanfarengeschmetter erstarb und in der Halle trat gespannte Stille ein. Alsbald intonierte das Orchester des Millionenjahrhauses von einer Empore, hoch über den Köpfen der Gäste, sakrale Musik. Nach einigen Minuten betrat endlich Nefermaat, der Griffelhalter des Großen Hauses, den Saal. Auf seinen ausgebreiteten Händen hielt er ein dunkelblaues Samtkissen, auf dem die schweren goldenen Trauringe der Brautleute lagen, nach baqatischer Tradition das am rechten Arm zu tragende Zeichen ihrer ewigen, selbst im Totenreich fortdauernden Verbindung. Die mit kostbaren Juwelen besetzten Schmuckstücke waren zuvor von einem Priester in eigens zu diesem Zweck herbeigeschafftem Wasser aus der Quelle des Blauen Nils rituell gereinigt worden; auch das gehörte zum Brauchtum. Der höchste Schriftführer des Reiches durchmaß die Halle inmitten einer Eskorte aus barbrüstigen Palastwächtern. Die fünfzehn, mit speerförmigen Lichtkanonen bewaffneten Leibgardisten bildeten ein Dreieck, dessen Spitze zum Altartisch zeigte.

In Topra brannte ein Feuerwerk von Gefühlen ab. Der kleinere der beiden Ehereife auf dem Kissen verwandelte sich in seiner Vorstellung zu einem Sklavenring. Inukith würde ihn wider besseres Wissen anlegen, um denjenigen, dem ihr Herz gehörte, vor Aabuwas Eifersucht zu schützen. *Aber das ist töricht!*, schrie es empört in Topra, während sein Verstand für Inukith Stellung bezog und ihm klar zu machen versuchte, dass auch er einen Sklavenring trug, um der Gerechtigkeit Geltung zu verschaffen – oder dem, was er dafür hielt. Aber seine aufgewühlten Emotionen wollten dieser Argumentation nicht folgen …

Zumal Inukiths goldener Ehereif ebenfalls eine Bombe enthielt!

Topra starrte entsetzt auf das blaue Kissen. Noch einmal vergewisserte er sich seiner überraschenden Wahrnehmung. Es gab keinen Zweifel. Der kleine, einem gewundenen Tau nachempfundene und mit Diamanten, Saphiren und Smaragden besetzte Ehereif besaß die gleiche infame »Sonderausstattung«, die auch er am Hals trug.

Benommen sah Topra dem Griffelhalter nach. Vor den leeren Stühlen des Brautpaares fächerten die Elitesoldaten auseinander und bezogen hinter dem Pharao und dem Großwesir Posten. Nefermaat legte das Kissen neben dem Altar auf einen Alabastersockel und zog sich sodann hinter die Hoheiten zurück, um für den Rest des Tages wieder jede Äußerung aus dem Mund des Pharaos zu protokollieren.

Fieberhaft sann Topra über seine Optionen nach. Sollte er Alarm schlagen? Oder doch besser warten? Was hatte Ibah-Ahitis auffällige Reaktion zu bedeuten? Stellte man ihm hier eine neue Falle? Oder hatte Hobnaj sich diesen Winkelzug ausgedacht, ohne etwas zu erwähnen? Weder das eine noch das andere schien Sinn zu machen. Während Topra noch mit der verzwickten Situation haderte, ertönten abermals Fanfaren.

Das Brautpaar betrat die Große Säulenhalle. Aabuwa lief links, Inukith rechts. Er trug die weiße Galauniform der baqatischen Marine mit einem reich verzierten Prunksäbel, sie ein schulterfreies, enges Kleid aus weißem Plisseestoff sowie einen Schleier, der ihr Gesicht bedeckte und von einundzwanzig Jungfrauen getragen wurde. Die einander Versprochenen hielten gemeinsam einen goldenen Stab, der eine Papyrusstaude und damit Fruchtbarkeit darstellte. Nach altem Brauch durften sich ihre Hände dabei nicht berühren. Erst wenn jeder das Gewicht des Ehereifs am Handgelenk oder Unterarm spürte, war Körperkontakt erlaubt. Die Hörner verstummten und das Orchester stimmte einen Hochzeitsmarsch an.

Gemessenen Schrittes ging das Paar durch den Mittelgang. Topras Blick hing an Inukiths Schleier. Ob ihre Augen ihn suchten? Waren sie tränenschwer, weil ihre Entscheidung sie gereute? Oder lächelte sie triumphierend? Als das Brautpaar die beiden Stühle fast erreicht hatte, konnte Topras Blick für einen kurzen Moment den feinen Tüll durchdringen und sein Herz verkrampfte sich.

Inukiths Gesicht war eine Maske des Leids. Sie gab sich nicht einmal Mühe, die glückliche Braut zu spielen. Und, schlimmer noch, unter ihrem linken Auge befand sich ein dunkler Fleck.

»Der Kerl hat sie geschlagen!«, entfuhr es Topra. Der Gedanke war zwar nur als Zischen über seine Lippen geschlichen, aber Nefermaat, der ganz in seiner Nähe stand, drehte sich trotzdem erbost nach dem Störenfried um. Sogar Aabuwa schien den Laut zu seiner Linken vernommen zu haben, denn er beugte sich vor, um an seiner Braut vorbeizusehen, und zeigte Topra eine unmissverständliche Geste: Mit gerecktem Zeigefinger fuhr er sich über die Kehle.

Topra traute seinen Augen nicht. Erst die eisigen Blicke der Kaiserin und jetzt das! In den vorderen Reihen sowie auf den Stehplätzen hinter dem Spalier der Leibgarde entstand ein unruhiges Gemurmel. Pharao Isfet runzelte die Stirn. Seine Gemahlin zeigte den Fernsehkameras ein Lächeln aus Zartbitterschokolade. Ihre dunklen Augen lagen kalt auf der verhüllten Gestalt, die Aabuwa am Papyrusstängel jetzt regelrecht hinter sich herzerrte. Wie würden die Berichterstatter aus aller Welt wohl diesen Zwischenfall kommentieren? Vielleicht: »Verehrte Zuschauer, soeben verdonnerte der Kronprinz einen seiner Leibwächter für immer zum Schweigen.«?

Das Brautpaar nahm auf den Stühlen vor dem Altartisch Platz.

Als die letzten Takte des Hochzeitsmarsches verklungen waren, stieg hinter dem schwarzen Basaltblock eine Wolke auf. Während der Rauch sich verzog, wurden zwei Männer und eine Frau erkennbar, die Priesterschaft der memphitischen Triade. Alle waren kahlköpfig und trugen ein weites Gewand aus gebleichtem Leinen. Weil der Repräsentant des Schöpfergottes Ptah zugleich das Amt des Hohepriesters innehatte, durfte er die Zeremonie der Eheschließung zelebrieren. Hierzu trat er zwischen der ersten Dienerin Sachmets und dem obersten Priester Nefertems hervor, umrundete den Altar und baute sich mit gefalteten Händen vor den Brautleuten auf.

Der Hohepriester deklamierte von den Rechten und Pflichten der Ehe, wobei Erstere hauptsächlich dem Manne und Letztere der Frau zufielen. Er versäumte auch nicht, die besondere Einbeziehung der Götter in den heiligen Bund zu betonen, und zählte einige Drohungen auf, die mit der Übertretung seiner guten Ratschläge verbunden seien. Dann stellte er die entscheidenden zwei Fragen. Topra hielt den Atem an. Die Antwort des Bräutigams kam wie aus der Laserkanone geschossen. Inukith zögerte dagegen, ihrer Freude Ausdruck zu verleihen. Ein Murmeln ging durch die Hochzeitsgesellschaft. Erst als Aabuwa an dem Papyrusstängel rüttelte, schien die Braut aus ihrer Benommenheit zu erwachen und hauchte fast unhörbar ihr Ja.

Am liebsten wäre Topra aus dem Saal gelaufen. Doch schon als er nur nach hinten wankte, spürte er ein Hindernis aus harten Muskeln. Es war ein Leibgardist von überraschender Körpergröße. Hatte der Hüne sich dort aufgebaut, um ihn an der Flucht zu hindern? Zitternd verfolgte Topra den Fortgang der Zeremonie. Der Priester des Ptah wirkte erleichtert, weil Inukiths Zaudern ein so glückliches Ende gefunden hatte. Feierlich sprach er die bedeutungsschweren Worte, die zwei Menschen und ihre Lebenswege auf ewig miteinander verbanden.

Nun traten Priesterin und Priester hinter dem Altar hervor, schritten gemeinsam zum Alabastersockel und bemächtigten sich des blauen Kissens. Mit ausgestreckten Armen trugen sie die Trauringe zum Hohepriester und ließen sich dort auf ein Knie nieder. Der glatzköpfige Geistliche nickte Inukith aufmunternd zu, damit sie endlich Aabuwas Reif nehme und ihn dem Gatten über die Hand streife. Topra konnte Inukiths Zittern sehen, während sie ihren Arm ausstreckte. Als ihre Hand noch über dem Kissen schwebte, fiel der für sie bestimmte, kleinere Ring plötzlich zu Boden.

Ein Stöhnen entfloh vielen hundert Kehlen, wurde aber gleich wieder von gespanntem Schweigen aufgesogen. Der goldene Reif war auf dem roten Teppich gelandet und kullerte seltsam zielstrebig in Richtung des kaiserlichen Bombenfinders. Unterwegs verließ das Schmuckstück seinen gewebten Pfad und rollte über die großen Steinplatten weiter, bis es mit leisem Klimpern genau vor Topras Füßen liegen blieb.

Der starrte fassungslos auf den Reif. Wenn auch alle Übrigen im Saal an eine peinliche Ungeschicklichkeit der Braut glaubten, wusste Topra es doch besser. Inukith hatte den Ring überhaupt nicht berührt. Es war Aabuwa, der ihn von dem Kissen rutschen, ihn genau in die Richtung des Bombenfinders rollen und dort zum Stillstand kommen ließ. Ja, auch der Prinz konnte die Kräfte des Triversums lenken! Diese Erkenntnis traf Topra zwar nicht völlig unvorbereitet – in der ihm von Inukith übermittelten Unterhaltung des Pharaos und seines Sohnes hatte sich dergleichen ja bereits angekündigt –, aber überrascht war er trotzdem. Langsam hob er den Kopf. Die Blicke der beiden jungen Männer trafen sich. Es war eine stille Herausforderung zum Duell. Unweigerlich musste Topra an die Geste Aabuwas denken, an dieses wortlose Ich-schneide-dir-die-Kehle-durch.

»Wollt Ihr uns den Ehereif nicht bringen, Takuba?« Die Stimme des Prinzen hallte durch die Große Säulenhalle. Irgendetwas schien ihn zu belustigen.

Die Kaiserin ließ ein Lachen vernehmen, so kurz wie das Zuschnappen einer Kröte, die sich eine Fliege fängt.

Topra widerstand der Versuchung, sie anzusehen oder sich zu den anderen Hochzeitsgästen umzublicken. Hunderte von Augenpaaren ruhten jetzt auf ihm. Langsam blickte er von dem Ring auf und schüttelte den Kopf. »Nein, Hoheit. Das kann ich nicht.«

»Was wollt Ihr damit sagen?«

»In dem Reif befindet sich eine Sprengladung.«

Ein Raunen ging durch die Menge.

Aabuwa stieß ein trockenes Lachen hervor. »Dies ist nicht der richtige Augenblick, um zu scherzen, Soldat.«

»So wahr ich Euer Bombenfinder bin, Hoheit«, erklärte Topra laut, wobei er eher das Publikum und die Menschen an den Fernsehgeräten im Sinn hatte als den Kronprinzen, »in dem Ehereif Eurer Braut befindet sich Sprengstoff. Er ist eine verkleinerte Ausgabe jenes *Bundes,* den ich als Zeichen der Loyalität Eurem Vater und auch Euch gegenüber trage. Ihr könnt meinem Urteil vertrauen.«

»Vertrauen? Dir?« Wieder lachte Aabuwa, aber es war ein freudloses Lachen. Sein Ton wurde unüberhörbar verächtlich. »Hast du denn nicht den *Bund* aus Berechnung umgelegt? Bist du nicht in die Leibgarde eingetreten, um eine Verschwörung gegen das Große Haus anzuzetteln?«

Das Rumoren der Hochzeitsgäste wallte erneut auf und verebbte erst, als Topra zu einer Antwort anhob. »Für Euren Vorwurf gibt es keine Beweise, Hoheit.«

»Ich will seinen Oberkörper sehen. Reißt ihm die Kleidung vom Leib«, befahl der Prinz.

Die Leibgardisten zögerten.

»Benutzt von mir aus eure Kampfmesser, aber tut endlich, was ich euch sage!«, bellte Aabuwa.

Ehe Topra reagieren konnte, hatte ihm der hünenhafte Leibgardist schon die Jacke vom Gesäß bis zum Hals aufgeschlitzt.

Genauso rasch wurde sein Hemd zerteilt. Unter dem staunenden Gemurmel des Publikums riss und schnitt man ihm die Fetzen vom Leib. Alles, was der so Gedemütigte tun konnte, war den explosiven Reif mit der Kraft seines Geistes festzuhalten.

»Dreht ihn um!«, forderte Aabuwa.

Kräftige Hände befolgten die Anweisung. Topra konnte aus den Augenwinkeln sehen, wie sich Ibah-Ahiti erhob, um das Geschehen von der Kante des Podests aus besser verfolgen zu können. Als sie das Feuermal auf seiner Schulter sah, fuhr ihre Hand zur Brust und sie schwankte einen Moment. Nur die Personen im näheren Umkreis konnten ihr erbostes Zischen vernehmen.

»Die Schlampe ist nicht totzukriegen. Jetzt schickt sie aus dem Grab ihren Bastard zu mir.«

Der Prinz war merklich weniger überrascht. Selbstgefällig kommentierte er für die Hochzeitsgesellschaft hinter Topras Rücken die neuesten Enthüllungen. »Können Sie es alle sehen, dieses gewundene Band? Es ist das Emblem des Großen Hauses. Dieser Sohn eines Sklavenhändlers hat es sich auf die Schulter tätowieren lassen, weil er sich für etwas Besonderes hält. Für einen zukünftigen *Pharao!* Dabei ist er nur ein Teguar. Ist das nicht amüsant?« Aabuwa lachte herausfordernd und die Gäste stimmten notgedrungen mit ein. Während noch schale Heiterkeit die zweihundertsechsundsiebzig Säulen der großen Halle umschwappte, brachte der Prinz seine Lippen nahe an Topras Ohr und raunte: »Das Muttermal hat dich verraten. Sollen wir dem Publikum sagen, wessen Sohn du wirklich bist, Topra?«

Der Gefragte erschauderte im Klammergriff der Schergen. Mit einem Mal war alles klar. Er hatte die Warnsignale nicht sehen, die Aussichtslosigkeit seiner Maskerade nicht wahrhaben wollen. Der Palast hatte zu viele Ohren, um ein Geheimnis zu bewahren. Aabuwa und Ibah-Ahiti wussten Bescheid. Ob sie auch Hobnajs Plan ausspioniert hatten? Unwahrscheinlich, machte sich Topra klar, weil ihm selbst nur Bruchstücke der Operation bekannt waren. Er musste Zeit gewinnen, durfte sich nicht provozieren lassen. Im Moment war die Hochzeitsfeier nur gestört. Wenn die brenzlige Situation glimpflich beigelegt werden konnte, dann würde man mit der Zeremonie fortfahren, als wäre nichts geschehen, und die oft übertrieben wirkende Geheimniskrämerei des Nubiers konnte sich doch noch auszahlen, das Ende von Isfets Willkürherrschaft doch noch erreicht werden.

Ein Sprichwort der Teguar sagte: Suche dir einen Fluchtweg, bevor du die Kobra verspottest. Topra drehte sich zum Prinzen um. »Wenn Ihr meine Mutter kennt, solltet Ihr auch wissen, wer mein Vater ist. In Euren Augen mag ich ein Bastard sein, doch die Mehrzahl Eurer Untertanen würde mich wohl eher Euren *Bruder* nennen. Schon jetzt regt sich Widerstand im Volk, weil viele nicht länger unter der Knute eines Tyrannen leben wollen. Wie, glaubt Ihr, würde es reagieren, wenn der Kronprinz als ein Brudermörder entlarvt würde, der um des Thrones willen den wahren Erstgeborenen Isfets heimtückisch umgebracht hat? Ich bin nicht der Sohn irgendeiner Buhle, Hoheit. Die Blume vom Nil ist eine Legende. Sie wird noch heute von vielen Menschen besungen, sogar außerhalb von Baqats Grenzen, wie ich im Exil erfahren habe. Wenn Ihr mich wirklich als Sohn Gisas vorstellen wollt, dann nur zu.«

Aabuwas Mund stand offen. Ihm musste wohl in diesem Augenblick bewusst geworden sein, dass sein Schuss gegen den angeblichen Hochverräter nach hinten losgehen konnte. Er hatte den Menschen an den Fernsehapparaten ein neues und äußerst brisantes Gesprächsthema geliefert. Bald würde alle Welt fragen, wer dieser junge Mann mit dem Pyramidensymbol auf dem Schulterblatt war. Und jetzt bot ihm Topra auch noch in mediengerechter Lautstärke einen fast unanfechtbaren Ausweg aus diesem Dilemma an.

»Könnt Ihr Euch nicht vorstellen, dass ein Leibgardist, der tagtäglich seinen Hals für die kaiserliche Familie riskiert, das Symbol des Großen Hauses aus Verehrung für den Pharao trägt?

Sogar Eure Panzer und Kriegsschiffe sind damit geschmückt. Warum nicht auch Eure Soldaten? Wenn Ihr an meinen Absichten zweifelt, dann fragt meine Vorgesetzten. Sie können Euch bestätigen, dass ich schon zweimal Bomben gefunden habe, von denen zumindest eine das Leben Eures Vaters bedrohte. Handelt so ein Diener, der seinen Herrn töten oder ihm den Thron streitig machen will?«

Der Prinz knirschte mit den Zähnen. Er nickte beifällig und erwiderte langsam, wohl artikuliert und weithin hörbar: »Beweise mir deine Loyalität. Bringe mir den Ring, der zu deinen Füßen liegt.« Er gab seinen Soldaten einen Wink, damit sie Topra losließen.

Der suchte mit einem raschen Blick unter Inukiths Schleier nach irgendeinem Zeichen, doch er konnte ihr Gesicht nicht erkennen. Sie stand reglos da, ihre Hand drohte von dem goldenen Papyrus abzugleiten. Topra sah auf den Reif herab, den während der ganzen Herumschieberei kein Fuß berührt hatte. Sollte er dem Druck seiner Peiniger nachgeben? Langsam schüttelte er den Kopf und sah Aabuwa direkt in die Augen. »Das kann ich nicht, Hoheit.«

»Dann verweigerst du also meinen Befehl?«

Topra bückte sich nun doch und hob den Ring auf. Doch nicht, um ihn dem Prinzen zu überreichen, sondern um ihn für alle im Umkreis sichtbar hochzuhalten und zu wiederholen: »Dieser Reif enthält eine Sprengladung, die Prinzessin Inukith schweren Schaden zufügen kann. Ich weiß nicht, wer sich diese Bosheit ausgedacht hat, aber als Mitglied der Leibgarde darf ich meine Herrin nicht dieser Gefahr aussetzen.«

Einige der Hochzeitsgäste zogen sich ängstlich zurück.

Der Bräutigam knurrte drohend: »Ist es nur Pflichtgefühl, das dich so verstockt sein lässt, oder steckt mehr dahinter? Am Hof wird gemunkelt, du hättest dein Herz an meine Braut verloren?«

Topras Mund stand offen. Mit diesem Winkelzug hatte er nicht gerechnet. Sollte er seine Gefühle für Inukith hier, vor aller

Welt, verleugnen? Er käme sich wie ein Betrüger vor. Würde der Prinz als Nächstes womöglich die Prinzessin der Untreue bezichtigen? Das Gesetz kannte nur eine Strafe für einen derart schwerwiegenden Bruch des Eheversprechens: den Tod. Nein – Topra schüttelte den Kopf, er musste diesem abgefeimten Spiel ein Ende machen. Für alle deutlich hörbar rief er: »Ich verehre Eure Braut, das ist wahr. Aber tun das nicht alle meine Kameraden und würden für sie ihr Leben geben? Während ich kürzlich in Prinzessin Inukiths Gemächern nach Bomben suchte, vertraute sie mir an, aus freien Stücken in die Ehe mit Euch einzuwilligen. Was spielt es da für eine Rolle, ob ein junger Mann wie ich seine Herrin verehrt? Inukith hat die Krone gewählt, nicht den *Bund*.«

Topra konnte erkennen, wie der Papyrusstängel einen Augenblick zitterte, doch Aabuwas fester Griff tilgte dieses verräterische Signal sogleich. Nachdem er dem Gesicht unter dem Schleier einen strengen Blick zugeworfen hatte, wandte er sich wieder an den störrischen Bombenfinder.

»Beweise mir die Wahrhaftigkeit deiner Worte, andernfalls muss ich dich für einen Befehlsverweigerer halten. Gib mir den Ehereif. *Sofort!*«

Topra richtete sich gerade auf und schüttelte den Kopf. Inukith hatte sich zwar gegen ihn, den Sohn Gisas, entschieden, aber trotzdem vermochte er sie nicht zu hassen. Ihr durfte kein Leid geschehen. Lieber wollte er sterben. »Ich bringe die Bombe jetzt ins Depot, Hoheit, damit sie entschärft werden kann.«

»Wohl eher, damit du Lump dich mit deiner Beute aus dem Staub machen kannst. Das werde ich nicht zulassen«, erwiderte der Prinz mit eisiger Stimme und gab dem hoch gewachsenen Leibgardisten, der hinter Topra stand, einen Wink. Sofort wurde der Beschuldigte wie von einer Eisenklammer gepackt und aus der Phalanx der Soldaten auf die freie Fläche zwischen dem Altar und den Sesseln der Brautleute geschoben. Das Gemurmel im Saal schwoll wieder an.

Aabuwa wandte sich zum Pharao um, der unterdessen zwischen seine Gemahlin und den Hohepriester getreten war. »Dieser Soldat verweigert mir vor den Augen der Welt am Tage meiner Hochzeit den Gehorsam, Vater. Nicht weniger als das Zeichen unseres Ehebundes will er meiner Braut vorenthalten. Er verdient eine Strafe. Jetzt und hier.«

»Ja, und zwar die höchste, die es gibt!«, geiferte Ibah-Ahiti. »Er hätte sie schon vor achtzehn Jahren verdient. Aber jetzt ...«

»Schweig!«, gebot Isfet mit eisiger Stimme seiner Gemahlin. Sie gehorchte, wenngleich ihre Augen nun auch gegen ihn feurige Blitze verschossen. In die Miene des Pharaos kehrte schnell die vertraute gebieterische Würde zurück. Nefermaat kontrollierte das Tonaufzeichnungsgerät und senkte den Stift auf seinen Stenogrammblock. Topra stemmte sich gegen den menschlichen Schraubstock an, aber dadurch rief er nur weitere Gardisten auf den Plan, die ihn noch fester hielten. Stille verbreitete sich im Saal.

»Ein solcher Verstoß gegen die Disziplin darf fürwahr nicht ungesühnt bleiben«, verkündete der Pharao vom Altar her. »Doch heute ist ein Feiertag, an den man noch lange mit Freuden zurückdenken wird. Er soll nicht durch eine Hinrichtung überschattet werden. Es steht dir frei, mein Sohn, diesem Gehorsamsverweigerer eine bleibende Lektion zu erteilen, aber ich stelle zwei Bedingungen: Sein Leben soll verschont werden und du selbst wirst das Urteil vollstrecken.«

Ein Schauer rann über Topras Rücken, als er sah, wie der Dialog zwischen Vater und Sohn, nicht mit gesprochenen Worten, sondern nur mit den Augen fortgeführt wurde. Sein Tod stand wohl nicht das erste Mal zur Debatte. Isfet hatte seinen Sohn schon bei früherer Gelegenheit vor Ibah-Ahitis Mordlust gewarnt: *Aus lauter Liebe zu dir könnte sie eifersüchtig auf unseren Kandidaten werden und ihn vor der Zeit töten lassen.* Dem Kronprinzen schmeckte, wie Topra von Inukith wusste, das Zögern seines Vaters schon damals nicht. Die Großmut des Pharaos entsprang anscheinend weniger irgendwelchen Vatergefühlen für den Sohn der einstigen Lieblingskonkubine als vielmehr einem handfesten Interesse daran, sich nicht »vor der Zeit« einen Trumpf aus der Hand nehmen zu lassen. Was hatte Isfet nur damit gemeint?

Das stille Ringen zwischen dem Pharao und seinem Thronerben war unterdessen entschieden worden. Aabuwa wandte sich mit selbstgefälligem Grinsen dem Delinquenten zu, der das Corpus Delicti immer noch in der Hand hielt. »Du hast es selbst gehört, Takuba. Der Herrscher von Baqat hält eine ›bleibende Lektion‹ für angemessen. Ich denke, für einen, der die Disziplin der kaiserlichen Elitetruppe untergräbt, muss die Strafe abschreckend genug sein, um ihn und andere auf Dauer von solchem aufrührerischen Tun abzuhalten.« An seine Leibgardisten gewandt fügte der Prinz hinzu: »Haltet seinen Arm gut fest, damit nicht andere zu Schaden kommen, wenn ich ihm die Hand abschlage.«

»Nein!«, schrie Inukith. Sie riss ihre Hände vor den Mund und schüttelte entsetzt den Kopf.

Aabuwa drehte sich zu ihr um. »Gehört dein Herz etwa doch diesem Hochstapler?«

»Ihr wollt auf Eurem Traualtar Blut vergießen und stellt Eurer Braut eine solche Frage?«, stieß Topra hervor, um die Aufmerksamkeit des Prinzen von Inukith abzulenken.

Tatsächlich wandte sich Aabuwa wieder zu ihm um und sagte mit gleich bleibendem Grinsen: »Dumm bist du nicht. Das ist mir gleich am Anfang aufgefallen, als wir dich in unsere Dienste stellten. Ich mache dir ein Angebot. Gib mir den Ehereif und ich wandele deine Strafe in Festungshaft um.«

»Damit würde ich meine Gesundheit dem Leben der Prinzessin vorziehen. Das ist für mich undenkbar«, erwiderte Topra.

Aabuwa lachte leise. »Wenn wir erst deine Hand vom Arm getrennt haben, kannst du den Reif ohnehin nicht mehr festhalten.«

»Das ist wohl wahr. Aber ein mit Blut besudelter Ehereif ist entweiht. Natürlich wisst Ihr das, Hoheit, und würdet nie das Sakrileg begehen, den unreinen Reif Eurer Braut überzustreifen.«

Verunsichert wechselte der Prinz einen Blick mit dem Hohepriester, dessen angedeutetes Nicken Gewissheit brachte: Topra hatte Recht. Ohne sich eine Blöße zu geben, konnte Aabuwa nicht mehr aus dem Spiel aussteigen, das er selbst begonnen hatte. Die Erkenntnis, vor laufenden Kameras von einem wehrlosen *Bund*-Träger vorgeführt worden zu sein, ließ seinen Jähzorn überkochen. Während seine Rechte sich auf den Griff des Prunksäbels legte, knurrte er: »Wie du willst, Takuba. Dann werden wir den Reif der Prinzessin eben noch einmal der Reinigungszeremonie unterziehen. Denn wir dürfen doch auf keinen Fall das Recht beugen, nicht wahr?« Der Schweiß perlte auf seiner Stirn und die Adern traten weit hervor. Sein Gesicht war hochrot. Es sah tatsächlich so aus, als würde nicht der Ehereif, sondern der Kopf des Prinzen jeden Moment explodieren.

»Tut das nicht!«, warnte Topra in beschwörendem Ton.

»Doch, tu's!«, fauchte Ibah-Ahiti.

Aabuwa grinste boshaft.

Topra schüttelte langsam den Kopf, als könne er sein Gegenüber damit hypnotisieren. Er war entschlossen sich zu wehren, und was das bedeutete, vermochte sich niemand in der Halle vorzustellen, selbst Hobnaj nicht, der jetzt vermutlich irgendwo auf einen Bildschirm starrte und die Einsicht des Prinzen beschwor.

Blitzartig riss Aabuwa den Säbel aus der Scheide – und von nun an geriet die Welt im Großen Säulensaal aus dem Gleichgewicht.

Die breite Klinge raste in einem Halbkreis durch die Luft. Eigentlich hatte der Prinz sie nur zum vollstreckenden Schlag heben wollen, aber das Rundschwert schien mit einem Mal ein Eigenleben zu besitzen. Der unerwartete Schwung, mit dem es in Richtung Altar strebte, überraschte Aabuwa. Als es den Bogen vollendet hatte, entglitt es seiner Hand und raste pfeilgerade davon. Für den Bruchteil einer Sekunde kreuzten sich erneut die Blicke der beiden Kontrahenten und der Prinz wusste, dass seine Herausforderung angenommen worden war.

Ein gellender Schrei ließ Aabuwa herumfahren. »Mutter!«, schrie er entsetzt.

Sein Schwert hatte Ibah-Ahitis Brust durchbohrt.

Die Kaiserin sank, von Isfet und dem Hohepriester gestützt, zu Boden. Ihr Sohn eilte zu ihr und fiel auf die Knie. »Mutter!«, wiederholte er in tiefster Verzweiflung, aber schon war auch Wut in seiner Stimme zu vernehmen. Ibah-Ahiti röchelte etwas, das Topra nicht verstehen konnte. Die Fernsehkameras übertrugen die Bilder live und in Farbe in alle Welt; die Zensurbeamten waren zu schockiert, um die Sendung abzubrechen. Ibah-Ahitis Leib bäumte sich noch einmal auf und erschlaffte dann endgültig.

Auch Topra war erschüttert. Er hatte dem selbst ernannten Henker zwar das Schwert entreißen, aber niemanden verletzen wollen, selbst die Hexe, die Mörderin seiner Mutter nicht. *Nutze deine Gaben zum Guten und tue, was getan werden muss. Mein Blut klebt an Ibah-Ahitis Händen und es kommt der Tag, da du es von ihr zurückfordern wirst.* Die von Gisa auf dem Sterbebett gesprochenen Worte stießen Topra wie bittere Galle auf. Er hatte den Fluch seiner Mutter erfüllt, ohne es zu wollen … Oder war dieser Gedanke nur Selbstbetrug, eine Schutzbehauptung, um sein Gewissen vor den sich bereits ankündenden Schuldgefühlen abzuschirmen?

Mit einem Ruck riss er sich von seinen Bewachern los. Die Elitesoldaten reagierten träge, von der dramatischen Wendung noch ganz benommen. Alle im Saal blickten zum Altar, wo die Kaiserin den Segen der drei Priester empfing, wo ihr Gatte ihren leblosen Körper mit versteinertem Gesicht auf den Knien hielt, wo sogar Inukith händeringend daneben stand und fassungslos den Kopf schüttelte und wo Aabuwa sich in diesem Moment aufrichtete. Mit zornrotem Gesicht drehte er sich um, in seiner Rechten hielt er den blutigen Rundsäbel.

»Mörder!« Seine eiskalte Stimme war ein Todesurteil und ihr Echo die Zustimmung der Geschworenen.

Topra verstaute den explosiven Ehereif in der Hosentasche und wich hinter die leeren Sessel der Brautleute aus. Ein Wink Aabuwas und die Leibgardisten würden ihre Laserkanonen auf ihn richten. Der Angeklagte schüttelte den Kopf. »Ich habe das Schwert nicht gezogen und es gehört mir auch nicht. Befragt die Zuschauer hier und an den Fernsehschirmen. Jeder kann bestätigen, dass Ihr das Schwert in die Richtung Eurer Mutter geschleudert habt.«

Aabuwa näherte sich aufrecht, jedoch nicht ohne Wachsamkeit. Er schüttelte den Kopf. »Du und ich, wir sind wie zwei Brüder, die dasselbe wollen, obwohl nur einer es bekommen kann. Meine Mutter hat diese Konfrontation vorhergesehen und sie uns beiden ersparen wollen. Du hast sie getötet. Was die anderen sagen, ist mir egal. Wir mögen ihre Sinne täuschen, aber gegenseitig erkennen wir uns doch so deutlich, als wären wir Zwillinge. Lass uns die Augen dieser Unwissenden öffnen, Takuba. Was hältst du davon?«

»Nicht, Aabuwa!«, rief Isfet, aber es war schon zu spät. Der Kronprinz streckte die Hand nach einem der Stühle aus, ohne ihn jedoch zu berühren. Das schwere Möbel stürzte, wie von Geisterhand katapultiert, nach rechts, wo es gegen die Körper einiger Hochzeitsgäste prallte. Schmerzensschreie mischten sich mit Ausrufen des Erstaunes. Schon fiel der zweite Stuhl, diesmal nach links, und zerschellte an einer Säule. Jetzt trennte den wutschnaubenden Prinzen nichts mehr von seinem Kontrahenten.

»Stirb!«, brüllte er und holte beidhändig mit dem Säbel aus. Blind vor Wut hörte er nicht auf seinen Vater, der sich im Hintergrund einmal mehr für Takubas Leben verwendete.

Topras Kopf drohte von einem Prachtsäbel gespalten zu

werden. Seine Reaktion war, wie schon beim ersten Angriff des Bräutigams, eher ein Reflex.

Der Prinz fiel in Richtung Decke.

Dank Aabuwas jähen Höhenflugs rauschte die Säbelklinge wirkungslos über Topras Kopf hinweg. Ihr ungebremster Schwung entriss dem überraschten Thronerben abermals die Waffe. Während er sich weiter auf dem Weg nach oben befand, fiel sie taumelnd zurück und Topra musste ihr ausweichen, um nicht doch noch getroffen zu werden. Beim Aufprall zersprang der Säbel in zwei Stücke.

Obwohl die aufgeregten Hochzeitsgäste nicht verstanden, was da geschah, rechneten sie angesichts der monumentalen Höhe der Säulenhalle für Aabuwa indes mit keinem guten Ende. Ein solcher »Sturz« musste einfach tödlich enden. Doch auch der Kronprinz besaß die Instinkte eines Lenkers. Etwa zum gleichen Zeitpunkt, als der Rundsäbel auf den Steinplatten zerbrach, hatte er sein rasendes Tempo umgekehrt und landete weich, mit den Füßen voran, an der Decke. Kopfunter hielt er nach Topra Ausschau.

Der fühlte sich unvermittelt entwurzelt und schrie auf. Nun fiel *er* himmelwärts. Im Herumwirbeln versuchte er den eigenen Schwerpunkt in den Griff zu bekommen. Es war, als wühle er im Sand nach einer vibrierenden Kugel. Kurz vor dem Aufprall fand er sie und brachte sie in seine Gewalt. Sein Sturz wurde zu einem langsamen Gleiten, er gelangte in eine stabile Lage und landete weich neben Aabuwa an der Decke.

Das Publikum verstand die Welt nicht mehr. Es starrte nach oben, wo die beiden jungen Männer nun mit bloßen Händen aufeinander losgingen. Der Pharao erlangte als Erster seine Fassung zurück.

»Macht den Kerl endlich kampfunfähig, aber bringt ihn nicht um!«, befahl er seinen Leibwächtern.

»Dazu bewegen sich die beiden viel zu schnell. Außerdem könnten wir den Prinzen treffen«, sagte ein Gardist.

»Sie werden wohl nicht ewig dort oben bleiben«, knurrte Isfet.

Damit sollte er Recht behalten. Das Ringen über den Köpfen der Hochzeitsgemeinde geriet jäh außer Kontrolle, als die beiden Duellanten selbige verloren. Der Prinz besaß eine Nahkampfausbildung von der Kaiserlichen Marineakademie, Topra eine vom Großdeck der *Tanhir* und aus den Straßen mancher Hafenstadt. Als er Aabuwa die Luft abschnürte, versäumte der, auf sein Gleichgewicht zu achten, und fiel plötzlich von der Decke. Vor Schreck ließ sich auch Topra mitreißen. Das Publikum stöhnte auf. Ein gleißender Lichtstrahl zuckte durch die Halle, verfehlte jedoch den *Bund*-Träger. Isfet brüllte, weil der Schuss mit ein wenig Unglück sogar beide Kämpfer hätte töten können.

Diesmal erlangte Topra schneller die Herrschaft über seinen Schwerpunkt zurück. Anstatt sich in den Kreis von Leibgardisten fallen zu lassen, die mit ihren Lichtkanonen auf ihn zielten, veränderte er abermals die Form des Raumes und rutschte zur Seite. Einen Augenblick später sah das verblüffte Publikum ihn auf halber Höhe zwischen Boden und Decke an einer Säule stehen. Sein Körper und der steinerne Pfeiler bildeten ziemlich genau einen rechten Winkel. Dutzende Lichtkanonen, die wie altertümliche Speere aussahen, wurden in Anschlag gebracht. Doch ehe die Schützen ihm Arme oder Beine abtrennen konnten, war er hinter der Säule in Deckung gegangen. Eine schwarze Brandspur im Stein markierte seinen Fluchtweg. Der Hohepriester und seine beiden Beisitzer heulten auf.

Topras Rückzug war nur ein kurzzeitiges Ablenkungsmanöver, denn in der ganzen Halle gab es Scharfschützen mit Präzisionswaffen. Er griff in die Hosentasche, zog den Ehereif hervor und spähte vorsichtig um die Säule herum. Tief unter sich entdeckte er über Ibah-Ahitis Leiche Pharao Isfet, der Inukiths Handgelenk gepackt hatte, als wollte er sie am Fliehen hindern. Wenigstens im Augenblick schien die Braut aber ganz andere Sorgen zu haben. Sie hatte ihren Schleier gelüftet und sah verzagt zu Topra hinauf. Eine Hälfte ihres Gesichts war geschwollen und blaugrün verfärbt, wie die von Tränen verschmierte Schminke nicht länger verbergen konnte. Weniger als eine Sekunde trafen sich ihre Blicke, dann sprang der Gejagte aus seiner Deckung und schleuderte den goldenen Ring in die Formation der Speerträger.

Selbst wenn ein *Bund* aus großer Höhe in die Tiefe fiel, war das Risiko einer Explosion sehr gering, solange er nicht stark verbogen wurde. Inukiths Ehereif musste ähnlich konstruiert sein, vermutete Topra. Er hoffte, die Leibgardisten würden auseinander spritzen, wenn sie erst bemerkten, was da auf sie zugeflogen kam. Doch wieder schlug der Zufall zu.

Die Elitekämpfer ordneten das unbekannte Flugobjekt instinktiv in die Kategorie Bombe ein und versuchten ihm auszuweichen. Reflexhaft feuerten sie trotzdem ihre Laserkanonen auf den Werfer ab. Keiner der Schüsse brachte Topra ernsthaft in Gefahr, aber ein Laserstrahl traf den Ehereif, als dieser sich bereits dicht über den Köpfen der Leibgardisten befand.

Der Ring explodierte.

Seit einem gewissen Vorfall vor achtzehn Jahren, als ein *Bund* gegen die Palastwache eingesetzt worden war, hatten die Sklavenringe eine stetige Weiterentwicklung erfahren. Im Falle der Explosion breitete sich die Energie vorwiegend nach innen aus, um den Träger zu töten, Unbeteiligte jedoch zu schützen. Hier dämpften jedoch weder Fleisch noch Knochen die Kraft der Detonation. Eine Stichflamme blendete die Leibgardisten. Tausende winziger Splitter zischten durch die Luft. Die Druckwelle warf selbst schwergewichtige Soldaten zu Boden.

Topra starrte entsetzt nach unten. Die Hochzeitsgesellschaft war auseinander gestoben. Überall wurde geschrien. Panikartig versuchten die Menschen aus der Halle zu fliehen. Im näheren Umkreis der Explosionsstelle brannten eine Reihe von Stühlen. Stöhnende Männer wälzten sich am Boden. Sie bluteten aus zahlreichen kleinen Wunden. Viele Leibgardisten hielten sich das Gesicht; womöglich waren ihre Augen verletzt worden. Topra fühlte einen unbändigen Zorn. *Diese Narren!*, dachte er. Warum hatten sie Aabuwa nicht zurückgehalten, anstatt sich von ihm zu diesem Wahnsinn verführen zu lassen? Hoch über dem Gebrüll der Menschen drang plötzlich eine Stimme an Topras Ohr, die vor Hass nur so triefte.

»Meinst du, damit kannst du deinen Hals retten?« Es war Aabuwa, der an der Säule gegenüber stand. Topra musste den Kopf zurücklegen, gewissermaßen nach oben blicken, um den Prinzen zu sehen. Dessen Gesicht war eine verzerrte Fratze. Zwischen den Fingern hielt er einen metallischen Gegenstand. Sein Daumen ruhte auf einem winzigen Knopf, das rote Warnlicht des Tasters leuchtete durch die Haut hindurch. Topra sah nicht zum ersten Mal das neueste Modell jener Fernzünder, mit denen unzufriedene Sklavenhalter ihre Bediensteten enthaupten konnten.

»Aabuwa, mein Sohn, tu das nicht! Lass ihn leben! Ich brauche ihn noch«, schrie Isfet von unten. Zu Topras Verwunderung zeichnete sich blankes Entsetzen auf dem Gesicht des Pharaos ab. Er hatte die Linke abwehrend nach oben gereckt – mit der Rechten hielt er nach wie vor Inukiths Handgelenk.

Trotzig rief sein Sohn zurück: »Warum nicht? Er hat Mutter getötet.«

»Aber er ist auch dein Bruder. Außerdem war es ein Unfall.«

»Ich kann nicht glauben, dass du so etwas sagst.«

»Aabuwa! Zur rechten Zeit am rechten Ort darfst du deinen Rachedurst an ihm stillen. Aber nicht hier und jetzt!«

Topra traute seinen Ohren nicht. Da war er wieder, der ominöse Zeitfaktor. Die beiden hatten sich gegen ihn verschworen – aber wozu? Was plante der Pharao? Warum setzte er sich so vehement für die Verlängerung des Lebens eines Bastards ein? Topra schob die beklemmenden Fragen beiseite. Jeder Aufschub bedeutete einen Gewinn.

»Höre auf unseren Vater!«, flehte Topra, gerade laut genug, um auf der nächsten Säule verstanden zu werden. »Wir können diesen Konflikt auch anders lösen.«

Aabuwa begegnete seinem Blick mit versteinerter Miene. Er schien nachzudenken und Topra schöpfte schon Hoffnung, aber dann kehrte der Hass auf das Gesicht des Prinzen zurück und er schüttelte den Kopf. »Vater hat einen Harem voller Frauen, aber ich habe nur *eine* Mutter besessen. Ich *kann* ihren Tod nicht ungesühnt lassen.« Wieder hob der Prinz die Hand mit der Fernbedienung.

»Das verstehe ich gut«, antwortete Topra.

Erneut zögerte der Prinz. Wie viel er wohl von Gisas Schicksal wusste? Dann kroch ein hässliches Grinsen über sein verzerrtes Antlitz und er drückte den Auslöser.

Aus Sicherheitsgründen sandte der Zünder sein tödliches Signal nicht sofort. Die Leuchtdiode im Taster begann zu blinken. Unwillkürlich legte sich Topras Hand auf den *Bund*. Er hielt den Atem an.

»Brich es ab!«, schrie Isfet, der das Lichtsignal von unten ebenfalls sehen musste. Der Schrecken in seinem Ausruf ließ viele Menschen im näheren Umkreis erstarren.

»Hör auf ihn!«, sagte Topra eindringlich.

Aabuwa grinste nur und blickte auf den Zünder, den er fest genug hielt, um ihn sich nicht von seinem Kontrahenten aus der Hand reißen zu lassen. Das Blinken wurde immer schneller. Dann piepte der Zünder dreimal. Der letzte Ton hielt lange an. Es war die Bestätigung des Funksignals. Jetzt musste der *Bund* explodieren.

Verwundert sah der Prinz von seinem Fernzünder auf. Das Piepen erstarb. Aber es hatte noch immer nicht geknallt. Die zweite Überraschung war die leere Säule gegenüber. Sein vermeintlicher Halbbruder war verschwunden, und zwar in einem Stück. Aabuwa schrie vor Wut auf.

»Komm runter. Wir werden ihn lebend bekommen, und dann wird er teurer bezahlen, als wenn du ihn jetzt tötest«, appellierte

Isfet von unten an die niedrigsten Instinkte seines Sohnes. Nefermaat warf einige Kürzel auf seinen Stenoblock. Die Priesterschaft der memphitischen Triade rang die Hände. Inukith sah mit bebenden Lippen nach oben.

Aabuwas Rachedurst war unstillbar. Er schüttelte angewidert sein Haupt. Dann streckte er die Hand zu der Stelle aus, wo der Ehereif explodiert war. Dort lagen neben den Verletzten mehrere Lichtspeere auf dem Boden. Eine der Waffen bewegte sich plötzlich. Wie auf einer schiefen Ebene begann sie zu rutschen, nicht etwa waagerecht, sondern schräg nach oben. Sekunden später lag sie in der Hand des Prinzen.

Topra war inzwischen an dem Pfeiler emporgelaufen und hatte gerade die Decke erreicht. Kopfunter strebte er auf eine Reihe großer Lichtöffnungen zu. Während am Ausgang der Großen Säulenhalle noch immer Gedränge herrschte, fühlten sich andere Hochzeitsgäste mittlerweile wieder sicher genug, um das unglaubliche Schauspiel, das offenbar allen Gesetzen der Schwerkraft hohnsprach, zu verfolgen. Wer würde siegen, der Jäger mit dem Speer oder das Wild, das jeden Moment nach draußen schlüpfen konnte?

Ein gleißender Lichtstrahl brachte Topra zum Stehen. Er wirbelte herum, um sich seinem Gegner zu stellen. Doch wie oder womit? »Tu's nicht! Du spielst mit dem Feuer«, rief er Aabuwa zu und hielt ihm seine Handfläche entgegen, als könne er den gebündelten Lichtstrahl damit abwehren.

»Aabuwa. Im Namen deiner toten Mutter, lass es sein!«, flehte der Pharao vom Altar her.

Der rachsüchtige Prinz lachte nur. »Gleich, Vater. Nur einmal möchte ich noch abdrücken, dann werde ich mich beruhigen.«

Topras Hand war noch immer erhoben. Er schüttelte den Kopf. Doch Aabuwas unbezähmbare Wut machte ihn blind für alle Warnungen.

Er drückte ab.

Das fingerdicke blaue Lichtbündel schoss aus der Waffe. Doch es perforierte nicht etwa Topras hochgereckte Hand, wie Schütze und Zuschauer es erwartet hatten, sondern schien dicht davor auf eine elastische Wand zu treffen. Das Licht spritzte förmlich nach alle Seiten, wie ein feiner Tröpfchenregen. Topra spürte eine sengende Hitze auf der Handfläche. Gleichzeitig wurde er von dem Gleißen geblendet, sah nur noch schemenhafte Umrisse und bald gar nichts mehr.

Anders die verängstigten und verwirrten Menschen unter ihm. Sie konnten beobachten, wie das diffuse Strahlen rasch wieder zu einem Bündel aus Licht wurde, das nun aber vor der Hand des Verteidigers einen Bogen um einhundertachtzig Grad beschrieb. Es kehrte zu Aabuwa zurück.

Und durchbohrte sein Herz.

Langsam rutschte der Finger des tödlich getroffenen Prinzen vom Auslöser. Die wie ein doppeltes, blau glühendes Tau unter der Decke schwebende gleißende Linie verlosch. Dann entglitt die Waffe dem Sterbenden und fiel zum Hallenboden.

Aabuwas Augen brachen. Der Prinz sackte nach unten, löste sich von der Säule und stürzte taumelnd nach unten. Noch bevor sein Körper auf die Steinplatten schmetterte, fühlte Topra eine heftige Turbulenz im Gefüge der Welt, fast so als würde ihn eine Windbö packen. Nur mit Mühe konnte er die Kräfte des Drillingsuniversums bezähmen, um nicht selbst abzustürzen. Er hörte die entsetzten Schreie der Menschen, aber seine geblendeten Augen konnten den grotesk verkrümmten Leichnam des Prinzen nicht sehen.

Aabuwa lag zwischen dem Altartisch und den immer noch schwelenden Stuhlreihen der Hochzeitsgäste. Der Boden unter ihm bewegte sich, als bestünde er aus Gallertmasse, die von dem Aufprall in Unruhe versetzt worden war. Für einen Moment schienen sich die zähflüssig anmutenden Steinplatten wie bei einem Strudel um ein Zentrum drehen zu wollen, aber dann riss der Grund unter dem toten Prinzen auf. Drei Spalten fraßen sich durch die Halle, eine zur östlichen Stirnseite, wo sie die memphitische Triade zerteilte, die anderen beiden nach Nordwesten und Südwesten. Hätte man einen Kreis um den Leichnam gezogen, wäre er durch die Risse in drei exakt gleich große Segmente zerschnitten worden.

Der Boden bewegte sich immer heftiger und die Spalten wuchsen rasch zu Abgründen. Große Stücke Mauerwerks lösten sich aus der Decke und stürzten auf die fliehenden Hochzeitsgäste hinab. Ausgehend vom Leichnam des Prinzen begannen alle zweihundertsechsundsiebzig Säulen zu schwanken. Als Topra spürte, wie die Decke unter seinen Füßen zu beben anfing, erwachte er endlich aus seiner Starre. Verzweifelt versuchte er, etwas zu sehen. War Inukith schon von den überall niedergehenden Bruchstücken erschlagen worden oder drängte sie mit der entfesselten Menge zum viel zu kleinen Westausgang? Seine Ohren vernahmen zwar die vielstimmigen Laute der Todesangst und das immer häufigere Krachen von herabfallenden Trümmern, aber vor seinen Augen war nur lichter Nebel.

Das Personal des baqatischen Staatsfernsehens im Übertragungswagen konservierte den Schrecken in Kinoqualität. Etliche der fest montierten Kameras sendeten immer noch ihre Einstellungen per Funk aus dem Chaos. Im Gegensatz zur robusten Elektronik bestand die Bildregie jedoch aus Menschen, und die befanden sich unter Schockzustand. Zwar hatte der Regisseur irgendwann den Befehl erteilt, die Liveberichterstattung abzuschalten, aber der benommene Techniker am Schaltpult drückte den verkehrten Knopf. Apathisch befolgte er die weiteren Anweisungen seines Chefs und wählte diejenigen Kameraeinstellungen, die das Grauen am eindrucksvollsten wiedergaben. Was man nur für die digitalen Aufzeichnungsmaschinen auszuwählen glaubte, bekam jedoch drei Fünftel der Weltbevölkerung brandheiß ins Wohnzimmer geliefert. Da gab es herabfallende Trümmer, zerschmetterte oder niedergetrampelte Körper, Blut, Staub und kreischende Menschen, die panisch zum Ausgang strebten, sich aber dort hoffnungslos verkeilt hatten.

Und bei all dem sahen die von einem breiten Spalt untereinander entzweiten Schutzgötter von Memphis tatenlos zu.

Topra hatte die Suche nach Inukith inzwischen aufgegeben. Sehen konnte er sie nicht und nach ihr zu rufen war ebenso aussichtslos – er hatte es probiert, aber im ohrenbetäubenden Lärm schnell wieder bleiben lassen. Unvermittelt hörte er vom Westende der Halle ein Krachen, das sogar die Todesschreie der darin gefangenen Menschen übertönte. Er fuhr herum und lauschte. Eine der großen Säulen war umgestürzt. Für jene, die ihr Augenlicht noch besaßen, war es grotesk anzusehen, wie der kolossale Pfeiler scheinbar in Zeitlupe gegen die nächste Säule stieß und auch diese mitriss. Die schreckliche Kaskade, die unweigerlich zum Einsturz der Decke führen musste, polterte unaufhaltsam auf Topra zu.

Mit ausgestreckten Händen tappte er blind auf die nächstgelegene Lichtöffnung zu. Jemand, der die Sonne in einem Fenster erblickt, dessen Läden im nächsten Moment zufallen, nimmt trotzdem noch eine Weile den hellen Umriss des Himmelskörpers wahr. Ebenso führte Topras Findigkeit ihn geradewegs zum Ausgang. Als sein Fuß gegen den Sturz des glaslosen Fensters stieß, drehte er sich noch einmal um. Tränen rannen ihm übers Gesicht und sein Kinn zitterte, während er den Mund öffnete, um seine ganze Verzweiflung und Wut herauszuschreien.

»Warum hast du mir das angetan?«

Hätte ihn jemand in diesem Moment gefragt, ob seine Anklage Aabuwa galt oder Isfet oder womöglich gegen sich selbst gerichtet war – Topra wäre ihm die Antwort schuldig geblieben. Aber sein Ausbruch blieb selbst den Kameras und Mikrofonen des Staatsfernsehens verborgen. Genau wie die Flucht aus der einstürzenden Halle.

Topra vermochte später nie zu sagen, wie er vom Dach des großen Tempels der Götter Ptah, Sachmet und Nefertem heruntergekommen war. Zweifellos hatte er sich seiner Gabe bedient, die es ihm erlaubte, den Raum zu krümmen, wie jemand ein Gummituch ziehen und zerren mag, um eine darauf liegende Kugel hierhin oder dorthin zu bewegen. Doch ob er an der Fassade heruntergelaufen war oder sich im Schwebeflug einfach hatte fallen lassen, blieb ein Geheimnis.

Er musste wohl nach der sicheren Rückkehr aus luftiger Höhe und dem Nachlassen der geistigen Anspannung die Besinnung verloren haben. Seine Erinnerung setzte erst wieder bei einer nicht eben sanften Berührung ein. Jemand rüttelte ihn heftig, wodurch seine Lebensgeister geweckt wurden. Eine aufgeregte Stimme, die dem Klang nach zu einem älteren Mann gehörte, holte ihn vollends in die Wirklichkeit zurück.

»Sind Sie verletzt?«

Topra öffnete die Augen und spürte einen stechenden Schmerz. Alles, was er sah, war ein heller undurchdringlicher Nebel. Um ihn herum herrschte immer noch das Chaos. Menschen schrien. Die Luft war gesättigt von Staub und Qualm. Er spürte die Hitze und hörte das Prasseln eines nahen Feuers. Seine Antwort war nur ein Stammeln. »Ich … ich weiß nicht. Meine Hand brennt und das Gesicht … Ich kann nichts sehen … Das blaue Licht …« Er musste den Mund schließen, weil der beißende Qualm ihm die Kehle zuschnürte.

»Sie müssen schleunigst weg hier. Der Tempel brennt. Wenn Sie hier bleiben, ersticken Sie oder die Fassade fällt Ihnen auf den Kopf. Kommen Sie! Versuchen Sie aufzustehen. Ich helfe Ihnen.«

Topra fühlte sich von großen Händen unter den Achseln gepackt und nach oben gezerrt.

»Ziehen Sie die Jacke an«, befahl sein Helfer.

»Warum?«

»Wenn Sie den Kragen hochschlagen, sieht man Ihren *Bund* nicht so leicht.«

Topra war viel zu benommen, um die Anweisungen seines Retters weiter zu hinterfragen. Gehorsam ließ er seinen

Oberkörper und den Hals verhüllen. Hiernach wurde sein Arm über eine Schulter gelegt und die Stimme seines Schutzengels sagte: »Helfen Sie mir ein bisschen, junger Mann, ich bin kein Gewichtheber.«

»Wer … oder was sind Sie eigentlich?«, fragte Topra, während er seine Beine dazu zwang, die Füße über den Boden zu schieben.

»Ein Hochzeitsgast. Oder wenn Sie so wollen, ein Freund.«

»Das ist nicht sehr genau.«

»In diesen Zeiten kann das schon zu viel sein. Da entlang!« Der anonyme Retter vollzog einen abrupten Richtungswechsel. Unmittelbar darauf ertönte ein ohrenbetäubendes Donnern.

»Was war das?«

»Jetzt ist die Fassade eingestürzt.«

Topra erschauderte und ließ sich willig weiter durch den Nebel führen. »Warum haben Sie mich gerettet?«

Ein Zögern ging der Antwort voraus. »Weil Sie dem Volk von Baqat geholfen haben.«

»Ich soll … Habe ich nicht eher das Gegenteil getan?«

»Man kann nicht eine Dynastie beenden, ohne in die Geschichte einzugehen, junger Mann. Die Mehrheit des Volkes hat Isfet gefürchtet und seinen jähzornigen Balg verachtet. Es ist kein großer Verlust, dass Sie Aabuwa von der Säule gefegt haben.«

Jetzt erst begriff Topras benebelter Geist. »Sie wissen, wer ich bin?«

»Die Hoheiten haben Sie Takuba genannt. Ist das Ihr richtiger Name?«

Topra schwieg.

»Habe ich mir schon gedacht«, sagte der Retter aufgeräumt. »Würde mich nicht wundern, wenn Sie eine Revolution ins Rollen gebracht haben.«

Topra biss die Zähne zusammen. *Wohl eher eine verhindert*, haderte er im Stillen mit sich. Das Scheitern von Hobnajs Plan setzte ihm allerdings weit weniger zu als die Ungewissheit über Inukiths Schicksal. »Haben Sie die Braut gesehen? Ist sie …?«

»Erschlagen worden? Ich konnte die Ereignisse nur von weitem verfolgen, weil ich die Große Säulenhalle so schnell wie möglich verlassen wollte, aber wenn Sie mich fragen, hat niemand überlebt, der nicht rechtzeitig herausgekommen ist. Stimmt es, was Aabuwa behauptet hat? Lieben Sie das Mädchen?«

»Sie war gut zu mir«, antwortete Topra ausweichend.

»Die Antwort genügt mir. Heutzutage muss man sehr vorsichtig sein, wem man was anvertraut – überall Spione. Ich bringe mich hoffentlich nicht um Kopf und Kragen, wenn ich Ihnen verrate, dass ich Künstler bin. Da lernt man, mit dem Herzen zu hören, junger Mann. Takuba liebt Inukith und Inukith liebt Takuba, da gehe ich jede Wette ein. – Still jetzt! Sagen Sie nichts.«

Der Verletzte und sein unbekannter Helfer erreichten einen Kontrollposten. Allein die Geräusche verrieten Topra jedoch, dass die Polizisten dem Ansturm der panischen Masse nichts entgegenzusetzen hatten. Die flüchtenden Menschen wälzten sich ungehindert an ihnen vorbei.

»Da stehen Krankenwagen«, berichtete der Künstler, was er sah.

»Nein!«, stieß Topra erschrocken hervor.

»Schon gut. Ich liefere Sie nicht aus. Aber jemand muss sich dringend um Ihre Verbrennungen kümmern. Ihr Gesicht glüht wie eine rote Paprika.«

»Können Sie mich in eine Arztpraxis bringen?«

»Das halte ich für keine so gute Idee. Die Herren Doktoren müssen jeden Fall an die Gesundheitsbehörde melden und deren Unterlagen liest der Amjib. Sollte es Ihnen nicht gelungen sein, die gesamte Regierungsmannschaft platt zu machen, wird man die Ordnung mit umso brutaleren Methoden wiederherzustellen versuchen: Schnüffler überall, nächtliche Ausgangssperre, Militärpatrouillen, Straßensperren, die ganze Partitur der Tyrannei.«

»Ich hatte nicht die Absicht, Menschen zu töten«, sagte Topra leise.

»Das glaube ich Ihnen, die Geheimpolizei dürfte das jedoch anders sehen. Aber keine Sorge. Ich bringe Sie sicher unter und besorge Ihnen einen guten Naturheiler. Er hat schon früher während meiner Sturm-und-Drang-Zeit gerne ausgeholfen, wenn er damit dem Amjib eins auswischen konnte.«

»Für einen Mann, den der Kronprinz zu seiner Hochzeit eingeladen hat, scheinen Sie in merkwürdigen Kreisen zu verkehren.«

»Wenn Sie Menschen, die sich das Selberdenken nicht verbieten lassen, so bezeichnen wollen, dann haben Sie wohl Recht. Vorsicht! Wir sind jetzt bei meinem Wagen angelangt. Kopf einziehen und hinein mit Ihnen!«

Topra ließ sich in ein Fahrzeug bugsieren und nahm auf weichen Ledersitzen Platz. Eine Klimaanlage sorgte für angenehme Temperaturen und gefilterte Luft. Der anonyme Freund gab einen Befehl und die Limousine setzte sich leise in Bewegung. Schon nach wenigen Minuten fiel Topra in einen unruhigen Schlaf.

»Morgen komme ich noch einmal und wechsle den Verband. Sie haben wohl noch mal Glück gehabt.«

»Werde ich wieder sehen können?«, fragte Topra lahm. Es klang nicht gerade so, als sei er ernsthaft an einer Antwort interessiert.

»Ich kann noch nichts Endgültiges sagen«, antwortete der Heiler ruhig. »Ihre Hornhaut hat – salopp ausgedrückt – einen starken Sonnenbrand abbekommen. Wenn sich keine Komplikationen einstellen, dürfte Ihr Körper den Schaden aber selbst reparieren, und zwar vollständig.«

»Wann darf ich den Verband abnehmen?«

»Sollte Ihnen etwas an Ihrem Augenlicht liegen, dann lassen Sie ihn mindestens zehn Tage drauf.«

Topra drehte den Kopf zur Seite. »Danke für Ihre Hilfe. Ich kann auch achtzehn warten. Es spielt keine Rolle mehr.«

Von dem Traum gab es mehrere Fassungen, die sich aber nur in Details voneinander unterschieden: Mal ragten Inukiths Beine unter einer großen Steinplatte hervor, dann wieder hatte ein Stein ihren Schädel zertrümmert. Am schlimmsten war die Variante, in der sie einfach nur reglos dalag: äußerlich unversehrt, aber vom Lebenshauch verlassen, in ihrem makellos reinen Hochzeitsgewand und inmitten von Trümmern.

Solange er den Verband trug, aß Topra so gut wie nichts. Nur wenn Timsahs durchdringende Stimme ihn zum Trinken ermahnte, gab er gewöhnlich schnell nach. Schon um wieder ungestört leiden zu können, ließ er sich von ihr Wasser oder Tee einflößen. Timsah musste eine stattliche Frau im mittleren Alter sein, die es gerne hatte, den Kopf eines hilflosen Kindes an ihre mächtige Brust zu drücken und es ihre Fürsorge spüren zu lassen – das Alter des Zöglings spielte dabei eine untergeordnete Rolle. Jeden Tag roch Timsah nach anderen Kräutern oder Gewürzen, da sie für ihr Leben gern kochte. Weil es ihrem Patienten jedes Mal den Magen umdrehte, wenn sie ihn mit einem weiteren von »Mutters Rezepten« überraschte, verzehrte sie die duftenden Kreationen jedoch stets allein. Darin habe sie Übung, vertraute sie Topra an, ohne danach gefragt worden zu sein. Seit fast zwanzig Jahren sei sie nun schon Witwe. Sie vermietete ihr Zimmer im Dachgeschoss nur hin und wieder an Matrosen.

Das schmale Haus der Witwe gehörte zu den wenigen noch in privater Hand befindlichen Anwesen an der Mole des alten Hafens von Memphis. Es sei ein alter Familienbesitz ihres leider viel zu früh verstorbenen Mannes, der in der kaiserlichen Marine gedient hatte und von den Maledukken auf den Grund der See torpediert worden war. Diesem Erbe verdanke sie eine bescheidene Rente und die weitgehende Ungestörtheit von den Spitzeln des Amjib. Mit der Vermietung ihrer Dachkammer verdiene sie sich ein kleines Zubrot.

Topra ließ die Lebensgeschichte seiner Wirtin an sich vorüberziehen wie eine Brise auf See: Irgendwie berührte sie ihn schon, aber er verschwendete kaum einen Gedanken daran. Erst spät wurde ihm bewusst, dass es keinen besseren Ort gab, um sich von seinen Verletzungen zu erholen als gerade hier, bei dieser treuen Seele, wo das Geschrei der Möwen und die Stimmen der Seeleute durch das offene Fenster drangen, wo das Knarzen von Tauwerk, Masten und Rahen die Geborgenheit jener Welt vermittelte, die fast sein ganzes Leben lang für ihn die einzig existierende gewesen war.

Der unbekannte Künstlerfreund hatte die Unterkunft für seinen »Revolutionär wider Willen« zwei Monate im Voraus bezahlt und ihm seine Bereitschaft versichert, die Zeit nach Belieben zu verlängern. Topras seelischer Zustand ließ anfangs befürchten, dass er tatsächlich noch lange brauchen würde, um Herr über seine Schuldgefühle zu werden. Zehn Tage lang tat er nicht viel mehr, als auf dem Bett zu liegen, zu grübeln, seine Finger über den von Hobnaj »kastrierten« *Bund* wandern zu lassen, hin und wieder in einen unruhigen Schlaf wegzudämmern, zu trinken, zu leiden, sich von Timsah trösten zu lassen und sich mit Fragen und Selbstvorwürfen zu geißeln. Hätte er den Ehereif einfach zurückgeben und darauf vertrauen sollen, dass die darin enthaltene Bombe Inukith schon nichts anhaben würde? Wäre alles anders ausgegangen, wenn er diplomatischer auf Aabuwas Jähzorn reagiert hätte? War Inukiths Leiden schwer und von langer Dauer gewesen? Oder lebte sie noch? Warum hatte Aabuwas Tod so heftige Turbulenzen im Gefüge des Drillingsuniversums verursacht? Lag in den Erschütterungen, die zum Einsturz der Großen Säulenhalle geführt hatten, der Schlüssel für die geheimen Absichten des Pharaos? Weshalb hatte der die Verstümmelung seines illegitimen Sohnes gestattet, aber dessen Tod »vor der Zeit« mit aller Macht verhindern wollen? Welche Teufelei konnte hinter dieser für das Kaiserhaus völlig untypischen Rücksicht stecken? Waren diese schändlichen Pläne vereitelt und Isfet getötet worden?

Der staatlich kontrollierte Rundfunk hatte den Abbruch der Hochzeitsfeier zunächst mit einem Unfall begründet. Als Aabuwas Tod nicht mehr zu verheimlichen war, berichtete man vom Amoklauf eines geisteskranken Einzeltäters. Alles sei unter Kontrolle, kein Grund zur Beunruhigung. Aber gerade diese Unruhe hatte das chaotische Ereignis heraufbeschworen, nicht zuletzt deshalb, weil es das Kaiserhaus versäumte, rechtzeitig über das Schicksal des Pharaos zu berichten – so reimte sich Topra die Gerüchte zusammen, die Timsah von der Straße mitbrachte. Hobnajs Verbündete mussten den Einsturz der Großen Säulenhalle als Signal zum Aufstand gedeutet haben. Der Pharao war tot, die Stunde der Abrechnung gekommen.

Erst zwei Tage nach dem Hochzeitsdebakel kam die Propagandamaschinerie auf Touren. Aus dem Radio wollte Timsah nun erfahren haben, dass Isfet noch lebe und wohlauf sei. Aber konnte man den staatlichen Beteuerungen glauben? Diese Frage stellten sich vermutlich auch die kämpfenden Freischärler. Musste man nicht eher annehmen, dass General Waris und die Überreste der Führungsriege bewusst Falschmeldungen verbreiteten, um in Ruhe die überall im Land ausgebrochenen Unruhen niederzuschlagen und eine Nachfolgeregierung einzusetzen? Das Kriegsministerium hatte den Ausnahmezustand erklärt. Wer in Memphis nachts auf die Straße ging, konnte ohne Vorwarnung erschossen werden. Waris griff mit harter Hand durch und Topra erwartete, dass er, der richtige Vater des toten Kronprinzen, schon in den nächsten Tagen selbst nach der Krone von Baqat greifen würde. Und wenn der Pharao tatsächlich noch lebte?

»Was hätte das geändert? Inukith bedeutete Isfet nichts. Sogar wenn es in seiner Macht gestanden hätte, wäre er ohne sie aus der Halle geflohen, ohne einen Klotz am Bein, der sein göttliches Leben bedrohte. Hoffentlich hat's ihn auch erwischt«, murmelte Topra. Ein Anflug von Verwunderung stellte sich ein, als ihm bewusst wurde, dass er von seinem eigenen Erzeuger sprach. Er hatte jedoch nie so empfunden, selbst während der Wochen im Millionenjahrhaus nicht. Jobax war sein Vater, in Hobnaj und Asfahan hatte er teure Freunde. Sollte Isfet vom Dach der Großen Säulenhalle erschlagen worden sein, wäre damit Gisas letzter Wille erfüllt, denn sie hatte auf dem Sterbebett ausdrücklich gefordert, »diesen so genannten Herrscher der Welt nicht ungeschoren davonkommen« zu lassen.

Topra hörte die Treppenstufen knarzen, stets ein zuverlässiges Indiz für Timsahs Nahen. Bald öffnete sich quietschend die Tür. Der Duft von Fischsuppe stieg ihm in die Nase.

»Ich habe keinen Hunger, Timsah«, sagte er, um seiner Wirtin die Mühen langwieriger Drängeleien zu ersparen.

»Vielleicht überlegst du dir's, sobald du die prächtigen Einlagen in der Suppe siehst. Ich sage nur: Krebsfleisch und Muscheln. Den Rest musst du dir selbst angucken.«

»Ich bin blind. Schon vergessen?«

»Du bist ein Rotzlümmel, der eine Tracht Prügel verdient, wenn er nicht endlich was isst. So, und jetzt nehm ich dir den Verband ab.«

Topra fuhr aus dem Bett hoch und zog sich fluchtartig ans Kopfende zurück. Mit abwehrend erhobenen Händen jammerte er: »Ich will meine Ruhe haben. Geh!«

»Nichts da!«

Timsahs schwerer Körper brachte die Matratze zum Ächzen. Topra drückte sich noch fester gegen die kühlen Rohre des Bettgestells. »Bitte, Timsah. Es könnte zu früh sein. Lass die Binde, wo sie ist.«

»Der Quacksalber hat gesagt, zehn Tage. Die sind jetzt vorbei.«

»Gib mir noch eine Woche. Ich bin noch nicht so weit, Timsah!«

»Wozu? Zaudern ist wie Hungern: Beides macht schwach.«

»Drei Tage. Bitte, Timsah! Gönne meinen Augen wenigstens noch so lange Ruhe.«

»Wozu? Bis dahin bist du in Selbstmitleid zerflossen. Die Binde kommt ab.«

»Vielleicht bin ich sowieso blind.«

»Das werden wir gleich wissen.«

Warme, fleischige Finger griffen nach Topras Kopf. Er schrie. »Halt! Lass mich wenigstens noch *einen* Tag warten. Der Heiler hat gesagt, zu große Eile könnte mich das Augenlicht kosten.«

»Das muss er sagen. Je dramatischer die Krankheit, desto höher die Rechnung.«

»Aber … *Halt!*«

Es war zu spät. Timsah hatte den Verband schon vom Kopf ihres Schützlings gerissen.

Aber Topra war schnell. Er hatte rasch die rechte Hand über die Augen gelegt und bettelte: »Bitte, Timsah, wickle ihn wieder drum.«

»Dann kannst du ja nicht erkennen, was außer Krebsen und Muscheln noch in der Suppe ist.«

»Ich will's gar nicht.«

»Etwa weil du die Welt nicht sehen willst, der du deine Prinzessin genommen hast?«

Topra erstarrte. Diese kraftstrotzende Frau schien einen untrüglichen Blick für Seelennöte zu besitzen. »Das ist nicht wahr«, murrte er.

»Ach wirklich? Sagst du das immer noch, wenn ich dir erzähle, was sie heute im Radio gemeldet haben?«

In dem fünffingrigen »Notverband« entstand flugs eine Lücke. Topra zuckte zusammen, als er den Schimmer unter den Augenlidern bemerkte. Kleinlaut fragte er: »Was wurde denn berichtet?«

»Inukith lebt.«

Die Hand fiel in Topras Schoß. Etwa eine halbe Sekunde lang starrte er überrascht in Timsahs grinsendes Gesicht. Dann musste er die Augen zu schmalen Schlitzen verengen, weil die plötzliche Helligkeit ihnen wehtat. »Ist das wahr? Oder wolltest du mich nur dazu bringen, dich anzusehen?«

»Hältst du mich für ein Ungeheuer? Ich mache dir das Herz doch nicht noch schwerer, als es ohnehin schon ist.« Die Wirtin gab sich entrüstet. Ihre Miene erweckte tatsächlich nicht den Eindruck, als könne sie überhaupt lügen. Ihr Gesicht war rund, weitgehend frei von Runzeln und überaus gutmütig. Sie hatte ein Doppelkinn und eine breite, ziemlich schiefe Nase. Unter ihren dichten schwarzen Brauen lagen zwei wache Augen, die Topra ob ihrer erstaunlichen Größe an blauschwarze Feigen erinnerten. Ihre Haare verbarg sie zwar unter einem Kopftuch, aber ihren vollen Mund betonte sie dafür umso stärker mit einem knallig roten Lippenstift. Timsah trug ein traditionelles Gewand aus ockerfarbenem Tuch, von dem sie enorme Mengen eingekauft haben musste, um ihren fülligen Körper bis zu den Knöcheln lückenlos und trotzdem in so verschwenderischem Faltenwurf zu bedecken.

Endlich schüttelte Topra den Kopf. »Nein, du bist kein Ungeheuer. Höchstens ungeheuer lieb.«

Timsah schlug verlegen die Augen nieder. »Jetzt übertreibst du aber, mein Junge.«

»Was haben sie denn im Radio über Inukith gesagt?«

Die eben noch gelöste Miene der Wirtin wirkte plötzlich angespannt. »Nichts Gutes, fürchte ich. Es hieß, Aabuwas Witwe sei körperlich wohlauf, doch in tiefer Trauer über den jähen Tod ihres Gemahls – man kennt ja den schwülstigen Ton offizieller Verlautbarungen.«

»Und weiter?«

»Außerdem haben sie eine kurze Erklärung des Pharaos gesendet. Er hat verkündet, dass heute in acht Tagen, genau um

Mitternacht, die Bestattungsriten für seinen Sohn Aabuwa beginnen sollen.«

Topra schwante Schlimmes. »Sie wollen doch nicht …?«

Timsah nickte traurig. »Doch, mein Junge. Die Frau des Verstorbenen und sogar ihre Mutter sollen den Kronprinz ins Totenreich begleiten.«

Für Topra kam diese Nachricht einem Untertauchen in eiskaltem Wasser gleich. Er fühlte seinen Körper nicht mehr, spürte nicht einmal das Zittern seiner Hände. Sein Kinn sackte schwer auf die Brust. Der letzte Pharao, der seine Frauen und Diener mit ins Grab genommen hatte, war Isfets Ururgroßvater gewesen. Es gab zwar kein Gesetz, das die Tötung von Menschen zum Zwecke der Grabbeigabe verbot, aber der Brauch galt nicht mehr als schick. Der moderne Baqater starb in stiller Würde und benutzte lieber mondäne Transportmittel als große Reisegesellschaften für die Übersiedlung ins Totenreich.

Ehe ihr Schützling ganz in Lethargie verfallen konnte, wagte Timsah einen Aufmunterungsversuch. »Smendes von Hathor ist zuversichtlich, dass du Inukith retten kannst. Heute früh – du hast noch geschlafen – hat er kurz hereingeschaut und sich nach dir erkundigt. Er meinte, die ganze Leibwache des Pharaos könne dich nicht aufhalten.«

Topra blickte erstaunt auf. »Smendes von Hathor? Der weltberühmte Pianist? Sag bloß, er ist mein heimlicher Gönner!«

Timsah hielt sich die Hand vor den Mund. »O weh! Das hätte ich wohl lieber nicht ausplaudern sollen.«

»Warum habe ich nur den Eindruck, du hast mir seinen Namen absichtlich verraten?«

Timsah schmunzelte. »Vielleicht, weil es so ist. Jetzt bist du wieder aufgetaut. Iss was, Junge. Du musst zu Kräften kommen, wenn du dem Pharao die Stirn bieten willst.«

Mit einem Mal konnte Topra nicht mehr ruhig im Bett liegen. Wenn er Inukith retten wollte, dann musste er zurückkehren in die Welt, mit der er zehn Tage lang nur über Timsah Verbindung gehalten hatte. Nein, das stimmte nicht ganz. Es gab noch etwas anderes, das seinen Verstand davor bewahrt hatte, sich in Selbstvorwürfen und Resignation aufzulösen, um sich der Gnade des Wahnsinns zu überlassen.

Ächzend drückte sich Topra von der Matratze hoch. Seine Knie waren so weich wie Grießpudding. Unsicher lief er zum Fenster. Von dort hatten ihn in der Zeit seiner Blindheit die Geräusche dcs Hafens erreicht. Die Rufe der Seeleute, das Knarzen von Tauwerk, das Klappern der Takelagen – all das war ein Teil seiner Wirklichkeit und indem es ihn nicht verließ, hielt es ihn wie eine Sicherungsleine am Leben fest. Endlich erreichte er das schmale Fenster. Erschöpft stützte er sich an der Laibung ab, sah hinaus und atmete tief die Gerüche von brackigem Wasser, Fisch und Öl ein. Als sein noch etwas verschwommener Blick nach links schweifte, erstarrte er zunächst, dann knickten ihm die Beine weg und er landete mit einem Rums auf dem Dielenboden. »Das … gibt's doch nicht!«, hauchte er und zog sich stöhnend am Fenstersims wieder hoch. Staunend sah er zum Kai hinüber. Es war kein Trugbild.

Die *Tanhir* lag tatsächlich im Hafen!

Bis auf die blaugrünen Segel hatte Kapitän Jobax' Dhau wieder ihre normale braune Farbe. Auch war sie nun kein *abjamah,* kein Gepard, mehr, sondern ein »Mondauge« – das baqatische Wort dafür lautete *Disrath.* Für Topra stand jedoch außer Zweifel, dass er denselben Dreimaster vor sich sah, auf dem er den größten Teil seines Lebens verbracht hatte.

Der erste Impuls des einstigen Schiffsjungen war loszulaufen und die Dhau im Sturm zu nehmen. Bereits am Fußende seines Bettgestells besann er sich jedoch eines Besseren. Zwar hätte er seine wackligen Beine schon irgendwie dazu überredet, die schmale Stiege nach unten zu bewältigen und die Hafenmole zu überqueren, aber spätestens dort wimmelte es vermutlich von Amjibspionen.

»Timsah! Komm schnell!« Immer wieder rief er den Namen der Vermieterin. Sein Geschrei hallte durch das Haus. Vermutlich hörte man es bis auf den Hafendamm, aber darüber machte er sich nun wirklich keine Gedanken.

Endlich ertönte wieder das Knarren der Treppenstufen. »Was ist denn los!«, erscholl von unten ihre Stimme. Als sie endlich in der Tür von Topras Kammer stand, wirkte sie erhitzt. »Ich dachte, dir sei ein Auge ausgefallen, so wie du geschrien hast«, keuchte sie.

»D-da draußen!«, stammelte er und deutete zum Fenster.

»Was ist da?«

»Ein Schiff.«

»Na, das ist ja mal was Neues.«

»Die *Tanhir.*«

»Ist mir gar nicht aufgefallen.«

»Sie heißt jetzt ja auch *Disrath.*»

Timsah stemmte drohend die Fäuste in die Seiten und verlangte streng eine »verständliche Erklärung«. Mit einiger Mühe brachte Topra diese zusammen. Dann bat er die Witwe um einen Dienst.

Wenige Minuten später überquerte Timsah mit einem Einkaufskorb die Mole und baute sich vor der Gangway der Dhau auf. Argwöhnisch musterte sie den Laufsteg und kam zu dem Schluss, ihren gewichtigen Körper besser von ihm fern zu halten. Weiter hinten auf dem Deck erblickte sie einen stattlichen Seemann mit einer Ledermütze, der gerade das Achterhaus mit einem neuen Schutzanstrich versah.

»Ich hätte gerne einen dicken Fisch!«, schrie sie zu ihm hinüber.

Der Mann hielt in seiner Arbeit inne, nahm die Mütze ab und wischte sich mit dem Unterarm über den kahlen Kopf. »Dann geh zum Markt und kauf dir einen. Hier bekommst du ihn ganz sicher nicht.«

»Das wollen wir erst mal sehen. Ich möchte sofort Jobax sprechen.«

Sein Gesicht drückte Erstaunen aus. Er trat an die Reling und fragte: »Kennst du den Kapitän?«

Timsah lief ein paar Schritte den Kai hinab, um die Distanz zwischen sich und dem wortkargen Seemann zu verringern. Verschwörerisch raunte sie: »So könnte man sagen. Ich habe ihm eine Botschaft von seinem Sohn zu überbringen.«

Das Gesicht des Matrosen verfinsterte sich. »Unser Kapitän ist kinderlos.«

Sie beugte sich beängstigend weit auf das Wasser hinaus und flüsterte: »Wenn du seine leiblichen Nachkommen meinst, mag das stimmen, aber willst du ihn wirklich davon abhalten, *Topra* wiederzusehen?«

Der Pinsel rutschte dem Seemann aus der Hand und sein Unterkiefer fiel herab.

Weil er keine Anstalten machte, sich vom Fleck zu rühren, zischte Timsah: »Hast du mich verstanden oder muss ich es dir buchstabieren?«

Der Anstreicher erlangte seine Fassung zurück, ersparte sich indes die Antwort und rannte stattdessen zum Achterhaus hinüber, in dem er flugs verschwand.

Topra merkte sofort, dass mehr als eine Person die Stiege zur Dachkammer heraufkam. Er setzte sich auf die Bettkante und sah gespannt zur Tür. Was erwartete ihn? War sein Ziehvater noch am Leben? Oder hatte längst ein anderer das Kommando auf der *Tanhir* übernommen? Als die Tür aufflog, waren alle Zweifel zerstreut.

»Topra!«, stieß Jobax hervor und stürzte auf das Bett zu, um seinen Jungen zu umarmen.

Der brachte kein einziges Wort heraus. Also drückte er seinen Vater nur fest an sich und weinte hemmungslos.

Weil Timsah eine sehr gefühlsbetonte Seele war, schloss sie

sich dem freudigen Schluchzen an. Mit eingezogenem Kopf stand sie unter dem niedrigen Türsturz und tränkte ihren Schürzenzipfel mit Tränen.

Geraume Zeit verging, bis sich die Emotionen so weit beruhigt hatten, dass die Fragen Oberwasser gewannen. Was war seit jenem Tag geschehen, als der Walhai Topra verschluckt hatte? Sowohl Vater als auch Sohn brannten darauf, voneinander alles zu erfahren. Timsah lud sie in ihre Küche im Erdgeschoss ein, die gleichzeitig ihr Wohnzimmer war.

Wenig später saßen sie auf weichen Kissen am Boden und balancierten mit spitzen Fingern silberne Teeglashalter durch die Luft.

Zuerst musste Topra berichten, was er in den mehr als vierhundert Tagen ihrer Trennung erlebt hatte. Dann erzählte Jobax, wie er der baqatischen Marine zwischen den Inselchen Lemurs entwischt war und auch später mehrmals vor ihr fliehen musste. Eines Tages – die *Tanhir* lag gerade in einer kleinen Bucht vor Anker – hatte sich von der offenen See plötzlich ein Kriegsschiff genähert. Jede Flucht schien aussichtslos. Aber da stellte sich heraus, dass die Fahndung nach Kapitän Jobax' Dhau offenbar eingestellt worden war. Das Torpedoboot drehte unverrichteter Dinge ab.

»Da stand für mich fest, dass du nicht mehr lebst«, gab der blonde Seebär zu und seiner zitternden Stimme war anzumerken, wie sehr die Erinnerung an diesen Moment seine Gefühle aufwühlte.

»Du meinst, weil der Geheimdienst des Hofes keine Toten jagt? Hast du nie daran gedacht, dass sie mich auch gekriegt haben könnten?«

»Natürlich. Anfangs schon. Aber dann besuchte ich einen Mann, auf dessen Informationen ich mich immer hatte verlassen können; du weißt ja, dass ich viele Leute kenne, die mir hin und wieder ein paar nützliche Tipps geben. Auf die Weise erfuhr ich auch, was in der Straße von Lemur geschehen ist, nachdem das Torpedoboot uns hatte ziehen lassen. Es hieß, du seist von einem riesigen Seeungetüm verschluckt worden. Danach habe ich alle Hoffnung aufgegeben. Bis dann fast die ganze Mannschaft der *Tanhir* in einer Hafenspelunke vor der Glotze hing, um sich ein bisschen beim Affentheater zu vergnügen.«

Topra hob fragend die Augenbrauen.

»Die Hochzeit des Kronprinzen«, präzisierte Jobax und schüttelte den Kopf. »Mir sind fast die Augen aus dem Kopf gekullert, als ich da plötzlich *dich* sah, mein Lieber. Quietschfidel, in der Gardeuniform der kaiserlichen Leibwache, standest du da und hast Aabuwa eingeheizt. Ich dachte, ich spinne. Nachdem die Große Säulenhalle eingestürzt war und die staatliche Zensur wieder die Fernsehbilder kontrollierte, wurde behauptet, der psychopathische Attentäter – damit meinten sie dich – sei getötet worden. Aber diesmal ließ ich mich nicht ins Boxhorn jagen. Wir haben sofort die Anker gelichtet und sind mit Volldampf hierher gerauscht.«

»Ganz schön riskant, Vater. Ich glaube nicht, dass der Amjib sich auf Dauer von einem neuen Namensschild und gefälschten Schiffspapieren täuschen lässt.«

»Die haben im Moment ganz andere Sorgen«, wiegelte Jobax ab. »Aus zuverlässiger Quelle weiß ich, dass sich die Menschen an vielen Orten im Reich gegen den Tyrannen erheben. Im siebten oberbaqatischen Gau soll sich eine ganze Division der Armee den Rebellen angeschlossen haben. Isfet versucht die Unruhen blutig niederzuschlagen. In den Medien erfährt man natürlich nichts davon. Wenn du mich fragst, sind seine Tage gezählt, und das haben wir dir zu verdanken.«

»Mir?«

»Ja, der Funke, der das Pulverfass der Revolution zur Explosion gebracht hat, war dein Fernsehauftritt im Tempel der memphitischen Triade. Die Freischärler dachten, der Pharao sei von der einstürzenden Decke der Großen Säulenhalle erschlagen worden. Das gab ihnen den Mut, sich gegen die Regierungstruppen zu erheben. Glaub mir, mein Sohn, die Tage des Pharao sind gezählt.«

»Aber die volle Größe einer Kröte sieht man erst nach ihrem Tod.«

»Wie bitte?«

»Das ist ein Sprichwort der Teguar. Es bedeutet, dass man die Hintertriebenheit eines Menschen erst ermessen mag, wenn er gestorben ist und kein Unheil mehr stiften kann.«

»Woran denkst du dabei? Massenvernichtungswaffen? Meinst du, ein Herrscher könnte so abgefeimt und gewissenlos sein, dass er sein eigenes Volk ausrottet?«

»Es gibt nichts, das es nicht gibt. Deshalb muss man sich gegen alles wappnen.«

»Ist das auch ein Nomadenspruch?«

»Nein. Das stammt von mir. Ich musste gerade an etwas denken, das mir Fatima erzählt hat. Sie ist …«

»Die Hüterin des Wüstenorakels von Siwa. Ich weiß.«

Topras Mund stand offen. Der Name Fatima war nicht gerade eine Seltenheit. Wie konnte sein Vater so genau wissen, an wen er eben gedacht hatte? Ehe er seine Fassung wiederfinden und ihn danach fragen konnte, klopfte es an der Tür. Topra zuckte zusammen. Unweigerlich musste er an einen Sturmtrupp von Geheimpolizisten denken, der mit entsicherten Waffen draußen lauerte.

Der Kapitän schmunzelte nur. »Jetzt wirst du noch eine Überraschung erleben, mein Lieber.«

Timsah wusste offenbar schon, worum es dabei ging. Grinsend und mit ungeahnter Schnelligkeit war sie aufgesprungen und zur Tür gelaufen. Sie öffnete und ließ rasch zwei Besucher ein.

Dem äußeren Eindruck nach handelte es sich um einen Riesenmönch, dessen Gesicht unter einer Kapuze verborgen war, und um einen vermummten Teguar.

»Hobnaj und Asfahan!«, rief Topra, noch ehe die beiden sich demaskiert hatten. Er vergaß sogar seine lahmen Glieder und drückte sich vom Boden hoch. Überglücklich fielen sich die drei Gefährten in die Arme.

»Du hast uns einen Riesenschreck eingejagt«, sagte Hobnaj.

»Aber mutig wie ein Teguar die Kobra am Kopf gepackt«, fügte Asfahan lachend hinzu.

»Nicht ganz freiwillig«, gestand Topra mit ernster Miene ein. Er deutete zu den Kissen am Boden. »Nehmt Platz. Offenbar habt ihr meinen Wunschvater ja schon kennen gelernt.« Dankbar ergriff er die ihm von Jobax gereichte Hand und ließ sich ebenfalls nieder.

Hobnaj betrachtete die beiden mit einem wehmütigen Ausdruck. »Bei allem, was du inzwischen im Millionenjahrhaus erfahren und erlebt hast, spricht es für dich, mein Junge, den Kapitän weiterhin so zu nennen, obwohl ich es gut verstehen könnte, wenn auch Isfets Geschick dir nicht ganz gleichgültig ist. Wie ich sehe, trägst du immer noch den kastrierten Sklavenring.«

Topras Hand wanderte unwillkürlich zu dem Goldreif am Hals. »Abgesehen von meinem Leben ist er das einzige Geschenk, das mein leiblicher Vater mir aus freien Stücken gegeben hat.«

»Sagtest du nicht, Aabuwa hätte Isfet die Idee eingeflüstert?«

Topra grinste schief. »Soll ich meinem Erzeuger einen Vorwurf machen, weil es ihm an Einfallsreichtum mangelt? Ich habe beschlossen, den *Bund* zu tragen, bis die Bedrohung durch den Pharao abgewendet ist; vielleicht kann der Goldreif mir noch nützlich sein. Aber lasst uns über erfreulichere Dinge reden. Wie seid ihr euch begegnet, du, Asfahan und mein … *Wunsch*vater?«

»Ein Freund erzählte mir vor zwei Tagen von einer dreimastigen Dhau namens *Disrath*, die im alten Hafen angelegt hat, und von ihrem Kapitän. Ein paar Stunden später waren Jobax und ich Freunde.«

Der Teguarfürst lachte. »Und mich erwähnst du gar nicht? Irgendwie hat jeder von uns dreien Vatergefühle empfunden, als wir über dich sprachen.«

»Das kann ich gut nachempfinden«, mischte sich Timsah ein und fügte grinsend hinzu: »Nur dass es bei mir Mutterinstinkte sind.«

»Auch das soll's geben«, sagte Hobnaj schmunzelnd. »Du glaubst nicht, mein Junge, wie besorgt Fatima war, als das Gerücht die Runde machte, du seist ums Leben gekommen. Jetzt wird die Hüterin sich umso mehr freuen. Sie ist übrigens immer noch in Memphis, weil sie befürchtet, wir kämen ohne sie nicht zurecht.«

Topra konnte selbst nicht begreifen, warum ihm das Glück solche aufopferungsvollen Gefährten geschenkt hatte. Ob es nun der Pianist Smendes von Hathor war, Fatima, die Hüterin des Wüstenorakels, oder Dalabad, der Anführer der Strandpiraten. Immer wieder war er Menschen begegnet, die ihn auf seiner Suche unterstützten. Unweigerlich musste er auch an das Spiegelbild denken, das er im Brunnen von Hobnajs Anwesen in Siwa erblickt hatte. Da gab es noch jemand anderen, der ihm sehr nahe stand, und auch diesen musste er unbedingt wiedersehen. Er konnte für diese Notwendigkeit keine Argumente ins Feld führen. Doch ebenso deutlich, wie er das Nahen seiner sechsten Lebenswelle spürte, ahnte er auch, dass er Isfets Pläne nur mithilfe dieses Zwillingsbruders vereiteln konnte. Oder gab es – immerhin war das Universum in *drei* Teile zerbrochen – am Ende gar Drillinge?

Acht Tage waren vergangen, seit Topra seinen Vater und die Gefährten wiedergefunden hatte. In dieser Zeit hatten sich seine Kräfte regeneriert und nun setzte er sie verschwenderisch ein, um nervös hin und her zu laufen.

»Wie lange noch?«, fragte er ungeduldig.

Hobnaj schien es darauf angelegt zu haben, ihn mit seiner Gelassenheit vollends aus der Fassung zu bringen. Seelenruhig erwiderte er: »Schau auf das Licht, das durchs Bullauge fällt, dann weißt du es, mein Junge. Die Sonne geht gerade erst unter. Es sind noch fünf Stunden bis Mitternacht.«

Neben dem Nubier hatten sich am Nachmittag auch Asfahan, Jobax und Fatima unter Deck der *Tanhir* zusammengefunden, um Topra mit Rat und Tat zur Seite zu stehen, was nicht bedeutete, dass sie sich einig waren. Stundenlang hockten sie auf einem Teppich zwischen Kornsäcken und Kisten auf dem Boden des Laderaums und tauschten ihre unterschiedlichen Positionen aus. Der Kapitän war gerade an Deck gegangen, um dort nach dem Rechten zu sehen.

Die Dhau lag nahe der Totenstadt vor Anker. Hinter den drei großen Pyramiden hing wie ein himmlisches Zeichen ein blutroter Ball. Aus dem Häusermeer von Memphis drangen ab und zu Schüsse herüber. Aber das sei nur Vorgeplänkel, hatte Asfahan gesagt. Mit der Großoffensive gegen das Millionenjahrhaus würden sich die Rebellen noch etwas Zeit lassen.

»Was passiert, wenn die Leibgardisten mich vor der Kammer des Wissens abfangen?«, fragte Topra wohl schon zum zehnten Mal.

Hobnaj seufzte. »Das werden sie nicht. Und jetzt fragst du gleich: ›Warum?‹ Und ich antworte dir: ›Weil Isfet diese ganze Totenfeier als große Mausefalle sieht: Inukith ist der Speck und du bist die Maus.‹«

»Das gefällt mir nicht.«

»Dann lass den Köder liegen, wenigstens bis die sechste Welle vorüber ist!«, sagte Fatima ernst.

»Ich glaube, das haben wir auch schon ein paarmal durchgekaut«, gab Asfahan zu bedenken. »Leider muss ich unserem schwarzen Rebellen Recht geben, Topra. Wir dürfen uns von den Erfolgen der Freiheitskämpfer im übrigen Reich nicht blenden lassen. Selbst wenn alle unsere Verbündeten gleichzeitig gegen die Totenstadt anstürmten, könnten sie Inukith nicht retten. Die Nekropole ist von einem gestaffelten Gürtel der Leibgarde umgeben. Da bricht keiner so mir nichts, dir nichts durch. Dieses Bollwerk kann man nur mit tausenden von Schwertstichen zum Einsturz bringen.«

»Oder durch List«, merkte Hobnaj an.

Topra nickte, als habe er einen endgültigen Entschluss gefasst. »Ja, wir gehen vor wie geplant. Wenn der Pharao eine Entscheidung unter den Augen der Großen Sphinx sucht, dann soll er sie bekommen.«

»Vielleicht hofft er ja, das Fabelwesen wird dich zu Stein verwandeln«, frotzelte Asfahan.

»Männer!«, stieß Fatima hervor. Es klang nicht spöttisch, sondern eher tadelnd. Ihre blinden Augen waren zur Decke gewandt. »Ihr könntet wochenlang die Köpfe zusammenstecken, um über ein und dasselbe Thema zu reden. Aber wenn es euch beruhigt, dann wiederhole ich es gerne noch einmal: Hier und heute wird das Schicksal des Drillingsuniversums entschieden. Isfets reguläre Armee spielt dabei keine Rolle, sie ist ja ohnehin längst besiegt oder zu den Rebellen übergelaufen. Die ihm noch ergebene Leibgarde reicht völlig aus, um ihm diese Nacht den Rücken freizuhalten. Er will dich in seine Gewalt bringen, Topra, damit er mit dir vollenden kann, wozu Aabuwa nicht mehr in der Lage ist. Falls ihm das gelingt, gewinnt er unvorstellbare, *unbesiegbare* Macht und damit die Herrschaft über drei Welten, andernfalls verliert er alles.«

»Wenn wir nur genau wüssten, warum er mich in die Falle locken will!«, murmelte Topra.

Die Hüterin des Wüstenorakels wandte ihm ihr Gesicht zu. »Wir haben beide nicht sehen können, was in der Großen Säulenhalle geschehen ist, nachdem Aabuwas Herz zu schlagen aufgehört hatte, und doch wissen wir es, nicht wahr, mein Junge?«

Topra schlug die Augen nieder. Ja, natürlich ahnte er, was Isfet im Schilde führte, und vielleicht wusste er es sogar, weil er einen beunruhigenden Traum nicht vergessen konnte, in dem es um ein Menschenopfer ging. Ebenso war ihm noch das mit Fatima in der Schattenkammer geführte Gespräch lebhaft in Erinnerung. Auch sie hatte etwas von einem blutigen Ritual erwähnt, »das auf der Waage der Schrecklichkeit von keinem noch so großen Opfer aufgewogen werden« könne – als hätte sie geahnt, vor welcher Entscheidung er heute stand! Aus ihrer Sicht war Inukiths Leben ein verhältnismäßig geringer Preis für den Fortbestand des Drillingsuniversums. Aber er, Topra, wollte sich dieser Arithmetik des Todes nicht fügen, denn schwerer als der wog für ihn die Liebe. Niemand würde ihn zurückhalten können, auch Fatima nicht. Er stand vom Teppich auf. »Ich mache mich jetzt auf den Weg.«

»Die Zeremonie wird erst um Mitternacht vollzogen«, gab Hobnaj ruhig zu bedenken.

»Das hat Isfet verlautbaren lassen, aber ich traue ihm nicht.«

Die Orakelhüterin nickte. »Womit du Recht hast, Topra. Bleib hier und warte das Ende deiner sechsten Lebenswelle ab. Spätestens morgen früh ist die Macht des Pharaos gebrochen.«

»Und Inukith tot. Zum hundertsten Mal, Herrin: *Nein!* Ich habe nie daran geglaubt, dass man Menschenleben gegeneinander aufrechnen kann, weil jedes einzelne *unendlich* kostbar ist. Die Unendlichkeit lässt sich nicht addieren, multiplizieren oder dividieren. Vielleicht rette ich gerade mit Inukiths Leben das der ganzen Welt.«

»Oder du zerstörst das Drillingsuniversum.«

»Wer sagt denn, dass ich es durchs Nichtstun rette? Der Pharao kennt nicht nur die Geheimnisse der Kammer des Wissens, sondern auch die neuesten Forschungsergebnisse seiner Physiker und Astronomen. Imhoteps blutiges Ritual, vor dem du mich im Wüstenorakel Siwa gewarnt hast, ist vielleicht nur schmückendes Beiwerk. Kann sein, dass er mich in seine Gewalt bringen will, um die Götter nicht zu verärgern oder weil er abergläubisch ist oder auch noch das letzte Quäntchen Risiko ausschließen möchte. Wir wissen es nicht, Herrin Fatima! Gut möglich, dass er mich gar nicht braucht, um genau das zu vollbringen, von dem du in der Schattenkammer sagtest, es dürfe nie wieder geschehen. Hast du auch daran gedacht?«

Die blinden, von einem milchigen Schleier umhüllten Augen

der Orakelhüterin waren starr auf Topras Gesicht gerichtet. Nicht ohne Unbehagen ließ er sie seine Seele durchleuchten, so jedenfalls fühlte er sich. Lange zeigte Fatima keine Regung, aber dann sagte sie mit überraschend warmer Stimme: »Von den Dingen, die du da erwähnst, weiß ich nichts, mein Junge. Solltest du Recht behalten, dann werde ich deinen Dickkopf segnen, aber wenn die alten Überlieferungen, aus denen meine Welt besteht, noch gültig sind, dann kann ich ihn dir nicht einmal von den Schultern reißen, weil der Pharao dich bereits getötet hat oder … weil Anx nicht mehr existieren wird.«

Topra schluckte. »Bald werden wir's wissen.«

Nun erhob sich auch der Nubier. Schuldbewusst blickte er in Fatimas Richtung. »Bei allem Verständnis für deine Besorgnis, teure Freundin, aber ich habe nicht jahrelang für die Freiheit von Baqat gekämpft, um sie jetzt leichtfertig aufs Spiel zu setzen. Du musst aufhören den Jungen als Gefahr zu sehen, sondern ihn als Chance begreifen. Ich kann ihn nicht alleine gehen lassen.«

»Beklagt euch nachher nicht, wenn *ich* den ganzen Ruhm für die Zerschlagung der Elitetruppen einstreiche«, nörgelte Asfahan. Er machte ein unglückliches Gesicht, weil Hobnaj ihn dazu verdonnert hatte, über Funk Verbindung zu den Rebellen zu halten. In etwa einer Stunde sollte er das Signal für den Entlastungsangriff auf den Regierungsbezirk geben. Wenn die bei den Pyramiden zusammengezogenen Truppen des Pharaos die Artillerie hörten, würden sie ihre ganze Aufmerksamkeit auf die Verteidigungsringe der Totenstadt konzentrieren und den beiden Eindringlingen damit den Rücken freihalten.

Der Nubier klopfte dem Fürsten auf die Schulter. »Das geht schon in Ordnung, mein Freund. Sobald du unser Zeichen erhältst, gibst du es weiter, damit der Hauptangriff gegen die Nekropole beginnen kann. Alles klar?«

Der Teguar nickte grimmig.

»Es ist völlig unnötig, dein Leben aufs Spiel zu setzen und

mich zu begleiten«, protestierte Topra, auch nicht zum ersten Mal und daher eher schwach. »Du hast mir die Nekropole genau beschrieben, Hobnaj, und mir sogar eine Karte gemalt. Außerdem bin ich ein Finder und kann die Kräfte des Drillingsuniversums lenken.«

»Hältst du dich auch für unsterblich?«

»Unsinn. Aber …«

»Schluss jetzt mit Wenn und Aber! Lass dir eines sagen, Junge: Deine Mutter nannte dich Topra, was ›Die Basis des Dreiecks‹ bedeutet, damit das dir zugedachte Erbe nie in Vergessenheit gerät. Warum, glaubst du denn, habe ich all die Jahre aufrührerische Stammesfürsten und eigensinnige Dissidenten um mich geschart? Weil ich hoffte, nein, *wusste*, dass du eines Tages zurückkehren würdest. Nicht umsonst trägst du das Pyramidensymbol auf der Schulter. Ich werde mit meinem Leben über dich wachen, weil ich überzeugt bin, dass Baqats Schicksal in deiner Hand liegt. Und …«

Topras Augenbrauen hoben sich. »Und?«

Leise fügte Hobnaj hinzu: »Weil ich es deiner Mutter, der Frau, die ich wie keine andere liebte, geschworen habe.«

Spätestens nach diesem Geständnis war Topra klar, dass er seinen Freund nie würde umstimmen können. Er nickte gewichtig und entrang sich ein geseufztes: »Na gut.«

Hobnaj grinste. »Dann wäre das ja geklärt.«

Die zeremoniellen Opferungen der als Grabbeigaben vorgesehenen Witwe und Schwiegermutter des verstorbenen Kronprinzen sollten erst den Auftakt der mehrtägigen Kulthandlungen bilden. Ebenso wie die Bestattungsriten auf jahrtausendealte Traditionen zurückgingen, gehörte es auch seit Menschengedenken zum Stil der absoluten Herrscher, Krisen herunterzuspielen. Nach außen hin wurde Normalität vorgetäuscht, selbst wenn es im Innern brodelte. Jenen, die nichts von Pharao Isfets Allmachtsambitionen ahnten, musste das Festhalten am Zeitplan für Aabuwas Reise ins Totenreich als beispiellose Farce erscheinen. Überdies wurde das Recycling von Gräbern in gehobenen Kreisen mit Verachtung bestraft. Auf diesen Umstand hatte Fatima hingewiesen, weil Aabuwas Leichnam nach offiziellen Verlautbarungen – wenn auch nur vorübergehend – in einer Kammer unter der Cheopspyramide untergebracht werden sollte. Jetzt kam sie darauf zurück.

»Der Ort der Zeremonie ist nicht zufällig gewählt, Topra. Isfet will dich in die Kammer des Wissens locken. Sie befindet sich, wie ihre dunkle Zwillingsschwester, die Schattenkammer im Wüstenorakel Siwa, an einem besonderen Ort. Ich mache mir Sorgen, weil niemand vorhersagen kann, wie die Kräfte des Drillingsuniversums dort wirken. Unter Umständen werden dir deine Gaben in der Kammer nichts nützen.«

Jedes Mal wenn Fatima dieses Argument vorbrachte, bescherte sie Topra ein mulmiges Gefühl. Sie stellte damit seine Lebensversicherung infrage, seine Ultima Ratio für den Fall, dass Isfet sich weder überrumpeln noch von der Gefährlichkeit des Rituals überzeugen ließ. Die Kräfte, die sogar Aabuwa bezwungen hatten, sollten ausreichen, um Inukith aus der Hand des Pharaos zu befreien und ihn Hobnajs Obhut zu übergeben, aber was, wenn die Orakelhüterin Recht behielt? Topra schloss die Augen und schüttelte den Kopf. *Schluss damit!*, befahl er sich selbst. *Mit Bedenken gewinnt man keine Schlacht.*

Als er Fatima wieder ansah, war alle Unsicherheit verflogen. Er umarmte sie und flüsterte ihr ins Ohr: »Wenn ich auch unbewaffnet und ohne meine besonderen Fähigkeiten vor den Pharao treten mag, habe ich doch noch immer meine Liebe zu Inukith. Vertrau mir, Herrin. Es wird alles gut.«

Die Orakelhüterin atmete hörbar aus. »Als rede man in den Wind! Na schön, wenn ich euch diesen dummdreisten Plan schon nicht ausreden kann, dann lasst mich wenigstens meinen Teil dazu beitragen, ihn gelingen zu lassen. Ich verrate dir und deinem überdimensionierten Leibwächter ein Geheimnis. Hobnaj sagte, er würde den Pharao am liebsten in der Kammer des Wissens überraschen, hält das, wie ich seiner Stimme anhören konnte, aber nicht wirklich für möglich.«

»Mit dieser Meinung steht er nicht allein da.«

Fatima lächelte wissend. »Nun, vielleicht gibt es doch einen Weg. Aus den Überlieferungen, die wir rückständigen Hüter im Wüstenorakel Siwa aufbewahren, habe ich von einem zweiten Eingang erfahren, der in das unterirdische Tunnellabyrinth führt. Er ist unter der Großen Sphinx verborgen, genauer gesagt, an der linken Seite ihrer Schwanzwurzel.«

»Das hättest du mir wirklich früher verraten können!«, beklagte sich Hobnaj.

»Ich hoffte euch beiden zur Vernunft bringen zu können, mein Lieber.«

»Fragt sich nur, wie wir den Eingang öffnen sollen. Ich kenne die Große Sphinx und auch die Gerüchte, sie sei hohl und berge allerlei Rätselhaftes. An ihrem Schwanzansatz gibt es definitiv keine Tür, durch die wir in das Gängesystem hinabsteigen könnten.«

»Ich könnte einen Zugang schaffen«, merkte Topra an.

»O ja, das kann er!«, bekräftigte Asfahan mit nachdrücklichem Nicken.

Der Nubier und sein junger Schützling dankten Fatima, die es sich nicht nehmen ließ, die beiden noch einmal an sich zu drücken und ihnen Glück und den Segen des großen Schöpfers zu wünschen.

Topra und Hobnaj brachen mit dem letzten Tageslicht auf. Durch die überraschende Eröffnung Fatimas war ihre Route zur Kammer des Wissens noch ein wenig komplizierter geworden. Das Unternehmen begann mit einem Tauchgang, weil der Nubier es für zu gefährlich gehalten hatte, einfach durch die gestaffelten Linien der Verteidiger hindurchzumarschieren. Bei denen lägen die Nerven blank, gab er zu bedenken. Ein übernervöser Leibgardist könnte losfeuern, egal wie gründlich sein Kommandant ihm die Befehle Isfets eingeschärft hatte. Je weiter die beiden ungesehen in die Nekropole eindrangen, desto besser standen ihre Chancen. Vielleicht, wiederholte Hobnaj, könnten sie den Pharao jetzt sogar tatsächlich überraschen.

So mancher an Deck zweifelte daran. Die Gesichter der Gefährten sahen besorgt aus, als Topra und sein riesiger Freund das Fallreep hinabkletterten. Der Teguarfürst lehnte neben Jobax an der Reling und beide hätten am liebsten gewunken, verkniffen sich aber diese möglicherweise zu auffällige Geste. Obwohl die Taucher von der Totenstadt aus unmöglich zu entdecken waren, weil sie die Dhau als Sichtschutz benutzten, konnte man nie wissen, ob nicht gerade in diesem Moment zufällig ein Spion am gegenüberliegenden Ostufer zu ihnen herüberspähte.

Alles verlief schnell und fast geräuschlos, was angesichts der schweren Montur, die Topra am Körper trug, keine Selbstverständlichkeit war. Mit Taucheranzug, Vollgesichtsmaske, Schnorchel, Druckluftbehälter, Lungenautomat, aufblasbarem Jackett, Bleigürtel, Handlampe, Tauchcomputer, Messer, Schwimmflossen und einem wasserdichten Beutel vor der Brust kam er sich fast doppelt so schwer vor wie normal. Zum Glück besaß er ja einige Erfahrung im Umgang mit derlei Ausrüstung und Hobnaj, der seine Last erheblich leichter schulterte, behauptete von sich das Gleiche. Der Nubier hatte sogar darauf bestanden, sein monströses Rundschwert mitzunehmen.

Weil sie nur mit kleinen Flaschen und damit mit einem begrenzten Luftvorrat tauchten, näherten sie sich zunächst schnorchelnd dem Ufer. Der Fluss war an dieser Stelle ziemlich breit. Erst dicht vor dem heiligen Bezirk benutzten sie ihre Automaten, um tiefer zu gehen. Hobnajs ganzer Plan fußte auf der Annahme, dass die Leibgarde zwar die Grenzen der Nekropole und den umgebenden Luftraum kontrollieren würde, aber kaum die unzähligen Grabanlagen *in* der Totenstadt.

Und schon gar nicht das antike Nilometer.

Diese uralte Einrichtung zur Wasserstandskontrolle war schon vor Jahren durch moderne Technik ersetzt worden. Sie ging auf eine Zeit zurück, als die Baqater – oder wie immer sie sich damals nannten – ein starkes Interesse am Pegel ihrer Lebensader hatten. Regelmäßig überflutete der mächtige Strom, den sie »Meer« nannten, die Ufer. Dadurch wurde die Wüste zurückgedrängt und der Boden blieb fruchtbar.

Ein Priester, der zu Hobnajs stillen Unterstützern gehörte, hatte die notwendigen Informationen für die Operation beigesteuert. Seiner Erklärung zufolge habe das örtliche Nilometer ursprünglich außerhalb der Totenstadt gelegen, aber weil diese im Laufe vieler Dynastien bis zum Flussufer erweitert worden war, befand es sich nun mitten im heiligen Bezirk. Eine lange Röhre führe unterhalb des Wasserspiegels landeinwärts und münde schließlich in einem senkrechten Schacht. Er könne zwar versichern, dass immer noch Wasser in diesem brunnenähnlichen Loch stehe, hatte der Priester angemerkt, aber ob die Röhre für einen Mann durchgängig passierbar sei, das wisse er nicht.

Mithilfe eines Handsonars fand Hobnaj bald die Röhre. Topra musste gegen ein Gefühl der Beklemmung ankämpfen, als er dem Nubier in das schwarze Loch folgte, zu lebendig war noch die Erinnerung an den großen Fisch. Eine schleimige Reminiszenz bedeutete für ihn auch die dicke Schicht aus Schlick am Boden des Tunnels. Aber wenigstens war er nicht verstopft. Die Taucher kamen gut voran.

Immer wieder kontrollierte Topra das Manometer und den Tauchcomputer am Handgelenk. Der Luftvorrat schmolz dramatisch schnell zusammen. Nie zuvor hatte er unter Wasser die eigenen Atemgeräusche so laut empfunden. Jede Blase, die mit lärmendem Blubbern seinem Mundstück entwich, erschien ihm wie ein unwiederbringlicher Verlust. Plötzlich vibrierte der Computer. *Noch Luft für drei Minuten!*, rief sich Topra in Erinnerung. Als er von seinem Multifunktionsgerät aufblickte, war Hobnaj aus dem Kegel der Handlampe verschwunden.

Topra erschrak. Ängstlich leuchtete er die umliegenden Wände ab. Dadurch erst bemerkte er das Ende der waagerechten Röhre. Über ihm erhob sich ein senkrechter Schacht. Rasch schaltete er das Licht aus.

Als er aus dem Wasser auftauchte, flüsterte ihm Hobnaj zu: »Da sind Vertiefungen in der Wand, wie der Priester gesagt hat. Daran können wir nach oben klettern. Zieh dein Zeug aus und lass es auf den Grund sinken.«

Sie halfen sich gegenseitig dabei, die Ausrüstung abzulegen. Topra stach ein paarmal mit dem Messer in die Tarierweste und drückte die Luft heraus. Das Gewicht des Bleigürtels und der Metallflasche zog dann alles in die Tiefe. Hobnaj verfuhr mit dem eigenen Jacket genauso. Anschließend kletterten sie die Schachtwand hinauf. Der Nubier zuerst. »Weil mein schwarzer Schädel im Dunkeln nicht so leuchtet«, hatte er erklärt.

Das Nilometer war mit einer Steinplatte abgedeckt, die Hobnaj mühelos hochstemmte und behutsam zur Seite schob. Er glitt aus der Öffnung, verschwand damit einige Augenblicke aus Topras Gesichtsfeld, um ihn gleich darauf nach oben zu winken.

Während sie in der Deckung großer Büsche ihre Kleidung aus den wasserdichten Beuteln zogen, ertönte aus der Ferne Kanonendonner. Der angekündigte Entlastungsangriff hatte bereits begonnen. Beide zogen sich die wadenlangen, traditionellen Priesterröcke aus weißem, teilweise plissiertem Stoff an. Dazu gehörte ein breites Gürtelband, dessen Enden sich nach unten auffalteten und bis über die Lenden hinabreichten. Ein Kopftuch mit Stirnband, ein breites Halsgespänge aus Golddraht sowie ein langer Umhang rundeten das priesterliche Habit ab und ließen nur einen Teil der Brust und die Bauchpartie frei. Topra hatte Bedenken geäußert, weil er diese Verkleidung, zumindest in Hobnajs Fall, nicht sehr überzeugend fand. Der hielt dagegen, dass seit Pharao Nehesi nubische Fürsten und Priester in Baqats Schaltstellen der Macht zwar nicht gerade die Regel, aber eine gar nicht so seltene Ausnahme waren.

Gemessenen Schrittes verließen sie das Versteck. Es gab einen direkten Verbindungsweg, der von der Anlegestelle der Totenstadt zur Großen Sphinx hinaufführte. Diesen mieden die beiden falschen Priester und wählten stattdessen eine mehr nördlich verlaufende Route. Vor Jahrtausenden hatten die Erbauer der Großen Pyramide dort Steine geschlagen, inzwischen war das ganze Gebiet jedoch mit unzähligen kleineren Grabmalen bedeckt, wodurch es den Namen Nekropole – Totenstadt – wahrhaft verdiente. Topra und Hobnaj schlichen durch Gassen, die zu beiden Seiten von winzigen Pyramiden, Miniaturmausoläen und Totentempelchen gesäumt waren.

»Das ist der Beamtendistrikt. Es heißt, die Mumien hier seien haltbarer als alle anderen«, flüsterte der Nubier.

»Wieso?«

»Weil nur die Beamten schon im Diesseits damit beginnen, ihre Körper zu konservieren.«

Topra stöhnte leise. »Mir ist wirklich nicht zum Scherzen zumute, Hobnaj!«

Rechter Hand ragte hinter den niedrigen Beamtengräbern die gewaltige Cheopspyramide auf. Ihre helle Ummantelung schimmerte fahl im Licht des Halbmondes. Ab und zu konnte man nahe der Basis den Widerschein von Flammen sehen. Die Illumination gehöre zum Ritus der Opferung, merkte Hobnaj zähneknirschend an. Vor dem Haupteingang zum Tunnellabyrinth dürfte sich demnächst ein Spalier von mehreren Dutzend Priestern aufbauen, um die frischen Leichen in Empfang zu nehmen.

Topra schauderte. »Wie weit ist es noch bis zur Sphinx?«

»Wir sind gleich da. Da vorne am Ende der Gasse müssen wir ein freies Stück von ungefähr dreihundert Fuß überqueren. Dann haben wir's geschafft.«

»Und wenn uns die Leibgardisten mit ihren Nachtsichtgeräten sehen?«

»Ich glaube, sie haben im Moment anderes zu tun als die Sphinx zu beobachten.«

Hinter dem Beamtendistrikt überquerten die beiden einen leicht abschüssigen Hang, der wenig Deckung bot. Während der Kanonendonner in der Stadt unvermindert anhielt, blieb im näheren Umkreis alles ruhig. Abgesehen von Topras Innenleben. Er spürte das Nahen der sechsten Welle und wurde zunehmend nervöser. Hoffentlich fing er nicht ausgerechnet jetzt damit an, wie ein Leuchtspurgeschoss zu glühen.

Zum Glück blieb er – vorerst jedenfalls – von dem Glanz verschont und erreichte mit Hobnaj unbehelligt die Große Sphinx.

Das in Stein gemeißelte Fabelwesen besaß den Körper eines Löwen, aber das Haupt eines Pharaos. Die monumentale Figur – ihre Höhe betrug ungefähr sechsundsechzig und ihre Länge über zweihundertvierzig Fuß – ruhte in einer Art Becken, das ihre Erschaffer aus dem massiven Fels herausgehauen hatten. Nachdem Topra und Hobnaj über eine flache Treppe in diese künstliche Einsenkung hinabgestiegen waren, konnten sie zunächst aufatmen.

»Es müsste schon mit dem Seth zugehen, wenn uns jetzt noch jemand entdeckt«, flüsterte Hobnaj.

»Trotzdem wäre es mir lieber, wir hätten den Hinterausgang des Labyrinths schon gefunden.«

»Eine treffende Bezeichnung für das, was wir suchen. Ich schlage vor, du bringst deine Spürnase zum *Hintern* dieses Biests.«

Die beiden liefen an der linken Flanke der fabelhaften Katze entlang und blieben vor ihrer Schwanzwurzel stehen. Im Mondlicht war nicht das Geringste zu erkennen, was auf einen Zugang hindeutete.

»Wäre ziemlich unangenehm, wenn Fatima sich geirrt hätte«, knurrte Hobnaj. »Soll ich mal die Handlampe einschalten?«

»Nein, warte!« Topra schloss die Augen. Je ungenauer die Vorstellung war, die er von einer verschwundenen Sache hatte, desto schwieriger ließ sie sich von seinem Spürsinn finden. Er richtete seine Aufmerksamkeit auf jenes legendäre Gewirr von Schächten, das sich in und unter der Figur befinden sollte. Bald drohte er zu verzweifeln, weil sich der Nebel vor seinem geistigen Auge einfach nicht lichten wollte. An der Kraft des Drillingsuniversums, die ihn so dicht vor seiner sechsten Lebenswelle heftiger denn je durchströmte, lag es nicht. »Ich kann keine Gänge sehen«, jammerte er.

»Du schaffst das schon«, sagte Hobnaj beruhigend. »Vergiss einmal das Labyrinth. Such nur nach einer Treppe, die weit in die Tiefe führt.«

Topra folgte dem Rat und konzentrierte sich nicht so sehr auf das große, sondern nur auf dieses kleine Ziel. Und plötzlich sah er den Schacht. Er war tatsächlich da, wo Fatima es beschrieben hatte, unter dem Schwanzansatz der Sphinx. »Tritt ein Stück zurück. Am besten da rechts herum«, sagte er und deutete auf die andere Seite der Figur.

»Heißt das …?«

»Ja, ich habe den Zugang gefunden.« Topra lief ebenfalls einige Schritte zurück und rief sich die Lektion in Erinnerung, die er in dem verlassenen Wüstenfort gelernt hatte. Mittlerweile war er einigermaßen geübt darin, den Raum so zu verbiegen, dass gewaltige Kräfte auf einen kleinen Punkt einwirkten. Hier dehnte er den ausgewählten Bereich am Hinterteil der Sphinx gewissermaßen nach innen, um verräterische Trümmer vor der Figur zu vermeiden. Dem menschlichen Auge blieb die allmählich zunehmende Spannung im Fels verborgen. Bis mit einem Mal ein Riss entstand. Es folgte ein mahlendes Knirschen, dann brach ein unregelmäßig geformtes Loch in die Sphinx.

Die Öffnung des Schachtes war erheblich unspektakulärer erfolgt als einige Monate zuvor das Katapultieren eines Lehmhauses durch die Wüste. Topra hatte sich diesmal bemüht, keinen unnötigen Lärm zu verursachen.

»Hätte ich die Fernsehbilder aus der Großen Säulenhalle nicht gesehen, würde ich das hier für eine Halluzination halten«, staunte Hobnaj.

»Wer weiß, was uns noch erwartet«, erwiderte Topra ahnungsvoll und schlüpfte in die Sphinx.

Nachdem Hobnaj ihm gefolgt war, verschloss er das Loch wieder notdürftig, indem er das Geröll vor den Eingang rutschen ließ. Anschließend schalteten die beiden ihre Handlampen ein.

Vor ihnen lag eine Treppe, die in unergründliche Tiefen führte.

Topra sagte: »Am besten, ich konzentriere mich jetzt auf Inukith und versuche zunächst die grobe Richtung zu ermitteln.«

»In einem Labyrinth hilft es nur leider wenig, wenn man die Himmelsrichtung des Zieles kennt. Die meisten Gänge führen in eine Sackgasse und der richtige kann zunächst ein Umweg sein.«

»Deshalb musst du dich auch sofort melden, sobald dir irgendeine Stelle bekannt vorkommt.«

Hobnaj nickte. »Ist gut. Wollen hoffen, dass Inukith und ihre Mutter auch bei Isfet in der Kammer des Wissens sind.«

»Schon vergessen, was du vorhin über die Mausefalle gesagt hast?«

»Geh voran, ich bleibe hinter dir.«

»Noch was. Sollten wir auf Leibgardisten stoßen, dann halte dich im Hintergrund. Ich möchte nicht, dass sie dich niederschießen, weil Isfet den Befehl gegeben hat, mich allein durchzulassen.«

»Man sollte die Wachtel fangen, bevor man sie kocht.«

»Was?«

»Ein Sprichwort aus meiner Heimat. Du würdest vielleicht sagen: ›Eins nach dem anderen.‹«

Topra beneidete den Nubier um seine Gelassenheit. Eigentlich sollte es ihn beruhigen, wenn sich wenigstens einer im Gespann nicht vom Näherkommen der sechsten Welle irremachen ließ. Leider war er nicht in der Verfassung, um sich von *irgendetwas* beruhigen zu lassen. Dem Lichtkegel der eigenen Handlampe folgend, stieg er in die Tiefe.

Am Ende der Treppe führte ein Tunnel nach links, der andere nach rechts. Topra wählte Möglichkeit Nummer zwei. Offenbar handelte es sich bei diesem Schacht um einen Verbindungsgang. Das eigentliche Labyrinth lag noch vor ihnen. Nach ungefähr einer halben Meile kam der nächste Abzweig. Decken, Boden und Wände, bis hierhin noch uneben, da aus dem massiven Fels geschlagen, wurden nun glatt, weil die Erbauer des Gangsystems sie mit grauen Platten verkleidet hatten. Diesmal führte Topra seinen Gefährten zielstrebig nach links.

Nun begann es kompliziert zu werden. Immer wieder zweigten Quergänge von dem Tunnel ab. Häufig stießen die beiden auch auf sauber mit Granit ausgekleidete Kammern. Ja, allmählich drängte sich ihnen der Eindruck auf, durch eine unterirdische Stadt zu wandern. Als Topra vom breiteren Haupttunnel in einen schmalen Quergang einbog, meldete Hobnaj Zweifel an.

»Bist du dir sicher? Mir scheint es sinnvoller, die Richtung beizubehalten.«

Topra deutete in den engen Tunnel. »Die Kammer liegt in dieser Richtung, mehr kann ich dazu nicht sagen.«

Hobnaj seufzte. »Du bist die Spürnase.«

Nach etwa hundert Schritten nahm Topra zielsicher einen Gang, der von links kommend auf ihren Schacht stieß. Wenig später traf der Lichtkegel seiner Taschenlampe auf einen Geröllhaufen, der die gesamte Tunnelbreite ausfüllte.

»Auch das noch! Der Gang da vorne ist eingestürzt«, jammerte Topra. Wenn er nur wüsste, ob der Pharao mit der rituellen Tötung Inukiths wenigstens wie angekündigt bis Mitternacht warten würde! So oder so, die Zeit wurde allmählich knapp.

»Bleib ruhig. Wir bekommen den Schutt schon weg.«

»Ja, und man wird es im weiten Umkreis hören …«

»Warte mal!«, unterbrach ihn Hobnaj. Ein kleiner Gegenstand war im Licht seiner Taschenlampe aufgeblitzt. Er lag ungefähr dreißig Schritt vor dem Trümmerberg, hatte einen goldenen

Glanz und war nicht viel größer als der Clip eines Kugelschreibers. Der Nubier bückte sich danach und hob ihn auf.

»Was ist das?«, fragte Topra.

»Ein Stück von meinem *Bund*«, flüsterte Hobnaj und hob den Blick, um die Geröllbarriere zu betrachten. »Ich kenne diese Stelle. Hier habe ich die Leibgardisten ausgetrickst, die deine Mutter festnehmen oder töten sollten. Schau mal, da!« Der Nubier deutete mit dem Lichtstrahl der Handlampe auf eine Stelle des Schutthügels.

Jetzt sah es auch Topra. Oben links war eine Öffnung, für einen Soldaten in Kampfausrüstung gerade groß genug, um sich hindurchzuzwängen. Er atmete erleichtert auf. Ohne lange nachzudenken, erklomm er die Trümmer und krabbelte durch das Loch. Mit einiger Mühe gelang es auch Hobnaj, seinen riesigen Leib auf die andere Seite des Hügels zu befördern.

»Ab jetzt übernehme ich die Führung, hier kenne ich mich aus«, flüsterte er. »Wir müssen da rechts hinunter. Bald passieren wir eine Stelle, die zum Ausgang führt. Dort könnten Posten aufgestellt sein.«

»In dem Fall bleibst du zurück und lässt mir den Vortritt, verstanden?«

»Schon beim letzten Mal. Ich habe nämlich ein Gedächtnis wie ein Elefant.«

»Ich will doch nur, dass dir nichts passiert, Hobnaj.«

»Das gehört zum Berufsrisiko von Leibwächtern.«

»Du bist unverbesserlich!«

»Ich weiß.«

Topra beendete die Diskussion, indem er seinen Freund einfach in die besagte Richtung schob.

Nach kurzer Zeit erreichten sie den Abzweig, der zum Haupteingang des Labyrinths führte. In Kopfhöhe hingen golden schimmernde Leuchter an der Wand, die ein warmes Licht verströmten. Es war keine Menschenseele zu sehen.

»Anscheinend hat Isfet die Gänge hier restaurieren lassen. An die Beleuchtung kann ich mich jedenfalls nicht erinnern«, raunte Hobnaj und deutete den Gang hinab. »Da geht's lang.«

Immer seltsamer kam Topra die Stille in den Tunneln vor. Ihm fielen nicht sehr viele Erklärungen dafür ein: Entweder wollte Isfet bei dem, was er hier plante, keine Zeugen haben oder er fühlte sich unangreifbar. Die letzte Möglichkeit verursachte Topra Beklemmungen. Hoffentlich kam er nicht zu spät.

Sein schwarzer Freund blieb plötzlich stehen und drehte sich zu ihm um. Während er auf eine helle Stelle am Ende des Ganges deutete, flüsterte er direkt in Topras Ohr: »Siehst du das Licht da vorne? Scheint eine Art Vorraum zur Kammer des Wissens zu sein. Vor neunzehn Jahren gab es den jedenfalls noch nicht. Vielleicht sind all diese Veränderungen eine Konsequenz aus dem Vorfall mit deiner Mutter.«

Topra zog die richtigen Schlüsse. »Wenn es hier unten Wachposten gibt, dann dort.«

Hobnaj nickte.

»Lass mich vorgehen«, sagte Topra ungeduldig und schob sich an dem Nubier vorbei. Bei einem Alkoven blieb er kurz stehen und warf seinen weiten Umhang und das Kopftuch hinein. Im Falle eines Kampfes wäre ihm das wallende Tuch nur hinderlich. Auch das Halsgespänge legte er ab. Anschließend schlich er weiter. Am Ende des Ganges stieß er auf einen rechteckigen Raum, dessen weiß getünchte Wände keinerlei Verzierungen aufwiesen. Noch aus dem Tunnel erkundeten Topras Augen die Kammer. An der gegenüberliegenden Wand befand sich eine verschlossene Tür, die aus massivem Fels zu bestehen schien – unweigerlich musste er an den Zugang zum geheimen Gefängnistrakt denken, in dem seine Mutter jämmerlich zugrunde gegangen war. Hier hatte sich niemand die Mühe gemacht, das steinerne Portal zu verstecken. Daneben war, gut sichtbar, eine Schaltkonsole mit einer numerischen Tastatur zu sehen, offenbar ein Zahlenschloss. Anscheinend hatte Isfet tatsächlich, wie von Hobnaj angenommen, zusätzliche Sicherungsmaßnahmen installieren lassen, nachdem seine Konkubine allzu leicht in die heilige Kammer eingedrungen war.

Topra konnte vor der Felstür niemanden sehen. Um sich völlige Gewissheit zu verschaffen, würde er jedoch den Kopf in den Raum stecken und die toten Winkel beiderseits des Eingangs kontrollieren müssen. Er drückte sich unmittelbar davor mit dem Rücken an die Tunnelwand, blickte kurz zu Hobnaj, der weiter hinten im Gang wartete, dann wieder in die Kammer, holte tief Luft und beugte sich rasch vor.

Im nächsten Moment spürte er eine kalte Lanzenspitze am Hals.

»Ich dachte schon, Ihr würdet gar nicht mehr kommen.« Die tiefe Stimme klang ruhig, aber nicht besonders herzlich. Topra war ihrem Besitzer schon früher begegnet. Unvermittelt spürte er ein schmerzhaftes Ziehen nahe dem Kehlkopf, das wohl als Einladung zum Nähertreten zu verstehen war.

»General Waris ... !«, keuchte er. Mit hochgerecktem Kopf und auf den Zehenspitzen tänzelte er in den Vorraum. Dabei konnte er den Befehlshaber der Leibwache nur aus den Augenwinkeln sehen. Waris trug einen Kampfanzug in verschiedenen Ocker- und Brauntönen, keinen Helm, aber eine Kommunikationseinheit mit Ohrhörer und Bügelmikrofon, keine Handwaffe, sondern nur die bekannte Strahlenkanone in der Gestalt eines altertümlichen Speers.

Auf Lanzenweite umschlich Waris seinen Gefangenen, neigte sich in der Hüfte zurück, damit er in den Gang spähen konnte, und sagte verwundert: »Da ist niemand!«

»Erwartet Ihr außer mir etwa noch jemanden?«, ächzte Topra. Er fühlte, wie ihm das Blut am Hals herabrann.

»Ich mag mich täuschen, aber mir war so, als hätte ich ein Flüstern gehört.«

»Eine alte Schwäche von mir: Ich neige zu Selbstgesprächen. Könntet Ihr vielleicht die Speerspitze wegnehmen?«

»Warum sollte ich das tun?«

»Wenn Ihr mir die Kehle durchbohrt, würde das Eurem Gebieter den Spaß verderben. Ihr wisst ja, wie empfindlich der Pharao in solchen Dingen ist.«

»Möglicherweise ist mir das egal.«

Topra durchfuhr ein Schauer. Der überraschend gleichgültige Tonfall des Generals konnte nichts Gutes bedeuten. »Wie meint Ihr das?«

»Unser göttlicher Herrscher und oberster Priester führt in der Kammer des Wissens irgendein obskures Ritual durch, mit dem ich nichts anfangen kann. Dieser Hokuspokus wird ihn nicht retten. Es spielt also keine Rolle, ob Ihr noch zu ihm gelangt oder nicht.«

»Aber Inukith wird sterben …« Topra sog zischend die Luft ein und hob die Fersen rasch noch ein Stück höher, weil Waris wieder den Druck auf die Speerspitze erhöht hatte.

»Ja, das wird sie und ich hoffe, der Gedanke an ihre aussichtslose Lage wird der letzte Funke in Eurem Hirn sein, bevor das Leben in Euch verlischt. Ihr habt Aabuwa getötet. Er war mein Sohn. Und Ibah-Ahiti die einzige Frau, die ich je geliebt habe. Sie wurde von Euch regelrecht hingeschlachtet. Ich durfte meine Liebe zu den beiden nie offen zeigen, doch jetzt, wo alles zu Ende geht, werde ich ihr Blut von Euch zurückfordern.«

Ein wenig sah der falsche Priester auf Zehenspitzen wie ein Balletttänzer in einem antiken Tanzstück aus, wäre da nicht die blutige Speerklinge an seinem Hals gewesen. Topra schwitzte, obwohl es in der Felsenkammer kühl war. Mit dieser Wendung der Dinge hatte er nicht gerechnet. Waris wollte ihn tatsächlich töten, vermutlich nachdem er ihn weidlich gequält hatte. Allerdings würde der General nicht zögern sofort zuzustechen, wenn sein Opfer auch nur versuchte sich zur Wehr zu setzen. Topra blieb keine andere Wahl, als auf Zeit zu spielen.

»Ihr habt doch gesehen, wie Aabuwa mich provozierte. Ich war gezwungen mich zu verteidigen.«

»Mich mögt Ihr getäuscht haben, Spürhund Takuba, aber der

Prinz hat Euch durchschaut. Als er Euch des Verrats bezichtigte, sprach er die Wahrheit. Ihr habt nicht in Notwehr gehandelt, sondern versucht, euch eines Mitwissers zu entledigen.«

»Aber das ist doch absurd! Ich … *Au!*« Wieder hatte der General die Speerspitze etwas tiefer in die Haut seines Gefangenen getrieben. Seine Antwort klang auf eine tödliche Weise kalt.

»Jeder erschafft sich sein eigenes Bild von der Wirklichkeit. In meiner Fassung habt Ihr Euer Leben verwirkt, Takuba. Oder soll ich Euch Topra nennen, wie mein Sohn es getan hat? Ach was! Es lohnt nicht, Toten neue Namen zu geben.«

»Wartet!«, stieß Topra röchelnd hervor, obwohl er wusste, dass es zu spät war.

Plötzlich hörte er ein fauchendes Geräusch, einen klirrenden Laut und spürte zugleich unter dem Kinn einen Stich. Es folgte ein Klappern und der Druck am Hals war verschwunden. Erschöpft sank er auf die Füße zurück und beobachtete die letzte Phase eines kurzen, aber erbitterten Kampfes.

Für den General musste der schwarze Riese wie aus dem Nichts erschienen sein. Die Faust des Nubiers flog auf Waris' Kinn zu, aber Isfets oberster Leibwächter war ein geschickter Kämpfer. Er duckte sich unter dem Hieb hinweg und zückte fast gleichzeitig einen Dolch. Die Klinge schnellte in einem seitlichen Bogen nach oben und hätte sich wohl unter Hobnajs linke Achsel gebohrt, wenn nicht der Säbel dazwischengekommen wäre. Das Messer wurde Waris aus der Hand gerissen und landete außer Reichweite am Boden. Bevor er reagieren konnte, fegte Hobnaj mit dem rechten Fuß seine Beine weg. Der General fiel rücklings zu Boden und wollte sich herumrollen, um außer Reichweite des mächtigen Rundschwerts zu kommen, aber der Nubier setzte seinem Gegner nach, holte erneut aus und schlug ihm die Breitseite der Klinge gegen die Schläfe. Waris stöhnte noch einmal auf und blieb reglos liegen. Hobnaj nahm den Säbel in beide Hände.

»Töte ihn nicht!«, stieß Topra hervor.

»Keine Sorge. Ich will nur gewappnet sein, falls er noch nicht genug hat.«

»Du hättest ihm fast den Schädel eingeschlagen.«

Nachdem der Nubier mehrmals mit dem Fuß gegen den Leib des Generals getippt und der sich nicht gerührt hatte, fesselte ihn Hobnaj mit seinem Gürtelband. Topra schnitt mit dem Tauchmesser in der Zwischenzeit einen Stoffstreifen aus seinem Priesterrock und verband sich damit notdürftig den Hals. Als die Strahlenwaffe des Generals von Hobnajs schwerem Rundsäbel in der Mitte durchtrennt worden war, lag in dem Schlag eine solche Gewalt, dass die Speerspitze an Topras Hals nur geringen Schaden angerichtet hatte und die ihm zuvor von Waris zugefügte Wunde war zum Glück auch nicht besonders tief. Noch während er die Enden der Binde verknotete, trat er vor die massive rechteckige Steinplatte, die den Eingang zur Kammer des Wissens versperrte. Er strich mit den Handflächen darüber und konzentrierte seinen Geist auf den Raum dahinter.

»Inukith ist da drin«, stellte er flüsternd fest – unnötigerweise, denn wäre es anders, hätte er die Kammer ohnehin nicht gefunden. Aber wie sollte er zu dem Mädchen gelangen? Seine Finger zitterten; wenigstens glühten sie noch nicht. Er ballte die Hand zur Faust und zog seinem rastlosen Geist die Kandare an. Was nun? Die Tür war fest verschlossen. Sich dem Nubier zuwendend, raunte er: »Ich fürchte, jetzt komme ich nicht mehr drum herum, meine Gabe einzusetzen.«

»Nicht so hastig, Junge!«, warnte ihn Hobnaj, erhob sich von dem inzwischen gut verschnürten General und lief zur Tür. Er musterte argwöhnisch die Führungsschienen in Boden und Decke sowie den Kasten mit der Tastatur an der Wand. Sich auf die Unterlippe beißend, schüttelte er den Kopf. »Das gefällt mir nicht.«

»Was?«

»Wenn du die Tür gewaltsam öffnest, könnte ein Alarm ausgelöst werden.«

»Selbst wenn ein bewaffnetes Kommando zu Hilfe eilt, vergehen mehrere Minuten, bis es hier ist.«

»Und wenn die Tür vermint ist?«

»Isfet würde doch nicht seinen heiligsten Ort in die Luft jagen.«

»Sprengladungen lassen sich sehr gezielt zünden, sodass sie ihre zerstörerische Wirkung nur in einem eng umgrenzten Gebiet entfalten; dein *Bund* ist das beste Beispiel dafür.«

Topra stellte sich direkt vor die Tür und konzentrierte sich, wie er es unzählige Male im Millionenjahrhaus getan hatte. Schon nach wenigen Sekunden schüttelte er verzweifelt den Kopf und flüsterte: »Du hast Recht. In der Laibung befindet sich eine Kette von Sprengladungen.«

Hobnaj hob die Augenbrauen. »Jetzt haben wir ein echtes Problem. Isfet weiß nichts vom Alleingang seines Generals. Selbst wenn wir höflich anklopfen, wird er uns wohl nicht öffnen.«

»Und wenn wir uns in den Gang zurückziehen und ich die Tür von dort aus der Führung reiße?«

»Das müsste klappen. Aber wir verlieren das Überraschungsmoment.«

Topra starrte wortlos vor sich hin. Allein die Vorstellung, Inukith könnte hinter dieser Tür um ihr Leben kämpfen, wirkte lähmend auf seine Phantasie. Mit einem Mal ruckte sein Kopf nach oben. »Ich weiß, wie's klappen könnte!«

»Du marschierst einfach durch die Tür?«

»Schön wär's. Aber es geht auch anders. So wie bei dem Antilopenskelett.«

»Was du nicht sagst!«

In wenigen Sätzen berichtete Topra, wie er während seiner Karawanenreise im Geiste die Überreste eines Löwenmahls zum Leben erweckt hatte. Wenn er Bilder aus der Vergangenheit sehen könne, dann müsse es auch möglich sein, sich das vermutlich nur Minuten zurückliegende Eintippen der Zahlenkombination durch Isfet oder General Waris vor Augen zu rufen.

»Auch auf die Gefahr, dass ich mich wiederhole«, schärfte er seinem kampferprobten Freund ein, »ich gehe allein da rein. Wir können nicht wissen, ob Waris seine Leibgarde alarmiert hat, als er unser Kommen bemerkte. Du musst mir den Rücken freihalten. Bist du bereit?«

»Ja.«

Die beiden fassten sich noch einmal bei den Händen und sahen einander in die Augen. Es war ein stiller Abschied. Dann wandte sich Topra der Tastatur zu. Die Finger seiner rechten Hand schwebten über der Konsole, ohne sie zu berühren. Er hatte die Augen geschlossen.

Nach kurzer Konzentration durchstieß sein Geist die Nebel des Jetzt und wanderte in der Zeit zurück. Die Tasten tauchten aus dem milchigen Einerlei auf. Dann sah er eine Hand, an der drei schwere Ringe prangten. Isfet hatte die Kombination also persönlich eingegeben.

»Eins … acht … zwei … drei«, murmelte Topra.

»Die Ziffern bilden auf der Tastatur den Umriss einer Pyramide«, merkte Hobnaj grimmig an. Er trat von der Tür zurück. »Tipp sie ein, mein Junge, damit wir endlich sehen, was hinter dieser Pforte vor sich geht.«

Langsam drückte Topra die Tasten: *Eins, acht, zwei …* Er zögerte. Dann drückte er die Drei.

Sofort setzte sich der verborgene Mechanismus in Gang. Elektromotoren zerrten die Steintür zur Seite. Topra wechselte einen letzten Blick mit Hobnaj und trat in die Kammer des Wissens.

Sie sah genau so aus, wie Hobnaj und Fatima sie beschrieben hatten: kubisch, die glatten Wände mit farbigen Bildern und Hieroglyphen verziert, der Boden größtenteils als Wasserbassin angelegt und im Zentrum beherrscht von einer quadratischen

Insel, aus der ein Sarkophag wie ein schwarzer Opfertisch aufragte. Dieser Vergleich war durchaus angemessen, denn auf der mit eingravierten Zaubersprüchen verzierten Platte lag wie ein Lamm zur Schlachtung Inukith.

Sie war an Hand- und Fußgelenken gefesselt und trug ein langes weißes Gewand aus hauchfeinem Gewebe. An ihrem Kopfende, halb über sie gebeugt, stand Isfet und hielt ihr eine eigenartige Klinge an den Hals. Sie war blau und durchscheinend, als bestünde sie aus Kristallglas oder Saphir. In dem rasiermesserscharfen Schliff der Waffe brach sich das Licht der Feuerschalen, die an den vier Ecken der Kammer aufgestellt waren. Aus einer Wand zu Topras Rechten ragte eine alte Fackelhalterung, die der Pharao zweckentfremdet hatte. In dem Ring hing eine Kette, an die eine zweite Frau gefesselt war. Jemand hatte ihr den Mund mit einem silbernen breiten Band zugeklebt. Topra konnte sie nicht direkt von vorne sehen, aber es musste Inukiths Mutter sein. Sie wehrte sich gegen ihre Fesseln und stieß unverständliche Laute aus. Als sie ihren Kopf dem Neuankömmling zuwandte, durchfuhr ihn ein elektrischer Schlag, zumindest fühlte es sich für ihn so an. Ihr verdankte Inukith also die Informationen über ihn.

Die vermeintliche Amme von Herzog Apophis' Mündel, die sich am Hof nie zu ihrer Tochter hatte bekennen dürfen, war keine andere als Wira, jene treue Freundin, die Topras Mutter in ihren letzten Stunden begleitet hatte.

»Du bist pünktlich – und offenbar überrascht.« Isfet lächelte dem Ankömmling vom Sarkophag her zu. Es war ein lauerndes Lächeln, ohne jede Herzlichkeit.

Topra hatte die Lage in der Kammer des Wissens zwar überschaut, aber noch lange nicht verdaut. Sein Blick kehrte zu Inukith zurück, deren Brust sich unruhig hob und senkte. Sie musste Todesängste ausstehen. Trotzdem hob sie den Kopf und versuchte ihn zu warnen.

»Kehr um und flieh, Topra! Das ist eine Falle. Er will dich …«

Ihre Stimme erstarb, weil Isfet ihr den Mund zuhielt und sie zugleich den Dolch spüren ließ. Wira riss an der Kette und versuchte ebenfalls Warnungen auszurufen; unter dem Klebeband klangen sie jedoch nur wie ein hektisches Würgen.

Der Pharao packte Inukiths Haar, zog ihren Kopf brutal auf die Basaltplatte zurück und während er sie die Spitze des Dolches spüren ließ, knurrte er ihr ins Ohr: »Still! Dafür habe ich dir den Knebel nicht erspart, sondern damit du deinen Liebsten zur Vernunft bringst.«

»Lieber sterbe ich«, fauchte sie zurück.

»Dann schweig, ehe ich mich vergesse!«

Topra fasste sich ein Herz und rief: »Es scheint am Hof neuerdings Mode zu sein, unschuldigen Untertanen an die Kehle zu gehen. General Waris hat das bei mir, wie Ihr an meinem Halsverband sehen könnt, auch schon versucht. Es ist ihm allerdings nicht gut bekommen. Lasst Eure Schwiegertochter und ihre Mutter sofort frei, Vater!«

»Nenn mich nicht Vater!«, zischte Isfet.

»Wieso? Habt Ihr Gisa etwa nicht geliebt? Ich bin der Sohn Eurer Lieblingskonkubine.«

»Das war sie, *bevor* sie mich verraten hat – niemand tut so etwas ungestraft. Sie selbst hat sich zur treulosen Buhle gemacht und dich zu ihrem Bastard.«

»Wem die Wahrheit nicht schmeckt, der kocht sich eben eine neue.«

»Das musst gerade du sagen, Takuba. Was behauptest du da über meinen getreuen Waris?«

»Er und die Kaiserin sind es, die Euch verraten haben, Hoheit, und nicht meine Mutter. Eigentlich wollte der General mich töten, weil er in mir den Mörder seines Sohnes und seiner Mätresse sieht. Nun liegt er draußen und rührt sich nicht mehr. Ihr könntet Euch einige Unannehmlichkeiten ersparen, wenn Ihr Inukith und Wira sofort freilasst.«

Isfet blinzelte verwirrt. »*Was* soll Waris getan haben?«

»Er hat mit Ibah-Ahiti einen Sohn gezeugt: Aabuwa. Wusstet Ihr das nicht?«

Isfet geriet kurzzeitig ins Schwanken. Die blaue Klinge entfernte sich von Inukiths Hals. Das Mädchen bäumte sich keuchend gegen ihre Fesseln auf.

Blitzschnell machte Topra einen Schritt auf den Rand des Beckens zu, fixierte seinen Geist auf die Hand des Pharaos und ließ die Kraft strömen. Das Geräusch einer dahinstürmenden Brise scholl durch die Kammer. Das Wasser im Becken kräuselte sich.

Sonst geschah nichts.

Topra glaubte zu Eis zu erstarren. Jetzt verstand er, was Fatima gemeint hatte, als sie ihn vor diesem Ort und seinen eigenen Gesetzen warnte.

Isfet hatte sich inzwischen wieder gefangen und das zappelnde Mädchen mit seinem Dolch zur Räson gebracht. Er lachte leise. »Der Versuch war nicht schlecht, Junge. Man könnte die Insel, auf der ich hier stehe, als Drehpunkt dreier Welten bezeichnen. Er ähnelt ein wenig dem Zentrum eines Karussells – von hier aus können die Kräfte des Drillingsuniversums nur nach außen, aber nicht nach innen wirken. Wenn du das Leben deiner Buhle retten willst, werden wir miteinander verhandeln müssen.«

Warum musste die Steintür auch zugehen?, stöhnte Topra innerlich auf. Wahrscheinlich starrte Hobnaj in diesem Moment draußen auf die Konsole und fragte sich, ob er die Kombination eintippen und sich damit verraten sollte. Wenn das geschah, würde Isfet vermutlich zustechen. Topra atmete tief durch.

»Hier bin ich also. Was gedenkt Ihr nun zu tun, Hoheit?«

»Dies ist die Nacht der Nächte, Topra. Du wirst mir helfen, die drei Welten in der sechsten Welle zu verschmelzen, damit wieder eins sei, was vorzeiten zerrissen wurde.«

»Wollt Ihr mir etwa weismachen, Euch ginge es nur um eine heilige Mission?« Topra schüttelte den Kopf. »Das nehme ich

Euch nicht ab, Hoheit. Draußen vor der Totenstadt zerfällt Euer Reich. Was ist für Euch wertvoller als das?«

»Ich habe es dir bereits gesagt. Baqat hat seine Kultur von den Göttern empfangen. Sie ist jeder anderen überlegen. Ich werde das Drillingsuniversum für die memphitische Triade in Besitz nehmen.«

»Was redet Ihr da! In unseren Schwesterwelten leben keine Wilden, sondern unsere Ebenbilder: Männer, Frauen und Kinder mit dem gleichen Drang nach Freiheit wie wir ihn haben und demselben Recht darauf. Außerdem spielt niemand ungestraft mit dem Gefüge des Kosmos. Was wisst Ihr schon über die anderen Welten, Pharao? Allein der Versuch, sie Euch zu unterwerfen, könnte in einer Katastrophe enden.«

Isfets Lippen kräuselten sich höhnisch. »Du scheinst dich ja bestens in diesen Dingen auszukennen. Pflegst wohl Kontakte zu den anderen Welten, was?«

»Und ob!«, stieß Topra hervor. »Ich habe sein Gesicht gesehen, in einem Brunnen …« Plötzlich stockte er. Ja, der Pharao lag mit seinem Spott näher an der Wahrheit, als er vermutete, aber war es klug gewesen, die Erscheinung in Hobnajs Garten zu erwähnen, jenen Zaungast aus einer anderen Welt …?

Isfets Stirn hatte sich in Falten gelegt. Ein erfreuter Ausdruck lag auf seinem Gesicht. »Du kannst also tatsächlich die Türen zum Drillingsuniversum aufstoßen – das wird ja immer besser. Was für ein Glück, dich heute Nacht hier bei mir zu haben! Erzähl mir bitte mehr von diesem … Gesicht im Brunnen.«

War der Pharao tatsächlich weniger feindselig als eben noch? Oder gehörte die überraschende Freundlichkeit zu seinem abgefeimten Plan? Topra traute ihm nicht. Wenn er doch nur die Existenz seines Alter Ego beweisen, ihn irgendwie herbeirufen könnte! Der Zwilling aus der anderen Welt würde Isfet schon sagen, was er von der angeblichen Ausnahmestellung Baqats hielt, ihn vielleicht sogar von seinem frevelhaften Plan abbringen können. Leider deutete im Wasserbecken unter dem

Sarkophag weder ein blaues Glühen noch Sonstiges auf einen derartigen Besuch hin. Er, Topra, würde die Situation wohl oder übel allein meistern müssen.

Argwöhnisch fragte er: »Was würde das für eine Rolle spielen, wenn ich Euch von der Vision berichte?«

Isfet schmunzelte. »Es ist immer gut, seinen Gegner zu kennen. Sollten die Bewohner der anderen Welten uns so ähnlich sein, wie du es andeutest, dann wird es mir mit deiner Hilfe ein Leichtes sein, aus ihnen und meinem jetzigen Reich eine Nation von vielen Milliarden ergebener Untertanen zu schmieden.«

»Ihr habt es nicht einmal geschafft, in Baqat für Frieden, Sicherheit und Eintracht zu sorgen. Das Volk lehnt sich gegen Eure Tyrannei auf, Hoheit. Wie wollt Ihr da drei Universen zusammenschweißen?«

»Mit Macht!«, zischte Isfet und ließ damit seine Maske fallen. »Mit einer Gewalt, der sich nichts entgegenstellen kann. Spürst du nicht, wie sie durch dich hindurchfließt? Zuerst werde ich sie mir zu Eigen machen, um sie anschließend zu entfesseln.«

Topras Mund war unangenehm trocken. Er starrte in die irr glänzenden Augen des Pharaos und begrub endgültig seine Hoffnungen, diesen zu einem Sinneswandel zu bewegen. Inukith atmete schwer, nur die Spitze der Kristallklinge an ihrer Kehle konnte sie davon abhalten zu toben. Irgendwie musste er sie, ihre Mutter und sich selbst aus der Hand des offenbar verrückt gewordenen Machthabers befreien. Topra sah beklommen auf den blauen Dolch in der Hand des Pharaos. »Und wie wollt Ihr das tun?«

Isfet gab sich amüsiert. Mit der freien Hand deutete er nach links zu der Wand, an der Wira unermüdlich gegen ihre Ketten kämpfte. »Lies selbst, was Imhotep uns überliefert hat. Neben seiner Namenskartusche dort drüben ist das Emblem der Unsichtbaren Pyramide verborgen. Kannst du es sehen?«

»Nein«, knurrte Topra, obwohl er die betreffende Stelle in den zahlreichen Textspalten zu kennen glaubte. In der Schattenkammer – die von dieser hier ein ziemlich genaues Abbild war – hatte er besagtes Symbol ja sogar zweimal erblickt. Leider konnte er die Hieroglyphen nicht entziffern.

Isfet mimte den Untröstlichen. »Wie schade! Dann werde ich dir beim Ritual der Verschmelzung wohl helfen müssen. Komm herüber zu mir, damit wir beginnen können.«

»Und Inukith?«

»Sie darf ihrer Mutter Gesellschaft leisten.«

»Ich fordere, dass du sie sofort freilässt.«

»Du hast überhaupt nichts zu fordern.«

»Dann werde ich das Bassin nicht durchqueren.«

»Na schön. Wenn du für Verhandlungen nicht zugänglich bist, dann machen wir es eben auf die altmodische Art.« Isfet verstärkte den Druck der nadelfeinen Spitze an Inukiths Hals.

Sie schrie vor Schmerz auf, fügte aber sogleich hinzu: »Nimm keine Rücksicht auf mich, Topra, und flieh, ehe …«

Der Pharao holte jäh mit dem Dolch aus. Topra schrie vor Angst und ohnmächtiger Verzweiflung auf. Auch Wira würgte einen gedämpften Schrei heraus. Isfets Hand sauste herab. Aber nicht die Dreiecksklinge des Saphirmessers traf die Schläfe des Mädchens, sondern das halbrunde Endstück des Knaufs. Ihr Kopf sank zur Seite.

»Was habt Ihr getan!?«, brüllte Topra. Er stand kurz davor, ins Becken zu springen.

»Sie war mir zu geschwätzig. Jetzt schläft sie, bis alles vorüber ist.«

Topra schäumte vor Wut und war außer sich vor Sorge. Fatima hatte Recht behalten. Er durfte dem Pharao nicht trauen, sich ihm auf keinen Fall in die Hand geben, denn sonst würde etwas Schreckliches geschehen. Sein Blick wanderte nach rechts, wo die besorgte Mutter des besinnungslosen Mädchens an ihren Ketten zerrte und zornige Laute ausstieß. Plötzlich hatte er eine Idee. Er konnte mit seiner Kraft zwar nicht die Wasserbarriere überwinden, aber sehr wohl die stumme Gefangene erreichen, die wie er außerhalb des Bassins gegen ihre Fesseln kämpfte.

Isfets Kopf flog zu Wira herum, als aus ihrer Richtung unvermittelt ein Knirschen erscholl. Der Fackelhalter löste sich aus der Wand und fiel samt einem Stück der Granitverkleidung und der Kette zu Boden. Inukiths Mutter ging sofort mit schwingender Kette auf Angriffskurs.

»Bleib, wo du bist, Wira!«, rief Topra. Seine Rechte war abwehrend der Hebamme zugewandt, in der Linken schwang er überraschenderweise einen aufgebogenen goldenen Halsring und warf ihn in Richtung des Pharaos.

Isfet erstarrte vor Schreck, als er den zerknickten *Bund* durch die Kammer des Wissens fliegen sah. Unfähig sich zu rühren, hörte er nur ein kurzes Platschen, als der Sklavenring hinter ihm ins Wasser fiel. Einen Moment lang verfolgte jeder gespannt die sich ausbreitenden Wellenringe. Dann zerfetzte eine Detonation die Stille. Das Wasser im Becken wurde zur Decke emporgeschleudert. Die Druckwelle rollte fast wirkungslos über das flach auf dem Sarkophag liegende Mädchen hinweg, aber den stehenden Pharao brachte sie ins Wanken; er ruderte, um sein Gleichgewicht kämpfend, mit den Armen in der Luft und fiel schließlich rücklings ins Becken. Topra nutzte unterdessen die Verwirrung, um auf höchst eigenwillige Weise zum Angriff überzugehen. Für Wira sah es so aus, als schwebe er zunächst um das Bassin herum und dann direkt auf den Pharao zu. Mitten über dem Becken riss Topras Kraft ab und er fiel herab. Isfet prustete und war in dem knietiefen Wasser noch damit beschäftigt, wieder auf die Beine zu kommen. Ehe ihm das ganz gelang, hatte Topra ihn erreicht.

Nun entfesselte sich ein Kampf auf Leben und Tod. In seiner Jugend war der Pharao ein gefürchteter Kämpfer gewesen. Immer noch hielt er den Kristalldolch in der Hand. Topra nahm darauf keine Rücksicht und noch viel weniger auf sich selbst. Eine Niederlage stand für ihn außer Frage, denn damit würde all das

Schreckliche heraufbeschworen, vor dem Fatima immer gewarnt hatte. Wieder und wieder hagelten Isfets Faustschläge auf ihn ein, doch sie waren nicht sehr genau; der Pharao litt noch unter den Nachwirkungen der Explosion. Zudem bog sich sein Gegner wie ein Schilfrohr im Wind. Topra staunte selbst, wie weit er sich nach hinten oder zur Seite beugen konnte, ohne das Gleichgewicht zu verlieren. Allmählich wurde ihm klar, dass er nun, wo er sich *im* Becken befand, nicht ganz ohne seine Kräfte war.

Isfet geriet zunehmend in Rage über die scheinbare Unmöglichkeit, seinen Gegner zu treffen. Lauernd umschlichen sich die beiden Kontrahenten. Unvermittelt drang vom Eingang ein Geräusch herüber. Er öffnete sich. Offenbar hatte Hobnaj den Knall der Detonation gehört und seinem Zaudern ein Ende bereitet.

In diesem Moment der Ablenkung flog die Saphirklinge erneut auf Topras Herz zu. Er konnte sich gerade noch zur Seite drehen und bekam dabei den Arm des Pharaos zu packen. Der reagierte erstaunlich schnell, indem er seinen Sohn zu sich heranzog. Ihre vor Anstrengung verzerrten Gesichter berührten sich fast. Topras Herz raste. Der Kristalldolch war ihm bedrohlich nahe. Im Clinch konnte er nicht seine Schnelligkeit ausspielen, Isfet dagegen seine größere Kraft. Der Kampf stand buchstäblich auf Messers Schneide.

Unvermittelt hörte Topra das Rasseln einer Kette. Wira hatte sich von hinten an die beiden herangeschlichen und wirbelte jetzt ihre Fessel durch die Luft. Mit aller Kraft schleuderte sie die Kette gegen den Kopf des Pharaos. Isfet brüllte vor Schmerz und Zorn. Sein Griff lockerte sich. Topra vollzog eine rasche Drehung, um sich aus der gefährlichen Umklammerung seines Gegners zu befreien, der seinerseits die vielleicht letzte Chance zum tödlichen Stoß suchte. Plötzlich schrie der Pharao erneut auf. Diesmal jedoch hörte es sich anders an. Es war der Laut des Todes, der sich seiner Kehle entrang und schnell in ein klägliches Röcheln überging.

Topra taumelte zurück und starrte entsetzt auf den Kristalldolch in der Brust seines Vaters. Mit einem erstaunten Ausdruck auf dem Gesicht kippte Isfet vornüber und landete platschend im Wasser.

Fassungslos schüttelte Topra den Kopf. »Das wollte ich nicht.«

Hobnaj trat in sein Blickfeld. Der Nubier packte die Handgelenke des Pharaos, hielt sie mit der Linken auf dem Rücken zusammen und drehte den reglosen Körper um.

Wira blickte verächtlich auf Isfet herab. »Du kannst seine Hände loslassen, Hobnaj. Der steht nicht mehr auf.« Sie wandte sich von dem Toten ab und watete zur Insel, um nach ihrer Tochter zu sehen.

»Du hattest keine andere Wahl, mein Junge«, sagte der Nubier zu Topra.

Dessen Antwort klang zutiefst verzweifelt. »Ich habe meinen eigenen Vater getötet!«

»Isfet hat sich den Stich selbst beigebracht. Er würde noch leben, wenn er den Dolch fallen gelassen hätte, aber er kämpfte ja, als wäre er besessen von dem Gedanken, seinen eigenen Sohn umzubringen.«

»Das war er tatsächlich. Es gehörte zu seinem Plan«, murmelte Topra. Er wollte endlich sehen, wie es Inukith ging. Immer noch lag sie reglos auf der schwarzen Basaltplatte. In dem hauchzarten weißen Tuch wirkte ihr Leib sehr zerbrechlich. Inzwischen wurde sie von ihrer Mutter untersucht, die auch schon Entwarnung gab. »Sie lebt! Und ihre Atmung ist normal. Ich glaube, Isfets Schlag war weniger hart, als es zunächst ausgesehen hat.«

Topras Knie wurden weich, als die Sorge um Inukiths Leben von ihm abfiel. Ein plätscherndes Geräusch lenkte seine Aufmerksamkeit wieder auf den Nubier, der inzwischen den Leichnam des Pharaos aus dem Wasser gehoben hatte und ihn jetzt zum Rand des Beckens trug, wo er ihn niederlegte. Ehe Hobnaj dem Toten den Rücken zuwandte, zog er ihm den Dolch aus der Brust.

Unbewusst deutete er mit der blutigen Kristallklinge auf Topra, während er fragte: »Hat dir Isfet etwa verraten, was er mit dir anstellen wollte?«

»Indirekt schon. Den Rest kann ich mir aus Fatimas Warnungen und den eigenen Erlebnissen in der Großen Säulenhalle zusammenreimen. Der Sohn von Ibah-Ahiti und General Waris war von gleicher Art wie ich. Hätte Isfet mir den Saphirdolch ins Herz getrieben, wäre das Drillingsuniversum mit ziemlicher Sicherheit zerstört worden.«

»Woher kannst du das wissen?«

»Schon als der blaue Lichtstrahl Aabuwa tötete, gab es eine gewaltige Erschütterung im Gefüge der drei Welten, die einen ganzen Tempel zusammenstürzen ließ. Wäre der Prinz nur wenig früher gestorben, als ihn während der fünften Welle die Kräfte des Drillingsuniversums viel stärker durchströmten, würde vermutlich ganz Memphis nicht mehr existieren.«

»Hat der Pharao dich deshalb vor dem Jähzorn seines verzogenen Sprösslings schützen wollen?«

»Vermutlich. Wenn er Aabuwa nicht opfern wollte, brauchte er mich lebend. Ich durfte nicht ›vor der Zeit‹ sterben, wie er selbst sagte, weil die sechste, die *mächtigste* Welle noch nicht herbeigekommen war. Fatima hat mich in der Schattenkammer gewarnt, dass Imhoteps Ritual nie wieder vollzogen werden darf. Wenn Aabuwa oder mich der Tod heute Nacht ereilt hätte …« Die Vorstellung war so grauenhaft, dass Topra sie nicht noch einmal aussprechen mochte.

»Isfet war ein Narr. Er muss doch auch von der Gefahr gewusst haben.«

»Ja, aber seine Machtgier ließ ihn unvorsichtig werden. Er glaubte, die Kräfte des Drillingsuniversums an sich binden und damit auch ihre drei Welten beherrschen zu können.«

Hobnaj warf einen kurzen Blick auf den Toten am Beckenrand und schüttelte den Kopf. »Ich bin froh, dass es nicht dazu gekommen ist.«

»Es hätte niemals gelingen können, da bin ich mir ziemlich sicher.« Topra deutete mit der Faust auf seine Brust. »Es ist nur ein Gefühl, tief hier drinnen. Ich glaube, es hängt mit dieser einzigartigen Nacht zusammen und vermutlich auch mit diesem besonderen Ort, an dem meine Mutter mich geboren hat. Das Drillingsuniversum pulsiert wie mein Herz, ich kann es spüren. Niemand darf es daran hindern, Hobnaj, denn der Stillstand würde seine Harmonie zerstören. Nur wenn die drei Welten weiter im Gleichgewicht schwingen, wenn sie sich gemäß ihrem eigenen Rhythmus bewegen, werden sie blühen und gedeihen.«

Der Nubier kannte Topra inzwischen gut genug, um den beschwörenden Klang seiner Stimme richtig zu deuten. Was der Hüter des Gleichgewichts »nur ein Gefühl« nannte, war in Wirklichkeit eine Erfahrung, die nur ihm in diesem Raum zuteil wurde. So ergreifend diese Einsicht für Hobnaj auch war, stimmte sie ihn zugleich traurig. »Dann wird es nie wieder eine Einheit der vor langer Zeit zerspaltenen Welt geben?«

»Sind denn Einheit und Verschiedenheit Widersprüche? Ich bin von Seeleuten erzogen worden, habe die Gastfreundschaft von Piraten genossen, lernte bei den Teguar die Wege der Wüste und den Wert manch anderer unsichtbarer Dinge kennen, ich durfte an Fatimas Weisheit nippen und von deiner Selbstlosigkeit zehren – in den letzten Monaten habe ich entdeckt, welcher Reichtum in der Vielfalt steckt. Pharao Isfet wollte sich das Drillingsuniversum unterwerfen, weil er Baqats Kultur für überlegen hielt, aber nach allem, was ich auf meiner Wanderschaft gelernt habe, und mit dem, was ich im Augenblick fühle, kann ich seine Denkweise nur als gefährlichen Irrtum ansehen. Wer weiß, wenn die Menschen ihre Unterschiedlichkeit nicht mehr als einen Makel empfinden, den man ausmerzen muss, können die drei Welten vielleicht sogar wieder zueinander finden.«

»Solltest du je einen Botschafter für diese Mission brauchen, dann frag zuerst mich.«

Topra nickte abwesend und gab endlich dem Drängen seines Herzens nach. Schnell watete er durch das Becken, kletterte auf die Insel und stellte sich neben Wira. Sanft streichelte er über Inukiths Haar. Dabei fühlte er eine starke Beule an ihrem Kopf, aber auch den beruhigenden Puls an ihrer Schläfe. »Isfet hat fest zugeschlagen. Wie geht es ihr, Wira?«

Inukiths Mutter war schon wieder ganz die alte energische Hebamme. »Sie atmet weiter normal und ihr Herz schlägt kräftig. Ihr Schädel wird brummen, wenn sie aufwacht. Schlimmstenfalls hat sie eine Gehirnerschütterung. Aber das kriegen wir wieder in Ordnung.«

Mit einem Mal schöpfte Inukith tief Atem und bewegte die Lippen.

»Ich glaube, sie kommt zu sich«, sagte Wira.

Topra ergriff die Hand des Mädchens und Inukith schlug die Augen auf.

»Topra!«, hauchte sie. »Wo ist …?« Sie drehte den Kopf, gewahrte ihre Mutter und wandte sich mit fragendem Ausdruck wieder ihrem Retter zu.

»Isfet ist tot.« Topra küsste sie auf die Stirn. »Ich hatte solche Angst um dich.«

Sie lächelte, obwohl es sie große Mühe kostete. »Dann müsstest du mich jetzt eigentlich verstehen.«

»Weil du Aabuwa das Jawort gegeben hast, um mich vor ihm zu schützen, meinst du? Mir wäre es noch immer lieber, du hättest es nicht getan.«

Hobnaj war inzwischen aus dem Wasser gestiegen und hatte sich an Wiras Seite gesellt. »Möglicherweise habe ich euch beiden da zu viel aufgebürdet. Es erschien mir der einzige Weg, um die Kaiserfamilie aus dem Verkehr zu ziehen und Inukith die Regierungsgeschäfte zu übertragen, bis ihr beiden vermählt seid.«

»Bis wir …? *Das* hast du auch schon geplant?« Topra verschlug es die Sprache.

Inukith kämpfte sich auf einen Ellenbogen hoch. »Willst du mich etwa nicht heiraten?«

Er sah sie mit einem nicht besonders intelligenten Gesichtsausdruck an und schüttelte den Kopf, weil es ihm so absurd erschien, selbst als Pharao auf Baqats Thron zu sitzen. Dann jedoch nickte er heftig. »Doch! Natürlich will ich das. Zugegeben, ich war schrecklich verletzt, als du dich plötzlich für Aabuwa entschieden hast ...«

»Ich habe dem Scheusal gesagt, dass er mich nie wird anrühren dürfen. Daraufhin schlug er mich. Er gab zu, von dir und mir zu wissen, und warnte mich davor, während der Hochzeit einen Skandal zu machen, wenn mir dein Leben lieb wäre. Aber dann sind seine Eifersucht und der Jähzorn mit ihm durchgegangen und fast hätte er dich ...«

»Lass uns nicht mehr davon sprechen. Als ich glaubte, du wärst in der Großen Säulenhalle umgekommen, wollte ich selbst nicht mehr leben. Ich liebe dich doch so sehr, Inukith.«

»Und ich liebe dich.«

Für einen wunderbaren Augenblick vergaßen die beiden ihre traurige Umgebung, selbst die zwei stillen Zeugen neben dem Sarkophag. Topra nahm Inukith in die Arme, drückte sie an sich und flüsterte ihr leise ins Ohr: »Es wird alles gut. Alles wird gut.«

Je länger er Inukith so hielt, desto stärker wurde in ihm das Gefühl, etwas stimme nicht. Obwohl er doch allen Grund hatte, über den glücklichen Ausgang der Ereignisse erleichterte zu sein, schlich wieder die bekannte Unruhe in ihm herum. Aus den dunklen Tiefen seines Unterbewusstseins drängte sie sich immer mehr in den Vordergrund. Noch hatte die sechste Welle sich nur durch diese Unrast bemerkbar gemacht. Unauffällig sah er sich in der Kammer des Wissens um, konnte jedoch nichts Verdächtiges sehen.

Mit sanfter Stimme meldete sich nach einer Weile Hobnaj zu Wort. Er tätschelte Inukiths Rücken und fragte: »Wie geht es dir jetzt, mein Mädchen?«

Sie blickte den Hünen über Topras Schulter hinweg an und zeigte ihm ein etwas zerknittertes Lächeln. »Meinem Herzen: wunderbar! Dem Kopf: schrecklich!«

»Wir sollten möglichst rasch hier verschwinden, bevor die Leibgarde kommt und sich nach dem Befinden ihres Pharaos erkundigt. Ich werde dich tragen.«

»So wie früher, meinst du, als Mutter und ich mit dir in Siwa durch dein Haus tollten?«

Topra gab seine Liebste endlich frei, um sie, ihre Mutter und den Nubier verwundert zu mustern. Die drei schmunzelten wissend. »Ich glaube, Hobnaj, wir haben demnächst noch einiges zu bereden.«

»Gerne, aber nun sollten wir machen, dass wir hier wegkommen. Asfahan dürfte das Signal aufgefangen haben. Die Rebellen werden jeden Moment mit dem Angriff auf die Nekropole beginnen.«

»Ein Signal?«, erkundigte sich Wira.

Topra nickte. »Von meinem *Bund.* Hobnaj hat ihn im Laden von Mustafa umprogrammiert. Anstatt den Ring in die Luft zu sprengen, hat Aabuwa, als er den Zündmechanismus auslöste, nur die Satellitenortung abgeschaltet.«

»So etwas geht?«

»Hat mich selbst gewundert, was Hobnaj alles kann. Seine Freunde haben den Satelliten des Sklavenkontrollzentrums angezapft und das Verschwinden des *Bunds* bestätigt. Kurz bevor das Ding vorhin explodierte, hat sich die Funkkennung wieder eingeschaltet. Asfahan sollte die ganze Zeit auf Lauschstation bleiben und das Angriffssignal an unsere Freunde weiterleiten, sobald der Satellit das ›Aufblitzen‹ meiner Kennung meldet.«

»Aber Gisa ist am Tag deiner Geburt extra hierher geflohen, weil man Hobnajs Sklavenring in dem Labyrinth nicht orten konnte.«

»Das war vor mehr als achtzehn Jahren. Isfet hat danach befohlen, dass sich so ein Vorfall nicht wiederholen dürfe. Deshalb wurde hier unten, wie wir von einem redseligen Priester wissen, eine Funkanlage zur Übertragung solcher Signale installiert.«

Hobnaj grinste. »Sehr rücksichtsvoll vom Pharao, uns bei der Durchführung der Operation behilflich zu sein. So, und jetzt los, Freunde, bevor da oben die Entscheidungsschlacht losbricht. Ein paar Leibgardisten könnten auf die Idee kommen, sich hier unten zu verschanzen, und uns dabei den Fluchtweg abschneiden.«

Topra half Inukith von dem Sarkophag zu steigen. Er versuchte sich seine Nervosität nicht anmerken zu lassen.

»Ich bin so froh, dass alles zu Ende ist«, sagte sie erleichtert.

Mit einem Mal spürte er, wie sie sich verkrampfte. »Was ist?«

»Deine Hände, Topra. Es sieht aus, als würden sie leuchten.«

»Genau so war es am Tag seiner Geburt!«, stieß Wira hervor.

Hobnaj hatte den Glanz schon mehrmals gesehen und erklärte ruhig: »Seine sechste Welle nähert sich ihrem Höhepunkt.«

Plötzlich ging ein Zittern durch die Kammer des Wissens.

»Was ist das? Ein Erdbeben? Ein Bombeneinschlag?«, flüsterte Inukith ängstlich.

Hobnaj schüttelte ernst den Kopf und deutete auf das Wasser im Bassin. An der Oberfläche tanzten Millionen winziger Tröpfchen. »Weder das eine noch das andere, vermute ich. Ich habe so etwas noch nie gesehen.«

»Schaut, da drüben!«, sagte Topra und deutete aufgeregt zur anderen Seite des Sarkophags. Eine blau strahlende Wolke bildete sich über dem perlenden Wasser. Zunächst blickte er nur in einen konturlosen Nebel, aber dann nahmen die Erschütterungen in der Kammer an Heftigkeit zu und gleichzeitig schälten sich Umrisse aus den blauen Schwaden. Als Erstes wurde ein menschlicher Schemen sichtbar. Er stand auf einem Fußboden aus dunklen und hellen Platten, die wie auf einem Spielbrett angeordnet waren. Überall lagen Trümmer herum. Bald tauchten Säulen auf und – ein weiterer *Sarkophag*?

»Wer … wer ist das?«, stammelte Inukith und deutete auf die Gestalt, die nun immer klarer wurde.

Traurig streichelte Topra ihre Wange. »Der, den mein Geist vorhin herbeigerufen hat: mein Zwilling.«

»Dein …? Was hat das zu bedeuten?«

»Dies ist erst der Anfang vom Ende. Die Entscheidung steht uns noch bevor.«

17
Unter der Kuppel
Trimundus

Sich in den Tunneln der Badda ohne Führer zurechtzufinden war so gut wie ausgeschlossen. Wenn man dabei auch noch dreiundzwanzig dicke Bücher mit sich herumschleppen musste, dann wurde das Unterfangen zu einer Tortur. Aber wohin sonst hätte Trevir vor Mologs Zögling fliehen sollen? Der Sprung in die Gänge unter der Britannischen Bibliothek war ohnehin mehr ein Reflex gewesen, weil er diesen Fluchtweg schon beim letzten Zusammenprall mit Wulfweardsweorth benutzt hatte.

Gerne hätte er sein schweres Bücherbündel vorausgeschickt, es einfach in Ceobbas Palast versetzt, aber die Begegnung mit seinem wesensverwandten Kontrahenten hatte ihn erschöpft. Zudem fehlte ihm die Orientierung. Er hatte nicht die geringste Ahnung, wo sich der runde Hohlzylinder befand, der den Hofstaat der Badda beherbergte. Mehr schlecht als recht bemühte er seine Findergabe, die nach dem Vorüberschwappen der fünften Welle in ihm nur noch wie ein Kerzendocht glimmte, um sich nicht heillos zu verirren. Wie lange würde es dauern, bis auch Wulf sich erholt und die Verfolgung aufgenommen hatte?

Wenigstens konnte er sich auf Orrik verlassen. Die Fledermaus hatte sämtliche Turbulenzen der vergangenen Stunde unbeschadet überstanden. Jetzt meldete das Fiepen des Winzlings wieder jedes Hindernis, bevor der Baddaumhang es mit seinem schwachen Licht erreichte. Gemeinsam schaffte es das ungewöhnliche Gespann, bis in die große Halle des Piccadilly Circus vorzudringen. Sie war verlassen. In der Luft hing noch der Brandgeruch, der vom Eindringen des Schwarzen Heeres zeugte. Trevir überquerte die Plattform und verließ das Gewölbe über den eisernen Pfad. »Wo geht es auf die nächste Ebene hinab?«, murmelte er nach einer Weile ergebnislosen Hin- und Hertappens. Ein Gefühl der Beklemmung machte sich in ihm breit. Mit aller Kraft zwang er seinen Geist auf dieses eine Ziel. Nach einigem Suchen fand er tatsächlich den nach unten führenden Schacht.

Er war verschlossen.

Die Badda hatten den Zugang gut getarnt. Er lag unter einer dicken Schmutzschicht. Trevir klopfte mit der Spitze seines Stabes gegen den Panzer aus getrocknetem Dreck. Es klang nicht im Geringsten hohl. Nein, mit Herumstochern allein würde er dieses Hindernis nicht durchdringen können. Dann also mit der anderen Methode, dachte er, schloss die Augen, konzentrierte sich auf den Schacht hinter der Barriere, ging sozusagen mental in die Knie, machte einen Schritt nach vorn und stieß sich gleichzeitig mit aller Gedankenkraft ab.

Ebenso gut hätte er auf der Stelle hüpfen können. Als er die Augen wieder öffnete, stand er immer noch vor dem verschlossenen Schacht.

»Ich bin ausgebrannt«, jammerte er, sank erschöpft mit dem Rücken gegen die Tunnelwand, rutschte langsam nach unten und schüttelte mutlos den Kopf.

Plötzlich hörte er ein leises Geräusch. Schritte!

Wulf!, war sein erster Gedanke. Abwehrend hob er den Stab. Gleichzeitig fuhr sein Kopf hoch. Er lauschte. Konnte Mologs Kettenhund ihn so schnell aufgespürt haben?

Mit einem Mal sah er einen grünlichen Schimmer, der ihm wie das Licht der Frühlingssonne nach einem langen Winter erschien. Mehrere kleine Gestalten näherten sich ihm und bevor er sie überhaupt erkennen konnte, verriet ihm schon die hohe unverwechselbare Stimme, wer sich da durch die Dunkelheit schlich.

»Verzeiht mir, wenn es sich wie Kritik anhört, aber Ihr habt Euch in letzter Zeit ziemlich rar gemacht.«

»Ceobba!« Trevir vergaß alle Müdigkeit, sprang auf und eilte dem Herzog, Priester und Richter der Badda entgegen. Als er ihn erreicht hatte, ließ er sich auf ein Knie sinken, um seinen Freund zu umarmen.

»Nehmt mir diese Feststellung nicht übel, aber wie mir scheint, seid Ihr inzwischen vom Knaben zum Manne gereift.«

Trevir lachte. »Das macht der Bart. Darunter habe ich mich nicht sehr verändert.«

Die großen Augen des Badda strahlten. »Entschuldigt meine Offenheit, junger Empfänger, aber ich bin glücklich wie ein Maulwurf im Frühling Euch wohlbehalten wiederzusehen.«

»Die Freude ist ganz auf meiner Seite, Ceobba. Das war – seht mir diesen Ausdruck bitte nach – ein dreistes Stück, wie Ihr da vor der Rotunde des Wissens aufgetaucht seid und mir mit Eurer Finte zur Flucht verholfen habt. Ich hatte schon befürchtet, ihr wärt von Mologs Soldaten gefangen genommen worden.«

Ceobba kicherte und mit ihm die fünf oder sechs Gefährten, die respektvoll im Hintergrund warteten. »Für Baddamaßstäbe mag ich ja schon etwas eingerostet sein, aber diesen hölzernen Gesellen zu entkommen war – bitte betrachtet das nicht als Aufgeblasenheit – ein Kinderspiel.«

»Wie habt Ihr gewusst, dass ich Hilfe brauche?«

»Wir beobachten die Britannische Bibliothek rund um die Uhr, nachts von den Hausdächern und tagsüber aus dunklen Winkeln in den angrenzenden Ruinen. Bitte seid mir nicht gram, aber Ihr habt Euch nicht gerade unauffällig angeschlichen.«

»Oh! Und ich hielt mich für besonders geschickt.«

»Na ja, für Mologs Holzköpfe hat's ja auch gereicht. Ich möchte nicht aufdringlich wirken, aber wer ist der kleine Geselle, der da an Eurem Kragen hängt?«

Trevir streckte der Fledermaus den Zeigefinger hin, den sie als Hängeplatz dankbar annahm, und hielt seinen kleinen Freund vor Ceobbas Gesicht. »Das ist Orrik. Er hilft mir dabei, mich im Dunkeln zurechtzufinden.«

»Tatsächlich!«, staunte das Baddaoberhaupt und streichelte Orriks Bauch. Die übrigen Unterlondinorer wagten sich näher heran, um ebenfalls den kleinen Schwarzpelz zu bestaunen, der die ihm zuteil werdende Aufmerksamkeit sichtlich genoss. »Die kleinen Flattermänner sind bei uns hoch angesehen. Ihr seid wirklich zu beneiden, zumal Ihr hier unten doch fast blind seid. O weh!« Ceobba hielt sich erschrocken die Hand vor den Mund. »Entschuldigt diese Respektlosigkeit.«

Trevir lachte. »Schon gut. Es stimmt ja. Ich habe Euch sehr vermisst in den letzten Monaten. Bitte seid nicht böse, dass ich so sang- und klanglos verschwunden bin. Ich wusste, dass Wulf Eure Höhlen verwüsten würde, um mich zu fangen. Ich wollte Euch nicht länger der Gefahr aussetzen. Deshalb habe ich mich davongestohlen.«

»Verzeiht, falls es besserwisserisch klingt, aber das ist mir durchaus bewusst. Dwina hat uns über Eure Motive aufgeklärt.«

Trevirs Herz hüpfte beim Klang dieses Namens. »Dwina? Ich hoffe, sie konnte unbeschadet aus Londinor entkommen.«

»Nein.«

»*Was!*« Ein jähes Schwindelgefühl zwang Trevir die Hand nach der Tunnelwand auszustrecken. »Sie ist doch nicht …?«

»Tot?« Ceobba schüttelte heftig den Kopf. »Nein. – *Nein!* O weh! Was habe ich Euch durch meine Unbedachtsamkeit angetan. Bitte vergebt mir! Ich wollte nur sagen, dass Dwina Londinor nicht verlassen hat. Sie wohnt immer noch im Palast.«

»Seit *zehn* Monaten? Aber warum?«

»Weil sie fest überzeugt war, dass Ihr wiederkommen würdet. Ihr habt Dwina doch geschrieben, nur der Tod könne Euch davon abhalten, zur rechten Zeit zurückzukehren.«

Trevir fühlte, wie ihm die Schamröte ins Gesicht stieg. »Das wisst Ihr?«

»Verzeiht, wenn es Euch als Indiskretion erscheint, aber Euer Brief hat nicht nur Dwina Mut gemacht, sondern auch uns. Deshalb las sie ihn uns vor. Eure Gefährtin ist sehr tapfer, junger Empfänger. Ihr und ihrem Wissen über das Schwarze Heer verdanken wir viele glorreiche Siege über die Eindringlinge. Mologs Soldaten trauen sich nur noch in größeren Einheiten in die Stadt. Die meisten Männer sind auf zwei Orte verteilt: die Britannische Bibliothek und Saint Dryden's Temple.«

Trevir horchte auf. »Ein Tempel? Das ist nicht zufällig das Gebäude mit der halb eingestürzten Kuppel?«

»Doch.«

»Dann hat mich mein Instinkt also nicht betrogen. Dort will Molog das Triversum zusammenketten. Kannst du mich zu Saint Dryden's Temple führen?«

»Sicher kann ich das. Sollen wir gleich aufbrechen?«

»Bald, Ceobba. Solange ich mich müde und ausgelaugt fühle, wird es Wulf hoffentlich ähnlich gehen. Ich muss diese Phase der Schwäche ausnutzen, um etwas Dringendes zu erledigen.«

Das Baddaoberhaupt lächelte wissend, fragte aber trotzdem: »Und das wäre?«

Trevir legte ihm die Hand auf die Schulter. »Ich muss Dwina um Verzeihung bitten.«

»Und wenn sie Euch vergibt?«

»Kommt drauf an.«

»Worauf?«

»Ob Ihr auf die Schnelle jemanden auftreiben könnt, der für uns eine Trauung vollzieht?«

Zögernd näherte sich Trevir der Tür zu Dwinas Gemächern. Davor blieb er stehen und grübelte. Was sollte er ihr sagen? Welche Worte waren wohl die richtigen? Wie würde sie reagieren? Schließlich nahm er all seinen Mut zusammen und klopfte.

»Herein«, ertönte von drinnen Dwinas Stimme.

Trevir hob den Riegel, öffnete vorsichtig die Tür und trat ein.

Dwina bewohnte inzwischen eine andere Zimmerflucht, deren Hauptraum früher als kleinerer Speisesaal gedient hatte. Die Decken hier waren höher und man konnte aufrecht stehen. Auf dem hellen, spiegelblanken Steinfußboden lagen dicke Teppiche. Die sonstige Einrichtung bestand aus einem Mehrsegmentbett, wie Trevir es schon kannte, einigen Stühlen und Sesseln, einem Tisch, zwei Kleiderschränken, drei Kommoden sowie etlichen Lampen, die ein honigfarbenes, für Oberirdische erkleckliches Licht verbreiteten.

Als sich Trevirs und Dwinas Blicke trafen, entstand eine Stille, die dem Moment nach einem Blitzeinschlag ähnelte, wenn einem am Körper sämtliche Härchen zu Berge standen und man das Gefühl hatte, schon beim Versuch, einen Grashalm oder einen Stein zu berühren, müssten Funken überspringen. Dwina stand vor dem rechteckigen Tisch, auf dem unter einer bizarr geformten Steinlampe eine Reihe von Papieren ausgebreitet lagen. Der Mund des Mädchens war halb geöffnet und sie hätte ebenso gut in Bernstein eingeschlossen sein können, so starr wirkte sie.

»Ich habe mein Versprechen gehalten«, sagte Trevir aus dem Bedürfnis heraus, das Schweigen zu beenden.

Dwina blieb in ihrem Bernsteinpanzer: reglos und stumm.

»Nun bin ich wieder hier«, fügte Trevir unnötigerweise hinzu.

Endlich sprengte das Mädchen die Mauer des Schweigens. Einen Moment lang schien es so, als wolle sie vornüberfallen, aber dann lief sie auf Trevir zu, übergab sich seinen ausgebreiteten Armen und begann ihn mit ihren Fäusten zu schlagen.

»Du Schmierenkommödiant, Steuereintreiber, Strolch, Tagelöhner, Totengräber!«, zählte sie eine Reihe von Namen auf, die sie für hinreichend erbärmlich hielt, um ihre außer Rand und Band geratenen Gefühle auszudrücken, »Bettler, Büttel, Hungerleider, Henkersknecht, Holdrio« – nun rollten Tränen über ihre Wangen und das Trommeln auf Trevirs Brust wurde schwächer –,

»Schuft, Spund, Starrkopf, du großer … dummer … lieber Kerl.« Die Schläge hatten aufgehört. Dwinas Wange lag an Trevirs Brust und sie schluchzte: »Wie konntest du mir das antun? Einfach wegzulaufen. Ohne mich mitzunehmen. Hast du überhaupt einen Moment darüber nachgedacht, wie ich mich fühle?«

»Jeden Tag, mein Lämmchen.«

Sie sah ihn kurz an, barg ihre Wange aber gleich wieder an seiner Brust. »Ich bin doch kein Schaf!«

»Weiß Gott nicht! Nein, Schatz. Aber durch das Lämmchen bist du – ich weiß, das klingt für dich vielleicht albern – irgendwie schon bei mir gewesen, bevor ich dich überhaupt kannte. Stell dir vor, ich habe mich für die wollige kleine Dwina sogar in große Gefahr begeben! Und dann kamst du und nanntest mir deinen Namen, ausgerechnet *diesen* Namen – als wären wir schon immer füreinander bestimmt gewesen. Für dich würde ich mein Leben immer und immer wieder riskieren. – Außerdem finde ich es ganz normal, wenn Liebende sich Kosenamen geben.« Während Trevir sanft zu Dwina sprach, streichelte er ihren Rücken und ließ ihr Zeit, ihre Gefühle zu ordnen. Gegen seine Erklärung erhob sie keine Einwände.

Unvermittelt stellte sie sich auf die Zehenspitzen, um ihm etwas ins Ohr zu flüstern. Doch dann zögerte sie.

»Alles in Ordnung?«, fragte er.

»Was ist *das?*« Dwinas Stimme ließ sein Trommelfell erbeben.

Sie löste sich aus seiner Umarmung und hielt ihm ihre Hand vors Gesicht. Am Zeigefinger baumelte ein kleines schwarzes Pelzbündel mit großen Ohren und ledrigen Flügeln.

»Ich würde sagen, eine Fledermaus«, gab Trevir grinsend zurück. Seine Erleichterung war unüberhörbar. Dwina hätte ja auch vor Ekel aufschreien können, stattdessen fasste sie den kleinen Flattermann sogar an. Ihre Antwort klang jedoch verstimmt.

»Das sehe ich auch. Wo hast du dich rumgetrieben, dass du solches Ungeziefer mit dir herumschleppst?«

»Orrik ist mein Freund.«

»*Orrik?*«

»Der Fledermäuserich.« Trevir deutete auf selbigen.

Dwina hielt sich Orrik vor die Nase. »Der Zwerg ist ein Männchen?«

»Keine Ahnung, aber wäre es dir lieber, wenn ich mir zum Zeitvertreib ein Weibchen angeschafft hätte?«

»Du bist unmöglich!« Sie hängte die Fledermaus kurzerhand an die Tischlampe.

Trevir nahm Dwina wieder in den Arm. »Ich weiß.«

»Was ist das Harte da an deiner Brust?«

»Muskeln. Das Leben in der freien Natur hat mich gestählt.«

»Lügner.« Sie klopfte mit den Knöcheln gegen besagte Stelle, die dem Geräusch nach eine Tür hätte sein können. »Ich kenne mich mit Muskelverhärtungen aus. Das ist keine.«

Trevir seufzte theatralisch. »Also gut. Ich bin entlarvt. Du hast Abacucks Schatz entdeckt.«

»*Das Buch der Balance*? Du trägst es mit dir herum? Wenn Ceobba das spitzkriegt, wird er einen Herzanfall erleiden.«

»Solange ich nicht weiß, wo mich das Schicksal im nächsten Augenblick hinverschlägt, will ich es bei mir haben.«

Dwina sah ihm geradewegs in die Augen. »Du willst wieder fortgehen, nicht wahr?«

»Viel lieber würde ich hier bei dir und unseren Freunden bleiben, aber das wäre zu gefährlich. Sobald Wulf die fünfte Welle verkraftet hat, wird er wieder nach mir suchen.«

»Dann komme ich mit.« Dwina schob ihm ihr Kinn entgegen. Sie rechnete offenbar mit Widerspruch.

»Ich habe lange darüber nachgedacht.«

»Komm mir nicht mit Ausflüchten.«

»Und ich bin zu einer Entscheidung gekommen.«

»Männer glauben immer, sie müssten alles allein regeln, weil sie das einzige Geschlecht sind, das über ein Gehirn verfügt.«

»Aber dazu brauche ich deine Einwilligung.«

»Die Antwort lautet Nein.«

»Du hast doch noch gar nicht die Frage gehört.«

»Um dein Gewissen zu beruhigen, willst du doch von mir hören, dass du mich ruhig bis zur nächsten Welle allein lassen kannst.«

»Eigentlich nicht. Ich wollte mich nur erkundigen, ob du mich vielleicht heiraten möchtest.«

Dwinas Unterkiefer sank herab, die wasserblauen Augen wurden groß und ihre roten Lippen fingen an zu zittern. »D-du meinst …?«

Er nickte. »Ich habe das Alleinsein satt. Ich könnte mir kein anderes Geschöpf vorstellen, mit dem ich lieber in die Wildnis fliehen würde – abgesehen von Orrik natürlich.«

Für diese Frechheit bekam er noch einmal Dwinas Faust zu spüren. »Du bist eben doch ein Halunke. *Mein* Halunke. Mein großer, lieber, kuscheliger, streng riechender, bärtiger, ungezieferverseuchter Halunke.«

»Ich gelobe mich zu waschen und zu rasieren. Wie also lautet deine Antwort?«

»Das fragst du noch? *Ja,* Trevir!«

»Molog und Wulf werden mich jagen. Es könnte gefährlich für uns werden.«

»Ich habe während deiner Abwesenheit eine Reihe von Feldzügen gegen das Schwarze Heer angeführt und weiß, was Gefahr bedeutet. Nichts kann mich mehr von meiner Liebe zu dir trennen, Trevir.«

Erleichtert drückte er das Mädchen wieder an sich. »Du ahnst ja nicht, wie froh ich über deine Antwort bin!«

Es handelte sich gewissermaßen um eine Nothochzeit. Kaum zwei Stunden, nachdem Dwina ihrem »Halunken« das Jawort gegeben hatte, standen die beiden schon zwischen Ceobba und etwa einhundert Badda, die überstürzt in den Palast geeilt waren. In seiner Eigenschaft als Priester vollzog das Oberhaupt der Unterlondinorer die Trauungszeremonie. Den festlichen Rahmen bildete der Bankettsaal. Dwinas blondes Haar war mit einem Blumenkranz geschmückt. Zudem trug sie einen langen Glitzermantel. Der Bräutigam – inzwischen gebadet, seines Bartes entledigt und durch einen leichten Imbiss gestärkt – kam in seinem engen Baddaanzug vergleichsweise bescheiden daher. Das arg ramponierte Kleidungsstück war von Kitta im Eiltempo repariert und gereinigt worden; das Baddamädchen hatte sich wegen der Trevir gewährten Fluchthilfe zwar einige Vorwürfe anhören müssen, war aber nicht zuletzt durch Dwinas Fürsprache bald zu deren persönlicher Kammerdienerin ernannt worden.

Ceobba hielt eine in Anbetracht der knappen Zeit überraschend tief schürfende Rede, in der er das Brautpaar zum ersten Mal überhaupt wie vertraute Freunde ansprach. Er behandelte die Rechte und Pflichten der Eheleute, die Aufzucht von Kindern sowie die Verantwortung gegenüber dem Allmächtigen. Der Vortrag war nicht ohne einen gewissen Witz, für den das Baddaoberhaupt mehrmals Vergebung beantragte. Auch in der Zuhörerschaft, die das rührende Ereignis durch Schluchzen und Ausrufe der Verzückung untermalte, wurden regelmäßig Entschuldigungen gemurmelt. Schließlich gelangte die Zeremonie zu ihrem Höhepunkt.

»So sprich mir die Worte des Ehegelübdes nach«, verlangte der Priester vom Bräutigam. »Ich, Trevir von Annwn, Pilger von Sceilg Danaan, Oberhaupt des Dreierbunds, Hüter des Gleichgewichts und Empfänger der Kräfte des Triversums, erkläre mich hiermit bereit, dich, Dwina von Ilfracombe, zu meiner Gemahlin zu nehmen und dich gemäß dem für Ehemänner überlieferten Gesetz unseres allmächtigen Herrn des Triversums zu lieben und für dich zu sorgen, solange wir beide unter der göttlichen Eheeinrichtung auf Trimundus leben.«

Trevir wiederholte – unter Weglassung der von Ceobba so hingebungsvoll aufgezählten Ehrentitel – die Formel. Mit gespannter Erwartung blickte er in das Gesicht der Braut.

»Bitte sprich auch du mir die Worte des Ehegelübdes nach. Ich, Dwina von Ilfracombe, erkläre mich hiermit bereit, dich, Trevir von Annwn, Oberhaupt des Dreierbunds, Hüter des Gleichgewichts und Empfänger der Kräfte des Triversums, zu meinem Gemahl zu nehmen und dich gemäß dem für Ehefrauen überlieferten Gesetz unseres allmächtigen Herrn des Triversums zu lieben und für dich zu sorgen, solange wir beide unter der göttlichen Eheeinrichtung auf Trimundus leben.«

Dwina gab sich wenigstens Mühe, die Beinamen ihres zukünftigen Gatten aufzuzählen, auch wenn sie die Liste insofern zusammenstrich als sie ihn zum »Oberhaupt des Gleichgewichts« ernannte, jedoch nicht ohne sich dafür zu entschuldigen.

»So erkläre ich euch hiermit zu Mann und Frau«, schloss Ceobba und breitete grinsend die Hände aus, was so viel bedeutete wie: Ihr dürft euch jetzt küssen.

Trevir und Dwina nahmen sich in die Arme, sahen sich glücklich in die Augen und taten dann, was alle erwarteten. Während ihre Lippen aufeinander lagen, war der Bankettsaal erfüllt vom Applaus der Hochzeitsgäste. Tränenfeuchte Taschentücher wurden geschwenkt oder in die Luft geworfen. Segenswünsche hallten durcheinander.

»Und jetzt wird gefeiert«, verkündete Ceobba.

Sich zu ihm vorbeugend flüsterte Trevir: »Das Fest müssen wir verschieben. Dwina und ich sollten uns schleunigst aus dem Staub machen, bevor Mologs Spürnase die Witterung aufnimmt.«

Zu seiner Verwunderung lächelte das Baddaoberhaupt fröhlich. Nach einer die Spannung hebenden Pause erwiderte Ceobba: »Ich habe ein Geschenk für euch.«

»Oh!«

»Ihr werdet Eure Hochzeitsnacht in Londinor verbringen.«

»Aber das können wir nicht riskieren …«

»Verzeih, wenn ich dich unterbreche, aber ihr dürft es getrost.

Es gibt in der Stadt, die du die Verbotene nennst, nämlich einen Ort, an dem ihr sicher seid. Unser Erster Parömiograph hat mich darauf hingewiesen.«

»Der alte Dambaragh?«

Ceobba nickte gewichtig. »Schwingungsknoten sind im Auf und Ab die Toten.«

»Wie bitte?« Trevir blinzelte verwirrt.

»So lautet der Merkspruch, auf den Dambaragh sich bezieht. Abacuck lehrte uns, dass es im lebhaften Wellengang des Triversums so genannte Schwingungsknoten gibt, die wie tot sind: still und unbeweglich. So gewaltig die Kräfte drum herum auch wirken mögen, können sie doch nicht zu diesen Orten vordringen.«

»Schon Aluuin hat mir von den Schwerpunkten der drei Welten erzählt, aber das …?« Trevir schüttelte argwöhnisch den Kopf.

Die gute Laune des Oberbadda war durch nichts zu erschüttern. »Entschuldige, wenn ich deine Zweifel zu zerstreuen versuche, aber du kannst dem Gründer deines Ordens ruhig vertrauen. Außerdem – wünschst du dir nicht eine ungestörte Hochzeitsnacht mit deiner Braut?« Ceobbas rechtes Glupschauge zwinkerte.

Trevir spürte, wie sich Dwina an ihn schmiegte, ihren Kopf auf seine Schulter legte und leise seufzte. Er wurde rot. »Du sprichst nicht zufällig von Saint Dryden's Temple?«

»Doch.«

»Sagtest du nicht, das Schwarze Heer bewache diesen Ort wie sonst nur die Britannische Bibliothek?«

»Doch.«

»Und dir ist schon klar, dass die Kuppel dort in Mologs abgefeimtem Plan eine zentrale Rolle spielt?«

»Doch.«

»Kannst du eigentlich auch etwas anderes sagen als *doch?*«

»Doch.«

Trevir stöhnte. »Entschuldige, Ceobba, aber ich begreife nicht, warum wir ausgerechnet in dem Tempel sicher sein sollen.«

Der Badda grinste schelmisch. »Zum einen, weil er ein bedeutender Schwingungsknoten ist und zum anderen, gerade *weil* Molog ihn so streng bewacht. Wir haben beobachtet, dass weder der Kriegslord noch sein Zögling, geschweige denn die Soldaten den Tempel betreten. Offenbar fürchten sie den Ort oder sie wollen ihn nicht entweihen oder haben Angst, etwas zu zerstören. Jedenfalls ist Saint Dryden's Temple zwar lückenlos vom Schwarzen Heer umstellt, aber die Krieger halten Abstand.«

»Es sind noch zwanzig Tage bis zur sechsten Welle. Wir könnten durch Zufall entdeckt werden.«

»Nicht wenn ihr euch die meiste Zeit *unter* dem Tempel aufhaltet.«

»Dort gibt es auch Tunnel?«

»Und Höhlen. Dambaragh zieht sich gerne dorthin zurück, wenn er seine Studien betreibt. Er meint, der Ort habe etwas Inspirierendes. Über unserem Reich gibt es eine Krypta. Erst dann kommt der große Kuppelsaal des Tempels.«

Trevir sah fragend die Braut an. »Was meinst du?«

Dwina strahlte. »Ein Ort nur für uns allein, ein Platz für deine Studien, Freunde ganz in der Nähe und die idealen Voraussetzungen, um sich gegen Mologs Machenschaften zu wappnen – was willst du mehr?«

Dambaragh stellte den Jungvermählten seine Zweithöhle zur Verfügung, die tief unter der Kuppel von Saint Dryden's Temple lag. Eigentlich handelte es sich um fünf Felskammern, die untereinander verbunden waren. Da der Gelehrte schon seit langem allein lebte, schickte man ein vierköpfiges Aufräumkommando voraus, zu dem auch Kitta gehörte. So konnte der Schock abgemildert werden, der jene zu befallen pflegte, die unvorbereitet in Dambaraghs Studierhöhle traten. Mit Ausnahme des Arbeitszimmers bot die unterirdische Zimmerflucht beim

Eintreffen des Hochzeitspaares einen durchaus behaglichen Eindruck.

Als Trevir und Dwina ihre »Liebeslaube« in Besitz nahmen, brandete Beifall auf. Während die Fledermaus erschrocken in eine dunkle Ecke floh, nahm der Bräutigam den Zuspruch dankbar entgegen. Trevir dräute, dass nun der komplizierte Teil der Nacht begann. Ihr sonst so ausgeprägtes Taktgefühl schien die Badda offenbar nicht daran zu hindern, das Brautpaar beim Austausch von Zärtlichkeiten zu beobachten und hingerissen zu seufzen. Obwohl Dwina allgemein sehr offen und gewiss nicht prüde war, zeigte sie in diesem Punkt eine überraschende Befangenheit. Sie konnte die neugierigen Helfer gar nicht schnell genug hinauskomplimentieren. Als die Badda abgerückt waren, wirkte sie wie ausgewechselt.

Nun befiel jedoch Trevir eine sonderbare Scheu. Er hatte Dwina zwar schon oft berührt, unzählige Male die warme Nähe ihres Körpers gespürt und den Duft ihres Haars geatmet, aber seine Leidenschaft dabei stets im Zaum gehalten. Als Tochter eines Medicus besaß sie einige sehr spezielle Kenntnisse über das andere Geschlecht. Trevir dagegen war in einer Gemeinschaft von Ordensbrüdern aufgewachsen und in solchen Fragen eher unkundig. Auf Dwina schien seine Unsicherheit sogar anregend zu wirken. Nachdem die zwei ihr Hochzeitsmahl eingenommen hatten, ergriff sie seine Hand und führte ihn in die Schlafhöhle. Zwei kleine Betten waren hier zu einem langen zusammengeschoben und mit weißen Laken bezogen worden. Auf einem Tischchen in der Ecke leuchtete warm ein winziges gelbes Licht. Der Duft getrockneter Kräuter lag in der Luft. Kitta hatte mit sicherem Gespür alles wunderbar hergerichtet.

Trevir stand vor dem Bett und wirkte ein wenig ratlos. Mit bangen Blicken verfolgte er, wie Dwina sich erstaunlich schnell ihrer Kleider entledigte. Sodann schmiegte sie sich hüllenlos an ihren Mann und griff unter sein enges Baddagewand. Trevir stockte der Atem. Eine wohlige Hitze durchbrandete seinen

Körper. Dwinas Hand zog sich jedoch sehr schnell wieder zurück. Zwischen Daumen und Zeigefinger hielt sie *Das Buch der Balance*. Sie musterte es unwillig und warf es achtlos aufs Bett. Sodann ging sie wieder auf Schmusekurs.

»Schon besser«, schnurrte sie.

In Trevirs Körper schien gerade ein Feuerwerk abzubrennen. Unbeholfen legte er seine Hände um Dwinas warmen Leib.

Sie schmiegte sich – obwohl ihm dies kaum mehr möglich schien – noch enger an ihn und lächelte zu ihm herauf. »Wie fühlt sich das an?«

»Äh … Gut.«

»Mehr nicht?«

»Es ist das Schönste, was ich je gespürt habe.«

»Mir geht es genauso. Hast du Angst?«

»Ich bin ein bisschen … unerfahren.«

Sie kicherte. »Noch eine Gemeinsamkeit! Hättest du Lust, mit mir ein paar Erfahrungen zu sammeln?«

»J-ja, schon …«

»Oder hast du gerade etwas Besseres vor?«

»*Nein!*«

»Soll ich dir beim Ausziehen helfen?«

»Nicht nötig.« Er zerrte an seinem Ärmel, der sich zwar als ungemein elastisch, aber wenig kooperativ erwies. »Ich bin ein bisschen ungeschickt.«

»Das ist einer der Gründe, weshalb ich dich so liebe, Trevir.« Dwina stellte sich auf die Zehenspitzen, schlang ihm die Arme um den Hals und küsste ihn lang und leidenschaftlich. Er staunte ein wenig, wo überall seine Hände waren. Plötzlich spürte er, wie Dwinas wundersamer, warmer, weicher Körper sich in seinen Armen versteifte. Hatte er etwas falsch gemacht? Ihm war zu Ohren gekommen, dass Frauen in solchen Momenten sehr empfindsam sein konnten.

»Bin ich zu grob gewesen?«, fragte er bang. Er musste den Kopf weit in den Nacken legen, um ihr ins Gesicht zu sehen, denn eben noch hatte ihr heißer Atem in seinem Ohr gekitzelt, jetzt blickte sie starr über seine Schulter.

»Nein«, erwiderte sie und es klang ein wenig schroff.

»Aber was stimmt denn nicht?«

Sie deutete zu einem Winkel unter der Decke, in dem ein kleiner schwarzer Fleck hing. »Ich möchte diese Nacht ganz mit dir allein verbringen. Orrik fliegt raus!«

Niemals hätte sich Trevir erträumt, dass der tagelange Aufenthalt fernab vom Sonnenlicht so aufregend und kurzweilig sein könnte. Sein »Lämmchen« machte es ihm nicht leicht, sich auf seine Studien zu konzentrieren. Hin und wieder schneiten zwar Kitta, Dambaragh, Ceobba oder andere Badda herein, aber Dwina gelang es stets, die Besucher nach kurzer Zeit wieder hinauszukomplimentieren. Sie wollte ihren Mann allein verwöhnen und sich von ihm verwöhnen lassen.

Wenn in Oberlondinor der Tag anbrach, pflegten die Badda zu ruhen. Trevir und Dwina brauchten meist etwas länger, um in den Schlaf zu finden. Und wenn die Müdigkeit sie dann endlich übermannte, waren sie meist eng umschlungen und erschöpft vom Erfahrungsammeln. Sobald über der Kuppel von Saint Dryden's Temple jedoch die Sonne unterging, vertieften sie sich wieder in *Das Buch der Balance* und die dreiundzwanzig anderen Wälzer, die Trevir in der Rotunde des Wissens erbeutet hatte. Weniger Verständnis zeigte Dwina, wenn ihr Gemahl sich mit Orrik beschäftigte. Trevir fragte sich ernsthaft, ob sie auf die Fledermaus eifersüchtig war. Wenn er mit seinem kleinen Freund neue Kunststücke übe, dann aus sehr gewichtigem Grund, machte er seiner jungen Frau klar. Dwina ließ sich meist sehr rasch besänftigen.

Bereits wenige Stunden nach ihrer Hochzeitsnacht hatten sie in Begleitung des alten Dambaragh den Aufstieg in den Saint Dryden's Temple gewagt. Es war ein wolkenloser Sommertag. Die Sonne sandte ihre Strahlen durch die halb zerstörte Kuppel.

»Ich möchte etwas ausprobieren«, verkündete Trevir, schob Dwina unter die Mitte des gewölbten Daches und bat sie, die Arme angewinkelt zu halten, Handflächen nach oben, so als wolle sie ein Tablett tragen. Anschließend machte er eine Kehrtwendung und zählte fünfzig Schritte ab. Wieder drehte er sich um, blickte konzentriert in Dwinas Richtung, legte die Hand auf die Brust, genau dorthin, wo unter seinem Gewand Abacucks Buch verstaut war, und versuchte es zu Dwina zu versetzen.

Das Experiment schlug fehl, was ihn keineswegs enttäuschte. Ceobba hatte ja für diesen speziellen Ort genau diese Wirkung vorausgesagt. »Jetzt tauschen wir die Plätze«, sagte Trevir leise. Nachdem sie sich wieder gegenüberstanden, wiederholte er von seinem Platz unter der Kuppel den Versuch. Dambaragh staunte nicht schlecht, als er plötzlich *Das Buch der Balance* in Dwinas Händen liegen sah.

»Entschuldigt, wenn ich Euch einen Rat erteile, aber Ihr solltet den Chef besser nicht wissen lassen, dass Ihr Abacucks Vermächtnis dieser strapaziösen Tortur aussetzt.«

Trevir grinste. »Wenn Ihr es ihm nicht sagt, braucht er es nicht zu erfahren. Erzählt ihm besser von unserem kleinen Versuch hier. Ceobba hat Recht gehabt: So wie meine Kräfte nicht in das Zentrum des Doms vordringen können, wird auch Wulf unsere Anwesenheit hier nicht spüren. Das ist mysteriös, aber in unserer gegenwärtigen Lage äußerst beruhigend.«

»In diesem Haus gibt es viele Wunder. Wollt Ihr nicht die Flüsternde Galerie ausprobieren?« Ähnlich wie in der Rotunde des Wissens gab es auch hier einen Rundgang unter dem Dach, von dem der Sprichwortgelehrte Erstaunliches berichtet hatte: Wenn hüben jemand leise flüsterte, konnte drüben der andere jedes Wort verstehen. Trevir und Dwina probierten es aus. Sie stellten sich auf der Galerie gegenüber und Dwina hauchte: »Die letzte Nacht mit dir war sehr, sehr schön.«

Obwohl der Durchmesser der Kuppel an die einhundert Fuß betrug, konnte Trevir jedes einzelne Wort verstehen.

»Und? Hat es geklappt?«, raunte Dambaragh von unten.

Trevir wurde rot. »Ja.«

»Was hat sie denn gesagt?«

»Etwas sehr Persönliches.«

»Oh, Verzeihung!«

Trevir nickte, ließ es sich dann aber doch nicht nehmen, seine Wange an die Wand zu legen und Dwina eine Antwort zu schicken. »Ich liebe dich mehr als alles auf der Welt.«

Die Flüsternde Galerie vermittelte einen guten Eindruck von der monumentalen Größe des Tempels, obwohl man ihn von dort oben nicht ganz überblicken konnte. Unter dem Dom kreuzten sich das gewaltige Längs- und ein kaum weniger imposantes Querschiff. Früher hatten hier einmal Holzbänke gestanden, deren Reste nun aber größtenteils zerfallen waren. Manches lag auch unter den Trümmern des eingestürzten Daches begraben. Im ganzen Gebäude nisteten Tauben, Schwalben und andere Bewohner der Lüfte. Die Spuren ihrer jahrhundertelangen Okkupation erinnerten Trevir stellenweise an die vom Dung der Seevögel bedeckten Felsen auf Sceilg Danaan. Zudem hatte der Wind geduldig Sand und Samen hereingetragen, wodurch das Karomuster der weißen und schwarzen Fußbodenplatten nur noch an geschützten Stellen sichtbar war; überall wuchs Unkraut auf der dünnen Krume. Und trotzdem glaubten die unter dem hohen Gewölbe winzig anmutenden Besucher noch zu spüren, dass Saint Dryden's nicht zufällig an dieser Stelle errichtet worden war. Zuletzt hatte Trevir etwas Ähnliches beim Anblick der Linde hinter Idanas Kate gefühlt. In Annwn waren seine Empfindungen jedoch undeutlicher und weniger intensiv gewesen, so als habe er sich dem Schwingungsknoten nur genähert, ohne ihn wirklich zu finden.

Als Trevir die Galerie entlanglief, um wieder mit Dwina zusammenzutreffen, wanderte sein Blick über die Stuckverzierungen der Wand. Allerlei Motive aus der Natur waren dort zu sehen: Vögel, Katzen, Schlangen. Ob schon früher Pärchen hier heraufgestiegen waren, um sich leise ihrer Liebe zu versichern? Unvermittelt blieb Trevir stehen. Sein Blick klebte förmlich an einem Motiv, das nicht dem Tierreich entstammte.

Kurz darauf erreichte ihn Dwina. Sie versuchte zu erkennen, was ihn so in Bann schlug. »Hast du etwas entdeckt?«

Trevir streckte die Hand aus und deutete wortlos auf ein Symbol, das im Gegensatz zu den Tieren im Stuckfries nicht erhaben, sondern darin eingeritzt war. Es handelte sich um ein Dreieck, in dessen Mitte sich ein Auge befand.

»Könnte sich auf die drei Welten des Triversums beziehen«, murmelte Dwina. Ihre Fingerspitzen strichen sacht über die Vertiefungen.

Leise erklärte Trevir: »Im Dreierbund gab es drei Kreise des Wissens. Wenn ein Novize Zutritt zum äußeren Kreis erlangte, wurde ihm so ein Dreieck in die Haut tätowiert, allerdings ohne Auge. In den nächsten zwei Stufen erhielt das Emblem der Unsichtbaren Pyramide ihre endgültige Gestalt; du hast das Feuermal auf meiner Schulter gesehen.«

»Aber das da ist nur ein Dreieck, eine nicht sonderlich ausgefallene Form. Vielleicht stellt dieses Zeichen hier etwas ganz anderes dar.«

Trevir ergriff Dwinas Hand und zog sie sanft von der Wand weg. Er schüttelte den Kopf und sagte: »Gib Acht!«

Er legte die rechte Handfläche über das Dreieck und schloss die Augen. Als er die Hand fortnahm, stieß Dwina einen kleinen Schrei aus. Um die sehende Pyramide hatte sich das unendliche Band gelegt. Mit Ausnahme des Auges in der Mitte leuchteten die Linien blau, als wären sie aus Sternenlicht gemalt. Schnell verblasste das strahlende Dreiecksband wieder, bis nur noch die gravierte Pyramide übrig blieb.

»Wie hast du das gemacht?«, hauchte Dwina. Ihre Augen waren weit aufgerissen.

»Ich habe nur sichtbar gemacht, was die ganze Zeit über da war.«

»Aber wie konntest du es sehen, wenn es doch …?« Sie schüttelte verständnislos den Kopf.

»Kann ich in diesem Augenblick meine Liebe zu dir sehen? Oder gar die deine zu mir? Nein. Aber trotzdem weiß ich, dass sie da ist. So ähnlich ist es …« Trevir verstummte, weil sich von unten Dambaraghs Stimme meldete.

»Mit Verlaub, was stellt Ihr da oben an?«, raunte der Parömiograph.

»Wir haben einen wichtigen Hinweis entdeckt, einen Beweis für die Richtigkeit unserer Annahme«, gab Trevir leise zurück.

»Verzeiht, wenn meine Frage dumm klingen sollte, aber von welcher Vermutung redet Ihr?«

»Dass hier der Schwingungsknoten ist, an dem das Geschick des Triversums entschieden wird.«

Die sechste und gewaltigste Welle in Trevirs Leben näherte sich rasch. Im Vorfeld des Ereignisses spürte er einmal mehr die schon gewohnte Unruhe.

Es gab allerdings auch sonst genügend Gründe, nervös zu sein. Die von Abacuck genannten Quellen hatten zwar neues Licht auf die »Mechanik des Triversums« geworfen, aber im Hinblick auf Mologs Vorhaben keine bahnbrechenden Erkenntnisse geliefert.

Auf welche Weise wollte er die drei Welten verschmelzen und wie konnte das Gleichgewicht bewahrt werden? Eines der dreiundzwanzig erbeuteten Werke wies darauf hin, dass »Schwingungsknoten miteinander in Deckung gebracht werden müssen«. Doch wie sollte das geschehen? Allzu deutlich erinnerte sich Trevir an Abacucks Axiom.

> Wer den Schwingungsknoten kontrolliert,
> der beherrscht das ganze System;
> wer ihn auflöst,
> entfesselt es.

Offenbar enthielt ausgerechnet »Phys 1221«, das verschollene vierundzwanzigste Buch aus Abacucks Liste, den Schlüssel zu diesen Fragen. Aber ein drittes Mal würde Wulf sich nicht übertölpeln lassen. Die Gebäude des ehemaligen Britannischen Museums, zu denen auch die Rotunde des Wissens gehörte, waren inzwischen uneinnehmbar geworden. Auf Dwinas Vorschlag hatte ein kleiner Trupp von Kundschaftern die Möglichkeit geprüft, den Herrn des Schwarzen Heeres direkt anzugreifen. Ein aussichtsloses Unterfangen, warnten die Badda. Molog habe sich in dem Komplex verschanzt und werde von mehreren Hundertschaften seiner Krieger bewacht.

Bei einem Treffen mit Ceobba und dem Rat der Badda, zwei Tage vor der sechsten Welle, erklärte Trevir müde: »Uns bleibt nur eine Möglichkeit: Übermorgen müssen wir Molog in Saint Dryden's Temple auflauern, um zu sehen, was er vorhat. Vielleicht gelingt es mir, rechtzeitig Kontakt zu meinen Drillingsbrüdern in den anderen beiden Welten aufzunehmen. Die Unsichtbare Pyramide könnte ihnen das Wissen überliefert haben, das uns fehlt.« Seiner Stimme war anzuhören, wie er empfand. Er spürte, dass er sich Molog und Wulf würde stellen müssen, um eine Katastrophe unvorstellbaren Ausmaßes zu verhindern.

Am Tag danach meldeten die Kundschafter eine überraschende Betriebsamkeit aus dem Tempel. Als es Nacht wurde, schlich der Hüter des Gleichgewichts sich nach oben. Der Fußboden unter der Kuppel war gesäubert und die Trümmer des eingestürzten Daches auf die Seite geschafft worden. Außerdem hatte man den steinernen Altartisch vom Westende des Längsschiffes hierher, ins Zentrum des Domes geschafft. Wozu dieser kräftezehrende Aufwand?, fragte sich Trevir. Wollte Molog etwa seine Götter um Hilfe anrufen, um das Triversum zusammenzuketten? Leise zog sich der Letzte des Dreierbunds wieder in die dunkle Tiefe unter dem Tempel zurück. Ceobba hatte im Umkreis sowie im Innern des Gebäudes einige Späher postiert, um Alarm zu schlagen, sobald sich etwas rührte.

Den Rest der Nacht verbrachte Trevir allein mit Dwina. Sie lagen aneinander gekuschelt auf dem Bett und sprachen über die nahe und ferne Zukunft. Orrik hing unbemerkt in einem dunklen Winkel unter der Decke und wachte über sie.

»Ob es überhaupt so etwas wie Zukunft für unsere Welt gibt?«, fragte Dwina leise.

Seine Antwort klang wie ein Orakel. »Wir dürfen die Hoffnung nicht aufgeben, andernfalls können wir nur verlieren.«

»Wulf ist verschlagen und brutal. Ich habe Angst, er könnte dich töten.«

»Ich auch, Dwina.«

»Glaubst du wirklich, deine Drillingsbrüder können uns helfen?«

»Aluuin hat mir einmal von den Hütern des Gleichgewichts in den drei Welten erzählt. Er sagte: ›Nur wenn sie in der Not zusammenfinden und zusammen wirken, können sie ihre Aufgabe erfüllen.‹ Das ist es, was mir Mut gibt.«

»Aber du hast die Gesichter aus der Holzschale nicht wiedergesehen.«

»Während der fünften Welle hätte mich Wulf fast erwischt. Ich war abgelenkt. Vielleicht ging es meinen Brüdern ähnlich.«

»Kannst du nicht jetzt versuchen, sie zu rufen?«

»Das probiere ich schon seit einer Woche. Ohne Erfolg.«

Dwina legte ihren Kopf auf Trevirs Brust und schwieg. Er streichelte gedankenvoll ihr weiches Haar. Ab und zu hörte er sie leise schluchzen. Erst nach einer ganzen Weile sagte sie: »Dein Herz ist stark, Trevir, ich kann es hören und fühlen. Ich erlaube ihm nicht stillzustehen, verstehst du, denn ich will es noch *lange* hören!«

»Sie kommen!« Der Ruf hallte durch den Tunnel bis in Dambaraghs Höhlenflucht, noch bevor der kleine Badda sie erreicht hatte.

Über Saint Dryden's Temple war längst der Mond aufgegangen. Er zeigte sich nur zur Hälfte, als wolle selbst er keine Prognose wagen, ob der Nacht ein heller Morgen oder ewige Dunkelheit folgen würde. Trevir und Dwina waren sofort auf den Beinen und empfingen den Kundschafter vor der Tür.

»Ist Molog dabei?«, fragte der Hüter.

»Ja, und Wulf ebenfalls. Ich habe gesehen, wie sie sich dem Hauptportal nähern. Vielleicht sind sie inzwischen auch schon im Tempel. In großer Eile scheinen sie nicht gewesen zu sein.«

Trevirs Blick glitt zu seinen Händen hinab. Nicht der geringste Schimmer war zu sehen. »Wir haben noch ein wenig Zeit. Ist schon jemand zu Ceobba unterwegs?«

Der Badda nickte. »Der Chef und die anderen werden gerade alarmiert.«

»Ich danke dir, Freund. Begib dich jetzt zurück auf deinen Posten. Dwina und ich kommen gleich nach.«

Der Kundschafter wollte sich gerade zum Gehen wenden, als er noch einmal verharrte. »Noch etwas, ehrenwerter Empfänger.«

»Ja?«

»Kurz vor Sonnenuntergang hat es ein Gewitter gegeben. Auf den Steinplatten unter der Kuppel stehen mehrere Wasserlachen. Ihr müsst Euch vorsehen. Es könnte glatt sein.«

Trevir entließ den Badda mit einem weiteren Wort des Dankes und schärfte seiner Frau anschließend ein, dass sie in dem verabredeten Versteck bleiben und sich nicht einmischen sollte. Dwina wischte sich eine Träne aus dem Augenwinkel und erwiderte grimmig: »Ich werde nicht zulassen, dass sie dir etwas antun.«

»Dwina! Wir haben keine Zeit mehr, um das alles noch einmal durchzukauen. Halte dich im Hintergrund, hörst du?«

Sie reagierte nicht.

»Ob du mich verstanden hast?«

»Ja, ich habe dich verstanden.«

»Gut. Warte hier. Ich bin gleich wieder da.« Trevir verschwand für einen Moment in der Schlafhöhle. Als er wieder auftauchte, hielt er in seiner Linken Aluuins Stab. Zudem hing das Tragebänd eines großen Beutels über seiner Schulter und Orrik an seinem Kragen.

Dwina verdrehte die Augen. »Unser jüngstes Familienmitglied darf natürlich nicht fehlen.«

Trevir legte ihr die Hand auf den Rücken und während er sie aus der Höhle schob, erwiderte er: »Orrik hat mir schon einmal das Leben gerettet, und wie du weißt, kann er uns auch heute sehr nützlich sein.«

»Sein Glück. Sonst hätte ich ihn längst einer Flederkatze vorgeworfen.«

»So etwas gibt es gar nicht.«

»Bist du dir da so sicher?«

Über mehrere Ebenen stiegen sie rasch zum Dom empor. In der Krypta blieb Trevir noch einmal stehen, umarmte Dwina und flüsterte ihr ins Ohr: »Ich liebe dich, Lämmchen. Vergiss das nie, egal, was passiert.«

Sie küsste ihn so innig, als wolle sie einen Teil ihrer Lebenskraft in ihn übergehen lassen. Schließlich sagte sie streng, doch mit bebender Stimme: »Du brauchst dich gar nicht von mir zu verabschieden, Trevir von Annwn. Ich bleibe immer in deiner Nähe.«

Zunächst mussten sie sich aber doch trennen. Dwina stieg über einen geheimen Aufgang in das nördliche Seitenschiff empor und gesellte sich zu zwei Badda, die dort hinter Trümmern und Säulen versteckt in Deckung lagen. Der Hüter nahm einen anderen Weg nach oben, der in eine Kapelle südlich der Kuppelhalle mündete. Orrik half ihm bei der Orientierung in der Dunkelheit.

Am Ende der Treppe wurden Trevirs ohnehin schon vorsichtige Bewegungen noch behutsamer. Wie ein Schatten glitt er in den Tempelraum. Man hatte in dem riesigen Bau etliche hohe Gestelle mit Feuerschalen aufgestellt, die für ein unruhiges

Zwielicht sorgten. Durch eine Lücke konnte Trevir in den Ring aus zusammengeschobenen Trümmern sehen. Am Boden unter der Kuppel spiegelten sich die Flammen von Leuchtern in einer großen Wasserlache. Genau im Zentrum des Doms stand der Altartisch. Trevirs Herz setzte einen Schlag aus, als er dahinter Wulf und Molog entdeckte. Sie sprachen leise miteinander. Es sah aus, als würden sie auf etwas warten. *Auf den Höhepunkt der sechsten Welle,* machte sich Trevir klar. Wulf musste genauso wie er die Unruhe spüren, die ihr unmittelbar vorausging.

Bevor Trevir in das Geschehen unter der Kuppel eingreifen konnte, musste er sich den Rücken frei machen. Mit wie vielen Leibwächtern würde sich Molog im Tempel umgeben? In der Vergangenheit hatte er alles, was mit dem Zusammenketten des Triversums zusammenhing, stets geheim gehalten. Also würde er auch in dieser Nacht die Zahl der Zeugen auf ein Mindestmaß beschränken. Vermutlich hatte er den Ring aus Soldaten *vor* dem Gebäude dafür umso mehr verstärkt. Gründlich blickte sich Trevir nach Mologs Kriegern um. Im näheren Umkreis gab es mehr Schatten als Licht. Wachen waren keine zu sehen. Aber damit hatte der Hüter gerechnet. Dies war Orriks große Stunde.

Der geflügelte Kundschafter wurde von seinem Freund in die Luft geworfen und verschwand in der Dunkelheit. Trevir nutzte die Wartezeit, um den Stab behutsam auf die Treppe zu legen und in seinen Beutel zu langen. Darin lagen etliche Kügelchen, die aus Kleie und einigen sehr wirksamen Kräutern bestanden; das Rezept stammte vom Bader Clutarigas. Hoffentlich reichte der Vorrat für alle Wachen.

Bald kehrte Orrik zurück und erstattete seinem Herrn Bericht. Trevir deutete das helle leise Fiepen in Richtungs- und Höhenangaben um.

Jetzt sah er den Posten, einen Bogenschützen, der auf einer Empore stand, vierzig oder fünfzig Fuß über dem Boden.

Trevir legte sich die erste Kräuterkugel auf die Handfläche, konzentrierte sich auf den Magen des Kriegers, und versetzte die

Pille genau dort hinein. Mit dem bloßen Auge war bestenfalls zu erahnen, dass den Posten plötzlich eine Starre befiel, die mehr seinen Geist als den Körper lähmte. Der Mann blieb weiter stehen, aber nun interessierte ihn der Wachdienst nicht mehr. In einem Zustand fortgeschrittener Lethargie starrte er nur in den Tempel hinab. Für die nächsten zwei Stunden würde selbst ein Feuer unter dem Hintern ihm keinen Mucks entlocken.

Nach kurzer Zeit verriet Orrik das Versteck des zweiten Wächters. Der Mann stand wie eine Ritterrüstung in einem dunklen Winkel und wenig später war er auch ebenso phlegmatisch wie eine solche. So versank ein Soldat nach dem anderen in Teilnahmslosigkeit. Orrik wusste sehr wohl zwischen Badda und Oberirdischen zu unterscheiden. Auch Dwina wurde von ihm als »freundlich« eingestuft. Zum Schrecken seines Herrn wollten indes die versteckten Bogenschützen gar kein Ende nehmen. Der Vorrat an Betäubungspillen schrumpfte beängstigend schnell. Als Orrik die letzten beiden Posten auf der Flüsternden Galerie meldete, traf ein, was Trevir befürchtet, womit er aber nicht ernsthaft gerechnet hatte: Seine suchende Hand fand nur noch *eine* Lähmungskugel im Beutel.

Er nahm den Kleieklumpen heraus, zögerte jedoch, ihn seinem Empfänger zuzustellen. Dem zweiten, von einer Säule halb verdeckten Posten musste die ungewöhnliche Starre seines Kameraden ihm gegenüber früher oder später auffallen. Wenn der Mann Alarm schlug, dann war alles verloren. Verzweifelt durchwühlte Trevir erneut den Ledersack. Alles, was er dort fand, waren Krümel, kleine Bruchstücke, die sich von anderen Pillen gelöst hatten. Er stülpte den Beutel um, sammelte die Reste in der hohlen Hand und knetete daraus eine jämmerlich kleine Kugel. Es war ein Wagnis, aber was sollte er tun? Wenn er den anderen Klumpen zerteilte, mochte die betäubende Wirkung weder bei dem einen noch bei dem anderen Soldaten eintreten. So bestand immer noch die Möglichkeit, den letzten Krieger hierher in diesen dunklen Winkel zu versetzen und ihn im Zweikampf niederzuringen. Trevir graute bei dem Gedanken.

In schneller Folge versorgte er die beiden Posten mit dem Betäubungsmittel. Die große Kugel wirkte wie gehabt: Der Krieger wurde starr wie eine Holzfigur. Ganz anders der zweite Mann, der nur noch die Reste abbekommen hatte: Er begann zu taumeln. Trevir stockte der Atem, zunächst, weil er fürchtete, der Posten könnte vornüber von der Galerie kippen, und dann, weil plötzlich Licht auf das Gesicht des Mannes fiel und Trevir ihn erkannte. Es war sein Waffenpate Featherbeard.

O nein, tu mir das nicht an!, flehte Trevir in Gedanken. Gebannt starrte er nach oben. Featherbeards Hände hielten sich einige schreckliche Augenblicke lang am Geländer fest. Noch hatten Molog und sein Ziehsohn nichts bemerkt. Sie sprachen leise miteinander, als wäre nichts geschehen. Der Recke auf der Galerie wankte unvermittelt nach hinten. Seine Hände rissen sich vom Geländer los. Er stieß gegen die Wand und rutschte beinahe geräuschlos mit dem Rücken daran herab, bis er in der Hocke verharrte, fast so, als wolle er seine Notdurft verrichten. Mehrere bange Momente lang starrte Trevir mal nach oben, dann wieder zu Molog und Wulf. Die beiden redeten immer noch. Der vermeintlich pflichtvergessene Posten zu ihren Häuptern blieb unbemerkt.

Trevir atmete auf. Es hatte auch Vorteile, dass sein heimliches Wirken den unsichtbaren Bannkreis des Altars nicht zu durchdringen vermochte. So konnte sein mindestens ebenso begabter Gegenspieler ihn von dort nicht orten. Um kein Risiko einzugehen, schickte er Orrik noch einmal auf Erkundungsflug. Die Fledermaus flatterte durch den riesigen Tempelraum, zirpte in für Menschen unhörbaren Tönen und fing selbige mit ihren großen Ohren wieder auf. Was sie auf diese Weise »sah«, teilte sie wenig später ihrem Herrn mit: Alle Feinde betäubt, alle Freunde auf Posten.

»Das war der leichte Teil der Übung«, flüsterte Trevir, während er sich mit einer Streicheleinheit bei seinem kleinen Helfer bedankte. Hiernach setzte er sich Orrik auf die Schulter, hob Aluuins Stab von den Stufen auf und schlich sich näher an die verbliebenen zwei Gegner heran. Am äußeren Rand des runden Kuppelsaals häufte sich ein unregelmäßiger Ring aus Trümmern. Hinter einem der höheren Schutthaufen bezog Trevir seinen Lauschposten. Von hier konnte er nun auch der leisen Unterhaltung folgen.

»Ich spüre nicht das Geringste. Vielleicht haben wir uns geirrt«, sagte gerade Wulf.

»Er wird kommen«, erwiderte Molog gelassen.

Trevir erschauderte, als er sah, wie Wulf einen blauen Gegenstand vom Altartisch aufhob. Es war ein halb durchsichtiges Stilett. Die Unheil verkündende Szene spiegelte sich in einer Pfütze am schwarz-weißen Hallenboden. Mologs Zögling bettelte: »Bitte lass mich ihm den Dolch ins Herz stoßen, Vater.«

»Nein, Wulf. Ein für alle Mal, nein. Du bist selbst ein Angelpunkt des Triversums und könntest das Gleichgewicht stören. Was wir zu tun beabsichtigen, ist so schon kompliziert genug.«

»Darf ich Trevir dann wenigstens nachher bekommen?«

»Wenn er tot ist? Wozu?«

»Als Zielscheibe für meine Pfeile.«

Molog funkelte seinen Sohn mit versteinerter Miene an, schüttelte den Kopf, knurrte dann jedoch: »Was von ihm übrig ist, kannst du gerne haben.«

»Und Dwina?«

»Das Mädchen interessiert mich nicht. Sie bedeutet für uns keine Gefahr mehr, sobald wir das hier erst hinter uns haben. Du kannst mit ihr anstellen, was dir beliebt.«

Trevir zog sich in die Schatten seiner Deckung zurück. Ein Zittern durchlief seinen Körper. Er und Wulf mochten sich zwar ähnlich sein, aber sie waren einander zugleich so verschieden wie die zwei Seiten einer Münze, wie das Licht des Tages und die Finsternis der Nacht.

»Es fängt an!« Mologs Stimme verkündete, was auch Trevir in diesem Moment bemerkt hatte. Ein schwacher, fast noch nicht wahrnehmbarer blauer Schimmer umgab seine Hände. Ja, es begann. Hoffentlich verstanden die Badda das Zeichen zu deuten. Falls nicht, dann würde der Glanz ihn in wenigen Augenblicken ohnehin verraten.

Molog betrachtete mit einem Ausdruck fiebernder Erwartung seinen Ziehsohn. Das blaue Glühen wurde rasch stärker.

»Gib mir jetzt den Dolch«, sagte er leise.

»Wozu?«, fragte Wulf.

»Um gewappnet zu sein, wenn dein Bruder erscheint.«

»Dieser Trevir ist nicht mein Bruder.«

»Vielleicht nicht im Blute, aber in eurem Wesen seid ihr euch sehr ähnlich.«

»Er ist ein Schwächling und ich bin ein Krieger. Er stammt aus einem Feenwald, aber ich wurde im Großen Steinkreis auf der Hochebene bei Salisbury geboren. Er ist ein Nichts und ich bin ein König.«

»Bis es so weit ist, wirst du dich meinem Willen fügen, sonst war alles vergeblich. Hätte ich deine Mutter nicht an den rechten Ort bringen und dich mithilfe einer von mir bezahlten Kräuterhexe zur rechten Zeit auf die Welt holen lassen, dann wärst du ein Niemand. Ich habe dich erzogen und dir deine Gaben gezeigt. Vergiss das nicht, mein Sohn! Und jetzt gib mir endlich den Saphirdolch.«

Wulfs grüne Augen wurden plötzlich groß. Er starrte über die Schulter seines Ziehvaters hinweg, hob die Hand mit dem Stilett und deutete mit der Spitze ins Halbdunkel des nördlichen Seitenschiffes. Dann hauchte er ein einzelnes Wort. »Geister!«

Molog wandte sich um. Jetzt konnte auch er es sehen. Hinter den Säulen, dort wo Wulfs erwachender Glanz die Schatten noch nicht durchdringen konnte, huschten grün schimmernde Schemen durch die Dunkelheit. Ruckartig fuhr der Kopf des

Kriegslords herum. Auch neben und hinter ihm befanden sich die kleinen Gestalten. Entsetzt schrie er nach den Wachen, aber niemand rührte sich. Als er zur Galerie hinaufschaute, lief ihm ein Schauer über den Rücken.

Er zeigte nach oben. »Unsere Scharfschützen schlafen.«

»Wie letztens die Soldaten in der Rotunde des Wissens.«

Molog nickte. »Habe ich nicht gesagt, dass der verfluchte Kerl auftauchen wird?«

»Ja, aber er hat uns ausgetrickst. Was führt er im Schilde?«

Der Kriegslord zog sein Breitschwert aus der Scheide und deutete damit zum südlichen Ende des Trümmerringes. »Das wird er uns bestimmt gleich verraten.«

Wulf fuhr herum. Unbändige Wut kochte in ihm hoch. Niemand anderer als sein verhasster Rivale stand dort auf einem Haufen Schutt, gestützt auf seinen albernen, knorrigen Stab, und blickte ihnen erhobenen Hauptes entgegen.

»Ihr seid umzingelt. Legt die Waffen nieder, dann geschieht euch nichts!«, rief Trevir.

»Einen Dreck werde ich tun, deinem Befehl zu gehorchen«, geiferte Wulf. Seine zornige Reaktion kam schnell und für alle Beteiligten unerwartet. Ehe sein Vater ihn zurückhalten oder Trevir in Deckung gehen konnte, hatte er schon seinen blauen Dolch gegen den Hüter geschleudert. Genau auf sein Herz. Mehr als pure Muskelkraft ließ die Saphirklinge mit tödlicher Treffsicherheit durch den Dom rasen. Anders war kaum zu erklären, wie sie sogar im Flug der ausweichenden Bewegung Trevirs folgen konnte, einem Falken gleich, der auf sein fliehendes Opfer herniederstößt. Das glitzernde Stilett bohrte sich zielsicher in Trevirs Brust. Allein die Wucht des Aufpralls reichte aus, um ihn hintenüberkippen und damit aus Wulfs und Mologs Augen verschwinden zu lassen.

Zahllose Schreie des Entsetzens ertönten im Dom. Am lautesten klagte Dwina die hinter einer Säule aufsprang, sich mit beiden Händen die Haare raufte und fassungslos den Kopf schüttelte.

Noch hatten Molog und sein Zögling sie nicht bemerkt. Der Kriegslord schäumte vor Wut. »Bist du von Sinnen!«, stieß er hervor.

»Ich lass mich doch von diesem Laffen nicht bedrohen«, verteidigte Wulf sein impulsives Handeln. »Außerdem wolltest du ihn doch sowieso töten.«

»Ja, *ich* wollte es tun. *Hier* auf dem Altar«, schrie Molog. In seinem zornroten Gesicht traten die Adern hervor. Mit einer herrischen Geste deutete er auf den Schutthügel, hinter den der Getroffene samt Dolch in der Brust gefallen war. »Vielleicht ist es noch nicht zu spät. Hol ihn sofort her!«

Wulf blinzelte. Er brauchte einen Moment, um den Befehl zu begreifen. Aber dann handelte er schnell mit der unvorstellbaren Kraft seines Geistes. Noch ehe die Badda im Umkreis ihren Schrecken überwunden hatten, rutschten die schweren Steinbrocken wie von Zauberhand zur Seite. Ein Schweif aus Staub und kleineren Bruchstücken flog auf das Zentrum des Doms zu. An seiner Spitze raste wie ein blauer Komet der Saphirdolch heran. Einen Augenblick später lag die im Flammenschein glänzende Klinge auf dem Altar. Wulf starrte die blutige Spitze des Stiletts an, Molog die Stelle, an der er einen sterbenden jungen Mann vermutet hatte. Sie war leer.

»W-wo ist er geblieben?«, stotterte der Kriegslord.

»Abgehauen«, knurrte Wulf. Er wollte sich wieder den Dolch greifen, doch diesmal war Molog schneller.

Von allen Seiten ertönte nun ein feindseliges Zischen. Aus den Schatten tauchten jene hässlichen, großäugigen, kahlen Zwerge auf, die das Schwarze Heer seit Monaten mit ihren nächtlichen Überfällen zermürbt hatten, die Erdgeister, wie sie die Soldaten furchtvoll nannten.

»Mörder!« Die anklagende Stimme hallte von den Wänden des Tempels wider und die zwei Männer am Altar brauchten eine Weile, bis sie ihre Besitzerin ausgemacht hatten. Mit geballten Fäusten trat sie hinter einer Säule hervor.

Wulf lachte irre. »Dein Freund ist ein Verräter, Dwina. Er hat nur bekommen, was er verdient. Und seiner Komplizin wird es genauso ergehen.« Blitzschnell langte er mit der Hand über die Schulter, zog einen Pfeil aus seinem Köcher und schleuderte ihn in Dwinas Richtung. Doch diesmal verfehlte das Geschoss sein Ziel.

Das Mädchen hatte sich unversehens in Luft aufgelöst.

Die Badda stimmten ein lautes Kriegsgeheul an. Sie bückten sich nach herumliegenden Brocken und warfen sie auf den Kriegslord und seinen jähzornigen Zögling. Geschickt ließ Molog einen Stein an der breiten Klinge seines Schwertes abprallen.

Wulf duckte sich unter einem anderen Geschoss hinweg und sammelte seine Kraft. Mit einem Mal erhob sich der Kreis aus Trümmern in die Luft und begann um das Zentrum des Doms zu rotieren. Rasch hatte sich das Geröll der eingestürzten Kuppel in einen wirbelnden Schutzwall verwandelt, den kein Wurfgeschoss mehr zu durchdringen vermochte. Der Kuppelsaal war von einem knirschenden Geräusch erfüllt, das die Angreifer erschauern ließ. Einer der Badda, der sich zu weit vorgewagt hatte, wurde von dem Strudel mitgerissen. Nur kurz brüllte er in seiner Angst auf, dann traf ihn ein Stein am Kopf und er verstummte. Mit den anderen Brocken kreiste er um den Altar.

Wulf lachte abermals auf. »Siehst du, Vater, ich kann uns gegen eine ganze Armee beschützen.«

»Ja«, erwiderte Molog auf eine seltsam ruhige Art, »aber wir müssen die in dir wohnende Macht entfesseln, damit ich als König über alle Heere des Triversums herrschen kann.«

Wulfs überspannte Heiterkeit verflog. »Du willst sagen, damit *wir* über die drei Welten regieren können.«

Der Kriegslord trat dicht an seinen Sohn heran und schüttelte mit versteinerter Miene den Kopf. »Du hast mich schon richtig verstanden, mein törichter, unbeherrschter Sohn.« Ehe der Verstand des Jungen die Tragweite dieser Worte auch nur erahnen konnte, schoss Mologs Linke vor und bohrte den Saphirdolch in Wulfs Brust.

Trevir prallte hart auf die Marmorplatten. Dort, wo der Dolch ihn getroffen hatte, spürte er einen stechenden Schmerz. Wulfs Angriff hatte ihn überrascht. Ringsum ertönten die entsetzten Schreie seiner Gefährten. Ächzend zog er die dreieckige Klinge aus seiner Brust, oder vielmehr aus dem, was ihm das Leben gerettet hatte. Während er noch gegen die Benommenheit ankämpfte, hörte er Mologs Ruf.

»Hol ihn sofort her!«

Gleich darauf begann sich der Geröllberg, von dem Trevir herabgestürzt war, zu bewegen. Ihm war völlig klar, was das bedeutete: Wulfs unsichtbare Klauen suchten ihn, und wenn sie ihn erst gefunden hätten, würden sie ihn zermalmen. Trevir kniff die Augen zusammen. Diesmal durfte er nicht scheitern, so wie vor nicht einmal drei Wochen, als er vergeblich in einen verschlossenen Baddaschacht hatte eindringen wollen. Das Knirschen des wegrutschenden Gerölls wurde lauter. Trevirs Faust umklammerte Aluuins Stab, er konzentrierte sich und sprang.

Keuchend landete er hinter einer Feuerschale, die das noch schwache Glimmen seines Körpers überstrahlte. Mit grimmiger Genugtuung verfolgte er die Reaktionen von Molog und Wulf, die anstelle eines tödlich Getroffenen nur das Mordwerkzeug aus den Trümmern geborgen hatten. Wulf schien zu ahnen, was geschehen war, und streckte erneut die Hand nach dem Dolch aus, aber Molog kam ihm zuvor.

Abgesehen von den vier oder fünf Badda in unmittelbarer Nähe, die erstaunt Trevirs Auftauchen zur Kenntnis nahmen, schien niemand seinen rettenden Sprung bemerkt zu haben. Im Gegenteil, man hielt ihn offenbar für tot, und das weckte nicht nur Zorn, sondern auch den Mut der Verzweiflung unter dem kleinen Volk. Langsam rückten sie gegen den Kriegslord und seinen mächtigen Beschützer vor. Trevir kämpfte sich mithilfe des Stabes auf die Beine hoch. Er musste eingreifen, bevor Wulf sich die Badda vornahm. In diesem Moment sah er Dwina.

Sie stand auf der anderen Seite des Querschiffes, vielleicht vierzig Schritte von ihm entfernt und schwankte. Eben hatte sie sich noch die Haare gerauft, doch jetzt suchte sie Halt an einer Säule und drückte sich die freie Hand auf den Mund, wohl um nicht noch einmal laut loszuschreien. Trevir ahnte, was in ihr vorgehen musste, als sie fassungslos den Kopf schüttelte. Bestimmt drohte der Schmerz sie zu übermannen. Sie konnte ja nicht wissen, wo sich ihr Mann befand, aber sie hatte den Dolch in seiner Brust gesehen. Welchen Beweis brauchte sie da noch für das, was Wulf ihm angetan hatte? Plötzlich, ehe Trevir sich ihr bemerkbar machen konnte, brach ihre Seelenpein wie glühende Magma aus einem Vulkan hervor. Der Hüter schüttelte entsetzt den Kopf, doch es war zu spät. Ihre Anklage – »Mörder!« – konnte nicht unbemerkt bleiben. Wulf hatte sie entdeckt.

Während sie wütend auf ihn zulief, lachte er wie ein Wahnsinniger. Trevirs Hirn suchte fieberhaft nach einem Ausweg. Er musste Dwina retten. Schon sah er Wulfs Hand zum gefiederten Schaft greifen. Es gibt nur eine Lösung, sagte sich Trevir, und du hast nur *einen* Versuch. Er ließ seinen knorrigen Stock los, streckte die blau glühenden Hände nach Dwina aus und lenkte die Kräfte des Triversums um.

Ehe Aluuins Stab am Boden aufschlug, hielt Trevir seine Frau in den Armen. Der Pfeil prallte wirkungslos gegen einen steinernen Pfeiler. Trevirs Wunde machte sich schmerzhaft bemerkbar. Er wankte rückwärts, strauchelte und landete samt Dwina auf den Marmorplatten. Im Dom erhob sich das Geschrei der Badda, wodurch weder Wulf noch der Kriegslord Dwinas Freudenruf vernahmen.

»Trevir, du lebst!?«

»Nicht mehr lang, wenn du mir noch weiter die Luft abdrückst.«

»Aber ich habe doch gesehen, wie der Dolch in deine Brust…«

Sie rutschte schnell von ihm herunter, suchte und fand auch das Loch in seinem Gewand.

Im Widerschein des eigenen Glanzes bemerkte Trevir, wie ihr Kummer in Erleichterung umschlug, als ihr klar wurde, was der Dolch getroffen hatte. Obwohl die Situation im Tempel noch lange nicht geklärt war, konnte er sich ein Grinsen nicht verkneifen. Er griff unter seine grauschwarze Baddatunika und holte einen nur allzu bekannten Gegenstand hervor. »Ceobba wird mich vierteilen, wenn ich ihm *Das Buch der Balance* so wiedergebe.«

Dwina nahm ihm die Kladde ab und steckte ihren kleinen Finger durch das Loch. Dann sah sie das Blut an der Austrittsstelle und erneut kippte ihre Stimmung von Euphorie zu Besorgnis. Hektisch streifte sie sein Oberteil hoch, um nach der Wunde zu suchen.

»Ist nur ein Kratzer«, wiegelte Trevir ab.

»Das sagen Männer immer und im nächsten Moment kippen sie tot um.«

Trevir drängte ihre Hände sanft, aber entschieden zurück und schob die Tunika wieder nach unten. »Dafür haben wir später immer noch Zeit, Dwina. Ich glaube, unsere Freunde brauchen Hilfe.« Er deutete in den Kuppelsaal.

Nun erst sah Dwina, was sich inzwischen dort abgespielt hatte. Ein Zylinder aus Gesteinsbrocken, Staub und einem einzelnen Badda rotierte mit mahlendem Geräusch um den Altar. Trotzdem versuchten die Unterlondinorer die Barriere mit gezielten Würfen zu durchdringen, doch vergeblich.

»Da kommen wir nie durch«, sagte Dwina.

»Das brauchen wir auch nicht. Wulf hält sich vermutlich für sehr schlau, aber mit diesem Mahlstrom wird er sich schnell verausgaben. Spätestens am Ende der sechsten Welle bricht er zusammen und Trimundus ist gerettet. Bis dahin müssen wir allerdings unseren Druck aufrechterhalten, damit Molog nicht …« Trevir versagte die Stimme, als er das Unfassbare sah.

»Was tut Molog da?«, stieß Dwina entsetzt hervor.

Trevirs Antwort war nur ein Flüstern. »Wer den Schwingungsknoten kontrolliert, der beherrscht das ganze System; wer ihn auflöst, entfesselt es.«

»Was?«

Anstatt das Zitat aus Abacucks *Buch der Balance* zu erklären, sprang Trevir vom Boden auf und schrie: »Alle Mann in Deckung!«

Seine Warnung kam keinen Augenblick zu spät. Während er Dwina zu Boden zerrte und sich über sie warf, suchten die Badda hinter Säulen und Trümmern Schutz. Noch waren längst nicht alle in Sicherheit, als die herumwirbelnden Brocken auch schon Wulfs Geist entglitten und wie tödliche Geschosse in alle Richtungen davonschwirrten. Einige Badda wurden getroffen. Schmerzensschreie hallten durch den Tempel.

»Geht es dir gut?«, fragte Trevir atemlos.

»Nein, aber ich bin unverletzt, falls du ...« Dwina verstummte, weil der Tempel plötzlich wie von einer riesigen Faust erschüttert wurde. »Was war das? Ein Erdbeben?«

Staub rieselte von der baufälligen Kuppel herab. Trevir schüttelte den Kopf. »Nein, eher die Bestätigung von Abacucks Hypothese. In einem seiner Aufsätze stand etwas über Wesen, denen der Schwerpunkt des Triversums innewohnt. Wulf und ich sind von dieser Art. Abacuck meinte, wir könnten das Triversum auf allerlei Weise beeinflussen – und es sogar zerstören.«

»Aber wieso tötet Molog dann seinen eigenen Zögling?«

»Weil er das Triversum aus den Angeln heben will, um es seinem Willen zu unterwerfen. Doch er wird es nur aus dem Gleichgewicht bringen und damit zerstören – das Beben im Tempel ist der beste Beweis dafür.« Trevir griff nach Aluuins Stab und rappelte sich wieder auf.

»Was hast du vor?«

»Das weiß ich selbst noch nicht. Wenn Wulf jetzt stirbt, dann ist alles verloren.« Er stürzte aus der Deckung direkt auf Molog zu.

Der Kriegslord hatte seinen Ziehsohn inzwischen auf den Altar gebettet. Der blaue Dolch steckte tief in Wulfs Brust. Aber er atmete noch. Offenbar hatte er im letzten Moment dem Herzstich seines Vaters ausweichen können. Molog zog die Saphirklinge ohne allzu viel Zartgefühl aus der Wunde. Offenbar wollte er ein zweites Mal zustechen und diesmal richtig.

»Halt!«, brüllte Trevir.

Molog fuhr herum, warf Dolch und Schwert in die Luft und fing sie über Kreuz wieder auf, wodurch er seine mächtige Klinge in die Rechte bekam.

Der Hüter hatte nur einen Stab in der Hand und im Herzen die letzten Worte Cord von Lizards: *Tu es für Aluuin, für Trimundus und den allmächtigen Herrn des Triversums!* Im Näherkommen konzentrierte Trevir sich auf das Breitschwert, um es in seine Hand zu versetzen. Aber der Versuch schlug fehl. Noch hatte er den Bannkreis des Altars nicht durchbrochen. *Gleich!*, wappnete er sich im Geiste und stürmte mit großen Sprüngen weiter voran. Sein linker Fuß landete platschend in einer Pfütze. Das Wasser spritzte nach allen Seiten. Und Trevir rutschte aus.

Der Sturz überraschte ihn gründlich, sonst hätte er sein Gleichgewicht bestimmt nicht so leicht verloren. Vielleicht lag es auch an dem ungewöhnlichen Ort – immerhin segelte er an einem der bedeutendsten immobilen Schwingungsknoten des Triversums durch die Luft. Sein aufgeschrecktes Bewusstsein protokollierte alles mit grotesker Gründlichkeit. Seine Beine schwangen nach oben, seine Schultern nach unten, dabei bewegte er sich weiter auf Mologs Schwert zu. Einen Augenblick lang schien Trevir waagerecht in der Luft zu schweben, aber dann schlug er zum zweiten Mal in dieser Nacht hart auf, sogar noch heftiger als bei Wulfs Treffer. Als Trevirs Kopf gegen den Marmor prallte, verlor er fast die Besinnung. Benommen schlitterte er auf den Altar zu, bis Molog ihn mit dem Fuß zum Stehen brachte.

Irgendwo hinter sich hörte Trevir wie durch einen dicken Wollvorhang die Entsetzensschreie seiner Frau. Gleich darauf spürte er den kalten Stahl des Breitschwertes an seiner Kehle. Die Rufe seiner Gefährten verstummten, man wollte den Kriegslord nicht unnötig provozieren. Dessen breites Gesicht grinste nun auf den am Boden Liegenden herab. Als Mologs Lippen sich bewegten, hörte sich seine Stimme seltsam hohl an.

»Das größte Übel mit euch jungen Leuten ist eure wider alle Vernunft sprechende Begeisterungsfähigkeit. Anstatt geduldig abzuwarten, stürzt ihr euch in jede sich bietende Gefahr.«

Eine Welle der Übelkeit brandete durch Trevir hindurch. Selbst wenn keine Klinge an seinem Hals gewesen wäre, hätte er wohl nichts zu erwidern vermocht. Fast beiläufig registrierte er, dass nicht sein Körper von sich aus zitterte, sondern der Marmorboden, auf dem er lag. Er ahnte längst, was der Kriegslord vorhatte.

»Soll ich nun Wulf die Saphirklinge ins Herz treiben oder dir?«, sinnierte Molog, als ginge es um die Auswahl eines Tafelweins. Er seufzte. »Ach, was soll's. Wegen dir musste ich meinen Sohn opfern. Wulf stirbt ohnehin, wie man an der Erschütterung des Gleichgewichts unschwer erkennen kann. Er verdient einen ehrenvollen Tod, an den man sich noch in tausend Jahren erinnern wird. Für einen jämmerlichen Einsiedler wie dich genügt der blanke Stahl.«

Trevir versuchte, in seinem dröhnenden Schädel einen Befehl zu formulieren, der Molog das Schwert entriss, aber er spürte nur einen stechenden Schmerz. Es war vorbei. Seine Kraft würde nicht rechtzeitig zurückkehren. Er schloss die Augen, um sich Dwinas Gesicht in den Sinn zu rufen; auf Mologs boshaftes Grinsen konnte er gut verzichten, während er sein Leben aushauchte.

»Übrigens«, sagte der Kriegslord unvermittelt und seine Stimme troff von Selbstgefälligkeit. Trevir schlug die Augen wieder auf. »Du bist nicht der Letzte des Dreierbunds, der das

Zeitliche segnet. Aluuin hatte mich einst zu seinem Nachfolger auserkoren, mich dann aber wegen einer Lächerlichkeit verbannt. Nachdem du jetzt leider abtreten musst, junger Trevir, werde ich dem Bund neues Leben einhauchen. Er wird weiter das Gleichgewicht des Triversums hüten, wenn auch auf eine neue Weise.« Molog lachte gehässig und hob die Schwertklinge zum tödlichen Stoß.

Plötzlich hörte Trevir einen zischenden Laut. Der Kriegslord riss die Augen auf und erstarrte. Ein, zwei furchtbare Atemzüge lang sah Trevir zu der über ihm schwebenden Klinge hoch. Dann suchte und fand seine Rechte den am Boden liegenden Stecken, schloss sich darum und schwang ihn nach oben. Als Aluuins Stab die Klinge traf, brach er entzwei. Das Schwert wurde von der Wucht des Aufpralls zur Seite abgelenkt. Trevir rollte sich nach links, um der Reichweite des Kriegslords zu entkommen. Jetzt erst sah er, dass hinten ein Pfeil aus Mologs Hals ragte. Der Kriegslord sackte auf die Knie und kippte mit gebrochenem Blick zur Seite.

Trevir stemmte sich aus der Pfütze hoch und blickte zur Galerie hinauf. So, wie der Pfeil den Kriegslord getroffen hatte, konnte er nur von irgendwo dort oben abgeschossen worden sein. Und dann sah er den Schützen.

»Featherbeard!«

Der Recke nickte ihm mit versteinerter Miene zu. »Du bist ein guter Junge. Ich konnte nicht zulassen, dass er dir etwas zu Leide tut.«

»Danke. Du hast mir das Leben gerettet.«

»Es war ohnehin an der Zeit, das Blut meines Vaters von Mologs Hand zurückzufordern. Aber jetzt solltest du etwas tun, um dieses Beben aufzuhalten.«

Trevir trat an den Altar, legte Wulf die Hand auf die Brust und sah wieder nach oben. »Es steht nicht gut um ihn. Wenn mir nicht schleunigst etwas einfällt, dann sind wir verloren. Sorg dafür, dass deine Kameraden dem Tempel fernbleiben.«

Featherbeard setzte sich sogleich in Bewegung. Seinem schleppenden Gang nach zu urteilen, litt er noch unter den Nachwirkungen der Betäubungspille. Trevir rief unterdessen Ceobbas Namen.

Der Oberste der Badda tauchte aus den Schatten auf. Um seine empfindlichen Augen vor Trevirs Strahlen zu schützen, hielt er sich den Umhang vors Gesicht. »Was können wir tun, um dir zu helfen?«

»Nichts, mein Freund. Zieht euch tief in die Tunnel zurück. Dort seid ihr vielleicht sicher. Sie haben euch schon einmal gerettet.«

Einen Moment zögerte Ceobba, aber dann bedeutete er seinen Männern, ihm beim Rückzug zu folgen.

»Ich bleibe bei dir«, erklärte Dwina fest. Auch sie musste die Augen zusammenkneifen, weil Trevir sie blendete.

Er sah sie traurig an. Ihr Gesicht strahlte vom Widerschein seines Glanzes. Es war für ihn wie ein offenes Buch. Sie würde sich nicht wegschicken lassen. Er streichelte ihre Wange und nickte. »Du musst versuchen, Wulfs Zustand zu stabilisieren.«

Sie nickte. »Und was tust du?«

»Ich habe dir erzählt, was Aluuin einmal zu mir sagte: Nur wenn die Hüter des Gleichgewichts in der Not zusammenfänden und zusammen wirkten, könnten sie ihre Aufgabe erfüllen. Es ist an der Zeit, dies auszuprobieren.«

Mit einem Mal meldete sich die schwache Stimme Wulfs. »Trevir!«

Der Angesprochene legte seine Hand auf die des Sterbenden. »Bleib ruhig, Wulf. Dwina kümmert sich um deine Verletzung.«

Mologs Ziehsohn wollte ein bitteres Lachen ausstoßen, aber es wurde nur ein blutiges Husten daraus. »Vergebliche Liebesmüh. Ich krepiere, Trevir.«

Der Hüter wechselte einen Blick mit Dwina, die nur den Kopf schüttelte, während sie versuchte, die Blutung zu stillen. Er wandte sich wieder Wulf zu. »Es geht nicht nur um dich oder um mich, sondern um Trimundus und das ganze Triversum. Was hat dein Vater mit diesem … *Ritual* bezweckt?«

»Er … er wollte die drei Welten zusammenschmieden.«

»Ja, aber was genau geschieht hier, Wulf? Ich muss es verstehen, um es rückgängig zu machen.«

Wulfs Kopf wackelte auf dem Altar hin und her. Seine Stimme wurde immer leiser. »Es kann … kann nicht mehr aufgehalten werden. Tut mir Leid, Bruder, aber Molog hat uns beide betrogen.« Er schloss die Augen.

»Ist er …?« Trevir wagte das Wort nicht auszusprechen.

Während Dwina weiter ihren Baddaumhang auf die Wunde drückte, fühlte sie Wulfs Halsschlagader. »Er lebt noch. Aber sein Puls wird immer schwächer.«

»Lass ihn noch nicht gehen, Dwina! Ich brauche noch etwas Zeit.«

Trevir entfernte sich einige Schritte vom Altar. Noch nie hatte er seine Drillingsbrüder bewusst herbeigerufen. Er wusste nicht einmal, wie er das anstellen sollte. Mitten in einer Pfütze blieb er stehen. Die Oberfläche des Wassers kräuselte sich unter den immer stärker werdenden Erschütterungen. Dabei reflektierte es den Glanz an die umstehenden Säulen und Wände. Verwundert stellte Trevir fest, dass sogar die schwarzen und weißen Marmorplatten sich wie Wellenringe zu bewegen schienen. Er schüttelte den Kopf. Vielleicht eine Folge des Schlages, den er erhalten hatte.

»Wo seid ihr?«, flüsterte er. Irgendwie musste er ja schließlich beginnen.

Keine Antwort. Nur das Zittern des Bodens nahm zu. Ganz in der Nähe stürzte ein weiterer Teil der Decke ein.

»Wulf stirbt!«, meldete Dwina vom Altar her.

»Brüder, ich brauche eure Hilfe. *Kommt!*«

Endlich veränderte sich das unruhige Spiel der Lichter. Es wurde rasch überstrahlt von einer blauen Wolke, die bald den ganzen Dom ausfüllte. Die Wasserlache zu Trevirs Füßen sah mit einem Mal aus wie eine Eisscholle, unter der ein gleißend heller, aber unergründlich tiefer Abgrund lag; allein die Vorstellung bescherte dem Hüter ein mulmiges Gefühl. Dann erschien unter ihm wie aus Nebelschwaden plötzlich eine Gestalt. Ein Jüngling! Sein schwarzer Haarschopf war zum Greifen nahe, der Oberkörper nackt und er trug – einen Faltenrock?

Um weniger steil auf die Gestalt herabsehen zu müssen, trat Trevir einen Schritt zur Seite. Unvermittelt tauchte der Jüngling aus der Pfütze auf. Er war so durchscheinend wie Mologs Saphirdolch und strahlte wie ein Stern. Im Hintergrund glaubte Trevir schemenhaft noch drei andere Gestalten auszumachen, die sich an einem Steinklotz festklammerten, dem Altar in Saint Dryden's Temple nicht unähnlich. Dahinter sah er ein Wasserbecken sowie die mit fremdartigen Zeichen verzierten glatten Wände eines fensterlosen Raumes. Das Gemach zitterte genauso wie der Dom. Die Szene war wie von wabernden Nebelschwaden verschleiert, hin und wieder konnte Trevir einige Details deutlicher erkennen. Unwillkürlich wischte er sich über die Augen, um einen klareren Blick zu bekommen, aber das half auch nichts. Alles wirkte irgendwie blass, wie in einem Gemälde, das allein aus verschiedenen Blautönen bestand. Einzig der glänzende Junge, der ihn aus nächster Nähe erstaunt anblickte, blieb klar. Nein, dachte Trevir, das war nicht der Francisco, den er in der Wasserschale gesehen hatte.

»Wer bist du?«, fragte er.

Der andere reagierte mit einem ratlosen Gesicht. Dann stieß er einige hastige Worte hervor, die Trevir nicht verstand.

»Er spricht eine andere Sprache«, bemerkte Dwina überflüssigerweise.

»Wie ich vermutet hatte: Wir sind Drillinge«, sagte Trevir, ohne sich zu ihr umzuwenden. Er tippte sich auf die Brust, deutete dann auf seinen Doppelgänger und hob hiernach drei Finger hoch. Schließlich breitete er fragend die Hände aus. »Wo ist der Dritte? Wir brauchen Francisco.«

Der andere schien zu begreifen. Er zeigte auf sich und sagte: »Topra.«

Trevir nannte seinen Namen. In diesem Augenblick bäumten sich unter ihm die Marmorplatten auf, als wären sie nur Blätter auf den Wogen des Meeres. Aber er war der Hüter des Gleichgewichts und blieb stehen. Hinter ihm ertönte Dwinas verzweifelte Stimme.

»O nein!«

»Was ist?«, rief Trevir über die Schulter.

»Sein Herz schlägt nicht mehr!«

Ein weiteres Stück der Kuppel stürzte ein. Trevir schloss die Augen und flehte: »Francisco, bitte komm!«

Unvermittelt spürte er eine warme Berührung an der Hand, Finger die sich um die seinen schlossen. Als er die Lider hob, sah er Topras Arm aus dem blauen Gleißen wie aus einem Vorhang herausragen. Trevir verschlug es die Sprache. Die Hand seines Alter Ego sah so natürlich und lebendig aus wie seine eigene.

Plötzlich wurde sich Trevir bewusst, dass Topra zu ihm nach Trimundus hinüberwechseln wollte. Hastig schüttelte er den Kopf und schob sein anderes Ich von sich weg, ohne es jedoch loszulassen. »Das darfst du nicht. Es würde das Gleichgewicht stören.« *Wenn er mich doch nur verstehen könnte!* Eindringlich sah er in Topras Gesicht und wiederholte: »Wo ist der Dritte? Wir brauchen *Francisco.*«

Topra nickte und schloss die Augen. Trevir folgte seinem Beispiel. »Francisco!«, flüsterten sie im Chor. »Francisco!« Ihr Geist versuchte die Tür in jene Welt aufzustoßen, von der sie nicht einmal ahnten, dass sie Erde hieß. Sie wussten nur, wen sie dort suchten: »Francisco!«

Dwina stieß einen Schrei aus. »Sie haben ihn …«

Trevir riss die Augen auf und war einen Moment völlig benommen. Zuerst glaubte er eine Spiegelung zu sehen, so ähnlich waren sich der schemenhafte Raum, aus dem Topras Hand zu ihm nach Trimundus reichte, und jene andere Kammer, die er nun erblickte. Auch sie bebte. Staub und kleinere Bruchstücke rieselten von der Decke. Und auf dem Altar lag …

»Francisco!«, keuchte Trevir. Arme und Beine des Drillings wurden von merkwürdigen Metallfesseln zusammengehalten, die mit Klammern am oberen Rand des schwarzen Blocks befestigt waren. Er bewegte sich nicht. War er tot? Hatte auch ihn jemand niedergestochen so wie Wulf? Hektisch suchte Trevir nach Blut, aber er konnte keines entdecken. Und dann sah er, wie Franciscos Brustkorb sich hob. »Francisco!«, riefen noch einmal Trevir und Topra wie aus einem Munde.

Und der Gerufene schlug die Augen auf.

»Wer ist da?«

»Ich bin's. Trevir. Dein Bruder aus Trimundus«, antwortete das Oberhaupt des Dreierbunds ihm. »Außerdem ist da noch Topra von … Ich weiß nicht, wie seine Welt heißt. Ich dachte, du wärst tot.«

Francisco drehte den Kopf, stutzte einen Moment und nun schien er Trevir zu sehen. »Ich dachte erst, meine Sinne spielen wieder verrückt. Vicente will mir sein Stilett ins Herz stoßen. Vielleicht erschlägt mich vorher auch die Decke. Hier bebt alles.«

»Ein Stilett, sagst du? Hat dieser … Vicente einen blauen Saphirdolch?«

»Ja, woher weißt du …?«

»Dafür haben wir keine Zeit, mein Bruder. Kannst du Topra hier neben mir sehen?«

»Natürlich! So deutlich wie eine Leuchtreklame.«

»Ich kann mich ihm nicht verständlich machen.«

»Kein Wunder. Du sprichst Englisch, er Altägyptisch.«

»Wie auch immer. Erkläre ihm, dass in meiner Welt, in Trimundus, jemand einen mobilen Schwingungsknoten des Triversums getötet hat.«

»*Was* soll ich ihm sagen?«

»Wulfweardsweorth! Er ist von unserer Art gewesen, aber Molog hat ihm einen Saphirdolch in die Brust gestoßen.«

»O Gott!« Franciscos Blick wechselte zu Topra. Er sprach langsam Worte, die er in seinem Gedächtnis erkennbar mühsam zusammensuchen musste, aber Topra nickte verstehend und antwortete sofort. Sich wieder an Trevir wendend, übersetzte Francisco: »Etwas Ähnliches hat sich auch hier auf Anx zugetragen, aber ich konnte dem Anschlag entgehen. Wenn wirklich wahr ist, was du gesagt hast, dann sind wir verloren.«

»Nein, wir dürfen nicht aufgeben«, widersprach Trevir und Francisco übersetzte. »Es muss einen Weg geben, das Gleichgewicht wiederherzustellen. Ich habe hier ein Buch, das genau vor der Situation warnt, in der wir uns befinden. Gibt es nicht in eurer Welt etwas Ähnliches, irgendein überliefertes Wissen, das uns sagt, wie wir die drei Welten retten können?«

»Die Kammer des Wissens«, übersetzte Francisco die Antwort Topras.

»Eine Kammer? Wir haben keine Zeit, nach einer Kammer zu suchen«, jammerte Trevir.

»Warum suchen?«, fragte Francisco spontan. »Ich liege mitten in dieser Kammer drin und anscheinend existiert eine Kopie davon, in der sich Topra in diesem Moment befindet. Es gibt da nur ein Problem.«

Topra stöhnte. »Und das wäre?«

»Ich würde Wochen brauchen, um die Inschriften hier zu übersetzen. Die Wände sind voll davon. Nicht mehr lang allerdings, denn die Kammer kann jeden Moment einstürzen.«

»Frag Topra!«, verlangte Trevir. »Vielleicht kann er uns weiterhelfen.«

Francisco gehorchte und je länger er anschließend Topras Antwort lauschte, desto aufgeregter wirkte er. »Trevir!«

»Ich bin hier, Francisco.«

»Einen Moment. Mir wird schon wieder übel.«

»Was hat Topra gesagt, Francisco?«

»Er kann mir die Stelle zeigen, wo das ›Ritual der Verschmelzung‹ beschrieben wird. Sie befindet sich an der Wand links von mir, jenseits des Bassins, gleich neben Imhoteps Namenskartusche, wo auch das Emblem der Unsichtbaren Pyramide versteckt sein soll.«

Der Kopf des Hüters ruckte kurz nach oben, weil er unwillkürlich an die »sehende Pyramide« auf der Flüsternden Galerie denken musste. Jetzt klaffte an der Stelle ein Riss, der – Trevir gefror das Blut in den Adern – sich bis zum Boden zog, ja sogar bis zum Altar, wo Dwina immer noch standhaft neben Wulfs Leichnam ausharrte. Noch zwei weitere dunkle Spalten hatten die Marmorplatten gesprengt und strebten unter dem Toten in verschiedene Richtungen davon. Trevir sah Francisco fest in die Augen. »Kannst du die Inschrift von dir aus lesen?«

»Nein, ich hab es gerade versucht. Da ist zu viel Staub und vor meinen Augen verschwimmt alles.«

»Dann steh auf und geh näher ran!«

»Selten so gelacht.«

»Du musst natürlich die Fesseln lösen.«

»Gern. Wenn du mir sagst, wie.«

»Versetze sie.«

»Was soll ich tun?«

»Stell dir vor, sie wären nicht an deinem Körper, sondern anderswo.«

»Und was soll das bringen?«

»*Tu es, Francisco!*«

Der Gefesselte kniff die Augen zusammen. Auf Trevir machte er nicht den Eindruck, als habe er besonders viel Übung im Lenken der Kräfte des Triversums, und tatsächlich veränderte sich nichts. Die Fesseln rutschten wie von Geisterhand ein wenig hin und her, blieben aber an Ort und Stelle.

»Ich kann das nicht!«, jammerte Francisco.

»Warte!« Trevir atmete tief durch. Wie hatte Topra das gemacht? Während das Beben ringsum immer heftiger wurde, schob der Hüter des Gleichgewichts seine freie Hand vorsichtig auf Francisco zu. Mit einem Mal spürte er ein Prickeln, so als würde seine Haut von einer heißen Quelle umsprudelt. Trevirs Hand verfärbte sich blassblau. Gleich darauf spürte er das kalte Metall von Franciscos Fußfessel. Im nächsten Augenblick war diese verschwunden. Die beiden Handschellen entfernte er genauso rasch. Dann wiederholte er seinen Befehl.

»Wie hast du das gemacht?«, fragte der Befreite erstaunt.

»Mit der Gabe, die wir alle empfangen haben, obwohl wir sie offenbar unterschiedlich nutzen. Doch nun steig schnell von dem Tisch, Francisco, und geh zur Inschrift. Lies sie uns vor!«

Schwerfällig schwenkte der soeben Befreite die Beine über den Rand des Sarkophags. Als er sich hinstellte, musste er sich abstützen, um nicht hinzufallen. Er war sichtlich benommen, aber das heftige Beben in der Kammer des Wissens machte alles nur noch schwerer für ihn. Trevir und Topra verfolgten atemlos, wie er durch das Bassin schwankte. Er stürzte, raffte sich aber wieder auf.

Ringsherum fielen größere und kleinere Stücke der Decke herab und fielen platschend ins Wasser. Es war nur eine Frage der Zeit, bis Francisco getroffen werden würde. Endlich erreichte er den Beckenrand, wälzte sich auf den umlaufenden Gang, krabbelte auf allen vieren zur Wand und kämpfte sich dort auf die Beine.

»Hier!«, sagte Francisco und deutete auf ein Symbol, das der lang gezogenen Schlinge eines Seiles glich, in dem sich mehrere, für Trevir gänzlich rätselhafte Schriftzeichen befanden. »Das ist Imhoteps Kartusche. Und das da« – er zeigte auf einen Umriss, der sowohl Trevir als auch Topra nur allzu vertraut war – »dürfte das gesuchte Möbius-Band sein.«

»Was für ein Band?«

»Das Emblem der Unsichtbaren Pyramide.«

»Ach so. Gut! Und was …« Trevir hörte ein grelles Zirpen im Ohr und sprang zur Seite. Ein kopfgroßer Steinbrocken zerschellte neben ihm am Boden. Er legte seine Hand auf den kleinen pelzigen Körper an seinem Kragen. »Danke, Orrik.« Dann wandte er sich wieder an Francisco. »Was besagt die Inschrift, die das Symbol umgibt?«

»Warte!«

»Wir haben keine Zeit mehr, Bruder! Hier ...«

»Halt endlich den Mund!«, brüllte Francisco und ballte dabei beide Fäuste. »Ich habe seit Monaten keinen längeren Hieroglyphentext mehr übersetzt. Gib mir ein paar Sekunden.«

Trevir wagte nicht zu fragen, was eine »Sekunde« ist. Sein anderer Drilling hatte zwar den letzten Wortwechsel nicht verstanden, bedeutete ihm aber durch eine beschwichtigende Geste, die Ruhe zu bewahren. Aus zwei Welten sahen sie Francisco bei der von heftigen Erschütterungen begleiteten Entzifferung des Textes zu. Endlich begann er zu nicken, erst zaghaft, dann bestimmt.

»Ja, ich glaube, jetzt hab ich's«, murmelte er.

»Und? Was steht da?«, drängte Trevir.

Francisco drehte sich um, lächelte und wurde von irgendetwas am Kopf getroffen. Der freudige Ausdruck auf seinem Gesicht verwandelte sich in Erstaunen. Dann wurde sein Blick glasig, er sackte gegen die beschriftete Wand und rutschte stöhnend zu Boden. In dem Maße, wie ihm das Bewusstsein schwand, verblasste die Szene vor Trevirs und Topras Augen. Zuletzt sahen sie noch einen Schemen, der sich über Francisco beugte.

Im Gürtel des Unbekannten glitzerte ein blauer Kristalldolch.

18
Die Kammer des Wissens
Erde

Franciscos Blick hing an der blonden Schönheit wie ein Insekt am Fliegenfänger. Sie trug einen äußerst knappen Bikini. Bruder Pedro hatte den Mönchen im Kloster La Rábida das Studium der weiblichen Anatomie nur gestattet, wenn es der Schaffung von Heiligenbildern diente – man konnte die Heilige Jungfrau Maria ja schließlich nicht mit den Proportionen eines Nilpferdes malen.

Das Mädchen auf Seite dreiundachtzig des *Time Magazine* pries mit seinem Lächeln ein neues Shampoo für strapaziertes Haar an. Es fiel Francisco schwer, sich Maria mit einem Schuppenproblem vorzustellen.

Trotzdem erinnerte die Schönheit ihn irgendwie an Clara.

Das mochte daran liegen, dass er ohnehin ständig an sie dachte, umso mehr, seit er den Stapel Briefe in Vicentes mysteriösem Aluminiumkoffer entdeckt hatte. Franciscos Augen wanderten nach rechts, wo sein Bruder den Fensterplatz besetzt hielt. Vicente grinste ihn an.

»Hübsches Häschen, nicht wahr?«

Francisco blätterte demonstrativ die Seite um. Noch eine Stunde und die Air-France-Maschine würde in Paris landen. Und dann? Er hatte sich immer noch nicht entschieden.

Sein Blick sank wieder auf das Magazin herab und im nächsten Moment war sein Nacken so hart wie Gips. Wie hypnotisiert stierte er auf das Bild unter seiner Nase. Die blonde Schönheit hatte ihm einen Hinterhalt gelegt. Nur so konnte er arglos in diese Falle tappen. Oder wie sonst sollte er die Zeichnung vor seinen Augen deuten? Eigentlich waren auf der Seite mehrere

Grafiken abgebildet, aber eine glich auf überraschende Weise Franciscos Muttermal. Nachdem er eine Weile gestarrt hatte, hörte er neben sich erneut Vicentes spöttische Stimme.

»Kommt dir das irgendwie bekannt vor?«

Francisco hatte es stets vermieden, seinem Bruder das Feuermal zu zeigen, vielleicht aus Scham oder aus demselben Grund, der ihn die Einsamkeit suchen ließ, wenn er das Nahen des Glanzes fühlte, er konnte es sich selbst nicht erklären. Aber woher speiste sich dann dieses höhnische Funkeln in Vicentes graublauen Augen? Wusste er mehr, als er zugeben wollte? »Das ist ein Artikel über den niederländischen Künstler Maurits Cornelis Escher«, antwortete Francisco lahm.

»Kennst du ihn?«

Francisco schüttelte den Kopf.

»Und dieses Symbol da?« Vicente deutete auf ein verschlungenes Band, das sich um ein dreieckiges Zentrum legte.

Er bekam keine Antwort.

»Nun, das ist ein so genanntes Möbius-Band, benannt nach einem deutschen Mathematiker namens August Ferdinand Möbius. M. C. Escher hat ständig solche Motive gemalt. Siehst du das da?« Vicente deutete auf eine andere Grafik, die einem zur Acht gelegten Band glich, auf dem sich rote Ameisen entlangbewegten. »Das ist ein echtes Möbius-Band, also eine Fläche, die entsteht, wenn man ein langes, rechtwinkliges Papierband nimmt, die Enden um einhundertachtzig Grad gegeneinander verdreht und sie zu einer Schlinge zusammenklebt. Das Faszinierende daran ist, dass der Streifen zwar eine zweidimensionale Ausdehnung, aber nur *eine* Seite hat.«

»Aus zwei mach eins. Sehr eindrucksvoll!« Francisco versuchte gleichgültig zu klingen.

»Nicht wahr! Würdest du das Band in der Mitte entzweischneiden, wie viele Schlingen hättest du dann?«

»Zwei natürlich.«

»Falsch. Es kommt nur *eine* heraus. Wie du schon bemerktest:

Was uns getrennt erscheint, sind in Wirklichkeit nur verschiedene Sichten auf ein und dasselbe.«

»Das habe ich doch gar nicht gesagt.« Aber Francisco ahnte, worauf sein Bruder hinauswollte.

»Bei dir klang es nur weniger poetisch. Noch Ungewöhnlicheres entsteht übrigens, wenn du mit der Schere ein Drittel von der Breite des Bandes abzuschneiden versuchst. Wohlgemerkt nicht die Hälfte, sondern den *dritten* Teil. Was kommt dann wohl heraus?«

Francisco nahm einen Schluck von der Cola, die vor ihm auf dem Klapptischchen stand, und verzog das Gesicht, weil sie nach abgestandenem Eiswasser schmeckte. »Wenn wir uns die Bastelstunde ersparen wollen, könntest du es mir ja auch gleich verraten.«

»Vielleicht solltest du es bei Gelegenheit ausprobieren. Aus manchen Blickwinkeln wirst du glauben, drei verschiedene Schleifen zu betrachten, aber es bleibt trotzdem nur eine einzige. Ein schönes Symbol für das dreifache Multiversum, oder?«

»Ziemlich weit hergeholt, wenn du mich fragst.«

»Ach! Du kannst einen räumlichen Körper mit entsprechenden Eigenschaften nebenbei bemerkt auch aus gleichschenkligen *Drei*ecken zusammensetzen, die du aus einer Holzplatte ausgesägt hast. Wenn du sie ungefähr im Kreis anordnest und jedes Dreieck gegenüber seinem Vorgänger ein wenig drehst, bekommst du an allen drei Außenseiten wieder eine unendliche Fläche. Verblüffend, nicht wahr?«

Francisco fühlte sich nicht wohl in seiner Haut. Das Dröhnen der Triebwerke schien sich in seinem Kopf zu sammeln wie tausend in einem Goldfischglas gefangene Hornissen. »Das mit der Drei wird bei dir allmählich zur Manie. Du solltest einen Arzt aufsuchen.«

»Später vielleicht. Wenn Ägypten hinter uns liegt. Wusstest du, dass man dort nur *drei* Jahreszeiten kannte: Überschwemmung, Saat und Ernte?«

»Na und?«

»Die Drei spielte bei den alten Ägyptern eine große Rolle. Die Göttertriaden …«

»Du wiederholst dich.«

»Und die Bestattungsgebräuche der Pharaonen.«

»Was ist damit?«

»Die Wissenschaft geht heute davon aus, dass jeder Herrscher der alten Zeit genau *drei* Grabstellen besaß. Man könnte glauben, sie fürchteten sich davor, die Welt könne in drei Stücke zerrissen werden, und wollten sicherstellen, dass der Gottkönig seine Macht in jedem Teil bewahrte.«

»Die alten Ägypter haben ihre Körper mumifiziert, weil nur so ihr Fortbestehen im Jenseits garantiert wird. Aber es gab nur *eine* Mumie, nicht drei.«

»Aber sie glaubten auch, dass jeder Mensch aus *drei* an die Materie gebundenen Teilen besteht: *chen* – der Leib –, *ren* – der Name – und *schut* – der Schatten. Willst du das etwa abstreiten?«

Francisco ließ den Kopf gegen die Sitzlehne sinken und stöhnte. »Ich geb's auf. Du bist ja besessen von dieser Idee.«

Vicente grinste von einem Ohrläppchen zum anderen. »Wart ab, bis du erst mit eigenen Augen die *drei* Pyramiden siehst. Dann änderst du vielleicht deine Meinung.«

Sie hatten beschlossen, nach dem anstrengenden Flug Peking–Paris nicht sofort nach Kairo weiterzureisen, sondern eine Nacht in der Metropole an der Seine zu verbringen. Diese Unterbrechung ging auf das Drängen Franciscos zurück, der sich keinesfalls so sicher wie sein Bruder war, ob er überhaupt noch nach Ägypten fliegen wollte. Schon kurz vor dem Aussteigen war ihr Streit erneut ausgebrochen. Bis sie den Einreiseschalter erreichten, hatten Franciscos Gefühle Siedetemperatur erreicht. Er wollte nur noch allein sein und mit dem nächsten Flug nach Spanien zurückkehren. Diese ganze idiotische Pyramidentour hing ihm zum Halse heraus. Die Kammer des Wissens konnte er auch alleine suchen, irgendwann einmal. Selbst wenn Claras Briefe im »Intimsphärentresor« seines Bruders – diesem albernen Alukoffer – tatsächlich für den Vater und nicht für den Onkel bestimmt waren, konnte er es nicht verwinden, um die Wahrheit betrogen worden zu sein. Genau so empfand er Vicentes Schweigen. Erbittert wechselte Francisco in eine andere Warteschlange. Er stellte sich hinter einen weißhaarigen schlaksigen Mann, rückte den Riemen seiner Handgepäcktasche auf der Schulter zurecht, zog unter der Achsel das aus dem Flugzeug mitgebrachte *Time Magazine* hervor und versenkte demonstrativ seinen Blick darin. Natürlich las er nicht. Es war nur eine Geste der Nichtbeachtung. Sollte Vicente doch bleiben, wo der Pfeffer wächst.

In den folgenden Minuten bekam der ehemalige Klosterschüler ein allseits bekanntes Naturgesetz zu spüren, dessen geheimnisvolle Funktionsweise die Ursachenforschung jedoch noch immer nicht ergründet hatte: Franciscos Warteschlange war, obwohl anfangs kürzer, die weitaus langsamere. Er brauchte ungefähr eine Minute, bis er den Fortgang dieser Entwicklung gedanklich durchgespielt hatte: Vicente würde zuerst die Passkontrolle passieren und danach den Zoll erreichen. Wenn alles gut ging, musste er sich hier, in Ermangelung der beruhigenden Wirkung des ehrlichen Gesichts seines jüngeren Bruders, minutenlang mit einer französischen Beamtin über die unbedenkliche Natur des Inhalts seines Aluminiumkoffers auseinander setzen und dabei seinen Vorsprung einbüßen. Er, Francisco, würde unbehelligt an ihm vorüber- und am Ende doch zuerst in die Empfangshalle des Flughafens einziehen. Und dann …

Schmunzelnd klappte Francisco seine Zeitschrift zu, griff in die Hosentasche und zog das Acht-Real-Stück hervor, das sein Bruder ihm vor einer Ewigkeit geschenkt hatte. Selbstzufrieden schnippte er die Silbermünze in die Luft. Es hörte sich an, als habe er einen Triangel zum Klingen gebracht. Er hoffte, dass

Vicente sich dem Geräusch zuwenden und noch ein wenig mehr ärgern würde. Stattdessen reagierte ein ganz anderer auf das provozierende Spiel. Als Francisco die Münze zum dritten Mal hochschnippte und sie eben erst seine Hand verlassen hatte, wurde sie blitzschnell aus der Luft geschnappt.

Die unglaubliche Geschwindigkeit, mit der er um sein Silber erleichtert worden war, verblüffte ihn. Fast schien es so, als habe der Dieb vorausgeahnt, wann Francisco das Geldstück hochwerfen würde. Vor Schreck rutschte ihm die Zeitschrift unter dem Arm hervor und fiel zu Boden. In dem vergeblichen Bemühen, sie aufzufangen, schwenkte seine schwere Tasche herum und er geriet ins Taumeln. Dabei stieß er gegen den weißhaarigen Münzenfänger, der seinerseits ein Magazin fallen ließ – zufällig dieselbe Ausgabe von *Time.*

»Bitte entschuldigen Sie«, sagte Francisco auf Englisch, bückte sich rasch, hob beide Zeitschriften auf und reichte eine seinem Vordermann.

Der Fremde mochte um die fünfzig sein, schwer zu schätzen. Aus einem schmalen Gesicht blickten blaue Augen streng, aber nicht unfreundlich auf den ungeschickten Jüngling herab. »*Ich* muss um Vergebung bitten, aber der Klang Ihrer Münze hat mich irritiert. Hier, bitte sehr.« Er hielt dem Besitzer das Acht-Real-Stück hin.

Der nahm schweigend sein Eigentum zurück und bedankte sich mit einem Nicken. Also doch kein Dieb, dachte er. Von irgendwoher glaubte er den Fremden zu kennen. Vielleicht eine Berühmtheit? Der Aussprache nach zu urteilen kam er aus England, dem alles andere als konservativen hellen Sommeranzug nach jedoch eher aus den Vereinigten Staaten. Francisco überwand seine Scheu und sagte mit einem versöhnlichen Lächeln: »Nach so einer Flugreise liegen die Nerven blank. Mir geht es ähnlich.«

Jetzt entspannte sich auch die Miene des Reisenden. Irgendwie erinnerte er Francisco an einen großen, alten Wolf. »Es ist weniger der Flug von New York, der mir in den Knochen steckt, als vielmehr eine alte Erinnerung. Mein bester Freund hat wie Sie eben immer mit einer Münze gespielt.«

»Das klingt so, als hätte er damit aufgehört.«

»Ja, sein Spiel wurde von einer deutschen Kugel beendet. Nick hat den Großen Krieg nicht überlebt.«

»O Gott! Das tut mir Leid.«

»Schon gut. Ich bewahre die Münze übrigens immer noch auf, bis ich jemanden finde … Aber das ist eine andere Geschichte. Wie steht es mit Ihnen? Ist Ihr Silbertaler auch ein Erinnerungsstück?«

»Ja, jemand hat ihn mir geschenkt – damit ich nie vergesse, wie man sich irren kann.«

»Das klingt bedeutungsvoll. Und jetzt sind Sie im Zweifel, welches der richtige Weg für Sie ist.«

Francisco lachte schrill. »Wie kommen Sie darauf?«

Der Fremde sah ihn durchdringend an. »Es ist mein Beruf, Leute zu durchschauen.«

»So?« Francisco begann zu schwitzen. Die blauen Augen des Weißkopfes schienen ihn regelrecht zu durchleuchten. »Sind Sie etwa Seelendoktor?«

Ein Lachen, ein Kopfschütteln, dann die Erklärung. »Nein. Obwohl mich manche dafür halten. Ich gehöre der schreibenden Zunft an. In dem Magazin, das wir da mit uns herumtragen, sind eine Menge Artikel von mir erschienen.« Er reichte seinem Gegenüber die Hand und fügte leiser hinzu: »Mein Name ist Pratt. David Pratt. Und Sie sind …?«

»Francisco Serafín«, murmelte der Gefragte wie in Trance. Gerade wurde ihm bewusst, wen er da vor sich hatte. Plötzlich begann er hektisch an den Reißverschlüssen seiner Reisetasche zu zerren und zugleich wie ein Wasserfall zu reden. »Mit Ihren Artikeln habe ich Englisch gelernt, Mr Pratt. In der Klosterbibliothek von La Rábida gibt es mehrere komplette Jahrgänge ihres Magazins, die noch aus den Dreißigern stammen. Ich habe sie alle studiert. Ihre Interviews mit Mussolini und Hitler – Sie haben nie ein Blatt vor den Mund genommen. Ich bewundere Sie.« Endlich hatte er einen Kugelschreiber gefunden, den er dem Journalisten samt *Time Magazine* entgegenstreckte. »Kann ich bitte ein Autogramm haben?«

»Von einem Reporter? Na, meinetwegen.« Während David Pratt sich noch auf der Zeitschrift verewigte, sagte er: »Sie sind ein außergewöhnlicher junger Mann, Señor Serafín.«

»Danke.«

David Pratt reichte die Zeitschrift zurück. »Nein, was ich sagen wollte, ist: Sie sind ein *außergewöhnlicher* junger Mann.«

Wieder fühlte Francisco sich von den blauen Augen des anderen durchleuchtet. »D-danke für das Autogramm«, stammelte er.

»Sie haben also auch einen weiten Flug hinter sich?«

»Ja, ich komme aus Peking.«

»Liegt nicht gerade um die Ecke. Und jetzt hadern Sie mit sich, wohin es als Nächstes gehen soll.«

»Woher wissen Sie …?«

»Ist mein Beruf.«

»Natürlich. Nun, mein Bruder – er geht gerade da vorne durch die Passkontrolle – er will mich nach Kairo schleppen.«

»Zu den Pyramiden von Giseh? Ist doch nicht schlecht.«

»Ja, aber …« Francisco hob die Schultern. »Ach, ich weiß auch nicht.«

»Ob Sie es wirklich wollen, meinen Sie?«

Francisco nickte.

»Darf ich Ihnen einen Rat geben?«

»Ich würde mir nie anmaßen, Mr Pratt, Ihnen …«

»Schon gut. Wenn ich Ihre Gemütslage richtig beurteile, dann *wollen* Sie nach Ägypten reisen, aber da gibt es etwas, das Ihnen unangenehm aufstößt oder Ihnen Sorgen macht.«

»Können das alle Reporter?«, fragte Francisco unbehaglich.

Pratt lächelte. »Nur ein paar. Also passen Sie auf … Nein, ich wollte sagen: *Passen Sie auf!* Was Ihnen Magendrücken bereitet, muss einen Grund haben. Den dürfen sie nicht einfach ignorieren. Vielleicht hängt Ihre Zukunft davon ab. Aber reisen Sie nach Kairo, denn das ist es, was Sie sich im tiefsten Herzen wünschen, weil Sie hoffen, dort eine Antwort zu finden. Die dazu passende Frage kennen nur Sie selbst.«

»Danke«, hauchte Francisco. Die Art, wie dieser Pratt seine Seele einfach umgestülpt hatte, kam ihm ein wenig unheimlich vor. Ehe er noch etwas sagen konnte, machte sich der Beamte der Passkontrolle durch ein lautes Räuspern bemerkbar.

David Pratt nickte seinem Hintermann freundlich zu und sagte: »Gute Reise. Und geben Sie auf sich Acht.« Dann drehte er sich um und wurde erstaunlich schnell von den Kontrolleuren durchgelassen.

Erst als der Reporter aus Franciscos Augen verschwunden war, senkte er den Blick auf das Umschlagblatt des Magazins. Und stutzte. War das ein Scherz? Oder konnte der altgediente Journalist seine zahlreichen Pseudonyme selbst nicht mehr überblicken? Die Unterschrift auf der Zeitschrift identifizierte ihn jedenfalls nicht als den Interviewkönig Pratt, sondern als – *David Camden!*

Vom Flughafen Charles de Gaulle ging es nonstop nach Kairo. Vicente hatte sich am Abend zuvor ein wenig über die stille Nachdenklichkeit seines Bruders gewundert. Nichts war mehr zu spüren von Franciscos heftiger Ablehnung, an der das Unternehmen gerade noch zu scheitern drohte. Nun landeten sie unter einer heißen Julisonne am östlichen Nilufer.

Sie bezogen Quartier im zentral gelegenen Hotel *Le Méridien Cairo,* weil sie, wie Vicente leichthin erklärte, zunächst »einige behördliche Hürden nehmen« müssten, bevor die Suche nach der Kammer des Wissens beginnen könne. Seine Strategie hierzu sei vergleichsweise einfach. Bei einer früheren Forschungsreise zu den weltberühmten Pyramiden habe er einen gewissen

Doktor Paki Helwân kennen gelernt. Sie beide seien vom selben Fach und praktisch dicke Freunde, betonte Vicente. Der angesehene Gelehrte stehe dem Obersten Rat für ägyptische Altertümer vor und – was für ihr Vorhaben erheblich wichtiger sei – er beaufsichtige die Ausgrabungen in Giseh. Wenn der gute Paki der Kampagne zustimme, dann werde auch der Minister nicken, versicherte Franciscos Bruder.

Das Treffen fand im Kulturministerium statt, in dessen Obersten Rat für Kultur der ägyptische Archäologe Helwân ebenfalls einen Sitz hatte. Selbiger befand sich, symbolisch gesprochen, in einem bescheidenen Büro im dritten Stock des ehrwürdigen Baus. Vicente und Francisco wurden bereits nach zwei Stunden zu dem viel beschäftigten Wissenschaftler vorgelassen.

Helwân war in dem schmalen Zimmer nicht sofort zu entdecken, weil es mit dichtem blauem Dunst gefüllt war. Offenbar rauchte der Archäologe gern. Erst beim Nähertreten auf knarrenden Dielen tauchte seine Gestalt zusammen mit einem altersschwachen Schreibtisch aus den Schwaden auf. Helwân war ein stämmiger Mann mit dunklen Augenbrauen und kurzem, krausem, grau meliertem Haar. Er trug ein knallrotes Hemd, schwarze Hosen und wirkte angespannt. Francisco schätzte ihn auf Ende vierzig. Er fragte sich, als er die Begrüßung des Archäologen vernahm, ob er die Sache mit dem »dicken Freund« falsch verstanden hatte.

»Señor Alvarez, Sie schon wieder!« Helwân sprach ein gut verständliches Englisch. Er warf die knubbeligen Hände in die Luft und stöhnte.

Vicente versprühte spanischen Charme. »Ich freue mich auch, Sie wiederzusehen, Doktorchen. Sie sehen gut aus.«

»Ach was! Ich kriege bald einen Herzinfarkt.«

»Sie doch nicht!« Vicente warf den Kopf in den Nacken und lachte. Er war inzwischen bis zum Schreibtisch vorgedrungen. Nun warf er Anker. Nachdem er den Ausgrabungsleiter von

Giseh mit Handschlag begrüßt, seinen »kleinen Bruder« vorgestellt und sich einfach hingesetzt hatte, fragte er mitfühlend: »Wer ärgert Sie denn diesmal? Will der Louvre Napoleons Diebesgut immer noch nicht rausrücken?«

Helwân machte eine wegwerfende Geste. Er kniff ein Auge zusammen, weil in seinem Mundwinkel eine Zigarette qualmte und ihm der Rauch über das Gesicht strich. »Wenn es nur das wäre! Nein, irgendjemand verbreitet das Gerücht, die Juden hätten unsere Pyramiden gebaut. Können Sie sich das vorstellen? Unsere großen, alten, genialen Pyramiden!«

Vicente merkte, dass er von seinem ägyptischen Kollegen gerade auf ein sehr dünnes Eis gezogen wurde. Er versuchte abzuwiegeln. »Das muss man nicht ernst nehmen. Meines Wissens nach hat das schon ein königlich-schottischer Astronom im neunzehnten Jahrhundert behauptet. Wie hieß er doch gleich …?«

»Charles Piazzi Smyth«, sagte Francisco wie aus der Pistole geschossen.

Helwân funkelte ihn wütend an. »Sind Sie etwa auch so ein Möchtegernarchäologe wie Ihr Bruder?«

»Nein. Aber ich liebe die Ägyptologie. Was Ihre Vorfahren am Nil geleistet haben, ist beispiellos.«

Doktor Paki Helwân entspannte sich. Er deutete auf einen zweiten Sessel, der vor seinem Schreibtisch stand. »Bitte setzen Sie sich doch. Es ist immer beruhigend, jemandem zu begegnen, der uns nicht die Pyramiden und Sphinxen stehlen will.«

»Das liegt mir fern. Wir möchten Ihnen im Gegenteil etwas schenken.« Francisco nahm Platz.

Die buschigen Augenbrauen von Doktor Helwân bewegten sich Richtung Zimmerdecke. »Wir sind für jede Hilfe dankbar. Worum geht's?«

»Um die Kammer des Wissens«, antwortete Vicente rasch. Er hatte wohl Sorge, die Kontrolle über die Verhandlungen zu verlieren.

»Was?«, kreischte Helwân.

»Die Kammer ...«

»Ich habe Sie ganz gut verstanden, Alvarez. Mir rennen täglich irgendwelche Spinner die Tür ein, weil sie nach dieser verdammten Kammer, dem Hort des Wissens oder was weiß ich suchen. Wenn ich jedem Grabungsantrag stattgeben würde, wären die großen Pyramiden samt Sphinx schon längst über den vielen Tunneln zusammengestürzt.«

»Das wollen wir vermeiden.«

»Ach!«

Francisco beugte sich leicht vor. »Wir möchten die Suche gerne etwas zielstrebiger angehen.«

»Das sagen alle.«

»Aber wir können es Ihnen beweisen.«

»Lassen Sie mich raten: Sie haben einen neuen Apparat erfunden. Vielleicht einen Ionenresonanzsensor?«

»Was ist das?«

»Keine Ahnung, habe ich mir eben ausgedacht.«

»Mein Bruder ist ein Finder«, drängte sich Vicente wieder ins Gespräch.

»Na, das ist ja mal was Neues.« Erst jetzt unterzog Helwân den jüngeren Gast einer gründlicheren Musterung und erkundigte sich unvermittelt: »Sie haben einen anderen Familiennamen als Ihr Bruder und sehen sich auch überhaupt nicht ähnlich. Ist einer Ihrer Elternteile Ägypter, Señor Serafín?«

»Wir haben verschiedene Väter«, stellte Vicente eilig klar.

Francisco war zunächst sprachlos, wie vom Donner gerührt. Helwân hatte Recht! Warum war ihm das nicht früher aufgefallen? Er ähnelte den Leuten, die er bisher auf Kairos Straßen gesehen hatte, tatsächlich sehr viel mehr als den meisten Spaniern, die er kannte. Natürlich hatte er schon oft darüber nachgedacht, warum seine Haut so dunkel war und seine äußere Erscheinung eher auf nordafrikanische als auf europäische Wurzeln schließen ließ. Bisher hielt er die nahe liegende Erklärung für ausreichend und die gab er jetzt auch dem Archäologen. »Teile von Spanien standen fast achthundert Jahre lang unter maurischer Herrschaft. Ich nehme an, in meinen Adern fließt das Blut von Arabern oder Berbern.«

Dem Gesicht des Archäologen war anzusehen, dass ihm diese Erklärung gefiel. Er schnippte die Asche seiner Zigarette in eine halbierte Kammmuschel und schenkte Francisco ein wohlwollendes Lächeln. »Die Sache, die Ihr Bruder da eben erwähnt hat – wonach genau sucht so ein …?«

»Finder? Er spürt alles Mögliche auf, so zuverlässig, wie eine Kompassnadel zum Nordpol zeigt.«

»Wollen Sie damit andeuten, Sie seien ein *Wünschelrutengänger?«* Helwâns Stimme wurde wieder schriller.

»Nein«, sagte Francisco sanft. »Ich würde es Ihnen gerne zeigen. Am besten gleich hier. Haben Sie in diesem Büro kürzlich vielleicht irgendetwas verloren?«

Helwân lehnte sich weit in seinem Sessel zurück und musterte seinen jungen Gast argwöhnisch. Schließlich antwortete er, nicht ohne einen gewissen spöttischen Unterton: »Meinen Ring.«

»Was für einen?«

»Einen schweren goldenen Siegelring. Ich hatte ihn hastig vom Finger gezogen, nachdem ein Moskito mich in die Hand stach. Dann war er mit einem Mal weg.«

»Ich verstehe. Vielleicht wurde er ja gestohlen.«

Helwân grinste. »Das müssten Sie als Finder dann ja wohl herauskriegen, oder?«

Francisco erhob sich aus dem Sessel und lief langsam zum Fenster, an dem eine graue Jalousette die Sonne aussperrte; nur ein paar Lichtspeere fanden trotzdem ihren Weg ins verqualmte Büro. Einen Moment lang blieb er mit geschlossenen Augen stehen. Die Männer in seinem Rücken schwiegen gespannt. Dann drehte er sich um und kehrte ohne Eile zum Schreibtisch zurück. Sein Gesicht war ausdruckslos. Weder Vicente noch Helwân konnten darin lesen. Er umrundete den Tisch und ging zur Rechten des Archäologen in die Hocke.

»Könnten Sie bitte kurz zur Seite gehen, Doktor Helwân?«

»Was haben Sie vor, Senor Serafín?«

»Ich muss Ihren Schreibtisch verrücken, um an den Ring heranzukommen.«

»Wollen Sie allen Ernstes behaupten …?«

Ein grässliches Quietschen schnitt Helwân das Wort ab, als Francisco das altmodische Arbeitsmöbel über die gewachsten Dielen schob. Danach kniete er sich auf den Boden und schielte in einen Spalt, wo die Bodenbretter etwas weiter auseinander standen. Ohne aufzusehen hielt er den Arm mit nach oben geöffneter Hand hoch. »Hätten Sie vielleicht einen Kugelschreiber für mich, Doktor? Einen möglichst billigen, wenn's geht.«

Der Archäologe drückte seinen Glimmstängel in der Muschel aus und reichte seinem Besucher ein entsprechendes Utensil aus rotem Plastik. Francisco schraubte das Geschenk der ägyptischen Fluggesellschaft auseinander, entnahm ihm die Miene und begann damit in dem Spalt herumzustochern. Kurz darauf förderte er den vermissten Goldring ans Tageslicht.

Helwân sackte die Kinnlade herab.

Vicente grinste von einem Ohr zum anderen.

»Wie konnten Sie …?« Mehr brachte der staunende Wissenschaftler nicht heraus.

»Ich habe Ihre Beschreibung von dem Ring verinnerlicht und danach gesucht.«

»Aber das kann doch nicht alles sein.«

Francisco lächelte scheu. »Das stimmt. Es ist jedoch alles, was ich Ihnen dazu sagen kann. Ich verstehe selbst nicht genau, wie es funktioniert.«

»Vögel fliegen auch um den halben Erdball zu ihren Nistplätzen, ohne sich über das Wie Gedanken zu machen«, merkte Vicente an.

Helwân blickte verwirrt zwischen ihm und dem Finder hin

und her. Nervös zündete er sich eine neue Zigarette an. Erst nach dem ersten Zug erlangte er seine Sprache zurück. »Wenn ich Sie recht verstehe, dann müssen Sie weder Sprengungen noch andere zerstörerische Eingriffe an unseren Kulturschätzen vornehmen, um die Kammer des Wissens zu finden.«

Francisco nickte.

Sein Bruder sagte: »Sollte er den Eingang finden, dann werden wir ihn natürlich öffnen müssen. Die Methode überlasse ich Ihnen. Hauptsache, mein Bruder und ich können die Kammer bis zum 15. Juli betreten.«

»Sie legen ja ein erstaunliches Tempo vor. Warum so bald?«

Vicente schmunzelte. »Sagen wir, es ist so eine Art Wette.«

»Die Beamten im Kulturministerium arbeiten sehr gründlich.«

»Langsam, wollen Sie wohl sagen. Wenn wir die Kammer bis Mitte Juli finden, dann dürfen Sie sich als ihr Entdecker feiern lassen.«

»Das ist sehr freundlich, Señor Alvarez, aber es könnte trotzdem nicht genügen.«

Vicente erhob sich aus dem Sessel, stützte beide Hände auf den Schreibtisch und sah Helwân fest in die Augen. »Welche Summe wäre denn erforderlich, um die Sache zu beschleunigen?«

Das Luxushotel *Le Méridien Pyramids* lag nur fünf Gehminuten von den großen Pyramiden entfernt. Francisco hatte auf ein eigenes Zimmer bestanden. In Paris war er gewarnt worden. »Passen Sie auf!«, hatte David Pratt eindringlich gesagt. Der Hinweis des Reporters war nur das letzte in einer ganzen Reihe nachdenklich stimmender Signale. Allzu deutlich erinnerte sich Francisco auch jener beunruhigenden Begegnung mit einem Gesicht in Glastonbury, das sich Trevir nannte. *Nimm dich vor den Feinden in Acht, die das Gleichgewicht stören wollen.*

Wer war damit gemeint? Etwa Vicente? Wohl kaum, dachte Francisco, während er am Fenster seines Hotelzimmers stand und auf die beleuchteten Pyramiden blickte. Er hatte gehofft, ihr Anblick würde seinen zunehmend rastloser werdenden Geist zur Ruhe kommen lassen, aber eher das Gegenteil war der Fall. Lag es an der nahenden sechsten Welle? Mit Sicherheit. Aber vielleicht auch an der Zwiespältigkeit, die ihn in letzter Zeit immer häufiger überkam, wenn er über die Motive seines Bruders nachdachte. Bildlich gesehen mochte Vicente über Leichen gehen, um seine verschrobenen Ideen zu realisieren, aber buchstäblich war er sicher nicht dazu fähig. Letztlich strebte er doch danach, der Menschheit einen Quell der Weisheit und des Wohlstandes zu erschließen. Vicente wollte die Welt einen. Falsch, er wollte *drei* Welten zusammenführen. Was war daran auszusetzen?

Trotzdem hatte Francisco von Paris aus ein Telegramm an Clara geschickt. Sie wusste, dass er in diesem Hotel wohnte, aber in den letzten Tagen war von ihr noch keine Botschaft eingetroffen. Vicente konnte diesmal nichts abgefangen haben, denn Francisco hatte in der Rezeption ausdrücklich darauf bestanden, alle Mitteilungen persönlich ausgehändigt zu bekommen. Oder waren auch die Hotelangestellten von seinem Bruder bestochen worden?

Francisco hörte ein Klopfen. Er blickte zum Bett, wo der Digitalwecker gerade auf einundzwanzig Uhr umsprang. Angeblich waren alle Orientalen unpünktlich. Der Vorsitzende des Obersten Rats für ägyptische Altertümer schien das Vorurteil widerlegen zu wollen. Francisco ging zur Tür und öffnete sie. Vicente stand auf dem Flur.

»Doktor Helwân ist unten. Kommst du?«

Kurz darauf fuhren die beiden Brüder mit dem Fahrstuhl in die Lobby des neuen Fünfsternehotels hinab, wo der oberste Ausgräber von Giseh mit einer Zigarette im Mundwinkel auf sie wartete. Sie hatten für Franciscos ersten Versuch extra diesen späten Termin vereinbart, um den Touristenscharen, Souvenirverkäufern und Kameltreibern aus dem Weg zu gehen, die tagsüber das Terrain rund um die jahrtausendealten Monumente bevölkerten. In den letzten Tagen hatte Francisco noch einmal seine Erinnerungen bezüglich der Kammer des Wissens aufgefrischt. Von dem antiken griechischen Historiker Herodot bis zu modernen Wunderheilern wie Edgar Cayce hatten alle möglichen Personen versucht ihren Mitmenschen die Vorstellung einer Bibliothek versunkenen Wissens nahe zu bringen. Francisco wollte sich sein eigenes Urteil bilden. Ihn interessierten keine Vorschläge, die ihm den Weg zu der Kammer weisen wollten – besagter Cayce wähnte, während er in Trance lag, den Eingang an der rechten Vorderpranke der Sphinx. Die Nachforschungen betrafen allein die Beschaffenheit dieses geheimen Raumes. Wie sah er aus? Eine ungefähre Vorstellung würde Francisco genügen, die Falten von Raum und Zeit im richtigen Verhältnis zu verschieben, um die Kammer aufzuspüren. Seine außergewöhnlichen Sinne konnten selbst massiven Fels durchdringen, wie das Erlebnis bei der Donnerklanghöhle eindrucksvoll bewiesen hatte.

Das Forschertrio folgte einer Straße, die in weitem Linksbogen vom Hotel zur Nekropole führte und sich vor der Großen Pyramide verzweigte. Auf der Höhe eines Ticketkiosks führte Helwân seine spanischen Begleiter auf das eigentliche Gelände der Totenstadt. Selbst um diese Zeit begegnete er noch einer Unmenge von Leuten, die ihn wie ihren besten Freund begrüßten. Das Areal beherbergte weit mehr Monumente als die weltberühmte Sphinx mit der abgebrochenen Nase und die drei großen Pyramiden. Neben einigen kleineren Königinnenpyramiden gab es hier zahlreiche anders gestaltete Gräber. Auch eine Reihe von Tempeln konnten bestaunt werden. Francisco hatte sich die Nekropole nie so groß vorgestellt.

Er begann seine Suche an der Ostseite der Cheopspyramide. Sowohl in als auch unter dem mehr als einhundertvierzig Meter hohen Bauwerk hatte man bereits etliche Kammern entdeckt. Es galt als gut erforscht, wenngleich noch immer Gerüchte von bisher unentdeckten Räumen durch die Medien spukten. Die »Halle der Aufzeichnungen« zunächst hier zu suchen war folglich nahe liegend.

Francisco sammelte sich mit geschlossenen Augen an jener Stelle, wo man einst Pharao Cheops' Totenschiffe geborgen hatte, insgesamt fünf wurden gefunden. Zunächst stellte er sich eine schlichte Kammer mit rechteckigem Grundriss, spitz zulaufender Decke und Hieroglyphen an den Wänden vor. In Sakkara war man in der Teti-Pyramide auf eine ähnliche Grabkammer gestoßen, deren Inschriften über die Himmelfahrt des Königs berichteten und magische Formeln über Erze enthielten, die dem toten Pharao neues Leben einhauchen sollten. Vermutlich würde ein Sarkophag in dem Raum somit nicht fehlen, entschied der Finder. Herodot hatte zudem von einem Inselgrab, ja sogar von einer ganzen unterirdischen Wasserburg zur Abwehr von Räubern berichtet, ein feuchter Aspekt, der nicht vernachlässigt werden durfte. Aus all diesen Versatzstücken setzte Francisco allmählich ein Phantasiebild der Kammer des Wissens zusammen, das der Wirklichkeit, wie er hoffte, nahe genug kam, um seine besondere Gabe darauf ansprechen zu lassen.

»Na, klingelt's schon?«, drängelte Vicente nach einer Weile.

Francisco schlug die Augen auf und stöhnte. »Wie soll ich mich konzentrieren, wenn du mich ständig fragst, ob bei mir etwas kingelt?«

»Da hat er Recht«, beschied Doktor Helwân.

»Ich habe erst *ein Mal* gefragt«, murrte Vicente.

»Ja, heute«, versetzte Francisco und schloss erneut die Augen. Er wollte sich seine Nervosität nicht anmerken lassen. Nach einer Weile sah er wieder die beiden Archäologen an und schüttelte den Kopf. »Hier ist nichts.«

Er begann nun im Uhrzeigersinn um die Große Pyramide herumzugehen, schritt an den drei kleinen Königinnenpyramiden vorbei, passierte bald an der Südflanke das Museum für die

Totenbarke des Pharaos, folgte im Westen der schmalen Straße, hinter der sich der Friedhof mit den Beamtengräbern befand, und gelangte schließlich wieder zur Nordseite, deren Hauptattraktion besagter Ticketkiosk war.

Zuletzt blieb er vor dem Grab der Königinmutter Hetepheres stehen und seufzte leise: »Es ist, als würde ich ein Nebelhorn hören, es aber nicht orten können.«

»Das heißt, es klingelt?«, fragte Vicente aufgeregt.

»Sagen wir lieber, ich ahne etwas.«

»Vielleicht sollten wir weiter in Richtung Sphinx suchen. Einige Kenner der Materie vermuten die Kammer eher dort.«

»Ja, so wie Cayce, der ›schlafende Prophet‹.« Helwân grinste spöttisch. Normalerweise hätte er schon längst die Geduld verloren, aber Vicente hatte das Komitee für die Restaurierung der Sphinx – ein weiteres Gremium, dem der Ägypter angehörte – mit einer großzügigen Spende bedacht. So verbuchte er diesen Abend auf das Konto »Sonderführungen für betuchte Möchtegernarchäologen zum höheren Wohle der Wissenschaft« und erquickte sich nebenbei an Franciscos Unvermögen.

Selbiger sah gedankenvoll nach Süden, wo der steinerne Löwe mit dem Menschenkopf auf den Nil hinausblickte, und erklärte hierauf: »Nein, so weit ist die Sphinx nun auch nicht entfernt. Ich müsste die Kammer trotzdem sehen.«

»Es ist schwer, etwas zu finden, nach dem man gar nicht sucht.« Die Bemerkung stammte von Helwân.

»Wie meinen Sie das?«, fragte Vicente.

»Er will sagen, dass ich mir womöglich ganz falsche Vorstellungen von der Kammer mache«, sagte Francisco.

Der Ägypter nickte. »Wie soll der Hort des Wissens denn Ihrer Ansicht nach aussehen?«

Francisco beschrieb ihm sein Phantasiebild.

Helwân kratzte sich das stoppelige Kinn, ein langes Stück Asche fiel von seiner Zigarette herab. Offenbar fand er allmählich Gefallen an diesem Spiel. Nach einer Weile schüttelte er den Kopf. »Möglicherweise sollten wir die spitze Decke vergessen. Wenn die Halle der Aufzeichnungen *in* einer Pyramide liegt, dann hätten Sie Recht – da benutzte man Kraggewölbe, um die gewaltigen Massen abzustützen. Doch ich tippe eher auf eine in den Fels gehauene Kammer und in einer solchen könnte man sich mit rechten Winkeln begnügen. Außerdem gefällt mir diese Wasserburgidee nicht. Herodot neigte gelegentlich zu Übertreibungen.«

»Was ist mit der Grabinsel?«

»Die können wir immer noch wegnehmen.«

Francisco nickte und schloss erneut die Augen. Wieder sah er nur ein milchiges Einerlei. Er drehte sich langsam um die eigene Achse.

Und mit einem Mal lichtete sich der Nebel. Ein Ruck ging durch seinen Körper.

»Hat's geklingelt?«, fragte Vicente sofort.

Francisco sah seinen Bruder mit glasigen Augen an. »Ja«, antwortete er leise und begann loszulaufen. Er suchte sich einen Weg zwischen den Königinnengräbern und dem sich dort anschließenden östlichen Friedhof. Bald kreuzten sie erneut den Fahrweg.

Je näher er der großen Sphinx kam, desto verhaltener wurden seine Schritte. Unter den Augen von Vicente und Helwân blieb er hier und da stehen, sah auf den Boden hinab, als könnten seine Augen tatsächlich den Fels durchdringen, und lief wieder weiter. Plötzlich verharrte er auf dem Fleck.

»Hier ist es.«

»Du meinst …?« Vicente hielt sich die Hand vor den Mund.

Helwân blickte geradewegs nach unten und stampfte ein paarmal mit dem Fuß auf. Ihm war anzusehen, wie wenig er von Franciscos Wahrnehmungen hielt.

Davon unbeeindruckt erklärte der Finder: »So werden Sie den Hohlraum nicht bemerken. Er liegt ungefähr dreißig Meter tief. Sie haben übrigens Recht gehabt, Doktor. Die Kammer besitzt tatsächlich kein Kraggewölbe. Nur rechte Winkel. Der Boden ist dreigeteilt: ein äußerer Wandelgang, ein Wasserbassin und in der Mitte eine Insel mit einem Sarkophag.«

Vicente sog hörbar die Luft ein.

»Das können Sie unmöglich wissen«, keuchte Helwân.

»Von Ihrem Siegelring haben Sie das Gleiche gedacht.«

»Wie kommen wir da hinein, Francisco?« Die Frage kam von seinem Bruder.

»Im Zweifelsfall mit einem Bohrer.«

»Dreißig Meter tief durch den Fels?« Helwân schüttelte entschieden den Kopf. »Das können Sie vergessen, Señor Serafín. Anfang der Siebziger sind die Amis der Sphinx auf diese Weise zu Leibe gerückt und hätten sie fast zerstört. Nach sieben Metern mussten sie aufgeben. Die Altertümerverwaltung reagiert seitdem sehr empfindlich, sobald die Wörter Bohrer oder Sprengstoff und Giseh in einem Atemzug genannt werden. Selbst wenn Sie sich mit einem Spatel durch das Erdreich kratzen wollten, dürfte es schwierig werden, dafür eine Genehmigung zu bekommen.«

Vicente sah seinen Kollegen mit versteinerter Miene an. »So viel Zeit haben wir nicht, Doktor. Außerdem sind *Sie,* wenn ich mich recht entsinne, der Leiter der Ausgrabungen in Giseh. Ich wäre bereit, meine Spende für die Erhaltung der Sphinx noch einmal aufzustocken.«

Helwân saugte nervös an seiner Zigarette. Er sah sich in einer Zwickmühle. Vicentes Dollars würde er schon gerne nehmen, aber auch sein Einfluss auf die zuständigen Regierungsstellen war begrenzt. »Ihnen bleibt nicht viel mehr als eine Woche, wenn Sie Ihre Wette gewinnen wollen, Señor Alvarez. Das ist unmöglich zu schaffen.«

»Wie wäre es, wenn wir die Existenz der Kammer anhand von seismischen Messungen nachweisen?«, schlug Vicente vor.

Helwân verzog das Gesicht. »Das Kulturministerium dürfte selbst das nicht überzeugen. Andere Hohlräume, die früher mit dieser Methode unter der Sphinx entdeckt wurden, entpuppten sich als natürlichen Ursprungs.«

Francisco blickte zur Cheopspyramide hinüber und murmelte: »In seinen Aufzeichnungen erwähnt Herodot ein weit verzweigtes Netz von Gängen und Kammern in unmittelbarer Nähe der Großen Pyramide. Er schreibt auch, die Ägypter hätten es in einer Felsformation angelegt, um dort das Grab für Cheops zu verstecken. Soweit mir bekannt ist, wurde die Mumie des Pharaos nie gefunden.«

»Das stimmt. Tutanchamon soll die Königskammer der Cheopspyramide als Erster aufgebrochen und den Sarkophag leer vorgefunden haben.«

»Ich kann nur sagen, dass die von Herodot beschriebene Kammer sich hier unter unseren Füßen befindet. Vielleicht hat er auch mit dem Labyrinth Recht gehabt.«

»Befragen Sie doch Ihr Gesicht.«

»Jetzt verwechseln Sie mich mit einem Hellseher, Doktor Helwân. Meine Gabe beruht auf physikalischen Gesetzen, die noch nicht in Gänze erforscht sein mögen. Mein Bruder würde Ihnen jetzt vermutlich irgendeine Geschichte von jungen Weißstörchen erzählen, die *vor* ihren älteren Artgenossen in Europa aufbrechen und zu ihrem Winterquartier nach Südafrika ziehen, obwohl sie niemals dort gewesen sind. Das hat auch nichts mit übersinnlicher Wahrnehmung zu tun.«

»D'accord, Señor Serafín. Dann will ich es anders formulieren: Wenn Sie mir eine genaue Skizze von dem Labyrinth – einschließlich des Zugangs! – erstellen und wir den Verlauf dieser Hohlräume anhand von seismischen Messungen untermauern können, dann sehe ich eine reelle Chance für Ihren Zeitplan.«

Francisco nickte. »Vielleicht kann ich Ihnen keinen Plan des gesamten Gangsystems liefern, aber den Weg von der Kammer bis zum Eingang müsste ich herausfinden können.«

»Dann tun Sie das.«

Vicente klatschte begeistert in die Hände. »Na, dann nichts wie los!«

Francisco stöhnte. »Ich bin ziemlich müde.«

»Einen Versuch noch, Bruderherz. *Bitte!*«

»Meinetwegen.« Natürlich war Francisco auf die legendäre Kammer genauso gespannt wie sein Bruder und der nach außen hin immer noch skeptische Helwân, aber es fiel ihm zunehmend schwerer, gegen die innere Ruhelosigkeit anzukämpfen und sich zu konzentrieren.

Erneut schloss er die Augen und stellte sich allerlei Tunnel vor. Aber dieses Gedankenbild reichte nicht, um den gesuchten Gang zum Vorschein zu bringen. Er musste schon konkreter werden. Vielleicht kam er weiter, wenn er in die korrekte Richtung dachte. Der Zugang musste sich aller Voraussicht nach entweder bei der Cheopspyramide oder unter der Sphinx befinden. Francisco entschied sich für Option Nummer zwei.

Und wieder lichtete sich der Nebel.

Er konnte den unterirdischen Weg als hellen Streifen in dem dunkleren Fels erkennen, fast so wie einen Knochen auf einer Röntgenaufnahme. »Vicente, du malst die Karte«, flüsterte er und setzte sich in Gang.

Der griechische Geschichtsschreiber schien mit seinem Bericht über ein weit verzweigtes Netz von Tunneln und Kammern Recht zu behalten: Scheinbar planlos lief Francisco auf dem Areal hin und her, oft deutete er auf Quergänge und Nebenkammern hin, die er nur andeutungsweise wahrnahm – hier war tatsächlich dreißig Meter unter der Oberfläche ein Labyrinth versteckt. Die Gänge verliefen manchmal viele Schritte lang schnurgerade durch den Fels, um sich gleich darauf ohne erkennbare Ordnung bald hierhin, bald dorthin zu wenden. Vicente hatte schnell die Lage der wichtigsten Monumente auf ein Blatt Papier skizziert und trug nun jede Angabe seines Bruders auf dieser provisorischen Karte ein. Doktor Helwân markierte darüber hinaus die Richtungsänderungen mit einem dicken Filzstift auf Steinen, die am Wegrand lagen oder von ihm schnell herbeigeschafft wurden. Irgendwann bewegte sich Francisco zielstrebig auf die Große Pyramide zu, bog dann aber doch wieder ab und kehrte mit einigen Haken zur Sphinx zurück. Sein Erkundungsgang endete nicht etwa zwischen den vorderen Tatzen des Fabeltiers, wo die Amerikaner einst dem Gebrabbel des »schlafenden Propheten« nachgespürt hatten, sondern zum Hinterteil des Löwen, genauer links neben der Stelle, wo sein Schwanz entsprang.

»Das Tor zum Labyrinth liegt hier«, erklärte Francisco so überzeugt, als spreche er vom gut beschilderten Zugang einer U-Bahnstation.

»Sind Sie sicher?«, fragte Helwân trotzdem.

»Ganz sicher. Wenn Sie da ein Loch reinmachen und dem Plan meines Bruders folgen, kommen Sie direkt zur Kammer des Wissens«, sagte Vicente im Brustton der Überzeugung.

Der Ägypter leuchtete mit der Taschenlampe das Hinterteil der Sphinx ab. Schließlich kennzeichnete er die von Francisco bezeigte Stelle mit einem kleinen Kreuz, richtete sich wieder auf, wandte sich mit unglücklicher Miene Vicente zu und erklärte: »Wenn wir der Sphinx einen künstlichen Darmausgang legen müssen, dann wird Ihre Spende aber nicht reichen, Señor Alvarez.«

Es dauerte dann doch etwas länger, bis Doktor Paki Helwân die Genehmigungen zur Öffnung der Sphinx bei der ägyptischen Altertümerverwaltung durchgeboxt hatte. Als die Arbeiten an dem Monument endlich begannen, war Francisco aufgeregt wie ein kleiner Junge. Ja, das hatte er sich immer gewünscht: einmal selbst als Archäologe im Land der Pharaonen eine bedeutende Entdeckung machen zu dürfen. Alle Warnungen, ob nun von leutseligen Gesichtern in Wasserbassins oder von weißhaarigen Reportern in Warteschlangen ausgesprochen, waren vergessen. Selbst an Vicentes Gerede von der Einigung dreier Welten verschwendete er keinen Gedanken mehr. Er steckte mitten im größten Abenteuer seines Lebens, kam sich schon vor wie Howard Carter, der Entdecker des Grabes von Tutanchamun.

Das Areal im hinteren Bereich der Sphinx war abgesperrt worden. Zudem wurde hauptsächlich nach Einbruch der Dunkelheit gearbeitet. Helwân schien kein großes Interesse daran zu haben, die Aufmerksamkeit der Weltpresse zu erregen. Ein so bedeutendes Monument wie die große Sphinx von Giseh zu beschädigen war kein Unterfangen, für das man auf spontanen Beifall der Öffentlichkeit hoffen durfte. Die Schwanzwurzel des Fabelwesens wurde zunächst mit vergleichsweise dünnen Bohrern bearbeitet, um es nicht mehr als nötig zu erschüttern. Bis der rechteckige flache Zugang endlich in den Stein getrieben war, vergingen geschlagene vier Tage. Erregt verfolgte Francisco das vorsichtige Herausbrechen der letzten Steine, wobei er schwer einschätzen konnte, ob sich seine Nervosität mehr aus dem Bewusstsein dieses möglicherweise historischen Moments oder eher aus der Nähe seiner sechsten Lebenswelle speiste – nur noch ein Tag und sie würde über ihn hinwegrollen.

»Hier, nehmen Sie das«, sagte Doktor Helwân und reichte ihm eine Gasmaske.

Francisco hielt das Angebot zunächst für einen bizarren Scherz, worin er sich bestätigt fand, als der Doktor seine erstaunte Nachfrage beantwortete.

»Ich will Sie vor dem Fluch des Pharaos schützen.«

»Nein, danke, ich bin nicht abergläubisch.«

Helwân brabbelte etwas, das wie eine orientalische Verwünschung klang.

»Mein Bruder ist mystischen Erfahrungen gegenüber wenig aufgeschlossen«, erläuterte Vicente. Er hatte sich die Atemschutzmaske schon halb übergestülpt – derzeit hing der Rüssel mit dem Filter auf seiner Stirn, was ihn ein wenig wie ein Nashorn aussehen ließ.

»Dann erklären Sie's ihm«, stöhnte der Ägypter.

»Du kennst vermutlich diese Geschichte von Lord Carnarvon, dem Financier der Tutanchamun-Ausgrabung im Tal der Könige«, sagte Vicente.

»Wer kennt die nicht?«, erwiderte Francisco.

»Carnarvon starb, einige Wochen nachdem er Ende November 1922 der Öffnung des Pharaonengrabes beigewohnt hatte. Es gibt allerlei schaurige Geschichten über die Umstände seines Todes.«

»Alles Ammenmärchen, wenn du mich fragst.«

»Vielleicht nicht ganz. Allein 1924 verstarben noch vier weitere Besucher von Tutanchamuns Grabkammer. Es war wohl kein Fluch, sondern dürften eher Pilzsporen oder Bakterien gewesen sein, die zum Ableben der alten und teilweise von Krankheit geschwächten Männer führten.«

Francisco erinnerte sich, davon gelesen zu haben. »Na also.«

»Aspergillus«, sagte Helwân.

»Wie bitte?«, fragte Francisco.

»Das ist der Name einer Pilzfamilie: *Aspergillus niger, Aspergillus flavus* oder *Aspergillus terreus.* Es gibt noch ein paar andere Kandidaten, die als Überbringer des pharaonischen Fluches gehandelt werden. Die von den Schimmelpilzen ausgehende Gefahr wird allgemein überschätzt. Außerdem ist ein Zusammenhang zwischen den erwähnten Todesfällen und den Pilzen umstritten. Aber die Vorschriften verlangen diese Schutzmaßnahme. Haben Sie bitte Verständnis dafür. Wir wollen eben kein unnötiges Risiko eingehen.«

Alles halb so wild. Das sagten die Behörden immer, wenn sie eine schwer abwägbare Gefahr herunterspielen wollten. Francisco bekam trotzdem eine Gänsehaut. Er starrte den Wissenschaftler entgeistert an, bis Vicente ihm dabei half, sich die Gasmaske aufzusetzen. Nachdem der Ausgrabungsleiter sie auch noch mit blauen Schutzhelmen ausgestattet und seine Zigarette ausgedrückt hatte, betraten sie bewaffnet mit großen Handlampen und einer Seiltrommel endlich das Innere der Sphinx.

Hinter dem neu geschaffenen – oder wieder geöffneten? – Eingang lag eine Treppe, die steil nach unten führte.

Helwân ging voran, Francisco folgte ihm und Vicente bildete das Schlusslicht. Ohne Frage musste auch der Ägypter aufgeregt sein, aber er ließ es sich nicht anmerken. Seine von der Atemmaske seltsam verfremdete Stimme hallte von den Schachtwänden wider, als er sich im Plauderton erkundigte: »Habe ich Ihnen eigentlich schon gesagt, Señor Serafín, wodurch ich hellhörig geworden bin, als Sie plötzlich stehen blieben und behaupteten, die Kammer des Wissens läge genau unter Ihnen?«

Francisco kam die Luft trotz oder vielleicht gerade wegen der Gasmaske unheimlich stickig vor. Die Vorstellung, einen wie auch immer gearteten Fluch einzuatmen, lastete wie eine Bleiplatte auf seiner Brust. Mühsam quetschte er ein Nein durch den Partikelfilter.

»Wie Ihnen bekannt sein dürfte, befindet sich unter der Cheopspyramide ebenfalls eine aus dem Fels geschlagene Kammer. Nur wenigen ist jedoch bekannt, dass sie auch ziemlich genau *dreißig* Meter unter der Basis des Monuments liegt.«

»Vielleicht gehören die beiden Räume zu ein und demselben System«, mutmaßte Vicente aus dem Hintergrund.

»Dann muss der Übergang zu selbigem geschickt verborgen sein.«

»Porticulli«, presste Francisco hervor. Zu mehr war er nicht fähig.

»Sie meinen Verschlusssteine, die sich von oben herabsenken, um den Korridor zum Labyrinth zu verschließen?« Helwân wiegte den Kopf hin und her. »Wir haben natürlich nach allen möglichen Geheimtüren gesucht, aber vielleicht könnten ja Sie …?«

»Nur wenn ich auf die Gasmaske verzichten kann.«

»Das wird sich schon irgendwie … *Ein Weg!*« Helwân hatte das Ende der Treppe erreicht. Sein Ausruf galt dem Gang, der sich zu beiden Seiten in die Dunkelheit erstreckte. Auch die beiden Brüder kamen jetzt unten an. Vicente warf einen Blick auf den Plan, der sich aus seiner ursprünglichen Skizze dank seismischer Messungen zu einer maßstabgetreuen Karte des Labyrinths weiterentwickelt hatte.

»Nach rechts«, sagte Francisco, bevor Vicente den Kurs bestimmen konnte.

Immer tiefer drangen die drei Männer in das Netz aus Gängen und Kammern ein. Den nackten Felswänden nach zu urteilen, handelte es sich bei dem Tunnel unter der Sphinx um eine Art Nebenausgang. Schon beim nächsten Abzweig wich diese Schlichtheit einer aufwändigen Granitverkleidung. Einige Zeit später stießen die Entdecker auf einen Schutthaufen.

»Der Tunnel ist eingestürzt«, sagte Vicente. Er klang verzweifelt.

»Damit sollte man immer rechnen«, kommentierte Helwân gleichmütig.

»Ja, aber wir müssen bis morgen zur Kammer vorstoßen.«

»Wenn der Gang auf einer längeren Strecke zusammengebrochen ist, können Sie Ihre Wette vergessen, Señor Alvarez.«

»Dann drehen wir am besten um«, schlug Francisco vor.

Vicente ließ den gelben Kegel seiner Lampe über den Schutt gleiten. Plötzlich rief er aufgeregt: »Da! Oben links! Könnt ihr das Loch erkennen?«

Zwei weitere Lichtfinger tasteten sich zu der Stelle vor.

»Ich kann hinter der Öffnung die Tunneldecke sehen. Vielleicht gelingt es uns hindurchzukriechen.«

Sie schafften es, wenn auch nicht ohne Schwierigkeiten. Francisco hatte nur wenig Mühe, sich an den scharfkantigen Trümmern vorbei durch das Loch zu zwängen, doch der korpulente Ägypter blieb stecken. Kurioserweise erlitt Helwân dabei einen Lachanfall, was sich unter der Gasmaske so anhörte, als huste er in einen Blecheimer. Nach eigenem Bekunden betrachtete er die schweißtreibende Übung als Reminiszenz an glückliche Jugendtage, als er im Wadi Al Jubal durch den Dreck gerobbt sei. Durch Hinwegräumen einiger Gesteinsbrocken zu beiden Seiten der Öffnung war der Doktor bald wieder manövrierfähig.

Zuletzt schob sich Vicente durch das kantige Loch. Er war erheblich größer als der Ägypter, besaß jedoch einen schweren Knochenbau, der seine Beweglichkeit um einiges einschränkte. Als sein Oberkörper schon die andere Seite des Tunnels erreicht hatte, ratschte es laut.

»Was war das?«, fragte Francisco.

»Ich glaube, meine Hose«, antwortete Vicente. Mit einer halb abgerissenen Gesäßtasche setzte er seinen Entdeckungsfeldzug fort.

Francisco verfiel wieder in Schweigen. Welche Hindernisse würden sie wohl noch erwarten? Sein Herz klopfte ihm bis zum Hals. Am liebsten hätte er sich die Gasmaske vom Gesicht gerissen. Vicente hatte seine lädierte Hose schnell vergessen und betrachtete sichtlich ergriffen die Schachtwände. Der Ausgrabungsleiter klopfte sich ab und zu etwas Staub aus Hemd oder Hose und pries in orientalischer Blumigkeit die Ausmaße der »unterirdischen Stadt« – damit bezog sich diesmal er auf den griechischen Geschichtsschreiber Herodot. Er fühle sich in das fast vergessene Labyrinth beim alten Moeris-See versetzt, schwärmte Helwân. Es habe angeblich dreitausend Kammern besessen, von denen die Hälfte unter der Erde lag.

»Hab davon gelesen. War doch ein Osiris-Tempel, oder?«, fragte Francisco, um sich von einer aufkommenden Übelkeit abzulenken.

»Osiris, Horus und Isis bildeten eine Götter*dreiheit*«, warf Vicente von hinten ein.

Francisco verdrehte hinter den Fenstern seiner Atemschutzmaske die Augen zur Decke.

»Ich glaube, der Gang hört da vorne auf«, sagte Helwân und leuchtete direkt nach vorn.

So war es. Der Tunnel endete vor einer Steintür. Sie bestand aus rotem Granit. Ein Fluch warnte die Eindringlinge vor überstürztem Handeln. Francisco bemerkte sogleich die Namenskartusche, doch ehe er die Hieroglyphen entziffert hatte, wurden sie schon von dem ägyptischen Archäologen übersetzt.

»Möge der Tod mit schnellem Flügelschlag zu dem kommen, der den Frieden Imhoteps stört.«

»Imhotep!« Vicentes Stimme war nur ein Flüstern, wie wenn sich für ihn gerade ein Lebenstraum erfüllte.

Franciscos Unbehagen wollte sich nicht vertreiben lassen. »Ich finde, für heute haben wir genug erreicht.«

Helwân strich mit der Hand über den Granit. »Faszinierend! Wir haben gehofft Cheops Grab zu finden und entdecken stattdessen die letzte Ruhestätte des Erfinders der Megalithbauten, des Kulturheroen, des göttlichen Weisen, des …«

»Sprösslings des Ptah, der die Welt erschuf, indem er seine Gedanken in Worte fasste«, beendete Vicente ergriffen die Aufzählung.

»Mir gefällt das nicht«, knurrte Francisco. »Wozu braucht der Sohn eines Totengottes ein Grab? Müsste er nicht unsterblich sein?«

Schon seit Tagen hatte Francisco das Nahen der sechsten Welle gespürt, aber vor keiner der bisherigen großen Annäherungen war er so unruhig gewesen wie an diesem Abend. Die Sonne versank blutrot hinter den Pyramiden von Giseh. Vicente hatte behauptet, am nächsten Morgen würde sie über einer neuen Welt aufgehen.

Francisco war seit dem Verlassen des unterirdischen Labyrinths ziemlich ernüchtert. Das Gefühl der Beklemmung steckte ihm noch in den Knochen. Vom Rausch der Entdeckereuphorie war nicht mehr viel zu spüren. Daher hatte er es auch nicht eilig gehabt, früher als nötig zur Kammer zurückzukehren. Der erfahrene Ausgräber Helwân spielte da in einer ganz anderen Liga. Routiniert hatte er nach der Rückkehr unter den Sternenhimmel zum Handy gegriffen und ein paar Anrufe getätigt. Noch in der Nacht waren Arbeitstrupps herbeigeeilt, die Frischluft mit einem keimtötenden Zusatz in das Labyrinth leiteten und sich an die Öffnung der Granittür machten. Nachdem dies gelungen war, hatte es sich Vicente nicht nehmen lassen, die Grabkammer als Erster zu betreten. Später berichtete er seinem Bruder begeistert davon. Die Vorhersagen bezüglich ihrer Ausgestaltung hätten sich hundertprozentig bestätigt, aber der Finder empfand trotzdem keine Befriedigung dabei.

Plötzlich klingelte das Telefon. Vermutlich Vicente, der zum Aufbruch mahnen wollte, dachte Francisco. Er lag mit dem Rücken auf seinem Doppelbett und hatte wer weiß wie lange die Decke angestarrt. Jetzt griff er lahm zum Hörer.

»Ja?«

Die Stimme einer Frau meldete sich. »Hier ist die Rezeption. Spreche ich mit Mr Serafín?«

Francisco schwang die Beine aus dem Bett. »Ja! Was gibt es?«

»Uns ist leider ein peinliches Missgeschick unterlaufen, Mr Serafín. In Ihren Gästedaten steht, Sie erwarten eine persönliche Nachricht. Der Portier von der Frühschicht hatte ihn gleich zur Seite gelegt, damit Sie ihn unverzüglich bekommen, aber dann waren Sie außer Haus und beim Schichtwechsel wurde er leider übersehen. Ich muss mich vielmals entschuldigen …«

»*Was* haben Sie übersehen?«

»Den Brief. Hatte ich das nicht erwähnt?«

»Nein, haben Sie nicht«, knurrte Francisco. »Wie lange haben Sie ihn denn ›übersehen‹?«

»Vier Tage.«

»*Wie bitte!?*«

»Kann der Page Ihnen den Brief gleich aufs Zimmer bringen?«

»Da fragen Sie noch? Bitte schicken Sie ihn so schnell wie möglich her.«

»Natürlich, Mr Serafín. Bitte entschuldigen Sie noch einmal

das Versehen meiner Kollegen.« Die Rezeptionistin legte rasch auf.

Francisco erwartete den Hotelpagen vor der Tür seines Zimmers. Er hoffte, Claras Nachricht noch lesen zu können, bevor Vicente aufkreuzte. Es *musste* einfach der ersehnte Brief von Clara sein!

Der Lift bimmelte, ein hagerer Page trat heraus und schlenderte zum ungeduldig wartenden Gast. Francisco riss ihm den Brief vom Silbertablett.

»Danke.«

Der Page blieb wie angewurzelt stehen.

Francisco kramte in seiner Jeans, warf ihm einige Piaster aufs Tablett, ignorierte die unzufriedene Miene und verschwand wieder in seinem Zimmer.

Erst als die Tür hinter ihm geschlossen war, las er den Absender: C. Alvarez y Moguer. *Ja!* Der Brief stammte von Clara. Francisco hielt sich den Umschlag unter die Nase und atmete seinen Duft ein – er roch nach Papier und sonst nichts. Sodann eilte er zu seinem Koffer, holte ein Taschenmesser heraus und öffnete den Brief; ihn einfach aufzureißen wäre ihm wie ein Frevel erschienen. Aus dem Kuvert rutschten ein Bogen Papier und zwei Fotografien.

Neugierig betrachtete er die Bilder. Das erste zeigte eine elegante Frau Anfang fünfzig: schlank, braunes Haar, helle Augen, gut aussehend. Sie trug einen Strohhut, ein cremefarbenes Sommerkleid mit breitem roten Lackgürtel und dazu passende Handschuhe und Sandaletten. Lachend deutete sie mit dem Finger nach oben, wo ein großes Zifferblatt zu sehen war, das verriet, was in Sevilla die Stunde geschlagen hatte, sowie fünf kleinere, die Auskunft über andere Zeitzonen gaben. Die Dame stand nämlich vor dem holzumrahmten Schaufenster eines Uhrengeschäfts, dessen Auslagen Francisco selbst schon bewundert hatte. Er drehte das Foto um. Auf der Rückseite stand, von weiblicher Hand geschrieben, eine Notiz.

Estefanía Morales – 14.9.1975

Franciscos Hand begann zu zittern.

»Mutter?«, hauchte er. Noch nie hatte er ein Bild von ihr gesehen. Aber … Das konnte doch unmöglich stimmen. Er war am 20. November 1975 geboren worden. Mitte September desselben Jahres hätte seine Mutter somit im siebten Monat schwanger sein müssen. Aber die Estefanía Morales auf dem Foto hatte eine bewundernswerte Figur. Außerdem – ja, sie sah gut aus – aber das gebärfähige Alter dürfte längst hinter ihr liegen.

Fahrig steckte Francisco die erste hinter die zweite Fotografie und diese ließ ihn erschauern. Es handelte sich um ein Brustbild, das einen kirchlichen Würdenträger im Ornat zeigte. Er ging vermutlich bereits auf die sechzig zu. Ansonsten sah er aus wie Vicente.

Franciscos Hände zitterten immer heftiger. Obwohl er bereits ahnte, was er gleich lesen würde, wendete er das Foto um.

Pedro Alvarez – 24.12.1974

»Dieselbe Handschrift«, murmelte er.

Vicente war dem ermordeten Provinzialminister der Franziskaner wie aus dem Gesicht geschnitten. Der Geistliche musste sein Vater sein. Francisco dagegen hatte mit ihm nicht die geringste Ähnlichkeit. Auch mit Estefanía Morales nicht.

»Warum hast du mich belogen?«, flüsterte er, als könne sein Bruder ihn hören.

Was hatte Vicente im Kloster zu ihm gesagt? *Ich schenke dir die Münze, damit du nie vergisst, wie man sich irren kann.* Was für ein Hohn! Francisco schüttelte fassungslos den Kopf und gab sich selbst die Antwort auf seine Frage. »Weil du gar nicht mein Bruder bist.«

Rasch entfaltete er Claras Brief und begann zu lesen.

Lieber Francisco!

Als ich deine letzten Zeilen las, war ich in großer Sorge. Ich habe viele Male auf deine Briefe geantwortet, aber nie scheinst du die meinen erhalten zu haben. Ich fürchte fast, Vicente, den du deinen »teuren Bruder« nennst, hat alles abgefangen. Mein Erzeuger scheint ein noch größerer Schuft zu sein, als ich bisher dachte. Doch ehe ich dir erzähle, was ich über ihn in Erfahrung bringen konnte, möchte ich dir von Bruder Pedro berichten, nach dem du immer wieder fragst.

Der Guardian von La Rábida ist wieder in Amt und Würden. Die Polizei hat den Verdacht gegen ihn fallen lassen. Ich habe Pedro besucht und mit ihm über dich und deine Flucht gesprochen. Er hat Verständnis für deine Situation geäußert und ist dir nicht böse. Du könnest jederzeit ins Kloster zurückkehren, wenn du willst. Außerdem hat er mir unter dem Siegel der Verschwiegenheit anvertraut, wie er wieder auf freien Fuß gelangt ist. Er offenbarte der Polizei einige sehr vertrauliche Einzelheiten aus dem Leben Estefanía Morales', meiner Großmutter, die *nicht* deine Mutter ist.

Und damit komme ich zu den für dich vielleicht beängstigenden und zugleich beglückenden Neuigkeiten. Vicente ist …

Ein heftiges Klopfen an der Tür ließ Francisco hochschrecken.

»Ja?«

»Ich bin's, Vicente«, meldete sich gedämpft die Stimme des falschen Bruders.

»Verdammt!«, zischte Francisco aus Ärger über die Unterbrechung. Sein Kopf fuhr hoch. Zwei, drei aufgeregte Herzschläge lang stand er einfach nur wie festgefroren da. *Liebt sie mich immer noch?* Die Vorstellung war fast zu wunderbar. Aber ja, so musste es sein. Sonst hätte sie ihm nicht »viele Male« geantwortet …

»Francisco? Was ist denn?«, drängelte es hinter der Tür.

Mit einem wehmütigen Blick löste er sich endgültig von dem Brief. Er würde den Rest später lesen. Rasch faltete er den Bogen, stopfte ihn zusammen mit den Bildern ins Kuvert und ließ dieses unter seinem T-Shirt verschwinden. Inzwischen hatte er die Tür erreicht und riss sie auf.

»Alles in Ordnung?«, fragte Vicente, schien aber nicht ernsthaft mit einer Antwort zu rechnen. Er rückte den Riemen einer schwarzen Stofftasche auf der Schulter zurecht und machte Anstalten, in Richtung Lift zu gehen.

Einen Moment lang wusste Francisco nicht, wie er reagieren sollte. Er hatte keine Lust, sich vor diesem Schwindler der Geheimniskrämerei bezichtigen zu lassen, aber andererseits konnte er Vicentes Verhalten auch nicht einfach so hinnehmen.

»Kommst du?«, rief der über die Schulter. Er war schon auf halbem Weg zum Fahrstuhl.

»Nein!«, erwiderte Francisco fest.

Vicente fuhr herum. »Was ist denn los mit dir?« Langsam kehrte er zurück.

»Könnte es vielleicht sein, dass du gar nicht mein Bruder bist?«

Vicente wurde kalkweiß. »Wer behauptet das?«

»Deine Tochter.«

»Clara?«

»Hast du noch andere?«

Vicente drängelte sich an Francisco vorbei ins Zimmer und schloss die Tür. »Hat sie dir wieder geschrieben?«

»Dann gibst du es also endlich zu.«

»Was?«

»Dass Clara mir schon viele Briefe geschickt, du sie abgefangen und fein säuberlich in deinem Intimsphärentresor abgelegt hast.«

»Wo?«

»In dem Aluminiumkoffer!«

»Du brauchst mich nicht anzuschreien. Ich wollte doch nur, dass du dich auf diese Sache hier konzentrieren kannst, bevor du mit wehenden Schößen nach Huelva fliegst, um deine Clara in die Arme zu schließen.«

Francisco schüttelte fassungslos den Kopf. »Das kann ich einfach nicht glauben. Du hast mich die ganze Zeit belogen. Du bist gar nicht mein Bruder. *Du* bist der Sohn von Pedro Alvarez und Estefanía Morales.«

Vicente blickte Francisco mit offenem Mund an. Ihm war anzusehen, wie wenig er diese Auseinandersetzung ausgerechnet in diesem Moment gebrauchen konnte. Schließlich schüttelte er den Kopf und beteuerte: »Doch, du bist mein Bruder.«

»Ich weiß einigermaßen genau, dass Estefanía im September 1975 nicht hochschwanger war. Mit ziemlicher Sicherheit konnte sie das auch gar nicht sein, denn sie dürfte zu dieser Zeit so um die fünfzig gewesen sein.«

»Zweiundfünfzig.«

»Aha!«

»Sie hat dich adoptieren wollen.«

»Was?«

»Deine richtige Mutter ist gestorben. Mein Vater, Pedro Alvarez, wie du ganz richtig herausgefunden hast, machte seinen Einfluss geltend, um ihr das Neugeborene zuzuschustern.«

»Der Provinziale hat mich … *zugeschustert.*«

»Vielleicht ist der Begriff nicht ganz passend, aber meine Mutter wollte noch ein Kind und in Adoptionen hatte sie bereits Erfahrung.«

»Was soll *das* nun schon wieder heißen?« Francisco schwirrte der Kopf. War diese Geschichte auch nur erstunken und erlogen?

»Das bedeutet, ich wurde ebenfalls von Estefanía adoptiert.«

»Ha! Jetzt hast du dich in deinen eigenen Lügen verstrickt. Eben noch sagtest du, sie sei deine Mutter gewesen.«

»War sie auch. Die Sache ist ziemlich verzwickt und sie hat mit der Unsichtbaren Pyramide zu tun.«

»Hör auf!«

»Nein, es ist wahr. Estefanía war eine verzweifelte Frau in finanziellen Nöten. Und mein Vater brauchte ein Kind. Der Grund hierfür hing mit den Überlieferungen der Unsichtbaren Pyramide zusammen. Er betrachtete sich als Hüter des Gleichgewichts und hatte es sich in den Kopf gesetzt, die drei Welten des Multiversums wieder zu vereinen. Um dieses Ziel zu erreichen, benötigte er ein Menschenkind, das zur rechten Zeit am rechten Ort geboren worden war. Estefanía wurde von ihm kurzerhand zur Mätresse erwählt, die er acht Monate vor der vorausberechneten großen Welle schwängerte.«

»Estefanía Morales!« Francisco begann zu begreifen.

Vicente lächelte säuerlich. »Wie ich meinen Vater kenne, hat er seinen Samen zur Sicherheit bestimmt auch noch auf ein Dutzend andere Frauen verteilt.«

»Aber Estefanía wurde schwanger.«

»So ist es. Der fromme Pedro Alvarez kaufte sich einen portugiesischen Arzt, der das Kind rechtzeitig auf die Welt holte.«

»Zur rechten Zeit am rechten Ort.«

»Das dachte Vater zumindest. Er brachte Estefanía nach Tomar in Portugal. Dort gibt es eine kreisrunde Kapelle der Templer. Der Orden betete dort Baphomet an, einen Götzen mit *drei* Gesichtern.«

»Das ist nicht dein Ernst!«

»Du musst deine Nase nur in die einschlägige Literatur stecken, wenn du eine Bestätigung brauchst. Da wirst du auch von dem Schlussstein der Templerburg lesen, auf dem der dreigesichtige Baphomet zu bewundern ist – entfernte man diesen Stein, stürzt die ganze Burg zusammen.«

»Mir graust's, wenn ich das alles höre. Immerhin erklärt diese Geschichte deinen krankhaften Hang zum Mystischen. Ich würde sie an deiner Stelle lieber für mich behalten.«

»Du bist der Erste, dem ich sie erzähle.«

»Warum das? Welche Rolle spiele ich in deinem verworrenen Lebensbild?«

»Du bist mein Bruder.«

»Dass ich nicht lache!«

»Pedro Alvarez hat vermutlich mehr an seinen eigenen Ruf als an die Ehrenhaftigkeit meiner Mutter gedacht, als er den Einfluss der Kirche geltend machte, um mich, ein angebliches Findelkind, ihrer Obhut zu übergeben. Dem Schriftverkehr in ihrem Nachlass konnte ich entnehmen, dass die Behörden wie geschmiert mitspielten – abgesehen von ihrem angesehenen Fürsprecher war ja Estefanía auch von Adel und solche Leute genießen fast überall einen Vertrauensvorschuss. Schließlich adoptierte sie mich und auf die gleiche Weise wollte sie sich später noch einen weiteren Sohn anschaffen: dich. Das hätte uns vor dem Gesetz zu gleichberechtigten Brüdern gemacht. Für mich spielt es keine Rolle, dass unsere Eltern *vor* diesem Verwaltungsakt ermordet wurden.«

»Dir geht es doch nur um dieses Ritual oder was immer du heute Nacht planst. Wenn du selbst ein … ›Wellenreiter‹ bist, so wie ich, wozu brauchst du mich dann überhaupt?«

»Wie gesagt: Mein Vater *dachte,* sein so gründlich geplanter Sohn könne die Kräfte des Multiversums lenken, aber irgendwie muss er sich verrechnet haben. Die Überlieferungen der Unsichtbaren Pyramide sind in manchen Passagen ziemlich mehrdeutig. Als ihm sein Irrtum bewusst wurde, war ich, der erhoffte Wunderknabe, mit einem Mal nur noch Ausschuss für ihn.«

Francisco zuckte zusammen, als er das Wort »Ausschuss« hörte. Er glaubte die Bitternis herauszuhören, die Vicente angesichts dieses Umstandes empfand. Wie musste sich ein Kind fühlen, das sich als »Ausschuss« betrachtete? Plötzlich tat der verschmähte Sohn dem Klosterschüler Leid. Deutlich sanfter erwiderte Francisco: »Bedauerst du den Tod deines Vaters?«

Vicente wich seinem Blick aus. »Für meine Eltern war ich nur

Mittel zum Zweck. Mutter brauchte Geld und Vater ein Wunderkind. Trotzdem werde ich jetzt sein Lebenswerk mit deiner Hilfe vollenden!«

Francisco lief ein Schauer über den Rücken, weil er in Vicentes Gesicht und in dem irren Funkeln seiner Augen eine Besessenheit zu bemerken glaubte, die ihn erschreckte. Andererseits empfand er Mitleid mit diesem Mann, der förmlich danach lechzte, sein verkümmertes Selbstwertgefühl zu festigen. War es zu viel verlangt, ihn dabei zu unterstützen, bevor sie sich am nächsten Morgen trennten? Wohl nicht, beschied Francisco, zumal er die Worte seines Idols, des Reporters David Pratt, nicht vergessen konnte: *Reisen Sie nach Kairo, denn das ist es, was Sie im tiefsten Herzen wollen, weil Sie dort nach einer Antwort suchen. Die dazu passende Frage kennen nur Sie selbst.* Ja, auf eine fast unheimliche Weise hatte der Journalist auf dem Grund von Davids Seele die Wahrheit gefunden, über die sich Francisco bis dahin selbst noch nicht klar geworden war. Nicht die Suche nach dem Abenteuer, auch nicht der Entdeckergeist des Hobbyägyptologen trieb ihn immer weiter voran, es waren tatsächlich die Sinnfragen, die irgendwann jeden Menschen bewegten: Wer bin ich? Wozu bin ich hier? Und wohin führt mein Weg? Es musste einen Grund geben, warum ausgerechnet er über so außerordentliche Gaben verfügte. Auch um diesen herauszufinden, durfte er nicht tatenlos zusehen, wie seine sechste Lebenswelle vorüberging. Er beschloss, Vicentes ausweichende Antwort vorläufig auf sich beruhen zu lassen. Doch zumindest einen Warnschuss vor den Bug wollte er ihm verpassen.

»Ich werde bei nächster Gelegenheit nach Spanien zurückkehren.«

»Das ist mir klar.« Vicente getraute sich schon wieder ein verstohlenes Grinsen. »Vielleicht wirst du ja demnächst mein Schwiegersohn. Meinen Segen hättest du.«

»Ich denke nicht, dass Clara darauf irgendeinen Wert legt. Im Übrigen bestimmen wir beide von nun an selbst über unser

Leben. Deine Manipulationen habe ich jedenfalls gründlich satt.«

Erneut wechselte der Ausdruck im Gesicht des Archäologen und wurde starr wie eine Maske. »Heißt das, du kommst heute Nacht nicht mit mir in die Kammer des Wissens?«

»Doch, ich gehe mit.«

Vicente atmete erleichtert auf. »Gut.«

»Aber danach trennen sich unsere Wege. Ich meine es ernst. Es ist das letzte Mal!«

Ein kleines Lächeln umspielte die Lippen des Archäologen. Er nickte zwei-, dreimal. »Einverstanden.«

Das Tageslicht schwand schnell. Mit dem Stempel des Kulturministeriums überwanden Francisco und Vicente problemlos sämtliche Kontrollen. Dem Wachpersonal waren ihre Gesichter ohnehin längst vertraut. Die neueste Ausgrabungskampagne an der Sphinx hatte auf dem Areal der Nekropole für eine Menge Unruhe gesorgt und in den vergangenen Stunden waren die Aktivitäten noch einmal auf Hochtouren gelaufen, weil die verrückten Europäer die Granittür zur gerade entdeckten Kammer nicht schnell genug aufbekommen konnten. Jetzt rückten sie wieder an, die Señores Alvarez und Serafín.

In dem neu geschaffenen Zugang an der Schwanzwurzel der Sphinx hatte Helwân inzwischen eine Holztür anbringen lassen. Vicente kramte in seiner schweren Stofftasche herum. Sie beherberge hauptsächlich Lampen, hatte er gesagt, neben ein paar anderen unverzichtbaren Utensilien für die feierliche Handlung zur Einigung der Welten. Während er in der Tasche nach dem Schlüssel zum Vorhängeschloss suchte, fragte sich Francisco, was das für eine merkwürdige Zeremonie sein mochte, die Vicente da plante. Dem Klosterschüler war nicht ganz wohl bei dem Gedanken an irgendwelche altägyptischen Rituale. Wie sollte damit die entzweite Menschheit wieder zusammenfinden? Nun, immerhin war nicht von der Hand zu weisen, dass er Gaben besaß, die das übliche Verständnis vom Möglichen und Unmöglichen auf den Kopf stellten. Warum sollte also nicht auch in dieser Nacht etwas Unvorstellbares geschehen? Wenn ihm die Sache zu unheimlich wurde, konnte er immer noch einen Rückzieher machen.

Endlich öffnete Vicente die Tür, an deren Innenseite mehrere Schutzhelme hingen. Zwei davon wurden von Nägeln genommen, aufgesetzt, Handlampen wurden eingeschaltet und der Abstieg in die Tiefe begann. Auf Gasmasken wurde diesmal verzichtet, weil die Tunnel einschließlich der Kammer inzwischen gut durchlüftet und zudem desinfiziert worden waren. In den Gängen folgte das Zweiergespann der Nylonschnur, die Doktor Helwân beim ersten Besuch als Orientierungshilfe zurückgelassen hatte; der Ältere ging voran, der Jüngere hinterher. In unregelmäßigen Abständen drehte sich Vicente nach seinem Hintermann um. Für Francisco war das Gefühl der Beklemmung diesmal nicht so heftig wie noch tags zuvor. Das mochte an seiner Unruhe liegen, die wie ein unsichtbarer Quirl in ihm rumorte und alles in Bewegung hielt. Zusätzlich sorgte seine gespannte Erwartung für Ablenkung – die Öffnung des Granitportals am Nachmittag hatte er ja nicht miterlebt und würde die Kammer des Wissens daher nun zum ersten Mal betreten dürfen.

Bald erreichten die beiden die Stelle mit der eingestürzten Decke. Die Trümmer waren in Anbetracht der knappen Zeit nur notdürftig zur Seite geräumt worden. Man musste nicht mehr über Schutthügel kriechen, sich aber immer noch vorsehen.

»Die geborstene Granitverkleidung ist ziemlich scharfkantig. Pass auf, dass du dir nicht die Hose aufreißt«, witzelte Vicente, während er sich anschickte, die enge Stelle in flottem Tempo zu passieren. Dabei fiel sein Blick auf Francisco und wurde zu einem Starren. »Du glühst ja! – *Au!*«

Francisco hörte zunächst ein Ratschen, sah Vicente stolpern, verfolgte dessen nicht ganz unkomischen Balanceakt zwischen

Schacht- und Geröllwand, der mit dem Hängenbleiben der Stofftasche an einem Trümmervorsprung begann, im Zerreißen derselben einen vorläufigen Höhepunkt fand und mit dem harten Aufprall des Archäologen spektakulär endete. Der Inhalt der Tasche verteilte sich über den Boden. Vicente fluchte.

»Hast du dir wehgetan?«, fragte Francisco und hielt sich beiläufig die Hand vors Gesicht. Es war eher ein schwacher, kaum wahrnehmbarer Schimmer, der seinen Partner aus dem Gleichgewicht gebracht hatte.

»Geht schon. Wir sollten uns beeilen«, stöhnte der Gefragte, raffte eilig seine Utensilien zusammen und stopfte sie in die lädierte Tasche zurück. Im Licht seiner Lampe sah Francisco ein dünnes, in schwarzes Leder gebundenes Buch, weitere Leuchten, eine kleine Holzkiste, etwas Verchromtes, das metallisch klimperte – und den roten Fleck auf der Schulter des Gestürzten. Vicentes Hemd hatte sich an dem Vorsprung verfangen und war beim Stürzen zerrissen worden.

»Bist du verletzt?«, fragte Francisco und wollte den anderen am Arm zu sich herumdrehen, um die blutig aussehende Stelle genauer untersuchen zu können, aber dann stutzte er …

Vicente entwand sich seinem Griff. Vorsichtig hob er mit beiden Händen die Tasche auf, als wäre sie ein verletztes Tier, klemmte sie sich unter den Arm und stürmte den Gang hinab. Ohne sich noch einmal umzudrehen, rief er: »Darum können wir uns später kümmern.«

Francisco eilte hinterher. Mit jedem Schritt wurde ihm klarer, was er da eben gesehen hatte. Die blutende Schürfwunde war erheblich kleiner als der sie umgebende feuerrote Fleck. Er hob die Hand, als könne er Vicente damit zum Anhalten bewegen. »Du hast ein Muttermal auf der Schulter.«

»Was spielt das für eine Rolle?«

»Eine große sogar.«

Vicente lief weiter, immer an der Nylonschnur entlang. »Ach! Du meinst, weil auf deinem Rücken auch so ein Ding prangt?«

Francisco verharrte mitten im Schritt, starrte mit offenem Mund dem weitereilenden Vordermann nach, setzte sich aber sogleich wieder in Bewegung. »Woher weißt du von meinem Feuermal?«

»Als du in Japan fast abgesoffen wärst, hast du unter deiner Tarierweste ein weißes T-Shirt getragen. Aratake und ich haben dir die Weste ausgezogen, während du wie ein Weltmeister gehustet hast. Dein Hemd war klitschnass. *Durchsichtig!* Da habe ich das Mal gesehen.« Vicente setzte seinen Marsch fort.

Francisco stolperte hinterher. »Aber deins sieht irgendwie anders aus.«

»Klar doch. Weil ich eben kein richtiger Lenker bin, kein ›Wellenreiter‹, wie du vorhin so schön sagtest. Bei dir sind alle Seiten des Dreiecks im Zentrum des Möbius-Bandes gleich lang, in vollkommener Harmonie. *Du* wurdest – anders als ich – zur rechten Zeit am rechten Ort geboren. Ich bin nur Ausschuss. Deshalb ist meine Pyramide windschief wie ein alter Schuppen und das feuerrote Möbius-Band drum herum kaum zu erkennen.«

»Du nimmst dir das alles zu sehr zu Herzen, Vicente.«

»Was du nicht sagst! Wenigstens hast du einen väterlichen Freund gehabt, der dich mit Liebe aufzog. Mein Vater hat nur eins mit mir im Sinn gehabt, und das war nichts Gutes.«

»Was meinst du?«

»Lass uns erst in die Kammer gehen. Dann verrate ich's dir.«

»Ich will es aber *jetzt* wissen, Vicente.«

»Dein blauer Glanz wird stärker. Wir haben keine Zeit mehr für dieses sentimentale Gequatsche.« Der Archäologe stapfte unbeirrt voran.

Bald erreichten sie den langen Tunnel, der direkt auf ihr Ziel zuführte. Im Lichtkegel der Handlampe tauchte ein rechteckiges schwarzes Loch auf: der inzwischen aufgebrochene Einlass zur Kammer des Wissens. Schon als Francisco den Zugang von weitem sah, begann sein Herz heftig zu schlagen. Unwillkürlich fühlte er sich wieder an jenen Tag erinnert, als er mit Vicente den Ring of Kerry abgefahren war. Beim Anblick der Skellig-Inseln hatte er Ähnliches empfunden. Nur nicht so intensiv wie jetzt.

Mit jedem Schritt wurde das Gefühl stärker. Schon in Irland war ihm die Vorstellung an ein Déjà-vu-Erlebnis zuwider. Hier empfand er dieselbe Abneigung. Er konnte sich das Erinnern an Orte, die er persönlich nie besucht hatte, nur auf *eine* Art und Weise erklären: Es musste ein unsichtbares Band zwischen ihm und seinen Drillingsbrüdern geben, die er im Wasser der Blutquelle von Glastonbury gesehen hatte, wodurch er sich auf eine ihm nicht erklärbare Weise ihrer Erfahrungen entsann. Womöglich hatte der Altägyptisch sprechende Topra die Kammer des Wissens schon vor ihm betreten. Oder war er sogar in diesem Augenblick hier …?

»Na, was sagst du?« Vicente hatte beim Eintritt in die jahrtausendealte Begräbnisstätte kaum mehr Ehrfurcht bewiesen als beim Betreten einer öffentlichen Bedürfnisanstalt.

Francisco war unter dem Türsturz stehen geblieben. Er zog den Schutzhelm vom Kopf und wischte sich mit dem Unterarm Staub und Schweiß von der Stirn. Während sein Begleiter eilig an den Ecken der quadratischen Kammer Lampen aufstellte, ließ er den Blick durch den Raum schweifen. Mit jedem Einschalten einer weiteren Leuchtstoffröhre wurden mehr Einzelheiten, die er schon zuvor kraft seiner Gabe schemenhaft gesehen hatte, erkennbar: die Inschriften an den Wänden, der äußere Wandelgang, das Wasserbassin und die Insel mit dem schwarzen Basaltsarkophag. Ein wenig unwillig musterte er die Metallklammern am Deckel, jede hatte eine Öse, an der man einen Haken befestigen konnte.

»Ihr habt den Sarg schon geöffnet?«, fragte Francisco erstaunt.

»Nur einen Blick hineingeworfen«, antwortete Vicente, während er mit seiner Tasche durch das Bassin zur Insel watete.

»Und?«

Vicente stieg auf das steinerne Geviert, legte zunächst seinen Helm, anschließend die Ausrüstung und dann demonstrativ seine Hand auf den Deckel. »Imhotep muss gerade im Jenseits unterwegs sein.«

Francisco war nicht besonders überrascht. »Wie bei Cheops: leere Särge, keine Mumien.«

»In der Königskammer des Pharaos hat man allerdings einen offenen Sarkophag gefunden, der hier war versiegelt.«

»Könnte sich um ein Scheingrab handeln.«

»Oder Imhotep ist auferstanden und hat den Deckel wieder zugemacht.«

»Fängst du schon wieder damit an!«

»Kommt dir dieser Raum vielleicht irgendwie vertraut vor?«

Francisco erschauerte. »Was soll *das* nun schon wieder heißen?«

»Könnte doch sein, dass du Imhotep bist.«

Er trat an den Beckenrand, deutete erbost mit dem Zeigefinger auf den Archäologen und zischte: »Noch eine solche Bemerkung und du kannst deine Zeremonie alleine abhalten.«

Ein dünnes Lächeln stahl sich auf Vicentes Lippen. »Fragen darf man ja wohl noch, oder?« Als er von Francisco nur einen eisigen Blick erntete, breitete er die Arme aus und erklärte jovial: »Du bist hier an einem Ort, der Legende ist. Schau dich ein wenig um. Ich brauche noch einen Moment.« Er wandte sich ab und begann in seiner Tasche zu kramen, nahm das Buch heraus, die Schachtel …

Francisco entspannte sich ein wenig und ließ seinen Blick umherschweifen. Fürwahr, diesen Ort mit eigenen Augen zu sehen, ließ sich kaum mit etwas anderem vergleichen. Staunend schritt er durch die Kammer. Vor allem die Hieroglyphen faszinierten ihn. Wie jemand, der an einem Buffet hier und dort nascht, las er einige Schriftzeichen, die von Erzen mit »magischer Wirkung« berichteten, dann wieder eine Passage, die Anweisungen zum Aufbohren eines menschlichen Schädels enthielt. Auf den im Hintergrund klappernden und raschelnden Vicente achtete er nicht. Erst als sich dessen Stimme meldete, riss sich Francisco von der Lektüre der uralten Wissensschätze los.

»Habe ich's dir nicht versprochen?«

»Was?« Francisco drehte sich zur Insel um, wo Vicente immer noch mit dem Rücken zu ihm über den Sarkophag gebeugt stand und in seiner Tasche kramte.

»Ich sagte: ›Begleite mich und du wirst Dinge sehen, bei denen dir die Augen übergehen.‹ War doch nicht untertrieben, oder?«

Francisco schüttelte ergriffen den Kopf. »Es ist ... phantastisch!«

»Aber noch lange nicht so phantastisch wie das, was du gleich erleben wirst. Sieh selbst!« Bedächtig, die Hände wie zum Gebet vor der Brust verschränkt, drehte sich Vicente um.

Er trug eine Gasmaske.

Sich der überraschenden Wirkung seines Anblicks offenbar voll bewusst, nahm er langsam die Hände auseinander und hielt Francisco eine kleine Kugel aus durchsichtigem Glas entgegen. Der Behälter enthielt eine klare Flüssigkeit. Vicente deutete mit dem Kopf eine Bewegung an, als wolle er seinem erstaunten Partner einen Handkuss zupusten. Die Illusion war perfekt, als das an eine Weihnachtsbaumkugel erinnernde Ding unvermittelt anfing, durch die Luft zu schweben, erst langsam, dann schneller, ziemlich genau auf Francisco zu. Der war überrascht genug, um einfach nur reglos zuzusehen. Das Behältnis verfehlte nur knapp seinen Kopf und zersprang klirrend hinter ihm an der Wand. Seine Gedanken gerieten in Aufruhr. Was hatte das zu bedeuten? Die Kugel, ihr Schweben, die Atemschutzmaske ...

Durch den Luftfilter drang ein kleines, böses Lachen. »Ich bin zwar kein so guter Wellenreiter wie du, aber ein bisschen surfen kann ich auch.«

Plötzlich spürte Francisco ein Beißen wie von Salmiakgeist in der Nase. Um ihn herum begann sich alles zu drehen. Er taumelte gegen die Wand, riss Halt suchend die Arme hoch, registrierte verwundert, wie seine Knie weich wurden und unter dem Gewicht seines Körpers nachgaben. Dann wurde ihm schwarz vor Augen und er verlor die Besinnung.

Franciscos Bewusstsein kehrte ratenweise zurück, zuerst spürte er eine angenehme Wärme, die seinen Kopf umgab. Dann hörte er ein leises Klimpern – jemand zerrte an seinen Armen, dann an den Fußgelenken.

»So, das hält«, hörte er wie durch einen Vorhang jemanden sagen. *Vicente?* Jetzt schlug ihn dieser Jemand ins Gesicht und rief: »Komm, wach auf, Bruderherz. Du willst doch deine große Stunde nicht verschlafen.«

Francisco kämpfte gegen Brechreiz und Benommenheit. Seine Zunge schien kiloschwer zu sein, als er lallte: »W-was … was has' 'u ge'an?«

»Warst ein paar Minütchen narkotisiert. Ist leider nötig gewesen, weil ich nicht so vermessen bin, es mit deinen Kräften aufzunehmen. Eine angenehme Nebenwirkung des Betäubungsmittels ist übrigens die Konzentrationsschwäche, die du bemerken wirst, falls du versuchst mit mir dasselbe anzustellen, was ich gerade mit der Phiole getan habe.«

Endlich schlug Francisco die Augen auf. Am Rande seines Blickfeldes sah er verschwommen das Licht von Kerzen, die beiderseits seines Kopfes brannten – daher also die Wärme. Trotz oder vielleicht gerade wegen der Angst, die in ihm hochstieg, war überhaupt nicht daran zu denken, sich mental zu sammeln, geschweige denn auf die Kräfte des Multiversums einzuwirken. »W-was …?«

»Nicht überanstrengen, Bruderherz!« Über ihm erschien Vicentes Gesicht. Der Widerschein eines blauen Lichts ließ ihn kalt und krank aussehen. Seine Augen glänzten, als wäre nun vollends der Wahnsinn in ihnen eingezogen. Die Atemschutzmaske hatte der Archäologe wieder abgelegt. Dafür trug er nun ein Kopftuch wie ein altägyptischer Priester. Grinsend erklärte er: »Du fragst dich, warum ich dich mit den Handschellen an die Klammern gekettet habe, nicht wahr? Ganz einfach: Ich kenne doch deine Antipathie gegen heidnische Riten und wollte vermeiden, dass du mir wegläufst.«

»R-ri'en? W-was …?«

»Eins nach dem anderen«, fuhr Vicente seinem Opfer über den Mund. »Dein Glanz nimmt schnell zu. Wir sollten keine Zeit verlieren.«

Einem Einbalsamierer gleich, der seine neueste Mumie bewundert, glitt Vicentes' Hand über den gefesselten Körper, von der Stirn über den Mund und die Brust, bis … »Was haben wir denn da?«, fragte er überrascht, doch nicht ohne Häme, als er den Umschlag unter Franciscos T-Shirt ertastete. Vicente zog das Kuvert aus dem Hosenbund hervor, las den Absender und schmunzelte. Rasch zog er den Brief hervor und überflog die ersten Zeilen.

»Lieber Francisco … war ich in großer Sorge … Mein Erzeuger scheint ein noch größerer Schuft zu sein, als ich bisher dachte«, zitierte er bruchstückhaft den Text. »Wirklich rührend, wie sich meine Tochter um dich sorgt. Was sie da allerdings über mich schreibt – solche Verleumdungen hat sie sich in den vorherigen Briefen nicht herausgenommen. Jetzt ist mir die Szene heute Abend klar. Eigentlich sollte ich böse sein, dass mein eigen Fleisch und Blut mir in den Rücken fällt, aber was soll's?« Vicente ließ Umschlag und Brief achtlos zu Boden fallen. »Das spielt nun auch keine Rolle mehr. Fangen wir an.«

Mit weit aufgerissenen Augen verfolgte Francisco die Eröffnung des Rituals. Vicente hielt mit einem Mal jenes dünne, in schwarzes Leder gebundene Buch in der Hand, das ihm unter der eingestürzten Decke aus der Tasche gefallen war. Nun begann er daraus vorzulesen.

Schon nach den ersten Worten begriff Francisco, was er da hörte. Es waren Worte des Totenbuches, einer Sammlung von Sprüchen und Bildern, die das Fortleben im Jenseits sichern sollten. Doch die alten Ägypter hatten diesen magischen Text ihren Verstorbenen mit ins Grab gegeben. Warum verlas dieser Verrückte ihn hier und jetzt?

»... Gruß dir, Osiris, du Stier der Amenti!
Durch meinen Mund spricht
Der Ewigkeit Fürst, mächtiger Thot!
Ein Gott bin ich fürwahr, die Sonnenbarke begleitend,
Während sie das Himmelsgewölbe durchzieht.
Einer bin ich der großen Götter der Urzeit,
Welche am Tag des Worte-Abwägens
Osiris beistehn, ihm helfen den Feind zu bezwingen.
Nun leb ich, Osiris, in deiner Umfassung ...«

Francisco geriet in Panik. Die Worte des Totenbuches machten ihm Angst. Er ahnte, worauf dieses schaurige Spiel hinauslaufen würde. Als Vicente ihm in England über Ynis Witrin erzählt hatte, die »Gläserne Insel«, die besser unter dem Namen Avalon bekannt war, sprach er von einem Ort, an dem man zu einer »anderen Ebene der Existenz hinüberwechseln konnte«. Dieser Wechsel war, wie Francisco schon vermutete, nichts anderes als der *Tod!*

Aber wie hätte er denn ahnen sollen, dass Vicentes Gerede ernst gemeint war? Selbst an diesem Abend, als er Claras Brief erhalten hatte, war es noch nicht zu spät gewesen. Er hatte sich der merkwürdigen Bemerkung seines »Bruders« bei ihrer ersten Begegnung erinnert – *Ich schenke dir die Münze, damit du nie vergisst, wie man sich irren kann* – und das Warnzeichen ignoriert. *Wenn du nicht zuhörst, wirst du nie die ganze Wahrheit erfahren.* Auch diese von Vicente im Kloster fallen gelassene Bemerkung erschien Francisco nun wie eine zynische Verhöhnung. Wie oft hatte er sich geärgert, wenn die Menschen ihre inneren Stimmen nicht zum Schweigen bringen konnten und deshalb nie die Wahrheit hinter der vermeintlichen Wirklichkeit erkannten. Jetzt merkte er, wie sehr er selbst dieser Ignoranz verfallen war. Vielleicht war es doch noch nicht zu spät. Er musste Vicente, der sich immer mehr in Ekstase redete, aufhalten. Der anschwellende Singsang des selbst ernannten Priesters hatte offenbar gerade einen Höhepunkt erreicht. »Er wird lebend sein und existieren wie ein Gott …«

»*Vicente!*«, schrie der Gefesselte und zerrte erneut an seinen Hand- und Fußfesseln, bis der Schmerz ihm Einhalt gebot. Wenigstens gehorchte ihm seine Zunge wieder. »Vicente, wach auf!«

Tatsächlich hielt der Angerufene inne und sah, mit glasigem Blick, auf sein Opfer herab.

Francisco schöpfte neue Hoffnung. »Weißt du nicht, zu wessen Kind du dich machst, wenn du diese Worte mit neuem Leben erfüllst? Schon im Paradies hat sie der Teufel zu Eva gesprochen, als er sich listig hinter der Schlange verbarg: ›Ihr werdet bestimmt nicht sterben … und ihr werdet sein wie Gott.‹« Francisco hielt inne, wartete, ob sein beschwörendes Flehen schon irgendeine Wirkung zeigte. Als Vicente nichts tat und ihn nur weiter anstarrte, fuhr er ermutigt fort: »Christus nannte Satan den Vater der Lüge. Überleg doch! Wenn das Totenbuch die Täuschungen des Versuchers wiederholt, dann kann es nur ein *Lügen*buch sein. Was immer du dir von dieser Zeremonie erhoffst, es ist ein fataler Irrtum. Bind mich los, Vicente. *Bitte!*«

Für einen Moment glaubte er den Mann, der sich monatelang als sein Bruder ausgegeben hatte, zurückholen zu können. Vicente sah mit verklärtem Blick auf ihn herab, wirkte fast traurig und was er sagte, begann auch durchaus viel versprechend: »Du hast Recht, Francisco. Ich bin Wissenschaftler. Dieser Hokuspokus ist mit Sicherheit nur schmückendes Beiwerk.«

»Dann öffne bitte die Handschellen.«

Mit einem eiskalten Schauer verfolgte Francisco, wie sich der eben noch wehmütige Ausdruck auf Vicentes Gesicht in eine Grimasse des Irrsinns verwandelte. »Einen Teufel werde ich tun. Jetzt kommt doch erst der Höhepunkt!« Er lachte, dass es Francisco kalt den Rücken herunterlief, und bückte sich nach seiner Tasche, die neben dem Sarkophag am Boden lag.

Der Saphirdolch!, zuckte es dem Gefesselten durchs Hirn. *Er will mich abschlachten wie ein Lamm.* Mit aller Kraft rüttelte er an den drei Handschellen, die mit Karabinerhaken an den Ösen der Metallklammern befestigt waren – der rechte Arm hing drüben fest, der linke hüben, die Füße in einer einzigen Fessel am unteren Ende des schweren Sargdeckels –, aber alles Zerren nützte nichts. In Todesangst brüllte Francisco um sein Leben.

Auch Vicente schrie mit einem Mal, als hätte der Wahnsinn ihm nun restlos den Verstand geraubt. Sein Kopf fuhr hinter dem Basaltsarg auf. »Wo hast du ihn?«

»Wen?« Francisco ahnte, was der andere meinte. Er ließ sich seine Erleichterung jedoch nicht anmerken. *Du musst Zeit gewinnen, bis der Glanz abklingt!*, machte er sich klar. Der Höhepunkt des Strahlens war nicht einmal erreicht, andernfalls würde ihn Vicente kaum mit ungeschützten Augen ansehen können.

»Den *Brieföffner* natürlich!«, geiferte Vicente.

»Du meinst das Erbstück deines Vaters.«

»*Erbstück*?« Vicente lachte irr. »Meinst du, der alte Pedro Alvarez hätte mir das Stilett freiwillig überlassen? Ich hab's ihm *gestohlen!* Er hielt sich für den unfehlbaren Hüter des Gleichgewichts, der die drei Welten wieder vereinen würde. Mich hat er anfangs in das Wissen der Unsichtbaren Pyramide eingeweiht, weil ich ihm seinen Traum erfüllen sollte, aber in der Nacht, als du mit deinem vollkommenen Muttermal geboren wurdest, merkte er, dass ich nicht so funktionierte, wie er sich das erhofft hat. Dieser Narr hat mir darauf einige sehr hässliche Dinge gesagt, die mich sehr wütend machten.«

Ein grauenvoller Gedanke beschlich Francisco, aber dies war nun wirklich nicht der Zeitpunkt, Vicente darauf anzusprechen.

Er musste beruhigend auf ihn einwirken. »Die Worte, die uns am meisten wehtun, sind oft auch die größten Lügen. Du bist kein Ausschuss, Vicente, oder was immer der Provinziale behauptet haben mag. Du …« Er verstummte, weil plötzlich ein Zittern durch die Kammer des Wissens ging.

»Als hätte ich's nicht geahnt!«, zischte Vicente.

»Ein Erdbeben?«

Vicente kreischte vor Wut. »Erdbeben? Du bist wirklich noch dümmer, als mein Vater es war. Da dreht noch jemand anderer an den Schräubchen des Multiversums. Er will mich bestehlen. Aber das lasse ich nicht zu.« Vicente sprang ins Wasser und redete unablässig weiter. »Ich habe meine Zeit mit nutzlosem Geschwafel verplempert. Der Dolch ist mir bestimmt bei dem Schutthaufen aus der kaputten Tasche gerutscht. Ich muss ihn finden … Ihn finden …« Immer wieder dieselben Worte murmelnd, watete er durch das Bassin, stieg am anderen Ende wieder heraus und verschwand durch die Tür ins Labyrinth.

Erneut schrie Francisco und zog heftig an seinen Fesseln. Seine Hand- und Fußgelenke waren schon wund gescheuert, aber er konnte weder die Ketten sprengen noch die am Sarkdeckel befestigten Klammern lösen. Auch seine Gabe setzte er ein, aber die nützte ihm nicht viel. Er hatte damit bisher nur herumgespielt, hier und da ein wenig das Gleichgewicht von Gegenständen verschoben, aber wie sollte er auf diese Weise das Schloss der Handschellen aufbekommen? Unmöglich!

Erschöpft ließ er den Kopf auf den Sarkophag zurücksinken und zwang sich zur Ruhe. Das Nachdenken fiel ihm unendlich schwer. Aber er *musste* sich konzentrieren! Vermutlich würde das Betäubungsmittel seine Gabe noch eine ganze Weile blockieren. Wenn er Vicente nur irgendwie zur Besinnung bringen könnte!

Der Brief! Wie eine Vision stiegen Claras schöne geschwungene Buchstaben aus dem Dunkel seines benebelten Hirns auf. Sie hatte von »beängstigenden und zugleich beglückenden Neuigkeiten« geschrieben. Offenbar ging es um Vicente, aber dann war Francisco daran gehindert worden, ihre aufregende Mitteilung zu Ende zu lesen. Wo war der Brief jetzt? Vicente hatte ihn einfach fallen lassen. Francisco versuchte über den Rand des Sarkophags zu blicken, aber die Handfesseln hinderten ihn. Vielleicht konnte er …

Er nahm alle seine Kraft zusammen. Ein Briefbogen war schließlich nicht schwer. Im Geiste stellte er sich die Insel als schiefe Ebene vor, drehte Unten und Oben um und …

Plötzlich segelte das Papier durch die Kammer. In die verkehrte Richtung allerdings. Wieder ließ eine Erschütterung den Raum erbeben. Irgendwo brach ein Stück der Deckenverkleidung heraus und fiel platschend ins Bassin. Francisco standen Schweißperlen auf der Stirn, so sehr strengte ihn das Jonglieren mit dem federleichten Briefpapier an. Dennoch gelang es ihm, die Kräfte des Multiversums noch einmal umzulenken. Der Bogen glitt wieder auf ihn zu. Über seinem Gesicht ließ Francisco ihn verharren. Danach dauerte es dann noch einige quälend lange Augenblicke, bis er ihn so hingedreht hatte, dass Claras Schrift im Licht der Kerzen deutlich zu lesen war. Wo hatte er aufgehört?

… Und damit komme ich zu den für dich vielleicht beängstigenden und zugleich beglückenden Neuigkeiten. Vicente ist nicht der, für den er sich ausgeben mag. Auf alle Fälle ist er nicht dein Bruder. Der Guardian von La Rábida kannte meinen Vater schon als Kind und wusste, dass er der Sohn von Pedro Alvarez war. Doch Estefanía hatte ihre Jugendliebe, deinen Freund und Erzieher Pedro, zum Schweigen verpflichtet. Selbst nach ihrem Tod fühlte sich dein Mentor noch an sein ihr gegebenes Versprechen gebunden. Aber dann – du warst längst aus La Rábida fortgelaufen – kamen Verdachtsmomente auf, dass Vicente der Mörder seiner Eltern sein könnte. Aus Sorge um dich hat der Guardian das Geheimnis des Vicente Morales gelüftet.

Pedro hatte Estefanías Haus am Abend ihrer Ermordung aufgesucht und sie wie auch den Vater ihres Sohnes tot aufgefunden. Dabei sah er im Dunkeln eine Gestalt, wohlgemerkt, keine Verschwörergruppe, sondern nur *einen* Schemen, der ihn an Vicente erinnerte. Pedro weigerte sich jedoch, diesen Gedanken auszusprechen. Trotzdem benachrichtigte er anonym die Polizei von der Bluttat und begab sich anschließend nach La Rábida zurück, wo er dich im Schnee fand. Später hat Vicente, um sein Erbe antreten zu können, den Namen Alvarez angenommen und den Franziskanerorden mit einigen unanfechtbaren Dokumenten seines Vaters erpresst. Nur weil man die Kirche im Allgemeinen und das Andenken an Pedro Alvarez im Besonderen nicht beschmutzen wollte, gab man dem Ansuchen seines unehelichen Sohnes nach. Der Nachlass meines Großvaters konnte dem Orden und dem Heiligen Stuhl mehr schaden als nützen, weswegen man ihn Pedros unbequemen Sprössling samt einiger obskurer Dokumente fast erleichtert aushändigte.

Mit seiner Zeugenaussage hat der Guardian den Ermittlungsbehörden neue Beweise erschlossen, die meinen Vater als Doppelmörder entlarven. Wie ich erfuhr, soll gegen ihn ein internationaler Haftbefehl erlassen werden. Sosehr ich mich freue, dass nicht mehr der Fluch des Inzests unsere Liebe bedroht, sosehr bange ich um dein Leben, Francisco. Ich konnte meine Mutter dazu überreden, ihr Sparkonto zu plündern, um mir ein Flugticket nach Ägypten zu kaufen. Am Samstag, dem 16. Juli, treffe ich morgens in Kairo ein und hoffe dich wohlbehalten im Hotel Le Méridien Pyramids wiederzusehen. Es gibt so viel, das wir miteinander besprechen müssen. Und noch viel mehr, das ich mit dir erleben möchte.

In Liebe, deine Clara

Das Blatt taumelte träge zu Boden. Der Geist des Lenkers hatte es nicht länger halten können. Völlig erschöpft ließ er den Kopf zurücksinken und schloss die Augen.

Es waren nicht so sehr Claras Eröffnungen über Vicentes Bluttat, die Francisco die Kehle zuschnürten, ihn wie tot daliegen ließen – diese schreckliche Wahrheit hatte er bereits geahnt –, vielmehr quälten ihn ihre Abschiedsworte. Ja, Clara hatte ihm wirklich vergeben. Der zweite Teil ihres Briefes ließ keine Zweifel mehr an dem aufkommen, was er im Hotel kaum zu hoffen gewagt hatte. *Sie liebt mich! Sie hat viel mit mir zu besprechen, will »noch viel mehr« mit mir erleben. Aber morgen wird es zu spät dafür sein ...*

Der Sarkophag zitterte. Weitere Trümmerteile fielen ins Wasser. Insgeheim hoffte Francisco, eher von der Decke erschlagen, als von Vicente mit dem Kristalldolch erstochen zu werden. Der Tod war wohl ohnehin unabwendbar, aber was würde geschehen, wenn es dem wahnsinnigen Sprössling des Pedro Alvarez am Ende doch gelang, den archaischen Ritus zu vollziehen?

Wieder hallten die Worte des Gesichts aus der Blutquelle durch Franciscos Geist: *Nimm dich vor den Feinden in Acht, die das Gleichgewicht stören wollen!*

Hatte die Erscheinung, die sich Trevir nannte, nicht noch etwas anderes gesagt? *Halte dich bereit bis zur nächsten Welle!* Während Welle Nummer fünf war Francisco in China gewesen und hatte unter Vicentes Augen nach verborgenen Schrifttafeln gesucht, aber jetzt ...

»Francisco!«

Zuerst ertönten die Stimmen wie aus großer Ferne. Im tiefen Dröhnen des Bebens und im Prasseln herniederfallender Trümmer gingen sie fast unter. Aber dann hörte er sie ganz laut.

»Francisco!«

Er öffnete die Augen. »Wer ist da?«

»Ich bin's. Trevir. Dein Bruder aus Trimundus«, antwortete

jemand in einem sonderbaren, aber Francisco nicht ganz fremden englischen Dialekt und fügte rasch hinzu: »Außerdem ist da noch Topra von … Ich weiß nicht, wie seine Welt heißt. Ich dachte, du wärst tot.«

Die Stimme kam von links und als Francisco den Kopf dorthin drehte, bemerkte er ein Strahlen, das seinem eigenen Glanz ebenbürtig war, eine lichte Wolke, die sich über dem Wasser des Bassins auftürmte, fast so, als rollte sich eine Kinoleinwand aus, nein, es waren *zwei*, deren Kanten ineinander verschwammen. Der scheinbare Film wirkte unglaublich plastisch, seine Farben waren allerdings von miserabler Qualität, ganz blaustichig. Auf der einen Seite wurde ein Kriegsepos gezeigt, zumindest sah es so aus: Unscharf erkannte Francisco hinter der Person Trevirs einen großen Saal, der ihn an die Kuppelhalle von Saint Paul's Cathedral erinnerte und bebte. Trümmer stürzten herab, als stehe die Kirche unter heftigstem Artilleriebeschuss. In der Nähe war der Schemen einer Frau zu sehen, die dem Anschein nach neben einem aufgebarten Leichnam trauerte. Die zweite Leinwand glich eher einem Spiegel: Sie zeigte die *Kammer des Wissens!* Da, wo die Projektionsflächen aneinander stießen, hielten sich Franciscos Doppelgänger an den Händen. Sie trugen absurde Kostüme, Trevir einen mittelblauen Strampelanzug und Topra einen strahlend hellen Faltenrock.

Als Francisco endlich begriffen hatte, dass es kein bizarrer Traum war, der sich da vor seinen Augen abspielte, erklärte er: »Ich dachte erst, meine Sinne spielen wieder verrückt. Vicente will mir sein Stilett ins Herz stoßen. Vielleicht erschlägt mich vorher auch die Decke. Hier bebt alles.«

Trevir war von den beiden Erscheinungen wieder einmal die gesprächigere. Er führte das Wort und schien über Franciscos Lage ziemlich genau im Bilde zu sein. Weil er sich mit Topra, der ja Altägyptisch sprach, nicht verständigen konnte, bat er Francisco darum, zu dolmetschen. Für diesen wurde die Situation immer grotesker. Da lag er nun also auf einem schwarzen Sargdeckel, harrte der Rückkehr seines Mörders und sollte die Wartezeit mit Übersetzungsarbeiten überbrücken. Seine Vorbehalte wurden von Trevir indessen beängstigend schnell ausgeräumt. In dessen Welt – Trimundus – war bereits geschehen, was auf der Erde noch drohte. Daher also das Beben! Auf Anx – der dritten Welt im Bunde – hatte Topra mit Mühe einem Anschlag entgehen können. Es blieben nur noch wenige Minuten, um eine Katastrophe von multiverseller Dimension zu verhindern. Wie konnte man das bereits wankende Gleichgewicht der drei Welten wiederherstellen? Wer wusste eine Lösung? So lauteten Trevirs drängende Fragen an seine Brüder.

Topra behauptete, die Antwort stehe an einer Wand in der Kammer des Wissens. Er habe allerdings ein Problem, sie zu lesen. Francisco ging es ähnlich, gleichwohl aus anderen Gründen. Aus den zahlreichen Rissen, die sich in der Decke gebildet hatten, rieselte feiner Staub, und der machte es ihm unmöglich, die Inschrift an der von Topra bezeichneten Stelle zu erkennen. In Franciscos Kopf drehte sich alles. Ihm wurde schlecht.

»Dann steh auf und geh näher ran!«, forderte Trevir erbarmungslos.

Francisco hätte am liebsten laut gelacht. Der Junge hatte wirklich Humor! Sah er nicht, dass sein irdischer Bruder an einen Sarkophag gekettet war? Natürlich konnte er es sehen, aber scheinbar beherrschte er auf Trimundus irgendwelche Entfesselungskünste, die Francisco unbekannt waren. Wie um Himmels willen sollte er seine Handschellen *versetzen*? So ein Unsinn! Francisco gab sich zwar alle Mühe, aber es funktionierte nicht. »Ich kann das nicht!«, klagte er.

»Warte!«, sagte Trevir und nachdem er – ohne die Beine zu bewegen – vom Wasserbassin zum Fußende des Sarkophags geschwebt war, tat er etwas Unglaubliches. In der Weise, wie er sich an der Nahtstelle der beiden »Kinoleinwände« schon mit Topra berührte, suchte er nun Kontakt zu Francisco. Der hatte das Kinn auf die Brust gepresst, um Trevirs Hand nicht aus den Augen zu verlieren. Sie näherte sich den Füßen des Gefesselten und ihr Blau verwandelte sich unvermittelt in natürliche Farben. In dem Moment, als Trevirs Finger die zur Fußkette umfunktionierte Handschelle berührten, löste sie sich auf. Danach schwebte die lichte Wolke mit den beiden Brüdern schnell um den Sarg herum und der trimundische Drilling entfernte auch die restlichen Handschellen. Ächzend setzte sich Francisco auf und spähte ungläubig über den Rand des Sargdeckels, wo seine Fessel an der Metallklammer baumelte – ungeöffnet.

»Wie hast du das gemacht?«

Trevirs Antwort klang ungeduldig. »Mit der Gabe, die wir alle empfangen haben, obwohl wir sie offenbar unterschiedlich nutzen. Doch nun steig schnell von dem Altar, Francisco, und geh zur Inschrift. Lies sie uns vor!«

Die Nachwirkungen der Betäubung steckten Francisco noch immer in den Gliedern, aber er biss die Zähne zusammen und kämpfte sich durch das Becken in die von Topra gezeigte Richtung. Das Wasser reichte ihm bis über die viel zu weichen Knie. Immer wieder entstanden neue Risse in den Wand- und Deckenverkleidungen. Zeitweilig rieselten die Granitsplitter wie Hagelkörner herab. Als eine heftige Erschütterung die Kammer durchrüttelte, verlor Francisco das Gleichgewicht und fiel platschend der Länge nach hin. Hektisch und nun pitschnass kämpfte er sich wieder auf die Beine, taumelte weiter voran, rollte sich über die Kante hinweg aus dem Becken, kroch bis zur Kammerwand und zog sich daran hoch. Der fragliche Abschnitt der Hieroglypheninschrift müsste schnell zu finden sein. Die Namenskartusche des Imhotep und ein Fragment des Emblems der Unsichtbaren Pyramide wiesen ihm den Weg.

»Hier!«, sagte Francisco und deutete auf die Erkennungsmerkmale. Trevir wirkte einen Moment irritiert, musste sogar einem herabstürzenden Deckenteil ausweichen. Was tat er da?

Redete er mit einer … *Fledermaus*? Endlich war der trimundische Drilling wieder bei der Sache.

»Was besagt die Inschrift, die das Symbol umgibt?«

»Warte!« Francisco ließ seine Augen über die Hieroglyphen wandern.

Trevir drängelte: »Wir haben keine Zeit mehr, Bruder! Hier …«

Francisco gebot ihm zu schweigen, er brauche mehr Zeit. Mit den Fingerspitzen folgte er den Spalten, die sich ihm Zeichen für Zeichen erschlossen. Mit jeder Hieroglyphe, die er entzifferte, wurde er aufgeregter. Ohne es zu merken, nickte er immer stärker. *Unglaublich! Jetzt ist mir klar, was Vicente im Schilde führt. Und wie wir die Katastrophe abwenden können …* Franciscos Gedanken verklumpten zu leisem Gemurmel. »Ja, ich glaube, jetzt hab ich's.«

»Und? Was steht da?«, meldete sich sofort wieder Trevir zu Wort.

Zuversichtlicher als noch vor ein paar Minuten wandte sich der Gefragte zu seinen blauen Brüdern um. Plötzlich tauchte am Rande seines Gesichtskreises ein Schemen auf. Francisco spürte einen harten Schlag am Hinterkopf, er glaubte, sein Schädel würde vor Schmerz explodieren. Eine dunkle Woge der Übelkeit rollte aus den Tiefen seines Körpers herauf, schien brennend heiß aus seinen Ohren zu quellen und überschwemmte gleich danach sein Bewusstsein.

Erneut umfing Finsternis Franciscos Geist.

Der stechende Gestank von Ammoniak zerrte Francisco aus der Ohnmacht. Angewidert drehte er den Kopf zur Seite, um dem Riechsalz zu entkommen. Sofort war wieder alles da: das Zittern der Kammer, die niederprasselnden Deckenteile, der Widerschein seines eigenen Glanzes, die Handschellen, das vom Wahnsinn verzerrte Gesicht Vicentes – jetzt trug er eine dunkle Sonnenbrille – und die Erinnerung.

»Wird auch Zeit«, krächzte der Archäologe. An seiner Stirn hatte er eine blutige Schramme. Die Suche nach dem Dolch im bebenden Labyrinth war nicht spurlos an ihm vorübergegangen.

Francisco glaubte, eiserne Krallen würden an seinem Schädel zerren, um ihn zu zerreißen. Er konnte nur wenige Sekunden besinnungslos gewesen sein. »Du … *Aaaah*!« Der Schmerz drohte ihm erneut die Besinnung zu rauben. Schnell hielt ihm Vicente wieder das Riechsalz unter die Nase. Als Francisco dem beißenden Geruch auswich, fiel sein verschwommener Blick auf eine blaue Wolke, die unweit des Sarkophags über dem Wasser schwebte.

Vicente kicherte. »Wir haben sie vertrieben. Deine Fesseln musste ich dir übrigens leider wieder anlegen, weil …« Seine Rechte erhob sich über den Rand des Basaltsarges. Ein blaues Funkeln lag darin.

Der Kristalldolch! »Warte!«, stieß Francisco hervor. »Wenn du mich mit dem Ding tötest, wird das Multiversum zerstört. Wir müssen sofort …«

»Schweig! Du redest schon wie mein seniler Vater«, schnitt ihm Vicente das Wort ab und äffte verächtlich den Provinzialen nach. »›Ich habe erkannt, mein armer Sohn, dass es nie ein stabiles Gleichgewicht zwischen dem Schwachen und dem Starken geben kann. Deshalb muss ich mich mutig über die Regeln der Bruderschaft hinwegsetzen und ein Kind der drei Welten finden. Nur so kann ich sie bei der nächsten großen Annäherung für immer miteinander vereinen. Ich hätte mir gewünscht, du wärest der Auserwählte, Vicente. Leider bist du nur der Ausschuss meiner Tollkühnheit.‹« Vicente warf den Kopf in den Nacken und lachte irre. »Als *Ausschuss* hat er mich bezeichnet, kannst du dir das vorstellen? Und Mutter verkaufte sich an ihn wie eine Hure, um die Schlacke seiner Aufgeblasenheit abzusondern: *Mich!* Aber jetzt wird alles anders. Der menschliche Bodensatz soll geläutert werden. Dazu bedarf es nicht viel. Genau genommen nur eines einzigen Stichs am rechten Ort zur rechten Zeit.« Vicente nahm den Dolch in beide Hände und hob die Arme.

»Nicht!«, schrie Francisco und zerrte vergeblich an den Fesseln. Wo waren Trevir und Topra geblieben? Verzweifelt sah er sich nach der blauen Wolke um, die über dem Wasser schwebte. Die Kuppelhalle und das Ebenbild der Kammer waren bestenfalls zu erahnen. Hier wie dort konnte er undeutliche Schemen ausmachen, aber nur die beiden Gestalten seiner Brüder waren wirklich zu erkennen. Nein, da trat noch eine *dritte* Person hinzu. Sie war …

»Göttlicher Imhotep, bewahre mich vor deinem Fluch, aber segne die Tat, die nun vollbracht werden muss.«

Vicentes wie in Trance hervorgestoßene Worte ließen Franciscos Kopf abermals zur Seite rucken. Entsetzt starrte er auf das Funkeln des Kristalldolches, der im Glanz des Opfers nicht mehr blau, sondern *weiß* erschien. Francisco kniff die Augen zusammen. Jeden Moment erwartete er den tödlichen Stich.

Ein Schmerzensschrei gellte durch die Kammer des Wissens.

Der Kehle des Opfers war der Laut *nicht* entflohen. Er stammte von dem aberwitzigen Priester, dessen Hände, wie Francisco nach Öffnen der Lider überrascht feststellte, noch immer hoch erhoben waren, jetzt aber von gewaltigen Pranken festgehalten wurden. Neben Vicente stand jetzt nämlich in Fleisch und Blut jene dritte Person, die eben an die Seite Topras getreten war. Dessen bronzefarbene Hand hielt den unverhofften Besucher am Bund seines Wickelrockes fest, fast so, als habe sie ihn von Anx auf den irdischen Schauplatz geführt. Es war ein bärtiger Riese von ungefähr zwei Meter zwanzig und schwarz wie die Nacht.

Vicentes Hände knallten neben Franciscos Gesicht auf die Basaltplatte und der blaue Dolch klimperte über den dunklen Stein. Sofort wurden die Arme des Archäologen wieder hochgerissen und der Hüne packte ihn im Schritt, stemmte ihn über den Kopf hoch und schleuderte ihn ins Becken. »Jetzt lass mich endlich los, Topra!«, beschwerte sich der Muskelberg auf Altägyptisch und sprang, kaum dass er frei war, dem sich gerade wieder aufraffenden Gegner hinterher. Noch während er durch die Luft flog, zog er wie ein Furcht einflößender Racheengel seinen breiten Rundsäbel und holte aus.

»Töte ihn nicht!«, schrie Francisco.

In der Aufregung hatte er sich seiner Muttersprache bedient und sah schon, wie Vicente seinen Kopf verlor, aber es war nur ein dumpfer Laut zu vernehmen, als die flache Seite des Schwertes seine Schläfe traf, gefolgt von dem Platschen des schlaff ins Wasser fallenden Körpers. Der wie aus dem Nichts erschienene Retter blickte wachsam, mit erhobenem Säbel auf seinen Gegner herab, der aber dümpelte nur noch reglos im Becken auf und ab.

Obwohl Francisco allen Grund gehabt hätte, von einer glücklichen Wendung zu sprechen, mochte er doch nicht mit ansehen, wie der Mann, den er mehr als zwei Jahre lang als seinen großen Bruder angesehen hatte, langsam ertrank. Deshalb rief er dem Riesen auf Altägyptisch zu: »Bitte hol ihn raus!«

Der Hüne packte Vicente am Gürtel, hob ihn hoch, trug ihn zur Insel und ließ ihn neben dem Sarkophag wie einen nassen Sack fallen.

»Danke«, sagte Francisco.

»Halt still«, forderte ihn sein Retter auf. Er hatte sich breitbeinig am Fußende des Sarkophags aufgebaut und holte mit seinem enormen Säbel aus.

Francisco kniff die Augen zu und hörte nur ein lautes Knacken, dann waren seine Fußfesseln durchtrennt. Die gleiche Prozedur wiederholte sich an seinen beiden Handgelenken. Nun erst wagte er den Riesen nach seinem Namen zu fragen.

»Ich bin Hobnaj von Meroe, der Leibwächter des Pharaos von Baqat«, antwortete der.

»Des Pharaos?«

»Topra.«

»Er ist …?«

»Ein Nubier, der seine Wünsche manchmal für die Wirklichkeit hält«, mischte sich Topra ein. Die Wolke schwebte um den Sarkophag herum und Francisco sah wieder die Hand seines Drillings aus dem Blau herausragen; die Fingerspitzen winkten fordernd. »Komm bitte zurück, Hobnaj!«

Nun meldete sich auch Trevir wieder zu Wort, der die Rettungsaktion mit stillem Bangen verfolgt hatte. »Hier versinkt gleich alles im Chaos. Francisco, du musst uns sagen, wie die Worte der Inschrift lauten!«

Die Inschrift! Francisco hätte sie fast vergessen. Er ließ sich von dem Riesen auf die Beine helfen.

»Bitte, Hobnaj!«, flehte Topra. »Ich weiß nicht, wie lange ich den Übergang noch offen halten kann.«

»Schaffst du es alleine?«, fragte der Nubier, während er seinen Säbel in die Scheide zurücksteckte.

Francisco nickte. »Wird schon gehen.« Er versuchte einen ersten Schritt, aber da erschütterte ein weiteres Beben die Kammer und seine Beine gaben unter ihm nach. Zum Glück fing ihn Hobnaj auf.

»So wird das nichts«, brummte der Riese und rief über die Schulter zur Wolke: »Erst muss ich euren Bruder zu den Hieroglyphen bringen.«

Er sprang mit seiner Last so leichtfüßig ins Wasser, als trüge er nur eine große Stoffpuppe. Schnell hatte er das Bassin durchquert und auf der anderen Seite wieder verlassen. Vor der Inschrift drehte er sich so, dass Francisco die Hieroglyphen gut sehen konnte, und sagte aufmunternd: »Lies rasch vor, mein Junge. Ich helfe dir.«

Als Francisco erneut die Inschrift entzifferte, fiel es ihm wesentlich leichter als beim ersten Mal. Weil die Hieroglyphen nur Konsonanten repräsentierten, also grundsätzlich ohne

Selbstlaute auskamen, musste Hobnaj die Aussprache mancher Worte korrigieren, aber gemeinsam hatten sie den Text rasch enträtselt und Francisco konnte für Trevir die englische Übersetzung vorlesen.

»Imhotep, Oberster Getreideschreiber des göttlichen Pharao Djoser, Hohepriester des Re, Vorsteher der Ibis-Priesterschaft und der Gefolgschaft des Horus, Empfänger des göttlichen Buches der Weisheiten, Oberster Königlicher Schädelbohrer ...«

»Können wir das nicht überspringen?«, unterbrach Trevir aufgeregt.

»Ja, entschuldige«, sagte Francisco und suchte schon nach der Stelle, wo der mit so vielen Titeln ausstaffierte Hohepriester endlich zur Sache kam.

»Drei sind der Flüche für den Toren und drei der Segenssprüche für den Weisen:

Verflucht sei jeder, der die Himmel verhöhnt. Fluch über den, der einen Brunnen vergiftet oder die Wasser des Nils verdirbt. Doch alle Flüche sollen den Mann treffen, der seine Macht zu mehren sucht, indem er das blaue Licht des Himmels einsperrt, um der Welten Lauf zu unterbrechen.

Gesegnet wird sein, wer sich in die göttliche Ordnung fügt. Segen auch dem, der seinen Nächsten achtet und ihn liebt. Doch aller Segen wird auf dem Mann liegen, der die Fesseln sprengt, die der Welten Lauf unterbrechen.«

»Das ist alles?«, fragte Trevir entsetzt, nachdem Francisco verstummt war.

»Die Kammer des Wissens ist voll von diesem Zeugs. Vielleicht gibt es irgendwo noch einen Kommentar, der diese Flüche und Segnungen erläutert, aber ich fürchte …«

»Wir sind verloren.«

Francisco brummte der Schädel, aber er wollte sich nicht in das scheinbar Unabwendbare fügen. Vicente hatte ihm einmal etwas über die Zerbrechlichkeit des Universums erzählt: Nichts sei, wie es scheine; nichts bleibe, wie es sei – alles ändere sich … Ein stechender Schmerz im Kopf drohte Francisco erneut die Besinnung zu rauben. Er fühlte sich beileibe nicht dazu in der Lage, Probleme zu lösen, von denen der Lauf der Welt abhing … Plötzlich entsann er sich einer reichlich merkwürdigen Bemerkung, die Trevir zuvor hatte fallen lassen. »Warte mal, sagtest du vorhin nicht, jemand habe in deiner Welt ›einen mobilen Schwingungsknoten des Triversums‹ getötet?«

»Ja doch. Molog war das.«

»Dieser ›mobile Schwingungsknoten‹ ist, wenn ich dich richtig verstehe, jemand von unserer Art gewesen, dieser Wulf-ich-weiß-nicht-wie.«

»Wulfweardsweorth. Ja, er konnte wie wir die Kräfte des Triversums lenken, bis eine blaue Kristallklinge ihn tötete. Da hinter mir liegt er.« Trevir deutete mit dem Daumen über die Schulter zum Altar.

»Zur rechten Zeit am rechten Ort«, murmelte Francisco und hielt sich den schmerzenden Kopf. Es kam ihm so vor, als würden seine Gedanken knirschen, wie ein Getriebe voller Sand.

»Wenn dir etwas eingefallen ist, dann spuck es aus«, drängelte Trevir. Neben ihn trat ein hellhaariges Mädchen, das sich ängstlich an ihn schmiegte und sich ständig nach herabfallenden Trümmern umsah.

»Gibt es auch immobile Schwingungsknoten?«

»Natürlich. Ich stehe hier an einem. Du und Topra befindet euch vermutlich an ähnlichen Orten.«

»Das ist es!«, triumphierte Francisco. »In allen drei Welten hatte sich jemand gefunden, der in den ›Lauf der Welten‹ eingreifen wollte, um ›seine Macht zu mehren‹, wie Imhotep es ausdrückte. Aber sie haben nicht zusammen-, sondern gegeneinander gearbeitet. Deshalb wurde das Gleichgewicht gestört.«

»Mit eingesperrtem Himmelslicht?«, argwöhnte Trevir.

»Das ist die blumige Sprache der Ägypter. Du könntest ebenso gut ›Saphirdolch‹ sagen, vermutlich auch etwas anderes benutzen, in dem blaues Licht gebändigt wird.«

»Und wie, bitte schön, sollen wir die ›Fesseln sprengen‹, die Molog den drei Welten angelegt hat?«

Ein schreckliches Krachen hallte aus Trimundus herüber. Francisco krallte sich an Hobnaj fest. Trevir und das Mädchen an seiner Seite verschwanden in einer Wolke aus Staub. Der Nubier und sein Schützling lauschten. Francisco rechnete mit dem Schlimmsten, doch obwohl auch die Kammer des Wissens immer heftiger schwankte, die Decke nun sogar Wellen schlug wie flüssige Gallertmasse, brach die Erde doch noch nicht entzwei. Endlich tauchten die Schemen von Trevir und seiner Begleiterin wieder in dem gleißenden Licht auf.

»Ich dachte schon, alles wäre vorbei«, keuchte Francisco.

»Das wird es auch gleich sein.«

»Warte, Trevir! Wie hat dieser Molog den lebenden und den unbeweglichen Schwingungsknoten – entschuldige, aber mir fällt gerade kein besseres Wort dafür ein – *zusammengenagelt*?«

»Indem er Wulf genau an einem Angelpunkt des Triversums umbrachte – jetzt verlang bitte nicht von mir, ich soll ihn von den Toten auferwecken.«

»Das ist es! Als das Leben ihn verließ, wurde er eins mit dem Schwerpunkt. Du musst ihn von dort fortschaffen! So schnell wie möglich!«

»Wen? Wulf?«

»Ja doch, Trevir! Ihr seid zu zweit. Schleppt ihn sofort weg, je weiter, desto besser.«

Wieder erbebte Saint Dryden's Temple und diesmal pflanzte sich die Erschütterung bis nach Anx und auf die Erde fort. Hier wie dort schien die Kammer des Wissens sich wie unter Schmerzen aufzubäumen. Läge sie nicht in massivem Fels, wäre sie vermutlich längst zusammengestürzt.

»Dafür bleibt keine Zeit mehr«, keuchte Trevir. »Ich habe eine bessere Idee.«

Francisco, Topra und noch einige andere in den drei Welten sahen, wie das Oberhaupt des Dreierbunds mit ausgestrecktem Arm auf den Altartisch zurannte. Gleichzeitig fühlten die Drillinge ein Ziehen, als würden sie jeden Augenblick mitten entzweigerissen. Das Triversum, Multiversum, Drillingsuniversum oder wie immer die drei umeinander schwingenden Welten je genannt wurden, konnte den an ihnen zerrenden Kräften nicht länger standhalten. Trevir sprang mit vorgereckter Hand auf den Leichnam zu.

Plötzlich war Wulf verschwunden.

Trevir landete hart und schrie vor Schmerzen auf, als seine Brustwunde auf dem Altartisch aufschlug. Sogleich war das Mädchen wieder bei ihm und half ihm auf die Beine. Unterdessen spürten Francisco und Topra bereits die Veränderung. Das Beben wurde zu einem Zittern und schließlich erstarb auch das.

»Er hat es geschafft!«, keuchte Topra. Auch an seiner Seite standen jetzt zwei Frauen, eine ältere und eine unbeschreiblich schöne mit langem dunklem Haar, die eigentlich noch ein Mädchen war.

Francisco nickte und weil das blaue Glühen der Wolke schon schwächer wurde, sprach er unwillkürlich hastiger. »Trevir, wie hast du das gemacht?«

Der Gefragte drückte seine Frau an sich und antwortete erleichtert: »Ich war mal Gehilfe bei einem Zauberer und habe Siegelringe in verkorkte Flaschen und dampfende Pferdeäpfel befördert.«

»Wie bitte? Ich fürchte, ich verstehe immer noch nicht …«

»Na, überlegt doch mal, was ich vorhin mit deinen Fesseln angestellt habe! Wulfs Leichnam war etwas größer als sie und die

Entfernung weiter, aber es ist dasselbe Prinzip: Ich habe ihn versetzt.«

Francisco lachte. »Fängst du schon wieder damit an?«

»Ganz im Gegenteil. Jetzt kann ich getrost damit aufhören. Die sechste Welle hat mich beflügelt oder vielmehr, sie hat's mit Wulf getan. Seine sterblichen Überreste müssten jetzt in einer Höhle östlich von Londinor liegen. Orriks Vettern und Basen wachen nun über ihn.«

»Orrik?«

»Ja, mein Navigator.« Der Hüter streckte seinen Arm aus und ein kleiner dunkler Schatten flatterte herbei. Im nächsten Moment hing er kopfunter an Trevirs Zeigefinger. »Darf ich vorstellen: *Orrik*.«

Francisco schüttelte den Kopf. »Eine Fledermaus! Du hast wirklich seltsame Freunde.«

»Das sage ich auch immer zu ihm«, meldete sich zum ersten Mal das Mädchen an Trevirs Seite zu Wort. Er fügte auf sie deutend hinzu: »Darf ich des Weiteren vorstellen: Dwina, meine Frau.«

Ein Gefühl der Wehmut stieg in Francisco auf. Er musste an Clara denken. Sich an Topra und das wunderschöne dunkelhaarige Mädchen bei ihm wendend fragte er: »Gehört ihr auch schon zueinander?«

»Das will ich doch wohl hoffen«, bemerkte streng die ältere Dame an Topras Seite. Er legte seinen Arm um sie, wodurch er nun beide Frauen hielt. »Das ist Wira, die meiner Mutter bis zu deren Tod eine treue Freundin war. Sie hat mir … nein, irgendwie hat sie uns *drei* auf die Welt verholfen – nachher wurden wir dann … *getrennt* und auf das Drillingsuniversum verteilt. Wira wird bald meine Schwiegermutter sein, wenn Inukith und ich Hochzeit feiern.«

Diese Mitteilung schien für das dunkelhaarige Mädchen eine Überraschung zu sein, denn sie riss Augen und Mund auf, fiel Topra um den Hals und küsste ihn auf den Mund.

Gleich darauf löste sich der zukünftige Ehemann wieder aus ihrer Umklammerung. Irgendetwas schien ihn zu beunruhigen. Den Arm von Wiras Schulter nehmend und ihn nach dem Nubier ausstreckend, rief er: »Beim großen Schöpfer! Das darf nicht wahr sein.« Er trat einen Schritt vor und schüttelte verzweifelt den Kopf.

»Was ist?«, fragte Francisco.

»Meine Hand – ich kann Hobnaj nicht mehr erreichen. Offenbar streben die drei Welten schon wieder auseinander.«

»Aber dein Freund ...« Francisco sah besorgt in das Gesicht des Nubiers.

Dessen Blick lag wie versteinert auf der allmählich verblassenden Wolke. Er wirkte erstaunlich gefasst, als er sich endlich Francisco zuwandte. »Wie es aussieht, werde ich wohl in deiner Welt bleiben müssen.«

»Hobnaj! Das habe ich nicht gewollt!« Obwohl Topra augenscheinlich lauthals klagte, war seine Stimme auffallend leise. Die Verzweiflung stand ihm ins Gesicht geschrieben. Auch Wira und Inukith sahen betroffen aus.

Der Nubier dagegen brachte es sogar noch fertig, seine Gefährten zu trösten. »Grämt euch nicht. Erst vor ein paar Stunden sagte mir Topra, welcher Reichtum in der Vielfalt stecke. Wenn die Menschen ihre Unterschiedlichkeit nicht mehr als einen Makel empfänden, der zu bekämpfen sei, könnten die drei Welten auch wieder zueinander finden. Ich habe dem zukünftigen Pharao von Baqat angeboten, als sein Botschafter für diese Mission zu dienen. Jetzt kann ich diese Mannigfaltigkeit gründlicher erforschen, als es vielleicht je wieder ein Bewohner von Anx wird tun können. Ich trete den Posten als Botschafter in einer anderen Welt gerne an, Hoheit.«

»Untersteh dich, mich so zu nennen«, schluchzte Topra. Seine Stimme klang schon wie aus weiter Ferne. Er konnte die Tränen nicht länger zurückhalten.

Und weil das blaue Leuchten nur noch ganz schwach war, rief

er eilig: »Lebe wohl, mein Freund! Pass gut auf deinen neuen Schützling auf.«

Francisco tätschelte dem Riesen tröstend den Rücken, während der, sichtlich gerührt, erwiderte: »Das werde ich, bei meinem Leben. Du und Inukith, werdet glücklich miteinander. Ihr seid die Zukunft von Baqat und von Anx. Und gebt mir auf Wira Acht. Sie ist mir immer eine treue Freundin gewesen.«

Die Schemen in dem blauen Nebel waren kaum noch zu erkennen. »Trevir!«, rief Francisco, weil er fürchtete, sein trimundischer Bruder könnte ohne Abschied gegangen sein.

Die Antwort kam zwar leise, aber prompt. »Hier sind wir, Francisco.«

»Ich danke dir, Trevir. Du hast das Multiversum gerettet.«

Ein befreites Lachen hallte wie durch einen langen Tunnel in die Kammer des Wissens. »*Ich*? Wir Hüter des Gleichgewichts haben es *gemeinsam* getan, wie mein Lehrmeister immer sagte: ›Nur wenn sie in der Not zusammenfinden und zusammen wirken, können sie ihre Aufgabe erfüllen.‹ Tragen wir diese Botschaft zu unseren Mitmenschen, Francisco und Topra. Wir dürfen uns nie von dem Gedanken beherrschen lassen, *über* ihnen zu stehen, aus welcher Welt auch immer sie stammen. Molog wollte unsere Unterschiedlichkeit austilgen, um sich alles zu unterwerfen, aber dadurch hätte er nur die Stärke, die aus der Vielfalt erwächst, durch eine äußerst zerbrechliche Schwäche ersetzt. Lasst uns die Unsichtbare Pyramide neu errichten, Brüder, damit sich unsere Völker bei der nächsten großen Welle in Frieden begegnen, ohne fürchten zu müssen, sich und ihre Einzigartigkeit dabei aufzugeben.«

»Das wollen wir tun!«, bekräftigte Francisco, wenngleich ihm Zweifel kamen, ob sie diese Absicht nach der Trennung der drei Welten überhaupt verwirklichen konnten. Rasch übersetzte er den Vorsatz für seinen Bruder im schwindenden Anx. Noch einmal riefen sich die Drillinge ein Lebewohl zu. Dann verschwand die lichte Erscheinung.

Auch Franciscos Strahlen hatte merklich abgenommen. Obwohl die Kammer nicht mehr bebte, rieselte immer noch hier und da Staub von der Decke. »Wir sollten schleunigst hier verschwinden, sonst werden wir am Ende doch noch lebendig begraben«, sagte er zu dem Nubier.

Hobnaj ging in die Knie. »Steige auf meinen Rücken. Ich werde dich tragen.«

Der Gedanke, sich wie ein kleines Kind vom großen Onkel herumschleppen zu lassen, war ein wenig gewöhnungsbedürftig, aber andererseits fühlte sich Francisco viel zu schwach und zu müde, um das Angebot auszuschlagen. Gerade wollte er seine Arme um Hobnajs Hals legen, als von der Insel plötzlich eine gehässige Stimme erklang.

»Wollt euch aus dem Staub machen und mich hier alleine zurücklassen, was? Denkt, alles wäre vorüber, wie? Glaubt, ihr hättet gewonnen und Vicente verloren.«

Erschrocken fuhren die zwei zum Sarkophag herum, auf dem der Archäologe wie ein absurdes Standbild thronte. Er hielt den blauen Kristalldolch in der Hand. Mehr denn je war sein Gesicht eine Fratze des Wahnsinns. In seinen Augen funkelte ein bedrohliches Licht. Hobnaj zückte blitzschnell seinen Säbel und stellte sich schützend vor Francisco.

Letzterer rief: »Gib auf, Vicente! Die sechste Welle ist so gut wie vorbei. Du kannst nicht mehr gewinnen.«

»Du meinst, weil ich Ausschuss bin? Weil ich sowieso nichts zustande bringe? Das wollen wir doch mal sehen. Wenn du mir als Opfer für die Welteneinigung nicht zur Verfügung stehst, dann müssen wir eben mit der zweiten Besetzung auskommen. Ich bin der Phönix, der die Mächte des Multiversums beherrscht und aus der eigenen Asche wiederauferstehen wird!«

Schreckensbleich sah Francisco, wie sich Vicente den blauen Dolch an die Brust setzte, und konnte gerade noch schreien: »Tu es nicht! Wir können alles …«

Vicente stach zu. Sein Brustkorb ruckte nach vorn, die Augen wurden starr, blickten trotzdem noch einmal aus einem diabolisch grinsenden Gesicht zu den entsetzten Männern am Beckenrand. Doch zum Erstaunen Franciscos und Hobnajs fiel der Selbstmörder nicht etwa zu Boden. Stattdessen fing er an sich zu drehen. Es sah aus, als habe ein Wirbelsturm ihn gepackt, aber kein Lüftchen wehte durch die Kammer. Der Besinnungslose rotierte immer schneller und hob dabei von der Insel ab. Kurz darauf wurde auch die Sargplatte mit nach oben gerissen und beide kreisten unter der Decke. Sogar der Sarkophag begann sich schwerfällig zu drehen.

Dann erstarb der unheimliche Todestanz ebenso überraschend, wie er begonnen hatte. Vicentes Körper stürzte geradewegs in den offenen Sarg und – Francisco wusste sofort, das würde ihm später niemand glauben – der Deckel fiel polternd auf den Sarkophag zurück.

»Wer war das?«, keuchte Hobnaj.

Francisco konnte den Blick nicht von dem Deckel lösen, der nahezu bündig auf den rechteckigen Basaltkasten gefallen war. Nur mühsam fand er zu Worten zurück. »Er selbst hätte vermutlich geantwortet, er sei nur Ausschuss. Aber für mich war er ein Bruder. Irgendwie.«

Unvermittelt segelte etwas an seinem Gesicht vorbei.

Hobnaj griff den Papierbogen aus der Luft, warf einen kurzen Blick darauf und reichte ihn seinem Schützling. »Kannst du das lesen?«

Francisco nahm Claras Brief entgegen und faltete ihn liebevoll zusammen. *Es gibt so viel, das wir miteinander besprechen müssen. Und noch viel mehr, das ich mit dir erleben möchte.* Er lächelte. »Ja, und ich werde es noch oft tun – obwohl ich seinen Inhalt schon kenne.«

Mühelos trug der Nubier Francisco huckepack durch die Tunnel. Überall im Labyrinth waren die Spuren des Bebens zu sehen. Es bereitete Hobnaj keine Schwierigkeiten, nebenbei auch noch zu reden. Er sprach von Topra und dessen Mutter, der Blume vom Nil.

»Ich habe Gisa verehrt. Nein, ich habe sie geliebt, obwohl ich für sie nur ein guter Freund war. Als ich Topra im Laderaum des Schiffes versteckte, um ihn vor Pharao Isfets Geheimpolizei in Sicherheit zu bringen, brach mir das Herz. Nichts gegen den wackeren Jobax, aber ich wäre viel lieber selbst der Ziehvater von Gisas Sohn geworden.«

»Ich habe keinen Vater«, sagte Francisco und es klang ein wenig traurig.

»Tatsächlich?«

»Abgesehen von Pedro natürlich.«

»Hat er dich aufgezogen?«

»Ja, er ist ein Mönch.«

»Oh! Dann bist du ein heiliger Mann.«

Francisco musste unweigerlich schmunzeln. »Nicht so sonderlich, aber es gibt eine Menge Leute, die das glauben. Hobnaj?«

»Ja, Francisco?«

»Topra und ich sind uns sehr ähnlich, zumindest äußerlich ...«

»Auch eure Wesensart gleicht sich, wie mir scheint.«

»Vielleicht kann ich dich ein wenig entschädigen für das, was du auf Anx aufgegeben hast.«

»Du meinst, ich könnte dich adoptieren?«

Francisco zögerte. Aber dann lachte er. »Warum nicht? Die Leute werden Augen machen, wenn ich ihnen sage, dass du mein Vater bist.«

Auch Hobnaj musste lachen, dass der Staub von den Wänden rieselte.

Wenig später erreichten sie die Stelle, wo die Decke eingestürzt war. Das Beben hatte alles nur verschlimmert.

»Da kommen wir nicht durch«, jammerte Francisco.

»Seltsam«, murmelte Hobnaj.

»Was?«

»Genau hier ist auch auf Anx der Tunnel eingebrochen. Ich war daran schuld.«

»Wer kann schon genau sagen, wie unsere Welten zusammenwirken? Im Moment haben wir allerdings auch andere Sorgen.«

»Nicht unbedingt. Ich kenne noch einen zweiten Ausgang.«

»Tatsächlich! Wo?«

»An der Basis der Großen Pyramide.«

»Dem Grabmal von Cheops?«

Hobnaj nickte.

»Dann nichts wie hin!«

Sie machten wieder kehrt und der Nubier trug Francisco zu dem Tunnel, der unter die Cheopspyramide führte. Hier erlebte er jedoch eine Überraschung, die bewies, dass die Erde und Anx sich seit der Teilung des Drillingsuniversums unterschiedlich weiterentwickelt hatten. Sie stießen auf eine glatte Wand. Weder rechts noch links zweigten Gänge ab.

»Eine Sackgasse«, sagte Francisco bedrückt.

Der Nubier leuchtete mit der aus der Kammer des Wissens mitgebrachten Lampe gegen die Wand. »Das ist ein Tura-Block.«

»Ja, und?«

»Unter der Cheopspyramide gibt es eine Schatzkammer, die mit Tura-Blöcken ausgekleidet ist.«

Francisco entsann sich des Gesprächs mit Doktor Helwân. »Die Felsenkammer!«

»Dann gibt es sie also auch in deiner Welt.«

»Ja, aber sie ist leer. Die Gelehrten streiten sich darüber, was für einem Zweck sie ursprünglich diente. Es gibt da einen blinden Gang, der fünfzehn Meter weit von ihr wegführt, und niemand kann sich erklären, wozu?«

»Er führt an die Oberfläche zurück.«

»Tut er nicht.«

»Auf Anx schon. Vermutlich ist er hier vor der Teilung des Universums nicht mehr fertig geworden.«

»Das wäre eine Erklärung.«

»Wie kommt man in deiner Welt in die Kammer?«

»Man muss ein Stück die Pyramide hochklettern und gelangt von dort in ein Gangsystem, das sich später verzweigt. Der Schacht zur Felsenkammer hier unten ist einhundert Meter lang und nur ein Meter zwanzig hoch.«

»Was ist ein Meter?«

Francisco rechnete die Maßangabe in ägyptische Ellen um.

»Dann werde ich wohl auf allen vieren nach oben kriechen müssen«, murrte der Riese.

»Am besten, wir warten hier bis zum Morgen. Doktor Helwân – er ist so etwas wie der Verwalter der Nekropole – erzählte mir von Forschungsarbeiten in der Felsenkammer. Wenn wir Klopfzeichen geben, werden wir vielleicht gehört. Und wenn nicht ... « Francisco wagte nicht, den Gedanken auszusprechen.

»Dann gehen wir zu der Einsturzstelle zurück und fangen an zu graben. Nur keine Sorge, Francisco: Hobnaj macht das schon.«

Als Doktor Wafaa el Saddik das Klopfen hörte, traute sie ihren Ohren nicht. Sie war eine gestandene Wissenschaftlerin, die von Spukgeschichten über umherwandelnde Mumien nicht viel hielt. Außerdem befand sich seit Mitternacht ein Bergungsteam in dem Labyrinth unter der Sphinx und suchte nach den Verschütteten. Es gab also gute Gründe, warum die Geräusche eher nicht von einem Geist stammten.

Rasch wurde Doktor Paki Helwân benachrichtigt und er gab den Befehl, die völlig glatt erscheinende Stelle der Felsenkammer zu öffnen. Nichts wies auf einen weiteren Gang hin, aber irgendwoher musste das Klopfen ja schließlich kommen. Mit schweren Hämmern und Meißeln drang man durch den Stein. Bald wurden menschliche Stimmen hörbar und dann brach man endlich durch. Ein riesiges schwarzes, ziemlich staubiges Gesicht erschien in dem Loch. Es sagte etwas, das Doktor Saddik erschauern ließ.

»Geht es Ihnen gut?«, fragte Helwân.

»Ich habe nie daran geglaubt.«

»Woran?«

»An lebende Mumien.«

»Und jetzt tun Sie es?«

Sie deutete auf das große nubische Gesicht. »Er spricht *Altägyptisch*!«

»Hätten Sie etwas Wasser? Ich habe furchtbaren Durst«, erscholl eine zweite Stimme aus dem Loch.

»Señor Serafín!«, rief Doktor Helwân erleichtert. »Wir dachten schon …«

»Ich wäre tot? Wie kommen Sie darauf?«

»Wir haben uns im Morgengrauen durch die eingestürzte Stelle gegraben und sind in die Kammer des Wissens vorgestoßen. Alles war verwüstet und … Dann machten wir den grausigen Fund.«

Das nubische Gesicht zog sich zurück und Franciscos, kaum weniger staubig, erschien. »Sie haben in den Sarkophag geschaut?«

Helwân nickte. »Und die Mumie gefunden.«

»*Was*?«

»Eine Dörrleiche, einen völlig dehydrierten menschlichen Körper, in dem nach ersten Erkenntnissen kein Knochen mehr heil ist. Sie trägt die Kleidung von Señor Alvarez, Ihrem Bruder.«

Unendlich müde, aber glücklich trat Francisco ans Tageslicht. An diesem Morgen brannte die Sonne schon heiß über der Nekropole von Giseh. Hinter ihm verließ Hobnaj die Cheopspyramide und reckte sich.

»In diesen Schacht kriegen mich keine hundert Pferde mehr …« Der Nubier verstummte, um sogleich hinzuzufügen: »Das ist also deine Welt, mein Junge. Sie unterscheidet sich gar nicht so sehr von der meinen. Ist das da drüben Memphis?«

Mit der Hand die Augen beschirmend, blickte Francisco von

seiner erhöhten Position zu dem Häusermeer hinüber und schmunzelte. »Memphis? Nein, dieser Ort besteht bei uns nur noch aus Ruinen. Was du da siehst, ist Kairo, die Hauptstadt von Ägypten.«

»Und wer ist das Mädchen, das dir von da unten so heftig zuwinkt?«

Francisco hielt den Atem an und seine Augen folgten dem deutenden Arm. Unterhalb der Cheopspyramide befand sich eine kleine Gruppe von Personen: zwei Polizisten und ein Mädchen mit brünettem Haar. Letztere löste sich jetzt von ihren Begleitern und rannte die Stufen empor, direkt auf ihn zu.

Plötzlich fiel alle Erschöpfung von Francisco ab. So schnell ihn seine Beine trugen, lief er ihr entgegen. »Clara!«, schrie er, als habe er den Verstand verloren. Immer wieder: »Clara! Clara!«

Auf halber Strecke fielen sie sich in die Arme, küssten sich, legten Wange an Wange und küssten sich abermals.

»Ich dachte, ich hätte dich für immer verloren«, sagte Francisco mit bebender Stimme. Sein Mund war dicht neben ihrem Ohr.

»Als du mir in der Nacht in Huelva von Vicente und dir erzähltest, fühlte ich mich verletzt. Ich mochte dich doch so sehr und irgendwie kam ich mir verraten vor. Aber dann hast du mir all die Briefe geschickt und ich sah, wie sehr du mich liebst. Da ...« Ihre Stimme versagte.

»Ja, ich liebe dich, Clara. Ich kann mir nichts Schöneres vorstellen, als dich ein Leben lang zu lieben.«

»Ich liebe dich auch, Francisco. O was habe ich für Ängste ausgestanden, als ich von dem Mord an meinen Großeltern erfuhr. Ich dachte, mein Vater würde auch dich töten.«

»Es wäre ihm fast gelungen.«

»Ist er ...?«

Francisco nickte traurig und drückte Clara erneut an sich. »Er hat jetzt Ruhe.«

Einen Moment lang hielten sich die beiden nur in den Armen.

Dann hörte Francisco schwere Schritte hinter sich und gleich darauf Claras besorgt klingende Stimme in seinem Ohr.

»Francisco?«

»Ja?«

»Da steht so ein schwarzer Riese und starrt uns an.«

»Ich weiß, Liebling.«

»Warum tut er das?«

»Er will sehen, wie es mir geht. Alle guten Väter sind um ihre Söhne besorgt.«

EPILOG

Francisco pflegte diese Stunde zu genießen, morgens zwischen neun und zehn im Retiro-Park, wenn sich die Hitze noch nicht über Madrids Dächer gelegt und die schattigen Bänke in der ausgedehnten grünen Lunge der Stadt noch nicht gefüllt hatten. Gerne suchte er sich hier einen stillen Platz, um über die neuesten Buchideen seiner Autoren nachzudenken. An diesem Montagmorgen jedoch würde er seine »meditative Stunde« nicht mit dem Gang in die nahe gelegene Calle de O'Donnell beschließen, er war bereits in aller Frühe im Büro gewesen, um sich den Rest des Tages freizunehmen. Er hatte nämlich eine Verabredung im Retiro, am selben Treffpunkt wie zuletzt vor ziemlich genau zehn Jahren.

Versonnen beobachtete er das Geschehen auf den asphaltierten Promenaden und sandigen Pfaden. Ein älteres Ehegespann – er in Anzug und Krawatte, sie im roten Hosenanzug – spazierte vorbei, Tauben gurrten, Jogger hechelten vorüber, zwei Polizisten patrouillierten in sportlich engem Outfit und mit windschnittigen Schutzhelmen auf ihren Fahrrädern, Liebespaare standen oder saßen eng umschlungen in lauschigen Winkeln – die *Jardines del Buen Retiro* zeigten sich von ihrer schönsten Seite. Francisco nahm indes all dies nur am Rande wahr.

Er saß auf einer Bank im südlichen Teil der Plaza de Ángel Caido, des »Platzes des gefallenen Engels«. Hier hatte er sich seinerzeit mit Vicente getroffen und von hier aus waren sie zu ihrer gemeinsamen Reise aufgebrochen, die fast in einer Katastrophe geendet hätte. Nachdenklich blickte er zu der Statue in der Mitte des runden Platzes hinüber. Ihr hoher weißer Sockel ragte aus einem Brunnen empor, Dämonenfratzen spien dem Betrachter Wasser entgegen. In seiner Verbannung dort oben war der schöne Engel eine Mahnung für alle, die der Vermessenheit anheim zu fallen drohten. *Er sieht aus wie Vicente,* dachte Francisco.

Zwei Polizisten auf rotbraunen Pferden zogen vor seinen Augen vorbei. Ja, dieser Jüngling war nicht er, nicht der Novize, der dem Klosterleben vor zehn Jahren den Rücken gekehrt hatte. Es war Vicente. Vielleicht hatte der vermeintliche große Bruder diesen Treffpunkt damals mit Absicht ausgewählt, um in Francisco Schuldgefühle zu wecken, sich ihm als Retter in dunkler Stunde anzuempfehlen; möglicherweise aber auch, weil er, Vicente, sich selbst in der Rolle des gefallenen Engels erkannte. Fest stand jedenfalls, dass er seinen Besuch in der Hauptstadt dazu genutzt hatte, Bruder Pedro bei den Behörden anzuschwärzen. Glücklicherweise war der ehemalige Guardian von La Rábida längst wieder rehabilitiert und führte nun in einem anderen Kloster als gewöhnlicher Mönch ein Leben in stiller Abgeschiedenheit.

Vicente hatte solchen Frieden wohl nie verspürt. Obwohl hochintelligent, war sein Geist verwirrt gewesen. Vieles von dem, was er seinem angeblichen »Bruderherz« angedichtet hatte, war in Wirklichkeit seine eigene verzerrte Lebensgeschichte gewesen.

Pedro Alvarez hatte Vicentes Geburt zur rechten Zeit am rechten Ort, wie er meinte, planvoll herbeigeführt, um mit dem Kind das Mittel zur Verschmelzung des Multiversums in die Hand zu bekommen. Der Provinziale und Estefanía waren Vicentes leibliche Eltern und nicht die von Francisco.

Ihr Sohn stand mit seiner Vermessenheit aber nicht alleine da. »Es gibt viele ›gefallene Engel‹«, murmelte Francisco, während er eine Taube beobachtete, die auf Luzifers Flügelspitze balancierte. Isfet, der Pharao von Baqat, war der Versuchung erlegen, als Gott über das Drillingsuniversum zu herrschen, und auch

Molog hatte das Triversum als größter aller Kriegslords regieren wollen. Francisco kannte beide aus seinen Träumen.

Seit der Rettung aus der Kammer des Wissens sprachen seine beiden Drillingsbrüder aus den anderen Welten im Schlaf zu ihm. Diese sporadischen »Treffen« fanden auf Waldlichtungen, an Flussufern oder in Palästen statt. Bis gestern hatte sich Francisco oft gefragt, ob ihm seine Phantasie einen Streich spielte. Es gibt jedoch Momente im Leben, in denen man von einer Angelegenheit Gewissheit erlangt, ohne greifbare Beweise zu haben. Manche bezeichnen dieses unbeschreibliche Gefühl der Sicherheit als Erleuchtung. Bei Francisco jedenfalls hatte es sich in der vergangenen Nacht angekündigt, ihn letztlich auch hierher geführt, und jetzt, während er zu der Bronzeplastik emporschaute, füllte es ihn völlig aus. Mit erhobenem Arm schien der Engel vor der Morgensonne zurückzuschrecken, als blicke er geradewegs in das strahlende Antlitz Gottes.

Nachdem sich die drei Welten mit dem Ende der sechsten Welle wieder voneinander entfernt hatten, waren Franciscos besondere Gaben immer schwächer geworden. Er würde die nächste große Annäherung, wie er inzwischen aus Vicentes schriftlichem Nachlass wusste, nicht mehr erleben. Doch er empfand deswegen kein Bedauern, sein Verlust war ja durch die Träume mehr als wettgemacht worden. Möglicherweise offenbarte sich in ihnen ja sogar der Weg, über den sich schon in früheren Zeiten die Mitglieder der Unsichtbaren Pyramide miteinander ausgetauscht hatten, um gemeinsam das Gleichgewicht zwischen ihren Welten zu hüten. Manchmal lagen nur wenige Tage zwischen den Treffen mit seinen Brüdern, gelegentlich viele Woche. Ihnen verdankte Francisco seine Kenntnisse von Anx, der Welt, die nun von Pharao Topra und seiner Gemahlin Inukith aus der Dunkelheit jahrhundertelanger Tyrannei behutsam ins Licht eines friedlichen Miteinanders der Völker geführt wurde.

Trevir verfolgte mit Dwinas Unterstützung das gleiche Ziel,

nur mit anderen Mitteln. Als »Retter von Trimundus« war er – nicht zuletzt durch Featherbeard und das sich in alle Himmelsrichtungen auflösende Schwarze Heer – bald zu einer lebenden Legende geworden. Er hatte sein Idana gegebenes Versprechen eingelöst und war nach Annwn zurückgekehrt, sehr zur Freude der Kräuterfrau. Nach Trevirs Willen sollte der Dreierbund nicht länger eine zurückgezogen lebende Bruderschaft sein, sondern eine weltweite Bewegung werden, die sich der Bewahrung des Gleichgewichts verpflichtet fühlte. Um sich voll und ganz der von ihm und Dwina gegründeten »Akademie des Gleichgewichts« widmen zu können, schlug der junge Hüter sogar das ihm von den Bewohnern Annwns angetragene Amt des Schultheißen aus. In der Schule, die »jeder Frau und jedem Mann guten Willens« offen stand, wurden nicht nur die Lehren des Abacuck vermittelt, sondern auch und vor allem die Werte und Grundsätze, die das harmonische Zusammenwirken der Menschen von Trimundus stärkten.

Francisco hatte sich bescheidenere Ziele gesetzt. Er konnte die Menschen nur aufrütteln, indem er an ihr Denkvermögen appellierte. Das geschriebene Wort schien ihm ein geeignetes Mittel dafür zu sein – Bücher hatte er schon immer geliebt. So war er nach Madrid gegangen und arbeitete seit dem Abschluss seines Geschichtsstudiums als Lektor bei einem Verlag in der Calle de O'Donnell 10. Inzwischen hatte er unter einem Pseudonym auch mit der Arbeit an einem eigenen Roman begonnen, in dem er die Geschichte dreier Jungen in drei verschiedenen Welten erzählte.

Hobnaj war ebenfalls nach Madrid gezogen. Er verdiente sich seinen Lebensunterhalt hier als Experte für ägyptische Altertümer im Archäologischen Museum. Seine erstaunlichen Kenntnisse der altägyptischen Sprache wurden in Fachkreisen sehr geschätzt. Im Übrigen widmete sich der Nubier mit Hingabe seiner Rolle als Franciscos »Wahlvater«. Hobnajs unerfüllte Liebe zu Gisa fand so am Ende im Garten der Erinnerung einen stillen Platz, den er jederzeit aufsuchen konnte, wie man sich unter einem ehrwürdigen Baum niederlassen mag, der zwar keine Früchte mehr trägt, aber immer noch blüht. Regelmäßig besuchte der hünenhafte Wanderer zwischen den Welten seinen jungen Schützling in der Calle de Ayala. Hier konnte er sich über mangelnde Möglichkeiten zur Entfaltung seiner Fürsorglichkeit nicht beklagen, zumal sich für ihn in der ehemaligen Herrschaftswohnung vor etwa drei Jahren eine weitere Herausforderung ergeben hatte, die sich Francisco in diesem Moment unverkennbar bemerkbar machte.

»Papa!«, rief die zarte Stimme.

Er wandte den Blick von dem gefallenen Engel zum schnurgeraden Paseo de Cuba, der sich hinter dem Standbild in einer Senke verlor. Von dort kam ihm eine junge Mutter mit brünettem Haar entgegen. An ihrer Hand hüpfte ein kleiner, vor Begeisterung quietschender Junge, dessen strubbeliger Schopf fast schwarz war. Mit jedem Schritt tauchten die zwei weiter aus dem Parkweg auf. Francisco sprang von der Bank auf und rief: »Paolo!« Als wäre er selbst noch ein kleines Kind, rannte er auf die beiden zu.

Endlich, fast hatte er sie erreicht, ließ Clara das kaum mehr zu bändigende Kerlchen von der Hand. Francisco sank auf die Knie nieder, breitete die Arme aus und fing Paolo auf. Ein paarmal wirbelte er den vor Vergnügen kreischenden Jungen herum, dann hatte Clara sie erreicht.

»Ihr habt euch doch erst beim Frühstück gesehen. Du kannst wohl nie genug von dem Stöpsel bekommen!«, begrüßte sie ihren Mann und küsste ihn zärtlich auf den Mund.

Francisco atmete tief die Morgenluft ein, streichelte den Rücken seines Jungen und lachte glücklich. »Bei den guten Dingen im Leben ist das so und ihr beide – du und Paolo – seid nun mal das Beste, was ich habe.«

Von Ralf Isau bereits bei Thienemann erschienen:

Der Drache Gertrud
Die Träume des Jonathan Jabbok
Das Geheimnis des siebten Richters
Das Lied der Befreiung Neschans
Das Echo der Flüsterer
Das Museum der gestohlenen Erinnerungen
Das Netz der Schattenspiele
Der Kreis der Dämmerung I–IV
Pala und die seltsame Verflüchtigung der Worte

Aktuelle Informationen zu Ralf Isau und seinen Büchern im Internet:
www.isau.de

Isau, Ralf:
Die unsichtbare Pyramide
ISBN 3 522 17594 8

Umschlagillustration: Peter Gric
Umschlagtypografie: Michael Kimmerle
Innentypografie: Kadja Gericke
Schrift: Minion, Oxford, Swing, Marriage und Cleopatra
Satz: KCS GmbH, Buchholz/Hamburg
Reproduktion: immedia 23, Stuttgart
Druck und Bindung: Friedrich Pustet, Regensburg

5 4 3 2 1* 03 04 05 06

Thienemann im Internet: www.thienemann.de

Die Neschan-Trilogie

Die Träume des Jonathan Jabbok
ab 13 Jahren, 464 Seiten, ISBN 3 522 16896 8

Das Geheimnis des siebten Richters
ab 13 Jahren, 560 Seiten, ISBN 3 522 16901 8

Das Lied der Befreiung Neschans
ab 13 Jahren, 560 Seiten, ISBN 3 522 16945 X

Spannung garantiert!

Das Museum der gestohlenen Erinnerungen
ab 13 Jahren, 672 Seiten, ISBN 3 522 17120 9

Das Echo der Flüsterer
ab 13 Jahren, 672 Seiten, ISBN 3 522 17193 4

Das Netz der Schattenspiele
ab 13 Jahren, 528 Seiten, ISBN 3 522 17257 4

Pala und die seltsame Verflüchtigung der Worte
ab 13 Jahren, 432 Seiten, ISBN 3 522 17432 1

Der Drache Gertrud
ab 6 Jahren, 96 Seiten, ISBN 3 522 17358 9

www.thienemann de • www.isau.de